भगवतीचरण वर्मा

जन्म : 30 अगस्त, 1903; उन्नाव जिले (उ.प्र.) का शफीपुर गाँव।

शिक्षा : इलाहाबाद से बी.ए., एल.एल.बी.।

प्रारम्भ में कविता-लेखन। फिर उपन्यासकार के नाते विख्यात। 1933 के करीब प्रतापगढ़ के राजा साहब भदरी के साथ रहे। 1936 के लगभग फिल्म कार्पोरेशन, कलकत्ता में कार्य। कुछ दिनों तक 'विचार' नामक साप्ताहिक का प्रकाशन-सम्पादन। इसके बाद बम्बई में फिल्म-कथालेखन तथा दैनिक 'नवजीवन' का सम्पादन। फिर आकाशवाणी के कई केन्द्रों में कार्य। बाद में, 1957 से मृत्यु-पर्यन्त स्वतंत्र साहित्यकार के रूप में लेखन। 'चित्रलेखा' उपन्यास पर दो बार फिल्म-निर्माण और 'भूले-बिसरे चित्र' *साहित्य अकादेमी पुरस्कार* से सम्मानित। *पद्मभूषण* तथा राज्यसभा की मानद सदस्यता प्राप्त।

प्रकाशित पुस्तकें : *अपने खिलौने, पतन, तीन वर्ष, चित्रलेखा, भूले-बिसरे चित्र, टेढ़े-मेढ़े रास्ते, सीधी सच्ची बातें, सामर्थ्य और सीमा, रेखा, वह फिर नहीं आई, सबहिं नचावत राम गोसाईं, प्रश्न और मरीचिका, चाणक्य, थके पाँव, युवराज चूण्डा, धुप्पल* (उपन्यास); *प्रतिनिधि कहानियाँ, मेरी कहानियाँ, मोर्चाबन्दी* तथा *सम्पूर्ण कहानियाँ* (कहानी-संग्रह); *मेरी कविताएँ, सविनय और एक नाराज कविता* (कविता-संग्रह); *मेरे नाटक, वसीयत* (नाटक); *अतीत के गर्त में, कहि न जाय का कहिए* (संस्मरण); *साहित्य के सिद्धान्त तथा रूप* (साहित्यालोचन), *भगवतीचरण वर्मा रचनावली*—14 खंड (सम्पूर्ण रचनाएँ)।

निधन : 5 अक्टूबर, 1981

भूले-बिसरे चित्र

भगवतीचरण वर्मा

राजकमल पेपरबैक्स

पहला पुस्तकालय संस्करण
राजकमल प्रकाशन प्राइवेट लिमिटेड द्वारा
1959 में प्रकाशित

राजकमल पेपरबैक्स में
पहला संस्करण : 2009
नौवाँ संस्करण : 2025

राजकमल पेपरबैक्स : उत्कृष्ट साहित्य के जनसुलभ संस्करण

राजकमल प्रकाशन प्रा.लि.
1-बी, नेताजी सुभाष मार्ग, दरियागंज
नई दिल्ली-110 002
द्वारा प्रकाशित

शाखाएँ : अशोक राजपथ, साइंस कॉलेज के सामने, पटना-800 006
पहली मंजिल, दरबारी बिल्डिंग, महात्मा गांधी मार्ग, प्रयागराज-211 001
1, अनमोल सोराबजी संतुक लेन, धोबी तलाव, मरीन लाइंस, मुम्बई-400 002

वेबसाइट : www.rajkamalprakashan.com
ई-मेल : info@rajkamalprakashan.com

बी.के. ऑफसेट
नवीन शाहदरा, दिल्ली-110 002
द्वारा मुद्रित

मूल्य : ₹599

BHOOLE-BISARE CHITRA
Novel by Bhagwaticharan Verma

ISBN : 978-81-267-1707-1

1 खंड

मुंशी शिवलाल ने इस्तग़ासे को हाथ में लिया, "तौन वह इस्तग़ासा लिखा है ठाकुर, कि वह सार मैकूललवा सीधे पाँच साल के लिए लद जाए !"

"अच्छा !" आश्चर्य की मुद्रा के साथ ठाकुर भूपसिंह ने कहा, "तो फिर हमहू का जरा एक दफा सुनाय देव !"

मुंशी शिवलाल ने इस्तग़ासे को पढ़ना आरम्भ किया :

"मन कि भूपसिंह, वल्द अनूपसिंह, उम्र तख़मीनन पच्चीस साल, क़ौम ठाकुर, पेशा काश्तकारी, साकिन हाट बिशनपुर, तहसील फ़तहपुर, ज़िला फ़तहपुर, कल बरोज़ बुधवार तारीख़ 4 जुलाई, सन् 1885 तहसील गंज की बाज़ार में ग़ल्ला फ़रोख्त करने गया था। बवक़्त वापसी बाज़ार से फ़िदवी मुसम्मी मैकूलाल, वल्द जोखूलाल, उम्र तख़मीनन अट्ठाईस साल, क़ौम बक्काल, पेशा सूदख़ोरी, साकिन गंज के मकान के सामने से तनहा गुज़र रहा था। उस वक़्त मुसम्मी मैकूलाल अपने दरवाज़े के सामने खड़ा पड़ोस के किसी आदमी से गाली-गलौज कर रहा था। फ़िदवी को देखते ही मुसम्मी मैकूलाल ने कड़ककर फ़िदवी से उस क़र्ज़ का तक़ाज़ा किया जो फ़िदवी मुसम्मी मैकूलाल को एक अरसा हुआ मै सूद-दर-सूद के अदा कर चुका है, लेकिन जिसकी अदायगी की रसीद बारहा तक़ाज़ों के बावजूद मुसम्मी मैकूलाल ने फ़िदवी को अभी तक नहीं दी। फ़िदवी ने उस वक़्त बड़ी आजिज़ी और मुलायमियत के साथ मुसम्मी मैकूलाल से अदायगी क़र्ज़ का हवाला देते हुए रसीद तलब की। इस पर मुसम्मी मैकूलाल एकाएक गरम हो गया और आदत के मुताबिक़ गाली-गलौज पर उतरकर वाही-तबाही बकने लगा। फ़िदवी ने जब मुसम्मी मैकूलाल से कहा कि फ़िदवी इस गाली-गलौज पर मुसम्मी लाला मैकूलाल पर हतक़- इज़्ज़ती का मुक़दमा चलाएगा तो मुसम्मी मैकूलाल ने बिना कुछ कहे-सुने फ़िदवी पर हमला बोल दिया। और चूँकि फ़िदवी उस हमले के लिए क़तई तैयार न था, लिहाज़ा मुसम्मी मैकूलाल ने फ़िदवी को ज़मीन पर पटक दिया और मुसम्मी मैकूलाल ने फ़िदवी की बुरी तरह मरम्मत की व कुन्दी बनाई।"...

ठाकुर भूपसिंह इस्तग़ासा सुनते जाते थे और उनकी भौंहें चढ़ती जाती थीं। अपनी मरम्मत और कुन्दी की बात सुनते ही ठाकुर भूपसिंह एकाएक भड़क उठे, "यू का अनाप-सनाप लिख दीन्हेव मुंसीजी ? ऊ सार बनिया की का मजाल कि हमें उठाय के

पटकी और हमार कुन्दी बनावे ! हम तुमका बतावा न कि हम जो उहिका उठाय के पटका तो ऊकेर हाथ टूटिगा। घर मां पड़ा कराह रहा है।"

मुंशी शिवलाल मुस्कराए, "तुमहू अजीब गावदी आदमी वाक़ै भए हो ठाकुर ! तौन मान लेव कि हम लिख दीन कि तुम मैकूललवा का उठाय के पटक दीन्हेव और ऊकेर हाथ टूटिगा, तो फिर सजा केहिका होई, मैकूललवा का कि तुमका ?"

मुंशी शिवलाल के इस प्रश्न में अकाट्य तर्क था, लेकिन भूपसिंह को सन्तोष नहीं हुआ, "तौन मान लेव मुंसी, कि मैकूललवा हमका उठाय के पटकिस, तो फिर ऊकेर हाथ कैसे टूटा ?"

गर्व से अपनी क़लम को अपने कान में खोंसते हुए मुंशी शिवलाल ने कहा, "अरे ठाकुर, हम हैं मुंशी शिवलाल ! अर्ज़ीनवीस हैं तो क्या, बड़े-बड़े वकील-मुख़्तार हमसे सलाह माँगने आते हैं। वह मसविदा तैयार कर दें कि जंट-कलट्टर सब-के-सब चक्कर में पड़ जाएँ। तौन अपन इस्तग़ासा पूरी तौर से सुन लेव, लेकिन बीच मां टोंक्यो भर न !" यह कहकर मुंशी शिवलाल ने इस्तग़ासे को आगे पढ़ना आरम्भ किया :

"उस वक़्त फ़िदवी ने मुसम्मी मैकूलाल से बहुत-बहुत मिन्नत व अर्ज़ की कि वह फ़िदवी को छोड़ दे और फ़िदवी की जान बख़्शे, लेकिन मुसम्मी मैकूलाल पर फ़िदवी की मिन्नतों का कोई असर नहीं पड़ा और वह घूँसों और मुक्कों से लगातार फ़िदवी की कुन्दी बनाता रहा। आस-पास मुहल्ले-पड़ोस के लोग दूर खड़े मुसम्मी मैकूलाल को रोक रहे थे, लेकिन मुसम्मी मैकूलाल के खौफ़ से किसी को पास आकर फ़िदवी की मदद करने की हिम्मत न होती थी। हारकर फ़िदवी भगवान से विनती करने लगा। मालूम होता है भगवान ने फ़िदवी की विनती सुन ली, क्योंकि इत्तिफ़ाक़न एक साँड़ उसी वक़्त उधर से गुज़रा। उसने जो यह शोर-गुल सुना तो हम दोनों पर हमला बोल दिया। उस वक़्त मुसम्मी मैकूलाल फ़िदवी की मरम्मत करने व कुन्दी बनाने में इस क़दर मसरूफ़ था कि उसने साँड़ को नहीं देखा। नतीजा यह हुआ कि साँड़ ने मुसम्मी मैकूलाल को, जो फ़िदवी की छाती पर सवार था, अपने सींगों पर उठाकर ज़मीन पर पटक दिया। फ़िदवी उसी वक़्त जान लेकर बेतहाशा भागा और घर पहुँचकर साँस ली।

"घर वापस आकर फ़िदवी ने जो अपनी टेंट देखी तो अपनी सब रक़म ग़ायब पाई। मुसम्मी मैकूलाल ने फ़िदवी को अकेले पीटा ही नहीं, बल्कि फ़िदवी से चालीस रुपए भी छीन लिए, जो फ़िदवी ने उसी दिन ग़ल्ला-फ़रोख़्त करके पैदा किए थे।"

ठाकुर भूपसिंह उछल पड़े, "वाह मुंसी, मान गएन तुम्हें, का बात पैदा कीन्हेव !" और यह कहकर ठाकुर भूपसिंह ने अठन्नी मुंशी शिवलाल को नज़र की।

मुँह बनाते हुए मुंशी शिवलाल ने कहा, "सुनो ठाकुर, हम एक रुपया से एक पैसा कम न लेंगे। किसी मुख़्तार-वकील के यहाँ फँस गए होते तो सीधे दो रुपया धरवा लेता और मुक़दमा बिगाड़ देता ऊपर से !"

काफ़ी कहा-सुनी के बाद ठाकुर भूपसिंह ने चवन्नी और मुंशी शिवलाल को दी। चवन्नी लेकर मुंशी शिवलाल ने इस्तग़ासा ठाकुर भूपसिंह के हाथ में पकड़ाया,

"सवालखानी होनेवाली है ठाकुर, तौन सीधे कलट्टर साहेब की अदालत मां चले जाओ। और हाँ, इस्तग़ासे के साथ चवन्नी पेशकार साहेब का हाथ में देना न भूल जाना–समझे !"

मुंशी शिवलाल मँझोले क़द के दुबले-पतले आदमी थे। उम्र क़रीब पचपन साल, मूँछें छोटी-छोटी और चुनी हुई जो चितकबरी दीखती थीं; चेहरे की बनावट सुन्दर कही जा सकती थी अगर वह चेचकरू न होता; रंग गेहुँआ, लेकिन मुँह पर चेचक के धब्बों के कारण साँवला दीखता था। ठाकुर भूपसिंह को विदा करके मुंशी शिवलाल ने दोहरे का बटुआ निकाला। दोहरा बनाते हुए उन्होंने आवाज़ लगाई, "अबे ओ घसीटे !"

ज़िला फ़तहपुर की कलक्टरी की अदालत के हाते में जो बड़ा-सा बरगद का पुराना पेड़ था, उसके नीचे मिट्टी के घड़े रखकर घसीटे कचहरी आने-जानेवालों को पानी पिलाया करता था। घसीटे उस समय ऊँघ रहा था, मुंशी शिवलाल की आवाज़ सुनकर वह चौंक पड़ा। आँखें मलते हुए उसने वहीं से कहा, "काहे हो मुंसी, तुम आवाज दीन्हे रहेव ?"

"अबे हाँ ! जरा इधर तो आ," मुंशी शिवलाल ने उत्तर दिया।

घसीटे जाति का कहार था और मुंशी शिवलाल के मकान के पास ही रहता था। घसीटे की जोरू छिनकी मुंशी शिवलाल के यहाँ टहल करती थी और घसीटे कचहरी में पानी पिलाता था। मुंशी शिवलाल ने घसीटे के सामने चवन्नी फेंकते हुए कहा, "देखता है, कैसी घटा घिर रही है।"

घसीटे ने अन्यमनस्क भाव से आसमान को देखा, फिर बोला, "कहाँ मुंसीजी, दुइ-एक बादल जरूर आय, मुला बरसात आय न, घटा तो कहूँ दिखात नाहीं !"

मुंशी शिवलाल झल्ला उठे, "अबे, बड़ा गावदी है ! दो-एक बादल रफ़्ता-रफ़्ता घिरकर आसमान में घटा बन जाया करते हैं। देखता नहीं, कैसी हौले-हौले पुरवइया डोल रही है !"

घसीटे ने अधिक तर्क करना उचित न समझा, उसने मुस्कराते हुए उत्तर दिया, "हुइहै, मुला तुम्हार मतलब का है ?"

मुंशी शिवलाल भी मुस्करा पड़े, "अबे, वही तो कह रहे हैं। शाम के वक़्त कचहरी से लौटते हुए चवन्नी की दारू लेते आना।"

घसीटे ने आश्चर्य से मुंशी शिवलाल को देखते हुए कहा, "राम-राम मुंसी, तुमका सरम नाहीं आवत कि काल कंठी लीन्हेव और आजै से पियव सुरू कीन्हे देत हो !"

मुंशी शिवलाल सकपकाए। बाबा राघवदास की रामायण की कथा से प्रभावित होकर उन्होंने कंठी तो ले ली थी, लेकिन शराब छोड़ना इतना कठिन होगा, इस पर उन्होंने भावावेश में ध्यान नहीं दिया था। मुंशी शिवलाल का रोज़ का यह क्रम था कि शाम के समय कचहरी से लौटकर वह गरमी में स्नान करके और जाड़े में अपने ऊपर से गंगाजल छिड़ककर, प्रायः एक घंटा पूजा करते थे, और पूजा करके एक पौवा शराब कभी अकेले, लेकिन अकसर घसीटे के साथ, बैठकर पीते थे। पिछले दिन शराब न

मिलने के कारण उन्हें रात-भर नींद न आई थी।

लेकिन कंठी तो ले चुके थे। मुंशी शिवलाल थोड़ी देर तक चुपचाप सोचते रहे, "बात तो ठीक कहेव ! अबे, मार लिया मैदान ! खूब बात सूझी। देख, घर मां गंगाजल की जो बोतल है, तो चार बूँद गंगाजल दारू मां लीन्हेव। गंगाजल से सब कुछ सुद्ध हुइ जात है।"

घसीटे हँस पड़ा, "वाह मुंसी, मान गएन तुम्हार खुपड़िया !" और चवन्नी उठाकर घसीटे बरगद के पेड़ के नीचे इकट्ठे हुए दो-चार आदमियों को पानी पिलाने चला गया।

मुंशी शिवलाल ने दोहरा खाया और उसके बाद मुवक्किल-रूपी शिकार की तलाश में टहलने लगे। इसी समय कलक्टर का चपरासी चन्दनसिंह दौड़ता हुआ आया और उसने मुंशी शिवलाल से कहा, "मुंसीजी, हम तुम्हें न जाने कब से ढूँढ़ रहे हन ! साहेब तुम्हें अबहीं याद कीन्हिन हैं।"

साहेब का नाम सुनते ही मुंशी शिवलाल का चेहरा पीला पड़ गया। ठाकुर भूपसिंह के इस्तग़ासे में मुंशी शिवलाल ने जो करामात दिखलाई थी, साहेब कहीं उससे नाराज़ तो नहीं हो गए ! चन्दनसिंह ने मुंशी शिवलाल की घबराहट ताड़ ली; उसने मुंशी शिवलाल को धीरज बँधाते हुए कहा, "डरै की कौनो बात नाहीं है मुंसीजी, साहेब पेसकार साहेब से हँस-हँसके बतियाय रहे हैं, तुम पर नाराज़ नाहीं हैं।"

मुंशी शिवलाल ने ऐंठकर कहा, "और अगर नाराजौ हुइ जाएँ तो हमार का बिगाड़ सकत हैं ! ईमानदारी के साथ मेहनत की रोटी खाते हैं और राम-नाम का भजन करते हैं।"

कलक्टर अपने चैम्बर में बैठा हुआ पेशकार से उस दिन के अर्ज़ी-दावों को सुन रहा था और उन पर अपना हुक्म लिखता जाता था। उसने मुंशी शिवलाल को देखते ही कहा, "वेल मुंशी, तुम बड़ा चलता-पुरज़ा आदमी है।"

"हुज़ूर का इक़बाल है ! कौन-सी ख़ता हो गई इस नाचीज़ से ?" मुंशी शिवलाल बोले।

कलक्टर ने पेशकार से भूपसिंह का इस्तग़ासा निकलवाते हुए कहा, "ठाकुर को बनिया ने पीटा और साँड ने बनिया को पटक दिया। बड़ा खूबसूरत लतीफ़ा है। तुम समझता है, हम इस बात पर यक़ीन कर लेगा ? ठीक-ठीक बतलाओ, क्या मामला है ? वैसे हमने इस पर पुलिस की इनक्वायरी का हुक्म दे दिया है।"

गला साफ़ करते हुए मुंशी शिवलाल ने कहा, "हुज़ूर जान बख्शें तो अर्ज़ करूँ।"

कलक्टर उस दिन अच्छे मूड में था, मुस्कराते हुए कहा, "अच्छा, हमने तुमको माफ़ किया, लेकिन सच-सच बोलना—झूठ एक लफ़्ज नहीं।"

"हुज़ूर, यह मैकूलाल बड़ा पाजी आदमी है। सैकड़ों किसानों को इसने तबाह कर दिया है। इससे क़र्ज़ लेकर कभी कोई उरिन तो हुआ नहीं।"

"ओह ! तो यह मैकूलाल महाजन बनिया है—अब हम समझा ! तब तो यह वाक़ई बड़ा पाजी और बेईमान होगा। हाँ, फिर क्या हुआ ?"

"वही कह रहा हूँ हुज़ूर ! तो यह भूपसिंह सीधा-सादा किसान है, लेकिन नातजुर्बेकार। यह मैकूलाल के चंगुल में फँस गया। अभी तक मैकूलाल इससे असल का तिगुना वसूल कर चुका है, लेकिन फिर भी बाज़ नहीं आता। मैकूलाल अब इसके घर और ज़मीन पर आँखें लगाए है। इस पर अगर भूपसिंह को गुस्सा आ गया हो तो कोई ताज्जुब की बात नहीं।"

"तो फिर इस्तग़ासा झूठा है ?" कलक्टर ने पूछा।

"हुज़ूर, झूठ-सच तो सबूत पर मुनहसिर है। इस नाचीज़ ने जो कुछ अर्ज़ किया वह इसलिए कि हुज़ूर ने मेरे मालिक की हैसियत से पूछा था, न कि अदालत की हैसियत से। हुज़ूर, बदमाश के साथ जब तक बदमाशी से पेश न आया जाए, तब तक उसकी अक़्ल दुरुस्त नहीं होती।"

कलक्टर इस उत्तर से हँस पड़ा, "तुम भी बड़ा पाजी आदमी है मुंशी, लेकिन हम तुमसे बहुत खुश हैं। हाँ, तुमने अपने लड़के ज्वालाप्रसाद की बाबत कहा था।"

"हुज़ूर बड़े ग़रीबपरवर हैं। उस लड़के को हुज़ूर क़ानूनगो, अहलमद या नाज़िर बना दें तो हुज़ूर, हम लोगों की परवरिश हो जाए !"

कलक्टर अब की बार ज़ोर से हँसा, "वेल मुंशी, तुम भी क्या कहेगा, हमने तुम्हारे लड़के ज्वालाप्रसाद को नायब तहसीलदारी पर नामज़द करवा दिया है।"

मुंशी शिवलाल को अपने कानों पर विश्वास नहीं हुआ, आँखें फाड़कर उन्होंने कलक्टर को देखा, "क्या फ़रमाया हुज़ूर ने, ज्वालाप्रसाद को नायब तहसीलदारी पर नामज़द करवा दिया है हुज़ूर ने ? मैं होश-हवास में सही-सही सुन रहा हूँ हुज़ूर ?"

कलक्टर ने सरकारी ऑर्डर शिवलाल के हाथ में देते हुए कहा, "यह सरकारी ऑर्डर है। पन्द्रह दिन बाद ज्वालाप्रसाद को ज़िला कानपुर, तहसील घाटमपुर में पहुँचकर ज्वाइन करना है। वह मुझसे जल्दी-से-जल्दी मिल ले, मैं उसे सब कुछ समझा दूँगा।"

मुंशी शिवलाल ने लपककर कलक्टर के पैर छुएं, "हुज़ूर हमारे माँ-बाप हैं। हम लोगों का पुश्त-दर-पुश्त हुज़ूर का शुक्रगुज़ार रहेगा।" और उठकर उन्होंने पेशकार साहेब को भी एक लम्बा सलाम किया।

जिस समय मुंशी शिवलाल कलक्टर के चैम्बर से बाहर निकले, उनके पैर हवा में पड़ रहे थे। कलक्टर के चैम्बर के बाहर मुख़्तार अमज़दअली अरदली से साहेब के मिज़ाज की बाबत पूछताछ कर रहे थे। उन्होंने मुंशी शिवलाल को जो साहेब के कमरे से इतना खुश-खुश निकलते देखा तो पूछ उठे, "कहिए मुंशीजी, बड़े खुश नज़र आ रहे हैं आप ! क्या बात है ?"

मुंशी शिवलाल ने मुँह बनाते हुए कहा, "बात क्या बतलाऊँ मुख़्तार साहेब ! वह मेरे लड़के ज्वाला ने इस साल इंट्रेंस पास किया है न, तो मैं सोच रहा था कि उसे मुख़्तारी पढ़ाऊँ। लेकिन साहेब नहीं माने, उन्होंने उसे ज़बरदस्ती नायब तहसीलदारी पर नामज़द करवा दिया। मुझे बुलाकर उसके घाटमपुर जाने का यह सरकारी हुक्मनामा पकड़ा दिया। देख रहे हैं न आप ! समझ में नहीं आता।"

अमज़दअली ने आश्चर्य से सरकारी ऑर्डर देखते हुए कहा, "यार मुंशी, कहाँ से टिप्पस भिड़ाई ? बड़े छिपे हुए निकले ! मुबारकबाद ! लेकिन हम लोगों को मिठाई खिलाना न भूलिएगा।"

बिजली की तरह फ़तहपुर शहर में यह ख़बर फैल गई कि मुंशी शिवलाल अर्ज़ीनवीस का लड़का ज्वालाप्रसाद नायब तहसीलदारी पर नामज़द हो गया, क्योंकि जिस समय मुंशी शिवलाल अपने घरवालों को यह खुशख़बरी सुनाने घर पहुँचे, उस समय तक ख़बर उनके घर पहुँच चुकी थी। मुंशी शिवलाल के छोटे भाई मुंशी राधेलाल पड़ोसियों से घिरे बैठे थे और कह रहे थे, "समझ का राखे हौ हम लोगन केर ख़ानदान का ! गदर के पहले देखतेव हम लोगन केर ठाठ-बाट। तवारीख मां लिखा है कि हम लोगन केर आला ख़ानदान के बल पर नवाबी चलत रही। तौन कलक्टर साहब सब कुछ जानत ऑय ! देखेव न, बिना पूछे-ताछे कैसे पट्ट दे ज्वाला का नायब तहसीलदारी पर नामज़द कर दीन्हिन !"

पड़ोसी तीन पुश्त से तो राधेलाल के ख़ानदान को जानते ही थे। राधेलाल के बाबा मुंशी कुन्दनलाल फ़तहपुर में पहले-पहल पटवारी की हैसियत से आए थे और अपनी चालाकी, बेईमानी, जाल-फ़रेब के लिए बुरी तरह बदनाम थे। कुन्दनलाल ने एक पक्का मकान बनवाया था और हज़ारों रुपए नक़द पैदा किए थे। वह ज़मींदारी ख़रीदने की सोच रहे थे कि अनायास ठाकुर झूमरसिंह से उलझ पड़े। ठाकुर झूमरसिंह अकेले ज़मींदार ही नहीं थे, डाकू भी थे। लिहाज़ा एक रात मुंशी कुन्दनलाल के मकान पर डाका पड़ा। नक़दी-जेवर लेकर तथा मुंशी कुन्दनलाल के हाथ-पैर तोड़कर डाकू चलते बने थे, और कह गए थे कि अगर अधिक बावेला मचाया तो ख़ानदान-का-ख़ानदान क़त्ल कर दिया जाएगा।

कुन्दनलाल की कमाई का सिर्फ़ वह पक्का मकान ही उनके लड़के बनवारी के हाथ लगा। कुन्दनलाल का इकलौता लड़का बनवारी बेपढ़ा और आवारा निकल गया। बनवारीलाल ज़िन्दगी-भर बड़ी शान से रहा। कैसे, यह कभी किसी को नहीं मालूम हो सका। बनवारीलाल के दो लड़के हुए—मुंशी शिवलाल और राधेलाल। मुंशी शिवलाल अर्ज़ीनवीस थे और मुंशी राधेलाल लोगों से मुक़दमाबाज़ी करवाने और वकीलों की दलाली का पेशा करते थे।

मुंशी राधेलाल की लमतरानियों पर टीका-टिप्पणी करना या मुंशी राधेलाल के झूठ को काटना, यह किसी भी पड़ोसी की हिम्मत की बात नहीं थी। वे सब-के-सब मुंशी राधेलाल से बेतरह डरते थे। न जाने किस समय मुंशी राधेलाल किसी के साथ कोई बवाल खड़ा कर दें ! मुंशी शिवलाल के आते ही पड़ोसियों ने एक स्वर से आवाज़ लगाई, "मुबाकरबाद मुंशी शिवलाल ! कहिए, दावत कब की रहती है ?"

मुंशी शिवलाल ने मुस्कराते हुए कहा, "भाई, तुम लोगों की मेहरबानी है जो रामजी ने हमारी सुन ली। दो-चार दिन में सत्यनारायण की कथा कराने का इन्तज़ाम करते हैं। ज्वाला भी यहाँ जा जाए, उसी दिन दावत भी रहेगी।"

पड़ोसियों को विदा करके मुंशी शिवलाल मकान के अन्दर अपने कमरे में पहुँचे और कपड़े बदलने लगे। उसी समय छिनकी ने मुंशी शिवलाल के कमरे में प्रवेश किया। छिनकी कहारिन की उम्र प्रायः तीस साल की थी; गठा हुआ शरीर, साँवला रंग, मुँह पर लगातार नाचनेवाली अल्हड़ हँसी। छिनकी घसीटे की दूसरी बीवी थी; पहली बीवी रधिया क़रीब बारह साल पहले अपने आठ साल के लड़के भीखू को घसीटे के हाथ सौंपकर मर गई थी। छिनकी के कोई लड़का बाला न हुआ था, और न होने की कोई आशा थी। घसीटे की अवस्था भी तो अब क़रीब साठ साल होने आई थी।

मुस्कराते और आँख मटकाते हुए छिनकी ने कहा, "अब तो चाँदी की हँसली बनवाय देव ! लड़का नायब तहसीलदार हुइगा है।"

मुंशी शिवलाल ने छिनकी की ठोड़ी को हाथ लगाते हुए कहा, "अरी, तेरा हाथ हमने कब पकड़ा ? जमा-जथा तो सब तेरे हाथ में है, तू खुद बनवा ले !"

"आगी मां जाय तुम्हार जमा-जथा ! जो कुछ तुम पैदा करत हो, तौन तुम्हार गिरस्ती खाय जात है ! अब ई सब बहाना न चली। हँसली के बरे कालै रुपया चाही।"

"अच्छा-अच्छा," मुंशी शिवलाल ने कहा, "कल ही सुनार से हँसली के लिए कह दूँगा। हाँ, बहू क्या कह रही है ?"

मुंशी शिवलाल विधुर थे। उनकी पत्नी का देहान्त क़रीब आठ साल पहले हुआ था, जिस समय उनके लड़के ज्वालाप्रसाद की उम्र चौदह साल की थी। उसके दो साल पहले ज्वालाप्रसाद का विवाह हो गया था। मुंशी शिवलाल ने अपनी पत्नी के मरने के बाद दूसरा विवाह नहीं किया, यद्यपि उनके नाते-रिश्तेदारों ने ज़ोर बहुत दिया था। उन्होंने यही कहा था, "लड़का है, बहू है, छोटा भाई है और उसका ख़ानदान है। इतना सब होते हुए शादी की क्या ज़रूरत है ? अब तो अपना बुढ़ापा है और रामजी का नाम !"

छह महीने पहले ज्वालाप्रसाद का गौना हुआ था और उसकी पत्नी घर आ गई थी। लेकिन घर में राधेलाल की पत्नी का शासन था। जमुना केवल बहू थी। जमुना की अवस्था उस समय सोलह साल की थी।

छिनकी ने थोड़ा बिगड़ते और थोड़ा गम्भीर होते हुए कहा, "रसोई बनाय रही है। देखो, छोटी मालकिन बहू के साथ बड़ी जादती करती है। बिचारी ज्वाला की बहू कच्ची उमिर की, तौन दिन-रात ऊसे काम लेती हैं। हम पूछित हन कि तुम छोटी मालकिन का मना काहे नाहीं करत हो ?"

मुंशी शिवलाल ने छिनकी की बात टालते हुए कहा, "अरी, छोड़ भी, राधे की बहू कोई पराई थोड़े ही है, घर की मालकिन है। जैसा ठीक समझती है वैसा करती है।"

मुंशी शिवलाल की लाड़ली होते हुए भी छिनकी को मुंशी शिवलाल के घर के मामलों पर कोई अधिकार न था। छिनकी ने हतप्रभ होकर कहा, "हाँ-हाँ, सुना। अच्छा, हम जरा बहू की रोटी बिलाय देई जाय के, बिचारी का कछु हाथ बट जाए।"

ज्वाला की बहू जमुना रसोईघर में चूल्हा फूँक रही थी और बरसात की गीली

लकड़ियाँ जलने का नाम न लेती थीं। जमुना की आँखें लाल हो गई थीं, मिज़ाज बेतरह बिगड़ा हुआ था। वह रसोई से चिल्ला रही थी, "छिनकी चाची, ओ छिनकी चाची ! कहाँ मर गईं जाए के ?"

छिनकी ने रसोईघर में प्रवेश करते हुए कहा, "बड़े मुंशी केर हाथ-पैर धुलाइत रहिन !" और छिनकी रोटियाँ बिलाने लगी। थोड़ी देर तक छिनकी चुप रही, फिर उसने कहा, "बहू सुनेव ! ज्वाला नायब तहसीलदार हुइ गए हैं।"

अपने पति की नायब तहसीलदारी पर नामज़दगी की ख़बर जमुना ने कुछ देर पहले चाची से सुनी थी, लेकिन उस ख़बर का महत्त्व उसकी समझ में नहीं आया था। जमुना को चाची से और अधिक पूछने की हिम्मत भी नहीं पड़ी, विशेषतः अपने पति के सम्बन्ध में। छिनकी से उसने पूछा, "नायब तहसीलदार हुइ गए हैं तो का होई छिनकी चाची ?"

छिनकी खिलखिलाकर हँस पड़ी, "तुम्हरे भोलेपन पर बलिहारी जाऊँ बहू ! अरे, नायब तहसीलदार बड़ा अफसर होता है। बस, ऐसा समझो जैसे राजा होय। सैकड़न नौकर-चाकर, चीज-बस्त, जमा-जथा। जैसे रानी-महारानी की तरह रहियो बहू !"

"सच्ची !" आश्चर्य से जमुना ने पूछा।

"और नहीं का झूठी ! मुला ज्वाला का परदेस जॉय का पड़ी बहू ! तौन एक बात हमार मानो बहू !"

"बोलो चाची," जमुना ने कहा।

"ज्वाला के साथ तूहौ परदेस चली जा, अपन घर-गिरस्ती बसाय जाए के बहू। ज्वाला का अकेले न जॉय दीन्हेस ?" और छिनकी अपनी बात कहते-कहते एकाएक रुक गई।

उसी समय राधेलाल की बीवी ने रसोईघर में प्रवेश किया, "काहे री छिनकी, बहू का का समझाय-पढ़ाय रही है ? यह कच्ची उमिर की बहू भला परदेस जाई ? हम मर गई हन का ? पन्द्रह दिन के लिए हम ज्वाला के साथ जाए के सब कुछ ठीक कर देब।"

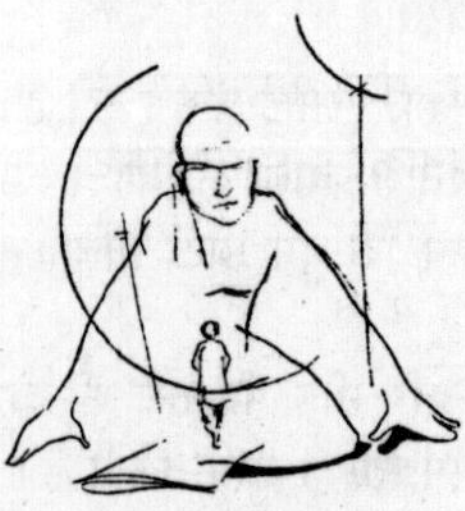

2

मुंशी रामसहाय के सामने एक वास्तविक समस्या उठ खड़ी हुई थी।

राजपुर के वह सबसे बड़े ज़मींदार थे और पूरे हमीरपुर ज़िले में ही नहीं, वरन् समस्त बुन्देलखंड में उनका आदर था, प्रतिष्ठा थी। मुंशी रामसहाय धर्मनिष्ठ प्राणी

थे—सीधे-सादे आदमी, सरल और आडम्बरहीन। कभी उनके द्वार से कोई निराश नहीं लौटा; मुंशीजी दान-दया के लिए प्रसिद्ध थे।

मुंशीजी की हवेली में एक बहुत बड़ा कुआँ था जिसे उन्होंने क़रीब पन्द्रह साल पहले अपने बाग़ की सिंचाई करने के लिए खुदवाया था। संयोगवश उस कुएँ का पानी बहुत मीठा और शीतल निकला। नतीजा यह हुआ कि उस कुएँ का पानी अकेले सिंचाई ही नहीं, बल्कि पीने के काम में भी आने लगा।

मुंशी रामसहाय की हवेली के उत्तर में प्रायः एक फर्लांग की दूरी पर चमारों की एक बड़ी बस्ती थी। ये चमार मुंशीजी की प्रजा थे। उन्होंने मुंशीजी से प्रार्थना करके उस कुएँ से पानी भरने की आज्ञा प्राप्त कर ली थी। कुआँ हवेली की उत्तरवाली चहारदीवारी से मिला हुआ था। मुंशी रामसहाय ने बहुत सोच-विचारकर अपनी हवेली की चहारदीवारी का वह भाग, जो कुएँ के निकट था, तुड़वा दिया और कुएँ का आधा हिस्सा चहारदीवारी से बाहर करके फिर से चहारदीवारी खिंचवा दी, जिससे चमार लोग बाहर से ही पानी भर लिया करते थे।

उस हवेली के पूरब में मुंशीजी के बाग़ से मिली हुई ब्राह्मणों की एक बस्ती थी, जिसका नाम बम्हनटुलिया था। अनायास ही चार-पाँच दिन पहले बम्हनटुलिया के चार कुओं का पानी खारा पड़ गया। बम्हनटुलिया के निवासियों के लिए एक भयानक जल-संकट उत्पन्न हो गया, क्योंकि जो तीन कुएँ बचे थे वे छोटे-छोटे थे। उस पर विधि की और अकृपा हुई। पानी उस दिन तक नहीं बरसा था, यद्यपि बरसात का मौसम आ गया था, और इसलिए कुओं का पानी सूखने लगा था। प्रतिष्ठित ब्राह्मणों ने बहुत कुछ सोचा-विचारा और इस जल-संकट से त्राण पाने का केवल एक उपाय उन्हें सूझा। वह था मुंशी रामसहाय के कुएँ से पानी लेने का। लेकिन प्रश्न यह था कि जिस कुएँ से चमार पानी भरते हों, उस कुएँ से ब्राह्मणों के पानी लेने से क्या ब्राह्मणों का धर्म बच सकेगा ? ब्राह्मण उस कुएँ से तभी पानी ले सकते थे जब चमारों को उससे पानी भरने को मना कर दिया जाए।

ब्राह्मणों के वयस्क प्रतिष्ठित प्रतिनिधियों का एक दल उस प्रस्ताव को लेकर मुंशी रामसहाय के सामने उपस्थित हुआ। उस दल के नेता स्वभावतः मुंशी रामसहाय के पुरोहित पंडित सदाशिव थे। पंडित सदाशिव मिश्र ने गम्भीर मुद्रा बनाकर इस जल-संकट का चित्र खींचते हुए ब्राह्मणों का प्रस्ताव मुंशी रामसहाय के सामने रखा। बाकी प्रतिनिधिगण चुपचाप बैठकर मुंशी रामसहाय के उत्तर की प्रतीक्षा करने लगे। प्रस्ताव सुनकर मुंशी रामसहाय सहम-से गए। थोड़ी देर तक वह चुपचाप सोचते रहे, फिर उन्होंने धीमे स्वर में कहा, "पुरोहितजी, संकट तो आप सब महानुभावों पर बहुत भारी पड़ा है और मुझे आप सब लोगों से पूर्ण सहानुभूति है। लेकिन मेरे सामने प्रश्न यह है कि आप लोगों का संकट दूर करने के लिए उन चमारों को संकट में डालना कहाँ तक मेरे लिए उचित होगा ? आप सब लोग धर्म-धुरीण प्राणी हैं; आप ही सोचें कि किस प्रकार मुझसे यह होगा। हाँ, एक काम मैं कर सकता हूँ, ढाई सौ रुपए लगाकर मैं एक बड़ा-सा पक्का

कुआँ आप लोगों के लिए बनवा दूँगा। कल ही से कुआँ खुदवाने का काम आरम्भ हो जाएगा।"

पंडित सदाशिव सम्भवतः इस उत्तर के लिए तैयार थे। उन्होंने तत्काल ही कहा, "मुंशीजी, आप चमारों के लिए ही क्यों न दूसरा कुआँ खुदवा दें ? कौन जाने, नए कुएँ का पानी कैसा निकले !"

मुंशी रामसहाय ने उत्तर दिया, "पुरोहितजी, आप सब लोग जानते हैं कि आज पन्द्रह साल से ये चमार इस कुएँ से पानी भर रहे हैं और एक तरह से इस कुएँ पर इनका अधिकार हो गया है। उस अधिकार को, जो मैं पन्द्रह साल पहले उन्हें दे चुका हूँ, भला किस अपराध के दंडस्वरूप मैं उनसे छीन सकता हूँ ?"

इस बार पंडित रघुवर दुबे के बोलने की बारी थी। पंडित रघुवर दुबे अपने ऊटपटाँग तर्क और कटु स्वभाव के लिए प्रसिद्ध थे। उन्होंने तीखे स्वर में कहा, "वह तो हम लोग समझे, लेकिन जब तक कुआँ न खुदे, तब तक हमारे लिए जल का क्या प्रबन्ध होगा मुंशीजी, आपने यह नहीं बतलाया।"

मुंशीजी रामसहाय ने उसी तरह शान्त भाव से कहा, "मेरा कुआँ तो है ! तब तक आप लोग इस कुएँ का उपयोग करें। आप लोग बग़ीचे के अन्दर आकर मेरी तरफ़ से पानी भर सकते हैं।"

ब्राह्मण-मण्डली में थोड़ी देर के लिए एक सन्नाटा छा गया। फिर पुरोहित सदाशिव ने कहा, "क्या हम लोग ठीक सुन रहे हैं मुंशीजी ? आप धर्म को जानते हुए भी ब्राह्मणों से उस कुएँ का पानी लेने को कह रहे हैं जिससे चमार पानी भरा करते हैं !"

मुंशी रामसहाय के पास मानो उत्तर मौजूद था, "पुरोहितजी, जहाँ धर्म की व्याख्या की गई है वहीं आपद्धर्म की भी व्याख्या की गई है। मैंने आप लोगों के सम्मुख जो सुझाव रखा है वह आपद्धर्म के अन्तर्गत आता है।"

मुंशी रामसहाय का उत्तर सुनकर रघुवर दुबे की भृकुटियाँ तन गईं। उन्होंने अपने स्वाभाविक तीखे और कटु स्वर को और भी तीखा और कटु बनाते हुए कहा, "मुंशीजी, आपद्धर्म की व्याख्या तुम्हारे-जैसे शूद्रों के लिए की गई है, हम ब्राह्मणों के लिए आपद्धर्म नाम की कोई चीज़ नहीं होती।"

रघुवर दुबे की बात सुनकर मुंशी रामसहाय ने केवल मुस्करा-भर दिया, लेकिन उनकी बग़ल में बैठे बाईस वर्ष के नवयुवक ज्वालाप्रसाद को क्रोध आ गया। उसने मुंशी रामसहाय से कहा, "मामा, आपके टुकड़ों पर पलनेवाले आपके मुँह पर आपका अपमान कर रहे हैं, और आप हँस रहे हैं। मुझसे ऐसी बात कही गई होती तो मैं कहनेवाले की जीभ खिंचवा लेता।" और यह कहकर उसने उत्तेजित स्वर में पुकारा, "झूरीसिंह !"

उत्तर में एक हट्टा-कट्टा आदमी हाथ में एक लट्ठ लिए वहाँ उपस्थित हो गया।

लेकिन ज्वालाप्रसाद के कुछ कहने से पहले ही मुंशी रामसहाय ने झूरीसिंह से कहा, "कुछ नहीं, बाहर बैठो जाकर !"

झूरीसिंह के जाने के बाद मुंशी रामसहाय ने रघुवर दुबे से कहा, "दुबेजी, लड़का

नादान है, खून में गरमी है, ज़रा-ज़रा-सी बात पर उबल पड़ता है, तो इसकी बात का बुरा न मानिएगा। लेकिन स्थिति मैंने स्पष्ट कर दी है। ढाई सौ रुपए से मैं कल से ही कुआँ खुदवाना आरम्भ किए देता हूँ; या अगर आप लोगों में कोई तैयार हो तो वह अपनी देखभाल में यह काम उठा लें। इस काम में देरी नहीं होनी चाहिए।"

ब्राह्मणों का वह प्रतिनिधि-मण्डल कुछ सन्तुष्ट और कुछ असन्तुष्ट वहाँ से वापस लौट गया। उन लोगों के जाने के बाद मुंशी रामसहाय ने ज्वालाप्रसाद से कहा, "ज्वाला बेटा, क्रोध को शान्त करने का साधन क्रोध नहीं हुआ करता, वह तो आग में घी डालने के समान है। क्रोध को केवल शान्ति जीत सकती है जो शीतल जल के समान है। तुम्हें अपने ऊपर अधिकार रखना चाहिए।"

"लेकिन मामा, मैंने ग़लत बात कब कही ! वे लोग इस तरह आपका अपमान कर सकते हैं, और आप इस प्रकार उस अपमान पर हँसकर अपनी कायरता ही प्रदर्शित करते हैं; तब ये लोग आपकी सद्भावनायुक्त शान्ति को भय से भरी कायरता ही समझेंगे। इसका परिणाम यह होगा कि उनमें आपका ही नहीं वरन् दूसरों का भी अपमान करने का साहस बढ़ेगा। मुझे आपका हँसना बहुत बुरा लगा।"

"वह मेरी कायरता नहीं थी बेटा, कायरता तब होती जब मैं उनकी बात मान लेता। मैं तो उनकी बात पर हँसा था, उनकी कुबुद्धि पर, उनके अज्ञान पर। रूढ़िग्रस्त, अपने वर्ग के मद में चूर ! लेकिन इसमें उन लोगों का दोष नहीं है। इसमें उस संस्कृति और उस शिक्षा का दोष है, जो उन्हें मिली है। ये लोग तो दया के पात्र हैं, क्योंकि अपने मिथ्याभिमान के कारण ये लोग अपना ही अहित कर लेते हैं।"

मुंशी रामसहाय की बात ज्वालाप्रसाद की समझ में आई या नहीं, यह कहना कठिन है; लेकिन ज्वालाप्रसाद ने उस तर्क को आगे नहीं बढ़ाया। मुंशी रामसहाय यह कहते हुए उठ खड़े, "ज्वाला बेटा, एक तथ्य की बात सुन लो—धर्म के दो रूप होते हैं, एक सामाजिक और दूसरा वैयक्तिक। दोनों धर्मों का समान रूप से पालन करना हरेक साधारण गृहस्थ का धर्म है। समाज छुआछूत को मानता है, समाज वर्गों में ऊँच-नीच का भेद-भाव करता है, यह सब हमें स्वीकार करना पड़ेगा, क्योंकि हम सब समाज द्वारा शासित हैं, हम सबकी रक्षा समाज करता है। इन सामाजिक नियमों को तोड़ा नहीं जाता, इन नियमों को केवल बदला जाता है, और इन्हें बदलने की क्षमता महान त्यागियों और तपस्वियों में ही मिलेगी, हम-जैसे साधारण गृहस्थों में नहीं। इस सामाजिक धर्म के बाद वैयक्तिक धर्म आता है—दया, त्याग, ममता, प्रेम, सत्य, अहिंसा आदि का। लेकिन यह धर्म व्यक्तिगत जीवन से सम्बद्ध है, समाज से नहीं। हम वैयक्तिक धर्म का पालन करते हुए सामाजिक धर्म का पालन करने को बाध्य हैं। यदि सामाजिक व्यवस्था के आगे हम सिर नहीं झुकाते तो हम अराजकता के पाप के भागी होते हैं, और सामाजिक प्राणी होने के कारण हम गृहस्थ लोग अराजक बन ही नहीं सकते।"

मुंशी रामसहाय के जाने के बाद ज्वालाप्रसाद बहुत देर तक अपने मामा की बात के विषय में सोचता रहा। ज्वालाप्रसाद के अन्दर दो तरह के संस्कार थे—एक अपने

पिता के कुल के, और दूसरे अपनी माता के कुल के। इन दो संस्कारों में कहीं भी कोई सामंजस्य स्थापित नहीं हो पाता था।

ज्वालाप्रसाद के पिता का वंश पटवारियों का था और इसलिए मुंशी शिवलाल का विवाह मुंशी रामसहाय की बहिन के साथ कैसे हो गया, यह अधिकांश लोगों के लिए समस्या थी। मुंशी रामसहाय के पिता मुंशी हरसहाय को लड़की के विवाह के मामले में धोखा हुआ। प्रथा के अनुसार यह विवाह मुंशी हरसहाय के नाऊ ने तय कराया था। मुंशी शिवलाल के पिता मुंशी बनवारीलाल रईसी ढंग से रहते थे, और नाऊ उनसे बहुत अधिक प्रभावित हुआ था। बरिच्छा की रस्म हो जाने के दो महीने बाद मुंशी हरसहाय को पता चला कि लड़की का विवाह पटवारियों के ख़ानदान में तय हो गया है। वैसे मुंशी हरसहाय उस समय इस विवाह से इनकार कर सकते थे, पर वे बात के धनी थे। जिस समय उनके निकट सम्बन्धियों ने उनके सामने इस विवाह को तोड़ने का प्रस्ताव रखा, उन्होंने भाव से कहा था, "भाई, आदमी-आदमी सब बराबर होते हैं, चाहे वह पटवारी हो, चाहे वह क़ानूनगो हो। विवाह तो दैवी बन्धन है, जिस दिन बरिच्छा हुई उसी दिन यह बन्धन बँध गया। भगवान की इच्छा यही थी कि लड़की का भाग्य उसे वहाँ ले जाए !"

ज्वालाप्रसाद की प्रारम्भिक शिक्षा मुंशी रामसहाय के यहाँ ही हुई थी। एक तरह से वह मुंशी रामसहाय को ही अपना सब कुछ मानता था। अंग्रेज़ी पढ़ने के लिए मुंशी रामसहाय ने ही ज्वालाप्रसाद के कानपुर में रहने की व्यवस्था की थी। स्कूल में छुट्टी होने पर वह कभी-कभी फ़तेहपुर चला जाता था, लेकिन वह अकसर राजपुरा जाया करता था। मुंशी शिवलाल को भी इस पर कोई विशेष आपत्ति नहीं थी।

ज्वालाप्रसाद अपने पिता और चाचा की तुलना मन-ही-मन अपने मामा से कर रहा था। दोनों में कितना अधिक अन्तर था ! उसे एक तरह से अपने पितृवंश से ग्लानि-सी हो रही थी। लेकिन यह विचारधारा उसके लिए काफ़ी दुखद थी। उसके अन्दरवाला अन्धकार धीरे-धीरे उसकी आँखों में घिर आया। उस समय शाम हो गई थी और वह गाँव के बाहर की ओर घूमने चल दिया।

वह घर से नौ क़दम भी न गया होगा कि उसे मकान की ओर एक बैलगाड़ी आती हुई दिखाई दी। उसके आश्चर्य का कोई ठिकाना न रहा जब उसने बैलगाड़ी पर अपने चाचा और मुंशी राधेलाल को बैठे देखा। तेज़ी के साथ वह बैलगाड़ी की ओर बढ़ा और उसने मुंशी राधेलाल के चरण छुए।

"आप चाचाजी, आपने अपने आने की ख़बर ही नहीं दी, नहीं तो बहली हमीरपुर भिजवा दी जाती।"

मुस्कराते हुए मुंशी राधेलाल ने कहा, "अरे, इतना बखत कहाँ रहा कि हम लोग तुम्हारे मामा को खत भेजित ! भइया हमका तुरतै भेज दीन्हिन कि तुम्हें साथ मां लिवाय लाई।"

"ख़ैरियत तो है ?" ज्वालाप्रसाद ने चिन्तित होकर पूछा, "ऐसी क्या बात आ पड़ी

कि मुझे बुलवाया है ?"

"ज़रा घर तो चलो; थकावट-वकावट मिटाकर बात बतलाएँगे; वैसे घबराने की कोई बात नहीं है।"

मुंशी रामसहाय स्वयं न तो गोश्त खाते थे, न शराब पीते थे; लेकिन मुंशी राधेलाल के लिए शराब और गोश्त दोनों का ही प्रबन्ध किया गया। घर पहुँचकर स्नान आदि से निवृत्त होते ही मुंशी राधेलाल महुवे की बोतल लेकर बैठ गए। ज्वालाप्रसाद के लाख पूछने पर भी कि उसे किसलिए बुलाया गया है, मुंशी राधेलाल ने टाल-टूल का ही उत्तर दिया। हर उत्तर के बाद वह यह अवश्य कह देते थे, "हम हैं मुंशी राधेलाल, हमसे बात निकलवा लेना आसान नहीं है !"

रात में मुंशी रामसहाय मुंशी राधेलाल को लेकर भोजन करने बैठे। ज्वालाप्रसाद की भी थाली वहाँ लगी थी। मुंशी रामसहाय की पत्नी महारानी खाना परोस रही थी।

मुंशी राधेलाल की ज़बान अब खुली। उन्होंने अजीब तरह से अपना मुँह बनाते हुए मुंशी रामसहाय से पूछा, "मुंशी रामसहाय साहेब, आप हमारे ख़ानदान की बाबत क्या समझते हैं ?"

प्रश्न इतना अटपटा था और वह इतना अनायास किया गया था कि मुंशी रामसहाय घबरा गए। वे मुंशी राधेलाल की ओर ग़ौर से देखते हुए बोले, "क्या पूछा आपने ?"

मुंशी राधेलाल का चेहरा कुछ और अधिक बिगड़ा, "यही कि आप हमारे ख़ानदान की बाबत क्या समझते हैं ?"

मुंशी रामसहाय अजीब असमंजस में पड़ गए। उन्होंने कुछ सँभलते हुए कहा, "आप लोग हमारे मान्य हैं मुंशी राधेलाल साहब, और मान्य तो पूज्य होते ही हैं।"

मुंशी रामसहाय के उत्तर से मुंशी राधेलाल सन्तुष्ट नहीं हुए; सन्तुष्ट होने के लिए उन्होंने यह प्रश्न किया ही नहीं था—"मान-वान की बातें तो हमने बहुत सुनी हैं; इन्हें छोड़िए। मेरा तो आपसे सीधा-सादा सवाल था कि आप हमारे ख़ानदान की बाबत क्या समझते हैं ?"

मुंशी राधेलाल के स्वर में कुछ अजीब तरह का व्यंग्य था। मुंशी रामसहाय की पत्नी महारानी वहीं खड़ी थी। अब उससे न रहा गया। उसने मुस्कराते हुए मज़ाक़ किया, "लाला, कुछ ज़्यादा दारू पी गए हो ?"

मुंशी राधेलाल ने अकड़ते हुए कहा, "अरी भौजी, इतनी दारू क्या, वह तो पेशाब करके बहा भी दी है। यहाँ तो घड़ों पी जाते हैं और मजाल है कि चेहरे पर शिकन आ जाए ! तो मुंशी रामसहाय, आपने बतलाया नहीं कि आप हमारे ख़ानदान की बाबत क्या समझते हैं ?"

मुंशी रामसहाय अजीब धर्म-संकट में पड़ गए। मुंशी राधेलाल के ख़ानदान के सम्बन्ध में जो सत्य था वह अप्रिय था; और अप्रिय सत्य वह कहना नहीं चाहते थे। लेकिन झूठ भी वह नहीं बोल सकते थे; क्योंकि झूठ बोलना उन्होंने हमेशा पाप समझा

था। मुंशी रामसहाय ने बड़ी विवशता के साथ ज्वालाप्रसाद की ओर देखा।

ज्वालाप्रसाद अपने चाचा की इस हरकत से चकित ही नहीं, लज्जित भी था। उसने बात टालते हुए कहा, "छोड़िए भी इस बात को चाचाजी ! हम लोगों के ख़ानदान की बाबत कोई कुछ भी समझे, इससे हम लोगों का कुछ बनता-बिगड़ता थोड़े ही है।"

लेकिन मुंशी राधेलाल ने यह बात छोड़ने के लिए तो उठाई नहीं थी। उन्होंने ज्वालाप्रसाद को डाँटा, "तुम कल के लौंडे हो, तुम इन मामलों को क्या समझो ! मैं बात कर रहा हूँ मुंशी रामसहाय से, जो यहाँ के सबसे बड़े जमींदार हैं, इज़्ज़तदार हैं, आबरूदार हैं। मैं इनसे पूछ रहा हूँ कि इन्होंने हमारे ख़ानदान की बाबत क्या समझ रखा है।"

मुंशी रामसहाय इस पर भी मौन ही रहे। एक मौन सौ बलाओं को टालता है, वह यह जानते थे। मुंशी राधेलाल अब अपने को न रोक सके, और एकाएक हँस पड़े, "मुंशी रामसहाय, हम लोगों के ख़ानदान का यह लड़का, यह ज्वाला, इसे देख रहे हैं आप, तो यह लड़का नायब तहसीलदारी पर नामज़द हो गया है, जी हाँ, नायब तहसीलदारी पर ! बजवाइए रोशन-चौकी, करवाइए मुजरा, दिलवाइए दावत ! ख़र्च की परवाह मत कीजिए !" यह कहते-कहते मुंशी राधेलाल ने अपनी टेंट से निकालकर पच्चीस रुपए मुंशी रामसहाय के सामने फेंक दिए, "ये रुपए लीजिए ! जश्न रहे, लोग समझ लें कि मुंशी रामसहाय के बहनोई मुंशी राधेलाल ने दावत दी है, अपने भतीजे के नायब तहसीलदारी पर नामज़द हो जाने की खुशी में !"

यह ख़बर सुनते ही मुंशी रामसहाय पानी पीकर उठ खड़े हुए। उन्होंने ज्वालाप्रसाद की पीठ पर हाथ रखा, "भगवान को बहुत-बहुत धन्यवाद कि उन्होंने मेरी सुन ली !" और मुंशी राधेलाल को उनके रुपए वापस करते हुए उन्होंने कहा, "राधेलाल साहेब, इस लड़के पर मेरा भी कुछ हक़ है। कल पूरा जश्न रहेगा, आप इतमीनान रखिए।"

राधेलाल ने रुपए अपनी टेंट में खोंस लिए। मुंशी रामसहाय के गले में हाथ डालते हुए उन्होंने कहा, "भाई साहेब, कितनी खुशी का मौक़ा है ! लेकिन क्या बतलाऊँ, यह ज्वाला कल के जश्न में शरीक नहीं हो सकेगा। इसे फ़ौरन से पेशतर फ़तहपुर पहुँचकर वहाँ के कलक्टर से मिलना है, उसके बाद ही इसे कानपुर के लिए रवाना हो जाना पड़ेगा। वहाँ के कलक्टर से मिलकर इसे घाटमपुर जाना है, क्योंकि वहीं इसको चार्ज लेना है। ख़ैर, ज्वाला कल अकेला चला जाएगा, मैं परसों चला जाऊँगा, क्योंकि इसके जाने का इन्तज़ाम तो मुझे ही करना पड़ेगा।"

ज्वालाप्रसाद की मामी महारानी की प्रसन्नता का ठिकाना न था। ज्वालाप्रसाद को उन्होंने अपने लड़कों की तरह पाला था। उसने उसी रात ज्वालाप्रसाद के जाने का पूरा प्रबन्ध कर दिया। दूसरे दिन सुबह तड़के ज्वालाप्रसाद हमीरपुर के लिए रवाना हो गया। महारानी ने ज्वालाप्रसाद को विदा करते समय आँखों में प्रसन्नता के आँसू भरकर कहा, "बेटा, अपनी ननिहाल को न भूलना। घाटमपुर यही पास में तो है, अपने साथ अपनी बहू को लेते आना। कभी मैं बहू के यहाँ चली जाऊँगी, कभी बहू मेरे यहाँ चली आएगी। लाख कोई कहे, बहू को फ़तहपुर मत छोड़ना। मैं तुम्हारे मामा से चिट्ठी लिखवाकर

तुम्हारे चाचा के हाथ भिजवा दूँगी।"

मामा और मामी को प्रणाम करके, अपने दो ममेरे भाइयों को प्यार करके और मुंशी राधेलाल को जश्न मनाने के लिए छोड़कर ज्वालाप्रसाद ने बहली हमीरपुर की ओर हँकवा दी। हमीरपुर वहाँ से पाँच कोस की दूरी पर था। दिनभर हमीरपुर में रुककर शाम के समय वह ऊँटगाड़ी द्वारा कानपुर के लिए रवाना हुआ और दूसरे दिन दोपहर के समय वह फ़तहपुर पहुँच गया, जहाँ उसके पिता मुंशी शिवलाल बड़ी व्यग्रता के साथ उसकी प्रतीक्षा कर रहे थे।

फ़तहपुर में ज्वालाप्रसाद का समय बड़ी चहल-पहल में बीता। मुंशी शिवलाल ज्वालाप्रसाद को हरेक बड़े अफ़सर के यहाँ खुद ले जाकर उससे सलाम करवा लाए। फ़तहपुर के कायस्थों ने और मुहल्लेवालों ने ज्वालाप्रसाद की दावतें दीं और मुंशी शिवलाल ने जी खोलकर महफ़िलें कराईं। जिस दिन ज्वालाप्रसाद को फ़तहपुर से घाटमपुर के लिए रवाना होना था, उससे दो दिन पहले छिनकी ने जमुना से पूछा, "सुना है, तुम्हारी मामीजी लिखवाइन रहैं कि तुमहूँ का घाटमपुर साथ मां भेज देंय, मुला तुम्हारे जाँय की कौनो तैयारी नाहीं दिखाई देत है। तुम ज्वाला से कहेब नाहीं ?"

जमुना ने उदास भाव से उत्तर दिया, "का बताई छिनकी चाची, हम तो उनसे बहुत कहा, मगर उई कुछ सुनतै नाहीं। कहत हैं कि जैस बप्पा ठीक समझिहैं तैस करिहैं।"

"तो का ज्वाला अकेले जाय रहा है ? छोटी मालकिनौ की कौनों तैयारी नाहीं दिखात है।" छिनकी बोली।

"अकेले ही जात हुइहैं, हमें कुछ बतउवो तो नाहीं हैं। फिर आपुस-मां बात करै की फुरसतौ कहाँ मिलत है, दिन-रात दावत-तवाजा लगे हुए हैं।"

छिनकी ने कुछ सोचते हुए कहा, "अच्छा, जरा ठहरो ! हम बड़े मुंशी से जाय के बात करित आन। ज्वाला के साथ तुम्हार जाव जरूरी आय, नाहीं तो ज्वाला की देखभाल को करी ?"

छिनकी की बात सुनकर जमुना सहम गई। उसने छिनकी का हाथ पकड़कर कहा, "तुमसे हमार बिन्ती है छिनकी चाची, ई सब बात तुम ई समै न उठाओ ! चाचीजी समझिहैं कि ई सब हमार काम है, तो उइ हमका कहूँ की न छुड़िहैं, तुम तो जानती ही हौ !"

छिनकी ने अपना हाथ छुड़ाते हुए कहा, "इतना डराय से काम न चली बहुरिया। फिर हम बड़े मुंसी से यू थोड़े कहब कि तुम हमसे कहिलाए हो ! हम कौनो तरा उनका तुम्हें साथ भेजें पर राजी कर लेब—तुम सुचित हुइके बैठो।" और छिनकी बिना जमुना के उत्तर की प्रतीक्षा किए हुए चली गई।

मुंशी शिवलाल स्नान करके पूजा पर बैठने ही वाले थे कि छिनकी उनके कमरे में पहुँची। उन्होंने प्रश्न-सूचक दृष्टि से छिनकी की ओर देखा और छिनकी ने कहा, "एक बहुत जरूरी बात कहै का है।"

"बात क्या हमारे पूजा करने तक रुक नहीं सकती ?" मुंशी शिवलाल ने झुँझलाते

हुए पूछा।

"अगर रुक सकत होत तो भला हम तुम्हारी पूजा मां बिघन डलतिन ! भला बताओ, हम कबहूँ ऐसी नासमझी कीन है ?" छिनकी ने कुछ मुस्कराते हुए कहा।

मुंशी शिवलाल शान्त होकर बोले, "अच्छा, जल्दी से अपनी बात कह दे, मुझे आज बहुत काम है, ज्वाला की पूरी तैयारी करनी है।"

छिनकी ने अब थोड़ा-सा उलाहने का भाव प्रदर्शित करते हुए कहा, "हमार तुम लोगन की गिरस्ती मां कौनो अधिकार नाहीं आय, ई हमका मालूम है और हमका एहिकी कौनो सिकायतो नाहीं है। मुला हम तुमसे पूछ रही हन कि ज्वाला अकेले जाय रहा है ?"

"हाँ, रामू की बहू के लड़का होनेवाला है न, तो छोटी की तैयारी मैंने रुकवा दी, गोकि वह जाने के लिए तुली हुई थी।"

"तो फिर ज्वाला के खाए-पिए का कौन इन्तजाम होई ?" छिनकी ने प्रश्न किया।

"अरे, वहाँ कोई महराज रख लेगा। बड़ा अफ़सर होकर जा रहा है, उसे नौकर-चाकर की क्या कमी ? मैंने ज्वाला को सब कुछ समझा-बुझा दिया है, तू इसकी फ़िक्र मत कर।"

"बलिहारी जाऊँ तुम्हारी अक्किल पर !" छिनकी ने मुँह बनाते हुए कहा, "नौकरन के बल पर कबहूँ कौनो की गिरस्ती चली है कि ज्वाला की ही गिरस्ती चलिहै ! परदेस का मामला, हकूमत का जोर और ऊपै भद्दर जवानी की उमिर ! मान लेव, ज्वाला कौनो जवान पठिया घर मां बैठाय लेय तो ?"

मुंशी शिवलाल ने छिनकी को ज़ोर से डाँटा, "क्या अनाप-शनाप बकती है ?" और फिर आँखें बन्द करके वह कुछ सोचने लगे। मुंशी शिवलाल ने छिनकी को डाँट तो दिया था, लेकिन जो कुछ छिनकी ने कहा उससे वह शंकित अवश्य हो उठे। उन्होंने इस पहलू पर नहीं सोचा था—सबसे साधारण और स्वाभाविक पहलू।

छिनकी ने मुंशी शिवलाल के भाव ताड़ लिए। उसे मालूम हो गया कि तीर ठिकाने पर बैठा है। अपनी बात को अब आगे बढ़ाते हुए उसने कहा, "नाहीं, हमार यू मतलब न आय। ज्वाला केर ऐस तो सुलक्षन लड़का मिली न, बड़ा सीध, बड़ा भोला। तौन हम कहित आन कि भला नौकरन मां इतनी मोह-ममता कहाँ कि ऊ ज्वाला की पूरी तौर से देखभाल करैं ? तौन यू सोच लेब कि अकेले भला कैसे ज्वाला की तन्दुरुस्ती ठीक रहिहै !"

शिवलाल ने अपनी आँखें खोलीं—इस समस्या को तो उन्हें सुलझाना ही था। उन्होंने छिनकी की ओर कुछ देर तक एकटक देखा। फिर उन्होंने पूछा, "अच्छा, तो तू बोल कि तेरा मतलब क्या है ?"

छिनकी ने ज़रा तिनकते हुए कहा, "तुमसे तो बात करै मां डर लागत है। बुरा न मानो तो हम कही। लेकिन फिर हमारी बात मानै का पड़ी !"

"अरी, कह भी, मानने लायक बात होगी तो ज़रूर मानूँगा।"

"तो हमार मतलब यू आय कि तुम ज्वाला की बहू को ज्वाला के साथ भेज देब !"

"मुंशी रामसहाय ने भी यही लिखा था। लेकिन बहू को कैसे ज्वाला के साथ भेज दूँ ? वह वहाँ अकेले कैसे रहेगी ?"

"अकेले काहे का ? ज्वाला तो साथ मां जाय रहा है।" छिनकी ने कहा।

"वह तो ठीक है, लेकिन बहू की मदद करनेवाला, उसका हाथ बँटानेवाला भी कोई चाहिए।"

"तो हम बताई ! ज्वाला बड़ा अफसर हुइके जाय रहा है न। तो ज्वाला के साथ एक खिदमतगारौ चाही। अगर तुम कहौ, हम भीखू को साथ कर देई !"

भीखू के साथ जाने का प्रस्ताव सुनकर मुंशी शिवलाल का आसन डिगा। यह तो उचित ही था कि जो नायब तहसीलदार होकर जा रहा है, और न सही तो कम-से-कम रोब जमाने के लिए ही उसके पास एक निजी ख़िदमतगार होना चाहिए। भीखू घर का लड़का था, मुंशी शिवलाल के पड़ोस में वह पैदा हुआ था, मुंशी शिवलाल के घर में वह पला था। भीखू के साथ रहने पर ज्वाला की बहू को परदेस में कोई कष्ट नहीं होगा, यह निश्चित था।

"अच्छी बात है, ज्वाला की बहू से कह दे कि वह अपनी तैयारी करे, परसों दोपहर वक़्त जाना है यहाँ से, मैं छोटी से कहला दूँगा। और देख, भीखू को भी जाने के लिए तैयार कर दे !"

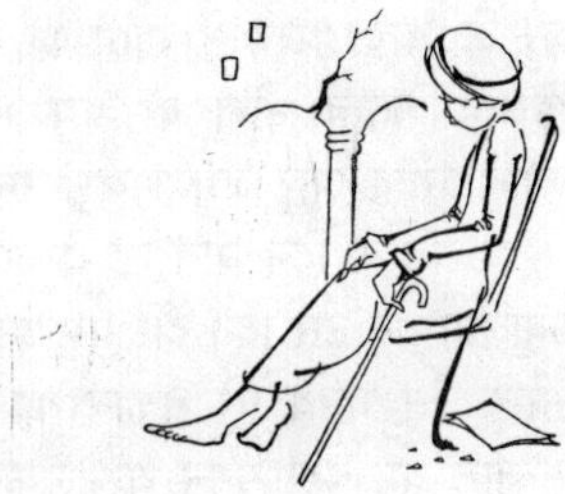

3

घसीटे को इस बात पर राज़ी करना कि ज्वालाप्रसाद के साथ भीखू को भेज दे, छिनकी के बाएँ हाथ का काम था। भीखू घसीटे का लाड़ला बेटा था और भीखू से घसीटे को बड़ी आशाएँ थीं। किसी भी कहार को उन दिनों अपने पुत्र से जो सबसे बड़ी आशा हो सकती थी वह यह कि वह या तो स्वतन्त्र रूप से बहँगी लगाए या पालकी ढोए, या फिर किसी राजा-महाराजा का ख़िदमतगार हो जाए। जहाँ तक बहँगी लगाने का काम था, भीखू का ऐसा ख़याल था कि इसमें उसको सफलता नहीं मिलेगी, क्योंकि हिसाब-किताब में कच्चा होने के कारण उसे फ़ायदे की जगह घाटा ही होगा। और पालकी ढोने का काम उसे पसन्द नहीं था। भीखू का ऐसा मत था कि बोझा ढोने के लिए भगवान ने बैल बनाए हैं, गधे बनाए हैं, ऊँट बनाए हैं और भी न जाने कितने जानवर बनाए हैं, फिर भला मनुष्य यह सब काम क्यों करे ! और रहा राजा-महाराजा

का ख़िदमतगार बनना, सो घसीटे के बस में यह न था कि वह किसी राजा-महाराजा के यहाँ उसकी नौकरी लगवा सके।

तहसीलदार या नायब तहसीलदार की नौकरी किसी राजा-महाराजा की नौकरी से कम नहीं होती, घसीटे यह जानता था। फिर मुंशी शिवलाल के घर में भीखू की गणना घर के लड़कों में होती थी। घसीटे ने छिनकी के प्रस्ताव का बड़ी प्रसन्नतापूर्वक स्वागत किया। घसीटे ने जब भीखू से ज्वालाप्रसाद के साथ घाटमपुर जाने को कहा तो भीखू प्रसन्नता से उछल पड़ा। नई जगह जाने की खुशी, स्वयं काम करके आजीविका उपार्जित करने की खुशी, इसी खुशी में वह अपने माता-पिता के वियोग का अनुभव ही नहीं कर सका।

भीखू के हृदय में ज्वालाप्रसाद के प्रति एक प्रकार की ममता थी। बाल्यकाल से वह मुंशी शिवलाल के घर में पला था, खेला था। राधेलाल के लड़के रामलाल और श्यामलाल उसे सताते थे, लेकिन ज्वालाप्रसाद हमेशा उसका पक्ष लेता था। एक तरह से वह ज्वालाप्रसाद को अपना बड़ा भाई, अपना पथ-प्रदर्शक और परम्परा के अनुसार अपना मालिक मानता था।

ज्वालाप्रसाद और जमुना के साथ जब भीखू घाटमपुर पहुँचा तो उसने अनुभव किया कि वह एक साथ ही एक नए पद पर बैठ गया है। ज्वालाप्रसाद के घर का प्रबन्धकर्ता एक तरह से भीखू ही था। सरकारी काम-काज से ज्वालाप्रसाद को फुरसत नहीं मिलती थी और जमुन। एक बड़े अफ़सर की पत्नी के कर्तव्यों को निबाहने के लिए घर के अन्दर परदे में रहती थी, पलँग पर बैठकर शासन करती थी। घर के ख़र्च का हिसाब-किताब भीखू के हाथ में था; घर का भंडार भीखू के हाथ में था। भीखू ज्वालाप्रसाद और जमुना का, उनकी गृहस्थी में, एक प्रकार से माध्यम बन गया था।

जाड़े के दिन बीत रहे थे और भीखू बाहर के बरामदे में बैठा चिलम पी रहा था। ज्वालाप्रसाद उस दिन दौरे पर गए हुए थे और जमुना ज़मींदारिन के यहाँ चली गई थी। भीखू उस समय पूरे मकान का मालिक था। वह मन-ही-मन बड़ा प्रसन्न था, बड़ा सन्तुष्ट था, बड़ा मगन था। एकाएक उसके सुख की यह विचारधारा टूटी और उसने देखा कि उसके सामने पास के गाँव शिवपुरा के नम्बरदार खड़े हैं और पूछ रहे हैं, "काहे रे ! नायब तहसीलदार साहेब घर मां हैं ?"

"नाहीं सरकार, उइ तो दौरा पर गए भे हैं, कल के आवै की बात है !" भीखू ने उठकर उत्तर दिया।

नम्बरदार अकेले नहीं आए थे, उसके साथ एक आदमी था, जिसके सिर पर एक झाबा था। भीखू से उन्होंने कहा, "नायब तहसीलदार साहेब से कह देना कि शिवपुरा के नम्बरदार लाला परभूदयाल आए थे। हम दो-चार दिन में फिर ख़िदमत में हाज़िर होंगे। और बहूजी के पास यह सामान भिजवा देना !" यह कहकर लाला प्रभुदयाल ने झाबा अपने आदमी से उतरवाकर भीखू के सामने रखवा दिया।

भीखू ने एक बार ललचाई दृष्टि से उस झाबे को देखा, फिर थोड़ा-सा ठिठककर

उसने कहा, "बहूजी घर पर नहीं हैं, और फिर हमरे सरकार का कड़ा हुकुम है कि जो कोऊ कुछ देन आवै तो हम बिना सरकार का बताए और दिखाए न लेई।"

"अबे, हम यह झाबा सरकार के लिए थोड़े ही लाए हैं। यह तो नम्बरदारिन ने नायब तहसीलदारिन के लिए आनेवाली होली की सौग़ात भिजवाई है। इसके साथ-साथ उन्हें होली में शिवपुरा आने का न्यौता भी है, समझा !" और यह कहकर लाला प्रभुदयाल ने अपनी टेंट से एक रुपया निकालकर भीखू की ओर बढ़ाया, "और यह अपनी बखसीस ले !"

भीखू उस रुपए से धर्म-संकट में पड़ गया। उसकी समझ में न आ रहा था कि वह यह सौग़ात ले या न ले। उस रुपए ने अनायास ही उसके तर्क की धारा बदल दी। उसे शास्त्रों की बात याद हो आई कि आती हुई लक्ष्मी का तिरस्कार नहीं करना चाहिए। "अच्छी बात है नम्बरदार साहेब, मुला हमरी बखसीस की बात सरकार का न बतायो, नाहीं तो नाराज हुइहैं।"

प्रभुदयाल नम्बरदार के जाने के बाद भीखू ने उस झाबे को खोला। और भीखू चौंक उठा। उस झाबे में तरह-तरह के कीमती मेवे थे—पिस्ता, बादाम, काजू, अखरोट—और इसके साथ एक थान मखमल का, एक थान कीमख़ाब का और एक चाँदी की भारी-सी तश्तरी पर रेशमी रूमाल में बँधे हुए सौ रुपए थे। भीखू ने झाबे की चीज़ों को उसी तरह झाबे में रख दिया और झाबा वह भंडारघर में रख आया। इसके बाद बाहर निकलकर वह फिर चिलम पीने लगा। लेकिन अब उसका मन भारी हो गया था, उसे कुछ ऐसा लग रहा था कि झाबे को रखवाकर उसने कुछ ग़लती कर दी है।

शाम के समय जमुना घर वापस लौटी। भीखू ने झाबा जमुना के सामने रखकर कहा, "भौजी ! शिवपुरा की नम्बरदारिन तुम्हरे बरे यह सौगात भेजिन हैं। खुद नम्बरदार परभूदयाल लैके आए रहें। नम्बरदारिन होली का न्यौता भिजवाइन है। तौन हम पहले तो सोचा कि हम बिना भइया का बताये यह न लेब और हम नम्बरदार से इनकारौ कर दीन रहा, मुला नम्बरदार साहेब जिद पकड़ लिये कि सौगात नम्बरदारिन ने भिजवाइन हैं भौजी के बरे, तो फिर हमसे कुछ न कहा गा तो हम लैन लीन !"

जमुना ने झाबा खुलवाया। मख़मल और कीमख़ाब के थानों को देखकर उसकी आँखों में चकाचौंध पैदा हो गई। थानों को खुलवाकर उसने उन्हें अच्छी तरह देखा, खूब उलट-पलटकर, और उसका मुख प्रसन्नता से खिल गया। फिर उसकी नज़र में रेशम के रूमाल से बँधे हुए चाँदी की तश्तरी पर रखे हुए सौ रुपयों पर पड़ी। उन सौ रुपयों को देखकर उसका मुख धुँधला पड़ गया। उसने भीखू से पूछा, "भीखू, सौगात मां मेवा और कपड़ा तो ठीक है, लेकिन ई रुपिया काहे का भेजिन हैं ?"

"यू हम का जानत ? हमरे बिचार मां नम्बरदारिन सोचिन हुइहैं कि गहना अपनी पसन्दै का नीक होत है, तौन रुपिया भेज दीन्हिन कि अपने मन का गहना गढ़ाय लीन !"

भीखू के इस तर्क से जमुना को पूरी तरह सन्तोष नहीं हुआ, लेकिन अब वह कर

ही क्या सकती थी ! यह निर्णय तो ज्वालाप्रसाद ही कर सकेंगे कि क्या ठीक है, और क्या ग़लत है। उसने भीखू से कहा, "अच्छी बात है। यह सामान अभी भंडार में ही रखा रहने दो, इसी तरह से बन्द। जब उइ आय जायँ तब उइ जैस ठीक समझिहैं तैस करिहैं।"

दूसरे दिन जब ज्वालाप्रसाद दौरे से वापस आए, जमुना ने भीखू से वह सामान उनके सामने मँगवाया। भीखू सामान लाते समय चाँदी की तश्तरी और उस पर वाले सौ रुपए निकालकर भंडार में ही रखता आया। ज्वालाप्रसाद ने समान देखा, मुस्कराते हुए उसने जमुना से कहा, "मख़मल और कीमख़ाब ! उस दिन राजपुरा से लौटकर तुमने मुझसे कहा था कि एक मख़मल का लहँगा मैं तुम्हारे लिए बनवा दूँ, तो चलो, तुम्हारे मन की मुराद पूरी हुई—एक लहँगा मख़मल का और एक लहँगा कीमख़ाब का !"

भीखू ने देखा कि ज्वालाप्रसाद ने सौग़ात स्वीकार कर ली। अब वह भंडारघर से चाँदी की तश्तरी और सौ रुपए भी निकाल लाया। उसने तश्तरी और रुपए ज्वालाप्रसाद के सामने रख दिए। ज्वालाप्रसाद ने चौंककर कहा, "यह तश्तरी और सौ रुपए कैसे ?"

"इहैं झाबा मां रहैं तौन अलग निकाल लीन्ह रहे।"

"हूँ, तो यह सौग़ात नहीं है रिश्वत है। अब समझा ! तुमने यह झाबा लाला प्रभुदयाल से क्यों लिया ?" ज्वालाप्रसाद ने कड़े स्वर में पूछा।

भीखू जानता था कि अब उसका पक्ष सबल हो गया है। उसने कहा, "यू कीमख़ाब और मख़मल, ई पिस्ता-बादाम और ई सब मेवा, अगर ई सब सौग़ात हुइ सकत हैं तो चाँदी की तश्तरी मां धरा गहनौ भी सौगात हुई सकत है। फरक इतना आय कि नम्बरदारिन गहना की जगह रुपिया भिजवाय दीन्हिन की गहना भौजी अपने मन का गढ़ाय लेंय।"

भीखू का तर्क अकाट्य था; ज्वालाप्रसाद उसे अपने मन में कहीं से काट नहीं सके। "हाँ, यह तो ठीक कह रहे हो, लेकिन-लेकिन ख़ैर छोड़ो भी ! हाँ, लाला प्रभुदयाल ने कुछ काम-काज करवाने को तो नहीं कहा ?"

भीखू ने गर्व के साथ मुस्कराते हुए उत्तर दिया, "अरे नाहीं, हम त उनसे कहा कि तुम नाराज हुइहौ। भौजी हैं नाहीं तो हम यू सौगात न लेब। तो बोले कि सौगात तो नम्बरदारिन भौजी के बरे भेजिन हैं। तब भला हम क्या कहित ? रख लीन !"

ज्वालाप्रसाद ने जमुना से कहा, "दरजी को बुलवाकर लहँगा सिलवा लो, गोटा मैं कानपुर से मँगा दूँगा। और सुनार को बुलाकर जो चाहे गहना गढ़ा लो।"

लाला प्रभुदयाल ज़मींदार तो बहुत बड़े न थे, लेकिन उनकी मान-मर्यादा अच्छी थी और वह लगातार ज़मीदारियाँ ख़रीदते जाते थे। प्रभुदयाल जाति के बनिया थे और उनके पिता की परचून की दुकान थी। प्रभुदयाल ने लेन-देन का काम-काज शुरू किया। यह कहा जाता है कि जिसने प्रभुदयाल से क़र्ज़ लिया वह जीवन-भर के लिए ही नहीं, बल्कि पुश्त-दर-पुश्त के लिए प्रभुदयाल का क़र्ज़दार बन गया। फिर भी लाला प्रभुदयाल के प्रति न किसी को घृणा थी, न किसी को रोष था। उनकी हवेली के फाटक पर ही

राधा-कृष्ण का बड़ा-सा मन्दिर था, जो उन्होंने सात-आठ साल पहले बनवाया था। वहाँ रोज़ सुबह-शाम आरती होती थी और प्रसाद चढ़ता था। रामायण और भागवत की कथा भी उनके यहाँ प्रायः हो जाया करती थी, जिसे सुनने दूर-दूर से लोग आते थे। बड़े अफ़सरों की दावतें भी प्रायः उनके यहाँ हुआ करती थीं।

लोगों का कहना था कि लाला प्रभुदयाल धर्मनिष्ठ प्राणी हैं और झूठ नहीं बोलते। प्रभुदयाल से मुक़दमा हारकर अपनी ज़मीन-जायदाद गँवा देनेवाले अकसर उनके ख़िलाफ़ जालसाज़ी और झूठे बहीखाते रखने का आरोप करते थे, लेकिन प्रभुदयाल को निकट से जाननेवाले लोगों का कहना है कि यह सब काम लाला प्रभुदयाल न स्वयं करते हैं, और न अपने सामने करवाते हैं। इस पाप के भागी उनके मुनीम या कारिन्दे हो सकते थे। लाला प्रभुदयाल को अपने काम-काज के विवरण का पूरा पता भी नहीं था, क्योंकि अदालत में स्वयं वह कभी नहीं जाते थे, उनके मुख़्तारआम ही सब काम देखते थे। अधिकारियों को प्रभुदयाल के सत्य पर विश्वास था।

घाटमपुर आने पर ज्वालाप्रसाद ने प्रभुदयाल के सम्बन्ध में काफ़ी सुना था और प्रभुदयाल से उनका अकसर मिलना भी हुआ था, लेकिन प्रभुदयाल के निकट सम्पर्क में वह अभी तक नहीं आए थे। उनके घाटमपुर आने के बाद ही जन्माष्टमी के अवसर पर प्रभुदयाल की पत्नी जैदेई स्वयं जमुना के घर आई थीं और उसे साग्रह अपने साथ शिवपुरावाले अपने मन्दिर की झाँकी देखने लिवा ले गई थीं। दो दिन तक जैदेई ने जमुना को अपने यहाँ रोके रखा; और इन दो दिनों में नम्बरदारिन और नायब तहसीलदारिन में अच्छी-ख़ासी दोस्ती हो गई थी। विदाई के समय लाला प्रभुदयाल ने ज्वालाप्रसाद को कुछ भेंट भी देनी चाही थी, लेकिन ज्वालाप्रसाद ने भेंट लेना अस्वीकार कर दिया था।

जमुना ने उसी दिन दरजी को बुलाकर कीमख़ाब और मख़मल के थान लहँगा बनने को दे दिए और सुनार को बुलाकर पाँच तोले के कंगन बनाने का हुक्म दिया। इन चीज़ों को बनाने में जल्दी करने का कारण यह था कि दो-तीन महीने के बाद ही घाटमपुर के ज़मींदार ठाकुर गजराजसिंह की लड़की का विवाह था। ठाकुर गजराजसिंह की गणना इलाक़ेदारों में होती थी और उनकी लड़की का विवाह अवध के एक ताल्लुक़ेदार के लड़के के साथ तय हुआ था; ख़बर यह थी कि बरात में एक हज़ार आदमी आएँगे। इतनी बड़ी बरात जिसके घर में आनेवाली हो, उसके नाते-रिश्तेदारों का दो-एक महीने से उसके यहाँ एकत्रित होने लगना स्वाभाविक ही था।

ठाकुर गजराजसिंह अवस्था में ज्वालाप्रसाद से काफ़ी बड़े होते हुए भी ज्वालाप्रसाद से मित्रता का व्यवहार करते थे। इसका कारण यह था कि ज्वालाप्रसाद के मामा मुंशी रामसहाय और ठाकुर गजराजसिंह के परिवार में पुराना आपसी व्यवहार था और इसलिए ठाकुर गजराजसिंह ज्वालाप्रसाद को सरकारी अफ़सरवाला नहीं, वरन् बराबरी का सामाजिक मान देते थे। जमुना को गजराजसिंह के घर में घर की बहू के रूप में माना जाता था।

गजराजसिंह के घर के वैभव को देखकर जमुना को कभी-कभी लालच आ जाता था। वैसे जहाँ तक खाने-पीने और साधारण सुख-सुविधा का प्रश्न था वहाँ जमुना जमींदारिन से किसी भी हालत में नीचे नहीं पड़ती थी; लेकिन ज़मींदारिन के कपड़े और गहने देखकर उसके मन में ईर्ष्या अवश्य जाग उठती थी। जमुना ने एकाध बार दबी ज़बान से ज्वालाप्रसाद से कपड़ों और गहनों की माँग भी की, लेकिन हरेक बार ज्वालाप्रसाद ने अपनी असमर्थता से भरी विवशता ही प्रकट की। थोड़े-से समय के लिए जमुना को ज्ञान आया, अपनी स्थिति समझ में आई; लकिन वैभव की चमक-दमक का मोह जमुना को ऐसे ही आसानी से छोड़ देनेवाला नहीं था। जमुना यह अनुभव करती थी कि ज्वालाप्रसाद के पास अधिकार है, और अधिकार की माँग है कि उसे वैभव चाहिए। जमुना के इस तर्क को कहारिन, कुँजड़िन, नाइन, बारिन, मालिन, मनिहारिन, मेहतराइन आदि अनगिनती परजों से यथेष्ट बल भी मिलता था जो हमेशा ज़मींदारिन के वैभव का गुण-गान करती थीं, लेकिन जिनकी सहानुभूति कम-से-कम उसकी दृष्टि में तो उसके साथ ही थी।

ठाकुर गजराजसिंह की पत्नी रानी देवकुँवर जमुना से अवस्था में काफ़ी बड़ी थीं और जमुना के साथ उनका व्यवहार भी बड़े-बूढ़ों जैसा ही था। लड़की के विवाह के प्रबन्ध में रानी देवकुँवर ने मेहमानों के स्वागत-सत्कार का भार जमुना पर छोड़ दिया था। बड़े लोगों का स्वागत-सत्कार करने के लिए स्वयं भी बड़ा बनना पड़ता है, और बड़ा बनने के लिए न जमुना के पास तड़क-भड़क के कपड़े थे न क़ीमती गहने ही। गहने तो मँगनी की प्रथा के अनुसार उसने थोड़े-बहुत अपनी मामी महारानी से माँग लिए थे, लेकिन कपड़ों की समस्या का उसके पास कोई निदान न था। कपड़े उसको दो-चार नए बनवाने ही थे, और वे भी क़ीमती; और इसीलिए इधर कुछ दिनों से जमुना ने मारे तक़ाज़ों के ज्वालाप्रसाद की नाक में दम कर रखा था। क़ीमती कपड़े ख़रीदने के लिए रुपया चाहिए, और सब कुछ पास होते हुए भी ज्वालाप्रसाद के पास रुपयों का अभाव था। अपनी तनख्वाह का चौथाई भाग वह अपने पिता के पास भेज देते थे, बाकी रुपया उन्हें अपनी हैसियत बनाए रखने में ख़र्च कर देना पड़ता था। ऊपर की आय हो सकती थी, लेकिन इस ऊपर की आय पर उन्हें विश्वास नहीं था।

लाला प्रभुदयाल के उस उपहार ने अनायास ही ज्वालाप्रसाद की एक बहुत बड़ी समस्या हल कर दी। समस्या के इस प्रकार आसानी से हल हो जाने पर ज्वालाप्रसाद को जो सन्तोष हुआ उसकी प्रफुल्लता में वह वास्तविकता की कुरूपता को ठीक तरह से नहीं देख पाए। उस कुरूपता का पहला क्षीण आभास उन्होंने अनुभव किया प्रायः तीन महीने बाद उस दिन, जबकि गजराजसिंह के यहाँ विवाह में सम्मिलित होने के लिए आनेवाली नम्बरदारिन जैदेई का डोला उसके घर के सामने आकर रुका।

गजराजसिंह के यहाँ प्रभुदयाल आमन्त्रित थे। प्रभुदयाल की पत्नी जैदेई जिस समय डोले से उतरी, उस समय जमुना गजराजसिंह के यहाँ जाने की तैयारी कर रही थी। आत्मीयता के साथ जब लाला प्रभुदयाल ने ज्वालाप्रसाद पर यह इरादा ज़ाहिर किया

कि नम्बरदारिन जैदेई ज्वालाप्रसाद के घर में अपनी गुइयाँ जमुना के साथ ही ठहरना चाहती है तब जमुना को एक प्रकार की प्रसन्नता हुई; लेकिन ज्वालाप्रसाद को मन-ही-मन अच्छा नहीं लगा। पर प्रभुदयाल की आत्मीयता का तिरस्कार करने की बेमुरव्वती अब ज्वालाप्रसाद में नहीं रह गई थी। ऊपरी दिखावे के साथ उन्हें प्रभुदयाल और जैदेई का स्वागत करना ही पड़ा।

गजराजसिंह के यहाँ उसी दिन सुबह बरात आई थी, और लोगों का कहना है कि इतनी धूम की बरात पहले कभी घाटमपुर में नहीं आई। उस बरात में करीब बारह सौ बराती आए थे। मेहमानों के अलावा बरात के साथ ग्यारह हाथी, इक्यावन ऊँट, एक सौ एक घोड़े और सौ बहलियों में जुते हुए छह सौ बैल भी थे। मेहमानों और जानवरों की देखभाल करने के लिए प्रायः आठ सौ नौकर भी थे। इतनी बड़ी बरात को ठहराने का प्रबन्ध ठाकुर गजराजसिंह ने अपने पचास बीघे के आम के बाग़ में किया था। दूर-दूर से तम्बू और कनातें लाकर वहाँ लगवा दिए गए थे।

यज्ञपुर के ताल्लुक़ेदार राजा चन्द्रभूषणसिंह के बड़े लड़के इन्द्रभूषणसिंह के साथ लड़की का विवाह ठाकुर गजराजसिंह को काफ़ी महँगा पड़ा था। वैसे दहेज़ कुछ भी तय नहीं हुआ था, लेकिन ठाकुर गजराजसिंह ने भी राजसी आन दिखलाई थी। इस आन को निभाने के लिए ठाकुर गजराजसिंह को क़र्ज़ लेना पड़ा था, और यह कर्ज़ा उन्होंने लाला प्रभुदयाल के पास अपने पाँच गाँव रेहन रखकर लिया था।

जमुना के साथ नम्बरदारिन जैदेई तो सुबह दस बजे ही गजराजसिंह के यहाँ चली गई; दोपहर के समय लाला प्रभुदयाल ज्वालाप्रसाद के साथ गजराजसिंह के यहाँ पहुँचे। गजराजसिंह अपने दीवानख़ाने में बैठे हुए अपने नाते-रिश्तेदारों और अपने कारिन्दों तथा पड़ोसी ज़मींदारों से घिरे बैठे बरात की व्यवस्था के बारे में परामर्श कर रहे थे। बरात बड़ी होगी, यह तो उन्हें मालूम था और उन्होंने प्रबन्ध भी कर रखा था, लेकिन इतनी बड़ी होगी, इसकी उन्होंने कल्पना तक नहीं की थी। अतिथि-सत्कार का उन्होंने जो प्रबन्ध कर रखा था, वह इतनी बड़ी बरात के लिए यथेष्ट न था, और वे अजीब संकट में पड़ गए थे। अतिरिक्त प्रबन्ध के लिए उन्होंने अपने आदमियों को इधर-उधर दौड़ा दिया था, और वे उनकी प्रतीक्षा कर रहे थे।

ज्वालाप्रसाद को देखते ही उन्होंने कहा, "सुना नायब साहेब, ये साले बरात लेकर क्या आए हैं, डाका डालने चले हैं। मैंने आपके दोनों क़ानूनगोओं को इन्तज़ाम के लिए भेज दिया है; चार पटवारी भी मैंने आपका नाम लेकर बुलवा लिए हैं, सो मैं आपको बतलाए देता हूँ।"

"उन्हें अपना ही आदमी समझिए ठाकुर साहेब; और मैं भी हाज़िर हूँ सेवा के लिए।" ज्वालाप्रसाद ने हँसते हुए कहा, "बड़े लोगों की बड़ी बातें होती हैं।"

"क्यों शर्मिन्दा कर रहे हैं नायब साहेब !" ठाकुर गजराजसिंह भी हँसे, और अब वे लाला प्रभुदयाल की ओर घूमे, "बैठिए, लाला प्रभुदयाल, कब आए ?"

"सुबह आ गए थे हम लोग," प्रभुदयाल ने कहा, "साथ में नम्बरदारिन भी थीं,

पर उन्हें तो तहसीलदारिन ने जबरदस्ती अपने यहाँ उतार लिया। अब तो वे दोनों आपके यहाँ पहुँच गई हैं। ठाकुर साहेब, उन दोनों में कितना आपसी हेलमेल और प्रेम हो गया है ! मैं तो मान गया तहसीलदारिन को ! कितनी ममता और भावना मिली है उन्हें ! जैसे सीधे-सादे और नेक व मुरव्वती हमारे बाबू ज्वालाप्रसाद साहेब हैं, वैसी नेक व सीधी-भली इनकी घरवाली हैं। भगवान ने कितना सुन्दर जोड़ा बनाया है इन दोनों का !"

"इसमें क्या शक है लाला परभुदयाल साहेब !" ठाकुर गजराजसिंह ने मुस्कराते हुए कहा, "जैसा मेरा घर वैसा नायब तहसीलदार साहेब का घर। अच्छा किया जो वहाँ ठहर गए, यह तो काम-काज-भरा परेशानियों का घर ठहरा। यह लड़की की शादी भी बड़ी मुसीबत की चीज़ होती है। लालाजी, आप तो देख ही रहे हैं कि मुझे दम लेने की फ़ुरसत नहीं। मैंने राजा साहेब यज्ञपुर से पहले ही साफ़-साफ़ कह दिया था कि इतनी बड़ी बरात न लाएँ, लेकिन लोगों ने कहा है न—राजहठ ! बड़े ज़िद्दी आदमी हैं ! बारह सौ आदमियों की बरात लेकर चले हैं, और उस पर तुर्रा यह कि बरात को टिकाने और खिलाने का पूरा सामान लेकर चले हैं, जैसे कहीं चढ़ाई करने जा रहे हों। लाला परभूदयाल, हमें तो बड़ा गुस्सा आया, और हमने उनसे साफ़-साफ़ कह दिया कि उनकी इस हरकत से हमारी बड़ी तौहीन हुई है। लेकिन ज्वालाबाबू, इतना बड़ा आदमी और इतना नेक व भोला ! आँखें भर आईं उनकी मेरी बात सुनकर।" मेरे गले में हाथ डालकर बोले, "माफ़ करो भाई गजराज ! जैसी तुम्हारी इज़्ज़त, वैसी मेरी इज़्ज़त ! मुझे क्या पता था कि तुम इतना बुरा मान जाओगे ?"

गजराजसिंह के साले ठाकुर बरजोरसिंह वहीं मौजूद थे, वे भावावेश में बोल उठे, "का कहैं का है जीजा ! राजा साहेब मनई न आँय, देवता आँय देवता ! जीजा, हम तुमसे कहत हन कि राजा साहेब केर ऐसे समधी पाय के तुम धन्य हुई गएब।"

गजराजसिंह की छाती गर्व से फूल उठी। उपस्थित लोगों पर क्या प्रभाव पड़ा है, यह देखने के लिए उन्होंने अपने चारों ओर नज़र दौड़ाई, और उन्होंने देखा कि लाला प्रभुदयाल मुस्करा रहे हैं। प्रभुदयाल की मुस्कराहट में मीठापन नहीं है, ठाकुर गजराजसिंह को कुछ ऐसा अनुभव हुआ। उन्होंने उस मुस्कराहट पर व्यंग्य की स्पष्ट छाया देखी। अभी कुछ दिन पहले ही तो उन्होंने लाला प्रभुदयाल के पास पाँच गाँव रेहन रखकर बीस हज़ार रुपए क़र्ज़ लिए थे।

ठाकुर गजराजसिंह बड़े ज़मींदार थे। उनके इलाक़े से उन्हें बीस हज़ार साल का मुनाफ़ा था, लेकिन उनके ख़र्चे भी वैसे ही लम्बे थे। उनमें एक नहीं, अनगिनती व्यसन थे और इसीलिए वे रुपया नहीं बचा सके। उनकी दृष्टि में मितव्ययिता एक दोष थी, भगवान ने व्यय के लिए ही आय बनाई है और सम्भवतः इसीलिए वे लाला प्रभुदयाल को नीची नज़र से देखते थे। उन्हें याद था कि बीस वर्ष पहले प्रभुदयाल के पिता की एक छोटी-सी पंसारी की दुकान थी। बीस वर्ष के अन्दर ही लाला प्रभुदयाल ने छह गाँव ख़रीद लिए थे और उनका लाखों का लेन-देन का कार-बार हो गया। तहसील घाटमपुर

में इतना अधिक नक़द रुपया किसी के पास न था जितना लाला प्रभुदयाल के पास था।

गजराज ने अपने शक को पुष्ट करने के लिए लाला प्रभुदयाल से पूछा, "क्यों लाला परभूदयाल, आपका क्या ख़याल है इस बरात के बारे में ?"

प्रभुदयाल ने उसी प्रकार मुस्कराते हुए कहा, "क्या कहना है इस बरात का ! राजाओं और इलाक़ेदारों की बात है। बड़े ठाठ-बाट, बड़ा हौसला !" और फिर कुछ रुककर उन्होंने कहा, "सुना है कि यज्ञपुर के राजा साहेब की निकासी तीन लाख रुपए साल की है।"

लाला प्रभुदयाल ने राजा साहेब यज्ञपुर की आमदनी की बात जो उठाई थी उसके अन्दरवाले अभिप्राय को वहाँ बैठे लोगों में सिवाय ज्वालाप्रसाद के और कोई नहीं समझ पाया। लाला प्रभुदयाल के उत्तर से गजराजसिंह सन्तुष्ट हो गए थे। उन्होंने कहा, "लेकिन उनके खर्चे भी वैसे ही लम्बे हैं; रुपया पानी की तरह बहता है उसके यहाँ एक कोठी मसूरी में है, एक कोठी इलाहाबाद में है। और खुद साल में छह महीने कलकत्ता रहते हैं जाकर !"

और उसी समय ठाकुर बरजोरसिंह ने अपने बहनोई की बात पर एक टीप लगाई, "अरे राजा-ख़ानदान के हैं, कोई बनिया-बक्काल थोड़े ही हैं !"

प्रभुदयाल के मुख की मुसकान ठीक उसी तरह बनी रही; उसकी मुख-मुद्रा में रंच-मात्र भी परिवर्तन नहीं हुआ, "ठीक कहते हो ठाकुर बरजोरसिंह, हम बनिये तो आप राज-कुलवालों की प्रजा हैं। भला हम लोग आप लोगों की बराबरी कैसे कर सकते हैं !"

ठाकुर बरजोरसिंह के पिता किसी समय एक अच्छे-खासे ज़मींदार थे, लेकिन समय ने पलटा खाया और धीरे-धीरे बरजोरसिंह के पास एक छोटा-सा गाँव रह गया, जिसकी अधिकांश जमीन बंजर थी। उस गाँव से उन्हें करीब ढाई सौ रुपए साल का मुनाफ़ा मिलता था। लेकिन बरजोरसिंह ज़मींदार तो थे ही, घाटमपुर से प्रायः पाँच मील की दूरी पर उनके गाँव चुनौठा में उनकी बहुत बड़ी हवेली थी, जिसके आगे उनके पिता का हाथी अभी तक झूमता था। वह हवेली मरम्मत न होने के कारण जहाँ-तहाँ से टूटती जाती थी। बरजोरसिंह के पास क़रीब सौ बीघे की खुदकाश्त थी, और उसी खुदकाश्त का उन्हें अवलम्ब था, क्योंकि यमुना के कछार में होने के कारण वह भूमि उपजाऊ थी। पर अपने लड़के के मुंडन-संस्कार में उन्हें एकाएक अपनी सीमा के बाहर ख़र्च करके जो स्वयं मुँड़ने की सूझी तो उन्होंने पाँच साल पहले अपनी खुदकाश्त लाला प्रभुदयाल के पास रेहन रख दी थी। वह खुदकाश्त एक हज़ार रुपए पर रेहन रखी गई थी, लेकिन सूद-दर-सूद चढ़ते-चढ़ते अब वह रकम दो हज़ार से ऊपर पहुँच चुकी थी। पिछले साल-भर से प्रभुदयाल ने बरजोरसिंह से ज़रा ज़ोर का तक़ाज़ा शुरू कर दिया था, और दो-एक दफ़ा तो कुछ कहा-सुनी की भी नौबत आ गई थी। तीन महीने पहले इस कहा-सुनी में इतनी गरमी आ गई थी कि लाला प्रभुदयाल को बरजोरसिंह पर मुक़दमा दायर करने की धमकी देनी पड़ी थी।

यद्यपि प्रभुदयाल ने बरजोरसिंह को बड़ी मुलामियत के साथ उत्तर दिया, जैसे बरजोरसिंह के उस व्यंग्य को उन्होंने साधारण मज़ाक के रूप में स्वीकार करके उस पर ज़रा भी बुरा न माना हो। पर वास्तविकता यह है कि उसी समय उसमें बरजोरसिंह के प्रति एक भयानक हिंसा जाग पड़ी। जिस समय वह ज्वालाप्रसाद के साथ गजराजसिंह के यहाँ से लौटे, उनका मुख आच्छन्न-सा था। प्रभुदयाल की इस गम्भीर मुद्रा को देखकर ज्वालाप्रसाद ने सहज भाव से पूछा, "क्यों लाला प्रभुदयालजी, आप सहसा इतने गम्भीर क्यों हो गए ?"

प्रभुदयाल ने उत्तर दिया, "सोच रहा था तहसीलदार साहेब, झूठी मान-मर्यादा के प्रभाव में मनुष्य इतना अन्धा क्यों हो जाता है कि वह अपना हित-अहित भी नहीं देखता ?"

"हाँ, मैं भी यह अनुभव कर रहा हूँ कि ठाकुर गजराजसिंह अपनी लड़की का विवाह अपनी मर्यादा का उल्लंघन करके कर रहे हैं।" ज्वालाप्रसाद ने साधारण ढंग से कहा।

"नहीं ज्वालाबाबू, मैं गजराजसिंह की बाबत नहीं सोच रहा था। मैं सोच रहा था बरजोरसिंह के सम्बन्ध में। आपने ग़ौर किया होगा कि उसने घुमा-फिराकर मेरे सम्बन्ध में अपमानजनक बात कही थी। मैं सोच रहा हूँ, आख़िर यह क्यों ? मैं उसे मिनटों में तबाह कर सकता हूँ। उसकी सौ बीघा खुदकाश्त मेरे यहाँ रेहन है, उस पर अब दो हज़ार हो गए हैं। आज पाँच साल हो गए हैं, क़र्ज़ लगातार बढ़ता जा रहा है। अब मैं कब तक सब्र करूँ ? मुझे उस पर मुक़दमा करना ही होगा। इस अकारण अपमान का बदला चुकाना ही है। ज्वालाबाबू, आप साक्षी हैं कि इसमें मेरा कोई दोष नहीं है।"

ज्वालाप्रसाद का बरजोरसिंह से अच्छा-ख़ासा परिचय था। बरजोरसिंह वैसे नेक, मिलनसार और दूसरों के दुख-दर्द में सहायता करनेवाला आदमी था, लेकिन स्वभाव से वह हठी और उद्धत था। ज्वालाप्रसाद को बरजोरसिंह के प्रति कुछ सहानुभूति थी। वे चिन्तित होकर बोले, "क्या दो हज़ार रुपए का क़र्ज़ है ? यह तो बुरी सुनाई आपने ! उसके पास यही सौ बीघे खुदकाश्त है। उसके गाँव के मुनाफ़े से उसे मिलता ही क्या है ?"

प्रभुदयाल हँस पड़े, "मैंने तो बहुतेरा चाहा कि मुक़दमा न दायर करूँ उसके ऊपर, लेकिन क्या करूँ, आज उसने मुझे विवश कर दिया। कुछ थोड़ी-सी रक़म की बात तो है नहीं, दो हज़ार रुपयों की बात है। फिर जिसकी जैसी करनी होगी वैसा ही वह भोगेगा भी, इसमें भला कोई क्या कर सकता है !"

इस सम्बन्ध में ज्वालाप्रसाद को कोई उत्तर नहीं सूझा और वे चुप हो गए। वैसे प्रभुदयाल की बात में, उसकी हरकत से, उसके व्यवहार में या अन्य किसी प्रकार से ज्वालाप्रसाद को इस आदमी को नापसन्द करने का कोई कारण नहीं मिल रहा था, लेकिन ज्वालाप्रसाद के अन्दर, न जाने क्यों अपने साथवाले आदमी में एक प्रकार की अरुचि पैदा होती जा रही थी।

प्रभुदयाल और जैदेई ज्वालाप्रसाद के यहाँ तीन दिन ठहरे। इन तीन दिनों में ही जमुना और जैदेई में काफ़ी मित्रता बढ़ गई। यही नहीं, जैदेई ने ज्वालाप्रसाद के साथ

अपने देवर का रिश्ता जोड़ लिया। लेकिन प्रभुदयाल के प्रति ज्वालाप्रसाद के मन में एक ग्लानि-सी पैदा हो गई।

4

मीर सख़ावतहुसेन, या जैसा उनके मिलने-जुलनेवाले उन्हें सम्बोधित किया करते थे, मीर साहेब, फ़कीराना तबीयत के आदमी थे। वे लम्बे, क़द्दावर और खूबसूरत-से आदमी थे—छोटी-सी चुनी हुई दाढ़ी और उस दाढ़ी के अनुपात से ही छोटी-सी मूँछ, चेहरे पर गम्भीरता। मीर साहेब का व्यक्तित्व कुछ ऐसा था कि लोग स्वभावतः उसकी इज़्ज़त करने लगते थे।

मीर सख़ावतहुसेन घाटमपुर के तहसीलदार अवश्य थे, लेकिन उन्होंने अपना सारा काम-काज ज्वालाप्रसाद पर छोड़ रखा था। मीर साहेब की उम्र पचास साल के ऊपर थी और उनकी रुझान धर्म की इबादत की तरफ़ थी। अधिकांश समय वह खुदा की याद में बिताते थे, बाक़ी समय वह मन बहलाने को शतरंज खेला करते थे। पन्द्रह साल पहले जब उनका इकलौता लड़का मरा था, उनकी तबीयत दुनिया से हट गई थी, और इधर जब पाँच साल पहले उनकी पत्नी मरी तो उन्होंने एक तरह से फ़क़ीरी ले ली। वे अपने घर से बहुत कम निकलते थे; लोगों से मिलना-जुलना भी उन्होंने एक तरह से छोड़ दिया था। ज्वालाप्रसाद उनके घर जाकर सलाह-मशविरा ले लिया करते थे और आवश्यक सरकारी काग़ज़ों पर उनके दस्तख़त करा लेते।

मीर साहेब हर साल गरमियों में लखनऊ चले जाया करते थे जहाँ उनका घर था। उस साल भी जब वह लखनऊ से दो महीने बिताकर वापस लौटे, तब ज्वालाप्रसाद सरकारी काग़ज लेकर उनके घर पहुँचे।

ज्वालाप्रसाद को बिठलाते हुए मीर साहेब ने कहा, "कहो ज्वालाबाबू, अच्छी तरह तो रहे ! देख रहा हूँ सब काम-काज मज़े में चल रहा है, कहीं से किसी क़िस्म की शिकायत नहीं। हाँ, सुना है कि ठाकुर गजराजसिंह की लड़की की शादी बड़ी धूम-धाम से हुई। बहुत बड़ी बरात आई थी क्या ?"

"मैंने तो ज़िन्दगी में इतनी बड़ी बरात देखी नहीं हुज़ूर ! ठाकुर गजराजसिंह को बड़ा मलाल है कि हुज़ूर उस शादी में शिरकत नहीं कर सके।"

"क्या बतलाऊँ, मुझे भी वाक़ई बड़ा अफ़सोस है। लेकिन यह तो सभी जानते हैं कि मैं साल में दो महीने के लिए गरमी में लखनऊ ज़रूर जाता हूँ, इसमें किसी क़िस्म

की बाधा नहीं पड़ सकती।" मीर साहेब ने गम्भीरतापूर्वक कहा, "लेकिन बरखुरदार, ऐसी भी क्या शादी कि किसी पर क़र्ज़ हो जाए। बीस हज़ार का क़र्ज़ महज़ एक शादी के लिए ! तुम्हारा तो गजराजसिंह से अच्छा-ख़ासा रब्त-ज़ब्त है, तुमने उसे क़र्ज़ करने से रोका क्यों नहीं ?"

"हुज़ूर, मुझे तो क़र्ज़ का उस दिन पता चला जिस दिन रेहननामे की रजिस्ट्री हुई, नहीं तो मैं उन्हें यह क़र्ज़ लेने से रोकने की कोशिश ज़रूर करता; गोकि मुझे शक है कि मैं उन्हें रोक पाता। हुज़ूर तो जानते ही हैं कि वह किस क़दर ज़िद्दी आदमी हैं।"

"किस क़दर नहीं, निहायत ज़िद्दी है, गोकि नेक व शरीफ़ दोनों ही है। हाँ बरखुरदार, एक ख़बर और भी सुनी है कि उसने क़र्ज़ लाला परभूदयाल नम्बरदार से लिया है।" मीर साहेब ने कहा।

"हुज़ूर ने ठीक ही सुना है। पाँच गाँव रेहन रखे हैं गजराजसिंह ने।"

"तो फिर ये पाँच गाँव भी इस परभूदयाल के हो गए," मीर साहेब हँस पड़े, "भई, मान गया इस आदमी को ! मेरे देखते-देखते इतना बड़ा आदमी बन गया है। अच्छा बरखुरदार, मैंने यह भी सुना है कि इस दफ़ा यह परभूदयाल तुम्हारे घर ठहरा था।" और मीर साहेब ने ज्वालाप्रसाद पर एक अर्थ-भरी दृष्टि डाली।

उस दृष्टि का अर्थ समझने में ज्वालाप्रसाद को देर नहीं लगी। उन्होंने कहा, "हाँ हुज़ूर, ठहरे तो वे लोग मेरे ही यहाँ थे, लेकिन मैं आपको यक़ीन दिलाता हूँ कि मैंने उसे अपने यहाँ ठहरने की दावत नहीं दी थी; ज़बरदस्ती वह हम लोगों के गले आ पड़ा और शराफ़त का तक़ाज़ा यह न था कि मैं उसे अपने यहाँ ठहरने से इनकार कर देता।"

मीर साहेब ने तनिक गम्भीर होकर कहा, "बरखुरदार, पाप गले आकर पड़ता है, बुज़ुर्गों का कहना ग़लत नहीं है; और हम सब जानते हैं कि पाप को दूर रखना ही मुनासिब है। धन-दौलत से मुहब्बत हरेक इनसान को होती है; और होता ऐसा है कि धन-दौलत का देवता हमारे असली देवता को खा जाता है। दूर जाने की ज़रूरत नहीं है, इस परभूदयाल को ही लो। इसने मन्दिर बनवाया है, यह शराब-गोश्त नहीं छूता, लेकिन इस सबके बावजूद इसका सारा दीन-ईमान पैसा है। तुम्हारा क्या ख़याल है ?"

"हुज़ूर ठीक फ़रमाते हैं," ज्वालाप्रसाद ने कहा, "आदमी निहायत गिरा हुआ है।"

"अगर बज़ात खुद गिरा हुआ हो तो भी इतना बुरा नहीं, लेकिन इस आदमी के साथ जो भी आएगा वह गिर जाएगा। और बरखुरदार, इसीलिए तुमको आगाह करने की ज़रूरत पड़ी। यह जो धन का देवता होता है, इसके पुजारियों का भी एक मज़हब है। मज़हब का क़ुदरती गुन है फैलना; दूसरों को अपने में शामिल करना। इस रुपए-पैसे के मज़हब का आदमी काफ़ी ख़तरनाक साबित हो सकता है, क्योंकि वह तुम्हारे मज़हब को बदलने की कोशिश करेगा।" और मीर साहेब यह कहते-कहते ज़ोर से हँस पड़े।

ज्वालाप्रसाद जिस समय मीर साहेब के यहाँ से घर लौटे, उन्होंने देखा कि ठाकुर गजराजसिंह उसकी बैठक में बैठे प्रतीक्षा कर रहे हैं। उस समय ठाकुर गजराजसिंह कुछ अस्वाभाविक रूप में गम्भीर थे।

गरमी समाप्त हो गई थी और बरसाती घटा पूरब से उमड़ रही थी। किसान हल-बैल लेकर अपने घरों से निकलने की राह देख रहे थे। पिछली रात से ही ठंडी-ठंडी पुरवैया चलनी आरम्भ हो गई थी, और चारों ओर एक हर्ष और उल्लास का वायु-मंडल व्याप्त हो गया था। ज्वालाप्रसाद कपड़े बदलकर ठाकुर गजराजसिंह के पास आकर बैठ गए।

गजराजसिंह की गम्भीरता दूर करने के लिए ज्वालाप्रसाद ने कहा, "ठाकुर साहेब, बारिश तो इस साल बड़े मौक़े से आ रही है। देख रहे हैं, कितनी सुन्दर घटा उमड़ रही है !"

लेकिन गजराजसिंह की गम्भीरता दूर नहीं हुई, "घटा तो उमड़ रही है, लेकिन वह सुन्दर है, इस पर मुझे शक है।" और कहते-कहते एक व्यंग्यात्मक मुस्कराहट उनके मुख पर आ गई।

इस पर ज्वालाप्रसाद मौन रहे। यह स्पष्ट था कि गजराजसिंह कुछ उत्तेजित हैं, लेकिन उस उत्तेजना का कारण क्या हो सकता है, यह ज्वालाप्रसाद की समझ में नहीं आ रहा था। वह चुपचाप गजराजसिंह की बात की प्रतीक्षा करने लगे।

और गजराजसिंह तो बात करने आए थे, "घटा उमड़ी है तो बरसेगी ज़रूर, लेकिन इस बरसात की शक्ल क्या होगी, मेरे लिए यह बता सकना कठिन है ज्वालाबाबू !"

इस बार ज्वालाप्रसाद के मुस्कराने की बारी थी, "आप तो पहेली बुझा रहे हैं ठाकुर साहेब ! कहिए, कोई ख़ास बात हुई है इन दिनों ?"

"ख़ास बात न होती तो मैं इस वक़्त तो अपने घर से निकलनेवाला था नहीं। ठाकुर गजराजसिंह दोपहर के पहले बिना नहाए और पूजा किए घर से बाहर निकल पड़ें तो यह समझ लो कि निश्चय ही कोई ख़ास बात है और वह ख़ास बात किसी हद तक गम्भीर है।" गजराजसिंह एक रूखी हँसी हँस पड़े।

मीर साहेब से मिलने के बाद से ही ज्वालाप्रसाद के मन में एक रुकावट-सी भर गई थी, और उस मानसिक अवस्था में गजराजसिंह की बात का ढंग उन्हें रुचिकर न लग रहा था। पानी बरसना आरम्भ हो गया था, पुरवैया का एक ठंडा झोंका उनकी बैठक में आया और बड़ी-बड़ी तेज़ बूँदों की आवाज़ ने एक प्रकार से संगीत का रूप धारण कर लिया। ज्वालाप्रसाद ने कुछ देर तक बरसते हुए बादल को देखकर कहा, "बहुत भरे हुए हैं आप ठाकुर साहेब, कहिए न क्या बात है ?"

गजराजसिंह ने गला साफ़ करते हुए उत्तर दिया, "नायब साहेब, बनिया राजा बनने चला है।"

"इसमें अचरज की क्या बात है ?" ज्वालाप्रसाद ने अपनी टिप्पणी लगाई, "सत्ता इस युग में भुज-बल में नहीं है, सत्ता अब रुपए में है। आख़िर अंग्रेज लोग बनिए ही तो हैं। सात समुन्दर पार करके विलायत से यहाँ आए थे तिजारत करने, और आज सारे हिन्दुस्तान पर राज कर रहे हैं।"

गजराजसिंह झुँझला उठे, "अंग्रेज बनिया है, यह किसने कह दिया आपसे ! अंग्रेज

बहुत बड़ा विद्वान् है, हमारे यहाँ के ब्राह्मण विद्वत्ता में इसका क्या मुक़ाबला करेंगे ! यह अंग्रेज़ मरना जानता है, मारना जानता है और इसलिए राज करता है। इसके राज में शेर-बक़री एक घाट पानी पीते हैं। हम क्षत्रिय क्या उसका मुक़ाबला कर सकते हैं! नहीं नायब साहेब, मैं दूसरी ही बात कह रहा था। आपने सुना है, परभूदयाल ने बरजोरसिंह पर मुक़दमा दायर कर दिया है। बरजोर की खुदकाश्त उसके यहाँ रेहन थी।"

ज्वालाप्रसाद को वह बातचीत याद आ गई, जो दो महीने पहले प्रभुदयाल और उनमें हुई थी। उस समय ज्वालाप्रसाद ने प्रभुदयाल की बातों को क्षणिक आवेश समझा था। पर वे बातें गहरी थीं, ज्वालाप्रसाद को अब यह अनुभव हुआ। अन्त में प्रभुदयाल ने प्रतिहिंसा से भरा अपना क़दम उठा ही लिया। ज्वालाप्रसाद ने धीमे स्वर में कहा, "शायद बरजोरसिंह पर प्रभुदयाल के दो हज़ार रुपए निकलते हैं।"

गजराजसिंह ने कहा, "तो फिर मेरा ख़याल ग़लत नहीं था, आपको भी इस बात का पता है और परभूदयाल ने ही आपको बतलाया होगा। लेकिन नायब साहेब, बरजोरसिंह ने सिर्फ़ एक हज़ार रुपया लिया था। और बरजोर का कहना है कि वह परभूदयाल को अब तक बारह सौ रुपया भर भी चुका है।"

"कर्ज़ बुरी बला है और ख़ासतौर से जब वह किसी बदनाम पेशेवर सूदख़ोर से लिया जाए। न जाने कितने घरों को तबाह कर दिया है इस क़र्ज़ ने !" ज्वालाप्रसाद बोले, "फिर क्या किया जाए ?"

"यही प्रश्न तो मेरे सामने है, और इसी प्रश्न का उत्तर पाने के लिए मैं आपके यहाँ आया हूँ कि क्या किया जाए !" गजराजसिंह ने चिन्ता के भाव से कहा, "बरजोर के पास तो एक भी पैसा नहीं है, मैं भले ही किसी तरह चार-पाँच सौ रुपयों का प्रबन्ध कर दूँ, यद्यपि लड़की के विवाह से अभी तक उबर नहीं पाया हूँ। आपकी बात लाला परभूदयाल बहुत मानते हैं। आप बीच में पड़कर किसी तरह समझौता करा दीजिए। नहीं तो... !" और गजराजसिंह कहते-कहते रुक गए।

"नहीं तो... !" ज्वालाप्रसाद ने अस्पष्ट स्वर में दुहराया। पर ज्वालाप्रसाद ने प्रश्न नहीं किया था, उन्होंने केवल उस वाक्य को पूरा करने का प्रयत्न किया, जिसमें वह सफल नहीं हो सके। ज्वालाप्रसाद और गजराजसिंह, दोनों ही 'नहीं तो' को समझते थे, उसकी कल्पना कर सकते थे, लेकिन इस 'नहीं तो...' वाक्य को पूरा करने की या इन शब्दों की व्याख्या करने की हिम्मत दोनों में से किसी को नहीं हो रही थी। पानी अब मूसलाधार गिरने लगा था और हवा भी बहुत तेज़ हो गई थी। ज्वालाप्रसाद थोड़ी देर तक बाहर के सुहावने दृश्य को देखते रहे, फिर उन्होंने कहा, "हाँ, इस मामले में कुछ तो किया ही जाना चाहिए। लेकिन मेरा ऐसा ख़याल है कि प्रभुदयाल ने बरजोर से अपमानित होकर अपना यह क़दम उठाया है। आपको शायद अपनी लड़की की शादी के वक़्त कही गई बरजोरसिंह की बात याद नहीं है। उस दिन बरजोरसिंह ने अकारण ही प्रभुदयाल का अपमान कर दिया था। आख़िर उसे अकारण प्रभुदयाल को हम सब लोगों के सामने अपमानित करने की क्या ज़रूरत थी ?"

"मुझे तो कुछ याद नहीं आता," गजराजसिंह ने सोचते हुए कहा, "प्रभुदयाल तो आपके यहाँ ठहरे थे। फिर जहाँ तक मुझे याद है, प्रभुदयाल और बरजोरसिंह में कोई बातचीत ही नहीं हुई।"

ज्वालाप्रसाद एक फीकी मुस्कान के साथ बोले, "हाँ, कोई ख़ास कड़ी बातचीत तो नहीं हुई थी जिस पर लोगों का ध्यान जाता, वह इसलिए कि प्रभुदयाल चुपचाप अपने अपमान को पी गए थे। बरजोर ने कहा था कि आपके समधी राजकुल के हैं, कोई बनिया-बक्काल थोड़े ही हैं ! यह बात प्रभुदयाल को लक्ष्य करके कही गई थी।"

गजराजसिंह के मुख पर भी मुस्कराहट आ गई—"कुछ-कुछ याद आ रहा है। लेकिन नायब साहेब, बरजोर ने ऐसा कुछ ग़लत तो नहीं कहा था। आप सब लोग जानते हैं कि प्रभुदयाल कितना गिरा हुआ आदमी है। बरजोर ने तो केवल सत्य कहा था, सत्य पर कहीं बुरा माना जाता है !"

ज्वालाप्रसाद ने कहा, "ठाकुर साहेब, शास्त्रों में लिखा है कि अप्रिय सत्य नहीं बोलना चाहिए।"

"हाँ, लिखा तो है, और शास्त्रों में जो लिखा है वह ठीक भी है।" गजराजसिंह ने कहा, "लेकिन जो हो गया वह हो गया, भला धनुष से निकला तीर और मुँह से निकली बात कहीं वापिस लौटते हैं !" गजराजसिंह के मुख से मुस्कराहट अब लुप्त हो गई थी, "अब स्थिति इस समय यह है कि बरजोरसिंह के सिर पर भूत सवार हो गया है, इस नालिश का सम्मन पाकर। खेत की जुताई-बुआई छोड़कर कचहरी-अदालत दौड़ना किसी को अच्छा तो नहीं लगता। आज सुबह-ही-सुबह वह लाला प्रभुदयाल के यहाँ गया है। मैंने उसे प्रभुदयाल के यहाँ जाने से रोकने की कोशिश भी की, लेकिन कौन सुनता है ! सुबह सात बजे ही वह शिवपुरा के लिए रवाना हो गया, और अभी तक वापस नहीं लौटा है। कुल तीन कोस की दूरी पर ही तो प्रभुदयाल का मकान है; कुछ समझ में नहीं आता।"

"इसमें घबराने की क्या बात है, लौटता ही होगा। पानी भी तो ज़ोर का गिरने लगा है," ज्वालाप्रसाद ने कहा, "फिर अभी दिन ही कौन बहुत चढ़ गया है !"

थोड़ी देर के लिए दोनों ही मौन हो गए। दोनों ही बाहर बरसनेवाले पानी को देख रहे थे, और दोनों अस्पष्ट रूप से कुछ सोच रहे थे। इतने में गजराजसिंह बोल उठे, "मालूम होता है वह बरजोर लौट रहा है, वह हाथी पर !"

ज्वालाप्रसाद ने देखा कि शिवपुरा की ओर से एक हाथी चला आ रहा है और हाथी के कन्धे पर बरजोरसिंह पानी से तर-ब-तर बैठा है। बरजोरसिंह के सर पर पगड़ी थी, लेकिन वह उघारे-बदन था। धोती में काछ लगी थी और धोती के फेंटे से उसकी पुश्तैनी तलवार बँधी थी। हाथी गजराजसिंह के मकान की ओर बढ़ रहा था। गजराजसिंह ने आवाज़ लगाई, "बरजोर, अरे ओ बरजोर, हम यहाँ हैं !"

बरजोरसिंह ने हाथी ज्वालाप्रसाद के मकान की ओर मोड़ दिया। हाथी से उतरकर बरजोरसिंह भीगता हुआ ज्वालाप्रसाद की बैठक के बाहर ही खड़ा हो गया, "नहीं लिया

उन्होंने यह हाथी जीजा ! उन्हें तो सिर्फ़ ज़मीन चाहिए, मेरी सौ बीघे ज़मीन।" और बरजोरसिंह एक पागलपन से भरी हँसी हँस पड़ा।

बरजोरसिंह के उस करुण स्वर में और उसके बादवाली पागलपन की हँसी में कितनी विवशता भरी है, कितनी घुटन भरी है, ज्वालाप्रसाद ने यह अनुभव किया। उन्होंने पूछा, "क्या अपने क़र्ज़ के बदले में यह हाथी देने गए थे तुम प्रभुदयाल को ?"

"हाँ नायब साहेब ! आज इस हाथी को भी अलग करने को तैयार हो गया था अपनी ज़मीन बचाने के लिए। लेकिन उनका कहना है कि हाथी बाँधना आसान है, खिलाना कठिन है। वह साला बनिया क्या हाथी पालेगा ! तो लौट आए हम !" यह कहते-कहते बरजोरसिंह ज़ोर से हँस पड़ा, "लेकिन जीजा, हमसे न रहा गया, और हमने उसके दरवाज़े पर थूककर कह दिया कि बनिये साले क्या हाथी पालेंगे, हाथी पलता है हम राजकुलवालों के यहाँ !'

ज्वालाप्रसाद ने अर्थ-भरी दृष्टि से गजराजसिंह को देखा और वह दृष्टि का अर्थ गजराजसिंह तुरन्त समझ गए। उन्होंने कहा, "बरजोर, भला गाली-गलौज करने की क्या ज़रूरत थी तुम्हें ? तुम्हारी इन गाली-गलौज की ही वजह से तो उसने तुम पर नालिश कर दी है। मेरा और नायब साहेब का कुछ ऐसा ख़याल है कि अगर तुम प्रभुदयाल से गाली-गलौज पर माफ़ी माँग लो, तो मामला आसानी के साथ सुलझ जाए।"

"माफी माँगें हम ? उस बनिये से ? क्यों नायब साहेब, आपने यह बात सुझाई है ?" और बरजोरसिंह ने एक ठंडी साँस भरी, "समय बदल गया है नायब साहेब, नहीं तो इस प्रभुदयाल को हम रातों-रात लुटवा लेते।" और बात को बदलते हुए बरजोरसिंह ने कहा, "ख़ैर छोड़िए भी नायब साहेब, आप और जीजा व्यर्थ ही इस मामले में चिन्तित हो रहे हैं। यह तो हम लोगों का आपसी मामला है, और आपस में मैं प्रभुदयाल से इस मामले को सुलझा लूँगा, दूसरे को इसमें पड़ने की कोई ज़रूरत नहीं पड़ेगी। और यह कहते-कहते बरजोर का हाथ उसकी तलवार की मूठ पर अनायास ही पड़ गया।

बरजोरसिंह अपने हाथी पर बैठ गया और साथ ही गजराजसिंह भी उठ पड़े, "अच्छा ज्वालाबाबू, तो अब मैं भी चलूँ। पानी रुकने का नहीं, और मेरा भी नहाने-पूजा करने का समय हो गया है। घर जाते-जाते इस पहली वर्षा में मेरा स्नान हो जाएगा। लेकिन इस प्रभुदयाल से जल्दी-से-जल्दी मिलकर इस मामले को सुलझाने की कोशिश कीजिए। बरजोरसिंह अपना हाथी बेचने को तैयार है, कुछ थोड़ा-सा प्रबन्ध मैं भी कर दूँगा।"

गजराजसिंह और बरजोरसिंह के जाने के बाद ज्वालाप्रसाद ने घर में प्रवेश किया। घर के अन्दर जमुना और भीखू में वाद-विवाद चल रहा था और उस वाद-विवाद में कुछ गरमी आने लगी। भीखू रसोईघर के बाहरवाले दालान में बैठा चावल बीन रहा था और कह रहा था, "देखो भौजी, ई तू-तड़ाक की बात हम सिरफ भइया की सुन सकत हन। लछमीचन्द के बाप परभूदयाल नम्बरदार हुइहें अपने घर के। अबकी दफा जो यह लछमी हमसे तू-तड़ाक करके हम पर हुकुम चलाइस तो हम वह तमाचा जड़ब कि

छटी-पसनी सब याद हुई आई।"

जमुना बरामदे के एक कोने में गोश्त बना रही थी, क्योंकि गोश्त रसोईघर में बन नहीं सकता था। वह मसाला भूनते हुए कह रही थी, "ऐस बात कहत भए तुमका सरम नाहीं आवत ! अरे लछमीचन्द अपने घर केर लड़का ऐस आय, जरा थोड़ा-सा नासमझ और हठी। तौन नौकर हुइके लछमीचन्द का मारन का कहि रहे हौ। उइ आय जाँय तौ उनका हम तुम्हार ई सब गुन-करतूत बताई। ई सब सेखी इक्कै बार भूल जाई।"

"हाँ-हाँ, कहि दीन्हेब भइया से, तो हमें उइ फाँसी चढ़ाय देहैं," भीखू ने उच्च स्वर में जमुना को जवाब दिया, "और हम एक बात औरो कहे देत हन। हमें उइ तुम्हार गुइयाँ जैदेई—अरे बाप रे ! ई उमरि मां कैस बनाव-सिंगार करती आँय—तौन जैदेई फूटी आँख न सुहात हैं और न उइ लाला परभूदयाल नम्बरदार नीक लागत हैं। और ऊ लछमीचन्द ! पूरी जहर की पुड़िया समझौ उहिका। तौन यहौ सब भइया से कहि दीन्हेब !..." और यह कहते एकाएक वह रुक गया। जल्दी से चावल की थाली उसने जमुना के पैर पर रख दी जाकर, और धीमे स्वर में बोला, "अरे बप्पा रे, भइया तो घर मां आय गए। तौन तुम जाओ उनके पास भौजी, हम जरा एकाध चिलम पी आई तब तलक।" और वह पानी में भीगता हुआ पिछवाड़े से घर के बाहर चला गया।

उसी समय जमुना को ज्वालाप्रसाद का स्वर सुनाई पड़ा, "सुनती हो !"

जमुना ने गोश्त की पतीली उतार दी और महराजिन को चावल देकर ज्वालाप्रसाद के सामने पहुँची, "हमें बुलाया था ?"

"हाँ, ज़रा जल्दी से खाना बन जाए। खाना खाकर मुझे इसी समय शिवपुरा जाना है लाला प्रभुदयाल के यहाँ।"

"ऐसी क्या बात आ पड़ी ? यह पानी जो बरस रहा है, कोई सवारी जा नहीं सकती, कच्ची सड़क ठहरी। और पैदल डेढ़ कोस से कम रास्ता नहीं है। तो दो-एक दिन में चले जाना।" जमुना ने आसमान पर घिरे बादलों को देखते हुए कहा।

"नहीं, मुझे आज ही और इसी समय जाना होगा," यह कहकर ज्वालाप्रसाद ने जमुना को पूरी बात बतलाई।

जमुना कुछ देर चुप रही। फिर उसने कहा, "सुनो, अगर मेरी मानो तो तुम इन दोनों के मामले में न पड़ो। न जाने क्यों, मुझे यह सब अच्छा नहीं लग रहा।"

"अच्छा क्या मुझे लगता है ? लेकिन किया क्या जाय ! दोनों ही अपने आदमी हैं। फिर मुझे ऐसा लगता है कि बरजोरसिंह के साथ ज़्यादती हो रही है। अच्छा, मैं तब तक कुछ काग़ज़ देख लूँ, अभी तो तुम्हें खाना बनाने में करीब घंटा-भर लगेगा। इस बीच में पानी भी बन्द हो जाएगा। खाना बनते ही मुझे बुलवा लेना।" यह कहकर ज्वालाप्रसाद बाहर की बैठक की ओर चलने लगे, फिर एकाएक रुक गए, "हाँ, यह भीखू अभी लछमीचन्द की बाबत क्या कह रहा था ? मुझे भी लछमीचन्द की आदतें अच्छी नहीं लगतीं, झूठा और बेईमान होने के साथ-साथ वह बदज़बान भी है। ज़रा उसे एक दिन डाँटना पड़ेगा।"

"हाय रे, तुम भी उससे नाराज़ हो ! भला उसने तुम्हारा क्या बिगाड़ा है ? तुमसे तो वह हमेशा डरता रहता है, कभी तुम्हारे सामने तक नहीं आता, मुँह पर बात करना तो दूर रहा। हाँ, भीखू को एकाध दफ़ा गाली ज़रूर दे दी थी, तो मैं उसे समझा दूँगी; अभी उम्र ही क्या है, नासमझ है।"

ज्वालाप्रसाद उस समय लछमीचन्द के सम्बन्ध में नहीं सोच रहे थे; वह लाला प्रभुदयाल और बरजोरसिंह के सम्बन्ध में सोच रहे थे। उन्होंने चलते हुए कहा, "अच्छा, जाने दो इस बात को, लछमीचन्द को समझा देना कि उसकी गाली-गलौज और तू-तड़ाक की आदत ठीक नहीं। नहीं, मैं ही उससे कह दूँगा, जा ही रहा हूँ उसके यहाँ। और देखो, तुम तीसरे पहर ज़रा ठाकुर गजराजसिंह के यहाँ चली जाना। देवकुँवर से कह देना कि वह समझा-बुझाकर बरजोरसिंह को शान्त रखें, गुस्से में आकर कुछ उचित-अनुचित न कर बैठे यह बरजोरसिंह, नहीं तो मामला और बिगड़ जाएगा।"

पानी धीमा पड़ रहा था और घटा फटने लगी थी। ज्वालाप्रसाद का मन काम में नहीं लग रहा था, रह-रहकर उनकी आँख के आगे बरजोरसिंह की वह शक़्ल आ जाती थी जो अभी कुछ देर पहले उन्होंने देखी थी। वह बरजोरसिंह का मामला कुछ रंग दिखाएगा, और वह रंग लाल, खूनी लाल होगा, उन्हें यह भासित हो रहा था। और इस सबका उत्तरदायित्व किस पर होगा, प्रभुदयाल पर या बरजोरसिंह पर ? ज्वालाप्रसाद को इस प्रश्न का उत्तर नहीं मिल रहा था। बरजोरसिंह ने प्रभुदयाल का अपमान किया था, सबके सामने और अकारण, यह बात ठीक थी, लेकिन वह अपमान बहुत साधारण था। इस तरह के अपमान तो अनादि काल से होते आए हैं और सम्भवतः अनन्त काल तक होते रहेंगे। यह वर्ण-व्यवस्था, यह सामाजिक वर्गीकरण, अपमान तो इनमें केन्द्रित है ! पर इस मामले में अन्तर था। प्रायः हुआ यह करता है कि अपमान करनेवाले सबल होते हैं, जिनका अपमान किया जाता है वे निर्बल होते हैं। लेकिन इस बार अपमान करनेवाला निर्बल था, सबल और समर्थ वह था जिसका अपमान किया गया था।

प्रभुदयाल को अब ज्वालाप्रसाद कुछ-कुछ जानने लगे थे। लेकिन लाख इच्छा न रखते हुए भी, प्रभुदयाल के परिवार में और ज्वालाप्रसाद के परिवार में आत्मीयता बढ़ती ही गई। यह आत्मीयता बढ़ी थी जैदेई के कारण। लाला प्रभुदयाल की पत्नी जैदेई, या जैसा उन्हें सब लोग कहते थे नम्बरदारिन, हँसमुख और मिलनसार स्त्री थी। नम्बरदारिन ज्वालाप्रसाद को देवर भी कहती थी, और उसने ज्वालाप्रसाद से अपने को भौजी कहला लिया था। नम्बरदारिन अपने पति के विपरीत खुले हाथ की उदार स्त्री थी। उसमें भावना, ममता आदि मानवीय गुण प्रचुर मात्रा में मौजूद थे।

जैदेई और जमुना की अवस्था में काफ़ी अन्तर होते हुए भी वह अन्तर स्पष्ट न दिखता था। नम्बरदारिन जैदेई की अवस्था प्रायः पैंतीस वर्ष की थी, लेकिन वह उन्नीस-बीस वर्ष की अवस्थावाली जमुना की समवयस्क दिखती थी। इसीलिए वह जमुना के साथ सहेली का-सा व्यवहार करती थी। इसका कारण सम्भवतः यह था कि

जैदेई की पहली सन्तान के बाद फिर कोई सन्तान नहीं हुई; और वह पहली सन्तान थी पुत्र लक्ष्मीचन्द।

माता-पिता की एकमात्र सन्तान होने के कारण लक्ष्मीचन्द अभिमानी और उद्धत स्वभाव का था। लक्ष्मीचन्द को अपने पिता के सभी गुण प्राप्त हुए थे। लक्ष्मीचन्द की अवस्था सोलह साल की थी, लेकिन वह काफ़ी साहसी था और आसपास उसका आतंक था। बनिये के लड़के में साहस और दम्भ, इसके दो कारण थे। पहला तो यह था कि लाला प्रभुदयाल अच्छे-ख़ासे ज़मींदार थे, और ज़मींदार होने के कारण उन्हें शासन करना पड़ता था। दूसरा कारण यह कि लक्ष्मीचन्द अपने मामा के यहाँ कानपुर में रहकर अंग्रेज़ी शिक्षा प्राप्त कर रहा था और नगरवासी बन जाने के कारण उसकी हिम्मत खुल गई थी।

भोजन के बाद ज्वालाप्रसाद शिवपुरा के लिए रवाना हो गए। पानी गिरने के कारण घाटमपुर से शिवपुरा जानेवाली कच्ची सड़क सवारी के लिए बेकार हो गई थी और इसलिए ज्वालाप्रसाद ने खेतों की मेंड़ों का रास्ता अपनाया। मेंड़ों से होते हुए घाटमपुर का रास्ता तीन कोस अर्थात् छह मील के स्थान पर चार मील रह जाता था। ज्वालाप्रसाद पैदल ही जा रहे थे, और वह काफ़ी उद्विग्न तथा अपने विचारों में उलझे हुए थे। एकाएक उन्हें लक्ष्मीचन्द की आवाज़ सुनाई दी, "चाचाजी, लीजिए यह आम ! देखिए, कितना पका और मीठा है।" और इस आवाज़ के साथ एक बड़ा-सा पका आम उनके सामने ऊपर से गिरा।

लक्ष्मीचन्द की यह उदारता ज्वालाप्रसाद को अच्छी नहीं लगी, उन्होंने चौंककर ऊपर देखा। आम के एक पेड़ पर चढ़ा हुआ लक्ष्मीचन्द आम तोड़ रहा था और खाता भी जा रहा था। ज्वालाप्रसाद ने कड़े स्वर में कहा, "तुम अकेले यहाँ आम खा रहे हो ?"

लक्ष्मीचन्द हँसता हुआ पेड़ के नीचे उतरा, "किसी का डर है चाचाजी ! अपना आम का बाग है, अपना इलाक़ा है, अपनी हुकूमत है ! लेकिन इस बरसात में आप कैसे निकल पड़े ?"

"तुम्हारे बप्पा से मिलना है; कुछ बहुत ज़रूरी काम है उनसे।"

"बप्पा से ज़रूरी काम है, तभी आप इस बरसते पानी में निकल पड़े और वह भी पैदल !" लक्ष्मीचन्द ज्वालाप्रसाद के साथ हो लिया, "आज रात कानपुर जा रहा हूँ। स्कूल खुलनेवाला है न ! तो सोचा कि कानपुर जाने से पहले जी भरकर आम ही खा लिए जाएँ। वहाँ यह मज़ा नहीं मिलता।" फिर गम्भीर होकर उसने कहा, "लेकिन चाचाजी, गाँव में मन नहीं लगता। शहर में हर तरह का सामान मिल जाता है।"

लक्ष्मीचन्द बात करने के लिए बात कर रहा था और ज्वालाप्रसाद को उसकी बातों में कोई रुचि नहीं थी। उन्होंने लक्ष्मीचन्द की बात टालते हुए कहा, "हाँ, ठीक कहते हो। भला गाँव शहर का क्या मुक़ाबला करेगा ? लेकिन हमें यह नहीं भूल जाना चाहिए कि हम लोगों की जड़ें गाँवों में हैं; इन्हीं गाँवों से शहरवालों को खाना-पीना मिलता है, सुख-सुविधाएँ मिलती हैं।"

यह स्पष्ट है कि ज्वालाप्रसाद के उत्तर के साथ ही यह गाँव और शहरवाला प्रसंग बन्द हो गया। थोड़ी देर तक दोनों चुप रहे, फिर एकाएक मानो लक्ष्मीचन्द को कुछ बात याद आई, "चाचाजी, आज सवेरे-सवेरे चुनौठा के बरजोरसिंह आए थे। बप्पा से उनकी काफ़ी कहा-सुनी हो गई। चलते-चलते बप्पा को धमकी भी दे गए हैं। चलिए, अभी बप्पा आपको सब कुछ बताएँगे।"

"इसी सिलसिले में शिवपुरा चल रहा हूँ," ज्वालाप्रसाद ने तनिक मुस्कराते हुए कहा, "यह बरजोरसिंहवाला मामला ज़रा टेढ़ा है।"

"इसमें टेढ़ेपन की क्या बात है चाचाजी ! मैं तो कहता हूँ कि बप्पा उसे गिरफ़्तार करवा दें। थानेदार अमज़दअली तो बप्पा के आदमी हैं; सैकड़ों रुपए बप्पा ने उन्हें दिए हैं। बप्पा की बात पर थानेदार साहेब 'ना' नहीं कर सकते।" लक्ष्मीचन्द ने मुस्कराते हुए कहा।

लक्ष्मीचन्द की यह मुस्कराहट ज्वालाप्रसाद को किसी हद तक कड़वी लगी। लोगों का आम तौर से कहना था कि थानेदार अमज़दअली लाला प्रभुदयाल की मुट्ठी में हैं, और कुछ लोगों का तो यहाँ तक कहना था कि थानेदार अमज़दअली के जो बड़े-बड़े ख़र्च हैं, उनका एक बहुत बड़ा हिस्सा उन्हें लाला प्रभुदयाल से मिलता है। ज्वालाप्रसाद ने एक बार तीव्र दृष्टि से लक्ष्मीचन्द को देखा—उस सोलह साल के लड़के में कितना आत्मविश्वास था, कितनी दुनियादारी से भरी बुद्धिमानी थी ! और फिर उनकी विचारधारा अपने में ही उलझ गई। वे अब लाला प्रभुदयाल की हवेली के सामने पहुँच गए थे।

आदत के अनुसार ज्वालाप्रसाद ने उस हवेली के फाटक पर स्थित राधाकृष्ण के मन्दिर के आगे हाथ जोड़े, और फिर वे फाटक के अन्दर हो गए। सीढ़ियों से कुछ ऊँचे चढ़कर लाला प्रभुदयाल का बाहरी सहन था और उस सहन से लगा हुआ एक बहुत बड़ा बरामदा था। उन्होंने देखा कि बरामदे में एक तख़्त पर लाला प्रभुदयाल तकिए के सहारे आधे बैठे और आधे लेटे हैं। तख़्त के नीचे फ़र्श पर एक दरी पर प्रभुदयाल के मुनीम लच्छीराम और चुनौठा के पटवारी सीतलाप्रसाद काग़ज खोले बैठे हैं। तख़्त से कुछ हटकर थानेदार अमज़दअली एक आरामकुरसी पर पैर फैलाए बैठे हुए आसमान की ओर देख रहे थे और उनके हाथ मशीन की भाँति अपने सामने रखी हुई शराब की बोतल से चाँदी के गिलास में शराब उँड़ेलते थे, मुख तक ले जाते थे और ख़ाली गिलास को फिर शराब से भर लेते थे। लक्ष्मीचन्द ने सहन से पुकारकर अपने पिता को बतलाया, "बप्पा, चाचाजी आए हैं।"

लक्ष्मीचन्द की आवाज़ सुनते ही प्रभुदयाल ने अपनी आँखें उठाईं और ज्वालाप्रसाद को देखते ही वह उठकर खड़े हो गए। मुनीम और पटवारी के काग़ज बन्द हो गए और पटवारी सीतलाप्रसाद हाथ जोड़कर अलग हट गया। थानेदार अमज़दअली ने अपने स्थान पर बैठे-बैठे कहा, "बड़े मौक़े से आए नायब साहेब ! लाला प्रभुदयाल, एक गिलास और मँगवाइए। क्या सुहाना मौसम है, दिन-भर पिए यानी पीता ही रहे—पीता

रहे—इतनी पिए कि गड़गप्प हो जाए—तन-बदन का होश न रहे।" और अमज़दअली हँस पड़े।

लेकिन ज्वालाप्रसाद के मन में बरसात की उमंग नहीं थी। उन्होंने थोड़ी-सी रुखाई के साथ कहा, "आप तो जानते ही हैं थानेदार साहेब, कि मैं शराब का आदी नहीं हूँ, वह भी दोपहर के वक़्त ! इस मौसम में मैं जो घाटमपुर से यहाँ तक पैदल आया हूँ, वह किसी ख़ास ज़रूरी काम से।" और यह कहकर वे पटवारी सीतलाप्रसाद की ओर घूमे, "क्यों जी सीतलाप्रसाद, तुम इस वक़्त अपने इलाके में न होकर यहाँ कैसे ?"

"जी हुज़ूर, नम्बरदार साहेब ने मुझे याद फ़रमाया था। आप लोगों के दोस्त ठहरे, मैं भला इनकी हुक्मउदूली करने की जुर्रत कैसे कर सकता था !" सीतलाप्रसाद ने ज़रा ढिठाई के साथ उत्तर दिया। सीतलाप्रसाद की यह ढिठाई ज्वालाप्रसाद को अच्छी नहीं लगी, लेकिन उसने बात ग़लत नहीं कही थी, यह उन्होंने अनुभव किया। उन्होंने शराब पीते हुए अमज़दअली को देखा, और फिर अपनी ही शक़्ल उनके सामने आ गई। सीतलाप्रसाद और लच्छीराम से उन्होंने कहा, "अच्छा तुम दोनों इस वक्त यहाँ से जाओ, मुझे ज़रा लाला प्रभुदयाल से कुछ ज़रूरी बातें करनी हैं। मैं बातें ख़त्म करके तुम्हें बुलवा लूँगा।"

सीतलाप्रसाद और लच्छीराम वहाँ से चले गए, लेकिन अमज़दअली ज़ोर से हँस पड़े, "लेकिन नायब साहेब, मैं बिना इस बोतल को ख़त्म किए नहीं हटने का यहाँ से, और मैं इस क़दर ग़ाफ़िल हूँ कि आप लोगों की बातें मुझे सुनाई नहीं पड़ेंगी, अगर सुनाई पड़ भी गईं तो मेरी समझ में नहीं आएँगी। लिहाज़ा आप लोग मेरी मौजूदगी में इतमीनान के साथ बातें कर सकते हैं।"

ज्वालाप्रसाद के अन्दरवाला खिंचाव इस समय तक दूर होने लगा था। उन्होंने मुस्कराते हुए कहा, "मेरा मतलब आपसे नहीं था थानेदार साहेब ! और अगर आप इस बातचीत में शिरकत करने की तकलीफ़ करें तो मुझे बेहद खुशी होगी। मामला किसी क़दर उलझा हुआ है, और उसे सुलझाने में मुझे आपकी राय से मदद मिलेगी।"

"ख़ादिम हाज़िर है," यह कहकर अमज़दअली ने अपनी कुरसी ज्वालाप्रसाद के तख़्त के पास खींच ली। ज्वालाप्रसाद प्रभुदयाल की बगल में तख़्त पर ही बैठ गए। कुछ देर तक चुप रहकर बोले, "लाला प्रभुदयाल साहेब, यह बरजोरसिंहवाला मामला तो कुछ ग़लत शक्ल ले रहा है।"

प्रभुदयाल मुस्कराए, "तो फिर आपको भी इसका पता चल गया ! मैंने थानेदार अमज़दअली साहेब को इसी सिलसिले में तकलीफ़ दी है। सोचा था कि आपसे फिर कभी मौक़ा निकालकर बात करूँगा। आज सुबह-सुबह वह मुझे धमकी दे गया है। आख़िर मुझे भी तो अपने बचाव का कुछ-न-कुछ इन्तज़ाम करना चाहिए। अंग्रेज़ी सरकार की हुकूमत है, पुलिस है, फ़ौज है।"

अमज़दअली ने अकड़ते हुए कहा, "अजी, आप इतमीनान से रहिए नम्बरदार

साहेब ! यह मलिका विक्टोरिया की हुकूमत है, शेर-बकरी एक साथ एक घाट पर पानी पीते हैं इसमें। थानेदार अमज़दअली के रहते लाला परभूदयाल का कोई बाल बाँका नहीं कर सकता। क्यों नायब साहेब, मैं ग़लत तो नहीं कहता ?"

"लेकिन—लेकिन," ज्वालाप्रसाद कहते-कहते रुक गए। उनकी समझ में नहीं आ रहा था कि वह अपनी बात किस ढंग से लाला प्रभुदयाल से कहें। उनके सामने जो रूपक था उसके अनुसार बरजोरसिंह अपराधी था। बरजोरसिंह क़ानून को तोड़नेवाला मुजरिम था, बरजोरसिंह उत्पीड़क था; लाला प्रभुदयाल को रक्षा की आवश्यकता थी, सहायता की आवश्यकता थी। और लाला प्रभुदयाल एक अजीब-सी दयनीय मुद्रा बनाए बैठे थे।

"जी, यह लेकिन क्या ? आप अपनी बात कहते-कहते रुक क्यों गए नायब साहेब ?" अमज़दअली ने पूछा।

"अमज़दअली साहेब, मैं लाला परभूदयाल से यह कहने आया था कि बरजोरसिंह के पास कुल सौ बीघे खुदकाश्त है। वही उसकी जीविका है, वही उसका सहारा है। क्या किसी तरह यह नहीं हो सकता कि उसकी खुदकाश्त उसके पास बनी रहे ?" ज्वालाप्रसाद ने प्रभुदयाल की ओर देखते हुए कहा।

प्रभुदयाल ने उत्तर दिया, "नायब साहेब, क़र्ज़ वापस लेने के लिए ही दिया जाता है, वह दान-दक्षिणा तो नहीं है। अब आप ही उसकी अदायगी का उपाय बताइए। वह आज अपना हाथी मुझे देने आया था, और उसने ठीक ही कहा था कि हाथी राजकुलों में पला करता है, हम साले बनिये-बक्काल क्या हाथी पालेंगे। तो मैं आपसे पूछता हूँ कि अपना बड़प्पन दिखाते हुए मुझे गाली देने के समय वह क्यों नहीं सोचता कि वह भिखारी और कंगाल है। जो जैसा करेगा, वैसा भरेगा, यह तो विधाता का विधान है।"

"लेकिन वह तबाह हो जाएगा लाला प्रभुदयाल, आप ज़रा इस बात पर तो सोचिए !" ज्वालाप्रसाद ने करुणा से भरी विवशता के स्वर में कहा।

प्रभुदयाल ज़ोर से हँस पड़े, "नायब साहेब, अगर मैं दूसरों की तबाही के बारे में सोचने लगूँ, तो मुझे लेन-देन का कारोबार ही बन्द कर देना पड़ेगा। एक तबाह होता है, उसकी तबाही पर दूसरा बनता है। जो अयोग्य है, बुद्धिहीन है, असंयमी है उसे तो तबाह होना ही है। उसकी तबाही को भला कोई कैसे बचा सकता है ! इस सबकी चिन्ता छोड़िए। भगवान का विधान एक अजीब ढंग से चल रहा है, और वह इसी तरह उस अजीब ढंग से चलेगा भी। इस दुनिया में जीवित वह रह सकता है जो समर्थ है।"

प्रभुदयाल के इस उत्तर से ज्वालाप्रसाद तिलमिला उठे, लेकिन यह तिलमिलाहट उनके अन्दर घुटन-मात्र बनकर रह गई, उन्होंने फिर एक बार प्रयत्न किया, "लेकिन लाला प्रभुदयाल, व्यवहार आदमी देखकर किया जाता है। मैं समझा हूँ कि बरजोरसिंह जो कुछ कह गया है, वह कोरी धमकी नहीं है। अगर मुझमें मनुष्य की कुछ पहचान

है तो मैं कह सकता हूँ कि वह आदमी अपने कहने पर अमल भी करेगा। आपका क्या ख़याल है थानेदार साहेब ? आप तो पुलिस के आदमी हैं। आपका वास्ता तो रोज़ ही तरह-तरह के लोगों से पड़ता है। मैं ग़लत तो नहीं कह रहा।"

अमज़दअली ने इस बार थोड़ा-सा गम्भीर होकर कहा, "आप बिलकुल ठीक कहते हैं नायब साहेब ! मैं जानता हूँ कि यह बरजोरसिंह हमेशा का शरीफ़ आदमी रहा है, और शरीफ़ होने के नाते वह अपनी बात का धनी भी है। बुज़दिली उस आदमी को छू तक नहीं गई है। हम अपने भरसक तो लाला परभूदयाल पर आँच नहीं आने देंगे, लेकिन इनको भी अपनी तरफ़ से होशियार रहना पड़ेगा। वैसे मैं इस बरजोर को हवालात में बन्द कर देता, लेकिन ठाकुर गजराजसिंह उनके बहनोई हैं और ठाकुर गजराजसिंह की पहुँच कलक्टर साहेब, कप्तान साहेब सब तक है।"

और आश्चर्य के साथ ज्वालाप्रसाद ने देखा कि प्रभुदयाल ने अपने गाव-तकिए के नीचे से एक रिवाल्वर निकालकर अपने सामने रख लिया, "ज़मींदारी हँसी-खेल नहीं है, नायब साहेब, मैं यह जानता हूँ। ज़िन्दा वही है जो मौत के साथ खेलने में भी कोई संकोच नहीं करता। मैं पुराने ज़माने का कायर और डरपोक बनिया नहीं हूँ। अगर बरजोरसिंह-जैसे आदमियों की धमकी में आ जाऊँ, तो हो चुका। फिर तो, जो पाँच गाँव मैंने ठाकुर गजराजसिंह के अपने यहाँ रेहन रखे हैं, उन्हें किसी समय ख़रीद लेने की कल्पना ही छोड़ दूँ। आप मेरी चिन्ता न कीजिए नायब साहेब, फ़ौजदारी में भी मैं बरजोरसिंह से सबल बैठूँगा।"

लाला प्रभुदयाल के जिस रूप को ज्वालाप्रसाद ने आज देखा, इसकी उन्होंने कल्पना तक न की थी। ज्वालाप्रसाद ने अनुभव किया कि एक ऐसा विशालकाय दानव उसके सामने बैठा है जिसमें भय नहीं है, भावना नहीं है, शंका नहीं है, झिझक नहीं है। और साथ ही उन्होंने यह भी अनुभव किया कि वे उससे छोटे, बहुत छोटे हैं—एक बौने की भाँति। वही नहीं, अनगिनत आदमी उसके पैरों-तले रेंग रहे हैं, उसकी आज्ञा का पालन कर रहे हैं।

इस दुःस्वप्न से घबराकर उन्होंने अपने सिर को झटका दिया और दुःस्वप्न एकबारकी ही दूर हो गया। उनके आगे एक बूढ़ा-सा, दुबला-सा, अशान्त-सा आदमी बैठा था, जिसके चेहरे पर झुर्रियाँ पड़नी शुरू हो गई थीं, जिनका हाथ रिवाल्वर के भार से काँप रहा था। लेकिन इस सबके साथ उसके भयानक और कुरूप मुख पर वही दानवीय कठोरता और संकल्प मौजूद थे।

ज्वालाप्रसाद उठ खड़े हुए, "मैंने अपना फ़र्ज़ अदा कर दिया है लाला प्रभुदयाल, और मेरा मन हल्का है। लेकिन मैं यह ज़रूर कहूँगा कि आपकी बातें मेरी समझ में नहीं आईं। इसीलिए मैं यह भी अन्दाज़ लगा सकता हूँ कि मेरी बातें आपकी समझ में नहीं आएँगी। हम लोगों का दृष्टिकोण ही अलग-अलग है। अच्छा, अब आज्ञा दीजिए, मैं चलूँगा।"

लेकिन उसी समय लक्ष्मीचन्द ने आकर कहा, "चाचाजी, अम्मा ने कहलाया है कि

बिना उनके हाथ की मिठाई खाए आप नहीं जाने पाएँगे। उन्होंने आपको अन्दर बुलाया है।"

5

लाला प्रभुदयाल बरजोरसिंह से मुक़दमा जीत गए और दो हज़ार की डिग्री की अदायगी में बरजोरसिंह की सौ बीघे खुदकाश्त कुर्क हो गई। जिस दिन खुदकाश्त का नीलाम हुआ था, उस दिन बोली बोलने के लिए लाला प्रभुदयाल को छोड़कर और कोई नहीं आया था। उनकी डिग्री का जितना रुपया था, उतने पर ही उन्होंने वह ज़मीन ख़रीद ली थी।

अदालत से जब उस खुदकाश्त की दाख़िल-ख़ारिज कराके लाला प्रभुदयाल लौटे, उस समय शाम हो रही थी। घाटमपुर में उनकी बहल मौजूद थी; उस बहल पर सवार होकर वह अपने घर की ओर रवाना हो गए।

जनवरी का पहला सप्ताह था और आसमान पर महावट की घटा घिर रही थी। लाला प्रभुदयाल के साथ उनके मुनीम लच्छीराम और पटवारी सीतलाप्रसाद भी थे। घाटमपुर से शिवपुरा आनेवाली कच्ची सड़क पर उसकी बहल मुड़ी, उन्हें बरजोरसिंह की आवाज़ सुनाई पड़ी, "लाला परभूदयाल, ज़रा रुकना !"

बहल रुक गई। लाला प्रभुदयाल ने अपना रिवाल्वर निकाला और कसकर पकड़ लिया। तब तक बरजोरसिंह उनकी बहल के पास आ गया। वह निहत्था था, लेकिन उसका चेहरा तमतमाया हुआ था। उसने आते ही कहा, "तो दाख़िल-ख़ारिज करा आए लाला परभूदयाल ! मालूम होता है मौत सिर पर मँडरा रही है।"

"क्या बकते हो, ज़रा होश की बात करो !" लाला प्रभुदयाल ने कड़े स्वर में कहा।

प्रभुदयाल के हाथवाला रिवाल्वर बरजोरसिंह की नज़र में पड़ा। वह हँस पड़ा, "अच्छा, तो तमंचा लेकर घूम रहे हो ! लेकिन लाला परभूदयाल, यह तमंचा बनियों को शोभा नहीं देता।" यह कहकर बरजोरसिंह ने बड़ी निर्भीकतापूर्वक एक झटके के साथ रिवाल्वर उनके हाथ से छीन लिया। प्रभुदयाल भय से चीख़ पड़े, उनका चेहरा पीला पड़ गया। सीतलाप्रसाद और लच्छीराम हाथ जोड़कर गुम-सुम बैठ गए। "डरो मत लाला, हम तुम्हें मारेंगे नहीं, लेकिन हमें तुमसे इतना ही कहना है कि हमारी ज़मीन पर कब्ज़ा तुम ज़िन्दा रहते तो पा नहीं सकते, और तुम्हारे मरने के बाद यह कब्ज़ा तुम्हारे लिए बेकार होगा। तो हमारी ज़मीन पर कब्ज़ा करने की बेवकूफ़ी न कर बैठना !" यह कहकर

बरजोरसिंह ने रिवाल्वर प्रभुदयाल के सामने रख दिया और तेज़ी के साथ वह घाटमपुर की ओर लौट गया।

प्रभुदयाल ने अब अपनी बहल शिवपुरा की ओर नहीं बढ़ाई, बल्कि ज्वालाप्रसाद के घर की ओर मुड़वा दी। एक अजीब-सा भय भर गया था उसके अन्दर !

इधर दो-तीन दिन से ज्वालाप्रसाद की तबीयत कुछ ख़राब थी। बड़े ज़ोर का जुकाम हो गया था उन्हें। जमुना मुंशी रामसहाय के यहाँ राजपुर चली गई थी और ज्वालाप्रसाद घर में अकेले थे। ज्वालाप्रसाद घर के अन्दरवाले कमरे में रजाई के अन्दर लेटे थे और भीखू बाहर के दालान में आग तापता हुआ चिलम पी रहा था। प्रभुदयाल को देखते ही भीखू उठ खड़ा हुआ, "सरकार का तौ खाँसी-बुखार दबाय लीन्हिस, सोय रहे हुई हैं। अगर कौनो बहुत जरूरी काम होय तो उन्हें जगाई जाए के !"

प्रभुदयाल ने झल्लाकर कहा, "हाँ, बहुत ज़रूरी काम है। अभी एकदम जगाओ उन्हें, कह देना हम आए हैं। ज़िन्दगी-मौत का सवाल है।"

"अरे बाप रे !" भीखू कह उठा, "तो फिर मालिक ठहरें, हम अबही बैठक खोल देत हन !" और बैठक खोलकर भीखू ज्वालाप्रसाद को प्रभुदयाल के आने की सूचना देने चला गया।

भीखू ने ज्वालाप्रसाद के पास से लौटकर कहा, "सरकार भीतरै अपने कमरा मां आपका बुलाइन हैं, अकेले हैं। भौजी तो राजपुर चली गई हैं। तौन हमने साथ चले आवैं।"

ज्वालाप्रसाद अपनी चारपाई पर तकिए के सहारे बैठे प्रभुदयाल की प्रतीक्षा कर रहे थे। "आइए लाला प्रभुदयाल साहेब, क्या बतलाऊँ, इधर दो-तीन दिन से ज़ोर का जुकाम हो गया है, कुछ-कुछ हरारत भी है। घर के लोग भी बाहर चले गए हैं। तो ज़रा अलसा गया था। बैठिए, अरे, बड़े घरबाए हुए हैं आप। क्या बात है ?"

सामनेवाली ख़ाली चारपाई पर बैठते हुए प्रभुदयाल ने कहा, "नायब साहेब, आज मैं बरजोरसिंह की खुदकाश्त का दाख़िल-ख़ारिज कराके शिवपुरा वापस जा रहा था..."

बीच में ही प्रभुदयाल की बात काटते हुए ज्वालाप्रसाद ने पूछा, "तो क्या बरजोरसिंह की खुदकाश्त आपने ख़रीदी है ?"

"क्या आपको इसका पता नहीं है ? क्या करूँ, उसके डर से उसकी ज़मीन पर कोई बोली बोलने को ही तैयार न था, तो ज़बरदस्ती मुझे बोली बोलनी पड़ी।"

"हूँ !" ज्वालाप्रसाद कुछ सोचने लगे। फिर उन्होंने उदास भाव से प्रभुदयाल को देखा, "मुझे इन बातों का ज़रा भी पता न था। इन दिनों अपने कामकाज में बुरी तरह मशगूल रहा हूँ। फिर तबीयत भी ठीक नहीं रही।" और उन्होंने एक ठंडी साँस ली, "तो फिर आपने वह ज़मीन ख़रीद ली और अपने नाम उस ज़मीन की दाख़िल-ख़ारिज भी करा ली; है न ऐसा ?"

"जी हाँ, आज ही डिप्टी साहेब के इजलास से दाख़िल-ख़ारिज कराके लौटा हूँ कानपुर से। बरजोरसिंह के लड़कों की तरफ़ से उजर तो लगाया गया, लेकिन अदालत

में कोई हाज़िर नहीं हुआ।" प्रभुदयाल बोले। और फिर उनकी आवाज़ एकाएक धीमी हो गई, मानो वह भय से कुछ सहम गई हो, "नायब साहेब, अभी जब मेरी बहल शिवपुरा की ओर मुड़ी, बरजोरसिंह ने मेरी बहल रोकी। अजीब पागलपन का भाव था उसके चेहरे पर ! मेरी जान लेने की धमकी दे गया है।"

ज्वालाप्रसाद के अन्दर अपने सामने बैठे हुए व्यक्ति के प्रति भयानक ग्लानि भर गई थी। उन्होंने रूखे स्वर में कहा, "लाला प्रभुदयाल, यह धमकी तो आप जानते हैं उसने नई नहीं दी है। वह पागल तो उसी दिन से हो गया है जिस दिन आपने उस पर नालिश दायर की थी। इसलिए मुझे तो इसमें कोई अजीब या नई बात नहीं दिखती। लेकिन आपके पास तो हमेशा रिवाल्वर रहता है। थानेदार अमज़दअली ने अपने ऊपर आपकी रक्षा का भार ले लिया है, फिर आपको डर किस बात का ?"

कुछ हिचकिचाते हुए प्रभुदयाल ने कहा, "हाँ, यह तो ठीक है; डर तो नहीं लगना चाहिए। लेकिन मुझे ऐसा लगता है कि कुछ अनहोनी घटना घटनेवाली है। मुझे कल ही उसकी ज़मीन पर कब्ज़ा करना है।"

ज्वालाप्रसाद ने अनमने भाव से कहा, "हाँ, क़ानूनन आपको उस ज़मीन पर कब्ज़ा कर लेने का पूरा अधिकार है; लेकिन अच्छा यह होगा, आप यह फ़सल कट जाने दें।"

"वह ज़मीन मेरी है और फ़सल ज़मीन की है, इसलिए वह फ़सल मेरी है। नायब साहेब, उस ज़मीन पर कब्ज़ा करने में आपको मेरी सहायता करनी होगी; मैं आपसे यह कहने आया हूँ।"

ज्वालाप्रसाद कुछ देर तक चुप रहे, फिर एकाएक उन्होंने जैसे अपने समस्त साहस को बटोरकर कहा, "मुझे क्षमा कीजिएगा लाला प्रभुदयाल, इस मामले में मैं पड़ने को तैयार नहीं हूँ। मैं जानता हूँ कि क़ानून आपके हक़ में है, लेकिन मैं यह भी जानता हूँ कि नैतिकता आपके साथ नहीं है। और फिर आप खुद देख रहे हैं कि मेरी तबीयत ठीक नहीं है। इस वक़्त भी मुझे हरारत है।"

लाला प्रभुदयाल का चेहरा तमतमा उठा, "ठीक कहते हैं नायब साहेब, नैतिकता मेरे साथ नहीं है। लेकिन किसके साथ नैतिकता है, मुझे कोई बतलाए आकर। मैं आपके पास आया था आपको अपना समझकर और अपना समझकर ही मैंने आपसे सहायता चाही थी, लेकिन मैं भूल गया था कि ठाकुर गजराजसिंह से भी आपका घनिष्ठ व्यवहार है। आख़िर बरजोरसिंह गजराजसिंह का साला है न ! अच्छी बात है, मैं आपको अधिक कष्ट न दूँगा।" और यह कहकर प्रभुदयाल सिर झुकाए हुए चुपचाप चले गए।

लेकिन ज्वालाप्रसाद के मन में प्रभुदयाल एक अशान्ति भर गए। ज्वालाप्रसाद ने इस बातचीत को भूलकर सोने का प्रयत्न किया, लेकिन इसमें उन्हें सफलता नहीं मिली। प्रायः दो घंटे तक वे करवटें बदलते रहे। हारकर उन्हें उठना पड़ा। उठकर उन्होंने कपड़े बदले और भीखू से कहा, "भीखू, मैं ज़रा ठाकुर गजराजसिंह के यहाँ जा रहा हूँ; एक घंटे के अन्दर ही वहाँ से लौट जाऊँगा।"

गजराजसिंह के मकान पर उस समय महफ़िल जमी थी। उसी दिन सुबह

गजराजसिंह के समधी राजा चन्द्रभूषणसिंह आ गए थे और उनकी ख़ातिरदारी में नाच-गाना हो रहा था। दोपहर के समय ज्वालाप्रसाद को भी गजराजसिंह के यहाँ भोजन करने का और उस महफ़िल में सम्मिलित होने का न्यौता मिला था, लेकिन उस समय ज्वालाप्रसाद की तबीयत कुछ अधिक भारी थी, इसलिए उन्होंने कहला दिया था कि तबीयत ख़राब होने के कारण वे आ न सकेंगे। ज्वालाप्रसाद को इस प्रकार ओढ़-ओढ़ और कपड़ों में लिपटे आते देखकर गजराजसिंह को आश्चर्य हुआ। उन्होंने ज्वालाप्रसाद का स्वागत करते हुए कहा, "आइए ज्वालाबाबू, घर में अकेले थे तो तबीयत नहीं लगी मालूम होती है। भला यह ज़ुकाम भी कोई बीमारी है ! लीजिए, कुछ गरम हो जाइए ! बरजोर, ज़रा नायब साहेब के लिए भी गिलसिया भरना।"

बरजोरसिंह ने चाँदी की गिलसिया में शराब भरकर ज्वालाप्रसाद को दी। ज्वालाप्रसाद ने एक घूँट शराब पीकर गिलसिया अपने सामने रख दी। और फिर अपने चारों ओर देखा। कमरे में बहुत थोड़े-से इने-गिने आदमी थे। कानपुर से एक तवाइफ़ आई थी और वह गा रही थी। राजा चन्द्रभूषणसिंह आँखें बन्द किए हुए गाव-तकिए के सहारे लेटे थे। पहले तो ज्वालाप्रसाद को लगा जैसे राजा साहेब सो रहे हैं, लेकिन फिर उन्होंने देखा कि राजा साहेब का हाथ समय-समय पर उनके आगे रखे हुए चाँदी के गिलास को उठाकर उनके होंठ तक पहुँचाता था और फिर गिलास को फ़र्श पर रख देता था। राजा चन्द्रभूषणसिंह की बग़ल में ही बरजोरसिंह बैठे थे और बरजोरसिंह की आँखें अंगारों की तरह दहक रही थीं। राजा चन्द्रभूषणसिंह के गिलास में वे जिस गति से शराब भर रहे थे, उसकी दूनी गति से वह अपना गिलास भरते जाते थे। उस महफ़िल में दो-एक लोग और थे जिन्हें ज्वालाप्रसाद ने पहले न देखा था और जो सम्भवतः राजा चन्द्रभूषणसिंह के साथ आए थे।

सामने नाच हो रहा था, लेकिन उस नाच को कम-से-कम राजा चन्द्रभूषणसिंह तो नहीं देख रहे थे। वैसे नाचनेवाली का गला सुरीला था, और उसे संगीत का अच्छा ज्ञान था। उसके पास रूप और यौवन भी था, लेकिन ज्वालाप्रसाद ने अनुभव किया कि उस महफ़िल में उल्लास नहीं है, उमंग नहीं है। कुछ देर तक ज्वालाप्रसाद गाना सुनते रहे, फिर उन्होंने गजराजसिंह के कान में धीरे से कहा, "ठाकुर साहेब, कुछ ज़रूरी बात करनी थी आपसे, नहीं तो इस बीमारी की हालत में मैं न आता।"

"हाँ, हाँ ! तो क्या बग़लवाले कोठे में चलूँ ?" गजराजसिंह ने पूछा।

"नहीं, यहीं एक कोने में खिसक आइए। लेकिन ज़रा बरजोरसिंह को भी यहाँ बुला लीजिए, बात बरजोरसिंह के ही सम्बन्ध में है।" ज्वालाप्रसाद बोले।

गजराजसिंह ने गम्भीर होकर कहा, "ज्वालाबाबू, जो होना था वह हो गया। जो कुछ आगे होनेवाला है वह अपने बस की बात नहीं है; उसे कोई रोक नहीं सकता। मुझे मालूम है कि आप क्या कहना चाहते हैं; यही न कि परभूदयाल बरजोरसिंह की ज़मीन पर कल ही कब्ज़ा करेगा !"

ज्वालाप्रसाद चौंक-से उठे, "आपको यह सब मालूम है ? बड़े आश्चर्य की बात है !"

"इसमें अचरज की बात क्या है ? जो परभूदयाल को जानता है, वह यह कह सकता है कि उस ज़मीन को अपने नाम दाखिल-ख़ारिज कराके वह चुप न बैठेगा। खेत में फ़सल खड़ी है, और भगवान की कृपा से इस दफ़ा फ़सल के बहुत अच्छी होने की आशा है; दस मन बीघा से कम किसी हालत में न होगा। तो भला परभूदयाल यह फ़सल छोड़ सकता है ? वह कल ही बरजोर की खुदकाश्त पर क़ब्ज़ा करेगा।"

"लेकिन आप यह कैसे कह सकते हैं कि कल ही क़ब्ज़ा करेगा ?"

"नायब साहेब, शाम के वक़्त वह आपके यहाँ गया था या नहीं ? शायद आपसे उसे निराशा हुई, इसलिए वह थानेदार अमज़दअली के यहाँ गया और थानेदार अमज़दअली को साथ लेकर वह अपने गाँव गया। दल-बल के साथ वह कल बरजोर की खुदकाश्त पर क़ब्ज़ा लेने आएगा। दुर्भाग्य की बात है कि उसके साथ सरकार की ताक़त होगी, सरकार का क़ानून होगा, सरकार के सिपाही होंगे। सरकारी मदद के बग़ैर आवे तो हम बता दें कि किस तरह क़ब्जा पाया जाता है।"

"तो फिर क्या होगा ?" निराश भाव से ज्वालाप्रसाद ने पूछा।

"हुइहै वही जो राम रचि राखा !" गजराजसिंह ने तुलसीदास की चौपाई पढ़ी, "अब आप आराम कीजिए जाकर ज्वालाबाबू ! इस बुख़ार की हालत में हम लोगों की चिन्ता करके आप दौड़े आए हैं, इसके लिए धन्यवाद ! लेकिन आपके चिन्ता करने से कुछ बनेगा नहीं, यह तो आप देख ही चुके हैं। नियति के क्रम को भला कोई बदल सका है !"

"यह खुसर-फुसर क्या बातें हो रही हैं, ज़रा हम भी तो सुनें।" बरजोरसिंह ने अपने स्थान पर बैठे-बैठे ही कहा। और इसी समय राजा चन्द्रभूषणसिंह भी सँभलकर बैठ गए।

गजराजसिंह ने उत्तर दिया, "कुछ नहीं, नायब साहेब लाला परभूदयाल की बाबत बात कर रहे थे।"

बरजोरसिंह हँस पड़ा, "कर लें आप दोनों उस परभूदयाल के सम्बन्ध में बातचीत, लेकिन इस बातचीत में बरजोरसिंह को न घसीटें। जहाँ तक बरजोरसिंह का सवाल है, वहाँ बरजोरसिंह अकेले परभूदयाल से निपटेंगे।"

बरजोरसिंह का स्वर कुछ ऐसा था जो ज्वालाप्रसाद को कुछ अच्छा नहीं लगा। तब तक राजा चन्द्रभूषणसिंह बोल उठे, "डटे रहना बरजोर, हम तुम्हार॰ साथ हैं। राज-वंश अभी इतना निर्बल नहीं हुआ है कि कायर बनकर चुपचाप बैठ जाए। इस बनिये की मजाल कि वह हम लोगों का अपमान करे !"

ज्वालाप्रसाद मर्माहत-से उठ खड़े हुए। उनके मन में एक प्रकार का भय भर गया था, एक प्रकार की आशंका जाग उठी थी। उन्होंने निराशा-भरे स्वर में गजराजसिंह से कहा, "अच्छा, तो अब मुझे आज्ञा दीजिए, घर जाकर सोऊँगा। एक तरह की चिन्ता सता रही थी तो चला आया था; बाकी आगे क्या होगा, यह तो आप लोगों के हाथ में है।"

गजराजसिंह ने ज्वालाप्रसाद को विदा करने के लिए उनके साथ चलते हुए कहा,

"आप इतमीनान के साथ सोइए जाकर। यह हम लोगों का मामला है और हम लोग किसी-न-किसी तरह इसे सुलझा भी लेंगे। हाँ, आपसे इतनी विनय ज़रूर है कि अब आगे से आप अपने को इस मामले से अलग रखिएगा; जैसे न आप कुछ जानते हैं और न कुछ जानना चाहते हैं। जिस चीज़ को आप ठीक तौर से नहीं करवा सके, उसे अपने-आप सही-ग़लत ढंग से होने दीजिएगा।"

ज्वालाप्रसाद घर लौट आए। बादल अब ज़ोर से कड़कने लगे थे और बूँदा-बाँदी शुरू हो गई थी। तहसील के घंटे ने टन-टन करके नौ बजाए। उत्तरी हवा समस्त वेग बटोरकर चल रही थी और घाटमपुर का क़स्बा कुछ अजीब ढंग से वीरान लग रहा था। ज्वालाप्रसाद घर आकर लेट गए। बड़ी थकावट भर गई थी उनके शरीर में, उनके मन में, उनके प्राण में। उनके अन्दर से कोई कह रहा था कि गजराजसिंह के यहाँ जाकर उन्होंने अच्छा नहीं किया। उन्होंने वहाँ जाकर अनुभव किया कि गजराजसिंह, बरजोरसिंह, चन्द्रभूषणसिंह, इन सबमें और उसमें एक बहुत बड़ी दूरी है। उन लोगों में ज्वालाप्रसाद के लिए कोई आत्मीयता नहीं, उनके प्रति कोई विश्वास नहीं। वे इन लोगों से दूर हैं, वे लाला प्रभुदयाल से दूर हैं; यही नहीं, वे अपने नौकरों से दूर हैं, अपनी पत्नी से दूर हैं। कोई भी तो उनके निकट नहीं है, उनके चारों ओर अन्धकार-ही-अन्धकार है; जैसे वे उस अन्धकार में डूबते जा रहे हैं, उनकी चेतना विलुप्त होती जा रही है। और उन्हें नींद आ गई।

वे कितनी देर सोये, इसका उन्हें कोई अन्दाज़ा नहीं था। जब लच्छीराम मुनीम ने उन्हें जगवाया जो आँखें मलते हुए उन्होंने उससे पूछा कि क्या बात है। लच्छीराम बड़े घबराए स्वर में बोला, "नम्बरदारिन ने सरकार को इसी समय बुलवाया। नम्बरदार साहेब नहीं रहे, कुछ देर पहले किसी ने उन्हें मार डाला। थानेदार अमज़दअली को शिवपुरा के लिए रवाना करके हम लोग आपके पास आए हैं।"

ज्वालाप्रसाद चौंक उठे, "क्या कहा, लाला प्रभुदयाल को किसी ने मार डाला ? उन्हें किसने मारा, कैसे मारा ?"

"अब यह तो वहाँ चलकर आपको नम्बरदारिन से मालूम होगा। नौकर-चाकरों से सिर्फ़ इतना पता चला कि क़रीब दस-ग्यारह बजे रात को हवेली के फाटक तक थानेदार अमज़दअली को पहुँचाकर नम्बरदार साहेब वापस लौट रहे थे। जब वे बाहर कोठे पर चढ़ रहे थे तभी एकाएक उन्होंने चिल्लाकर कहा, "बचाओ-बचाओ—मार डाला।" उनकी इस आवाज़ पर सब नौकर दौड़े। वहाँ पहुँचकर उन्होंने देखा कि नम्बरदार साहेब मुँह के बल औंधे पड़े हैं और पीठ से खून का फव्वारा छूट रहा है। नम्बरदारिन तो यह देखकर बेहोश हो गईं। उसी बखत एक नौकर ने दौड़कर हमें बुलाया। जागकर हम भी पहुँचे वहाँ। होश में आने पर नम्बरदारिन ने हमें आपको और थानेदार साहेब को बुलाने भेजा।"

कुछ होनेवाला है, ज्वालाप्रसाद को इसका आभास था; लेकिन यह कुछ इतनी जल्दी हो जाएगा, ज्वालाप्रसाद ने इस पर न सोचा था। ज्वालाप्रसाद ने उठकर जल्दी-जल्दी

कपड़े पहने। एक बार उनके मन में विचार आया कि ठाकुर गजराजसिंह को प्रभुदयाल की हत्या की खबर दे दी जाए, पर दूसरे ही क्षण उन्हें ऐसा लगा कि यह सब बेकार होगा। न जाने कैसे, उनके मन में उसी समय यह धारणा उठ खड़ी हुई कि ठाकुर गजराजसिंह को इस हत्या का पता है। लच्छीराम तथा अन्य नौकरों के साथ, इक्के में बैठकर वे उसी समय शिवपुरा के लिए रवाना हो गए।

उस समय बादल छँट गए थे और चाँद निकल आया था। सरदी अब बहुत अधिक बढ़ गई थी। हाथ-पैर ठिठुर रहे थे। जब ये लोग शिवपुरा पहुँचे, लाला प्रभुदयाल की हवेली में मौत के भय का सन्नाटा-सा छाया हुआ था। एक भीड़ जमा थी, लेकिन सब चुप थे, किसी को ज़ोर से बोलने की हिम्मत नहीं होती थी; दबे स्वर में कभी-कभी एक-आध आदमी बोल देता था।

थानेदार अमज़दअली छह सिपाहियों के साथ वहाँ मौजूद थे। प्रभुदयाल के शव के पास नम्बरदारिन जैदेई बैठी सिसक रही थी। सब लोग ज्वालाप्रसाद की प्रतीक्षा कर रहे थे। ज्वालाप्रसाद को देखते ही जैदेई पागल की तरह चीख़कर उनके पैरों पर गिर पड़ी, "देवरजी, हम लुट गईं। हाय राम ! अब क्या होगा ?"

थानेदार अमज़दअली अब ज्वालाप्रसाद के पास आ गए। उन्होंने कहा, "नम्बरदारिन का कहना है कि मरने के पहले परभूदयाल ने दो दफा बरजोरसिंह का नाम लिया था। इन नौकरों का भी यही कहना है। मैंने इनके बयान क़लमबन्द कर लिए हैं। अभी पाँच मिनट पहले मैंने हवलदार रामरतन के साथ चार सिपाही बरजोरसिंह को गिरफ्तार करने के लिए घाटमपुर उनके बहनाई के मकान पर भेज दिए हैं।"

प्रभुदयाल की हत्या की ख़बर सुनते ही ज्वालाप्रसाद समझ गए थे कि हत्या बरजोरसिंह ने की होगी। लेकिन वह चुप रहे। ज्वालाप्रसाद को मौन देखकर जैदेई ने कहा, "देवरजी, दो दफा बरजोरसिंह का नाम लेकर कुछ कहना चाहा था उन्होंने, लेकिन उनके मुँह से शब्द नहीं निकले। वह तो बेहोश हो गए। हाँ, बीच-बीच में वह कुछ बुदबुदाने लगते थे, जैसे कुछ कहना चाहते हों। देवरजी, बरजोरसिंह को मौत की सज़ा मिलनी चाहिए !' और प्रभुदयाल के नौकरों ने भी एक स्वर में बरजोरसिंह के लिए मौत की सज़ा की माँग की।

ज्वालाप्रसाद के मन में एक प्रकार की भयानक ग्लानि भर गई। एक मरा हुआ आदमी उनके सामने ज़मीन पर पड़ा था और दूसरे आदमी की मौत की माँग हो रही थी। थानेदार अमज़दअली बरामदे में बैठे नौकरों का बयान लिख रहे थे; दो सिपाही उनके अग़ल-बग़ल खड़े थे, और नौकर इधर-उधर सिकुड़े बैठे काँप रहे थे। ज्वालाप्रसाद ने जैदेई से कहा, "भौजी, कोई कपड़ा तो इन्हें उढ़ा दो !"

जैदेई ने अपनी नौकरानी मैकी से कहा, "मैकी, मालिक का दुशाला तो अन्दर से ला दे।"

ज्वालाप्रसाद की आँखें अब झपने लगी थीं। बल लगाकर उन्होंने अपनी आँखों में घिरती हुई नींद को दूर किया। इस समय तक भयानक रूप से तेज़ और बरफ़ीली हवा

चलने लगी थी, और वहाँ सभी लोग सरदी से ठिठुर रहे थे। नीचे खुले में किसी नौकर ने लकड़ियाँ सुलगाकर अलाव लगा दिया था जिसमें बारी-बारी से कुछ लोग ताप लेते थे। उस पर आँच से वहाँ के तापक्रम में कुछ भी अन्तर न पड़ रहा था। एकाएक अमज़दअली ने कहा, "नायब साहेब, मैंने लोगों के बयान क़लमबन्द कर लिए हैं। अब चलिए, हम लोग चलें, सरदी बला की बढ़ गई है। मैंने बरजोरसिंह को गिरफ़्तार करके थाने में लाने को कह दिया है। लच्छीराम अब लाश को फूँकने का इन्तज़ाम कर लेंगे।" यह कहकर अमज़दअली बरामदे से उतरकर ज्वालाप्रसाद के पास सहन में आ गए।

उसी समय जैदेई ने करुण स्वर में कहा, "देवरजी, तुम न जाओ यहाँ से; तुम्हारे सिवा यहाँ हमरा कोई भी नहीं है। अकेली मैं कैसे सब करूँगी ?"

ज्वालाप्रसाद के पैर उठते-उठते रुक गए। "आप लोग जाइए। अमज़दअली साहेब, दीखता है कि नम्बरदार की अन्त्येष्टि-क्रिया का प्रबन्ध मुझको ही करना पड़ेगा।" और फिर उन्होंने जैदेई से कहा, "भौजी, इस खुले सहन में तो हम सब लोग अकड़ जाएँगे। कमरा खुलवाकर लाश भीतर रखवा लो, वहीं हम लोगों को ये चार-पाँच घंटे काटने होंगे।"

अमज़दअली कुछ देर तक खड़े-खड़े सोचते रहे, फिर उन्होंने एक सिपाही के कान में कहा, "तुम यहीं रहकर देखते रहना कि नायब साहेब नम्बरदार की जमा-जथा की तरफ़ तो नहीं बढ़ते। मैं नौ-दस बजे सुबह तक यहाँ आ जाऊँगा।" और ज्वालाप्रसाद से कहा, "नायब साहेब, एक सिपाही मैं आपके साथ छोड़े जाता हूँ। मेरा ख़याल है अब यहाँ मेरी कोई ज़रूरत नहीं है; लेकिन अगर कोई ज़रूरत पड़े तो मुझे बुलवा लीजिएगा। वैसे सुबह नौ-दस बजे तक मैं खुद आ जाऊँगा।"

सब लोग अब खुले कोठे से बन्द दालान में चले गए थे। एकाएक ज्वालाप्रसाद को कुछ ख़याल आया और उन्होंने फिर अन्दर जाकर जैदेई से पूछा, "भौजी, इनका दाह कौन करेगा ? लक्ष्मीचन्द तो कानपुर में है।"

जैदेई को मानो अब होश आया। उसने लच्छीराम से कहा, "मुनीमजी, अभी-अभी इस समय किसी साँडनी-सवार को कानपुर भेज दो, वह अपने साथ लक्ष्मी को ले आए। भइया से भी यह विपत्ति बतला दे ! कहना कि वह भी आ जाएँ।" इसके बाद उसने ज्वालाप्रसाद से कहा, "देवरजी, तुम्हारा यह उपकार जनम-भर न भूलूँगी। दूसरी कोठरी में थोड़ा-सा सो लो।"

ज्वालाप्रसाद की आँखों में नींद इस समय तक बुरी तरह भर गई थी। उन्होंने कहा, "हाँ, भौजी, थोड़ा-सा सोये लेता हूँ। अभी तो अन्त्येष्टि-क्रिया में पन्द्रह-सोलह घंटे लगेंगे। उन नौकरों में जागने की पारी बाँटकर अगर चाहो तो तुम भी थोड़ा सो लो।"

जैदेई सिसकती हुई बोली, "अब मैं क्या सोऊँगी देवरजी ! ये अख़ीर के चौदह-पन्द्रह घंटे मैं इन्हीं के साथ बैठकर बिता दूँगी।"

दूसरे दिन रात के प्रायः दस बजे प्रभुदयाल की अन्त्येष्टि-क्रिया करवा के जब ज्वालाप्रसाद घर लौटे, तो उन्हें ज़ोर का बुख़ार हो आया था। तीन दिन तक बेहोशी

की अवस्था में वह चारपाई पर पड़े रहे। भीखू ने राजपुर आदमी को भेजकर उनकी बीमारी की ख़बर मुंशी रामसहाय और जमुना को भिजवा दी। जमुना इस योग्य नहीं थी कि वह आ पाती; मुंशी रामसहाय स्वयं ज्वालाप्रसाद को देखने आ गए। चौथे दिन जाकर ज्वालाप्रसाद का बुख़ार उतरा। ज्वालाप्रसाद की बीमारी के कारण मुंशी रामसहाय घाटमपुर में ही ठहर गए।

स्वस्थ होने पर ज्वालाप्रसाद ने मुंशी रामसहाय से प्रभुदयाल की हत्या का सारा क़िस्सा सुनाया। पूरी कहानी सुनकर रामसहाय गम्भीर हो गए, "बेटा ज्वाला, यह ख़ैरियत हुई कि तुम इस मामले से अलग ही रहे। परभूदयाल की एक-न-एक दिन यह गति होनी ही थी। बेईमानी और अत्याचार—ये अधिक दिन नहीं पनपते।"

"लेकिन, लेकिन मामा, यह क़ानून, यह व्यवस्था, ये सब किसलिए हैं?" ज्वालाप्रसाद ने कमज़ोर स्वर में पूछा; और फिर जैसे ज्वालाप्रसाद को एकाएक कुछ याद हो आया हो, "हाँ मामा, आपको कुछ पता है कि बरजोरसिंह गिरफ़्तार हुआ है या नहीं।"

"बरजोरसिंह तो गिरफ़्तार नहीं हुआ, क्योंकि वह घाटमपुर में नहीं है। उसके बीवी बच्चे गजराजसिंह के यहाँ मौजूद हैं। वे लोग परभूदयाल की हत्या के एक सप्ताह पहले चुनौठा से यहाँ आ गए थे। गजराजसिंह का कहना है कि जिस दिन हत्या हुई थी उसी दिन शाम के समय वह राजा चन्द्रभूषणसिंह के साथ कानपुर के लिए रवाना हो गया था।"

"यह झूठ है, सरासर झूठ है!" ज्वालाप्रसाद ने उत्तेजित होकर कहा, "उस दिन रात के समय गजराजसिंह के यहाँ महफ़िल लगी थी, मुजरा हो रहा था, शराब के दौर चल रहे थे। मैंने अपनी आँखों देखा है यह सब ! मैं रात को नौ बजे उनके घर से वापस आया था, मैं उस महफ़िल में मौजूद था।"

"गजराजसिंह का कहना है कि तुम्हारे जाते ही महफ़िल ख़त्म हो गई थी, क्योंकि पानी बरसना बन्द हो गया था। उन्हें पानी की वजह से जाने में देर हुई थी।" रामसहाय बोले। फिर उन्होंने दबी ज़बान से कहा, "गजराजसिंह ने मुझसे प्रार्थना की है कि मैं तुम्हें इस मामले में पड़ने से रोकूँ।"

ज्वालाप्रसाद चुपचाप कुछ देर तक सोचता रहा, फिर उसने कहा, "मामा मैं आपसे पूछता हूँ कि क्या मेरा इस मामले में ख़ामोश रहना उचित होगा ? क्या मैं एक हत्यारे को अपने मौन से बचाकर इन्साफ़ और क़ानून का गला घुटने दूँ ? आप जानते हैं कि यह ब्रिटिश सरकार इन्साफ़ और क़ानून पर ही टिकी है और इस ब्रिटिश सरकार ने मुझको यह ज़िम्मेदारी का पद सौंपकर मुझ पर विश्वास किया है। क्या इन्साफ़ के मार्ग में बाधक बनकर मैं इस ब्रिटिश सरकार के साथ विश्वासघात करूँ ?"

ज्वालाप्रसाद के इन प्रश्नों का मुंशी रामसहाय के पास कोई उत्तर न था। वह चुपचाप बैठे थोड़ी देर तक सोचते रहे, फिर उन्होंने एक ठंडी साँस भरकर कहा, "कहते तो तुम ठीक हो बेटा, कर्तव्य के पथ से हटना हमेशा ग़लत है। वैसे मैं तो समझता हूँ

कि बरजोर का दोष इतना अधिक नहीं है जितना क़ानून समझता है, लेकिन फिर भी क़ानून के अनुसार बरजोर ने हत्या अवश्य की है। परभूदयाल की जो दशा हुई, उस पर मुझे कोई दुःख नहीं है, शायद इसी योग्य वह था भी; लेकिन बरजोरसिंह के अधिकार के यह बाहर था कि वह परभूदयाल को मनचाहा दंड देता। तुम जैसा ठीक समझो वैसा करो। मैं तुम्हें नहीं रोकूँगा।"

उसी दिन सन्ध्या के समय मुंशी रामसहाय राजपुर के लिए रवाना हो गए। ज्वालाप्रसाद से विदा लेते हुए मुंशी रामसहाय ने कहा, "बेटा, ज़रा सावधानी से काम लेना और सावधानी से रहना ! वैसे तुम बहुत बड़े अफ़सर हो, और तुम्हारे ऊपर हाथ उठाने की कोई हिम्मत नहीं करेगा, लेकिन फिर भी सावधान रहना उचित होगा। शास्त्रों में कहा है कि सावधान का विनाश नहीं होता।"

आठ दिन बाद मजिस्ट्रेट के सामने ज्वालाप्रसाद ने अपना बयान दे दिया। उनके बयान पर बरजोरसिंह के खिलाफ़ वारंट निकल गया।

प्रभुदयाल की तेरहीं हो गई, ज्वालाप्रसाद उसमें सम्मिलित नहीं हुए। तेरहीं हो जाने के पन्द्रह दिन बाद जैदेई लक्ष्मीचन्द को साथ लेकर ज्वालाप्रसाद के यहाँ आई। ज्वालाप्रसाद के तेरहीं में न सम्मिलित होने का उलाहना देते हुए जैदेई ने कहा, "देवरजी, भाग्य हम लोगों से क्या रूठा, तुम भी हम लोगों से रूठ गए। मैंने कितनी राह देखी तुम्हारी तेरहीं के दिन, लेकिन उनके जाने के बाद से तुम्हारे दर्शन नहीं हुए। अब अपने इस अनाथ लड़के को लेकर तुम्हारी शरण आई हूँ।"

ज्वालाप्रसाद ने जैदई को देखा। उसके मुख की कान्ति जाती रही थी। उन्होंने करुण स्वर में कहा, "भौजी, तुम तो जानती ही हो कि मैंने बरजोरसिंह के ख़िलाफ़ बयान दे दिया, और मेरे बयान पर ही उनके नाम वारंट निकला है। ऐसी हालत में उन दिनों मेरा तुम्हारे यहाँ जाना उचित न था।"

"हाँ देवरजी, बड़ा सहारा है तुम्हारा हम लोगों को। थानेदार अमज़दअली हम लोगों के बहुत बड़े दोस्त बनते थे, उन्होंने तो उस मामले को एक तरह से दबा ही दिया था।" जैदेई ने आँखों में आँसू भरकर कहा, "देवरजी, अब अपना इस घाटमपुर में कोई नहीं रह गया। मेरे बड़े भाई कानपुर से आए हैं, तो वह कह रहे हैं कि हम लोग कानपुर शहर में रहें चलकर; यहाँ हम लोगों का रहना ठीक नहीं। तो मैं तुमसे सलाह माँगने आई हूँ।"

"मैं तुम्हें सलाह क्या दूँ भौजी, जैसा उचित समझो वैसा करो। हाँ, एक बात का विश्वास मैं दिला सकता हूँ कि शिवपुरा में तुम पर कोई अनाचार-अत्याचार नहीं हो सकता। सरकार है और सरकार का क़ानून है। सरकार और सरकार के क़ानून की मर्यादा सबसे ऊपर है।"

जैदेई ने एक थैली ज्वालाप्रसाद के सामने बढ़ा दी, "देवरजी, मैंने भइया से कह दिया कि वह लक्ष्मीचन्द को अपने साथ लेते जाए, कानपुर में इसे अपनी पढ़ाई तो पूरी करनी ही है। मैं यहाँ शिवपुरा में ही रहकर ज़मीन-जायदाद सम्हालूँगी; यहाँ इनका जो

कारबार फैला है उसे धीरे-धीरे समेटना भी तो है। और देवरजी, तुमने जो हम लोगों का उपकार किया है, ये सौ अशर्फ़ियाँ लाई हूँ उसकी भेंट में।"

उस थैली को देखकर ज्वालाप्रसाद मुस्कराए, "भौजी, जो कुछ मैंने किया वह अपना कर्तव्य समझकर किया। ममता और न्याय—न ये बिकते हैं और न ख़रीदे जाते हैं। यह रुपया-पैसा, जीवन में सब बुराइयों की जड़ यही है। तो भौजी, अब फिर कभी इस प्रलोभन में मुझे डालने की कोशिश न करना, और जहाँ तक हो सके, तुम भी इस प्रलोभन से बचती रहना।"

ज्वालाप्रसाद के इस व्यवहार पर जैदेई अवाक् रह गई। जिस परम्परा में वह जन्मी और पली थी, वहाँ हर चीज़ बिकती थी या ख़रीदी जाती थी। वह कह उठी, "तुम आदमी नहीं हो, देवता हो देवरजी ! भगवान तुम्हारा भला करें !" और उसने बरबस ही भक्ति के साथ ज्वालाप्रसाद के पैर छू लिए।

ज्वालाप्रसाद को उस दिन काग़ज़ लेकर मीर साहेब के पास जाना था। उसने जैदेई से कहा, "भौजी, खाना खाकर जाना।" और फिर उन्होंने भीखू से कहा, "नम्बरदारिन यहीं खाना खाएँगी। तुम नम्बरदारिन को बिठलाओ और इनके साथ बातें करो। मैं ज़रा तहसीलदार साहेब के यहाँ हो आऊँ जाकर; घंटे-डेढ़-घंटे में लौट आऊँगा।"

जिस समय ज्वालाप्रसाद मीर सहोब के यहाँ पहुँचे, उन्होंने देखा कि ठाकुर गजराजसिंह मीर साहेब से बातें कर रहे हैं। मीर साहेब ने ज्वालाप्रसाद को देखते ही कहा, "आओ बरखुरदार, तुम्हारी बड़ी उम्र है। अभी हम लोगों में तुम्हारी ही बात चल रही थी।"

गजराजसिंह का चेहरा बेतरह उतरा हुआ था और वे ज़मीन की तरफ़ आँखें झुकाए बैठे थे। उन्होंने ज्वालाप्रसाद की ओर देखा तक नहीं। ज्वालाप्रसाद के बैठ जाने पर मीर सख़ावतहुसेन ने कहा, "ज्वालाबाबू, ठाकुर गजराजसिंह का कहना है कि तुम बरजोरसिंह की मौत के ज़िम्मेवार हो। अगर तुमने बरजोर के ख़िलाफ़ अपना बयान न दिया होता तो बरजोरसिंह के ख़िलाफ़ वारंट न निकलता।"

धीमे स्वर में ज्वालाप्रसाद ने कहा, "हाँ हुज़ूर, अगर मैंने बरजोरसिंह के ख़िलाफ़ बयान न दिया होता तो बरजोरसिंह के नाम वारंट न निकलता, और एक खून का मामला दब जाता, मैं भी ऐसा ही समझता हूँ। लेकिन हुज़ूर, सरकारी मुलाज़िम होते हुए मैं क़ानून और इन्साफ़ का गला कैसे घोंट देता ! फिर अभी हुआ क्या है, अभी तो मुक़दमा चलेगा !"

इस बार गजराजसिंह ने अपनी आँखें ऊपर उठाईं और सीधी दृष्टि से ज्वालाप्रसाद को देखा। उनका चेहरा पीला और उदास था, उनकी आँखें तरल थीं, "मुरदे पर मुक़दमा नहीं चला करता ज्वालाबाबू, बरजोरसिंह इस दुनिया से चले गए। जो कुछ उसने किया, उसका दंड खुद उसने अपने को दे दिया। परसों रात बिधनू में उसने आत्महत्या कर ली, जहाँ यज्ञपुर से लौटते समय अपने वारंट की ख़बर उसने सुनी थी। कल सुबह मैं उसके बाल-बच्चों को लेकर बिधनू गया था। उसकी अन्त्येष्टि-क्रिया करके कल ही रात

के समय मैं वापस चला आया।" और गजराजसिंह एक रूखी हँसी हँस पड़े, "चलो, यह कांड भी वापस हुआ। जब बरजोर ही नहीं रहा तो उसका कोई क्या बिगाड़ लेगा ?" और गजराजसिंह की आँखों में एकाएक आँसू उमड़ पड़े, "लेकिन ज्वालाबाबू, सब कुछ होते हुए भी यह मानना पड़ेगा कि बरजोर आदमी नेक था और नेक होने के साथ-साथ अभागा। उसने कभी दुनिया के साथ कोई बुराई नहीं की। जहाँ तक हो सका, उसने दूसरों की जी खोलकर मदद की। लेकिन इस सबका पुरस्कार उसे यह मिला कि उसकी ज़मीन गई, उसकी जान गई, उसके बच्चे अनाथ हो गए, उसकी बीवी विधवा हो गई। उसकी बीवी का मायका बिधनू में है, जहाँ बैठी वह बिलख रही है। दो लड़के हैं उसके, एक की उम्र चौदह साल की है, एक की दस साल की। एक लड़की भी है बारह-तेरह साल की, जिसकी शादी की फ़िक्र है। उन लोगों का क्या होगा ? भगवान मालिक है !"

मीर साहेब ने ज्वालाप्रसाद की ओर देखा, "सुन रहे हो बरखुरदार, कि तुम्हारे इन्साफ़ और धर्म का क्या नतीजा हुआ ? लेकिन मैं ठाकुर गजराजसिंह को यह समझाने की कोशिश कर रहा था कि जहाँ इन्साफ़ और फ़र्ज़ में और दया धरम में अगर कहीं उलझन पड़ जाए, वहाँ तरजीह फ़र्ज़ और इन्साफ़ को ही देनी चाहिए। और इस लिहाज़ से तुमने जो कुछ किया वही मुनासिब था।"

बरजोरसिंह आत्महत्या कर सकता है, इस पर ज्वालाप्रसाद ने नहीं सोचा था। शायद ज्वालाप्रसाद ने इस बात पर ही नहीं सोचा था कि बरजोरसिंह का क्या होगा। उन्होंने जो कुछ किया था वह नितान्त अचेतन अवस्था में किया था, इस तर्क से प्रेरित होकर किया था कि अपराधी को दंड मिलना चाहिए। बरजोरसिंह की आत्महत्या की ख़बर सुनकर उनका अन्तर एकबारगी ही हिल गया। कुछ देर वह चुप बैठे सोचते रहे। उन्हें अब कुछ ऐसा लग रहा था कि बरजोरसिंह की मृत्यु का उत्तरदायित्व पूर्ण रूप से उन पर है। अचानक उन्होंने अपना सिर उठाया और मीर साहेब से बोले, "हुज़ूर, एक सवाल मैं आपसे पूछना चाहता हूँ, अगर इसे गुस्ताख़ी न समझा जाए।"

"हाँ-हाँ, इसमें गुस्ताख़ी की क्या बात है, शौक़ से पूछो !" मीर साहेब ने कहा।

"अगर हुज़ूर मेरी जगह होते तो इस मामले में क्या करते ?"

मीर साहेब के मुख की मुस्कराहट लुप्त हो गई, "बड़ा मुश्किल सवाल पूछ लिया है ज्वालाबाबू तुमने ! मैं कह नहीं सकता कि क्या करता ! बहुत मुमकिन हैं मैं वह न करता जो तुमने कर डाला; या यह भी मुमकिन है कि मैं ठीक वही करता जो तुमने किया है। मैंने कहा न कि बड़ा मुश्किल सवाल पूछ लिया है तुमने !"

ज्वालाप्रसाद ने अब कहा, "नहीं ठज़ूर, अब मुझे यक़ीन हो गया कि आप वह न करते जो मैंने किया है। मेरे मामा मुंशी रामसहाय ने भी कुछ ऐसी ही सलाह दी थी मुझे। तो मुझे लगता है कि शायद मैंने ग़लती की।" ज्वालाप्रसाद का स्वर अब बहुत करुण हो गया, "न्याय और सत्य में सीमाएँ नहीं हुआ करतीं, मैं तो अभी तक यही समझता आया था, वहाँ भावना के लिए कोई गुंजाइश नहीं। लेकिन देख रहा हूँ मैं ग़लती पर था।"

ज्वालाप्रसाद के इस करुण स्वर से मीर साहेब द्रवित हो गए, "नहीं ज्वालाबाबू, मैंने यह नहीं कहा कि मैं जज़्बात की कमज़ोरियों का हामी हूँ। अगर इनसान इन कमज़ोरियों से ऊपर उठ सके तो मैं उसे बहुत ऊँचा समझूँगा, गो कि मुझे इस बात पर यक़ीन नहीं कि कोई भी आदमी जज़्बात से ऊपर उठ सकता है।" और इस प्रसंग को बन्द करते हुए मीर साहेब ने कहा, "ख़ैर, छोड़ो भी बरखुरदार, जो हो गया उसे होना ही था, उसे कोई रोक नहीं सकता था, लिहाज़ा उस पर बात करना बेकार है। हाँ, लाओ, काग़ज़ात पर दस्तख़त कर दूँ।"

ज्वालाप्रसाद जब घर लौटे, जैदेई ने पूछा, "क्यों देवरजी, यह चेहरा क्यों इतना उतर गया है ? क्या बात हुई, यहाँ से तो अच्छे-ख़ासे गए थे ?"

एक ठंडी साँस लेकर ज्वालाप्रसाद ने कहा, "भौजी, तहसीलदार साहेब के यहाँ ठाकुर गजराजसिंह से यह ख़बर मिली कि परसों रात बिधनू में बरजोरसिंह ने आत्महत्या कर ली।"

"आत्महत्या कर ली ! बरजोर ने !" जैदेई ने आश्चर्य से पूछा। फिर वह बोली, "चलो, उसने खुद अपने अपराध का दंड ले लिया। लेकिन देवरजी, मेरा जो कुछ छिन गया है, वह तो मुझे नहीं मिलेगा !"

ज्वालाप्रसाद ने जैदेई की बात का कोई उत्तर नहीं दिया, शायद उसकी बात का कोई उत्तर था भी नहीं। ज्वालाप्रसाद अपनी ही मानसिक उलझन में उलझे हुए थे। वह बरजोरसिंह की पत्नी और उसके बच्चों के सम्बन्ध में सोच रहे थे। जैदेई का जो कुछ छिन गया था वह नगण्य-सा था। जैदेई के पास लाखों की जायदाद थी, जिस पर अब उसका पूरा अधिकार था। वह सौ अशर्फ़ियाँ दे सकती थी। लेकिन बरजोरसिंह की पत्नी; वह अपने भाई के यहाँ आश्रय पाने गई थी, उसके बच्चे अनाथ हो गए थे।

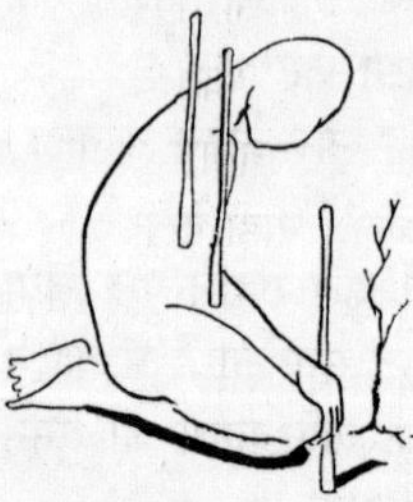

6

ज्वालाप्रसाद ने अपनी पत्नी को बच्चा जनने के लिए अपने पिता और चाचा के यहाँ फ़तहपुर न भेजकर अपने मामा के यहाँ राजपुर भेज दिया था। इस बात पर मुंशी शिवलाल को तो कोई आपत्ति न थी, पर मुंशी राधेलाल ने बावेला खड़ा कर दिया। उन्होंने मुंशी शिवलाल से कहा, "दादा, क्या बहू के लड़का होने का इन्तज़ाम हमारे बाप-दादा के घर में नहीं हो सकता था ? लोग सुनकर क्या सोचेंगे ? लड़का अफ़सर हो गया तो इसके माने यह नहीं कि वह अपने बाप-चाचा और अपने ख़ानदान

तक को भूल जाए !"

मुंशी शिवलाल ने बात को टालते हुए उत्तर दिया, "नहीं राधे, असल में घाटमपुर से राजपुर नज़दीक है। फिर मुंशी रामसहाय खुद आकर बहू को लिवा ले गए। वहाँ सेवा करने के लिए सैकड़ों नौकर-चाकर हैं। इसमें मुझे तो कोई ऐसी बेजा बात नहीं दिखती।"

"वाह ताऊजी, तो फिर हम लोग किस दिन के लिए हैं ?" राधेलाल के बड़े लड़के रामलाल ने कहा, "भला हम लोग जो देखभाल और सेवा बरदाश्त कर सकते हैं, वह नौकर-चाकर क्या करेंगे !"

रामलाल की यह बात शिवलाल को रुचिकर न लगी। राधेलाल ने ताड़ लिया, बात को सुधारते हुए उन्होंने कहा, "ठीक तो कहता है रामू ! रामू की बहू आख़िर किस दिन के लिए है ! मैं कहता हूँ कि न हो तो लड़का होने के बाद बहू को दो-चार महीने के लिए यहीं बुला लो।"

छिनकी, जो मुंशी शिवलाल का हुक्का ताज़ा करके लाई थी, वहीं खड़ी यह बातचीत सुन रही थी। उसने कहा, "हाँ बात तो ठीकै आय ! आज दुइ साल भए हैं बहू का इहाँ से गए भए, दुई-चार महीना के लिए इहैं बुलाय लेब न !" और फिर जैसे कुछ सोचकर उसने कहा, "हम कहित हैं, तुम ही काहे नाहीं घाटमपुर चले जात हौ एक दफा ! लड़का की मोह-माया ई सब एकै बार बिसराय दीन्हेब ? उहाँ जाय के बहू का अपने साथ लेत आइब !"

मुंशी शिवलाल ने हुक्के का कश खींचकर कहा, "हाँ, ठीक ही कहती है। बहुत दिनों से ज्वाला को नहीं देखा है। अच्छा, अगले महीने घाटमपुर और राजपुर जाऊँगा।" फिर उन्होंने छिनकी से पूछा, "काहे री, घसीटे की तबीयत कैसी है ?"

यह देखकर कि बातचीत का विषय बदल गया है, मुंशी राधेलाल और रामलाल चले गए। उनके जाने के बाद छिनकी ने आँखों में आँसू भरकर कहा, "का बताई, अब तो चरपइया से उठौ नाहीं पावत हैं। बुखारौ तीन दिन से बढ़िगा है। भगवान अब उनका उठाय लेंय तौन अच्छा, ऐसी जिन्दगी से मौत भली। उनकी हालत नाहीं देखी जात है। हाँ, काल तुम्हें पूछत रहैं।"

"अच्छा, अभी थोड़ी देर में चलता हूँ। तू घर जा, मैं बैदजी को लेने जा रहा हूँ।"

"आगी लागै तुम्हरे बैदजी मां ! दस दफा तो दवाई बदल चुके हैं, मुला तबीयत खराबै होत जात है। परौं से उइ दवाइव छोड़ दीन्हिन हैं।" और यह कहकर छिनकी चली गई।

शिवलाल थोड़ी देर तक रात के घिरते हुए अँधेरे को देखते रहे, फिर वे बल लगाकर उठ खड़े हुए। इधर कुछ दिनों से मुंशी शिवलाल की तबीयत कुछ गिरी-गिरी रहती थी। घसीटे की लम्बी बीमारी से उनका नित्य का कार्यक्रम ही बदल गया था। उन्हें शामवाली शराब अब अकेले बैठकर पीनी पड़ती थी और इसलिए शराब की मात्रा बढ़ गई थी। अकसर वे पीते-पीते बेहोश हो जाया करते थे। मुंशी शिवलाल अब अपने अन्दर एक

प्रकार की कमज़ोरी अनुभव करने लगे थे। यद्यपि छिनकी अपने भरसक उनकी अधिक-से-अधिक देखभाल करती थी, लेकिन घसीटे की बीमारी के कारण छिनकी को अपने समय का अधिकांश भाग घसीटे की सेवा में लगाना पड़ता था।

वैद्यराज घर पर नहीं थे। मुंशी शिवलाल घसीटे की कोठरी में अकेले ही पहुँचे। चिराग़ जल चुके थे, और घसीटे चारपाई पर लेटा कराह रहा था। छिनकी कोठरी के एक कोने में बैठी खाना बना रही थी। मुंशी शिवलाल के आते ही छिनकी ने चारपाई के नीचे एक टाट डाल दिया, फिर उसने घसीटे से कहा, "सुनत हौ, बड़े मुंसीजी आए हैं।"

घसीटे ने आँखें खोलीं। उसने शिवलाल की ओर इस तरह देखा, मानो वह उन्हें पहचानने की कोशिश कर रहा हो। फिर उसके निस्तेज और सूखे मुख पर एक मुस्कराहट आ गई, "काहे हो मुंसी, तुम्हें तीन-चार दिन से दीख नाहीं तो छिनकी से कहि दीन रहै तुम्हें बुलावें के बरे। बैठो न !" फिर उसने छिनकी से कहा, "अरी देख री, ज़रा हौली से एक पौआ दारू तौ लेत आ ?"

छिनकी चौंक उठी, "अक्किल मारी गई है तुम्हार, जो दारू मँगाय रहे हो !"

घसीटे हँस पड़ा, "नाहीं, अक्किल नाहीं मारी गई है। मुंसी आए हैं, तौन आज इनके साथ हमहूँ थोड़ी-सी पी लेब ! काहे हो मुंसी, दुइ महिना से ऊपर हुइ गए हैं हमका बीमार पड़े। बहुत दवा-दारू कीन, मुला कौनो फायदा न भवा। ई तबीयत ससुरी बिगड़तै गई। तौन हम आज सोचा कि मुंसी के साथ बैठके थोड़ी-सी दारू पियन; जो कुछ होय का है सो तो हुईहै ही।" फिर उसने छिनकी की ओर देखा, "जा, हम कहा न कि एक पौआ दारू ले आ जायके जल्दी से !"

छिनकी चुपचाप कोठरी के बाहर चली गई। घसीटे ने थोड़ी देर के लिए अपनी आँखें बन्द कर लीं। फिर उसने कहा, "काहे मुंसी, ज्वाला इहाँ कब आय रहा है ?"

"अभी हाल में तो उसके यहाँ आने की कोई उम्मीद नहीं है। नई-नई नौकरी है, फिर उसके ऊपर काम भी बहुत है। मैं ही अगले महीने घाटमपुर जानेवाला हूँ।"

घसीटे ने ठंडी साँस भरकर कहा, "मुंसी, मरन के पहले हम भीखू को देख लेइत तो अच्छा रहित। मुला ऐस दिखत है कि भगवान का यू मंजूर नाहीं। खैर, खुसी ई बात की है कि भीखू सुख से है। अबहीं पाँच-छै दिन भए, पचीस रुपया भेजिस है, मुंसी, पूरे पचीस ! अच्छा मुंसी, ज्वालौ तुम्हरे पास रुपैया-पैसा भेजत है ?"

मुंशी शिवलाल ने गर्व के साथ कहा, "क्यों नहीं, हर महीने बीस रुपया भेजता है !"

घसीटे के मुख पर एक मुस्कराहट आई, "वाह मुंसी, बड़ा सुलच्छन लड़का पाए हौ। लेकिन हम पूछित हन मुंसी, कि तुम ज्वाला के पास काहे नाहीं चले जात हौ ? तुम्हार लड़का राजा हुइगा है, तौन तुम काहे का इहाँ पड़े भए हौ ? उहाँ तुम्हें हर तरह का सुख मिली, सन्तोस मिली। मजे मां आराम से रहौ जायके और भगवान का भजन करौ !"

कुछ सोचते हुए मुंशी शिवलाल ने कहा, "हाँ घसीटे, बात तो ठीक कह रहे हो,

लेकिन अपने हाथ-पैर चलते रहें, इसमें सबसे ज्यादा सुख है।"

घसीटे ने एक ठंडी साँस लेकर कहा, "ठीक कहत हौ मुंसी, जब तक हाथ-पैर ठीक आँय तब तक दूसरे का सहारा की कौनो जरूरत नाहीं और, जब तक हाथ-पैर जवाब दै देंय, तब भगवान् मनई का उठाय लेंय। हमही का देखौ ! आज दुइ महीना हुइ गए हैं खटिया पर पड़े भए। भार बन गएन आन हम ई बिचारी छिनकी पर। बड़ी सेवा करत ऑय हमार मुंसी, और एक हम कि ऊका कौनो सुख नाहीं दै पाएन !" कहते-कहते घसीटे की आँखों में आँसू भर आए।

मुंसी शिवलाल ने घसीटे को सान्त्वना देते हुए कहा, "इतना दुख करने की कोई बात नहीं घसीटे। तुम जल्दी ही अच्छे हो जाओगे ! वैद्यजी कहते हैं कि अब तुम्हारी हालत सुधर रही है।"

घसीटे ने मुंशी शिवलाल की बात का कोई उत्तर नहीं दिया, मानो थककर उसने अपनी आँखें बन्द कर ली हों। दीपक के मन्द प्रकाश में मुंशी शिवलाल ने देखा कि घसीटे का काला रंग कुछ और अधिक काला पड़ गया है। घसीटे के हाथ-पैर सूख गए थे, और मुंशी शिवलाल को लगा कि उनके आगे घसीटे की आकृति का एक नर-कंकाल लेटा हुआ है। उस छोटी-सी कोठरी में घसीटे के साथ अकेले बैठे हुए उन्हें डर लग रहा था। उनके अन्दर यह भावना उठ रही थी कि चलो भाग चलें। चुपचाप कुछ सहमे हुए-से वह घसीटे को एकटक देखते रहे, बड़ी देर तक। वह अनुभव कर रहे थे कि मृत्यु की एक प्रशान्त छाया उस कोठरी को कुछ अजीब ढंग से धुँधली बनाए हुए है।

उनका भय अब इतना अधिक बढ़ गया था कि वह घबरा उठे, और बैठे रहने का लाख प्रयत्न करते हुए भी वह बरबस उठ खड़े हुए। उनके उठने की आवाज़ से घसीटे की निद्रा अथवा तन्द्रा अथवा बेहोशी—जो कुछ भी रहा हो, वह टूट गई। उसने आँखें खोल लीं, "काहे हो मुंसी, जरा आँख लग गई रहै। ई ससुरी छिनकिया बड़ी देर लगाए दीन्हेस ! इहैं पासै मां तो हौली आय। बैठो, आवतै होई।"

घसीटे की आवाज़ सुनते ही मुंशी शिवलाल के अन्दरवाला भय दूर हो गया। कोठरी के अन्दरवाले दीपक का प्रकाश फिर उनकी आँखों के आगे स्पष्ट हो गया, और वह बैठ गए। उन्होंने जैसे अपने से ही लज्जित होकर कहा, "हम तो समझे थे कि तुम्हें नींद आ गई। क्यों घसीटे, अब कैसा लग रहा है तुम्हें ?"

घसीटे मुस्कराया, "मुंसी, बड़े अचरज की बात आय। आज न जाने कैसे आपै-आप तबीयत बहुत हलकी हुइ गई है; तनिकौ पीड़ा नाहीं है सरीर मां। ऐस लागत है कि नई जिन्दगी मिल रही आय हमका। बस, एकै दुख है कि भीखू नाहीं है हमरे पास मॉ। कौन जाने कि काल कब आयके हमका उठाय लै जाए। अन्त समै हमका भीखू न मिली, ऐस दिखात है।"

इसी समय छिनकी ने कोठरी में प्रवेश किया। वह बड़बड़ा रही थी, "आगी लागै ई नसा मां और नसा करै वालेन मां ! पीके बौराय जात हैं। लेव, लै आइन, मुला अब हम हौली की तरफ न जइबै !" और यह कहकर उसने दो कुल्हड़ों में भरकर शराब मुंशी

शिवलाल और घसीटे को दी।

अपने निर्बल हाथों में शराब का कुल्हड़ लेकर घसीटे बड़ी देर तक तृषित दृष्टि से उसे देखता रहा, फिर उसने छिनकी से कहा, “अरी, जरा सहारा दैके हमका बैठाय तो दे। लेटे-लेटे भला कहूँ दारू पी जात है ! काहे हो मुंसी ?” और घसीटे मुस्कराया।

घसीटे को सहारा देकर छिनकी ने चारपाई पर बिठलाया, और उसे पकड़कर वह खुद चारपाई पर बैठ गई। शिवलाल और घसीटे दोनों ने ही कुल्हड़ एक साथ मुँह में लगाए। मुंशी शिवलाल ने चौथाई कुल्हड़ शराब अपने गले के नीचे उतारी और कुल्हड़ ज़मीन पर रख दिया, लेकिन घसीटे अपना कुल्हड़ एक साँस में ख़ाली कर गया।

कुल्हड़ ख़ाली करके घसीटे ने भिंचे हुए स्वर में कहा, “मुंसी, हम तो चलेन !” और मुंशी शिवलाल ने देखा कि घसीटे की आँखें फट गई हैं, और उसका सिर एकाएक आगे की ओर लुढ़क गया है। उसके हाथवाला कुल्हड़ छूट पड़ा। छिनकी चीख़ उठी, “हाय दइया, हम लुट गईन !”

मुंशी शिवलाल ने घबराकर अपना कुल्हड़ तीन-चार घूँटों में ख़ाली किया फिर वे उठ खड़े हुए। छिनकी के साथ मिलकर उन्होंने घसीटे के शव को चारपाई से उतारकर ज़मीन पर रख दिया, और इसके बाद उदास भाव से वह घर लौट आए। उसी समय पानी गरम कराके उन्होंने स्नान किया।

घसीटे की मृत्यु का असर मुंशी शिवलाल पर अच्छा नहीं पड़ा। अभी तक उन्होंने मृत्यु के सम्बन्ध में गम्भीरतापूर्वक नहीं सोचा था, पर उस दिन से उनके अन्दर मृत्यु के प्रति एक भयानक भय समा गया। उन्हें यह अनुभव होने लगा कि उनका शरीर तेज़ी के साथ शिथिल होता जा रहा है, और इस भय से छुटकारा पाने के लिए वह बड़ी व्यग्रता के साथ उस दिन की प्रतीक्षा करने लगे, जिस दिन उन्हें घाटमपुर जाना था।

छिनकी ने घसीटे को खो दिया था। इधर मुंशी शिवलाल की गिरी हुई तन्दुरुस्ती को देखकर वह बुरी तरह चिन्तित हो उठी। घसीटे का क्रिया-कर्म उसने विधिपूर्वक करवाया, और उसे निपटाकर वह मुंशी शिवलाल के घर में ही रहने लगी। एक दिन उसने शिवलाल से पूछा, “काहे हो, ज्वाला के इहाँ कब चलै का है ? बहुरिया के लड़का तो हुइगा। अब तो वह घाटमपुर आय सकत है ना !”

“हाँ, चिट्‌ठी आई है कि बहू एक हफ़्ते में राजपुर से घाटमपुर पहुँच जाएगी। सोच रहा हूँ कि अगले सोमवार या मंगलवार को यहाँ से चल दूँ।”

“हम हूँ यह कहा चहित रहै तुमसे कि जल्दी ही इहाँ से चलौ। अगर एक बात मानौ तो कही कि तुम हमहूँ का अपने साथ इहाँ से घाटमपुर लै चलौ।”

आश्चर्य से मुंशी शिवलाल ने पूछा, “तू भी घाटमपुर चलेगी, क्यों ?”

“इहैं रहिके का करबै ? उइ सरग चले गए, तुम घाटमपुर जाय रहे हौ। तौन हमार तुमसे यू कहब आय कि तुम्हें इहाँ लौटें की कौनो जरूरत नाहीं। तुम अब अपने लड़िका के पास रहौ चलिके। इहै बरे हम तुम्हरे साथ चला चाहित हैं। हम सोच रही हन कि हमरे दुइ लड़का ऑय, ज्वाला और भीखू ! उनही के सहारे हमार जिन्दगी कटि जाइ।

इहाँ हमार कौन है ?"

छिनकी ने जो कुछ कहा, उसमें सार था, मुंशी शिवलाल ने ऐसा अनुभव किया, "ठीक कहती है। तू भी अपने चलने का इन्तज़ाम कर ले। हम लोग सोमवार को ही चलेंगे।"

मुंशी शिवलाल के साथ छिनकी के जाने का प्रस्ताव सुनकर मुंशी राधेलाल का माथा ठनका। क्या मुंशी शिवलाल हमेशा के लिए अपने लड़के के साथ रहने जा रहे हैं। अपने मन में वह इस प्रश्न का उत्तर पाने का प्रयत्न करते रहे। इस ख़बर से मुंशी राधेलाल के परिवार में भी एक खलबली-सी मच गई थी। शनिवार की शाम को मौक़ा पाकर राधेलाल ने शिवलाल से कहा, "दादा, छिनकी के जाने से तो घर का इन्तज़ाम ही बिगड़ जाएगा। इसे आप बेकार अपने साथ लिये जा रहे हैं। महीना-दो-महीना घाटमपुर रहकर आपको बहू के साथ तो लौटना ही है !"

मुंशी शिवलाल ने ज़रा रुखाई के साथ कहा, "क्यों, घर के इन्तज़ाम के लिए छोटी है, रामू की बहू है। मैं छिनकी को इसलिए अपने साथ लिए जा रहा हूँ कि मेरी देखभाल करनेवाला तो कोई चाहिए।"

"ज्वाला की बहू तो है वहाँ। फिर आप महीने-दो-महीने के लिए जा रहे हैं। बहू को अपने साथ लेकर यहाँ लौटना भी तो है। इतने दिन तक तो ज्वाला की बहू आपकी देखभाल अच्छी तरह कर सकती है।"

राधेलाल ने दो बार उनके महीने-दो-महीने बाद बहू को लेकर वापस लौटने की बात उठाई तो मुंशी शिवलाल झल्ला उठे, "ज्वाला की बहू बड़े अफ़सर की बीवी है; फिर उसके अभी बच्चा हुआ है। भला भगवान ने उससे सेवा कराने के लिए उसे तससीलदार की बीवी बनाया है ! नहीं राधे, मैं उससे अपनी सेवा न कराऊँगा। भगवान की कृपा से अब ज्वाला ऊँचे ओहदे पर पहुँच गया है। उसकी और उसकी बीवी की मान-मर्यादा बढ़े। फिर अब मेरे बुढ़ापे का वक़्त है। घाटमपुर में अगर मन लग गया तो मैं वहाँ साल-छह महीने भी रुक सकता हूँ; गो कि इरादा महीने-दो-महीने में ही चले आने का है। यह तो वहाँ जाकर देखूँगा। अपना लड़का है, कोई पराया थोड़े ही है !"

राधेलाल ने अब यह अनुभव किया कि मुंशी शिवलाल का इरादा फ़तहपुर वापस आने का नहीं है। राधेलाल की गृहस्थी बड़ी थी, और उनके घर के ख़र्च भी बढ़े हुए थे। राधेलाल के चार लड़के थे—रामलाल, श्यामलाल, किशनलाल और बिशनलाल। रामलाल और श्यामलाल अपनी पढ़ाई छोड़ चुके थे और रामलाल का विवाह हो चुका था। किशनलाल और बिशनलाल अभी पढ़ रहे थे। रामलाल उर्दू-मिडिल पास करके पटवारगिरी की नौकरी के लिए कोशिश कर रहा था। श्यामलाल तीन साल तक उर्दू-मिडिल में फेल होने के बाद आवारागर्दी पर उतर आया था। मुंशी शिवलाल ने कुछ रुपए बचाकर दस बीघे ज़मीन ख़रीद ली थी और श्यामलाल को खेती सौंप दी गई थी। लेकिन श्यामलाल से मेहनत नहीं होती थी, बड़ी मुश्किल से लगान का रुपया उस खेती से निकल पाता था।

राधेलाल ने मुँह लटकाकर कहा, "दादा, घर की हालत तो आप देख ही रहे हैं। आपके जाने के बाद ज्वाला जो बीस रुपया महीना घर भेजता था, उसका भेजना बन्द तो न कर देगा ?"

मुंशी शिवलाल ने मुस्कराते हुए उत्तर दिया, "नहीं राधे, तुम निसाखातिर रहो ! मैं उससे दस रुपया महीना बराबर तुम्हारे पास भिजवाता रहूँगा। अगर कभी और कुछ ज़रूरत पड़े तो तुम मुझे ख़बर कर देना; जो कुछ भी बनेगा वह मैं तुम्हारे पास भेज दूँगा। हाँ, रामू से कह देना कि अगर पटवारगिरी न मिले तो ज़िला-स्कूल में मुदर्रिसी कर ले, मौलवी सलामतउल्ला से मैंने बात कर ली है। और ज़रा श्यामू को अच्छी तरह समझाना होगा। मेहनत से काम करे। हमारे खेत के पास ही वह पंचम अहीर की पाँच बीघा ज़मीन बिकाऊ है। उससे बात करके वह ज़मीन ख़रीद लो, रुपयों का प्रबन्ध हो जाएगा। और हाँ, देखो, श्यामू की शादी हो सके तो अगली गरमी तक कर डालो। मुमकिन है, शादी होने के बाद इसकी आदतें सुधर जाएँ।"

शिवलाल की आश्वासन से भरी बातचीत से राधेलाल का मन कुछ हल्का हो गया। लेकिन उन्हें यह भासित हो गया कि जीवन-क्रम में कुछ परिवर्तन आनेवाले हैं। उन्हें अपने लड़कों की कुबुद्धि और अकर्मण्यता पर क्रोध आ रहा था, पर उससे भी अधिक जलन हो रही थी उन्हें ज्वालाप्रसाद और उसकी पत्नी के भाग्य से। मुंशी शिवलाल से अधिक आग्रह करना बेकार है, यह वह जानते थे। एक प्रकार की घृणा हो रही थी उन्हें अपने बड़े भाई से, और उस घृणा को ढँके हुए था उनके अन्दरवाला भय।

घाटमपुर पहुँचकर मुंशी शिवलाल को ऐसा लगा मानो वह स्वर्ग में आ गए हों। ज्वालाप्रसाद नायब तहसीलदार केवल नाम के लिए था, वस्तुतः उसका अधिकार, उसकी सत्ता और उसका रोब-दाब, ये सब तहसीलदार से ही थे। ज्वालाप्रसाद का पिता होने के नाते हर जगह उनकी इज़्ज़त होती थी, उनका हुक्म चलता था। वहाँ के लोग उनसे सलाह-मशविरा माँगने आते थे, और उनके मशविरे मूल्यवान होते थे। अकसर वे मीर साहेब के यहाँ शतरंज खेलने पहुँच जाते थे। मीर साहेब से उनकी अच्छी-ख़ासी दोस्ती हो गई थी।

पर उन्होंने एक बात अनुभव की, जिस पर उन्हें कुछ थोड़ा-सा दुख होने के साथ, कुछ आत्मिक सन्तोष और कुछ गर्व भी हुआ। वह यह कि ज्वालाप्रसाद अपने कर्तव्य में सच्चा और ईमानदार था। स्वयं में चरित्र का अभाव होते हुए भी उनके मन में चरित्र के प्रति आदर तो था ही। साथ ही उन्हें यह भी अनुभव हुआ कि परिस्थितियों के परिवर्तन से उनकी गिरती हुई तन्दुरुस्ती तेज़ी के साथ सम्हलने लगी। एक नवीन जीवन और उल्लास उनके सामने था; उनका परिवार बढ़ रहा था, उनके पास सम्पन्नता थी।

जाड़ा ख़त्म हो गया था और फ़सल पकने लगी थी। दोपहर के समय मुंशी शिवलाल बैठक में बैठे हुक्का पी रहे थे कि किसी ने आवाज़ दी, "ज्वालाबाबू !"

मुंशी शिवलाल ने बाहर देखा, सामने ठाकुर गजराजसिंह खड़े थे। मुंशी शिवलाल ठाकुर गजराजसिंह को नहीं पहचानते थे, क्योंकि उनसे वह अभी तक नहीं मिले थे।

बरजोरसिंह के मामले को लेकर गजराजसिंह और ज्वालाप्रसाद में जो मनोमालिन्य पैदा हो गया था, वह अभी तक दूर न हुआ था। पर मुंशी शिवलाल की अनुभवी दृष्टि ने यह ताड़ लिया कि जो व्यक्ति उनके सामने खड़ा है, वह साधारण नहीं है। "आइए, बैठिए, ज्वाला तो दौरे पर गया है, कल शाम तक आने की बात है। आप जो कुछ कहना चाहें, मैं उनसे कह दूँगा।"

"उनसे कह दीजिएगा कि ठाकुर गजराजसिंह एक ज़रूरी काम से आए थे। मैं परसों सुबह उनसे मिलने आऊँगा। बस, इतना ही काफ़ी होगा।" और इतना कहकर ठाकुर गजराजसिंह चलने को घूम पड़े। फिर उनके पैर आप-ही-आप रुक गए, घूमकर उन्होंने मुंशी शिवलाल को ग़ौर से देखा, "आपको पहली ही बार देख रहा हूँ। आप ज्वालाबाबू के पिता तो नहीं हैं?"

मुंशी शिवलाल ने मुस्कराते हुए उत्तर दिया, "जी, आपने मुझे पहचानने में ग़लती नहीं की। मैं ज्वालाप्रसाद का वालिद ही हूँ। अगर कोई ज़रूरी बात हो तो मुझसे कह दीजिए, मैं उसे बतला दूँगा।"

"आपको कष्ट क्यों दूँ, मैं खुद उनसे मिल लूँगा !" फिर कुछ रुककर उन्होंने कहा, "आप तो तजुर्बेकार आदमी हैं, आपको पूरा क़िस्सा सुना देने में कोई हर्ज़ न होगा। बड़े धर्म-संकट में पड़ गया हूँ। मुमकिन है, आप कोई रास्ता निकाल सकें।"

गजराजसिंह ने प्रभुदयाल और बरजोरसिंह का पूरा क़िस्सा शिवलाल को सुना दिया। बरजोरसिंह की सौ बीघे खुदकाश्त पर अभी तक प्रभुदयाल के उत्तराधिकारियों का कब्ज़ा न हुआ था। बरजोर तो रहा नहीं, बरजोर के बीवी-बच्चे बिधनू में थे। ठाकुर गजराजसिंह के नौकर-चाकर उस खेती की देखभाल कर लेते थे। होली के अवसर पर बरजोरसिंह के बीवी-बच्चों को गजराजसिंह ने बिधनू से घाटमपुर बुलवा लिया। इधर दो-एक दिन पहले गजराजसिंह को खबर मिली थी कि नम्बरदारिन जैदेई के मुनीम लच्छीराम ने उस ज़मीन की दाख़िल-ख़ारिज जैदेई के नाम कर दी थी। साथ ही उस ज़मीन पर क़ब्ज़ा पाने की दरख़ास्त भी लगा दी गई थी। खेतों में पकी हुई फ़सल खड़ी थी। प्रश्न यह था कि क्या ज्वालाप्रसाद इस मामले में बरजोरसिंह की विधवा और उसके बच्चों की सहायता कर सकते हैं !

गजराजसिंह से पूरी कहानी सुनकर मुंशी शिवलाल के मन में बरजोरसिंह के परिवार के प्रति दया उमड़ आई—"आप इतमीनान रखिए ठाकुर साहेब, मैं ज्वाला को सब बातें बतला दूँगा। और मैं आपको यक़ीन दिलाता हूँ कि ज्वाला से जो कुछ भी हो सकता है, उसे करने में वह कोई कसर न उठा रखेगा। इस पर आप मेरी तरफ़ से भरोसा लीजिए।"

दूसरे दिन जब ज्वालाप्रसाद दौरे से लौटे, मुंशी शिवलाल ने उनसे कहा, "बेटा, कल दोपहर के वक़्त ठाकुर गजराजसिंह तुम्हारे पास आए थे।"

ज्वालाप्रसाद ने आश्चर्य से पूछा, "ठाकुर गजराजसिंह आए थे ? मुझसे मिलने ? कुछ कह गए हैं क्या ?"

"हाँ, बरजोरसिंह की खुदकाश्त की बाबत कहने आए थे। फ़सल पकी हुई खड़ी है, और मुसम्मात जैदेई के नाम ज़मीन की दाख़िल-ख़ारिज हो चुकी है। कहते थे कि जैदेई के मुनीम लच्छीराम ने ज़मीन पर क़ब्ज़ा पाने की दरख़ास्त दे दी है। खड़ी फ़सल का मामला है, तुम्हारी मदद चाहते थे।"

ज्वालाप्रसाद के मत्थे पर कुछ धुँधलापन आ गया। विवश और करुण स्वर में उन्होंने कहा, "मैं क्या कर सकता हूँ बप्पा ? जब नम्बरदारिन के नाम दाख़िल-ख़ारिज हो चुका है तब, क़ब्ज़ा तो उन्हें मिल ही जाएगा। आप ही बतलाइए कि मैं क्या सहायता कर सकता हूँ उनकी ?"

"इसमें तुम यह कर सकते हो कि नम्बरदारिन को बरजोरसिंह की बेवा से खुद-ब-खुद क़ब्ज़ा दिलवा दो, इस शर्त पर कि फ़सल बरजोरसिंह की बेवा काट ले। मेरा ख़याल है कि इन शर्तों पर मामला आसानी से सुलझ जाएगा।"

"क्या बरजोरसिंह की बेवा घाटमपुर आई हुई है ?" ज्वालाप्रसाद ने पूछा।

"हाँ, अपने बाल-बच्चों के साथ वह गजराजसिंह के यहाँ ठहरी हुई है। गजराजसिंह कह गए हैं कि कल सुबह वह फिर तुम्हारे यहाँ आएँगे।" कुछ रुककर शिवलाल ने कहा, "जो कुछ हो सके बेटा, कर देना ! अनाथ बेवा का मामला है।"

उदास भाव से ज्वालाप्रसाद ने उत्तर दिया, "देखिए, कुछ-न-कुछ करने की कोशिश करूँगा। मुमकिन है, नम्बरदारिन जैदेई आपके बताए हुए ढंग से मान जाए।"

दूसरे दिन सुबह ठाकुर गजराजसिंह ज्वालाप्रसाद के यहाँ आए, लेकिन वे अकेले न थे। उनके साथ बरजोरसिंह की विधवा पत्नी और उसके दोनों लड़के भी थे। ज्वालाप्रसाद को देखते ही बरजोरसिंह की पत्नी फूटकर रो पड़ी। अपने दोनों लड़कों को आगे बढ़ाते हुए उसने कहा, "अब मैं इन दो अनाथ लड़कों को आपकी शरण में लाई हूँ नायब साहेब ! आपके धर्म ने हम लोगों का सर्वनाश कर दिया, अब आपकी दया इन दोनों की रक्षा करे, यही बिनती लेकर आई हूँ मैं दुखियारी !" और यह कहते-कहते उसकी हिचकियाँ बँध गईं।

यह दृश्य देखकर और बरजोरसिंह की विधवा की यह बात सुनकर ज्वालाप्रसाद का अन्तर हिल गया। उस स्त्री ने सीधे-सादे शब्दों में सत्य को व्यक्त किया था। उनके धर्म ने उस स्त्री का, उसके सामने खड़े हुए बच्चों का सर्वनाश कर दिया था—उस स्त्री को विधवा बनाकर, उन बच्चों को अनाथ बनाकर। निश्चय ही, अब उनकी दया की बारी थी। रुँधे हुए गले से उन्होंने ठाकुर गजराजसिंह से कहा, "ठाकुर साहेब, मैं आपको वचन देता हूँ कि मुझसे जो कुछ भी हो सकेगा और जिस तरह भी हो सकेगा, इन लोगों की सहायता करूँगा। इन लोगों से कह दीजिए कि इन्हें दूसरों की शरण में जाने की कोई आवश्यकता नहीं। चुनौठा अपने मकान में रहें और अपनी बची-खुची ज़मींदारी सम्हालें।"

बरजोरसिंह की पत्नी ने ज़मीन पर अपना माथा टेकते हुए कहा, "नायब साहेब, भगवान का यह दयावाला गुण अपनाकर आप हम लोगों के भगवान बन जाएँगे।"

गजराजसिंह और बरज़ोरसिंह के परिवार के जाने के बाद ज्वालाप्रसाद के मन में एक अजीब तरह की उदासी भर गई। उनके मन में अपने ही प्रति एक प्रकार की ग्लानि पैदा हो रही थी। उनको यह अनुभव हो रहा था कि उन्होंने एक बहुत बड़ा पाप कर डाला है, और उन्हें किसी-न-किसी तरह अपने उस पाप का प्रायश्चित करना होगा।

सन्ध्या के कुछ पहले ही ज्वालाप्रसाद शिवपुरा के लिए रवाना हो गए। जिस समय वह शिवपुरा पहुँचे, अँधेरा घिरने लगा था। प्रभुदयाल की ड्योढ़ी के फाटकवाले राधा-कृष्ण के मन्दिर में आरती हो रही थी और वहाँ की चहल-पहल पहले-जैसी थी। नम्बरदारिन के नौकरों ने ज्वालाप्रसाद को झुककर अभिवादन करते हुए उनका स्वागत किया और उन्हें बैठक में बिठलाया। उसके बाद उन्होंने जैदेई को ज्वालाप्रसाद के आने की ख़बर करवाई। ज्वालाप्रसाद के आने की ख़बर मुनीम लच्छीराम को भी क़रवा दी गई, जो अपने घर चला गया था।

जैदेई ने ज्वालाप्रसाद को हवेली के अन्दर अपने निजी कमरे में बुलवा लिया। उसने उठकर ज्वालाप्रसाद का स्वागत करते हुए कहा, "मेरे बड़े भाग देवरजी, जो तुम आए ! मैंने दो-चार बार तुम्हारे यहाँ ख़बर करवाई, लेकिन तुम हाकिम ठहरे न ! जब देखो तब दौरे पर।" और यह कहकर जैदेई मुस्करा दी।

ज्वालाप्रसाद ने इस बार एक नई जैदेई को अपने सामने खड़ा पाया। वह एक दूध की तरह सफ़ेद धुली हुई साड़ी पहने थी, और उसके हाथों में चार-चार सोने की चूड़ियाँ थीं। इधर वह स्वस्थ हो गई थी और उसके मुख पर एक प्रकार की आभा निखर आई थी। यद्यपि जैदेई की अवस्था पैंतीस वर्ष से ऊपर थी, पर वह पच्चीस वर्ष से अधिक की किसी भी हालत में न दिखती थी। जैदेई की यह मुस्कान कितनी मधुर है, कितनी लुभावनी है, ज्वालाप्रसाद मन-ही-मन सोच रहे थे। उन्होंने भी मुस्कराते हुए कहा, "क्या बताऊँ भौजी, काम के मारे नाक में दम है। गत से घर में बैठने की फ़ुरसत ही न मिलती। अपने काम के साथ-साथ मीर साहेब का पूरा काम सम्हालना पड़ता है। कल रात दौरे से वापस लौटा, तो आज सुबह एकाएक ख़याल आया कि बहुत दिनों से भौजी से नहीं मिला। और इस समय फ़ुरसत निकालकर चला आया।"

"बड़ी दया की देवरजी ! मुझे तो यहाँ एक तुम्हारा ही सहारा है। बैठो न, खड़े क्यों हो ? मैं तो तुम्हारे घर भी हो आई। कैसा प्यारा बच्चा है तुम्हारा ! मेरी गुइयाँ तो अच्छी तरह हैं ?"

जमुना को जैदेई अपनी गुइयाँ कहकर पुकारती थी, ज्वालाप्रसाद यह जानते थे। उन्होंने कहा, "हाँ भौजी, तुम्हें राम-राम भिजवाई है उन्होंने !" फिर कुछ रुककर वे बोले, "भौजी, एक ज़रूरी काम लेकर आया हूँ तुम्हारे पास ! तुमसे एक विनय करनी है।"

जैदेई ने ज्वालाप्रसाद के मुँह पर हाथ रखते हुए कहा, "क्यों नरक में डाल रहे हो मुझे देवरजी ! भला तुम्हारी बात मैं कहीं टाल सकती हूँ !"

प्रथम बार ज्वालाप्रसाद को जैदेई का स्पर्श हुआ, उनको ऐसा लगा कि सारे शरीर में एक धक्का-सा लगा हो। उस धक्के में कहीं एक प्रकार की पुलकन भी है, उन्हें उस

समय यह स्पष्ट रूप से अनुभव करने का अवकाश भी न था। उन्होंने पूछा, "भौजी सुना है कि तुम बरजोर की खुदकाश्त पर क़ब्ज़ा करनेवाली हो !"

"हाँ देवरजी, लच्छीराम से सब कार्रवाई पूरी करा ली है। दो-चार दिन में उस ज़मीन पर क़ब्ज़ा लेना है; बहुत दिन हो गए इस मामले को पड़े-पड़े।"

"भौजी, मैं तुमसे कहने आया था कि बरजोरसिंह के बीवी-बच्चे यहाँ आए हुए हैं। कौड़ी-कौड़ी के मोहताज हो गए हैं। तुम उन्हें यह फ़सल काट लने दो। उसके बाद वे लोग तुम्हें खुद-ब-खुद उस ज़मीन पर क़ब्ज़ा दे देंगे। लच्छीराम से कह दो कि वह अभी क़ब्ज़ा पाने की कार्रवाई न करे।"

जैदेई का मुख गम्भीर हो गया और उसने अपनी आँखें नीची कर लीं, "देवरजी, हरेक आदमी का अपना-अपना भाग्य होता है। मोहताजों और अनाथों से दुनिया भरी पड़ी है। किस-किसका दुख दूर किया जा सकता है ! फिर तुम यह तो मानोगे कि उस ज़मीन पर मेरा अधिकार है।"

ज्वालाप्रसाद बोले, "ठीक कहती हो भौजी, ज़मीन के साथ-साथ उस फ़सल पर भी तुम्हारा अधिकार है, जो उस पर खड़ी है, लेकिन उसे बरजोरसिंह ने अपनी मेहनत करके खड़ा किया है। यह तो क़ानून की बात है, लेकिन मैं तुमसे जो कुछ करने को कह रहा हूँ, वह दया और उपकार के रूप में।"

जैदेई के मुख पर फिर मुस्कराहट आ गई, "देवरजी, तुम कितने अच्छे हो, कितने महान हो ! लच्छीराम से कह दो कि वह कार्रवाई रोक दे। भला तुम्हारी बात मैं टाल सकती हूँ !" और फिर उसने कहा, "देवरजी, खाना खाके जाना, मैं खुद तुम्हारे लिए खाना बनाती हूँ, अभी-अभी ! तुम थोड़ा आराम कर लो तब तक।"

"इस समय तो माफ़ करो भौजी, मैं बप्पा से कहकर नहीं आया हूँ। वह खाने के लिए मेरी राह देखेंगे। अबकी दफ़ा जब आऊँगा तो घर में खाने के लिए मना करके आऊँगा और तुम्हारे हाथ का खाना खाकर ही वापस लौटूँगा।"

"अच्छी बात है देवरजी, लेकिन थोड़ा-सा जलपान तो करना ही होगा।"

जलपान करके जब ज्वालाप्रसाद घर से बाहर निकले तो उन्होंने देखा कि लच्छीराम बाहर के दालान में बैठा उनकी प्रतीक्षा कर रहा है। ज्वालाप्रसाद के आते ही वह उठ खड़ा हुआ, "कहिए, कैसे कष्ट किया ?"

ज्वालाप्रसाद ने उत्तर दिया, "तुम अच्छे आ गए लच्छीराम ! सुना है कि तुम दो-चार दिन के अन्दर बरजोरसिंह की ज़मीन पर क़ब्ज़ा लेने की सोच रहे हो।"

"हाँ नायब साहेब ! नम्बरदारिन का हुक्म है। फिर क़ब्ज़ा लेने में काफ़ी देर हो गई है। फ़सल कटने का वक़्त आ रहा है।"

"फ़सल कटने का समय आ रहा है लच्छीराम, और इसीलिए मैं यह कहने आया कि जब तक वे लोग फ़सल न काट लें, तब तक क़ब्ज़ा न लिया जाए। फ़सल काटने के बाद बरजोरसिंह की बेवा तुम्हें खुद क़ब्ज़ा दे देगी। मैंने नम्बरदारिन से बात कर ली है और वह राज़ी हैं। उन्होंने मुझसे कहा है कि मैं तुमसे कह दूँ।"

लच्छीराम को ज्वालाप्रसाद की बात अच्छी नहीं लगी। उसने कहा, "नम्बरदारिन मालकिन हैं, उनकी मरज़ी पूरी होगी। लेकिन नायब साहेब, ज़मीन-जायदाद के मामले में दया-धर्म की गुंजाइश नहीं होती। मालिक की जान इसी में गई। नम्बरदारिन इस बात पर राज़ी कैसे हो गईं ?"

ज्वालाप्रसाद को लच्छीराम का यह उलाहना अखर गया। उन्होंने रूखे स्वर में कहा, "यह सब तुम अपनी मालकिन से पूछना। मैं तो सिर्फ़ इतना जानता हूँ कि लाला प्रभुदयाल और नम्बरदारिन में ज़मीन-आसमान का अन्तर है। और इस वक़्त मुझे तुमसे इतना ही कहना है कि अभी इस ज़मीन पर क़ब्ज़े की कार्रवाई नहीं होगी। समझ गए न !" और बिना लच्छीराम के उत्तर की प्रतीक्षा किए ज्वालाप्रसाद वहाँ से चल दिए।

लच्छीराम जैदेई के पास गया। जैदेई पलंग पर आँखें मूँदें लेटी थी और सपना देखने का प्रयत्न कर रही थी। लच्छीराम के पैरों की आहट पाकर मानो आता हुआ सपना उसकी आँखों से लौट गया। उसने अपनी आँखें खोल दीं। लच्छीराम को सामने खड़ा देखकर उसने कहा, "क्यों लच्छी, क्या बात है ?"

लच्छीराम आवेश में भरा हुआ बोला, "क्यों मालकिन, अब क्या इस घर में नायब साहेब का हुक्म चलेगा ?"

जैदेई को लच्छीराम का यह रूप अच्छा नहीं लगा, पर अपने को रोककर सहज मुस्कान के साथ उसने कहा, "नहीं लच्छी, मैंने तो नायब साहेब से कहा था कि तुमसे बात कर लें। बहुत छोटी-सी बात है, इस पर बिगड़ना बेकार है।"

लच्छीराम ने कहा, "लेकिन मालकिन, पहले तुम खुद मुझसे बात कर लेतीं। आख़िर इस घर का कर्ता-धर्ता तुमने मुझे बनाया है !"

जैदेई अब की दफा ज़ोर से हँस पड़ी, "हाँ लच्छी, मैंने ही तुम्हें इस घर का कर्ता-धर्ता बनाया है। लेकिन तुम जानते ही हो कि नायब साहेब देवता आदमी हैं, उनका कितना सहारा है हम लोगों को !"

लच्छीराम ने कहा, "लेकिन मालकिन, मैं तो समझता हूँ कि हमें क़ब्ज़ा ले ही लेना चाहिए।"

जैदेई ने थोड़ा-सा गम्भीर होकर कहा, "लच्छी, इस क़ब्ज़े के पीछे मालिक की जान तो गई ही। अब एक तुम्हारा सहारा है, तो तुम चाहते हो कि मैं तुमसे भी हाथ धोऊँ !"

लच्छीराम के स्वर में एकाएक घबराहट आ गई, "तो क्या कुछ इस बात का डर है ? क्या नायब साहेब यह सब कहने आए थे ?"

लच्छीराम में भय जाग्रत करने में जैसे अब जैदेई को मज़ा आने लगा, "कुछ ऐसी ही ख़बर सुनी है देवरजी ने। ठाकुर गजराजसिंह के यहाँ उनके समधियाने से आठ-दस लठैत आकर टिके हैं। और अभी जब नायक साहेब यहाँ आ रहे थे तो उनको दो आदमी बन्दूकें लिए हुए यहाँ से एक कोस की दूरी पर मिले थे। नायब साहेब ने जो टोका तो बोले गजराजसिंह के रिश्तेदार हैं, शिकार खेलने निकले हैं।"

लच्छीराम के शरीर से पसीना छूटने लगा। "मालकिन, पुलिस और सरकार क्या

सब चुपचाप देखते रहेंगे ?"

"यह मैं क्या जानूँ ! तुम तो जानते ही हो कि थानेदार अमज़दअली समय पड़ने पर हमें धोखा दे गए। एक नायब साहेब का सहारा है हम लोगों को, तो तुम्हें उनकी बात भी नागवार लगती है। भगवान ही मालिक है हम लोगों का !"

"नहीं-नहीं, जैसा नायब साहेब कहेंगे वैसा ही होगा, इसमें ज़रा भी चूक न होगी।" लच्छीराम बोला।

जैदेई ने जम्हाई ली, "मेरी तबीयत ठीक नहीं है लच्छी ! अब तुम घर जाओ, खाने का समय हो रहा है। और देखो, ज़रा सावधानी से रहना। वैसे नायब साहेब ने वचन दिया है कि वह सब कुछ ठीक कर देंगे।"

लच्छीराम हवेली के बाहर निकला। अब उसे अपने घर तक अकेले जाने की हिम्मत न हो रही थी। एक नौकर को साथ लेकर वह अपने घर वापस गया।

7

मुंशी रामसहाय ने होली के त्योहार पर मुंशी शिवलाल, ज्वालाप्रसाद और जमुना को आग्रह के साथ राजपुर आने के लिए आमन्त्रित किया। मुंशी रामसहाय का पत्र पाकर मुंशी शिवलाल ने ज्वालाप्रसाद से कहा, "बेटा, चलना तो चाहिए। बड़े हौसले के साथ तुम्हारे मामा ने हम लोगों को बुलाया है। मेरी तबीयत होती है कि कुछ दिन के लिए राजपुर ही रहूँ जाकर। अब तो मेरे घूमने-फिरने के दिन ही समझो !"

"लेकिन बप्पा, मुझे तो ख़ास तौर से छुट्टी लेनी पड़ेगी। ये तीर्थ-त्योहार ऊँचे सरकारी नौकरों के लिए नहीं होते। इन दिनों तो काम और ज़्यादा बढ़ जाया करता है। आप अपनी बहू को लेकर चले जाइए, छिनकी चाची को भी साथ ले लीजिए, भीखू अकेला यहाँ काफ़ी है।"

छिनकी वहीं पास में खड़ी थी। वह बोली, "बहू अबहिन इतने दिना उहाँ रहिके आई है। भला ऊ कैसे जाई। फिर होली केर त्योहार अपने घर केर होत है। बड़े अफ़सर के दरवाज़े लोग अइहें, नाच-गाना होई, उन केर खातिरदारी करैं का तो कौनों चाही इहाँ ! नाहीं तुम अकेले चले जाओ उहाँ, कौन डेरा डालैं जाय रहे हौ।"

ज्वालाप्रसाद ने कहा, "मैं आपके साथ एक दिन के लिए राजपुर चलता हूँ। उधर का दौरा भी हो जाएगा। आपको पहुँचाकर मैं वापस आ जाऊँगा।"

मुंशी शिवलाल को राजपुर पहुँचाकर जब ज्वालाप्रसाद घर लौटे, उनके यहाँ

गजराजसिंह बैठे हुए उनकी प्रतीक्षा कर रहे थे। उन्होंने अपने घर से ज्वालाप्रसाद के इक्के को आते देखा था, लेकिन ज्वालाप्रसाद कुछ देर के लिए तहसील में रुक गए थे।

"क्षमा कीजिएगा नायब साहेब, मैं उस दिन के बाद आपसे नहीं मिल सका, यज्ञपुर चला गया था, लड़की को विदा कराने। वैसे जाना तो मुझे नहीं चाहिए था, लेकिन मजबूरी ! घर में अब कोई अपना हाथ बँटानेवाला रह नहीं गया, एक बरजोर का सहारा था, सो वह भी जाता रहा। कल ही लड़की की विदा कराके वापस लौटा हूँ। पहली होली है न ! आपकी बाबत दरियाफ़्त किया तो मालूम हुआ कि आप आज सुबह दौरे से वापस लौटेंगे।"

ज्वालाप्रसाद ने पान मँगाते हुए कहा, "ठाकुर साहेब, आपने जो बरजोर की ज़मीन की बाबत कहा था, वह काम मैंने कर दिया। नम्बरदारिन की तरफ़ से अभी क़ब्ज़े की कोई कार्रवाई नहीं होगी। फ़सल काटकर ज़मीन का क़ब्ज़ा आप उन्हें खुद ही दिलवा दीजिएगा। क्यों इस सब अदालती कार्रवाई की ज़रूरत पड़े ! मैंने उस दिन उनसे यह सब बात कर ली थी।"

"बहुत बड़ा उपकार किया आपने उन अनाथों का ज्वालाबाबू ! भगवान आपका भला करेंगे। मैं बरजोर की बीवी को यह ख़बर दे दूँगा। वह चुनौठा अपने घर चली गई है। और जहाँ तक ज़मीन पर क़ब्ज़ा देने की बात है, वह मेरी ज़िम्मेदारी रही।"

ठाकुर गजराजसिंह प्रसन्न-मन लौट गए और ज्वालाप्रसाद ने घर में प्रवेश किया। आँगन में छिनकी और जमुना पकवान बनाने में व्यस्त थीं, भीखू इन दोनों की सहायता कर रहा था। ज्वालाप्रसाद को देखते ही छिनकी ने कहा, "बहू, बनाला आय गए, तौन जाओ, उन केर मुँह-हाथ धुलवाओ जायके, हम पकवान ज्वाय रही हव !" फिर उसने पुकारकर ज्वालाप्रसाद से पूछा, "काहे हो बचवा, बड़े मुंसी अच्छी तरह पहुँच गए उहाँ ? तबीअत तो ठीक आय ?"

"हाँ, बहुत अच्छी तरह पहुँच गए और तबीयत बिलकुल ठीक है। उनका इरादा वहाँ कुछ दिन रुकने का है, तो हमसे कहा है कि तुम्हें जल्दी ही भेज दूँ।"

"हाय राम ! हम समधियाने जाई, उनकेर अक्किल बौराय गई है। हम नाहीं जातिन अपने बिटवना को छोड़के !" और छिनकी प्रसन्न-मन पकवान बनाने में लग गई।

दूसरे दिन ठाकुर गजराजसिंह सन्ध्या के समय ज्वालाप्रसाद के यहाँ आए। उस समय वह प्रसन्न दिख रहे थे। चारों ओर होली की धूम मच रही थी। वातावरण में एक प्रकार का हर्ष और उल्लास था। गजराजसिंह ज्वालाप्रसाद को होली के दिन अपने यहाँ भोजन करने के लिए आमन्त्रित करने आए थे। उन्होंने कहा, "ज्वाला बाबू, जो हो गया सो हो गया। आपने जो कुछ किया, न्याय की दृष्टि से उचित ही किया। ग़लती मेरी थी जो मैं आपसे बैर मान गया था। मैं अब तो अपने ही अन्दर अपने को अपराधी समझने लगा हूँ। मैं तब समझूँगा कि आपने मेरा अपराध क्षमा किया जब आप मेरे यहाँ भोजन करेंगे। और रानी साहेब ने तहसीलदारिन साहेबा को विशेष रूप से आमन्त्रित किया है।"

गजराजसिंह के निमन्त्रण में जो आत्मीयता थी, ज्वालाप्रसाद उसे अस्वीकार नहीं कर सके, “ज़रूर आऊँगा ठाकुर साहेब, दुनिया में अच्छा-बुरा सब कुछ होता रहता है। हम लोग ग़लती करते हैं और उस ग़लती की सज़ा भी भुगतते हैं। और फिर बहुत कम आदमी हैं जो अपनी भावना से ऊपर उठ सकें। आदमी की भावना बहक भी जाया करती है। लेकिन अगर बहककर ठीक रास्ते पर आ जाए, तो क्या कहना !”

होली जलने के दूसरे दिन रंग खिला। ज्वालाप्रसाद से मिलने और उनके साथ होली खेलने घाटमपुर के प्रायः सभी लोग आए, और लोगों का अच्छा आदर-सत्कार हुआ। सुबह से ही शराब के दौर चलने लगे थे और ज्वालाप्रसाद को भी अपने अतिथियों का साथ देना पड़ रहा था।

दोपहर के समय ज्वालाप्रसाद जमुना को लेकर ठाकुर गजराजसिंह के यहाँ पहुँचे। जमुना रनवास में चली गई, गजराजसिंह के दीवानख़ाने में नाच-गाना जमा था। बेड़िनियों के डेरे नाच रहे थे और शराब के दौर चल रहे थे। वहाँ आमन्त्रित सभी अतिथि शराब के नशे में झूम रहे थे।

प्रायः दो बजे के करीब महफ़िल समाप्त हुई और लोग खाना खाने बैठे। ज्वालाप्रसाद को गजराजसिंह ने अपनी बग़ल में ही बिठलाया। बरजोरसिंह के दोनों लड़के खाना परोस रहे थे। गजराजसिंह ने कहा, “इन लड़कों के घर होली नहीं मनाई गई ज्वालाबाबू, तो मैंने इनको अपने यहाँ बुला लिया। ये बेचारे क्या जानें कि इनका क्या खोया है ! इनकी माँ अकेली चुनौठी में पड़ी सिसक रही होगी। साक्षात् लक्ष्मी है ! भगवान ने उसके कौन-से पाप का इतना बड़ा दंड दिया है उसे ! आपने इन लोगों का कितना उपकार किया है ज्वालाबाबू, कि ये लोग अपने घर तो लौट सके !”

ज्वालाप्रसाद की आँखें नशे से धुँधली पड़ रही थीं और यह करुणा की कहानी सुनकर उनके हृदय में मानो करुणा का सागर उमड़ पड़ा। बड़े दयनीय स्वर में उन्होंने कहा, “अनजान में इन लोगों पर जो मुझसे अपराध हो गया है, उसके मुक़ाबले मैं जो कुछ कर सका हूँ। वह बहुत थोड़ा है।”

गजराजसिंह अनुभवी व्यक्ति थे, उन्होंने मौक़ा देखकर कहा, “नायब साहेब, नम्बरदारिन तो आपको बहुत मानती हैं। क्या बरजोरसिंह के इस सौ बीघे ज़मीन का पट्टा आप उनसे बरजोरसिंह के लड़कों के नाम करा सकेंगे ?”

कुछ सोचकर ज्वालाप्रसाद ने उत्तर दिया, “हाँ, इसमें तो कोई बाधा नहीं पड़नी चाहिए। आख़िर इस ज़मीन का पट्टा तो उन्हें करना ही पड़ेगा किसी के नाम। सवाल सिर्फ़ नज़राने का आ सकता है। लेकिन नज़राने के सौ-दो सौ रुपए मैं छुड़वा सकता हूँ। कहिए तो मैं उनसे चलाऊँ यह बात ?”

एक ठंडी साँस भरकर गजराजसिंह बोले, “राजकुलवालों को किसानी करनी पड़े, यह सबसे बड़े दुर्भाग्य की बात है। लेकिन किया क्या जाए, समय सब कुछ करवा लेता है। विधना का लिखा कहीं कोई काट सका है ! भूखों मरने से तो खेती-किसानी करना अच्छा है। ज्वालाबाबू, अगर आप यह करवा दें तो बड़ा अच्छा हो, इन लोगों की

गुज़र-बसर हो जाएगी।"

गजराजसिंह के स्वर में एक तरह की विवशता थी, और उस विवशता में एक तरह का उलाहना भी था। ज्वालाप्रसाद का मन धीरे-धीरे व्याकुल होता जा रहा था। उनसे खाना नहीं खाया जा रहा था, इस करुणा के कारण या शराब के नशे के कारण, यह कहना कठिन है। खाना खाकर वह भारी मन अपने घर लौटे। रानी देवकुँवर ने जमुना और छिनकी को अपने यहाँ ही रोक लिया था। भीखू होली का स्वाँग रचाने और गाना गाने के लिए कहारों की मंडली में चला गया था।

घर आकर ज्वालाप्रसाद लेट गए। वे बरजोरसिंह के बीवी-बच्चों की समस्या पर सोच रहे थे, इसलिए लाख प्रयत्न करने पर भी उन्हें नींद न आई। आध घंटे तक वे करवटें बदलते रहे। उनके चारों ओर गाना-बजाना हो रहा था, जश्न हो रहा था, और वह उदासी में डूबे हुए लेटे थे।

मानो उस उदासी से विद्रोह करने के लिए वह बल लगाकर उठ खड़े हुए। कपड़े पहनकर उन्होंने अपना इक्का जुतवाया और एक अचेतन अवस्था में उन्होंने इक्का शिवपुरा की ओर हँकवा दिया।

धूप काफ़ी तेज़ थी और चारों ओर धूल उड़ रही थी। रंग चलना बन्द हो चुका था, लेकिन जगह-जगह से डफ और मृदंग की ताल के साथ होली के मदमाते गाने सुनाई पड़ रहे थे। इस समय तक ज्वालाप्रसाद के मन से भी उदासी ग़ायब हो चुकी थी। शिवपुरा में लाला प्रभुदयाल की हवेली के सामने उनका इक्का रुका।

प्रभुदयाल की हवेली के पास सब कुछ शान्त था। राधा-किशन के मन्दिर के पट बन्द थे और फाटक पर दरबान के सिवा और कोई न था। शिवपुरा में प्रभुदयाल के यहाँ इस बार होली नहीं मनाई गई थी, और अधिकांश नौकर-चाकर छुट्टी लेकर अपने-अपने नाते-रिश्तेदारों के यहाँ होली मनाने चले गए थे। दो-एक नौकर इधर-उधर बैठे हुए ऊँघ रहे थे। ज्वालाप्रसाद की इच्छा हुई कि वे लौट चलें, होली के दिन जैदेई के यहाँ आने में उनसे कुछ ग़लती हो गई। पर दूसरे ही क्षण उनके अन्दर से किसी ने कहा, 'लेकिन तुम होली खेलने तो आए नहीं हो। तुम्हें बरजोरसिंह के परिवार की समस्या सुलझानी है !' ज्वालाप्रसाद ने जैदेई को अपने आने की इत्तिला करवाई।

जैदेई अपने पलँग पर लेटी थी। उसकी नींद कुछ देर पहले खुली थी, लेकिन उसके शरीर का आलस दूर नहीं हुआ था। ज्वालाप्रसाद के आने की ख़बर सुनकर अन्दर आनेवाला आलस जाने कहाँ चला गया; एक उल्लास के साथ वह उठ खड़ी हुई। नौकरानी से उसने ज्वालाप्रसाद को हवेली के अन्दरवाली बैठक में बिठलवाया और ठीक तरह से कपड़े पहनकर वह ज्वालाप्रसाद के सामने पहुँची। उस समय वह धुली हुई सफ़ेद धोती पहने थी, बिना किसी शृंगार के, बिना किसी आभूषण के। उसने मुस्कराते हुए कहा, "राम-राम देवरजी, बड़ी दया की तुमने जो होली के अवसर पर अपनी भौजी को नहीं भूले !" और वह ज्वालाप्रसाद के सामने कुछ दूर हटकर बैठ गई।

जैदेई उन साधारण वस्त्रों में कितनी सुन्दर लग रही थी, और उसकी वह मुस्कान

कितनी मधुर थी ! ज्वालाप्रसाद बैठे-बैठे जैदेई का रूप निहार रहे थे, और उनके मन में न जाने कैसा-कैसा हो रहा था। थोड़ी देर तक ज्वालाप्रसाद के बोलने की प्रतीक्षा करके जैदेई ने कहा, "क्यों देवरजी, इस तरह क्यों देख रहे हो मुझे ! बड़े गम्भीर हो। मालूम होता है कि होली का रंग खूब जमा है।" जैदेई अब ज़ोर से हँस पड़ी, "क्या बतलाऊँ, अब की होली मनाई नहीं गई यहाँ, नहीं तो मैं तुम्हें पिलाती, अपने हाथ से पिलाती, और इतना पिलाती कि तन-बदन का होश न रहता !"

अब ज्वालाप्रसाद का मौन टूटा, "नहीं भौजी, पीने के लिए नहीं आया हूँ। वैसे दिन-भर पीता ही रहा हूँ। कुछ काम-काज की बात लेकर आया हूँ।"

जैदेई ने कुछ मान करते हुए कहा, "देवरजी जब आते हो तो यही काम-काज का रोना रहता है। आने की क्या ज़रूरत थी, कहला दिया होता तो हो जाता। मैं तो तुमसे कह चुकी हूँ कि तुम्हारा कहना मेरे लिए अटल है। बोलो, लेकिन हँसकर बोलो, इस तरह गम्भीर न बनो !"

ज्वालाप्रसाद को अब यह अनुभव हुआ कि वह कुछ आवश्यकता से अधिक गम्भीर हैं। मुस्कराने का प्रयत्न करते हुए कहा, "भौजी, मैं बरजोरसिंह की ज़मीन की बाबत सोच रहा था। क्या वह ज़मीन उसके बच्चों को नहीं मिल सकती ? वे लोग बिलकुल अनाथ हो गए हैं।"

जैदेई ने उत्तर दिया, "तुम तो क़ानून जानते हो देवरजी, मैं भला वह ज़मीन कैसे दे सकती हूँ ? हाँ, वे लोग कर्ज़े का पूरा रुपया अदा कर दें तो शायद—तुम जानो देवरजी यह सब क़ानून—तो शायद उन्हें अभी भी यह ज़मीन मिल जाए, क्योंकि अभी तक मैंने उस पर क़ब्ज़ा नहीं लिया है।"

"लेकिन भौजी, उन अनाथों के पास इतना रुपया कहाँ कि वे क़र्जा अदा कर सकें ! मेरे पास भी नहीं है, नहीं तो मैं ही यह रुपया उन्हें दे देता।" ज्वालाप्रसाद ने कुछ भावुकता के स्वर में कहा।

जैदेई ने ज्वालाप्रसाद को देखा। कुछ क्षणों के लिए मानो जैदेई की दृष्टि ज्वालाप्रसाद की दृष्टि से उलझ गई, और एकाएक जैदेई उठ खड़ी हुई। "मैं अभी आई देवरजी !" उसने कहा, और तेज़ी से वहाँ से चली गई।

ज्वालाप्रसाद को जैदेई के इस व्यवहार पर आश्चर्य हुआ। जैदेई ने ज्वालाप्रसाद को अपनी पूरी बात कहने का मौक़ा ही नहीं दिया। थोड़ी देर तक वह यह सोचते रहे कि किस प्रकार जैदेई से अपनी बात कहें कि जैदेई की नौकरानी ने आकर कहा, "सरकार, नम्बरदारिन ने आपको अपने कमरे में बुलाया है।" और ज्वालाप्रसाद ने देखा कि नौकरानी के मुख पर कुछ शरारत से भरी मुस्कराहट है।

ज्वालाप्रसाद जिस समय जैदेई के कमरे में पहुँचे, नौकरानी वहाँ से चली गई, और ज्वालाप्रसाद ने देखा कि जैदेई का रूप ही बदल गया है। वह आभूषणों से लदी थी। वह एक क़ीमती जड़ाऊ लहँगा पहने थी और उसके शरीर पर एक रेशमी ओढ़नी पड़ी थी। उसने ज्वालाप्रसाद से कहा, "देवरजी, ऐन होली के दिन होली दहकाने आए हो

तो तुम्हें अपनी भौजी के साथ होली भी खेलनी पड़ेगी और अपनी भौजी से होली-खेलाई भी लेनी पड़ेगी !" यह कहकर जैदेई ने अशर्फ़ियों की एक थैली ज्वालाप्रसाद के सामने रख दी, "देवरजी, ये सौ अशर्फ़ियाँ लेकर मैं एक दफ़ा गई थी तुम्हारे पास। उस वक़्त तुम अफ़सर थे, और तुमने इन्हें लेने से इनकार कर दिया था, रिश्वत समझकर। आज मैं तुम्हें सौ अशर्फ़ियाँ दे रही हूँ, अफ़सर को नहीं, अपने देवर को; देवर को नहीं, अपने सब कुछ को, आज तुम इनकार न करने पाओगे। अब आगे से यह मत कहना कि तुम्हारे पास रुपया नहीं है। जो कुछ मेरे पास है वह तुम्हारा है; मैं ही तुम्हारी हूँ।" और यह कहकर उसने एक मुट्ठी गुलाल ज्वालाप्रसाद के मुँह पर मल दिया।

ज्वालाप्रसाद ने देखा कि उसके सामने जो जैदेई खड़ी है, वह सुन्दरी है, उसमें जवानी है, उसमें रूप है, उसमें शृंगार है। वह जैदेई उनसे कहे जा रही है, "देवरजी, होली खेलने आए हो, लेकिन तुमने मुझे गुलाल नहीं लगाया, तुमने मुझे अपनी बाँहों में नहीं भरा। मेरे साथ जी भरकर होली खेलो, कोई हौसला बाक़ी न रह जाए। मेरे पास जो कुछ है वह तुम्हारा है—रुपया-पैसा, रूप-जवानी, सभी कुछ !" और ज्वालाप्रसाद ने देखा कि जैदेई कमरे का द्वार अन्दर से बन्द कर रही है।

अशर्फ़ियों की थैली लेकर जब ज्वालाप्रसाद जैदेई के कमरे से निकले उस समय उन्होंने देखा सन्ध्या ख़त्म हो रही है और चाँद निकल रहा है। हवेली के बाहर लोगों के दल होली गाते हुए और गालियाँ बकते हुए इधर-उधर निकल रहे थे। जैदेई के नौकर ज्वालाप्रसाद को पहुँचाने के लिए हवेली के फाटक पर आए थे। फाटक के राधा मन्दिर के पट खुल गए थे और आरती हो रही थी। ज्वालाप्रसाद को भगवान के दर्शन करने की हिम्मत नहीं हुई। उनको ऐसा लगा कि वे नौकर उन पर हँस रहे हों, व्यंग्य कर रहे हों। उनके हाथ में अशर्फ़ियों की थैली थी और उनके पैर लड़खड़ा रहे थे। एक जलन-सी भरी हुई थी उनके मन में, उनकी आँखों में, उनके शरीर में। जल्दी-जल्दी वह अपने इक्के में बैठे और घाटमपुर के लिए रवाना हो गए।

दूर से हर्ष-उल्लास के पागलपन की आवाज़ें उनके कानों में पड़ रही थीं, लेकिन उन्हें ऐसा लग रहा था कि दुनिया चीख़ रही है। एक अजीब तरह का तनाव था उनके मुख पर। इक्केवाले को ज्वालाप्रसाद की यह हालत देखकर आश्चर्य हुआ। उसने पूछा, "मालिक, का कुछ तबीयत खराब आय ?"

"नहीं तो ! क्या मेरी तबीयत ख़राब दीखती है तुमको ?" ज्वालाप्रसाद ने पूछा।

"हाँ मालिक, चेहरा एकदम उतरगा है। अब घर चलके आराम करें, बहुत होली खेल चुके।"

ज्वालाप्रसाद को ऐसा लगा, मानो वह इक्केवाला भी उन पर व्यंग्य कर रहा है। गाँवों की पगडंडियाँ होली माननेवालों की भीड़ से भरी थीं, और यह भीड़ फाग गा रही थी, गालियाँ बक रही थी। गन्दे-गन्दे स्वाँग निकल रहे थे, चारों ओर एक भयानक नैतिक अराजकता दिख रही थी उन्हें, मानो दुनिया का असंयम बाँध तोड़कर उमड़ पड़ा हो।

और इस भीड़ को, असंयम को देखकर जैसे उनके मन को एक प्रकार की सान्त्वना मिल रही थी। उन्हें यह स्पष्ट दिख रहा था कि जीवन विशुद्ध संयम और साधना ही नहीं है, जीवन में अपने को खो देने की, अपने को बिखेर देने की एक स्वाभाविक प्रवृत्ति भी है।

एकाएक उनका ध्यान अशर्फ़ियों की उस थैली की ओर गया जो वह अपने हाथ में दबाए थे। उस थैली में सौ अशर्फ़ियाँ थीं, सोने की। ये सौ अशर्फ़ियाँ उन्हें जैदेई ने दी थीं, उस जैदेई ने जिसके आलिंगन-पाश में उन्होंने अपने को कुछ क्षण पहले पूरी तरह खो दिया था।

इक्केवाला इक्का हाँक रहा था और गा रहा था, "फागुन के दिन चार बावले कर ले जी-भर मौज !" और ज्वालाप्रसाद को ऐसा लग रहा था कि वह इक्केवाला अब भी उन पर व्यंग्य करने से बाज़ नहीं आ रहा है। उन्होंने झल्लाकर कहा, "बन्द करो यह गाना, मुझे नहीं अच्छा लगता।"

इक्केवाला चुप हो गया, लेकिन आश्चर्य से उसने फिर अपने मालिक को देखा। ज्वालाप्रसाद का मुख कुछ अजीब ढंग से विकृत हो गया था; उनकी आँखें कुछ खोई-सी थीं। घर पहुँचकर ज्वालाप्रसाद ने इक्केवाले से कहा, "इक्का खोल दो, मालकिन को ज़मींदार साहेब की सवारी पहुँचा जाएगी।" और ज्वालाप्रसाद तेज़ी से घर के अन्दर चले गए।

लेकिन अशर्फ़ियों की वह थैली उनके हाथ में थी, और वे अशर्फ़ियाँ खन-खन की आवाज़ के साथ हँस रही थीं, हँसे जा रही थीं। वह अपने कमरे में प्रवेश न कर सके, उलटे-पाँवों लौट पड़े। इक्केवाला इक्के का घोड़ा खोल रहा था। ज्वालाप्रसाद ने इक्केवाले से कहा, "ठहरो, मुझे अभी ठाकुर गजराजसिंह के यहाँ चलना है। उनसे कुछ बहुत ज़रूरी काम है।"

इक्केवाले ने चकित होकर ज्वालाप्रसाद को देखा और फिर चुपचाप उसने घोड़ा कस लिया।

8

ठाकुर गजराजसिंह के यहाँ की दावत में मीर सखावतहुसेन के आने से ज्वालाप्रसाद को आश्चर्य हुआ। उन्होंने मीर साहेब को झुककर आदाबअर्ज़ करते हुए कहा, "हुज़ूर ने तो आज अपना नियम तोड़ दिया। बड़े भाग्य ठाकुर गजराजसिंह के कि हुज़ूर

उनकी दावत में चले आए।"

मीर साहेब ने मुस्कराते हुए उत्तर दिया, "बरखुरदार, तौबा तोड़ने के लिए ही तो की जाती है। गजराजसिंह के समधी राजा चन्द्रभूषणसिंह का इसरार हो, तो भला मैं कैसे इनकार कर सकता हूँ ! जैसे यह गजराजसिंह के मान, वैसे ही यह मेरे मान !" और उन्होंने राजा चन्द्रभूषणसिंह की तरफ़ घूमकर कहा, "राजा साहेब, बड़ा सुशील और नेक लड़का है यह ! यहाँ यह नायब तहसीलदार होकर आया है, लेकिन आप समझ लीजिए कि मेरा दाहिना हाथ बन गया है, समझदार, ज़िम्मेदार और ईमानदार ! मैंने तो इस इलाक़े का सब काम इस पर छोड़ दिया है, और कहीं से कोई शिकायत नहीं।"

नवम्बर का महीना बीत रहा था, और सरदी पड़नी आरम्भ हो गई थी। राजा चन्द्रभूषणसिंह इलाहाबाद से कानपुर होते हुए अपने इलाक़े को लौट रहे थे। ठाकुर गजराजसिंह के आग्रह पर एक सप्ताह के लिए घाटमपुर आए थे। उनके आने की खुशी में ठाकुर गजराजसिंह ने यह दावत दी थी।

राजा चन्द्रभूषणसिंह ने अब ग़ौर से ज्वालाप्रसाद को देखा। उनकी आँखें नशे में लाल हो रही थीं। एक व्यंग्यात्मक मुस्कराहट के साथ उन्होंने मीर साहेब से कहा, "इनसे मिल चुका हूँ मीर साहेब ! और उससे भी ज़्यादा इनकी बाबत सुना है। नेक होते हुए भी बड़े न्यायप्रिय हैं, और अपने कर्तव्य के प्रति बड़े उत्साही हैं।" और इस बार वह ज्वालाप्रसाद से बोला, "आप यहीं थे, और मैंने आपको देखा ही नहीं ! जहाँ तक मेरा खयाल है आपको पीने से कोई परहेज़ नहीं। लीजिए, खुद गिलास में ढाल लीजिए। पिछली दफ़ा बरजोरसिंह ने आपके लिए ढाली थी, और उस ढालने का जो पुरस्कार आपने उसे दिया, उसे देखते हुए मुझे आपके लिए ढालने में डर लगता है !" और राजा चन्द्रभूषणसिंह ठठाकर हँस पड़े।

इस अति कुरूप और अपमानजनक व्यंग्य से ज्वालाप्रसाद का मुख पीला पड़ गया, लेकिन मुंशी शिवलाल का चेहरा क्रोध से तमतमा उठा। मुंशी शिवलाल गजराजसिंह के यहाँ ज्वालाप्रसाद के पहुँचने के पहले ही पहुँच गए थे, और वे भी लगातार पीते रहे थे। उन्होंने तीखे स्वर में कहा, "अपनी करनी का फल तो हरेक आदमी खुद भोगता है। दूसरों पर तोहमत बेकार है राजा साहेब ! मुझे अपने बेटे पर नाज़ है कि वह अपने फ़र्ज़ पर क़ायम रहा, और हमेशा क़ायम रहेगा।"

बातचीत कटुता का रूप धारण करनेवाली है, गजराजसिंह को ऐसा लगा। यह स्पष्ट था कि ज्वालाप्रसाद का जान-बूझकर अपमान किया गया है, बिना सत्य को जाने हुए। उन्होंने अपने हाथ से चाँदी के गिलास में शराब भरकर ज्वालाप्रसाद की तरफ़ बढ़ाते हुए अपने समधी राजा चन्द्रभूषणसिंह से कहा, "राजा साहेब, आपको नायब तहसीलदार साहेब की तरफ़ से कुछ ग़लतफ़हमी हो गई है। नायब साहेब की कृपा से ही बरजोरसिंह की बेवा को और उसके बच्चों को बरजोरसिंह की वह खुदकाश्त वापस मिली है।"

मीर सखावतहुसेन, जो अभी तक इस दृश्य को तटस्थता के भाव से मुस्कराते हुए

देख रहे थे, एकाएक चौंक पड़े, "ज्वालाबाबू की किरपा से बरजोरसिंह की बेवा को बरजोरसिंहवाली खुदकाश्त वापस मिल गई, मुझे तो इसका पता ही नहीं था। यह सब कैसे हुआ, क्या-क्या हुआ, ज़रा बताइएगा तो !"

ज्वालाप्रसाद ने इस प्रसंग को टालने का प्रयत्न किया, "कोई बात नहीं, मुझे ख़याल नहीं रहा; बड़ी साधारण-सी बात थी। आपको फिर बतला दूँगा।"

लेकिन गजराजसिंह तो ज्वालाप्रसाद का गुणगान करना चाहते थे, कम-से-कम राजा चन्द्रभूषणसिंह के सामने, जिससे उनके मन में जो भ्रान्त धारणा थी वह दूर हो जाए। ज्वालाप्रसाद के स्वर में जो झिझक थी, जो संकोच था, उसे ठाकुर गजराजसिंह नहीं पहचान सके, "मीर साहेब, मैंने ज्वालाबाबू से कहा था कि चूँकि नम्बरदारिन उन्हें मानती हैं, इसलिए वह ज़मीन का पट्टा बरजोरसिंह के बच्चों के नाम करा दें। इस पर ज्वालाबाबू ने बरजोरसिंह की बेवा को सौ अशर्फ़ियाँ दीं, उसी से बरजोर की खुदकाश्त का क़र्ज़ अदा कर दिया गया, और नम्बरदारिन जैदेई को ज़मीन छोड़ देने पर नायब साहेब ने राज़ी कर लिया। राजा साहेब को इन सब वाक़यातों का पता नहीं था और इसलिए उनसे ग़लत-फ़हमी हो गई थी। क्यों राजा साहेब, है न ऐसी बात ?"

गजराजसिंह की बात का प्रभाव वहाँ बैठे हुए हरेक आदमी पर पड़ा। एक बहुत बड़े रहस्य का उद्घाटन किया था ठाकुर गजराजसिंह ने, और हरेक आदमी की नज़र में ज्वालाप्रसाद की इज़्ज़त बहुत अधिक बढ़ गई थी। राजा चन्द्रभूषणसिंह ने आश्चर्य से ज्वालाप्रसाद को देखा, "आपने सौ अशर्फ़ियाँ देकर बरजोरसिंह की बेवा को उसकी खुदकाश्त वापस करा दी। बड़ा विशाल हृदय पाया है आपने नायब साहेब ! बरजोरसिंह के प्राण ले लिए आपने उसके ख़िलाफ़ अपना बयान देकर, और बरजोरसिंह की बेवा और उसके अनाथ बच्चों को सौ अशर्फ़ियाँ दे दीं कि वे भूखों न मरने पाएँ। विश्वास नहीं होता नायब साहेब, ज़रा भी विश्वास नहीं होता।"

मुंशी शिवलाल की छाती गर्व से फूल उठी। उन्होंने हँसते हुए बड़ी शान से उत्तर दिया, "विश्वास हो चाहे न हो, लेकिन सत्य पर आप पानी नहीं फेर सकते ! राजा साहेब, जहाँ न्याय होता है वहाँ दया होती है। मेरे बेटे ने जो कुछ किया वह बहुत ऊँचा काम है, इनसान से ऊपर का, और इसलिए इनसान की समझ के बाहर का। उसे आप नहीं समझ पाएँगे। मैं फिर कहता हूँ कि मुझे अपने बेटे पर नाज़ है। बड़ा रुतबा है उसका, बड़ा दिल है।" और यह कहकर उन्होंने मीर साहेब की ओर देखा कि उन पर उनके पुत्र की महानता के बयान का क्या प्रभाव पड़ा है।

लेकिन मीर साहेब मौन बैठे थे। उनके मुख पर न हर्ष था, न विषाद। ऐसा लगता था कि वह और कहीं उलझे हुए हैं; उनके सामने जो बातचीत हो रही है उसमें उन्हें ज़रा भी दिलचस्पी नहीं है। गजराजसिंह ने मीर साहेब की उदासीनता दूर करने का प्रयत्न करते हुए कहा, "तहसीलदार साहेब, नायब साहेब से रिआया इतनी खुश है कि उसका ज़िक्र नहीं किया जा सकता। इतनी छोटी-सी उम्र में इन्होंने हर ख़ास-आम के दिल में अपनी जगह बना ली है। क्या छोटा, क्या बड़ा, हरेक आदमी नायब साहेब की

तारीफ़ करता है।"

इस बार मीर साहेब को बोलना पड़ा, "मुझे खुशी है कि आप सब लोग ज्वालाप्रसाद को इतना ज़्यादा मानते हैं, मुझे खुशी है कि ज्वालाबाबू इन्साफ़ कर सकते हैं, मुझे खुशी है कि ज्वालाबाबू के दिल में दया है। लेकिन मैं समझता हूँ कि ज्वालाबाबू अभी बच्चे हैं, दुनिया के तजुर्बों की उनमें कमी है। ख़ैर, इसमें कोई इतनी बुरी भी नहीं है; तजुर्बे ज़िन्दगी में बराबर होते हैं, और उन तजुर्बों के साथ उनके गुण और भी निखरेंगे।"

मीर साहेब की इस बात पर लोगों को आश्चर्य हुआ, लेकिन किसी ने कुछ कहा नहीं।

दावत समाप्त होने पर मीर साहेब जब चलने लगे, उन्होंने ज्वालाप्रसाद से कहा, "बरखुरदार, मेरे घर तक मुझे पहुँचा दो, मुझे दो-एक बात भी तुमसे करनी हैं।"

ज्वालाप्रसाद का मन थोड़ा-सा भारी हो गया था। दूसरों की समझ में मीर साहेब की बातें भले ही न आई हों, पर उन्होंने उन बातों के अन्दरवाले तत्त्व का रूप तो देख ही लिया था। उन्होंने उस बात में स्पष्ट वह देखा जिससे वह डरते थे। शंकित मन में वह मीर साहेब को उनके घर तक पहुँचाने चले।

मीर साहेब रास्ते-भर मौन रहे, घर पहुँचकर उन्होंने ज्वालाप्रसाद से कहा, "बरखुरदार, माफ़ करना। रात काफ़ी हो गई है, लेकिन बात करना ज़रूरी था, इसलिए तुम्हें अपने साथ लेता आया हूँ। तुम नहीं जानते, बिना यह बात किए मुझे रात-भर नींद न आती।"

ज्वालाप्रसाद का दिल धड़क रहा था, "ख़ैरियत तो है हुज़ूर ?"

मीर साहेब मुस्कराए, "जहाँ तक मेरा सवाल है, वहाँ ख़ैरियत है। मुझे फ़िक्र तुम्हारी बाबत है, और तुम्हारी ख़ैरियत पूछने के लिए ही मैं तुम्हें अपने साथ लेता आया हूँ।" यह कहकर मीर साहेब चुप हो गए।

ज्वालाप्रसाद के अन्दरवाली शंका ने अब भय का रूप धारण कर लिया। चुपचाप, सिर झुकाए हुए वह साहेब के प्रश्नों की प्रतीक्षा करने लगे; मन-ही-मन वह जानते थे कि ये प्रश्न क्या होंगे।

थोड़ी देर तक मीर साहेब कुछ सोचते रहे, मानो उनकी समझ में न आ रहा हो कि किस प्रकार वह जिरह आरम्भ करें, और बात को आगे बढ़ाएँ। फिर एक ठंडी साँस लेकर उन्होंने कहा, "तो बरखुरदार, बरजोर की बेवा को तुमने सौ अशर्फ़ियाँ दी थीं, बरजोरसिंह के ख़िलाफ़ अपना बयान देकर उसके खुदकुशी करने के बाद। जो काम तुमने किया, वह इनसान का नहीं, फ़रिश्ते का काम है। तुम्हारे वालिद को ठीक ही तुम पर नाज़ है। लेकिन मैं सोच रहा हूँ कि क्या इनसान सचमुच फ़रिश्ता हो सकता है ! मैंने भी दुनिया देखी है, एक लम्बा तजुर्बा मेरे पास है। तो क्या मुझे अपने उन तजुर्बों में तरमीम करनी पड़ेगी ?"

ज्वालाप्रसाद के पास इस बात का कोई उत्तर न था, वह मौन ही रहे।

मीर साहेब भी यह कहकर मौन हो गए, जैसे वह अपने प्रश्न की महत्ता को स्वयं

अनुभव करके मन-ही-मन उस प्रश्न का उत्तर पाने का प्रयत्न कर रहे हों। रात का अन्धकार उनके मुख पर घिर रहा था, और वही अन्धकार ज्वालाप्रसाद के अन्दर सिमटा आ रहा था। हवा में एक सिहरन थी, और वह सिहरन ज्वालाप्रसाद के रोम-रोम में समा रही थी। उस धूमिल और ठंडे वातावरण को मीर साहेब के स्वर ने तोड़ा। वह बोले, "बरखुरदार, सौ अशर्फ़ियों की रक़म बहुत बड़ी रकम होती है। और ये सौ अशर्फ़ियाँ तुम्हारे पास थीं, मुझे इस पर अचरज हो रहा है। तुम्हारे वालिद को मैं जानता हूँ, इसलिए तुम्हारे ख़ानदान का मुझे कुछ अन्दाज़ है। मैं यह जानता हूँ कि तुम रिश्वत नहीं लेते और जो आदमी रिश्वत नहीं लेता वह आदमी किसी ग़ैर को दया-दान की शक्ल में इतनी बड़ी रकम नहीं दे सकता।"

ज्वालाप्रसाद इस बार भी मौन रह सकते थे, क्योंकि मीर साहेब ने केवल अपनी बात कही थी, उन्होंने ज्वालाप्रसाद से कोई प्रश्न नहीं किया था। लेकिन ज्वालाप्रसाद ने यह स्पष्ट अनुभव किया कि मीर साहेब के शब्दों में सत्य बोलने का आमन्त्रण है। ज्वालाप्रसाद के अन्दरवाला सत्य फूट पड़ा, "हुजूर, वे अशर्फ़ियाँ मेरी नहीं थीं, नम्बरदारिन जैदेई ने बरजोरसिंह की बेवा को दिलाई थीं कि वह उन रुपयों से अपनी ज़मीनवाला क़र्ज़ अदा करके अपनी ज़मीन वापस ले ले।"

मीर साहेब के मत्थे पर बल पड़ गए, "अपनी वह ज़मीन वापस ले ले जिसे छीनने के लिए परभूदयाल को अपनी जान गँवानी पड़ी थी, और बरजोरसिंह को खुदकुशी करनी पड़ी थी ! दुनिया अजीब है बरखुरदार, क्या उसे कभी समझा जा सकेगा ? नम्बरदारिन जैदेई ने बरजोरसिंह की खुदकाश्त वापस कर दी अपने-आप ? इसमें कहीं-न-कहीं कुछ भेद है !" और मीर साहेब ने ज्वालाप्रसाद पर अपनी नज़र गड़ा दी, "बरखुरदार, इस भेद को अपने ही तक रखना, खुलने न पाए। तुम्हारी बीवी है, बच्चा है, और इज़्ज़त-आबरू है। और दुनिया में आगे बढ़ने के लिए, कामयाबी हासिल करने के लिए, लम्बी ज़िन्दगी है। ऐसी हालत में तुम्हें अपने भेदों को जतन के साथ सम्हालकर रखना पड़ेगा।"

मीर साहेब का एक-एक शब्द ज्वालाप्रसाद की चेतना पर हथौड़ी की चोट की तरह पड़ रहा था। ज्वालाप्रसाद का मुख भयानक रूप से पीला पड़ गया था। उसने अपनी नज़र नीची करते हुए कहा, "हुजूर !"

पर मीर साहेब ने ज्वालाप्रसाद की बात काट दी, "नहीं बरखुरदार, अब एक लफ़्ज नहीं। गुनाह को गुनाह तब तक समझा जा सकता है जब तक इनसान उस गुनाह को छिपाना चाहे। जहाँ इनसान में गुनाह को ज़ाहिर करने की हिम्मत आ गई, वहीं वह गुनाह उसके लिए गुनाह नहीं रह जाता। लेकिन बरखुरदार, यह तो मानना पड़ेगा कि दुनिया में कमज़ोरियाँ हैं, गुनाह हैं, और इसलिए दुनिया की भलाई इसी में है कि लोग गुनाह समझकर उन्हें ज़ाहिर न करें, कमज़ोरियों को कमज़ोरियाँ समझकर उन्हें छिपाएँ। तभी लोग उन गुनाहों से बाज़ आने की, उन कमज़ोरियों को दूर करने की कोशिश करेंगे।"

अपनी बात कहकर मीर साहेब थोड़ी देर तक चुपचाप कुछ सोचते रहे। उनके मुख पर उनके अन्दरवाला संघर्ष अंकित था। फिर वह एक झटके के साथ उठ खड़े हुए, मानो उन्होंने अपने अन्दर कुछ ऐसा निर्णय कर लिया है जो उन्हें स्वयं अच्छा नहीं लग रहा, लेकिन जो अनिवार्य है : "बरखुरदार, जाने क्यों तुम्हारे लिए मेरे दिल में एक ममता-सी आ गई है। मेरे आगे-पीछे कोई नहीं, इसलिए हो सकता है अजाने ही मैंने तुम्हें अपनी औलाद की तौर से मान लिया हो। और एक दफे जब मैंने तुमको अपनी औलाद की तौर से समझा, तब मुझे वालदैन का फ़र्ज निभाने के लिए तुम्हें बचाना पड़ेगा। तुममें नेकी है, तुममें भोलापन है, तुमसे जुदा होने में मुझे दर्द होगा, लेकिन वह सब बर्दाश्त करूँगा। तुम्हें बचाने का सिर्फ़ एक तरीक़ा नज़र आता है मुझे, वह यह कि मैं तुम्हारा तबादला यहाँ से करा दूँ। कमिश्नर साहेब मुझे बहुत ज़्यादा मानते हैं। इलाहाबाद ज़िले में सोराँव के तहसीलदार को अगले साल पेंशन मिल रही है। मैं समझता हूँ कि अगर मैं उन पर ज़ोर डालूँ तो कमिश्नर साहेब तुम्हें वहाँ तहसीलदार बना देंगे। वैसे इतनी जल्दी तुम्हारी तरक़्क़ी पर लोगों को ऐतराज़ होगा, लेकिन मैंने कहा न, यह मेरी औलाद का मामला है। मैं कमिश्नर साहेब को किसी-न-किसी तरह राज़ी कर लूँगा।"

ज्वालाप्रसाद एकाएक फूट पड़े, उनकी आँखों में आँसू भर आए, हिचकियाँ बँध गईं, "हुज़ूर, मैं गुनहगार हूँ, लेकिन आप अपने से मुझे जुदा न करें। मैं आपसे क़सम खाता हूँ कि जब आगे चलकर आपको मुझसे शिकायत का कोई मौक़ा नहीं मिलेगा।"

मीर साहेब मुस्कराए, "बरखुरदार, क़दम जब एक दफ़ा उठ जाता है तब वापस नहीं होता। और इसलिए मैं तुम्हारे वायदों पर, तुम्हारी क़समों पर भरोसा नहीं कर सकता। फिर तुम जानते ही हो कि जहाँ ममता और न्याय में चुनाव करना पड़े, वहाँ न्याय को ही चुनना पड़ेगा। लेकिन वह न्याय भी ममता से भरा होना चाहिए। तुम यहाँ से तरक़्क़ी पर ही जाओगे।"

"मुझे आप सज़ा दें।" ज्वालाप्रसाद ने कहा।

"तुम्हें सज़ा ही दे रहा हूँ बरखुरदार ! घाटमपुर की इलाक़ेदारी से सोराँव की तहसीलदारी नीची ही रहेगी !" और मीर साहेब खिलखिलाकर हँस पड़े।

ज्वालाप्रसाद जिस समय घर पहुँचे, रात काफ़ी बीत चुकी थी। घर के बाहर भीखू उनकी प्रतीक्षा कर रहा था और घर के अन्दर जमुना उनकी प्रतीक्षा में बैठी थी। ज्वालाप्रसाद का मन उद्विग्न था। आख़िर उनका पाप खुल ही गया, यद्यपि उन्होंने उस पाप को बड़े यत्न के साथ छिपाया था। बिस्तर पर लेटकर वह बड़ी देर तक करवटें बदलते रहे। जमुना भी जाग रही थी। आख़िर दबी ज़बान से जमुना को पूछना ही पड़ा, "क्यों, कुछ तबीयत ख़राब है जो नींद नहीं आ रही ? कुछ बुखार-वुखार तो नहीं है ?"

"नहीं, बुखार तो नहीं है, लेकिन मन ज़रूर भारी है।"

ज्वालाप्रसाद मानो किसी से अपनी बात कहने को छटपटा रहे थे। वह जमुना के प्रश्न की मानो राह देख रहे थे। वह यह जानते थे कि जो बात वह जमुना से कहने

को उत्सुक हैं, उसे सुनकर जमुना के मन को एक धक्का लगेगा, लेकिन वह अपने मन की व्यथा किसी के सामने उँड़ेल देने को आतुर हो रहे थे। उनके मर्म पर जो आघात लगा हुआ था, उसे वह जमुना के मर्म पर आघात करके और भी पीड़ा-युक्त बनाना चाहते थे। उन्होंने कहा, "किसी से कहना नहीं, लेकिन शायद साल-भर के अन्दर ही मेरी यहाँ से बदली हो जाएगी। मीर साहेब ने यहाँ से मेरा तबादला करवाना तय कर लिया है।"

जमुना कुछ देर तक मौन रही, फिर उसने धीमे स्वर में कहा, "वह तो मेरी मनचाही बात कर रहे हैं।"

ज्वालाप्रसाद जैसे आसमान से गिरे, "तुम्हारी मनचाही बात कर रहे हैं !" उन्होंने आश्चर्य के साथ पूछा, "क्या तुम भी चाहती हो कि मेरा यहाँ से तबादला हो जाए ? और अगर तुम चाहती हो, तो क्यों ?"

जमुना ने मुस्कराते हुए कहा, "उसीलिए चाहती हूँ जिसलिए तहसीलदार साहेब चाहते हैं। सिर्फ़ कारण उनके और मेरे अलग-अलग हो सकते हैं। ख़ैर, जाने भी दो, भगवान जो कुछ करते हैं वह अच्छे के लिए ही करते हैं। अच्छा, अब सो जाओ, रात बहुत हो चुकी है।"

ज्वालाप्रसाद को जैसे जमुना की बात पर विश्वास नहीं हो रहा था। उन्होंने कहा, "तुम तो जानती हो वे सौ अशर्फ़ियाँ मैंने ठाकुर गजराजसिंह को दी थीं, जिनसे बरजोरसिंह की खुदकाश्त वापस आई है ?"

जमुना जैसे इस बात को बढ़ाना नहीं चाहती थी, "छोड़ो भी, तुमने दीं या लम्बरदारिन ने दीं, इससे फ़र्क़ क्या पड़ता है ! ग़रीबों का भला हो गया और यही होना भी चाहिए था।"

ज्वालाप्रसाद चौंक पड़े, "तुम्हें कैसे पता चला कि नम्बरदारिन ने मुझे सौ अशर्फ़ियाँ दीं ? बोलो, तुमसे किसने कहा ? बोलो, इस सबकी चर्चा किसने चलाई ?"

जमुना को उत्तर देना ही पड़ा, "कहा तो किसी ने नहीं, लेकिन जैसे मैं यह सब समझ नहीं सकती ! आख़िर तुम्हारे पास रुपया था कहाँ ? तुम्हारा जो कुछ है वह मेरे पास है, और वह है ही कितना ! आख़िर तुम अपने पास से देते कैसे ?"

"यह तो ठीक है, लेकिन तुमने यह कैसे जाना कि वह रुपया मुझे नम्बरदारिन ने दिया ? और कहीं भी इसकी चर्चा है क्या ? सच-सच बताओ !" ज्वालाप्रसाद के स्वर में उत्तेजना से भरा एक प्रकार का भय था।

"नहीं, और कहीं इसकी चर्चा नहीं है, और कोई जानता भी नहीं है। लेकिन मुझे सब मालूम है। आख़िर तुम मेरे हो न ! अगर तुम्हें मैं न जान सकी तो फिर कौन जान सकेगा ! मुझे तुम्हारे और लम्बरदारिन के सम्बन्ध का पता है, आज से नहीं बहुत दिनों से।"

ज्वालाप्रसाद कुछ देर तक मौन जमुना को देखते रहे, फिर उन्होंने जमुना का हाथ अपने हाथ में ले लिया, "तुम्हें मालूम था, और तुमने ज़ाहिर नहीं होने दिया, तुमने बुरा

नहीं माना, तुमने शिकायत नहीं की। नम्बरदारिन की तुम इतनी ख़ातिरदारी करती हो, यह जानती हुई कि वह मुझे तुमसे छीन रही है !"

जमुना खिलखिलाकर हँस पड़ी, "लम्बरदारिन का मुँह कि वह तुम्हें मुझसे छीन सके। इस घर की मालकिन तो मैं हूँ। तुम लम्बरदारिन के साथ हँस-खेल भले ही लो, लेकिन रहोगे मेरे, हमेशा-हमेशा के लिए। अच्छा, अब सो जाओ, क्यों बेकार उदास हो, तबीयत ख़राब हो जाएगी।"

ज्वालाप्रसाद स्तब्ध रह गए। जमुना नम्बरदारिन के साथ उनका सम्बन्ध जानकर भी हँस सकती थी। उसने कभी किसी दिन ज्वालाप्रसाद को कभी यह आभास तक न होने दिया कि उसके मन में नम्बरदारिन के प्रति ईर्ष्या है, उसने कभी किसी दिन ज्वालाप्रसाद से किसी तरह की शिकायत नहीं की। ज्वालाप्रसाद को विश्वास नहीं हो रहा था, "सच-सच बताना, तुम्हें कब से जैदेई और मेरे सम्बन्ध में शक है ?"

जमुना ने हाथ छुड़ाते हुए कहा, "अरे सोओ भी, मुझे शक-वक कुछ नहीं है। तुमने मुझे कभी शक में घुलते देखा है ? मैंने कभी तुम्हें शिवपुरा जाने से मना किया है ? मेरे घर में बार-बार लम्बरदारिन के आने पर मैंने कभी बुरा माना है ? मर्द का तो स्वभाव ही होता है बहकना !"

"लेकिन मैं सच कहता हूँ कि मुझे बहकावे में जैदेई ने डाला है, मैंने उसे नहीं बहकाया। जो कुछ भी हुआ है वह जैदेई की तरफ़ से हुआ है, मैं क़सम खाता हूँ !" ज्वालाप्रसाद ने करुण स्वर में कहा।

जमुना ने ज्वालाप्रसाद के मुँह पर हाथ रखते हुए कहा, "भगवान के नाम पर क़समें न खाओ। मैं तुम्हारी बात को ग़लत कब कहती हूँ ! औरत सदा सहारा ढूँढ़ती है। लम्बरदार के चले जाने के बाद लम्बरदारिन ने तुम्हारा सहारा चाहा। क्योंकि तुम सहारा देने को तैयार थे, तो उसे तुम्हारा सहारा मिल भी गया। लेकिन तुम कहीं भाग न खड़े हो, उसे सहारा देना बन्द न कर दो, इसलिए लम्बरदारिन ने तुम्हारे सहारे का मोल चुकाया है धन से, मन से और तन से !"

ज्वालाप्रसाद ने अजीब आश्चर्य के साथ जमुना को देखा। क्या जो कुछ जमुना ने कहा, वह सत्य है ? ज्वालाप्रसाद को वह दिन याद हो आया जब नम्बरदारिन सौ अशर्फ़ियाँ लेकर उसके पास आई थी, उसे उपहार देने। क्या वह उपहार उस सहारे का मूल्य नहीं था जिसे जैदेई ने प्रभुदयाल की मृत्यु के दिन माँगा था और जिसे उसने बरजोरसिंह के विरुद्ध बयान देकर दिया था ? और उस दिन ज्वालाप्रसाद ने सौ अशर्फ़ियाँ वापस कर दी थीं। जैदेई को पता चल गया कि ज्वालाप्रसाद धन से नहीं ख़रीदे जा सकते, उनका सहारा मन से ही मिल सकता है। लेकिन मन एक अनिश्चित संज्ञा है, क्योंकि वह भौतिक नहीं है। अगर मन से ज्वालाप्रसाद जैदेई की ओर आकर्षित थे, तो उस आकर्षण का केन्द्र तो वही होना चाहिए जो भौतिक हो, और वह केन्द्र तन हो सकता है।

और ज्वालाप्रसाद को मीर सख़ावतहुसेन की बातें याद आईं। उन्होंने अनुभव किया

कि मीर साहेब बुद्धिमान हैं, जैदेई बुद्धिमान है, जमुना बुद्धिमान है। अगर इस मामले में कोई निर्बुद्धि है, तो वह स्वयं है। ज्वालाप्रसाद को अब अपनी ही बुद्धिहीनता पर झुँझलाहट होने लगी।

दूसरे दिन सुबह होते ही मुंशी शिवलाल ज्वालाप्रसाद के पास आ बैठे। वह कुछ चिन्तित थे, कुछ गम्भीर थे। उन्हें रात में अच्छी तरह नींद नहीं आई थी। गजराजसिंह की दावत में उन्होंने अपने पुत्र का समर्थन तो कर दिया था, लेकिन उनका लड़का किसी को सौ अशर्फ़ियाँ दान करने की ग़लती करे, यह बात मुंशी शिवलाल के लिए असह्य थी। मुंशी शिवलाल अभी तक ज्वालाप्रसाद को ईमानदार और सच्चरित्र समझते थे, पर इस जानकारी से कि ज्वालाप्रसाद ने अपने पास से सौ अशर्फ़ियाँ बरजोरसिंह की विधवा को दीं, शिवलाल के मन में शक का भूत जाग पड़ा। दो महीने पहले उन्होंने ज्वालाप्रसाद से राधेलाल के लिए ज़मीन ख़रीदने के लिए ढाई सौ रुपए माँगे थे, लेकिन ज्वालाप्रसाद ने अपने आय-व्यय का हिसाब दिखाकर यह रुपया देने में अपनी असमर्थता प्रकट कर दी थी। पिछली रात सौ अशर्फ़ियों की बात सुनकर उन्हें बहुत बुरा लगा। उनका लड़का जिसे वह इतना नेक, इतना सीधा समझते थे, उनसे ही भेदभाव रख रहा था।

अपने पिता की मुद्रा देखकर ज्वालाप्रसाद सकपकाया। शिवलाल ने बैठकर कहा, "कल रात यह जानकर मुझे ताज्जुब हुआ कि तुमने सौ अशर्फ़ियाँ बरजोरसिंह की बेवा को दे दीं। राधे ज़मीन ख़रीदना चाहता था, कुल ढाई सौ रुपयों की बात थी, लेकिन तुमने साफ़ इनकार कर दिया था।"

ज्वालाप्रसाद ने लड़खड़ाते स्वर में शिवलाल को उत्तर दिया, "जी, वह रुपए मेरे न थे। घर का हिसाब-किताब तो आपके पास रहता है। मैं अपनी पूरी तनख़्वाह आपके हाथ में रख देता हूँ।"

मुंशी शिवलाल और अधिक गम्भीर हो गए, "हाँ, तनख़्वाह तो तुम मुझे पूरी-की-पूरी देते हो, लेकिन यह ऊपर की आमदनी कहाँ जाती है ? मैं तो अभी तक यही समझे हुए था कि ऊपर की आमदनी तुम नहीं करते, लेकिन देख रहा हूँ कि मैं ग़लती पर था। अब जाकर मुझे पता चला।"

ज्वालाप्रसाद का गला रुँध गया, "मैं आपसे सच कहता हूँ कि मेरी ऊपर की कोई आमदनी नहीं है और वे सौ अशर्फ़ियाँ मेरी न थीं। मैं क़सम खाकर कहता हूँ कि मैं किसी से एक पैसा भी रिश्वत लेना पाप समझता हूँ।"

मुंशी शिवलाल कुछ उलझन में पड़ गए। क्षण-भर वे सोचते रहे; फिर उन्होंने कड़े स्वर में पूछा, "फिर वे रुपए किसके थे जबकि दुनिया यह समझती है कि वह रक़म तुमने दी थी ! इस कलियुग में कौन ऐसा सखी का लाल पैदा हो गया, ज़रा मैं भी उसका नाम सुनूँ ?"

ज्वालाप्रसाद को अपनी इच्छा के प्रतिकूल उत्तर देना पड़ा, "जी, किसी से कहिएगा नहीं, आप मजबूर करते हैं तो आपको बतलाए देता हूँ। वे रुपए नम्बरदारिन जैदेई ने बरजोरसिंह की बेवा को दिलवाए थे ताकि वह अपना क़र्ज़ अदा करके अपनी ज़मीन

वापस ले ले।"

एकाएक मुंशी शिवलाल के मुख पर जो घटा घिरी थी वह छँट गई और उनकी आँखें प्रसन्नता से चमक उठीं, "ओह ! अब समझ में आया। मैंने नम्बरदारिन जैदेई की बात सोची ही नहीं थी। तो अगर मैं यह मानूँ कि लम्बरदारिन जैदेई ने तुम्हारे कहने से रुपए बरजोरसिंह की बेवा को दिलवाए, तो मैं ग़लती न करूँगा।"

ज्वालाप्रसाद को फिर सच बोलना पड़ा, "जी, दुनियादारी के मामलों में आपसे ग़लती नहीं हो सकती।"

सत्य को जानकर मुंशी शिवलाल की मुद्रा बदल गई, मुस्कराते हुए उन्होंने कहा, "ज्वाला बेटा, तुम्हारी क़िस्मत खुल गई। बहुत तगड़ा शिकार फँस गया है। अब आगे के लिए क़सम खा लो कि तुम इस तरह दूसरों को रुपया न दिलवाओगे। अपने लिए ज़मीन-जायदाद इकट्ठी कर लो। लम्बरदारिन जैदेई के पास नक़द और ज़ेवर मिलाकर लाखों की जमा-जथा है।"

ज्वालाप्रसाद ने अपने पिता की बात का कोई उत्तर नहीं दिया। उनके मन में एक तरह की वितृष्णा जाग उठी थी अपने प्रति, अपने पिता के प्रति, सारी दुनिया के प्रति !

2
खंड

त्रिवेणी-स्नान करके मुंशी शिवलाल जब अपनी मड़ैया में पहुँचे, वे बहुत थक गए थे। छिनकी ने चौका लगाकर और चूल्हा जलाकर खिचड़ी चढ़ा दी थी।

मुंशी शिवलाल आते ही चारपाई पर लेट गए। छिनकी ने अपनी धोती उठाते हुए कहा, "हम खिचड़ी मां आलू उबालैं के बरे डाल दीन्हन, कटोरी मां घी, निमक, मिरच और नीबू, ई सब चौका के बाहर धरा है। तौन हम तो नहाँय के बरे जय रही हन, तुम खिचड़ी उतार के खाय लीन्हेब। जो बची तौन ढाक दीन्हेब, हम आयके खाय लेब। और भुरता बनावब न भूलेब !"

छिनकी यह कहकर नहाने चली गई। मुंशी शिवलाल ने छिनकी की बात सुनी या न सुनी, यह नहीं कहा जा सकता; क्योंकि वह आँखें बन्द किए लेटे थे।

मुंशी शिवलाल इलाहाबाद में त्रिवेणी-तट पर कल्पवास कर रहे थे। सोराँव आने के बाद से वह प्रत्येक वर्ष माघ मेले में कल्पवास करने आते थे। हर तरह ही सुविधाएँ उन्हें प्राप्त थीं। उनकी मड़ैया संगम से प्रायः एक फ़र्लांग की दूरी पर थी, और वह बड़े जतन के साथ बनाई गई थी। उसमें पानी और हवा से पूरी तरह का बचाव था, और वह काफ़ी बड़ी थी।

प्रायः आध घंटे बाद जब छिनकी नहाकर लौटी, उसने देखा कि मुंशी शिवलाल रजाई ताने लेटे हुए हैं और चूल्हा बुझ-सा चुका है। उसने मुंशी शिवलाल के सिरहाने आकर कहा, "काहे हो तबीयत, तो ठीक आय न ? चूल्हा बुझ गा, ऐसा लगता है खिचड़ी मां उबालौ नहीं आवा ? तौन आलस करैं से तो काम नाहीं चली। उठो, चूल्हा जलाओ चलिके। खिचड़ी खायके फिर तानके सोएब !"

मुंशी शिवलाल ने रजाई के नीचे से ही कहा, "अरी, तू चूल्हा फूँक दे, जब खिचड़ी हो जाए तब बतलाना, मैं उतारकर खा लूँगा। अभी उठने की तबीयत नहीं होती।"

"राम-राम ! हम कच्ची रसोइया मां कैसे जाई ? कलपवास कर रहे हौ तौन धरम-करम का तो खयाल राखौ। चौका मां हमरे जॉय से चौका छूत हुइ जइहै न।"

"हो भी जाने दे, मैं तो खाना बनाते-बनाते आजिज़ आ गया हूँ। राधे की बीवी या उसकी कोई बहू आ जाती, तो वह भी न हुआ। देख, खिचड़ी बनाके और थाली में परोसके मुझे बुला लेना। इस वक़्त आने की ज़रा भी तबीयत नहीं हो रही। आज

सरदी एकाएक बढ़ गई है।"

मुंशी शिवलाल की बात सुनकर छिनकी सन्नाटे में आ गई, "यू का कहि रहे हौ ?" तुम हमार बनाई कच्ची रसोई कैसे खइहो ? हम रात मां तुम्हरे बरे पूरी-साग तो बनाय देइत हन; दिन मां तुम बनाय लीन करौ। तौन अगर रसोई बनवावै मां अलसाय रहे हौ तो दूधै पी लेब ! काल दुपहरियाँ मां बनाय लीन्हेब !"

मुंशी शिवलाल ने कड़े स्वर में कहा, "नहीं, मुझे बड़ी ज़ोर की भूख लग रही है और मैं कच्चा खाना ही खाऊँगा। मैं कह रहा हूँ तुझसे, तू खिचड़ी बना दे !"

छिनकी की आँखों में आँसू आ गए, "तुम्हारे हाथ जोड़ित हन, ई पाप हमसे न कराओ—हम चौका मां न घुसब। तुम्हार परलोक हमरे हाथ न बिगड़े !"

मुंशी शिवलाल को क्रोध आ गया, उन्होंने उठाकर छिनकी के गाल पर एक तमाचा मारा, "बड़ी आई है परलोक की बच्ची, हरामज़ादी कहीं की ! मैं कहता हूँ कि खिचड़ी बना जाकर।" और मुंशी शिवलाल फिर लिहाफ़ ओढ़कर लेट गए।

छिनकी चुपचाप आँसू बहाते हुए चौके में घुसी। उसने चूल्हा फूँकना आरम्भ किया। वह चूल्हा फूँकती जाती थी और कहती जाती थी, "हे गंगा मइया ! तुम हमार साच्छी हो कि हम इनकेर धरम नाहीं लीन। इनकेर अक्किल बौराय गई है, तौन इनकेर पाप छमा करो। रसोई बनायके इन्हें खिलाई तो इनकेर धरम जाय, और न बनाई तो ई भूखन कलपैं और हम पर मार पड़ै ऊपर से !"

खिचड़ी बनाकर छिनकी ने कहा, "लेव, खिचड़ी बन गई, खाय लेव जल्दी से। दुपहरिया मां तुम्हें डिप्टी साहेब के तम्बू मां जाय का है न !"

मुंशी शिवलाल ने उठकर कुरता और बंडी उतारा, फिर एक ऊनी दुशाला ओढ़कर पाटे पर बैठ गए, "ला, परस दे जल्दी से, डिप्टी साहेब के यहाँ जाने की बात तो मैं भूल ही गया था।"

छिनकी ने खाना परसा, और मुंशी शिवलाल ने भोजन करना आरम्भ किया, "आज जाकर कहीं खिचड़ी में स्वाद आया। जब खाना बनाना नहीं आता तब कैसे बनाऊँ ! हाँ, थोड़ी-सी खिचड़ी और दे, और थोड़ा-सा आलू का भुरता। कितना लज़ीज़ बना है !"

छिनकी ने जैसे ही चमचे से खिचड़ी मुंशी शिवलाल की थाली में परोसी, वैसे ही मुंशी राधेलाल ने मड़ैया में प्रवेश किया। राधेलाल अकेले न थे, उनकी बीवी भी उनके साथ थीं।

राधेलाल और राधेलाल की पत्नी को देखकर छिनकी अपराधिनी की भाँति उठ खड़ी हुई और चौके से निकल आई। मुंशी शिवलाल ने कहा, "आओ राधे, अच्छा किया जो छोटी को लेते आए। खाने-पीने की बड़ी तकलीफ़ थी मुझे। घर में सब कुछ ठीक-ठाक है न ?"

राधेलाल ने उत्तर दिया, "हाँ, सब ठीक-ठाक ही समझिए। क्या बतलाऊँ, किशनू का कहीं पता नहीं लगा। उसे कुछ लोगों ने साधुओं के साथ बनारस में देखा था, लेकिन उनके झुंड से भी वह ग़ायब हो गया। इधर उसकी शादी के दिन नज़दीक आ रहे हैं

और उधर वह लापता है। ज्वाला से बहुत कहा कि वही कुछ उसका पता-वता लगावे, लेकिन भला ज्वाला को फ़ुरसत कहाँ ?"

मुंशी शिवलाल खाना खाकर मुँह-हाथ धो रहे थे। उन्होंने कहा, "हाँ, शादी तो ज़रूर सिर पर आ गई है, लेकिन अगर मेरी सलाह मानो तो अभी उसकी शादी मत करो। दूसरे घर की लड़की को घर में लाकर बिठा लोगे, और किशनू का कोई ठिकाना नहीं। वह तो एकदम आवारा निकल गया।"

मुंशी राधेलाल की पत्नी को अपने लड़के की बुराई अच्छी नहीं लगी। आँखों में आँसू भरकर उसने दूर से कहा, "नासमझ है हमारा किशनू, जिसने जैसा बहका दिया, बहक गया। विवाह के बाद सब कुछ ठीक हो जाएगा। दादाजी, ज्वाला बड़ा सरकारी अफ़सर है। अगर वह चाहे तो एक दिन में किशनू का पता लग सकता है। हम लोगों की तो ज्वाला अब सुनता तक नहीं है। भला अपने भाई के लिए उसकी यह उदासी ठीक है !"

ज्वाला के विरुद्ध वह उलाहना छिनकी को अखर गया, "सब कुछ तो कर रहे हैं बिचरऊ ज्वाला, अब उइ दर-दर किसनू का ढूँढ़न जाएँ, इतनै बाकी रहिगा है। तौन कहो तो तहसीलदारी कर लेंय और कहौ तो किसनू का ढूँढ़न के बसे देसभर की परिक्रमा करैं !"

राधेलाल की पत्नी ने तड़पकर कहा, "चुप रह छिनकी, बड़ी आई है ज्वाला की हिमायत करें वाली !"

मुंशी शिवलाल ने भी दबी ज़बान में कहा, "तू क्यों इस सबके बीच में पड़ती है ?" फिर वे राधेलाल की ओर घूमे, "तो राधे, अभी तक खाना-वाना तो खाया नहीं होगा। छिनकी, जाके एक सेर पूड़ी-मिठाई ले आ हलवाई के यहाँ से।"

छिनकी ने मुंशी शिवलाल के जूठे बरतनों को उठाते हुए कहा, "हम अबहीं चौका ठीक कीन्हे देइत है, तौन छोटी मालकिन तब तक गंगा नहाय लेंय। ऊके बाद खाना बनाय लेंय आयके। भला बाजार की पूड़ी-मिठाई से कहूँ पेट भरत है कोऊ का !"

राधेलाल ने कहा, "नहीं, चौका ठीक करने की ज़रूरत नहीं है। लम्बा सफ़र करके आ रहे हैं। हम लोग थक गए हैं। नहाने का समय भी बीत चुका है, पूड़ी-मिठाई ले आ जाकर !"

"तो हम ही पूरी-तरकारी बनाए देती हन !" छिनकी ने एक प्रयत्न और किया।

इस बार राधेलाल की पत्नी ने उत्तर दिया, "हाँ छिनकी रानी, अब रसोई मां तुम्हार पैर घुस गा है न! दादाजी केर धरम लै लीन्हेव हौ उन्हें दाल-भात खिलाय कें, अब हम लोगन केर बारी है। हमें ई बेकारै अपने साथ लाए हैं, छिनकी रानी तो दादाजी को रोटी पाथके खिलाय रही हैं।"

राधेलाल ने कहा, "क्यों री छिनकी, दादा जी सठिया गए हैं, इनकी तो अक्किल मारी गई, न जात देखें न कुजात। लेकिन तूने कैसे इन्हें अपने हाथ की बनाई कच्ची रसोई खिला दी ?"

छिनकी ने करुण दृष्टि से मुंशी शिवलाल को देखा। मुंशी शिवलाल बोले, "रोज़ तो मैं ही बनाता हूँ, आज भी इसने खाना बनाने का सब इन्तज़ाम कर दिया था, लेकिन क्या बताऊँ, गंगा नहाकर जब लौटा तो मेरी तबीयत अलसा गई और मैंने इससे खाना बहाने को कह दिया।" फिर कुछ रुककर उन्होंने कहा, "मैं समझता हूँ कि अगर इसने मेरा खाना बना दिया तो इसने कोई पाप नहीं किया, और अगर मैंने इसके हाथ का बनाया खाना खा लिया तो मैंने भी कोई पाप नहीं किया।"

राधेलाल ने कुछ हिचकिचाते स्वर में कहा, "जी, वह तो ठीक है, लेकिन जाति-बिरादरीवाले तो इसे पाप ही समझते हैं। ख़ैर, जो हो गया वह हो गया, अब यह आ गई हैं, तो यह आपका खाना बना दिया करेंगी। और किसी के कान में आपके छिनकी का बनाया खाने की ख़बर न जाए !"

छिनकी अपराधिनी की भाँति हतप्रभ राधेलाल और उनकी पत्नी के लिए पूड़ी-मिठाई लेने चली गई और मुंशी शिवलाल कपड़े पहनकर एक घंटा पहले ही डिप्टी साहेब के खेमे की ओर रवाना हो गए।

ठाकुर थम्मनसिंह डिप्टी कलक्टर मेले का चक्कर लगाकर लौटे थे, और आरामकुरसी पर बैठे हुए उस दिन का अख़बार पढ़ रहे थे। उन्होंने उठकर शिवलाल का स्वागत किया, "आइए, मुंशी शिवलाल साहेब ! आज शायद आपने आराम नहीं किया। अभी तो मीटिंग में करीब एक घंटे की देर है।"

मुंशी शिवलाल थके-से सामनेवाली कुरसी पर बैठ गए, "क्या बतलाऊँ, छोटे भाई और उसकी घरवाली दोनों आ गए, तो मैं निकल पड़ा। अजीब उलझन में हैं वे लोग। मेरा छोटा भतीजा घर से एक अरसा हुआ भाग गया, सुना जाता है कि साधु हो गया। बनारस में साधुओं के एक झुंड में दिखा था, लेकिन वहाँ से ग़ायब हो गया है। मुमकिन है, माघ मेले में आए हो। तो उसका पता लगाने आए हैं वे लोग।"

ठाकुर थम्मनसिंह थोड़ी देर तक मन-ही-मन कुछ सोचते रहे। फिर उन्होंने पूछा, "क्या उम्र होगी उसकी ? उसका हुलिया आप मुझे बतला सकते हैं ?"

"यही कोई चौबीस-पच्चीस साल का है। इकहरे बदन का और मँझोले-से कुछ निकलते हुए क़द का है। रंग उतरता हुआ गेहुँआ, चेहरा लम्बोतरा और माथे पर चोट का निशान है।"

"हुलिया तो मिलता है," ठाकुर थम्मनसिंह ने दबी ज़बान में मानो अपने से ही कहा।

"क्यों ठाकुर साहेब, क्या बात है, हुलिया आपने क्यों पूछा था ?"

"आज सुबह कुछ इसी हुलिए का एक नौजवान साधु माघ मेले में औरतों के साथ छेड़खानी करते हुए पकड़ा गया है। बाद में पता चला कि वह यहाँ की क़रीमन रंडी के यहाँ ठहरा हुआ है। उसे हवालात भिजवा दिया गया। अपना नाम व पता बतलाने से क़तई इनकार करता है। अभी इस मीटिंग में थानेदार बिशनदयाल आते होंगे, उनसे पूरी-पूरी बातें मालूम हो जाएँगी। बदचलन व आवारा क़िस्म का है वह साधु !"

मुंशी शिवलाल करीमन का नाम सुनते ही शंकित हो उठे, फिर मानो उन्होंने अपनी शंका को दूर करने के लिए कहा, "वह किशनू नहीं हो सकता। रंडी के यहाँ भला कैसे रह सकता है ! फिर उसकी बदचलनी की शिकायत भी कभी किसी ने नहीं की।"

ठाकुर थम्मनसिंह हँस पड़े, "अजी, इन बातों को छोड़िए ! ये लौंडे क्या-क्या कर सकते हैं, बस कुछ न पूछिए ! थानेदार बिशनदयाल से मीटिंग के बाद उसे यहीं बुलाता हूँ। आप खुद उसे देखकर शनाख्त कर लीजिएगा।"

जिस समय थानेदार बिशनदयाल उस साधु को ठाकुर थम्मनसिंह के खेमे में लाए, मुंशी राधेलाल को भी बुलवा लिया गया था। उस साधु को देखते ही राधेलाल कह उठे, "अरे किसनू, ई हालत बनाय राखे हौ अपनी ! नाक कटवाय दीन्ह हौ हम लोगन की !"

किशनलाल अपने पिता को देखते ही रो पड़ा, "हमें बचाओ बप्पा ! ये लोग हमारी जान ले लेंगे, हमें बचाओ !" और वह लड़खड़ाकर ज़मीन पर गिर पड़ा।

किशनलाल का सारा शरीर सूज गया था, जगह-जगह से उसकी खाल कट गई थी और खून निकलने लगा था। ऐसा मालूम होता था कि उस पर बेतरह मार पड़ी थी, और शायद अभी और पड़नी बाक़ी थी। मुंशी शिवलाल ने थानेदार बिशनदयाल से कहा, "थानेदार साहेब, इस क़दर मार क्यों पड़ी इसके ऊपर ?"

"जी, इसी मार की बदौलत तो यह पता चला कि करीमन रंडी के यहाँ एक हफ़्ते से यह क़ायम रह रहे हैं। लेकिन इससे आगे कुछ कहने से क़तई इनकार कर रहे हैं। अपना नाम और वालदैन का पता बतलाने से इनकार कर रहे हैं तो इनसे कबुलवाया जा रहा है, क्योंकि करीमन ने जो कुछ बतलाया उसकी तसदीक़ तो इनसे करवानी ही पड़ेगी। शरीफ़ों का मामला है !" और थानेदार बिशनदयाल मुस्कराए।

ठाकुर थम्मनसिंह हँसते हुए बोले, "ख़ैर, वालदैन के नाम व पते की तसदीक़ हो चुकी, और सुबह जो औरतों के साथ छेड़खानी कर रहे थे, उसकी सज़ा भी इन्हें कुछ ज़रूरत से ज़्यादा मिल गई। तो सम्हालिए इसे मुंशी शिवलाल साहेब, और किसी काम से लगाइए !" यह कहकर ठाकुर थम्मनसिंह ने किशनलाल की हथकड़ी खुलवा दी।

करीमन वेश्या फ़तहपुर की रहनेवाली थी और छह महीने पहले इलाहाबाद आकर बस गई थी। लेकिन करीमन का परिवार फ़तहपुर में रहता था। मुंशी राधेलाल जब किशनलाल को लेकर डिप्टी थम्मनसिंह के खेमे से बाहर निकले उसके सामने जाति-बिरादरी की समस्या उठ खड़ी हुई। किशनलाल को साथ लेकर वह सीधे करीमन के घर पहुँचे। किशनलाल को देखते ही करीमन बिगड़ खड़ी हुई, "हरामज़ादा कहीं का, छूट आया ! शरम नहीं आती। मेरे यहाँ पुलिस आए, तलाशी ले ! कमीना कहीं का, देख अभी जूतियों से तेरी ख़बर लेती हूँ..." और जैसे ही वह उठी, उसकी नज़र मुंशी राधेलाल पर पड़ी जो दरवाज़े के बाहर एक कोने में दुबके खड़े थे। मुंशी राधेलाल को देखते ही वह रुक गई।

मुंशी राधेलाल ने अब आगे बढ़कर पूछा, "करीमन, यह तुम्हारे यहाँ कितने दिन से रह रहा है ?"

"एक हफ़्ता हो गया। क़लमा पढ़ने आया था, तो मैंने रोक दिया इसे। अब इसे ले जाएँ आप ! मैं भी चुप रहूँगी कि यह मेरे यहाँ खाता-पीता था।" और करीमन ने किशनलाल का असबाब मुंशी राधेलाल के हवाले कर दिया।

राधेलाल और किशनलाल को करीमन के यहाँ भेजकर जिस समय मुंशी शिवलाल अपनी मड़ैया पर पहुँचे, उन्हें बाहर से ही मड़ैया के अन्दर से आती हुई तेज़ आवाज़ें सुनाई पडीं। राधेलाल की पत्नी और छिनकी में वाद-विवाद चल रहा था। राधेलाल की पत्नी छिनकी को फ़तहपुर भेजना चाहती थी और अपनी अनुपस्थिति में घर की देखभाल करने का भार वह छिनकी पर डाल रही थी; लेकिन छिनकी इस बात पर राज़ी नहीं हो रही थी। वह ज्वालाप्रसाद की पत्नी जमुना और उनके लड़के गंगाप्रसाद की देखभाल करने के लिए सोराँव जाना चाहती थी। राधेलाल की पत्नी का पारा काफ़ी चढ़ गया था। जिस समय मुंशी शिवलाल अपनी मड़ैया के बाहर पहुँचे, उन्हें राधेलाल की पत्नी का कर्कश स्वर सुनाई पड़ा, "हाँ, तो दादाजी की लाड़ली बनके उनकेर धरम-करम तो नष्ट कर दीन्हेब, अब हमहू से जबान लड़ावै लागी हौ ! तौन ज्वाला तुम्हार सगे ऑय, दादाजी तुम्हार सगे ऑय तो सम्हालो उन्हें, हम आजै चली जाब ! आपन राजपट सम्हालौ ! हम इयाँ तबही रहबै जब तुम फ़तहपुर जाब ! उइ आवैं तो आज हम दादाजी का और उनका बैठायके फ़ैसला करइबे। तुम भूली का भई हौ !"

राधेलाल की पत्नी का कर्कश स्वर सुनकर मुंशी शिवलाल सहम-से गए। मुंशी शिवलाल के संयुक्त परिवार पर राधेलाल की पत्नी का शासन था, और मुंशी शिवलाल उस शासन के अभ्यस्त हो गए थे। मड़ैया के अन्दर जाने की उनकी हिम्मत नहीं पड़ी। वह उलटे पैर वहाँ से लौट पड़े।

लक्ष्यहीन-से वे मेले में इधर-उधर टहलने लगे। उनका मन एकाएक बहुत भारी हो गया था, उनके प्राणों पर जैसे प्रहार-पर-प्रहार पड़ रहे थे। सारी दुनिया उन्हें बदलती हुई नज़र आती थी।

शाम हो रही थी। अब हवा ज़ोरों के साथ चलने लगी थी। उत्तर से छोटे-छोटे बादलों के टुकड़े आसमान पर तैरते हुए आ रहे थे, और सारा वातावरण विक्षुब्ध-सा हो गया था। मुंशी शिवलाल काफ़ी देर तक इस प्रकार निष्प्रयोजन, निरुद्देश्य घूमते रहे। माघ मेले की भीड़ तेज़ी के साथ बढ़ रही थी। तीसरे दिन मकर-संक्रान्ति का पर्व पड़नेवाला था। जब उन्हें सरदी असह्य होने लगी, और उनके पैरों में थकावट बढ़ने लगी, तब अपनी इच्छा के प्रतिकूल उन्हें अपनी मड़ैया में लौटना पड़ा।

मड़ैया के अन्दर अब काफ़ी चहल-पहल थी। कलह बन्द हो चुकी थी। मुंशी राधेलाल किशनलाल को लेकर वापस आ चुके थे और छिनकी इन लोगो की रसोई बनाने का प्रबन्ध कर रही थी। मुंशी शिवलाल किसी से बोले नहीं, चुपचाप अपनी चारपाई पर रजाई ओढ़कर लेट गए। मुंशी राधेलाल, उनकी पत्नी, किशनलाल और छिनकी की बातें चल रही थीं। मुंशी शिवलाल को ऐसा लग रहा था मानो कहीं दूर से आवाज़ें आ रही हैं और दूर-दूर होती जा रही हैं। बीच-बीच में वह चौंक उठते थे।

बातें हो रही थीं, जो उनकी समझ में न आ रही थीं; बातें हो रही थीं, जिनमें उन्हें कोई दिलचस्पी न थी; बातें हो रही थीं, क्योंकि जागृति और जीवन का अर्थ मानो यही बातें करना था। और मुंशी शिवलाल पर नींद घिरती आ रही थी, शान्ति और निष्क्रियता से भरी नींद, जिस पर उन बातों के झटके-पर-झटके लग रहे थे। और फिर उन्हें ऐसा लगा, मानो उनके शरीर को कोई झकझोर रहा है। उन्होंने आँखें खोलीं, उनके सिरहाने खड़ी हुई छिनकी कह रही थी, "अरे, उठो तो, कितनी देर सोइहौ ? देखो, ज्वाला आयगा है, हम खाना तैयार कर दीन है।"

ज्वाला का नाम सुनते ही मुंशी शिवलाल एक झटके के साथ उठकर बैठ गए।

शिवलाल ने देखा कि उनके मड़ैया की आबादी अब बहुत बढ़ गई है।

ज़मीन पर दरियाँ बिछी थीं, उन दरियों पर गद्दे बिछे थे। और दरियों पर स्त्रियाँ बैठी थीं, जिन्हें उन्होंने कभी न देखा था।

ज्वालाप्रसाद ने बढ़कर मुंशी शिवलाल के पैर छुए, "यह नम्बरदारिन घाटमपुरवाली हैं बप्पा, और वह लक्ष्मीचन्द की बीवी है; माघ मेले में संगम नहाने आए हैं। लक्ष्मीचन्द ने मुझे लिखा था तो मैंने उसे लिख दिया कि आपकी मड़ैया तो है ही यहाँ, काफ़ी बड़ी। इन लोगों को यहाँ ठहरने में कोई तकलीफ़ न होगी। आज शाम की गाड़ी से ये लोग कानपुर से यहाँ आए हैं। मैं सोराँव से सीधा इलाहाबाद के स्टेशन पर पहुँच गया था इन्हें लेने। स्टेशन से इन्हें यहीं ले आया हूँ।"

"अच्छा किया, अच्छा किया !" मुंशी शिवलाल ने कहा और फिर उन्होंने मड़ैया के उस ओर देखा जहाँ मुंशी राधेलाल, किशनलाल और राधेलाल की पत्नी बैठे थे, "राधे और छोटी–ये दोनों दोपहर को ही यहाँ आ गए थे। तीसरे पहर किशनू भी मिल गया। यहाँ सब मौजूद हैं, सब भगवान की दया है !" शिवलाल ने एक अर्थ-भरी दृष्टि ज्वालाप्रसाद पर डालते हुए कहा।

ज्वालाप्रसाद जैसे अपने पिता की दृष्टि का अर्थ समझ गए। उन्होंने कहा, "मुझे तो आज इसी समय सोराँव जाना पड़ेगा। परसों सब लोगों को साथ लेकर मैं गंगा नहाने आऊँगा। किशनू को और चाचाजी को मैं अपने साथ सोराँव लिए जा रहा हूँ, इन लोगों से बातें भी वहीं करूँगा।"

मुंशी शिवलाल का मन अब हल्का हो गया था, "यह ठीक है। और बेटा, किशनू का कोई इन्तज़ाम कर देना !"

"हाँ, हाँ, आप निश्चिन्त रहिए। चाचाजी और मैं, हम दोनों मिलकर कोई-न-कोई रास्ता निकालने की कोशिश करेंगे।"

शिवलाल का मन और भी हल्का हुआ।

ज्वालाप्रसाद ने फिर कहा, "कल शायद लक्ष्मीचन्द भी आए। यहाँ लकड़ी का ठेका लिया है उसने, एक आरा मशीन लगवानेवाला है। फर्नीचर का कारख़ाना खोल रहा है। कानपुर में काफ़ी काम-काज फैला लिया है उसने, लेकिन कपड़े के काम के अलावा और काम भी करना चाहता है।"

मुंशी शिवलाल ने चकित-सा होकर ज्वालाप्रसाद को देखा, "ज्वाला, इस बढ़ईगीरी का पेशा करने की क्या सूझी है उसे ? न इज़्ज़त, न आबरू ! अगर काम ही बढ़ाना था तो यहाँ भी कपड़े की आढ़त का काम शुरू कर देता।"

जैदेई ने अपना घूँघट थोड़ा-सा सरकाते हुए कहा, "यही तो हम भी कह रही थीं बप्पा ! कुछ कुल-मर्यादा का भी तो ख़याल रखना चाहिए। लेकिन देवरजी उसे समझाने और मना करने की जगह उसकी तरफ़दारी करने लगे। भगवान की दया से घाटमपुर में अच्छा-ख़ासा इलाक़ा है अपना, आराम से रहे और राज करे। सो नहीं, देस-बिदेस की धूल फाँकता घूम रहा है यह लक्ष्मी। नागपुर गया था, वहाँ से इलाहाबाद आया। लकड़ी के कारख़ाने की धुन सवार है।"

ज्वालाप्रसाद हँस पड़ा, "बप्पा, यह नया ज़माना है। कोई खुद बढ़ईगीरी थोड़े ही करनी है ! वह तो लकड़ी के काम का कारख़ाना खोलेगा। सैकड़ों बढ़ई वहाँ नौकर होंगे। मशीन की मदद से काम होगा। अच्छे-से-अच्छा फ़ैशन का सामान बनेगा। लाखों का काम-काज हो सकता है। नई दुनिया का नया रूप होगा।"

इस नई दुनिया का नया रूप क्या होगा, मुंशी शिवलाल की समझ में यह बात नहीं आई; फिर भी उनके लड़के ने यह बात कही थी, जो नए युग का आदमी था, और इसलिए यह बात ग़लत नहीं थी। मुंशी शिवलाल ने कहा, "हाँ, इलाहाबाद बड़ा शहर है, हमारे सूबे की राजधानी है। छोटे लाट साहेब यहाँ रहते हैं। रुपया तो यहाँ है और रुपया व्यौपार में है, कार-बार में है।"

मुंशी राधेलाल इस बातचीत के बीच में कई बार खँखारे, जैसे वह भी कोई महत्त्वपूर्ण बात कहना चाहते हों। अब उनसे न रहा गया, वह बोल उठे, "हाँ, रुपया कार-बार में है, रुपया व्यौपार में है। लेकिन जब यह कार-बार और व्यौपार अंग्रेज़ों से बचने पावे ! इलाहाबाद में जितनी बड़ी दुकानें हैं जहाँ सरकारी ख़रीद होती है, वे सब अंग्रेज़ों की हैं। तो ज्वाला, लक्ष्मीचन्द को अंग्रेज़ों का मुक़ाबला करना पड़ेगा, यह समझ रखना; और अंग्रेज़ों का मुक़ाबला करना कोई हँसी-खेल नहीं है। क्यों ज्वाला, हम ग़लत तो नहीं कह रहे !"

ज्वालाप्रसाद एकाएक चौंक उठा। मुंशी राधेलाल ने जो बात कही थी उसमें सत्य था, एक वास्तविक समस्या थी। ज्वालाप्रसाद ने इस पहलू को नहीं देखा था। थोड़ी देर तक ज्वालाप्रसाद इस बात पर सोचते रहे, फिर उन्होंने कहा, "हाँ, कल-कारख़ाने तो अंग्रेज़ों के ही हाथ में हैं और इस लकड़ी के कारख़ाने में मुसीबत पड़ सकती है। मैं लक्ष्मीचन्द से इस पर बातें करूँगा। इस पहलू पर मैंने नहीं सोचा था, लेकिन लक्ष्मीचन्द तो कलकत्ता, बम्बई सब जगह हो आया है, उसने ज़रूर इस पहलू पर सोच लिया होगा।"

मुंशी राधेलाल अपनी सूझ पर मन-ही-मन प्रसन्न हो रहे थे। उन्होंने फिर कहा, "और भला विलायती लकड़ी का मुक़ाबला हिन्दुस्तानी लकड़ी क्या कर सकती है ! विलायत से लकड़ी का सामान बन-बनकर आ रहा है। तो लम्बरदारिन, लछमीचन्द को

समझाना, और न हो तो अपनी बहुरिया से ज़ोर डलवाना कि कल-कारख़ाने के फेर में लछमीचन्द न पड़ें।"

नम्बरदारिन जैदेई ने ज्वालाप्रसाद से कहा, "देवरजी, परसों लछमी आ रहा है तो उससे बात करना, हम लोगों की बात तो अब वह चुटकियों में उड़ा देता है। तुम्हारी ही बात वह सुन सकता है।"

एक कोने में लक्ष्मीचन्द की पत्नी राधा बैठी यह बातचीत सुन रही थी। बातें कुछ उसकी समझ में आती थीं, कुछ नहीं आती थीं, पर अपने पति पर टीका-टिप्पणी उसे अवश्य अरुचिकर लग रही थी। उसने अपनी सास के कान में कहा, "अम्माजी, रात बहुत हो रही है, कुछ खाने-पीने का प्रबन्ध करूँ ?"

जैदेई को अब याद आया कि उसे खाना भी खाना है। उसने अपनी बहू से कहा, "हाँ, हाँ, पूड़ी-साग बना ले, छिनकी हाथ बँटा देगी।" फिर उसने ज्वालाप्रसाद से कहा, "देवरजी ! खाना खाकर सोराँव जाना, और न हो तो कल सुबह चले जाना ! अभी जाओगे तो आधी रात को पहुँचोगे। फिर जाड़ा भी बहुत है, बड़ा कष्ट होगा रास्ते में।"

"अरे, कष्ट की क्या बात है लम्बरदारिन, हम तीन जने हैं और ज्वाला का इक्का हाथ में है। तो अभी बाज़ार से पूड़ी-मिठाई आई जाती है। बहुरिया को क्यों तकलीफ़ दे रही हो ?" मुंशी राधेलाल बोले।

मुंशी शिवलाल ने छिनकी की ओर देखा, वह फिर से चूल्हा जला रही थी, "देख, दो सेर पूड़ी और दो सेर अच्छी मिठाई ले आ ! ज्वाला को जल्दी जाना है।"

छिनकी ने ज़रा तेज़ स्वर में उत्तर दिया, "रुपया बड़ा बाढ़ा आय, जब देखो, पूड़ी-मिठाई मँगाय लेब ! हम चूल्हा जलाय दीन हैं, इहैं खाना बनी। और आधी रात मां हम ज्वाला का न जान देव। ई समझ राखौ। उठ बहुरिया !"

2

छिनकी गंगा को कहानी सुना रही थी, "एक रहा राजा, ऊके रहें सात रानी। उन सात रानिन के रहें सात महल। और हरेक रानी के रहा एक-एक राजकुमार।..."

इसी समय राधेलाल की पत्नी का स्वर सुनाई पड़ा, "छिनकी, ज़रा भंडारघर की चाभी तो दे !"

गंगा को अपनी गोद में बिठलाए-बिठलाए उसने उत्तर दिया, "का चाही ? अब ही ज़रा देर मां निकासे देइत हन आयके।"

"हम कहती हैं कि हमें चाभी चाहिए, हम निकाल लेब।" राधेलाल की पत्नी ने तेज़ स्वर में उत्तर दिया।

"तुम्हें न मिली, हम सकल जिन्स का सजायके रक्खा है, तौन तुम्हें सब उलटन-पुलटन पड़ी। उठ बेटा, हम अबहीं निकास के आइत हन।" छिनकी ने गंगाप्रसाद से कहा।

लेकिन दस वर्ष के बालक गंगाप्रसाद का मन कहानी में उलझा हुआ था। उसने कहा, "नाहीं छिनकी दादी ! बिना कहानी सुनाए हम तुम्हें न जान देब। दादी का चाभी देव देव न !" और गंगाप्रसाद ने छिनकी के आँचल में बँधी भंडारघर की चाभी राधेलाल की पत्नी को दे दी। फिर उसने छिनकी से कहा, "हाँ छिनकी दादी, तो हरेक रानी के एक-एक राजकुमार था। फिर आगे क्या हुआ ?"

छिनकी का मन अब न कहानी में था और न वह गंगाप्रसाद की बात सुन रही थी; वह देख रही थी राधेलाल की पत्नी की ओर, जो तेज़ी से भंडारघर की ओर जा रही थी। छिनकी ने गंगाप्रसाद को अपनी गोद से उतारते हुए कहा, "अबहिन आइन बचवा, तुम तब तक भीखू के साथ खेलौ जाइके।" और छिनकी भी भंडारघर की ओर बढ़ी।

लेकिन छिनकी भंडारघर नहीं पहुँचने पाई। मुंशी शिवलाल की कोठरी से कराहने की आवाज़ आ रही थी, उसे सुनकर वह उस ओर घूम पड़ी।

मुंशी शिवलाल के सिर का दर्द उस दिन बहुत बढ़ गया था। कल्पवास के समय जो मुंशी शिवलाल को ज़ुकाम और खाँसी ने पकड़ लिया था, वह अभी तक वैसा ही चल रहा था। पहले हकीम साहेब की दबा हुई। उससे सुधार नहीं हुआ। हकीम साहेब के मतानुसार जुशाँदे में और शराब में पैदाइशी दुश्मनी है। वैद्यराज लंघन कराने पर उतर आए, जो मुंशी शिवलाल को सह्य न था। एक महीना इस सबमें लग गया, हार कर मुंशी शिवलाल को डॉक्टरी इलाज कराना पड़ा। दो दिन से वह डॉक्टरी दवा पी रहे थे।

छिनकी ने कोठरी में प्रवेश करते हुए कहा, "का तकलीफ़ बहुत बढ़ गई है ?"

मुंशी शिवलाल ने छिनकी के प्रश्न का कोई उत्तर न दिया। वह उसी प्रकार कराहते रहे।

छिनकी मुंशी शिवलाल के सिरहाने बैठकर उनका सिर दबाने लगी। इस सिर दबाने में मुंशी शिवलाल को निश्चय ही कुछ आराम मिला। उनका कराहना कम होते-होते बन्द हो गया, इसके बाद उन्होंने आँख खोलकर छिनकी को देखा, "काहे री, तू कहाँ थी ?"

"जरा गंगा का खिलाइत रहिन। मुला तुम हमका बुलाय काहे नाहीं लीन्हेब ? ऊतै कहीं हम भंडारघर मां छोटी मालकिन के पीछे-पीछे जात रहिन कि हमका तुम्हार आवाज़ सुनाई पड़ गई, तौन वैसे हम इधर चली आइन।"

मुंशी शिवलाल ने पूछा, "काहें री, छोटी के पीछे-पीछे क्यों जा रही थी भंडारघर में ?"

"हमसे भंडारघर की चाभी माँग के लै गई रहैं। तौन हम कहा कि चीज बस्त हमारे

हाथ की रक्खी हैं। उइ उलटिहें-पलटिहें। एही बरे जाते रहिन कि ऊ जो कुछ माँगे सो हम निकास देई।"

मुंशी शिवलाल चुपचाप सोचने लगे। अधिकार और शक्ति अपना स्थान बदल रहे थे, एक जगह से हटकर दूसरी जगह जा रहे थे। परिवार की परम्परा टूट रही थी। धीमे से स्वर में उन्होंने कहा, "तू छोटी को चाभी क्यों नहीं दे देती ? घर की मालकिन तो वह है। उसे कितना बुरा लगता होगा ?"

छिनकी तमक उठी, "घर की मालकिन ज्वाला की बहू आय। ई जो सब राज-पाट तौन ज्वाला की बदौलत सब लोग भोग रहे ऑय। तौन ज्वाला की बहू है लौंडी और मालकिन हुई गईं छोटी !"

मुंशी शिवलाल को छिनकी की इस बात का कोई उत्तर नहीं सूझा, यद्यपि यह बात उन्हें कुछ अटपटी अवश्य लगी। वह आँखें बन्द करके अपने मन में उत्तर सोचते रहे, और फिर एकाएक कड़े स्वर में बोले, "नहीं, कुछ भी हो जाए, घर की मालकिन छोटी, है, समझी ! जब तक राधे की बीवी ज़िन्दा है और यहाँ पर है, तब तक इस घर की मालकिन वही रहेगी, यह भी समझ ले। इस घर के मामले में तू दख़ल देनेवाली कौन होती है ?"

इस उत्तर से छिनकी की आँखों में आँसू भर आए, लेकिन वह उसी तरह मुंशी शिवलाल का सिर दबाती रही। यह डाँट, यह अन्याय, यह सब छिनकी के लिए नया नहीं था। ज़िन्दगी-भर उसे प्रायः नित्य ही इस प्रकार के अपमानों और प्रताड़नाओं का सामना करना पड़ा था। ये सब तो उसके जीवन के भाग ही थे। वह बैठी हुई रोती रही और मुंशी शिवलाल का सिर दबाती रही। और मुंशी शिवलाल शान्त भाव से लेटे थे, जैसे उन्हें छिनकी की भावनाओं का, भावना ही नहीं छिनकी के अस्तित्व तक का पता नहीं है। उन्हें आराम मिल रहा था, उनका मन शान्त था। और मुंशी शिवलाल धीरे-धीरे सो गए। उनके सो जाने के बाद छिनकी कोठरी से बाहर निकली।

दोपहर ढल रही थी और रसोई में पूड़ियाँ बन रही थीं। राधेलाल की पत्नी अपने सामने बैठे हुए किशनू को पूड़ियाँ परोस रही थी और किशनू खा रहा था। किशनू सुबह से ही घर से ग़ायब था, और उसके लिए रोटी-दाल ढँककर रख दिया गया था। वह खाना एक कोने में वैसा-का-वैसा ढँका रखा था। छिनकी से न रहा गया, वह रसोईघर की देहरी पर खड़ी होकर किशनू का खाना-पीना देखने लगी। पर राधेलाल की पत्नी और किशनू, जैसे इन दोनों के लिए छिनकी का कोई अस्तित्व ही न था। न किसी ने उसकी ओर देखा, न किसी ने उससे कुछ कहा। मर्माहत-सी वह वहाँ से चल दी और जमुना के कमरे में पहुँची। जमुना ने छिनकी के आते ही कहा, "कहाँ गई थी छिनकी चाची ? देखो, गंगा कितना रो रहा है ! कहता है कि छिनकी दादी हमें अकेला छोड़कर छोटी दादी के पीछे-पीछे चली गईं।"

छिनकी ने जमुना की बात का कोई उत्तर नहीं दिया। उसने गंगा की गोद में लिया और जमुना की चारपाई के नीचे चुपचाप बैठ गई। पर उसकी आँखों से लगातार आँसू

बह रहे थे।

जमुना थोड़ी देर तक एकटक छिनकी को देखती रही, फिर मानो वह एकाएक डर-सी गई। उसने पूछा, "क्या बात है छिनकी चाची, यह रो क्यों रही हो ? बप्पा की तबीयत तो ठीक है न ?"

छिनकी ने अपने आँसुओं को पोंछते हुए धीमे से स्वर में कहा, "उनकेर तबीयत तो ठीकै है, लेकिन ई सब हमसे नाहीं देखा जात है।"

"क्या नहीं देखा जाता ?" जमुना ने पूछा, "कुछ कहो तो !"

"रसोईघर मां जायके तुमहीं देख लेव न। गरम-गरम पूड़ी बन रही हैं और किसनू खाय रहे हैं। दुपहरिया का खाना ढँका रखा है। ई खाना का बहावा जाई ?"

अब जमुना ने घी की खुशबू अनुभव की। वह सारी स्थिति समझ गई। उसने कहा, "भंडारघर की चाभी तो तुम्हारे पास रही। चाची घी-आटा का बजार से मँगाइन हैं ?"

"बजार से मँगाइहैं छोटी, उनकेर मुँह आय ? ज़बरदस्ती हमसे भंडारघर की चाबी छीन लीन्हिन। फ़तहपुर के घर की मालकिन तो रहैं ही, यहूँ आयके मालकिन बन बैठीं। बेदरदी के साथ खरच होई। ज्वाला बिचरऊ पिसके कमइहैं, और ई संड-मुसंड चचेरे भाई हुमकके खइहैं।"

जमुना के मन में कुंठा जाग रही थी, उसे मानो दबाने का प्रयत्न करते हुए उसने कहा, "छोड़ो छिनकी चाची, अपने भाग का खात-पियत आँय। जाओ, गंगा को घुमाय लाओ बाहर !"

"अपने भाग का नहीं खाय रहे हैं, गंगा के भाग का खाय रहे हैं ई सब लोग। ई गंगा, राजाकेर लड़का आय। आगे बढ़के पढ़ी-लिखी, ज़मीन-जायदाद खरीदी, बड़ा मनई बनी। तौन ईकेर भाग ई सब ठलुआ खाए जात हैं।" और यह कहते-कहते छिनकी गंगाप्रसाद को लेकर चली गई।

जिस ढंग से छिनकी ने इस प्रसंग को बन्द किया था, वह ढंग इस प्रसंग को अनन्त काल तक के लिए जीवित कर देने का था। ये लोग गंगा के भाग्य का और गंगा का भाग खा रहे थे। जमुना सन्न-सी रह गई। जो कुछ छिनकी ने कहा था वह एक भयानक और कुरूप सत्य था। उस सत्य से न इनकार किया जा सकता था और न इसके प्रति आँखें बन्द की जा सकती थीं। तब तक राधेलाल की पत्नी एक कटोरदान में पूड़ी और साग लेकर जमुना के कमरे में आई : "शाम का नाश्ता बनाय दीन है। किशनू का बड़ी भूख लगी रही, सबेरे का खाना ई कुबेरा मां नुकसान करत तो हम कहा कि नाश्ता कर लेब, खाना रात मां खायेब ! तुम्हारे लिए, ज्वाला के लिए और गंगा के लिए यह लाई हन, रक्खौ।"

जमुना ने चाची की ओर देखा, लेकिन उसकी कुछ कहने की हिम्मत नहीं पड़ी। राधेलाल की पत्नी ने जमुना की आँखों में जो भावना थी, उसे मानो स्पष्ट रूप से पढ़ लिया, और उस भावना का निराकरण करते हुए उसने कहा, "हम भंडारघर की चाभी छिनकी से लै लीन है। अब जब हम इहाँ आय गइन हन तो नौकरन पर घर-गिरस्ती

काहे छोड़ी जाय ! ई घर में खाय-पियन की ज़िम्मेदारी हमरी !"

जमुना के मुख से अनायास निकल पड़ा, "हाँ चाचीजी, अच्छा कीन्हेब ! हमहूँ सोचा रहे, लेकिन हम सोचा कि तुमका तकलीफ होई। फिर तुम यहाँ कब तक रहियो। आखिर फ़तहपुर का घर भी तो सम्हालैं का है। वैसे छिनकी चाचीहू से हम लोगन का बड़ा सहारा मिलत रहे। तुम तो जानती ही हौ कि उन्हें कौनो काम करैं मां उजर नाहीं। इहै बरे हम भंडारघर की चाभी छिनकी चाची के हाथ मां सौंप दीन रहैं। आखिर तुम्हारे जाय के बाद ई घर-गिरस्ती छिनकी चाची ही तो सम्हालिहैं ! तो चाचीजी, इहै लिए हम छिनकी चाची से चाभी लैके तुम्हें नाँहीं दीन। तो अच्छा कीन्हेब कि चाभी लै लिये हौ !"

जमुना का स्वर कोमल और शान्त था, जमुना ने जो बातें कहीं थीं उनमें भी कहीं विरोध या संघर्ष की भावना नहीं थी, पर जमुना ने जो दो बार राधेलाल की पत्नी के फ़तहपुर जाने का संकेत किया था वह राधेलाल की पत्नी को अच्छा नहीं लगा। उस संकेत में मानो राधेलाल की पत्नी की स्थिति और अधिकार को स्पष्ट चुनौती थी। उस चुनौती का उत्तर देते हुए राधेलाल की पत्नी ने कहा, "तुम ई सबकी चिन्ता न करौ। जब तक हम आन तब तक तुम्हें ई सब पर सोचै की कौनो ज़रूरत नाँही। फतहपुर के घर का इन्तज़ाम करैं ई फतहपुर गए हैं। या तो फतहपुर से सब लोग इहैं चले अइहैं, या फिर रामू और श्यामू की बहुओं पर फतहपुर की गिरिस्ती छोड़ दहैं !" और राधेलाल की पत्नी यह कहकर चली गई।

जमुना की चुनौती का राधेलाल की पत्नी ने मुँहतोड़ उत्तर दिया, उससे जमुना तिलमिला उठी। तो फिर छिनकी ठीक ही कहती थी। गंगा के भाग्य का और गंगा के भाग का अपहरण करने के लिए चाची का पूरा परिवार यहाँ आकर बैठेगा, ज्वालाप्रसाद की छाती पर !

जमुना थोड़ी देर तक हतबुद्धि-सी बैठी रही। फिर वह अपने कमरे से बाहर निकली। कुछ हिचकिचाते हुए वह मुंशी शिवलाल के कमरे की ओर बढ़ी। मुंशी शिवलाल अब जाग गए थे। जमुना ने उनकी कोठरी के दरवाज़े पर खड़ी होकर कहा, "कैसी तबीयत है बप्पा, ई दवा से कौनो फायदा भा ?"

मुंशी शिवलाल ने कहा, "अब तो तकलीफ़ ज़रा कम है, भगवान की किरपा है !"

जमुना ने आगे कोई बात नहीं की, वह दरवाज़ें से लगी खड़ी रही।

मुंशी शिवलाल ने फिर पूछा, "क्यों, कुछ कहना है क्या ?" एकाएक उन्हें कुछ देर पहले छिनकी से जो बातचीत हुई थी वह याद हो आई।

"कहना तो कुछ नहीं है, सिर्फ़ इतना सुना है कि चाची का सब ख़ानदान फतहपुर से यहाँ आय रहा है; अबहीं चाचीजी कह रही रहैं। क्या तुमसे कुछ बात भई है ?"

मुंशी शिवलाल यह सुनकर चौंके, "क्या कहा ? राधे का ख़ानदान यहाँ आ रहा है ? मुझसे तो इस तरह की कोई बातचीत हुई नहीं। फतहपुर में घर है, ज़मीन है, सभी कुछ तो है, फिर उन लोगों को यहाँ आने की क्या ज़रूरत है ?"

राधेलाल की पत्नी जमुना के पीछे खड़ी थी। जमुना को पता ही नहीं चला कि

कब राधेलाल की पत्नी वहाँ आई, नहीं तो वह यह बात न उठाती। राधेलाल की पत्नी ने आगे बढ़कर कहा, "दादाजी, तुम्हारी बीमारी की वजह से हम लोग सोचा कि जब तक तुम्हार तबीयत ठीक न हुई जाय तब तक हम लोग तुम्हारी सेवा-बर्दास्त करी। रामू और श्यामू फतहपुर मां रहि हैं ही, उनकी बहुएँ घर-गिरिस्ती देखिहैं। किसनू इहैं है। ई फतहपुर से बिसनू का साथ लैके अइहैं। आखिर बिसनू हू का तो कौनो काम से लगावा चाही, तौन ई काम-काज का प्रबन्ध ज्वाला कर सकत हैं।"

राधेलाल की पत्नी के कड़े स्वर से मुंशी शिवलाल निष्प्रभ-से हो गए, "हाँ यह तो ठीक है। फिर राधे समझदार है, वह जो कुछ करेगा, ठीक ही करेगा।"

जमुना पराजित-सी अपने कमरे में उदास भाव से लौट गई।

शाम के समय जब ज्वालाप्रसाद वापस लौटे, उन्होंने देखा कि जमुना का मुँह उतरा हुआ था। ज्वालाप्रसाद को नाश्ता कराते हुए जमुना ने कहा, "सुना है, चाचाजी और चाचीजी, किशनू और बिशनू को साथ लेकर यहीं रहनेवाले हैं। आज बप्पा से चाचीजी ने कहा था।"

मानो ज्वालाप्रसाद पर इस ख़बर का कोई असर ही नहीं पड़ा। उन्होंने कहा, "तो फिर इसमें कौन-सी ऐसी बेजा बात है ! यहाँ रहकर दोनों लड़के ढंग से लग जाएँगे और बप्पा का मन भी बहल जाएगा।"

जमुना को यहाँ भी पराजय ही मिली, लेकिन उसे यहाँ पर पराजय की पूरी आशा थी। आश्चर्य उसे होता, यदि यहाँ से विजय मिलती। उसने बात आगे नहीं बढ़ाई।

शाम के समय अवसर पाकर जमुना ने छिनकी को चाचीजी की सारी योजना सुना दी। छिनकी के मुख पर एक मुस्कराहट आई, "नाहीं, ऐसे काम न चली। हमें अब छोटी मालकिन से लोहा लेन का पड़ी। आजै लेव, तुम चुपचाप बैठी भई देखती जाव।"

छिनकी थोड़ी देर बाद मुंशी शिवलाल की कोठरी में पहुँची—एक संकल्प के साथ।

उस समय रात चढ़ रही थी और मुंशी शिवलाल छिनकी की प्रतीक्षा कर रहे थे। और भीखू ने नित्य-नियम के अनुसार शराब की बोतल उनके सिरहाने रख दी थी, पर फिर भी मुंशी शिवलाल के शरीर में इतनी ताकत नहीं आई थी कि वह स्वयं अपने हाथ से गिलास में शराब उँड़ेलकर पी सकें। छिनकी को देखते ही उन्होंने कड़े स्वर में छिनकी को डाँटा, "क्यों री, कहाँ मर गई थी ! इतनी देर हो गई ! ला, शराब दे !"

छिनकी ने उत्तर दिया, "तुम्हारे घर मां जो महाभारत मचैवाला है तौने पर सोचि रही रहन। मन बड़ा उदास हुइगा रहे, तौन गंगा का खिलावैं के लिए अमराई मां चली गई रहेन।" और यह कहकर छिनकी ने चाँदी की गिलसिया में शराब डालकर उनको दी।

मुंशी शिवलाल ने शराब का घूँट पिया, फिर वे एकटक छिनकी की ओर देखते रहे। छिनकी ने जो बात कही थी, वह विग्रह की बात थी। उन्होंने तेज़ आवाज़ में पूछा, "कैसा महाभारत ?"

पर छिनकी तो आज कटिबद्ध होकर आई थी। मुंशी शिवलाल की इस तेज़ आवाज़ से वह डरी नहीं। उसने धीमे-से स्वर में किन्तु दृढ़ आवाज़ में कहा, "इहै जो ज्वाला

के चाचा का ख़ानदान ज्वाला की कमाई पर मौज करैं का आय रहा है तौन दुरजोधन का ख़ानदान इकट्ठा हुइ रहा है।"

"दुर्योधन का ख़ानदान ! क्या बकती है..." मुंशी शिवलाल छिनकी को डाँटते-डाँटते रुक गए। उन्होंने अनुभव किया कि छिनकी ने जो कुछ कहा उसमें सत्य हो सकता है। मुंशी शिवलाल को ऐसा लगा जैसे वह पांडु हैं, मृत्यु जिनको खाने के लिए हर समय मँडराया करती हैं और राधेलाल धृतराष्ट्र हैं, घर की सत्ता जिनके हाथ में उनके मरने के बाद आ जाएगी। पूरा महाभारत का रूपक है, छिनकी ग़लत नहीं कहती। और इस भावना से त्राण पाने के लिए मुंशी शिवलाल ने दूसरे घूँट में गिलसियावाली शराब चढ़ा ली। और इससे ही यह दुनिया और अधिक धुँधली पड़ी और महाभारत का चित्र कुछ और उभरा। गिलसिया फिर से भरने के लिए छिनकी की ओर बढ़ाते हुए शिवलाल ने शिथिल स्वर में कहा, "हाँ, आसार तो अच्छे नहीं नजर आते। आज दस साल बाद फिर से ये लोग इकट्ठे हो रहे हैं। कुछ समझ में नहीं आता, क्या किया जाए !"

"कीन का जाय ! ज्वाला पर जोर डालिके कहूँ किसनू का नौकरी दिलाय देव। मुला सोराँव से दूर। तौन ज्वाला बड़ा अफसर आय, सब कुछ कर सकत है। तो अपने बिटवा के साथ ऊकी देखभाल करैं का छोटे मालिक और मालकिन रहैं जायके। और बिसनू हूँ उहाँ जायके अपने भाई और बाप की देखभाल मां कौनो काम-काज सीखै।"

मुंशी शिवलाल ने छिनकी को ग़ौर से देखा, बात कुछ-कुछ उसकी समझ में आ रही थी, "क्या कहा तूने, राधे, छोटी, बिसनू—ये सब किसनू के साथ रहें जाकर, सोराँव से कहीं दूर। और किसनू को ज्वाला कहीं नौकरी दिलवा दें—यानी सोराँव से दूर। यही तेने कहा है न ! ला, देख क्या रही है, गिलसिया भरके दे न !"

छिनकी ने गिलसिया मुंशी शिवलाल को पकड़ाते हुए कहा, "हाँ, इहै कहा है।"

मुंशी शिवलाल ने फिर एक घूँट पिया, "कहती तो तू ठीक है। लेकिन यह किसनू तो बहुत बड़ा आवारा है और निकम्मा है ऊपर से। इससे कोई काम-काज होगा ?"

"इहै बरे तो छोटे मालिक का तुम किसनू के साथ भेजिहौ। सूपत पैदा कीन्हिन हैं तो ऊका रास्ता मां लावैं। हमार हिम्मत तो ज्वाला से बात करैं का पड़त नाहीं है। तुम कहौ न ? होय तो घाटमपुर की लम्बरदारिन के इहाँ किसनू का नौकरी दिलाय देव। उनकेर बड़ा काम-काज आय, पचासन नौकर-चाकर आँय।"

मुंशी शिवलाल मुस्कराए। छिनकी का हाथ पकड़कर अपनी चारपाई पर बिठलाते हुए उन्होंने कहा, "तू धीरे-धीरे बड़ी चतुर होती जा रही है।"

अपना हाथ छुड़ाकर कुछ पीछे हटते हुए छिनकी ने कहा, "राम-राम ! किवाड़ खुले भए हैं, कौनो देख लेई। तुम तो दारू पीके बौराय जात हौ। अच्छा, अब बहुत पी चुकेव, हम तम्हारे खाना लै आई !"

दूसरे दिन सुबह के समय ही मुंशी शिवलाल ज्वालाप्रसाद की बैठक में पहुँचे। ज्वालाप्रसाद दफ़्तर के काग़ज़ देख रहे थे। शिवलाल कुछ दूर हटकर बैठ गए। ज्वालाप्रसाद ने अपने पिता को देखकर कहा, "कहिए बप्पा, कुछ कहना है मुझसे ? आप

क्यों चले आय, मुझे ही बुलवा लिया होता !"

"अरे, मैं ही चला आया तो क्या हो गया ! हाँ तुमसे कहना था कि किसनू का कहीं कुछ इन्तज़ाम करना है तुम्हें। तुम तो इस मामले में चुपचाप हाथ-पर-हाथ धरे बैठे हो।"

"जी, भला मैं क्या इन्तज़ाम कर सकता हूँ किसनू का, चाचाजी कुछ इन्तज़ाम करेंगे !"

"राधे से कुछ नहीं होगा। तुम्हीं को इन्तज़ाम करना होगा, वह भी जल्दी-से-जल्दी !"

ज्वालाप्रसाद कुछ चक्कर में पड़ गए, "इस बे-पढ़े और आवारा का भला क्या इन्तज़ाम हो सकता है ?"

"हाँ, इतना पढ़ा-लिखा तो नहीं है कि किसी दफ़्तर में या कचहरी में लग सके, लेकिन कहीं किसी जमींदार के यहाँ कारिन्दा हो ही सकता है और मुक़दमों की पैरवी भी कर सकता है।"

"जी, इस काम में मुमकिन है चल जाए, लेकिन यहाँ इस तहसील में जो कोई ऐसे बड़े ज़मींदार भी नहीं हैं जिनके यहाँ इसे लगवा दूँ।"

मुंशी शिवलाल ने खँखारकर गला साफ़ करते हुए कहा, "अगर बुरा न मानो तो एक बात कहूँ मैं। यह इसलिए कह रहा हूँ कि ख़ानदान की बेहबूदी व बेहतरी का सवाल है।"

"जानता हूँ। फिर आपकी बात का भला मैं बुरा मान सकता हूँ, क़हिए !"

मुंशी शिवलाल ने अपने लड़के की नज़र-से-नज़र हटाते हुए कहा, "मेरा ऐसा ख़याल है कि घाटमपुर की लम्बरदारिन जैदेई को एक मातबर कारिन्दे की ज़रूरत है जो दावों और मुक़दमों की देखभाल कर सके और वकीलों के यहाँ दौड़-धूप कर सके। वह तुम्हारी बात नहीं टाल सकतीं। किसनू को वहीं नौकरी दिलवा दो। राधे और छोटी, ये दोनों वहाँ रहेंगे। नाम किसनू का होगा, कामकाज राधे सँभाल लेगा !"

अपने पिता का यह प्रस्ताव सुनकर ज्वालाप्रसाद कुछ देर तक हतबुद्धि-सा अपने पिता को देखता रह गया।

"क्यों, क्या सोच रहे हो ?"

"जी—जी—ज़रा इस पर इतमीनान के साथ सोचना पड़ेगा। बड़ा नाज़ुक मामला है। किसनू को तो आप जानते ही हैं। वहाँ सिर्फ़ औरतें रहती हैं, क्योंकि लक्ष्मीचन्द साल में सिर्फ़ महीना-दो महीना ही घाटमपुर में रहता है। किसनू को वहाँ भेजना, मुझे लगता है, मुनासिब नहीं होगा।"

"इसलिए तो राधे को भी किसनू के साथ भेज रहा हूँ। राधे के साथ छोटी भी वहाँ रहेगी। अपने माँ-बाप के दबाव में रहेगा यह किसनू और इस बीच में इसकी शादी हो जाएगी। शादी होने के बाद इसकी आदतें सुधर ही जाएँगी।" फिर दबे स्वर में उन्होंने कहा, "यह करने में तुम्हारी भलाई ही है, यह तो तुम समझते ही होगे।"

"जी हाँ, यह तो मैं समझता हूँ।" अपनी जान बचाने के लिए ज्वालाप्रसाद ने उत्तर

दिया, और फिर वह अपने काग़ज़ों को उलटने-पलटने लगा। मुंशी शिवलाल उठकर चले आए।

मुंशी शिवलाल ने ज्वालाप्रसाद के सामने जो प्रस्ताव रखा था, ज्वालाप्रसाद ने मन-ही-मन उस पर न जाने कितना तर्क किया, हर पहलू से उन्होंने उस प्रस्ताव को देखा, लेकिन कहीं से उसे उस प्रस्ताव का समर्थन न मिलता था। उसने यह तय कर लिया कि मुंशी राधेलाल को समझा-बुझाकर उनसे ही इस प्रस्ताव को रद्द कराने में उसका कल्याण है। अब वह व्यग्रता से राधेलाल के आने की प्रतीक्षा करने लगे।

तीन दिन बाद मुंशी राधेलाल अपने सबसे छोटे लड़के बिशनलाल को लेकर वापस आ गए। जिस समय राधेलाल सोराँव पहुँचे, ज्वालाप्रसाद दौरे पर थे। अपने बड़े भाई को अदब के साथ सलाम करके राधेलाल ने फ़तहपुर के घर का जो प्रबन्ध किया था, वह सब बतलाया। उसका सारांश यह था कि रामलाल मुदर्रिसी पर सही-सलामत क़ायम है, लेकिन श्यामलाल ने अपनी सब ज़मीन पट्टे पर उठा दी, क्योंकि किसानी उससे होती नहीं थी। श्यामलाल के हाथ में अनायास ही एक गाँव का आधा हिस्सा आ गया है, वह इस तरह कि दो साल पहले श्यामलाल ने ग़फूर मियाँ की बेवा सलीमा की सेवा करके रहीमपुरा मौज़े का आठ आना हिस्सा, जिनकी वह मालिक थी, अपने नाम लिखा लिया था, और वह बराबर मुसम्मात सलीमा का ख़र्च बरदाश्त करता था। इधर कुछ दिन हुए, गफ़ूर मियाँ के दामाद रहमतख़ाँ ने श्यामलाल के ख़िलाफ़ मुक़दमा दायर कर दिया है। मामला डिप्टी साहेब की अदालत से दीवानी की अदालत में चला गया है। पंडित गिरिजाशंकर मिश्र सब-जज हैं और जज साहेब से ज्वालाप्रसाद की अच्छी-ख़ासी मुलाक़ात है। अगर ज्वालाप्रसाद इस मामले में जज साहेब से मिल लें तो मुक़दमा जीता-जिताया है। और इस तरह रहीमपुरा मौज़े का आठ आना हिस्सा तो ख़ानदान का ही हो गया। बाक़ी आठ आना हिस्सा, जो क़यूम मियाँ का है, सस्ते में ख़रीदा जा सकता है, क्योंकि क़यूम मियाँ के आस-औलाद है नहीं और वह अपनी ज़मींदारी बेचकर हज पर जाना चाहते हैं।

मुंशी शिवलाल ने कहा, "लेकिन रुपया कहाँ से आएगा ? कितना चाहते हैं क़यूम मियाँ अपने हिस्से का ?"

"जी, वैसे बैनामा वह आठ हज़ार में करेंगे, लेकिन बैनामे के साथ वह चार हज़ार चाहते हैं, बाक़ी चार हज़ार हम उन्हें तीन साल में दे देंगे, वह इस पर राज़ी हैं।"

"अरे यह चार हज़ार रुपया कहाँ से आएगा ?" मुंशी शिवलाल ने पूछा।

"और यह चार हज़ार रुपया...यह कहाँ से आएगा ?" उत्तर न मिलने पर मुंशी शिवलाल ने फिर पूछा।

"जी-जी !" राधेलाल ने हिचकते हुए कहा, "एक हज़ार रुपया तो मैं जोड़-बटोरकर इकट्ठा कर लूँगा, और एक हज़ार रुपए तक का क़र्ज़ हम लोगों को फ़तहपुर में ही मिल जाएगा। बाकी दो हज़ार रुपए का इन्तज़ाम ज्वाला को करना पड़ेगा। दो हज़ार की ही बात तो है। ज़मींदारीं ज्वाला के नाम ख़रीदी जाएगी।"

"और गफ़ूर मियाँवाला हिस्सा ! उसकी मुक़दमेबाज़ी का ख़र्च वग़ैरह ?"

"जी, श्यामू वह हिस्सा भी ज्वाला के नाम लिख देगा। ज्वाला के नाम रहीमपुरा के मुसल्लम मौज़े की लिखा-पढ़ी हो जाएगी और ज्वाला की ज़मींदारी के मामले में पंडित गिरिजाशंकर अपना फ़ैसला हम लोगों के हक़ में ही देंगे।"

मुंशी शिवलाल को यह प्रस्ताव पसन्द आया : "ज्वाला आ जाए तो मैं उससे बातचीत करूँगा। अगर उनके पास रुपया न होगा तो वह कहीं से क़र्ज़ ले लेगा। लेकिन दो हज़ार रुपए का इन्तज़ाम तुम्हें करना होगा, वह तो हो जाएगा न ?"

"जी, एक हज़ार तो मेरे ज़िम्मे, वह मैं एक हफ़्ते में इकट्ठा कर लूँगा, और एक हज़ार के लिए मैंने लाला रामकिशोर से बात कर ली है। लाला रामकिशोर राज़ी हैं। तहसीलदार के ख़ानदान की इज़्ज़त होती है दादा !"

"तसहीलदार के ख़ानदान की एक इज़्ज़त होती है !" सन्तोष के साथ मुंशी शिवलाल ने मुंशी राधेलाल का वाक्य दुहराया, "तहसीलदार के ख़ानदान में ज़मीन और जायदाद भी होना चाहिए। तुम ठीक कह रहे हो राधे ! मैं इन दो हज़ार रुपए का इन्तज़ाम करूँगा किसी-न-किसी तरीके से।"

3

"अब क्या करने का इरादा है ?" ज्वालाप्रसाद ने बिशनलाल से पूछा।

"मेरा इरादा क्या ? जैसा आप कहेंगे वैसा करूँगा; लेकिन एक बात आपसे बता देना ठीक होगा, नौकरी शायद मुझसे न हो सके।"

"तो फिर खेती क्यों नहीं करते ?" ज्वालाप्रसाद ने प्रश्न किया।

ज्वालाप्रसाद के इस प्रश्न का बिशनलाल ने कोई उत्तर नहीं दिया। बिशनलाल किशनलाल से दो बरस छोटा था। एक साल पहले उसने मिडिल पास किया था। लेकिन वह ज़रा ज़िद्दी स्वभाव का था, दबना और झुकना उसे न आता था और इसलिए वह अपने को नौकरी के अयोग्य समझता था। क़सरती और गठे बदन का लम्बा-सा युवक, मुख भावनाहीन और आँखें कुछ भूली-भूली सी। बिशनलाल को यदि सुन्दर नहीं कहा जा सकता था तो कुरूप भी नहीं कहा जा सकता था। वह एकटक ज्वालाप्रसाद को देख रहा था।

ज्वालाप्रसाद ने झुंझलाकर फिर पूछा, "मैं कहता हूँ कि तुम खेती क्यों नहीं करते ?"

"जी, खेती तो की थी, लेकिन श्यामू भाई साहेब ने मना कर दिया। मैं क़सम खाता

हूँ कि उसमें मेरा कोई क़सूर नहीं था। उन्होंने दो भैंसें पाली थीं, सोलह सेर दूध होता है, वहाँ देहात में भला दूध कहाँ बिकता ! तो मैं दूध बाँट देता था। इस पर श्यामू भाई बिगड़ गए। कहते थे कि दूध जमा करके दही बनाओ, दही मथकर छाछ निकालो, छाछ को जलाकर घी निकालो !"

"तो क्या बेजा कहता था श्यामू ?" ज्वालाप्रसाद ने पूछा।

"बेजा तो नहीं कहते थे, लेकिन मैंने वहीं खेत के पास अखाड़ा खुदवा लिया था। जग्गू पहलवान को अपना उस्ताद बनाया, बड़ी मुश्किल से उन्हें मनाकर मैं वहाँ लाया। उनके शागिर्द भी वहाँ इकट्‌ठा होते थे। घी-दूध उनमें ख़र्च हो जाता था। इस पर नाराज़ होकर श्यामू दादा ने अखाड़ा उजाड़ डाला, जग्गू पहलवान और उनके शागिर्दों को वहाँ से निकाल दिया, मुझे भी वहाँ से निकाल दिया। अब मैंने क़सम खा ली है कि मैं खेती न करूँगा, ख़ास तौर से श्यामू दादा की मातहती में। सब लोग हँसते हैं। जग्गू उस्ताद ने सराप दे दिया है कि जितने दाँव-पेंच सिखाए हैं उन्होंने, वे सब मैं भूल जाऊँगा।"

बिशनलाल की बात पर ज्वालाप्रसाद को कुछ हँसी आ रही थी, कुछ क्रोध आ रहा था। इतने में मुंशी शिवलाल ने ज्वालाप्रसाद की बैठक में प्रवेश किया। शिवलाल के साथ राधेलाल भी थे, अपनी स्वाभाविक कुटिल मुस्कराहट के साथ।

ज्वालाप्रसाद ने उठकर अपने पिता और चाचा का स्वागत किया। मुंशी शिवलाल ने कहा, "सुना ज्वाला, राधे एक मज़मून बाँधकर लाए हैं। तुम भी उसे सुन लो, मुझे तो उसमें कोई बुराई दिखलाई नहीं दी, बल्कि मैं तो यहाँ तक कहने को तैयार हूँ कि अगर यह बात हो जाए तो बड़ा अच्छा हो !"

इस समय तक सब लोग बैठ गए थे। ज्वालाप्रसाद ने प्रश्नसूचक दृष्टि से राधेलाल को देखा।

राधेलाल ने गला साफ़ करते हुए कहा, "बात यह है मौज़ा रहीमपुरा जो है न, फ़तहपुरा के पास, तो ग़फ़ूर मियाँ की बेवा से श्यामू ने उसका हिस्सा आठ आना यानी आधा मौज़ा ख़रीद लिया है। श्यामू के नाम उनका बैनामा हो गया है और उसने उस पर क़ब्ज़ा भी कर लिया है।"

बिशनलाल ने टोका, "ज्वाला दादा, यह सब धोखाधड़ी है। सलीमा चाची को अफ़ीम खिला-खिलाकर श्यामू दादा ने उसके अँगूठे का निशान एक कोरे दस्तावेज़ पर करा लिया और उस पर लिख लिया कि वह अपनी ज़ायदाद श्यामू दादा के नाम हिबा कर रही है। इस पर रहमतखाँ ने श्यामू दादा पर मुक़दमा दायर किया है, मुक़दमा चल रहा है।"

मुंशी राधेलाल ने बिशनलाल को डाँटा, "क्या अनाप-शनाप बकता है ?" और फिर उन्होंने ज्वालाप्रसाद से कहा, "यह बिशनू तो श्यामू का दुश्मन बन गया है, इसीलिए अपने साथ इसे यहाँ ले आया हूँ। यह पूरी तरह से जग्गू पहलवान के कहने में है, और जग्गू पहलवान रहमतखाँ का फूफा है।" और फिर उन्होंने बिशनलाल से कहा, "ख़बरदार, जो अब इस मामले में एक लफ़्ज भी तेरे मुँह से निकला !"

ज्वालाप्रसाद ने कहा, "बिशनू, दूसरों की बात नहीं काटनी चाहिए। हाँ चाचाजी, आप अपना मज़मून कहिए ! तो रहमतखाँ ने श्यामू पर मुक़दमा दायर कर दिया ! तो फिर उसमें क्या हुआ ?"

"अरे, उस मुक़दमे में क्या होगा ? दीवानी मुक़दमा है, कुछ हँसी-खेल थोड़ा है ! क़ब्ज़ा श्यामू का है, अब लड़ें मुक़दमा ! बरसों चलेगा, हाईकोर्ट, प्रीवी कौंसिल। वह झम्मनलाल पटवारी अपने दूर के रिश्तेदार हैं न, वह हमारे साथ हैं। हम लोग सब लिखा-पढ़ी से लैस हैं। और रहमतखाँ रहता है ज़िला इलाहाबाद के मऊआइमा में, दाने-दाने का मुहताज। मुक़दमा किस बूते पर लड़ेगा !"

इस पर मुंशी शिवलाल ने कहा, "और मुक़दमा पंडित गिरिजाशंकर सबजज की अदालत में है।"

ज्वालाप्रसाद ने मुंशी शिवलाल का संकेत समझ लिया, पर उन्होंने उस विषय को अपने मौन से टाल दिया। उन्होंने राधेलाल से कहा, "हाँ चाचा, आपका मज़मून इसके आगे क्या है ?"

"वही कह रहा हूँ। तो रहीमपुरा मौज़ा का आधा हिस्सा तो हमारे नाम हो ही गया है, रहा आधा, तो क़यूम मियाँ हज़ करने जा रहे हैं। अपना हिस्सा बेचना चाहते हैं। बड़े सस्ते में देने को तैयार हैं—यानी चार हज़ार नक़द और चार हज़ार रुपया तीन साल में। इसमें से दो हज़ार का इन्तज़ाम तुम कर लो। यह आधा हिस्सा तुम्हारे नाम ख़रीदा जाएगा, और श्यामू भी अपना आधा हिस्सा तुम्हारे नाम लिख देगा। सो रहीमपुरा का पूरा मौज़ा तुम्हारे नाम हो जाएगा।"

बिशन से अब न रहा गया। वह हँस पड़ा, "हाँ ज्वाला दादा, अब श्यामू दादा की इस जालसाजी में आप भी शामिल हो जाएँ तब काम बड़े मज़े में बन जाएगा। आपका इतना दबदबा है, इतना बड़ा नाम है ! भला आपके ख़िलाफ़ किसी को कुछ कहने की हिम्मत पड़ेगी ?"

राधेलाल ने बिशनलाल का कान पकड़कर कहा, "क्यों बे हरामज़ादे, फिर बोला ! यह तो श्यामू का जानी दुश्मन बन गया है, निकम्मा, आवारा, हरामख़ोर कहीं का ! निकल यहाँ से !"

बिशनलाल चुपचाप कमरे से बाहर चला गया।

ज्वालाप्रसाद थोड़ी देर तक कुछ सोचते रहे, पर जैसे उन्होंने निर्णय कर लिया हो, "मैं इन दो हज़ार रुपयों का इन्तज़ाम न कर पाऊँगा, आप क़यूम मियाँ से कह दीजिए कि वह और किसी के हाथ बेच दें !"

मुंशी शिवलाल ने कड़ी नजर से ज्वालाप्रसाद को देखा, "नहीं, आती हुई ज़ायदाद का निरादर नहीं करना चाहिए। मैं रामसहाय को चिट्ठी लिखे देता हूँ, वह दो हज़ार रुपए आसानी से दे देंगे।" और फिर उन्होंने राधेलाल से कहा, "तुम श्यामू के हिस्से को ज्वाला के नाम लिखा-पढ़ी कर दो।"

ज्वालाप्रसाद ने अब दृढ़ता के साथ कहा, "बप्पा ! मुझे वह श्यामूवाली ज़ायदाद

नहीं चाहिए, किसी हालत में भी नहीं चाहिए।

अगर सलीमा चाची ने उसे श्यामू को दिया है तो वह श्यामू की ही है।"

"तुम्हारे नाम में और श्यामू के नाम में कोई फ़र्क नहीं पड़ता !" राधेलाल ने कहा, "मुश्तर्का ख़ानदान की जो भी ज़ायदाद होगी उसमें सब भाइयों का बराबर का हिस्सा है।"

"जी, वह मैं जानता हूँ। लेकिन अगर रहीमपुरा मौज़े का आधा हिस्सा श्याम के नाम रहे तो ज़्यादा अच्छा है, आख़िर फ़तहपुर की जो ज़मीन है, वह भी तो श्यामू के नाम है। आप मुझे इसमें क्यों घसीटते हैं ?"

अब राधेलाल के सटपटाने की बारी थी, "बात यह है ज्वाला बेटा, तुम ज़रा समझो उसे...बात यह है कि मुसम्मात सलीमा भी अब अपने दामाद से मिल गई है। वह कहती है कि वह हिस्सा धोखेबाज़ी में श्यामू के नाम लिख दिया गया है, जब वह अफ़यून के नशे में थी।"

"हूँ, तो बिशनलाल ग़लत नहीं कहता था। आप साफ़-साफ़ क्यों नहीं कहते कि इस धोखाधड़ी में आप मुझे भी शामिल करना चाहते हैं ?" अब ज्वालाप्रसाद का पौरुष कुछ जागा, "लेकिन आप इतना तय समझ लीजिए कि इस मामले में मैं अपना नाम किसी हालत में नहीं आने दूँगा। यह मेरी इज़्ज़त का मामला है।"

ज्वालाप्रसाद की इस दृढ़ता से मुंशी शिवलाल ने अनुभव किया कि उनका लड़का ठीक कह रहा है। उन्होंने गर्व के साथ ज्वालाप्रसाद को देखा, "हाँ राधे, ज्वाला ठीक कह रहा है। ऊँचा अफ़सर है, मान-मर्यादावाला। उसके नाम को बट्टा नहीं लगना चाहिए। मुक़दमे में जब श्यामू जीत जाए तब यह जायदाद ज्वाला के नाम लिख दी जाए, अभी तो ग़ैरमुनासिब होगा। जमकर मुक़दमे की पैरवी करो।"

"जी, बात यह है कि वकीलों का कहना है कि मुक़दमे में कुछ थोड़ी-सी कमज़ोरी है। उस दस्तावेज़ की रजिस्ट्री नहीं हो पाई है, लेकिन दस्तावेज़ तो मौजूद है, फिर श्यामू उस ज़ायदाद पर क़ाबिज़ है। अगर जज साहेब पर कुछ ज़ोर पड़ जाए तो मुक़दमे में पूरी जान आ जाए।" और उन्होंने ज्वालाप्रसाद की ओर देखा, "पंडित गिरिजाशंकर को तो तुम जानते ही हो, उन्हीं के इजलास में यह मुक़दमा है।"

"जी, जानता भी हूँ, नहीं भी जानता। लेकिन पंडित गिरिजाशंकर से मैं उस मुक़दमे की बाबत किसी हालत में कोई बात नहीं करूँगा।" और ज्वालाप्रसाद जैसे इस अप्रिय प्रसंग को बन्द करने के लिए उठ खड़े हुए, "डिप्टी साहेब दौरे पर आए हुए हैं, उन्होंने मुझे बुलाया है, देर हो रही है।"

ज्वालाप्रसाद का यह साफ़-साफ़ उत्तर मुंशी राधेलाल को अच्छा नहीं लगा। ज्वालाप्रसाद के जाने के बाद उन्होंने शिवलाल से कहा, "दादा, ख़ानदान में ज़मींदारी आ जाए, इसीलिए श्यामू ने यह सब किया है। आप ज्वाला को समझाइए। यह मौक़ा अगर चूका, तो चूका। ज्वाला का जो रवैया है उससे तो यह उम्मीद नहीं की जा सकती कि ज्वाला कभी ज़मीन-जायदाद खड़ी कर सकेगा। वह कुछ न करे, करने के लिए उसके

भाई हैं। सिर्फ़ मौक़ा पड़ने पर ऊपर का ज़ोर-भर लगा दे।"

मुंशी शिवलाल ने थके हुए स्वर में कहा, "कहते तो तुम ठीक हो, लेकिन किया क्या जाए ? लड़का अब सयाना हो गया हे। यही नहीं, हमारे ख़ानदान को रोशन कर रहा है। उसे डाँटा-फटकारा भी तो नहीं जा सकता। हाँ, एक बात कहनी है, लेकिन ज़रा होशियारी से काम लेना पड़ेगा।"

"कहिए, पूरी होशियारी समझिए मेरी तरफ़ से !"

"मैं किशनू की बाबत सोच रहा था। मैंने ज्वाला से कहा है कि उसे कहीं काम से लगा दिया जाए तो उसकी आदत सम्भल जाए। आख़िर उसकी शादी भी तो करनी है।"

राधेलाल ने रुआँसे स्वर में कहा, "अरे, यह किशनू इतना निकम्मा और आवारा निकलेगा, यह मैं क्या जानता था ! मिडिल भी तो नहीं पास कर सका। भला इसको किस काम में ज्वाला लगाएगा ?"

"वही कह रहा हूँ। घाटमपुर की लम्बरदारिन को तो जानते हो, अरे वही, जिन्हें तुमने माघ मेले में देखा था ! तो बड़ा इलाक़ा है उनका, यह समझो कि ताल्लुक़ा है। वह ज्वाला को बहुत मानती हैं, घरौबे का-सा व्यवहार है उनका। तो उनके यहाँ अगर किशनू कारिन्दा हो जाए तो कैसा रहे ?"

मुंशी राधेलाल का मुरझाया चेहरा एकबारगी ही चमक उठा, "सच दादा, अगर यह हो जाए तो समझ लें कि किशनू के भाग खुल गए !"

"किशनू के नहीं, पूरे ख़ानदान के समझो ! लेकिन एक शर्त है किशनू के साथ तुम्हें भी जाना पड़ेगा। वहाँ किशनू तो सब काम-काज चौपट कर देगा। नाम किशनू का रहेगा, काम-काज तुम्हें सम्हालना होगा, समझे ! अगर तुम इस बात पर राज़ी हो तो मैं लम्बरदारिन के नाम चिट्ठी लिखकर तुम दोनों को वहाँ भेज दूँ।"

"अरे दादा, यह सुनहरा मौक़ा भला हम हाथ से जाने देंगे ? तुम्हारा हुक्म सिर-आँखों पर ! लेकिन ज्वाला शायद हम लोगों का घाटमपुर जाना पसन्द न करें।"

"हाँ, यह तो है, इसीलिए मैंने कहा कि मैं चिट्ठी लिख देता हूँ। तुम अपनी तरफ़ से ज्वाला से इस मामले में कोई बात न करना।"

और तीन दिन के अन्दर मुंशी शिवलाल ने ज्वालाप्रसाद को राज़ी कर लिया कि वह नम्बरदारिन जैदेई को किशनू को अपने यहाँ नौकर रखने के लिए पत्र लिख दे। पन्द्रह दिन के अन्दर राधेलाल, राधेलाल की पत्नी और किशनलाल घाटमपुर के लिए रवाना हो गए।

ज्वालाप्रसाद के घर में फिर शान्ति छा गई। बिशनलाल स्वभाव से शान्त और सौम्य था और वह ज्वालाप्रसाद तथा जमुना का आदर करता था। अपने में भूला हुआ और मस्त ! उसके तीन भाइयों में और उसमें ज़मीन-आसमान का अन्तर था। गंगाप्रसाद बिशनलाल से काफ़ी हिलमिल गया था। लेकिन बिशनलाल घर की चहारदीवारी में बँधकर रहनेवाला जीव नहीं था, उसका अधिकांश समय घर के बाहर घूमने-फिरने में

बीतता था।

सोराँव में मंगलवार के दिन एक बाज़ार लगता था, जिसमें आस-पास के गाँवों से ख़रीद-फ़रोख्त करने के लिए, आस-पास के गाँव से ही नहीं बल्कि दूर-दूर से, लोग आते थे। बाज़ार से प्रायः छह फ़र्लांग की दूरी पर सोराँव की बस्ती के कुछ बाहर एक अमराई थी, जो लावारिस पड़ी हुई थी। उस अमराई में एक टूटा-फूटा हनुमानजी का मन्दिर था, जो टूटी-फूटी हालत में पड़ा था। घूमते-फिरते बिशनलाल की दृष्टि उस अमराई पर पड़ी, और उसे लगा कि उस अमराई में एक अच्छा ख़ासा अखाड़ा खोदा जा सकता है। उसी समय घुमरू मिसिर भी वहाँ लक्ष्यहीन-से घूम रहे थे। उनके मन में यह विचार उठा कि हनुमान जी का उद्धार उन्हें करना चाहिए। बिशनलाल और घुमरू मिसिर साथ-साथ उस अमराई की बस्ती की ओर लौटे। दोनों में परिचय हुआ। घुमरू मिसिर बेचू मिसिर के छोटे भाई थे और अभी दो महीने पहले काशी से भाग आए थे, जहाँ वह संस्कृत पढ़ने के लिए भेजे गए थे। घुमरू पंडित को ऐसा लगता था कि संस्कृत से उनकी जन्मजात शत्रुता है। व्याकरण के अथाह सागर में घुमरू जो डूबे, तो उन्हें ऐसा लगा कि उनके प्राण निकल जाएँगे।

घुमरू मिसिर की अवस्था कोई बीस-इक्कीस साल की थी, बिशनलाल से ऊँचाई और शरीर में वह उन्नीस पड़ते थे। मत्थे पर टीका। उन्हें व्याकरण तो याद न हुआ, लेकिन श्लोक उन्हें बहुत-से याद थे, जिन्हें वह सस्वर पढ़ते थे। बेचू मिसिर ने घुमरू के काशी से भाग आने पर बहुत डाँटा-फटकारा। लेकिन घुमरू भी सयाना हो गया था; उससे कोई काम ज़बरदस्ती तो नहीं कराया जा सकता था।

बेचू मिसिर सोराँव में नायब तहसीलदार थे, और सोराँव के ही रहनेवाले थे। न उनका कभी तबादला वहाँ से हुआ और न उनके तबादले की कोई आशा ही थी। लोगों को इस पर आश्चर्य होता था, लेकिन बेचू तो सोराँव में अडिग होकर बैठे थे। अगर तबादला कराने पर राज़ी हो गए होते तो बेचू मिसिर अभी तक डिप्टी-कलक्टर हो गए होते।

घुमरू और बिशनलाल दोनों एक-दूसरे को पसन्द आ गए; दोनों ही नवयुवक, दोनों हृष्ट-पुष्ट, और दोनों ही अड़ियल स्वभाव के। रास्ते में योजना बन गई कि उस अमराई में एक अखाड़ा खोदा जाए जिसमें बिशनलाल गुरु बनकर कुश्ती-कसरत का काम शुरू कर दे और घुमरू महावीरजी के मन्दिर में पुजारी बनकर आसन जमाए। एक हफ़्ते के अन्दर अखाड़े में दस-बारह युवक आ गए, जोड़ें होने लगीं और उधर हनुमानजी के मन्दिर में टीप-टाप होकर हनुमानजी पर प्रसाद चढ़ने लगा।

होली बीत गई थी, आस-पास फ़सलें पकी हुई खड़ी थीं और उनका कटना भी शुरू हो रहा था। मंगल का बाज़ार चमक रहा था। आस-पास के गाँवों के लोग गुड़, अनाज तथा अन्य सामान लेकर बाज़ार में आते थे और बाज़ार में चहल-पहल बहुत बढ़ गई थी। महावीरजी पर भोग और चढ़ावा अब चमक उठा था; अखाड़े का सारा ख़र्चा महावीर के भोग-चढ़ावे से निकल आता था। घुमरू मिसिर अब घुमरू पंडित

कहलाने लगे थे और बिशनलाल बिसनगुरु बन गए थे।

उस मंगल के बाज़ार में पहलवान बुद्धूसिंह क्यों और कैसे आ गए, इस पर लोग एकमत नहीं हैं। पहलवान बुद्धसिंह का अखाड़ा सोराँव में एकमात्र अखाड़ा था, और पहलवान बुद्धूसिंह दस साल पहले तो पूर्वीय ज़िलों के सर्वश्रेष्ठ पहलवान माने जाते थे। लेकिन अब उनकी उम्र ढलने लगी थी और इसलिए ठाकुर वीरभानसिंह ने उनके लिए एक अखाड़ा बनवा दिया था।

कुछ लोगों का कहना है कि सोराँव में दूसरे अखाड़े की स्थापना से उनके स्वाभिमान को धक्का लगा था और कुछ लोगों का कहना है कि एक और अखाड़े की स्थापना से उन्हें प्रसन्नता हुई। बहरहाल, जो भी कारण रहा हो, पहलवान बुद्धूसिंह, जो अपने प्रमुख शिष्य मैकूसिंह के साथ उस दिन मंगल के बाज़ार में आए, तो उनका उद्देश्य उस बाज़ार में घूमना नहीं था, बल्कि उस अखाड़े को देखना था जो बस्ती के कुछ बाहर नया-नया खुला था।

जिस समय पहलवान बुद्धूसिंह बिसन गुरु के अखाड़े में पहुँचे, बिसन गुरु लाल लँगोटा कसे हुए महावीरजी की मूर्ति के सामने बैठकें लगा रहे थे। बिशनलाल का कार्यक्रम यह था कि रोज़ शाम को सौ डंड और पाँच सौ बैठकें लगाकर बजरंगबली का आशीर्वाद माँगते थे, फिर अखाड़े में पहुँचकर अपने शिष्यों को ज़ोर करवाते थे। जिस समय बुद्धूसिंह पहलवान अखाड़े में पहुँचे, बिसन गुरु ने डंड लगाकर बैठक लगाना आरम्भ किया था। इस सफ़ाई के साथ पूरे पाँच सौ बैठक देखकर बुद्धूसिंह पुलक उठे, उन्होंने वहीं से आवाज़ लगाई, “वाह बेटा, शाबाश !”

बिसन गुरु का पहलवान बुद्धूसिंह से यह प्रथम साक्षात्कार था, लेकिन बुद्धूसिंह के शरीर और उनके ठाठ-बाट को देखकर वह समझ गया कि कोई कुश्ती के फन का उस्ताद उनके सामने खड़ा है। बुद्धूसिंह के बगल में ही उनका शिष्य मैकूसिंह खड़ा था। मैकूसिंह की उम्र बिशनलाल-जैसी ही थी, लेकिन मैकूसिंह शरीर में कुछ इक्कीस निकलता था। पहलवान बुद्धूसिंह ने मैकूसिंह को देखते हुए कहा, “देखो बे मैकू, एक और तेरे जोड़ेवाला निकल रहा है !”

मैकूसिंह ने उसी समय बुद्धूसिंह के पैर छुए, “गुरु, दो मिनट के अन्दर ही आसमान दिखा दूँ इसे, उस्ताद बुद्धूसिंह पहलवान का शिष्य हूँ !”

बुद्धूसिंह हँस पड़े, “अबे तू तो है शिष्य, लेकिन यह है गुरु। क्यों बेटा, तुम्हारा नाम बिसन गुरु है ! तो जब सुना कि किसी और गुरु ने यहाँ इस सोराँव में अखाड़ा खोला है, तो जी न माना, चला आया देखने। उठते हुए नौजवान हो, अभी से गुरु बन गए !”

बिसन गुरु सुप्रसिद्ध पहलवान बुद्धूसिंह के सामने सकपकाए खड़े थे। घुमरू पंडित मन्दिर में बैठे हुए अभी तक यह तमाशा देखते रहे; अब उन्हें ऐसा लगा कि उन्हें मैदान में आना चाहिए। वह बिसन गुरु को एक तरफ़ हटाकर आगे बढ़े, बुद्धू पहलवान के सामने पहुँचकर बोले, “बुद्धू गुरु, भाँग छन रही है, एक लोटा जमाओ, और इस अखाड़े

की बात छोड़ो! यह अखाड़ा तो हम नौसिखियों ने शौक़िया बनाया है। इसमें नाराज़ होने की क्या बात है !"

बुद्धूसिंह पहलवान ज़ोर से ठठाकर हँसे, "तुम गँजेड़ी और भँगेड़ी लौंडे पहलवानी क्या करोगे, यह तो हम खूब जानते हैं, लेकिन गुरु इस सोराँव में सिर्फ़ एक ही हो सकता है, और वह बुद्धूसिंह पहलवान है।" फिर उन्होंने बिशनलाल से कहा, "हम गंडा लेते आए हैं, गंडा बाँह लो।"

अब बिशनलाल को बोलना पड़ा, "गंडा तो एक ही उस्ताद का बँधता है। हम जग्गू पहलवान से गंडा बँधवा चुके हैं। अब तो हम खुद गंडा बाँधने आए हैं।"

बुद्धूसिंह ने मैकूसिंह को देखा, "क्यों बे मैकू, सुनी इस लौंडे की बात ! गुरु बनकर आया है यहाँ, गंडा बाँधने का दावा है। इसे ज़ोर करवा सकता है ?"

इस समय तक एक बड़ी भीड़ इन लोगों के चारों ओर एकत्रित हो गई थी। लोग तरह-तरह की फबतियाँ कस रहे थे और आवाज़ें लगा रहे थे। बुद्धूसिंह की बात की वहाँ पर खड़े हरेक आदमी ने हामी भरी, "हो जाए ! हो जाए ! देखें, कौन ज़बरदस्त पड़ता है !" और शोर बढ़ने लगा।

घुमरू पंडित ने फिर मौक़े को सँभाला। भीड़ की तरफ़ देखकर उन्होंने कहा, "हराम का दंगल देखने आए हो सब लोग, सो नहीं होगा। वैसे हमारे बिसन गुरु और मैकूसिंह की कुश्ती पक्की रही, पन्द्रहियाँ के मंगल के दिन। अखाड़ा चाहे बुद्धू पहलवान अपना रख लें, चाहे यहाँ हो जाए—बिसन गुरु दबते नहीं। अब बिसन गुरु मैकू पहलवान से हार जायँ तो वह बुद्धू गुरु से गंडा बँधवा लेंगे; और अगर वह मैकू को चित कर दें, तो फिर बिसन गुरु और उनका अखाड़ा बदस्तूर क़ायम रहेगा। बुद्धू पहलवान फिर इधर रुख़ न करेंगे।"

"हमें मंजूर !" मैकूसिंह ने उपेक्षा के भाव से बिशनलाल को देखते हुए कहा।

रात के समय महावीरजी का चढ़ावा लादकर जब घुमरू पंडित अपने घर पहुँचे, तब बेचू मिसिर का दरबार पूरी तरह जमा हुआ था। घुमरू को देखकर बेचू मिसिर बड़ी ज़ोर से हँसे, "काहे रे घुमरू, मन्दिर ज़ोर पकड़ रहा है ! मालूम होता है, हनुमानजी फल रहे हैं।"

घुमरू पंडित ने वहाँ बैठे लोगों को चढ़ावे की मिठाई बाँटते हुए कहा, "लो, हनुमानजी का प्रसाद खाओ ! अब फिर से उनका प्रताप जाग रहा है। लेकिन भइया, आज सचमुच मज़ा आ गया। पहलवान बुद्धूसिंह के शिष्य मैकूसिंह और बिसन गुरु की जोड़ बद गई है, अगली पन्द्रहियाँ के मंगल के दिन !"

बेचू मिसिर ने सचेत होकर पूछा, "यह बिसन गुरु कौन है ?"

"अरे, आप नहीं जानते ! वह बिशनलाल, तहसीलदार साहेब का चचेरा भाई। उसी के साझे में तो यह मन्दिर और अखाड़ा चलाया है हमने। मन्दिर हम सँभालते हैं, अखाड़ा बिसन गुरु सँभालते हैं।"

बेचू मिसिर की अवस्था पैंतालीस और पचास वर्ष के बीच में थी और वे सोराँव

की सामाजिक जीवन के नेता समझे जाते थे। बेचू मिसिर नायब तहसीलदारी करते थे, पंचायती करते थे और पुरोहिताई करते थे। दो-चार दफ़ा डिप्टी साहेब ने यह इशारा भी किया था कि एक ज़िम्मेदार और ऊँचे सरकारी मुलाज़िम को यह सब शोभा नहीं देता। पर बेचू मिसिर का कहना था कि आदत से मजबूर हैं, नहीं तो अभी तक खुद डिप्टी कलक्टर न बन गए होते। वैसे बेचू मिसिर निर्भीक, दबंग और एक हद तक क्रोधी और झगड़ालू आदमी थे। लोग-बाग उन्हें बहुत मानते थे, क्योंकि ईमानदार होने के साथ वह सबसे बराबरी से मिलते थे और लोगों के दुख-दर्द में शरीक रहते थे।

बेचू के प्रति ज्वालाप्रसाद काफ़ी अधिक सदय थे, एक तरह से ज्वालाप्रसाद बेचू मिसिर की इज़्ज़त करते थे। सरकारी मामलों में वह हमेशा बेचू मिसिर की सलाह पर चलते थे। बेचू मिसिर में भी ज्वालाप्रसाद के प्रति एक ममता का भाव था, ज्वालाप्रसाद के चरित्र और उनकी ईमानदारी पर बेचू मुग्ध थे।

मैकूसिंह और बिसन गुरु में बद गई, यह ख़बर बेचू मिसिर के लिए काफ़ी महत्त्वपूर्ण थी। इसका मुख्य कारण यह था कि कुछ दिन पहले ठाकुर वीरभानसिंह ने बेचू मिसिर का अपमान कर दिया था—इसी सामाजिक सम्मान और नेतृत्व के मामले को लेकर। ठाकुर वीरभानसिंह सोराँव के सबसे बड़े ज़मींदार थे, और वे धार्मिक प्रवृत्ति के आदमी थे। वे मुक्तहस्त ख़र्च भी करते थे, लेकिन अधिकांश में दान-धर्म पर।

ठाकुर वीरभानसिंह ने अपनी हवेली में एक बहुत बड़ा और शानदार शिवाला बनवाया। उस शिवाले में मूर्ति-स्थापना के अवसर पर उन्होंने चारों ओर से कर्मकांडी ब्राह्मण बुलाए थे और ब्रह्म-भोज के साथ-साथ उन्होंने अपने सगे-सम्बन्धियों को भी एक शानदार प्रीतिभोज दिया था। बेचू मिसिर इन दोनों भोजों के अवसर पर आमन्त्रित थे।

प्रीतिभोज के अवसर पर आमन्त्रित अतिथियों ने ठाकुर वीरभानसिंह की धर्म के प्रति आस्था की बड़ी प्रशंसा की; हर तरफ़ उनका गुण-गान हो रहा था, लेकिन बेचू मिसिर ने इस सम्बन्ध में कोई उत्साह नहीं प्रकट किया। धर्म के मामले में बेचू मिसिर की धाक थी और इसलिए उनका मौन ठाकुर वीरभानसिंह को अखर रहा था। बड़े-बड़े आदमी एकत्रित थे, ठाकुर वीरभानसिंह की मुक्त-कंठ से प्रशंसा की जा रही थी। उस समय ज्वालाप्रसाद ने बेचू मिसिर को मौन तथा गम्भीर देखकर कहा था, "क्यों मिसिरजी, कितनी भव्य मूर्ति हैं, कितना सुन्दर शृंगार है और कितना शानदार मन्दिर है ! हमारे ठाकुर साहेब ने यह मन्दिर बनवाकर अपना परलोक बना लिया है।"

अब बेचू मिसिर को बोलना पड़ा, "परलोक की तो मैं नहीं कह सकता तहसीलदार साहेब, इस लोक की बात अवश्य देख रहा हूँ; और यह जानता हूँ कि भगवान भूतनाथ ने ठाकुर वीरभानसिंह को वैभव दिया है, और उस वैभव के प्रदर्शन की क्षमता दी है।"

बात बड़ी साधारण थी और वह वहीं छोड़ी जा सकती थी, लेकिन आमन्त्रित अतिथियों में एक सज्जन रामदहिन ओझा थे, जो ठाकुर वीरभानसिंह के गुरु थे और पुरोहित थे। पंडित रामदहिन ओझा काशी से शास्त्री बनकर आए थे, और चारों तरफ़ उनकी विद्वत्ता की धाक थी। अगर पंडित रामदहिन ओझा को कोई नहीं मानता था तो

वह बेचू मिसिर थे। बेचू मिसिर संस्कृत के अच्छे विद्वान् थे, लेकिन उन्होंने संस्कृत का अध्ययन अपने पिता से किया था। बेचू के पिता गजाधार मिश्र की विद्वत्ता की एक समय काशी तक में धाक थी। और सम्भवतः यही कारण था कि बेचू मिसिर रामदहिन ओझा को अवज्ञा की दृष्टि से देखते थे।

रामदहिन ओझा ने बेचू की बात का उत्तर दिया था, "वाह मिसिरजी, क्या बात कही आपने, और आप ही उसे कह भी सकते थे ! भगवान वैभव देता है उसके प्रदर्शन के ही लिए। श्रद्धा और भक्ति यह तो मन की चीज़ है, प्रदर्शन से मुक्त, पर जहाँ भगवान ने श्रद्धा-भक्ति के पुरस्कार के रूप में वैभव दिया है, वहाँ उस वैभव का प्रदर्शन भगवान की महत्ता को स्थापित करता है।" और इस बार उन्होंने गर्व से ठाकुर वीरभानसिंह की ओर देखा।

यह बात भी ऐसी नहीं थी कि बेचू मिसिर नाराज़ हो जाते; यह तो अपनी-अपनी विद्वत्ता और तर्क-बुद्धि का प्रदर्शन-भर था। लेकिन बेचू मिसिर विद्वान् होने के साथ-साथ नायब तहसीलदार भी थे। उन्होंने कहा, "ओझाजी बड़े विद्वान् आदमी हैं, इनका क्या कहना ! लेकिन मेरा कुछ ऐसा मत है कि भगवान की आड़ में अपनी क्षमता और अपने वैभव का प्रदर्शन मनुष्य में अहम्मन्यता को जन्म देता है। यह बात सिद्ध है, और यह अहम्मन्यता इस लोक की चीज़ है, परलोक में बाधक है। बात सिद्धान्त की है, और ओझाजी ने सिद्धान्त की बात उठाकर ज़बरदस्ती मेरे मुँह से यह बात निकलवा ली है, वैसे ठाकुर वीरभान पर यह बात लागू नहीं होती, क्योंकि वह राजा हैं और राजस्व के गुणों से विभूषित हैं। फिर भी इस बात को कहने के लिए मैं ठाकुर वीरभानसिंह से क्षमा माँगे लेता हूँ।"

बेचू मिसिर की यह क्षमा-याचना औपचारिक थी, हरेक व्यक्ति यह जानता था। पर ठाकुर वीरभानसिंह ने अवश्य यह अनुभव किया कि इस लोक-परलोक की बात उठाकर बेचू मिसिर ने अपने पद, और उस पद में निहित अहम्मन्यता का ही परिचय दिया है। उन्होंने बड़े विनय के साथ कहा, "मिसिरजी, मेरी भावना में भगवान की भक्ति थी, अपनी अहम्मन्यता तनिक भी नहीं थी। भला मैं ब्राह्मणों के सामने अहम्मन्यता प्रदर्शित कर सकता हूँ ! ब्राह्मण तो सदा से हम लोगों के पूज्य रहे हैं। ओझाजी की बात का आप बुरा न मानिएगा, उनकी ओर से मैं आपसे क्षमा माँगे लेता हूँ।"

ठाकुर वीरभानसिंह की क्षमा-याचना में कहीं कोई कुटिलता है, बेचू मिसिर इसका अनुमान ही नहीं कर सके। इस घटना के तीन दिन बाद ठाकुर वीरभानसिंह के यहाँ से बेचू मिसिर को सत्यनारायण की कथा कहने को बुलाया गया। सत्यनारायण की कथा कहने में बेचू मिसिर की ख्याति दस-पाँच ज़िलों में थी। बड़े ठाठ की सत्यनारायण की कथा हुई, आरती में सैकड़ों रुपए चढ़े। इसके बाद आरती का थाल रनिवास में भेज दिया गया। पंडित बेचू मिसिर के पास जब आरती का थाल वापस आया, वह एक रेशमी चादर में बँधा हुआ था। ठाकुर वीरभानसिंह का नौकर आरती का थाल और मिठाई लादकर बेचू मिसिर के घर पहुँचा आया।

घर में जब बेचू मिसिर ने आरती का थाल खोला तो उसमें गिन्नी, रुपया, अठन्नी, चवन्नी के रूप में प्रायः दो सौ रुपए थे। प्रसन्न होकर उन्होंने रुपए सम्हाले, तब तक मखमल के टुकड़े में बँधी हुई कुछ चीज़ दिखाई दी। उसे उन्होंने खोला, और जैसे उन्हें बिच्छू ने डंक मारा हो—उसके अन्दर था चाँदी का एक जूता !

पंडित बेचू मिसिर के मुख की मुस्कान ग़ायब हो गई। तो ठाकुर वीरभानसिंह ने उनसे कथा कहलाकर उन्हें चाँदी का जूता मारा था ! खून के घूँट की तरह यह अपमान उन्हें पी जाना पड़ा। पर इस अपमान का बदलता कभी-न-कभी वह लेंगे, उन्होंने यह तय कर लिया था।

घुमरू से यह समाचार सुनकर बेचू मिसिर उठ खड़े हुए, कपड़े पहनकर वह ज्वालाप्रसाद के घर की ओर चल दिए। रास्ते में उन्हें दारोग़ा शहाबुद्दीन मिल गए। बेचू मिसिर ने मुस्कराते हुए दारोग़ा शहाबुद्दीन से कहा, "सुना सहाब मियाँ, तहसीलदार साहेब का चचेरा भाई यहाँ आया हुआ है। अच्छा-ख़ासा पहलवान है।"

"हाँ मिसिरजी, देखा तो मैंने भी उसे है। सुना है कि बुद्धू पहलवान उस पर बड़े लाल-पीले हो रहे थे, किसी दिन उसके अखाड़े में जानेवाले हैं। बड़े दिमाग बढ़े हुए हैं इस बुद्धूसिंह के। चलिए कोई मुक़ाबलेवाला तो इसे मिला !"

"अरे, वह बुद्धू उसके अखाड़े में आज हो भी आया। तहसीलदार साहेब के भतीजे में और बुद्धू के शागिर्द मैकूसिंह में पन्द्रहवें दिन कुश्ती भी बद ली गई है। तो दंगल का इन्तज़ाम हो जाना चाहिए पुलिस की तरफ़ से !"

"क्या बात कही आपने नायब साहेब ! इधर बड़ा सूना-सा रहा है। आज से ही इन्तज़ाम शुरू किए देता हूँ। ठाकुर वीरभानसिंह से बातें करके इस दंगल का डुगडुगी से एलान करवा दूँगा। लेकिन ये दोनों अभी लौंडे हैं, एक बड़ा जोड़ भी चाहिए, तब टिकिट बिकेंगे।"

बेचू मिसिर मुस्कराए, "हाँ, इस बुद्धूसिंह की जोड़ के पहलवान की तलाश करनी पड़ेगी। वह कीजिए। इसीलिए तो आपसे बात की। चलिए, तहसीलदार साहेब से भी मशविरा कर लिया जाए !"

4

रात के नौ बजे सोराँव में इक्के पर बैठे दो अपरिचित और हृष्ट-पुष्ट आदमियों को देखकर थानेदार शहाबुद्दीन ने इक्का रुकवाया, "कौन हो तुम लोग ? क्यों बे

इक्केवाले, कहाँ से ला रहा है ये सवारियाँ ?"

इक्केवाले के स्थान पर एक छरहरे बदन के युवक ने, जिसकी उम्र प्रायः पच्चीस साल थी, उत्तर दिया, "हुज़ूर, हम लोग इस इक्के पर तो इलाहाबाद से आ रहे हैं, गोकि हम लोग फ़तहपुर के रहनेवाले हैं। तहसीलदार साहेब से कुछ काम है।"

"आए तो किसी काम से ही होगे। लेकिन तुम लोगों ने यह नहीं बतलाया कि तुम कौन हो ?"

इक्के पर बैठे दूसरे आदमी ने, जो गठे बदन का लम्बा-सा आदमी था, कहा, "हुज़ूर, यह लड़का रहमतखाँ हैं, फ़तहपुर का ज़मींदार, गोकि फ़िलहाल मुक़ीम मऊआइमा का है। और मुझे लोग जग्गू पहलवान कहते हैं तो यह लड़का मेरे साले का लड़का है। लिहाज़ा इसके साथ मैं भी चला आया हूँ। तहसीलदार साहेब का छोटा भाई बिशनलाल मेरा शागिर्द है। हुज़ूर अगर तहसीलदार साहेब का घर बतला दें तो बड़ी मेहरबानी होगी।"

बेचू मिसिर ने कोहनी से शहाबुद्दीन को कोंचते हुए इक्केवाले से कहा, "यह सामने जो इमली का पेड़ है, उसके आगे क़रीब सौ क़दम पर बाएँ हाथ एक मोड़ पड़ेगा। वहाँ से इक्का मोड़ लेना। एक फ़र्लांग पर तहसील है, और तहसील के सामने ही तहसीलदार साहेब का मकान है।"

इक्का जाने के बाद बेचू मिसिर ने कहा, "सहाब मियाँ, दंगल का इन्तज़ाम तो हो गया !" और दोनों ने अपनी चाल में तेज़ी कर दी।

जब ये लोग ज्वालाप्रसाद के यहाँ पहुँचे, ज्वालाप्रसाद जग्गू मियाँ और रहमतखाँ से बातें कर रहे थे और बिशनलाल बाहर के बँगले में इन दोनों के ठहरने का प्रबन्ध कर रहा था। शहाबुद्दीन के साथ बेचू मिसिर के पहुँचते ही बातें बन्द हो गईं, और ज्वालाप्रसाद ने उठकर इन दोनों का स्वागत किया। "आइए मिसिरजी, आइए शहाबुद्दीन साहेब, इस वक़्त रात में कैसे तकलीफ़ की, ख़ैरियत तो है ! कोई ख़ास बात है ?"

बेचू मिसिर ने बैठते हुए कहा, "जी, ऐसी कोई विशेष बात तो नहीं हुई। घर में जी नहीं लगा तो सोचा कि बहुत दिनों से हुज़ूर के घर नहीं आया हूँ। बस, निकल पड़ा। इधर आ ही रहा था कि रास्ते में मिल गए सहाब मियाँ। मैंने बतलाया कि आज तहसीलदार साहेब के यहाँ ही गपशप होगी तो यह भी साथ हो लिए।" फिर मिसिरजी ने जग्गू पहलवान को लालटेन की रोशनी में ग़ौर से देखते हुए कहा, "आजकल तो सोराँव में अखाड़ों और कुश्तियों की धूम दिखलाई देती हे। बुद्धूसिंह का अखाड़ा तो ठाकुर वीरभानसिंह की सरपरस्ती में चल ही रहा है। सूना है कि श्रीमान् की सरपरस्ती में श्रीमान् के छोटे भाई बिशनलाल उर्फ़ बिसन गुरु ने इमली के महावीर जी के मन्दिरवाली बगिया में एक अखाड़ा खोल दिया है।"

ज्वालाप्रसाद सम्हलकर बैठ गए, "ख़बर तो उड़ती-उड़ती मुझे भी मिली है, लेकिन मैंने ध्यान नहीं दिया।" और ज्वालाप्रसाद ने आवाज़ लगाई, "बिशनू, ज़रा इधर आना !"

बिशनलाल दौड़ता हुआ आया, "कहिए !"

"क्यों, नायब साहेब कह रहे हैं कि इमली के महावीरजी की बगिया में तुमने अखाड़ा खोला है !"

इस बात का बिशनलाल ने कोई उत्तर नहीं दिया, सिर झुकाकर वह चुपचाप खड़ा हो गया।

इसी समय जग्गू पहलवान ज़ोर से हँसे, "वाह मेरे शेर, सोराँव में आते ही गुरु बन गया, जग्गू पहलवान का शागिर्द ठहरा न ! हुज़ूर, बड़े कसवाला और बड़ा नेक व भला लड़का है यह। ज़रा ढंग से रियाज़ करे तो इस कुर्बजवार में इसके मुक़ाबले का कोई पट्ठा नहीं।"

इसके पहले कि ज्वालाप्रसाद कुछ कहे, बेचू मिसिर बोले, "तहसीलदार साहेब ! मेरे छोटे भाई घुमरू और बिशनलाल ने मिलकर वह उजड़ा और टूटा-फूटा मन्दिर आबाद किया है। मुझे तो घुमरू ने आज बताया। मन प्रसन्न हो गया यह जानकर। लेकिन इस अखाड़े के खुलने की देर नहीं कि लाग-टाँग शुरू हो गई। आज शाम को पहलवान बुद्धूसिंह इनके अखाड़े में पहुँचे। बुद्धू में और इन लौंडों में कुछ कहा-सुनी हुई..."

जग्गू ने बेचू मिसिर की बात काटी, "तो क्या बुद्धू पहलवान सोराँव में बस गए हैं ? बहुत दिनों से किसी दंगल में दिखलाई नहीं दिए। बड़े नाम थे उनके कुछ दिन पहले तक।"

"हाँ, आजकल यहाँ ठाकुर वीरभानसिंह की सरपरस्ती में अखाड़ा खोला है। तो तहसीलदार साहेब, बुद्धू के शिष्य मैकूसिंह में और बिशनलाल में पन्द्रहियाँ के बादवाले मंगल के दिन कुश्ती बद गई है।"

"अच्छा, बात यहाँ तक पहुँच गई और मुझे ख़बर ही नहीं हुई !" ज्वालाप्रसाद ने मुस्कराते हुए बिशनलाल को देखा, "क्यों बिशनू, मैकूसिंह को पछाड़ सकोगे ?"

"रियाज़ छूटा हुआ है ज्वाला दादा ! लेकिन अगर जग्गू उस्ताद एक हफ़्ता ज़ोर करा दें तो मैं ज़रूर पछाड़ दूँगा, वैसे मैकू मुझसे इक्कीस बैठता है।"

बेचू मिसिर ने अब मौक़ा देखा, "श्रीमान् ! सहाब मियाँ का कहना है कि इधर बहुत दिनों से सोराँव में कोई चहल-पहल नहीं हुई। तो अगर पुलिस की तरफ़ से एक दंगल हो जाए तो कैसा रहे ? भाग्य से जग्गू पहलवान भी यहाँ आ गए हैं। बुद्धूसिंह और जग्गू पहलवान के जोड़ पर दर्शक उमड़ पड़ेंगे। दूसरा जोड़ बिशन और मैकूसिंह का, बाकी चार-पाँच जोड़ यह पुलिस जवानों में से तय कर देंगे।"

कुछ सोचते हुए ज्वालाप्रसाद ने कहा, "हाँ, ख़याल तो बेजा नहीं है।"

बेचू मिसिर और शहाबुद्दीनखाँ के जाने के बाद ज्वालाप्रसाद ने बिशनलाल से जग्गू पहलवान और रहमतखाँ के खाने का प्रबन्ध करने को कहा। बिशनलाल को रवाना करके ज्वालाप्रसाद ने बातों का सिलसिला फिर उठाया, "रहमतखाँ, मैं श्यामू से बातें करके ही यह जान सकता हूँ कि क्या सच है और क्या झूठ। लेकिन मैं तुम्हें यक़ीन दिलाता हूँ कि इस सबमें मेरा कोई हाथ नहीं है, न मुझे इन सब बातों का पता है।

मैं सलीमा की ज़ायदाद क़तई नहीं चाहता।"

रहमतखाँ के कुछ कहने के पहले ही जग्गू पहलवान ने कहा, "हुज़ूर का इक़बाल चारों तरफ़ रौशन है। हुज़ूर कितने मुंसिफ़, दरियादिल, नेक व ईमानदार हैं, दुनिया में इसका ढिंढोरा पिट रहा है। इसीलिए जब श्यामलाल ने कहा कि सलीमावाला हिस्सा उसने हुज़ूर के नाम करवा दिया है, तब कम-से-कम मुझे तो यक़ीन नहीं हुआ। हुज़ूर, यह रहमतखाँ बड़ा ग़रीब है। मुक़दमेबाज़ी कर सके, भला इसकी क्या बिसात ! मऊ में चूड़ियों की दुकान करके पेट पालता है, मियाँ-बीवी दिन-रात दौड़ते-घूमते हैं तब कहीं जाकर दो वक़्त की रोटियाँ मयस्सर होती हैं। वह काम छोड़कर अगर मुक़दमेबाज़ी करे तो भूखों मरने की नौबत आ जाए !"

ज्वालाप्रसाद अब इस प्रसंग से ऊब गए थे, "जग्गू पहलवान, जब मुक़दमा दायर हो गया है तब तो उसकी पैरवी करनी ही पड़ेगी और उसके फ़ैसले का इन्तज़ार करना होगा। लकिन मैं अपनी ज़बान देता हूँ कि मेरी तरफ़ से अफ़सर पर कोई बेजा दबाव नहीं पड़ेगा और न मैं इस मुक़दमे में कोई दिलचस्पी लूँगा। सदर-आला पंडित गिरिजाशंकर बड़े मुंसिफ़ आदमी हैं, उन पर भरोसा रखो और मुक़दमे की ठीक तौर से पैरवी करो।"

जग्गू पहलवान और रहमतखाँ जिस आशा के साथ आए थे, वह पूरी हुई। ज्वालाप्रसाद के सम्बन्ध में उन्होंने जो कुछ सुना था, वह सोलह आना ठीक निकला। दूसरे दिन प्रातःकाल रहमतखाँ तो लौट गया, लेकिन जग्गू पहलवान को बिशनलाल, बेचू मिसिर और शहाबुद्दीनखाँ ने मिलकर रोक लिया।

उसी दिन शाम के समय दारोग़ा शहाबुद्दीनखाँ के साथ पंडित बेचू मिसिर ठाकुर वीरभानसिंह के यहाँ दंगल का प्रस्ताव लेकर पहुँचे। दंगल की आयोजना थाने की ओर से की गई थी और फतहपुर के जग्गू पहलवान और सोराँव के बुद्धू पहलवान का प्रमुख जोड़ था। दूसरा जोड़ मैकूसिंह पहलवान और बिशन पहलवान का था। इसके बाद थाने के जवानों के पाँच जोड़ थे। ठाकुर वीरभानसिंह ने बुद्धूसिंह को बुलाकर यह प्रस्ताव रखा। बुद्धूसिंह ने काफ़ी टाल-मटोल की, लेकिन अन्त में उन्हें यह प्रस्ताव स्वीकार करना ही पड़ा।

बड़े ज़ोरों के साथ दंगल की तैयारी शुरू हो गई; इलाहाबाद शहर में तथा अन्य तहसीलों में परचे बाँटे गए। दोनों अखाड़ों में रियाज़ जोरों के साथ होने लगा।

दंगल के दो दिन पहले बुद्धू पहलवान बिसन गुरु के अखाड़े में पहुँचे। उस समय जग्गू उस्ताद बिसन गुरु को ज़ोर करवा रहे थे। ज़ोर ख़त्म हो जाने के बाद बुद्धू पहलवान ने अकेले में बात की, "जग्गू उस्ताद, मेरी लाज अब तुम्हारे हाथ में है, शरण में आया हूँ ?"

बुद्धू पहलवान की दयनीय मुद्रा देखकर जग्गू पहलवान को हँसी आ गई, "चाहते क्या हो !"

"क्या बतलाऊँ, ठाकुर वीरभानसिंह की छत्रछाया में पल रहा हूँ। अगर यह कुश्ती

हार गया तो परवरिश हट जायगी।"

जग्गू को भी इन दिनों अपने ऊपर से भरोसा जाता रहा था। बुद्धूसिंह की बात सुनकर उसके मन में साहस जागा, "हाँ, वह तो बुरी बात होगी। फिर क्या हो ?"

बुद्धू पहलवान ने सोचकर कहा, "यह कहना तो ग़लत होगा कि इस कुश्ती में तुम हार जाओ, लेकिन अगर हमारा जोड़ बराबर का छूटे तो कैसा रहे ? इसमें हम दोनों की इज़्ज़त बची रहेगी।"

जग्गू ने अब अपनी तुरुप छोड़ी, "एक शर्त पर, बिशन मैकू को चित करेगा।"

बुद्धू पहलवान संकट में पड़ गए। मैकूसिंह उठता हुआ उद्धत युवक था। उसे इस बात पर राज़ी करना कि वह बिशनलाल से हार जाए, कठिन ही नहीं, असम्भव था।

बुद्धूसिंह ने करुण भाव से कहा, "उस्ताद, यह मैकूसिंह मेरे बस का नहीं है, कोई दूसरा रास्ता निकालो !"

जग्गू उस्ताद ने उत्तर दिया, "बात यह है कि तुम्हारे सरपरस्त हैं ठाकुर वीरभानसिंह, लेकिन यह बिशनलाल तहसीलदार साहेब का छोटा भाई है। तहसीलदार साहेब के छोटे भाई के हारने पर तहसीलदार साहेब की हेठी हो जाएगी।"

बुद्धूसिंह ने कुछ सोचा, "कहते तो ठीक हो पहलवान ! न जाने मुझे क्या सूझा कि मैं ख़्वाहमख्वाह इन अफ़सरों के लौंडों से उलझ पड़ा—यह सब उस साले मैकू के भड़काने से। अच्छी बात है, अगर मैकू बिशन के चित होने पर तैयार न होगा तो वह परसों दंगल में भी नहीं आएगा। यह तो मंजूर है ?"

"हाँ, यह मंजूर है।"

दंगल के दिन लोग दूर-दूर से टिकिट लेकर दंगल देखने आए। सोराँव में एक मेला-सा लग गया। छोटे-मोटे जोड़ों के बाद बिशन गुरु और मैकूसिंह पहलवान के नाम पुकारे गए। बिशनलाल लंगोट कसे तैयार था, वह अखाड़े में कूदा। लेकिन मैकूसिंह का कहीं कोई पता नहीं। थोड़ी देर तक मैकूसिंह की प्रतीक्षा करने के बाद यह घोषणा कर दी गई कि मैकूसिंह मैदान छोड़कर भाग गया। लोगों में कानाफूसी होने लगी, कुछ शोर भी मचा; लेकिन तब तक बुद्धूसिंह पहलवान और जग्गू पहलवान का जोड़ पुकार लिया गया।

बुद्धूसिंह और जग्गू का जोड़ आरम्भ ही हुआ था कि मैकूसिंह ने दौड़ते हुए दंगल के पंडाल में प्रवेश किया। मैकूसिंह सीधा ज्वालाप्रसाद के सामने पहुँचा, "सरकार, मैंने मैदान से पीठ नहीं दिखाई। यह जो मेरा गुरु है, बुद्धूसिंह पहलवान, यह मुझे ज़बरदस्ती कमरे में बाँध आया था और खुद जग्गू पहलवान से मिल गया है कि जोड़ बराबर का छूटे।" मैकूसिंह ने इतने उच्च स्वर में अपनी बात कही कि हरेक आदमी सुन ले।

दंगल में एक हलचल-सी मच गई। बुद्धूसिंह और जग्गू इस अवसर पर एक-दूसरे को छोड़कर अलग खड़े हो गए थे। मैकूसिंह के इस प्रकार शोर करने से दंगल में व्याघात पहुँचा। शहाबुद्दीन थानेदार ने बढ़कर मैकूसिंह को डाँटा, "पहले यह कुश्ती हो जाने दो, तब अपनी बात कहना !"

लेकिन मैकूसिंह के इस अभियोग से जनता में एक हुल्लड़-सा मच गया। कुछ लोगों ने उठकर चिल्लाना शुरू कर दिया, "यह जालसाज़ी नहीं चलेगी, हमारा रुपया वापस करो !"

इस संकट के उत्पन्न हो जाने से जग्गू पहलवान और बुद्धूसिंह अवाक् हो गए। जग्गू ने बुद्धूसिंह को प्रश्न-सूचक दृष्टि से देखा और बुद्धूसिंह ने जग्गू के कान में कहा, "यह साला मैकू, यह कैसे निकल आया ? मैं तो इसे बाँध आया था। भगवन जाने, कैसे दरवाज़ा तोड़ा इसने। क्या बतलाऊँ, इतनी भीड़ है यहाँ नहीं तो मैं अभी इसकी गरदन मरोड़कर रख देता !"

जग्गू की समझ में यह तो आ ही गया था कि बुद्धूसिंह झूठ नहीं बोल रहा है। बुद्धूसिंह की मुद्रा देखकर जग्गू को बुद्धूसिंह पर दया आ गई। उसने बुद्धूसिंह के कान में कहा, "पहलवान, फ़िक्र मत करो। तुमने मेरी बात रखी, खुदा तुम्हारा भला करेगा।" और दोनों ने एक-दूसरे को थोड़ी देर तक देखा।

अब जग्गू ने अखाड़े में बढ़कर दंगल के अधिकारियों को ललकारा, "यह क्या शोर-गुल मचा रखा है लोगों ने ? अगर कुश्ती न हो तो हम लोग जाएँ !"

जग्गू पहलवान की इस ललकार से जनता सकपकाई और आवाज़ें धीमी पड़ने लगीं। बेचू मिसिर ने उठकर ऐलान किया, "कुश्ती शुरू हो, मैकूसिंह की बात बाद में सुनी जाएगी !"

जग्गू पहलवान और बुद्धूसिंह पहलवान ने बढ़कर हाथ मिलाए और फिर जोड़ शुरू हुए। यह स्पष्ट था कि जग्गू पहलवान बुद्धूसिंह से इक्कीस पड़ रहे थे। लेकिन वाह रे बुद्धूसिंह, दोनों पहलवान के एक-से-एक उस्तादी दाँव लग रहे थे, और उन दोनों के वैसे ही उस्तादी तोड़ भी दिए जा रहे थे। करीब पाँच मिनट तक यही सब चलता रहा, और फिर जग्गू ने बुद्धूसिंह को ज़मीन पर गिरा दिया और बेतहाशा रगड़ना आरम्भ किया। लेकिन बुद्धूसिंह जो चित न हुए, तो न हुए।

दर्शक बड़ी उत्सुकता से यह कुश्ती देख रहे थे; उन्हें मज़ा आ रहा था। लेकिन अब उनका धैर्य कुछ जवाब-सा देने लगा था। कुछ लोगों में कानाफूसी शुरू हुई—मालूम होता है कि मैकूसिंह की बात ठीक है। उसी समय अचानक जग्गू पहलवान ने बुद्धूसिंह को चित करने के लिए जो दाँव लगाया, तो जग्गू पहलवान खुद अखाड़े में चित नज़र आए और बुद्धूसिंह उनकी छाती पर सवार। बुद्धूसिंह उठकर अखाड़े के बाहर दौड़ते हुए निकले और उन्होंने ज्वालाप्रसाद को सलाम किया। इसके बाद उन्होंने ठाकुर वीरभानसिंह के पैर छुए। धूम मच गई कि बुद्धूसिंह ने जग्गू पहलवान को पछाड़ दिया। जग्गू पहलवान सिर झुकाए हुए अखाड़े से बाहर निकले।

अब मैकूसिंह से अपनी बात कहने को कहा गया। बुद्धूसिंह के जग्गू से मिल जाने की बात तो झूठी साबित हुई। मैकूसिंह कुछ असमंजस में पड़ गया। उसी समय जग्गू पहलवान ने बढ़कर कहा, "कहीं कोई ग़लतफ़हमी हो गई है सरकार इस लौंडे को। बहरहाल बिशन तो इस अखाड़े में मौजूद ही है; इन दोनों का जोड़ हो जाना चाहिए।"

भीड़ ने ताली बजाई। लेकिन मानो बिशनलाल के होश ही ग़ायब हो गए। जग्गू ने धीमे स्वर में बिशनलाल को डाँटा, "अबे, देख क्या रहा हे, बढ़ आगे को ! खुदा ने चाहा तो तेरी फ़तह है !" और फिर उन्होंने बुद्धूसिंह से कहा, "उस्ताद, दोनों ही नौजवान लौंडे हैं, नासमझ ! कहीं कोई ग़लत-सलत दाँव न लगा दें, ज़ोश में आकर, इसलिए इस कुश्ती की देखभाल तुम्हारे हाथ में।"

अखाड़े में जोड़ छूटा, बुद्धूसिंह मध्यस्थ बने। मैकूसिंह ने बिशनलाल से हाथ मिलाते ही जो दाँव लगाया तो बिशनलाल ज़मीन से गज़-भर उछलकर नीचे गिरा। लेकिन न जाने कैसे बुद्धूसिंह मैकूसिंह और बिशनलाल के बीच में पड़ गया। बिशनलाल मुँह के बल गिरा। बुद्धूसिंह के बीच में पड़ जाने से मैकूसिंह को यह मौक़ा न मिल सका कि वह बिशनलाल पर सवारी गाँठ सके। गिरते ही बिशनलाल उठ खड़ा हुआ। इसी बीच बुद्धूसिंह इन दोनों के बीच से हटकर अखाड़े के किनारे पर आ गए।

अब बिशनलाल और मैकूसिंह का वास्तविक जोड़ शुरू हुआ। हालत यह कि बिशनलाल और मैकूसिंह अखाड़े का चक्कर लगा रहे हैं, आगे-आगे बिशनलाल और पीछे-पीछे मैकूसिंह, लेकिन एक-दूसरे की पकड़ में कोई भी नहीं आ रहा था। लोग हँस रहे थे, आवाज़कशी कर रहे थे, शोर मचा रहे थे। प्रायः पाँच मिनट तक यही क्रम चलता रहा। आख़िर भीड़ के तानों से झल्लाकर मैकूसिंह ने बिशनलाल को पकड़ ही लिया। दोनों गुँथ गए और आपस में गुँथे हुए अखाड़े में चकर-घिन्नी लगाने लगे। बुद्धूसिंह को भी दोनों के दाँवों को देखते हुए दोनों के साथ-साथ दौड़ना पड़ रहा था।

और मैकूसिंह को एकाएक कुछ ऐसा लगा कि वह कहीं टकरा गया हो। वह ज़ोर से गिरा। गिरते-गिरते उसने सम्हलने का प्रयत्न किया कि वह पेट के बल गिरे, लेकिन वह दाहिनी करवट गिरा...और बुद्धूसिंह की आवाज़ सुनाई दी, "शाबाश बेटे, बिशनलाल की कुश्ती रही !" और उन्होंने बिशनलाल को मैकूसिंह की पकड़ से छुड़ा लिया। बिशनलाल अखाड़े से दौड़ता हुआ सीधा जग्गू पहलवान के पास आया, और उसने झुककर अपने उस्ताद को सलाम किया, फिर उसने तहसीलदार साहेब को सलाम किया।

दर्शकगण यह अनुभव करते रहे कि इन दोनों कुश्तियों में कहीं कुछ गड़बड़ी हुई है, लेकिन कहाँ और कैसे यह गड़बड़ी हुई है, यह किसी की समझ में नहीं आ रहा था, स्वयं मैकूसिंह की समझ में भी नहीं। जो कुछ प्रत्यक्ष था, उस पर अविश्वास कैसे किया जा सकता था !

दंगल के दूसरे दिन पहलवान बुद्धूसिंह जग्गू पहलवान से मिलने आए। पिछली शाम की कुश्ती के इनाम के पचास रुपए उनकी टेंट में थे। उन्होंने वह पचास रुपए जग्गू पहलवान के सामने रखते हुए कहा, "उस्ताद, ये रुपए तुम्हारे हैं। तुमने मेरी जो लाज रखी, उसके अहसान के बोझ से दबा जा रहा हूँ। और उस साले मैकू को मैंने आज सुबह ही अपने अखाड़े से निकाल बाहर कर दिया !"

जग्गू पहलवान ने पचास रुपए अपनी टेंट में खोंसते हुए बिशनलाल को देखा, "देख बे लौंडे, बुद्धूसिंह पहलवान से गंडा बँधवा ले, अभी गुरु बनने में बड़ा समय लगेगा

तुझे। तेरी लाज इन्होंने रखी।"

और उसी दिन दोपहर के समय जग्गू पहलवान फ़तहपुर के लिए रवाना हो गए।

उस दंगल में जो कुछ हुआ वह पंडित बेचू मिसिर को अच्छा नहीं लगा। तहसीलदार साहेब का भाई बिशनलाल मैकूसिंह को पछाड़कर भी बुद्धूसिंह का शिष्य बन गया था और उसकी ख्याति के साथ-साथ बुद्धूसिंह की ख्याति भी बढ़ गई थी, जबकि उनका भाई घुमरू केवल महावीरजी के मन्दिर का पुजारी ही रह गया था।

इस पर एक बात और हुई, जो बेचू को ख़ासतौर से अखरी। जिस अमराई में महावीरजी का मन्दिर और अखाड़ा था, वह ठाकुर वीरभानसिंह की ज़मींदारी में थी। ठाकुर वीरभानसिंह ने उस अमराई का पट्टा मौरूसी हक़ में बिशनलाल के नाम इनाम में लिख दिया। उस पट्टे से अमराई की चार बीघे ज़मीन के साथ एक पक्का कुआँ और हनुमानजी का मन्दिर, ये सब बिशनलाल की सम्पत्ति बन गए। उस मन्दिर में घुमरू की उपस्थिति बिशनलाल के साझेदार के रूप में न रहकर बिशनलाल की कृपा पर हो गई।

अब गरमी काफ़ी अधिक बढ़ गई थी, और ज्वालाप्रसाद के घर का वातावरण शान्त था। दीवानी की अदालतों में गरमी की एक महीने की छुट्टी हो जाती थी। वह छुट्टी शुरू होते ही सदरआला गिरिजाशंकर मिश्र सोराँव में अपने घर आए।

गिरिजाशंकर और बेचू एक ही कुल के थे, और दोनों के मकान एक-दूसरे से लगे हुए थे। पचास वर्ष पूर्व इन दोनों के पूर्वजों में झगड़ा हुआ था और बँटवारा हो गया था। तब से ये दोनों शाखाएँ एक-दूसरे से शत्रुता मानती आई थीं। पर अंग्रेज़ों के शासन-काल में जब गिरिजाशंकर और बेचू दोनों को ही सरकारी नौकरियाँ मिलीं तब इन दोनों शाखाओं की शत्रुता का भी अन्त हो गया। बेचू मिसिर ने गिरिजाशंकर को अपने बड़े भाई की तरह मानकर उनकी ममता प्राप्त कर ली थी। बेचू मिसिर द्वारा ही ज्वालाप्रसाद का सदरआला गिरिजाशंकर से परिचय हुआ था और यह परिचय धीरे-धीरे घनिष्ठता में बदल गया था।

गिरिजाशंकर के आने की खबर पाकर तीसरे दिन मुंशी शिवलाल बेचू मिसिर के यहाँ पहुँचे।

उस दिन दिन-भर लू चलती रही थी और गरमी ने भयानक रूप धारण कर लिया था। जिस समय मुंशी शिवलाल बेचू मिसिर के मकान में पहुँचे, चिराग़ जलने का समय हो गया था। बेचू के मकान के सामनेवाले कच्चे सहन में ज़ोरों का छिड़काव हुआ था, और उस सहन में जो दो तख़्त पड़े थे उन पर दरी-जाजम बिछाकर गाव-तकिए लगा दिए गए थे। सामनेवाले कुएँ की जगत पर भाँग पीसी जा रही थी और गिरिजाशंकर तथा बेचू अपने सगे-सम्बन्धियों से घिरे हुए तख़्त पर बैठे बातें कर रहे थे।

सब लोगों ने उठकर मुंशी शिवलाल का स्वागत किया। फिर मुंशी शिवलाल को गिरिजाशंकर के बगल में स्थान देते हुए बेचू मिसिर ने कहा, "मुंशीजी, गरमी तो बेतहाशा बढ़ गई है; अभी तक लू चल रही है। इसलिए अँबिया के पना में भाँग बन रही है; पीते ही तरावट आ जायगी।"

मुंशी शिवलाल ने कहा, "मुझे तो क्षमा करें महाराज ! यहाँ तो सिर्फ़ एक चीज़ साथ में लगी है।"

"मुँह का ज़ायका बदलने के लिए कभी-कभी दूसरी चीज़ भी चल सकती है।" हँसते हुए गिरिजाशंकर ने कहा।

"सदरआला साहेब मुँह का ज़ायका बदलनेवाली उम्र गई; अब तो मौत का इन्तज़ार है कि किस समय आ जाए। अब आप विश्वास न करेंगे, अधपई भी नहीं चलती; एक ज़माना था घड़ों पी जाते थे। शराब क्या, अब दारू बन गई है !"

भाँग बनकर आ गई थी। लोगों का आग्रह मुंशी शिवलाल नहीं टाल सके। उन्हें आधा कुल्हड़ वह अँबिया की भाँग पीनी ही पड़ गई।

भाँग छानने के आधे घंटे के अन्दर ही गिरिजाशंकर और बेचू के नाते-रिश्तेदार चले गए। अब लोगों के जाने के बाद बेचू मिसिर ने पूछा, "कहिए मुंशीजी, अब तो आपकी तबीयत ठीक है न ! कैसे कष्ट किया ?"

"सब रामजी की कृपा है," मुंशी शिवलाल ने उत्तर दिया, "सदरआला साहेब के आने की ख़बर सुनी तो सोचा कि मिल आऊँ जाकर, ज्वाला को तो दम मारने की फ़ुरसत नहीं मिलती।"

"अरे, आपने क्यों कष्ट उठाया, हम लोग खुद उधर आनेवाले थे एक-आध दिन में।" गिरिजाशंकर बोले।

"मैं ही चला आया तो क्या हुआ ! फिर कहावत है कि प्यासा कुएँ के पास जाता है। हम लोगों का कुछ निजी काम भी था तो सोचा कि सदरआला साहेब अपने ही आदमी हैं, वह न मदद करेंगे तो कौन करेगा !"

"हाँ-हाँ, कहिए !" गिरिजाशंकर ने कहा तो, लेकिन उनके स्वर में कुछ लड़खड़ाहट थी।

मुंशी शिवलाल ने गला साफ़ करते हुए कहा, "बात यह है कि फ़तहपुर में हम लोगों की ज़मींदारी का कुछ झमेला उठ खड़ा हुआ है। आपकी अदालत में एक मुक़दमा चल रहा है रहमतखाँ बनाम श्यामलाल और मुसम्मात समीला।"

"जी हाँ, वह जो श्यामलाल के नाम मुसम्मात सलीमा ने अपना गाँव बै कर दिया है, हिबा कर दिया है या लिख दिया है—यह कुछ साफ़ नहीं मालूम होता है। लेकिन मुसम्मात सलीमा का तो कहना है कि न तो उसने ज़ायदाद बै की है, और न हिबा की है, उसे अफ़यून खिलाकर उसके अँगूठे के निशान ले लिए गए हैं।"

"झूठ बोलती है हरामज़ादी... !" मुंशी शिवलाल ने उत्तेजित होकर कहा, "ज्वाला से वह हज़ारों ले चुकी है। कभी मौलूद कराई, कभी दावतें दीं। लड़की और दामाद से उसकी बनती नहीं।"

इसके पहले कि गिरिजाशंकर कुछ कहें, बेचू मिसिर ने कहा, "अगर तहसीलदार साहेब ने रुपए दिए हैं, तो वह झूठ नहीं बोलेंगे। तहसीलदार साहेब इतना-भर ही कह दें कि उन्होंने रुपए दिए हैं, तो आप लोगों का मुक़दमा जीता-जिताया रखा है। इसमें

आपको फ़िक्र करने की क्या ज़रूरत है ?"

मुंशी शिवलाल ने कहा, "जी, बात यह है कि ज्वाला ने रुपए श्यामलाल को दिए थे, सीधे सलीमा के हाथ में नहीं दिए थे, इसलिए वह सलीमा को रुपए देने की बात नहीं कहेगा।"

बेचू मिसिर कमज़ोर खिलाड़ी नहीं थे, "कोई बात नहीं, तहसीलदार साहेब यही कह दें। इतना कहना काफ़ी होगा।"

मुंशी शिवलाल सकपकाए, "क्या मेरा कहना काफ़ी नहीं होगा, मैं ज्वाला का वालिद हूँ !"

इस बार गिरिजाशंकर ने उत्तर दिया, "और श्यामलाल ज्वालाप्रसाद का चचेरा भाई है, राधेलाल ज्वालाप्रसाद का चचा है। जब मैं इन दोनों की बात पर यक़ीन करने को तैयार नहीं हूँ तब मैं आपकी बात पर कैसे यक़ीन कर लूँ ? हाँ, ज्वाला ऊँचा सरकारी अफ़सर है, इज़्ज़त-आबरूवाला। वह झूठ नहीं बोलता। उसकी बात का मैं यक़ीन कर लूँगा।"

मुंशी शिवलाल ने उठते हुए कहा, "अच्छी बात है, मैं ज्वाला से कहूँगा कि वह खुद आपसे बात कर ले। वैसे यह ज़ायदाद श्यामलाल ज्वाला के नाम लिखा रहा है। अगर संकोच में आकर ज्वाला इस मामले में खुद कुछ न कहना चाहे तो क्या यह सबूत काफ़ी न होगा ?"

"जी, बिलकुल नहीं। संयुक्त परिवार में ज़ायदाद किसी के भी नाम हो, उसमें कोई अन्तर नहीं पड़ता, आप मुंशीजी, इतना तो जानते हैं। बात इतमीनान की है। ज्वालाबाबू को अदालत में आने की कोई ज़रूरत नहीं, वह मुझसे यहीं कह दें। दीवानी की छुट्टियों के बाद ही बहस है, बहस ख़त्म होते ही मैं फ़ैसला दे दूँगा।"

घर आकर मुंशी शिवलाल ने ज्वालाप्रसाद से कहा, "सदरआला गिरिजाशंकर आए हुए हैं। मैं आज उनसे मिलने गया था। कह रहे थे कि ज्वालाबाबू से अभी तक मुलाक़ात नहीं हुई।"

"जी हाँ, इधर काम-काज ज़्यादा था, दो एक दिन में जाऊँगा।"

मुंशी शिवलाल ने ज्वालाप्रसाद से अपनी नज़र हटाते हुए कहा, "मैंने श्यामू के मुक़दमे की बात की थी, बोले कि अगर ज्वालाप्रसाद कह दें कि उन्होंने सलीमा को रुपया दिया है तो वह रहमतख़ाँ का मुक़दमा ख़ारिज कर देंगे।"

"लेकिन...लेकिन बप्पा, मैंने रुपया कब दिया है मुसम्मात सलीमा को ! मैं तो उसे जानता तक नहीं हूँ। इतना बड़ा झूठ तो मुझसे नहीं बोला जाएगा।"

"हूँ, यह ठीक है, लेकिन तुम इतना तो कह ही सकते हो कि तुमने श्यामलाल को ज़ायदाद खरीदने के लिए रुपया दिया है। और श्यामलाल को ज़ीमन ख़रीदने के लिए मैंने तुम्हारा रुपया दिया है, यह झूठ भी नहीं है। रुपया सलीमा की ज़मींदारी ख़रीदने के लिए दिया गया या उस ज़मीन को ख़रीदने के लिए दिया गया, इससे कोई मतलब नहीं।"

ज्वालाप्रसाद के मुख पर एक व्यंग्यात्मक मुस्कराहट आई, "जी, युधिष्ठिर का कथन है कि अश्वत्थामा मारा गया, नर है या कुंजर।"

मुंशी शिवलाल ने तीखे स्वर में कहा, "महाभारत की कथा यहाँ नहीं लागू होती !"

"जी हाँ, यह कलियुग है। फिर मेरे रथ का पहिया ज़मीन से ऊपर उठकर चलता भी नहीं कि वह ज़मीन से लग जाएगा। सब कुछ जानता हूँ, लेकिन सरकार का ऊँचा हाकिम होने के नाते मैं झूठ तो नहीं बोल सकूँगा। और जहाँ तक अर्द्धसत्य का सवाल है वहाँ पंडित गिरिजाशंकर द्रोणाचार्य नहीं हैं कि हथियार डालकर बैठ जाएँ। वह हैं सदरआला ! वह जिरह करेंगे और उसमें यह अर्द्धसत्य आसानी से पूरा सत्य बन जाएगा, क्योंकि झूठ मैं बोलूँगा नहीं।"

बेचू मिसिर की अँबियावाली भाँग यद्यपि मुंशी शिवलाल ने केवल दो चुल्लू ही पी थी, पर वह काफ़ी तेज़ थी। मुंशी शिवलाल को लगा कि उनका लड़का इस सत्य और ईमानदारी पर अड़कर अपने पैरों में ही कुल्हाड़ी नहीं मार रहा है, बल्कि वह उनका मख़ौल भी उड़ा रहा है; वह अपने परिवारवालों का मख़ौल उड़ा रहा है। ज्वालाप्रसाद का एक-एक शब्द उन्हें कठोर-से-कठोर गाली की भाँति अपमानजनक लग रहा था। मुंशी शिवलाल का क्रोध एकाएक भड़क उठा, "बड़ा धरमराज का बाप बन रहा है ! अच्छी-ख़ासी ज़मींदारी छोड़ दे रहा है ! मैं क्या जानता था कि मेरा लड़का उल्लू का पट्ठा निकलेगा !"

मुंशी शिवलाल का स्वर काफ़ी ऊँचा चढ़ गया था; छिनकी, भीखू, जमुना, बिशनलाल, सभी आँगन में आ गए।

क्रोध को पागलपन का दूसरा रूप माना जाता है। पागलपन के दौर की भाँति क्रोध का भी दौरा होता है जिसमें मनुष्य अपने पर से अधिकार खो बैठता है। मुंशी शिवलाल ज्वालाप्रसाद के उत्तर की कुछ देर तक प्रतीक्षा करते रहे; पर उन्हें ज्वालाप्रसाद का तो कोई उत्तर मिला नहीं, उलटे एक भीड़ वहाँ एकत्रित हो गई। मुंशी शिवलाल गरज उठे, "बोलता क्यों नहीं है हरामज़ादे ! तुझे पैदा किया, पढ़ाया-लिखाया, यह सब इसलिए किया कि मेरी बात मानने में तू धरमराज का बाप बने !"

इस क्रोध-प्रदर्शन से ज्वालाप्रसाद के अन्दरवाला सत्य और ईमानदारी का संस्कार और अड़ा। उसने इस बार दृढ़ता के साथ कहा, "अपनी सचाई और ईमानदारी को, मैं आप तो क्या, भगवान खुद आकर भी छोड़ने को कहें तो इनकार कर दूँगा।"

एकाएक मुंशी शिवलाल उठ खड़े हुए। पास में रखी हुई भारी सुराही को उठाकर उन्होंने कहा, "ले, तेरी ईमानदारी और सचाई पर मैं बलि होता हूँ !" और यह कहकर उन्होंने दोनों हाथों से ज़ोर लगाकर भरी हुई सुराही अपने सिर पर पटक ली।

इधर मुंशी शिवलाल चोट से लड़खड़ाकर ज़मीन पर गिरे और उधर सब लोग दौड़कर उनके पास पहुँचे। मुंशी शिवलाल गिरते ही बेहोश हो गए थे; उनका सिर फट गया था और उससे खून निकलने लगा था।

उसी रात इलाहाबाद से डॉक्टर बुलाया गया। अनेक उपचार हुए, लेकिन मुंशी

शिवलाल की चेतना जो न लौटी सो न लौटी। एक सप्ताह तक जीवन और मृत्यु का युद्ध चलता रहा। सातवें दिन मुंशी शिवलाल ने आँखें खोलीं। उन्होंने छिनकी से ज्वालाप्रसाद को बुलवाया। ज्वालाप्रसाद को देखते ही मुंशी शिवलाल की आँखों में आँसू आ गए, "जा रहा हूँ बेटा, मुझे माफ़ करना। ग़लती तुम्हारी नहीं थी, चलो, इस बुढ़ापे से तो छुटकारा मिला !"

ज्वालाप्रसाद ने रोते हुए कहा, "आप अच्छे हो जाएँगे बप्पा, ऐसी बात न कीजिए !"

मुंशी शिवलाल ने इशारे से छिनकी को बुलाया, फिर उन्होंने थके और बुझते स्वर में कहा, "यह छिनकी, यह तेरी दूसरी माँ है। मैंने इसे बड़ा कष्ट दिया है; इसकी कोई बात नहीं सुनी मैंने ! तो इसे अब तेरी दया पर छोड़ रहा हूँ। तेरी सबसे अधिक सगी यही है !" और यह कहकर मुंशी शिवलाल ने सदा के लिए आँखें बन्द कर लीं।

5

गंगाप्रसाद को साथ लेकर जब भीखू महावीरजी के मन्दिर में प्रसाद चढ़ाने पहुँचा, तब मन्दिर में काफ़ी भीड़ थी। सोराँव के प्रायः सभी सम्पन्न घरों के लड़के, जो उस वर्ष परीक्षा में पास हुए थे, इस मंगल के दिन प्रसाद चढ़ाने आए थे। घुमरू पंडित उस दिन बड़े व्यस्त थे; उनके सामने मिठाइयों का ढेर था और रेज़गारियों की भरमार थी। हर मिठाई की टोकरी में घुमरू पंडित चौथाई हिस्सा निकालकर महावीरजी के सामने रख देते थे।

अखाड़े के जोड़ समाप्त हो गए थे और घुमरू पंडित के आदेशानुसार बिसन गुरु की देखभाल में भाँग घुट रही थी। गंगाप्रसाद के सवा सेर लड्डुओं में से कम करने के स्थान पर घुमरू ने उसके झाबे में हनुमानजी के भोग से सवा सेर मिठाई और मिला दी। भीखू ने जब डलिया उठाई तो उसे वज़न कुछ अधिक मालूम हुआ। डलिया लेकर लौटते हुए गंगाप्रसाद ने कहा, "बचवा, महावीरजी तुम पर बड़े प्रसन्न आँय कि तुम्हार मिठाई अधियाय की जगह दुगनाय गई है।"

पर गंगाप्रसाद का ध्यान मिठाई की ओर न था, वह अखाड़े के उत्तरवाले आम के पेड़ के नीचे एकत्रित भाँग घोटनेवालों की भीड़ में अपने चाचा को देख रहा था। उनसे भीखू से कहा, "भीखू चाचा, देखो बिसन चाचा वहाँ हैं, चलो उनके पास चलें हम भी, देखें, क्या कर रहे हैं !"

भीखू ने गंगाप्रसाद को समझाया, "नहीं, उन भँगेड़िन के पास जायके का करिहौ। चलौ, घर चलौ ?"

लेकिन गंगाप्रसाद ज़िद पकड़ गया, "नहीं भीखू चाचा, तुम घर चलो, हम अकेले लौट आएँगे।" और यह कहकर वह बिशनलाल की ओर चल पड़ा। बिशन के पास जाकर उसने कहा, "क्यों चाचा, भाँग छन रही है ? आज हम भी पिएँगे।"

बिशनलाल ने एक गिलास में थोड़ी-सी भाँग देते हुए कहा, "लो बेटा, महावीरजी का परसाद समझके पीना, बुद्धि खुल जाएगी तुम्हारी ! अब की दफा दरजा में दोयम हुए हो, अगली दफा अव्वल आओगे !"

गंगाप्रसाद ने जैसे ही भाँग पीकर गिलास बिशनलाल को लौटाया, वैसे ही उसे श्यामलाल का कर्कश स्वर सुनाई पड़ा, "क्यों बे बिसनू ! गंगा को भी भँगेड़ी बनाए दे रहा है ! भीखू कहाँ है ? यह गंगा कैसे यहाँ चला आया ?"

भीखू वहीं खड़ा था जहाँ से गंगाप्रसाद उसका हाथ छोड़कर बढ़ा था। अब भीखू भी अपने स्थान से आगे बढ़ा, "हम इहाँ आन ! कहौ, का कहत हौ ? तौन अगर गंगा महावीरजी का थोड़ा-सा परसाद लैन लीन्हिस, तो कौन सा बड़ा जुलुम हुइगा ? हाँ बिसनू ! हमहूँ का थोड़ा-सा परसाद देव। जै बजरंगबली की ! देखत हौ, गंगा की मिठाई-परसात चढ़ावैं का लावा रहै, तौन दुगनाय गई !"

बिशनू ने एक लोटा भरकर भाँग भीखू के आगे बढ़ाई। भीखू ने ओक लगाकर लोटा-का-लोटा ख़ाली कर दिया।

श्यामलाल दाँत पीसता हुआ यह सब देखता रहा था, "अच्छी बात है ! चलो, ज्वाला दादा से यह सब कहता हूँ चलकर। अभी से लौंडे की आदत बिगाड़ रहा है यह भीखू ! और इस बिसनू को क्या कहूँ, खुद तो आवारा निकल गया, इस गंगा को भी आवारा बनाना शुरू कर दिया है।"

शिष्यों के सामने बिसन गुरु को अपमानित करने का श्यामलाल को कोई अधिकार नहीं था, बिशनलाल ने यह अनुभव किया। अपने क्रोध को दबाते हुए दबी ज़बान से उसने कहा, "श्यामू दादा, पहले अपनी तरफ़ देखिए ! हम लोग जैसे हैं वैसे ही बड़े अच्छे हैं। आपको इस सबमें दख़ल देने की कोई ज़रूरत नहीं है।"

और तभी भीखू ने कहा, "हाँ, ठीकै तो कहत है ई बिसनू ! ई अमराई, जिनके पेड़न पर तुम कब्ज़ा जमाए बैठे हो, तौन जमींदार साहेब बिसनू के नाम लिखिन हैं। अब ऊपर से बिसनू पर रौब जमाय रहे हौ। यू कहौ कि बड़ा भाई समझिके तुम्हार लिहाज कर रहा है, नहीं तो अगर ऊका क्रोध आ जाए तो वह पटकनी देय कि हाथ-गोड़ सब टूट जाएँ।"

गंगाप्रसाद को इस बातचीत में मज़ा आ रहा था। उसने श्यामलाल से कहा, "श्यामू चाचा, तुम भी थोड़ी-सी भाँग लो। जो आज परसाद चढ़ाया है न, हनुमानजी की कृपा से हमारी मिठाई दुगना गई है। भाँग के नशे में मिठाई में मज़ा आता है।"

श्यामलाल ने दाँत पीसते हुए कहा, "जब घर चलोगे तब मज़ा आएगा।" और यह

कहकर उसने गंगाप्रसाद का हाथ पकड़कर घसीटते हुए वहाँ से चलना शुरू कर दिया।

घर के सामनेवाले मैदान में मुंशी राधेलाल ज्वालाप्रसाद के साथ बैठे मुंशी शिवलाल की बरसी की योजना बना रहे थे, "ज्वाला बेटा, बड़े प्रतापी रहे दादा ! ख़ानदान को बना गए। तो वैसे पाँच सौ ब्राह्मणों का ब्रह्मभोज कराया जाना चाहिए था, लेकिन पाँच सौ ब्राह्मण शायद इस कुर्ब-जवार में मिलेंगे नहीं, इसलिए सवा सौ ब्राह्मणों का ब्रह्मभोज हो जाए। फिर अपनी बिरादरी और अपने मिलनेवालों का सवाल है। तो सोराँव, इलाहाबाद, फ़तहपुर के सब मिलाकर दो-तीन सौ आदमी तो हो ही जाएँगे।"

ज्वालाप्रसाद ने कहा, "तो इसके माने हैं कि करीब पाँच-छह सौ आदमियों की दावत होगी !"

"हाँ बेटा ! दादा के परलोक का मामला है, इस सबमें किफ़ायत से काम नहीं चलेगा। और फिर और कोई किफ़ायत करे सो करे, तुम तो तहसीलदार, सोराँव के राजा ! हुकुम-भर निकाल देव, तो सब सामान मिनटों में मुहय्या हो जाए !"

ज्वालाप्रसाद ने दबी ज़बान में कहा, "जी, लेकिन यह सब मैंने कभी किया नहीं, क्योंकि यह सब करना ग़लत है। आख़िर बरसी में यह सब सरंजाम करना ज़रूरी है क्या ?"

"ज़रूरी न होता तो भला हम तुमसे कहते," राधेलाल ने अपने शब्दों पर कुछ ज़ोर देते हुए कहा, "बड़े पुण्यात्मा, बड़े प्रतापी थे दादा। उनकी सद्गति भी होनी चाहिए। ब्राह्मणों को खिलाने से और बिरादरी के खिलाने से उनकी आत्मा को सन्तोष होगा और उन्हें सद्गति मिलेगी। मैं अभी अमज़दअली क़ानूनगो से कहे देता हूँ, पन्द्रह दिन के अन्दर घर-बैठे सब आ जाएगा।"

छिनकी पास खड़ी हुई यह बातचीत सुन रही थी और उसकी आँखों से टप-टप आँसू गिर रहे थे। अब उससे न रहा गया, "ई जोर-जुलूम से जो सामान बटोरा जाई ऊसे उनकेर परलोक सुधारैं की जगह बिगड़ी, तौन ई सब न चली। इकइस बम्हनन का खिलाय देव और ई जो पचास-साठ मेली-जोली, नाते-रिस्तेदार आवैं, उनकेर बिरादरी कर डालौ। ई सब जिन्स का प्रबन्ध हम कर लेव, तुम ई का चिन्ता न करो !"

छिनकी का हस्तक्षेप मुंशी राधेलाल को अच्छा नहीं लगा, "तूने फिर काटी ! बड़ी आई प्रबन्ध करनेवाली, हम लोगों की नाक काटने पर तुली हुई है।"

छिनकी अब छूट पड़ी। उसने ज्वालाप्रसाद से कहा, "अब हम ई घर मां न रहब, न बोलिब ! इन लोगन के अधरम के जाल मां फँसि के उइ परान दै दीन्हिन, तो अब ज्वालौ का अधरम मां फाँस रहे हौ ! हमसे ई सब न देखा जाई !" और वह रोती हुई वहाँ से चली गई।

ज्वालाप्रसाद ने छिनकी के जाने के बाद कहा, "चाचा, मैं तो ऐसा समझता हूँ कि छिनकी ठीक कह रही है। रिआया से ज़बरदस्ती वसूलयाबी से रिआया का जी ही दुखेगा। और मेरे पास रुपया है नहीं। ज़रा इतमीनान के साथ इस पर सोचिएगा।

उसी समय श्यामलाल गंगाप्रसाद को घसीटता हुआ ज्वालाप्रसाद के सामने लाया,

"दादा, देखो ई गंगा के गुन। यह बिसनू और उसके आवारा साथियों के गोल में जाकर भाँग पी आया है। और भीखू ने बजाय इसके कि इस लड़के को रोकता, खुद भी एक लोटा भाँग चढ़ा ली।"

इसके पहले कि ज्वालाप्रसाद या राधेलाल कुछ कहें, भीखू ने बढ़कर मिठाई की डलिया सामने रख दी, "ई लेव महाबीरजी केर परसाद ! गंगा पास भवा है न। तौन मन्दिर मां भाँग छनत रहै, सो परसाद की तरह थोड़ी-थोड़ी हम लीन और ई गंगौ लीन्हिस। तौन वहाँ ई श्यामू पहुँचे दाल-भात मां मूसरचन्द बनिकै। तब्बै से गंगा का रुलाय रहे हैं, खामुखा, सरम नहीं आवत इनका। उहाँ बिसनू का गाली-गलौज करि आए।"

भीखू के शब्दों का सहारा पाकर अब गंगाप्रसाद ज़ोर-ज़ोर से रोने लगा। उसके रोने की आवाज़ सुनकर छिनकी तेज़ी के साथ घर से बाहर निकली, बड़े प्यार से गंगाप्रसाद का हाथ अपने हाथ में लेते हुए उसने कहा, "ई कच्ची उमिर का फूल केर ऐस लड़का, तौन ई तरह डाँटा जात है ! चलौ बेटा, हँसी-खुसी का दिन आय ऊकेर, तौन रुलाय दीन्हिन !" और छिनकी गंगाप्रसाद को शान्त कराती हुई घर के अन्दर ले गई। छिनकी के पीछे-पीछे भीखू भी मिठाई की डलिया लिए हुए चला गया।

छिनकी और भीखू के जाते ही श्यामलाल ने कहा, "दादा, इन कमीनों को बहुत सिर चढ़ा रखा है आपने ! हम लोगों से इस तरह ज़बान लड़ाते हैं।"

राधेलाल ने अपने पुत्र को समझाया, "कोई बात नहीं, ज्वाला तो बड़े सीधे और भले व नेक हैं। अब मैं आ गया हूँ घर का मुखिया, तो ठहरो, मैं इन लोगों की अक्ल ठिकाने लगा दूँगा।"

ज्वालाप्रसाद ने मानो पिता-पुत्र की बातचीत सुनी ही नहीं, उसने श्यामलाल से पूछा, "हाँ तो श्यामू, तुमने फ़तहपुर की ज़मीन का क्या इन्तज़ाम किया ? इस दफ़ा तो फ़सल अच्छी हुई थी ?"

"जी फ़सल का क्या कहना, लेकिन दादा, क्या बतलाऊँ, दुनिया एकदम बेईमानी पर उतर आई है। जिन किसानों को मैंने ज़मीन पट्टे पर दी थी, वे बेईमानी पर उतर आए। लगान नहीं दे रहे हैं। मालूम होता है, उन पर मुक़दमा दायर करना पड़ेगा।"

"और जो वह सत्तर बीघे खुदकाश्त थी, उसका क्या हुआ ?"

"जी, उसे बटाई पर उठा दिया था। लेकिन वह केशोसिंह इतना बड़ा चोर निकलेगा, यह मैंने सोचा नहीं था। फ़सल काटकर रातों-रात अनाज न जाने कहाँ ग़ायब कर गया और मुझसे कहता है कि फ़सल बिगड़ गई, कुल डेढ़ सौ मन गेहूँ और सौ मन चना खेत में निकला; उसमें क़रीब सत्तर मन गेहूँ और बीस मन चना बीज की सवाई का महाजन को दे देना पड़ा। तो उसमें से कुल तीस मन गेहूँ और तीस मन चना अपने हाथ लगा। उसे बेचकर मैंने मालगुज़ारी अदा कर दी; क़रीब पन्द्रह रुपए अपने पास से देने पड़े।"

ज्वालाप्रसाद के मुख पर एक हल्की मुस्कराहट आई, "खेती सन्देसों नहीं होती

श्यामू, डटके मेहतन से काम करना पड़ता है !"

"जी-जी...आप ठीक कहते हैं। लेकिन दादा, मुझसे हल तो न पकड़ा जाएगा। ख़ानदान की इज़्ज़त का सवाल है। और फ़तहपुर में रहकर इतनी थोड़ी-सी ज़मीन सँभालने में भी कोई फ़ायदा नहीं अगर रहीमपुरा मौज़ा हाथ लग जाता तब तो बात भी थी, लेकिन इस खुदकाश्त और खेती के बल पर तो गुज़ारा नहीं हो सकता।"

"तो फिर वह ज़मीन बेच क्यों नहीं देते ?" ज्वालाप्रसाद ने पूछा।

अब राधेलाल के बोलने की बारी थी, "ज्वाला बेटा, ज़मीन को बेचने की बात मत करो, बात तो और ज़्यादा ज़मीन ख़रीदने की की जानी चाहिए। दादा की बरसी के बाद हम श्यामू को लेकर फ़तहपुर जाएँगे। कुछ रुपया अपने पास है। न हुआ तो मौज़ा बीरपुर का तीन आना हिस्सा बिकाऊ है, उसे ले लेंगे। आख़िर अपनी हैसियत तो बनानी ही है हम लोगों को !"

इसी समय मकान की ओर एक इक्का आता दिखाई दिया। "कौन हो सकता है इस वक़्त ?" राधेलाल ने कहा। और वहीं से उन्होंने आवाज़ लगाई, "कौन है ?"

इक्का मकान के सामने रुका। उस पर परदा पड़ा था। राधेलाल का ज्येष्ठ पुत्र रामलाल परदे के बाहर था। उसने इक्के से उतरते हुए कहा, "मैं हूँ बप्पा ! मदरसे में गरमी की छुट्टी हो गई तो सब लोगों को साथ लेकर आ गया हूँ।" ज्वालाप्रसाद ने देखा कि इक्के से रामलाल की पत्नी, श्यामलाल की पत्नी और तीन बच्चे उतर रहे हैं।

श्यामलाल ने दौड़कर इक्के से असबाब उतरवाया। घर में चहल-पहल मच गई। दोनों बहुओं ने अपनी सास के पैर छुए, और जमुना से गले मिलीं। घर के अन्दरवाले आँगन में दो चारपाइयाँ पड़ गईं, स्त्रियाँ बैठकर आपस में कुशल-क्षेम पूछने लगीं और बातें करने लगीं। रामलाल बाहर आकर सब लोगों के साथ बैठ गया।

"कहो ज्वाला, अच्छी तरह तो हो ! हमने सोचा कि ताऊजी की बरसी आ रही है। उधर मदरसे की छुट्टी हुई और इधर हम सब लोगों को लेकर सोराँव के लिए रवाना हो गए।" फिर वह श्यामलाल की ओर घूमा, "क्यों श्यामू, कहीं इस तरह ज़मीन-ज़ायदाद सँभाली जाती है ! तुम यहाँ बैठे हो और खुदकाश्त पर फ़ौजदारी की नौबत आ रही है। बप्पा, अगर श्यामू थोड़ी-सी मेहनत करे तो अच्छी-ख़ासी आमदनी हो जाए। लेकिन इसका तो वहाँ जी नहीं लगता। कभी सोराँव, कभी इलाहाबाद, कभी फ़तहपुर ! जब वहाँ मौक़े पर न रहोगे तो पैसा मिलेगा कैसे ?"

रामलाल ने आते-ही-आते यह सब पंचायत शुरू कर दी। श्यामलाल ने बिगड़कर कहा, "आप तो हैं वहाँ; आप ही सँभालिए न उस ज़मीन को !"

रामलाल ने गर्व से अपना सिर उठाया, "तो तुम समझते क्या हो ? मैंने किसानों से पूरा-पूरा लगान वसूल कर लिया है। यही नहीं, अपनी ज़मीन से लगी हुई आठ बीघे ज़मीन भी ठाकुर बच्चूसिंह से ख़रीद ली है। आधा रुपया तो दे दिया है, अब क़रीब तीन सौ रुपयों का इन्तज़ाम करना है, सो वह ज्वाला, तुम करोगे।"

"वह चाचा करेंगे, चाचा ने ज़मीन ख़रीदने के लिए कुछ रुपया बचाया है।"

इस सब बातचीत से ज्वालाप्रसाद के मन में एक अजीब उलझन पैदा हो रही थी। इस सब प्रसंग को बन्द करने के लिए उन्होंने आवाज़ दी, "भीखू !"

"हाँ भइया" कहता हुआ भीखू घर से बाहर निकला, "का बात है ?"

"चाची से पूछो कि खाना बन गया है कि नहीं। काफ़ी रात हो गई है और मुझे भूख लगी है। फिर ये लोग भी आ गए हैं। मैं जल्दी से खाना खाकर सोऊँगा, बड़ा थका हुआ हूँ।"

"खाना तो न जाने कब का बनगा, महाराजिन चलिव गई। चाचीजी थोड़ी-सी पूरी निकाल रही हैं। तौन रामलाल भैया नहावें-अहावें, तुम चलौ, खाना खाय लेव। कल सुबह तुम्हें फिर दौरा पर जॉय का है न !"

"हाँ, अच्छी याद दिलाई।" ज्वालाप्रसाद उठ खड़े हुए।

मुंशी शिवलाल की बरसी के दिन सारा परिवार इक्कों पर सवार होकर पौ फटने के पहले ही सोराँव से फाफामऊ के लिए रवाना हो गया। दोपहर के क़रीब सब लोग गंगा-स्नान करके वापस लौटे। घर लौटकर लोगों ने देखा कि किशनलाल तहसील के दफ़्तर में बैठा हुआ उन सब लोगों की प्रतीक्षा कर रहा है। किशनलाल को देखते ही राधेलाल चौंक पड़े। सहमे हुए स्वर में उन्होंने पूछा, "अरे किसनू तुम ! तुमने तो अपने आने की ख़बर ही नहीं दी थी हम लोगों को। भला, फाफामऊ होते हुए ही तो आए हो। वहीं फाफामऊ में मिल लेते। यह एकाएक कैसे आ गए और अरे, यह क्या हालत बना रखी है ? कहीं गिर पड़े क्या ?"

"जी, ताऊजी की बरसी थी न ! तो लम्बरदारिन आने ही नहीं देती थीं यहाँ। इसलिए आप लोगों को कोई ख़बर नहीं दी। लेकिन पाँच-छह दिन पहले एक रात मैंने सपने में देखा कि ताऊजी बड़े दुखी होकर मुझसे कह रहे हैं कि 'बेटा किसनू, सब रहेंगे, लेकिन तुम न रहोगे तो बड़ा दुख होगा।' तो बप्पा, इस सपने के बाद मेरी परेशानी बढ़ गई। एक तरह का पागलपन सवार हो गया मुझ पर। तो मैं सीधा लम्बरदारिन के पास गया। उसी दिन कानपुर से लछमीचन्द भी आ गए थे। हमने जब उन्हें यह सपना सुनाया तो लम्बरदारिन तो चुप रहीं, लेकिन यह लछमीचन्द—इसने ताऊजी को और ज्वाला दादा को पचासों गालियाँ दीं। इस पर हमसे न रहा गया तो फिर हमने भी तुरकी-बतुरकी जवाब दिया। बस, हमारा इस तरह जवाब-भर देना था कि लछमीचन्द ने चार आदमियों को बुलवाकर मुझे बुरी तरह पिटवाया। तीन दिन तक तो चलने-फिरने के काबिल नहीं रहा। परसों रात घाटमपुर से रवाना हुआ हूँ।"

किशनलाल के शरीर पर स्थान-स्थान पर पट्टियाँ बँधी थीं और चोट के दाग़ थे। राधेलाल ने ज्वालाप्रसाद से कहा, "सुन रहे हो ज्वाला।"

ज्वालाप्रसाद ने सिर खुजाते हुए कहा, "जी, सब कुछ सुना, लेकिन यक़ीन नहीं होता ! लक्ष्मीचन्द ऐसा नहीं कर सकता, मैं इतना जानता हूँ कि किशनू सच नहीं बोल रहा।"

बिशनलाल भी वहीं खड़ा ध्यान से यह बातचीत सुन रहा था। उससे अब न रहा गया और वह ज़ोर से हँस पड़ा, "अरे, किशनू दादा से और सच से तो पुराना वैर है। पिटे ये और कहीं, और अपनी हरकतों से पिटे, लेकिन नाम बदनाम कर रहे हैं लक्ष्मीचन्द का !"

राधेलाल ने बिशनलाल को एक चाँटा मारा, "हरामज़ादा कहीं का, चुप रहता है कि नहीं ! तुझे तो अपने भाइयों से दुश्मनी है; जब देखो, उन्हीं को दोष देता रहता है।"

रामलाल और श्यामलाल भी बिशनलाल की मरम्मत में सहयोग देने के लिए तत्पर हो रहे थे। तब तक ज्वालाप्रसाद ने बिशनलाल से कहा, "बिशन, तुम जाओ यहाँ से ! तुमसे कितना कहा कि दूसरों की बातों में दख़ल मत दो, यह बहुत बुरी आदत है।" फिर उन्होंने किशनलाल से कहा, "अच्छी बात है। अभी तो तुम नहाओ धोओ और कपड़े-वपड़े बदलो, बाद में सोचूँगा कि क्या किया जाए।"

ज्वालाप्रसाद ने उस दिन की छुट्टी ले रखी थी। दूसरे दिन जब वह दफ़्तर पहुँचे, तो उन्हें जैदेई का एक पत्र मिला। उसमें केवल इतना लिखा था कि किशनलाल को कुछ कारणों से, जिन्हें वह चिट्ठी में नहीं लिख सकती, नौकरी से निकाल दिया गया है। जो कुछ किशनलाल कहे, उस पर ज्वालाप्रसाद तनिक भी विश्वास न करें। सावन में वह इलाहाबाद आ रही है, तब वह सोराँव में आकर उनसे मिलेगी।

मुंशी शिवलाल के वार्षिक श्राद्ध के बाद ज्वालाप्रसाद ने अपने चारों ओर देखा। वह अपने उस वातावरण को ही जैसे पहचान नहीं सके। उनके चाचा मुंशी राधेलाल का पूरा परिवार वहाँ मौजुद था। तहसीलदार का वह हवेलीनुमा मकान उन्हें छोटा और तंग दिख रहा था। अपने ही घर में मानो उनका अस्तित्व लुप्त हो गया था।

एक दिन जब ज्वालाप्रसाद अपना काम समाप्त करके कचहरी से उठ रहे थे, पंडित बेचू मिसिर ने उनके पास आकर कहा, "मालूम होता है कि वर्षा समय से कुछ पहले ही आनेवाली है। अभी आसाढ़ का पहला पखवारा भी नहीं समाप्त हुआ और आज दोपहर से ही बादल घिर रहे हैं। लू ग़ायब हो गई, पुरवइया चल रही है।"

ज्वालाप्रसाद ने आसमान को देखते हुए कहा, "हाँ मौसम तो आज एकबारगी सुहावना हो गया है। लेकिन आधे आसाढ़ के बाद तो बारिश शुरू हो ही जाया करती है। इस दफ़ा गरमी भी तो बेतहाशा पड़ी है।"

बेचू मिसिर के मुख पर एक हल्की-सी मुस्कराहट आई, "हनुमानजी के मन्दिर की अमराई में मालूम होता है आमों की फ़सल अच्छी हुई है। कल पाँच गाड़ी आम यहाँ से इलाहाबाद बिकने गए हैं। चलिए, आपके भाई श्यामलाल ने कुछ रोज़गार तो शुरू कर दिया !"

ज्वालाप्रसाद ने आश्चर्य के साथ बेचू मिसिर को देखा, "पाँच गाड़ी आम इलाहाबाद बिकने गए हैं श्यामू के ? मुझे तो इसकी कोई इत्तिला नहीं। वह उजड़ी हुई पुरानी अमराई, भला उसमें इतने आम कैसे हो सकते हैं कि एक बार में पाँच गाड़ी आम निकल आवें !"

“अब यंह तो मैं नहीं जानता। आश्चर्य मुझे भी हो रहा था, क्योंकि घुमरू कह रहा था कि अबकी आम बहुत कम हुए हैं। चलिए, मौसम सुहाना है, कुछ घूम ही लिया जाय। आज सनीचर का दिन है, बजार-वजार कुछ है नहीं। चलिए, हम लोग भी आज महावीरजी के दर्शन कर लें !”

बेचू मिसिर के मुखवाली व्यंग्यात्मक मुस्कराहट से झल्लाकर ज्वालाप्रसाद ने कहा, “क्यों, क्या मामला है ? आप साफ़-साफ़ क्यों नहीं कहते ?”

“कैसे कहूँ ज्वालाबाबू ! वैसे मामला तो कुछ नहीं हैं, लेकिन सवाल आपकी बदनामी का उठ खड़ा होता है। इसलिए आपसे कहना ही पड़ता है ! इन दिनों महाबीरजी की अमराई के अग़ल-बग़लवाली अमराइयों से रिपोर्टें आ रही हैं कि उनके बाग़ों से आमों की चोरियाँ हो रही हैं। चोरी करनेवाले की शनाख़्त भी लोगों ने की है; वे लोग श्यामलाल का नाम लेते हैं। फिर जब श्यामलाल ने पाँच गाड़ी आम इलाहाबाद बिकने के लिए भेजे, तो शक पक्का भी हो गया; थानेदार शहाबुद्दीन ने वे रिपोर्टें दबा दी हैं, लेकिन श्यामलाल से उन्होंने ज़रूर पूछताछ की है। श्यामलाल का कहना है कि वे सब आम, जो उसने इलाहाबाद भेजे हैं, मन्दिर की अमराई के हैं।”

ज्वालाप्रसाद के माथे पर बल पड़ गए, “हूँ ! तो यह बात है। चलो, इसकी तहक़ीक़ात तो कर ही ली जाये !”

हनुमानजी के मन्दिर के पिछवाड़ेवाले कुएँ के पासवाले आम के पेड़ के नीचे घुण्डी स्वामी ने धूनी रमायी थी। किशनलाल ने वह जगह घुंडी स्वामी के कहने से छवा दी थी। घुंडी स्वामी का मुख्य शिष्य था किशनलाल। गाँव के दो-चार युवक और वहाँ मौजूद थे। चरस की चिलम भरकर किशनलाल ने घुण्डी स्वामी को दी। घुंडी स्वामी ने एक गहरा कश खींचा, एक गज़ ऊँची लौ उठी और घुंडी स्वामी की आँखें अंगारों की तरह दहकने लगीं, “ले साले, तू भी प्रसाद पा !” और यह कहकर उन्होंने चिलम किशनलाल को पकड़ा दी।

किशनलाल ने जब दम लगाया तो उसे अनुभव हुआ कि चरस राख हो चुकी है। उसने चिलम ज़मीन पर रखते हुए कहा, “वाह स्वामी, एक दम में इतना चरस फूँक दिया आपने। धन्य हैं !”

“अबे, इतने चरस की बात चलाता है, एक साँस में मैं तेरा यह क़स्बा फूँक दूँ, समझ क्या रखा है तूने !” और घुंडी स्वामी ने बचनू साह की ओर देखा : “अबे ओ बचनू के बच्चे ! देख क्या रहा है ? चवन्नी का चरस और ले आ ! तुम भक्तों को तो अभी मिला ही नहीं।”

बचनू साह बदलू बनिया का लड़का था। बचनू का विवाह हुए तीन साल हो चुके थे, लेकिन उसके कोई लड़का नहीं हुआ था और अब सब लोग निराश होने लगे थे। पुत्र-प्राप्ति के लिए वह घुंडी स्वामी की सेवा में सम्मिलित हो गया था। लेकिन बचनू रुपये-पैसे के मामले में सावधान था। उसने कहा, “स्वामीजी, घर से अठन्नी लेकर निकले थे, सो तो खत्म हो गई, अब पास में पैसा नहीं है।”

घुंडी स्वामी ने इस बार किशनलाल को देखा, "क्यों बे हरामज़ादे, बड़ा तहसीलदार का भाई बना घूमता है ! जा, तू चरस ले आ जाकर !"

उसी दिन सुबह के समय मुल्लू ठेकेदार ने चरस के ठेके पर किशनलाल से साढ़े चार रुपयों का तक़ाजा किया था। घुंडी स्वामी की बात सुनकर किशनलाल सकपकाया। उसने कहा, "स्वामीजी, वह मुल्लू बड़ा पाजी है। उसके साढ़े चार रुपये निकलते हैं, तो उसने आज तक़ाज़ा किया था।"

"अबे, रोता क्या है ? उस साले चरसवाले को पाँच जूते मारना ! तहसीलदार के भाई से तक़ाज़ा करने की हिम्मत है साले को ! इस तरह दबने से काम नहीं चलेगा।"

किशनू मुल्लू ठेकेदार की दुकान पर पहुँचा। उसने मुल्लू से कहा, "वह जो भइया ने घुंडी स्वामी को बगीचे में ठहराया है तो उनके लिए नियमपूर्वक जब तक ठहरें, तब तक सुबह-शाम आठ-आठ आने का चरस उन्हें मिलना चाहिए। इसका प्रबन्ध करने को उन्होंने मुझसे कहा था, तो हम तुमसे साफ़-साफ़ यह नहीं कहना चाहते थे, लेकिन जब तुम समझते ही नहीं तब तुमसे खुलकर यह कहना पड़ रहा है।"

तहसीलदार का नाम सुनकर मुल्लू ढीला पड़ा, "अरे, तो तुमने पहले यह क्यों नहीं बतलाया ! भला तहसीलदार साहेब की बात पर इनकार कर सकता हूँ ! वहाँ रोज़ चरस पहुँच जाया करेगा।" यह कहकर उसने आठ आने का चरस किशनलाल को दे दिया।

किशनू चरस की पुड़िया लेकर उलटे पैर लौटा, "लो स्वामीजी, यह चरस ! कल से सुबह-शाम तुम्हारा चरस मेरे ज़िम्मे, और ये लोग अपने-अपने चरस का इन्तज़ाम करें !"

घुंडी स्वामी ने चरस चिलम में भरते हुए कहा, "साले, मुझसे बसीकरन मंत्र लेकर ही रहेगा। कहाँ रहती है वह ? कितनी दूर पर यहाँ से ?"

"यही कोई सत्तर-अस्सी कोस समझिए स्वामीजी !" किशनलाल ने कहा।

"अबे, इतनी दूर कहाँ फँस गया जाके ? यहीं आस-पास किसी को क्यों नहीं ढूँढ़ता ?" और फिर घुंडी स्वामी ठठाकर हँस पड़े, "साले, जमा-जथा का मामला मालूम होता है। देख बे, सच-सच बोलना !"

किशनू ने खीसें निपोरते हुए कहा, "जमा-जथा तो क्या स्वामीजी, लेकिन बड़ा अपमान किया साली ने ! उसकी सास तो ज्वाला दादा की रखैल रही है और यह इतने नख़रे करे ! बस, कुछ ऐसा कर दो स्वामीजी कि मेरे पीछे-पीछे दौड़े। तुम्हारा जनम-भर का गुलाम हो जाऊँगा।"

"अबे, गुलामी तू क्या करेगा या उससे कराएगा ! अच्छा, उसका आदमी क्या करता है ?"

"कानपुर में कपड़े का बहुत बड़ा कारबार है, मिलें हैं, इलाहाबाद में लकड़ी का कारखाना है, घाटमपुर में बहुत बड़ा इलाक़ा है। क़रीब पचास-साठ लाख का आसामी है।"

"हूँ !" घुंडी स्वामी ने कहा और फिर उन्होंने चरस का एक हल्का-सा दम लगाया।

दम लगाकर उन्होंने चिलम किशनलाल को दे दी, "सब लोगों के लिए काफ़ी है इसमें !"

किशनलाल दम लगा ही रहा था कि घुंडी स्वामी की नज़र ज्वालाप्रसाद और बेचू मिसिर पर पड़ी, जो उसी ओर आ रहे थे। आस-पास जो लोग बैठे थे वे तहसीलदार की शक्ल देखकर ही खड़े हो गए। घुंडी स्वामी ने धूनी में एक लक्कड़ लगाते हुए दबे स्वर में कहा, "चेत-साले ! तेरा बड़ा भाई आ रहा है !" और उनकी आवाज़ तेज़ हुई, "बड़ा प्रतापी है ! धरम-करम-मरजादा का आदमी है। लेकिन रुपए-पैसे का कष्ट है। लेकिन बड़ा धन मिलेगा—हज़ारों रुपए, सोना, चाँदी, हीरे-जवाहरात !" इस समय तक ज्वालाप्रसाद और बेचू मिसिर घुंडी स्वामी की धूनी तक पहुँच गए थे। घुंडी स्वामी ने ज्वालाप्रसाद की ओर देखते हुए कहा, "ले बच्चा यह भभूत !" और यह कहकर घुंडी स्वामी ने धूनी से एक चुटकी भभूत निकालकर ज्वालाप्रसाद की मुट्ठी में रख दी, "बन्द कर ले अपनी मुट्ठी ! हाँ अब खोल के देख !"

ज्वालाप्रसाद ने अपनी मुट्ठी खोली, तो वह आश्चर्य से चौंक उठे। उनकी मुट्ठी में राख के स्थान पर एक लाल रंग का पत्थर था। बेचू मिसिर ने पकड़कर देखा, "अरे, यह तो गोमेद दिखता है।"

घुंडी स्वामी मुस्कराए, "केतु खराब है तेरा भगत ! तो बमभोलेनाथ ने गोमेद दिया है। इसे अँगूठी में जड़वाकर पहन लो, छह महीने के अन्दर गड़ा हुआ धन मिलेगा।

बेचू मिसिर के मन में ज्वालाप्रसाद के प्रति एक प्रकार की ईर्ष्या जागी। वह अब भूल गया कि वह ज्वालाप्रसाद को अमराई के आम दिखलाने के लिए लाए हैं। वह इस फिराक में थे कि घुंडी स्वामी उन्हें भी कुछ भभूत वग़ैरह दें, तक तक इस अमराई के दक्षिण की ओर वाली अमराई के जुम्मन मियाँ और उनके दो आदमी श्यामलाल को घसीटते हुए अपनी अमराई से निकले। जुम्मन मियाँ चिल्ला रहे थे, "चोर कहीं का साला ! आज पकड़ में आया ! बड़ा तहसीलदार का भाई बना घूमता है। अब अगर मेरी अमराई में दिखा तो हाथ-पैर तोड़कर रख दूँगा। सँभालो हमदू, दरख्तों के आम आधे रह गए हैं।" तब तक जुम्मन मियाँ की नज़र ज्वालाप्रसाद और बेचू मिसिर पर पड़ी, और वह श्यामलाल को घसीटता हुआ उस ओर बढ़ा, "क्यों तहसीलदार साहेब, सरकार ने क्या इसे मेरे आमों को देखने के लिए तैनात किया है ? दिन में यह साला आमों को मुआइना करके अन्दाज़ता है और रात में तोड़ ले जाता है। आज इसे पकड़ा है। मेरा क़लमी आमों का बाग़ ही उजाड़ डाला इस हरामज़ादे ने !"

इस शोर-गुल को सुनकर मन्दिर की भीड़ वहाँ से हटकर इन लोगों के आस-पास इकट्ठी हो गई थी। घुंडी स्वामी की ओर से हटकर ज्वालाप्रसाद और बेचू मिसिर का ध्यान अब उस समस्या की ओर गया, जिसकी सचाई जानने के लिए बेचू मिसिर ज्वालाप्रसाद को वहाँ लिवा लाए थे। बेचू मिसिर ने जुम्मन मियाँ से कहा, "इतना नाराज़ होने की ज़रूरत नहीं है जुम्मन मियाँ, तुमने श्यामलाल को आम तोड़ते तो नहीं देखा था। अब जाओ, आगे तुम्हारा कोई नुक़सान नहीं होने पाएगा। तहसीलदार साहेब खुद यहाँ इस मामले की तहक़ीक़ात करने आए हैं।"

और उन्होंने भीड़ में खड़े लोगों को डाँटा, "क्या भीड़ जमा कर रखी है तुम लोगों ने ! जाओ यहाँ से !"

जुम्मन मियाँ अपने आदमियों के साथ अपने आम के बग़ीचे में लौट गए, और उनके जाने के साथ भीड़ भी वहाँ से छँट गई। ज्वालाप्रसाद सिर झुकाए हुए श्रीहत-से खड़े थे, तब तक उन्हें घुंडी स्वामी का अट्टहास सुनाई दिया, "क्या सोचता है भगत ? इसमें उदास होने की क्या बात ? यह सब तो होता ही रहता है। जो जिसके भाग का है वह उसे मिलेगा ही। इस श्यामलाल का भाग बड़ा तेज़ है, इसके पास तो सम्पदा दौड़कर आएगी।" फिर घुंडी स्वामी बेचू मिसिर की ओर घूमे, "और भगत, तू भी क्या कहेगा, ले तू भी परसाद ले ! सोचता होगा कि घुंडी स्वामी पक्षपात करते हैं।" और यह कहकर घुंडी स्वामी ने धूनी से एक चुटकी भभूत लेकर बेचू मिसिर की मुट्ठी में रख दी। मुट्ठी बन्द करवाकर जब वह खुलवाई गई तो उसमें एक मूँगा निकला।

घुंडी स्वामी फिर ठठाकर हँसे, "मंगल ख़राब है, मंगल ! अच्छा किया कि छोटे भाई को महावीरजी की सेवा में लगा दिया, नहीं तो सब कुछ नष्ट हो जाता तुम लोगों का ! यह मूँगा पहनो, मंगल का बरत करो और नित्य सन्ध्या के समय महावीरजी के दर्शन करो !"

तब तक इन लोगों के पास खड़े बिशनलाल ने कहा, "बड़े नम्बरी जालसाज हो घुंडी स्वामी ! गोमेद, मूँगा और अकीक बाँट रहे हो। किसी की मुट्ठी में हीरा, मानिक, पन्ना निकालो तो जानें !" फिर उसने ज्वालाप्रसाद से कहा, "आप भी किस जालिए के चक्कर में फँस रहे हैं दादा ! श्यामू दादा और किशनू दादा को बस में करके हमारी अमराई में जम गया है। दिन-रात चरस के दम लगते हैं, और अब तो औरतों का भी आना शुरू हो गया है। क्यों घुमरू पंडित, हम ठीक कहते हैं न !"

घुमरू महावीरजी की सेवा में अपने एक शिष्य को लगाकर यह तमाशा देखने आ गया था। उसने कहा, "दादा, जान आफ़त में कर दी इसने हम लोगों की। एक-से-एक शोहदे इकट्ठा होने लगे हैं इसके यहाँ। हमसे हनुमानजी के चढ़ावे का आधा हिस्सा माँग रहा है।"

ज्वालाप्रसाद हत-बुद्धि और मर्माहत-से खड़े सब कुछ देख-सुन रहे थे, लेकिन हनुमानजी के चढ़ावे की बात सुनकर बेचू मिसिर सजग हो गए। उन्होंने घुंडी स्वामी से पूछा, "कब तक यहाँ ठहरने का इरादा है स्वामीजी ?"

"बमभोलेनाथ की मरज़ी भगत ! जब भगवान भूतनाथ आज्ञा देंगे कि घुंडी चल, उसी समय हम चल देंगे। और जो कुछ इन लौंडों ने कहा भगत, सो हम जो ज़हर का घूँट पीनेवाले हैं, उसे पी गए। लेकिन यह क्रोध का तीसरा नेत्र कब खुल जाए, और कब ये लौंडे भस्म हो जाएँ, यह भगवान शंकर जानें !"

इस समय तक ज्वालाप्रसाद की चेतना लौट आई थी। उन्होंने कड़े स्वर में कहा, "भगवान शंकर का आदेश यह है कि तुम कल सुबह यहाँ से चल दोगे। कल शाम को मैं यहाँ फिर आऊँगा, और उस समय अगर तुम यहाँ दीखे तो हवालात में बन्द कर

दिए जाओगे ! नायेब साहब, थानेदार शहाबुद्दीन से कह देना कि इसी वक़्त पुलिस के दो जवान यहाँ तैनात कर दिए जाएँ !"

6

छिनकी हाँफ रही थी और उसके मुँह से बोल नहीं निकल रहा था। जमुना के पैरों पर बैठकर वह बड़बड़ाने लगी, "हे भगवान, का होई, ई सब लोग का करैं वाले हैं ? हे गंगामइया, हमरे ज्वाला और गंगा की रच्छा करो।"

जमुना ने घबराकर पूछा, "क्या हुआ है री ? कौन-सी बिपदा आ पड़ी है ? आख़िर कुछ कह तो कि इतनी बुरी तरह घबराई हुई क्यों है ?"

"आँख खोलके देखो तो बिपदै-बिपदा आय, चौगरहीं घिरी भई हैं। तुम तो पटरानी की तरह आँखें मूँद लेटी भई हौ, और उधर तुम्हारा राजपाट लुट रहा है। हमसे ई सब नाहीं देखा जात है। अन्धेर हुइ रहा है।"

छिनकी की भूमिका से जमुना भली-भाँति परिचित थी। उसने मुँह बनाते हुए कहा, "छिनकी चाची, तुम्हार तौ रोजै की यह बात आय। हम उनसे सिकायत करती हन तो उइ कहते हैं कि सब अपन-अपन भाग का खाय रहे हैं, और तुम रोज़ नई-नई कहानी सुनावा करती हो। बड़ी मुस्किल है !"

छिनकी क्रोध में उठ खड़ी हुई, "हाँ रानीजी, हम कहानी गढ़ित हन ! तुम्हारी जिठानी की आध सेर की हँसली और सवा सेर की पैरन के कड़ा जो अबहीं-अबहीं सुनार के इहाँ ते गढ़िके आए हैं, तौन हम कहानी गढ़ रही हन ! लुटाओ, अच्छी तरह से आँख मूँद के लुटाओ और गंगा का कंगाल बनाय देव !"

जमुना चौंककर चारपाई से नीचे उतरी, "हाथ जुड़ती हन छिनकी चाची ! हमरी बात का बुरा न मानो ! तुम ठीक-ठीक कह रही हौ कि दादाजी यह गहना बनवाइन हैं ? ई गहना कब बनके आवा है ? तुम देखे हौ ?"

"नाहीं, हम तो कहानी गढ़ रही हन," छिनकी ने मान के साथ उत्तर दिया, "अबहीं रामदुलार सुनार के इहाँ से लाए। तौन अपनी महतारी और लुगाई का सौंप दीन्हिन ! हम तो आँगन मां रहिन, मुला हमार नज़र पड़ गई। जल्दी से तुम्हारी जिठानी अपने बकस मां बन्द कर दीन्हिन !"

"हसली और कड़ा !" जमुना ने उसे दुहराया, "दादाजी के पास इतना रुपया कहाँ से आया ?"

"तुम्हारी गिरस्ती से आवा, और कहाँ से आई ? ज्वाला की पूरी तनख्वाह राधे के पास पहुँच जात है।"

"लेकिन छिनकी चाची, भला चाचीजी तनख्वाह से इतना कहाँ बचाय सकत हैं कि गहना के बरे रुपया देंय ?"

छिनकी ने जमुना की बात का कोई उत्तर नहीं दिया, उसने देखा कि श्यामलाल की पत्नी कमरे में चली आ रही है। छिनकी ने उस समय कमरे से हट जाना ही उचित समझा। श्यामलाल की पत्नी ने छिनकी के चले जाने के बाद जमुना से कहा, "जीजी, बड़ी जीजी के पैरन के कड़ा और हँसली अबहीं बनके आए हैं। हम दुसरी कुठरिया मां रहन, दरवाजा के पास, तौन हमें दादाजी की आवाज़ सुनाई पड़ गई। दादाजी कहिन की सवा सेर के कड़ा ऑय और आध सेर की हँसली ऑय, लेकिन कौनो का ई गहना की खबर न होने पावै।"

राधेलाल के परिवार में श्यामलाल की पत्नी का सबसे अधिक निरादर था, क्योंकि श्यामलाल के कोई सन्तान नहीं हुई थी। श्यामलाल की पत्नी हृष्ट-पुष्ट, लम्बी-सी स्त्री थी—किसी हद तक कुरूप और काली। फिर वह थोड़ी-सी मुँहफट भी थी। लेकिन काम-काज में वह सबसे अधिक परिश्रमी और निपुण थी। वह घर-भर के लिए अकेली रसोई बनाती थी; चौका-बरतन भी अकेली कर लेती थी। फिर भी श्यामलाल की पत्नी को घर-भर का अपमान और निरादर ही मिलता था। जमुना की संवेदना कभी-कभी श्यामलाल की पत्नी को प्राप्त हो जाया करती थी, इसलिए उसने जमुना से कहा, "जीजी, हमरे पैरन मां गहना के नाम मां लच्छा, तौन दुइ तो घिसके टूटि गए, बाकिउ टूटनवाले हैं। न होय तो दादाजी से कहिके हमहूँ का आठ लच्छा बनबाय देव। बड़ी जीजी तो गहनन से लदी जाय रही हैं, और हमरे पास जो रहै तौनो टूटा जात है। ई तो बड़ा अन्धेर है जीजी !"

जमुना उस समय उससे कहीं बड़े अन्धेर पर सोच रही थी। तो छिनकी ने जो कुछ कहा था, छिनकी जो कुछ कहती रही थी, सब-का-सब सत्य था। जमुना की आँखों के सामने ही जमुना का सत्यानाश हो रहा था। इस समय पानी ज़ोरों के साथ बरसने लगा था, और ज्वालाप्रसाद के दफ़्तर से लौटने का समय हो रहा था। यद्यपि दफ़्तर और घर आमने-सामने थे, फिर भी पानी इतने ज़ोर का था कि ज्वालाप्रसाद दफ्तर से आते-आते पूरी तरह से भीग जाते। जमुना ने श्यामलाल की पत्नी से कहा, "हम उनसे कहब। लेकिन उइ तो सब रुपिया चाचाजी को दै देत हैं। सो चाचाजी से कहौ चलिके। हम हूँ तुम्हरे साथ चलिके कहबे।"

श्यामलाल की पत्नी ने घिघियाकर उत्तर दिया, "काहे का हमें गाली खिलावा चाहती हो ? बप्पा केर मिजाज तो जनती ही हौ, और अम्माजी को तो हम फूटी आँखिन नाहीं सुहाइत। जी मां आवत है कि ई चुड़ैल बुढ़िया का कौनो दिना ज़मीन पर पटकिके ऐस कचरी कि ज़िन्दगी-भर के लिए जुबान बन्द हुई जाय।"

जमुना के मुख पर मुस्कराहट आई, "राम ! राम ! मझली, सास के लिए कहूँ ऐस

कहा जात है ?"

श्यामलाल की पत्नी की आँखों में आँसू आ गए, "का करी जीजी ! सहैं की कौनो हद होत है। परान पक गए हैं ई घर के लोगन के बरताव से। कौनो दिन मट्टी का तेल ऊपर डालके आगी लगाइ लेब। लेकिन मरन के पहले ई बुढ़िया के परान लै लेब, इतना नीक तरह से समुझ लेब।"

श्यामलाल की पत्नी के हार्दिक उद्‌गार सुनकर जमुना सहम गई, "ई सब करन की जरूरत नाहीं पड़ी। लेब, हमें सूझिगा, हम छिनकी चाची का चाचाजी के पास भेजिब। तौन तुम्हार सास-ससुर अगर कौनो से घबरात आँय तो छनकी चाची से।"

इसी समय छिनकी ने कमरे में प्रवेश किया। वह बेतरह परेशान थी। कमरे में प्रवेश करते-करते उसने जमुना की बात सुन ली थी। वह बोली, "छोटे मालिक से नाहीं, हम ज्वाला से कहब, उनके आवैं का समय हुइगा है। मुला उनकेर छाता नाहीं मिलत। भीखू घर-भर ढूँढ़ डालिस, न जाने कहाँ छाता लोप हुइगा।"

"छाता तो दुपहरिया के समय चाचाजी हमसे माँग ले गए रहैं। कहत रहैं कि घंटा-भर मां लौट अइहैं, तौन उनसे पूछौ जायके।" जमुना ने कहा।

"पूछी जाय का भूत-परेत से ? छोटे मालिक का तो कौनो पता नाहीं, न उनकेर कौनो बिटवा दिखात है। अब का होई ? पानी तो मूसलाधार बरस रहा आय !"

इधर छाते की ढुँढ़वाई हो रही थी, उधर ज्वालाप्रसाद बेचू मिसिर का छाता लगाए हुए घर लौटे। भीखू से बेचू मिसिर का छाता वापस कराते हुए उन्होंने जमुना से पूछा, "क्यों, मैं इतनी देर इन्तज़ार करता रहा, तुमने मेरा छाता क्यों नहीं भिजवाया ?"

"छाता तो दोपहर के समय चाचाजी माँग ले गए, कहते थे, घंटे-भर में लौट आएँगे। अब तक उनका पता नहीं है। दादाजी भी उनके साथ गए हैं शायद।"

ज्वालाप्रसाद ने कपड़े बदले। पानी अब रुक गया था और पानी रुकने के साथ उमस एकाएक बहुत बढ़ गई थी। ज्वालाप्रसाद ने दफ़्तर के काग़ज़ निकाले, लेकिन उनके लिए अब घर में बैठना असम्भव हो गया था। उन्होंने जमुना से कहा, "ठाकुर वीरभान के यहाँ हम लोग बहुत दिनों से नहीं गए, बड़ी शिकायत करते थे। सोच रहा हूँ कि उन्हीं के यहाँ हो आएँ चलकर। ठकुराइन ने भी कई दफ़ा तकाज़ा करवाया कि तुम उनके यहाँ नहीं गईं, तो मैं इक्का कसवाता हूँ। तब तक तुम भी तैयार हो जाओ।"

"मैं अभी आधी घड़ी में तैयार हो जाती हूँ। तब तक तुम नाश्ता कर लो।"

जमुना ने रसोईघर में जाकर आम और पूड़ी का नाश्ता ज्वालाप्रसाद के पास भिजवा दिया। ज्वालाप्रसाद ने नाश्ता करना आरम्भ किया और छिनकी ने श्यामलाल की पत्नी से जो वायदा किया था, उसे पूरा करना आरम्भ किया, "श्यामू की बहू के पैरन के लच्छा घिस गए हैं। रोय रही रहैं बिचारी कि रामू की बहू के तो आजै सवा सेर के पैर केर कड़ा और आध सेर की हँसली गढ़िके आई है, मुला उइ बिचारी के चार ठो लच्छा कौनो नाहीं बनवाय देत हैं। तौन हम कहा कि हम तुमसे कहब !"

श्यामलाल की पत्नी का परिवार में क्या स्थान है, ज्वालाप्रसाद इसे अच्छी तरह

जानते थे। उन्हें श्यामलाल की पत्नी के प्रति सहानुभूति भी थी, "अच्छी बात है, कल उसके लच्छे ला देना, मैं सुनार को बुलवाकर नए लच्छे बनवा दूँगा। लेकिन क्या यह सच है कि भौजी के कड़े और हँसली बने हैं ?"

"सच्ची नाहीं तो क्या झूठ आय ? आज सुबा रामू गहना लायके अपनी महतारी और अपन बहुरिया को सौंपिन, बोले कि कोऊ को बतावैं न, छिपायके रखि लेय। हम ज़रा पास रहिन तौन हम दीख लीन।"

ज्वालाप्रसाद का माथा ठनका, लेकिन उन्होंने बात आगे नहीं बढ़ाई। जमुना को साथ लेकर जब ज्वालाप्रसाद ठाकुर वीरभान के यहाँ पहुँचे, उन्होंने देखा कि मुंशी राधेलाल रामलाल के साथ वहीं मौजूद थे। जमुना रनिवास के अन्दर चली गई और ज्वालाप्रसाद ठाकुर वीरभान के पास आकर बाहर के चौक में बैठ गए।

ज्वालाप्रसाद के आते ही मुंशी राधेलाल ने कहा, "तुम अच्छे आ गए ज्वाला बेटा ! ठाकुर साहेब कोशिश कर रहे हैं कि रामू को यहीं मदरसे में नौकरी मिल जाए। ख़ानदान के लोग इधर-उधर बिखरे पड़े रहें, इससे यह कहीं अच्छा कि सब लोग साथ रहें।"

ज्वालाप्रसाद के मुँह से अनायास ही निकल पड़ा, "लेकिन चाचा, फ़तहपुर के मकान का क्या होगा ? फिर जिस मकान मे मैं रहता हूँ वह सरकारी मकान है, इतने आदमियों के तो इसमें रहने का कोई इन्तज़ाम नहीं है।"

ठाकुर वीरभान ने ज्वालाप्रसाद के प्रश्न का उत्तर दिया, "तहसीलदार साहेब, मकान की चिन्ता आप मत कीजिए। मैं अपने लिए एक नई हवेली बनवा रहा हूँ। ठकुराइन का जी ऊब गया है। इस हवेली से, तो यह मैं आप लोगों को दे दूँगा। तीन चौक की हवेली है यह; पूरे परिवार के लिए काफ़ी होगी। इसमें बड़े आराम से गुज़र हो जाएगी आप लोगों की।"

ज्वालाप्रसाद ने कहा, "ठाकुर साहेब, बड़ी कृपा है आपकी, लेकिन आपकी हवेली में मेरे रहने से सरकार को ऐतराज़ होगा। आप इन मामलों को नहीं समझ सकेंगे ठाकुर साहेब !"

ठाकुर वीरभान मुस्कराए, "मैं सब समझता हूँ तहसीलदार साहेब, लेकिन आप फ़िक्र मत कीजिए। इस हवेली को मैं आपके नाम या गंगा के नाम बै कर दूँगा। आज सत्तर साल से ऊपर हो गए हैं इस हवेली को बने हुए; इसकी अब क़ीमत ही क्या रह गई है ! मैं इसे ख़ाली छोड़ दूँगा तो दो-चार साल में यह खँडहर बन जाएगी। सिर्फ़ ज़मीन के दाम पर आपको यह हवेली मिल जाएगी। खैर, आपको इस सबकी फ़िक्र करने की ज़रूरत नहीं है; मुंशी राधेलाल सब कुछ कर लेंगे।"

ज्वालाप्रसाद ने इस अप्रिय प्रसंग को टाला, "छोड़िए भी इस बात को। आपकी नई हवेली बनने में अभी साल-दो साल लगेंगे। अभी तो आप सिर्फ़ उसकी नींव डलवा रहे हैं।"

"हाँ, सात-आठ महीने तो ज़रूर लग जाएँगे—पूरा साल समझिए !" ठाकुर वीरभानसिंह ने स्वीकार किया।

"तब तक हम लोग किसी-न-किसी तरह काम चला लेंगे; अभी भी तो काम चलता ही जाता है।" मुंशी राधेलाल ने उत्तर दिया। फिर वह उठ खड़े हुए, "अच्छा, अब तुम लोग बातें करो, हम चलें। दोपहर को इलाहाबाद गए थे ठाकुर साहेब के साथ; वहाँ रामू की बात ठीक हो गई। पन्द्रह दिन में परवाना मिल जाएगा। दो-एक दिन में रामू को लेकर फ़तहपुर जाना है, वहाँ इस्तीफ़ा देना पड़ेगा न ! फिर फ़तहपुर के मकान और ज़मींदारी का भी इन्तज़ाम करना है।" यह कहकर रामलाल के साथ मुंशी राधेलाल चले गए।

इन लोगों के जाने के बाद थोड़ी देर तक ज्वालाप्रसाद और ठाकुर वीरभानसिंह मौन बैठे रहे। फिर वीरभानसिंह ने पूछा, "क्यों तहसीलदार साहेब, आप इतने अनमने क्यों हो गए ? क्या इन लोगों का यहाँ आपके साथ रहना आपको पसन्द नहीं ?"

ज्वालाप्रसाद ने लड़खड़ाते स्वर में उत्तर दिया, "जी...जी, ऐसी तो कोई बात नहीं है !"

लेकिन ज्वालाप्रसाद इस नवीन प्रस्ताव से बुरी तरह घबरा गए थे। पिछले दो महीने नरक में बीते थे, पर अब सदा-सदा के लिए उनके नरक का प्रबन्ध हो रहा था। वास्तविक स्थिति वह ठाकुर वीरभानसिंह को बतला नहीं सकते थे; ख़ानदान की इज़्ज़त का सवाल था। ढकी-मुँदी जब तक चले, तब तक चलती जाए। लेकिन यह ढकी-मुँदी कब तक चल सकती है ? ज्वालाप्रसाद ने बातचीत का प्रसंग ही बदल दिया।

ठकुराइन साहिबा के आग्रह से जमुना और ज्वालाप्रसाद को भोजन उस दिन उन्हीं के यहाँ करना पड़ा। भोजन के पहले ज्वालाप्रसाद ने ठाकुर वीरभानसिंह के साथ थोड़ी-सी शराब भी पी ली; और इससे उनका मन कुछ हल्का हो गया। एक तरह का साहस जाग रहा था उनके अन्दर। वह यह सब किसी भी हालत में नहीं होने देंगे—नहीं होने देंगे। अगर मनुष्य के अधिकार में नरक का निर्माण करना है, तो मनुष्य के अधिकार में नरक के निर्माण को रोकना भी है।

जब ज्वालाप्रसाद घर लौटे, आधी रात हो गई थी। केवल छिनकी उस समय सोते हुए गंगाप्रसाद के सिरहाने बैठी जाग रही थी और भीखू बाहर के दरवाज़े के पास बैठा ऊँघ रहा था। ज्वालाप्रसाद और जमुना के कमरे में प्रवेश करते ही छिनकी उठकर जाने लगी, पर ज्वालाप्रसाद ने उसे रोका, "छिनकी चाची, ज़रा ठहरो, तुमसे कुछ सलाह करनी है।"

छिनकी एकबारगी चौंक उठी। आज तक उसकी सलाह किसी ने माँगी नहीं थी, वह खुद अपनी तरफ़ से सलाह दिया करती थी। पहली बार किसी ने उसकी सलाह माँगी थी। वह वहीं ज़मीन पर बैठ गई और बोली, "कहौ !"

ज्वालाप्रसाद बोले, "चाचा ने ठाकुर वीरभान की हवेली हम लोगों के लिए माँग ली है; उसकी नई हवेली बन रही है। रामू दादा फ़तहपुर की नौकरी छोड़कर यहाँ सोराँव में मुदर्रिस बन रहे हैं, चाचा ने यह सब भी ठीक कर लिया है। उनका कहना है कि अब सब ख़ानदान साथ रहेगा।"

"हाय दइया ! तुम्हारी छाती पर मूँग दलैं आए हैं ई सब लोग ! चोर, बेईमान, आवारा कहूँ के। और तुम ई सब होन देहौ ?"

"इसी पर सलाह लेने के लिए तो तुम्हें रोका है छिनकी चाची ! समझ में नहीं आता कि क्या किया जाए !"

"कीन का जाय ! तुम छोटे मालिक से साफ-साफ कहि देव कि अपने बिटवन का लैके फ़तहपुर मां रहैं जायके।"

इस समय तक भीखू की आँख खुल गई थी और उसकी समझ में छिनकी का अन्तिम वाक्य नहीं आ रहा था। दरवाज़े के पास से खिसककर वह कमरे में आ गया, "क्या बात है भइया ? ई अम्मा केहि पर नाराज़ हुई रही हैं ?"

छिनकी ने उत्तर दिया, "नाराज़ नहीं हुई रहिन आय, विपदा का निदान ढूँढ़ रहिन हन ! ई ज्वाला की छाती पर मूँग दलैं के बरे फ़तहपुर का ख़ानदान इकट्ठा भी है। सोराँव मां बसैं का आवा है।"

"ई तो बड़ी मुसकिल भई। हमका तो इन सबसे बड़ा डर लागत है, मनई न आँय, सैतान आँय।" भीखू बोला।

ज्वालाप्रसाद के ऊपर से ज्यों-ज्यों शराब का नशा उतरता जाता था, त्यों-त्यों उनकी हिम्मत जवाब देती जाती थी। एक बार उन्होंने अपने समस्त साहस को बटोरकर कहा, "भीखू, तुम सुबह चाचा से कह देना कि मुझे इन लोगों का सोराँव में बसना पसन्द नहीं, वह सब लोगों को लेकर फ़तहपुर चले जाएँ।"

भीखू ने आँख मिचमिचाते हुए कहा, "और अगर उइ सब लोग मिलके हमार पिटायी करन लागे तो तुम हमें आयके बचइहौ ? नाहीं भइया, ई सब हमसे न कहलाओ, तुम ही कहौ उन लोगन से।"

अपने मत्थे पर हाथ लगाते हुए ज्वालाप्रसाद ने कहा, "यही तो मुश्किल है कि बिलार के गले में घंटी कौन बाँधे ? ख़ैर, कोई बात नहीं। मैं कल सुबह यह सब एक काग़ज़ में लिख दूँगा, तुम चाचा को दे देना।"

"हाँ, हम यू जरूर कर सकित है," भीखू ने जम्हुआई लेते हुए कहा, "और सुनो, इलाहाबाद से एक साँडनी-सवार एक चिट्ठी लावा रहै तुम्हरे नाम, तौन तुम्हरे तकिया के नीचे रखि दीन है।"

छिनकी और भीखू के जाने के बाद ज्वालाप्रसाद ने अपने तकिये के नीचे से चिट्ठी निकाली। वह चिट्ठी जैदेई की थी। जैदेई इलाहाबाद में आकर बीमार पड़ गई थी, इसलिए वह सोराँव नहीं आ सकेगी। उस चिट्ठी में जैदेई ने लिखा था कि अगर ज्वालाप्रसाद को असुविधा न हो तो वह जमुना के साथ किसी दिन इलाहाबाद आ जायँ। अगर दो-चार दिन की छुट्टी लेकर आएं तो बहुत अच्छा हो।

ज्वालाप्रसाद मुस्कराए। उन्होंने जमुना से कहा, "नम्बरदारिन की चिट्ठी है। इलाहाबाद आकर बीमार पड़ गई हैं। हम लोगों को वहीं बुलाया है। परसों इतवार है, तो कल शाम इलाहाबाद चलना है। सोमवार को अमावस की छुट्टी है। सोमवार की

रात को या मंगल की सुबह को हम लोग लौट आएँगे।"

"हाँ, इलाहाबाद चलने की बात मैं भी कहना चाहती थी, लेकिन हिम्मत नहीं पड़ती थी। यह घर तो अब हमें खाये जाता है। जी चाहता है, कहीं भाग खड़ी होऊँ।"

ज्वालाप्रसाद की आँखों में चमक आ गई, "इलाहाबाद चलकर मैं रामू का सोराँव आना भी रुकवा दूँगा और नम्बरदारिन से किसनू की हरकतों का भी पता चल जाएगा। लेकिन घरवालों को यह पता न चले कि हम लोग नम्बरदारिन से मिलने जा रहे हैं। तुम कह देना कि डिप्टी साहेब के यहाँ कनछेदन है, वहाँ जा रहे हैं हम लोग।"

"हाँ-हाँ, तुम निसाखातिर रहो।" जमुना ने कहा।

ग्यारह-बारह साल पहले जैदेई पैंतीस वर्ष की अवस्था में पच्चीस वर्ष की दिखती थी, वह अब साठ वर्ष की बुढ़िया दिखने लगी थी। उसके अधिकांश बाल सफेद हो गए थे और उसके मुख पर झुर्रियाँ पड़ने लगी थीं। शरीर में तो कोई विशेष अन्तर नहीं आया था, लेकिन उसकी शक्ति क्षीण हो गई थी और उसकी आँखों की चमक जाती रही थी।

जैदेई को पिछले दो वर्ष से जूड़ी आ रही थी। वैद्यों के इलाज हुए, हकीमों के इलाज हुए, झाड़-फूँक हुई, टोने-टोटके हुए; लेकिन जूड़ी ने जैदेई का साथ नहीं छोड़ा। महीना-पन्द्रह दिन के लिए फ़ुरसत मिलती, लेकिन इसके बाद फिर जूड़ी का दौरा होता। जिस समय ज्वालाप्रसाद और जमुना जैदेई के यहाँ पहुँचे, वह अपने कमरे में बुखार में बेहोश पड़ी थी, लक्ष्मीचन्द की पत्नी उसके सिरहाने बैठी थी।

लक्ष्मीचन्द ने छह महीने पहले सिविल लाइन्स में एक बंगला ख़रीद लिया था, जिसमें वह इलाहाबाद आने पर रहा करता था। ज्वालाप्रसाद इलाहाबाद जाकर उसी बँगले में ठहरा करते थे। नौकरों ने ज्वालाप्रसाद का सामान उतारा, और ज्वालाप्रसाद बाहरवाले कमरे में बैठ गए। जमुना घर के अन्दर चली गई। वह सीधी जैदेई के कमरे में पहुँची।

राधा ने जमुना के पैर छुए और फिर उसने जमुना को एक कुरसी पर बिठलाते हुए कहा, "इधर अम्माजी को पन्द्रह दिन से रोज़ जूड़ी आती है। दीयाजले रोज़ जाड़ा देकर बुखार चढ़ता है और आधी रात के समय पसीना छूटकर बुखार उतरना शुरू हो जाता है। सुबह से शाम तक मज़े में खाती-पीती हैं, काम-काज करती हैं। लेकिन चेहरा बिलकुल पीला पड़ गया है। वह एक हफ्ता हुआ कानपुर से घाटमपुर गए थे। उन्होंने जो यह देखा तो ज़बरदस्ती हम लोगों को इलाहाबाद लिवा लाये अम्माजी का इलाज कराने। लेकिन अम्माजी डॉक्टरी कराने पर राज़ी नहीं होतीं। वह तो हारकर कल कानपुर वापस चले गए; वहाँ ज़रूरी काम था।"

राधा और जमुना की बातचीत से जैदेई की तन्द्रा टूटी। आँखें बन्द किए हुए उसने पूछा, "कौन है ?"

राधा ने उत्तर दिया, "अम्माजी, तहसीलदारिन चाची आई हैं। चाचाजी बाहर कमरे में बैठे हैं।"

जैदेई ने प्रयास के साथ आँखें खोलीं, "देवरजी आ गए ! अरे देवरानीजी, तुम भी आ गईं, चलो अच्छा हुआ। बहू, देवरजी को यहीं इस कमरे में बुला लो न !"

ज्वालाप्रसाद के कमरे में आते ही राधा ने घूँघट कर लिया।

रात काफ़ी अधिक बीत गई थी। दूर के घंटे ने ग्यारह बजाए। जैदेई की जूड़ी उतरने का समय आ गया था। उसने राधा से कहा, "बहू देवरजी और देवरानीजी के लिए कुछ खाने-पीने का तो प्रबन्ध करो जाकर। साथ में देवरानीजी को ले लो, हाथ बटा देंगी। तब तक हम देवरजी से बातें करती हैं।"

यह स्पष्ट था कि जैदेई ज्वालाप्रसाद से एकान्त में बात करना चाहती थी। राधा ने जमुना का हाथ पकड़कर उसके कान में धीरे से कहा, "चलो चाचीजी, अम्माजी चाचाजी से जो बातें करेंगी, वह हम तुम्हें ब्यौरे से बताती हैं चलके। तो तुम चाचाजी को पूरी बात बता देना।"

रसोईघर में पहुँचकर राधा ने जमुना से कहा, "चाचाजी, वह जो चाचाजी का छोटा चचेरा भाई घाटमपुर में कारिन्दा बनकर आया था, हम क्या जानती थीं कि वह इतना बदमाश और आवारा है।"

जमुना के कान खड़े हुए, "मैं तो पहले से जानती थी। इन्होंने बप्पा के दबाव में आकर उसे यहाँ भिजवाया था। साथ में उसकी देखभाल करने के लिए चाचाजी को भी भेज दिया था। क्या-क्या गुल खिलाए उसने ?"

राधा मुस्कराई, "कुछ दिन तो वह ठीक रहा। घर का लड़का समझके हमारे घर के अन्दर आने की भी कोई रोक-टोक नहीं थी। तो चाचीजी, वह धीरे-धीरे हम से बहुत घुल-मिलकर बातें करने लगा। अम्माजी की तो तबीयत खराब रहती थी। मेरे लिए वह कभी फूलमाला ले आता और कभी अच्छे-अच्छे फल ले आता। तो हमें क्या पता कि उसकी नीयत खराब है। हम तो समझीं कि भलमनसी में यह सब कर रहा है। तो हमने भी इस पर कुछ ध्यान नहीं दिया। अब धीरे-धीरे हमसे हँस-हँसके मज़ाक भी करने लगा। अड़ोस-पड़ोस की रस की बातें भी सुनाने लगा।"

जमुना मुस्कराई, "मज़ा तो आता होगा तुम्हें इन बातों को सुनकर !"

शरमाते हुए राधा ने कहा, "चाचीजी, सच्ची बात तो यह है कि वे बातें हमें बुरी भी नहीं लगती थीं, नहीं तो इस सबकी नौबत ही न आती !" और यह कहते-कहते राधा रुक गई।

"फिर क्या हुआ ?" जमुना ने पूछा।

"हाँ, तो चाचीजी, तुम्हारे ससुर के मरने की ख़बर पाते ही उसके माँ-बाप चले गए तो हमने उससे कहा कि वह खाना हमारे ही यहाँ खा लिया करे। तो एक दिन शाम के समय हमें उसने शरबत पिलाया। हम क्या जानें कि उसमें भाँग पड़ी है ! तो शाम के समय अम्माजी को जूड़ी आ गई, नौकर-चाकर सब अम्माजी की सेवा में लग गए।

अब हमारा जी न जाने कैसा-कैसा करने लगा, आँख मुँदी जायँ, बस यही लगे कि सो जाऊँ। रोशनी आँखों को अच्छी नहीं लगती थी। तो इधर हम बत्ती बुझाके लेटीं और उधर उसने हमारा हाथ पकड़ा। लेकिन हम इतनी बेहोस नहीं थीं, सो हमने अपना हाथ छुड़ाया। लेकिन जैसे शरीर में ताकत ही नहीं रह गई थी। और उसने हमें कौरियायके पकड़ा। अब हम चिल्लाय पड़ीं। हमारे चिल्लाते ही उसने हमारा मुँह दबाने की कोशिश की। इतने में मैकी कहारिन हमारी आवाज़ सुनके आ गई। तो हम बोलीं, बचाओ मैकी हमें। अब मैकी चिल्लाई। नौकर-चाकर दौड़ पड़े। लेकिन नौकरों के आने से पहले ही वह भाग गया। डर के मारे हमारा बुरा हाल, शरीर थर-थर काँप रहा था।"

"तो उसी दिन अनायास ही थोड़ी देर बाद वह आ गए कानपुर से। उन्हें देखते ही हमारी जान-में-जान आई। हमने रोते हुए उनसे सब बतलाया कि कैसे हमारा धरम जाते-जाते बचा। वैसे ही यह चार आदमी लैके उसके घर पहुँचे। घर में ताला बन्द। घाटमपुर में मेलकार्ट के अड्डे पर पहुँचे। गाड़ी का इन्तज़ार कर रहा था भागने के लिए। सब लोग उसे पकड़कर घर लाए। अब पड़ी उस पर मार। वह तो कहो अम्माजी ने बुखार में होते हुए भी उसे बचाया, नहीं तो हाथ-पैर तोड़ दिए जाते। तो मार-पीटके उसी समय अधमरी हालत में उसे घाटमपुर छोड़ आए जायके।"

राधा की बात सुनकर जमुना सन्नाटे में आ गई। वह किशनलाल इतना अधिक नीचे गिर सकता है !

जैदेई ने भी रो-रोकर ज्वालाप्रसाद को यही कहानी सुनाई। ज्वालाप्रसाद यह सुनकर क्रोध से लाल हो गए। उन्होंने कहा, "भौजी, तुम एक हफ़्ते के लिए सोराँव चलो। हम जल्दी-से-जल्दी यह सब फैसला तुम्हारे सामने ही कर लेना चाहते हैं। नाक में दम कर रखा है इन लोगों ने मेरा।"

"देवरजी, मेरी हालत तो तुम देख ही रहे हो। यह बुख़ार छोड़ने का नाम नहीं लेता।"

"भौजी, एक बात कहूँ, अगर तुम मानो !"

"राम ! राम ! देवरजी, भला तुम्हारी बात पर मैंने कभी इनकार किया है ?" जैदेई ने ज्वालाप्रसाद का हाथ पकड़ लिया, "बोलो !"

"कल सुबह से तुम्हारा डॉक्टरी इलाज शुरू होगा। मैं डॉक्टर ब्राइट को जानता हूँ। वह यहाँ के सबसे अच्छे डॉक्टर हैं, वही यह रोग दूर कर सकेंगे।"

"देवरजी, तुम्हारे हाथ जोड़ती हूँ, यह विलायती दवा न पीने को कहो, धरम चला जायेगा। वैद्यराज नित्यानन्द, जो इलाहाबाद के सबसे बड़े वैद्य हैं, उनकी दवा शुरू कर दी है।"

ज्वालाप्रसाद ने झुँझलाकर कहा, "आज दो साल तो हो गए तुम्हें इन हकीमों और वैद्यों के चक्कर में। अब मैं यह सब कुछ नहीं होने दूँगा। कल ही मैं डॉक्टर ब्राइट को ला रहा हूँ।"

जैदेई ने थकावट से आँखें बन्द करते हुए कहा, "जैसी तुम्हारी मरजी देवरजी !

लछमी की बात पर तो अड़ी रही, लेकिन तुमसे बस नहीं चलता। देवरजी, हमें तीसरे-चौथे देख जाया करना। तुम जैसा कहोगे, वैसा करूँगी।"

दूसरे दिन डॉक्टर ब्राइट ने जैदेई को देखा, स्पष्ट रूप से लग्घड़ मलेरिया था। उन्होंने दवा लिखकर कहा, "लापरवाही से मामला काफ़ी बिगड़ चुका है—तिल्ली बढ़ गई है। बुखार तो तीन दिन के अन्दर उतर जाएगा, लेकिन इलाज एक महीने तक जारी रखना होगा।"

ज्वालाप्रसाद ने सोमवार का दिन घर में ही बिताया। एक तो पानी रह-रहकर बरस रहा था, फिर उनका मन इतना भारी था कि अब कहीं जाने की इच्छा ही नहीं हो रही थी। सोमवार को सन्ध्या के समय उन्होंने जैदेई से विदा ली और जमुना के साथ सोराँव के लिए रवाना हो गए।

ज्वालाप्रसाद के मन में अब निश्चित रूप से अपने परिवारवालों के प्रति एक वितृष्णा पैदा हो गई थी। इलाहाबाद से लौटकर उन्होंने जमुना को घर पर उतारा और वे सीधे ठाकुर वीरभानसिंह के घर गए—उनसे यह कहने कि वह रामलाल के लिए सोराँव में नौकरी न दिलावें। उस समय प्रायः नौ बज रहे थे और उन्होंने देखा कि मुंशी राधेलाल वीरभान के यहाँ मौजूद हैं और उनकी दरबारदारी कर रहे हैं।

ठाकुर वीरभान ने उठकर ज्वालाप्रसाद का स्वागत किया, और उनके सब मुसाहब भी उठकर खड़े हो गए। मुंशी राधेलाल ने कहा, "अरे ज्वाला, तुम लौट आए ! हमें क्या पता था कि तुम आज ही लौट आओगे, नहीं तो हम राजा साहेब को रोक लेते। तुमसे बहुत मिलना चाहते थे। श्यामू उनके साथ चला गया है। यहीं परताबगढ़ में बीस कोस पर उनका इलाका है।"

ज्वालाप्रसाद ने अपने चाचा की बात का कोई उत्तर नहीं दिया, मानो उन्होंने वह बात सुनी ही नहीं। इस पर ठाकुर वीरभानसिंह ने कहा, "तहसीलदार साहेब, राजा साहेब सरोहन मेरे मामा हैं। वह परताबगढ़ ज़िले के ताल्लुकेदार हैं और इन दिनों कुछ संकट में हैं। मुक़दमेबाज़ी के चक्कर में पड़ गए हैं। हाथ खुला हुआ है, हिसाब-किताब में कोई दिलचस्पी नहीं, जायदाद कुछ बिक गई है। लेकिन बड़े अलमस्त आदमी हैं। उनसे मिलकर आपका चित्त प्रसन्न हो जाता।"

ज्वालाप्रसाद ने रूखा-सा उत्तर दिया, "जी, मुझे अफ़सोस है कि उनसे मुलाक़ात नहीं हो सकी। उनकी तारीफ़ तो मैंने और भी कहीं सुनी है। ख़ैर, कोई बात नहीं, आपके रिश्तेदार हैं तो फिर कभी उनसे मुलाक़ात हो जाएगी। हाँ, मैं आपसे कुछ ज़रूरी बातें करने आया था। अगर कष्ट न हो तो मेरे साथ पाँच मिनट के लिए ज़रा बाहर आ जाइए !"

एकान्त में ले जाकर ठाकुर वीरभानसिंह से ज्वालाप्रसाद ने कहा, "रामलाल को आप यहाँ सोराँव में नौकरी मत दिलवाइए। मैं नहीं चाहता कि वह फ़तहपुर छोड़कर यहाँ आए।"

ठाकुर वीरभानसिंह ने मत्थे पर हाथ लगाते हुए कहा, "मामला तो क़रीब-क़रीब

तय हो गया है। आपने मुझसे पहले कह दिया होता। मैंने तो आपके ही कारण कोशिश की थी।"

"तो मेरे ही कारण आप कोशिश कर दीजिए कि वह यहाँ किसी हालत में न आने पाए !" ज्वालाप्रसाद ने तनिक मुस्कराहट के साथ कहा, "और आप मेरे चाचा को भी ज़्यादा शह न दें। मुझे आपसे इतनी ही विनय करनी है।"

ठाकुर वीरभानसिंह कुछ देर तक सोचते रहे। फिर उन्होंने कहा, "तहसीलदार साहेब, मुझे आपके ख़ानदान के अन्दरूनी मामलों का पता नहीं था। मैंने जो कुछ भी किया या कर रहा हूँ वह यह समझकर कि मैं आपकी सहायता कर रहा हूँ। इन लोगों में भला मेरी क्या दिलचस्पी ! आप अब निश्शंक होकर सोइए जाकर।"

ज्वालाप्रसाद बाहर से ही वापस लौट गए।

मुंशी राधेलाल के मन में कुछ खटका पैदा हो गया। ज्वालाप्रसाद का इस प्रकार असमय आना, उनकी अति गम्भीर मुद्रा, उनका ठाकुर वीरभानसिंह से एकान्त में बात करना, और फिर उलटे-पैर चले जाना—यह सब उन्हें कुछ अजीब-सा लगा। ठाकुर वीरभान के लौटने पर राधेलाल ने पूछा, "कहिए ठाकुर साहेब, ज्वाला बड़ा गम्भीर था। कुशल तो है, कोई खास बात थी क्या ?"

ठाकुर वीरभानसिंह ने मुस्कराते हुए कहा, "तहसीलदार साहेब को खबर मिली है कि कुछ बदमाश सोराँव में आए हुए हैं, चोरियों और डकैतियों का अन्देशा है। तो वह मुझसे मशविरा करने चले आए थे। मैंने उनसे कह दिया कि सरकार और पुलिस चौकन्नी रहे। हम लोग तो उनकी मदद करेंगे।"

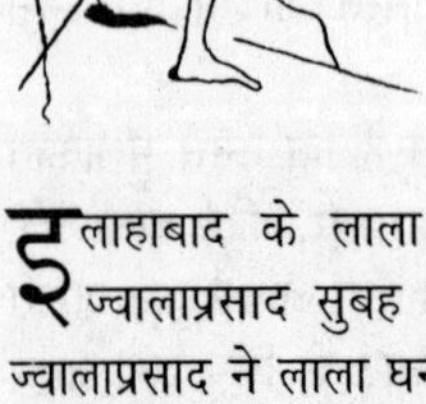

7

इलाहाबाद के लाला घनश्यामदास जब ज्वालाप्रसाद के घर पहुँचे, उस समय ज्वालाप्रसाद सुबह का नाश्ता करके दफ़्तर जाने के लिए कपड़े पहन रहे थे। ज्वालाप्रसाद ने लाला घनश्यामदास को बैठक मे बिठलाया और मन-ही-मन सोचने लगे कि लाला घनश्यामदास सुबह-सुबह उनके मकान पर क्यों आए। लाला घनश्यामदास इलाहाबाद के प्रसिद्ध रईस थे। लोगों का अनुभव था कि उनकी हैसियत पन्द्रह-बीस लाख की होगी। उनका पेशा था लेन-देन का और इलाहाबाद के आसपास के अधिकांश ज़मींदार उनके कर्ज़दार थे।

कपड़े पहनकर ज्वालाप्रसाद बैठक में आए। उन्होंने लाला घनश्यामदास से पूछा,

"कैसे तकलीफ़ की इस समय आपने लालाजी ? बैठिए न !"

लाला घनश्यामदास ने स्वाभाविक मुस्कान से युक्त अपने शिष्टाचार को निभाते हुए उत्तर दिया, "जी, हाकिम-हुक्कामों के यहाँ लोग अपनी गरज़ लेकर ही आते हैं। आपसे एक ज़रूरी काम निकल पड़ा !"

"कहिए, मैं आपकी क्या सेवा कर सकता हूँ ?" और ज्वालाप्रसाद ने भीखू को आवाज़ देकर पान मँगवाए।

"जी, बात यह है कि राजा साहेब सरोहन को आप जानते ही हैं। उन्होंने क़रीब चार साल हुए, मेरे पास तीन गाँव रखकर मुझसे चालीस हज़ार रुपए क़र्ज़ लिए थे।"

ज्वालाप्रसाद ने लाला घनश्यामदास की बात काटी, "लालाजी, मैं तो राजा साहेब सरोहन को जानता नहीं, कभी उनकी शक्ल तक नहीं देखी। ऐसी हालत में आप मुझसे बेकार ही यह सब कह रहे हैं।"

घनश्यामदास ने आश्चर्य से ज्वालाप्रसाद को देखा, "क्या कहा आपने, आप राजा साहेब सरोहन को नहीं जानते और न आपने उनकी शक्ल देखी है—यह आप सच कह रहे हैं ?"

यह प्रश्न ज्वालाप्रसाद को बुरा लगा, "जी, मुझे आपसे झूठ बोलने की क्या ज़रूरत ? और वैसे भी मैं झूठ बोलने का आदी नहीं हूँ, यह बात सब लोग जानते हैं।"

घनश्यामदास ने विनम्रता के साथ कहा, "जी हाँ, आपकी प्रशंसा तो मैंने कई जगह सुनी है; और इसीलिए मुझे अचरज हो रहा है। ख़ैर, बहुत सम्भव है कि आपको इस सबका पता न हो, लेकिन मेरी पूरी बात तो सुन लीजिए।"

"हाँ-हाँ, कहिए," ज्वालाप्रसाद ने घनश्यामदास को पान देते हुए कहा।

लाला घनश्यामदास बोले, "यह राजा सरोहन बड़ा आवारा और सरकश है। पहले मुझे यह न मालूम था। क़र्ज़ लेने के वक़्त कह गया था कि साल-भर में तीनों मौज़े छुड़ा लेगा। लेकिन चार साल हो गए और अब तो पाँचवाँ साल भी ख़त्म होने को आ रहा है, न सूद-ब्याज का एक पैसा दिया और न अपनी सूरत दिखाई। दो दफ़ा तो मैं सरोहन गया, लेकिन मुझसे मिला तक नहीं। हारकर छह महीने पहले मुझे उस पर नालिश करनी पड़ी।" लाला घनश्यामलाल मुस्कराए, "ऐसे आवारों और सरकशों के लिए यही तरीक़ा है।"

"जी हाँ, जानता हूँ। फिर आगे क्या हुआ ?" ज्वालाप्रसाद ने पूछा।

"जी, वही कह रहा हूँ। अब इस राजा ने क़र्ज़ा मानने से इनकार कर दिया है। कहता है दस्तावेज़ जाली है, उसने दस्तख़त ही नहीं किए और अगर वह उसके दस्तख़त हैं तो मैंने उसे शराब पिलाकर उसके दस्तख़त करा लिए हैं। लेकिन उससे क्या होता है, दस्तावेज़ के गवाह मेरे अपने आदमी हैं।"

"ठीक है। और आपने उस दस्तावेज़ की रजिस्ट्री भी करा ली होगी ?"

"जी हाँ, रजिस्ट्री भी करा ली है, यह तो मेरा रोज़ का कार-बार है। लेकिन उसने अपने उस मुख़्तार-आम को, जिसने रजिस्ट्री कराई थी, न जाने कहाँ ग़ायब कर दिया।

बहरहाल मेरा मुक़दमा पक्का है और जीता हुआ है। लेकिन इधर एक मुसीबत उठ खड़ी हुई है...और अब मुझे कुछ डर लगने लगा है।"

"यह मुसीबत क्या है ?" ज्वालाप्रसाद ने कौतूहल के साथ पूछा।

"जी, मुसीबत यह है कि उन तीन मौज़ों में से जो मौज़ा बिज्जू है, उसे उस राजा ने आपके छोटे भाई श्यामलाल के नाम बै कर दिया है—पन्द्रह हज़ार में। बैनामे की रजिस्ट्री परसों परताबगढ़ में हो गई है। मुझे कल दोपहर में यह खबर मिली तो मैं आज सुबह आपके पास दौड़ा चला आया। पता नहीं कि श्यामलाल ने उसे अभी रुपए दिए या नहीं। अगर न दिए हों, तो मैं आपको आगाह किए देता हूँ।"

ज्वालाप्रसाद को जैसे साँप सूँघ गया हो। वह थोड़ी देर तक एकटक घनश्यामदास को देखते रहे। फिर उन्होंने कहा, "इस मामले में मैं कुछ भी नहीं जानता लाला घनश्यामदास, और एक हफ़्ते से वह यहाँ है भी नहीं। सुना है कि चार-पाँच दिन पहले वह राजा साहेब सरोहन के साथ यहाँ सोराँव आया था, राजा साहेब यहाँ के ठाकुर वीरभानसिंह के मामा हैं न ! मैं तो उस दिन यहाँ था नहीं, एक ज़रूरी काम से इलाहाबाद चला गया था।"

"जी समझा ! आप इलाहाबाद चले गए थे, और उसी दिन श्यामलाल आपके आने से पहले चला भी गया।" एक व्यंग्यात्मक मुस्कान के साथ लाला घनश्यामदास ने कहा।

लाला घनश्यामदास की बात से और इस व्यंग्यात्मक मुस्कान से ज्वालाप्रसाद को ऐसा लगा, मानो लाला घनश्यामदास उनकी बात पर विश्वास नहीं कर रहे। उनका चेहरा तमतमा उठा, "मैंने आपसे कह दिया कि मैं झूठ बोलने का आदी नहीं हूँ। आपके साथ मेरी अधिक सहानुभूति है, लेकिन इस मामले में मैं कुछ भी नहीं जानता और न ही जानना ही चाहता हूँ। क्षमा कीजिएगा, मुझे कचहरी जाना है।"

लाला घनश्यामदास ने भी उठते हुए कहा, "तहसीलदार साहेब, बिज्जू मौज़े की यह ख़रीदारी श्यामलाल द्वारा आपके संयुक्त परिवार की ओर से ही समझी जाएगी। पन्द्रह हज़ार क्या, पन्द्रह रुपए की भी हैसियत नहीं है इस श्यामलाल की। मैं उसके सम्बन्ध में पूरा पता लगा रहा हूँ। मुझे आपको यह आगाह करना पड़ रहा है कि अपना रुपया फँसाकर मुक़दमेबाज़ी का दर्दे-सर मोल न लें; इसमें आपकी ही बदनामी होगी।" और यह कहकर लाला घनश्यामदास वहाँ से चले गए।

उसी दिन शाम के समय ज्वालाप्रसाद को इलाहाबाद जाना था, जैदेई को देखने। दफ़्तर में उस दिन उनका मन न लगा, रह-रहकर उन्हें घनश्यामदास के अन्तिम शब्द याद आ रहे थे—'अपना रुपया फँसाकर मुक़दमेबाज़ी का दर्दे-सर मोल न लें, इसमें आपकी ही बदनामी होगी !' लेकिन उन्होंने रुपया फँसाया ही कहाँ था ! पन्द्रह हज़ार... पन्द्रह हज़ार, बहुत बड़ी रक़म थी वह ! अब उनकी समझ में आ गया सब कुछ। इस मुक़दमेबाज़ी में ज्वालाप्रसाद को सम्मिलित करके मुक़दमा जीतने की योजना बनाई गई थी। तीन गाँवों में दो तो बच ही जाएँगे राजा साहेब के पास। लेकिन योजना बनाई किसने थी, प्रश्न यह था।

धीरे-धीरे उनके सामने ठाकुर वीरभानसिंह का चित्र आया। चालीस-पैंतालीस वर्ष का हृष्ट-पुष्ट आदमी कोई अवगुण नहीं उसमें—एक तरह से धर्मनिष्ठ प्राणी। ठाकुर वीरभानसिंह यह योजना नहीं बना सकते थे, यह तय था। तो फिर यह योजना निश्चय ही राधेलाल और श्यामलाल ने मिलकर बनाई थी। रहीमपुरा मौज़े का आधा हिस्सा लिखवा लिया था इन दोनों ने। वह मुक़दमा ये लोग हार गए। अबकी बार बड़ा हाथ मारा है।

'मुक़दमेबाज़ी का दर्दे-सर मोल न लें, इसमें आपकी बदनामी होगी।' रह-रहकर घनश्यामदास के ये शब्द उनकी चेतना पर प्रहार की भाँति पड़ रहे थे। तो ये लोग ज्वालाप्रसाद को नष्ट कर देने पर तुल गए हैं। ज्वालाप्रसाद ने अपना मन काम में लगाकर इन दुखद विचारों को हटाना चाहा, लेकिन इसमें उन्हें सफलता नहीं मिली। और हारकर वह दफ़्तर से उठ खड़े हुए।

घर आकर उन्होंने देखा कि वहाँ एक महाभारत-सा मचा हुआ है। श्यामलाल की पत्नी पर बुरी तरह मार पड़ रही है, और वह चिल्ला-चिल्लाकर कह रही है, "हम कहब, हजारन मां कहब ! हमका पैरन मां कुल चार-चार लच्छा, तौनो घिस गए। हम कितना कहा, कौनो बनवात नाहीं और जीजी के लिए गहना-पर-गहना गढ़ा जाय रहा है।"

राधेलाल, रामलाल और किशनलाल तीनों मिलकर उसको पीट रहे थे। रामलाल की पत्नी कुछ दूर पर खड़ी उसे भद्दी-भद्दी गालियाँ दे रही थी और राधेलाल की पत्नी चुपचाप खड़ी आँसू बहा रही थी। छिनकी इस मार-पीट को बन्द कराने के लिए ज़ोर-ज़ोर से चिल्ला रही थी, लेकिन जैसे उसकी बात ही कोई नहीं सुन रहा था, और जमुना अपने कमरे के किवाड़ अन्दर से बन्द करके रो रही थी।

ज्वालाप्रसाद का कमरा बाहर से भी खुलता था, लेकिन अपने कमरे का दरवाज़ा बन्द देखकर और घर के अन्दर से शोर-गुल सुनकर उन्होंने आँगन के रास्ते से ही घर में प्रवेश किया। ज्वालाप्रसाद के घर में प्रवेश करते ही यह मार-पीट बन्द हो गई, और श्यामलाल की पत्नी उठकर ज्वालाप्रसाद के पैरों पर गिर पड़ी, "तुमहू हमका मारौ दादाजी, तुमहू हमका मारौ ! ई ख़ानदान का कौनो आदमी यह न कहे कि हमका नाहीं मारिस। हम आज अपन परान देव ! लेकिन नास हुइ जइहै ई सब लोगन का !"

ज्वालाप्रसाद ने सकपकाकर अपने चारों ओर देखा। श्यामलाल की पत्नी को पीटनेवालों की भीड़ ग़ायब हो चुकी। छिनकी ने बढ़कर श्यामलाल की पत्नी को ज्वालाप्रसाद के पैरों से अलग किया, "मनई न आँय, पिचास आँय। ई तरह मारा जात है? ठीकै तो कहत बिचारी। दिन-भर जानवर की तरह जुटिके काम करत है, तीन उहैका ई सब सतावत हैं, बाकी सब्बै मौज करत हैं। कैसे बेदरदी के साथ मारिन हैं बिचारी का! जगह-जगह से सरीर फूटि गा है!" और छिनकी उसे उठाकर उसकी कोठरी में लिवा ले गई।

ज्वालाप्रसाद अपने चाचा के कमरे के सामने पहुँचे। उन्होंने दरवाज़े से ही कहा, "चचा, यह सब क्या हो रहा था ? एक औरत को इतने आदमी मिलकर मार रहे थे,

यह तो बहुत ख़राब बात है। बेचारी का शरीर जगह-जगह से फूट गया है। बेरहमी और अत्याचार की भी हद होती है।"

मुंशी राधेलाल ने कमरे के अन्दर से ही गुर्राकर उत्तर दिया, "बेचारी नहीं है, राक्षसी है, राक्षसी ! जब देखो, गाली-गलौज करना, सास से और जिठानी से लड़ना ! कमीनी कहीं की ! दो-चार महीने में एक दफ़ा पिटे बिना इसे चैन नहीं पड़ता ! और किसी का अकेले इससे पार पाना मुश्किल है; कचूमर निकालकर रख दे।"

ज्वालाप्रसाद ने बड़े साहस के साथ कहा, "चाचा, इस घर में यह सब न होने पायेगा, मैं इतना आप लोगों को बतलाये देता हूँ।" और यह कहकर वह तेज़ी से अपने कमरे में चले गए।

उस दिन रात के समय जब ज्वालाप्रसाद इलाहाबाद पहुँचे, लक्ष्मीचन्द वहाँ मौजूद था। वह दोपहर को कानपुर से इलाहाबाद आ गया था। जैदेई का बुखार तीन दिन पहले छूट गया था और वह अब काफ़ी स्वस्थ दीख रही थी। जैदेई मानो ज्वालाप्रसाद की प्रतीक्षा ही कर रही थी, क्योंकि उनके इक्के की आवाज़ सुनते ही वह बरामदे में निकल आई थी, "आओ देवरजी, अब की दफ़ा देवरानीजी को साथ नहीं लाए ?"

तीसरे दिन सुबह के समय ज्वालाप्रसाद जैदेई, लक्ष्मीचन्द और राधा को अपने साथ लेकर सोराँव वापस लौटे। किशनलाल इस समय बाहरवाले कुएँ की जगत पर बैठा दतौन कर रहा था। लक्ष्मीचन्द, राधा और जैदेई को देखते ही वह दतौन फेंककर वहाँ से चलने लगा। उसे जाते देखकर ज्वालाप्रसाद ने आवाज़ लगाई, "किशनू, तुम जा कहाँ रहे हो ? ज़रा इधर आना !"

किशनलाल ने मानो ज्वालाप्रसाद की बात सुनी ही नहीं। अब उसने वहाँ से भागना शुरू किया। ज्वालाप्रसाद चिल्लाए, "कोई है, पकड़ो तो इस किशनू को !"

बिशनलाल उसी समय अखाड़े से आया था। ज्वालाप्रसाद की आवाज़ सुनकर उसने किशनलाल का पीछा किया। तहसीली के पुलिसवाले के हाथ से किशनलाल को छुड़ाकर बिशनलाल उसे ज्वालाप्रसाद के सामने घसीट लाया। तब तक इस शोर-गुल को सुनकर राधेलाल और रामलाल घर के अन्दर से आ गए थे। "क्या बात है बिसनू, तुम किसनू को क्यों पकड़े घसीट रहे हो ?" राधेलाल ने पूछा।

"ज्वाला दादा ने इन्हें बुलाया तो आने की जगह यह यहाँ से भागे जा रहे थे। तो ज्वाला दादा ने आवाज़ दी कि कोई है, पकड़ो इसे। इस पर तहसीली के पुलिसवाले ने इन्हें दबोच लिया। तो हम उससे छुड़ाकर ला रहे हैं इन्हें यहाँ।"

ज्वालाप्रसाद ने किशनलाल से कहा, "डरने की कोई बात नहीं है। यह नम्बरदारिन अपने लड़के और बहू के साथ आई हैं। जो किशनलाल ने किया उसकी तो इससे उम्मीद ही थी और उसकी थोड़ी-बहुत सज़ा भी मिल गई इसे, लेकिन इसने हम लोगों से जो नम्बरदारिन और लक्ष्मीचन्द की झूठी शिकायत की थी वह बहुत बेजा किया था। यही कहने के लिए मैंने इसे बुलाया था।"

"क्या बतावें ! यह लौंडा तो कुल का कलंक पैदा हुआ है," मुंशी राधेलाल ने

रुआँसे स्वर में कहा, "लक्ष्मीचन्द, इस नालायक को माफ़ करो, मैं हाथ जोड़कर इसकी तरफ़ से माफी माँग रहा हूँ।"

अपने पिता की इस बात पर बिशनलाल को ज़ोर की हँसी आई, "किस-किससे माफ़ी माँगते घूमोगे बप्पा ! किशनू दादा भला बदल सकते हैं ! यह तो अपनी और हम लोगों की नाक कटाने के लिए ही पैदा हुए हैं।"

रामलाल ने बिशनलाल को डाँटा, "फिर तुम दूसरों के बीच में बोले ! नाक तो हमारे ख़ानदान की तुम कटवा रहे हो, यह अखाड़ा खोलकर और पहलवानी करके। शरीफ़ों के लड़के कहीं अखाड़े-कुश्ती करते पाए जाते हैं !"

जमुना ने बाहर आकर जैदेई और राधा का स्वागत किया, उनको साथ लेकर वह घर के अन्दर चली गई। लक्ष्मीचन्द ने रामलाल की बात सुनकर बिशनलाल को देखा, "क्या तुम पहलवानी करते हो ?"

"पहलवानी तो क्या, हाँ, अपना एक अखाड़ा खोल रखा है। कसरत-कुश्ती का कुछ शौक़ ज़रूर है।" बिशनलाल ने छाती फुलाकर कहा।

लक्ष्मीचन्द बिशनलाल की इस निर्भीकता पर हँस पड़ा। राधेलाल की ओर घूमकर उसने कहा, "जो हो गया सो हो गया, उसकी बात उठाना अब बेकार है। हाँ, आगे से आप लोग इसे सुधारने की कोशिश कीजिए। इसकी आदतें बहुत बिगड़ गई हैं; शरीफ़ों के घर में जाने के क़ाबिल यह नहीं रह गया। अगर आप इसे न सुधारेंगे तो किसी दिन यह जेल में नज़र आएगा।"

लक्ष्मीचन्द राधा के साथ उसी दिन शाम के समय इलाहाबाद लौट गया; जैदेई कुछ दिनों के लिए जमुना के आग्रह पर सोराँव में रह गई। दूसरे दिन सुबह ज्वालाप्रसाद भी दौरे पर चले गए।

तीन दिन बाद ज्वालाप्रसाद दौरे से लौटे तो उन्होंने देखा कि श्यामलाल सोराँव में मौजूद है। श्यामलाल ने उनसे कहा, "दादा, आज सुबह राजा साहेब सरोहन ठाकुर वीरभानसिंह के यहाँ आए हैं, आपसे ख़ासतौर से मिलना चाहते हैं।"

"हाँ, मुझे मालूम है कि वह ख़ासतौर से मुझसे मिलना चाहते हैं। मौज़ा बिज्जू का बैनामा उन्होंने तुम्हारे नाम कर दिया है न, तो उसी के सम्बन्ध में वह मुझसे मिलना चाहते होंगे।" ज्वालाप्रसाद ने उत्तर दिया।

इस समय तक मुंशी राधेलाल भी वहाँ आ गए थे। उन्होंने आश्चर्य के साथ पूछा, "लेकिन तुम्हें कैसे इस सबकी खबर लग गई ? हमें और श्यामू को छोड़कर इस बात को कोई और नहीं जानता; यहाँ तक कि ठाकुर वीरभानसिंह को भी इस बात का पता नहीं है।"

"अभी चार-पाँच दिन हुए इलाहाबाद के लाला घनश्यामदास आए थे मेरे यहाँ। उनके पास राजा साहेब के मौज़े रेहन हैं, उनमें बिज्जू भी है। तो वह सब बतला गए हैं और मुझे आगाह कर गए हैं कि मुक़दमेबाज़ी का सर-दर्द न लूँ और अपनी बदनामी न कराऊँ।"

राधेलाल ने कहा, "अरे, मुक़दमा तो चल ही रहा है; और उसे लड़ रहे हैं राजा साहेब ! तो उस मुक़दमे से हम लोगों का क्या मतलब ? अगर दस्तावेज़ सही साबित हुआ तो जैसे राजा साहब के दो मौज़े और गए, वैसे यह बिज्जू भी गया। नहीं तो बिना किसी ख़रख़शे के ज़मींदारी हम लोगों के हाथ लग गई।"

"तो फिर वह मुझसे क्यों मिलना चाहते हैं ?" ज्वालाप्रसाद ने पूछा।

"तुम हाकिम हो, और हर अमीर-उमरा बड़े अफसरों से तो मिलना चाहता ही है। ठाकुर वीरभानसिंह आज रात के लिए तुम्हें दावत दे गए हैं; वहीं राजा साहेब से मुलाक़ात हो जाएगी।"

ज्वालाप्रसाद ने बात और अधिक नहीं बढ़ाई। उन्होंने स्नान-भोजन किया। स्नान-भोजन करते-करते दोपहर बीत गई। रात के समय वह जमुना के साथ ठाकुर वीरभानसिंह के यहाँ आमन्त्रित थे, जमुना ने भी उन्हें यह बतलाया। इस निमन्त्रण को किस प्रकार टाला जाए, यह उनकी समझ में नहीं आ रहा था। उन्होंने जमुना से कहा, "तुम इक्का कसवाकर ठाकुर वीरभान के यहाँ चली जाना; मुझे ज़रा बेचू मिसिर के यहाँ जाना है। उनसे कुछ सलाह करनी है। उनके यहाँ से मैं सीधा चला आऊँगा; तुम ठकुराइन से कह देना।"

जमुना ने कहा, "अच्छी बात है। लेकिन श्यामू की बहू के लिए लच्छे बनवाने हैं। बेचारी को सब सताते हैं। रास्ते में सुनार की दुकान पड़ती है, तो यह आठ लच्छे देकर कह देना कि सोलह लच्छे बना दे, बाकी चाँदी पास से लगाकर।" और यह कहकर जमुना ने श्यामू की बहू के लच्छे ज्वालाप्रसाद को दे दिए।

उस दिन ज्वालाप्रसाद बेचू मिसिर के यहाँ के लिए पैदल ही रवाना हो गए। देवीदयाल सर्राफ़ की दुकान बेचू मिसिर के मकान के रास्ते में ही पड़ती थी। ज्वालाप्रसाद देवीदयाल की दुकान के सामने जब रुके, तो देवीदयाल सर्राफ़ ने उठकर उनका स्वागत किया, "आइए सरकार ! आपने खुद यहाँ आने की क्यों तकलीफ़ की ? रामलाल भैया से तो कह दिया था कि कल तक बन जाएगी, ले जाना।"

"क्या बन जाएगा ?" आश्चर्य से ज्वालाप्रसाद ने पूछा।

"अरे, यही तहसीलदारिन साहिबा के गले की माला। देखिए, कितनी खूबसूरत बनी है ! अभी तो पॉलिस होना बाकी है; पॉलिस होने पर देखिएगा इसे !" यह कहकर देवीदयाल ने एक सोने की मटरमाला निकालकर ज्वालाप्रसाद के सामने रख दी।

ज्वालाप्रसाद ने उस मटरमाला को उलट-पुटलकर देखा, "कितने वज़न की होगी यह ?"

"कुल सवा तोले की है यह सरकार, लेकिन पाँच तोले से कम नहीं दिखती। मटरमाला तो इलाहाबाद के रईस लोग भी मेरे यहाँ से बनवा ले जाते हैं; मेरा कारीगर सूबे का एक कारीगर है !" देवीदयाल ने गर्व के साथ कहा।

ज्वालाप्रसाद ने कुछ सोचकर पूछा, "और भी कुछ गहने मेरे यहाँ के लिए तुमने इधर हाल में बनाए हैं ?"

"अरे सरकार, यह सब पूछने की क्या ज़रूरत ? गहने तो राजा-रईसों और हाकिम-हुक्कामों के घर में बना ही करते हैं। इसमें चिन्ता करने की क्या बात है ? रामलाल भैया के हाथों ही तो यह सब सामान गया है। हिसाब-किताब में बड़े पक्के हैं रामलाल भैया।" और देवीदयाल हँस पड़ा।

ज्वालाप्रसाद ने कहा, "ठीक है। लेकिन ज़रा मैं भी वह हिसाब-किताब देखना चाहूँगा। आख़िर रुपया तो मुझे ही देना पड़ेगा। है न ऐसा ?"

"अरे सरकार, आप भी रुपए-पैसे की बात चलाते हैं ! साल में एक दफ़ा परचा जाया करता है रईसों के यहाँ; तो आपके यहाँ भी दिवाली के पहले पहुँच जाएगा। दो-चार सौ रुपए—यह तो आप लोगों के हाथ का मैल है।"

श्यामू की बहू के लच्छे ज्वालाप्रसाद ने देवीदयाल को दे दिए, "कल दोपहर से पहले सोलह नए लच्छे बनाकर और कल तक पूरा हिसाब लेकर मेरे यहाँ आना। इसमें भूल न हो। तुम जानते हो कि मैं उधार-खाता नहीं चलाता।"

बेचू मिसिर के घर पर जब ज्वालाप्रसाद पहुँचे, उस समय चिराग़ जल रहे थे। भाँग छानकर और स्नान करके बेचू बाहर बरसाती के नीचे अपने दरबारियों की प्रतीक्षा कर रहे थे। ज्वालाप्रसाद को देखते ही बेचू उठ खड़े हुए, "आइए ज्वालाबाबू, आज दोपहर के वक़्त लौटे आप, यह तो मालूम हो गया था। अच्छा किया कि कचहरी नहीं आए। ठंडाई तैयार है। कहिए तो मँगवाऊँ, सब थकावट दूर हो जाएगी।"

"नहीं-नहीं, आप तो जानते ही हैं मिसिरजी, कि मुझे ठंडाई पीने से बड़ी उलझन हो जाती है।" फिर ज्वालाप्रसाद ने धीमे स्वर में कहा, "मिसिरजी, इन दिनों मैं बड़ी मुसीबत में पड़ गया हूँ। कुछ समझ में नहीं आता कि क्या किया जाए, इसलिए आपसे सलाह लेने आया हूँ।" और ज्वालाप्रसाद ने बेचू मिसिर को अपने घर की सारी स्थिति बतलाई।

सब बातें सुनकर बेचू बड़े ज़ोर से हँसे, "बस, इतनी-सी बात है ! ज्वालाबाबू, आप बड़े भाग्यवान् हैं कि इस तरह के भाई लोग आपके इर्द-गिर्द हैं। अगर आप मेरी सलाह मानें, तो आप इन लोगों को अपनी करने दीजिए, लेकिन अपने-आपको इस सबसे अलग रखकर। ये लोग आपकी ज़मीन-ज़ायदाद खड़ी कर देंगे। हाँ, ज़रा समझ-बूझकर और सावधानी के साथ यह सब काम होना चाहिए। अपने चाचा को एकान्त में बुलाकर यह समझा दीजिए, और अपने भाइयों को डाँटे-फटकारे रहिए।"

ज्वालाप्रसाद ने बेचू मिसिर को ग़ौर से देखा। उनकी समझ में नहीं आ रहा था कि क्या बेचू मिसिर वही धर्मनिष्ठ प्राणी है जो अपनी सचाई और ईमानदारी के लिए प्रसिद्ध है ! उनकी समझ में नहीं आ रहा था कि किस प्रकार यह धर्मनिष्ठ प्राणी उन्हें यह सब करने को प्रोत्साहित कर रहा है ! ऐसा दिखता है कि ज्वालाप्रसाद की आँखों में उनके मन के भाव उतर आए थे, और बेचू मिसिर ने उन भावों को स्पष्ट देख लिया था।

"तहसीलदार साहेब, आपको आश्चर्य हो रहा होगा कि मैं यह सब क्यों और कैसे

कह रहा हूँ। आपको यह आश्चर्य हो रहा होगा कि यह फाकेमस्त बेचू आपको ज़मीन-ज़ायदाद बनाने की सलाह क्यों दे रहा है। तो सुनिए। मेरे कोई सन्तान नहीं है। एक छोटा भाई है, सो वह निर्बुद्धि। भिक्षा-वृत्ति हम ब्राह्मणों का पेशा रहेगा, तो इस भिक्षा-वृत्ति से उस घुमरू का निर्वाह हो जाएगा। लेकिन आपके साथ यह मेरा नियम लागू नहीं होता। आपका परिवार बड़ा है। आपके पास अधिकार है, और भगवान की दया से आपका अधिकार आगे निरन्तर बढ़ता जाएगा। आपके पास उस अधिकार के अनुरूप वैभव भी होना चाहिए। लेकिन आपकी प्रवृत्तियाँ इस वैभव के संचय की नहीं हैं और इसीलिए भगवान ने आपके साथ एक बड़ा परिवार कर दिया है जो इस वैभव का संचय कर सके।"

ज्वालाप्रसाद उठ खड़े हुए, "जी हाँ, जो मेरी मान-मर्यादा मिट्टी में मिला दे, जो मुझे निरन्तर पाप-मार्ग पर रत करता रहे, जो मुझे उत्पीड़न और शोषण का माध्यम बनाए! नहीं मिसिरजी, आपसे मुझे कोई सहायता नहीं मिलेगी। इसका फ़ैसला मुझे खुद करना होगा।"

जिस समय ज्वालाप्रसाद ठाकुर वीरभानसिंह के यहाँ पहुँचे, उनका मन बहुत भारी था। आखिर क्या बातचीत होगी उनकी राजा साहेब सरोहन के साथ, कौन-सा बेजा दबाव डाला जाएगा उन पर, वह यही सब सोच रहे थे। और उनके भय को पुष्ट कर रहा था ठाकुर वीरभानसिंह के यहाँ का वातावरण। वह दावत केवल ज्वालाप्रसाद की थी। ठाकुर वीरभान का कोई मुसाहिब नहीं बुलाया गया था, मुंशी राधेलाल तक नहीं। ठाकुर वीरभानसिंह, राजा साहेब सरोहन के वकील बाबू बटेश्वरीप्रसाद और ज्वालाप्रसाद—कुल चार आदमी थे उस दावत में।

राजा साहेब सरोहन की अवस्था प्रायः पचपन साल की थी, दुहरे बदन के तन्दुरुस्त आदमी, शरीर में काफ़ी बल और फुरती, बड़ी-बड़ी ऐंठी हुई मूँछें, खिजाब से रँगे हुए कुछ काले और कुछ लाल बाल, लम्बे-से आदमी, चेहरे पर काफ़ी रोब ! यद्यपि राजा साहेब सरोहन ठाकुर वीरभान से दस-बारह साल बड़े थे, फिर भी वे दोनों हम-उम्र दिखते थे।

ठाकुर वीरभानसिंह ने राजा साहेब सरोहन से ज्वालाप्रसाद का परिचय कराया, और राजा साहेब सरोहन ने ज्वालाप्रसाद से अपने वकील बाबू बटेश्वरीप्रसाद का परिचय कराया। बाबू बटेश्वरीप्रसाद दुबले-से नाटे-से आदमी थे; रंग साफ़ और दाढ़ी-मूँछ भी साफ़ ! बाबू बटेश्वरीप्रसाद की अवस्था निश्चित रूप से साठ वर्ष से ऊपर रही होगी, क्योंकि उनके सिर के सब बाल सफेद हो गए थे। लेकिन उनका स्वास्थ्य अच्छा था, आँखों में चमक थी, स्वर में भी एक प्रकार की दृढ़ता थी। इलाहाबाद के हाईकोर्ट के वकीलों में उनका अच्छा स्थान था। दो बार वह विलायत हो आए थे, प्रिवी कौंसिल के मुक़दमों में।

बाबू बटेश्वरीप्रसाद ने हँसते हुए कहा, "बरखुरदार, मुझे क्या पता था कि तुम शहर फ़तहपुर के रहनेवाले हो और हमारी बिरादरी के हो ! मैंने तो करीब तीस-पैंतीस साल

हुए फ़तहपुर छोड़ दिया, लेकिन मेरे ख़ानदानवाले तो वहीं हैं। बड़ी खुशी हुई कि तुम इतनी छोटी-सी उम्र में तहसीलदार हो गए। वैसे अफ़सरों में तुम्हारी बड़ी तारीफ़ सुनी है मैंने।"

बाबू बटेश्वरीप्रसाद की बात समाप्त होने पर राजा साहेब सरोहन ने कहा, "अरे वकील साहेब, अब ई सब बकवास बन्द करो !" और यह कहकर उन्होंने आवाज़ लगाई, "अबे ओ मलखान ! कहाँ है साले, सामने क्यों नहीं आता !"

मलखान राजा साहेब सरोहन के पीछे खड़ा पंखा झल रहा था, "इहैं तो हैं सरकार ! का हुकुम है ?"

राजा साहेब ने पीछे देखा, "अच्छा तो सरऊ पंखा हाँक रहे हो ! और किसी आदमी को पंखा हाँकने के लिए बुलाओ और देखो, वह जो बक्स में हम अँगरेज़ी शराब लाए हैं, तो एक बोतल निकालो।"

मलखान ने पाँच मिनट के अन्दर ही स्कॉच की एक बोतल और चार चाँदी के गिलास अतिथियों के सामने पहुँचाए। राजा साहेब सरोहन ने ज्वालाप्रसाद की ओर देखा, "यह जो वकील साहेब हैं, इन्होंने हमें अँगरेज़ी शराब पीने का चस्का डलवाया, नहीं तो हम अपने यहाँ सन्तरे की और मेवे की खिंचवाते थे। लेकिन तहसीलदार साहेब, यह अँगरेज़ी शराब ! इसके मुकाबले की शराब हमने कभी नहीं पी। ऐसी झन्नाटे के साथ असर करती है कि कुछ पूछो न !" और यह कहकर उन्होंने अपने हाथों से करीब डेढ़-डेढ़ पेग चारों गिलासों में डाला। इसके बाद पानी मिलाकर मलखान ने ये गिलास अतिथियों को दे दिए।

ज्वालाप्रसाद ने उस दिन अपने जीवन में प्रथम बार व्हिस्की चखी, और वह उन्हें अच्छी भी लगी। अब बाबू बटेश्वरीप्रसाद ने बातचीत का सूत्र अपने हाथ में लिया, "तहसीलदार साहेब, यह हमारे राजा साहेब बड़े सीधे, बड़े नेक और बड़े भोले आदमी हैं। छल-कपट तो इन्हें छू नहीं गया है। अपने में मस्त; इन्हें देख तो रहे हैं आप !"

ज्वालाप्रसाद ने इस बीच में चौथाई गिलास खाली कर दिया था, उनकी थकावट गायब हो गई थी; वह निराशा और व्यथा, जो उनके मन में इधर कई दिन से उथल-पुथल मचाए हुए थी, उसका कहीं पता न था। उन्होंने कहा, "जी हाँ, खूब जानता हूँ, अच्छी तरह से जानता हूँ, गोकि आज पहली बार मिल रहा हूँ राजा साहेब से। लेकिन चेहरे पर हर इनसान की नेकी-बदी, सचाई-झूठ, यह सब साफ़-साफ़ लिखे होते हैं। राजा साहेब को छल-कपट छू नहीं गया। बड़े नेक व सीधे आदमी हैं राजा साहेब ! क्या बात कही वकील साहेब आपने !"

अपनी प्रशंसा से राजा साहेब बहुत अधिक प्रभावित हुए। उन्होंने वकील साहेब से कहा, "देखा वकील साहेब, यह तहसीलदार साहेब भी हमारी तारीफ़ कर रहे हैं। हम कहते हैं कि कौन साला हमें झूठा और बेईमान कह सकता है !"

राजा साहेब का गिलास ख़ाली हो गया था। बटेश्वरीप्रसाद ने भी अपना गिलास खाली कर दिया। दोनों गिलास फिर भरे गए। ठाकुर वीरभानसिंह उठकर रनवास में चले

गए थे और ज्वालाप्रसाद का गिलास अभी आधा ही हो पाया था।

बटेश्वरीप्रसाद ने अपनी बात आगे बढ़ाई, "तो यह इलाहाबाद का लाला घनश्यामदास, शातिर छटा हुआ बेईमान जालसाज़ है ज्वालाबाबू, जैसे हरेक सूदखोर व लेन-देन करनेवाला होता है। इस लाला घनश्यामदास से न जाने किस कुसमय में राजा साहेब की मुलाक़ात हो गई। क्यों राजा साहेब, आप कब से इस घनश्यामदास को जानते हैं ?"

"हम क्या जानें साले को ! आज से पाँच साल पहले हम लाट साहेब के दरबार में आए थे तो वहीं मुलाक़ात हो गई थी इससे।" राजा साहेब ने कहा।

"जी, तो वहीं मुलाक़ात हो गई। और जैसे सीधे और गावदी हमारे राजा साहेब हैं..." बटेश्वरीप्रसाद अपना वाक्य पूरा नहीं कर पाए, क्योंकि राजा साहेब अपने लिए 'गावदी' का विशेषण सुनकर भड़क उठे।

"गावदी नहीं हैं वकील साहेब, हम उस साले घनश्यामदास से दस पनही आगे हैं। पाजीपन, मक्कारी और बेईमानी में। हम राजकुल के हैं, तो वह राजनीति में हमारा क्या मुक़ाबला करेगा ! क्यों तहसीलदार साहेब, क्या हम सचमुच गावदी या गधे दिखते हैं ? हमारे सिर की क़सम, सच-सच कहना ! दोस्तों में शरम और लिहाज़ नहीं होना चाहिए।"

ज्वालाप्रसाद ने मुस्कराते हुए कहा, "यह सब तो आपकी इनकिसारी है राजा साहेब ! हाँ वकील साहेब, आगे कहिए।"

"जी, वही कह रहा हूँ। जो इस घनश्यामदास ने राजा साहेब को खूब घुमाया-फिराया और उस साले ने राजा साहेब से ऐयाशी करवाई और खुद की। जो कुछ खर्च होता था वह लिखता जाता था। राजा साहेब इस सब हरामज़दगी के लिए तो रुपया ले नहीं गए थे। तो करीब तीन महीना उसने राजा साहेब को उनकी रियासत नहीं जाने दिया। और आख़िर में उसने एक दिन राजा साहेब को शराब पिलाकर हिसाब-किसाब निकाला। राजा साहेब नशे में थे, जैसा उसने मनवाया, वैसा मानते चले गए। चालीस हज़ार रुपए राजा साहेब पर निकालकर उसने इनसे किसी काग़ज पर दस्तख़त करा लिए। नशे में इन्होंने वह काग़ज भी तो ठीक तरह से नहीं देखा।"

ज्वालाप्रसाद ने कहा, "जी हाँ वकील साहेब, इन बनियों को मैं अच्छी तरह से जानता हूँ। बेईमानी व छल-कपट से ही ये लोग ज़ायदादें खड़ी करते हैं। फिर क्या हुआ ?"

"तो दो-तीन साल हुए कि लाला घनश्यामदास एक दिन सरोहन पहुँचा। राजा साहेब ने उसकी बड़ी ख़ातिर की, उसे घुमाया-फिराया। सब चलने लगा तब उसने कहा कि उनका चालीस हज़ार रुपया है राजा साहेब पर। यह सुनकर राजा साहेब तो जैसे आसमान से गिर पड़े। फिर करीब साल-भर पहले उसका रजिस्ट्रीशुदा नोटिस आया कि पाँच साल पहले चालीस हज़ार पर राजा साहेब ने जो उसके पास तीन मौज़े रेहन रखे हैं, उन्हें राजा साहेब ने साल-भर के अन्दर छुड़ा लेने का वादा किया था। लेकिन राजा साहेब ने न मौज़े छुड़ाए और न ब्याज अदा किया। पाँच साल में यह रक़म मय ब्याज

के पचास हज़ार हो गई है; एक महीने के अन्दर इस रक़म का भुगतान करके राजा साहेब अपने मौज़े छुड़ा लें, वरना वह नालिश कर देगा।"

राजा साहेब ज़ोर से हँसे, "साला ब्याज माँगता था। भला राजा सरोहन के अनाप-शनाप ख़र्च ! हमारे बाप ने इलाक़ा आधा कर दिया, तो अगर हम चार-छह मौज़े न बेचें तो अपने बाप के बेटे कैसे !"

"जी हाँ राजा साहेब," ठाकुर वीरभानसिंह ने कहा। वह इस समय तक लौट आए थे, "जैसा बाप, वैसा बेटा ! लेकिन मामाजी, नानाजी ने तो हज़ारों रुपए दान दिए थे; उन्होंने न जाने कितने लोगों की परवरिश की थी, दस गाँव तो उन्होंने मेरी माताजी को ही दहेज़ में दिए थे। रंडीबाज़ी और शराबखोरी में उन्होंने अपनी जायदाद नहीं उड़ाई।"

"देखो वीरभान, हम इसीलिए तुम्हारे यहाँ नहीं आते। जब आए, तब जली-कटी सुनाई तुमने। तहसीलदार साहेब, यह क्या जानें, हमारे बाप ने पाँच विवाह किए थे। कहते है कि द्वापर में जब द्रौपदी पाँच पति रख सकती थी तब कलियुग में वे पाँच पत्नियाँ भी रख सकते हैं। हाँ, वह शराब नहीं पीते थे, उन्हें भाँग का शौक था—शंकरजी के भक्त थे।"

ज्वालाप्रसाद को इस बातचीत में काफी दिलचस्पी आ रही थी, "राजा साहेब, आप ठाकुर वीरभानसिंह की बात का बिलकुल बुरा न मानिए। हैं ज़मींदार, लेकिन चाल-ढाल बिलकुल बनियों की-सी है। तो वकील साहेब, इसके आगे क्या हुआ ?"

बटेश्वरीप्रसाद और राजा साहेब अब तीसरे पेग पर पहुँच गए थे। ठाकुर वीरभानसिंह ने अपना गिलास औंधा करके ज़मीन पर रख दिया था। ज्वालाप्रसाद के गिलास में बटेश्वरीप्रसाद ने एक पेग शराब, जो बोलत में बाकी थी, ज़बरदस्ती उँड़ेल दी। बटेश्वरीप्रसाद ने कहा, "तो करीब छह महीने हुए, उसने राजा साहेब पर मुक़दमा दायर कर दिया। काग़जी लिखा-पढ़ी पक्की है उसके पास। राजा साहेब का मुक़दमा हारा समझिए। मेरे पास आए। मैं हारनेवाले मुक़दमे नहीं लेता। काग़ज़ात देखे और फिर काग़ज़ात वापस करने लगा। लेकिन राजा साहेब की शक्ल देखकर दया आ गई। अब हालत यह है कि मुक़दमा सात आना राजा साहेब का है, नौ आने घनश्यामदास का; यह शक्ल मैंने पैदा कर दी है। जी, सोलह आने हारे हुए मुक़दमे में सात आना जान डाल दी है मैंने। दो आना जान पड़ जाए तो काम बन गया, यह समझ लीजिए।"

यह आखिरी पेग, जो ज्वालाप्रसाद को मिला था, कुछ आवश्यकता से अधिक हो गया था। ज्वालाप्रसाद ने कहा, "तों दो आने में मिल गया श्यामलाल, यही कहना चाहते हैं न आप !"

राजा साहेब बड़ी ज़ोर से हँसे, "मान गए तहसीलदार साहेब, तुम्हें ! ये अंग्रेज भी बड़े चतुर हैं आदमियों के चुनने में। ऐसे-ऐसे आदमी चुने हैं कि उड़ती चिड़िया पहचान लें। तो दो आने के लिए मिल गया यह श्यामललवा। बड़ा पाजी और मुत्फ़न्नी आदमी है। तुम्हारे नाम का झंडा फहरा रहा है यह ! कमिश्नर साहेब तुम्हारी बड़ी तारीफ़ करते

थे—बड़े बुद्धिमान, बड़े ईमानदार हैं सोराँव के तहसीलदार। जज साहेब ने भी तुम्हारी तारीफ़ सुनी है। तो श्यामलाल बोला कि अगर बिज्जू मौज़ा उनके नाम हम लिख दें तो मामला साफ़ ! दो आना हमने जीत लिया तुम्हारे नाम से। सो हमने बैनामा कर दिया है श्यामलाल के नाम; बैनामे तक का ख़र्च हमने अपने पास से लगाया है।"

ज्वालाप्रसाद का स्वर एकाएक कड़ा हो गया, "तो क्या आप मुझसे झूठी शहादत दिलाना चाहते हैं ?"

बटेश्वरीप्रसाद लाख नशे में थे, लेकिन वे अनुभवी और तीव्र बुद्धि के आदमी थे। ज्वालाप्रसाद के स्वर में जो विस्फोट के चिह्न थे, उन्हें बटेश्वरीप्रसाद ने पहचान लिया, "जी, मैं आपको इस झमेले में नहीं घसीटूँगा तहसीलदार साहेब। हाँ, अगर लाला घनश्यामदास आपको शहादत में तलब करें, तो आप सिर्फ़ इतना ही कह दीजिएगा कि घर के कर्ता मुंशी राधेलाल हैं, और ज़मीन-ज़ायदाद का काम-काज श्यामलाल देखता है। आपको इस मामले का कोई पता नहीं है। मैं समझता हूँ कि यह कहने में आपकी सचाई को कोई ठेस नहीं पहुँचेगी।"

ज्वालाप्रसाद ने बटेश्वरीप्रसाद की बात का कोई उत्तर नहीं दिया, उन्होंने ठाकुर वीरभान से कहा, "ठाकुर साहेब, खाना तैयार है न ? रात बहुत बीत गई है।"

ठाकुर वीरभान उठ खड़े हुए, "खाना परोस दिया गया है, चलिए आप लोग !" और सब लोग खाने के लिए उठ खड़े हुए।

खाना खाकर जब सब लोग उठे, तो वीरभान के नौकर ने ज्वालाप्रसाद से कहा, "तहसीलदारिन साहेबा इक्के पर बैठ गई हैं; इक्का दरवाज़े पर खड़ा है।"

ज्वालाप्रसाद भी उठ खड़े हुए। उन्होंने चलते हुए बटेश्वरीप्रसाद से कहा, "वकील साहेब, मेरे पास कोई ज़मीन-ज़ायदाद नहीं है; और मुश्तर्का ख़ानदान आप समझ लीजिए टूट चुका है। मुझे बड़ा अफ़सोस है !"

8

दूसरे दिन ज्वालाप्रसाद बहुत देर से सोकर उठे। जिस समय उनकी आँख खुली उनके सिर में हल्का-हल्का दर्द हो रहा था। सुबह चार बजे से जो पानी की झड़ी लगी थी, अब वह धीमी पड़ गई थी और सारे वातावरण में एक प्रकार का उल्लास था। जैदेई पूजा से उठकर जमुना के पास बैठी हुई रात की दावत की बात सुन रही थी।

उस दिन रविवार था और कचहरी की छुट्टी थी। तहसील का चपरासी डाक लेकर

ज्वालाप्रसाद के घर पर ही आ गया था।

ज्वालाप्रसाद को निवृत्त होते और स्नान करते दस बज गए। बादल अब फट गए थे और सूर्य भगवान रह-रहकर अपने दर्शन दे देते थे। ज्वालाप्रसाद ने नाश्ता करने से इनकार कर दिया, और वह अपने दफ़्तर में बैठकर सरकारी डाक देखने लगे। भीखू से उन्होंने मुंशी राधेलाल को बुलवाया।

मुंशी राधेलाल श्यामलाल के साथ राजा साहेब सरोहन से मिलने जाने के लिए निकल ही रहे थे कि भीखू ने उन्हें ज्वालाप्रसाद का सन्देशा दिया। मुंशी राधेलाल श्यामलाल को लिए हुए ज्वालाप्रसाद की बैठक में पहुँचे। श्यामलाल को देखकर ज्वालाप्रसाद ने कहा, “अच्छा हुआ तुम भी आ गए। चाचा, कल मैं राजा साहेब सरोहन से मिल आया। उनके वकील बाबू बटेश्वरीप्रसाद भी उनके साथ थे।”

मुंशी राधेलाल ने कहा, “हाँ, बटेश्वरी बाबू अपने फ़तहपुर के ही हैं। विलायत हो आए तो बिरादरी से खारिज कर दिए गए। लेकिन बड़े नामी और मशहूर वकील हैं। इलाहाबाद में उनकी एक बहुत बड़ी कोठी है।”

“जी हाँ, यह सब उन्होंने मुझे बतलाया था। बड़े प्रेम से मिले थे। बैठिए न, क्या जल्दी में हैं ?”

“नहीं, ऐसी कोई ख़ास जल्दी नहीं है। हम श्यामू के साथ राजा साहेब से मिलने जा रहे थे, वह आज शाम को सरोहन चले जाएँगे तो सोचा कि उनके जाने से पहले हम लोग उनसे मिले लें।”

“अभी तो शाम में काफ़ी देर है। मुझे आपसे कुछ बहुत ज़रूरी बातें करनी हैं।”

मुंशी राधेलाल बैठ गए। श्यामलाल ने कहा, “दादा, अगर मैं वहाँ चला जाऊँ तो कोई हर्ज है ? मेरी तो आपको ज़रूरत नहीं है ?”

“नहीं-नहीं, तुम जा सकते हो। मुझे बातें चाचा से करनी हैं।”

श्यामलाल के जाने के बाद ज्वालाप्रसाद ने राधेलाल से कहा, “चाचा, आप जानते हैं कि बप्पा की मौ़त कैसे और क्यों हुई ?”

मुंशी राधेलाल सकपकाए, “हाँ, तुमने ही तो बतलाया था कि वह गिर पड़े और भरी हुई सुराही उलटकर उनके सिर पर गिरी थी।”

“जी नहीं, उन्होंने सुराही अपने सिर पर पटककर आत्महत्या की थी !” ज्वालाप्रसाद ने रूखे स्वर में कहा, “और आप सब लोगों को इस बात का पता है। उन्होंने अपने सिर पर सुराही गुस्से के पागलपन में आकर पटकी थी, और यह गुस्सा उन्हें इसलिए आया था कि आप लोगों के जाल-फ़रेब में शामिल होकर झूठ बोलने के लिए मैं तैयार न था।”

मुंशी राधेलाल ने कहा, “जो हो गया वह हो गया; वह मुक़दमा तो हम लोग हार गए, अब उस क़िस्से को उठाना बेकार है। यह उनकी ग़लती थी कि वह तुम्हारे साथ ज़बरदस्ती कर रहे थे।”

“चाचा, वह बात अभी ख़त्म नहीं हुई। राजा साहेब सरोहन ने जो श्यामलाल के

नाम बिज्जू मौज़े का बैनामा कराया है, उस पर कौन बलि होगा, मैं आपसे यह पूछना चाहता हूँ ?"

"अरे, उस बैनामे से और तुमसे क्या मतलब ? वह राजा साहेब जानें और श्यामलाल जाने। उसमें तुमसे झूठ बोलने को कौन कह रहा है ? बिना किसी झंझट के ज़मींदारी खुद-ब-खुद आई जाती है। शास्त्रों का कहना है कि आती हुई लक्ष्मी का निरादर नहीं करना चाहिए।"

ज्वालाप्रसाद कुछ और कहना चाहते थे, किन्तु कहते-कहते रुक गए। देवीदयाल सर्राफ़ सोलह लच्छे और हिसाब का परचा लिए बैठक के सामने आकर खड़ा हो गया था। ज्वालाप्रसाद ने बाहर देखते हुए कहा, "कौन है ! देवीदयाल, अन्दर आ जाओ !"

ज्वालाप्रसाद ने लच्छे देवीदयाल के हाथ से लेते हुए पुकारा, "भीखू !"

भीखू सम्भवतः बैठक से लगा हुआ ही खड़ा था। उसने तत्काल बैठक में आकर कहा, "हाँ भइया !"

लच्छे भीखू के हाथ में देते हुए ज्वालाप्रसाद ने कहा, "ये लच्छे अपनी भौजी को दे आओ जाकर, और फिर रामू दादा को यहाँ भेज देना, कहना, मैंने बुलवाया है।"

"रामू दादा ने देवीदयाल सर्राफ़ से कुछ गहना बनवाया है; यह उसका हिसाब है।" ज्वालाप्रसाद ने बड़े शान्त भाव से कहा।

राधेलाल अब देवीदयाल की ओर घूमे, "क्यों जी, यह तो रामलाल का निजी हिसाब है, तहसीलदार साहेब से इस हिसाब का क्या मतलब ?"

देवीदयाल के उत्तर देने से पहले ही ज्वालाप्रसाद बोल उठे, "चाचा, देवीदयाल रामू दादा को क्या जानें ? यह तो मुझे जानते हैं। जो भी लेन-देन होता है वह तहसीलदार के घर से होता है जिसकी ज़िम्मेदारी मुझ पर है। फिर यह हिसाब मेरे पास अपने-आप नहीं लाए, मैंने ही इनसे यह हिसाब मँगवाया है।" यह कहकर ज्वालाप्रसाद ने हिसाब के परचे पर नज़र डाली।

तब तक रामलाल कमरे में आ गया। देवीदयाल को देखते ही रामलाल ने कहा, "क्यों लाला, तहसीलदार साहेब के पास यह हिसाब क्यों ले आए ? क्या हमारी बात पर तुम्हें भरोसा नहीं था ?"

ज्वालाप्रसाद ने हिसाब का परचा पढ़ा, "कड़े पैरों के एक जोड़ा, वज़न एक सौ बीस भरी। हँसली एक नग, वज़न पैंतालीस भरी। चाँदी पाई चालीस भरी। बाकी चाँदी एक सौ पच्चीस भरी। कीमत पिचहत्तर रुपए। बनवाई कड़ा और हँसली दो आना भरी के हिसाब से बीच रुपए दस आने। कुल पिचानवे रुपए दस आने।" ज्वालाप्रसाद ने अब देवीदयाल को देखा, "क्यों जी, मटरमाला का हिसाब तुमने नहीं लिखा ?"

देवीदयाल ने उत्तर दिया, "सरकार, मटरमाला शाम तक तैयार हो जाएगी। कल परचे के साथ उसे भी ले आऊँगा। वैसे करीब साठ रुपए उसके भी होंगे।"

"अच्छी बात है, अब तुम जाओ ! मटरमाला और उसका परचा कल सुबह दे जाना।" ज्वालाप्रसाद ने कहा।

देवीदयाल के जाने के बाद ज्वालाप्रसाद ने रामलाल से कहा, "कुल जमा एक सौ पचपन रुपए दस आने होते हैं। देवीदयाल को यह रुपया देना है कल सुबह। तो एक सौ पचपन रुपए मुझे दे दीजिए।"

रामलाल ने अपने पिता की ओर देखा। राधेलाल ने उत्तर दिया, "भला रुपया रामू के पास कहाँ है ? वह देवीदयाल को अपनी पूरी तनख्वाह, यानी बारह रुपया महीना देता जाएगा। साल-भर में रुपया अदा हो जाएगा।"

"लेकिन यहाँ इनकी नौकरी कहाँ है ?" ज्वालाप्रसाद ने पूछा।

"दो-एक दिन में नौकरी का परवाना आनेवाला है।" रामलाल ने उत्तर दिया।

"वह परवाना आपके पास कभी नहीं आएगा। आप कल शाम के समय फ़तहपुर के लिए रवाना हो रहे हैं, समझे, अपने बीवी-बच्चों के साथ ! लगी हुई नौकरी सँभालिए जाकर।"

ज्वालाप्रसाद की बात सुनकर मुंशी राधेलाल सन्नाटे में आ गए। पर रामलाल को ज्वालाप्रसाद का यह व्यवहार अखर गया, "तो इसका मतलब यह हुआ कि आप मुझे और मेरे बीवी-बच्चों को निकाल रहे हैं यहाँ से !"

ज्वालाप्रसाद ने उत्तेजित होकर कहा, "आप इसको निकालना समझ रहे हैं; मैं इसे आप लोगों को अपने स्थान पर भेजना समझ रहा हूँ। आप फ़तहपुर में नौकरी कर रहे हैं। श्यामलाल के पास काफ़ी ज़मीन-ज़ायदाद है। चाचाजी घर का सब काम-काज सँभालेंगे। किशनलाल की शादी करके आप लोग उसे अपनी देखभाल में ठीक रास्ते पर लगाइए।"

राधेलाल एकाएक चिल्ला पड़े, "हे दादा, सुन रहे हो ? तुम तो स्वर्ग में जाकर बैठ गए और हमको इस नरक में छोड़ गए। सत्यानाश हो जाएगा इस ज्वाला का, सत्यानाश हो जाएगा !" और यह कहकर मुंशी राधेलाल अपने दोनों हाथों से अपना सिर पीटने लगे।

घर-भर में कुहराम मच गया। चारों तरफ़ से लोग इकट्ठे होने लगे। जैसे-जैसे भीड़ बढ़ती जाती थी, वैसे-ही-वैसे मुंशी राधेलाल की गालियों के साथ ज्वालाप्रसाद को कोसना तेज़ होता जाता था। इतने में अन्दर से जैदेई ने ज्वालाप्रसाद की बैठक में प्रवेश किया। ज्वालाप्रसाद का हाथ पकड़कर उसने उन्हें उठाया, "चलो देवरजी यहाँ से, इन्हें चिल्लाने दो !"

अन्दर जाकर ज्वालाप्रसाद ने दरवाज़ा भीतर से बन्द कर लिया, पर इस सबसे मुंशी राधेलाल के चिल्ला-चिल्लाकर कोसने और गाली देने में कोई कमी नहीं हुई। अब रामलाल ने भी राधेलाल के स्वर-में-स्वर मिलाकर कोसना शुरू किया।

दस-पन्द्रह मिनट तक भीखू चुपचाप यह तमाशा देखता रहा। फिर उससे न रहा गया। उसने बढ़कर रामलाल का हाथ पकड़ा, "अपने बाप का लैके घर के भीतर जाओ, इहाँ ई सब तमाशा करें से कुछ न होई !"

रामलाल ने भीखू को भद्दी-भद्दी गालियाँ देते हुए अपना स्वर और भी तेज़

किया। अब भीखू को भी क्रोध आ गया। उसने रामलाल से कहा, "चुप हुई के अन्दर जात हौ कि चपरासिन से हम तुम्हार मरम्मत कराई ? भइया का अन्न खायके उनहीं कौ गाली दै रहे हौ ! नमकहराम कहूँ के !"

मुंशी राधेलाल ने देखा कि वास्तव में भीखू के पीछे तहसील के दो चपरासी खड़े हैं। राधेलाल ने रामलाल का हाथ पकड़ा, चलो रामू, अभी क्या हुआ है, ये इन कमीनों से हमको पिटवाएँगे। चलो, आज ही यहाँ से चलें ! इस पापी के घर में अब हम अन्न-जल नहीं लेंगे। अपनी अम्मा से और बहुरियों से कहो कि अपना सामान बाँधें। श्यामू और किशनू को ढूँढ़कर ले आओ ! और राधेलाल रामलाल के साथ घर के अन्दर चले गए।

राधेलाल और रामलाल के घर के अन्दर जाने पर घर के बाहरवाला कुहराम तो रुक गया, लेकिन घर के अन्दरवाला कुहराम बढ़ गया। चीज़ें उठाई और पटकी जाने लगीं; गाली-गलौज लगातार चलता रहा। इस सबसे ऊबकर जैदेई ने ज्वालाप्रसाद से कहा, "देवरजी, न हो तो तुम कहीं हो आओ जाकर ! यहाँ की हालत तो बिगड़ती ही जा रही है।"

"लेकिन खाने-पीने का क्या होगा भौजी ?" ज्वालाप्रसाद ने पूछा।

"खाने-पीने के मामले में आज एकादशी समझो !" जैदेई मुस्कराई, "अगर हमेशा की बला टालने के लिए एक दिन उपवास भी करना पड़ जाए तो क्या बुरा ! फिर आज तो घर-भर उपवास करेगा।"

ज्वालाप्रसाद के मुख पर भी मुस्कराहट आई, "नहीं भौजी, ऐसा उपवास भी क्या ?" फिर उन्होंने जमुना से कहा, " तुम और छिनकी आँगन से निकलकर देखो कि क्या हो रहा है। भौजी, न हो तो तुम भी इन लोगों के साथ चली जाओ। मैं तब तक बैठक में जाकर आज की डाक देखता हूँ।" यह कहकर ज्वालाप्रसाद बैठक में चले गए।

रसोईघर में श्यामलाल की पत्नी निर्लिप्त भाव से खाना बना रही थी। रोना-धोना मचाए हुए थीं रामलाल की पत्नी और राधेलाल की पत्नी। मुंशी राधेलाल चिल्ला रहे थे, "नाहीं, मैं न खाना खाऊँगा, न पानी पियूँगा ! भूखा-प्यासा रहकर यहाँ अपने प्राण दे दूँगा। दादा की जान इसने ले ली, मैं भी इसी के हाथ मरूँगा। भोगे अपनी तहसीलदारी, भोगे अपना राज-पाट, अपना अफ़सरपना। नरक में भी जाना न मिलेगा इसे !"

छिनकी से न रहा गया। वह बढ़कर मुंशी राधेलाल के सामने पहुँची,, "परान देयँ का होय तो अब ही दै देव, ई गाली-गलौज से परान न जाई। इहे सब गुनन से तो आज यू दिन देखैं का पड़ रहा है। बड़े सरमदार और मरद आओ ते देव परान; हमहूँ देखी, कैसे परान देत हौ !"

राधेलाल की पत्नी को अब अनुभव हुआ कि बात बहुत अधिक बिगड़ गई है—बिगड़ ही नहीं गई, अब तो सब कुछ समाप्त हो गया है। मुंशी राधेलाल ज़ोर-ज़ोर से चिल्लाकर छिनकी को गालियाँ देने लगे थे। आँखों के आँसू पोंछते हुए राधेलाल की

पत्नी ने कहा, "काहे रे छिनकी, अब इतनी हिम्मत हुइ गई है कि छोटे मालिक से इस तरह जबान लड़ावे है ?"

"काहे, इनकेर कौनो डर आय ? इनकेर दिया का हम खाना-पिवा-पहना आय ! हमरे बिटवा का गरियाय रहे हैं तौन नाहीं रुकती हौ ? मुड़चिड़ापन करिके ज्वाला की छाती पर मूँग दला चाहत हौ। तौन यू सब न होई। घरदुआर, है, वहैं जायके रहैं का तो कहिस है ज्वाला ! तो कौन बेजा बात कहिस है ? ज़मीन खरीद दीन्हिस है, हर तरह से मदद करत है। तहू पर राजी नहीं है। ऊकेर परानै लेयँ पर तुल गए हैं ! तौन ऊ सब तौ न होई !"

राधेलाल की पत्नी ने राधेलाल को चुप कराया, "ईस बस चिल्लाँय-बकें से तो काम नाहीं चली। फ़तहपुर चलैं की तैयारी करें का है। तौन सावधानी से तैयारी कीन जाय। ऐसे परान देने से कौन लाभ !"

राधेलाल गरज उठे, "मैं ऐसी आसानी से परान थोड़े ही दे दूँगा ! लेकिन हम लोगों को आज शाम तक इस पापी का घर छोड़ देना चाहिए। मैं कह रहा हूँ कि न तो मैं इस घर में अब अन्न ग्रहण करूँगा और न तुम लोगों को अन्न ग्रहण करने दूँगा। श्यामू की बीवी से कहो कि रसोईघर से निकल आए।"

श्यामलाल की पत्नी जल्दी-जल्दी रोटियाँ सेंक रही थी। राधेलाल की पत्नी की आज्ञा पाने से पहले ही उसने जमुना के कान में कहा, "खाना बनाय दीन है जीजी, तुम चिन्ता न करौ ! जाई, फ़तहपुर जाँय की तैयारी करैं का है।"

एकाएक जमुना को श्यामलाल की पत्नी के लच्छों की याद आई। उसने श्यामलाल की पत्नी से कहा, "तुम्हार लच्छा बनिके आय गए हैं, तुम ठहरो, हम अबहीं लाइन !"

इसी समय राधेलाल की पत्नी रसोईघर के सामने आई, "उठ री मझली, छोड़ दे रसोई। अपना सामान बाँध चलके !" और यह कहकर राधेलाल की पत्नी उलटे-पैर लौट गई।

श्यामलाल की पत्नी जमुना की प्रतीक्षा करने लगी। जमुना ने जब उसे सोलह लच्छे दिये तो वह बड़ी प्रसन्न हो गई। जल्दी-जल्दी लच्छे पहनते हुए उसने कहा, "चलो जीजी, इन लोगन से तुम्हार परान बचे !"

इसी समय राधेलाल की पत्नी की फिर आवाज़ आई, "क्यों री मझली, क्या कर रही है ? कहा न कि रसोई छोड़के निकल आ, सब चीज़ें बाँधनी हैं।"

श्यामलाल की पत्नी ने वहीं से उत्तर दिया, "अबहीं आई अम्माजी, जरा हाथ-पैर धोय लई !" और फिर उसने जमुना से कहा, "का बताई जीजी, तुम्हें छोड़त भए दुख तो बहुत होत है, लेकिन हम लोगन के जाय मां तुम्हारा भलाई आय, यू हम नीक करके जनती हन।" और अनायास ही श्यामलाल की पत्नी की आँखों में आँसू आ गए।

श्यामलाल की पत्नी की आँखों में आँसू देखकर जमुना के अन्दर करुणा फूट पड़ी। उसने श्यामलाल की पत्नी को गले लगा लिया। फिर अपने पैरों से अपनी पाजेब

निकालकर श्यामलाल की पत्नी को देते हुए कहा, "तुम्हारे लिए मैं कोई गहना नहीं बनवा सकी बहू, यह मेरी पाजेब लेती जाओ, मैं दूसरी बनवा लूँगी। सम्हालकर रखना इसे। और अगर कभी ये लोग तुम्हें तकलीफ़ दें तो किसी तरह मुझे खबर कर देना।"

श्यामलाल की पत्नी ने पाजेब जल्दी से अपनी धोती के आँचल में बाँध ली, और झुककर जमुना के चरण छुए। इसके बाद वह वहाँ से तेज़ी के साथ चली गई।

दोपहर हो गई। ज्वालाप्रसाद के आँगन में सन्नाटा छाया हुआ था। मुंशी राधेलाल और उनके परिवारवालों ने जो भोजन न किया, सो न किया। ज्वालाप्रसाद बैठक में आकर शान्ति नहीं पा सके थे, इक्का कसवाकर वह पासवाले एक गाँव के मित्र के यहाँ चले गए थे वहाँ से वह दोपहर के समय वापस आए। इस बीच में श्यामलाल और किशनलाल भी आ गए थे और सब लोग असबाब बाँधने में लग गए थे।

जमुना ने ज्वालाप्रसाद को खाना खाने के लिए बुलाया। चौक में जाकर ज्वालाप्रसाद ने देखा कि वहाँ केवल जमुना है और आँगन में सन्नाटा छाया हुआ है। उन्होंने पूछा, "और सब लोग ? क्या वे खाना नहीं खाएँगे ?"

जमुना के उत्तर देने से पहले रसोईघर के दरवाज़े पर खड़ी हुई छिनकी ने कहा, "छोटे मालिक ई घर मां खाना न खॉय की कसम खाइन हैं। तौन खुद कसम खात तो खात, अपने बिटवन का और बहुरियन तक का कसम दै दीन्हिन हैं। सब लोग असबाब बाँध रहे हैं।"

ज्वालाप्रसाद परसी थाली छोड़कर उठ खड़े हुए। हाथ-मुँह धोकर वह मुंशी राधेलाल के कमरे के बाहर पहुँचे। उन्होंने राधेलाल से कुछ न कहकर राधेलाल की पत्नी से कहा, "चाची, सुना है कि आप लोगों ने इस घर में खाना न खाने की कसम खा ली है। क्या यह ठीक है ?"

उनके इस प्रश्न का उत्तर राधेलाल ने दिया, "हाँ, इतनी हतकइज़्ज़ती के बाद हम लोग इस घर में खाना खाएँगे भला ! हम लोगों की नज़र में तुम मर गए।"

छिनकी, जो ज्वालाप्रसाद के पीछे-पीछे आई थी, आगे बढ़कर चिल्लाई, "मर गए तुम और तुम्हार बिटवा ! मुँहजरा कहूँ का ! भवानी ई का खाय, हमरे बिटवा का कोस रहा है !"

ज्वालाप्रसाद ने छिनकी को डाँटा, "छिनकी चाची, तुम जाओ यहाँ से। ख़बरदार जो तुमने अब एक बात भी ज़बान से निकाली !" और इसके बाद उन्होंने राधेलाल की पत्नी से कहा, "सुन लिया चाची, तुम लोगों के लिए अब मैं मर चुका हूँ। सम्हालना अपने परिवार को और ख़ानदान को। फ़तहपुर का मकान और ज़मीन-ज़ायदाद मैंने मरकर तुम लोगों के नाम वसीयत कर दी है; मुझे अब उस मकान और ज़मीन-ज़ायदाद से कोई मतलब नहीं है।"

एकाएक राधेलाल की पत्नी दौड़कर ज्वालाप्रसाद के पैरों पर गिर पड़ी, "हाय बेटा, यह दिन भी देखना बदा था हमारे भाग में ! बेटा, हम लोगन को छमा करौ ! भगवान कौनो बहुत बड़ी विपदा हम लोगन के सिर पर लावनवाले हैं तब हीं तो इनकी मति

बौराय गई है। तुम्हें हम अपने लड़कन की तरह पाला-पोसा है। हमरे कहैं से इनका छमा कर देव बेटा !" और यह कहकर राधेलाल की पत्नी ने ज्वालाप्रसाद के पैर पकड़ लिए।

राधेलाल की पत्नी ने अपने पुत्र की भाँति ज्वालाप्रसाद को पाला-पोसा था, यह सत्य था। ज्वालाप्रसाद की आँखों में आँसू आ गए। झुककर उन्होंने अपनी चाची को अपने पैरों से उठाया, "राम-राम चाची, तुम क्यों हमें नरक में डाल रही हो ? गुस्से में मैं जो कुछ कह गया उसके लिए मैं माफ़ी माँग लेता हूँ। और चाचा, इस गुस्से से तो काम नहीं चलेगा। मैंने जो कुछ आप लोगों से कहा है, वह आप लोगों के हित में और अपने हित में कहा है। लड़कों से कहिए कि ईमानदार बनें और मेहनत करें। इनकी ईमानदारी और मेहनत में मैं इन्हें हर तरह की मदद करने को तैयार हूँ। मेरे साथ रहकर ये सब लोग आवारा, कामचोर, बेईमान और लुटेरे बन रहे हैं। आख़िर इनकी ज़िन्दगी सुधारना आपका कर्तव्य है।"

राधेलाल को अब यह अनुभव हो रहा था कि उन्होंने सुबह से जो कुछ किया और कहा, वह अत्यधिक क्रोध के पागलपन में किया। अब उनके मन में पछतावा जाग रहा था। उन्होंने ज्वालाप्रसाद की बात का कोई उत्तर नहीं दिया। उनकी आँखों से लगातार टप-टप आँसू गिर रहे थे।

ज्वालाप्रसाद ने राधेलाल को हाथ पकड़कर उठाया, "चाचा, चलिए, खाना खा लीजिए ! आपके न खाने से घर में कोई खाना नहीं खाएगा। और अगर मेरे मुँह से अनजाने में कोई कड़ी बात निकल गई हो तो मुझे माफ़ कीजिए !"

राधेलाल की हिचकियाँ बँध गई थीं। ज्वालाप्रसाद के साथ वह रसोईघर में आए और उन्होंने ज्वालाप्रसाद के साथ बैठकर भोजन किया। भोजन करते हुए उन्होंने ज्वालाप्रसाद से कहा, "बेटा, अपने भाइयों को तो तुम जानते ही हो; एक-से-एक निकम्मे और आवारा निकले हैं ये लोग। सोचा था, तुम्हारे साथ रहकर इनकी ज़िन्दगी सुधर जाएगी; लेकिन यह सोचने में ग़लती की थी। अब सवाल यह है कि हम लोगों की गुज़र कैसे होगी ?"

ज्वालाप्रसाद ने कहा, "क्यों, काफ़ी ज़मीन तो ख़रीद ली गई है ! फिर रामू नौकरी कर रहा है। किशनलाल और श्यामलाल को साथ में लेकर आप खेती की देखभाल कीजिए। मैं समझता हूँ, आप लोगों को किसी तरह की कमी न रहेगी। ज़रूरत पड़ने पर मुझे लिख दीजिएगा। जो कुछ हो सका, मैं मदद कर दूँगा।"

राधेलाल की आँखों में आँसू आ गए, "बेटा, तुम्हारा बड़ा सहारा है; तुम साथ न छोड़ देना !"

तीसरे पहर तक राधेलाल के परिवार का सब सामान बँध गया था और सब लोगों ने खाना खा लिया था। श्यामललाल ने तीने इक्कों का इन्तज़ाम कर लिया था; वे आ गए। उस दिन बिशनलाल परताबगढ़ के एक दंगल में गया था। जब सब सामान लद गया तब राधेलाल की पत्नी ने ज्वालाप्रसाद से हाथ जोड़कर कहा, "ज्वाला बेटा, बिसनू

से हम नहीं मिल सकीं। बड़ा सीधा और भोला-भाला लड़का है ! ज़रा उसकी देखभाल करते रहना और उसका ख़याल रखना !"

"बिशनू की कोई चिन्ता न करो चाची, उससे दुनिया में किसी को कोई शिकायत नहीं हो सकती।"

इक्के इलाहाबाद के लिए रवाना हो गए और ज्वालाप्रसाद अपनी बैठक में आकर बैठ गए। उनका मन तो हल्का था, लेकिन एक अजीब तरह का करुण वातावरण था उनके चारों ओर। एक साल से जिस चहल-पहल से भरी घुटन के वे आदी हो गए थे, वह ग़ायब हो गई थी। एक मुक्त वातावरण, लेकिन कितना शुष्क और कितना नीरस ! उनका मन हल्का था, लेकिन उनके प्राणों में एक प्रकार की टीस अवश्य थी। न जाने कितनी देर वह चुपचाप बैठे हुए सोचते रहे, न जाने कब अँधेरा हो गया ! और अचानक वह चौंक उठे। उन्होंने देखा कि जैदेई उनके कन्धे पर हाथ रखकर झकझोरती हुई कह रही है, "उठो देवरजी, इस अँधेरे कमरे में बैठे-बैठे क्या सोच रहे हो ? बाहर निकलो !"

ज्वालाप्रसाद ने जैदेई का हाथ अपने दोनों हाथों में पकड़ते हुए कहा, "भौजी, तुम साक्षी हो, मैंने कोई अन्याय नहीं किया। जहाँ तक मुझसे हो सका, मैंने इन लोगों को निबाहने की कोशिश की। तुम जानती हो कि इस सबमें मेरा कोई दोष नहीं है।"

ज्वालाप्रसाद की भावना में मानो जैदेई भी बह चली, "देवरजी, दुनिया में तुम्हें कोई दोष नहीं दे सकता। तुम देवता हो देवरजी, तुम देवता हो !" और ज्वालाप्रसाद ने जैदेई के माथे को चूम लिया।

ज्वालाप्रसाद का हाथ पकड़कर जैदेई उन्हें आँगन में ले गई। जमुना उस समय रसोई में थी और छिनकी उसकी सहायता कर रही थी। भीखू ने आँगन से लगे हुए भीतरी बरामदे में ही आज ज्वालाप्रसाद का बिस्तर लगा दिया था। जैदेई ने जमुना को आवाज़ दी, "रानीजी, रसोई से निकलकर इन्हें सँभालो ! यहाँ बैठो आकर ! पक्का खाना बनाना है न ! लो, छिनकी से कह दो कि साग बना ले, पूरी हम-तुम मिलकर सेंक लेंगी।"

जमुना रसोईघर से उठ आई। कितनी शान्ति अनुभव कर रही थी वह उस समय ! भीखू गंगाप्रसाद को अपने साथ लेकर बाहर चला गया था; छिनकी रसोई में साग बना रही थी; ज्वालाप्रसाद, जमुना और जैदेई बैठे हुए बातें कर रहे थे।

जैदेई ने कहा, "देवरजी, लछमी की बहू का पाँचवाँ महीना है। हम सोच रही हैं कि प्रयागराज में ही बहू के लड़का हो। इलाहाबाद में बँगला ले लिया है। लछमी इलाहाबाद और कानपुर के बीच में घूमता रहता है। घाटमपुर जाने के लिए उसे समय नहीं मिलता।"

जमुना बोली, "जीजी, इलाहाबाद में ही रहो न आकर ! घाटमपुर में भला क्या रखा है, जो वहाँ पड़ी हो ? नौकर-चाकरों के बल पर कहीं घर की देखभाल होती है ? हमारी मानो तो घाटमपुर से घर-गिरस्ती हटाके यहाँ इलाहाबाद में आ जाओ !"

"हाँ रानी, लछमी भी घाटमपुर से घर-गिरस्ती हटाने को कहता है। कहता है या

तो कानपुर शहर में बसेगा या इलाहाबाद में बसेगा। कानपुर में भी उसने एक बहुत बड़ा मकान खरीद लिया है, बीच शहर में। लेकिन हमें वह मकान पसन्द नहीं है। फिर सोचती हूँ कि प्रयाग सबसे बड़ा तीरथ है, तो प्रयागराज में ही अपनी बाकी ज़िन्दगी बिता दूँ।"

"हाँ जीजी, एक तीरथराज, फिर राजधानी ! लक्ष्मी की बहू को कौन-सी जगह पसन्द है ?"

"उसे तो कानपुर पसन्द है। वहीं उसका मैका भी है। लेकिन बहू की क्या पसन्द और नापसन्द ! कच्ची उमर की और सीधी। रानीजी, तुम्हें दो-तीन महीने बाद इलाहाबाद आकर मेरे साथ एक महीना रहना पड़ेगा, जब तक लछमी का लड़का न हो जाए। देवरजी, सुन रहे हो हमारी बात ! रानीजी को हमारे यहाँ एक महीने के लिए भेजना पड़ेगा।"

"हाँ-हाँ, तुम चाहो तो तुम्हारे साथ यह अभी चली जायँ।" ज्वालाप्रसाद हँस पड़े, "भौजी, तुम्हारा तो हम लोगों पर पूरा अधिकार है।"

इसी समय ज्वालाप्रसाद को गंगाप्रसाद और भीखू की आवाज़ें सुनाई पड़ीं। भीखू कह रहा था, "अबहिने तो इसकूल खुला है, तो दुइ-एक महीना अबै इसकूलौ मां पढ़ाई-लिखाई न हुइहै, सो घर पर पढ़ैं की कौनो ज़रूरत नाहीं। चलौ, खाना खायके सोओ चलिकै। कहाँ ई कमरा मां और ऐसी गरमी मां बैठके पढ़िहौ !"

इसके उत्तर में गंगाप्रसाद का स्वर सुनाई पड़ा, "नहीं भीखू काका, अब की दफ़ा हमें दरजा में अव्वल आना है। चार नम्बर से हम दूसरे हो गए। इस दफ़ा हमें कोई नहीं पछाड़ सकता।"

जैदेई हँस पड़ी, "देवरजी, यह गंगा तुमसे भी बढ़कर निकलेगा। लेकिन भला सोराँव में पढ़ाई-लिखाई का क्या प्रबन्ध है ?"

ज्वालाप्रसाद एकदम चौंक उठे। गंगाप्रसाद पाँचवाँ दरजा पास करके छठे दरजे में पहुँचा था। सोराँव में अंग्रेजी की पढ़ाई सिर्फ़ छठे दरजे तक होती थी। इसके बाद ज्वालाप्रसाद को गंगाराम की पढ़ाई का कहीं अन्यत्र प्रबन्ध करना होगा। उन्हें आश्चर्य हो रहा था कि इस समस्या पर पहले कभी उनका ध्यान क्यों नहीं गया ! पिछले डेढ़-दो साल से वह अन्य पारिवारिक समस्याओं में इतना अधिक उलझ रहे थे कि उन्हें इस पर सोचने की फ़ुरसत नहीं मिली। उन्होंने कहा, "हाँ भौजी, तुमने अच्छी याद दिलाई। गंगा की पढ़ाई की बाबत मैंने सोचा ही नहीं। यहाँ सोराँव में रहकर इसकी पढ़ाई होगी नहीं और फ़तहपुर मैं इसे भेजूँगा नहीं। इस पर सोचना पड़ेगा।"

जैदेई मुस्कराई, "इसमें सोचने की क्या बात है देवरजी ! तुम्हारा घर इलाहाबाद में भी तो है। गंगा को तुम मेरे हाथ में दे दो। बड़ा लड़का लछमी तो अब अपने हाथ-पैर का हो गया है, इस छोटे लड़के के सहारे मैं रहूँगी।"

ज्वालाप्रसाद ने जमुना को देखा और जमुना ने ज्वालाप्रसाद को देखा, जैसे दोनों ने एक-दूसरे की आँखों की बात समझ ली। जमुना ने जैदेई के कन्धे पर हाथ रखते

हुए कहा, “जीजी, गंगा जैसा मेरा वैसा तुम्हारा ! उसे बहुत-बहुत बढ़ना है। उसे अपने बप्पा से भी बड़ा बनना है। तो गंगा अब तुम्हारा ! इनकी नौकरी ठहरी। साल-भर से इनकी तरक़्क़ी और तबादले की ख़बरें उड़ रही हैं। तो भला नौकरी की दौड़-धूप में कहीं गंगा की पढ़ाई होगी !”

जैदेई ने जमुना को छाती से लगा लिया, “रानीजी, तुम कितनी अच्छी हो ! हमारी सगी हो। गंगा मेरे लिए लछमी से कम न होगा। अब मैं प्रयागराज छोड़कर कहीं नहीं जाऊँगी। लछमी को कानपुर ज़्यादा पसन्द है, लेकिन मैं तो यहीं प्रयागराज में रहूँगी।” और जैदेई के मुख की झुर्रियाँ मानो ग़ायब हो गईं। उसने अनुभव किया कि उसकी उम्र दस साल लौट आई है।

३ खंड

पंडित सोमेश्वरदत्त ने आकाश की ओर देखा, और थोड़ी देर तक एकटक देखते रहे। उनके मुख पर एक प्रकार की करुणा थी जिसमें चिन्तन प्रधान था; उनकी आँखों में कुछ तरलता थी। फिर उन्होंने गम्भीरतापूर्वक मानो अपने से ही कहा, "अब हम पूर्ण रूप से गुलाम हो गए। इंग्लैंड का बादशाह दिल्ली में अपना दरबार करने आ रहा है, हिन्दुस्तान के राजे-महाराजे उसके सामने अपना सिर झुकाएँगे; उसको नज़रें देंगे, उसका आधिपत्य स्वीकार करेंगे !"

"तो पंडितजी, क्या आपको इसका दुख है ?" श्री किशोरीरमण ने पंडित सोमेश्वरदत्त के सामने अपना गिलौरीदान बढ़ाते हुए पूछा।

श्री किशोरीरमण बरेली के असिस्टेंट सिविल सर्जन थे—गोरे-से आदमी, ऊँचे क़द और दुहरे बदन के। वह युवावस्था को पार करके प्रौढ़ावस्था में प्रवेश कर रहे थे। बरेली में वह लोकप्रिय डॉक्टर थे, और सरकारी तनख्वाह के साथ-साथ उन्हें प्राइवेट प्रैक्टिस से प्रायः दो-तीन सौ रुपए की मासिक आय हो जाया करती थी।

पंडित सोमेश्वरदत्त के मुख पर एक हल्की-सी मुस्कराहट आई, लेकिन इससे उनकी गम्भीरता में कोई विशेष अन्तर नहीं पड़ने पाया, क्योंकि उनकी मुस्कराहट इतनी खुली हुई नहीं थी कि वह उनकी घनी और खिचड़ी-रंग की मूँछों के होंठों को निरन्तर ढँके रहनेवाले आवरण से बाहर निकल सके, "नहीं डॉक्टर, जो कुछ हो रहा है वह अच्छा ही हो रहा है। किसी तरह इन म्लेच्छ यवनों का शासन तो अपने ऊपर से हटा, देश की अराजकता दूर हुई, जुल्मों से त्राण मिला, हर जगह अमन-आमान फ़ैला। भला इसे बुरा कौन कह सकता है ! लेकिन इस सबके साथ एक बात ज़रूर है—विदेशी हर हालत में विदेशी ही रहेगा !"

पंडित सोमेश्वरदत्त बरेली के डिप्टी-कलक्टर थे और उनकी अवस्था प्रायः पचास वर्ष की थी। क़द्दावर आदमी, रोबीला चेहरा, रंग गेहुँआ। उनका संस्कृत का अध्ययन अच्छा था और वह अचार-विचारवाले आदमी थे। लेकिन पंडित सोमेश्वरदत्त स्पष्टभाषी और खरे आदमी थे—किसी हद तक झगड़ालू। अनायास ही पंडित सोमेश्वरदत्त खिलखिलाकर हँस पड़े, "डॉक्टर साहेब, इस विदेशी ने हमें कितना अधिक बदल दिया है ! यह जो मीर साहेब आ रहे हैं न, इनके वालिद लम्बी दाढ़ी रखते थे, हमेशा अवा

पहनते थे, उनके हाथ में हर समय तसबीह रहा करती थी। और इन्हें देखिए, कोट और जाँघिया पहने हुए, दाढ़ी घुटी हुई, मूँछें इस कदर ऐंठी हुईं कि देखनेवाला उनके ख़ौफ़ से भाग खड़ा हो। चुरुट मुँह में दबा हुआ !"

मीर जाफ़रअली के कान में पंडित सोमेश्वरदत्त की बातों की भनक पड़ गई। मुस्कराते हुए मीर साहेब उनकी ओर बढ़े, "क्यों पंडत, मुझ पर फ़ब्तियाँ कसी जा रही हैं ! आप अपनी क्यों नहीं कहते ? डॉक्टर साहेब, एक नई ख़बर सुनी है—हमारे पंडितजी आरियासमाजी बन गए हैं। क्यों पंडत, मैं ग़लत तो नहीं कहता ?"

"तो इसमें आपके मिर्चें क्यों लग रही हैं ? हम हिन्दुओं की पोपलीला ने हमारे धर्म को खोखला कर दिया था, और हमारे इस धर्म की इस कमज़ोरी का फ़ायदा मुसलमानों और किरिस्तानों ने उठाया; लाखों और करोड़ों की संख्या में हिन्दू विधर्मी बन गए। आर्यसमाज हिन्दू-धर्म को सुगठित और संगठित कर रहा है। ऋषियों की परम्परा को पुनः जीवित कर रहा है, वह तैयारी कर रहा है कि हिन्दू-धर्म विश्व-विजय करे।"

मीर जाफ़रअली बरेली में डिप्टी-सुपरिन्टेण्डेण्ट पुलिस थे और किसी हद तक युवक कहे जा सकते थे—लम्बे, गठे बदन के आदमी, रंग गेहुँए से कुछ खुला हुआ ! मीर साहेब अपने को पठान कुल का कहते थे। मीर साहेब को वैसे धर्म-कर्म से कोई रुचि नहीं थी; न रोज़ा रखते थे, न नमाज़ पढ़ते थे, लेकिन मज़हबी मामलों को लेकर घंटों बहस करना इधर उनका पेशा-सा हो गया था। मीर साहेब ने मुँह बनाते हुए कहा, "पंडतजी, ज़रा होश की दवा कीजिए ! ये धोतीपरसाद दुनिया फ़तह करेंगे ? मरने से पहले जो चींटी के पर निकलते हैं, ठीक उसी तरह हिन्दू धरम में यह आरियासमाज पैदा हुआ है। क्योंजी जोनाथन साहेब !" मीर साहेब ने मिस्टर जोनाथन डेविड को, जो ताश खेलने के लिए लोगों को ढूँढ़ते घूम रहे थे, आवाज़ दी।

मिस्टर जोनाथन डेविड काले-से, नाटे-से और किसी क़दर दुबले-पतले आदमी थे। उनकी अवस्था प्रायः चालीस वर्ष की थी, लेकिन वह पचास वर्ष के दिखते थे। जोनाथन डेविड बरेली में सब-जज थे—कोट-पैंट पहने हुए, दाढ़ी-मूँछ साफ़। मीर साहेब की आवाज़ पर बढ़ते हुए जोनाथन डेविड ने कहा, "ए मीर, टुम आ गया, हम टुको ही तलाशता था। हलो डॉक्टर, आज ब्रिज नहीं जमेगा ?" और उन्होंने मीर साहेब के पास आकर कहा, "टुम अमको बुलाया था मैन, बोलो !"

मीर साहेब ज़ोर से हँसे, "डेविड साहेब, लहजे में अभी थोड़ा-बहुत देसीपन बाक़ी है; कुछ थोड़ी-सी मश्क और करनी पड़ेगी, तब कहीं एंग्लो-इंडियन का मुक़ाबला कर पाओगे।"

"क्या बकवास करटा है टुम मीर ? हम प्योर यूरोपियन ! सेवेन जेनरेशन्स पहले हमारे फोरफादर्स हिन्दुस्तान आए थे—साउथ में, और वहीं बस गए। डॉक्टर, सेवेन जेनरेशन्स इन इंडिया, एंड इन साउथ !" जोनाथन डेविड ने नाटकीय ढंग से अपने दोनों हाथ फैलाए, "एंड द रिज़ल्ट ?"

"जी आप !" डॉक्टर किशोरीरमण ने बड़ी गम्भीरतापूर्वक कहा, "एक के बाद एक

हिन्दुस्तान के काले रंग की तहें जमती चली गईं। सेवेन जेनरेशन और सात परतें। आबनूस आपसे मात खा जाएगा डेविड साहेब ! लेकिन मैं हूँ सर्जन, कितनी भी तहें इस काले रंग की हों, आपकी चमड़ी का असल गोरा रंग मुझे साफ़-साफ़ दिख रहा है। साला मेकगिल, बड़ा साला सिविल सर्जन बनता है; वह अन्धा हो गया है, अन्धा ! तभी आपकी गोरी चमड़ी नहीं देख पाया और उसने आपको यूरोपियन क्लब में न घुसने दिया तो न घुसने दिया !"

पंडित सोमेश्वरदत्त अभी तक चुपचाप इस बातचीत का मज़ा ले रहे थे। अब उनसे न रहा गया, "ये पाजी यूरोपियन आपको अपने क्लब में किसी भी हालत में न घुसने देंगे जोनाथन साहेब ! अगर आप मेरी बात मानिए तो शुद्ध हो जाइए। हम लोगों ने, पिटाई के डर से जो हिन्दू मुसलमान बन गए थे और अकाल की वजह से जो हिन्दू किरिस्तान बन गए थे, उन सब लोगों को शुद्ध करने का बीड़ा उठा लिया है। तो डेविड साहेब, इस मौक़े से फ़ायदा उठाइए।"

इसके पहले कि जोनाथन डेविड या मीर जाफ़रअली पंडित सोमेश्वरदत्त को मुँहतोड़ जवाब दें, डॉक्टर किशोरीरमण बोल उठे, "पंडितजी, यह डेविड साहेब भले ही शुद्ध हो जाएँ, लेकिन इनकी मेम साहिबा को कैसे शुद्ध कीजिएगा ? वह तो प्योर यूरोपियन हैं। यह हमारे जोनाथन डेविड साहेब यूरोपियन क्लब में घुस नहीं पाते, और इनकी मेम साहिबा वहाँ रोज़ टेनिस खेलती हैं, डांस करती हैं।"

मीर जाफ़रअली ने कहा, "आप लोगों ने समझ क्या रक्खा है जोनाथन साहेब को ? इन्होंने छोटे लाट साहब के यहाँ मेमोरेंडम भेजा है कि यह यूरोपियन क्लब में भरती कर लिए जाएँ। इनकी मेम साहिबा वह मेमोरंडम लेकर खुद लेफ़्टिनेंट गवर्नर से मिली थीं। एक घंटे उन्होंने बात की।"

पंडित सोमेश्वरदत्त ने जोनाथन डेविड को देखा, "क्यों डेविड साहेब, यह मीर साहेब क्या ठीक कह रहे हैं ?"

एक अत्यन्त दयनीय और करुण मुद्रा के साथ जोनाथन डेविड ने पंडित सोमेश्वरदत्त को देखा, "हाँ पंडत, लेकिन वह लेफ़्टिनेंट गवर्नर हमारी मेम साहिबा से बोला कि इनक्वयायरी करेगा। कमिश्नर, कलक्टर, डिस्ट्रिक्ट जज, ये सब राज़ी हैं, लेकिन यह सूअर सिविल सर्जन, यह बोलटा है कि अगर हम क्लब में घुसा तो हमको उठाकर फाटक के बाहर फेंक देगा। उसके साथ वह हरामज़ादा क्लीमेंट्स, मीर, वह तुम्हारा सुपरिन्टेण्डेण्ट पुलिस भी है।" यह कहकर जोनाथन डेविड ने ब्वॉय को आवाज़ दी, "एक छोटा पेग, वेल मैन, टुम भी लेगा मीर, दो छोटा !"

पंडित सोमेश्वरदत्त की मुस्कराहट उनकी मूँछों के बाहर निकली, "मिस्टर डेबिड, सुना है कि कप्तान पुलिस, यह क्लीमेंट्स, गंगाप्रसाद को रोज़ यूरोपियन क्लब में बुलाकर उनके साथ टेनिस खेलता है। क्या यह ठीक है ?"

किशोरीरमण अब ज़ोर से हँस पड़े, "पंडितजी, मेरे सिविल सर्जन मिस्टर मेकगिल मुझको भी चार-छह दफ़ा यूरोपियन क्लब में ले गए। लेकिन, न जाने क्यों, उन्हें हमारे

जोनाथन डेविड साहेब से बुग़्ज़ लिल्लाही है ! इनकी शक्ल देखते ही वह भड़क उठते हैं।"

बेयरा जोनाथन-डेविड और मीर साहेब को व्हिस्की के गिलास भरकर दे गया था। जोनाथन डेविड ने एक घूँट में आधा गिलास ख़ाली कर दिया। इसके बाद उन्होंने एक ठंडी साँस भरकर कहा, "वेल पंडत, हमारा नसीब फूटा है। हम विलायट गया, असली यूरोपियन मेम से शादी किया। हमारा डैडी ने हमें एंग्लो-इंडियन लिखाया। लेकिन यह सूअर के बच्चे मेकगिल और क्लीमेंट्स हमें नेटिव क्रिश्चियन ही मानते हैं। पंडत, यह नसीब की ख़राबी नहीं है तो और क्या है ? लो, देखो, वह गंगाप्रसाद आया। बड़ा खुश नज़र आता है। हलो मिस्टर गंगाप्रसाद, टुम आज यूरोपियन-क्लब में टेनिस खेलने नहीं गया ? बोलो मैन, क्या बाट है ?"

गंगाप्रसाद ने आगे बढ़ते हुए कहा, "बात यह है डेविड साहेब, कि मुझे आज रात की गाड़ी से, या फिर कल सुबह इलाहाबाद जाना है। दिल्ली-दरबार का इन्तज़ाम करनेवाली कमेटी में मेरा नाम आ गया है। दो-तीन महीना दिल्ली रहना होगा, सो इसका इन्तज़ाम करना होगा।"

जोनाथन डेविड ने आश्चर्य के साथ गंगाप्रसाद को देखा, "टुम बड़ा खुशनसीब है गंगाप्रसाद ! इतना जूनियर ! सर्विस में कुल जमा दो साल और दिल्ली-दरबार का इन्तज़ाम करने के लिए टुम भेजा जाता है। मीर, हम तो समझा था कि टुम जाएगा, लेकिन जा रहा है गंगाप्रसाद !"

मीर जाफ़रअली को गंगाप्रसाद के दिल्ली-दरबार में जाने की ख़बर सुनकर एक धक्का-सा लगा, "जोनाथन साहेब, यह क्लीमेंट्स का पाजीपन है। यह हज़रत रोज़ उसके साथ टेनिस खेलते हैं, उसकी खुशामद करते हैं। तो वह इनको न भिजवाएगा तो भला मुझको भिजवाएगा !"

किशोरीरमण ने आवाज़ लगाई, "गंगाप्रसाद, तुम बादशाह सलामत से तो मिलोगे ही। उनसे हमारे जोनाथन डेविड के रिप्रेज़ेंटेशन का ज़िक्र कर देना। कह देना कि वह अपने हुक्म से जोनाथन डेविड को यूरोपियन, या फिर एंग्लो-इंडियन क़रार दे दें।"

जोनाथन डेविड ने बड़ी गम्भीरतापूर्वक कहा, "यह क्या बोलेगा किंग एम्परर से ? कोई नेटिव नहीं घुसने पाएगा उनके यहाँ ! अब अपनी मिसेज़ को भेजेगा वहाँ !"

गंगाप्रसाद इकहरे बदन का लम्बा-सा युवक था। इलाहाबाद में बी.ए. पास करने के बाद डिप्टी-कलक्टरी में नामज़द कर दिया गया था। उसके डिप्टी-कलक्टर बनने में ज्वालाप्रसाद की खुशामद और लक्ष्मीचन्द के प्रभाव के साथ उसकी अपनी योग्यता का भी एक बड़ा हाथ था। बी.ए. में उसे सेकंड डिवीज़न मिला था, लेकिन खेल-कूद में और विद्यार्थी-जीवन की सामाजिक चहल-पहल में वह काफ़ी आगे था। जैदेई के साथ सिविल लाइन्स के बँगले में रहने के कारण उसे सब तरह की सुविधाएँ प्राप्त थीं। इन सुविधाओं के कारण गंगाप्रसाद इलाहाबाद के म्योर सेंट्रल कॉलेज का सबसे अधिक प्रख्यात खिलाड़ी हो गया था। क्रिकेट और टेनिस इन दो खेलों में उसकी अखिल भारतीय ख्याति थी।

गंगाप्रसाद उस समय अपने में ही मगन था। जोनाथन डेविड की बात पर वह मुस्करा भर दिया। इसके बाद वह इन लोगों का साथ छोड़कर ब्रिज-टेबिल की ओर बढ़ गया। गंगाप्रसाद के वहाँ से हटते ही मीर जाफ़रअली ने कहा, "देखा पंडत सोमेश्वरदत्त साहेब, आपने इन बरखुरदार को ! क्या शान ! क्या अकड़ ! पूरे ताल्लुक़ेदारी ठाठ हैं इनके !"

पंडित सोमेश्वरदत्त ने कुछ चुप रहकर उत्तर दिया, "बाप-बेटे में फ़र्क़ तो काफ़ी है ? लेकिन लड़का ख़ानदानी है। यह गंगाप्रसाद दिल और हौसलेवाला है मीर साहेब, यह तो आपको मानना ही पड़ेगा। नए युग का आदमी है, इस नई दुनिया में यह काफ़ी आगे बढ़ेगा।"

"जी, आगे बढ़ेंगे ख़ाक ! इनकी ऐयाशी की शिकायतें अभी से आनी शुरू हो गई हैं। खुदा जाने, इनके ये अनाप-शनाप खर्चे कहाँ से और किस तरह पूरे होते हैं, क्योंकि इनकी रिश्वत लेने की शिकायत क़तई कहीं से नहीं है। मैं आपसे कहता हूँ पंडतजी, किसी दिन चक्कर में पड़ जाएँगे यह बरखुरदार ! आप बुज़ुर्ग आदमी हैं, इसके वालिद के दोस्त, तो ज़रा आप इन्हें समझाइएगा !" मीर ज़ाफरअली बोले।

किशोरीरमण ज़ोर से हँस पड़े, "जी, जलन होती है आपको मीर साहेब ? आप अपनी तमाम खुराफ़ातों के साथ सही-सलामत रहेंगे, और यह गंगाप्रसाद चक्कर में पड़ जाएगा ! क्यों पंडितजी, आपका क्या ख़याल है ?"

पंडित सोमेश्वरदत्त ने गम्भीरतापूर्वक कहा, "डॉक्टर, मीर साहेब ठीक कहते हैं। मीर साहेब और गंगाप्रसाद में फ़र्क़ इतना है कि गंगाप्रसाद साहसी भी है। अंग्रेज़ों में जो इसकी घुसपैठ है, वह इसलिए कि वह उन अंग्रेज़ों से बराबरी के साथ मिलता है, बराबरी का बरताव करता है। लेकिन डॉक्टर, यही उसमें अवगुण भी है। वह आदमी खुशामद नहीं कर सकता, क्योंकि वह वीर है। और वीरता अपराध की जननी है, यह भी सत्य है। हमारे मीर साहेब निहायत बुज़दिल क़िस्म के आदमी हैं, इनका सुपरिन्टेण्डेण्ट इन्हें गालियाँ देता है, लेकिन क्या मजाल कि इनके चेहरे पर शिकन तक आ जाए ! मीर साहेब हरदिल-अज़ीज हैं। और गंगाप्रसाद की अकड़ उसकी सबसे बड़ी दुश्मन है। गंगाप्रसाद के साथ मुसीबत यह है कि वह भीतर-बाहर एक है, जबकि मीर साहेब के भीतर-बाहर में ज़मीन-आसमान का अन्तर है। डॉक्टर साहेब, यह दुनिया निहायत दुरंगी है, आदमी दुरंगा होकर ही पनप सकता है।"

मीर जाफ़रअली ने पंडित सोमेश्वरदत्त की बात का बुरा नहीं माना, "यार पंडित, तुम भी बड़े घुटे हुए आदमी हो। चलिए जोनाथन साहेब, एक-आध रबर ही हो जाए।"

जोनाथन डेविड का हाथ पकड़कर मीर जाफ़रअली जिस समय ब्रिज-रूम में पहुँचे, गंगाप्रसाद खेल समाप्त करके उठ रहा था। मीर साहेब के पास आकर उसने कहा, "मीर साहेब, ज़रा मेरे साथ आइए, मुझे आपसे कुछ ज़रूरी बातें करनी हैं। मिस्टर डेविड, मुझे माफ़ कीजिएगा कि मैं आपके साथी को आपसे छीन लिए जा रहा हूँ।"

गंगाप्रसाद जब मीर जाफ़रअली को लेकर क्लब की इमारत से बाहर निकला तो

मीर साहेब ने पूछा, "लेकिन बरखुरदार, मुझे तुम लिए कहाँ चल रहे हो ?"

"मिस्टर क्लीमेंट्स के बँगले पर !" गंगाप्रसाद बोला, "मैंने उनसे कहा था कि वह आपको भी दिल्ली-दरबार के इन्तज़ामवाली कमेटी में रख लें। वह आधे राज़ी नज़र आते थे। अब आप भी खुद चलकर उनसे बात कर लें। मेरा ऐसा ख़याल है कि वह आपको भी वहाँ ले चलने पर राज़ी हो जाएँगे।"

"सच बरखुरदार !" मीर साहेब ने कृतज्ञता के भाव से गंगाप्रसाद का हाथ दबाते हुए कहा, "अगर मुझे तुमने दिल्ली-दरबार में भिजवा दिया तो ज़िन्दगीभर के लिए मैं तुम्हारा गुलाम बन जाऊँगा।"

जिस समय ये दोनों मिस्टर क्लीमेंट्स के बँगले पर पहुँचे, मिस्टर क्लीमेंट्स बरामदे में बैठे हुए दिल्ली-दरबार का प्लान देख रहे थे। दिल्ली-दरबार में व्यवस्था का भार उत्तर प्रदेश के लेफ़्टिनेंट गवर्नर पर था, और उत्तरप्रदेश के लेफ़्टिनेंट गवर्नर के मिस्टर क्लीमेंट्स कृपा-पात्र थे ! गंगाप्रसाद और मीर जाफ़रअली को देखते ही मिस्टर क्लीमेंट्स ने कहा, "हलो गंगाप्रसाद, तुम कब दिल्ली पहुँचोगे ? मैं तो परसों वहाँ पहुँच जाऊँगा।"

"मैं कल सुबह इलाहाबाद जा रहा हूँ सर, वहाँ से एक हफ़्ता बाद दिल्ली में हाज़िरी दूँगा। अपनी पत्नी और बच्चे को इलाहाबाद भेजना है न !"

"ठीक है, लेकिन एक हफ़्ते के अन्दर पहुँच जाना। और मीर, तुम कैसे आए ! कोई ख़ास काम है ?"

उत्तर गंगाप्रसाद ने दिया, "मैं इन्हें अपने साथ लिवा लाया हूँ सर ! मीर साहेब भी दिल्ली-दरबार के इन्तज़ाम में जाना चाहते हैं। मैंने कहा कि कप्तान साहेब से तुम खुद क्यों नहीं कहते चलकर ! मीर साहेब को आपसे बात करने में डर लगता है, मैं इन्हें ज़बरदस्ती अपने साथ ले आया हूँ।"

मिस्टर क्लीमेंट्स गंगाप्रसाद की बात पर मुस्कराए, "गंगाप्रसाद, यह मीर मुझसे डरता है ? क्या कहा तुमने ? बहुत बड़ा सूअर है यह ! इसके मुक़ाबले का पाजी आदमी नहीं मिलेगा तुम्हें। क्यों मीर, हम ग़लत तो नहीं कहते ? हो न तुम छँटे हुए बदमाश और नम्बरी हरामज़ादे ?"

मीर जाफ़रअली ने विनम्रता के साथ कहा, "हुज़ूर की बात काट सकूँ, भला इतनी जुर्रत मुझमें कहाँ ! हुज़ूर की बात काटना सबसे बड़ी देअदबी होगी।"

मिस्टर क्लीमेंट्स ने गंगाप्रसाद को देखा, "सुन रहे हो गंगाप्रसाद ! कितना बड़ा पाजी आदमी है यह ! और तुम इसे दिल्ली-दरबार के इन्तज़ाम में भेजने को कहते हो !"

मीर साहेब ने उससे भी अधिक मुलामियत के साथ कहा, "हुज़ूर, गुस्ताखी माफ़ हो, यह पुलिस का महक़मा ही नम्बरी हरामज़ादों का होता है। हुज़ूर, मेरे जैसे आदमी अगर आप लोगों की खिदमत में न हों तो सल्तनत एक दिन के लिए भी न टिकने पाए। इन्तज़ाम तो हम ही लोग करते हैं।"

इस बात पर मिस्टर क्लीमेंट्स ज़ोर से हँस पड़े, "खूब कहा मीर, खूब कहा ! अच्छी बात है गंगाप्रसाद, मैं मीर जाफ़रअली का नाम इन्तज़ाम करनेवालों की लिस्ट में शामिल

किए लेता हूँ। इस नामाकूल से कहो कि यह भी जाने का इन्तज़ाम करे।"

मीर साहेब का मुख खिल उठा। उन्होंने झुककर क्लीमेंट्स को लम्बा सलाम किया।

मीर जाफ़रअली को क्लब में छोड़कर गंगाप्रसाद अपने घर पहुँचा। गंगाप्रसाद के इतनी जल्दी लौट आने पर गंगाप्रसाद की पत्नी रुक्मिणी को आश्चर्य हुआ। रुक्मिणी पड़ोस में रहनेवाले श्रीकृष्ण वकील के यहाँ जाने को तैयार थी। गंगाप्रसाद के दो वर्ष के पुत्र नवलकिशोर को भीखू बरामदे में बैठा हुआ खिला रहा था और महाराजिन रसोईघर में खाना बना रही थी। गंगाप्रसाद को देखते ही भीखू ने कहा, "आज बड़ी जल्दी लौट आए बचवा ! बहू तो वकील साहेब के घर मां जायवाली है।"

रुक्मिणी ने गंगाप्रसाद के मुखवाली मुस्कराहट को देखकर समझ लिया कि गंगाप्रसाद कोई खुशखबरी लाए हैं। उसने पूछा, "क्यों, बड़े प्रसन्न दिख रहे हो; कोई तरक्की हुई है क्या ?"

"तरक्की ही समझो ! दिल्ली-दरबार के इन्तज़ाम करने के लिए दिल्ली जाने का हुक्म मिला है। चलो, तुम भी दिल्ली का दरबार देख लो चलकर ! यह दिल्ली बड़ा पुराना शहर है—लालकिला, कुतुबमीनार और इन सबके साथ दिल्ली दरबार !"

रुक्मिणी ने अपनी जीभ दाँतों के नीचे दबाते हुए कहा, "राम-राम ! तुम्हारे साथ दिल्ली घूमने पर लोग क्या कहेंगे ? दो हाथ का घूँघट काढ़कर मैं तुम्हारे साथ चलूँगी, तो लोग हँसेंगे नहीं ?"

"अरे, घूँघट काढ़ने की क्या ज़रूरत है ? यह सब पुराना दक़ियानुसीपन छोड़ो भी। भीखू, हम लोगों को असबाब ठीक करना है; कल सुबह की गाड़ी से या कल दोपहर की गाड़ी से चलना है हम लोगों को। तीन महीने वहाँ रहना होगा, इतना समझ लेना, जाड़े के कपड़े भी साथ में जाएँगे।"

रुक्मिणी ने भीखू से कहा, "नहीं भीखू काका, यह हमेशा ऐसी ऊटपटाँग बातें किया करते हैं। भला दिल्ली-दरबार में औरतों का क्या काम ? तुम्हीं बताओ भीखू काका !"

भीखू मुस्कराया, "काहे नाहीं बहू ? साया पिहनके तुमहूँ मेम साहेब बन जाओ न ! उहैं अँगरेजिउ सीख लीन्हेव ! हमार बचवा की हविस पूरी हुई जाय। नई दुनिया आय न, तौन नए-नए गुण सीखैं का पड़िहैं !"

"हाय राम ! तुम भी ऐसी बात कहने लगे भीखू काका !" रुक्मिणी ने कहा। फिर वह गंगाप्रसाद की ओर घूमी, "तीन महीने के लिए जाना है? कब पहुँचना है तुम्हें वहाँ ?"

"एक हफ़्ते के अन्दर पहुँच जाना चाहिए। वैसे दो-चार दिन की देर भी चल सकती है। लेकिन सवाल मेरे सामने यह है कि तीन महीने तुम यहाँ अकेली कैसे रहोगी ?" गंगाप्रसाद बोला।

"हमें तुम बाबूजी के यहाँ बाँदा भेज दो, या फिर इलाहाबाद भेज दो चाचीजी के यहाँ," रुक्मिणी ने कहा, "साल-भर से ऊपर हो गया है, न अम्माजी को देखा है और

न चाची को देखा है। चाचीजी की चिट्ठी आई थी, तो उसमें लिखा था कि उनकी तबीयत ठीक नहीं रहती।"

"हाँ, यही सोच रहा था कि मैं तुम्हें इलाहाबाद पहुँचा दूँ।" गंगाप्रसाद ने कहा, "बात यह है कि बिना भीखू के दिल्ली में मेरा काम नहीं चलेगा। इसे मैं अपने साथ ले जाऊँगा। तो तुम दोनों मिलकर इन्तज़ाम कर लो, कल सुबह की गाड़ी से हम लोगों को इलाहाबाद चलना है। मैं बाबूजी को बाँदा चिट्ठी लिखे देता हूँ। वह इलाहाबाद आकर तुम्हें अपने साथ ले जाएँगे।"

गंगाप्रसाद ने उसी समय जैदेई को अपने इलाहाबाद आने की सूचना तार से दे दी।

तीसरे दिन सुबह के समय गंगाप्रसाद सपरिवार इलाहाबाद पहुँचा, जैदेई का ताँगा उसे स्टेशन पर मिला। असबाब लादकर सब लोग जैदेई के बँगले में पहुँचे।

गंगाप्रसाद ने देखा कि घर में जैदेई अकेली नहीं है, उसके पिता ज्वालाप्रसाद भी वहाँ मौजूद हैं। ज्वालाप्रसाद एक हफ़्ते की छुट्टी लेकर जैदेइ को देखने के लिए इलाहाबाद आए थे।

जैदेई काफ़ी दुर्बल हो गई थी। मलेरिया ने उसे बुरी तरह जकड़ लिया था और वही वैद्यराज की दवा चल रही थी। ज्वालाप्रसाद ने आते ही वैद्यराज का इलाज करवाया और डॉक्टरी दवा से दो दिन के अन्दर ही उसका बुखार छूट गया था। जैदेई रुक्मिणी को देखते ही पुलक उठी, "गंगा बेटा, बहू को तुम लेते आए, यह अच्छा किया। मैं तो बिलकुल अकेली थी। लछमी की बहू को अपने बाल-बच्चों से और घर के कामकाज से फुरसत ही नहीं मिलती कि वह यहाँ आए। फिर उसे लछमी की भी तो देखभाल करनी है !"

"तो चाची, तुम कानपुर क्यों नहीं चली जातीं ?" गंगाप्रसाद ने पूछा।

"अब मरने के समय प्रयागराज छोड़कर कानपुर जाऊँ ?" जैदेई के मुख पर एक फीकी मुस्कराहट आई, "नहीं बेटा, अब मेरा शरीर यहीं त्रिवेणी-तट पर भसम होगा। साठ साल पार कर चुकी हूँ, दो-चार बरस और समझो !" और यह कहते-कहते जैदेई की आँखें तरल हो गईं। फिर वह बोली, "लछमी बड़ा नाराज़ है मुझसे। कहता है कि कानपुर चलो, कानपुर चलो ! मैंने उससे कितना कहा कि बेटा, यहाँ इलाहाबाद में भी अपना लकड़ी का कारखाना है; यहीं राधा को और अपने बच्चों को लाकर रहो, लेकिन राधा का मैका कानपुर में है न ! मैकेवालों का मोह वह छोड़ नहीं पाती।" जैदेई ने एक ठंडी साँस खींची, "कानपुर में ही रहे और भगवान से विनती है कि वहीं फले-फूले !"

जैदेई के स्वर में एक अजीब व्यथा थी, विवशता थी, घुटन थी, सब लोगों ने यह अनुभव किया। गंगाप्रसाद ने कहा, "चाची, इसमें दुखी होने की क्या बात है ? अगर कहो तो मैं अपनी बदली इलाहाबाद करा लूँ। लेकिन मेरी सरकारी नौकरी ठहरी, इसमें बदली तो बराबर होती ही रहती है; यहाँ से फिर कहीं तबादला हो जाएगा।"

जैदेई की समस्त करुणा गंगाप्रसाद की यह बात सुनकर लोप हो गई। उसने

ज्वालाप्रसाद की ओर देखते हुए उत्तर दिया, "नहीं बेटा, तुम्हें यह सब नहीं करना ! देवरजी तो हैं; हर महीने मुझे देख जाया करते हैं। छह-सात साल बाद इन्हें पेंशन मिल जाएगी। इनसे कहा है मैंने कि यहाँ की बदली करा लें। नौकरी के ये आख़िरी छह-सात साल यहाँ इलाहाबाद में बिता दें। इन्होंने मकान बनवाने के लिए ज़मीन भी ख़रीद ली है—यह नया मुहल्ला लूकरगंज बस रहा है न ! यहाँ आकर अपना मकान भी बनवा लेंगे।"

गंगाप्रसाद अब अपने पिता की ओर घूमा, "मैंने परसों बरेली से आपके पास चिट्ठी भेजी है। बात यह है मुझे दिल्ली-दरबार का इन्तज़ाम करनेवाली कमेटी में शामिल कर लिया गया है। तीन महीने के लिए मुझे दिल्ली जाकर रहना होगा। भीखू को अपने साथ लिए जा रहा हूँ, क्योंकि बिना भीखू के मुझे बड़ी तकलीफ़ होगी।"

ज्वालाप्रसाद के मुख पर प्रसन्नता की एक चमक आ गई, "ऐसी बात है ! यह तो बड़ी अच्छी ख़बर सुनाई तुमने ! तभी तुम बहू को लेकर यहाँ आए हो। सुना भौजी, तुम्हारा लड़का दिल्ली-दरबार का इन्तज़ाम करने जा रहा है !"

जैदेई को यह ख़बर सुनकर ज्वालाप्रसाद से कम प्रसन्नता नहीं हुई, "देवरजी, यह गंगा कलक्टर बनेगा एक दिन, मैं तुमसे कहे देती हूँ। लेकिन देवरजी, बहू तो अभी कम-से-कम एक महीना मेरे साथ रहेगी। न हो तो देवरानीजी को भी यहाँ भेज दो कुछ समय के लिए।"

"हाँ भौजी, मैं कब कहता हूँ कि बहू मेरे साथ बाँदा चले। गंगा को तुमने पढ़ाया-लिखाया है; इसकी शादी तुमने बड़े हौसले के साथ करवाई है। इस गंगा और बहू पर तुम्हारा मुझसे ज़्यादा अधिकार है !" ज्वालाप्रसाद ने हँसते हुए उत्तर दिया।

जैदेई ने ज्वालाप्रसाद की इस बात पर कोई टीका-टिप्पणी नहीं की। उसके मुख पर एक प्रकार के सन्तोष का, एक तन्मयता से भरी प्रसन्नता का भाव आ गया; लम्बी बीमारी के कारण उसकी निष्प्रभ और गढ़े में धँसी हुई आँखों में एक प्रकार की चमक आ गई। उसे अनुभव हुआ कि जीवन में असीम सुख और असीम उल्लास है। ममता-मोह सभी कुछ तो उसके पास है। और मानो किसी क्षणिक आवेश में वह उठ खड़ी हुई, "गंगा, ज़रा कोचवान से कह दो कि ताँगा कस ले; चलें, हम लोग त्रिवेणी-स्नान कर आवें। मेरे बुरे दिन कट गए देवरजी ! तुम्हारी दया से मुझे एक और लड़का मिल गया; बड़ा अफ़सर है, बड़ा दिमाग़ है ! अब मुझे इससे ज़्यादा भला क्या चाहिए !"

अपनी छुट्टी तीसरे दिन समाप्त होने के कारण ज्वालाप्रसाद बाँदा चले गए। उनके जाने के दो दिन बाद गंगाप्रसाद को दिल्ली के लिए रवाना होना था। दिल्ली को रवाना होने से पहले गंगाप्रसाद ने जैदेई के पैर छूकर कहा, "चाची, एक बात कहनी है मुझे !"

"हाँ-हाँ, जानती हूँ, क्या बात कहनी है तुझे ! दिल्ली जा रहा है न, तो तुझे रुपया चाहिए। कितने में काम चल जाएगा तेरा ?"

"चाची, तीन महीने रहना है वहाँ, मुमकिन है एक महीना और लग जाए। वैसे

तनख़्वाह तो मिलती ही है मुझे...”

जैदेई ने गंगाप्रसाद की बात काटी, “हाँ-हाँ, कितनी तनख़्वाह मिलती है तुझे, यह जानती हूँ और तेरी आदतों की ख़बरें भी लछमी से सुनी हैं। ज़िम्मेदार अफ़सर बन गया है, ज़रा समझदारी से काम लेना चाहिए तुझे !”

“हाँ चाची, समझता हूँ। लछमी दादा को तो खर्च करना जैसे काटता हो। लेकिन दिल्ली में बड़े-बड़े राजा-महाराजा आएँगे, उन लोगों के साथ रहना है, तो उनके सामने... !” गंगाप्रसाद कहते-कहते रुक गया।

“हाँ, समझती हूँ। तू किस राजा-महाराजा से कम है !” बड़े प्रेम से जैदेई ने गंगाप्रसाद के सिर पर हाथ फेरते हुए कहा, “मैं कहती हूँ, तेरे सामने वे बड़े-बड़े राजा-महाराजा गुलाम दीखें। बोल, कितने में काम चल जाएगा तेरा? दिल्ली जाकर ठाठ से रहना, अपना मन छोटा न करना !”

“करीब पाँच सौ रुपए में काम चल जाएगा।” गंगाप्रसाद बोला।

“पाँच सौ रुपए में क्या होगा तेरा; जैसे मैं तुझे जानती नहीं !” यह कहकर जैदेई ने सौ-सौ रुपए के दस नोट अपनी तिजोरी से निकालकर गंगाप्रसाद को दिए, “अगर तुझे कम पड़ें तो और मँगा लेना, लेकिन अपने मन को न मारना, समझा !”

गंगाप्रसाद ने हँसते हुए कहा, “चाची, तुम कितनी अच्छी हो ! लेकिन तुम मेरी आदतें बिगाड़ देती हो। मेरे ठाठ-बाट देखकर लोगों को रश्क होता है।”

जैदेई भी हँस पड़ी, “कुढ़ें और जले तेरे दुश्मन, अच्छा ही तो है ! और तू किसी राजा-महाराजा से क्या कम है ! अरे हाँ, क्या कहा तूने ? दिल्ली में बड़े-बड़े राजे-महाराजे आएँगे, हीरे-जवाहरात की चमक से दिल्ली जगमगाएगी ? लेकिन तेरा हाथ सूना है। अभी ठहर !” यह कहकर जैदेई ने तिज़ोरी खोलकर हीरे की एक अँगूठी निकाली, “एक राजा ने इनके पास यह अँगूठी गिरवी रखी थी, ग्यारह रत्ती का हीरा है यह; पाँच हज़ार रुपए दिए थे इन्होंने उसे ! फिर वह इस अँगूठी को छुड़ाने न आया। तो ले, यह अँगूठी पहन ले। बड़े-बड़े राजों-महाराजों के पास इतना शानदार और बड़ा हीरा न निकलेगा।”

अँगूठी के हीरे की चमक से गंगाप्रसाद की आँखें जैसे चौंधिया गईं। इतना बड़ा हीरा उसने वास्तव में पहले न देखा था। हल्का नीला रंग, तेज़ चमक और बेल्जियम का कटा हुआ। गंगाप्रसाद की उँगली में वह अँगूठी इस तरह ठीक आई जैसे वह अँगूठी गंगाप्रसाद ने अपनी उँगली के नाप की ही बनवाई हो।

गंगाप्रसाद जैदेई से लिपट गया, “चाची, चाची ! तुम मेरी माँ से बढ़कर हो ! कितनी ममता तुमने मुझे दी है ! कितना प्यार मुझे तुमसे मिला !” और गंगाप्रसाद की आँखों में आँसू आ गए।

जैदेई ने गंगाप्रसाद के गाल पर हल्की-सी चपत लगाते हुए कहा, “चुप रह बेवकूफ, कहीं ऐसा बोला जाता है ! चल, तेरी गाड़ी का समय हो रहा है। गंगामैया तेरी रक्षा करें !”

गंगाप्रसाद को लेकर जैदेई आँगन में आई। भीखू और रुक्मिणी गंगाप्रसाद का असबाब बाँध रहे थे। शाम हो गई थी और गाड़ी छूटने में प्रायः दो घंटे की देर थी। जैदेई ने महाराजिन को आवाज़ दी, "अरी रामू की माँ, जल्दी से पूड़ी सेंककर थाली लगा दे और यहाँ ले आ ! मैं अपने लाल को अपने हाथ से खाना खिलाऊँगी। उसके जाने का समय हो रहा है।"

"और लम्बरदारिन, हमरेव जाँय का समय हुइ रहा है काहे कि हमहूँ गंगा के साथ जाय रहे हन ! तौन हमहूँ का खाना खिलवाय देव !" भीखू ने आवाज़ लगाई।

जैदेई हँसकर बोली, "तुम अपने पाजीपन से बाज़ नहीं आओगे ! अरी रामू की माँ, भीखू के लिए खाना परोस देना !" और फिर उसने रुक्मिणी से कहा, "बहू, एक डलिया में पूड़ी और मिठाई बाँध देना रास्ते के लिए।

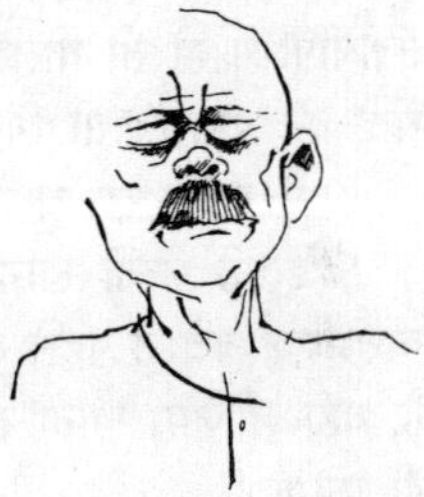

2

सेकंड क्लास के उस कम्पार्टमेंट में, जिसमें गंगाप्रसाद सवार हुआ, एक मुसाफ़िर और था। वह भी युवक ही कहा जा सकता था, यद्यपि वह गंगाप्रसाद से अवस्था में छह-सात साल बड़ा था। गठे बदन का और मँझोले क़द का आदमी, रंग साँवला, मूँछें महीन छँटी हुईं, कानों में हीरे की तुरकियाँ पड़ी हुईं, महीन रेशमी किनारों की धोती और रेशम का कुरता पहने हुए। उसका बिस्तर बिछा हुआ था और वह लेटा हुआ था। उस आदमी का ख़िदमतगार उसके सामान को उलट-पुलट रहा था। गंगाप्रसाद ने जिस समय कम्पार्टमेंट में प्रवेश किया उस समय उस व्यक्ति ने एक बार गंगाप्रसाद को कौतूहल के साथ अवश्य देखा, इसके बाद मानो वह गंगाप्रसाद के प्रति उदासीन हो गया। उसके हाथ में जो मोटा-सा अंग्रेज़ी का उपन्यास था उसे पढ़ने में वह तल्लीन हो गया।

कुली से गंगाप्रसाद का सामान उतरवाकर भीखू ने भी गंगाप्रसाद का बिस्तर दूसरे किनारेवाली बर्थ पर लगा दिया। इसके बाद उसने गंगाप्रसाद के लिए धोती-कुरता निकालकर उसके सिरहाने रख दिया। इतने में गार्ड ने सीटी दी। भीखू और दूसरे यात्री का मुलाज़िम दोनों ही उतरकर सर्वेंट्स कम्पार्टमेंट में चले गए। इन दोनों के जाते ही गाड़ी ने सीटी दी और गाड़ी छूट गई।

खूँटी पर कोट, वास्कट और कमीज़ टाँगकर गंगाप्रसाद ने धोती-कुरता पहना। इसके बाद उसने अपनी वास्कट से घड़ी निकालकर उसमें चाबी दी। इस बार उस यात्री

का ध्यान गंगाप्रसाद की ओर आकर्षित हुआ। उसने गंगाप्रसाद से पूछा, "आपकी घड़ी में कितना बजा है ?"

"साढ़े आठ !" गंगाप्रसाद ने घड़ी को वास्कट की जेब में रखते हुए कहा।

"सिर्फ़ साढ़े आठ !" वह यात्री मुस्कराया, "लम्बा सफ़र मालूम होता है आपका ! कानपुर जा रहे हैं क्या ?"

"जी नहीं, दिल्ली जाना है मुझे !" गंगाप्रसाद ने मुस्कराने का प्रयत्न करते हुए उत्तर दिया।

"अच्छा, तो आप भी दिल्ली चल रहे हैं ! चलिए, सफ़र का साथी तो मिला !" यह कहकर उसने फ़र्श पर रखे हुए शराब के गिलास को उठाकर होंठों से लगाया। एक घूँट पीकर उसने कहा, "क्या बतलाऊँ, वह साला ख़िदमतगार चला गया ! अगर आपको तकलीफ़ न हो तो बोलत यह रखी है, और उस डलिया में गिलास भी होंगे, साथ में सोडे की बोतलें। तो गिलास और सोडे की बोतल निकालिए और शौक कीजिए !"

"मैं खाना खा चुका हूँ, इस वक़्त तो माफ़ कीजिए !" गंगाप्रसाद ने कहा।

"इतनी जल्दी खाना खा चुके ? यह भी कोई खाने का वक़्त है ! मैं तो कभी बारह-एक बजे से पहले खाना नहीं खाता। खैर, उस डलिया में शेरी की भी एक बोतल है, वही लीजिए; खाना खाने के बाद ही पी जाती है वह। मेरा साथ तो आपको देना ही पड़ेगा।"

उस व्यक्ति के स्वर में जो आग्रह था उसे गंगाप्रसाद न टाल सका। गिलास में शेरी लेकर उसने पी और ठीक तरह से रख दी। फिर उसने उस यात्री से पूछा, "क्या आप दिल्ली जा रहे हैं ? आपकी तारीफ़ !"

"लोग मुझे लाल रिपुदमनसिंह कहते हैं, राजा साहेब विजयपुर का छोटा भाई। आजकल बनारस में डिप्टी-कलक्टर हूँ। दिल्ली-दरबार के इन्तज़ाम के लिए जो कमेटी बनी है उसमें लोगों ने मुझे ले लिया है; इसी सिलसिले में मैं दिल्ली जा रहा हूँ।" कुछ गर्व से और कुछ उपेक्षा के भाव से लाल रिपुदमनसिंह ने अपना परिचय दिया।

"वहाँ ठहरने का इन्तज़ाम होगा लाल साहेब ? तीन महीना तो बड़ा लम्बा समय होता है !" गंगाप्रसाद ने पूछा।

अब लाल रिपुदमनसिंह कुछ चौंके, उन्होंने गंगाप्रसाद को ग़ौर से देखा, "क्या आप भी दरबार के सिलसिले में दिल्ली जा रहे हैं ? आपका परिचय पूछना तो मैं भूल ही गया था।"

"जी हाँ, मैं भी उस दरबार की मुसीबत में फँस गया हूँ।" गंगाप्रसाद ने मुस्कराते हुए कहा, "मेरा नाम गंगाप्रसाद है और मैं बरेली में डिप्टी-कलक्टर हूँ।"

"तुम्हीं गंगाप्रसाद हो ! मुझे धोखा मत देना, सच-सच बतलाना कि तुम्हीं वह गंगाप्रसाद हो जिसने यू.पी. और बम्बई में क्रिकेट मैच में डबल सेंचरी बनाई थी ?"

गंगाप्रसाद हँस पड़ा, "मैंने क्या बनाई थी, यों कहिए कि वह डबल सेंचरी आप-ही-आप बन गई। क्रिकेट...गेम ऑफ़ चांस ! है न ऐसा लाल साहेब ! उस दिन

कुछ तो मेरा भाग्य अच्छा था, कुछ मैं फ़ार्म में आ गया था।"

लाल रिपुदमनसिंह अब उठकर बैठ गए, "भाई खूब मिले ! उस दिन से तुमसे मिलने की लगन पैदा हो गई थी।" लेकिन जैसे बैठ सकने में असमर्थ-से हों, अपना गिलास भरकर वह फिर लेट गए। उसी समय लाल साहेब की नज़र फ्रेम में कसे टेनिस के दो रैकटों पर पड़ी जिन्हें भीखू कम्पार्टमेंट की खूँटी पर टाँग गया था, "अच्छा, तो टेनिस भी खेलते हैं आप ! अरे हाँ, याद आ गया। दो साल पहले कलकत्तावाले ऑल इंडिया टेनिस टूर्नामेंट में आप रनर-अप हुए थे। तब से टेनिस के सिलसिले में आपका नाम सुनने को नहीं मिला।"

"सरकारी नौकरी जो कर ली लाल साहेब ! इतना ज़्यादा काम, साल में छह महीने दौरे पर, भला टेनिस की प्रैक्टिस कैसे रहे !" गंगाप्रसाद ने अब बातचीत का रुख बदला, "तो बतलाया नहीं लाल साहेब, वहाँ ठहरने का इन्तज़ाम क्या होगा ?"

"यह तो वहाँ पहुँचने पर ही मालूम हो सकेगा। लेकिन मैं राजा शक्तिनगर की कोठी में अभी जाऊँगा; भाई साहेब की उनसे दोस्ती है, और भाई साहेब ने उन्हें लिख भी दिया है।"

गंगाप्रसाद को अब हल्की-हल्की नींद आने लगी थी। यह कहना कठिन है कि गंगाप्रसाद ने लाल साहेब के उत्तर को सुना भी या नहीं।

एकाएक एक झटके के साथ गंगाप्रसाद की नींद खुली और उसे अनुभव हुआ कि उस कम्पार्टमेंट में बहुत अधिक शोर मच रहा है। लाल रिपुदमनसिंह चिल्ला-चिल्लाकर कह रहे थे, "मैं इस डिब्बे में किसी को नहीं घुसने दूँगा, किसी हालत में नहीं घुसने दूँगा, समझ क्या रखा है !"

गंगाप्रसाद अपनी आँखें मलते हुए अपनी सीट पर बैठ गया। कम्पार्टमेंट का दरवाज़ा खुला था और लाल रिपुदमनसिंह के ख़िदमतगार ने लाल साहेब के सामने उनका खाना परोस रखा था। फाटक के बाहर एक पुरुष एक स्त्री के साथ खड़ा था और गार्ड कह रहा था, "इस कम्पार्टमेंट में पाँच बर्थ हैं, और आप लोग सिर्फ़ दो आदमी हैं। इन लोगों के पास फ़र्स्ट क्लास के टिकट हैं, लेकिन फ़र्स्ट क्लास सब बन्द हैं, कोई खोल नहीं रहा है। आपकी बड़ी मेहरबानी होगी जो आप इन्हें जगह दे दें !"

गंगाप्रसाद ने देखा कि गाड़ी कानुपर के स्टेशन पर खड़ी है। उसने लाल रिपुदमनसिंह से कहा, "आप आने दीजिए लाल साहेब, इन लोगों को; हम लोगों का हर्ज़ ही क्या है ? ये बेचारे अकेले नहीं हैं, इनकी घरवाली भी इनके साथ है। कुल रात-भर का तो सफ़र है, और इस कम्पार्टमेंट में काफ़ी जगह है।"

लाल रिपुदमनसिंह ने एक ठंडी साँस ली, "जब अपने साथवाले ही दुश्मन के ख़ीमे में पहुँच जाएँ तब भला क्या हो सकता है ? लेकिन जनाब गंगाप्रसाद साहेब, आपने इस बात पर ग़ौर किया है कि हम-आप बगलवाली बेंचों पर हैं। बीच की बेंच खाली है और इसमें दुतरफ़ा परदा लगाना होगा, और सूरत यह है कि इसमें एक तरफ़ भी परदा नहीं लग सकता, क्योंकि इस बेंच के ऊपर कोई बेंच नहीं है।"

बात लाल रिपुदमनसिंह ने ठीक कही थी। गंगाप्रसाद ने बाहर देखा, घूँघट उठाकर दो बड़ी-बड़ी नशीली आँखें देख रही थीं उसे। गंगाप्रसाद की आँखों से जैसे ही वे आँखें मिलीं, घूँघट फिर मुख पर आ गया। गंगाप्रसाद मन-ही-मन मुस्कराया, "कोई बात नहीं, मैं बीचवाली बेंच पर आया जाता हूँ, बेचारे शरीफ़ आदमी दिखते हैं, यहाँ परदा बँध जाएगा।"

कुली से गंगाप्रसाद ने अपना बिस्तर बीचवाली बर्थ पर बिछवा दिया। इसके बाद गंगाप्रसादवाली बर्थ पर परदा टँग गया। यात्री के साथवाली स्त्री परदे के अन्दर चली गई और वह खुद कम्पार्टमेंट में अपना असबाब रखवाने लगा। लाल साहेब इस समय तक खाना खा चुके थे; उनका ख़िदमतगार जूठे बरतन बटोरकर अपने कम्पार्टमेंट में ले गया। वह यात्री अपना असबाब रखवाकर तथा कुली को पैसे देकर गंगाप्रसाद की बगल में आकर बैठ गया।

गाड़ी कानपुर से छूट गई। गाड़ी छूटते ही लाल रिपुदमनसिंह लेट गए और लेटते ही वह सो गए। गंगाप्रसाद ने अपने साथी से पूछा, "कहाँ जा रहे हैं आप ?"

"दिल्ली जा रहे हैं। वहाँ हमारा कारोबार है, घर है। श्रीकिशन गोपीकिशन ज्वेलर्स का नाम शायद आपने सुना होगा; कलकत्ता में हिन्दुस्तानी जौहरियों की सबसे बड़ी फर्म है। हम लोग असल में रहनेवाले दिल्ली के हैं। मेरे बड़े भाई श्रीकिशन दिल्ली का काम-काज सँभालते हैं, मैं कलकत्ता का काम-काज देखता हूँ।

"तो आपका नाम गोपीकिशन है ?" गंगाप्रसाद ने पूछा।

"जी नहीं, गोपीकिशन तो मेरे लालाजी का नाम है। वह कानपुर में बस गए हैं। उन्हीं को देखने के लिए हम लोग आज सुबह यहाँ उतर पड़े थे। मेरा राम राधाकिशन है।"

इसी समय परदे के अन्दर से आवाज़ आई, "इन्हें क्यों तंग कर रहे हो, बेचारों ने इतना कष्ट उठाया ! नींद लग रही होगी; आधी रात का समय है। तुम यहाँ आ जाओ, यह सोयें !" आवाज़ में एक प्रकार का संगीत है, एक प्रकार की मिठास है, गंगाप्रसाद ने यह अनुभव किया।

राधाकिशन ने भी कहा, "आपने बड़ी कृपा की हमारे ऊपर ! अब आप सोइए ! मुझे तो गाड़ी में नींद आती नहीं।"

परदे के अन्दर से हल्की-सी खिलखिलाहट की आवाज़ आई और फिर वही संगीत की भाँति मीठा और कोमल स्वर सुनाई पड़ा, "क्यों झूठ बोल रहे हो ! तुम तो जो लेटे तो तन-बदन का होश नहीं रहा। आ जाओ, तुम्हारा बिस्तर लगा है, मैं जागती रहूँगी।"

उस स्त्री ने अभी तक गंगाप्रसाद से कोई बात नहीं की थी, लेकिन उसकी बातचीत में गंगाप्रसाद को योग का निमन्त्रण था, गंगाप्रसाद यह अनुभव कर रहा था। गंगाप्रसाद ने कहा, "आप क्यों तकलीफ़ करती हैं, राधाकिशनजी का बिछौना ऊपरवाली बर्थ पर लग जाएगा। क्यों राधाकिशनजी, आपको ऊपर के बर्थ पर सोने में कोई तकलीफ़ तो नहीं होगी ? या फिर मैं अपना बिस्तर ऊपरवाली बर्थ पर लगा लूँ ?"

परदे के अन्दर से फिर आवाज़ आई, “नहीं, यही अपना बिस्तर ऊपरवाली बर्थ पर लगा लेंगे। दिन-रात तो सफ़र करते घूमते हैं।” यह कहकर परदे के अन्दर से एक हाथ दरी, चादर और तकिए का एक पुलिन्दा लेकर बाहर निकला।

राधाकिशन ने बिस्तर का पुलिन्दा ले लिया, लेकिन गंगाप्रसाद की दृष्टि उस हाथ से उलझ गई। सुडौल, मांसल और कुछ गुलाबीपन लिए हुए सफ़ेद संगमरमर के रंगवाला वह हाथ ! उसके मन में हुआ कि वह उस हाथ को पकड़कर चूम ले। राधाकिशन उठकर ऊपरवाले बर्थ पर अपना बिस्तर बिछाने लगा। इतने में परदे के अन्दर से एक हल्की और दबी हुई आवाज़ में गंगाप्रसाद को सुनाई पड़ा, “पान खाइएगा आप ?”

“नेकी और पूछ-पूछ !” गंगाप्रसाद ने उत्तर दिया।

पान लेकर हाथ फिर बाहर निकला। गंगाप्रसाद से अब न रहा गया। पान लेते समय उसने उन सुन्दर और सुडौल उँगलियों का स्पर्श किया, और फिर उसने एकाएक उन उँगलियों को पकड़ लिया। हल्के-से झटके के साथ हाथ गंगाप्रसाद के हाथ से छूटकर परदे के अन्दर चला गया। भीतर से एक हल्की-सी हँसी सुनाई दी।

राधाकिशन ने अपना बिस्तर बिछा लिया था, और वह ऊपरवाली बर्थ पर लेट गया था। लेटे-लेटे वहाँ से उसने गंगाप्रसाद से पूछा, “आपका परिचय तो नहीं मिला मुझे ? क्या आप भी दिल्ली जा रहे हैं ?”

“जी हाँ, और पहली दफ़ा दिल्ली जा रहा हूँ। दिल्ली-दरबार का इन्तज़ाम करनेवाले अफ़सरों में सरकार ने मेरा नाम भी रख दिया है। तीन महीने की ड्यूटी है वहाँ पर मेरी। यह मेरे सामनेवाले सज्जन भी इसी सिलसिले में वहाँ जा रहे हैं। इनका नाम है लाल रिपुदमनसिंह, बनारस में डिप्टी-कलक्टर हैं। बुन्देलखंड की रियासत विजयपुर के राजा के छोटे भाई हैं।”

“और आप किस रियासत के हैं ?” राधाकिशन ने पूछा।

“मैं...मैं किसी रियासत का नहीं हूँ। मेरा नाम है गंगाप्रसाद और मैं बरेली में डिप्टी-कलक्टर हूँ।” गंगाप्रसाद ने उत्तर दिया। फिर उसने कुछ चुप रहकर पूछा, “आपने मुझे किसी रियासत का कैसे समझा ?”

“कुछ नहीं, यों ही ! बात यह है कि आपकी उँगली में जो हीरा है, इस पानी का और इतना बड़ा हीरा सिवा रजवाड़ों के और कहीं नहीं मिलने का। दस-बारह हज़ार से कम नहीं है।”

गंगाप्रसाद अपने हाथवाली अँगूठी को मानो भूल ही गया था। वह हँस पड़ा, “ओह, आप जौहरी हैं न! आपकी नज़र जवाहरात पर ही पड़ती है !” और यह कहकर उसने अपने सामनेवाले परदे की ओर देखा। और उसने देखा कि परदा एक तरफ़ से थोड़ा-सा उठा हुआ है, और एक अपूर्व सुन्दरी अपलक नयनों से उसकी ओर देख रही है। इतनी सुन्दर स्त्री उसने पहले कभी न देखी थी, उसे ऐसा लगा। एक क्षण के लिए दोनों की आँखें मिलीं और फिर परदा वैसा-का-वैसा हो गया।

राधाकिशन ने जम्हाई लेते हुए पूछा, “कहाँ ठहरिएगा आप ?”

"यह तो मुझे नहीं मालूम। शायद सरकार ने खुले में तम्बुओं का इन्तज़ाम किया है। इसका सब पता तो वहाँ पहुँचने पर ही लगेगा।" गंगाप्रसाद ने अन्यमनस्क भाव से उत्तर दिया।

"जी हाँ, तम्बुओं का इन्तज़ाम किया जा रहा है, मैंने भी कुछ ऐसा ही सुना है। बड़े-बड़े राजे-महाराजे तम्बुओं में ही ठहराए जाएँगे।" राधाकिशन की जम्हाइयाँ अब बढ़ती जा रही थीं, "लेकिन तम्बुओं में तकलीफ़ होगी, इतना साफ़ है। ये अँगरेज़ भी बला के आदमी हैं। सुना है, बादशाह सलामत के भी ठहरने का इन्तज़ाम तम्बुओं में ही किया गया है। ये तम्बू न हुए गोया भानमती का पिटारा हो गया...जी...हाँ" और यह कहते-कहते राधाकिशन की आवाज़ कुछ धीमी पड़ती गई, और बिना अपना वाक्य पूरा किए ही वह सो गया।

गंगाप्रसाद ने परदे की ओर देखा। परदा वैसा-का-वैसा पड़ा था और परदे के अन्दर एक मौन-सा फैला हुआ था। गंगाप्रसाद की आँखों से नींद ग़ायब हो गई थी। एक ओर रिपुदमनसिंह गहरे खर्राटे भर रहे थे, दूसरी ओर ऊपर की बर्थ पर राधाकिशन सो रहे थे। नीचे की सामनेवाली बर्थ पर से नींद की गहरी साँस आनी शुरू हो गई थी। गंगाप्रसाद ने करवट बदली और आँखें बन्द कर लीं। गाड़ी पूरी रफ़्तार से चली जा रही थी। गाड़ी रुकती थी, स्टेशनों पर से शोर-गुल की आवाज़ आती थी, और गाड़ी फिर चल देती थी। गंगाप्रसाद को ऐसा लग रहा था कि जीवन उस गाड़ी की ही भाँति है। नए यात्री क्षणिक परिचय की चहल-पहल लिए हुए आते हैं, और पुराने यात्री जीवन से दूर होते जाते हैं। यह मिलना और बिछुड़ना, यह क्षणिक परिचय, यह सब कुछ अजीब-सा था।

एक झटका-सा लगा गंगाप्रसाद को, और उसकी आँखें खुल गईं। कड़वाहट-सी भरी थी उसकी आँखों में; उन आँखों को मलते हुए वह उठकर बैठ गया। सुबह हो गई थी और गाड़ी एक स्टेशन पर खड़ी थी। राधाकिशन ऊपर से उतरकर नीचे अपनी पत्नीवाली बर्थ पर परदे को आधा करके बैठा हुआ था। दालमोठ, मठरी और मिठाई की एक तश्तरी उसके हाथ में थी। गंगाप्रसाद के जागते ही राधाकिशन ने कहा, "जल्दी से निपटकर और मुँह-हाथ धोकर नाश्ता कर लीजिए !"

गंगाप्रसाद चुपचाप बाथ-रूम में चला गया। वहाँ से जब वह वापस लौटा, तब परदा नाम-मात्र का ही रह गया था। उस स्त्री ने एक तश्तरी में मिठाई, दालमोठ और मठरी रखकर गंगाप्रसाद की ओर बढ़ाई।

"इतनी सुबह नाश्ता करने का मैं आदी नहीं हूँ; दिल्ली पहुँचकर ही नाश्ता करूँगा।" गंगाप्रसाद ने कहा।

राधाकिशन की पत्नी का घूँघट अब एक-चौथाई रह गया था। एक तेज़ और तिरछी नज़र से गंगाप्रसाद को देखते हुए उसने कहा, "दिल्ली अभी दूर है। मेरे कहने से आप नाश्ता कर लीजिए।"

राधाकिशन की पत्नी के स्वर और उसकी दृष्टि में जो आग्रह था उसे गंगाप्रसाद

टाल न सका। उसने तश्तरी लेकर नाश्ता करना आरम्भ कर दिया। तब तक राधाकिशन ने पूछा, "स्टेशन से आप कहाँ जाइएगा ?"

"सीधे सरकारी दफ्तर !" गंगाप्रसाद ने कहा, "वहाँ से पता चलेगा कि मेरे ठहरने का कहाँ इन्तज़ाम किया गया है।"

"और अगर सरकारी इन्तज़ाम अभी न हुआ हो या उसमें कुछ देर हो तो क्या कीजिएगा ? फिर तो बड़ी तकलीफ़ होगी आपको !"

राधाकिशन की पत्नी ने उसी समय राधाकिशन से कहा, "सुनो जी, इन्हें अपने घर क्यों नहीं लेते चलते ? वहाँ नहा-खाकर यह अपने दफ्तर जाएँ। जब तक इनके ठहरने का ठीक इन्तज़ाम न हो जाए, तब तक यह अपने यहाँ ठहर सकते हैं; मरदानी ड्योढ़ी तो खाली पड़ी ही है।"

इसी समय लाल रिपुदमनसिंह ने अपनी आँखें खोलीं, और परदा फिर जैसा-का-तैसा हो गया। लेटे-ही-लेटे लाल रिपुदमनसिंह ने पूछा, "क्यों बाबू गंगाप्रसाद, हम लोग कहाँ हैं ?"

"गाज़ियाबाद आ रहा है लाल साहेब; समझ लीजिए, हम लोग दिल्ली पहुँच गए।"

लाल रिपुदमनसिंह ने जम्हाई ली, "जी, तो आख़िर हम लोग दिल्ली पहुँच गए। कैसी जगह होगी यह दिल्ली, ज़िन्दगी में पहली दफ़ा आ रहा हूँ यहाँ। किसी ज़माने में तो बड़ी शानदार जगह थी यह दिल्ली, लेकिन सुना है कि अब बुरी तरह उजड़ गई है, चारों तरफ़ खँडहर नज़र आते हैं।"

राधाकिशन ने एक ठंडी साँस ली, "जी हाँ, और जो कुछ बची है वह भी उजड़ती जा रही है। अजीब रोता हुआ शहर बन गया है यह। यहाँ रहने को जी नहीं चाहता।"

इस पर गंगाप्रसाद ने कहा, "समझ में नहीं आता कि सरकार को बादशाह-सलामत का दरबार दिल्ली में कराने की क्या सूझी ! अच्छा-ख़ासा कलकत्ता शहर, हिन्दुस्तान की राजधानी, शानदार इमारतें, क़िले का लम्बा-चौड़ा मैदान..."

राधाकिशन ने बात पकड़ी, "और मरभुखे बंगाली, कि जिस पर चाहा बम फेंक दिया। तो बादशाह-सलामत की जान फालतू है कि कलकत्ता में दरबार कराया जाए उनका ? फिर जितने रजवाड़े हैं, सब दिल्ली से नज़दीक हैं। हिन्दुस्तान के एक कोने में कलकत्ता शहर—भला वहाँ कौन जाएगा !"

गाज़ियाबाद स्टेशन आ गया और लाल साहेब का नौकर, भीखू और राधाकिशन का नौकर तीनों कम्पार्टमेंट में आ गए, असबाब बाँधने के लिए। राधाकिशन की पत्नी ने अपने नौकर से कहा, "इन साहेब का सामान हमारे साथ ही चलेगा, इनके नौकर को लेकर सब सामान ठीक कर लो।"

असबाब बँध गया; गाड़ी यमुना पुल को पार कर रही थी। गंगाप्रसाद ने अपनी बन्दूक़ अपने हाथ में ले ली। राधाकिशन की पत्नी ने कहा, "बन्दूक भी सामान के साथ चली जाएगी, अपने नौकर को दे दीजिए !"

"जी नहीं," गंगाप्रसाद हँस पड़ा, "बन्दूक अपने हाथ में ही ठीक रहती है।"

लाल रिपुदमनसिंह ने तेज़ नज़र से गंगाप्रसाद को देखा। उनके मुख पर हल्की-सी मुस्कराहट आई, "बाबू गंगाप्रसाद, आप अच्छे खिलाड़ी ही नहीं, कुशल शिकारी भी मालूम होते हैं।"

लाल रिपुदमनसिंह का व्यंग्य गंगाप्रसाद ने समझ लिया; उनकी बात को टालने का प्रयत्न करते हुए गंगाप्रसाद ने बन्दूक़ को कन्धे से लटकाते हुए कहा, "लाल साहेब, बरेली में बड़ा शिकार मिलता है, तराई है न ! कभी आइए तो शिकार खिलवाऊँ आपको वहाँ। तबीयत खुश हो जाएगी आपकी ! शेर–चीते–हाथी–रीछ !"

"क्यों साहेब, क्या दिल्ली में भी शिकार मिलता है ?" लाल रिपुदमनसिंह ने राधाकिशन से पूछा।

राधाकिशन ने उत्तर दिया, "दिल्ली में भला शिकार कहाँ ! कहीं जंगल का नाम नहीं, वहाँ भला शेर-चीते कहाँ मिलेंगे !"

और गंगाप्रसाद हँस पड़ा, "लाल साहेब, दिल्ली में आपको हिरन मिलेंगे, हरियल मिलेंगे–ऐसे शिकार, जिनसे जान को कोई ख़तरा नहीं।"

गाड़ी अब यमुना का पुल पार कर चुकी थी। बाईं ओर लाल क़िला था। लाल क़िला पार करते ही दिल्ली का स्टेशन आ गया। कुली गाड़ियों पर टूट पड़े। असबाब उतारकर प्लेटफ़ॉर्म पर रख दिया गया। गंगाप्रसाद ने लाल रिपुदमनसिंह से कहा, "लाल साहेब, मैं क़रीब दो बजे दोपहर को डिप्टी कमिश्नर के यहाँ पहुँचूँगा। आप किस समय वहाँ जाएँगे ?"

"मैं भी करीब दो-तीन बजे तक आऊँगा वहाँ," लाल रिपुदमनसिंह ने चलते हुए कहा, "वहाँ मुलाक़ात होगी।"

राधाकिशन की अवस्था प्रायः सत्ताईस-अट्ठाईस साल की थी और वह मँझले क़द का एक गोरा-सा और दुबला-सा आदमी था। उसके मुख पर कोमलतायुक्त एक स्त्रैण भाव था। उसकी आँखों में भी वही स्त्रैण भाव मौजूद था। स्टेशन पर राधाकिशन के घर का ताँगा आ गया था। असबाब नौकरों के हवाले करके राधाकिशन अपनी पत्नी और गंगाप्रसाद को साथ लेकर अपने घर की ओर रवाना हो गया। उसकी हवेली चाँदनी चौक के पीछे दरीबेवाली गली में थी। चार चौक की वह हवेली, आस-पास के मकानों से बिलकुल भिन्न, पत्थर की बनी हुई शान के साथ खड़ी थी। राधाकिशन के बड़े भाई श्रीकिशन ने इन लोगों का स्वागत किया। श्रीकिशन स्थूल शरीर का कारबारी आदमी था, गोरा-सा और बड़ी-बड़ी मूँछें ! श्रीकिशन की अवस्था प्रायः चालीस वर्ष की थी। गंगाप्रसाद का परिचय प्राप्त करके श्रीकिशन ने बड़े तपाक से कहा, "अजी, इसे आप अपना ही मकान समझिए ! वहाँ आपको तम्बुओं में बड़ी तकलीफ़ होगी। यहाँ मेहमानोंवाला बाहरी चौक खाली पड़ा है; आराम से जब तक जी चाहे, यहाँ रहिए।"

प्रायः तीन बजे गंगाप्रसाद डिप्टी-कमिश्नर के दफ़्तर में अपने आने की सूचना देने के लिए पहुँचा। पंजाब-सरकार के प्रायः समस्त अधिकारी दिल्ली आ गए थे या आ रहे थे; और सब्ज़ीमंडी से लेकर माल रोड तक पहाड़ी पर सरकारी तम्बू पड़ गए थे।

प्रबन्ध-अधिकारी ने बाहर से आनेवाले अफ़सरों के जो खेमे लग रहे थे, उनमें 310 नम्बर का खेमा गंगाप्रसाद के नाम लिखते हुए कहा, "क़रीब एक हफ़्ते में सारी व्यवस्था पूरी की जाएगी; बिजली और पानी का इन्तज़ाम होना बाक़ी है। कुछ तकलीफ़ तो होगी, लेकिन वहाँ तुम आज से ही रह सकते हो। क़रीब दो सौ अफ़सर वहाँ पहुँच चुके हैं, बाक़ी अभी शहर में ही ठहरे हुए हैं।"

गंगाप्रसाद ने उत्तर दिया, "अभी मैं भी शहर में ही ठहर गया हूँ। एक हफ़्ते बाद जब सब प्रबन्ध पूरा हो जाएगा, तब मैं यहाँ आ जाऊँगा।"

अपना काम समझकर गंगाप्रसाद, लाल रिपुदमनसिंह के साथ, दरबार के लिए जो नगर बस रहा था उसे देखने निकल पड़ा। दिल्ली के उत्तर के पहाड़ी के नीचे जहाँ आजकल दिल्ली-विश्वविद्यालय है, उस पूरे क्षेत्र को पार करता हुआ वह आगे बढ़ रहा था। हर जगह काम हो रहा था, हज़ारों मज़दूर लगे हुए थे—पठान, जाट, बलूची; सड़कें बन रही थीं, खेमे पड़ रहे थे, जंगल कट रहे थे, बाग लगाए जा रहे थे। और वह उस स्थान पर पहुँचा जहाँ बादशाह-सलामत का खेमा लगनेवाला था और जिसे आज दिल्ली का किंग्सवे कैम्प कहा जाता है। बीस-पच्चीस वर्गमील के क़नातों और खेमों का यह बृहत् नगर बस रहा था।

गंगाप्रसाद को मानो अपनी आँखों पर विश्वास नहीं हो रहा था। इतिहास की पुस्तकों में मुग़लों के वैभव के सम्बन्ध में उसने बहुत कुछ पढ़ा था, लेकिन वह जो कुछ देख रहा था, यह उससे कहीं अधिक था। उसने लाल रिपुदमनसिंह से कहा, "लाल साहेब, मैंने इस सबकी तो कल्पना ही नहीं की थी। अक़्ल चक्कर में पड़ जाती है यह सोचकर कि यहाँ क़नातों और खेमों का पूरा-का-पूरा महानगर बसाया जा रहा है।"

लाल रिपुदमनसिंह हँस पड़े, "दुनिया का पाँचवाँ हिस्सा इस ब्रिटिश साम्राज्य के अन्तर्गत है। दुनिया का सबसे अधिक वैभवशाली और शक्तिशाली साम्राज्य ! इस ब्रिटिश साम्राज्य का शहंशाह आ रहा है यहाँ अपना दरबार करने के लिए। और जनता में अपने बादशाह के प्रति प्रेम है, श्रद्धा है। मुसलमान शासन के अत्याचारों और अराजकता को दूर करके अंग्रेज़ों ने हिन्दुस्तान में अमन और शान्ति क़ायम की है।"

गंगाप्रसाद मुस्कराया, "आप ठीक कहते हैं लाल साहेब ! यह हम लोगों का सौभाग्य है कि इतना बड़ा बादशाह यहाँ आ रहा है। सारा हिन्दुस्तान अपने बादशाह के दर्शन करने के लिए यहाँ उमड़ पड़ेगा। अब मेरी समझ में आ रहा है कि यह दरबार यहाँ दिल्ली में क्यों किया जा रहा है।"

लाल रिपुदमनसिंह ने आश्चर्य ये पूछा, "क्यों किया जा रहा है ?"

"इसलिए कि अकबर और औरंगजेब की रूहें इस विदेशी बादशाह के वैभव को देखें और उस पर रश्क करें।" और गंगाप्रसाद ज़ोर से हँस पड़ा, "विनष्ट साम्राज्यों के खँडहरों की यह दिल्ली एक नवीन साम्राज्य की शान-शौकत देखे, जिसके पास विद्या है, बुद्धि है, परिश्रम है। कलकत्ता तो अंग्रेज़ों ने बसाया है, वह कल का शहर है। लेकिन यह दिल्ली—पांडवों के समय की, चौहानों के समय की, पठानों के समय की, मुग़लों

के समय की—न जाने कितने वैभव इस पर निछावर हो चुके हैं, न जाने कितने साम्राज्य यहाँ बने-बिगड़े हैं ! तो यह दिल्ली इस नए और सबसे अधिक शक्तिशाली साम्राज्य के वैभव को देखे !"

लाल रिपुदमनसिंह मुग्ध-से गंगाप्रसाद की बात सुन रहे थे, "ठीक कहते हो बाबू गंगाप्रसाद, लेकिन तुमने कभी यह भी सोचा है कि यह नया साम्राज्य विदेशियों का है ! इस साम्राज्य का बादशाह हिन्दुस्तान के बाहर सात समुद्र पार रहता है, और वहीं वह हमेशा रहेगा भी। हिन्दुस्तान का राज्य वह तो सिर्फ़ नाम-भर के लिए करता है, वैसे हिन्दुस्तान पर राज्य कर रहे हैं अंग्रेज़—उनका देश इंग्लैंड।" और इसी समय इन दोनों को एक सीटी की आवाज़ सुनाई दी। सड़क पर एक-दूसरे से कुछ फ़ासले पर जो पुलिस के सिपाही खड़े थे वे सतर्क हो गए और उन्होंने सड़क पर पैदल चलनेवालों और सवारियों को किनारे पर रोक दिया। लाल रिपुदमनसिंह और गंगाप्रसाद सड़क के एक किनारे खड़े हो गए। एक मिनट बाद ही अंग्रेज़ घुड़सवारों से घिरी हुई चार घोड़ों से जुती हुई एक फ़िटन निकली जिस पर एक अंग्रेज़ सुनहरी वर्दी में बैठा था। रास्ते के पुलिस के सिपाही उस फ़िटन के आगे झुक-झुककर सलाम करते थे और वह अंग्रेज़ दूर तक फैले हुए नगर के निर्माण-कार्य को कुछ अजीब सन्तोष और गर्व के साथ देख रहा था।

लाल रिपुदमनसिंह ने कहा, "पहचाना इन्हें आपने ? यह पंजाब के लेफ़्टिनेंट गवर्नर हैं; इस दरबार का सारा प्रबन्ध इनके हाथ में है। इस आदमी के मुख पर कितना गर्व था, कितना आत्मविश्वास था !"

दोनों आदमी अब शहर की ओर लौट पड़े। दूर तक कहीं कोई सवारी नहीं थी। अंग्रेज़ सैनिक जगह-जगह घूम रहे थे। हँस रहे थे, गा रहे थे, आपस में मज़ाक कर रहे थे। वे कभी-कभी पंजाब पुलिस के लम्बे और सुडौल जवानों को गालियाँ दे देते थे, और ये लोग चुपचाप गालियाँ सुन लेते थे। शाम हो गई थी, और उस नगर का निर्माण करनेवाले हज़ारों मज़दूर थके और टूटे हुए बीस-पच्चीस का गोल बनाकर लौट रहे थे। जमुना के किनारे तिमारपुर तक इनकी मड़इयाँ पड़ी थीं, और उसी ओर ये लोग जा रहे थे। रास्ता चलते हुए अंग्रेज़ सिपाही और उनके अफ़सर, उन लोगों के लिए इन मज़दूरों का अस्तित्व जानवरों के झुंड के अस्तित्व के समान था, जिनकी ओर ध्यान देने की उन्हें कोई आवश्यकता न थी। कुछ थोड़े-से सम्भ्रान्त हिन्दुस्तानी अफ़सर और ठेकेदार भी इधर-उधर दिख जाते थे—कुछ अजीब तरह से सहमे हुए।

लाल रिपुदमनसिंह ने अपनी बात और आगे बढ़ाई, "बाबू गंगाप्रसाद, हिन्दुस्तान पर राज्य जॉर्ज पंचम का नहीं है, यहाँ राज्य अंग्रेज़ों का है। आपने देखा, उस पंजाब के लेफ़्टिनेंट गवर्नर से लेकर उस सिपाही को गाली देता हुआ टामी, ये सब अपने को यहाँ का राजा समझते हैं, और उन मज़दूरों से लेकर निज़ाम हैदराबाद तक जितने हिन्दुस्तानी हैं, वे सब गुलाम हैं। समझे आप !"

रातवाला शराब के नशे में धुत रिपुदमनसिंह इतना सोच-समझ सकता है, इतना

देख-सुन सकता है, गंगाप्रसाद को इस पर आश्चर्य हो रहा था। माल रोड पर पहुँचने पर उन्हें एक ताँगा मिला, जिस पर सवार होकर ये दोनों शहर लौटे।

जिस समय गंगाप्रसाद घर पहुँचा, चिराग़ जल गए थे। भीखू कमरे के बाहरवाले सहन में बैठा हुआ गंगाप्रसाद की प्रतीक्षा कर रहा था। भीखू ने गंगाप्रसाद के कपड़े बदलवाते हुए कहा, "बड़ी देर लगाय दीन्हेव बचवा ! लाला राधाकिशन तुमका दुई दफ़ा पूछ गए। अबहीं कुछ देर पहले अपनी भौजाई के साथ बाहर गए हैं। कहि गए हैं कि आधी रात के समै लौटिहें। तौन खाना जब तुम्हें भूख लागै तब मँगाय लीन जाय, इहैं कमरा मां लाय जाई। पक्की रसोई रात मां बनत है।"

कमरे में दो बड़े-बड़े खूबसूरत-से मिट्टी के तेल के लैम्प जल रहे थे। गंगाप्रसाद स्नान करके पलँग पर बैठ गया; फिर उसने भीखू से कहा, "भीखू काका, बहुत थक गए हैं, दस-बारह मील पैदल चलना पड़ा है। देखो, बाज़ार में किसी अंग्रेज़ी शराब की दुकान से एक बोतल व्हिस्की की लेते आओ !"

भीखू ने मुँह बनाते हुए कहा, "बचवा, मात्रा तुम्हार बढ़त जात है। ई जो बज़ार से मँगाय के पियैं की आदत पड़ गई तो कहूँ के न रहिहौ। हम खाना परसवावें के बरे कहित हैं जायके, तौन खाना खायके सोय जाओ !"

"तुम नहीं समझ रहे हो भीखू काका, कितना थका हुआ हूँ। भूख-प्यास सब ग़ायब हो गई है, नींद भी नहीं आ रही है। तो जाओ, और जल्दी से ले आओ !"

भीखू चुपचाप मुँह लटकाए हुए चला गया और गंगाप्रसाद ने एक उपन्यास उठाकर पढ़ना आरम्भ कर दिया।

जिस कमरे में गंगाप्रसाद ठहरा था उसके पीछेवाली दीवार में तीन दरवाज़े थे जो अन्दर से बन्द थे। एकाएक उसे ऐसा लगा कि कोई बीचवाले दरवाज़े के पीछे बहुत धीरे-धीरे कुंडी खटखटा रहा है। गंगाप्रसाद उठकर उस दरवाज़े के पास गया और कुंडी खोल दी। दरवाज़े को किसी ने भीतर से खींचकर खोल दिया। रातवाली संगीतमयी आवाज़ ने कहा, "आप आ गए हैं, कुछ देर पहले मैंने सुना; फिर सुना की आपका नौकर कहीं गया है कुछ लाने के लिए। आज तो दिनभर आप बाहर ही रहे !" यह कहते-कहते राधाकिशन की पत्नी कमरे के अन्दर आ गई।

गंगाप्रसाद का हृदय अब जोरों से धड़कने लगा था। उसने कहा, "जी, अपना काम-काज समझना था न, तो देर हो गई...बहुत चलना पड़ा।"

"तो फिर आप बैठ जाइए; बहुत थक गए होंगे। सोचा आप अकेले होंगे—मैं भी तो अकेली ही थी—तो आपकी खोज-ख़बर ले लूँ कि आप आराम से तो हैं।"

"जी हाँ, बहुत अधिक आराम से हूँ। इतना सुन्दर मकान, और इतने सुन्दर और भले मेज़बान !" गंगाप्रसाद ने मुस्कराते हुए कहा। गंगाप्रसाद अपने पलँग पर बैठ गया; सामनेवाली कुरसी पर वह स्त्री बैठ गई।

"खाना तैयार है, जब चाहे मँगवा लीजिएगा। और कोई ख़ास चीज़ खाने की आपको पसन्द हो तो बताइए, बनवा दूँ !"

"आप भी खाने-पीने की बात लेकर बैठ गईं," गंगाप्रसाद ने हँसते हुए कहा, "मेरा नौकर तो है। और फिर आपकी खातिरदारी है। आप बतलाइए, आज आई हैं, क्या-क्या किया आपने ?"

वह स्त्री भी मुस्कराई, "किया क्या, सोती रही और सोचती रही। दूसरों के घर में भला कुछ करना होता है ! यह घर तो मेरे जेठ और जिठानी का है।" थोड़ी देर चुप रहकर वह फिर बोली, "मेरी जिठानी को आपने नहीं देखा, कैलासो बीबी इस मुहल्ले में प्रसिद्ध हैं। उन्हें देखकर खुश हो जाइएगा !"

"मुझे तो आपसे मतलब है; न मैं कैलासो बीबी को जानता हूँ और न जानना चाहता हूँ। मेरे ऊपर तो कृपा हुई है...।"

"सन्तो बीबी की !" राधाकिशन की पत्नी खिलखिलाकर हँस पड़ी, "वैसे नाम मेरा सतवन्ती है, लेकिन मेरे घरवाले मुझे सन्तो कहते हैं। तो सन्तो बीबी के मेहमान हैं, आप, समझे ?"

गंगाप्रसाद ने कहा, "सन्तो बीबी की बड़ी कृपा है मुझ पर ! मेरी इतनी खोज-ख़बर रखी है आपने ! मेरे नौकर ने बतलाया कि राधाकिशन भी मुझे दो दफ़ा पूछ गए।"

राधाकिशन का नाम सुनते ही सतवन्ती के होंठों की हँसी लोप हो गई, "दो दफ़े पूछ गए वह आपको ! मैंने तो उन्हें भेजा नहीं। हूँ, तो उस हरामज़ादी ने भेजा होगा ?"

गंगाप्रसाद की समझ में सतवन्ती का यह भाव-परिवर्तन नहीं आया, "किसने भेजा होगा ?"

"किसी ने नहीं !" उदास भाव से सन्तो ने कहा, और गंगाप्रसाद ने देखा कि सन्तो की आँखें भर आईं।

गंगाप्रसाद ने अब ध्यान से सन्तो को देखा, और उसे कुछ ऐसा लगा मानो सन्तो काफ़ी देर से रो रही थी, और उसकी आँखों की लालिमा को उसका यह हँसना, बात करना दूर नहीं कर सका। गंगाप्रसाद ने फिर कहा, "क्या बात है, आज बड़ी उदास हैं आप ?"

एक कृत्रिम मुस्कराहट अपने होंठों पर लाते हुए सन्तो बोली, "शायद उदासी ही ज़िन्दगी है। ख़ैर, छोड़िए भी इस बात को। अपना दुख-दर्द अपने पास ही रखना चाहिए, दुनिया में उसका ढिंढोरा पीटने से क्या लाभ ? हाँ, आप बतलाए, कहाँ-कहाँ गए आप, क्या-क्या देखा आपने ?"

गंगाप्रसाद ने खड़े होकर कहा, "वह सब बाद में बतलाऊँगा, पहले आप यह बतलाइए कि आप इतनी उदास क्यों हैं ?"

सन्तो भी एक झटके के साथ उठ खड़ी हुई, "माफ़ कीजिएगा अगर मैं आपको गंगा बाबू कहूँ ! तो गंगाबाबू, आप मुझे देख रहे हैं न ! तो दुनिया मुझे पाना चाहती है। लेकिन मैं जिसे पाना चाहती हूँ वह किसी दूसरे का है। इससे बढ़कर दुर्भाग्य मेरा

क्या होगा !" और तेज़ी के साथ सन्तो जिधर से आई थी उधर चली गई; बीचवाला दरवाज़ा भीतर से बन्द हो गया।

3

लाल रिपुदमनसिंह के सामने व्हिस्की का गिलास था और उनके हाथ में एक मोटा-सा अंग्रेज़ी उपन्यास था। जिस समय गंगाप्रसाद लाल रिपुदमनसिंह के खेमे में घुसा, लाल रिपुदमनसिंह ठीक उसी मुद्रा में लेटे थे जिसमें उस पहले दिन ट्रेन में, जब गंगाप्रसाद की उनसे मुलाक़ात हुई थी। उस समय रात के आठ बज चुके थे और लाल साहेब का नौकर खाना बना रहा था। लाल साहेब ने लेटे-लेटे ही पूछा, "अभी तक गए नहीं यहाँ से ?" और फिर उन्होंने अपने नौकर को आज़ाद दी, "साहेब के वास्ते भी एक गिलास !"

गंगाप्रसाद लाल साहेब की चारपाई के सामने एक कुरसी खींचकर बैठ गया। उसके मुख पर थकावट स्पष्ट थी, "क्या बतलाऊँ, टेनिस में लोगों ने पकड़ लिया, बहुत ज़्यादा थक गया हूँ ! सोचा कि आपके खेमे में दस-पाँच मिनट आराम कर लूँ। ताँगा भी तो यहाँ से एक मील की दूरी पर मिलता है, और पैरों की हालत यह है कि जवाब दे रहे हैं।"

नौकर गंगाप्रसाद को शराब का गिलास दे गया और साथ में एक तश्तरी में शामी क़बाब भी।

शामी क़बाब खाते हुए गंगाप्रसाद ने कहा, "सात दिन में पहली दफ़ा गोश्त खा रहा हूँ लाल साहेब !"

लाल साहेब ज़ोर से हँस पड़े, "ठहर भी तुम कहाँ गए जाकर !"

"क्या बतलाऊँ, बड़े ख़ातिरदार लोग हैं ! वह राधाकिशन तो नेक आदमी है, लेकिन उनका बड़ा भाई श्रीकिशन वाक़ई में बड़ा सीधा और भोला है। वह मुझे अपने यहाँ से आने ही नहीं देता। पाँच कमरों का पूरा चौक है मेरे वास्ते। मकान क्या है, पूरी हवेली है !"

"जी हाँ, कल्पना कर सकता हूँ—पाँच कमरों का चौक, और मौत का-सा घुटता हुआ सन्नाटा ! कोई ठहरने की जगह हुई ! लेकिन दोस्त, खुशक़िस्मत हो !" और लाल रिपुदमनसिंह मुसकराए। फिर एकाएक चौंककर उन्होंने कहा, "वे लोग खाने के लिए तुम्हारा इन्तज़ार कर रहे होंगे।"

"जी, वे लोग तो नहीं, खाना ज़रूर मेज़ पर रखा मेरा इन्तज़ार करता होगा।"

गंगाप्रसाद के स्वर में अब स्पष्ट रूप से एक प्रकार की कुंठा आ गई थी, "आपने ठीक ही कहा, उस पाँच कमरे के चौक में अकेला मैं और मेरा नौकर, हम लोगों को घेरे हुए मौत का-सा घुटता हुआ सन्नाटा ! वहाँ लौटने को जी नहीं चाहता लाल साहेब, इतना खुशक़िस्मत हूँ !"

"तुम्हारे खेमे में बिजली का इन्तज़ाम तो हो ही गया है, पानी का इन्तज़ाम कल-परसों हो जाएगा। तब तक पास-पड़ोस से काम चला लेना। अगर शहर में कोई ख़ास दिलचस्पी नहीं है तो क्यों नहीं चले आते ? अगर मेरी सलाह मानो तो कल सुबह अपना असबाब लेकर यहाँ आ जाओ।" और लाल साहेब ने सुरीली आवाज़ में गुनगुनाया, "खूब गुज़रेगी जो मिल बैठेंगे दीवाने दो !"

"आप ठीक कहते हैं !" कल सुबह मैं अपना असबाब लेकर यहाँ आ जाऊँगा। रोज़ शहर आने-जाने में तकलीफ़ भी तो होती है।" गंगाप्रसाद ने कहा।

जिस समय गंगाप्रसाद घर पहुँचा; रात काफ़ी बीत चुकी थी। भीखू चुपचाप बैठा गंगाप्रसाद की प्रतीक्षा कर रहा था, लेकिन उसका मिज़ाज भी उस अकेलेपन से कुछ बिगड़ा हुआ था। गंगाप्रसाद के कपड़े बदलवाते हुए उसने कहा, "बचवा देर मां आवै का हाय तौ हमका बताय जावा करौ। हमहुँ सहर घूम आवा करी। ई मकान मां तौ अकेले, जानत हौ, जिउ न जाने कैस-कैस करन लागत है !"

गंगाप्रसाद ने अपराधी के भाव से कहा, "भीखू काका, तुम तो जानते ही हो कि दरबार की जगह यहाँ से कितनी दूर है। सवारी पाने के लिए मीलों पैदल चलना पड़ता है। फिर काम-काज भी बहुत ज़्यादा है।"

"काम-काज अधिक आए तो उहैं काहे नाहीं रहत हौ चलिके ? भला बताओ इहाँ पड़े-पड़े तुम्हें का मिल जाता है। दौड़-धूप मां सारा समै बीत जात है। और मुफ़्त मां दूसर केर अहसान लै रहे हौ ऊपर से। अच्छा, अब खाना खायके सोय जाओ।"

"नहीं भीखू काका, खाना तो मैं खा चुका हूँ। मुझे नींद आ रही है, तुम खाना खा लेना और लैम्प बुझा देना। और हाँ, कल हम लोग अपने खेमे में रहने चलेंगे; वहाँ सब इन्तज़ाम हो गया है।" और गंगाप्रसाद पलँग पर लेट गया। लेटते ही उसे नींद आ गई।

सुबह गंगाप्रसाद की नींद देर से खुली। जिस समय वह सोकर उठा, उसने देखा कि भीखू असबाब बाँध रहा है। गंगाप्रसाद ने उठते ही भीखू से कहा, "जल्दी से मुँह-हाथ धोय डालो। छोटी सरकार कहलाइन हैं कि नाश्ता आज अन्दर उनकी ड्योढ़ी मां करैं का है तुम्हें।"

"क्यों, नाश्ते के लिए मुझे आज अन्दर क्यों बुलाया गया है ?" गंगाप्रसाद ने आश्चर्य से पूछा। पिछले सात दिनों में उसे घर के अन्दर नहीं बुलाया गया था; हर चीज़ ठीक समय से और ठीक ढंग से उसके सामने आ जाती थी।

"आज जो तुम इहाँ से जाय रहे हौ तौने बरे होई। काहे से, कि जब हम छोटी सरकार का तुम्हारे जाय का बताव तो उन्हें बड़ा अचरज भा। बड़े लाला तो आगरा गए हैं। छोटे लाला का अपनी भौजाई के साथ जमना नहाय के बरे जॉय की जल्दी रहै।

तौन उइ जब इहाँ आए तब तुम सोय रहे रह्यो !"

"तुमने मेरे जाने की ख़बर किसको दी थी ?" गंगाप्रसाद ने झुँझलाकर पूछा।

"छोटी सरकार का दीन रहैं। ऊ बिचारी दिन मां तीन-चार बार हमें बुलायके तुम्हार खोज-ख़बर लै लेतीं ऑय। आज सुबह जब हम बतावा तो उइ अपने मनई से बोलीं कि पूछौ जायके, काहे इतनी जल्दी जाय रहे हौ। मुला तुम सोय रहे रह्यो, और उनका जमनाजी जॉय का जल्दी रहै, तौन चले गए।

गंगाप्रसाद ने भीखू से और कुछ नहीं पूछा।

जिस समय गंगाप्रसाद सतवन्ती से मिलने भीतर गया, सतवन्ती उसकी प्रतीक्षा कर रही थी। सतवन्ती उस समय कुछ थोड़ी-सी गम्भीर और उदास थी। वह दूध की तरह सफेद चिकन की साड़ी पहने थी और कुछ इने-गिने हीरे के आभूषण उसके शरीर पर थे। आज प्रथम बार गंगाप्रसाद ने सतवन्ती का भरपूर रूप देखा, और वह अवाक् रह गया। संगमरमर की प्रतिमा की भाँति उसका गोरा रंग, कुछ लम्बा-सा सुडौल और छरहरा शरीर, कुछ भूली-सी और झुकी-सी बड़ी-बड़ी कजरारी आँखें ! चेहरे पर एक अजीब-सा भोलापन और उस पर एक प्रकार की गुलाबी आभा। उस दिन रात के पीले प्रकाश में गंगाप्रसाद ने सन्तो का यह रूप नहीं देखा था। गंगाप्रसाद चौंक-सा पड़ा। सन्तो ने कहा, "आइए गंगा बाबू, मैंने सोचा कि आप मुझसे नाराज़ हैं तो मैं आपसे माफ़ी माँग लूँ।"

गंगाप्रसाद ने पूछा, "यह किसने कह दिया आपसे कि मैं नाराज़ हूँ ?"

"बैठिए न !" फ़र्श की तरफ़ इशारा करते हुए सन्तो ने कहा, "यह जानकर क्या कीजिएगा कि मुझसे किसने कहा ! जो सत्य है, उसे तो आप स्वीकार करेंगे ही; उस सत्य को मुझसे किसने कहा, इससे किसी का क्या बनता-बिगड़ता है !"

गंगाप्रसाद फ़र्श पर बैठ गया और उससे कुछ हटकर सन्तो भी बैठ गई। गंगाप्रसाद ने उत्तर दिया, "बनता-बिगड़ता तो बहुत है सन्तो रानी, नहीं तो सत्य को छिपाने के लिए झूठ की आवश्यकता ही न होती। लेकिन इतना मैं कह सकता हूँ कि जिसने आपसे कहा, वह झूठ कहा।"

सन्तो मुस्कराई, "आपकी बात कैसे मानूँ गंगाबाबू ! यह बात मुझसे जिसने कही वह मुझसे झूठ बोल ही नहीं सकता। बतलाऊँ आपको, यह बात मेरे मन ने मुझसे कही है।"

"तो सन्तो रानी के मन ने उन्हें यह भी बतलाया होगा कि उनसे क्यों नाराज़ हूँ !" गंगाप्रसाद भी मुस्कराया।

"नहीं, यह बात मेरा मन मुझे नहीं बतला सका; यह बात मैं अपनी बुद्धि से जान सकती हूँ। आप मुझे पाना चाहते हैं, लेकिन मुझे पा नहीं सकते। झूठ तो नहीं कहती मैं ?" सन्तो ने गंगाप्रसाद की आँखों से अपनी आँखें मिलाते हुए कहा।

सन्तो के इस प्रश्न का गंगाप्रसाद ने कोई उत्तर नहीं दिया; उत्तर देने के स्थान पर उसने स्वयं एक प्रश्न किया, "आप जानती हैं, मैं यहाँ किसके निमन्त्रण पर आया हूँ ?"

सन्तो ने तत्काल उत्तर दिया, "मेरे निमन्त्रण पर—मेरे वचनों के निमन्त्रण पर इतना

नहीं, जितना मेरी सुन्दरता के निमन्त्रण पर, मेरी आँखों के निमन्त्रण पर। यही कहना चाहते हैं आप ? लेकिन मैं अपने रूप को कैसे जला दूँ, अपनी आँखों को कैसे फोड़ दूँ ?" और यह कहते-कहते सन्तो का स्वर कुछ उद्विग्न हो गया।

गंगाप्रसाद ने अपराधी की भाँति अपना सिर झुका लिया, "नहीं, मैं आपको उलाहना नहीं दे रहा हूँ। आपका जी दुखाने की मैं कल्पना ही नहीं कर सकता हूँ। आप जो कहती हैं ठीक ही कहती हैं। शायद और कोई चारा ही नहीं है।"

"हाँ, और कोई चारा ही नहीं है," सन्तो ने एक ठंडा निःश्वास खींचा, "भगवान ने भी मेरे साथ एक अच्छा-खासा खिलवाड़ किया है। इतना अधिक रूप दिया है मुझे, और मेरा यह रूप मेरे गिरने का सबसे बड़ा प्रलोभन है। उसने दिल में उमंग दी है, भावना दी है, प्यार करने और प्यार पाने की चाह दी है। क्या नहीं दिया है उसने ? सब कुछ तो मिला है मुझे, और इस सबके साथ उसने मेरे मन को एक बड़ा असन्तोष भी दिया है।"

गंगाप्रसाद सजग हो गया, "पूछ सकता हूँ, वह कौन-सा असन्तोष है ?"

"यहीं नहीं बतला सकती। खैर, छोड़िए भी ! आप मुझसे नाराज़ हैं, इतना मैं जानती हूँ। उस पहले दिन के बाद मैं आपके सामने नहीं आई, यह भी सच है। लेकिन आप नहीं जानते, उस दिन मैं कितनी डर गई थी !"

"डर गई थीं ? मुझसे ?" गंगाप्रसाद ने आश्चर्य से पूछा, "जहाँ तक मुझे याद है, मैंने न कुछ कहा था, न कुछ किया था।"

"नहीं गंगाबाबू, आपसे नहीं, मैं अपने से डर गई थी। मैंने आपसे उस दिन कहा था न कि हरेक आदमी मुझे पाना चाहता है; और आप अच्छी तरह जानते हैं कि आप भी मुझे पाना चाहते हैं। और जो मुझे पाना चाहते हैं, अगर मैं उनसे डरने लगूँ तो दुनिया में मुझे कहीं जगह नहीं मिलेगी। इसलिए उनका भय मुझसे जाता रहा है। डर तो उस दिन मुझे अपने से लगा था कि कहीं मैं वह न कर बैठूँ जो आज तक मैंने नहीं किया है; कहीं मैं अपने-आपको आपके हाथों में न सौंप दूँ। और इसलिए मैं उस दिन के बाद आपके सामने नहीं आई। वैसे रोज़ चार-छह दफ़ा मैं आपके नौकर भीखू से आपके सम्बन्ध में पूछ लेती थी; आपके हर आराम-तकलीफ़ का ध्यान रखना मेरा धर्म था।"

गंगाप्रसाद के मन में एक गुदगुदी-सी उठ रही थी। उसने कमरे में अपने चारों ओर देखा, कहीं कोई न था। उस कमरे में केवल सन्तो थी और वह था।

सन्तो मुस्कराई, "क्या देख रहे हैं आप ? कहीं कोई नहीं है और जब तक मैं किसी को बुलाऊँगी नहीं, कोई इस कमरे में आएगा भी नहीं। लेकिन इतना मैं बतला दूँ, आज इस समय मेरा अपने ऊपर पूरा अधिकार है !"

गंगाप्रसाद के अन्दरवाला पशु अब बहुत उत्तेजित हो गया था; वह एकाएक उठकर खड़ा हो गया।

सन्तो भी उठकर खड़ी हो गई। उसके मुखवाली मुस्कान उसी तरह स्थित थी, "नहीं गंगाबाबू, वहीं बैठ जाइए। अभी आपने नाश्ता ख़त्म नहीं किया है।"

पर गंगाप्रसाद अब अपने को पूरी तौर से खो चुका था। उसने झपटकर सन्तो को अपने आलिंगन-पाश में कस लिया। उसी के साथ एक तमाचा उसके गाल पर पड़ा और उसके साथ ही सन्तो की दृढ़ता से भरी आवाज़ में सुनाई पड़ा, "मुझे छोड़ दीजिए, नहीं तो मैं अभी नौकर को बुलाती हूँ।"

गंगाप्रसाद ने सहमकर सन्तो को छोड़ दिया। सन्तो की मुस्कराहट फिर वापस आ गई, "बैठकर नाश्ता कर लीजिए !"

गंगाप्रसाद लज्जित-सा चुपचाप सिर झुकाकर बैठ गया, पर उससे अब खाया नहीं गया। सन्तो कुछ देर तक एकटक गंगाप्रसाद को देखती रही, फिर उसकी आँखों में आँसू आ गए, "मुझे माफ करना ! जी होता है कि इस हाथ को आग में झुलसा दूँ। तुम्हें मेरी सौगन्ध, नाश्ता कर लो, और मुझ पर नाराज़ मत होना। मैं बड़ी अभागिन हूँ, बड़ी अभागिन हूँ !" और यह कहते-कहते सन्तो की हिचकियाँ बँध गईं।

गंगाप्रसाद के मन की सारी कुंठा, सन्तो के प्रति उसका सारा क्रोध, सब एकबारगी ही मानो सन्तो के आँसुओं में बह गए। लेकिन उसे सन्तो पर अत्यधिक आश्चर्य हो रहा था; अजीब तरह की स्त्री थी वह।

गंगाप्रसाद के नाश्ता कर लेने के बाद सन्तो ने उसे अपने हाथ से पान दिए, "गंगाबाबू, इसे हमारी मुलाकात का अन्त न बना लीजिएगा, यह तो प्रारम्भ है। मुझे तम्बुओं का अनोखा नगर दिखाना होगा आपको ! मैं दुनिया देखना चाहती हूँ। मेरे मन में उमंगें हैं, भावनाएँ हैं, कौतूहल है। मैं आपका सहारा चाहती हूँ। मेरी आपसे हाथ जोड़कर यह विनती है कि यह सहारा देने में आप इनकार न कर दीजिएगा। मुझे आप वचन दीजिए।" और यह कहकर उसने अपना हाथ गंगाप्रसाद के हाथ में दे दिया।

गंगाप्रसाद भी भावावेश में बहने लगा। उसने सन्तो के हाथ को अपने दोनों हाथों से पकड़कर कहा, "मैं वचन देता हूँ; वचन देता हूँ तुम्हें सन्तो रानी, मैं हमेशा-हमेशा के लिए तुम्हारा गुलाम हूँ।"

अन्दर से निकलकर गंगाप्रसाद ने कपड़े पहने; असबाब बँधा तैयार था। ताँगे में असबाब लदवाकर वह उसी समय अपने खेमे में चला गया। युक्तप्रान्त लिए निर्दिष्ट क्षेत्र में अतिथियों और प्रबन्धकर्ताओं के खेमे लग रहे थे। जगह-जगह घास के मैदान तैयार हो रहे थे और जाड़े के फूलों के बीज क्यारियों में डाल दिए गए थे। देश-भर से फूलों के पौधे मँगवाकर लगा दिए गए थे। दरबार-नगर की समस्त सजावट का प्रबन्ध युक्तप्रान्त के लेफ़्टिनेंट गवर्नर मिस्टर हीवेट के हाथ में था, और गंगाप्रसाद को बहुत अधिक परिश्रम करना पड़ रहा था। काम-काज की अधिकता में गंगाप्रसाद ने मानो अपने को खो-सा दिया था।

समस्त भारतवर्ष के देशी नरेशों के खेमों के लिए स्थान निर्धारित कर दिए गए थे और उनके खेमे तेज़ी के साथ लगाए जा रहे थे। देश-भर की सामग्री उमड़ी पड़ रही थी वहाँ—हीरे, जवाहरात, सोना, चाँदी से लेकर आटा, दाल, साग, सब्जी तक। और इस सबका प्रदर्शन देखने के लिए दिल्ली की जनता की भीड़ उमड़ी पड़ी थी।

अक्टूबर के अन्त तक गरमी समाप्त हो गई थी; रात के समय गुलाबी जाड़ा पड़ने लगा था। वह खेमों की क़नातों का शहर क़रीब-क़रीब खड़ा हो गया। उस दिन जब गंगाप्रसाद अपने काम से अपने खेमे को वापस लौटा, उसने देखा कि राधाकिशन उसका इन्तज़ार कर रहा है। राधाकिशन अकेला नहीं था, उसके साथ एक स्त्री भी थी, गोरी-सी, मोटी-सी, अधेड़-सी। वह किसी समय निश्चय ही सुन्दरी रही होगी, और ऐसा मालूम होता है कि अपनी सुन्दरता को जाने से रोकने का वह भरसक प्रयत्न कर रही है। राधाकिशन ने उस स्त्री का गंगाप्रसाद से परिचय कराया, "यह मेरी भावज हैं। आपसे इतना मिलना चाहती थीं, लेकिन आप बुरी तरह व्यस्त रहते थे, और फिर बिना कहे-सुने चले आए। दरबार का यह अनोखा शहर देखना चाहती हैं।"

"अन्दर से तो देखा था तुम्हें, लेकिन तुमसे मिलने और बात करने का कोई मौका ही नहीं मिला। यह राधेलाल जब मुझे छोड़ें..." और वह स्त्री राधकिशन को देखकर खिलखिलाकर हँस पड़ी, "तो सोचा कि यह असीरगढ़ में जो तम्बुओं का शहर बस रहा है उसे देख लूँ और अपने मेहमान को भी देख लूँ जिन्हें मेरे देवर और देवरानी देवता समझते हैं।"

उस स्त्री की हँसी में, उसके बात करने के ढंग में कुछ अजीब निर्लज्जता थी, गंगाप्रसाद ने यह अनुभव किया। फिर उसने भी मुस्कराने का उपक्रम करते हुए कहा, "देवता तो क्या, अगर अप मुझे आदमी ही समझ लें, तो मैं अपने को बड़ा सौभाग्यशाली समझूँगा। आपसे पहले मुलाक़ात नहीं हुई, मुझे इसका दुख है। खैर, देर आयद दुरुस्त आयद। बुरा हो इस परदे का ! दुनिया रतनों से भरी पड़ी है, लेकिन वे रतन दिखते ही नहीं।"

वह स्त्री तिरछी नज़र से गंगाप्रसाद को देखकर मुस्करा दी।

गंगाप्रसाद राधाकिशन की ओर घूमा, "छोटी भाभी को भी लेते आते साथ में; दोनों को मैं एक साथ घुमा देता।"

"अरे, मैंने तो उससे इतना कहा, इतना कहा, लेकिन वह हम लोगों के साथ आने पर किसी तरह राज़ी ही नहीं हुई। मानवती है छोटी बीबी, तो जब तक राधा उसे खासतौर से मनाएगा नहीं, तब तक वह टस-से-मस नहीं होने की।" वह स्त्री हँस पड़ी, "न हो तो तुम्हीं उन्हें मनाकर घुमा ले जाना; शायद तुम्हारे मनाने से ही पिघल जाएँ।"

गंगाप्रसाद की समझ में उस स्त्री की बातें नहीं आ रही थीं; इस बातचीत से वह कुछ ऊब-सा रहा था। उसने उठते हुए कहा, "चलिए, अभी प्रकाश है, कुल घंटे-डेढ़ घंटे का समय है अपने हाथ में। बहुत थोड़ा-सा ही देख पाइएगा।"

राधाकिशन की भावज कीमती बनारसी साड़ी पहने थी और जड़ाऊ गहनों से लदी थी। हँसती, कुहुकती और इठलाती वह चल रही थी। उसकी आवाज़ काफ़ी तेज़, मोटी और प्रभावशाली थी। जब ये लोग घूमकर वापस लौटे, सूर्यास्त हो रहा था। रात घिर रही थी और खेमों में प्रकाश होने लगा था। अपने खेमे में लौटकर गंगाप्रसाद ने इन दोनों से कहा, "बिना कुछ जलपान किए तो आप लोगों को मैं जाने नहीं दूँगा।" और

यह कहकर उसने भीखू को पान और मिठाई लाने के लिए भेजा।

भीखू के जाने के बाद गंगाप्रसाद ने राधाकिशन से कहा, "अगले इतवार को सुबह सात-आठ बजे आप लोग आइए तो आप लोगों को पूरा दरबार-नगर घूमा दूँ।" और फिर उसने उस स्त्री से कहा, "और अगर बड़ी रानीजी, आपको तकलीफ़ न हो तो छोटी रानी को भी साथ में लेती आइएगा !"

अपने लिए बार-बार 'रानीजी' का सम्बोधन सुनकर राधाकिशन की भावज पुलक उठी। उसने राधाकिशन से कहा, "सुना, इन लाला की नज़र में भी मैं रानी दिखती हूँ ! भाड़ में जाए तुम लोगों का वह दरीबे का मुहल्ला, लम्बा घूँघट और चादर ! अपने भैया से कहो न कि शहर के बाहर एक खूबसूरत-सा बँगला बनवा लें !" फिर उसने गंगाप्रसाद से कहा, "लाला, उन्हें रायबहादुरी का ख़िताब मिलने की बातचीत चल रही है। पाँच हज़ार का चन्दा माँगा गया है उनसे; वह तो देना ही नहीं चाहते थे, लेकिन मैंने बहुत कह-सुनकर राज़ी किया है उन्हें।"

इसी समय लाल रिपुदमनसिंह ने मीर जाफ़रअली के साथ गंगाप्रसाद के खेमे में प्रवेश किया। खेमे के अन्दर एक स्त्री को देखकर दोनों सज्जन वापस होने लगे, तब तक गंगाप्रसाद की आवाज़ उन्हें सुनाई पड़ी, "आइए लाल साहेब, आइए मीर साहेब, परदे की कोई ज़रूरत नहीं, ये सब अपने ही लोग हैं।" और गंगाप्रसाद की आवाज़ पर दोनों सज्जन खेमे के अन्दर आ गए।

गंगाप्रसाद ने परिचय कराया, "यह हैं दरीबे की रानी..." और गंगाप्रसाद ने राधाकिशन की भावज के कान में धीरे से पूछा, "आपका नाम ?" और उसने धीरे से गंगाप्रसाद के कान में कहा, "कैलासो !" फिर गंगाप्रसाद ने अपना वाक्य पूरा किया, "रानी कैलास कुँवर ! और इन्हें तो आप जानते ही हैं लाल साहेब, लाला राधाकिशन, दिल्ली और कलकत्ता के मशहूर जौहरी ! रानी साहेब को यहाँ घुमाने के लिए ले आए हैं। और यह बरेली के डिप्टी सुपरिन्टेण्डेण्ट पुलिस मीर जाफ़रअली और लाल रिपुदमनसिंह, विजयपुर के राजा के छोटे भाई।"

लाल रिपुदमनसिंह मुस्कराए, "आप अच्छे मिल गए राधाकिशनजी ! मेरी भाभी, रानी साहिबा विजयपुर, आनेवाली हैं मेरे भाई साहेब के साथ, इसी दरबार के सिलसिले में। तो सात-आठ साल बाद रानी साहिबा से मेरी मुलाक़ात होगी। ऐसी हालत में उन्हें कुछ उपहार देना पड़ेगा मुझे। सोच रहा था, कोई अच्छा खूबसूरत गहना मिल जाता। मैं गंगाप्रसाद को साथ लेकर किसी दिन आपकी दुकान में आने ही वाला था।"

राधाकिशन ने कहा, "हाँ-हाँ, इधर पन्ने का बहुत खूबसूरत हार बिकने आया है, किसी नवाब के यहाँ से; लेकिन नवाब साहेब का नाम न बतलाया जाए, इसकी मुझे ताक़ीद है। काफ़ी गहने थे; और तो मैंने बेच दिए, लेकिन वह पन्ने का हार मैंने अपने लिए रोक लिया था। अगर उस तरह का नया हार बनवाया जाए तो पन्द्रह-बीस हज़ार से कम में नहीं बनेगा, लेकिन मुझे वह दस हज़ार में मिल गया था। आपकी ख़ातिर मैं वह हार निकाल दूँगा।"

कैलासो से न रहा गया, "मैं कहती हूँ, वह हार बीस हज़ार से कम का नहीं है। बड़ा प्यारा हार है ! मेरे पास तो रक़म तैयार नहीं है, नहीं तो मैं उसे ले लेती।"

राधाकिशन ने हँसते हुए कहा, "आपको कोई इससे भी अच्छा और सस्ता हार दिलवा दूँगा रानी साहिबा ! तो लाल साहेब, कल शाम को चार-साढ़े चार बजे आप डिप्टी साहेब के साथ मेरी दुकान पर चले आइए, उसे देखकर पसन्द कर लीजिएगा; और भी गहने दिखला दूँगा। मेरी दुकान को आप अपनी ही दुकान समझिए !"

इस समय तक भीखू मिठाई और पान ले आया था। मीर जाफ़रअली ने पान और मिठाई देखते ही कहा, "अरे गंगाप्रसाद, रानी साहिबा को यह सड़ी मिठाई क्या खिला रहे हो ? अगर हुज़ूर इसे गुस्ताख़ी न समझें तो अपनी जॉनी वॉकर की विलायती व्हिस्की ख़िदमत में पेश करूँ, और लाल साहेब के यहाँ गरमागरम सीख़-क़वाब बन रहे है..."

कैलासो व्हिस्की और सीख़-क़बाब का ज़िक्र सुनते ही चिल्ला पड़ी, "हाय दइया, ई शराब-क़बाब में आग लगे !"

गंगाप्रसाद ने हँसते हुए मीर साहेब से कहा, "मीर साहेब, रानियों और रानियों में फ़र्क़ हुआ करता है। यह फलाहारी और गंगाजल पीनेवाली रानी हैं; सब तीर्थ कर चुकी हैं।"

दूसरे दिन लाल रिपुदमनसिंह को साथ लेकर गंगाप्रसाद शाम के क़रीब चार-साढ़े चार बजे श्रीकिशन गोपीकिशन की दुकान पर पहुँचा। राधाकिशन दुकान पर बैठा इन लोगों की प्रतीक्षा कर रहा था। दोनों भाइयों ने उठकर लाल साहेब और गंगाप्रसाद का स्वागत किया। इसके बाद श्रीकिशन ने पन्ने का हार निकाला। हार तो बहुत सुन्दर न था, हाँ, पन्ने अच्छे पानी के थे और खूबसूरत काट के थे। लाल रिपुदमनसिंह ने उस हार को अच्छी तरह देखकर कहा, "इसे फिर से नए ढंग से बनवाना होगा लालाजी ! इसकी बनवाई मैं अलग से देने को तैयार हूँ। कितने दिन में बन जाएगा ? बिलकुल नए डिज़ाइन का होना चाहिए।"

"बिलकुल नए डिज़ाइन का हार तो कलकत्ता या फिर बम्बई में ही बन सकेगा। यहाँ दिल्ली में अच्छे कारीगर हैं ही कहाँ, सब भाग गए !" श्रीकिशन ने कुछ सोचते हुए कहा। फिर वह राधाकिशन की ओर घूमा, "राधे, तुम्हारा कारीगर तो अच्छा है। अगर कलकत्ता भेजूँ तो कितने दिन में बन जाएगा वहाँ ?"

"एक महीने के अन्दर बनकर यहाँ आ भी जाएगा, अगर कल ही गौरी चाचा के हाथ भिजवा दिया जाए। लाल साहेब, रानी साहिबा कब तक आएँगी यहाँ ?" राधाकिशन ने लाल रिपुदमनसिंह ने पूछा।

"उन्हें आने में कम-से-कम एक महीने की देर है। नवम्बर के दूसरे या तीसरे सप्ताह में आने की बात है। तो आप इसे कलकत्ता भेजकर बनवा दीजिए, खर्च की परवाह मत कीजिए।"

"बहुत अच्छा, मैं इसे कल ही कलकत्ता भिजवाए देता हूँ," राधाकिशन ने कहा। फिर उसने बड़ी विनयपूर्वक गंगाप्रसाद से कहा, "डिप्टी साहेब, लाल साहेब से तो कहने

की मेरी हिम्मत पड़ती नहीं, आप मेरी तरफ़ से विनय कर दीजिए कि आप शाम को यह भोजन मेरे यहाँ ही करें। आप दोनों को बड़े आग्रह के साथ मेरी भावज ने आमन्त्रित किया है।"

लाल साहेब मुस्कराए, "लाला राधाकिशन, मेरा भोजन तो आप लोगों के यहाँ बनता ही नहीं। फिर जब यहाँ शहर में आया हूँ तो अपने एक सम्बन्धी से भी मिल लूँगा, उनका बड़ा आग्रह था। आप बाबू गंगाप्रसाद को साथ ले जाइए।"

गंगाप्रसाद ने कहा, "राधाकिशनजी, लाल साहेब की दावत किसी दिन पूरे इन्तज़ाम के साथ कीजिएगा। और रही मेरी। तो मैं अपना खाना बनवाकर आया हूँ। मुझे जल्दी वापस जाना है, कुछ लोगों को अपने यहाँ खाने पर बुला लिया है।"

श्रीकिशन पन्ने का हार तिजोरी में बन्द करके इन लोगों के बीच में आ गया था, "ठीक तो कहते हैं राधे, ये लोग ! भला राजा लोगों का खाना हमारे यहाँ कहाँ से बनेगा ! वैसे दिल्ली में कोई सुसरा अच्छा होटल भी नहीं है जहाँ ले जाकर लोगों को खिलाया-पिलाया जाए !"

गंगाप्रसाद बोला, "लालाजी, होटलों का पता लगा लीजिए, नहीं तो आपको रायबहादुरी मिलने में मुसीबत होगी। कश्मीरी गेट के बाहर निकलने पर दो अच्छे अंग्रेज़ी होटल हैं। डिप्टी-कमिश्नर को तो दो-एक दावतें देनी ही होंगी।"

राधाकिशन ने उत्तर दिया, "भाईजी को समझ क्या रखा है आप लोगों ने ! डिप्टी-कमिश्नर को न जाने कितनी दावतें घर बुलाकर दे चुके हैं ! अच्छी बात है, फिर कभी आपकी दावत करेंगे हम लोग, आपकी तबीयत खुश हो जाएगी।"

लाल रिपुदमनसिंह के जाने के बाद राधाकिशन ने गंगाप्रसाद से कहा, "गंगाबाबू, अब मेरे घर चलिए। भौजी आपको बड़ी याद कर रही थीं। कुछ थोड़ा-सा नाश्ता-वाश्ता कर लीजिए चलकर, तब जाइएगा।"

राधाकिशन गंगाप्रसाद को साथ लेकर अपने घर पहुँचा। बाहर बैठक में गंगाप्रसाद को बिठाकर वह अपनी भावज को ख़बर करने चला गया। प्रायः पन्द्रह मिनट बाद नौकर ने आकर कहा, "बड़ी सरकार ने अन्दर बुलाया है; छोटे लालाजी वहीं बैठे हैं।"

गंगाप्रसाद ने श्रीकिशन का चौक पहले नहीं देखा था; यह चौक मकान के पिछवाड़े था। प्रायः आठ-दस कमरे थे इस चौक में, और पत्थरों के फ़र्शवाला एक बहुत बड़ा आँगन था। इधर-उधर नौकर-चाकर काम कर रहे थे। कैलासो ने अपने कमरे से बाहर निकलकर गंगाप्रसाद का स्वागत किया। गंगाप्रसाद ने हँसते हुए कहा, "आदाबअर्ज़ है रानी साहिबा दरीबा !"

कैलासो ज़ोर से हँस पड़ी। उसने बढ़कर गंगाप्रसाद के गाल पर हल्की-सी चपत मारी, "बड़ा अटपटा मज़ाक करते हो लाला, मैं तो उन लुंगाड़ों के आगे कल लाज से गड़ गई।"

गंगाप्रसाद को अनुभव हुआ कि उनके सामनेवाली स्त्री किसी हद तक हिम्मतवाली है। कमरे के अन्दर जाकर दोनों फ़र्श पर बैठ गए; राधाकिशन वहाँ पहले से बैठा था। राधाकिशन के साथ दो लड़के और एक लड़की भी वहाँ बैठे हुए थे। सबसे बड़े लड़के

की अवस्था प्रायः सोलह साल की रही होगी–कुछ मोटा-सा, गोरा और सुन्दर-सा। लड़की की अवस्था प्रायः बारह साल की थी और काफ़ी सुन्दर थी। छोटे लड़के की अवस्था प्रायः आठ साल की थी, और वह कोमल, दुबला-सा बालक था। कैलासो ने बच्चों से कहा, "सलाम करो अपने छोटे चाचा को !" और बच्चों ने मशीन की भाँति अपनी माता की आज्ञा का पालन किया।

कैलासो ने गंगाप्रसाद को नाश्ता कराते हुए कहा, "लाला, तुमने पहली दफ़ा हमें रानी कहा है। अब तब जानूँ, जब तुम मुझे असली रानी बनवा लो !"

गंगाप्रसाद ने आश्चर्य से कैलासो को देखा, "यह भला कैसे होगा !"

"इन्हें राजा का ख़िताब दिलवा दो ! तुम बड़े अफ़सर हो; तुम्हारी पहुँच बड़े-बड़े लाट-कलट्टर के यहाँ होगी। अगर तुम इन्हें राजा का खिताब दिलवा दो तो मैं असली रानी बन जाऊँगी।"

गंगाप्रसाद मुस्कराया, "भौजी, इसमें तुम्हें भी दौड़-धूप करनी पड़ेगी, यानी लाट-कलट्टर से तुम्हें मैं मिलवा दूँगा, बाक़ी काम तुम्हें करना पड़ेगा।"

कैलासो ने राधाकिशन से कहा, "सुना, जैसे मैं कभी डिप्टी-कमिश्नर से मिली ही नहीं ! तुम्हारे यह दोस्त भी बड़े भोले-भाले हैं, पूरे बच्चे हैं !" फिर उसने गंगाप्रसाद से कहा, "लाला, मैं तैयार हूँ।"

गंगाप्रसाद शायद अपने मज़ाक को और आगे बढ़ाता, पर बच्चों को सामने बैठा देखकर वह रुक गया। उसने केवल इतना कहा, "भौजी, परसों इतवार है; सुबह आइएगा न ! बच्चों को भी साथ लेती आइएगा।" और फिर वह राधाकिशन से बोला, "छोटी भाभी को लाना न भूलिएगा ! आप लोगों को भोजन भी मेरे यहाँ करना होगा; वैष्णव भोजन का प्रबन्ध रहेगा।"

कैलासो बोली, "अरे, छोटी इनके बस की नहीं है, जब तक यह नाक रगड़कर उसे पूरी तरह न मनावें। लाला, तुम ही छोटी से कहो, शायद तुम्हारे कहने से चलने पर राज़ी हो जाए। मुझसे तो जाने को इनकार कर चुकी है।" और यह कहकर उसने अपनी नौकरानी रत्नो की आवाज़ दी, "देख री रत्नो, छोटी सरकार से कह दे कि डिप्टी साहेब गंगाबाबू आए हैं, मेरे यहाँ बैठे हैं। वह छोटी से मिलना चाहते हैं।"

रत्नो ने पाँच मिनट बाद लौटकर कहा, "छोटी सरकार ने वहीं बुलाया है।"

गंगाप्रसाद उठ खड़ा हुआ। उसने राधाकिशन से कहा, "आप भी चलिए राधाकिशन जी !"

"अरे, इनके जाने से मामला ही चौपट हो जाएगा। यह तो न जाने कितना मना चुके हैं उसे ! तुम्हीं अकेले जाओ उसके यहाँ।" कैलासो ने कहा।

गंगाप्रसाद जिस समय सन्तो के यहाँ पहुँचा, वह अपने कमरे के सामनेवाले सहन में कुरसी पर बैठी थी। उसके सामने दो-तीन खाली कुरसियाँ पड़ी थीं। सन्तो का मुख मुरझाया हुआ था; एक अजीब तरह की उदासी थी उसकी आँखों में। गंगाप्रसाद का स्वागत करने के लिए वह खड़ी हो गई। एक फीकी मुस्कराहट के साथ उसने कहा,

"तो आप आज बड़ी के यहाँ गए थे ! कल शाम से वह आपकी प्रशंसा करती हुई अघाती नहीं थीं।"

"हाँ, राधाकिशनजी मुझे उनके यहाँ ले गए थे। बड़ी हँसमुख औरत हैं—तेज़ और हिम्मतवाली !"

सन्तो की आँखों की उदासी और भी गहरी हो गई। एक ठंडी साँस लेकर उसने कहा, "हाँ, ऐसी औरतें ही इस दुनिया में सुखी रहती हैं।" और एकाएक मानो सन्तो की सारी कुंठा और करुणा लुप्त हो गई, "मैं भी अजीब हूँ, आप सोचते होंगे। आपने तो मुझसे मिलने आने की दया की और मैं हूँ कि झूठमूठ का अपना रोना आपके सामने ले बैठी। अब आप बतलाइए, अच्छी तरह से तो हैं आप ? जिस दिन से आप यहाँ से गए, उस दिन से फिर कभी आए ही नहीं। सब काम-काज ठीक तरह से तो चल रहा है ?" और सन्तो के मुख पर एक स्वाभाविक मुस्कान आ गई।

बहुत अच्छी तरह हूँ सन्तो रानी ! उदास होने या सोचने-विचारने या समय ही नहीं मिलता, इतना अधिक काम-काज है।" गंगाप्रसाद ने कहा, "बड़ा सुन्दर शहर बस रहा है यह खेमों का और क़नातों का ! बाग़-बग़ीचे, शानदार सड़कें, बिजली की चकाचौंध पैदा कर देनेवाली रोशनी ! देखकर आँखें खुल जाएँगी।"

मन्द हँसी के साथ सन्तो ने कहा, "हाँ, बड़ी भी यही कहती थीं। परसों फिर जा रही हैं सुबह के समय।"

"और परसों आप भी चल रही हैं, मैं यह कहने आया था।"

सन्तो की मुद्रा अनायास ही बदल गई, "उस चुड़ैल के साथ मैं जाऊँगी, मैं जाऊँगी ?" सन्तो यह कहते-कहते उत्तेजित हो उठी, "उसे इनके साथ गुलछर्रे उड़ाते देखूँ और उसके साथ हँसूँ-बोलूँ ! फूहड़ और बेशरम कहीं की ! जी होता है, उसका मुँह नोंच लूँ।"

एकाएक सन्तो की सारी उदासी और कुंठा का रूप गंगाप्रसाद को दिख गया। उसका सारा व्यवहार उसकी समझ में आ गया। उसने कुछ सोचकर पूछा, "तो क्या आप असीरगढ़ देखने आएँगी ही नहीं ?"

"आऊँगी क्यों नहीं ! लेकिन मैं अकेली आऊँगी। मैं अकेली आपके साथ वह आश्चर्यजनक नगर देखूँगी। इन्होंने मुझसे कल कहा, आज भी कहा कि उन लोगों के साथ चलूँ, लेकिन मैंने साफ इनकार कर दिया। मैंने उनसे कह दिया है कि किसी दिन मैं आपको साथ लेकर देख लूँगी।"

गंगाप्रसाद मन-ही-मन मुस्कराया, "अच्छी बात है। वे लोग परसों सुबह आ रहे हैं; आप कल शाम को देख लीजिए। मैं राधाकिशनजी से कहे देता हूँ कि वह कल दोपहर को आपको साथ लेकर आ जाएँ।"

एक कटुता से भरी हँसी के साथ सन्तो ने कहा, "उस चुड़ैल से जब फ़ुरसत मिलेगी तभी तो वह मेरे साथ जाएँगे ! नहीं, उनसे कहने की कोई ज़रूरत नहीं। अगर आप चाहते हैं कि मैं वहाँ चलूँ, तो कल दोपहर के बाद आप खुद आकर मुझे अपने साथ ले चलिएगा; मैं तैयार रहूँगी।"

दूसरे दिन क़रीब दो बजे गंगाप्रसाद सतवन्ती को अपने साथ लेने आया। आज उसकी आँखों में एक भयानक पशुता भरी हुई थी। सतवन्ती ने आज पूरा श्रृंगार किया था और उस श्रृंगार को देखकर गंगाप्रसाद दंग रह गया।

कलकत्ता में रहने के कारण सन्तो, जिसे उस समय आधुनिकता कहा जाता था, उसमें पारंगत हो गई थी। फ्रांसीसी ब्रोकेड की लाल-काली साड़ी, सिर से पैर तक माणिक के गहने। कश्मीर का ज़रीतारवाला लाल दुशाला उसके कन्धे पर पड़ा था। मोतियों से सजी हुई माँग। घर से वह सफेद रेशमी चादर ओढ़कर निकली थी, लेकिन जैसे ही फ़िटन लाल क़िले को पार करके आगे बढ़ी, वैसे ही उसकी चादर उतर गई।

गंगाप्रसाद युक्तप्रान्त के एक ताल्लुकेदार की चार घोड़ों की फ़िटन माँगकर ले आया था, और फ़िटन पर वह सन्तो को लिए जा रहा था। सड़क पर सवारियों का ताँता बँधा था। लोग सन्तो को देखते थे और आपस में काना-फूसी करने लगते थे। सन्तो कुछ घबराई। उसने दबे हुए स्वर में कहा, "देखो, लोग मेरा नाम धर रहे हैं। कहते होंगे कि मैं कितनी बेशरम हूँ।"

गंगाप्रसाद मुस्कराया, "नहीं, वे ये सोच रहे होंगे कि यह किसी रियासत की रानी साहिबा जा रही हैं। देखती हो, मैंने भी आज सूट की जगह शेरवानी और चूड़ीदार पाजामा पहन रखा है, सिर पर साफ़ा भी है। तुमने तो मुझे देखा ही नहीं !"

सन्तो वास्तव में अपने में इतनी लीन हो रही थी कि उसने गंगाप्रसाद को अभी तक देखा ही नहीं था। उसने अब गंगाप्रसाद को देखा और हँस पड़ी, "अरे, मैंने तो तुम्हारा यह रूप देखा ही नहीं था ! राजकुमार दिख रहे हो, ठीक है। लेकिन मेरे सम्बन्ध में लोग न जाने क्या-क्या सोचते होंगे !"

"कह तो दिया कि वह सन्तो रानी को रानी ही समझते होंगे। खुले मुँह चलनेवाली दो वर्ग की स्त्रियाँ होती हैं—या रानियाँ या वेश्याएँ। वेश्याएँ इक्कों या ताँगों पर चलती हैं, रानियाँ दो या चार घोड़ों की फ़िटन पर चलती हैं।"

सन्तो मानो सन्तुष्ट हो गई, क्योंकि उसने गंगाप्रसाद की बात का कोई प्रतिवाद नहीं किया। वह अपने इर्द-गिर्दवाले जन-जमूह को देख रही थी। जगह-जगह पर लोग झुक-झुककर सन्तो का अभिवादन करते थे, और न जाने कहाँ की चेतना सन्तो में आ गई थी कि वह मुस्कराकर और सिर झुकाकर उन अभिवादनों का उत्तर भी देती जाती थी।

सन्तो उस नगर को देखकर चकित हो गई। एक अजीब उमंग और उल्लास से भरी सतवन्ती ने उस नगर के प्रत्येक कोने को देखा। एक विचित्र प्रकार का आनन्द वह अनुभव कर रही थी। कितनी देर वह उस नगर का चक्कर लगाती रही, उसे इसका पता ही नहीं चला, और जब वह सब कुछ देखकर गंगाप्रसाद के खेमे में वापस लौटी, तो सूर्यास्त हो गया था। सन्तो ने कहा, "अब आप मुझे घर पहुँचा आइए।"

"चलता हूँ। कितना थक गए हैं हम लोग! घोड़े भी पाँच-छह घंटे बराबर चलते ही रहे हैं। ज़रा सुस्ता लें।" और यह कहकर उसने भीखू को बुलाकर तीन रुपए देते हुए कहा, "तुम कोचवान और अर्दलियों को साथ लेकर खाना खिला लाओ। एक घंटे

के अन्दर लौट आना, देखो देर न हो। छोटी सरकार को इनके घर पहुँचाना होगा।"

भीखू चला गया। गंगाराम ने बिजली जलाई और फिर ग्रामोफ़ोन की सुई चढ़ा दी। गाना होने लगा, "दिल की हविस निकाल लें, मौसम बहार का !" सन्तो थकी-सी चुपचाप एक कुरसी पर बैठी थी, लेकिन एक अज्ञात भय जैसे उसके प्राणों में भरता जा रहा था। गाना चल रहा था; गंगाप्रसाद सन्तो से कुछ फ़ासले पर खड़ा होकर एकटक उसे देखने लगा।

सन्तो का हृदय अब ज़ोर से धड़कने लगा। उसने घबराकर पूछा, "इस तरह आप क्यों देख रहे हैं मुझे ?"

गंगाप्रसाद मुस्कराया, लेकिन उसकी मुस्कराहट भयानक रूप से कुरूप थी, "देख रहा हूँ, कितनी सुन्दर हो, कितनी सुन्दर हो !" और यह कहकर गंगाप्रसाद सन्तो की ओर बढ़ा।

"आगे मत बढ़ना !" सन्तो ने खड़े होकर कड़े स्वर में कहा। लेकिन उसका स्वर काँप रहा था, उसके पैर डगमगा रहे थे।

गंगाप्रसाद सन्तो पर टूट पड़ा—ठीक उसी तरह जिस तरह एक हिंसक पशु अपने शिकार पर टूटता है। उसने सन्तो को आलिंगन-पाश में कसते हुए कहा, "आज नहीं बचने पाओगी सन्तो रानी ! यहाँ कोई नौकर तुम्हारी मदद करने नहीं आ सकता; और तुम्हारी चीख़-पुकार इस ग्रामोफ़ोन की आवाज़ से ऊपर उठकर दूर के खेमों तक नहीं पहुँच पाएगी।"

सन्तो ने बड़े करुण स्वर में कहा, "मैं तुम्हारे हाथ जोड़ती हूँ, पैर छूती हूँ, मुझे छोड़ दो, मुझे छोड़ दो !"

"न छुटने के लिए तुम यहाँ आई हो, और न छोड़ने के लिए ही मैं तुम्हें यहाँ लाया हूँ।" गंगाप्रसाद बोला।

और सन्तो को यह अनुभव हुआ कि उसके हाथ-पैर शिथिल हो रहे हैं, उसकी चेतना धीरे-धीरे एक प्रकार की अर्द्ध-मुर्च्छा में परिणत होती जाती है। वह सहमी-सी, चुपचाप फटी-फटी आँखों से गंगाप्रसाद को देख रही थी।

4

विजयपुर के राजा धरनीधरसिंह की रियासत का कुछ हिस्सा युक्तप्रान्त बुन्देलखंड में पड़ता था और कुछ हिस्सा मध्यप्रान्त में पड़ता था। वैसे नियम के अनुसार

उनके ठहरने की व्यवस्था मध्यप्रान्त के खेमों में होनी चाहिए थी, और हुआ भी ऐसा ही था; लेकिन लाल रिपुदमनसिंह ने राजा साहेब विजयपुर का खेमा मध्यप्रान्त और युक्तप्रान्त की सीमा-रेखा पर लगवा दिया था।

राजा धरनीधरसिंह मँझोले क़द के मोटे-से आदमी थे—रंग आबनूस की तरह काला और आँखें अंगारों की तरह लाल ! उस आकृति को और भी भयानक बना देते थे उनके गलमुच्छे, घने और काले। अपनी आकृति के प्रतिकूल वे सहृदय और हँसमुख स्वभाव के आदमी थे और उन्हें क्रोधित होते किसी ने आज तक नहीं देखा था। उनकी उम्र प्रायः चालीस साल की थी।

लाल रिपुदमनसिंह को देखते ही उन्होंने कहा, "वाह रे रिपुदमन, हम ही से बैर ठान लीन्हिस ! कौन-सी बात हो गई जो आठ साल हो गए, घर नहीं आया ! अब अगर इस साल विजयपुर नहीं आय, तो समझ ले गुज़ारा-वुज़ारा सब बन्द हो जाएगा।

इस पर रानी साहिबा विजयपुर ने मुस्कराते हुए कहा, "छोटे भैया को गुज़ारे की जब कोई परवाह हो ! न कोई आगे, न कोई पीछे ! ब्रिटिश सरकार से अच्छी तनख्वाह मिलती है इन्हें। क्यों छोटे भैया, आख़िर हम लोगों से इतना नाराज़ क्यों हो रहे हो ?"

रानी साहिबा विजयपुर की शक़्ल-सूरत अपने पति की शक़्ल-सूरत से ठीक विपरीत थी। नाटी-सी, छरहरे बदन की और कठोर आकृति की स्त्री; आँखें छोटी-छोटी, लेकिन उनमें एक प्रकार की चमक ! रंग दूध की तरह सफेद ! गालों की हड्डियाँ कुछ उभरी हुईं, जिससे यह स्पष्ट हो जाता था कि वह नेपाल की रहनेवाली हैं। लाल रिपुदमनसिंह ने रेशमी रूमाल पर पन्ने का हार रखकर दोनों हाथों में लिया और फिर रानी साहिबा विजयपुर के सामने बढ़ाते हुए कहा, "ग़लती हो गई भाभी सरकार, जो सेवा में हाज़िर नहीं हो सका। उसकी माफ़ी माँगता हूँ। भाभी सरकार की नज़र पेश कर रहा हूँ।"

उस पन्ने के हार को देखकर रानी साहिबा आश्चर्यचकित हो गईं। कलकत्ता जाकर वास्तव में उस हार की शक़्ल ही बदल गई थी। रानी साहिबा ने हार उठाकर उसे उलटा-पलटा, फिर मुस्कराकर उन्होंने राजा धरनीधरसिंह से कहा, "हुजूर देखा, छोटे भैया की खर्चीली आदतें अभी वैसी-की-वैसी बनी हैं ! ज़रा यह हार देखिए, लाजवाब है !" और फिर वह रिपुदमनसिंह की ओर घूमीं, "मुझे भूले नहीं हो छोटे भैया, बड़ा आभार है तुम्हारा ! लेकिन यह हार अकेला किस काम का; पन्ने के कंगन और पन्ने के ही कर्णफूल का भी प्रबन्ध होना चाहिए। पन्ने की अँगूठी तो मेरे पास है।"

राजा धरनीधर ज़ोर से हँसे, "काहे नेपाली रानी, ई बिचारे रिपुदमन को क्यों लूट रही हो ? ग़रीब का कुल जमा पाँच हज़ार रुपया सालाना तो गुज़ारा के मिलत हैं, तो बीस हज़ार के क़रीब का यह हार हो गया। अब अगर ऐसे ही कंगन और करनफूल बनवाया इसने, तो दस हज़ार ऊपर से समझो ! देख रे रिपुदमन, इनकी बात में आने की कोई ज़रूरत नहीं; हार-भर ठीक है।"

"सब कुछ तो दादा हुज़ूर का है। मैं तो भाभी सरकार का गुलाम हूँ। भाभी सरकार ने ठीक ही कहा, हार ख़रीदते समय मुझे कंगन और करनफूल का ख़याल ही नहीं रहा।

जिस जौहरी से हार ख़रीदा है उसे मैं कल बुलवाऊँगा भाभी सरकार, उसे आप सब कुछ बतला दीजिएगा !"

नवम्बर के तीसरे सप्ताह में दिल्ली में काफ़ी अधिक सरदी पड़ने लगती है, लेकिन नौ बजे रात के समय ही रिपुदमनसिंह ने गंगाप्रसाद को राधाकिशन के यहाँ भेजा। दूसरे दिन सुबह के समय राधाकिशन गंगाप्रसाद के खेमे में आ गया। दोनों लाल रिपुदमनसिंह के खेमे में पहुँचे। रिपुदमनसिंह इन दोनों को साथ लेकर राधा धरनीधरसिंह के सामने पहुँचे।

राधाकिशन ने रानी साहिबा विजयपुर की बात समझकर कहा, "सरकार, आप जो कुछ चाहती हैं, वैसा ही बन जाएगा, लेकिन इसमें क़रीब दो महीने लग जाएँगे। यह सोफ़ियाना काम सिर्फ़ कलकत्ता में ही बनता है। इस हार को बनने में क़रीब एक महीना लग गया जबकि पन्ने मेरे पास थे।"

रानी विजयपुर एक तरह से मचल गईं, "नहीं, मुझे दरबार से पहले ये गहने मिल जाने चाहिए—ज़्यादा-से-ज़्यादा सात-आठ दिसम्बर तक।"

अब गंगाप्रसाद के बोलने की बारी थी। उसने आदर के साथ झुककर कहा, "रानी सरकार अगर इजाज़त दें तो मैं कुछ अर्ज करूँ !"

"हाँ-हाँ डिप्टी साहेब, कहिए।"

"अगर राधाकिशनजी आज रात की गाड़ी से कलकत्ता चले जाएँ तो परसों सुबह तक यह वहाँ पहुँच जाएँगे। मैं समझता हूँ कि एक हफ्ते में यह अपनी देखरेख में दोनों गहने बनवा लेंगे। आज 25 तारीख है, यह 27 को वहाँ पहुँचेंगे। और अगर माल बनवाकर यह तीन तारीख तक वहाँ से चलें तो 5 तारीख की सुबह तक यहाँ पहुँच जाएँगे।"

राजा साहेब विजयपुर खिलखिलाकर हँस पड़े, "इसको कहते हैं कायथ का दिमाग। सुना रिपुदमन, कैसे झटपट हल निकल आया ! बस, यह ठीक रहा। क्यों नेपाली रानी !"

रानी साहिबा ने राधाकिशन की ओर देखा, "कष्ट तो आपको अवश्य होगा; लेकिन क्या इतना आप कर सकेंगे ?"

"इसमें कष्ट की क्या बात है ! सरकार का हुक्म है तो पूरा होगा। लाल साहेब को मैं अपने बड़े भाई की तरह समझने लगा हूँ, तो भला रानी सरकार के हुक्म की अदूली कर सकता हूँ ! पाँच तारीख को दोपहर से पहले माल सेवा में हाज़िर हो जाएगा।"

लाल रिपुदमनसिंह जब राधाकिशन को पहुँचाने खेमे से बाहर निकले तो उन्होंने कुछ संकोच के साथ राधाकिशन से पूछा, "राधाकिशनजी, ये दोनों गहने कितने के होंगे ?"

"यह तो मैं अभी ठीक-ठीक नहीं बतला सकता, लेकिन मैं खुद माल खरीदूँगा और बनवाऊँगा, इससे पाँच हजार के अन्दर ही हो जाएगा। आप चिन्ता न कीजिए !"

"देखिए राधाकिशनजी, अगर राजा साहेब या रानी साहिबा आपको इन गहनों के दाम देने लगें तो कह दीजिएगा कि इनके दाम आपको मिल चुके हैं। मेरे पास तो इस समय रुपया नहीं है, छह महीने के अन्दर यह रुपया आपको मिल जाएगा। बोलिए, यह कर सकेंगे ? यह मेरी लाज का मामला है।"

"अरे लाल साहेब, जैसी आपकी इज़्ज़त, वैसी मेरी इज़्ज़त ! आपको तो मैं अपना बड़ा भाई मान चुका हूँ," राधाकिशन ने कहा, "आप इतमीनान रखिए।"

और पाँच दिसम्बर को दोपहर के समय राधाकिशन पन्ने के कंगन, कर्ण-फूल और झुमके लेकर रानी साहिबा विजयपुर के यहाँ हाज़िर हो गया।

रानी विजयपुर इन गहनों को देखकर विभोर हो गईं, "छोटे भैया, मैं तुम्हारे इतने अच्छे मित्रों के लिए तुम्हें बधाई देती हूँ।" और फिर उन्होंने गंगाप्रसाद को देखा, "अभी एकदम बच्चे दिखते हो, लेकिन बड़े बुद्धिमान हो। तुम काफ़ी उन्नति करोगे, तुम्हारा भविष्य बड़ा उज्ज्वल है।" और तब उन्होंने राजा साहेब विजयपुर से कहा, "हुज़ूर की तो युक्तप्रान्त के लाट से बड़ी दोस्ती है; पारसाल ही तो हुज़ूर ने उन्हें शिकार खिलवाया था। इस लड़के को हुज़ूर किसी दिन छोटे लाट से खुद अपने साथ लेकर मिलवा दें।"

गंगाप्रसाद ने अनुभव किया कि राधाकिशन का मुँह उतर गया है। इतना परिश्रम करके वह रानी विजयपुर के लिए कलकत्ता जाकर ये गहने लाया, लेकिन रानी साहिबा ने उसके प्रति तनिक भी आभार-प्रदर्शन नहीं किया, जैसे राधाकिशन को वह केवल मुनाफे के लिए सब कुछ बेचनेवाला व्यापारी ही समझते हों। गंगाप्रसाद ने कहा, "रानी सरकार, आज मेरे यहाँ हुज़ूर राजा साहेब की और आपकी दावत है। लाल साहेब तो रहेंगे ही वहाँ। यह राधाकिशनजी और इनकी पत्नी भी आएँगी। बड़े ख़ानदानी रईस हैं ये लोग। इनकी पत्नी से मिलकर हुज़ूर को प्रसन्नता होगी।"

राजा धरनीधर मुस्कराए, "अरे खाना जैसा तुम्हारे यहाँ, वैसा हमारे यहाँ; लेकिन विलायती शराब होनी चाहिए। और कहो तो अपना रसोइया भी भेज दूँ; अच्छा खाना बनाता है।"

"हाँ दादा हुज़ूर, बहुत दिन से उतना अच्छा खाना नहीं खाया है।" लाल रिपुदमनसिंह ने कहा।

रात को ठीक साढ़े सात बजे सतवन्ती को लेकर राधाकिशन गंगाप्रसाद के खेमे में पहुँच गया। आज सन्तो के मुख पर अजीब तरह का उल्लास था। लखनऊ की ज़रीतारवाली नीली साड़ी वह पहने थी और सिर से पैर तक नीलम के गहनों से ढकी हुई थी। रानी साहिबा विजयपुर ने उसी दिन पन्ने के गहने पहने थे और वह हरी पोशाक में थीं। गंगाप्रसाद ने राजा साहब विजयपुर और रानी साहिबा से सन्तो का परिचय कराया।

गंगाप्रसाद का खेमा रोशनी से जगमगा रहा था। राधा धरनीधरसिंह एक आरामकुरसी पर बैठे थे। उनकी बाईं ओर रानी विजयपुर बैठी थीं और दाईं और लाल रिपुदमनसिंह। लाल रिपुदमनसिंह की बग़ल में राधाकिशन था, और रानी साहिबा

विजयपुर की बगल में सन्तो थी। गंगाप्रसाद की कुरसी अवश्य राधाकिशन की कुरसी की बगल में पड़ी थी, लेकिन वह आतिथेय होने के नाते प्रबन्ध करता हुआ इधर-उधर घूम रहा था। गंगाप्रसाद ने व्हिस्की का गिलास राजा साहेब विजयपुर, लाल रिपुदमनसिंह और राधाकिशन को दिया। लाल साहेब ने राधाकिशन को गिलास लेते हुए देखकर कहा, "मैं तो समझे हुए था कि आपको इसका कोई शौक नहीं है राधाकिशनजी !"

राधाकिशन मुस्कराया, "हाँ, वैसे नहीं पीता, लेकिन सोसायटी में लोग मजबूर करते हैं तो एक-आध घूँट पी लेने की आदत डाल लेनी पड़ी।"

अब गंगाप्रसाद 'शेरी' का गिलास लेकर रानी साहिबा विजयपुर की ओर बढ़ा, लेकिन रानी साहिबा ने मुस्कराकर शेरी का गिलास लेने से इनकार कर दिया। राधा धरनीधरसिंह ग़ौर से यह सब देख रहे थे। अब वे हँस पड़े, "डिप्टी साहेब, यह हैं नेपाली रानी, शेरी-वेरी से इनका काम नहीं चलने का ! व्हिस्की की बोतल आधी कर देती हैं और चेहरे पर शिकन नहीं आने पाती।"

गंगाप्रसाद ने रानी साहिबा विजयपुर को भी व्हिस्की का गिलास दिया। अब उसने सन्तो से पूछा, "शेरी लीजिएगा या आपको भी व्हिस्की ही दूँ ?"

सतवन्ती मुस्कराई, "आप तो जानते ही हैं कि मैं नहीं पीती।"

"जी हाँ, जी हाँ लेकिन साथ देने के लिए थोड़ी-सी शेरी..."

और रानी साहिबा ने कहा, "हाँ-हाँ, थोड़ी-सी शेरी इन्हें दो ! यह अच्छा नहीं लगता कि सब पियें और वह अकेली हम सब लोगों का मुँह देखें। इनके आदमी भी तो केवल साथ देने के लिए व्हिस्की पी रहे हैं।"

सन्तो ने राधाकिशन की ओर देखा। राधाकिशान को कहना पड़ा, "हर्ज़ क्या है, थोड़ी-सी शेरी ले लो ! बड़ी सोसाइटी में यह सब करना ही पड़ता है।"

शराब के दौर चल रहे थे और बातें हो रही थीं। रानी साहिबा विजयपुर के पिता नेपाल से भागकर कलकत्ता में बस गए थे और वहाँ उन्होंने अलीपुर में अपनी आलीशान कोठी बनवा ली थी। रानी साहिबा विजयपुर साल में छह महीने कलकत्ता में अपने पिता के पास रहा करती थीं। जाड़े में बड़े दिन के आसपास राजा साहेब विजयपुर एक महीने के लिए वहाँ नियमित रूप से जाते थे। लाला राधाकिशन बड़ा बाज़ार में मकान ख़रीदना चाहते थे। श्रीकिशन गोपीकिशन की दुकान का नाम कलकत्ता में मशहूर था। रानी साहिबा ने भी उस दुकान का नाम सुना था, यद्यपि वह हैमिल्टन कम्पनी या अन्य अंग्रेज़ी जौहरियों की दुकांनों से ही जवाहरात खरीदती थीं। रानी साहिबा को सन्तो बहुत पसन्द आई और सन्तो ने रानी साहिबा को अपनी बड़ी बहन मान लिया। रानी साहिबा ने सन्तो से वादा किया कि वह कलकत्ता में रानी साहिबा से अवश्य मिलेगी। रानी साहिबा ने सन्तो को कलकत्ता के ऊँचे-ऊँचे समाज में प्रविष्ट कराने का आश्वासन भी दे दिया।

राधाकिशन की ज़बान अब थोड़ा-बहुत लड़खड़ाने लगी। राजा साहेब विजयपुर के मज़ाक अब कुछ फूहड़ और भद्दे होने लगे थे, और रानी साहिबा विजयपुर की

छोटी-छोटी आँखें अंगारों की तरह दहकने लगी थीं। उनकी प्यास बढ़ती ही जा रही थी। गंगाप्रसाद के पैर मौज में थिरक रहे थे, और लाल रिपुदमनसिंह शान्त भाव से कभी छत पर नज़र गड़ा देते थे और कभी-कभी इधर-उधर देखने लगते थे।

एकाएक लाल रिपुदमनसिंह ने देखा कि सतवन्ती ने शेरी का गिलास गंगाप्रसाद को भरने के लिए देते हुए कुछ इशारा-सा किया और गंगाप्रसाद ने अपने गिलास की व्हिस्की से शेरी का गिलास भरकर सतवन्ती को दे दिया। लाल रिपुदमनसिंह ने यह भी देखा के सन्तो ने एक घूँट में गिलास खाली करके गंगाप्रसाद की ओर फिर बढ़ा दिया।

क़रीब दस बजे राजा साहेब विजयपुर ने कहा, "अब खाना लगना चाहिए !"

गंगाप्रसाद खाना लगवाने के लिए अपने खेमे के पीछेवाले खंड में चला गया। एकाएक लाल रिपुदमनसिंह उठ खड़े हुए। व्हिस्की की दूसरी बोतल तीन-चौथाई भरी हुई थी। लोगों को आख़िरी दौर भरते हुए वे सतवन्ती के पास पहुँचे। उन्होंने उसके कान में धीमे स्वर में कहा, "क्या आप मेरे गिलास की जूठी व्हिस्की भी पीजिएगा ?"

सतवन्ती एकाएक चौंक उठी और उसके हाथवाला शेरी का गिलास तुरन्त हाथ से छूटकर फ़र्श पर बिछे हुए मुलायम ग़लीचे पर गिर पड़ा। लाल रिपुदमनसिंह ने झुककर गिलास उठाते हुए कहा, "टूटा नहीं। हालाँकि नीचे गिरकर टूट जाना स्वाभाविक विधान है, लेकिन कुछ लोग बच भी सकते हैं।" लाल साहेब ने इस वाक्य का अन्तिम भाग बहुत धीमे स्वर में कहा।

सतवन्ती इस समय तक सँभल गई थी। उसने भी धीमे स्वर में कहा, "जो टूटते हैं, वे कच्चे होते हैं।"

लाल रिपुदमनसिंह ने बात आगे नहीं बढ़ाई, "शेरी पीजिएगा क्या ?"

"तबीयत तो नहीं है, लेकिन अगर आप देना ही चाहें तो इनकार नहीं करूँगी।" सतवन्ती की मुस्कराहट लौट आई थी।

लाल रिपुदमनसिंह ने कहा, "अपनी मरज़ी के ख़िलाफ़ दूसरों की बात नहीं माननी चाहिए।" और वह सतवन्ती को बिना शेरी दिए लौट गया।

गंगाप्रसाद इस समय तुम खाना लगवाकर आ गया था। उसने कहा, "हुज़ूर, खाना लग गया है। चलिए रानी सरकार, सब प्रबन्ध ठीक है।"

खाना खाकर राधाकिशन और सन्तो शहर चले गए। राजा साहेब और रानी साहिबा विजयपुर को उनके खेमों में पहुँचाने के लिए लाल रिपुदमनसिंह और गंगाप्रसाद उनके साथ हो लिए। नौकरों का खाना और खेमों की सफ़ाई का काम आरम्भ हो गया। राजा साहेब विजयपुर के खेमे से लौटते हुए लाल रिपुदमनसिंह ने कहा, "चलिए बाबू गंगाप्रसाद, जब तक नौकरों का खाना-पीना हो और आपके खेमे की सफ़ाई हो तब तक मेरे यहाँ बैठिए चलकर। एक बोतल पोर्ट की रखी है, उसी को खाली किया जाए तब तक।"

दो गिलासों में पोर्ट भरकर दोनों लाल साहेब के खेमे में बैठ गए। दोनों कुरसियों पर बैठे हुए थे। इन दोनों के बीच में एक छोटी-सी मेज़ पड़ी थी, जिस पर दोनों गिलास

रखे थे। थोड़ी देर तक दोनों चुपचाप बैठे शराब पीते रहे। फिर लाल रिपुदमनसिंह ने कहा, "आज मैं आपको निजी कहानी सुनाऊँगा गंगा बाबू ! आपको ताज़्जुब हुआ होगा यह जानकर कि मैं सात साल से अपने घर विजयपुर क्यों नहीं गया। आपसे मैंने कभी अपने घर और परिवारवालों का ज़िक्र भी नहीं किया, यह भी आप जानते हैं। जीवन के प्रति मैं इतना अधिक उदासीन क्यों हूँ, यह प्रश्न भी मेरे सम्बन्ध में शायद आपके अन्दर उठा होगा।"

गंगाप्रसाद ने कहा, "आपकी ज़िन्दगी बड़ी नपी-तुली, बड़ी सीधी-सादी है, यह तो मैं देखता रहा हूँ; लेकिन मुझे बराबर कुछ ऐसा लगता है कि यह सब बहुत ज़्यादा बनावटी है। आपकी गहराई में कहीं कोई रहस्य छिपा पड़ा है। लेकिन लाल साहेब, दूसरों के मामलों में कौतूहल असभ्यता का चिह्न है, इसलिए मैंने आपसे कभी कुछ नहीं पूछा।"

"आप बहुत अधिक सभ्य हैं, ज़रूरत से ज़्यादा सभ्य हैं; मैं यहाँ तक कह सकता हूँ कि आप ख़तरनाक रूप से सभ्य हैं।" लाल साहेब हँस पड़े। किन्तु दूसरे ही क्षण वे गम्भीर हो गए, "बाबू गंगाप्रसाद, आज मैं आपको यह बतला रहा हूँ कि मैं विधुर हूँ। सात साल पहले मेरी पत्नी की मृत्यु हो गई थी और तब से मैंने अपना विवाह नहीं किया। आप पूछ सकते हैं कि मैंने विवाह क्यों नहीं किया।" यह कहकर लाल रिपुदमनसिंह ने अपने कोट की भीतरी जेब से हाथी-दाँत की मूठवाला एक छोटा-सा पिस्तौल निकाला, "बाबू गंगाप्रसाद, मैंने विवाह इसलिए नहीं किया कि मेरी पत्नी की स्वाभाविक मृत्यु नहीं हुई थी; मैंने अपनी पत्नी की हत्या की थी, इस पिस्तौल से।"

लाल रिपुदमनसिंह का स्वर शान्त और गम्भीर था, लेकिन गंगाप्रसाद ने देखा कि उनकी आँखें जल रही हैं। उसने घबराकर कहा, "रहने दीजिए लाल साहेब, जो बीत चुका, उसे भूल जाइए। अब आप कपड़े बदलकर सोइए, रात काफ़ी बीत चुकी है।" और यह कहकर गंगाप्रसाद ने उठने का प्रयत्न किया।

लाल रिपुदमनसिंह ने गंगाप्रसाद का हाथ पकड़कर उसे बिठलाया, "बैठो गंगाबाबू, न मैं पागल हूँ, न मैं बेहोश हूँ। अतीत मरता नहीं, इसलिए उसे भूला नहीं जा सकता; वह तो वर्तमान के साथ बुरी तरह जुड़ा हुआ है। उस अतीत ने ही तो वर्तमान का निर्माण किया है। वैसे तुम उसे अतीत कह सकते हो, लेकिन वह अतीत वर्तमान का ही एक भाग है, जिस तरह भविष्य वर्तमान का भाग है। हाँ, मैं कह रहा था कि सात वर्ष पहले मैंने अपनी पत्नी की हत्या की थी। मुझे ताज्जुब हो रहा है कि तुम वह कारण नहीं जानना चाहते हो जिससे मैंने उसकी हत्या की !"

गंगाप्रसाद ने इस बात का कोई उत्तर नहीं दिया; वह एकटक आश्चर्य से लाल रिपुदमनसिंह को देख रहा था।

लाल रिपुदमनसिंह ने कहा, "मेरी पत्नी बहुत बड़े ख़ानदान की लड़की थी। उसके पिता एक रियासत के राजा हैं। दो लाख रुपया दहेज़ में दिया था उन्होंने। वह बड़े लाड़-प्यार से पली थी, और उसके साथ ही वह बड़ी रूपवती भी थी। और मैं ! मुझे

बचपन से ही अच्छे और बुरे, सभी तरह के शौक़ लग गए थे। उठती हुई उम्र, खाया-पिया शरीर और मदमस्त जवानी। मैं ज़िन्दगी की रंगीनियाँ देख रहा था। मेरी पत्नी को मेरी आदतों का पता आते ही चल गया। ये आदतें छिपती तो नहीं हैं। उसने मुझे सुधारने की कोशिश की; न सुधरने पर उसने शिकायतें कीं, उलाहना दिया, टोका। लेकिन उस सबका कोई असर मुझ पर नहीं पड़ा। ऐसी बात नहीं थी कि मैं अपनी पत्नी को प्यार नहीं करता था, लेकिन स्त्री शायद प्यार उतना अधिक नहीं चाहती जितना वह प्यार का प्रदर्शन चाहती है। वह मुझसे रूठती थी, आशा करके कि मैं उसे मनाऊँगा। और मैं अपने में खोया हुआ था, यह सब समझने की मानो मुझमें कोई प्रवृत्ति ही नहीं थी। और धीरे-धीरे हम दोनों में एक प्रकार का तनाव-सा पैदा होने लगा। वह अकसर अपने मायके चली जाती थी, और इसमें मुझे कोई आपत्ति भी नहीं थी। जब तक वह अपने मायके में रहती थी तब तक मुझे एक तरह का चैन मिलता था, बिना किसी हिचक या बाधा के मैं अपनी मनमानी कर सकता था।..."

"गंगाबाबू, मैं क्या जानता था कि मैं अपने जीवन के साथ ही नहीं, अपनी पत्नी के जीवन के साथ भी बहुत बड़ा खिलवाड़ कर रहा हूँ ! उन्हीं दिनों रानी साहिबा की चचेरी बहिन का लड़का राजा साहेब का प्राइवेट सेक्रेटरी बनकर आया। मुझे उसके आने के एक हफ़्ते बाद ही झाँसी में डिप्टी-कलक्टरी की पोस्ट मिल गई थी। झाँसी में घर का इन्तज़ाम करना, ठीक तरह से रहने की व्यवस्था करना, इसमें कुछ समय लगता, और इसीलिए मैं अकेला झाँसी आकर रहने लगा। चार महीने के अन्दर मैंने झाँसी में सपरिवार अच्छी तरह रहने की व्यवस्था कर ली और अपनी पत्नी को अपने पास बुला लिया। लेकिन इस बार मैंने अपनी पत्नी का रूप ही बदला हुआ पाया। अब वह न मुझसे लड़ती-झगड़ती थी, और न मेरे साथ तक़रार करती थी। वह मुझे अपने हाथ से शराब पिलाती थी; मुझे हरेक भले-बुरे काम में बढ़ावा देती थी। अपनी अनुभवहीनता में मैं यह बिलकुल अनुभव नहीं कर सका कि मेरी पत्नी अब मुझे प्यार नहीं करती। मैं उसके दिखावेवाले रूप को ही सत्य समझ बैठा, क्योंकि ज़िम्मेदारी की नौकरी पाने के कारण मेरी आदतें भी बहुत कुछ सुधर गई थीं।..."

"और उन्हीं दिनों मैंने एक बात और अनुभव की। मेरे बड़े भाई राजा साहेब विजयपुर के पत्र पहले मेरे लिए नौकरों के हाथ आते थे, अब ये पत्र उनके नए प्राइवेट सेक्रेटरी के हाथ आने लगे। उसका नाम था शिवप्रतापसिंह और वह तीस-बत्तीस साल का सुन्दर और सुडौल आदमी था। उसके पिता राजपूताने की एक रियासत के गुज़ारेदार थे। शिवप्रताप जब मेरे यहाँ आता था चार-छह दिन ठहर जाया करता था, अकारण ही। पहले तो मैंने इस पर ध्यान नहीं दिया, फिर धीरे-धीरे मन में खटका हुआ। चौथी या पाँचवीं बार जब शिवप्रताप मेरे यहाँ आया और ठहरा तो एक दिन शाम के समय मैंने उससे साफ़-साफ़ कह दिया कि उसको यहाँ आने का कष्ट उठाने की आवश्यकता नहीं, पत्र नौकरों द्वारा या फिर डाक से आ सकते हैं।"

"इसके बाद मैंने अपनी पत्नी में अजीब परिवर्तन देखा। वह मुझसे कुछ अजीब

सी खिंची-खिंची रहने लगी। एकाध बार उसने अपने विजयपुर जाने का प्रस्ताव भी मेरे सामने रखा, लेकिन मैंने इनकार कर दिया।"

"इस घटना को बीते करीब छह महीने हो गए। मेरी पत्नी भी धीरे-धीरे स्वस्थ होने लगी। जाड़ों के दिन थे और खेतों में सवन गिर रहे थे। मैं दौरे पर गया था। एक दिन मैं सवन के शिकार पर निकल पड़ा। सरदी काफ़ी अधिक थी, इसलिए मैं क़रीब नौ बजे सुबह शिकार के लिए निकल पाया था। तेज़ उत्तरी हवा चल रही थी और हाथ-पैर ठिठुर रहे थे। दुर्भाग्य मेरे साथ था, क्योंकि उस दिन कोई सवन मेरे हाथ नहीं लगा। जब निशाना लगाया तब चूका। क़रीब बारह बजे दोपहर तक घूमता रहा। एक तरह की झुँझलाहट और निराशा लिए हुए मैं वापस लौटा, बुरी तरह थका हुआ। जिस समय मैं विजयपुर से झाँसी आनेवाली सड़क को पास कर रहा था, मैं सहसा ठिठक गया। मैंने देखा कि एक आदमी उस सड़क पर विजयपुर की तरफ़ से घोड़े पर सवार झाँसी की ओर चला आ रहा है। घोड़े की रफ़्तार मज़े की थी। उस आदमी की शक्ल मुझे कुछ पहचानी-सी लगी। मैं एक पेड़ की आड़ में हो गया। अरे, वह तो शिवप्रताप था।

"शिवप्रताप ने मुझे नहीं देखा, शायद वह झाँसी पहुँचने की जल्दी में था। झाँसी का फ़ासला वहाँ से क़रीब अठारह-उन्नीस मील का था। वह आदमी घंटे-डेढ़ घंटे में झाँसी पहुँच जाएगा।"

"और मैं क्रोध से पागल हो गया। मेरे मना करने पर भी शिवप्रसाद झाँसी जा रहा है। और अचानक मेरे मन में ख्याल आया कि पहले तो शिवप्रताप चिराग़-जले झाँसी पहुँचता था, आज यह दो बजे दोपहर को ही झाँसी पहुँच रहा है। आख़िर यह क्यों ? उत्तर स्पष्ट था। दोपहर के समय मैं कचहरी में हुआ करता था। वह मुझसे छिपकर झाँसी आया था। सन्देह हुआ, शायद इससे पहले भी वह इस तरह आता रहा हो।"

"मेरा कार्यक्रम था कि मैं सब काम निपटाकर क़रीब छह बजे शाम को वहाँ से झाँसी के लिए रवाना हूँगा और आठ बजे रात तक पहुँच जाऊँगा। पर अब मैंने अपना कार्यक्रम बदल दिया। मैं दो बजे ही वहाँ से रवाना हो गया और प्रायः साढ़े तीन बजे झाँसी पहुँच गया। मैं सीधा अपने बँगले में गया। नौकर-चाकर इधर-उधर बैठे गप मार रहे थे और मेरी पत्नी कमरे में अकेली बैठी थी। मुझे देखते ही वह खड़ी हो गई, "अरे, आप आठ बजे आनेवाले थे, इस समय कैसे आ गए ?"

"'हाँ, काम बड़ी ज़ल्दी ख़त्म हो गया, सो वहाँ रुकना बेकार था।'' मैंने लापरवाही के साथ उत्तर दिया।

"बँगले में शिवप्रताप का कहीं पता न था। मैंने नौकरों से घुमा-फिराकर पूछा कि कोई आया था, पर उधर से भी मुझे निराशाजनक उत्तर मिले। घोड़े पर सवार होकर मैं शिवप्रताप के दो-एक मेली-मुलाक़ातियों के यहाँ हो आया कि सम्भव है कि वह वहीं कहीं ठहरा हो, लेकिन वहाँ भी शिवप्रताप का कोई पता नहीं चला। आख़िर शिवप्रताप क्यों आया और कहाँ ग़ायब हो गया ? मेरी आँखों ने मुझे धोखा नहीं दिया था; वह साफ़ शिवप्रताप था। मेरे प्राणों में अब एक अजीब तरह की थकावट भर गई थी। यह

सब खोज-बीन करके जब मैं घर वापस लौटा तो सात बजे गए थे। आप जानते हैं, झाँसी-जैसे सोये हुए शहर में जाड़े के दिनों में उस समय सब अपने घरों में बन्द हो गए थे और लोग रात का खाना खा रहे थे या खाने की तैयारी में थे।"

"नहा-धोकर और कपड़े बदलकर जब मैं ड्राइंग-रूम में आया, आठ बज रहे थे। अँगीठी जल रही थी और मेरी फ़ाइलें वहाँ मौजूद थीं। लेकिन मेरी मनोदशा शायद मेरी आँखों में उतर आई थी। मेरी पत्नी ने कहा, "अरे, आप तो बुरी तरह थक गए हैं ! इतना काम-काज क्यों करते हैं ? कुछ अपनी तन्दुरुस्ती का भी ख़याल रखिए !" और यह कहकर व्हिस्की का एक पेग एक गिलास में ढालकर उसने मुझे दिया और आधा पेग दूसरे गिलास में ढालकर मेरे सामने खुद बैठ गई।"

"हम दोनों चुपचाप शराब पीने लगे। मेरे सामने कचहरी की फ़ाइलें थीं; मैं पीता जाता था और उन फ़ाइलों को ध्यानपूर्वक पढ़कर उन पर हुक्म लिखता जाता था। मेरी पत्नी के सामनेवाला आधा पेग अभी ख़त्म नहीं हुआ था और मैं दो पेग पी चुका था। मेरी पतनी ने तीसरा पेग मुझे भरकर दिया। मैंने फ़ाइल से सिर उठाकर पीने के लिए गिलास उठाया। शराब का रंग मुझे कुछ आवश्यकता से अधिक लाल दिखा और गिलास को होंठ तक ले जाते हुए मेरा हाथ रुक गया। मुझे अब लगा कि जैसे शराब का रंग गहरा लाल न होकर कुछ काला-सा है। मैंने गिलास मेज़ पर रख दिया। मुझे ऐसा अनुभव हुआ कि मेरी पत्नी मुझे ग़ौर से देख रही है। लेकिन जब मैंने उसकी ओर देखा तो उसने जल्दी से अपनी आँखें नीची कर लीं।"

"मैं अब सतर्क होकर बैठ गया। मैंने कहा, 'अरे, मैं दो पेग लेकर तीसरा पेग ले रहा हूँ और तुमने अभी आधा पेग भी नहीं पिया है। यह नहीं होगा, लो यह पेग तुम पियो !' और मैंने अपना गिलास उसके सामने रख दिया।

"लड़खड़ाते हुए स्वर में मेरी पत्नी ने कहा, 'नहीं, ज्यादा नहीं पियूँगी, मेरी तबीयत ठीक नहीं है।'

"और एक झटके के साथ मैं खड़ा हो गया, 'इसे पीकर तुम्हारी तबीयत ठीक हो जाएगी। यह तुम्हें पीनी पड़ेगी !'

"'मैं कहती हूँ कि मेरी तबीयत ठीक नही है; मैं इसे नहीं पियूँगी !' मेरी पत्नी ने तीखे स्वर में कहा।

"'इसलिए नहीं पियोगी कि इसमें ज़हर है ?' अब मेरा स्वर भी कड़ा हो गया था, 'आज दोपहर को शिवप्रताप यहाँ आकर तुम्हें जहर दे गया है कि शराब में मिलाकर तुम मुझे पिला दो ! लेकिन वह यह नहीं जानता था कि यह ज़हर मैं नहीं पियूँगा, यह ज़हर तुम पियोगी !'

"मेरी पत्नी मेरी बात सुनकर चीख़ उठी, 'तुम झूठ बोलते हो, शिवप्रताप यहाँ नहीं आया; उसे आते किसी ने नहीं देखा है। तुम पागल हो गए हो।' और उसने बेहोश होने का बहाना करते हुए अपने हाथ के झटके से शराब का गिलास उलट दिया। सारी शराब फ़र्श पर फैल गई।

"गंगाबाबू, हरेक आदमी में एक पशु हुआ करता है। अब मेरे अन्दरवाला पशु पूरी तरह से जाग उठा था। मैंने अपनी मेज़ के ड्राअर से अपना पिस्तौल निकालकर कहा, 'हूँ, तो वह शराब तुमने गिरा दी कि उसे पीकर तुम्हें न मरना पड़े, लेकिन बचोगी नहीं, तुम इस पिस्तौल से मरोगी। मैंने शिवप्रताप को अपनी आँखों से यहाँ आते देखा था, दौरे पर; और इसलिए मैं दोपहर के समय ही वहाँ से चल दिया था।'

"मेरी पत्नी की बेहोशी बनावटी थी, यह इसी से स्पष्ट हो गया कि उसने मेरी बात सुनकर आँखें खोल दीं और गिड़गिड़ाती हुई बोली, "हाँ, शिवप्रताप आया था, और मैंने उससे जाने को कह दिया तो वह चला भी गया। लेकिन उस शराब में ज़हर नहीं था; मैं तुम्हारे सिर की क़सम खाकर कहती हूँ।"

"और मैं एक भयानक पाशविक हँसी हँस पड़ा, 'शिवप्रताप आया था, इसका सबूत मैं हूँ, जिसे तुम नहीं मिटा सकतीं; लेकिन इस शराब में ज़हर था, इसका सबूत तुमने शराब को ज़मीन पर गिराकर मिटा दिया है। और उस पर मेरे सिर की क़सम खा रही हो—बहुत खूब ! लेकिन इस सबसे कोई अन्तर नहीं पड़ता। तुम्हें मरना ही होगा।' यह कहकर मैंने पिस्तौल की नली उसकी तरफ़ उठाई।"

"'मैं ह़ाथ जोड़ती हूँ, पैर छूती हूँ, माफ़ी माँगती हूँ, मेरी जान तुम मत लो !' मेरी पत्नी यह कहती ही रही और मैंने पिस्तौल का घोड़ा दबा दिया। ठीक मत्थे के बीचोबीच गोली लगी, और वह ज़मीन पर गिर पड़ी।

"पिस्तौल की आवाज़ सुनकर मेरे दोनों नौकर कमरे में दौड़ते हुए घुस आए। अब मुझे यह अनुभव हुआ कि मैंने क्या कर डाला। ये दोनों नौकर रियासत के थे; बचपन से हमारे घर में पले थे। नौकरों से मैंने कहा, 'रानी साहिबा ने आत्महत्या कर ली है, लेकिन मैं पुलिस को नहीं बुलाना चाहता। इसमें मेरी बदनामी होगी।'

"दोनों नौकरों ने एक स्वर में कहा, हाँ सरकार, तो फिर क्या करें ?

"मैंने उसी समय अपनी बग्घी कसवाई। अपनी पत्नी के शव को अच्छी तरह से ढककर मैंने बग्घी में रखवाया और फिर मैंने नौकरों से कहा, 'कमरा साफ़ कर डालो। खून वग़ैरह अच्छी तरह धो डालना ! अगर कोई मुझे पूछने आए तो कह देना कि रानी साहिबा को साथ लेकर मैं रात में विजयपुर चला गया हूँ। राजा साहेब का ज़रूरी बुलावा आ गया था।'

"और एकाएक मुझे यह ख़याल आया कि मेरी पत्नी ने जो मुझे ज़हर दिया था, तो वह अकेली किस तरह चीज़ों को सँभालती ! इसके माने यही हैं कि शिवप्रताप यहीं झाँसी में कहीं मौजूद है और वह रात में किसी समय ख़बर लेने अवश्य आएगा। मैंने नौकर ने कहा, 'नहीं, मकान की सफ़ाई मेरे सामने ही हो जानी चाहिए। तुम लोग सफ़ाई करो, तब तक मैं इन्तज़ार करता हूँ।'

"सरदी भयानक रूप में तेज़ थी। मैं अपना ओवरकोट पहनकर अपने बँगले के फाटक पर चुपचाप खड़ा हो गया—एक घने पेड़ के नीचे, तने से सटकर। मेरे बँगले से एक फ़र्लांग इधर और एक फ़र्लांग उधर कोई बँगला न था। चाँदनी छिटकी हुई थी।

दूर पर पुलिसलाइन्स के घंटे ने टन-टन करके ग्यारह बजाये। उस ओवरकोट को पहने हुए भी मैं सरदी से काँप रहा था। मेरी जेब में मेरी पिस्तौल थी और मेरे हाथ में नौ-इंची ब्लेडवाला वह छुरा था जो मुझे अपनी पत्नी के फेंटे में खुँसा हुआ मिला था और जिसे सम्भवतः मेरी पत्नी को आवश्यकता पड़ने पर इस्तेमाल करने के लिए दिया गया था। एकाएक मेरी नज़र दूर पर धीरे-धीरे रेंगती हुई एक छाया पर पड़ी, जो बड़ी सतर्कता के साथ अपने को चाँदनी के प्रकाश से दूर रखते हुए चल रही थी। अब मैं दम साधकर खड़ा हो गया। वह छाया शिवप्रताप की ही थी। तो मेरा अनुमान ग़लत न था ! शिवप्रताप मरे हुए रिपुदमनसिंह की लाश को ठिकाने लगाने के लिए आ रहा था।"

"मेरे बँगले के सामने आकर शिवप्रताप रुका। भीतर प्रकाश हो रहा था, और कमरे अन्दर से बन्द थे। जैसे ही उसने फाटक के अन्दर क़दम बढ़ाया, मैंने उछलकर उसका ही छुरा उसकी बाईं ओर पीठ में घुसेड़ दिया। गंगाबाबू, बड़ा तेज़ छुरा था वह ! उसने ऊनी और रुई के कपड़ों को चीरते हुए, उसकी पसलियों को काटते हुए, उसकी मांस-पेशियों को पार करते हुए उस छुरे ने शिवप्रताप के हृदय को चीर दिया। एक चीख़, एक आह निकालने का भी मौक़ा नहीं मिला उसे। वह मुँह के बल औंधा गिरा, और उसके खून के फ़व्वारे से बचने के लिए मैं पीछे हटा।

"अन्दर जाकर मैंने बग्घी हँकवाई; दोनों नौकरों को साथ लिया। फाटक पर आकर मैंने कहा, 'इसे भी साथ ले लिया जाए !' और एक कम्बल में लिपटवाकर शिवप्रताप की लाश बग्घी में रखवा दी। फाटक के खून को भी अच्छी तरह धो देने का आदेश अपने नौकरों को देकर मैंने बग्घी विजयपुर की ओर हँकवा दी।

"गंगाबाबू, कितनी भयानक रात थी वह ! पाला पड़ रहा था, और उस बग्घी में प्रेमी-प्रेमिका अगल-बगल पड़े थे—वे प्रेमी-प्रेमिका, जिन्होंने मेरी इज़्ज़त ली थी, जिन्होंने मेरी हत्या करने का प्रयत्न किया था। और उन दोनों के सामने मैं बैठा था जिसने उन दोनों की हत्या करके सदा के लिए एक-दूसरे को अलग कर दिया था; या मिला दिया था, कौन जाने ! बग्घी साधारण गति से चल रही थी। तीस मील का फ़ासला तय करना था हम लोगों को। गंगाबाबू, मैं अपने हाथ में अपना पिस्तौल लिए हुए रात-भर उन दोनों लाशों के सामने बैठा रहा। बग्घी के दरवाज़े बन्द कर दिए थे मैंने, सरदी से बचने के लिए। उन लाशों से शायद हल्की-हल्की बदबू भी निकलनी शुरू हो गई थी, लेकिन मुझे इसका पता न था। सुबह करीब साढ़े छह या सात बजे बग्घी विजयपुर के राजमहल में दाख़िल हुई। राजा साहेब सो रहे थे, लेकिन मेरी भाभी स्नान-पूजा करके नाश्ते का प्रबन्ध करवा रही थीं। मैंने सीधे उनके पास जाकर कहा, "भौजी सरकार, आपकी देवरानी को लेकर आया हूँ मैं।"

"'कहाँ है वह ? यहाँ क्यों नहीं लाए ?' उन्होंने पूछा। मैं उनका हाथ पकड़कर घसीटता हुआ ड्योढ़ी के बाहर बग्घी तक ले गया, 'यह देखिए ! अपने यार के साथ बैठी है। देख रही हैं आप ?'

"गंगाबाबू, रानी साहिबा को तो देखा है आपने ! बड़े कड़े दिल की औरत हैं वह !

एकटक थोड़ी देर तक वह उन दोनों लाशों को देखती रहीं, फिर उन्होंने ठंडी साँस लेकर शान्त भाव से कहा, 'छोटे भैया, जिस बात था मुझे डर था, वह हो गई। लेकिन इस बेचारी को तुमने बेकार मारा; सारा कसूर उस हरामज़ादे शिवप्रताप का था।' फिर एकाएक जैसे रानी साहिबा को कोई बात याद आ गई, 'यह शिवप्रताप तो कल भूपाल के लिए कहकर गया था—वहाँ से उज्जैन होते हुए अपने घर जाने के लिए। यह झाँसी कैसे पहुँच गया ?'

"'मेरी हत्या करने के लिए !' मैंने कहा, 'ज़हर ले गया था जो शराब में डालकर तुम्हारी देवरानी ने मुझे दिया था। और यह शिवप्रताप मेरे बँगले के फाटक पर छिपा खड़ा था मेरी लाश ठिकाने लगाने के लिए।'

"रानी साहिबा थोड़ी देर सोचकर बोलीं, 'छोटे भैया, तुम झाँसी लौट जाओ। वहाँ कह देना, तुम छोटी रानी को विजयपुर भेज आए हो। पाँच दिन बाद इसके मरने का समाचार तुम्हें भिजवा दिया जाएगा। और यह शिवप्रताप,' एक ठंडी साँस लेकर उन्होंने कहा, 'मेरी चचेरी बहिन का लड़का शिवप्रताप ! इसकी बाबत हम लोग कुछ नहीं जानते; यह तो यहाँ से भूपाल के लिए रवाना हो चुका है। इसकी लाश अभी जंगल में गड़वाए देती हूँ। लेकिन तुम इसी समय यहाँ से चले जाओ, घोड़े पर। बग्घी यहीं छोड़ दो। राजा साहेब को मैं सब कुछ समझा दूँगी !' और ज़बरदस्ती रानी साहिबा ने मुझे उसी समय विजयपुर से भेज दिया। हाँ, चलने के समय रानी साहिबा ने मुझसे यह कहा था, 'छोटे भैया, तुमने एक नहीं, दो-दो हत्याएँ की हैं। इसका दंड तो तुम्हें भोगना ही पड़ेगा, चाहे यहाँ चाहे भगवान के यहाँ। तो इसका दंड मैं तुम्हें दे रही हूँ, विजयपुर से देश निकाला। आजीवन तुम विजयपुर में पैर न रखोगे।' अब आप समझे गंगाबाबू, मैं सात साल से विजयपुर क्यों नहीं गया।"

गंगाप्रसाद ने एक ठंडी साँस ली, "समझा। बड़ी भयानक कहानी सुनाई आपने। लेकिन मेरी समझ में यह नहीं आया कि आपने इस समय ज़बरदस्ती मुझे यह कहानी क्यों सुनाई !"

"बतलाता हूँ गंगाप्रसाद। आज मैंने अपनी आँखों से देखा कि वह स्त्री सतवन्ती... तुमने उसे भयानक रूप से नीचे गिरा दिया है। तुम्हारे गिलास की जूठी व्हिस्की अपने पति के सामने ही पीते मैंने देखा है उसे। और मुझे उस समय ऐसा लगा कि तुम्हारे कहने से वह अपने पति की हत्या कर सकती है। तो एकाएक मेरे सामने तुम्हारी जगह शिवप्रताप की शक्ल आ गई। यह दुनिया शिवप्रतापों से भरी है, जिनके इशारों पर स्त्रियाँ गिरती हैं, जिनके प्रभाव से परिवार टूटते हैं, जिनके कहने से हत्याएँ होती हैं। मैं चाहता हूँ इन शिवप्रतापों को चुन-चुनकर दुनिया से हटा दिया जाए। सुना गंगाप्रसाद, ये शिवप्रताप मानवता के अभिशाप हैं, ये मनुष्य की योनि में साक्षात् पिशाच हैं।"

गंगाप्रसाद सहमकर उठ खड़ा हुआ, पर रिपुदमनसिंह ने पिस्तौल अपनी जेब में रख ली और ज़ोर से हँस पड़े, "डर गए बाबू गंगाप्रसाद ? मैं तुम्हें मारूँगा नहीं, क्योंकि आज की परिस्थितियाँ दूसरी हैं, आज की मान्यताएँ बदल गई हैं। जिस जगह तुम हो, वहाँ

हर चीज़ बिकती है—दीन, ईमान, सत्य, चरित्र। यह पूँजीवाद का युग है, यह बनियों की दुनिया है, सब कुछ बिकता है। यहाँ न हत्या होती है, न बदला लिया जाता है। तुम और सतवन्ती ऐसा करोगे, और यह राधाकिशन, सब कुछ देखकर आँखें बन्द कर लेगा। यही नहीं, बहुत सम्भव है यह राधाकिशन तुम्हारे जरिए कुछ फ़ायदा उठाने की भी कोशिश करे।" और लाल रिपुदमनसिंह यह कहते-कहते एकाएक उत्तेजित हो उठे, "लेकिन गंगाप्रसाद, तुम इस राधाकिशन के शिवप्रताप भले ही न हो, तुम समाज के शिवप्रताप अवश्य हो। निकलो यहाँ से—निकलो !"

और गंगाप्रसाद डरा-सा, सहमा-सा तेज़ी के साथ रिपुमदनसिंह के खेमे से निकल आया।

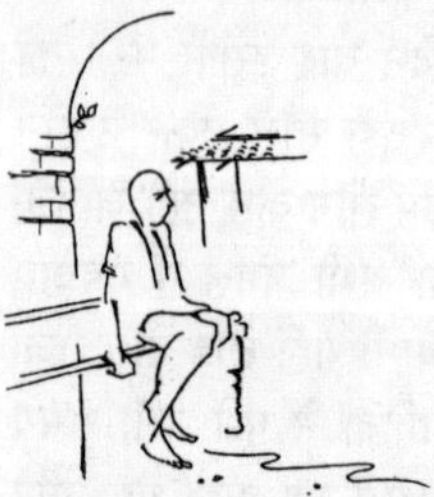

5

लक्ष्मीचन्द को 'सर' की उपाधि मिलेगी, इसकी किसी ने कल्पना ही नहीं की थी। दिल्ली के दरबार के लिए लक्ष्मीचन्द ने पचास हज़ार रुपए का चन्दा दिया था। इसका कारण था, अधिकारियों का लक्ष्मीचन्द के ऊपर दबाव। लक्ष्मीचन्द उत्तर भारत में विदेशी वस्त्रों का सबसे बड़ा व्यापारी हो गया था, लेकिन वह केवल इतने से सन्तुष्ट न था। बी.ए. तक अंग्रेज़ी शिक्षा प्राप्त करने के कारण उसकी सरकार में अच्छी पहुँच थी और उसने एक कपड़े की मिल, एक चीनी की मिल, और दो तेल की मिलें कानपुर में खोली थीं तथा इलाहाबाद में एक लकड़ी का बहुत बड़ा कारखाना खोल दिया था। इस सबमें, जैसे स्वाभाविक था, उसे मुक़दमेंबाज़ी भी करनी पड़ती थी। पैसे का खेल खेल रहा था वह; और जहाँ करोड़ों का प्रश्न सामने हो वहाँ पचास हज़ार रुपए देकर अधिकारियों की नज़र में अपनी स्थिति ऊँची रखना लक्ष्मीचन्द के वास्ते श्रेयस्कर था। जनवरी के प्रथम सप्ताह में हाईकोर्ट में उसके दो लम्बे मुक़दमों की अपीलें थीं और उनके सिलसिले में वह दिसम्बर के अन्तिम सप्ताह में ही इलाहाबाद पहुँच गया था। पहली जनवरी, 1912 के 'पायोनियर' में नव-वर्ष की उपाधियाँ पानेवालों की सूची में अपना नाम देखकर लक्ष्मीचन्द उछल पड़ा।

सुबह से लक्ष्मीचन्द को बधाई देनेवालों का ताँता बँधा रहा। हर जगह से बधाइयों के तार आने लगे। जैदेई ने लक्ष्मीचन्द की आरती उतारी और उसे गंगास्नान करा आई। गंगा-स्नान के बाद देवी-देवताओं को प्रसाद चढ़ाए गए। इस सब में दोपहर बीत गया। घर लौटकर लक्ष्मीचन्द ने कहा, "अम्मा, मुझे पहली ही गाड़ी से कानपुर पहुँचना होगा,

वहाँ सब लोग मेरा इन्तज़ार कर रहे होंगे। अभी-अभी मैंने कानपुर को तार भिजवा दिया है।" फिर रुककर उसने कहा, "इतना बड़ा खिताब मिला है तो कानपुर में मिल में काम करनेवाले हज़ारों नौकर-चाकर और कानपुर के बाज़ार के सब लोग मेरे यहाँ आएँगे। एक हफ़्ते के लिए तुम भी मेरे साथ कानपुर चली चलो; उसके बाद चली आना।"

और शाम की गाड़ी से लक्ष्मीचन्द जैदेई के साथ कानपुर के लिए रवाना हो गया।

नौ बजे रात को गाड़ी कानपुर पहुँची। स्टेशन पर एक भीड़ थी लक्ष्मीचन्द का स्वागत करनेवालों की। नगर के प्रमुख व्यापारी, लक्ष्मीचन्द के प्रमुख कार्यकर्ता, सभी वहाँ मौजूद थे। गाड़ी के रुकते ही लक्ष्मीचन्द के जय-जयकार के साथ उसका स्वागत हुआ और फूलमालाएँ पहनाई गईं। स्टेशन के बाहर लोगों ने जुलूस का प्रबन्ध कर रखा था—अंग्रेज़ी बैंड था, गैस के हंडे थे, पचासों फ़िटनें थीं। जैदेई एक बन्द बग्घी में बैठकर अलग से घर के लिए रवाना हो गई। फूलों से सजी एक फ़िटन पर लक्ष्मीचन्द को बिठाकर स्टेशन से उसका जुलूस चला।

राधा ने जैदेई के चरण छूकर उसका स्वागत किया। उसकी कोठी पर भी उस समय काफ़ी भीड़ थी। लक्ष्मीचन्द के नाते-रिश्तेदारों के घरों की औरतें वहीं मौजूद थीं। नौकर-चाकर व्यस्त-से इधर-उधर दौड़ रहे थे। राधा ने बदलू कहार से कहा, "देखो बदलू, अम्माजी को उनके कमरे में पहुँचा दो और भरोसी को सेवा-टहल के लिए वहाँ रहने दो !" फिर वह अपनी सास की ओर घूमी, "क्या बतलाऊँ अम्माजी, इनके मिलों के और दुकान के काम करनेवालों ने जान आफ़त में कर दी; कहने लगे इनका जुलूस निकालना चाहिए। तो फिर क्या करती—यह सब करना पड़ा। उन सबका खाना भी यहीं है, इसी वक्त। समझ लो, तीन-चार सौ आदमियों का खाना है। अब मुझे तो इस सबका इन्तज़ार करना है; जुलूस कौन जाने कितने बजे वापस लौटे; आधी रात हो जाए तो कोई अचरज की बात न होगी। तो तुम थोड़ा-सा खा लो, फिर आराम करो जाकर, कहाँ तक जागती रहोगी !"

जैदेई ने उदास आँखों से राधा की ओर देखा—उस राधा को जिसने उसके लड़के को उससे छीन लिया था, जो अब उस घर की स्वामिनी थी। फिर एक ठंडी साँस लेकर वह उठ खड़ी हुई, "ठीक कह रही हो बहुरिया, अच्छी तरह सब लोगों को खिला-पिला देना। मेरे लाल को आशीर्वाद देते जाएँ सब लोग। मुझे तो इस समय भूख नहीं है, बहुत थकी हुई हूँ, तो दूध पीकर सो जाऊँगी।"

राधा ने मुस्कराते हुए उत्तर दिया, "नहीं अम्माजी, थोड़ी-सी मिठाई तो खानी ही पड़ेगी और दावत के सम्बन्ध में निश्चिन्त रहो; यहाँ तो यह दावत-तवाज़ा, यह जुलूस—यह सब रोज़ का काम हो गया है। इतना बड़ा राज-पाट बिना किसी हौसले के और बिना बुद्धि के थोड़े ही सँभाल रही हूँ !" और उसने नौकर से कहा, "जा, थोड़ी-सी मिठाई ले आ और एक गिलास गंगाजल। और देखो, ताँबे की गगरी में गंगाजल अम्माजी के कमरे में रख देना।"

थोड़ा-सा जलपान करके जैदेई चुपचाप अपने कमरे में चली गई। तिमंज़िले पर

बिलकुल एकान्त में उसको कमरा दिया गया था। कमरा काफ़ी बड़ा था और अच्छी तरह सजा हुआ था। जैदेई बिछौने पर लेट गई और भरोसी उसके पैर दबाने लगी। जैदेई ने भरोसी से कहा, "रहने दे री, इतनी ज़्यादा नहीं थकी हूँ। तू जा, बहुरिया को काम-काज में मदद कर जाकर !"

भरोसी चली गई, लेकिन जैदेई को नींद नहीं आई। एक गहरा सन्नाटा वह उस कमरे में अनुभव कर रही थी—जीवन और जीवन की चहल-पहल से बिलकुल अलग ! बड़ी रात तक लोग आते-जाते रहे, हँसते-बोलते रहे, खाते-पीते रहे, पर जैदेई चुपचाप उस अपने एकान्त कमरे में पड़ी-पड़ी आवाज़ें सुन रही थी और सोच रही थी। राधा की आवाज़ें, राधा के बच्चों की आवाज़ें, शहर की स्त्रियों की आवाज़ें, नौकर-चाकरों की आवाज़ें, और बीच-बीच में गाना-बजाना भी हो रहा था। उसकी तबीयत हो रही थी कि वह भी नीचे जाकर इस आनन्द और उत्सव में योग दे, वह भी हँसे-बोले, लेकिन उससे उठा नहीं गया। उसके मन में एक भयानक थकावट भरी थी, उसके शरीर में थकावट भरी थी, उसके प्राणों में थकावट भरी थी। धीरे-धीरे नीचे उठनेवाली आवाज़ें उसके कानों में कोलाहल के रूप में बदल गईं। उसे ऐसा लगने लगा कि वह किसी की आवाज़ को नहीं पहचान रही है। उसे ऐसा अनुभव होने लगा कि वह अपरिचितों की दुनिया में आ पड़ी है, जहाँ उसका कोई नहीं है, जिनके लिए उसका कोई अस्तित्व नहीं है और जिनमें उसे भी कोई दिलचस्पी नहीं है। वह उठी, एक गिलास गंगाजल उसने पिया और फिर वह अपनी चारपाई पर सिर से पैर तक ओढ़कर लेट गई।

अब उसका मन शान्त हो गया था। धीरे-धीरे वर्तमान उसकी चेतना से निकलकर ओझल हो गया और उसके स्थान पर अतीत उसकी आँखों के आगे आ गया। उस अतीत के चित्र एक के बाद एक उसकी आँखों के आगे आने लगे। और धीरे-धीरे वह अतीत वर्तमान में घुल-मिल गया। उस अतीत में प्रभुदयाल, लक्ष्मीचन्द, राधा, गंगाप्रसाद, रुक्मिणी तथा राधा और रुक्मिणी के बच्चे, सब-के-सब थे। और जैदेई के मन की कड़वाहट धीरे-धीरे लुप्त होने लगी; आँखों की जलन दूर हो गई, और उसको नींद आ गई।

दूसरे दिन जैदेई स्नान-पूजा करके तिमंज़िले से नीचे उतरी। घर की चहल-पहल शुरू हो गई थी। लक्ष्मीचन्द के लड़कों ने जैदेई को घेर लिया; जैदेई उन बच्चों के साथ मन बहलाने लगी।

राधा के मायके की स्त्रियाँ वहाँ थीं, राधा के नाते-रिश्तेदार वहाँ थे, लेकिन जैदेई ने देखा कि उसके भाई के परिवार के लोगों में से वहाँ कोई न था। जैदेई ने मौका निकालकर राधा से पूछा, "बहुरिया, बुद्धू और मन्नू को बुलाया था या नहीं ? उन लोगों में कोई नहीं दिखाई पड़ रहा है ?"

राधा ने इस प्रश्न का उत्तर स्पष्ट नहीं दिया, "अम्माजी, कौन-सा मुँह लेकर बुलाएँ उन लोगों को ! फिर हम लोगों ने किसी को बुलाया कहाँ है ! सब लोग अपने मन से बधाई देने आए हैं। अब अगर वे लोग वैर मानकर बधाई न देने आएँ तो इसमें हम

लोगों का क्या कसूर ?" और राधा यह कहकर दूसरे कामों में व्यस्त हो गई।

बुद्धूलाल और मन्नूलाल जैदेई के भतीजे थे और उनकी कपड़े की आढ़त थी। ये लोग किसी समय कानपुर के अच्छे व्यापारी थे, लेकिन इधर कई वर्षों से उनकी हालत ख़राब हो गई है। लक्ष्मीचन्द जैदेई के भाई सुक्खूलाल के यहाँ रहकर पढ़ा था और लक्ष्मीचन्द के मामा सुक्खूलाल ने लक्ष्मीचन्द को अपने पुत्रों से अधिक माना था। सुक्खूलाल के मरने के समय बुद्धूलाल की अवस्था अठारह वर्ष की थी और मन्नूलाल की अवस्था पन्द्रह वर्ष की थी। सुक्खूलाल ने अपने दोनों लड़कों को लक्ष्मीचन्द के हाथ में सौंपकर अन्तिम साँस ली थी।

लोगों का ऐसा ख़याल था कि लाला सुक्खूलाल के पास नक़द पन्द्रह-बीस लाख की रक़म होगी। लेकिन जब लक्ष्मीचन्द ने हिसाब-किताब मिलाया तब पता चला कि लाला सुक्खूलाल का लेन-देन का भुगतान करके कुल सत्तर हजार की नक़द रक़म उसके लड़कों के लिए बचती है। और सुक्खूलाल के मरने के एक साल के अन्दर ही लक्ष्मीचन्द ने एक चीनी की मिल और एक तेल की मिल कानपुर में लगवा ली थी। नाते-रिश्तेदारों में काफ़ी कानाफ़ूसी हुई और सुक्खूलाल के साले गिरधारीलाल ने लड़कों की ओर से लक्ष्मीचन्द पर मुक़दमा भी दायर कर दिया। दो साल तक मुक़दमा चला; इन दो वर्षों में बुद्धूलाल और मन्नूलाल की हालत और बिगड़ी। गिरधारीलाल ने यह देखकर कि मुक़दमा हारा हुआ है, अन्त में सुलह करवा दी। इस मुक़दमेबाज़ी में लाला गिरधारीलाल के पास भी क़रीब एक लाख की रक़म हो गई और सुक्खू-बुद्धू की फ़र्म पर एक लाख का कर्ज़ा हो गया।

जैदेई जानती थी कि लक्ष्मीचन्द ने बेईमानी की है। वह यह भी जानती थी कि गिरधारी को नक़द पचास हज़ार देकर समझौता कर लिया गया है। उसने एकाध बार अपने भतीजों का पक्ष लेकर लक्ष्मीचन्द से बात करने का भी प्रयत्न किया, लेकिन लक्ष्मीचन्द और राधा ने उस बातचीत को आगे बढ़ने का मौक़ा ही नहीं दिया। जैदेई, जो कानपुर में नहीं रहना चाहती थी, उसका यह भी एक बहुत बड़ा कारण था।

सन्ध्या के समय जैदेई अपने मायके गई। अपने पैतृक घर की हालत देखकर वह स्तब्ध-सी रह गई। उसके पिता की वह बड़ी-सी हवेली अब दो भागों में विभक्त हो गई थी और इन दोनों के बीच में एक दीवार खड़ी हो गई थी। जैदेई की भावज ने जैदेई का स्वागत अवश्य किया, लेकिन उसके व्यवहार में सौहार्द नहीं था; ममता नहीं थी।

घर में एक भयानक कलह का वातावरण उसने देखा। बुद्धू लाल और मन्नूलाल में बँटवारा हो गया। था। वहाँ पर उसे पता चला कि मन्नूलाल को लक्ष्मीचन्द की कपड़े की मिल की दलाली का काम मिल गया था और इस पर बुद्धूलाल और उसकी माता ने आपत्ति की थी। मुक़दमेबाज़ी के कारण 'सुक्खूलाल-बुद्धूलाल' फ़र्म की हालत बहुत ख़राब हो गई थी और मन्नूलाल इस संघर्ष से ऊब गया था। इस दलाली के काम से मन्नूलाल को प्रायः एक हज़ार रुपए महीने की आमदनी हो जाती थी और इसलिए वह अपने भाई से बँटवारा करके 'सुक्खूलाल-बुद्धूलाल' फ़र्म से अलग हो गया था।

जैदेई अपने मायके में प्रायः दो घंटे रही और वहाँ उसने एक भयानक कटुता देखी। उस वातावरण में जैसे उसका दम घुटने लगा, और वह जल्दी-से-जल्दी अपने लड़के के यहाँ लौट आई। जिस समय वह वापस लौटी, लक्ष्मीचन्द खाना खा रहा था। अपनी माता को देखते ही वह मुस्कराया, "देख आईं अपने भतीजों को ! अब आपस में मुक़दमेबाज़ी कर रहे हैं। मैंने जो उन्हें कुछ सहारा देना चाहा तो बुद्धू बिगड़ गया और माईं तो जैसे दुश्मनी बाँध बैठी हैं। हाँ, मन्नूलाल ने वह सहारा लिया, इस पर वे लोग मन्नू के भी दुश्मन बन बैठे।"

जैदेई इसका अत्यन्त कठोर उत्तर दे सकती थी, लेकिन एक ठंडी साँस लेकर उसने कहा, "यह सब भगवान की लीला है; इस पर भला किसी का क्या वश ?"

लक्ष्मीचन्द का ऐसा ख़याल था कि सदा की भाँति जैदेई अपने भतीजों का पक्ष लेकर कुछ सख़्त-सुस्त कहेगी, लेकिन इसमें उसे निराशा हुई। उसने फिर कहा, "अम्मा, मैं इलाहाबादवाला अपना लकड़ी का कारखाना बेच रहा हूँ। उस पर मुझे एक लाख रुपए का मुनाफ़ा नक़द मिल रहा है।"

जैदेई चौंक पड़ी, "क्यों, लकड़ी का कारखाना तो ठीक तरह से चल रहा है वहाँ !"

"हाँ, चल तो रहा है, नहीं तो भला कोई मुझे एक लाख रुपया अधिक देकर वह ख़रीदने को तैयार ही क्यों होता ? लेकिन यहाँ कानपुर में रहकर मैं उसकी अच्छी तरह देखभाल नहीं कर सकता। बेकार रुपया उसमें फँसा हुआ है। मैं यहाँ एक और कपड़े की मिल लगा रहा हूँ। उस लकड़ी के कारखाने के दाम में कुछ और मिलाकर यह कपड़े की मिल लग जाएगी। कानपुर में होने के कारण मैं उसकी देखभाल भी अच्छी तरह से कर सकूँगा।"

जैदेई ने डरते-डरते पूछा, "और वह इलाहाबादवाला मकान ? क्या उसे भी बेचेगा ?"

लक्ष्मीचन्द हँस पड़ा, "नहीं अम्मा, वह इलाहाबादवाला मकान तो तुम्हारा है। फिर इलाहाबाद तो हमारे सूबे की राजधानी है; वहाँ हाईकोर्ट है। रोज़ ही तो मुक़दमेबाज़ी लगी रहती है और उन मुक़दमों में आना-जाना भी लगा रहता है।"

जैदेई की जान-में-जान आई। उसने कुछ चुप रहकर कहा, "सो तो ठीक है लछमी, लेकिन अब तेरा आना-जाना तो कम हो जाएगा। बिलकुल अकेली हूँ वहाँ, कुछ समझ में नहीं आता।"

लक्ष्मीचन्द्र बोला, "मैंने तो तुमसे इतना कहा कि यहाँ कानपुर में रहो आकर, लेकिन तुम्हारी समझ में ही नहीं आती यह बात ! गंगाजी कानपुर में भी हैं, तो वहाँ रहने की ऐसी क्या ज़रूरत है ? माना कि प्रयागराज बहुत बड़ा तीरथ है, तो तुम्हारे नाम से वहाँ एक धर्मशाला बनवा दूँगा।"

जैदेई हँस पड़ी, "धर्मशाला मेरे मरने के बाद बनवाना..."

और राधा बोल उठी, "वहाँ अकेली कैसे हैं अम्माजी ! नौकर-चाकर तो सब हैं वहाँ; इतना बड़ा बँगला, सवारी, क्या नहीं है ? फिर तीरथ है, त्रिवेणी है, हम लोगों के

जाने और ठहरने की जगह है। अम्माजी अगर कानपुर में आकर नहीं रहना चाहती हैं तो इसमें हरज ही क्या है ?"

जैदेई ने अब राधा की ओर देखा। उसकी उस दृष्टि में उदासी से भरी कृतज्ञता का भाव था। कानपुर के गृह की स्वामिनी राधा थी, जैदेई नहीं थी, यह स्पष्ट था। और कानपुर में आकर जैदेई के रहने के अर्थ होते राधा की अधीनता में रहना, या फिर घर में निरन्तर कलह। उसने लक्ष्मीचन्द से कहा, "ठीक तो कह रही है बहुरिया ! वहीं अच्छी हूँ। नौकर-चाकर तो सब हैं वहाँ। फिर अब मायामोह तोड़कर भगवान में ध्यान लगाना है, जाने कब बुला लें ! तो वहीं इलाहाबाद में रहकर पूजा-पाठ करूँगी, तेरी बढ़ती हो और तू फले-फूले, इसकी प्रार्थना करूँगी।"

एक सप्ताह कानपुर में रहकर जैदेई इलाहाबाद लौट गई। माघ मेला सिर पर आ पहुँचा था।

जिस समय जैदेई अपने बँगले में पहुँची, उसने देखा कि उसके बँगले में कुछ अजाने मेहमान ठहरे हुए हैं। बरामदे की धूप में बैठे राधाकिशन, गंगाप्रसाद और सन्तो नाश्ता कर रहे थे। गंगाप्रसाद ने बढ़कर जैदेई के पैर छुए, "अरे चाचीजी, आपने तार क्यों नहीं करवा दिया, मैं घर का ताँगा लेकर स्टेशन पहुँच जाता।"

"मुनीमजी तो साथ में थे। फिर मुझे क्या पता था कि तू आ गया है !" यह कहकर जैदेई पीछे की तरफ़ से घर के अन्दर चली गई। मुनीमजी शहर में अपने एक रिश्तेदार के यहाँ चले गए। अन्दर जाकर जैदेई ने गंगाप्रसाद को बुलवाया। "यह कौन राँड़ है तेरे साथ ?" जैदेई ने कड़े स्वर में पूछा।

"इतनी ज़ोर से न बोलो चाची ! मेरे एक मित्र हैं दिल्ली के, और वह उनकी पत्नी है। दिल्ली से कलकत्ता के लिए मेरे साथ रवाना हुए थे, पर दो दिन के लिए इलाहाबाद में गंगा-स्नान के लिए उतर पड़े। कल शाम को डाक-गाड़ी से कलकत्ता चले जाएँगे।"

"लेकिन तेरा यह दोस्त कौन है जो अपनी बीवी को परदे के बाहर निकालकर रंडी की तरह घुमाता फिरता है ?" जैदेई को जैसे गंगाप्रसाद की बात से सन्तोष नहीं हुआ था।

"इनका नाम है राधाकिशन और दिल्ली के रहनेवाले हैं। बहुत बड़े जौहरी हैं, दिल्ली और कलकत्ता में इनकी दुकानें हैं। बड़े इज़्ज़तवाले और ख़ानदानवाले हैं। मैं कुछ दिन दिल्ली में इन लोगों के यहाँ ठहर चुका हूँ, पुराने रईस हैं।"

"मुझे इतनी बेशरमी अच्छी नहीं लगती।" जैदेई बोली, लेकिन स्पष्ट रूप से वह सन्तुष्ट हो गई थी, क्योंकि उसके स्वर में कठोरता नहीं थी। गंगाप्रसाद से बोली, "चल, देखूँ तेरे इन मेहमानों को। उन लोगों को गोल कमरे में बुला ले !" और जैदेई गंगाप्रसाद के साथ ड्राइंग-रूम में आ गई। राधाकिशन और सतवन्ती बरामदे से उठकर पहले ही ड्राइंग-रूम में आ गए थे।

सन्तो ने उठकर जैदेई के पैर छुए और राधाकिशन ने झुककर जैदेई को प्रणाम किया। इस व्यवहार से जैदेई के अन्तरवाली कुंठा मानो एकदम दूर हो गई। लेकिन उसने

सन्तो को ग़ौर से देखा। कितनी सुन्दर थी, कितनी मुक्त थी वह। गंगाप्रसाद के प्रति उसका व्यवहार देखकर उसके मन में गंगाप्रसाद के प्रति एक खटका पैदा हो गया। लेकिन जैदेई ने मानो सब कुछ देखकर भी कुछ नहीं देखा, सब कुछ समझकर भी कुछ नहीं समझा, और सहज भाव से अपने मेहमानों से बातें करती रही। राधाकिशन के बड़े भाई श्रीकिशन को रायबहादुरी का खिताब मिला था। राजधानी कलकत्ता से दिल्ली क्यों आ गई, दिल्ली-दरबार में क्या-क्या हुआ, और देश पर इस दरबार का तथा राजधानी हटने का क्या प्रभाव पड़ेगा, आदि-आदि न जाने कितने प्रश्नों पर और कितने विषयों पर बातचीत हुई।

दोपहर को खाना खाने के बाद गंगाप्रसाद राधाकिशन और सन्तो को लेकर इलाहाबाद घुमाने के लिए चला गया। जैदेई को यह सब अच्छा नहीं लग रहा था; एक तरह की दुश्चिन्ता जाग उठी थी उसके अन्दर। बड़ी देर तक वह इस पर सोचती रही। अन्त में उसने ज्वालाप्रसाद को एक तार दिलवा दिया, जिसमें लिखा था कि रुक्मिणी को लेकर जल्दी-से-जल्दी आ जाएँ, क्योंकि गंगाप्रसाद को बरेली जाना था और वह इलाहाबाद तीन-चार दिन के लिए आया है।

दूसरे दिन जब राधाकिशन और सन्तो के साथ गंगाप्रसाद की भी कलकत्ता जाने की तैयारी होने लगी तो जैदेई ने गंगाप्रसाद से पूछा, "क्यों रे, तुझे तो बरेली जाना है; यह कलकत्ता जाने की तैयारी क्यों हो रही है ?"

"बात यह है चाची, तुम समझोगी नहीं...तो बात यह है कि मुझे अभी एक हफ़्ते की छुट्टी और मिल सकती है। सोच रहा हूँ चार-छह दिन के लिए कलकत्ता ही घूम आऊँ। इन लोगों के साथ वहाँ ठहरने का अच्छा इन्तज़ाम है और आजकल वहाँ काफ़ी चहल-पहल भी है।" गंगाप्रसाद ने लड़खड़ाते स्वर में कहा।

"अभी चहल-पहल से तेरा मन नहीं भरा ? देख रे गंगा, यह बाहरी चहल-पहल मृगतृष्णा है। अब बहुत हो चुका, मैं तुझसे कहती हूँ, तुझे कलकत्ता नहीं जाना है, समझा !"

भीखू वहीं पास खड़ा था। उससे न रहा गया, "अरे लम्बरदारिन, कहाँ-कहाँ रुकती घुमिहो इन्हें। निकास लेन देव इन्हें आपन भड़ास ! लेकिन बचवा, भइया बहुरिया का लैके कलै-परसों आइ जइहैं, तौन समझ राखौ। जल्दी ही लौटि आएव; उइ जादू के देस पुरुब आय न, मनई भेड़ा-बकरी बनि जात आय !"

"नहीं भीखू काका, मेरा असबाब खोल दो, मैं कलकत्ता नहीं जाऊँगा। चाचीजी का मेरे ऊपर से विश्वास जाता रहा; कितने दुर्भाग्य की बात है ! मैं तो यों ही जा रहा था।" गंगाप्रसाद ने नाटकीय भाव से कहा।

"अरे, मैं कोई ज़ोर थोड़े ही दे रही हूँ तुझ पर कि तू कलकत्ता न जा। भीखू ठीक ही कहता है कि तुझे कहाँ-कहाँ देखती घूमूँगी। लेकिन गंगा, मैं तुझे चेताये देती हूँ कि यह औरत ख़तरनाक है, इसके पंजे में न फँस जाना ! ज़हर से भरा सोने का घड़ा समझ इसको। तेरी घरवाली है। कैसा चाँद का-सा मुखड़ा है उसका ! तेरे बाल-बच्चे हैं, इज़्ज़त

आबरू है, हैसियत है और रुतबा है। इसलिए मैंने देवरजी को और बहुरिया को बुलाया है। लेकिन अगर तू तय कर लिया है जाना, तो दो-तीन दिन के लिए चला जा, और फिर सीधा यहाँ चला आ।"

गंगाप्रसाद ने कुछ सोचकर कहा, "नहीं चाची, मैं यहाँ से सीधा बरेली जाऊँगा। काफ़ी दिन हो गए वहाँ से आए हुए। फिर बहुत दिन से मैं अम्मा से भी नहीं मिला। मैं आज शाम को बाँदा के लिए रवाना हो जाऊँगा; परसों-तरसों तक आ जाऊँगा।"

जैदेई को गंगाप्रसाद की बात से बड़ा सन्तोष हुआ। उसने गंगाप्रसाद के सिर पर हाथ फेरते हुए कहा, "ऐसा ही चाहिए बेटा, तेरी ज़िन्दगी में तेरे बीवी-बच्चे ही काम आएँगे। बाकी सब कुछ तो मृगतृष्णा है।"

गंगाप्रसाद एक सप्ताह बाद अपने परिवार को लेकर बरेली पहुँचा। उन दिनों वहाँ काफ़ी अधिक सनसनी फैली थी। बरेली में आर्यसमाज का प्रथम अधिवेशन बड़ी धूमधाम के साथ हो रहा था। परेड के मैदान में बड़ा-सा शामियाना लगा था और रोज़ ज़ोरदार व्याख्यान होते थे। देश-भर की अच्छी-से-अच्छी भजन-मंडलियाँ आई थीं वहाँ। इस अधिवेशन में जान डाल ही दी आर्यसमाज के एक महान उपदेशक स्वामी जटिलानन्द ने, जिसके व्याख्यानों में आग भरी रहती थी। स्वामी जटिलानन्द ने विभिन्न धर्मवालों को शास्त्रार्थ की चुनौती दी थी, और उस चुनौती को स्वीकार कर लिया अल्लामा वहशी ने।

स्वामी जटिलानन्द कहने को तो बरेली के आर्यसमाज मन्दिर में ठहरे थे लेकिन वस्तुतः वह ठहरे थे पंडित सोमेश्वरदत्त के साथ। स्वामीजी की अवस्था लगभग चालीस वर्ष की थी। छह फुट से ऊपर निकलती हुई ऊँचाई, सिर घुटा हुआ और दाढ़ी-मूँछ साफ़ ! रंग गेहुआँ और शरीर कसरती ! अगर स्वामीजी गेरुआ वस्त्र न पहने होते तो लोग निश्चय ही उन्हें कोई प्रसिद्ध पहलवान समझते। स्वामीजी के हाथ में एक मोटा डंडा हमेशा रहता था। उनकी आवाज़ ऊँची और गम्भीर थी, जाति के जाट होने के कारण स्वामीजी की भाषा भी कुछ अजीब तरह से खड़ी और रूखी थी। बचपन से ही स्वामीजी को विद्या से शौक था, और इसलिए उनके पिताजी ने उन्हें खेती-किसानी में लगाने के स्थान पर पाठशाला में भरती करा दिया था। स्वामी जटिलानन्द ने काशी जाकर तीन साल संस्कृत का भी अध्ययन किया था, लेकिन उनकी धारणाएँ काफ़ी मौलिक थीं और इसलिए एक दिन साधारण-से वाद-विवाद में ही वह काशी के दो स्वनामधन्य पंडितों को ठोक-पीटकर काशी छोड़ आए थे। काशी से लौटने पर उन्होंने कसरत-कुश्ती में ध्यान लगाया, और जब आर्यसमाज की स्थापना हुई, तब स्वामीजी ने गेरुआ पहनकर संन्यास ले लिया और आर्यसमाज में सम्मिलित होकर उपदेशक बन गए।

अल्लामा वहशी बरेली के प्रसिद्ध व्यक्ति थे। मँझोले क़द के दुबले-से आदमी, उम्र कोई पैंतालीस साल की। अल्लामा वहशी पठान कुल के थे और सैयद थे, लेकिन बचपन से ही निहायत ख़ूँख़ार क़िस्म के आदमी थे। उनके उस दुबले-पतले शरीर में बला की

ताक़त थी। चाँदी के रुपए को जिस दिन उन्होंने अपने दोनों अँगूठों में दबाकर मोड़ दिया था, उस दिन उनके पिता को चिन्ता हो गई और उन्होंने अपने पुत्र को शिक्षा पाने के लिद देवबन्द भेज दिया, जिससे पुत्र की प्रवृत्तियाँ रचनात्मक कामों में बदल जाएँ। अल्लामा की आवाज़ बुलन्द थी और उनकी आँखों में अजीब चमक थी, जिसमें भयानक हिंसा थी। बचपन से ही उन्हें लाठी चलाने, तलवार चलाने और पटेबाज़ी का शौक़ था। देवबन्द के अल्लामा वहशी की वहाँ के शिक्षकों से नहीं पटी, यद्यपि पाँच वर्ष तक उन्होंने वहाँ शिक्षा प्राप्त की। इन पाँच वर्षों में वह स्वयं एक भी परीक्षा पास न कर पाए, फिर भी उनके भय से उनके परीक्षक बराबर उन्हें पास कर दिया करते थे। बरेली वापस आकर अल्लामा वहशी ने अपना एक निजी मदरसा खोल दिया। इस मदरसे में एक अखाड़ा भी था, जिसमें लोगों को हथियार चलाने की शिक्षा दी जाती थी।

जिस दिन गंगाप्रसाद बरेली पहुँचे, उसी दिन शाम के समय पंडित सोमेश्वरदत्त उससे मिलने आए। पंडित सोमेश्वरदत्त उस समय काफ़ी चिन्तित थे। उन्होंने सारी स्थिति गंगाप्रसाद को बतलाते हुए कहा, "यह सब मीर जाफ़रअली का पाजीपन है। भला अल्लामा वहशी को अपनी हरामज़दगियों से कहाँ फ़ुरसत, जो वह धर्म पर शास्त्रार्थ करने आए ! लेकिन यह भी मीर उसे ज़बरदस्ती उस सभा में ले आया जहाँ स्वामीजी भाषण दे रहे थे। और तुम तो जानते ही होगे इस अल्लामा वहशी को, छटा हुआ शोहदा और आवारा है। जब अपने भीषण के अन्त में स्वामीजी ने लोगों को शास्त्रार्थ की चुनौती दी तो यह अल्लामा खड़ा होकर बोला कि वह शास्त्रार्थ करेगा।"

गंगाप्रसाद ने स्वामी जटिलानन्द का नाम-भर सुना था और पंडित सोमेश्वरदत्त से एकाध बार उनकी प्रशंसा भी सुनी थी, लेकिन कभी स्वामीजी के दर्शन नहीं किए थे। उन्होंने मुस्कराते हुए कहा, "तो इसमें हर्ज़ क्या है, हो जाने दीजिए यह शास्त्रार्थ; लुत्फ़ ही रहेगा।"

पंडित सोमेश्वरदत्त ने खीझ के साथ कहा, "लुत्फ़ रहेगा ख़ाक ! सिर फूटेंगे वहाँ। अल्लामा अपने शागिर्दों के साथ आ रहा है वहाँ शास्त्रार्थ करने, और स्वामी के भी बीस चेले आज सुबह अम्बाला से आ गए हैं—एक-से-एक मुस्टंडे। मुझे डर है कि कहीं मार-पीट न हो जाए इन लोगों में।"

गंगाप्रसाद कुछ देर तक सोचते रहे, "हाँ पंडितजी, इसकी तो सम्भावना है, और अगर यह मार-पीट बाद में साम्प्रदायिक दंगे के नाम पर लूट-पाट की शक्ल अख्तियार कर ले तो मुझे ताज्जुब न होगा। लेकिन अब यह सवाल है कि इसे रोका कैसे जाए ! कब है यह शास्त्रार्थ ?"

"परसों रात के समय," पंडित सोमेश्वरदत्त ने कहा। फिर कुछ रुककर वह बोले, "क्या बतलाऊँ, मिस्टर क्लीमेंट्स पन्द्रह दिन की छुट्टी पर चले गए हैं वरना उनसे मिलकर मैं सब कुछ ठीक कर लेता। और मिस्टर क्लीमेंट्स चार्ज दे गए हैं इस मीर जाफ़रअली को। पाँच-छह दिन बाद लौटेंगे वह, और शास्त्रार्थ परसों है। तो पुलिस इस

मीर के हाथ में है। मैंने शहर कोतवाल ख़ाकानहुसेन से बात की थी। तुम जानते ही हो कि ख़ाका नहुसेन और इस मीर की चलती है। तो वह भी बेहद परेशान हैं। उनके वश की बात नहीं है।"

गयाप्रसाद ने सिर हिलया, "ख़ाका नहुसेन से आपको मदद नहीं मिल सकती, मैं यह बतला दूँ। मैं समझता हूँ कि हमें कलक्टर साहेब से मिलकर बात कर लेनी चाहिए।"

"उनसे कोई आशा नहीं। मीर जाफ़रअली के कहने में हैं वह सोलह आना। जानते हो, कलक्टर ने मुझे बुलाकर इस शास्त्रार्थ के सम्बन्ध में पूछा भी था, इस मीर की शिकायत पर। पहले से ही बाँधनू बँध रहा है।"

"अच्छा, तो कलक्टर साहेब से आपकी बात हुई ?" गंगाप्रसाद ने आश्चर्य से पूछा।

"गंगाप्रसाद, वह कलक्टर बड़ा बना हुआ है। बड़ी मुलामियत से बात करता रहा, लेकिन हरामज़ादे जाफ़रअली ने जो-जो उसे पढ़ा दिया है, वही पढ़ता रहा। उसने मुझसे पूछा कि 'क्या यह स्वामी तुम्हारे यहाँ ठहरा है ?' तो मैंने कहा कि ठहरा तो नहीं है, लेकिन मेरे यहाँ आता-जाता ज़रूर है। कहने लगा कि मैं स्वामीजी को बाहर भेज दूँ शास्त्रार्थ के दिन, क्योंकि दंगा हो जाने का ख़तरा है ! तो मैंने कहा, आखिर पुलिस किसलिए है। मैंने उससे साफ़-साफ़ कह दिया कि स्वामीजी मैदान छोड़कर किसी हालत में नहीं भागेंगे, चाहे मैं इस्तीफ़ा भले ही दे दूँ। यह तो कहिए कि मेरी धमकी काम कर गई, नहीं तो वह स्वामीजी को एक हफ़्ते के लिए बरेली छोड़ने का हुक्म दे रहा था।"

गंगाप्रसाद ने अनुभव किया कि स्थिति कुछ अजीब तरह से उलझी हुई है। उन्होंने कुछ सोचकर कहा, "अच्छी बात है पंडितजी, अभी तो शास्त्रार्थ में अड़तालीस घंटे हैं; कुछ रास्ता निकालूँगा।"

पंडित सोमेश्वरदत्त चले गए। गंगाप्रसाद ने घड़ी देखी, सात बज चुके थे। उस दिन सरदी कुछ आवश्यकता से अधिक तेज़ थी; दिन-भर कुमायूँ के पहाड़ों में बरफ़ गिरी थी। उठकर उन्होंने कपड़े पहने। पूरी तौर से ऊनी कपड़ों में ढका गंगाप्रसाद कँपकँपी अनुभव कर रहा था। टेनिस तो पंडित सोमेश्वरदत्त की बातचीत खा गई थी, क्लब में ब्रिज के लिए अभी घंटे-दो घंटे का समय था। ताँगा कसवाने में बीस-पच्चीस मिनट लगेंगे, फिर अकड़े हुए हाथ-पैरों को भी ठीक करना था इसलिए गंगाप्रसाद पैदल ही क्लब की ओर चल दिए। क्लब उनके मकान से प्रायः एक मील दूर था और वह तेज़ी के साथ क्लब की ओर बढ़े जा रहे थे। अभी वह आधे रास्ते में भी न पहुँचे थे कि क्लब की ओर से उन्हें एक ताँगा आता दिखलाई दिया और उन्हें कुछ ऐसा लगा कि वह ताँगा मीर जाफ़रअली का है।

गंगाप्रसाद का अनुमान ठीक था। ताँगा जैसे ही गंगाप्रसाद की बगल से निकला, उन्हें मीर जाफ़रअली की आवाज़ सुनाई दी, "कौन ? अरे बाबू गंगाप्रसाद !" और मीर साहेब ने ताँगा रुकवाया, "पैदल ही निकल पड़े ! मैंने आज दोपहर को सुना कि तुम सही-सलामत लौट आए हो। शाम को क्लब में तुम्हारा इन्तज़ार भी किया। बड़ी देर

लगा दी तुमने !"

गंगाप्रसाद ने हँसते हुए कहा, "मीर साहेब, देर मेरे लिए भले ही हो, आपके लिए तो अब आने का वक़्त था ! तो देख रहा हूँ कि आप अब घर लौटे जा रहे हैं। मालूम होता है बेगम साहिबा लगाम कस रही हैं।"

"नहीं बरखुरदार, बेगम तो परसों शाहजहाँपुर चली गईं—अपने मायके; उनकी वालिदा सख़्त बीमार हैं। खुदा जाने कब वापस हों ! बात यह है कि आज क्लब में एकदम सन्नाटा है। देख रहे हो, किस बला की सरदी है ! तो सब लोग सात बजते-बजते घरों को रवाना हो गए। मैं बैठता परेतों के साथ ! लिहाज़ा तुम्हारा भी क्लब में जाना बेकार है, क्योंकि मैं वापस लौटूँगा नहीं। मेरी सलाह मानो तो मेरे यहाँ चलो, अकेले वक़्त भी तो नहीं कटता। फिर इतने दिन बाद मिले हैं, कुछ अपनी कहनी है, कुछ तुम्हारी सुननी है।"

गंगाप्रसाद मीर जाफ़र के ताँगे में बैठ गए और ताँगा मीर साहेब के मकान की ओर चल पड़ा।

"कहिए मीर साहेब, सब कुछ ठीक है न ! मैं तो आज सुबह ही इलाहाबाद से वापस आया हूँ।"

"हाँ बरखुरदार, सब काम मज़े में चल रहा है। वह क्लीमेंट्स छुट्टी पर चला गया है, तराई में शिकार खेलने; विलायत से उसके कुछ मेहमान आ गए थे। तुम्हें पूछ रहा था। तो फ़िलहाल इंजानिब इस वक़्त बरेली के पुलिस-कप्तान हैं। समझे कुछ !" और मीर जाफ़रअली हँस पड़े, "एक शिगूफा उठा पड़ा है, घर चलो तो बतलाता हूँ, मज़ा आ जाएगा !"

मीर जाफ़रअली ने अपने बँगले पर पहुँचते ही आवाज़ दी, "अबे ओ अमदू, देख, गोल कमरा खोल दे ! और देख, वह अंग्रेज़ी शराब की बोतल और सोडे की बोतलें ले आ !"

दोनों ड्राइंग-रूम में बैठ गए। अब मीर साहेब ने बातें आरम्भ कीं, "तो बरखुरदार, तुमने सुना होगा कि यहाँ पर आरियासमाज का एक बहुत बड़ा जलसा हो रहा है। बाहर से काफ़ी लोग आए हुए हैं; अच्छी-ख़ासी चहल-पहल है।"

"अच्छा ! तो यह आर्यसमाज यहाँ बरेली में भी आ पहुँचा ?" गंगाप्रसाद ने आश्चर्य की मुद्रा बनाते हुए कहा, "भई, यह आर्यसमाज भी खूब है ! एक-से-एक जाहिल और गँवार इकट्ठे हुए हैं इसमें ! पंडित सोमेश्वरदत्त ने बुलाया होगा यह जलसा। इन लोगों के मुँह कौन लगे !"

दौर चलने लगे थे और मीर साहेब कुछ मौज में थे, "जी हाँ, बरखुरदार, यह सब उस पंडत सोमेश्वरदत्त की कारिस्तानी है। उन्हीं की वजह से यह जलसा हो रहा है, हज़ारों रुपए चन्दे में मिले हैं। क्या शानदार पंडाल बनाया गया है ! खैर साहेब, यहाँ तक तो सब कुछ ठीक है, लेकिन ये जो पंडत सोमेश्वरदत्त साहेब हैं तो उनके यहाँ एक निहायत बदज़बान, बदतमीज़, बेहूदा, बेऔक़ात स्वामी ठहरा हुआ है। आदमी क्या है

पूरा पहाड़ समझो उसे ! क्या नाम है उसका—जलील...जटील..."

"स्वामी जटिलानन्द से आपका मतलब है ?" गंगाप्रसाद बोले।

"हाँ-हाँ, क्या कहा—जटिलानन्द ? तो मालूम होता है तुमने भी कुछ सुना है उसकी बाबत ! कभी मिले हो ?"

"अजी, इससे मिलूँगा मैं ! लेकिन देखना ज़रूर चाहता हूँ इसे। तीन-चार साल पहले इसके नाम कोई वारंट निकला था। बुलन्दशहर का जाट है। शायद कोई क़त्ल किया था इसने। लेकिन इसके ख़िलाफ़ किसी तरह का कोई सबूत नहीं था, इसलिए छूट गया। लेकिन पुलिस ने इसका नाम एक सौ दस दफ़ा में दर्ज कर दिया था। तो हज़रत स्वामीजी बन गए !"

मीर जाफ़रअली चौंके, "क्या कहा बरखुरदार, क़त्ल भी कर चुका है ? तभी शक्ल पर इसके हैवानियत बरसती है। काफ़ी खूँख़ार आदमी दिखता है।" और मीर साहेब मुस्कराए, "बरखुरदार, यह स्वामी भी क्या सोचेगा, इसे मैंने अल्लामा वहशी से शास्त्रार्थ पर भिड़ा दिया है। जोड़ा अच्छा रहेगा। क्या ख़याल है तुम्हारा ?"

इसी समय बाहर कुछ आवाज़ें सुनाई पड़ीं। मीर साहेब ने आवाज़ दी, "अबे ओ अमदू के बच्चे, कौन है ?"

इधर मीर साहेब ने आवाज़ दी और उधर अल्लामा वहशी ने कमरे में प्रवेश किया। अल्लामा वहशी कश्मीरी पट्टू का चोग़ा पहने थे और उनके सिर पर ऊन की एक ऊँची-सी चौकोर टोपी थी। तेल से तर उनकी काली-काली जुल्फ़ें कन्धे पर लहरा रही थीं। कमरे में घुसते ही उन्होंने कहा, "शुक्र अल्लाह का, मर्ज़ी रसूल की ! पहाड़ पर बरफ़ गिर रही है और दुनिया क़हर की तरफ़ बढ़ती जा रही है। मौज करो, जब तक जिन्दा हो मौज करो; ज़िन्दगी का कोई भरोसा नहीं। आक़बत तक ज़मीन के अन्दर मिट्टी में दफ़न होकर रहना पड़ेगा, ऐ मूरख इन्सान !" और अल्लामा वहशी ने दोनों हाथ उठाकर मीर जाफ़रअली और गंगाप्रसाद को आशीर्वाद दिया। इसके बाद वह एक कुरसी पर बैठ गए।

"हज़रत की खिदमत में भी हाज़िर की जाए ?" मीर साहेब ने अपने शराब के गिलास की ओर इशारा करते हुए पूछा।

"शुक्र अल्लाह का, मर्जी रसूल की।" अल्लामा वहशी ने यह कहते-कहते अपनी आँखें बन्द कर लीं।

अमदू वहीं आकर खड़ा हो गया था। उसने एक गिलास में व्हिस्की का एक बड़ा पेग सोडे के स्थान पर पानी मिलाकर अल्लामा के सामने बढ़ाया और अल्लामा वहशी ने तीन-चार घूँट में गिलास ख़ाली कर दिया। इसके बाद वह मुस्कराए, "खुदा के बन्दे, तेरी मुराद पूरी हो, तुझे कामयाबी हासिल हो !" और यह कहकर अल्लामा वहशी ने एक बड़ा पेग अपने हाथों से गिलास में भरा। इस बार वह ड्राइंग-रूम में पड़े हुए मसनद के सहारे बैठ गए थे। उन्होंने इतमीनान की साँस ली।

मीर जाफ़रअली ने गंगाप्रसाद से कहा, "बाबू गंगाप्रसाद, यह हमारे अल्लामा वहशी

हैं। बरेली के छटे हुए गुंडे ! इन्हें देख रहे हैं आप ! और अल्लामा, यह डिप्टी गंगाप्रसाद साहेब हैं। इन्हें तो जानते ही होंगे !"

"खुदा का प्यारा है, दुनिया का दुलारा है, हरदिलअज़ीज़ है," अल्लामा वहशी ने कहा, "लेकिन गुनाहों में कच्चा है, क्योंकि अभी बच्चा है। गुनाह करो, एक के बाद एक गुनाह करो; लगातार करो, वरना बख्शवाओगे क्या ?"

मीर जाफ़रअली मुस्कराए, "अल्लामा, खुदाबन्द करीम इनके गुनाह बख्शते-बख्शते थक जाएँगे, इन्हें आप जानते नहीं। देखने में ही बच्चे हैं, दिल्ली-दरबार में इनकी धूम थी।"

अल्लामा वहशी भी मुस्कराए, "आदमी फ़नवाले मालूम होते हैं, मियाँ हैं तो तुम्हारे ही दोस्त !"

अल्लामा वहशी-जैसे बदनाम गुंडे द्वारा यह घनिष्ठता का व्यवहार गंगाप्रसाद को अच्छा नहीं लगा, लेकिन उन्होंने अपने भावों को प्रकट नहीं होने दिया। उन्होंने भी मुस्कराने का उपक्रम करते हुए कहा, "हज़रत की बहुत तारीफ़ सुनी है। लोगों का कहना है कि हज़रत के मुक़ाबले का आलिम व दीनदयानतदार आदमी इस रुहेलखंड में दूसरा नहीं है। बड़ी खुशी हुई आपका नियाज़ हासिल करके !"

अल्लामा इस समय तक दूसरा पेग ख़त्म करके तीसरे की तैयारी में थे, "जी हाँ, अल्लामा कोई ऐसे-वैसे तो नहीं बन गया हूँ ! लेकिन जनाब, यह इल्म धोखा है, फ़रेब है, मक्कारी है। और दीन और मज़हब भोले-भाले लोगों के लिए भुलावा है। ज़िन्दगी का मक़सद समझो, दोजख़ और बहिश्त की फ़िक्र छोड़ो ! किसने देखा है इन्हें ! बहुत सुना, बहुत गुना, बहुत तैरा, बहुत मथा, डूबा-उतराया, देखा-समझा और आख़िर इस नतीजे पर पहुँचा कि ऐश करो, मौज करो ! कुछ सूफ़ियाना रंग मुझ पर चढ़ने लगा है इन दिनों। लेकिन मैं वह मंसूर नहीं जो सूली पर चढ़ जाए ! मैं अल्लामा वहशी हूँ। बड़ी ज़बरदस्त पकड़ व गिरफ्त है मेरी ! दूसरों को सूली पर चढ़ा दूँ।"

गंगाप्रसाद ने बात आगे बढ़ाई, "सुना है कि परसों हज़रत एक आर्यसमाजी स्वामी से शास्त्रार्थ कर रहे हैं ?"

अल्लामा वहशी ने उत्तर दिया, "यह सब हमारे मीर साहेब का मखौल है, वरना अल्लामा वहशी को इन ज़ाहिलों से बहस-मुबाहिसे से क्या मतलब ? इन्होंने मुझसे कहा कि उस स्वामी की दलीलों में घूँसेबाज़ी, मुक्केबाज़ी, डंडेबाज़ी भी शामिल है तो मैंने सोचा कि छुरेबाज़ी मैं शामिल कर दूँ; इन हरकतों में मैं ज़बरदस्त ही साबित हूँगा।"

गंगाप्रसाद ने अल्लामा वहशी को ग़ौर से देखा। इस तरह गंगाप्रसाद को अल्लामा की तरफ़ देखते हुए मीर जाफ़रअली को हँसी आ गई, "बरखुरदार, अल्लामा निहायत शानदार पटेबाज़ हैं। देखने ही में दुबले-पतले हैं लेकिन इनका जिस्म फ़ौलाद का बना हुआ समझो ! इसीलिए मैंने इन्हें भिड़ा दिया उस स्वामी से।"

अल्लामा अब तीसरा पेग ख़त्म कर रहे थे। एकाएक वह उठ खड़े हुए, "हुक्म अल्लाह का, मर्ज़ी रसूल की ! मीर, मैं तुम्हें कहने आया था कि वह औरत बला की

जिद्दी है, जान देने पर तुली हुई है। खाना-पीना बन्द कर रखा है उसने; इन दिनों काफ़ी कमज़ोर हो गई है।"

मीर जाफ़रअली गम्भीर हो गए, "हज़रत, मैंने तो आपको पहले आगाह कर दिया था; यह आप मुझसे कोई नई बात नहीं कह रहे। लेकिन भला इस बात को बतलाने का यह कौन-सा मौक़ा था ?"

"मियाँ, मौक़ा देते ही कब हो ? दिन-रात तो काम में मशगूल रहते हो। कप्तान-पुलिस क्या हो गए हो, आसमान सिर पर उठा लिया है ! लेकिन मेरी जान आफ़त में है। तुम्हारा मामला है, वरना उस हरामज़ादी को मैंने कब का ठिकाने लगा दिया होता ! तो यह बतलाने चला आया था कि अभी दो-तीन दिन और लगेंगे।"

अल्लामा अब चौथा पेग ढाल रहे थे कि मीर साहेब ने उन्हें टोका, "हज़रत, पानी नहीं है और वह भी महुए का ठर्रा या ताड़ी नहीं है, असली विलायती व्हिस्की है। ढेर हो जाइएगा ! अब आराम कीजिए जाकर !"

"मियाँ, मैं अल्लामा वहशी हूँ। आराम करते हैं आप लोग ! यहाँ तो खुदा की इबादत और खुदा के बच्चों की ख़िदमत में ज़िन्दगी गुज़र रही है।" और अल्लामा हँस पड़े, "मीर, तुम्हारा काम फ़तह होगा। इतमीनान रखो ! तीन दिन का वक़्त और चाहिए। आज शाम रो पड़ी थी। इसी इन्तज़ार में मैं था। रोयी और टूटी, मेरा तजुर्बा यह कहता है। फ़िक्र मुझे तब तक थी जब तक उसकी आँखों में आँसू नहीं आए।" और अल्लामा उठकर चलते बने।

अल्लामा के जाने के बाद गंगाप्रसाद और मीर साहेब में बातें होती रहीं और शराब के दौर चलते रहे। पुलिस-लाइन ने जब दस का घंटा बजाया, तब गंगाप्रसाद उठ खड़े हुए, "अब मैं चलूँगा मीर साहेब, रात काफ़ी हो गई।"

"मेरा ताँगा है, घर पहुँचा देगा तुम्हें !"

गंगाप्रसाद ताँगे पर बैठकर अपने घर की ओर रवाना हुए। उनका ध्यान उस समय अल्लामा वहशी पर केन्द्रित था। कौन थी वह स्त्री ? मीर जाफ़रअली से उसका क्या सम्बन्ध था ? कहीं कुछ दाल में काला है। ताँगा चला जा रहा था और गंगाप्रसाद सोच रहे थे। एकाएक गंगाप्रसाद ने कोचवान से पूछा, "क्यों म्याँ क़ादिर, अल्लामा वहशी को पहुँचाने तुम नहीं गए ?"

"आप भी किस हरामज़ादे की बात करते हैं," क़ादिर ने कहा, "हुज़ूर, वह आदमी नहीं है, शैतान है ! यहाँ से तीन मील की दूरी पर उसका मकान है, लेकिन मजाल है सवारी ले ! पैदल ही घर जाएगा।"

गंगाप्रसाद ने अनुभव किया कि क़ादिर से कुछ पूछताछ की जा सकती है, "आजकल यह तुम्हारे साहब पर बड़ा हावी है। पुलिस-कप्तान के यहाँ ऐसे आदमी की रसाई उसकी बदनामी का वायस बन सकती है।"

क़ादिर मियाँ अब फूट पड़े, "क्या बतलाऊँ हुज़ूर, औरतों के मामले से खुदा बचाए। बेगम साहिबा रूठकर मायके चली गई हैं; सौत आ रही है न !"

गंगाप्रसाद की समझ में अब बात कुछ-कुछ आने लगी। उन्होंने ऐसा रुख लिया, मानो वह सब कुछ जानते हैं। उन्होंने कहा, "हाँ मियाँ, मैंने इतना समझाया लेकिन उनकी समझ में नहीं आता। लेकिन वह अभी घर में तो आई नहीं है !"

"अरे हुज़ूर, आई ही समझिए ! अल्लामा के हाथ में सौंप दी गई है तो मुसलमान बन ही जाएगी।"

"हाँ, इसमें क्या शक है !" गंगाप्रसाद ने केवल इतना कहा।

ताँगा इस समय तक गंगाप्रसाद के बँगले में पहुँच गया था।

6

सुबह जिस समय गंगाप्रसाद की आँखें खुलीं, चारों तरफ़ अँधेरा छाया हुआ था, यद्यपि घड़ी में साढ़े-सात बज रहे थे। बरफ़ीली हवा चल रही थी और हल्की-हल्की बूँदें पड़ रही थीं। आधी रात के समय से ही वर्षा आरम्भ हो गई थी और कुछ रुक-रुककर रात-भर पानी बरसता रहा था। सारा आसमान बादलों से घिरा हुआ था, ठीक उस तरह जिस तरह गंगाप्रसाद का मस्तिष्क कुछ अजीब तरह की अस्पष्ट भावनाओं और विचारों से घिरा हुआ था। गंगाप्रसाद की उठने की तबीयत नहीं हो रही थी, लेकिन बल लगाकर उसे उठना पड़ा।

उस दिन रविवार था, और अगर वह चाहता तो अभी लेटा रह सकता था। लेकिन उसे कुछ ऐसा अनुभव हो रहा था कि उसे काम करना है, सतर्क होकर। रात के समय उसने जो कुछ देखा-सुना था, उस सबने उसके अन्दरवाली सक्रियता को जाग्रत कर दिया था। उसने जल्दी-जल्दी निवृत्त होकर, जलपान करके कपड़े बदले और प्रायः नौ बजे वह एक तरह से अकारण ही पंडित सोमेश्वरदत्त के बँगले की ओर चल दिया।

पंडित सोमेश्वरदत्त उस समय स्नान करके सन्ध्या-वन्दन कर रहे थे। बरामदे में पंडित सोमेश्वरदत्त का चपरासी बैठा था। गंगाप्रसाद को देखते ही उसने उठकर सलाम किया और बोला, "सरकार तो पूजा पर बैठे हैं, स्वामीजी अपने कमरे में हैं—वहाँ।" कहकर उसने बरामदे से लगे हुए स्टडीरूम की ओर इशारा किया, "और भी चार-छह आदमी हैं वहाँ पर। हुज़ूर गोल कमरे में बैठें, बस, अब उठने ही वाले होंगे पूजा से। मैं ख़बर किए देता हूँ।"

लेकिन गंगाप्रसाद गोल कमरे में न जाकर स्वामीजी के कमरे की ओर मुड़ गया। कमरे का दरवाज़ा उढ़काया हुआ था, धक्का देते ही वह खुल गया। अन्दर जाकर

गंगाप्रसाद ने किवाड़ फिर से उढ़का दिया।

उस छोटे-से कमरे में काफ़ी भीड़ थी। स्वामी जटिलानन्द एक कोने में बैठे हुए प्राणायाम कर रहे थे, और उनकी बगल में ज़मीन पर बिछे हुए फ़र्श पर सात-आठ आदमी बैठे हुए ज़ोर-ज़ोर से धर्म पर वाद-विवाद कर रहे थे। इन आदमियों में गंगाप्रसाद किसी को भी नहीं पहचानता था। गंगाप्रसाद के प्रवेश ने इन लोगों के वाद-विवाद में आघात किया। सब लोगों ने गंगाप्रसाद की ओर देखा और एक स्वर में बोल उठे, "नमस्ते महाशयजी ! आइए, स्वामीजी सन्ध्या-वन्दन समाप्त करके प्राणायाम पर बैठे हैं, काफ़ी देर हो चुकी, अब उठने ही वाले हैं। पधारिए !"

उन लोगों ने जो बात कही थी वह ठीक थी, क्योंकि उसी समय गंगाप्रसाद को धौंकनी का-सा एक स्वर सुनाई पड़ा, और उसने देखा कि स्वामीजी 'हरि ओम् तत्सत्' शब्दों के गुरु-गम्भीर निनाद के साथ उठ खड़े हुए। उठते ही उन्होंने अपने मेघ-गर्जन के समान स्वर में आवाज़ दी, "क्यों जित्तूसिंह, जलपान तैयार है ?"

जित्तूसिंह सत्रह-अठारह साल का हट्टा-कट्टा नवयुवक था, जो एक कोने में चुपचाप बैठा था। वह गेरुए वस्त्र पहने था और उसका सिर भी घुटा हुआ था। उसने उठते हुए कहा, "हाँ स्वामीजी, पूरा प्रबन्ध है; आप पधारिए, उपस्थित करता हूँ जलपान !" और यह कहकर वह कमरे से बाहर चला गया।

स्वामीजी ने अब कमरे में उपस्थित भीड़ पर नज़र डाली। सब लोग जाने-पहचाने थे। उनकी दृष्टि गंगाप्रसाद पर अटक गई, जो अभी तक खड़ा हुआ कौतूहल के साथ सब कुछ देख रहा था, "नमस्ते महाशयजी, आप भी आसन ग्रहण कीजिए !"

गंगाप्रसाद ने दबी ज़बान से कहा, "नमस्ते स्वामीजी !" और वह एक कोने में बैठ गया। अब इतमीनान के साथ स्वामीजी ने अपना आसन जमाया। मुस्कराते हुए उन्होंने अन्य लोगों से कहा, "बड़ा रोचक वाद-विवाद था आप लोगों का !" इसी समय एक ढाई सेरवाला बड़ा-सा कटोरा हाथ में लिए हुए जित्तूसिंह ने कमरे में प्रवेश किया। वह कटोरा दूध से लबालब भरा था और उसमें जलेबियाँ भीग रही थीं। स्वामीजी ने अपना ध्यान लोगों से हटाकर कटोरा हाथ में ले लिया और जलपान आरम्भ कर दिया। पूरा कटोरा साफ़ करके उन्होंने 'ओम् !' शब्द के साथ गहरी डकार ली और फिर कटोरा जित्तूसिंह के हाथ में देकर सुव्यवस्थित हुए। अब उन्होंने गंगाप्रसाद की ओर देखा, "कहिए, महाशयजी, कौन-सी शंका लेकर आप आए हैं मेरे यहाँ ? वैसे हमारे महर्षि ने 'सत्यार्थप्रकाश' में अधिकांश शंकाओं का निवारण किया है, लेकिन इन शंकाओं का कितना भी समाधान किया जाए, इनका आदि नहीं दिखता, अन्त नहीं दिखता, अनादि काल से ये शंकाएँ उठती रही हैं, अनन्त काल तक शंकाएँ उठती रहेंगी। वेदों की रचनाएँ इन शंकाओं का निवारण करने के लिए ही की गई थीं; शास्त्रों में भी इन शंकाओं का समाधान किया गया है।"

अब गंगाप्रसाद को बोलना पड़ा, "स्वामीजी, मेरे मन में किसी भी प्रकार की कोई शंका नहीं है; मैं तो केवल आपके दर्शन करने के लिए ही चला आया था।"

"आपके मन में कोई शंका नहीं है ?" स्वामीजी ने गंगाप्रसाद की ओर आश्चर्य से देखा और फिर वह ज़ोर से हँस पड़े, "वकील मालूम होते हो; हमारे दर्शन के बहाने डिप्टी साहेब से दोस्ती बढ़ाने आए हो !" फिर स्वामीजी अपनी शिष्य-मंडली की ओर घूमे, "देखा, कितना घोर पतन हो गया है हम भारतवासियों का ! ऋषियों के इस पवित्र देश में अब यह सब धोखेबाज़ी और जालसाज़ी चलने लगी है। इन महाशयजी से ही नहीं, मुझे आप सब लोगों से यही कहना है कि मेरे दर्शन से कुछ नहीं मिलने का। यह दर्शन देने की प्रथा, यह पूजा करने की प्रथा, यह सब पोप-लीला है। अपना चरित्र सँभालना चाहिए, आचार-विचार सुधारना चाहिए, सन्ध्या-वन्दन करना चाहिए, आप लोगों को याद रखना चाहिए कि आप ऋषियों की सन्तान हैं, आप आर्य हैं !"

इसी समय कमरे का दरवाज़ा खुला और थानेदार सुमेरसिंह ने कमरे में प्रवेश किया। थानेदार सुमेरसिंह ने स्वामी जटिलानन्द को नमस्ते की, फिर उसने अन्य लोगों की ओर देखकर उन्हें नमस्ते की। जैसे ही उसकी नज़र गंगाप्रसाद पर पड़ी वैसे ही उसकी 'नमस्ते' पुलिस के सेल्यूट में बदल गई, "आप हुजूर ! ज़मीन पर क्यों बैठ गए, मैं अभी कुरसी मँगवाता हूँ !" और यह कहकर उसने चपरासी को आवाज़ देने के लिए दरवाज़ा खोला।

"नहीं, कुरसी मत मँगवाओ, मैं तो सोमेश्वरदत्तजी से मिलने आया था, तो सोचा कि स्वामीजी के दर्शन कर लूँ ! स्वामीजी के दर्शन ही नहीं मिले, कुछ उपदेश भी मिल गए। चलूँ, सोमेश्वरदत्तजी पूजा से निकलकर आ गए होंगे। ज़रा मेरे साथ आना, तुम इस समय अच्छे मिल गए !" और यह कहकर गंगाप्रसाद उस कमरे से निकलकर गोल कमरे में चला गया।

पंडित सोमेश्वरदत्त सन्ध्या-वन्दन समाप्त करके गोल कमरे में आ गए। गंगाप्रसाद को देखते ही वह उठ खड़े हुए, "आइए बाबू गंगाप्रसाद, मालूम होता है कुछ उपाय सूझ गया है तुम्हें जो इतनी सुबह, और वह भी आज इतवार के दिन और इस बूँदा-बाँदी में घर से निकल पड़े।"

"उपाय तो क्या, कुछ नया रंग खिल रहा है, जिसकी बाबत कभी सोचा ही न था। थानेदार सुमेरसिंह भी स्वामीजी के कमरे में मिल गए, तो इन्हें अपने साथ उठा लाया हूँ। इनसे इस सबमें काफ़ी मदद मिलेगी।" यह कहकर गंगाप्रसाद ने रातवाला पूरा क़िस्सा विस्तार के साथ उन्हें बतलाया।

सुमेरसिंह भी बैठ गया था। पूरी बात सुनकर उसने कहा, "अगर हुजूर इजाज़त दें तो मैं बता सकता हूँ कि बात क्या होगी ?"

"हाँ-हाँ, बताओ।" पंडित सोमेश्वरदत्त ने कहा।

"हुजूर, मुझे ख़बर लगी है कि हमारे डिप्टी साहेब, यानी मीर साहेब, रामगढ़ से एक पहाड़िन खरीद जाए हैं। काफ़ी लम्बी कीमत दी है उन्होंने—क़रीब हज़ार रुपए। लड़की के बाप को या तो धोखा हो गया या फिर पुलिस का बेजा दबाव पड़ा हो—और यह भी मुमकिन है कि लम्बी रक़म का लालच रहा हो—लड़की मुसलमान के हाथ बेची

गई। अब सूरत यह है कि डिप्टी साहेब उसे मुसलमान बनाकर उससे निकाह पढ़वाना चाहते हैं, और वह मुसलमान बनने पर राज़ी नहीं होती।"

सोमेश्वरदत्त हँस पड़े, "आ गया समझ में। यह नायक जाति भी पहाड़ों में अजीब होती है, जहाँ लड़कियाँ बेची जाती हैं। सामन्तवादी गुलामी की प्रथा इस युग में भी वहाँ चल रही है, और यह ब्रिटिश सरकार भी कुछ नहीं करती। एक तरफ़ तो ये लड़कियों को बेचते हैं, और दूसरी तरफ़ ये लोग धर्म पर इतने दृढ़ हैं कि लड़की धर्म नहीं बदलेगी। नतीजा यह है कि वह मीर साहेब की गुलाम, मीर साहेब का छुआ हुआ खाना भी नहीं खा सकती। लिहाज़ा मीर साहेब को दो गृहस्थियाँ बसानी पड़ेंगी। यह सौदा तो मीर साहेब के लिए बड़ा महँगा पड़ा। ख़ैर, छोड़िए भी, हमें मीर साहेब के जाती मामलों से क्या मतलब ?"

गंगाप्रसाद की आँखों में एक तरह की चमक आ गई, "जाती मामला नहीं पंडितजी, यह तो ज़बरदस्ती धर्म बदलवाने का मामला है। सुमेरसिंह, इस औरत के सम्बन्ध में कुछ और भी पता लगा सकते हो ? मैं समझता हूँ कि इस मामले को लेकर अल्लामा वहशी को गिरफ़्तार किया जा सकता है। इससे आपका मामला भी हल हो जाएगा पंडितजी !"

गंगाप्रसाद का यह प्रस्ताव सुनकर पंडित सोमेश्वरदत्त और थानेदार सुमेरसिंह दोनों ही सन्नाटे में आ गए। थोड़ी देर तक आश्चर्य के साथ दोनों गंगाप्रसाद को देखते रहे। फिर पंडित सोमेश्वरदत्त ने कहा, "बाबू गंगाप्रसाद, तुम यह तो जानते ही हो कि मीर जाफ़रअली इन दिनों बरेली के कप्तान-पुलिस हैं।"

"जी हाँ, अच्छी तरह जानता हूँ। लेकिन अगर सुमेरसिंह मुझे मदद करने पर राजी हो जाएँ तो मैं कल दोपहर तक अल्लामा वहशी को गिरफ़्तार करवा सकता हूँ। यहाँ बरेली में नायक रंडियाँ काफ़ी हैं। उनमें एकाध इस औरत की रिश्तेदार भी निकल सकती है। फिर कोई आदमी इस औरत का दूर का भाई या चाचा बनाकर खड़ा किया जा सकता है। क्यों सुमेरसिंह ?"

सुमेरसिंह कुछ देर तक चुपचाप सोचता रहा। फिर उसने कहा, "बना तो मैं सब कुछ दूँगा हुज़ूर, लेकिन आप लोग यह जानते हैं कि यह मीर साहेब का जाती मामला है। बस, मुझ पर आँच न आने पाए।"

गंगाप्रसाद हँस पड़ा, "तुम पर किसी तरह की आँच नहीं आएगी सुमेरसिंह, इस तस्वीर में तुम कहीं दिखोगे भी नहीं। यह सब काम मैं दाताप्रसाद वकील को सौंपे देता हूँ। तुम्हें सिर्फ़ लड़की का नाम, उसकी वल्दियत वग़ैरह का पूरा पता लगाकर मुझे आज शाम तक बतला देना होगा। और एक असली, और अगर असली न मिल सके तो एक फ़रज़ी, रिश्तेदार खड़ा करना होगा तुम्हें। लेकिन यह आदमी मातबर होना चाहिए। इसके बाद फिर मामला ज्वाइंट मजिस्ट्रेट की अदालत में और सार्जेंट के हाथ में होगा, मीर के हाथ के बाहर।"

सोमेश्वरदत्त ने गम्भीर होकर गंगाप्रसाद से कहा, "आदमी तुम बहुत बड़ी

हिम्मतवाले हो बाबू गंगाप्रसाद ! इतनी अधिक हिम्मत होगी तुममें, मैंने यह कभी न सोचा था। इस मामले में मैं तो कभी नहीं पड़ता, लेकिन मैं तुम्हें रोकूँगा नहीं। वैसे मीर साहेब ने मुझसे कहला दिया है कि अल्लामा वहशी की तरफ़ से किसी क़िस्म के दंगे-फ़िसाद का ख़ौफ़ नहीं होना चाहिए। मैं तो इस तरह से इस सम्बन्ध में उदासीन हो गया हूँ।"

"लेकिन पंडितजी, वह पहाड़िन स्त्री, उसे तो इन लोगों के पंजों से छुड़ाना होगा।" गंगाप्रसाद ने कहा।

पंडित सोमेश्वरदत्त के माथे पर बल पड़ गए, "वह पहाड़िन मीर साहेब की है, और मीर साहेब की रहेगी। मीर साहेब उसे ख़रीद लाए हैं। वह स्त्री अपना धर्म बदले या न बदले, उसके लड़के तो मीर साहेब के लड़के होंगे और मुसलमान होंगे। नहीं बाबू गंगाप्रसाद, यह हमारी सामाजिक व्यवस्था कुछ अजीब तरह से उलझी हुई है और वह इस तरह से तो न सुलझ सकेगी।"

"आप ठीक कहते हैं पंडितजी, इस मामले में मैं जो दिलचस्पी ले रहा था वह आपके कारण; लेकिन देख रहा हूँ कि मामला आप-ही-आप सुलझ गया है तो फिर इसको आगे बढ़ाना बेकार है।" यह कहकर उसने सुमेरसिंह को देखा।

गंगाप्रसाद को कुछ ऐसा लगा कि सुमेरसिंह के मुख पर कुछ तनाव-सा है। सुमेरसिंह क़रीब सत्ताईस-अट्ठाईस साल का इकहरे बदन और मँझोले क़द का आदमी था। वैसे सुमेरसिंह का मुख एक प्रकार से भावनाहीन था। लाखों-करोड़ों आदमियों की भाँति सुमेरसिंह भी एक अत्यन्त साधारण कोटि का आदमी दिखता था, लेकिन सुमेरसिंह की आँखों में एक विशेष प्रकार की चमक थी, जिसमें कट्टरता, साहस और दृढ़ता स्पष्ट रूप से दिखते थे। सुमेरसिंह ने पंडित सोमेश्वरदत्त से कहा, "लेकिन हुज़ूर, मुसलमान हिन्दुओं को इसी तरह विधर्मी बनाते जाएँ और हम देखते रहें, तो फिर महर्षि स्वामी दयानन्द सरस्वती का आना निरर्थक साबित हुआ और हम लोगों का आर्यसमाज कायम करना ही बेकार हुआ।"

पंडित सोमेश्वरदत्त मुस्कराए, "नहीं सुमेरसिंह, आर्यसमाज का कर्तव्य है कि पहले अपने हिन्दू धर्म को बदले, क्योंकि कमज़ोरी और बुराई हमारे धर्म में है; दूसरों से हम बाद में समझेंगे। हाँ, स्वामीजी जलपान तो कर चुके होंगे। कलक्टर साहेब स्वामीजी के दर्शन करना चाहते थे, स्वामीजी को साथ लेकर मुझे अभी कलक्टर साहेब के यहाँ जाना है। चलते हो बाबू गंगाप्रसाद, तुम भी कलक्टर साहेब के यहाँ ?"

"नहीं, पंडितजी, आप ही जाइए ! मुझे तो घर जाकर पुराना काम-काज देखना है।" और फिर उसने सुमेरसिंह से कहा, "चलो सुमेरसिंह, मेरा ताँगा है, मैं तुम्हें उतार दूँगा। या फिर अभी ठहरोगे यहाँ ?"

"जी, मैं भी चलता हूँ; शाम के समय फिर आऊँगा।"

सुमेरसिंह को गंगाप्रसाद अपने घर ले गया। वहाँ उसने सुमेरसिंह से कहा, "सुमेरसिह, इस पहाड़िन को किसी तरह अल्लामा वहशी के पंजे से छुड़ाना है, बिना

किसी के कानों में यह ख़बर पड़े हुए। आख़िर यह मामला एक हिन्दू औरत के ज़बरदस्ती मुसलमान बनाए जाने का है। अगर इतना नहीं होता तो फिर समझ लो कि आर्यसमाज की नाक कट गई। रोक सकते हो इसे ?"

"औरत के पास तक तो मैं हुज़ूर को किसी तरह पहुँचा सकता हूँ, लेकिन इसके बाद आप जानें। अगर पंडित सोमेश्वरदत्त के सामने यह बात न उठाई गई होती, तो मैं और ज़्यादा भी कर सकता था, लेकिन अब मजबूर हूँ। और फिर सवाल यह है कि अगर हम लोगों ने इस औरत को वहाँ से निकाल भी लिया तो वह जाएगी कहाँ ! इसका बाप फिर इसे मीर साहेब के हाथ में सौंप जाएगा। कोई हिन्दू इससे शादी करने को राज़ी नहीं होगा।"

"तुम इसकी चिन्ता मत करो, मैं इसका कोई-न-कोई रास्ता निकाल लूँगा।"

दूसरे दिन शाम के समय अल्लामा वहशी और स्वामी जटिलानन्द का शास्त्रार्थ था। इस शास्त्रार्थ के निर्णायक बरेली के कलक्टर मिस्टर प्रेटर बनाए गए थे। चारों ओर इस शास्त्रार्थ की चर्चा थी। जिस समय गंगाप्रसाद शास्त्रार्थ के पंडाल में पहुँचा, सूर्य डूब रहा था। मीर जाफ़रअली अल्लामा वहशी को साथ लेकर आ गए थे और पंडित सोमेश्वरदत्त मंच की व्यवस्था कर रहे थे। गंगाप्रसाद को देखते ही सुमेरसिंह अपना काम दूसरे आदमी को सौंपकर उसके पास आ गया, "डिप्टी साहेब, अब मौक़ा है। अल्लामा अपने शागिर्दों के साथ यहाँ आ गया। उस औरत का भाई इस पंडाल के बाहर बैठा है, और एक तेज़ ताँगा मैंने तय कर लिया है। उस आदमी को साथ लेकर हम लोग उस औरत को निकाल सकते हैं।"

सुमेरसिंह गंगाप्रसाद को लेकर पंडाल के बाहर निकला। बीस-बाईस वर्ष का पहाड़ी युवक पंडाल के बाहर ज़मीन पर बैठा था। सुमेरसिंह को देखते ही वह उठ खड़ा हुआ। तीनों आदमी दूर खड़े हुए एक ताँगे पर बैठ गए। अल्लामा वहशी के मकान से क़रीब दो फ़र्लांग की दूरी पर ताँगा रुकवाकर तीनों आदमी ताँगे से उतर पड़े। अल्लामा वहशी का मकान एक गली में था।

गली के अन्दर चलते हुए गंगाप्रसाद ने उस पहाड़ी युवक से पूछा, "तुम्हारा नाम क्या है ?"

"दानसिंह, सरकार !"

"यहाँ बरेली में क्या करते हो ?"

"मजूरी करता हूँ महाराज ! घर में खाने को नहीं था, तो यहाँ चला आया।"

"तो क्या यह लड़की तुम्हारी सगी बहिन है ?"

"नहीं महाराज, बहिन नहीं है। वैसे हम दोनों एक गाँव के हैं। इसके बाप धरमसिंह के पास ज़मीन है, पैसा है, लेकिन बड़ा लोभी है सरकार ! रुक्मा को मुसलमान के हाथ बेच दिया। पापी कहीं का ! जी होता है उसका गला घोंट दूँ।"

गंगाप्रसाद ने गली की उस लालटेन के धुँधले प्रकाश में दानसिंह को ग़ौर से देखा। लम्बा-सा, दुबला-सा आदमी ! यदि वह नहाया-धोया होता और अच्छे कपड़े पहने होता

तो वह सुन्दर कहा जा सकता था। लेकिन एक अजीब-सी निरीहता, एक घुटनवाली विवशता ने उसके सुन्दर मुख को कुरूप बना दिया था। अनायास ही गंगाप्रसाद ने पूछ लिया, "दानसिंह, क्या तुम उस लड़की से प्यार करते हो ?"

इस प्रश्न से मानो दानसिंह घबरा गया। उसने आँखें झुकाते हुए कहा, "नहीं महाराज, मैं गरीब आदमी, भला प्यार-व्यार क्या जानूँ ? खुद खाने का ठिकाना नहीं, भला इस फूल-जैसी छोकरी को क्या खिलाऊँगा ? प्यार-व्यार तो महाराज, बड़े आदमी करते हैं। यह लड़की क्या है, साक्षात देवी-अप्सरा है ! भला भगवान ने ऐसा ही मेरा भाग बनाया होता तो मुझे मेरे बाप के घर में थोड़े ही पैदा किया होता !" और गंगाप्रसाद को ऐसा लगा कि दानसिंह कुरते की फटी हुई बाँहों से अपनी आँखों के आँसू पोंछने का प्रयत्न कर रहा है।

थोड़ी देर चुप रहने के बाद गंगाप्रसाद ने फिर पूछा, "तुम रहते कहाँ हो ?"

"वह जो छोटी लैन के स्टेशन के उत्तर में टूटा-सा शिवाला है महाराज, तो उसमें हम चार-पाँच आदमी, एक ही गाँववाले रात में सो रहते हैं। बाकी दिन-भर मेहनत-मजूरी करते हैं। खाना वहीं बाहर पेड़ के नीचे बना लिया करते हैं। सो महाराज, कभी बनाया, कभी नहीं बनाया !"

गंगाप्रसाद इस बार सुमेरसिंह से बोला, "क्यों सुमेरसिंह, दो-चार दिन के लिए किसी हिन्दू मुहल्ले में कोई ऐसी एकाध कोठरी मिल सकती है, जहाँ इस स्त्री को—क्या नाम है उसका, रुक्मा—रखा जा सके ? यह दानसिंह अच्छा मिल गया। यह भी रुक्मा के साथ रहेगा। लेकिन ऐसी जगह हो, जहाँ किसी को पता न लगने पाए।"

"इसकी आप फिक्र न करें हुज़ूर, इसका इन्तज़ाम मैंने कर रखा है।"

सुमेरसिंह इन दोनों को लेकर अल्लामा वहशी के मकान पर पहुँचा। गहरा सन्नाटा छाया हुआ था। अल्लामा के मदरसे के पास ही एक कच्चा-सा टूटा मकान था, जिसके दरवाज़े पर ताला पड़ा था। सुमेरसिंह अपने साथ चाभियों का एक गुच्छा लेता आया था। उस ताले में एक चाभी लग गई। मकान खोलकर तीनों आदमियों ने अन्दर प्रवेश किया।

अन्दर एक बड़ा-सा आँगन था। उस आँगन के बाद दो कोठरियाँ थीं और खुला हुआ दालान था। बीचवाली कोठरी अन्दर से बन्द थी और उसके अन्दर के किवाड़ की दरारों से दीये का हल्का-सा प्रकाश आ रहा था। बाक़ी घर में एक भयानक निर्जीव सन्नाटा छाया हुआ था। सुमेरसिंह ने बन्द दरवाज़े की बाहरवाली साँकल खटखटाई। भीतर से एक स्त्री की कमज़ोर-सी आवाज़ सुनाई दी, "कौन है ?"

"खोल री रुक्मा, मैं हूँ दाना...सुना, दानसिंह !"

"अरे दाना, तू है, सच, तू है ? अभी ठहर !" और थोड़ी देर में कोठरी का दरवाज़ा खुल गया। सामने रुक्मा खड़ी थी।

ऐसा लगता है कि रुक्मा गिर पड़ेगी। इतनी कमज़ोर हो गई थी वह ! दानसिंह रुक्मा को देखते ही सिसक उठा, "हाय री रुक्मा, यह तुझे क्या हो गया ? मेरी

फूल-जैसी रुक्मा को क्या कर डाला इन पापियों ने ?"

रुक्मा ने अपने होंठों पर हाथ रखते हुए कहा, "नहीं दाना, उसे पापी मत कह; वह मेरा मालिक है। आ, अन्दर आ ! खुले में क्यों खड़ा है ? और ये महाराज, जो तेरे साथ हैं, ये कौन हैं ? देख दाना, यह दरी बिछा दे, सब लोग बैठ जाएँ। मैं तो बड़ी कमज़ोर हो गई हूँ, मुझसे तो उठा-बैठा भी नहीं जाता !" और यह कहकर रुक्मा अपनी चारपाई पर गिर-सी पड़ी।

गंगाप्रसाद ने अपने सामने जिस मुरझाए हुए सौन्दर्य को देखा, उससे उसका मन उदास-सा हो गया। दानसिंह ने दरी बिछा दी थी और गंगाप्रसाद और सुमेरसिंह उस दरी पर बैठ गए थे। रुक्मा ने स्वस्थ होकर फिर पूछा, "क्यों रे दाना, तुझे मेरा पता कैसे लगा ? इस जेलखाने का ताला तोड़कर तू कैसे आ गया ? और तेरे साथ ये जो महाराज लोग आए हैं, ये कौन हैं ? बोल न दाना, क्या तू गूँगा हो गया है जो नहीं बोलता ?"

पर जैसे दानसिंह के कंठ से स्वर ही नहीं निकलता था, वह रो रहा था, बुरी तरह ! "अरी रुक्मा, तेरी यह हालत हो गई ? बीमार तो नहीं है तू ? हे भगवान! यह क्या देख रहा हूँ ?" हिचकियों के बीच वह यह सब कह रहा था।

रुक्मा ने उसे डाँटा, "क्या औरतों की तरह रोता है ! बात का जवाब क्यों नहीं देता ?"

अब सुमेरसिंह को बोलना पड़ा, "मैं थानेदार हूँ यहाँ पर। तुम्हारा पता मैंने लगाया है, और यह यहाँ के डिप्टी साहेब हैं। तो हम लोग तुम्हें ढूँढ़ते हुए यहाँ आए हैं। हमें पता चला कि यहाँ पर मुसलमानों ने तुम्हें बन्द कर रखा है। हम लोग तुम्हारी सहायता करना चाहते हैं। दानसिंह को भी हमने ढूँढ़ा है।"

"मेरा पता लगाने की क्या ज़रूरत थी ? महाराज, आप लोग जाइए ! बड़े ज़ालिम हैं ये लोग ! देखो न, मेरी क्या हालत बना दी है इन लोगों ने ! रोज़ मार पड़ती है। लेकिन मैं अपना धरम नहीं बदलूँगी; चाहे मेरे प्राण निकल जायँ, मैं मुसलमान नहीं बनूँगी ?"

सुमेरसिंह ने कहा, "हम लोग तुम्हें छुड़ाने आए हैं। तुम हम लोगों के साथ चलो यहाँ से। यहाँ इस वक़्त कोई नहीं है।"

रुक्मा ने छत की ओर देखा, "वह भगवान तो है, वह तो देख रहा है। मेरे मालिक ने मुझे नौ सौ रुपए देकर ख़रीदा है। मैं तो उसकी हो गई, धरम के सामने। तो महाराज, मैं जो यहाँ से भागूँ तो मेरा धरम मुझसे न छूट जाएगा ? जब धरम ही छोड़ना है तो जैसे यहाँ से भागना, वैसे मुसलमान बन जाना। नहीं महाराज, मैं मर जाऊँगी, लेकिन अपना धरम नहीं छोड़ूँगी।" और फिर उसने दानसिंह से कहा, "क्यों रे दाना, मैंने घर से चलते समय तुझसे क्या कहा था, याद है न, कि हम अगले जनम में मिलेंगे। तू सब्र करके अपना ब्याह कर ले और मुझे मेरे भाग पर छोड़ दे ! लेकिन तू नहीं माना, मेरे पीछे-पीछे घर-बार छोड़कर चला आया। जा, अपने घर लौट जा ! तेरा बापू अकेला है,

उसके मन पर क्या बीत रही होगी ?" और रुक्मा की आँखों में आँसू आ गए।

दानसिंह ने रोते हुए कहा, "तेरे सिर की सौगन्ध खाकर कहता हूँ रुक्मा, मैं तुझे पाने नहीं आया था; मैं तो तुझे भूलने यहाँ आया था। ये महाराज मिल गए, तो इन्होंने तेरी बाबत पूछा। इन्हीं के कहने से इनके साथ यहाँ आया हूँ। मुझे क्षमा कर दे !"

"नहीं रे दाना, रो मत। अपने आँसू पोंछ डाल ! तू क्यों क्षमा माँग रहा है; तूने कोई अपराध नहीं किया है। यह सब तो भगवान की मर्ज़ी है।" इस बार वह गंगाप्रसाद की ओर मुड़ी, "सुनो महाराज, तुम लोग बड़े अफ़सर हो और मेरा मालिक भी बड़ा अफ़सर है। तुम लोगों का तो कुछ बिगड़ेगा नहीं, लेकिन तुम लोगों के बीच में यह बिचारा दाना बेमौत मर जाएगा। तुम लोग दया करके जाओ यहाँ से, और देख दाना, अब कभी मत मिलना। अगले जनम तक राह देख; फिर हम दोनों मिलेंगे। जा, कुन्ती से ब्याह कर ले, और अपने बापू का हाथ बँटा जाकर ! मुझे मेरे भाग पर छोड़ दे !"

अब गंगाप्रसाद बोला, "तुम्हारी मर्ज़ी के ख़िलाफ़ तुम्हारा धर्म बदलवाना जुर्म है। तुम हम लोगों के साथ चली चलो, क्यों जान दे रही हो यहाँ पर ? किसी को भी पता नहीं चलने पाएगा कि तुम कहाँ हो ?"

"नहीं महाराज, यह मामला मेरे और मेरे मालिक के बीच का है। तुम लोग इसमें पड़नेवाले कौन होते हो ? मैं तुम लोगों के हाथ जोड़ती हूँ, पैर पड़ती हूँ, तुम लोग जाओ यहाँ से। मैं किसी भी हालत में यहाँ से नहीं जाऊँगी।"

पराजित-से तीनों आदमी उठ खड़े हुए। मकान के बाहरवाला ताला फिर वैसा-का-वैसा बन्द करके वे लोग लौट पड़े। गंगाप्रसाद ने दानसिंह के हाथ में एक रुपया देते हुए कहा, "तुम मुझे फिर मिलना। मेरा नाम गंगाप्रसाद है, डिप्टी-कलक्टर। देखूँगा कि इस मामले में कुछ आगे किया जा सकता है या नहीं। तुम अब जाओ। लेकिन आज की बात किसी दूसरे आदमी से न कहना !" और फिर उसने सुमेरसिंह से कहा, "चलो सुमेरसिंह, थोड़ी देर वह शास्त्रार्थ ही सुना जाए।"

जिस समय ये दोनों आर्यसमाज के पंडाल में पहुँचे, शास्त्रार्थ आरम्भ नहीं हुआ था, यद्यपि शास्त्रार्थ का पूरा प्रबन्ध हो गया था। पंडाल भीड़ से खचाखच भरा हुआ था, और वहाँ काफ़ी अधिक संख्या में पुलिस के सिपाही मौजूद थे। शास्त्रार्थ के निर्णायक मिस्टर प्रेटर थे। उनके यहाँ कुछ मेहमान आ गए थे इसलिए उन्हें आने में कुछ देर हो गई थी। मिस्टर प्रेटर आते ही मंच पर चले गए। उनके साथ उस समय मीर जाफ़रअली, पंडित सोमेश्वरदत्त तथा मिस्टर जोनाथन डेविड बैठे थे। इसके अलावा मंच पर छह-सात कुरसियाँ खाली पड़ी थीं। बड़े मंच के सामने तीन छोटे-छोटे एक आदमी के बैठने लायक मंच बने थे, जिनमें बीचवाले मंच पर स्वामी जटिलानन्द बैठे थे, दाहिनी ओरवाले मंच पर अल्लामा वहशी बैठे थे और बाईं ओरवाले मंच पर फ़ादर मसीह बैठे थे।

फ़ादर मसीह का पूरा नाम रामइलाही मसीहा था और उनके इस नाम के पीछे एक इतिहास था। रामइलाही मसीह के पिता का नाम गोविन्दराम, जो ज़िला सहारनपुर के

एक सम्पन्न ब्राह्मण ज़मींदार थे। गोविन्दराम का प्रेम अल्लारक्खी नाम की एक वेश्या से हो गया था, जिसे उन्होंने घर में बिठा लिया था। इस पर समाज ने उन्हें समाज-च्युत कर दिया था और इसका परिणाम यह निकला कि वे अल्लारक्खी के साथ ईसाई हो गए थे।

फ़ादर रामइलाही मसीह लम्बे-से गेहुएँ रंग के आदमी थे और उन्होंने सेंट जान्स कॉलेज, आगरा से बी.ए. पास किया था। वह कुशाग्रबुद्धि आदमी थे और उन्हें धर्म में रुचि थी। वहीं वह पादरी बन गए थे और उन्हें तराई में ईसाई धर्म के प्रचार के लिए नियुक्त किया गया था। उनकी उम्र लगभग पच्चीस वर्ष की थी, लेकिन उनकी विद्वत्ता की धाक हर तरफ़ फैली हुई थी। शास्त्रार्थ का यह रूप देखकर गंगाप्रसाद आश्चर्य में पड़ गया। पंडित सोमेश्वरदत्त ने गंगाप्रसाद को मंच पर बुलवा लिया।

शास्त्रार्थ के प्रारम्भ होने में विलम्ब का कारण एक यह भी था कि अनायास ही फ़ादर मसीह की चुनौती भी स्वामी जटिलानन्द को मिल गई। फ़ादर मसीह के लिए मंच की फिर से व्यवस्था करने में कुछ विलम्ब हुआ; तब तक पंडित गोवर्धन शास्त्री ने भी सनातन धर्म की ओर से शास्त्रार्थ करने की बात उठाई। स्वामी जटिलानन्द का विरोध हिन्दू-धर्म के अन्दर से ही उठ खड़ा हो, यह बात आर्यसमाज के प्रबन्धकों को अच्छी नहीं लगी, क्योंकि फ़ादर मसीह ने पहले से ही एक समस्या खड़ी कर दी थी। लेकिन पंडित गोवर्धन शास्त्री इस शास्त्रार्थ में भाग लेने पर बुरी तरह अड़ गए थे। अन्त में जब मिस्टर प्रेटर ने शास्त्रीजी को हवालात में बन्द करने की धमकी दी, तब जाकर कहीं शास्त्रीजी ने अपनी ज़िद छोड़ी।

मिस्टर प्रेटर ने उठकर शास्त्रार्थ के नियम बताए। पहला प्रश्न स्वामी जटिलानन्द से अल्लामा वहशी करेंगे, जिसका उत्तर स्वामी जटिलानन्द देंगे। यदि प्रश्नोत्तर से निर्णायक को सन्तोष नहीं होगा तो फिर प्रश्न पर उत्तर-प्रत्युत्तर का मौक़ा दिया जाएगा। इसके बाद इसी क्रम से फ़ादर मसीह स्वामी जटिलानन्द से प्रश्न करेंगे। स्वामी जटिलानन्द के बाद उत्तर देने का भार अल्लामा वहशी पर आएगा और वहाँ भी यही क्रम चलेगा। अन्त में उत्तरदाता फ़ादर मसीह बनेंगे।

मिस्टर प्रेटर की इस घोषणा के बाद पंडाल में एक सन्नाटा-सा छा गया। स्वामी जटिलानन्द ने पद्मासन लगाकर 'ओम्' शब्द का घोष किया, और उनके अनुयायियों ने हर्ष-ध्वनि की। अल्लामा वहशी गावतकिए के सहारे बैठे थे और उनके हाथ में तसबीह थी। उनकी ज़ुल्फ़ें कन्धे पर लहरा रही थीं; उनकी दाढ़ी में मेहँदी लगी थी। उनकी आँखें बन्द थीं और उनके हाथवाली तसबीह तेज़ी के साथ घूम रही थी। एकाएक अल्लामा वहशी चौंके, उन्होंने अपनी आँखें खोलीं जो अंगारों की तरह लाल थीं। दोजानूँ बैठकर बुलन्द आवाज़ में उन्होंने कहा, "हुक्म अल्लाह का, मर्ज़ी रसूल की ! हे घुटमुंड स्वामी, मुझे यह कहना है कि तूने सिर्फ़ अपनी चाँद ही नहीं घुटवाई, बल्कि तूने अपनी मूँछें भी मुड़ा दी हैं, दाढ़ी सफ़ा करा दी है। तेरे परमात्मा ने तेरे सिर पर बाल उगाए, उसने तेरी मूँछों पर बाल उगाए, उसने तेरी दाढ़ी पर बाल उगाए। तो सूरत यह हुई कि

तूने अपने परमात्मा को ज़ाहिल-गँवार समझा। तूने अपनी दाढ़ी-मूँछ व अपने सिर के बाल घुटवाकर यह ज़ाहिर किया कि तू अपने परमात्मा से ज़्यादा अक़्लमन्द है, और तेरे परमात्मा ने ये बाल उगाकर हिमाकत की थी। तो अपनी इस हरकत से तूने अपने परमात्मा की हिमाकत का ऐलान किया है। हे घुटमुंड स्वामी जाहिलानद, परमात्मा की हिमाकत का इस तरह अपनी हरकतों से ऐलान महज़ कुफ्र ही नहीं है, यह बहुत बड़ा पाजीपन है।"

पंडित सोमेश्वरदत्त इस प्रश्न से उत्तेजित हो गए। उन्होंने कलक्टर से कहा, "हुज़ूर, यह सवाल नहीं है, यह तो गाली-गलौज है।"

मिस्टर प्रेटर ने मुस्कराते हुए मीर जाफ़रअली को देखा, "तुम क्या कहते हो मीर ?"

"हुज़ूर मुंसिफ़ हैं, फ़ैसला हुज़ुर के हाथ में है। वैसे सवाल करने का ढंग कुछ ग़लत हो सकता है, लेकिन सवाल तो मुझे कुछ ऐसा नहीं दीख रहा है, गोकि आपको, मुझे, यानी हम सबको इस सवाल में रगड़ा गया है।"

मिस्टर प्रेटर ने अब जोनाथन डेविड की ओर देखा, "क्यों मिस्टर डेविड, आपका क्या ख़याल है ?"

जोनाथन डेविड ने छूटते ही उत्तर दिया, "इस सवाल को डिसअलाऊ कर देना चाहिए, बड़ा बेहूदा सवाल है।"

अब मिस्टर प्रेटर गंगाप्रसाद की ओर घूमे। गंगाप्रसाद ने मुस्कराते हुए कहा, "सवाल ठीक है, और सवाल पूछने का ढंग बिलकुल स्वाभाविक है।"

कुछ देर तक सोचने के बाद मिस्टर प्रेटर ने कहा, "गोकि सवाल करने का ढंग हम लोगों को कुछ ग़लत मालूम होता है, लेकिन जो सवाल किया गया है वह महत्त्वपूर्ण है। चूँकि अल्लामा वहशी ने गाली के लहज़े में यह सवाल पूछा है, लिहाज़ा स्वामी जटिलानन्द को पूरा अधिकार है कि वह भी गाली के लहज़े में इस सवाल का जवाब दें।"

दर्शकों में ताली की गड़गड़ाहट हुई : कितना न्यायपूर्ण और उचित निर्णय था यह !

स्वामी जटिलानन्द ने अब आवाज़ लगाई, "जय हो महर्षि दयानन्द की ! हमारे धर्म के अनुसार दुनिया में तीन तत्त्व काम करते हैं—परमात्मा, आत्मा और प्रकृति। हे अल्लामा कहलानेवाले वहशी, मेरा शरीर प्रकृति का भाग है, मेरा प्राण आत्मा का भाग है; इस आत्मा और प्रकृति का स्वामी परमात्मा है। गोकि आत्मा और प्रकृति को पैदा परमात्मा ने ही किया है, लेकिन उसने इनको अपने मन के मुताबिक काम करने की छूट दे दी है। ऐ अल्लामा वहशी, तेरा प्रश्न महज एक ड्रामा है, क्योंकि अगर प्रकृति अपूर्ण न होती तो न तेरा जामा होता, न पैजामा होता। प्रकृति बनाती है जंगल, आदमी उसे बना देता है बाग़ ! प्रकृति गिराती है बरफ़, चलाती है सर्द हवा, तो आदमी बनाता है मकान, ओढ़ता है कम्बल व लिहाफ़ ! यह हमारी आत्मा प्रकृति को बनाती व सँवारती रहती है। अब मेरा उत्तर सुन ! मैंने जो अपनी चाँद घुटवाई, दाढ़ी-मूँछ साफ़ करवाई, इसका कारण यह है कि प्रकृति की फ़िज़ूलियातों से उलझकर सिर पर तेल की मालिश

करके कंघी करूँ, दाढ़ी-मूँछ की हज्जाम से रोज़ देखभाल कराऊँ...तो इस सबसे ऊपर उठकर मेरी आत्मा परमात्मा में मन लगा सके। लेकिन ऐ अल्लामा, तेरे खुदा ने पहाड़ बनाए, जंगल बनाए, शेर बनाए, गीदड़ बनाए, सूअर बनाए, साँप बनाए...यानी उसने निहायत बेतुकी चीज़ें बनाईं और यह सब बनाकर ऐ अल्लामा वहशी, तुझे बनाकर तेरे खुदा ने जो मसखरापन ज़ाहिर किया, उसकी दाद नहीं दी जा सकती। खुदा की बाबत पाजीपन कहना तो ग़लत होगा; पाजीपन तो है अल्लामा, यह तेरा है !"

स्वामी जटिलानन्द के इस उत्तर से एक ओर से तालियों की गड़गड़ाहट हुई, लेकिन दूसरी ओर से शोर मचा, "मारो इसे, काफ़िर है; खुदा को मसख़रा कहता है !" मिस्टर प्रेटर ने उठकर इस शोर को शान्त किया, "जैसा सवाल था। वैसा जवाब था। जो मार-पीट की बात करेगा, वह गिरफ़्तार कर लिया जाएगा। पुलिसवाले यहाँ पर खड़े हैं। इस सवाल में नम्बर स्वामी को मिले। अब फ़ादर मसीह स्वामी जटिलानन्द से प्रश्न करेंगे।"

फ़ादर रामइलाही इतमीनान के साथ अपनी कुरसी पर बैठ सब कुछ देख-सुन रहे थे। मिस्टर प्रेटर का आदेश पाकर वह उठ खड़े हुए। उन्होंने आसमान की ओर देखा और फ़िर अंग्रेज़ी में प्रार्थना की, "मेरे पिता। मुझे शक्ति दे कि मैं तेरा प्रकाश दुनिया को दिखलाऊँ !" और फिर उन्होंने स्वामी जटिलानन्द की ओर देखा।

स्वामी जटिलानन्द अपनी विजय पर अकड़े हुए फ़ादर मसीह की ओर इस तरह देख रहे थे जिस तरह शेर बकरी की ओर देखता है। फ़ादर मसीह ने कहा, "स्वामीजी, क्या यह ठीक है कि आर्यसमाज में मूर्ति-पूजा मना है, मन्दिर में जाना ग़लत माना जाता है, और आर्यसमाज में पूजा करने का तरीक़ा सन्ध्या के साथ हवन और यज्ञ है ?"

स्वामी जटिलानन्द ने उत्तर उत्तर दिया, "पादरी साहेब, परमात्मा निराकार है; तुम्हारा ईसाई धर्म भी तो यही मानता है। वह हर जगह रहता है, इसीलिए मन्दिर, मसजिद, गिरजा, ये सब बेकार हैं। हमारे ऋषि-मुनि यज्ञ करते थे; परमात्मा की पूजा का यही सबसे सही तरीक़ा है।"

फ़ादर मसीह ने अब अपना घातक प्रहार किया, "स्वामीजी, हिन्दुओं में मुर्दा जलाया जाता है। तो क्या यह ठीक नहीं है कि तुम्हारा यज्ञ-कुंड एक चिता है जिसमें तुम 'स्वाहा-स्वाहा' करके अपने परमात्मा को रोज़ जलाया करते हो ? इसके मानी यह हुआ कि तुम अपने परमात्मा को मुर्दा समझते हो, जिसे जलाने को तुम रोज़ यज्ञ करते हो ?"

फ़ादर मसीह के इस प्रश्न से स्वामी जटिलानन्द कुछ उत्तेजित हो गए, "हे पादरी, तुम बड़े मूर्ख हो ! हम जो हवन और यज्ञ करते हैं वह अपनी आत्मा को शुद्ध करने के लिए करते हैं, अर्थात् हम अपने पाप को जलाते हैं। इस प्रकार अपने पाप को जलाकर हम अपने परमात्मा की पूजा करते हैं।"

फ़ादर मसीह मुस्कराए, "हे स्वामी, पाप का शरीर नहीं होता; परमात्मा का शरीर नहीं होता। तो हवन-कुंड की चिता में तुम्हारा पाप जलता है या परमात्मा जलता है,

इसका पता तुम्हें कैसे लगता है ?"

स्वामी जटिलानन्द भड़क उठे, "कैसी अनाप-शनाप बात करते हो पादरी साहेब ! कहीं परमात्मा जल सकता है ? वह तो अजर-अमर है। इसी बुद्धि को लेकर तुमने बी.ए. पास किया है ?"

फ़ादर मसीह ने उत्तर दिया, "बेतुकी बात तुम कर रहे हो स्वामी ! जब पाप का शरीर नहीं होता तो भला वह कैसे जल सकता है ? फिर क्या पाप का गुण जलाना नहीं होता ? यानी पाप खुद एक तरह की आग है, जिसकी ज्वाला में सब जलते हैं। इसलिए तुम्हारे ऋषि-मुनि, जिन्होंने हवन चलाया, यज्ञ चलाए, ? सब गँवार, जंगली और मूर्ख थे। हे स्वामी, कहीं कोई आग की लपटें उठाकर अपने माँ-बाप की पूजा करता है ? इसलिए हे स्वामी, यह सन्ध्या-वन्दन, यह हवन, यह सब अज्ञान है, ढकोसला है !"

स्वामी जटिलानन्द कुछ करारा उत्तर सोच रहे थे और इसलिए उन्होंने कुछ क्षण के लिए अपनी आँखें बन्द कर लीं। लेकिन मास्टर प्रेटर ने इसका अर्थ लगाया उत्तर का अभाव। उन्होंने उठकर कहा, "इसमें नम्बर फ़ादर को मिले। अब अल्लामा वहशी की बारी है, वह सवालों का जवाब देंगे।"

मिस्टर प्रेटर के यह कहते ही बड़ी ज़ोर से तालियों की गड़गड़ाहट हुई। स्वामी जटिलानन्द ने उठकर कहा, "मैं अब शास्त्रार्थ नहीं करूँगा। यहाँ अन्याय होता है, ईसाई धर्म के साथ पक्षपात किया जाता है।" और यह कहकर स्वामीजी अपने शिष्यों के साथ वाक-आउट कर गए।

स्वामीजी के जाते ही कलक्टर ने ऐलान किया, "स्वामी शास्त्रार्थ छोड़कर भाग गया। शास्त्रार्थ ख़त्म होता है !" इस प्रकार शास्त्रार्थ का अन्त हुआ।

गंगाप्रसाद जिस समय घर लौटा, उसे अनुभव हो रहा था कि वह नाटकों की दुनिया से लौट रहा था। जटिलानन्द, वहशी, मसीह, प्रेटर इन सबने मिलकर एक अजीब ड्रामा किया। इससे पहले रुक्मा, दानसिंह, सुमेरसिंह और वह स्वयं—इन लोगों ने भी तो एक नाटक ही किया था।

खाना खाकर जब वह लेटा तब इन्हीं नाटकों के सम्बन्ध में सोचता रहा। आख़िर इन नाटकों का उद्‌देश्य क्या है और इन नाटकों का सूत्रपात कौन कर रहा है ? यह रुक्मा ! इस स्त्री को क्यों बनाया उस सूत्रधार ने ? कितनी सुन्दर थी वह, कितनी भली व भोली, लेकिन कितनी मूर्ख ! उस रुक्मा को अपने अस्तित्व का पता ही नहीं था—जानवर की भाँति अपने मालिक से चिपटी हुई ! और एकाएक उसकी नज़र अपनी पत्नी पर पड़ी, जो उसके बगलवाले पलँग पर सो रही थी। उसकी यह पत्नी ! वह भी तो गंगाप्रसाद-रूपी अपने मालिक के साथ एक जानवर की भाँति बँधी थी ! उसकी पत्नी का धर्म था अपने पति के प्रति ईमानदार और सच्ची रहना। वह बड़ी निष्ठा के साथ अपना धर्म निबाहती थी—ठीक उसी तरह जिस तरह वह रुक्मा अपने मालिक के अत्याचारों को निर्विरोध सहन करके अपना धर्म निबाह रही थी। इन दोनों में कहीं कोई व्यक्तित्व नहीं था। फिर व्यक्तित्व कहाँ था ? सन्तो में ?

वह सन्तो कहाँ होगी ? वह सन्तो क्या करती होगी ? उस सन्तो से मिलना होगा। और गंगाप्रसाद सन्तो में उलझा हुआ उसका सपना देखने लगा।

7

राजाबहादुर राधाकिशन का निमन्त्रण-पत्र था, और उस निमन्त्रण-पत्र को अपने हाथ में लिए हुए गंगाप्रसाद मानो अपने से ही उलझ गया था।

रानी सतवन्त कुँवर...रानी सतवन्त कुँवर ! तो आज सन्तो रानी सतवन्त कुँवर बन गई थी ! लेकिन यह निमन्त्रण-पत्र उसे सन्तो ने नहीं भेजा था। यह निमन्त्रण-पत्र उसे भेजा था राधाकिशन ने। उस सुन्दर छपे हुए निमन्त्रण के साथ राधाकिशन का आग्रह से भरा हुआ पाँच पंक्तियों का पत्र था, जिसमें उसने अपनी ओर से सन्तो के विशेष आग्रह के साथ 20 जनवरी, सन् 1913 के उस विशेष उत्सव में सम्मिलित होने को लिखा था। गंगाप्रसाद मन-ही-मन सोच रहा था—क्या सन्तो एक पंक्ति भी अपने हाथ से नहीं लिख सकती थी ?

पिछले तीन महीने से उसे सन्तो का कोई पत्र नहीं मिला था, और तीन महीने पहले जो पत्र मिला वह उसे कुछ विचित्र-सा लगा था। वह एक चार पेज का लम्बा-सा पत्र था, जिसमें पत्र की अपेक्षा कविता थी, दर्शन था। सन्तो में उस कविता और दर्शन को देखकर गंगाप्रसाद को आश्चर्य हुआ था, लेकिन जो सत्य था उससे गंगाप्रसाद आँखें बन्द करके इनकार कैसे कर देता ? भावना जब बहकती है तब कविता बन जाती है; भावना में जब संघर्ष होता है तब वहाँ दर्शन प्रकट होता है। उस लम्बे-से पत्र में मानो सन्तो ने अपने को उँडेलकर रख दिया था, लेकिन सन्तो से दूर, बहुत दूर, गंगाप्रसाद उस पत्र को लिखनेवाली सन्तो को समझ नहीं पाया था। सन्तो ने वह पत्र वाइसराय की एक पार्टी से लौटकर लिखा था। भाग्य ने उसे कितना ऊँचा उठा दिया था ! वह जो कुछ देख रही थी, उसकी उसने पहले कभी कल्पना ही नहीं की थी। वाइसराय की पार्टी की वह रंगीनी, वह रागरंग, सन्तो के मन में इन सब बातों का एक विचित्र-सा प्रभाव पड़ा था।

रानी साहिबा विजयपुर के पिता राणा प्रताप जंगशमशेर के घर पर सन्तो का परिचय मेजर वाट्स से हुआ। यह मेजर वाट्स वाइसराय का ए.डी.सी. था। मेजर वाट्स कितना शान्त, कितना सुशील, कितना सुसंस्कृत था ! और मेजर वाट्स के ज़रिये सन्तो और राधाकिशन को वाइसराय की पार्टी में सम्मिलित होने का निमन्त्रण-पत्र मिला था।

उस पत्र में घाटमबागान की रानी हेमवती देवी और राजा सत्यजित प्रसन्नसिंह का भी वर्णन था। रानी हेमवती देवी कलकत्ता के सांस्कृतिक जीवन की संचालिका थी और राजा सत्यजित प्रसन्नसिंह की अन्तरराष्ट्रीय ख्याति थी। और भी न जाने कितने आदमियों से सन्तो की मित्रता हो गई थी। इधर सात-आठ महीने में सन्तो ने काम चलाने लायक अंग्रेज़ी सीख ली थी और वह थोड़ा-बहुत बॉल-डांस भी करने लगी थी।

उस पत्र को पढ़ने के बाद गंगाप्रसाद में सन्तो से तत्काल मिलने की अभिलाषा प्रबल हो उठी थी, लेकिन उसे छुट्टी नहीं मिल सकी। उस पत्र का एक लम्बा-सा उत्तर गंगाप्रसाद ने भी दिया, लेकिन उस पत्र में गंगाप्रसाद ने मानो अपने को एक तरह से खो दिया था। सन्तो के पत्र में कौतूहल था, उत्सुकता थी, प्रफुल्लता थी, दुनिया के प्रति मोह था, जीवन के प्रति विश्वास था, और इस सबमें निहित और भी कुछ था, जो गंगाप्रसाद को अच्छा नहीं लगा था, जिसने गंगाप्रसाद के मन में शंका, जलन, अविश्वास को जाग्रत कर दिया था। गंगाप्रसाद के उत्तर में वही शंका, जलन और अविश्वास स्पष्ट रूप से बिखरे पड़े थे।

गंगाप्रसाद के इस पत्र का उत्तर उसे सन्तो से नहीं मिला। एक सप्ताह तक उत्तर की प्रतीक्षा करने के बाद उसने दूसरा पत्र लिखा। इस पत्र में उलाहना था, प्रेम-प्रदर्शन था, क्षमा-याचना थी। लेकिन इस पत्र का भी उत्तर नहीं मिला। तीसरा पत्र गंगाप्रसाद ने आत्मीयता से युक्त क्रोध, अविश्वास से भरे भय और निराशा से युक्त प्रेम प्रदर्शित करते हुए दिसम्बर के दूसरे सप्ताह में लिखा था। वह इस पत्र के उत्तर की प्रतीक्षा कर रहा था—कुछ शंका और कुछ निराशा के साथ, जब पहली जनवरी के 'पायोनियर' में उसे नवीन वर्ष की उपाधियाँ पानेवालों की सूची में राधाकिशन का नाम दिखा। उस नाम को देखकर वह चौंक उठा। राधाकिशन को कभी भी राजाबहादुर की उपाधि मिल सकती है, इसकी उसने कल्पना तक न की थी। गंगाप्रसाद ने उसी समय तार द्वारा राधाकिशन को बधाई भेजी थी।

बधाई भेजने के चौथे ही दिन राजाबहादुर राधाकिशन और रानी सतवन्त कुँवर की पार्टी का निमन्त्रण-पत्र उसे मिला।

गंगाप्रसाद उस समय बरेली में अकेला था। जैदेई की तबीयत दीवाली पर बहुत ख़राब हो गई थी। और जैदेई की देखभाल करने के लिए गंगाप्रसाद अपनी पत्नी रुक्मणी को इलाहाबाद छोड़ आया था। भीखू भी इलाहाबाद में ही रह गया था।

पिछला एक वर्ष गंगाप्रसाद का सुख से नहीं बीता था। उसके बाहर संघर्ष थे, उसके अन्दर संघर्ष था। एक अजीब तरह का सूनापन वह अनुभव कर रहा था अपने जीवन में। भोग-विलास के लिए उसका मन तड़प रहा था, कर्तव्य उसे बरेली में बाँधे हुए था। बड़ी मुश्किल से एक सप्ताह की छुट्टी उसे मिली और वह कलकत्ता के लिए रवाना हो गया। अपने पहुँचने की सूचना उसने तार द्वारा राधाकिशन को भेज दी।

जिस समय ट्रेन हावड़ा स्टेशन पर पहुँची, उसका स्वागत करने के लिए राधाकिशन प्लेटफ़ार्म पर स्वयं मौजूद था। कुली से असबाब उठवाकर जब ये लोग स्टेशन के बाहर

पहुँचे, राधाकिशन ने सामने खड़ी हुई एक मोटरकार की तरफ़ इशारा करते हुए कुली से कहा, "असबाब लगेज कैरियर पर बाँध दो !"

आश्चर्य से गंगाप्रसाद ने राधाकिशन की कार की ओर देखा—वह एक बिलकुल नई ओवरलैंड कार थी और एक एंग्लो-इंडियन ड्राइवर सुनहरी वर्दी पहने उस कार पर बैठा था। इससे एक साल पहले गंगाप्रसाद ने ऐसी ही एक कार दिल्ली में देखी थी, और वह कार हिन्दुस्तान के कमांडर-इन-चीफ़ की थी। एक साल बाद जब उसने स्टेशन पर चार-पाँच मोटरकारें देखीं, और इन चार-पाँच मोटरकारों में एक कार राधाकिशन की भी थी, तो उसे आश्चर्य होना स्वाभाविक ही था।

राधाकिशन ने मुस्कराते हुए कहा, "यह कार मुझे ख़िताब मिलने के दूसरे ही दिन लेनी पड़ गई। क्या बतलाऊँ, मेजर वाट्स मेरे पीछे पड़ गए और उनके कहने से ही मुझे यह मिल सकी, क्योंकि ख़रीदारों की धूम है आजकल। राजा क्या हो गया हूँ, ख़र्चे अनाप-शनाप बढ़ गए हैं। चलो, घर में आजकल मेहमान लोग आए हुए हैं। कल ही श्रीकिशन भैया और भौजी व उनके बच्चे आ गए। बड़ी चहल-पहल है आजकल हमारे यहाँ।"

राधाकिशन ने अलीपुर में एक बँगला ख़रीद लिया था, जो काफ़ी बड़ा था। जिस समय कार राधाकिशन के बँगले में पहुँची, वहाँ एक भीड़-सी लगी हुई थी। सामनेवाले बरामदे में लाला श्रीकिशन बैठे हुए कलकत्ता के जौहरियों से बातचीत कर रहे थे। उन लोगों के सामने नाश्ता था और नौकर-चाकर इधर-उधर दौड़-धूप कर रहे थे। राधाकिशन की कार के आते ही एक नौकर ने गंगाप्रसाद का असबाब उतारा। राधाकिशन ने नौकर से कहा, "मेहमानों के पूरबवाले कमरे में असबाब लगा दो।"

बरामदे में पहुँचकर गंगाप्रसाद ने श्रीकिशन को नमस्कार किया। श्रीकिशन ने उठकर गंगाप्रसाद का स्वागत किया। थोड़ी देर औपचारिक रूप में वहाँ बैठकर गंगाप्रसाद अपने कमरे में चला गया। निवृत्त होकर और स्नान करके जब वह अपने कमरे में बैठा, उस समय दस बज गए थे। उसकी आँखें बड़ी आकुलता के साथ सन्तो को ढूँढ़ रही थीं। तब तक कैलासो ने गंगाप्रसाद के कमरे में प्रवेश किया। कैलासो मुस्कराती हुई बोली, "आ गए बाबू, बड़ा अच्छा किया। तुम्हारी रानीजी तो तुम्हारी आवभगत का भार मुझ पर छोड़कर सुबह-सुबह रानी साहिबा विजयपुर के यहाँ चली गई हैं। वहाँ से टेलीफ़ोन आया था न ! अच्छा, तो तुम बतलाओ कि अच्छी तरह रहे !"

"हाँ, अच्छी तरह रहा हूँ। लेकिन आने से पहले यह न सोचा था कि मेरे भाग इतने अच्छे हैं कि आपके भी दर्शन हो जाएँगे। वैसी ही सुन्दर, वैसी ही मीठी, वैसी ही अल्हड़, जैसी दिल्ली में देखी थीं !" गंगाप्रसाद कैलासो को देखकर उठ खड़ा हुआ था।

"क्यों बातें बनाते हो बाबू ! मुँह-देखी खुशामद करना खूब सीख लिया है। साल-भर से ऊपर हो गया, दिल्ली से बरेली कोई दूर थोड़े ही है। कभी एक दिन के लिए ही चले आते। लेकिन मन तो रमा था सन्तो बीबी में, झूठ तो नहीं कहती ? हाँ, मैं ज़रूर रह-रहकर तुम्हें याद कर लेती थी, लेकिन भला जो दूसरे का हो गया, उसे कैसे

पा लेने की सोचती ?" कैलासो ने मुस्कराते हुए कुछ रूठने के स्वर में कहा। फिर गंगाप्रसाद की आँखों से आँखें मिलाकर बोली, "तुम्हारे आने की ख़बर सुनकर मन में कल एक गुदगुदी-सी उठी। तुम्हारी राह देख रही थी मैं। चलो, नाश्ता कर लो चलकर ! रात-भर का सफ़र करके आए हो न !"

कैलासो के हाव-भाव में, उसकी बातचीत में जो एक सस्ते प्रकार की कामुकता थी, उससे गंगाप्रसाद में एक कौतूहल-सा जाग उठा। वह एकटक कैलासो को कुछ देर तक देखता रहा। गंगाप्रसाद की उस दृष्टि से उत्साहित होकर कैलासो उसके और निकट आ गई, "क्यों बाबू, इस तरह क्यों देख रहे हो मुझे ? अभी मैं देखने को काफ़ी मिलूँगी। और फिर अगर देखना ही है तो कभी दिल्ली आकर देखना ! इस वक़्त तो चलो, नाश्ता कर लो चलकर !" और वह गंगाप्रसाद से बिलकुल सटकर खड़ी हो गई।

गंगाप्रसाद ने मानो कैलासो का निमन्त्रण पाकर भी उसे अस्वीकार कर दिया। एक ठंडी साँस भरकर उसने कहा, "चलिए, गोकि नाश्ता करने की तबीयत बिलकुल नहीं है, लेकिन आपके आग्रह को कैसे टालूँ !"

कैलासो ने व्यंग्य किया, "तुम्हारी भूख-प्यास जगा सकनेवाली रानीजी तो शाम तक लौटेंगी। खाना वह शायद रानी साहिबा घाटबागान के यहाँ खा रही हैं, कुछ ऐसा ही कह रही थीं छोटे लाला से। रानी हो गई हैं तो रानियों के यहाँ आना-जाना, उठना-बैठना, खाना-पीना। कल से मुझसे बात करने की फुरसत नहीं मिली है उन्हें। दिन-भर घर के बाहर ही रहती हैं। कब से नहीं मिली सन्तो बीबी से ?"

"दिल्ली के बाद पहली ही बार मिलना होगा इस दफ़ा। राधाकिशनजी ने बुलाया था तो आ गया; राजाबहादुर हो गए हैं न !" फिर कुछ सोचकर उसने कहा, "बनना तो लाला श्रीकिशन को राजाबहादुर था, लेकिन बन गए लाला राधाकिशन ! भगवान की भी कैसी लीला है !"

कैलासो के मुख पर एक खिसियाहट-सी आ गई, "बाबू, भगवान की क्या, यह सब आदमियों की लीला है; अपनी-अपनी पहुँच की बात है। भला मेरी पहुँच राजा-रानियों में कहाँ ! घर में बन्द रहती हूँ, बच्चों की देखभाल करती हूँ, और वह हैं कि किसी बात की तमीज़ नहीं। फिर बड़े लाट तो यहाँ कलकत्ता में रहते हैं। सन्तो न जाने कैसे अंग्रेज़ों में घुस गई ! राम-राम, मैं तो बड़ी भोली-भाली, सीधी-सादी समझती थी उसे, लेकिन वह तो सबके कान काट ले गई ! बाबू, अबकी दफ़ा डेढ़ लाख का मुनाफ़ा हुआ है लाला को; और भी जो हुआ वह बतलाते नहीं। बड़े-बड़े राजा-महाराजा, लाट-गर्वनर गाहक बन गए हैं। वह सब सन्तो बीबी की बलिहारी है !"

कैलासो की इस खीझ और ईर्ष्या का रस गंगाप्रसाद ले रहा था। हँसते हुए उसने कहा, "अब तो राजधानी दिल्ली हो गई है। बड़े लाट साहेब दिल्ली पहुँच गए। वहाँ अब आप कोशिश कीजिएगा ! न आप सन्तो से कम सुन्दर हैं और न कम सरस ! भला सन्तो कौन-सा मुँह लेकर आपका मुक़ाबला करेगी !"

इस प्रशंसा से कैलासो मानो खिल गई, "लेकिन बाबू, मुझे तुम्हारे-जैसा गुरु कहाँ

मिलेगा ? तुम अगर मुझे अपनी चेली बना लो तो सब कुछ हो सकता है !" यह कहकर कैलासो ने गंगाप्रसाद का हाथ पकड़ लिया।

गंगाप्रसाद ने देखा कि मामला अब बहुत आगे बढ़ रहा है। उसने धीरे-से अपना हाथ छुड़ाते हुए कहा, "अच्छी बात है रानीजी, दिल्ली आकर बातचीत करूँगा। चलूँ, अभी तो नाश्ता कर लूँ चलकर !"

नाश्ता करके गंगाप्रसाद कलकत्ता शहर में घूमने को निकल पड़ा। उस समय उसका मन उदास था। जहाँ वह आ गया था वहाँ का वातावरण कुछ अजीब तरह का था, जिसका वह अभ्यस्त न था। और जिस सन्तो से वह मिलने आया था वह सन्तो भी शायद अब वह नहीं थी, जो एक साल पहले दिल्ली में थी। लक्ष्यहीन-सा वह भटक रहा था; कलकत्ता की सड़कों पर उसका शरीर भटक रहा था; सन्तो में उसके विचार भटक रहे थे। भवानीपुर पार किया उसने, अब वह चौरंगी पहुँच गया था। ग्रांड होटल के नीचे दुकानों की खिड़कियों में सजे हुए सामानों को देखता हुआ वह चल रहा था। एकाएक वह ठिठक गया।

उससे प्रायः दस-पन्द्रह क़दम की दूरी पर होटल से निकलनेवाले द्वार से एक अंग्रेज़ अफ़सर के साथ दो भारतीय स्त्रियाँ निकलीं। उन दो स्त्रियों में एक सन्तो थी, लेकिन दूसरी स्त्री रानी साहिबा विजयपुर तो नहीं थीं। अधेड़ उम्र की मोटी-सी स्त्री, क़ीमती कपड़े और गहने पहने हुए, हाव-भाव में और चाल में एक प्रकार का स्वामित्व और अधिकार ! गंगाप्रसाद खम्भे की आड़ में हो गया। ये दोनों स्त्रियाँ उस अंग्रेज़ अफ़सर की अगल-बगल में थीं। होटल से निकलकर वे लोग सड़क के किनारे खड़ी हुई एक कार में बैठ गए। कार सेंट्रल एवेन्यू की ओर चल दी।

गंगाप्रसाद के मन में एक तरह की उथल-पुथल मच गई। यह अंग्रेज़ अफ़सर कौन हो सकता है ? लम्बा-सा और खूबसूरत-सा आदमी, उसके सारे व्यक्तित्व में एक प्रकार का आत्मविश्वास, और एक प्रकार की अहम्मन्यता की झलक ! और सन्तो के साथ वह दूसरी स्त्री कौन थी ? वह सुसम्पन्न थी—सन्तो से कहीं अधिक। उसके पास अधिकार और स्वामित्व था, वह भी सन्तो से बहुत अधिक। बिलकुल किसी रानी की तरह वह दिखती थी। अपने चेहरे की झुर्रियों को बड़े यत्न के साथ वह पेंट से छिपाए हुए थी। वह कौन थी ?

दोपहर के समय जब गंगाप्रसाद कलकत्ता घूमकर लौटा, वह बुरी तरह थका हुआ था—तन से और मन से। उस समय घर में एक प्रकार का सन्नाटा फैला हुआ था। गंगाप्रसाद ने अनुभव किया कि उसका दम घुट रहा है। वह सीधा अपने कमरे में चला गया। उसका कपड़े बदलने को जी भी नहीं हो रहा था। वह पलँग के पास पड़ी कुरसी पर चुपचाप बैठ गया। उसी समय नौकर ने आकर उससे कहा, "रानी साहिबा ने सरकार को याद किया है।"

"कौन रानी साहिबा ?" गंगाप्रसाद ने पूछा। उसी समय उसे अपनी ग़लती का पता लग गया, "अरे हाँ, तो रानी साहिबा क्या लौट आईं ? कितनी देर हुई रानी साहिबा को लौटे ?"

"सरकार के जाने के क़रीब एक घंटा बाद ही रानी साहिबा लौट आई थीं। सरकार को देखने इस कमरे में भी आई थीं। तब से गोल कमरे में बैठी सरकार की राह देख रही हैं। कह रही थीं कि सरकार के लौटने पर खाना लगेगा।"

गंगाप्रसाद अपने कमरे में बाहर के मार्ग से आया था। यदि उसने मकान के मुख्य द्वार से प्रवेश किया होता तो उसे पहले बरामदे से लगा हुआ ड्राइंग-रूम मिलता। गंगाप्रसाद ड्राइंग-रूम में चलने को उठा ही था कि उसे सन्तो का संगीतमय स्वर सुनाई पड़ा, "क्यों, तुम्हारे आने पर मैं जो तुम्हें घर पर नहीं मिली तो किया तुम नाराज़ हो गए ? मैं तो उनसे कह गई थी कि मैं जल्दी लौट आऊँगी। तुम्हें नाशता करा देने के लिए भी बड़ी से कह दिया था। क्या बताऊँ, रानी साहिबा विजयपुर का फ़ोन आया था तो उनसे मिलने बालीगंज चली गई थी। मैंने रानी साहिबा से कितना ही कहा कि तुम आए हो, तो इस पर वह बोलीं कि वहीं बुला लूँ। लेकिन मैं तो तुमसे अकेले में मिलने को आतुर थी; सो मैंने कहा कि तुम थक गए होगे, और मैं जल्दी-से-जल्दी यहाँ के लिए चल दी।"

नौकर चला गया। गंगाप्रसाद ने बढ़कर सन्तो को आलिंगनपाश में कस लिया। लेकिन सन्तो के व्यवहार में कोई उमंग नहीं थी, कोई भावना नहीं थी। उसने अपने को छुड़ाते हुए कहा, "अब बस करो ! चलो, ड्राइंग-रूम में चलकर बैठें, वहीं बातें होंगी। इतने दिन बाद मिले हैं हम लोग ! खाना खाने का भी समय हो गया है।"

सन्तो के व्यवहार का यह रूखापन गंगाप्रसाद के हृदय मे चुभ-सा गया। यह झिझक, यह भावहीनता, और सबसे ऊपर सन्तो का उससे बोला गया झूठ ! कहाँ रानी साहिबा विजयपुर का मकान बालीगंज में, और कहाँ चौरंगी और सेंट्रल एवेन्यू ! लेकिन गंगाप्रसाद अपने क्रोध को दबा गया। उसने बड़ी मुश्किल से अपने मुख पर मुस्कराहट लाते हुए कहा, "चलता हूँ, लेकिन इसके पहले मैं तुम्हें बधाई तो दे लूँ !"

एकाएक सन्तो का मुख कुछ अजीब तरह से गम्भीर हो गया। भावना न जाने कैसे उसके मुख पर आ गई, "बधाई मुझे नहीं, बधाई तुम अपने को दो ! यह सच है कि राजाबहादुर बने मेरे प्रयत्न से, लेकिन तुम्हीं ने तो मुझे वह बना दिया है जो मैं हूँ। बुरा न मानना, और मुझसे नाराज़ मत होना, जो कभी-कभी मेरा व्यवहार तुम्हें कुछ अजीब-सा लगे। मुझे कभी-कभी ऐसा लगता है कि मैं झूठ-फ़रेब की दुनिया में आ गई हूँ और ये झूठ और फ़रेब मेरे व्यक्तित्व के साथ घुल-मिल गए हैं। उस समय मुझे अपने से कुछ वितृष्णा भी होने लगती है, लेकिन फिर दूसरे ही क्षण सत्य मेरे सामने आ जाता है। यह सफलता, यह सुख, यह वैभव, ये सब झूठ और फ़रेब की ही उपज तो हैं। जिसे लोग गिरना कहते हैं वही ऊपर उठना है। अच्छा, अब चलो। कितने दिन के लिए आए हो यहाँ ?"

"एक हफ़्ते की छुट्टी ली है।" गंगाप्रसाद ने चलते हुए कहा।

"सिर्फ़ एक हफ़्ते के लिए ? लेकिन तुम्हें रहना एक महीना पड़ेगा यहाँ, समझे ! मैं और कुछ नहीं सुनूँगी। मेडिकल सर्टीफ़िकेट भिजवा देना यहाँ से। एक महीने से पहले

मैं तुम्हें किसी भी हालत में यहाँ से नहीं जाने दूँगी।"

और सन्तो की भावनात्मक बातों से मानो गंगाप्रसाद के मन की कुंठा एकदम ही लुप्त हो गई।

सन्तो का सामाजिक जीवन इतना अधिक व्यस्त होगा, गंगाप्रसाद ने इसकी कल्पना तक न की थी। लेकिन सन्तो के सामाजिक जीवन में गंगाप्रसाद का कोई स्थान नहीं था, शायद उसका स्थान हो भी नहीं सकता था। न गंगाप्रसाद का कोई सामाजिक स्थान था, न उसके पास धन और ऐश्वर्य था। राधाकिशन के घर में जो अतिथि आते थे उनसे गंगाप्रसाद का औपचारिक परिचय अवश्य हो जाता, लेकिन उन लोगों के लिए गंगाप्रसाद का कोई अस्तित्व न था। उन्होंने गंगाप्रसाद को कभी अपने यहाँ अकेले आमन्त्रित नहीं किया, वह राजाबहादुर राधाकिशन और रानी सतवन्त कुँवर का मेहमान-भर था। इस प्रकार गंगाप्रसाद का एक सप्ताह कलकत्ता में बीता—एक बेचैनी से भरा हुआ सप्ताह !

सन्तो के आग्रह से गंगाप्रसाद ने दो सप्ताह की छुट्टी और बढ़वा ली। आमोद-प्रमोद के उस जीवन में उसने अपने को एक प्रकार से खो दिया। सन्तो और राधाकिशन के साथ वह बड़ी-बड़ी पार्टियों में जाता था। उसने कलकत्ता के नाटक देखे, कला की प्रदर्शनियाँ देखीं, नाच-रंग देखे। बीच-बीच में उसे अपने से ही विद्रोह होता था, लेकिन यह विद्रोह क्षणिक था।

उस दिन शाम के पाँच बजे वह सन्तो को साथ लेकर रानी साहिबा विजयपुर के यहाँ जाने को तैयार हो रहा था कि उसके कमरे में सन्तो आ गई। वह मुस्करा रही थी, "मैं तो रानी साहिबा के यहाँ नहीं जा सकूँगी। मेजर वाट्स मुझे लेने आ गए हैं। वाइसराय के संरक्षण में जो इंग्लिश प्ले हो रहा है, उसकी कमेटी की मैं सदस्या हूँ। गवर्नर के यहाँ उस कमेटी की आवश्यक मीटिंग बुला ली गई है; मेजर वाट्स मुझे लेने आए हैं, तो इनके साथ मुझे जाना पड़ेगा। चलो, मैं उनसे तुम्हारा परिचय करा दूँ।"

ड्राइंग-रूम में जिस व्यक्ति से गंगाप्रसाद का परिचय कराने के लिए सन्तो उसे ले गई, वह वही था जिसके साथ अपने कलकत्ता आने के पहले दिन सन्तो को ग्रांड होटल से निकलते गंगाप्रसाद ने देखा था। मेजर वाट्स ने बड़ी उपेक्षापूर्वक गंगाप्रसाद से बात की। उसकी वह उपेक्षा सन्तो को भी अच्छी नहीं लगी। गंगाप्रसाद को वह उपेक्षा अखर गई। मेजर वाट्स जल्दी में था। उसने कहा, "जल्दी करो, सब लोग इन्तज़ार कर रहे होंगे।" और सन्तो का हाथ पकड़कर मानो वह उसे घसीटता हुआ कमरे से बाहर निकल गया। जाते हुए मुड़कर सन्तो ने गंगाप्रसाद से कहा, "तुम रानी साहिबा विजयपुर के यहाँ चले जाना और मेरी ओर से माफ़ी माँग लेना।"

सन्तो के जाने के बाद गंगाप्रसाद वहीं ड्राइंग-रूम में थोड़ी देर तक स्तब्ध और चकित बैठा रहा। एकाएक उसके अन्दर एक प्रकार का विद्रोह जाग पड़ा। इतने में कैलासो ने कमरे में प्रवेश किया। वह मुस्करा रही थी, लेकिन गंगाप्रसाद को कुछ ऐसा लगा जैसे उसकी उस मुस्कराहट में एक भयानक व्यंग्य है, "क्यों बाबू, दे गई तुम्हें भी चकमा ! हाय राम ! इन अंग्रेज़ों के साथ कैसे घूमती-फिरती है ! रात-रात-भर के लिए

इस आदमी के साथ ग़ायब हो जाती है सन्तो बीबी। इसी आदमी ने तो लाला को राजाबहादुर बनाया है। जैसे सब कुछ देखते हुए यह कुछ बोलते ही नहीं ! लेकिन बाबू, यह तो मानोगे ही कि है बड़ा खूबसूरत जवान ! मैं सन्तो को दोष नहीं देती !" और कैलासो खिलखिलाकर हँस पड़ी।

गंगाप्रसाद ने कैलासो को ग़ौर से देखा। कितनी बेशर्म और फूहड़ औरत थी वह ! गंगाप्रसाद के मन में एक प्रकार की घृणा जाग उठी कैलासो के प्रति। गंगाप्रसाद को अपनी ओर ग़ौर से देखते देखकर कैलासो उसके और निकट आ गई, "अरे उठो भी बाबू, वह गई तो जाने दो ! मुझसे दो बातें करने का भी वक्त नहीं मिला है तुम्हें ! हाय राम, मैं तुम्हारे लिए तड़प रही हूँ और तुम सन्तो बीबी के पीछे दीवाने हो ! तो चलो, मुझे कहीं घुमा लाओ चलकर ! सन्तो बीबी तो आधी रात से पहले लौटेगी नहीं।"

गंगाप्रसाद बल लगाकर उठ खड़ा हुआ, "अभी तो मुझे रानी साहिबा विजयपुर के यहाँ जाना है। घंटे-दो घंटे बाद लौटूँगा वहाँ से। तब फिर आपको लेकर चलूँगा कहीं।" और यह कहकर वह तेज़ी के साथ कमरे से बाहर निकल गया।

रानी साहिबा विजयपुर के ड्राइंग-रूम में जिस समय गंगाप्रसाद ने प्रवेश किया, वह चौंक पड़ा। सामने लाल रिपुदमनसिंह खड़े हुए मुस्करा रहे थे। लाल रिपुदमनसिंह के हाथ में व्हिस्की से भरा हुआ एक गिलास था। उन्होंने कहा, "अरे बाबू गंगाप्रसाद, तुम यहाँ मिलोगे, सब कुछ सोचा, मगर यह नहीं सोचा था।" और उन्होंने आवाज़ दी, "शेरसिंह, साहेब के लिए भी एक बड़ा पेग !"

"अरे लाल साहेब, आप कब आए ? गज़ट में तो पढ़ा था कि आप करवी में ज्वाइंट मैजिस्ट्रेट हो गए। मैंने तो सोचा कि आपने वहाँ चार्ज ले लिया होगा। मेरी बधाई स्वीकार कीजिए !"

लाल रिपुदमनसिंह मुस्कराए, "धन्यवाद ! जिस बुन्देलखंड को सोचा था सदा के लिए छोड़ आया, वहाँ फिर जाना पड़ गया। अच्छा नहीं लगा, तो तीन महीने की छुट्टी ले ली मैंने।"

गंगाप्रसाद ने आश्चर्य से पूछा, "तीन महीने की छुट्टी ले ली, तो यह ज्वाइंट मजिस्ट्रेटी का चांस छोड़ दीजिएगा ?"

"नहीं, चार्ज लेकर छुट्टी ली है, चांस नहीं जाएगा। फिर बाबू गंगाप्रसाद, अब मैं उन्नति और अवनति से बहुत दूर हट गया हूँ, यद्यपि रानी साहिबा मुझे फिर इस ओर घसीटने का प्रयत्न कर रही हैं। ख़ैर, छोड़ो भी, बैठो न ! तुम अपनी बतलाओ ! शायद अपने द्वारा बननेवाली रानी के बुलाने से आए होगे। बधाई देता हूँ तुम्हें इस कृति पर ! आज भौजी सरकार ने बतलाया कि उनकी बहुत बड़ी-बड़ी जगह पहुँच है। वाइसराय के ए.डी.सी. से उसकी दोस्ती है, गवर्नर की बीवी से मिलती-जुलती है, यहाँ के राजाओं और रईसों को उँगलियों पर नचाती है। तो बाबू गंगाप्रसाद, एक बार मैं तुम्हें फिर बधाई देता हूँ तुम्हारी इस सृष्टि पर। लेकिन वह तुम्हारी रानी साहिबा सतवन्त कुँवर—सन्तो कहते थे न तुम उसे—तो वह नहीं आई तुम्हारे साथ ? भौजी सरकार ने उनके आने

का ज़िक्र किया था। तुम्हारा तो कुछ ज़िक्र नहीं हुआ था।"

शेरसिंह व्हिस्की का गिलास दे गया था। उसे लेकर कुरसी पर बैठते हुए गंगाप्रसाद ने कहा, "वह तो गवर्नर के यहाँ कोई मीटिंग थी, उसमें वाइसराय के ए.डी.सी. मिस्टर वाट्स के साथ चली गई। मुझे भेजा है माफ़ी माँगने के लिए। लेकिन लाल साहेब, मैं तो यहाँ आकर आश्चर्य में पड़ गया। यह सब क्या हो रहा है, कैसे हो रहा है, कुछ समझ में नहीं आता। वह सन्तो अनायास ही इतनी कैसे बदल गई ? वह निरीह, अबोध, सीधी-सादी सन्तो कहाँ-से-कहाँ पहुँच गई, आश्चर्य होता है !"

"इसमें आश्चर्य की क्या बात है ? परिस्थिति और आधारभूत व्यक्तित्व ! बाबू गंगाप्रसाद, आधारभूत व्यक्तित्व में देवता होता है, दानव होता है। नेकी और बदी, क्रिया और प्रतिक्रिया के रूप में हर व्यक्तित्व के भाग हैं। अन्तर इतना है कि यह आधारभूत व्यक्तित्व परिस्थिति के अनुसार अपने को प्रकट करता है। तुम्हारी इस सन्तो के अन्दर की झिझक दूर हो गई, उसके अन्दरवाला समाज द्वारा आरोपित विश्वास नष्ट हो गया—केवल इतना-भर हुआ। तुम्हें याद होगा, एक बार यह सब मैंने तुमसे कहा था और शायद उसके बाद हम लोग फिर कभी मित्रता के भाव से नहीं मिले। लेकिन मैंने अनुभव किया कि वह सब कहकर मैंने ग़लती की थी। उस समय मैंने तुमको दोषी ठहराया था, लेकिन तुम्हें दोषी ठहराकर मैंने तुम्हारे साथ अन्याय किया था, मैंने यह अनुभव किया। व्यक्ति की आधारभूत प्रवृत्तियाँ विशेष परिस्थितियों में उभरेंगी ही; उभारने के लिए यदि तुम साधन न बने होते तो कोई दूसरा साधन बन गया होता। आदमी कुछ नहीं करता; जो कुछ कराती हैं वे परिस्थितियाँ ही कराती हैं !" और लाल रिपुदमनसिंह के मुख पर उदासी से भरी एक मुस्कराहट आई, "तो बाबू गंगाप्रसाद, उस दिन आवेश में मैंने तुमसे जो कुछ कह डाला था, उसके लिए मैं तुमसे क्षमा माँगता हूँ।"

लाल साहेब ने जो कुछ कहा, गंगाप्रसाद को उससे सन्तोष नहीं हुआ। "लाल साहेब, यह आपकी उदारता और महत्ता है कि आप अपराधी से क्षमा माँग रहे हैं। लेकिन मैं जानता हूँ और स्वीकार करता हूँ कि दोष मेरा था। इस सन्तो के पतन का कारण मैं हूँ, यह सत्य रह-रहकर मेरे प्राणों को चुभ रहा है।"

रिपुदमनसिंह हँस पड़े—एक मुक्त और धीमी हँसी, "ग़लती करते हो बाबू गंगापसाद, जो तुम अपने को कर्ता समझते हो। तुम केवल साधन—बस, केवल साधन !" यह कहकर लाल साहेब गंगाप्रसाद के निकट आ गए, और बहुत धीमे स्वर में उन्होंने कहा, "जानते हो गंगाप्रसाद, भौजी सरकार ने मुझे यहाँ क्यों बुलाया है ? वह मेरा विवाह करवाना चाहती हैं। राजा साहेब घाटबागान हैं यहाँ पर। उनका बहुत अधिक प्रभाव है भारत सरकार में। उनकी लड़की से वह मुझे विवाह करने पर ज़ोर दे रही हैं। मुझे ज्वाइंट मैजिस्ट्रेट बनवाने में इन राजा साहेब का बहुत बड़ा हाथ है और वह मुझे दो साल के अन्दर कलक्टर बनवाने का वादा करते हैं। लड़की बुरी नहीं है, एक तरह से वह सुन्दर कहीं जा सकती है और...और भली व भोली भी। भौजी सरकार के पास रानी साहिबा घाटबागान और उनकी लड़की लावण्यप्रभा बैठी हैं। तुम्हारी सन्तो की

मित्रता है रानी साहिबा घाटबागान से !"

गंगाप्रसाद ने कहा, "अच्छा तो फिर मेरी बधाई स्वीकार कीजिए !"

"बड़ी सस्ती हो गई है तुम्हारी बधाई, बाबू गंगाप्रसाद ! सहानुभूति मिलनी चाहिए मुझे मेरी कमज़ोरी पर, जो मैं भौजी सरकार से 'ना' नहीं कह सका। बड़ी लाड़ली बेटी है वह राजा साहेब घाटनबागान की; कानवेंट में पढ़ी है, अंग्रेज़ी फरटे के साथ बोलती है, बॉल-डांस करती है, अंग्रेज़ी गाना गाती है, और बँगला में कविता लिखती है। राजा साहेब घाटबागान दो लाख रुपया दे रहे हैं तिलक में। सभी कुछ तो है—रुपया, सुन्दरता, गुण—उसके ऊपर भौजी सरकार की ज़िद ! तुम्हीं बताओ, मैं कैसे इनकार कर देता !"

"लेकिन इसमें इनकार करने की क्या बात है ? आपने कहा न कि सभी कुछ तो है—रुपया, सुन्दरता और गुण !"

"यहीं तो मुसीबत पड़ जाती है। यह रुपया अभिशाप है, मनुष्य की मति भ्रष्ट करता है; यह रूप मद और अहंकार है, और जहाँ तक गुण का सवाल है वहाँ छिपी हुई विकृतियाँ भी होंगी जो परिस्थिति के साथ उभर सकती हैं। यह राजा घाटबागान बड़ा चरित्रहीन आदमी है, यद्यपि कितना शिष्ट, कितना मीठा और कितना आकर्षक व्यक्तित्व है इसका ! और रानी हेमवती देवी, यानी रानी घाटबागान के सम्बन्ध में भी कुछ अच्छी ख़बर तो नहीं है। लेकिन लड़की अभी अबोध है, नेक है, सुशील है। पता नहीं...पता नहीं, कुछ समझ में नहीं आता !"

"क्यों, क्या बात है ? साफ़-साफ़ कहिए !"

"बाबू गंगाप्रसाद, मैंने अभी-अभी कहा था कि परिस्थितियाँ मनुष्य को बनाती-बिगाड़ती हैं। यह ऐश्वर्य और भोग-विलास का जीवन, जहाँ कोई चिन्ता नहीं, कोई क्रम नहीं, कोई ज़िम्मेदारी नहीं...इस जीवन में मनुष्य बड़ी जल्दी बहकता है। जहाँ धन है वहाँ धन ही देवता बन जाया करता है, क्योंकि धन में शक्ति केन्द्रित हो चुकी है। यह मेरा दुर्भाग्य है, बाबू गंगाप्रसाद, कि मैं ऐसे कुल में पैदा हुआ जहाँ चिन्ताओं के अभाव में विकृतियों का साम्राज्य है।"

लाल रिपुदमनसिंह अपनी बात पूरी नहीं कर पाए थे कि रानी साहिबा विजयपुर के साथ रानी साहिबा घाटबागान और लावण्यप्रया ने ड्राइंग-रूम में प्रवेश किया। इन लोगों के आते ही दोनों उठ खड़े हुए। रानी साहिबा विजयपुर ने गंगाप्रसाद के अभिवादन पर मुस्कराते हुए कहा, "अच्छी तरह तो हो डिप्टी साहेब ! क्यों, वह सन्तो नहीं आई तुम्हारे साथ ?"

"हुज़ूर के इक़बाल से बहुत अच्छी तरह हूँ," गंगाप्रसाद ने अदब के साथ झुककर उत्तर दिया, "हुज़ूर के बहुत दिनों बाद दर्शन मिले !"

रानी साहिबा विजयपुर ने रानी हेमवती की ओर देखा, "यह गंगाप्रसाद युक्तप्रान्त में डिप्टी-कलक्टर है; छोटे भइया का बहुत अच्छा दोस्त है। सुशील और समझदार लड़का है यह ! इसी ने सन्तो से मेरा परिचय कराया था दिल्ली में। यहाँ राधाकिशन की पार्टी में आया है !"

रानी हेमवती मुस्कराईं, "हाँ, राधाकिशन की पार्टी में मैंने देखा तो था इन्हें, लेकिन इतनी बड़ी भीड़ में जिससे परिचय न हो, उस पर ध्यान तो नहीं दिया जा सकता।" और उनकी मुस्कान प्रस्फुटित हो गई, "स्मार्ट यंगमैन !"

गंगाप्रसाद ने रानी साहिबा विजयपुर के पहले प्रश्न का उत्तर दिया, "हुज़ूर से रानी सतवन्त कुँवर ने माफ़ी माँगी है। उन्होंने बतलाया है कि उन्हें गवर्नर के यहाँवाली एक मीटिंग में अनायास ही जाना पड़ गया।"

एक शरारत-भरी मुस्कान के साथ रानी हेमवती देवी ने पूछा, "मैं कहती थी कि उसका शाम का समय अकसर खाली नहीं रहता। क्या मेजर वाट्स उन्हें उस मीटिंग में ले जाने के लिए आए थे ?"

एकाएक गंगाप्रसाद की आँखों के आगे उस दूसरी स्त्री का चित्र आ गया जो उस दिन ग्रांड होटल से मेजर वाट्स के साथ निकली थी। उसने कहा, "जी हाँ, आपका अनुमान ठीक है, मेजर वाट्स ही आए थे।"

रानी हेमवती बोलीं, "कितना भला आदमी है यह मेजर वाट्स ! हमारे सामाजिक जीवन में उसने प्राण-प्रतिष्ठा कर दी है। ऐसे सहृदय और सुसंस्कृत अंग्रेज़ हिन्दुस्तान में कम आते हैं। इसका पिता बैरन है—राज-परिवार का है न !"

"मुझे मेजर वाट्स तनिक भी अच्छे नहीं लगते," लावण्यप्रभा ने कहा, "न जाने क्यों, मुझे उनकी शक़्ल देखकर डर लगने लगता है। क्यों आंटीजी, आपका क्या ख़याल है ?" लावण्यप्रिया ने रानी विजयपुर की ओर देखा।

रानी विजयपुर ने मुस्कराते हुए कहा, "तुम्हें वह अच्छे नहीं लगते, क्योंकि तुम अभी अकलुष हो, अबोध हो लावण्य ! तुम्हें मेजर वाट्स-जैसे आदमियों से दूर ही रहना चाहिए।"

"लेकिन पापा और ममी से तो उनकी बड़ी दोस्ती है; और मुझे यह दोस्ती भी अच्छी नहीं लगती।" लावण्य के स्वर में किंचित रोष था।

रानी हेमवती हँस पड़ीं, "सुनी तुमने, इसकी बातचीत ! अच्छा, अब हम लोग चलें। सन्तो नहीं आई तो हम लोगों का प्रोग्राम ही चौपट हो गया। लेकिन अच्छा ही हुआ, राजा साहेब इसी शाम की गाड़ी में बम्बई से आ रहे हैं। उनकी गाड़ी के आने का समय भी हो गया है। घर पहुँचकर मैं उनका इन्तज़ार करूँगी। हाँ, तो शनिवार को तुम लोग लाल साहेब के साथ सात बजे तक आ जाना, बिलकुल फ़ैमिली डिनर रहेगा। सन्तो रहेगी, और स्वाभावतः राधाकिशन, तुम्हारा परिवार और मेरा परिवार।" और रानी साहिबा घाटबागान ने गंगाप्रसाद की ओर देखा, "आपको भी निमन्त्रण है। आपके मित्र ने बतलाया होगा आपको, इस लावण्यप्रभा और आपके मित्र की मँगनी के अवसर पर यह छोटी-सी पारिवारिक दावत होगी।"

रानी हेमवती लावण्यप्रभा के साथ चली गई। रानी साहिबा विजयपुर ने लाल साहेब से कहा, "छोटे भैया, मैं तो अब जाकर आराम करूँगी, सिर में हल्का-हल्का दर्द हो रहा है। आज मैं खाना भी नहीं खाऊँगी। तुम डिप्टी साहेब के साथ बैठकर बातें करो, नहीं

तो इनके साथ कहीं घूम ही आओ, मन बहल जाएगा। बाहर फ़िटन तैयार खड़ी है।"

"घर में नहीं बैठूँगा भौजी सरकार ! बाबू गंगाप्रसाद मिल गए हैं तो इनके साथ कुछ घूमूँगा।"

रात को ग्यारह बजे जब गंगाप्रसाद घर वापस लौटा, उसने देखा कि ड्राइंगरूम का दरवाज़ा खुला हुआ है और सन्तो अकेली एक सोफ़े पर आँखें बन्द किए हुए लेटी है। गंगाप्रसाद के पैरों की आहट पाते ही सन्तो ने आँखें खोल दीं। मुरझाए हुए स्वर में पूछा, "बड़ी देर कर दी तुमने ! खाना खा लिया है क्या ?"

"हाँ, लाल रिपुदमनसिंह मिल गए थे यहाँ। उनके साथ घूमने निकल गया था। उन्हीं के साथ हम लोग फरपो में बैठ गए। खाना भी वहीं खा लिया। लेकिन तुम इस समय यहाँ क्यों बैठी हो ?"

"नींद नहीं आ रही थी तो यहाँ आकर तुम्हारा इन्तज़ार करने लगी। वह सो गए, क़रीब-क़रीब सारा घर सो गया..." और गंगाप्रसाद को अनुभव हुआ, सन्तो की ज़बान लड़खड़ा रही है। एकाएक उसने देखा कि सन्तो की आँखों के नीचे आँसू बहने के कुछ निशान हैं। निकट आकर उसने सन्तो के मुख को ध्यान से देखा, "अरे ! तुम रो रही थीं ! क्या बात है ?"

सन्तो एकबारगी फूट पड़ी, "कमीना कहीं का ! मुझ पर हाथ उठाते शर्म नहीं आई। जी चाहता है उसका मुँह नोच लूँ। सत्यानाश हो उसका !" और सन्तो उठकर बैठ गई, "मेरे पास आओ यहाँ। जब से लौटी हूँ तुम्हारी राह देख रही हूँ।" यह कहकर सन्तो ने गंगाप्रसाद के कन्धे पर अपना सिर रख दिया और सिसक-सिसककर रोने लगी।

"क्यों, क्या हुआ ? किसने तुम पर हाथ हाथ उठाया, बतलाती क्यों नहीं; बोलो !"

"बतलाती हूँ। चलो, अपने कमरे में चलो ! वहीं बतलाऊँगी चलकर।" और सन्तो गंगाप्रसाद का हाथ पकड़कर उसके कमरे में ले गई। वह उस कमरे में पड़े हुए सोफे पर गिर पड़ी। फिर उसने आँख मूँदकर गंगाप्रसाद से कहा, "प्यास लगी है। तुम्हारे पास व्हिस्की है, थोड़ी-सी मुझे दो...थोड़ी-सी नहीं, पूरा पेग; नहीं-नहीं मैं ले लूँगी, तुम बैठो !" और सन्तो बल लगाकर उठ खड़ी हुई।

गंगाप्रसाद को अनुभव हुआ कि सन्तो पिए हुए है। सन्तो ने एक बड़ा पेग व्हिस्की का गिलास में लिया और थोड़ा-सा सोडा मिलाकर उसने एक लम्बे घूँट में चौथाई गिलास खाली कर दिया। सन्तो की आँखों में चमक लौट आई और वह गिलास हाथ में लिए हुए फिर उस सोफ़े पर बैठ गई। हाथ पकड़कर उसने गंगाप्रसाद को अपनी बगल में बिठा लिया।

गंगाप्रसाद ने पूछा, "हाँ, अब बताओ कि क्या हुआ, किसने मारा है तुम्हें ?"

सन्तो ने अपनी पीठ खोल दी, "देखो, कितनी निर्दयता के साथ उसने मारा है मुझे ! हरामज़ादा, कमीन, सूअर कहीं का ! अपने पापों का फल मिल रहा है उसे, लेकिन दोष मुझे देता है। देखो न, ओह, अभी तक दर्द हो रहा है !"

गंगाप्रसाद ने देखा कि सन्तो की पीठ पर कोड़ों के नीले-नीले निशान पड़े हुए हैं,

"अरे, यह सब कैसे हुआ, बोलो, किसने मारा है इस तरह तुम्हें ?"

सन्तो अबकी बार ज़ोर से हँस पड़ी, "मेजर वाट्स अपनी जगह से हटा दिया गया। यहाँ से इंग्लैंड लौट जाने का आर्डर मिला है उसे। चौबीस घंटे में उसे कलकत्ता छोड़कर बम्बई जाना पड़ेगा—कुल चौबीस घंटे—हा-हा-हा, कल छह बजे शाम तक। अब तो उन्नीस घंटे ही रह गए। हरामज़ादा कहीं का ! वहाँ से इंग्लैंड के लिए पहला जहाज़। लेकिन इसमें मेरा क्या दोष ?"

गंगाप्रसाद की समझ में सारी परिस्थिति आ गई, "हूँ, तो यह मेजर वाट्स की करतूत है ! तो क्या मेजर वाट्स के साथ तुम्हारा इतना घनिष्ठ सम्बन्ध था ?"

सन्तो ने दूसरा लम्बा घूँट व्हिस्की का पिया। उसके हाथवाला गिलास आधा रह गया, "तुम कितने बुद्धू हो जो इतना भी नहीं समझ सके ! मैं सन्तो से जो रानी सतवन्त कुँवर बन गई हूँ, वह कुछ ऐसे ही ! इन्हें कौन नहीं जानता ? रुपए-पैसे के हिसाब-किताब में डूबा हुआ जनाना आदमी। भला इस जनखे को कोई राजाबहादुर का ख़िताब देता ! इन्हें बात करने की तो तमीज़ नहीं, और इस साल इन्हें ढाई-तीन लाख रुपए का मुनाफ़ा हुआ। राजा-महाराजाओं का जौहरी बन गए। यह सब ऐसे ही हो गया क्या ? मैंने ही तो यह सब किया है, मेजर वाट्स के ज़रिए से। लेकिन इसमें मेरा क्या दोष ? मेजर वाट्स चाहता था मेरा रूप, वह चाहता था मेरी जवानी, और बदले में दे रहा था पद-मर्यादा, रुपया-पैसा ! क्यों, क्या बेजा था यह सौदा ? लेकिन मैंने तो सिर्फ़ सौदा किया, उसने उस सौदे का प्रदर्शन किया। मुनाफ़ा सौदे में होता है, सौदे के प्रदर्शन में नहीं होता, मैं यह जानती थी। मैंने उसे इस प्रदर्शन से रोका भी, लेकिन अपनी शक्ति और क्षमता के मद में भूला हुआ वह भला मेरी बात कैसे सुनता ! इस प्रदर्शन का परिणाम तो कुछ होना ही था। अगर यह इतने जनखे और बेशर्म न होते, तो इस घर में मेरी क्या हालत होती ? जान-बूझकर यह मुझे बढ़ावा देते थे; सब कुछ देखते हुए यह कुछ न देखते थे। रुपया-पैसा, मान-मर्यादा सब कुछ तो मिल रहा था इन्हें ! मैंने मेजर वाट्स को अपनी स्थिति समझाते हुए इस प्रदर्शन से रोका भी, लेकिन उसे इस प्रदर्शन से सुख मिलता था, मानो वह प्रदर्शन भी सौदे का एक भाग था। और परिणाम यह हुआ कि मैं बदनाम हुई तो हुई, वह भी बदनाम हुआ। आज दोपहर को उसे इंग्लैंड वापस जाने का आर्डर मिला।"

"तो वह गवर्नर के यहाँ की मीटिंग की बात ग़लत थी ?" गंगाप्रसाद ने पूछा।

सन्तो ने अब तीसरा घूँट पिया, "एकदम झूठ बोला था वह ! यहाँ से मुझे वह अपने फ्लैट पर लिवा गया। वहाँ उसने खुद शराब पी, मुझे शराब पिलाई। और जब वह नशे में धुत हो गया तब सरकारी आर्डर निकालकर मेरे सामने रखते हुए उसने मुझसे कहा, 'चौबीस घंटे और हूँ इस कलकत्ता शहर में। कल इस समय बम्बई जानेवाली गाड़ी में बैठा हूँगा, और उसके दो-तीन दिन बाद इंग्लैंड जानेवाले जहाज़ पर। यह अन्तिम विदाई का समय है, और मैं तुम्हें अपना अन्तिम उपहार देना चाहता हूँ।' यह कहकर वह उठा। मैं तो समझी थी कि वह कोई मूल्यवान चीज़ देगा, लेकिन उसने उठाया अपना हंटर।

फिर बोला, 'तुम्हारी वजह से ही यह सब कुछ हुआ है। इंग्लैंड में मुझे अपमान मिलेगा, निरादर होगा, सज़ा दी जाएगी। तो यह सब मैं तुम्हें भी देता चलूँ।' यह कहकर उसने बड़े बेरहमी से मेरी पीठ पर कोड़े लगाने शुरू किए। मैं दर्द से तड़पकर चीख़ रही थी। उसने अपने मकान के सब दरवाज़े बन्द कर रखे थे। पाँच-छह कोड़े खाकर मैं बेहोश हो गई। देख रहे हो न !" और यह कहकर सन्तो ने गिलास ख़ाली कर दिया।

मौन, हतप्रभ गंगाप्रसाद यह सब कुछ सुन रहा था। सन्तो ने अपनी कहानी समाप्त करके दूसरा पैग भरा। गंगाप्रसाद ने उसे रोका, "बहुत हो गया...बेहोश हो जाओगी।"

लेकिन सन्तो ने गंगाप्रसाद की बात पर कोई ध्यान नहीं दिया, "बेहोश होना चाहती हूँ, लेकिन हो नहीं पाती। यही तो मुसीबत है। बिना अपनी इस आधी बेहोशी के मैं अपनी पाप-कहानी भी तो तुमसे न कह पाती। होश रहता तो झूठ बोलती, बेहोश हो जाती तो बोल ही न पाती !" सन्तो मुस्कराई, "मेरे देवता, तुम्हीं ने तो मुझे वह बनाया है, जो मैं हूँ। मेरा बुरा न मानना, मुझसे नाराज़ न होना; लेकिन मैं कहती हूँ कि तुम मुझसे, मेरे जीवन से बहुत दूर हो, बहुत दूर हो ! सीमा को एक बार तोड़ने पर अन्त नहीं मिलता !" और सन्तो एकाएक चुप हो गई। धीरे-धीरे मौन भाव से वह व्हिस्की का गिलास ख़त्म करने लगी।

गंगाप्रसाद निश्चेष्ट-सा बैठा हुआ सन्तो को देख रहा था। भयानक ग्लानि से भरी एक वितृष्णा जाग पड़ी थी उसके अन्दर। उस समय मानो सन्तो का शरीर उसकी दृष्टि से ओझल हो गया था; वह शानदार बेडरूम भी उसकी दृष्टि से ओझल हो गया था। उसे लग रहा था कि एक उजड़े हुए खँडहर में है वह, और उसके साथ सन्तो है। प्रेतात्माओं की भाँति दोनों ही उस खँडहर में स्थित हैं, और सन्तो की वह प्रेत-छाया कितनी कुरूप है, कितनी विकृत है ! यही नहीं, उसे अपनी प्रेत-छाया भी दिख रही थी, उतनी ही विकृत और कुरूप। फिर उसे सन्तो की लड़खड़ाई हुई, फटी-सी कर्कश आवाज़ सुनाई दी, "मुझे सहारा देकर मेरे कमरे में पहुँचा दो ! शरीर शिथिल और निश्चेष्ट हो गया है, लेकिन मेरे प्राण छटपटा रहे हैं। बहुत ज़्यादा पी गई हूँ, मुझे सहारा देकर उठाना पड़ेगा।"

और गंगाप्रसाद सहारा देकर सन्तो को उसके कमरे तक पहुँचा आया।

दूसरे दिन दिन-भर सन्तो अपने कमरे में लेटी रही। शाम को करीब छह बजे वह कपड़े पहनकर और सज-सँवरकर अपने कमरे से बाहर निकली। उसने देखा कि ड्राइंग-रूम में राधाकिशन और गंगाप्रसाद बैठे बातें कर रहे हैं। राधाकिशन कह रहा था, "डिप्टी साहेब, बड़ी सुशील लड़की है वह लावण्यप्रभा ! इस शादी से समझिए, लाल साहेब के भाग्य खुल गए। राजासाहेब घाटबागान बड़े प्रभावशाली और पैसेवाले हैं। हैं तो सिर्फ़ इलाक़ेदार, लेकिन पच्चीस लाख रुपए साल की निकासी है। सिर्फ़ एक लड़का है जो इंग्लैंड में फौजी कॉलेज में है। दो लाख के गहने बनवा रहे हैं, अपनी लड़की के लिए। आज दोपहर को मुझे बुलवाकर गहनों का आर्डर दिया है उन्होंने। शुक्रवार की रात डिनर है। आपके नाम भी निमन्त्रण भेजा है उन्होंने। परिवार का एक छोटा-सा उत्सव रहेगा। रानी साहिबा विजयपुर के पिता राणा प्रताप जंगशमशेर, रानी साहिबा

विजयपुर, लाल साहेब, रानी सतवन्त कुँवर, मैं और आप, और राजा साहेब के परिवार के आदमी ! देखिएगा, कितनी आलीशान कोठी है उनकी !"

सन्तो आकर वहाँ बैठ गई थी। राधाकिशन की बात सुनकर उसने पूछा, "तो क्या लाल साहेब के साथ लावण्य की शादी पक्की हो गई ?"

गंगाप्रसाद ने आश्चर्य से सन्तो को देखा, "क्या आपको इस सबका पता नहीं है ?" फिर सोचकर उसने कहा, "हाँ, पता होता तो कैसे, कल रात को ही यह शादी तय हुई है।"

सन्तो मुस्कराई, "बात तो मुझसे ही रानी साहिबा घाटबागन ने शुरू करवाई थी, लेकिन लाल साहेब के राज़ी होने का सवाल था। कल शाम को इसीलिए उन्होंने मुझे बुलाया था। चलो, अच्छा हुआ, यह शादी तय हो गई।"

"यही नहीं, पचास हज़ार रुपए मुझे आज गहने के मद में पेशगी मिल गए हैं। बड़े खुले हाथ के हैं राजा साहेब घाटबागान ! दिल खोलकर ख़र्च करते हैं। डिप्टी साहेब, आप उनसे मिलकर खुश हो जाइएगा।"

सन्तो बाहर जाने को तैयार होकर अपने कमरे से बाहर निकली थी। उसने गंगाप्रसाद से कहा, "मैं कल तो रानी साहिबा विजयपुर के यहाँ नहीं जा सकी, आज उनको बधाई दे आऊँ। वहाँ से हम लोग रानी साहिबा घाटबागान के यहाँ भी चलेंगे।" और फिर उसने राधाकिशन के पास जाकर उसके कान में धीरे से पूछा, "लेडी-डॉक्टर से मिले थे ?"

राधाकिशन ने धीमे स्वर में कहा, "हाँ, उसे शक तो है, लेकिन ठीक-ठीक वह चार-पाँच महीने का होने पर बतला सकेगी। अभी तो कुल दो ही महीने हुए हैं।"

सन्तो की आँखें प्रसन्नता से चमक उठीं। उसने फिर धीमे स्वर में कहा, "आज मुझे दो-एक दफ़ा मितली भी आई। अच्छा, कार की तो तुम्हें कोई आवश्यकता नहीं है ? थके हुए आए हो, घर पर ही तो रहोगे ?"

"हाँ, अब मैं घर पर ही रहूँगा, तुम कार ले जाओ ! श्रीकिशन भाई साहेब से बातचीत भी तो करनी है। वह कलकत्ता की दुकान का हिसाब-किताब समझना चाहते हैं; अभी आते होंगे।"

सन्तो के माथे पर बल पड़ गए, "हिसाब-किताब समझना चाहते हैं, यह क्यों ? उन्हें कलकत्ता की दुकान से क्या मतलब ?"

राधाकिशन ने उत्तर दिया, "हाँ, मैंने तो उनसे साफ़-साफ़ कह दिया कि हम लोगों का बँटवारा तो उसी दिन हो गया था, जिस दिन लालाजी इस फ़र्म से अलग होकर कानपुर रहने चले गए थे। जब पिता ही संयुक्त परिवार तोड़ चुका हो, तो फिर कैसा संयुक्त परिवार ? उन्होंने मुझे कलकत्ता की दुकान में भेज दिया, दिल्ली की दुकान उनकी हो गई। भला उन्होंने मुझे दिल्ली की दुकान और दिल्ली की जायदाद का हिसाब-किताब कब दिया है ?"

मालूम होता है, कैलासो ड्राइंग-रूम के भीतरवाले डाइनिंग-रूम के दरवाज़े में कान

लगाए हुए इस बातचीत को काफ़ी देर से सुन रही थी। एकाएक वह तेज़ी के साथ बाहर निकली, "तुमने कभी दिल्ली की दुकान और जायदाद का हिसाब माँगा भी है, जो वह देते लाला ! आज पहली बार सुन रही हूँ कि बँटवारा हो गया। इधर कुछ बड़ी रक़म पैदा कर ली है न तुमने, तो नीयत बिगड़ गई। इस तरह की बात करते शरम नहीं आती ! क्यों न हो, शरम-हया तो सन्तो बीबी खा गई है !"

सन्तो तड़प उठी, "तुम बड़ी शरम-हयावाली हो तभी न ! इनको लिए पड़ी रहती थीं...इनका हिस्सा हड़पने के लिए।"

कैलासो चिल्ला उठी, "हाय राम ! सुन रहे हो लाला, इस चुड़ैल की बात ! नामर्द कहीं का, मर्द का बच्चा होता तो इसका मुँह तोड़ देता।"

सन्तो ने उठते हुए कहा, "जीजी, अब तुम अपना मुँह तुड़वाओगी, मालूम होता है !"

राधाकिशन उठ खड़ा हुआ यह सब देखकर। उसने कैलासो से कहा, "भौजी, इस गाली-गलौज और चीख-पुकार से तो कुछ लाभ निकलेगा नहीं। तुम जानती ही हो, हम दोनों के घर अलग-अलग हो गए हैं, परिवार अलग-अलग हो गए हैं। तो यह बँटवारा नहीं तो क्या है ?"

कैलासो ने क्रोध से कहा, "बड़े आए बँटवारे की बात चलानेवाले ! जब महीनों मेरे कमरे में पड़े रहते थे तब बँटवारा नहीं हुआ था; और जब आज राजाबहादुर बन गए, दस लाख रुपया पैदा कर लिया तब बँटवारा हो गया। ऐसे सस्ते नहीं छूटोगे लाला ! एक-एक पैसे का हिसाब देना होगा !"

सन्तो ने एक व्यंग्य-भरी मुस्कान के साथ कैलासो को देखा। फिर उसने गंगाप्रसाद से कहा, "चलिए, यह देवर-भौजाई का झगड़ा है, ये लोग निपटें। मुझे इस सबमें नहीं पड़ना !" और यह कहकर सन्तो गंगाप्रसाद का हाथ पकड़कर बाहर चली गई।

8

"आश्चर्य तो इस बात का है कि अपने जाने की बात मेजर वाट्स ने मुझे बतलाई तक नहीं। उसने मुझसे पूरा-पूरा वादा किया था कि वह डिनर में ज़रूर आएगा। कहता था कि लावण्य को उपहार में देने के लिए उसने एक हीरे का ब्रोच खरीदा है—हैमिल्टन्स के यहाँ से। कुल चार दिन ही तो हुए, और आज जब मैंने उसे याद दिलाने को फ़ोन किया तो मालूम हुआ कि परसों शाम ही वह बम्बई-मेल से

बम्बई के लिए रवाना हो गया। वहाँ से इंग्लैंड जाएगा। हम लोगों से जाने के पहले मिला भी नहीं ! आख़िर क्या बात हुई ? अनायास ही उसके परिवार में कोई दुर्घटना हो गई क्या ? आखिर इस तरह एकाएक चला जाना एक रहस्य है न !" रानी हेमवती देवी ने बड़े दुख के साथ रानी साहिबा विजयपुर की ओर देखा।

रानी साहिबा विजयपुर ने भी आश्चर्य के भाव में कहा, "हाँ, जाने के एक दिन पहले ही तो सन्तो के साथ वह गवर्नर के यहाँ किसी मीटिंग में गया था। क्यों सन्तो, उसने उस दिन अपने जाने की कोई बात तुमसे कही थी ?"

सन्तो ने भी आश्चर्य से अपनी आँखें फाड़ते हुए उत्तर दिया, "उसने मुझसे तो कुछ भी नहीं कहा। आज पहली बार रानी साहिबा घाटबागान के मुख से सुन रही हूँ उसके जाने की बात। हाँ उस मीटिंग के बाद उससे मुलाक़ात नहीं हुई। मैं घर से बाहर निकली भी नहीं, मेहमान आए हुए हैं न !" और राधाकिशन की ओर देखती हुई वह बोली, "इनके बड़े भाई, इनकी भावज और उनके बच्चे...आज सुबह की गाड़ी से ही तो वे लोग गए हैं। मैं उस सबमें व्यस्त रही।"

लावण्यप्रभा हँस पड़ी, "मेरा मन कहता था कि उसे यहाँ से एक-न-एक दिन जाना ही पड़ेगा। चलो, अच्छा हुआ जो वह यहाँ से चला गया। उसका उपहार मैं किसी भी तरह न लेती। मुझे तो न जाने क्यों उस आदमी से एक तरह से घृणा हो गई थी। उसकी शक्ल पर एक तरह का भयावनापन था। वैसे ऊपर से बड़ा सीधा, बड़ा हँसमुख और उदार लगता था, लेकिन उसकी आँखों में अजीब शैतानियत की झलक दिखती थी।"

रानी साहिबा विजयपुर के पिता राणा प्रताप जंगशमशेर चुपचाप कौतूहल के साथ बातचीत सुन रहे थे। लावण्यप्रभा के उस उद्गार से वह हँस पड़े, "खूब कहा बेटी, खूब कहा ! शैतानियत में एक भयानक और ख़तरनाक क़िस्म का आकर्षण होता है। जिस पर भगवान का वरद हाथ है वही उससे बच पाते हैं। बेटा, तेरे ऊपर भगवान का वरद हाथ है।"

रिपुदमनसिंह और लावण्यप्रभा की मँगनी के उपलक्ष्य में उस पारिवारिक डिनर में केवल ग्यारह आदमी होंगे, यह तय किया गया था। राणा प्रताप जंगशमशेर, रानी साहिबा विजयपुर और लाल रिपुदमनसिंह वर-पक्ष की ओर से; राजा सत्यजित प्रसन्नसिंह, रानी हेमवती देवी और कुमारी लावण्यप्रभा कन्यापक्ष की ओर से; दोनों परिवार के मित्र मेजर वाट्स, राजाबहादुर राधाकिशन और रानी सतवन्त कुँवर; लाल रिपुदमनसिंह के मित्र गंगाप्रसाद और कुमारी लावण्यप्रभा की मित्र श्रीमती चारुबाला चक्रवर्ती।

घड़ी ने आठ बजाए, और राजा सत्यजित प्रसन्नसिंह ने कहा, "लावण्यप्रभा की सहेली चारुबाला के पति श्री सोमेन्द्र चक्रवर्ती की तबीयत ठीक नहीं है, वे लोग नहीं आ सकेंगे; और मेजर वाट्स इंग्लैंड चले गए इसलिए वह भी नहीं आएँगे। बाकी सब लोग आ चुके हैं, और अभी-अभी आठ बजे हैं। इसलिए अब मैं रानी साहिबा विजयपुर से—राजा साहेब विजयपुर यहाँ नहीं हैं इसलिए उनकी प्रतिनिधि रानी साहिबा हैं—यह

प्रस्ताव करता हूँ कि वह अपने देवर लाल रिपुदमनसिंह की पत्नी के रूप में मेरी कन्या कुमारी लावण्यप्रभा को स्वीकार करें।"

रानी साहिबा विजयपुर ने उठकर लावण्यप्रभा को अपने पास बुलाया। माणिक के जड़ाऊ कंगन लावण्यप्रभा के हाथ में पहनाते हुए उन्होंने कहा, "मैं इस सुशील और सुलक्षणा लड़की का अपने परिवार में अपनी बहू के रूप मे स्वागत करती हूँ।" और यह कहकर उन्होंने लाल रिपुदमनसिंह से कहा, "छोटे भैया, इतनी सुन्दर और सुशील बहू पाकर तुम धन्य हो गए ! अपनी वाग्दत्ता को अब अपना उपहार दो !"

लाल रिपुदमनसिंह ने हीरे की एक अँगूठी लावण्यप्रभा की उँगली में पहना दी।

अब रानी हेमवती देवी की बारी थी। उनकी बगल में चाँदी का एक थाल था, जिसमें एक सौ एक गिन्नियाँ रखी हुई थीं। उन्होंने यह थाल रानी साहिबा विजयपुर को भेंट किया और फिर वह उनसे गले मिलीं। अन्त में राजा साहेब घाटबागान ने उठकर कहा, "मैं अपने भावी जामाता को एक फोर्ड कार उपहार के रूप में देता हूँ। कार बाहर खड़ी है।" और यह कहकर वह अपने मेहमानों को कार दिखाने के लिए बाहर पोर्टिको में गए जहाँ इस बीच वह कार खड़ी कर दी गई थी।

पोर्टिको से लौटकर सब लोग खाना खाने बैठ गए। खाना डाइनिंग-टेबल पर लगाया गया था। शैम्पेन, शेरी और पोर्ट के दौर चलने लगे। डिनर के बाद सब लोगों ने लावण्यप्रभा को बधाइयाँ और आशीर्वाद प्रदान किए।

क़रीब साढ़े नौ बजे राणा प्रताप जंगशमशेर ने कहा, "अब हम लोगों को चलना चाहिए।"

अपने पिता का आदेश पाकर रानी साहिबा विजयपुर उठ खड़ी हुईं, "हाँ छोटे भैया, अब हम लोग चलें !"

राजा सत्यजित प्रसन्नसिंह ने उठकर कहा, "अब मैं आप लोगों को नहीं रोकूँगा। कार के साथ जो ड्राइवर आया है वह आपकी कार पर आप लोगों को पहुँचा देगा। फ़िटन बाद में चली जाएगी।" और राजा साहेब घाटबागान अपने अतिथियों को बाहर पहुँचा आए। उनके आने पर राधाकिशन ने कहा, "अब हम लोग भी चलेंगे, आज्ञा दीजिए !"

राजा सत्यजित प्रसन्नसिंह मुस्कराए, "अभी समय ही कितना हुआ है ! शैम्पेन की बोतलें हैं और रात है," और उन्होंने लावण्यप्रभा से कहा, "बेटी तुम बहुत थक गई हो। अब सोओ जाकर !"

लावण्यप्रभा उठकर चली गई। राधकिशन ने फिर कहा, "राजा साहेब, मैं बुरी तरह थक गया हूँ, नींद आ रही है, सो घर जाकर सोऊँगा। रानी साहिबा और गंगाप्रसाद को आप रोक सकते हैं, लेकिन मुझे तो आज्ञा दीजिए !"

"अच्छी बात है, जैसी आपकी मरज़ी ! आपके मेहमान को और रानी साहिबा को मैं रोके हुए हूँ। आपकी कार पर इन्हें भिजवा दूँगा। आप जाकर आराम से सोइए !"

"हाँ-हाँ, रानी साहिबा तो आज तीन दिन बाद घर से निकली हैं, और अभी इनके

सोने का समय भी तो नहीं हुआ है !" राधाकिशन हँसता हुआ कमरे से बाहर चला गया।

अब उस कमरे में केवल चार व्यक्ति रह गए—राजा सत्यजित प्रसन्नसिंह, रानी हेमवती, सन्तो और गंगाप्रसाद। इस समय गंगाप्रसाद ने ग़ौर से राजा सत्यजित प्रसन्नसिंह को देखा—गोरा-सा, लम्बा-सा और निश्चय ही एक सुन्दर आकृति का हँसमुख आदमी ! राजा सत्यजित प्रसन्नसिंह की अवस्था लगभग पचास वर्ष की थी, लेकिन वह चालीस वर्ष से अधिक के न दिखते थे। राजा साहेब के जीवन का अधिकांश समय यूरोप के भ्रमण में बीतता था। प्रायः सभी यूरोपीय देशों में वह रहे थे। जाड़ों में तीन-चार महीनों के लिए कलकत्ता आते थे।

राजा सत्यजित प्रसन्नसिंह पी रहे थे और यूरोप के अपने विचित्र अनुभव सुना रहे थे। जादू का देश था वह विलायत ! अवाक् और विस्मित सन्तो उन क़िस्सों को सुन रही थी। रानी हेमवती देवी गंगाप्रसाद से कह रही थीं, "इतना बड़ा गप्पी तुम्हें मुश्किल से ही मिलेगा।" और रानी हेमवती गंगाप्रसाद से कलकत्ता के सामाजिक जीवन की बातें कर रही थीं; कलकत्ता के विशिष्ट समाज में उनका क्या स्थान है, यह बतला रही थीं।

इस सब बातचीत से गंगाप्रसाद बुरी तरह ऊब रहा था। वह भी रानी साहिबा घाटबागान के साथ शैम्पेन पी रहा था, लेकिन उसके मन में न कोई उमंग थी, और न उत्साह। रह-रहकर वह सन्तो की ओर देख लेता था, लेकिन सन्तो राजा सत्यजित प्रसन्नसिंह की बातों के रस में डूबी हुई थी। घड़ी ने अब ग्यारह बजाए। राजा सत्यजित प्रसन्नसिंह ने सन्तो से कहा, "हाँ, उन चित्रों का संग्रह मेरे बेड-रूम में है, अगर चाहो तो देख सकती हो। वहीं मैं गहनों की बाबत, जो राधाकिशनजी से कहना भूल गया था, बतला दूँगा।" और यह कहकर राजा साहेब उठ खड़े हुए। उन्होंने रानी हेमवती देवी से कहा, "अपने मेहमान को बिठाओ, मुझे रानी साहिबा को अपने उन चित्रों का संग्रह दिखाना है। अभी थोड़ी देर में आती हैं।" और सन्तो का हाथ पकड़कर राजा साहेब अपने कमरे में चले गए—रानी हेमवती देवी को गंगाप्रसाद के साथ छोड़कर।

सन्तो और राजा साहेब के जाने के बाद रानी हेमवती ने शैम्पेन की एक और बोलत खोली, "जब तक यह लोग बात करते हैं तब तक हम लोग पिएँ। अभी रात ही कितनी हुई है ! यह निस्तब्ध, शान्त और रंगीन रात—शैम्पेन के दौर—और हम-तुम... !" रानी साहिबा हँस पड़ीं, "यहाँ नज़दीक आ जाओ। बैठो, खुद पियो, मुझे पिलाओ !"

उस कमरे में गहरा सन्नाटा छाया हुआ था। केवल दो व्यक्ति उस बड़े कमरे में अकेले बैठे पी रहे थे। एक सोफ़े पर रानी हेमवती देवी आधी बैठी और आधी लेटी थीं। गंगाप्रसाद को जैसे उस कमरे में भय लग रहा हो। उसके मुख पर एक तरह का तनाव था। रानी हेमवती ने मुस्कराते हुए कहा, "क्यों, क्या बात है जो इतना खोए हुए से हो ? कुछ बातचीत करो न !"

गंगाप्रसाद बोला, "बड़ी देर हो गई, बारह बज रहे हैं। मुझे जाना है।"

"लेकिन तुम जाओगे कैसे, जब तक तुम्हारी सन्तो नहीं आती ? तुम्हें उसका इन्तज़ार करना होगा। तब तक तुम मुझे अपने हाथ से शैम्पेन पिलाओ ! मेरे हाथ-पैर अब चलते नहीं, बहुत पी गई हूँ। चलो, मुझे सहारा देकर मेरे कमरे तक पहुँचा दो। पकड़ो मेरा हाथ ! मैं कहती हूँ पकड़ो मेरा हाथ !"

गंगाप्रसाद एकाएक चौंक उठा। उसे ऐसा लगा कि दूसरी कैलासो उसके सामने बैठी हुई है—उतनी ही कामुकता से भरी हुई, घृणास्पद और फूहड़ ! लेकिन गंगाप्रसाद के सामने कोई दूसरा उपाय नहीं था। रानी हेमवती को सहारा देकर उसने उठाया, और उसे ऐसा लगा कि रानी हेमवती देवी उस पर गिरी पड़ रही हैं। किसी तरह बड़ी मुश्किल से उसने रानी हेमवती देवी को उनके कमरे तक पहुँचाया। बिस्तर पर लेटकर रानी हेमवती ने पूछा, "अब तुम क्या करोगे ?"

"मैं अब घर जाऊँगा, आप मेरी चिन्ता न कीजिए।" गंगाप्रसाद ने कहा।

रानी हेमवती हँस पड़ीं, "हाँ, अब घर जाना ही ठीक होगा। वैसे तुम यहाँ इस पलँग पर मेरे साथ सन्तो का इन्तज़ार कर सकते हो; लेकिन तुम निरे बच्चे, अनाड़ी हो और मुझे नींद आ रही है।" यह कहकर रानी हेमवती देवी ने अपनी आँखें बन्द कर लीं।

गंगाप्रसाद लड़खड़ाता हुआ राजा सत्यजित प्रसन्नसिंह की कोठी से बाहर निकला। दूर एक घड़ी ने एक-एक करके बारह बजाए। उसने देखा कि शहर अभी सोया नहीं है; लोग चल रहे हैं, गाड़ियाँ दौड़ रही हैं, दुकानें खुली हुई हैं।

उसने एक विक्टोरिया ली; क़रीब एक बजे वह अपने घर पहुँचा।

अपने कमरे में जाकर वह लेट गया। एक भयानक उथल-पुथल मची हुई थी उसके अन्दर। कहाँ आ गया है वह ! यह वैभव, यह भोग-विलास, यह आमोद-प्रमोद, यह सब नरक है, भयानक नरक ! और वह उस नरक में आ पड़ा था। उस नरक से निकलने को उसके प्राण छटपटाने लगे। एक असह्य जलन भर गई थी उसके अन्दर। क्या यह सब कुछ सत्य था ? राजा सत्यजित प्रसन्नसिंह, रानी हेमवती देवी, राजाबहादुर राधाकिशन और रानी सतवन्त कुँवर, यह सब क्या था ? वह अपनी आँखों पर विश्वास नहीं कर पा रहा था और करवटें बदल रहा था। उसके अन्दर जलन हो रही थी।

जिस समय उसकी आँखें खुलीं, नौ बज रहे थे। जल्दी से निवृत्त हो और कपड़े पहनकर वह बरामदे में आया। धूप में राधाकिशन और सन्तो बैठे उसकी प्रतीक्षा कर रहे थे। सन्तो राधाकिशन से कह रही थी, "यह एक लाख रुपए का चेक राजा साहेब घाटबागान ने और दिया है आपको, लेकिन गहने जल्दी बनने चाहिए। डेढ़ लाख रुपए हुए...बाक़ी रुपया वह माल मिलने पर दे देंगे।"

फिर सन्तो ने अपने बैग से हाथीदाँत का एक खूबसूरत-सा डिब्बा निकाला। उस डिब्बे को खोलकर उसने मेज़ पर रखते हुए गंगाप्रसाद से कहा, "आप चले क्यों आए ? मैं जब घर चलने के लिए निकली तो बड़ी मुसीबत पड़ गई। साढ़े बारह बजे थे। राजा साहेब मुझे खुद यहाँ तक पहुँचा गए अपनी कार पर। आप तब तक नहीं लौटे थे; मेरे

लौटने के दस मिनट बाद आप यहाँ पहुँचे थे, लेकिन उस समय मुझे बुरी तरह नींद आ रही थी। बैठिए न, नाश्ता आ रहा है !"

गंगाप्रसाद ने सन्तो की बात का कोई उत्तर नहीं दिया, लेकिन वह बैठ गया। सन्तो ने शायद गंगाप्रसाद से किसी उत्तर की आशा भी नहीं की थी। उसने वह हाथीदाँत का केस खोलकर उसमें से एक मुर्ति निकाली। मूर्ति उसने राधाकिशन को दिखाते हुए कहा, "हाँ, राजा साहेब ने पूछा है कि इस मूर्ति की क्या कीमत होगी ?"

राधाकिशन ने मूर्ति को अपने हाथ में लेकर देखा और उसकी आँखें फैल गईं। वह प्रायः दो इंच ऊँची विष्णु की मूर्ति थी, जो एक बड़े माणिक को काटकर बनाई गई थी। वह माणिक रक्त की भाँति लाल था और उससे जैसे प्रकाश की रेखाएँ फूटी पड़ती थीं। इतना सुन्दर, बेदाग़ और इतना बड़ा माणिक राधाकिशन ने पहली ही बार देखा था। उस मूर्ति की बनावट बड़ी सुन्दर थी। भावना साकार हो उठी थी उस मूर्ति में। राधाकिशन विस्फारित नेत्रों से एकटक उस मूर्ति को देख रहा था। फिर उसने कहा, "यह मूर्ति...यह कहाँ मिली उन्हें ? इस मूर्ति की कोई क़ीमत नहीं—दो लाख, चार लाख, दस लाख—कुछ नहीं कहा जा सकता। इतना बड़ा और बेदाग़ तथा इस पानी का माणिक पहली बार देख रहा हूँ। यह कहाँ मिली है उन्हें ?"

"राजस्थान की किसी रानी ने उन्हें उपहार के रूप में दी थी। उन्होंने उस रानी का और उसकी रियासत का नाम नहीं बतलाया, और मैंने ज़्यादा पूछना भी उचित नहीं समझा।" सन्तो हँस पड़ी, "मैंने तो उनसे उसी समय कह दिया था कि इस मूर्ति का मूल्य उपहार ही हो सकता है।"

राधाकिशन ने मूर्ति उस हाथीदाँत के केस में रख दी, "उनसे कह दिया कि पाँच लाख और दस लाख के बीच में यह मूर्ति किसी रजवाड़े में बिक सकती है, अगर वह इसे बेचना चाहते हों। और उन्हें आज ही यह मूर्ति वापस कर देना; बहुत बड़े जोख़िम का माल है यह !"

नाश्ता उस समय तक आ गया था। नाश्ता करके राधाकिशन अपनी दुकान पर चला गया। राधाकिशन के जाते ही सन्तो ने गंगाप्रसाद से कहा, "सुना तुमने, इस मूर्ति का दाम सिर्फ़ उपहार हो सकता है। तो कल रात मैं उपहार के रूप में यह मूर्ति लाई हूँ !"

अवाक्-सा गंगाप्रसाद सन्तो को देख रहा था, और मुस्कराती हुई सन्तो गंगाप्रसाद की यह विस्मयवाली मुद्रा देख रही थी। बड़ी मुश्किल से गंगाप्रसाद संयत हुआ, "मैं आज शाम की गाड़ी से इलाहाबाद जा रहा हूँ।"

गंगाप्रसाद की यह बात सुनकर सन्तो के मुँह की मुस्कराहट लुप्त हो गई। कुछ देर तक वह मूक-सी कुछ सोचती रही। फिर उसने कहा, "मैं जानती हूँ कि मेरे सम्बन्ध में तुमने जो कुछ देखा और जाना है, वह तुम्हें अच्छा नहीं लगा। तुम शायद इस समय तक मुझसे घृणा भी करने लग गए होगे। लेकिन मैं क्या करूँ ? मैं अपने से ही विवश हूँ। मैं भी कभी-कभी सोचने लगती हूँ कि मैं ग़लत कर रही हूँ, लेकिन मेरी ग़लती

दिखलानेवाला भी तो कोई नहीं है। सोचो तो, कौन-सा सहारा है मेरे पास, जिसे पकड़कर मैं बचूँ ? जिस सहारे को मैं पकड़ती हूँ वही मुझे नीचे घसीटता है।"

गंगाप्रसाद ने दबे हुए स्वर में कहा, "शायद तुम ठीक कहती हो, लेकिन तुम खुद सोचो। इस धन, इस मान-मर्यादा के लिए इतना नीचे गिरना क्या उचित है ? तुमने क्या कभी यह सोचा है कि तुम अपने को बेच रही हो ?"

सन्तो तड़प उठी, "हाँ, मैं अपने को बेच रही हूँ। मैं वेश्या हूँ, यही कहना चाहते हो तुम ! लेकिन कौन नहीं बेच रहा है अपने को ! कुछ अपना शरीर बेचते हैं, कुछ अपनी आत्मा बेचते हैं। भोग-विलास में अपने को खो देना, पशु बन जाना, यह आत्मा को शैतान के हाथ में बेच देना है। राजा सत्यजित प्रसन्न, रानी हेमवती, कैलासो और तुम...तुम सब-के-सब अपनी आत्मा को बेच चुके हो। मैं कम-से-कम इतनी नहीं गिरी हूँ। एक बार मुझसे अपने को शैतान के हाथ में सौंपने की ग़लती हो गई थी और उस ग़लती की प्रेरणा दी थी मुझे तुमने। और उस एक ग़लती का परिणाम तो देख रहे हो तुम। लेकिन मैंने अपनी ग़लती सुधार ली। मेरे पास मान है, मर्यादा है, ऐश्वर्य है, वैभव है। मैं रानी हूँ, मेरे पास लाखों रुपए हैं। और तुम अपनी तरफ़ तो देखो, तुम क्या हो ? तुम जलते हो, कुढ़ते हो, तुम्हारे अन्दर घृणा है, तुम्हारे अन्दर हिंसा है और सन्तो यह कहते-कहते फूट पड़ी, उसकी आँखों से आँसू झरने लगे, उसकी हिचकियाँ बँध गईं।

गंगाप्रसाद ने अपराधी की भाँति कहा, "मुझे क्षमा करो, तुम ठीक कहती हो। मैं जानता हूँ कि जो कुछ मैंने कह डाला, उसे कहने का अधिकारी मैं नहीं हूँ। एक आवेश में आकर मैं वह सब कह गया था।"

सन्तो उठकर तेज़ी से अपने कमरे में चली गई।

उसी दिन गंगाप्रसाद शाम के समय इलाहाबाद के लिए रवाना हो गया। सन्तो उसे विदा करने के लिए भी कमरे से बाहर नहीं निकली।

जिस समय ट्रेन इलाहाबाद के स्टेशन पर रुकी, उसका मन बहुत भारी था। जब वह जैदई के बँगले पर पहुँचा, उसने वहाँ के समस्त वातावरण में एक घुटन-सी अनुभव की। भीखू उस बरामदे में था। गंगाप्रसाद का ताँगा देखते ही वह दौड़कर उसका असबाब उतारने के लिए आया। असबाब उतारते हुए उसने कहा, "कहाँ बिलम गए रह्यो बचवा ? हम लोगन का तुम्हार पतौ-ठिकाना नाहीं मालूम रहा, नाहीं तो खबर भेजतेन। लम्बरदारिन न जाने कब से तुम्हार नाम रट रही हैं।"

"क्यों, क्या बात है ? चाचीजी की तबीयत तो ठीक है ?"

"बस, तुम्हें देखन-भर के लिए जैसे उनकेर परान अटके भए हैं। डॉक्टर जवाब दे गए हैं। सीधे उनके कमरा मां चले जाओ। भइया छै दिन से इहैं हैं, तौन उइ बैठे हैं उनके कमरा मां। लछमीचन्दौ आय गए हैं परसों।"

गंगाप्रसाद सीधे जैदेई के कमरे में पहुँचा।

जैदेई चुपचाप आँख बन्द किए पड़ी थी, लेकिन ऐसा मालूम होता था कि अपनी आन्तरिक पीड़ा दबाते-दबाते उसका मुँह ऐंठ गया है। ज्वालाप्रसाद भी आँखें बन्द किए

उसके सिरहाने बैठे थे, जैसे वह सो रहे हों। गंगाप्रसाद के पैरों की आहट पाते ही ज्वालाप्रसाद ने अपनी आँखें खोल दीं, "अरे, तुम आ गए ! भौजी झूठ नहीं कहती थीं। कल रात उन्होंने मुझसे कहा था कि तुम आज ज़रूर आओगे। क्या तुम बरेली में नहीं थे ? मैंने तुम्हें दो तार भेजे, लेकिन कोई जवाब नहीं मिला तुम्हारा।"

"जी, मैं कलकत्ता चला गया था, वहाँ एक हफ़्ते की जगह सत्रह-अठारह दिन लग गए।"

ज्वालाप्रसाद ने कहा, "कल से यह बेहोश हैं। बीच में कभी-कभी आँखें खोलकर पूछ लेती हैं कि तुम आए हो या नहीं, और फिर बेहोश हो जाती हैं।" यह कहकर ज्वालाप्रसाद ने ज़रा ज़ोर से कहा, "भौजी, तुम्हारी बात सच निकली, गंगा आ गया।"

जैदेई ने आँखें खोलीं। थोड़ी देर तक वह एकटक गंगाप्रसाद को देखती रही, फिर उसने क्षीण स्वर में कहा, "ज़रा नगीच तो आ–तेरे सिर हाथ रख दूँ। हाँ ठीक ! तो तू कहाँ भटक रहा था, और तुझे देखने को प्राण तड़प रहे थे। लेकिन मैंने देवरजी से कह दिया था, बिना गंगा को देखे मेरे परान नहीं निकलेंगे। तो तू आ ही गया; भगवान ने मेरी सुन ली।" फिर उसने ज्वालाप्रसाद से कहा, "देवरजी, लछमी कहाँ है ?"

"आधा घंटा हुआ, यहाँ से चले गए। मुझे कह गए हैं कि कमिश्नर साहेब के बँगले पर गए हैं। अगर ज़रूरत हो तो आदमी भेजकर बुला लूँ। क्यों, क्या कोई ख़ास काम है ?"

"हाँ, काम तो है ही, लेकिन जब वह आ जाएगा तभी हो जाएगा।" और फिर उसने गंगाप्रसाद से कहा, "क्यों रे, बड़े मौके से आय ! अगर एक दिन की भी देर हो जाती तो न मैं तुझे देख पाती, और न तू मुझे देखा पाता।"

जैदेई ने अपनी आँखें बन्द कर लीं, जैसे गंगाप्रसाद के सिर पर हाथ रखकर बड़ी शान्ति मिली हो। उसके मुखवाली ऐंठन ग़ायब हो गई थी और मुख की स्वाभाविक मुद्रा लौट आई थी। जब जैदेई ने कुछ देर तक गंगाप्रसाद के सिर से हाथ नहीं हटाया और न वह गंगाप्रसाद से कुछ बोली ही, तब गंगाप्रसाद ने धीरे से जैदेई का हाथ हटाकर उसकी बगल में कर दिया, "यह क्या हुआ बप्पा, मालूम होता है, यह बेहोश हो गईं !"

"बेहोश तो यह दो दिन से पड़ी हैं। डॉक्टरों को ताज्जुब इस बात का है कि अभी तक यह ज़िन्दा कैसे है ! जाओ, तुम कपड़े-वपड़े बदल डालो, नहा-धो लो ! जब इन्हें होश आएगा और तुम्हें पूछेंगी, तब मैं तुम्हें बुला लूँगा !"

कमरे से बाहर निकलकर गंगाप्रसाद अपनी पत्नी से मिला, अपनी माता से मिला। इन लोगों से कोई ख़ास बात नहीं हो सकी उसकी; एक अजीब सहमा हुआ-सा वातावरण था वहाँ। नहा-धोकर भोजन किया, फिर वह ड्राइंग-रूम में आकर बैठ गया।

दोपहर के समय लक्ष्मीचन्द वापस लौटा। गंगाप्रसाद को देखकर उसने कहा, "तो तुम आ ही गए। लेकिन थे कहाँ ? इतनी पूछताछ हुई तुम्हारी बाबत; पत्र, तार सभी कुछ भेजे गए, लेकिन तुम ऐसे गायब हुए कि पता ही नहीं चलता था। अम्मा ने तुम्हारे नाम की रट लगा रखी थी। मिल लिए उनसे ?"

"जी हाँ, दो-एक मिनट के लिए होश में आई थीं, फिर बेहोश हो गईं। लेकिन आप अकेले ही कानपरु से आए, भाभीजी और बच्चे नहीं आए आपके साथ; यहाँ तो हालत अब-तब हो रही है !"

लक्ष्मीचन्द मुस्कराया, "हाँ अकेला ही आया हूँ; बाल-बच्चे भी एक-दो दिन में आ जाएँगे। मैं तो यहाँ आकर अजीब मुसीबत में पड़ गया हूँ। तीन दिन हो गए मुझे आए हुए। यह सोचकर चला था कि एक-दो दिन लगेंगे। कानपुर के काम-काज का हर्ज़ हो रहा है। अभी-अभी सिविल सर्जन से मिलकर आया हूँ। वह कहता है कि कुछ कहा नहीं जा सकता। किसी भी समय इनकी मृत्यु हो सकती है। वैसे दो-चार दिन और भी खींच सकती हैं। समझ में नहीं आता कि क्या करूँ ?"

"इसमें समझ में न आने की क्या बात है भाईजी, रुकना तो पड़ेगा ही आपको !"

"हाँ, रुकना तो पड़ेगा ही।" अन्यमनस्क भाव से लक्ष्मीचन्द ने कहा, "किसी की मौत का इन्तज़ार करना—कितनी अजीब-सी बात लगती है, लेकिन वही कर रहा हूँ मैं। मैं ही क्यों, इस घर के सब लोग। लेकिन तुमने बताया नहीं कि कहाँ ग़ायब हो गए थे !"

"कलकत्ता चला गया था। वहाँ से मेरे एक मित्र का निमन्त्रण आया था...लाला राधाकिशन का । शायद आपने नाम सुना हो और जानते भी हों उन्हें। उनके पिता गोपीकिशन आजकल कानपुर में रहते हैं।"

"अरे, वह गोपीकिशन का लड़का राधाकिशन ! राजाबहादुर हो गया है। कलकत्ता में जौहरी है। समझ गया। तो उसके यहाँ गए थे ! कैसे हाल हैं उस कलकत्ता के ? अब तो राजधानी हट गई वहाँ से !"

"राजधानी हट गई तो क्या हुआ ? वैसी ही चहल-पहल, वैसा ही राग-रंग। मैं तो घबरा गया था कलकत्ता का रूप देखकर।"

लक्ष्मीचन्द हँस पड़ा, "तुम घबरा गए गंगाप्रसाद ! बड़े अचरज की बात है। वैसे घबरानेवाले आदमी तो तुम थे नहीं !" फिर लक्ष्मीचन्द ने गंगाप्रसाद की उँगलीवाली हीरे की अँगूठी को लक्ष्य करते हुए, जिसे वह काफ़ी देर से ग़ौर से देख रहा था, कहा, "बड़ी सुन्दर अँगूठी है यह, और इसमें हीरा भी बहुत बड़ा लगा है। ऐसा लगता है कि यह अँगूठी मैंने और कहीं देखी है। कलकत्ता में ख़रीदी है यह ?"

"जी नहीं, यह अँगूठी मुझे चाचीजी ने दी थी।" गंगाप्रसाद ने थोड़ा हिचकते हुए कहा।

लक्ष्मीचन्द के माथे पर बल पड़ गए, "तभी मैं सोच रहा था कि अँगूठी मैंने कहीं देखी है।"

दोनों ही थोड़ी देर तक चुपचाप बैठे रहे। इसी समय ज्वालाप्रसाद जैदेई के कमरे से निकले। उन्होंने ड्राइंग-रूम में आकर कहा, "लक्ष्मी, भौजी होश में आई हैं। उन्होंने तुम्हें और गंगा को बुलाया है।"

हीरे की अँगूठी की बात सुनकर लक्ष्मीचन्द के मुख पर जो तनाव आ गया था, वह वैसा-का-वैसा था। उसने उठते हुए कहा, "चलिए !"

जैदेई दरवाज़े की ओर देखती हुई उन लोगों की प्रतीक्षा कर रही थी। ज्वालाप्रसाद उस कुरसी पर, जो जैदेई के सिरहाने पड़ी थी, बैठ गए। जैदेई के पलँग के पास जो दो कुरसियाँ पड़ी थीं उनमें से एक पर लक्ष्मीचन्द बैठा, दूसरी पर गंगाप्रसाद। जैदेई चुपचाप कुछ देर तक इन दोनों को देखती रही। उसकी आँखों में आँसू थे। फिर उसने क्षीण स्वर में कहा, अब अन्तिम समय आ गया है मेरा ! लछमी बेटा, मैं तुमसे कुछ कहना चाहती थी, मेरी आख़िरी इच्छा है..."

"हाँ-हाँ, कहो अम्माँ ! तुम्हारी आख़िरी इच्छा पूरी होगी।" लक्ष्मीचन्द ने कहा।

जैदेई ने कुछ सुस्ताकर कहा, "मैंने इस गंगा को तेरी ही भाँति पाला-पोसा है... तो इस गंगाप्रसाद को भी मैं कुछ देना चाहती हूँ। तेरे पास तो इतना बड़ा राज-पाट है, लेकिन यह नौकरी कर रहा है। मेरे पास जो नकदी और जो गहने हैं उस तिजोरी में, वे सब मैं गंगा को दे रही हूँ। गंगा था नहीं, मैंने जब देवरजी से कहा तो वह बोले कि पहले मैं तुमसे कह लूँ।"

लक्ष्मीचन्द हँस पड़ा, एक रूखी और कर्कश हँसी, "इसीलिए गंगा-गंगा की रट लग रही थी। अगर गंगाप्रसाद पहले आ गया होता, तो मुझसे यह सब कहने और पूछने की ज़रूरत भी नहीं पड़ती। गंगा को यह हीरे की अँगूठी तुमने मुझसे पूछकर दी थी ? बड़ी मज़ेदार बात कह रही हो अम्माँ !"

जैदेई ने अपनी आँखें बन्द कर लीं। एक भयानक पीड़ा की ऐंठन उसके मुख पर आई और निकल गई। कुछ देर बाद आँखें मूँदे-ही-मूँदे उसने कहा, "जो मेरा था, उसे दिया मैंने। हरेक बात मैं कहाँ पूछती फिरती तुझसे ! अब तू यहाँ आ गया है तो पूछ रही हूँ तुमसे !"

लक्ष्मीचन्द ने कहा, "अच्छा किया अम्माँ जो पूछ लिया मुझसे ! नहीं तुम तो चली जातीं यहाँ से, इन लोगों का बुरा हाल होता ! मैं गंगाप्रसाद को चोरी में गिरफ़्तार करवा सकता था, चाचाजी यह जानते हैं। और इसीलिए इन्होंने तुम्हें यह सलाह दी है। तो अम्माँ, इस रक़म पर किसी का कोई अधिकार नहीं। यह रक़म मेरी है और तुम गंगा को कुछ भी नहीं दे सकतीं, इतना समझ लो ! तुमने इसे लिखाया-पढ़ाया, तुमने इस पर हज़ारों रुपए ख़र्च किए और फिर तुमने इसे हीरे की अँगूठी भी दे दी। और क्या-क्या सामान दिया है तुमने इसको, ज़रा मुझे यह भी बतला दो !"

जैदेई ने अब अपनी आँखें खोलीं, "लक्ष्मी बेटा, इतना छोटा न बन ! मैंने अपने पास रखा ही क्या था जो किसी को देती ? सब कुछ तो सौंप दिया था तेरी बहू को और तुझको, मेरे कुछ निजी गहने हैं और कुल दस-पन्द्रह हज़ार की नक़दी है उस तिजोरी में। मुश्किल से पच्चीस-तीस हज़ार की जमा-जथा होगी। भगवान ने तुझे करोड़ों दिए हैं, इतनी छोटी-सी रकम पर क्यों अपना मन छोटा करता है ?"

लक्ष्मीचन्द ने कुछ आवेश में कहा, "यह जो करोड़ों की बात करती हो, यह इन्हीं सैकड़ों और हज़ारों से ही तो बने हैं अम्माँ ! एक-एक पैसा फ़ी गज़ का मुनाफ़ा होता है, तब कहीं मिल में लाख-दो लाख का फ़ायदा होता है। जो मेरा है, वह मैं कैसे छोड़

दूँ ? जो हो गया, वह हो गया। अब मैं तुम्हें इन लोगों को एक पैसा देने की इजाज़त नहीं दे सकता, इतना समझ लो !"

लक्ष्मीचन्द के इस आवेश का प्रभाव जैदेई पर भी पड़ेगा, यह निश्चित था, "ठीक अपने बाप के गुन पाए हैं तूने लक्ष्मी ! लेकिन, लेकिन तू मुझे न रोक सकेगा।" और अपने निर्बल हाथों से तिजोरी की चाभी अपनी सोने की माला से खोलकर गंगाप्रसाद की ओर बढ़ाती हुई जैदेई बोली, "जो मेरा है, उसे देने का मुझे पूरा हक़ है। इससे तू मुझे नहीं रोक सकता। लो गंगाप्रसाद, यह चाभी..."

लेकिन मानो लक्ष्मीचन्द इस सबके लिए सतर्क था। उसने चाभी अपनी माँ के हाथ से छीन ली, "बड़ी आई है गंगाप्रसाद को चाभी देनेवाली हरामज़ादी !"

अब गंगाप्रसाद की चेतना जागी, जैदेई को दी हुई गाली सुनकर। उसने लक्ष्मीचन्द का हाथ पकड़कर कहा, "चाचाजी को गाली देते हुए तुम्हें शरम नहीं आती !"

लक्ष्मीचन्द ने इस समय तक पूरी तौर से अपने ऊपर से अधिकार खो दिया था, "दूँगा गाली ! इस चुड़ैल को गाली दूँगा ! इसके गुनों को क्या हम लोग जानते नहीं ? यह तुम्हारे बाप, जो इसके इतने सगे हैं, क्या इसका भेद मुझसे या दूसरे लोगों से छिपा है ? तुम्हारे ऊपर जो इसने इतना ख़र्च किया और जो तुम्हें अपनी जमा-जथा सौंप रही है, यह इसका छिनालपन है !"

जैदेई के मुख से एक चीख़ निकली, "हाय राम !" और वह बेहोश हो गई।

इस समय ज्वालाप्रसाद पागल-सा उठ खड़े हुए, "लक्ष्मीचन्द, निकलो इस कमरे से ! एकदम निकलो ! तुम्हारी जमा-जथा सब तुम्हारे पास है। उसे कोई नहीं छुएगा, लेकिन इस बेचारी को शान्तिपूर्वक मरने दो। जाओ गंगा, जाओ इस कमरे से ! जाओ लक्ष्मीचन्द्र, जाओ ! इस अभागिन को शान्ति से मरने दो !" ज्वालाप्रसाद प्रलाप-सा कर रहे थे।

गंगाप्रसाद सिर झुकाए हुए उस कमरे से बाहर चला गया, लेकिन लक्ष्मीचन्द की हिंसा भड़क उठी थी, "जाता हूँ, लेकिन इतना याद रखिएगा, इस घर की अगर कोई चीज़ इधर-उधर हुई, तो बाप-बेटे दोनों को ही बड़े घर की हवा खिला दूँगा !" और वह तेज़ी के साथ कमरे के बाहर चला गया।

इस बातचीत से घर के नौकर-चाकर सब कमरे के बाहर एकत्रित हो गए। उस मृत्यु के घर में चारों ओर हिंसा की भयानकता व्याप गई थी। ज्वालाप्रसाद ममहित-से अपनी कुरसी पर बैठ गए। उन्होंने आवाज़ दी, "भौजी, आँखें खोलो। वे लोग गए।"

लेकिन जैदेई चुपचाप निर्जीव-सी पड़ी थी और उसका मुँह बुरी तरह से ऐंठ गया था—एक भयानक मानसिक पीड़ा से। जैदेई की यह दशा देखकर ज्वालाप्रसाद की आँखों में आँसू आ गए। हाथ जोड़कर छत की ओर देखते हुए वह बुदबुदाने लगे, "हे भगवान ! अगर भौजी ने कोई पाप किया है तो उसका दंड मुझे देना ! उनकी पीड़ा दूर करो हे भगवान् ! इन्हें जल्दी-से-जल्दी अपनी शरण में लो !"

धीरे-धीरे जैदेई के मुँह की ऐंठन दूर होने लगी, लेकिन उनकी बेहोशी वैसी-की-वैसी

क़ायम रही।

शाम को छह बजे डॉक्टर आया। जैदेई की परीक्षा करके उसने कहा, "हालत बहुत गिर गई है। यह शायद इनकी आख़िरी बेहोशी है कि अब दवा बन्द कर दीजिए, सिर्फ़ गंगाजल पर रखिए।"

ज्वालाप्रसाद ने उत्तर दिया, "डॉक्टर साहेब, सिर्फ़ गंगाजल पर तो यह तीन दिन से हैं। दवा तो आपने तभी बन्द करा दी थी।"

"अरे हाँ, मैं तो भूल ही गया था। मुझे ताज्जुब इस बात का है कि यह अभी तक ज़िन्दा किस प्रकार हैं ?"

अब लक्ष्मीचन्द बोला, "डॉक्टर साहेब, मैं तीन दिन से यहाँ पड़ा हूँ। मेरे काम-काज का हर्ज़ हो रहा है। कब तक यह हालत रहेगी इनकी ?"

डॉक्टर ने तनिक रुखाई के साथ उत्तर दिया, "मेरा ख्याल है कि कल आप इनकी अन्त्येष्टि-क्रिया करके कानपुर जा सकेंगे।"

डॉक्टर की इस रुखाई पर लक्ष्मीचन्द हँस पड़ा—एक कटुता से भरी हँसी, "सवाल मेरे कानपुर जाने का नहीं उठता डॉक्टर साहेब ! मुझे तो यहाँ इनका सब काम-काज करना पड़ेगा। इस काम-काज में कम-से-कम पन्द्रह-बीस दिन लग जाएँगे मुझे। सवाल यहाँ से दूसरों के जाने का है। मैं उनके लिए चिन्तित था। अच्छी बात है !"

डॉक्टर को कमरे के बाहर पहुँचाने लक्ष्मीचन्द और ज्वालाप्रसाद आए। डॉक्टर के जाने के बाद लक्ष्मीचन्द ने ज्वालाप्रसाद से कहा, "चाचाजी, अगर गुस्से में मैं कुछ कह गया हूँ तो बुरा न मानिएगा। लेकिन आप ही समझ लीजिए, अपने सामने से परसी थाली कोई आदमी कैसे चली जाने दे ! हाँ, एक बात और ! मैंने अपने मुनीम और प्राइवेट-सेक्रेटरी को तार दे दिया है। वे लोग मेरी घरवाली और बच्चों को साथ लेकर दो-एक दिन में आ जाएँगे। इसमें आप लोगों को कुछ तकलीफ़ तो ज़रूर होगी, लेकिन क्या करूँ, मजबूरी है। आख़िर हम लोगों को यहाँ महीना-पन्द्रह दिन तो रहना ही पड़ेगा !"

ज्वालाप्रसाद ने आसमान की ओर देखते हुए कहा, "अच्छा किया जो सब लोगों को बुलवा लिया। मेरा ऐसा ख़याल है कि भौजी आज रात नहीं बचेंगी; कल सुबह तक सब कुछ समाप्त हो जाएगा।" और ज्वालाप्रसाद जैदेई के कमरे में चले गए।

दोपहरवाले दुखद प्रसग के बाद गंगाप्रसाद शहर की ओर चला गया था। वह क़रीब नौ बजे रात को लौटा। लौटते ही वह जैदेई के कमरे में गया। जैदेई बेहोश पड़ी थी, और ज्वालाप्रसाद उसके सिरहाने कुरसी पर मूर्ति की भाँति चुपचाप आँखें बन्द किए वैसे ही बैठे थे। ज्वालाप्रसाद ने गंगाप्रसाद से कहा, "बैठो गंगा ! कितनी लम्बी रात है आज की, और कितनी भयानक !"

"तीन रात आप लगातार जागे हैं बप्पा ! थोड़ा-सा सो लीजिए। मैं बैठा हूँ यहाँ पर तब तक।" गंगाप्रसाद ने कहा।

ज्वालाप्रसाद मुस्कराए, "एक रात और बस...यही आख़िरी रात है...वह भी जाग

लूँगा। कितना बजा है ?"

"नौ बजकर दस मिनट।" गंगाप्रसाद ने अपनी घड़ी देखते हुए कहा।

"जाओ, खाना खा लो जाकर ! और देखो, लक्ष्मीचन्द की बात पर ध्यान मत देना। हरेक आदमी अपनी आधारभूत प्रवृत्तियों के अनुसार ही कर्म करता है। उस लक्ष्मीचन्द और उसके पिता प्रभुदयाल में कोई अन्तर नहीं है, किसी भी तरह कोई अन्तर नहीं है।"

जैसे जैदेई यह सारी बातचीत सुन रही थी। उसी समय उसने अपनी आँखें खोलीं, "ठीक कहते हो देवरजी, कोई अन्तर नहीं है। बाप-बेटे में। सोचा था कि मेरी कोख से जनमा है, लेकिन इससे कोई फ़र्क नहीं पड़ा।"

जैदेई की आवाज़ की सारी कमज़ोरी जाती रही थी, उसके मुख की ऐंठन बिलकुल लुप्त हो गई थी। ज्वालाप्रसाद ने पूछा, "कैसी तबीयत है भौजी अब ?"

"बहुत अच्छी है देवरजी, जैसे मेरा सब रोग दूर हो गया है। बेटा गंगा, बड़ी देर लगा दी तूने यहाँ आने में...भाग की बात है ! अब खाना-वाना खा ले जाकर, मैं तब तक देवरजी से कुछ बातें करूँगी।"

"अच्छी बात है चाचीजी, मैं खाना खाकर आ रहा हूँ।" गंगाप्रसाद यह कहकर बाहर चला गया।

जैदेई हँस पड़ी, "खाना खाकर आ रहा है, जैसे मैं तब तक बैठी रहूँगी। देवरजी, मेरा हाथ तो अपने हाथ में ले लो !"

ज्वालाप्रसाद ने जैदेई का हाथ अपने हाथ में ले लिया—कितना ठंडा था वह ! घबराकर उन्होंने जैदेई की नाड़ी देखी, नाड़ी का कहीं पता नहीं था। जैदेई मुस्कराई, "आख़िरी चेतना है देवरजी, अब जा रही हूँ। सिर्फ़ एक बात पूछती हूँ तुमसे। क्या मैंने तुमसे प्यार करके कोई पाप किया है देवरजी ?"

ज्वालाप्रसाद की आँखों में आँसू उमड़ रहे थे, "मैं क्या जानूँ भौजी, यह तो भगवान ही जानता है !"

"भगवान ही जानता है !" जैदेई ने एक ठंडी साँस ली, "कितना सहा है इस ज़िन्दगी में देवरजी ! भगवान ने मुझे सहने को जो पैदा किया था ! पति दिया—बेईमान और निर्मम ! कोख से पैदा किया बेटा—बेईमान और निर्मम ! दुनिया को इन दोनों ने कितना सताया है ! और मैं सब कुछ देखती रही अपनी छाती पर पत्थर रखकर !"

"ऐसा मत कहो भौजी, भगवान की इच्छा थी।" ज्वालाप्रसाद ने कहा।

"भगवान की यही इच्छा थी देवरजी, जानती हूँ, और उन्हीं भगवान ने तुम्हारे रूप में एक देवता भेजकर मेरा थोड़ा-बहुत ताप हरा भी। देवरजी, उसी भगवान की साक्षी देकर मैं कहती हूँ कि मैंने कोई पाप नहीं किया।"

ज्वालाप्रसाद ने जैदेई की इस बात का कोई उत्तर नहीं दिया।

कुछ रुककर जैदेई ने फिर कहा, "बड़ी प्यास लगी है देवरजी, थोड़ा-सा गंगाजल पिला दो। और देखो, गंगाजल में कुछ तुलसी-दल भी डाल देना। कौन जाने, मेरी यह आख़िरी प्यास हो !"

ज्वालाप्रसाद चाँदी की घंटी में तुलसी-दल डालकर गंगाजल ले आए।

"देवरजी, मुझे सहारा देकर ज़रा बिठा दो। लेटे-लेटे आख़िरी गंगाजल नहीं पियूँगी !"

ज्वालाप्रसाद ने जैदेई को सहारा देकर बिठा दिया। जैदेई ने एक घूँट गंगाजल पिया और उसे एक हल्की-सी हिचकी आई, "मुझे ज़मीन पर लिटा दो देवरजी, अब जा रही हूँ !"

जैसे ही ज्वालाप्रसाद ने जैदेई को अपनी गोद में चारपाई से उठाया, वैसे ही एक गहरी-सी हिचकी के साथ जैदेई के प्राण निकल गए।

4 खंड

"तुम ?" आश्चर्य के साथ ज्ञानप्रकाश को देखकर ज्वालाप्रसाद ने कहा।

"हाँ, मैं भैया ! इतवार को बम्बई में जहाज़ से उतरा, सोमवार को वहाँ से ट्रेन से रवाना होकर अभी-अभी इलाहाबाद पहुँचा हूँ, स्टेशन से सीधा यहाँ चला आ रहा हूँ।"

"तुमने अपने आने का तार दे दिया होता, मैं खुद स्टेशन आ जाता।" और ज्वालाप्रसाद ने अपने नौकर को आवाज़ दी, "गिरधारी, ज्ञानभैया का सामान उतारो ताँगे से, और घर में कह दो कि ज्ञानप्रकाश आया है।"

ज्ञानप्रकाश मुंशी रामसहाय का सबसे छोटा लड़का था और वह सन् 1912 में इंग्लैंड गया था बैरिस्टर बनने के लिए। उसके इंग्लैंड के प्रवासकाल में ही मुंशी रामसहाय की मृत्यु हो गई थी! उसकी माता की मृत्यु उसके इंग्लैंड जाने से पहले ही हो चुकी थी। राजपुरा में उसके बड़े भाई सत्यप्रकाश ज़मींदारी सँभाल रहे थे। दोनों भाइयों के स्वभाव में ज़मीन-आसमान का अन्तर था, और इसलिए ज्ञानप्रकाश को अपने घर से कोई लगाव न रह गया था। बम्बई से वह सीधा इलाहाबाद आया था, जहाँ वह वकालत के सिलसिले में बसना चाहता था।

असबाब उतरवाकर ज्वालाप्रसाद और ज्ञानप्रकाश ड्राइंग-रूम में बैठ गए। ज्वालाप्रसाद ने पूछा, "राजपुरा नहीं जाओगे क्या ? तुमने अपने आने की खबर सत्यप्रकाश को तो दे ही दी होगी ?"

ज्ञानप्रकाश ने मुस्कराते हुए कहा, "हाँ इंग्लैंड से रवाना होने से पहले दादा को लिख दिया था कि अब वह रुपया न भेजें। लेकिन अभी राजपुरा जाने का कोई इरादा नहीं है। अभी तो इलाहाबाद में जमना है; पहली जनवरी से यहाँ वकालत शुरू कर देनी है; हाईकोर्ट में अपने को ऐनरोल कराना है। फिर अभी घर जाने में बावेला खड़ा हो सकता है। विलायत से लौटा हूँ, लोग कहेंगे प्रायश्चित करो, यह करो, वह करो। तो इन झंझटों में कौन पड़े जाकर !"

ज्वालाप्रसाद हँस पड़े, "हाँ यह तो ठीक कहते हो। देहातों में यह दक़ियानूसीपन अभी बुरी तरह भरा हुआ है। और मुझे ताज्जुब तो सत्यप्रकाश पर होता है, वह तो बड़े-बड़े ब्राह्मणों के कान काटने लगा है इस दक़ियानुसीपन में।" और कुछ चुप रहकर

उन्होंने कहा, "लेकिन इंग्लैंड में तुमने बहुत ज़्यादा वक्त लगा दिया। मामा तड़पते रहे तुम्हें देखने को !"

किंचित् गम्भीर होकर ज्ञानप्रकाश बोला, "भला आप ही समझिए कि मैं क्या करता ? जैसे ही मैं वहाँ पहुँचा, लड़ाई शुरू हो गई। भला कैसे वापस लौटता उन लड़ाई के दिनों में ! जब लड़ाई समाप्त हुई तब मैं अमेरिका में था। वहाँ से इंग्लैंड लौटा तो लन्दन में हिन्दुस्तान की राजनीतिक हलचलें शुरू हो गईं। हिन्दुस्तान से एक के बाद एक शिष्टमंडल जाने लगे, तो आने का जी नहीं हुआ।"

"लेकिन ये राजनीतिक हलचलें तो अभी और अधिक बढ़ेंगी। ख़ैर, तुम लौट आए, यही क्या कम है ! सत्यप्रकाश का ख़याल था कि तुम किरिस्तान बन गए और वहीं किसी मेम से शादी कर ली तुमने ! कुछ ऐसी उड़ती-उड़ती ख़बरें तुम्हारे बाबत आई थीं यहाँ पर, मैंने भी सूनी थीं।"

"जी हाँ, ख़बरे उड़ती हैं, झूठ-सच, सभी तरह की। लेकिन सच यह है कि ईसाई मैं हुआ नहीं। वहाँ के पादरियों में ईसाई-विसाई बनाने की कोई दिलचस्पी नहीं। यह सब बखेड़ा तो हिन्दुस्तान में है। और रही शादी की बात, तो वह काफ़ी दूर बढ़कर टूट गई। जिस लड़की से शादी की बात चल रही थी उसका प्रेमी जर्मनी की लड़ाई में मरा हुआ क़रार दे दिया गया था। लेकिन वह मरा नहीं था, गिरफ्तार हो गया था। 1919 की फ़रवरी की आठ तारीख़ को, हम लोगों की शादी से ठीक एक हफ़्ता पहले, वह इंग्लैंड लौट आया और मेरी शादी का क़िस्सा ख़त्म !"

ज्वालाप्रसाद ने सन्तोष की एक गहरी साँस ली, "चलो, यह अच्छा हुआ। भगवान जो करता है ठीक ही करता है। अब आ गए हो तो वकालत शुरू करो। तुम्हारी शादी की बातचीत कई जगह से आई है। तुम विलायत से लौटे हुए आदमी, लड़की खुद पसन्द कर लेना। वैसे बनारस के रायबहादुर कन्हैयालाल आज ही सुबह तुम्हारी बाबत पूछताछ कर गए हैं। लड़की सुन्दर है, एंट्रेस में पढ़ रही है। मैंने उसे देखा है। परदा-वरदा उनके यहाँ होता नहीं है। उनको ख़बर करवा दूँगा कि उनकी लड़की के भाग्य से तुम आ गए हो।"

"लेकिन मैं कल अमृतसर के लिए रवाना हो रहा हूँ। आज 22 दिसम्बर है, 26 दिसम्बर से वहाँ कांग्रेस हो रही है।"

"तो क्या तुम्हारा कांग्रेस में जाना बहुत ज़रूरी है ?" ज्वालाप्रसाद ने पूछा।

"ज़रूरी तो दुनिया में कुछ भी नहीं है, लेकिन हमारे देश में जो नई चेतना आ रही है, उसके दर्शन तो मैं करना ही चाहता हूँ। जलियाँवाला बाग का हत्याकांड इसी अमृतसर में हुआ था, जहाँ यह कांग्रेस हो रही है। मैं तो आपको सलाह दूँगा कि आप भी मेरे साथ चलें !"

ज्वालाप्रसाद ने अपनी ज़बान दाँतों-तले दबाते हुए कहा, "ना भई, मेरी पेंशन बरक़रार रहने दो ! ये राजनीतिक हलचलें उठेंगी और ख़त्म हो जाएँगी, लेकिन यह ब्रिटिश सरकार वैसी-की-वैसी क़ायम रहेगी। मैं अपनी पेंशन से क्यों हाथ धोऊँ ?"

इसी समय दीवार पर लगी घड़ी ने दस बजाए, "अरे दस बज गए, चलो, खाना खा लें चलकर ! तुम्हारा बिस्तर लग गया होगा। रात में आराम से सोना। आज बाईस तारीख़ है, कल तेईस है। अगर तुम चौबीस तारीख़ को यहाँ से चलो तो पच्चीस की सुबह तक अमृतसर पहुँच जाओगे। कांग्रेस तो 26 से ही हो रही है। कल जाने की क्या जल्दी है, कल दिन-भर यहाँ आराम कर लो !"

ज्वालाप्रसाद को दो साल पहले पेंशन मिल गई थी और उन्होंने जार्ज टाउन में अपना मकान बनवा लिया था।

दूसरे दिन सुबह जब ज्ञानप्रकाश सोकर उठा तो नौ बज गए थे। बाहर कुहरा छाया हुआ था और अँधेरा-सा था। ज्वालाप्रसाद ने जल्दी-जल्दी तैयार होकर कपड़े पहने। तेज़ ठंडी हवा चल रही थी और ज्ञानप्रकाश के मन में एक उमंग थी, एक स्फूर्ति थी। ज्वालाप्रसाद बरामदे में कपड़े पहने तैयार बैठे थे और उनका ताँगा पोर्टिको के नीचे खड़ा था। ज्ञानप्रकाश को देखते ही उन्होंने कहा, "बड़ी देर तक सोते रहे। लो, नाश्ता कर लो। मुझे तो स्टेशन जाना है। अभी-अभी गंगा का तार मिला है, वह आज इलाहाबाद आ रहा है; उसे स्टेशन लेने जाना है। बड़े दिन की छुट्टियाँ हैं न ! उसकी गाड़ी ग्यारह बजे आती है।"

ज्ञानप्रकाश ने बैठते हुए कहा, "चलिए, यह अच्छा हुआ। अमृतसर जाने से पहले उससे भी मुलाक़ात हो जाएगी। कहाँ है वह आजकल ? क्या हालचाल हैं उसके ?"

"जौनपुर में है...वहीं से आ रहा है। उससे मिलकर उसके हालचाल पूछ लेना।"

"अकेला आ रहा है या उसके घरवाले भी उसके साथ आ रहे हैं ?"

"अरे, कल मैं तुम्हें यह बताना भूल गया कि उसके बाल-बच्चे आजकल यहीं हैं। उसका लड़का यहाँ पढ़ रहा है, और बहू भी एक महीना हुआ, यहीं आ गई है। बहू क्या है, साक्षात् लक्ष्मी है !"

ज्ञानप्रकाश हँस पड़ा, "चलिए, आपका अकेलापन तो कम होगा। अच्छी बात है, मैं भी आपके साथ स्टेशन चलता हूँ। वहीं से शहर की तरफ़ निकल जाऊँगा।"

ज्ञानप्रकाश अवस्था में गंगाप्रसाद से प्रायः पाँच साल बड़ा था, लेकिन ज्ञानप्रकाश और गंगाप्रसाद में एक प्रकार की घनिष्ठता हो गई थी। ज्ञानप्रकाश ने इलाहाबाद के म्योर सेंट्रल कॉलेज से ही बी.ए. और एल.एल.बी. पास किया था और गंगाप्रसाद के साथ वह काफ़ी घूमा-फिरा था। ज्ञानप्रकाश को देखते ही गंगाप्रसाद के मुख पर एक चमक आ गई। अपने पिता के पैर छूकर वह ज्ञानप्रकाश से लिपट गया, "कहो चचायार, तुम भी खूब मिले ! विलायत में बड़े मज़े उड़ाए मालूम होते हैं ! यानी हम लोगो को भूल ही गए। कहो, चची मेम साहब को साथ लाए हो या नहीं ?"

ज्ञानप्रकाश ने होंठ पर उँगली रखते हुए कहा, "ये सब सवाल एक-साथ ही पूछ डालोगे क्या ? घर चलो, फिर अकेले में बातें होंगी, और सब कुछ बतलाऊँगा। कल रात ही वापस लौटा हूँ। तुम लोग चलो, मैं क़रीब घंटे-डेढ़ घंटे में वापस लौटता हूँ। खाना खाकर हम लोग साथ-साथ घूमने निकलेंगे; तब तुम मेरी सुनना, मैं तुम्हारी सुनूँगा।"

लगभग एक बजे ज्ञानप्रकाश लोगों से मिलकर वापस लौटा। ज्वालाप्रसाद और गंगाप्रसाद उसकी प्रतीक्षा कर रहे थे। खाना खाने के बाद दोनों पैदल ही घूमने के लिए निकल पड़े। गवर्नमेंट हाउस पार करके एल्फ्रेड पार्क में घुसते हुए ज्ञानप्रकाश ने कहा, "हाँ गंगा, अब बताओ किधर चला जाए ? कितने दिन के लिए आए हो यहाँ ?"

दूसरी तारीख़ को कचहरी खुलेगी; दोपहर तक पहुँच जाना है जौनपुर। तब तक के लिए मैं मुक्त हूँ। वैसे ज़िला तो मैं छुट्टियों में भी नहीं छोड़ सकता, लेकिन कलक्टर मुझ पर मेहरबान है; उसने मुझे इजाज़त दे दी। अब तुम अपना कार्यक्रम बताओ !"

"मेरा कार्यक्रम तो बड़ा सीधा-सादा और साफ़ है। आज शाम तक मुझे एक बँगला किराए पर तय कर लेना है। अभी-अभी कुछ बँगले देखकर लौटा हूँ। कल सुबह डाक से मुझे अमृतसर के लिए रवाना हो जाना है, कांग्रेस हो रही है वहाँ, यह कांग्रेस देखना चाहता हूँ।"

गंगाप्रसाद ने तनिक गम्भीरतापूर्वक कहा, "चचाजान, अगर मेरी मानो तो इस कांग्रेस-वांग्रेस से दूर ही रहो; इसमें कुछ है नहीं।"

ज्ञानप्रकाश अब ज़ोर से हँस पड़ा, "बिलकुल यही बात तुमसे सुनने की आशा थी बरखुरदार ! डिप्टी-कलक्टर हो न ! मौज करते हो, चैन की ज़िन्दगी है ! लेकिन मुझसे पूछो, मैं जो यूरोप से लौट रहा हूँ। हम लोग गुलाम हैं, हम लोग असभ्य हैं, हम लोग अछूत हैं। तुमने यह सब अनुभव नहीं किया, क्योंकि तुम्हें हिन्दुस्तान से बाहर निकलकर यह सब अनुभव करने का मौक़ा ही नहीं मिला। लाखों आदमियों का भाग्य-विधाता बनाकर तुम्हें अधिकार-मद में धुत बना दिया गया है।"

"चचायार, बात तो तुम ठीक कहते हो, लेकिन...लेकिन...यह बतलाओ कि जिस स्थिति में मैं हूँ, उससे मुझे शिकायत क्यों हो ? और मुझे क्यों, किसी को शिकायत क्यों हो ? एक व्यवस्था तो क़ायम है यहाँ। जान-माल की सुरक्षा है, सब काम ठीक ढंग से चल रहा है। और फिर यह ब्रिटिश साम्राज्य ! कितना शक्तिशाली साम्राज्य है यह ! दुनिया का पाँचवाँ भाग इस साम्राज्य के अन्तर्गत है। जर्मनी को कुचलकर रख दिया है इस ब्रिटिश साम्राज्य ने !"

"जी हाँ, जर्मनी को कुचलकर रख दिया है इस साम्राज्य ने ! लेकिन तुमने कभी यह भी सोचा है कि जर्मनी को हराया किसने है ? जानते हो, कितने हिन्दुस्तानी इस महायुद्ध में मरे हैं ! अंग्रेजों की लड़ाई हिन्दुस्तानियों ने लड़ी है—गुरखा, सिख, पठान, बिलोची, राजपूत, गढ़वाली, तिलंगाने, मराठे—सारे हिन्दुस्तान से सैनिक गए थे। पचास लाख की फ़ौज थी हिन्दुस्तानियों की; तब कहीं जर्मनी हारा। गंगा, अब यह सब कहने से काम नहीं चलेगा। हम लोगों को डोमीनियन स्टेट्स मिलना ही चाहिए।"

एल्फ्रेड पार्क पार करके वे दोनों कटरा के शहर को जानेवाली मुख्य सड़क पर आ गए थे। अब वे शहर की ओर न जाकर सिविल लाइन्स की ओर चल पड़े। गंगाप्रसाद ने एक ठंडी साँस लेकर कहा, "हाँ चचा, बात तो ठीक कहते हो। मुझको ही लो, ऐसा दिखता है कि डिप्टी-कलक्टरी में ही ज़िन्दगी बीत जाएगी। बहुत हुआ, बहुत हुआ तो

शायद ज्वाइंट मैजिस्ट्रेट बना दिया जाऊँ, जबकि अंग्रेज़ लौंडा भी आते ही मेरा अफ़सर बनकर बैठ जाता है और मुझ पर धौंस जमाने लगता है। तो चचा, अगर डोमीनियन स्टेट्स मिल जाए, तो मैं कम-से-कम आगे बढ़ने के सपने तो देख सकूँगा !"

"अब आए तुम रास्ते पर," ज्ञानप्रकाश मुस्कराया, "तो फिर चलते हो तेरे साथ अमृतसर ?"

गंगाप्रसाद चौंक पड़ा, "होश में तो हो चचा ! मुझे अमृतसर-कांग्रेस में चलने को कहते हो ? सरकार तक अगर ख़बर पहुँच गई तो जो कुछ तरक्की-वरक्की होनेवाली है, वह समझ लो, हमेशा के लिए रुक गई। जानते हो, सी.आई.डी. वालों का दौर दौरा आजकल !"

"अरे मियाँ, छोड़ो भी इस सी.आई.डी. के किस्से को समझ लो कि मेरा नाम ज्ञानप्रकाश और तुम्हारा नाम रामप्रकाश, यानी तुम मेरे छोटे भाई हो, अजनबी आदमियों के बीच में। फिर हमें-तुम्हें पूछता ही कौन है ? सी.आई.डी. तो लगेगी नेताओं के पीछे, और हिन्दुस्तान के खुफ़ियावाले कितने बड़े गधे होते हैं, इसको भी तुम अच्छी तरह जानते होगे। इसके अलावा पंजाब की पुलिस क्या जाने हमें-तुम्हें ? तो चलो मेरे साथ, और देखो वहाँ क्या-क्या होता है ! देश के नेताओं की शक्लें दिख जाएँगी, ख़ासतौर पर मिस्टर गांधी की । गए हो कभी किसी कांग्रेस में ?"

"अभी तक तो नहीं गया, लेकिन चचा, तुम इस दफ़ा मुझे बुरी तरह ललचा रहे हो। तबीयत होती है तुम्हारे साथ चला चलूँ। सिर्फ़ बप्पा से छिपाना पड़ेगा प्रोग्राम को, यानी उनसे कुछ बहाना बनाना पड़ेगा, झूठ बोलना पड़ेगा। वह मुझे किसी हालत में कांग्रेस में न जाने देंगे, यह समझ लेना चाहिए।"

"इसमें कौन-सी ऐसी मुसीबत है ! तुमने भैया को अभी तक अपना कोई कार्यक्रम तो बतलाया नहीं है। तुम जल्दी से आगरा, मथुरा, अलीगढ़ या मेरठ का कोई कार्यक्रम बना डालो। मान लो, अलीगढ़ में तुम्हारे कोई पुराने दोस्त हैं !"

"हाँ, अलीगढ़ में पंडित सोमेश्वरदत्त हैं, बप्पा उन्हें जानते भी हैं।" गंगाप्रसाद ने कहा।

"नहीं, पंडित से काम नहीं चलेगा, क्योंकि भैया उन्हें जानते हैं; सब झूठ पकड़ा जाएगा। कोई ऐसा आदमी हो, जिसे भैया न जानते हों।"

गंगाप्रसाद ने कुछ सोचकर कहा, "मेरठ में कृष्णचन्द्र मिश्र हैं, असिस्टेंट सर्जन !"

"ठीक ! तो तुम उन्हीं कृष्णचन्द्र के पुत्र के मुंडन, कनछेदन आदि किसी काम से जा रहे हो।"

"ऊँह, पूस के महीने में ये सब शुभ काम नहीं होते।" गंगाप्रसाद ने कहा।

"अजीब मुसीबत में डाल दिया है तुमने ! अच्छा तो पूस के महीने में आदमी मर तो सकता है। मान लो, तुम उनके पिता की मातमपुर्सी में जा रहे हो; इसमें तो कोई पंख नहीं निकाल सकता !"

"हाँ, तीन साल पहले उनके पिता की मृत्यु हुई थी।"

"बस-बस ! तो कह देना कि उसके पिता की मृत्यु एक साल पहले हुई थी, बरसी में शामिल होने जा रहे हो। छब्बीस तारीख़ को बरसी है, सत्ताईस को वह तुम्हें चलने नहीं देंगे, बहुत दिनों के बाद मिले हो। लिहाज़ा अट्ठाईस को चलकर उनतीस को यहाँ पहुँच सकते हो। अब एकाध दिन की देर रास्ते में भी हो सकती है।"

पच्चीस दिसम्बर को प्रातःकाल दोनों स्टेशन पहुँचे। ज्ञानप्रकाश ने अमृतसर के लिए दो थर्ड क्लास के टिकट लिए। गंगाप्रसाद ने आश्चर्य के साथ पूछा, "थर्ड क्लास में चलोगे चचा ? भीड़ देख रहे हो, फिर इतना लम्बा सफ़र !"

"जी हाँ बरखुरदार ! इसीलिए थर्ड क्लास का टिकट लिया है कि आराम से सोते हुए चलें। इंटर खचाखच भरा हुआ होगा, सेकंड में जगह मिले या न मिले, इसका कोई ठिकाना नहीं, क्योंकि नेताओं की भीड़ अमृतसर की तरफ़ जा रही है। फ़र्स्ट अपनी औक़ात से बाहर की बात है। फिर यदि फ़र्स्ट में चलो और कहीं और बिगड़ादिल अंग्रेज़ हमारा असबाब फेंके या मार-पीट करे ! इस वक़्त उस सबका मौक़ा नहीं है। थर्ड क्लास में आराम से सोते हुए चलेंगे।"

इसी समय गाड़ी आ गई। ज्ञानप्रकाश ने कुली से कहा, "यूरोपियन कम्पार्टमेंट में।"

गाड़ी के पीछे एक छोटा-सा थर्ड क्लास कम्पार्टमेंट था, जिस पर लिखा था, "फ़ॉर यूरोपियन्स, एंड एंग्लो-इंडियन्स !" उसमें दो आदमी बैठे थे—ज्ञानप्रकाश और गंगाप्रसाद, दोनों ही सूट पहने हुए थे। ज्ञानप्रकाश के सूटकेस और अटेचीकेस में जहाज़वाले लेबल लगे हुए थे। सम्भवतः इसीलिए उन दोनों के उस कम्पार्टमेंट में प्रवेश पर किसी ने भी कोई आपत्ति नहीं की।

उस कम्पार्टमेंट में केवल एक-एक मनुष्य के सोने-भर के लायक तीन बर्थें थीं। बाईं ओरवाली बर्थ पर जो व्यक्ति बैठा था उसका बिस्तर बिछा हुआ था और ऐसा लगता था कि वह जहाँ से गाड़ी चली है, यानी कलकत्ता से आ रहा है। वह स्पष्ट रूप से अंग्रेज दिख रहा था और उसकी अवस्था पचास वर्ष से कुछ अधिक रही होगी। दाईं ओरवाली बर्थ पर जो आदमी था उसका सामान वैसा-का-वैसा ही बँधा रखा था और यह लगता था कि वह सुबह के समय ही कहीं से सवार हुआ है। पोशाक से वह रोमन कैथोलिक पादरी दिखता था और उसकी अवस्था तीस के इधर-उधर रही होगी। वह भी यूरोपियन था, लेकिन उसका रंग कुछ पीलापन लिए हुए था। बीचवाली बर्थ खाली थी, जिस पर ज्ञानप्रकाश और गंगाप्रसाद बैठ गए।

गाड़ी चलने पर पादरी ने टूटी-फूटी अंग्रेज़ी में पूछा, "यह गाड़ी दिल्ली किस समय पहुँचेगी ?"

ज्ञानप्रकाश ने फ्रेंच में उत्तर दिया, "क़रीब नौ बजे रात को पहुँचेगी। क्या आप दिल्ली जा रहे हैं ?"

उस पादरी के मुख पर एक गहरा सन्तोष प्रतिबिम्बित हो उठा। उसने फ्रेंच भाषा में कहा, "भगवान को धन्यवाद कि मुझे फ्रेंच बोलने और समझनेवाला कोई आदमी तो मिल गया। अंग्रेज़ी मुझे आती नहीं और बम्बई पहुँचे हुए मुझे कुल एक महीना हुआ

है। चर्च की एक कान्फ्रेंस में कलकत्ता जाना पड़ गया। वहाँ से लौटते हुए सोचा कि बनारस, दिल्ली और आगरा होता हुआ वापस जाऊँ। दिल्ली में ठहरने की कोई अच्छी और सस्ती जगह तो होगी ही ?"

गंगाप्रसाद से पूछताछ करके ज्ञानप्रकाश ने कहा, "हाँ, वाई.एम.सी.ए. है नई दिल्ली में; वहाँ पूछताछ कर लीजिएगा। ठहरने की जगह, अच्छा अंग्रेज़ी खाना, सभी कुछ मिलेगा वहाँ आपको।" फिर कुछ देर चुप रहकर ज्ञानप्रकाश ने पूछा, "क्या आप फ्रांसीसी हैं ?"

"नहीं-नहीं, मैं स्पेनियर्ड हूँ, लेकिन कांटिनेंट में हम सब लोग फ्रेंच बोल और पढ़ लेते हैं। मेरा नाम एन्तन बार्दीनो है, वैसे लोग मुझे फ़ादर बार्दीनो के नाम से जानते हैं।" फ़ादर बार्दीनो मुस्कराए, "जल्दी ही मैं अंग्रेजी सीख जाऊँगा; वैसे काम चलाने लायक तो एक महीने के अन्दर ही मैंने सीख ली है।" फिर कुछ सोचकर फ़ादर बार्दीनो ने कहा, "ऐसा दिखता है कि भविष्य में लोगों को अंग्रेज़ी सीखना अनिवार्य हो जाएगा।"

ज्ञानप्रकाश ने आश्चर्य से पूछा, "क्यों, ब्रिटिश साम्राज्य जितना फैल चुका है, क्या भविष्य में उससे अधिक फैलेगा ?"

फ़ादर बार्दीनो हँस पड़े, "जितना फैल चुका है वही क्या कम है ! लेकिन मैं ब्रिटिश साम्राज्य के फैलने की बात नहीं कहता, मैं तो अंग्रेज़ी भाषा के फैलने की बात कह रहा हूँ। एक छोटे-से द्वीप की भाषा, जिसके पास न कोई महत्त्वपूर्ण साहित्य है, न संस्कृति है, कितनी तेज़ी के साथ दुनिया में फैल रही है, आश्चर्य होता है !"

दूसरी ओर जो व्यक्ति बैठा था, उसके हाथ में एक मोटी-सी किताब थी। उसका ध्यान किताब की ओर न होकर इन दोनों की बातचीत की ओर था और वह बड़ी दिलचस्पी के साथ यह बातचीत सुन रहा था। वह बीच-बीच में मुस्करा भी देता था। गंगाप्रसाद की समझ में ज्ञानप्रकाश और फ़ादर बार्दीनो की बात ज़रा भी नहीं आ रही थी और वह ऊँघ रहा था। गाड़ी जब फ़तहपुर स्टेशन पर रुकी तो उस समय बारह बज गए थे। गंगाप्रसाद ने ज्ञानप्रकाश से अंग्रेज़ी में कहा, "खाने के लिए क्या होगा ! डाइनिंग-कार में तो हम लोग जा नहीं सकते !"

अब दूसरी ओरवाले व्यक्ति के बोलने की बारी थी। उसने गंगाप्रसाद से पूछा, "क्षमा कीजिएगा, क्या लंच के लिए डाइनिंग-कार में जाना पड़ता है ?"

गंगाप्रसाद ने उत्तर दिया, "जी हाँ, लेकिन डाइनिंग-कार में सिर्फ़ फर्स्ट या सेकंड क्लास के मुसाफ़िर ही जा सकते हैं। इंटर और थर्ड के मुसाफ़िरों को वहाँ खाना खाने का अधिकार नहीं है।"

उस व्यक्ति ने कहा, "यह तो बड़ी भद्दी बात है। तो क्या थर्ड क्लासवालों को खाना मिलेगा ही नहीं ?"

"थर्ड क्लास के मुसाफिर महँगा अंग्रेज़ी खाना खा ही कैसे सकते हैं ? उनके लिए हर स्टेशन पर देशी खाने के खोमचे रहते हैं। उन्हीं से खाना ख़रीदकर वे अपने कम्पार्टमेंट में ही खा लेते हैं।"

"लेकिन मैं तो हिन्दुस्तानी खाना खा ही नहीं सकूँगा, पर भूख मुझे ज़ोर की लगी हुई है।"

अब ज्ञानप्रकाश के बोलने की बारी थी, "मैं भी अंग्रेज़ी खाना खाने का आदी हो गया हूँ। आप चिन्ता न कीजिए, मैं डाइनिंग-कारवाले से कह देता हूँ, वे लोग कानपुर स्टेशन पर यहीं हमारे कम्पार्टमेंट में खाना दे जाएँगे।"

उस व्यक्ति ने आश्चर्य के साथ कहा, "यहाँ खाना आ जाएगा ! थर्ड क्लास कम्पार्टमेंट में खाना पहुँचा देंगे वे लोग, ताज्जुब की बात है !"

"इसमें ताज्जुब की क्या बात है ? कम्पार्टमेंट में खाना पहुँचाने के लिए वे लोग नाम-मात्र का कुछ अतिरिक्त ले लेते थे। थर्ड और इंटर क्लासवालों को अगर वे लोग डाइनिंग-कार में जाने दें तो मुसीबत हो जाए। आपने देखा नहीं, गाड़ी में ठसाठस भीड़ है। तो थर्ड और इंटर क्लासवाले नाम-मात्र का खाना ऑर्डर करके शानदार डाइनिंग-कार में गद्देदार कुरसियों पर बिजली के पंखे के नीचे बैठकर घंटे-दो घंटे का सफ़र तय करने लगें। वैसे यहाँ से कानपुर का सेकंड क्लास का टिकट बनवाकर हम लोग डाइनिंग-कार में जा सकते हैं, लेकिन यह महँगा पड़ेगा, मैं आपका और अपना लंच मँगवाए लेता हूँ।" यह कहकर उसने गंगाप्रसाद से पूछा, "तुम क्या पूड़ी-तरकारी खाओगे, या तुम्हारे लिए भी अंग्रेज़ी खाना मँगवाऊँ ?"

"मेरे लिए पूड़ी-मिठाई ही ठीक रहेगी। यह अंग्रेज़ी खाना मुझे नहीं चलता।"

जब फ़तहपुर से गाड़ी चली, तो उस दूसरे व्यक्ति से अब इन दोनों की बातें आरम्भ हुईं। ज्ञानप्रकाश ने कहा, "आप शायद हिन्दुस्तान में नए-नए ही आए हैं ?"

"हाँ, मुझे आए क़रीब दस दिन ही हुए हैं। तब से मैं बड़े-बड़े सरकारी अफ़सरों के साथ ही हिन्दुस्तान में घूमता रहा हूँ। कल मैंने तय किया कि इन अफ़सरों का साथ छोड़कर मैं अकेला ही हिन्दुस्तान देखूँ, इसलिए मैं कलकत्ता से अमृतसर-कांग्रेस देखने के लिए अकेला ही निकल पड़ा। फिर सोचा कि जब हिन्दुस्तान देखने निकला हूँ तो थर्ड क्लास में सफ़र करूँ, इसलिए मैंने मेज़बान से थर्ड क्लास का टिकट लाने को कहा। लेकिन मुझे इस कम्पार्टमेंट में बिठाया गया है, जिसमें हिन्दुस्तानी आ ही नहीं सकते। आप दोनों तो एंग्लो-इंडियन नहीं दिखते। इसके माने यह हुआ कि आप लोग इंडियन्स हैं।"

गंगाप्रसाद अपने को एंग्लो-इंडियन घोषित करके उस कम्पार्टमेंट में सफ़र करने के अधिकार को स्थापित करने के पक्ष में था, लेकिन उसके कुछ कहने से पहले ही ज्ञानप्रकाश ने कहा, "जी हाँ, हम लोग इंडियन्स हैं और हम भी अमृतसर-कांग्रेस में जा रहे हैं। मुझे तो इंग्लैंड से वापस लौटे कुल तीन ही दिन हुए हैं। सन् 1912 में मैं वहाँ बैरिस्ट्री पढ़ने गया था, लेकिन युद्ध आरम्भ हो जाने के कारण मुझे वहीं रुक जाना पड़ा। सात साल बाद अपने देश में लौटा हूँ और इस सात साल में देश की शक़्ल ही बदल गई है। मेरे साथ यू.पी. सिविल सर्विस के आदमी श्री गंगाप्रसाद हैं और मेरा नाम ज्ञानप्रकाश है। यह इस कांग्रेस में नहीं जाना चाहते थे, सरकारी नौकर जो हैं; मैं इन्हें

ज़बरदस्ती अपने साथ लिए जा रहा हूँ।"

वह व्यक्ति मुस्कराया, "बिलकुल ठीक किया। सरकारी नौकर होने का अर्थ यह नहीं होते कि आदमी अपने देश की गतिविधियों में दिलचस्पी लेना ही छोड़ दे। और मेरा नाम विलियम ग्रिफ़िथ्स हैं। मैं ब्रिटिश पार्लमेंट का सदस्य हूँ और इंग्लैंड से हिन्दुस्तान की हालत, और ख़ासतौर से अमृतसर-कांग्रेस, को देखने के लिए आया हूँ। साथ ही मैं यह भी पता लगाना चाहता हूँ कि सर माइकेल ओडायर द्वारा हिन्दुस्तान में जो ज़्यादतियाँ की गई हैं उनका असर हिन्दुस्तान की जनता पर कैसा पड़ा है !"

गंगाप्रसाद मिस्टर ग्रिफ़िथ्स का परिचय पाकर अवाक्-सा रह गया। वह देर तक हतबुद्धि-सा मिस्टर ग्रिफ़िथ्स की ओर देखता रहा। फिर उसने कुछ हकलाते हुए कहा, "पार्लमेंट का मेम्बर हिन्दुस्तान की रेलवे के थर्ड क्लास में सफ़र करे, यह तो बड़ी अजीब-सी बात है !"

ग्रिफ़िथ्स हँस पड़ा, "इसमें आपको आश्चर्य होना स्वाभाविक है। शासनकर्ता जनता के इतने निकट-सम्पर्क में क्यों आ रहा है, यह प्रश्न महत्त्वपूर्ण है। लेकिन आपको समझ लेना चाहिए कि पिछले महायुद्ध के प्रभाव से दुनिया की मान्यताएँ बदल गई हैं। ये नवीन मान्यताएँ अभी स्पष्ट तो नहीं दिखतीं, लेकिन पुरानी मान्यताएँ नष्ट हो गई हैं और उनके स्थान पर नवीन मान्यताएँ आ गई हैं, इतना निश्चय है। हिन्दुस्तान में जो कुछ हुआ, जो कुछ हो रहा है, उसमें भी तो एक नवीन मान्यता का आभास है, जिसका रूप अभी स्पष्ट नहीं है; लेकिन आगे चलकर यह रूप स्पष्ट होगा।"

गंगाप्रसाद की समझ में मिस्टर ग्रिफ़िथ्स की बात नहीं आई, "क्या आप समझते हैं कि हिन्दुस्तान को इन आन्दोलनों से सफलता मिल जाएगी ? इस अपाहिज और निरस्त्र जन-समुदाय को आन्दोलनों द्वारा सफलता मिलेगी, यह सोचना ही शेखचिल्लीपन की बात है। जो कुछ पंजाब में हुआ, जलियाँवाला बाग़ का हत्याकांड, लोगों का भयानक-से-भयानक अपमान ! रईसों के कोड़े लगवाए गए, उनसे नाक रगड़वाई गई। यह सब पुरानी मान्यताओं के अनुसार हुआ है और हो रहा है। युगों से हम लोग इन हत्याकांडों और अपमानों के अभ्यस्त हो चुके हैं। जनरल डायर ने या पंजाब के सैनिक अधिकारियों ने या पंजाब सरकार ने जो किया, उससे कहीं अधिक क़रीब सौ साल पहले दिल्ली में नादिरशाह कर गया है। और यह आन्दोलन ! इसकी आप चिन्ता क्यों करते हैं ? यह आन्दोलन सिर्फ़ इसलिए है कि सरकार सख़्ती से काम नहीं लेती। हिन्दुस्तान में दस-पाँच जलियाँवाला बाग़ और बना दिए जाएँ तो यह आन्दोलन सदा के लिए समाप्त हो जाएगा।"

मिस्टर ग्रिफ़िथ्स ने गंगाप्रसाद को ग़ौर से देखा, "तुम भी तो शायद ब्रिटिश नौकरशाही के एक पुरज़े हो। तुमने ठीक वैसी बात कही जैसी मैं ब्रिटिश सिविलियन्स से या फ़ौजी अफ़सरों से सुनता रहा हूँ। लेकिन मिस्टर गंगाप्रसाद, इस नवीन चेतना का रूप हिन्दुस्तान में चाहे जैसा हो, ब्रिटेन में इसका रूप बदल रहा है। नादिरशाह व्यक्ति था, जनरल डायर ब्रिटिश साम्राज्य का प्रतिनिधि था। तुम जनरल डायर को

क्रूरता और अमानुषिकता के प्रतीक के रूप में युग-युग तक याद रख सकते हो, लेकिन तुम उसे ब्रिटिश जाति की निर्दयता, क्रूरता और अमानुषिकता का प्रतीक न मानने पाओगे।"

"तो क्या ब्रिटिश पार्लमेंट हिन्दुस्तान को स्वराज्य दे देगी ?" ज्ञानप्रकाश ने पूछा।

"नहीं, किसी भी हालत में नहीं। पिछले महायुद्ध में ब्रिटेन ने जो विजय प्राप्त की है वह भारतीय सैनिकों के बल पर की। हिन्दुस्तान की इकत्तीस करोड़ की आबादी ब्रिटिश साम्राज्य की सबसे बड़ी शक्ति है। ब्रिटेन के लिए हिन्दुस्तान को खो देने के अर्थ होंगे ब्रिटेन की महत्ता का विनाश। फिर हिन्दुस्तान इस योग्य भी तो नहीं है कि वह खुद शासन कर सके। हाँ, हिन्दुस्तान को सुधार मिलेंगे, धीरे-धीरे !"

"लेकिन यह जो असन्तोष है; यह डोमीनियन स्टेट्स की माँग है, इसका क्या होगा ?"

"हाँ, यह डोमीनियन स्टेट्स की माँग, और यह असन्तोष ! लेकिन मैं पूछता हूँ कि यह असन्तोष है कितना ? अधिकांश हिन्दुस्तानी सन्तुष्ट हैं। मैं आप दोनों को ही लेता हूँ, आप दोनों में कोई असन्तुष्ट नहीं है। हिन्दुस्तान में जो शिक्षा फैल रही है, उसका श्रेय भी तो हम लोगों को ही है; और यह याद रखिए कि यह शिक्षा हमारे अनुकूल है। नेतृत्व इन शिक्षित व्यक्तियों के हाथ में है। यहाँ यह भी न भूल जाना चाहिए कि प्रत्येक व्यक्ति के साथ उसका निजी स्वार्थ बुरी तरह से बँधा हुआ होता है। इन शिक्षित व्यक्तियों के स्वार्थों की रक्षा हम लोग करते जाएँ तो हम सही-सलामत हैं।" यह कहते हुए ग्रिफ़िथ्स के मुँह की गम्भीरता एकदम ग़ायब हो गई। मुस्कराते हुए उसने कहा, "शायद अगला स्टेशन आ रहा है, और इस समय हमारा सबसे बड़ा स्वार्थ हमारा भोजन होगा।"

गाड़ी की गति धीमी पड़ने लगी थी, और वह कानपुर स्टेशन पर रुक गई। ज्ञानप्रकाश कम्पार्टमेंट के दरवाज़े पर खड़ा होकर डाइनिंग-कार के बैरे की प्रतीक्षा करने लगा। उसी समय उसने देखा कि कानपुर स्टेशन का यूरोपियन स्टेशन-मास्टर किलनर, रेस्तराँ के बैरे के साथ, उस कम्पार्टमेंट की ओर आ रहा है। स्टेशन-मास्टर ने उस कम्पार्टमेंट में प्रवेश करके मुसाफ़िरों पर एक सरसरी नज़र डाली। फिर उसने मिस्टर ग्रिफ़िथ्स से पूछा, "क्या श्रीमान् मिस्टर विलियम ग्रिफ़िथ्स एम.पी. हैं ?"

"हाँ, मैं ही ग्रिफ़िथ्स हूँ ! क्या बात है ?"

"मुझे हावड़ा से तार मिला है कि श्रीमान् इस गाड़ी से सफ़र कर रहे हैं और थर्ड क्लास में बैठे हैं, सो मैं आपके लंच की व्यवस्था कर दूँ और यह देख लूँ कि आप आराम से तो हैं। क्या श्रीमान् ने डाइनिंग-कार से तो लंच-आर्डर नहीं कर दिया है ?"

"शायद मेरे लंच का आर्डर दे दिया गया है, लाता होगा।" यह कहकर ग्रिफ़िथ्स ने ज्ञानप्रकाश की ओर देखा जो अपनी जगह आकर बैठ गया था।

"हाँ, मैंने अपना और इनका लंच मँगवाया है।" ज्ञानप्रकाश ने कहा।

स्टेशन-मास्टर ने फिर अपने चारों ओर देखा, "एक फ़र्स्ट क्लास कम्पार्टमेंट पूरा

ख़ाली है, आप उसमें क्यों नहीं चलते ? इसमें तो आपको तकलीफ़ होगी, यह गाड़ी रात में दिल्ली पहुँचेगी।"

"नहीं, मैं यहाँ बड़े आराम से हूँ, धन्यवाद !"

स्टेशन-मास्टर ने अब गंगाप्रसाद की ओर देखा, "क्या आप एंग्लो-इंडियन हैं ?"

"नहीं, मैं इंडियन हूँ।" गंगाप्रसाद ने कहा।

"यह कम्पार्टमेंट यूरोपियन्स और एंग्लो-इंडियन के लिए है, आपको इसमें सफ़र करने का कोई अधिकार नहीं है। आपको इससे उतरना पड़ेगा।" फिर उसने ज्ञानप्रकाश से कहा, "आप भी शायद इंडियन हैं ?"

"जी हाँ, हम दोनों इंडियन्स हैं, और हम लोग इसी कम्पार्टमेंट में सफ़र करेंगे और इससे न उतरेंगे।"

स्टेशन-मास्टर ने रुख़ाई के साथ कहा, "तो फिर पुलिस बुलाकर आप दोनों को ज़बरदस्ती उतरवाना पड़ेगा।"

ज्ञानप्रकाश ने बहुत ठंडे भाव से कहा, "हाँ-हाँ, बुलवाइए पुलिसवालों को, वही हम लोगों को उतारेंगे।"

मिस्टर ग्रिफ़िथ्स ने इसी समय स्टेशन-मास्टर से पूछा, "मैं पूछना चाहता हूँ कि रेलवे-कम्पनी को क्या अधिकार है कि वह इस तरह रंग-भेद बरते ?"

"यह तो कम्पनी जाने ! मुझे तो कम्पनी के नियमों का पालन करना है, जिसने यह कम्पार्टमेंट को यूरोपियन्स और एंग्लो-इंडियन्स के लिए सुरक्षित किया है; इस कम्पार्टमेंट में हिन्दुस्तानी सफ़र नहीं कर सकते।" यह कहकर उसने अपने साथवाले बैरे से कहा, "दो पुलिसवालों को बुला लाओ !"

मिस्टर ग्रिफ़िथ्स ने बैरे को रुकवाते हुए स्टेशन-मास्टर से कहा, "अगर ये दोनों पुलिस द्वारा उतारे जाते हैं तो मैं भी इनके साथ यहीं उतरूँगा। इस तरह से ग़ैर-क़ानूनी और अनैतिक काम को मैं अपनी आँखों के सामने होते हुए देखूँ, यह नहीं हो सकता। वैसे पार्लमेंट में तो मैं इस प्रश्न को उठाऊँगा ही, लेकिन यहाँ भी मुझे कुछ कार्रवाई करनी पड़ेगी।"

स्टेशन-मास्टर की अक्ल अब चक्कर में पड़ गई। कुछ देर वह चुपचाप खड़ा सोचता रहा। फिर उसने पराजित-से स्वर में कहा, "बहुत अच्छा श्रीमान् ! मैं इन लोगों के खिलाफ़ कोई कार्रवाई नहीं करूँगा। लेकिन यह जो यूरोपियन्स और एंग्लो-इंडियन्स के लिए कम्पार्टमेंट सुरक्षित किया गया है, इसमें रेलवे-कम्पनी की रंग-भेद बरतने की कोई नीति नहीं है, क्योंकि फ़र्स्ट और सेकंड क्लास में हिन्दुस्तानी और यूरोपियन्स साथ-साथ सफ़र करते हैं। यह जो थर्ड क्लास का रिज़र्वेशन है वह केवल इसलिए कि थर्ड-क्लास का किराया देकर यूरोपियन्स और एंग्लो-इंडियन्स आराम से सफ़र कर सकें।"

यह कहकर स्टेशन-मास्टर चला गया।

प्रायः चार बजे गाड़ी टूँडला-जंकशन पर पहुँची। डाइनिंग-कार से चाय मँगवाई

ज्ञानप्रकाश ने। वहाँ एक गोआनीज़ पादरी ने फ़ादर बार्दीनो से आकर कहा, "फ़ादर, आपको यहाँ से आगरा चलना है। आगरा से आप दिल्ली जाएँगे, और दिल्ली से बी. बी.सी.आई.आर. से बम्बई जाने का कार्यक्रम हम लोगों ने बनाया है।"

फ़ादर बार्दीनो के जाने के बाद ज्ञानप्रकाश ने उस बर्थ पर अपना बिस्तर बिछा लिया। इस समय तक चाय आ गई थी। गाड़ी चल दी, और तीनों चाय पीने बैठ गए।

बातचीत का सिलसिला मिस्टर ग्रिफ़िथ्स ने चलाया, "मैं एक दिन के लिए दिल्ली रुकना चाहता था, लेकिन क्या बतलाऊँ कलकत्ता में देर हो गई ! लौटती बार दिल्ली रुकना होगा। क्या अमृतसर में अच्छे होटल हैं ? मुझे चिन्ता हो रही है कि वहाँ मेरे ठहरने की व्यवस्था क्या होगी ! वैसे मैं भारत सरकार से कह-सुनकर अपने लिए ठहरने की वहाँ कुछ व्यवस्था करा लेता, लेकिन उस हालत में मैं जनता के सम्पर्क में न आ सकूँगा।"

ज्ञानप्रकाश ने उत्तर दिया, "यदि आप अनुचित न समझें तो कांग्रेस के कैम्पों में आपके ठहरने की व्यवस्था कराई जा सकती है। कांग्रेस के प्रेसीडेंट पंडित मोतीलाल नेहरू इलाहाबाद के ही हैं; उनसे मैं आपको मिला दूँगा, और कांग्रेसमेन आपका स्वागत करेंगे।"

"नहीं-नहीं, मैं इस तरह प्रकाश में नहीं आना चाहता। मैं तो केवल पीछे रहकर कांग्रेस की कार्रवाई देखना चाहता हूँ, अगर यह सम्भव हो। ख़ैर, अमृतसर तक तो हम लोगों का साथ है ही, वहाँ चलकर इसका निर्णय कर लिया जाएगा। लेकिन मुझे एक बात पर आश्चर्य हो रहा है..." यह कहते-कहे मिस्टर ग्रिफ़िथ्स रुक गए, जैसे वह सोच रहे हों कि आगे की बात कही जाए या न कही जाए।

"कहिए, किस बात पर आपको आश्चर्य हो रहा है ?" ज्ञानप्रकाश ने कहा।

कुछ चुप रहकर मिस्टर ग्रिफ़िथ्स ने कहा, "पंजाब में इतना बड़ा हत्याकांड हो गया। जहाँ तक मुझे याद है, पंजाबी लोग मार्शल रेस के आदमी हैं। फिर भी देख रहा हूँ कि देश-भर का वातावरण शान्त है, कहीं कोई उत्तेजना नहीं, कहीं कोई विद्रोह की भावना नहीं। आख़िर यह सब क्या है और क्यों है ? आपके देश में भावना और चेतना, दोनों का ही अभाव दिखता है ?"

मिस्टर ग्रिफ़िथ्स की इस बात का ज्ञानप्रकाश कोई उत्तर नहीं दे सका। उत्तर गंगाप्रसाद ने दिया, "आप ठीक कहते हैं कि हमारे देश में चेतना का अभाव है। यदि हम लोगों में चेतना होती तो यह इतना बड़ा देश हज़ार वर्ष तक गुलाम न रहा होता। और जहाँ तक भावना का प्रश्न है, भावना तो हर जगह है। लेकिन व्यक्तिगत भावना केवल चेतना के सहारे सामूहिक भावना बन सकती है। मेरा ख़्याल है आपका मतलब इसी सामूहिक भावना से है। जैसे ही चेतना जाग्रत होगी, वैसे ही व्यक्तिगत भावना सामूहिक भावना का रूप ग्रहण कर लेगी।"

मिस्टर ग्रिफ़िथ्स ने अनुभव किया कि गंगाप्रसाद की बात में सचाई है, पर वह उस सचाई का स्पष्ट रूप नहीं देख सका। उसने कहा, "आपकी बात से सन्तोष नहीं होता।

ये पंजाबी, जिन्होंने पिछले महायुद्ध में लाखों जर्मनों को मारा है, यही लोग यहाँ अपने घरों में भेड़-बकरियों की तरह मारे गए और चुप रहे, मुझे इस बात पर आश्चर्य हो रहा है। ये लोग जो देश के बाहर शेर बन गए थे, अपने देश में बकरी कैसे बन गए ?"

उस समय तक ज्ञानप्रकाश सुव्यवस्थित हो गया था, "मिस्टर ग्रिफ़िथ्स राजभक्ति हमारे धर्म का एक महत्त्वपूर्ण भाग है। राजा जैसा भी हो, यहाँ ईश्वर का अवतार माना जाता है। इसलिए राजा के विरुद्ध कोई हथियार नहीं उठा सकता—अनादि काल से हमारे धर्म में यह सिखाया गया है।"

गंगाप्रसाद हँस पड़ा, "जब हथियार हों, तब उन्हें उठाने की बात आती है। ब्रिटिश शासन ने तो हमें निहत्था बना दिया है। नहीं मिस्टर ग्रिफ़िथ्स, जर्मनी की लड़ाई में इन पंजाबियों के पास हथियार थे; यहाँ अपने देश में इनके पास कोई हथियार नहीं है। बिना हथियार के लड़ने के अर्थ होते हैं, अवश्यम्भावी मृत्यु। जलियाँवाला बाग़ में यही हुआ; सारे पंजाब में यही हुआ। ईंटें और ढेले फेंककर तो मशीनगनों से नहीं लड़ा जा सकता। और फिर सबसे बड़ी बात यह है कि हम हिन्दुस्तान के निवासियों में एकता नहीं है।"

"कैसी एकता ?" आश्चर्य के साथ ग्रिफ़िथ्स ने पूछा।

"हमारे देश की एक बहुत बड़ी और जटिल समस्या हिन्दू-मुसलमान की समस्या है। इस समस्या को सुलझाने में हम क़रीब तीन सौ साल से उलझे रहे हैं। जब यह समस्या सुलझने पर आ रही थी, उसी समय यहाँ अंग्रेज़ आ गए। हिन्दू कायर थे, पतनोन्मुख थे, उस समय थोड़े-से मुसलमान हिन्दुस्तान में घुसे। धीरे-धीरे सारा हिन्दुस्तान मुसलमानों के अधीन हो गया। लेकिन इस पराजय से हिन्दू धर्म मरा नहीं, अन्दर-ही-अन्दर उसमें भी ऊपर उठने की भावना आई। सत्रहवीं शताब्दी के अन्त में मराठों ने मुसलमानों को हटाने का बीड़ा उठाया। पंजाब में सिख आगे आए। अठारहवीं शताब्दी के अन्त तक महान मुग़ल साम्राज्य नष्ट-भ्रष्ट हो गया। यह आन्तरिक संघर्ष चल ही रहा था कि अंग्रेज़ यहाँ आ पहुँचे। आपसी युद्ध में हिन्दुओं और मुसलमानों ने समान भाव से अंग्रेज़ों का स्वागत किया, और इस वैमनस्य के कारण धीरे-धीरे सारा देश अंग्रेज़ों की गुलामी में आ गया। उस समय अगर अंग्रेज़ न आए होते तो सौ वर्ष के अन्दर हिन्दू-मुस्लिम समस्या का अन्त हो गया होता। लेकिन अंग्रेज़ों के आ जाने से समस्या वैसी-की-वैसी बनी रही। भारत के स्वराज्य का नारा हिन्दुओं का नारा है, मुसलमानों का नहीं; जलियाँवाला बाग़ का हत्याकांड हिन्दू-नगर अमृतसर में हुआ है; लाहौर, रावलपिंडी या पेशावर में नहीं हुआ है।"

गंगाप्रसाद की बात समाप्त होने पर उस कम्पार्टमेंट में एक सन्नाटा-सा छा गया।

थोड़ी देर बाद मिस्टर ग्रिफ़िथ्स ने पूछा, "तो क्या आप समझते हैं कि जब तक हिन्दू-मुस्लिम समस्या यहाँ बनी हुई है तब तक ब्रिटेन को हिन्दुस्तान खो देने का ख़तरा नहीं है ?"

गंगाप्रसाद ने तत्काल उत्तर दिया, "जी हाँ, कम-से-कम हिन्दुस्तान से कोई ख़तरा नहीं है, हिन्दुस्तान के बाहरवाले किसी भी देश से भले ही हो। हिन्दुस्तान की जनता

से आपको सहयोग ही मिलेगा। वह जो दूसरा विदेशी राष्ट्र होगा, उसकी भी तो गुलामी ही करनी होगी हम लोगों को। और हम लोगों को अंग्रेज़ी शिक्षा द्वारा यह भासित करा दिया गया है कि दुनिया में सबसे अधिक न्यायप्रिय, दयावान और उदार अंग्रेज़ हैं। देवतातुल्य अंग्रेज़ शासक को छोड़कर हम शैतानियत से भरे किसी राष्ट्र की गुलामी में बँधें, हमें यह ज़रा भी गवारा न होगा।" गंगाप्रसाद यह कहते-कहते हँस पड़ा।

गंगाप्रसाद की यह हँसी ज्ञानप्रकाश को अच्छी नहीं लगी। उसने उत्तेजित होकर कहा, "हिन्दू-मुस्लिम समस्या को अंग्रेज़ों ने मुस्लिम लीग की स्थापना कराके खड़ा कर दिया है, इससे मुझे इनकार नहीं; लेकिन लखनऊ-कांग्रेस में कांग्रेस और मुस्लिम लीग में समझौता हो गया है। अब यह समस्या समाप्त हो गई है।"

मिस्टर ग्रिफ़िथ्स ने पूछा, "क्या यह हिन्दू-मुस्लिम समस्या वास्तविक है या काल्पनिक ?"

"वह काल्पनिक है।" ज्ञानप्रकाश ने उत्तर दिया।

"वह वास्तविक है," गंगाप्रसाद बोला, "लखनऊ का समझौता काग़ज़ पर हुआ है, दिलों में नहीं हुआ है। वह समझौता सिद्धान्त है, कर्म नहीं है। और फिर आप यह भूल जाते हैं कि वह केवल समझौता है। अगर समस्या ही नहीं है तो समझौते की क्या आवश्यकता ?"

ज्ञानप्रकाश उबल पड़ा, "यह समझौता ब्रिटिश राजनीति के उत्तर में है। एक काल्पनिक समस्या उन्होंने खड़ी की, उसका उत्तर उसी तरह से काल्पनिक समझौते से ही दिया जा सकता है। गंगाप्रसाद, यह याद रखना कि गांधीजी के रूप में हमारे देश को जो नेता मिला है, वह कल्पना-जगत का नेता नहीं है। कांग्रेस निष्क्रियता को छोड़कर सक्रिय कार्यक्रम पर आ रही है।"

मिस्टर ग्रिफ़िथ्स ने मानो ज्ञानप्रकाश की बात का समर्थन किया, "मुझे भी कुछ ऐसा ही दिख रहा है, इसीलिए मैं अमृतसर की कांग्रेस में जा रहा हूँ।"

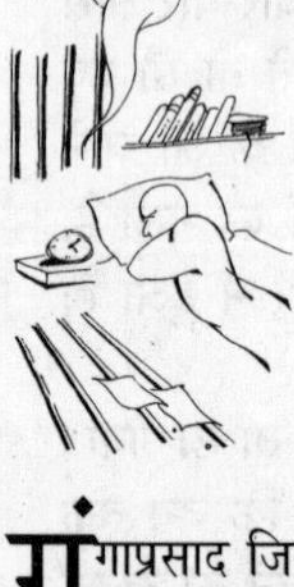

2

गंगाप्रसाद जिस समय कचहरी से लौटा, वह बड़ा थका हुआ और उदास था। पिछले दिन जौनपुर में मुसलमानों की एक बहुत बडी सभा हुई थी और उस सभा में ख़िलाफ़त-समस्या को लेकर बड़े उत्तेजनापूर्ण भाषण हुए थे। लेकिन दुर्भाग्यवश दो-एक भाषणकर्ताओं ने ब्रिटिश सरकार के ख़िलाफ़ विष-वमन करते-करते हिन्दुओं के ख़िलाफ़

भी विष-वमन कर डाला था। गंगाप्रसाद को सिटी मजिस्ट्रेट का उत्तरदायित्व भी सौंप दिया गया था। वैसे गंगाप्रसाद इस सभा की कार्रवाई को कोई महत्त्व न देता, लेकिन जौनपुर के अंग्रेज़ कलक्टर ने गंगाप्रसाद को आदेश दिया कि भाषणकर्ताओं के ख़िलाफ़ कड़ी कार्रवाई की जाए। उसी दिन गंगाप्रसाद ने तीन नेताओं के नाम गिरफ़्तारी का वारंट निकाल दिया। मिस्टर फ़रहतुल्ला जौनपुर के नवयुवक किन्तु प्रभावशाली और सफल वकील थे; शेख़ बब्बन वहाँ की मस्जिद के इमाम थे; और मौलाना दाऊद युक्तप्रान्त के मुसलमानों के बहुत बड़े धार्मिक नेता थे। वह इलाहाबाद के रहनेवाले थे और उस मीटिंग में भाग लेने के लिए वहीं से आए थे।

कलक्टर के आदेशानुसार गंगाप्रसाद ने उस दिन तीनों की ज़मानतें नामंजूर कर दी थीं, और इस पर नगर के मुसलमानों में गंगाप्रसाद के विरुद्ध एक उत्तेजना फैल गई थी।

19 मार्च, 1920 का शोक-दिवस वैसे कांग्रेस द्वारा राष्ट्रीय-दिवस के रूप में घोषित हुआ था और मनाया गया था, लेकिन उस दिन सभाएँ अधिकांश में मुसलमानों की ही हुई थीं। तुर्की के ख़लीफ़ा के प्रति देश के हिन्दुओं में एक प्रकार की उदासीनता ही थी।

उस दिन दोपहर में गरमी काफ़ी अधिक बढ़ गई थी, और शाम के समय वातावरण में वही गरमी भरी हुई थी। गंगाप्रसाद ने घर लौटकर बियर की बोतल खोली, मानो वह उस बियर में अपनी दिन-भर की उत्तेजना को डुबा देना चाहता हो। एक बोतल ख़त्म करके उसने दूसरी बोतल खोली; दूसरी बोतल ख़त्म करके उसने तीसरी खोली। तीसरी बोतल वह ख़त्म कर ही रहा था कि उसके बँगले के सामने एक कार रुकी। कौन आया है, इसकी सूचना उसके चपरासी के देने के स्थान पर ज्ञानप्रकाश ने उसके कमरे में प्रवेश किया। गंगाप्रसाद हड़बड़ाकर उठ खड़ा हुआ, "अरे तुम, ज्ञानू चाचा !"

ज्ञानप्रकाश हँस पड़ा, "जी हाँ मैं। मुझे देखकर आश्चर्य हुआ होगा !"

गंगाप्रसाद को बहुत साफ़-साफ़ तो नहीं दिखाई दे रहा था, लेकिन उसने यह ज़रूर देखा कि ज्ञानप्रकाश के शरीर पर कोट-पैंट के स्थान पर खादी की धोती और कुरता है तथा सिर पर गाँधी-टोपी है, "जी, तुम्हें पहचानना मुश्किल हो गया है इसलिए आश्चर्य होने की बात ही है। यह क्या धजा बना रखी है तुमने !" और यह कहकर उसने भीखू को आवाज़ दी, "भीखू !"

भीखू घर के अन्दर था। वह दौड़ता हुआ कमरे में आया, "काहे बचवा ?"

"यह ज्ञानू चाचा आए हैं ! क्यों चचा, बियर या व्हिस्की ?"

ज्ञानप्रकाश ने बैठते हुए कहा, "पीना तो मुझे कुछ नहीं चाहिए, लेकिन जब सामने आ जाए तब इनकार करना बदतमीज़ी है। व्हिस्की मँगवाओ, यह बियर तो निहायत कड़वी होती है। लेकिन देख रहा हूँ, बहुत पीने लगे हो। इलाहाबाद वापस लौटते ही बहू को भिजवा दूँगा यहाँ।"

"का बात कहेव भइया ! बहुरिया का जातै भिजवाय देव ! इनकेर हालत तो देख रहे हौ। और आगे हम का बताई !"

गंगाप्रसाद ने कड़ी नज़र से भीखू को देखा, और भीखू उस नज़र से कुछ सहमा हुआ-सा जल्दी-जल्दी कमरे से बाहर चला गया। गंगाप्रसाद ने ज्ञानप्रकाश से पूछा, "हाँ चचाजान, बतलाया नहीं तुमने कि कैसे चले आए ? यह मोटर तुम्हारी ही है क्या जिसमें आए हो ?"

"पहले व्हिस्की आ जाने दो, फिर सब कुछ बतलाऊँगा। हाँ, मोटर मैंने ख़रीदी है। वकालत चलने के लिए मोटर तो अपने पास होनी ही चाहिए। लेकिन किसी से कहना नहीं, अभी पूरे रुपए नहीं दिए हैं मैंने इसके।"

भीखू व्हिस्की की बोतल रख गया। गंगाप्रसाद ने व्हिस्की ढालकर गिलास ज्ञानप्रकाश के हाथ में देते हुए कहा, "चलो, वकालत की शुरुआत तो शान से हुई। अब बताओ कि कैसे आना हुआ ?"

व्हिस्की का घूँट पीते हुए ज्ञानप्रकाश ने बड़े इतमीनान के साथ कहा, "डिस्ट्रिक्ट जज की अदालत में तुम्हारे फ़ैसले के ख़िलाफ़ तीन आदमियों की ज़मानत की अर्ज़ियाँ देने ! यह भी क्या बात है कि तुम उन लोगों की ज़मानतें नामंजूर कर दो !"

"मैं ज़मानतें मंजूर कर देता चचायार ! लेकिन कैसे कहूँ, तुम तो जानते ही हो कि हुक्म ऊपर से आया करते हैं। कलक्टर साहब ने कहा कि ज़मानतें नामंजूर कर दूँ, दो-एक दिन हवालात की हवा खाने दूँ उन्हें। तो फिर क्या करता !"

"हाँ, इतना तो मैं पहले ही समझ गया था। ख़ैर, कोई बात नहीं। कल ये ज़मानतें डिस्ट्रिक्ट जज की अदालत में मंजूर हो जाएँगी। आज दोपहर को इलाहाबाद कांग्रेस कमेटी में तार पहुँचा, तो उसी समय वे लोग मेरे पास आए। मैं कांग्रेस में सम्मिलित हो गया हूँ, यह तो तुम समझ ही गए होंगे !"

"हाँ-हाँ, कांग्रेसमैन हो जाओगे, इसका अनुमान तो मैंने पहले ही कर लिया था; लेकिन इतनी जल्दी कांग्रेस ज्वाइन करके काम-काज शुरू कर दोगे, यह नहीं सोचा था। चलो चचाजान, अच्छा ही किया, मुफ़्त के मुक़दमे लड़ने में बदनाम की जगह नाम होगा, और तुम्हारी बैरिस्टरी चल निकलेगी।"

ज्ञानप्रकाश ने हँसते हुए कहा, "तुम बड़े पाजी होते जा रहे हो। क्या तुम समझते हो कि बिना कांग्रेस ज्वाइन किए मेरी बैरिस्टरी चलती ही नहीं ? जब मैं बैरिस्टरी पढ़ने के लिए विलायत गया था, उसी समय बाँदा में मेरी वकालत चल निकली थी।" यह कहकर उसने अपना व्हिस्की का गिलास खाली करके फिर से भरा, "लेकिन यार बरखुरदार, कहते तुम ठीक हो। यह कांग्रेस ज्वाइन कर लेने के बाद से मुफ़्त के मुक़दमों की पैरवी खूब करनी पड़ती है, और इससे अनुभव खूब बढ़ता है।"

गंगाप्रसाद ने अब अपने लिए बियर की चौथी बोतल खोली, "लेकिन चचा, यह तो बताओ कि कांग्रेस और तुर्की के ख़लीफ़ा में क्या रिश्ता है ? यह जो कांग्रेस ने शोक-दिवस की घोषणा की थी, वह मेरी समझ में ज़रा भी नहीं आई। और मैं ही क्या,

आप भी इस शोक के रूप को समझ सके होंगे, इस पर मुझे शक है।"

अपना सिर खुजलाते हुए ज्ञानप्रकाश ने कहा, "हाँ यार बरखुरदार, यह शोक-दिवस आया तो मेरी समझ में भी नहीं, लेकिन इस शोक-दिवस की कल्पना महात्मा गांधी और कांग्रेस के नेताओं ने की थी और महात्मा गांधी ग़लत नहीं करते, यह तय है—यानी हम सब कांग्रेसमैन ऐसा तय किए हुए हैं। तुम तो जानते ही हो कि मुसलमान हमारे भाई हैं !"

गंगाप्रसाद झुंझलाहट के स्वर में बोला, "माना कि मुसलमान हमारे भाई हैं, लेकिन यह तुर्की का ख़लीफ़ा...इससे हम हिन्दुस्तानवालों को और ख़ासतौर से हम हिन्दुओं को क्या मतलब ?"

ज्ञानप्रकाश की बुद्धि धीरे-धीरे व्हिस्की के प्रभाव से खुलने लगी थी, "अमाँ, बड़े बुद्धू हो यार बरखुरदार ! मान लो, तुम्हारे भाई के ससुर, साले, सास, सलहज, साली, साढ़ू, इनमें से किसी की मौत हो जाए... !"

गंगाप्रसाद ने ज्ञानप्रकाश की बात काटी, "मेरे कोई भाई नहीं है, यह तो तुम जानते ही हो चचाजान !"

"हाँ-हाँ, जानता हूँ कि तुम्हारे कोई भाई नहीं है। लेकिन मान लो कि तुम्हारे कोई भाई हो !"

"कैसे मान लूँ ? कह दिया और मान लूँ ? भला सोचो तो कि इस बेसिर-पैर की बात को कैसे मान सकता हूँ ! ज़रा यह समझने की बात है !"

"सब समझ लिया है, अब सीधी तरह से बात पर आओ और जो कुछ कह रहा हूँ उसे ठीक तौर से समझने की कोशिश करो।" ज्ञानप्रकाश ने कड़े स्वर में कहा।

"अरे, नाराज़ हो गए चचा ! थूक डालो इस गुस्से को, माफ़ी माँगता हूँ। हाँ तो मान लिया कि मेरे एक भाई है और उस भाई के साले, ससुर, सलहज, सास, यानी कि उसकी बीवी की तरफ़ के किसी आदमी या औरत की मौत हो जाए... !"

"यही कह रहा था मैं ! हाँ, फिर ऐसी हालत में तुम मातमपुरसी के लिए जाओगे कि नहीं ?"

"यह तो इस बात पर निर्भर है कि भाई कितना नज़दीकी है, यानी भाई के साथ मेरे ताल्लुक़ात कैसे हैं ?"

ज्ञानप्रकाश ने ताली बजाते हुए कहा, "ठीक, अब आए हो रास्ते पर ! तो बरखुरदार, हमारे देश में मुसलमान हम हिन्दुओं के सगे भाइयों की तरह हैं। और तुर्की का ख़लीफ़ा इन मुसलमानों का धर्म-गुरु होता है। अब यह भी समझ लो कि धर्म-गुरु का रुतबा बाप के रुतबे से कम नहीं है, यानी यह लोगों के शास्त्रों में गुरु और पिता को एक ही स्थान दिया गया है। मानते हो इस बात को कि नहीं ? ईसाइयों में भी पादरी को फ़ादर कहते हैं !"

"सुन रहा हूँ तुम्हारी बात, अब आगे कहो।" गंगाप्रसाद ने कहा।

"आगे की बात बिलकुल साफ़ है। ब्रिटिश सरकार ने तुर्की के ख़लीफ़ा के साथ

विश्वासघात किया, यानी उसकी ख़िलाफ़त के टुकड़े-टुकड़े कर दिए। हिन्दुस्तान के मुलसमानों से सरकार-बरतानिया ने वादा किया था कि तुर्की पर कोई आँच न आने पाएगी, यानी वह तुर्कों का कोई नुकसान नहीं करेगी; तब जाकर कहीं हिन्दुस्तान के मुसलमानों ने बरतानियों की तरफ़ से जंग में हिस्सा लिया था। अब हमारे देश के मुसलमानों को क्रोध भी होना चाहिए, दुख भी होना चाहिए और चूँकि मुसलमान हमारे भाई हैं, इसलिए हमें क्रोध भले ही न हो, दुख तो होना चाहिए।"

गंगाप्रसाद ने ज्ञानप्रकाश का व्हिस्की का गिलास, जो ख़ाली हो गया था, भरते हुए कहा, "तो चचा, लोग-बाग अपना ग़म ग़लत कर रहे हैं। तो फिर कीजिए ग़म ग़लत, मनाइए मातम ! जहाँ तक मेरा सवाल है, न मेरे कोई भाई है और न मैं इस बिरादराना दुख को अनुभव कर पाता हूँ। फिर मेरा तजुर्बा तो यह कहता है कि यह मुसलमान हिन्दुओं का न कभी भाई रहा है और न कभी भाई रहेगा। यह तो हिन्दुओं का सबसे बड़ा दुश्मन है और हज़ार साल से यह दुश्मनी चली आ रही है।"

ज्ञानप्रकाश गंगाप्रसाद की बात सुनकर मुस्कराया, "कहते तो बरखुरदार बिलकुल ठीक हो। इस मुसलमान की जड़ें हिन्दुस्तान में नहीं हैं, इसकी जड़ें तुर्की में और मक्का-मदीना में हैं। लेकिन महात्मा गांधी तो कहते हैं कि हिन्दू-मुसलमान भाई-भाई की आवाज़ से अगर हिन्दू-मुसलमानों में एका हो जाए तो क्या बुरा है ?"

इसी समय भीखू ने कमरे में प्रवेश किया और उसने गंगाप्रसाद से कहा, "बचवा, रामलाल केर बेटवा बंसीधर आवा है अबहिने ई गाड़ी से !"

"कौन रामलाल और कौन बंसीधर ? इन लोगों को तो मैं नहीं जानता।" गंगाप्रसाद बोला।

"हाय राम ! तुम अपने रामलाल चाचा को भूल गएव ? उनकेर बेटवा बंसीधर ! पारसाल...ऊका का कहत हैं...अरे भइया, इमतिहान पास हुइ करिके तहसीलदार भए रहैं—तौन ऊ इमतिहान पास करिके तुमसे इलाहाबाद मां मिला रहे, साथ मां रामलालौ रहैं।"

"तो उसको इस वक़्त आने की क्या ज़रूरत थी ? हम लोग किसी से नहीं मिल सकते। ख़बरदार, जो अब फिर किसी का सन्देशा लाए ! उससे कह दो कि कल सुबह आकर मिले मुझसे।"

ज्ञानप्रकाश को बड़े ज़ोर की हँसी आ गई। गंगाप्रसाद ने ज्ञानप्रकाश की ओर देखा, "क्यों हँस रहे हो चचायार ? क्या कोई ग़लत बात कह डाली है मैंने ? क्यों जी भीखू, यह ज्ञानू चाचा क्यों हँस रहे हैं ?"

ज्ञानप्रकाश ने कहा, "जी बरखुरदार, यह बंसीधर साहेब आपके बिरादर हैं समझे, आपके भाई ! और शायद यह फ़तहपुर से इलाहाबाद होते हुए आपके पास आए हैं। यही नहीं, शायद इन्हें भैया ने आपके पास भेजा हो। शाम को एक गाड़ी चलती है इलाहाबाद से। तो इनका असबाब-वसबाब रखवाइए; थके हुए आए होंगे आपके यह बिरादर ! इन्हें बुलवाइए यहाँ, एक-आध पेग इनकी नज़र कीजिए !"

गंगाप्रसाद ने एक उलझन-भरी नज़र भीखू पर डाली। भीखू ने कहा, "हाँ, ठीकै तो कहत हैं ज्ञानू भैया ! तौन हम बंसीधर केर असबाब तो मेहमानन की कुठरिया मां धरवाय दीन है, और उनकेर खानौ का इन्तज़ाम करवाय दीन है। तुम्हें पूछत रहैं तौन हम तुम्हें बतावन चले आएन !"

गंगाप्रसाद के उत्तर देने से पहले ही ज्ञानप्रकाश ने कहा, "जाओ, उसे लिवा लाओ यहाँ।"

भीखू ने जिस युवक को कमरे के अन्दर भेजा उसकी अवस्था पच्चीस वर्ष के लगभग रही होगी। दुबला-सा और लम्बा-सा व्यक्ति, साँवला रंग, लम्बोतरा चेहरा, जिस पर चेचक के हल्के दाग़ ! वह बन्द-गले का फटा-सा गबरून का कोट पहने था और उसके नीचे मैली-सी धोती थी। सिर पर एक पुरानी-सी क्रिस्टी की फेल्ट कैप थी। उसने झुककर बारी-बारी से गंगाप्रसाद और ज्ञानप्रकाश को सलाम किया। गंगाप्रसाद ने ग़ौर से उस युवक को देखा, "तो तुम्हारा नाम बंसीधर है ! कहाँ से आ रहे हो ?"

"बप्पा ने चाचाजी के पास इलाहाबाद भेजा था। चाचाजी ने मुझे आज आपकी ख़िदमत में भेज दिया है। साथ में आपको एक चिट्ठी भी दी है।" यह कहकर उसने अपनी जेब से एक चिट्ठी निकालकर गंगाप्रसाद को दे दी।

गंगाप्रसाद ने चिट्ठी खोली। वह चिट्ठी उर्दू में लिखी थी। बहुत प्रयत्न करके भी जब वह चिट्ठी को ठीक तरह से नहीं पढ़ पाया, तब उसने चिट्ठी ज्ञानप्रकाश की ओर बढ़ाते हुए कहा, "चचायार, यह उर्दू भी खूब ज़बान है। लिखो कुछ, पढ़ो कुछ, यानी मतलब ख़ब्त ! कुछ निकाल सकते हो मतलब ?"

ज्ञानप्रकाश ने चिट्ठी लेने से इनकार करते हुए कहा, "ना बाबा, दूसरों के ख़तों को पढ़ना ग़लत बात है। इसे कल इतमीनान के साथ पढ़ना, जो मतलब लगाना चाहोगे, लग जाएगा। इस चिट्ठी में क्या लिखा है, यानी क्या मतलब है इसका, वह इनसे इस वक़्त सुन लो।"

गंगाप्रसाद ने ताली बजाते हुए कहा, "वाह चचा, क्या बात सुझाई तुमने ! बप्पा को अंग्रेज़ी अच्छी तरह से आती है, लेकिन लिखेंगे उर्दू में। तो क्यों जी बंसीधर, कैसे आना हुआ तुम्हारा यहाँ जौनपुर में ? अजीब मनहूस जगह है यह ! हाँ, इत्र और तेल का रोज़गार अच्छा है। किसी रोज़गार-वोज़गार की तलाश में तो नहीं निकले हो ?"

इन दोनों सज्जनों को देखकर और इनकी बातें सुनकर बंसीधर कुछ घबरा गया था। उसने कहा, "जी...जी चाचाजी ने तो मुझे आपकी ख़िदमत में भेजा है, आप जो कहेंगे वह करूँगा। पारसाल एंट्रेंस पास किया था। आगे पढ़ने की बात उठी तो फ़तहपुर में कोई कॉलेज नहीं है। तो बप्पा ने चाचाजी के पास भेज दिया। चाचाजी बोले कि थर्ड डिवीजन से पास हुआ हूँ। उम्र भी काफ़ी हो गई है, तो आगे पढ़ना बेकार होगा। बप्पा भी यही कहते थे। तो चाचाजी ने आपके पास भेज दिया है कि कहीं लगा दें।"

अब ज्ञानप्रकाश ने कहा, "अच्छा किया जो यहाँ चले आए। यहाँ कचहरी में यह

तुम्हें लगवा देंगे कहीं-न-कहीं। अब जाकर खाना-वाना खा लो, थके हुए होगे। सुबह इनसे बातचीत करना। क्यों बरखुरदार, ठीक कह रहा हूँ न ?"

"बिलकुल ठीक कह रहे हो चचाजान, इन्हें कहीं-न-कहीं लगवाना ही होगा। अच्छा अब जाओ, सुबह बातचीत होगी।"

बंसीधर जैसे अपनी जान लेकर भागा। बंसीधर के जाते ही गंगाप्रसाद ने कुछ गम्भीर होकर कहा, "देख रहे हो चचाजान, इस जंगली को बप्पा ने मेरे पास भेजा है। शक़्ल देखी तुमने इसकी, हैवानियत बरस रही है चेहरे पर ! और जी हाँ, यह मेरे बिरादर हैं। जौनपुर में मेरे भाई होने का ढोल पीटते घूमेंगे; मैं तो शरम से गड़ जाऊँगा। अजीब मुसीबत में डाल दिया है बप्पा ने !"

ज्ञानप्रकाश ने गंगाप्रसाद की बात की हामी भरी, "हाँ बरखुरदार, बात तो तुम ठीक कहते हो, लेकिन मेरी सलाह यह है कि शुरू से ही मामला साफ़ कर लो। इनसे साफ़-साफ़ कह दो कि यह अपने रहने का इन्तज़ाम और कहीं कर लें, नौकरी तुम दिलवा दोगे। जब तुम्हारे साथ ही नहीं रहेगा, तब भाई-चारे का रिश्ता कैसा ?"

ज्ञानप्रकाश की यह सलाह गंगाप्रसाद को पसन्द आ गई।

सुबह गंगाप्रसाद ने बंसीधर को बुलाकर बात की। बात ख़त्म हो जाने पर गंगाप्रसाद ने बंसीधर को पाँच रुपए देते हुए कहा, "देखो बंसीधर, ग़लत मत समझ लेना ! तुम यहाँ मेरी मातहती में काम करने आए हो, इसलिए मेरे साथ तुम्हारा रहना ठीक नहीं होगा। मैं भीखू से कहे देता हूँ, तुम भीखू के साथ जाकर कहीं दो-तीन रुपए महीने का मकान तलाश कर लो। मैं आज शाम से ही कलक्टर से कहकर तुम्हें नौकरी दिलवा दूँगा; एक जगह खाली है। समझ रहे हो न !"

"जी हाँ, इतमीनान रखिए, मैं दोपहर तक कोई-न-कोई मकान किराए पर ले लूँगा, बस, आप मुझे कोई नौकरी दिलवा दीजिए।"

गंगाप्रसाद ने बंसीधर से कलक्टर के नाम एक एप्लीकशन लिखवा ली, "तुम शाम को चार बजे कचहरी आकर मुझसे मिलना ! चपरासी से मैं कह दूँगा कि बंसीधर नाम का जो आदमी आए उसे वह मेरे चेम्बर में बिठला दे !"

ज्ञानप्रकाश ने डिस्ट्रिकट जज की अदालत में जो ज़मानत की दरखास्तें दीं वे उसी समय मंजूर हो गईं और कचहरी बन्द होने के पहले उन लोगों की ज़मानतें भी हो गईं। जिस समय वे तीनों व्यक्ति जमानतों पर छूटे, मुसलमानों की एक बहुत भारी भीड़ अदालत में इकट्ठी हो गई थी। उस भीड़ ने मौलाना दाऊद, शेख़ बब्बन और मिस्टर फ़रहतुल्ला को हार पहनाए। फिर एक खुली फ़िटन पर इन तीनों नेताओं को बिठाकर उनका जुलूस निकाला गया। ज्ञानप्रकाश को नगर के मुसलमानों ने पूछा तक नहीं, और सम्भवतः ये तीनों नेता भी अपने जुलूस की खुशी में ज्ञानप्रकाश की उपस्थिति को और ज्ञानप्रकाश के प्रति अपने कर्तव्य को भूल गए। जुलूस रवाना हो जाने के बाद ज्ञानप्रकाश थका-सा गंगाप्रसाद के चेम्बर की ओर चल दिया।

गंगाप्रसाद ने तीन बजे ही अपना काम समाप्त कर दिया था और कलक्टर से

मिलकर बंसीधर को नियुक्त कराने चला गया था। वह कलक्टर से बंसीधर को नियुक्त कराके तथा नियुक्ति-पत्र ऑफ़िस-सुपरिन्टेण्डेण्ट के पास भिजवाकर जब अपने चेम्बर में लौट रहा था, तब उसे ज्ञानप्रकाश आता हुआ दिखा। उसने बढ़कर ज्ञानप्रकाश से कहा, "कहो चचायार, ज़मानतें तुमने करा दीं और नेताओं का जुलूस भी चला गया... लेकिन तुम यहाँ घूम रहे हो !"

एक फीकी मुस्कान के साथ ज्ञानप्रकाश ने उत्तर दिया, "हाँ बरखुरदार ! जुलूस के साथ नेता लोग चले और यह भूल गए कि मैं भी हूँ। चलो, अच्छा ही हुआ। पाँच बजे यहाँ से चलकर नौ-दस बजे रात तक इलाहाबाद पहुँच जाऊँगा।"

"तो चचाजान, तुम समझ रहे हो कि मैं तुम्हें यहाँ से इस वक़्त चला जाने दूँगा। अपने दोस्तों को कांग्रेस के एक बड़े नेता से मिलाने के लिए एक दावत दे डाली है मैंने...कुछ नाच-मुजरा भी रहेगा। कल सुबह पाँच-छह बजे चले जाना, दस-ग्यारह बजे तक इलाहाबाद पहुँच जाओगे।"

ज्ञानप्रकाश हँस पड़ा, "डिप्टी-कलक्टरी ज़ोरों से चल रही है, बरखुरदार ! भैया को ख़बर लगेगी तो वह क्या सोचेंगे ? ना बाबा, अपने लड़के के गुन तो देखेंगे नहीं, दोष मुझे देंगे कि विलायत जाकर मैं तो बिगड़ ही गया हूँ, तुम्हें भी बिगाड़ रहा हूँ।"

"बप्पा को ख़बर लगेगी ही कैसे ?" चचायार, इतमीनान रखो ! उस बंसीधर को मैंने आज ही किराए का मकान दिलवा दिया। भीखू ने उसे दोपहर से पहले ही उसके मकान में जमवा दिया होगा। और भीखू को बिलकुल बेज़बान समझो ! सभी बातें जानता है मेरी, लेकिन मजाल है किसी से कह दे ! जानते नहीं हो चचा, कितना मानता है और मुझसे कितना डरता है !"

बंसीधर गंगाप्रसाद के चेम्बर में बैठा उसकी प्रतीक्षा कर रहा था। गंगाप्रसाद ने जाते ही उससे कहा, "कल सुबह तुम ऑफ़िस-सुपरिन्टेंडेंट बाबू गौरीनाथ से मिल लेना; वह तुम्हें काम बतला देंगे। मकान तो ठीक हो गया तुम्हारा !"

"जी हाँ, और भीखू ने सामान-वामान का भी इन्तज़ाम कर दिया है।"

"तो ठीक, अब अपने घर जाओ; कल सुबह नौ बजे मेरे यहाँ आकर मुझसे मिल लेना।"

बंसीधर को रवाना करके दोनों पैदल ही चल पड़े। गंगाप्रसाद का घर कचहरी से प्रायः दो फर्लांग की दूरी पर था। जिस समय ये दोनों गंगाप्रसाद के बँगले के फाटक में प्रवेश कर रहे थे, उन्हें जुलूस के नारे नज़दीक आते सुनाई पड़े। जुलूस शहर का चक्कर लगाकर मिस्टर फ़रहतुल्ला के घर की ओर जा रहा था। शहर से फ़रहतुल्ला के बँगले का रास्ता गंगाप्रसाद के बँगले के सामने से ही होकर पड़ता था। गंगाप्रसाद और ज्ञानप्रकाश फाटक के अन्दर एक पेड़ के नीचे खड़े होकर जुलूस की प्रतीक्षा करने लगे। 'ख़िलाफ़त ज़िन्दाबाद, मौलाना दाऊद ज़िन्दाबाद, शेख बब्बन ज़िन्दाबाद, मुंशी फ़रहतुल्ला ज़िन्दाबाद' के नारों के साथ जुलूस जिस समय गंगाप्रसाद के मकान के सामने आया तो जुलूस के अन्दर से किसी ने आवाज़ लगाई, "गंगाप्रसाद काफ़िर है, अंग्रेज़ों

का गुलाम है। ब्रिटिश हुकूमत मुर्दाबाद ! गंगाप्रसाद मुर्दाबाद !"

गंगाप्रसाद का चेहरा तमतमा उठा। किसने यह नारा लगाया है, यह देखने के लिए और नारा लगानेवाले को पहचानने के लिए उसने अपना कदम उठाया ही था कि ज्ञानप्रकाश ने उसका हाथ पकड़ लिया, "क्या बेवकूफ़ी का काम कर रहे हो, बरखुरदार ! चलो, बँगले के अन्दर चलें हम लोग !"

"सुन रहे हैं आप इन हरामज़ादों के नारे ! और आप कह रहे हैं कि ये हमारे भाई हैं! यह सब उस फ़रहतुल्ला की बदमाशी मालूम होती है। मैं ठीक कर दूँगा एक-एक को, समझ क्या रखा है, इन लोगों ने !"

ज्ञानप्रकाश ने हँसकर बात टाली, "अरे, इन नारों से तुम्हारा क्या बिगड़ जाता है ! इन पर ध्यान देना बेकार है।"

लेकिन गंगाप्रसाद के हृदय में वह नारा काँटे की भाँति चुभ गया था, "नहीं चचा, मेरे मकान के सामने ही यह नारा लगाया गया है, मुझे चुनौती देने के लिए; तो इस चुनौती का मैं उन्हें ऐसा जवाब दूँगा कि अक्ल दुरुस्त हो जाएगी।"

शाम को महफ़िल में कुछ थोड़े-से चुने हुए लोग आमन्त्रित थे। शराब का प्रबन्ध अली रज़ा, एक्साइज़ इंस्पेक्टर, के हाथ में था। वह नारंगी की देशी शराब की छह बोतलें लेकर प्रायः सात बजे ही आ गए थे। अली रज़ा गंगाप्रसाद के घनिष्ठ मित्रों में थे। बोतलें रखवाकर वह गंगाप्रसाद के पास ड्राइंग-रूम में बैठ गए। उन्होंने कहा, "सुना है गंगाबाबू, आपके ख़िलाफ़ किसी हरामज़ादे ने कोई नारा लगा दिया था—ऐन आपके मकान के सामने। वह यहाँ का एक लौंडा है समीउल्ला, मुंशी फ़रहतुल्ला का भतीजा। मुंशी फ़रहतुल्ला ने उसकी बड़ी लानत-मलामत की। उन्होंने मुझसे कहा कि मैं आपसे उनकी तरफ़ से माफ़ी माँग लूँ।"

एकाएक गंगाप्रसाद के सामने समीउल्ला का चेहरा आ गया। वह कचहरी में एवज़ी पर साल-भर से काम कर रहा था और उसके ख़िलाफ़ शिकायतों की भरमार थी। नाक़ाबिल, बदज़बान, बदमिज़ाज़ और इसके ऊपर बेतहाशा रिश्वतख़ोर ! उसी के स्थान पर कलक्टर ने बंसीधर को नियुक्त किया था। समीउल्ला उर्दू मिडिल तक पढ़ा था और कचहरी में नौकर हो गया था डिप्टी अब्दुलहक़ के प्रभाव से, जो उसके दूर के रिश्ते से मामा होते थे। डिप्टी अब्दुलहक़ के प्रभाव से ही वह वहाँ जम-सा गया था।

गंगाप्रसाद ने कहा, "तो यह बात है, अब समझा ! कल सुबह से समीउल्ला की नौकरी ख़त्म ! आज ऑफ़िस-सुपरिन्टेण्डेण्ट ने शाम के वक़्त उससे कह दिया होगा। ऐसा नाक़ाबिल और बदज़बान आदमी कब तक सरकारी नौकरी पर जमा रह सकता है ! कलक्टर साहब ने उसकी जगह एक नए आदमी को ले लिया है। और वह नया आदमी मेरे ज़रिए आया है, यानी मेरा दूर का भाई होता है, बंसीधर !"

यह ख़बर सुनकर अली रज़ा का मुँह गम्भीर हो गया, "अब आई समझ में यह बात ! लेकिन इस मामले में आपने अच्छा नहीं किया गंगाबाबू! यह डिप्टी अब्दुलहक़

और मुंशी फ़रहतुल्ला...जौनपुर के मुसलमानों में इनका बड़ा रोब है और समीउल्ला निहायत बड़ा गुंडा है। मैं आपको इन लोगों से दुश्मनी मोल लने की सलाह किसी भी हालत में नहीं देता।"

गंगाप्रसाद ने ज़रा तनकर कहा, "इन लोगों को मैं भी थोड़ा-बहुत जानता हूँ अली रज़ा साहेब, और ये लोग भी थोड़ा-बहुत मुझे जानने लगे होंगे। सो इसकी फ़िक्र आप मत कीजिए। लेकिन मेरी समझ में यह नहीं आता कि इसमें दुश्मनी मोल लेने की क्या बात है ! जगह ख़ाली थी, समीउल्ला महज एवज़ी पर था और वह नाक़ाबिल निकला। कलक्टर साहेब ने अब उस जगह पर एक क़ाबिल आदमी रख लिया है।"

"जी, यहाँ क़ाबिल-नाक़ाबिल का सवाल नहीं उठता; यहाँ तो सवाल यह है कि एक मुसलमान को हटाकर उसकी जगह एक हिन्दू मुक़र्रर हुआ है। वह जो आपके ख़िलाफ़ जुलूस में नारा लगा रहा था, उसमें साफ़-साफ़ मामले को यह शक्ल दी गई थी और आगे चलकर इस बात को यही शक्ल दी जाएगी। ख़ैर छोड़िए भी इस बात को, जो हो गया वह हो गया। हाँ, इतना ज़रूर कहूँगा कि आगे से ज़रा सोच-समझकर क़दम उठाइएगा। इस नारे पर ध्यान देने या किसी क़िस्म की कार्रवाई करने की कोई ज़रूरत नहीं है !"

गंगाप्रसाद ने ज्ञानप्रकाश की ओर देखा, "सुन रहे हो चचा, यहाँ क़िस्सा क़ाबिल-नाक़ाबिल का नहीं है, यहाँ किस्सा गंगाप्रसाद के रिश्तेदार और अब्दुलहक़ के रिश्तेदार का भी नहीं है, यहाँ क़िस्सा हिन्दू-मुसलमान का है, जिन्हें आप भाई-भाई कहते हैं। सुन रहे हो चचा, कितनी मज़ेदार बात है !" और गंगाप्रसाद के मुँह पर एक व्यंग्यात्मक हँसी नाच उठी।

गंगाप्रसाद की वह हँसी कुछ अजीब तरह से कुरूप थी, ज्ञानप्रकाश ने अनुभव किया। झुँझलाकर ज्ञानप्रकाश ने कहा, "बरखुरदार, इससे मेरी बात ही ठीक साबित होती है। इस हिदू-मुस्लिम भेदभाव को मिटाना होगा। और गंगाप्रसाद यह भेदभाव केवल सद्भावना से ही मिट सकता है। तुम्हारी सद्भावना से दूसरों की सद्भावना जागेगी। आख़िर यह मिस्टर अली रज़ा भी तो मुसलमान हैं, लेकिन अली रज़ा साहेब तुम्हारे जिगरी दोस्त हैं। तुम डिप्टी अब्दुलहक़ और समीउल्ला की बात तो सोचते हो, लेकिन तुम मिस्टर अली रज़ा को, जो तुम्हारे सबसे बड़े हितैषी और दोस्त हैं, तुम मुंशी फ़रहतुल्ला को, जिन्होंने तुमसे माफ़ी माँगी है, भूल जाते हो। यह बड़ा ग़लत दृष्टिकोण है तुम्हारा।"

गंगाप्रसाद के स्थान पर उत्तर अली रज़ा ने दिया, "नहीं मेहरबान, गंगाबाबू का नज़रिया ऐसा ग़लत भी नहीं है, जैसा आप समझ रहे हैं। जहाँ तक मुंशी फ़रहतुल्ला का सवाल है, वह फ़ौजदारी के वकील हैं; गंगाबाबू के इजलास में उन्हें क़रीब-क़रीब रोज़ ही आना पड़ता है। ऐसी हालत में मुंशी फ़रहतुल्ला की माफ़ी बनावटी है। समीउल्ला की उसने जो लानत-मलामत की, वह किसी नेक-नीयती से नहीं, बल्कि अपने स्वारथ को नज़र में रखकर। और जहाँ तक मेरा मामला है, गंगाबाबू के साथ मेरे ज़ाती

ताल्लुक़ात हैं। मैं इन्हें अपना छोटा भाई समझता हूँ। लेकिन इसके आगे बढ़िए, तो आप पाएँगे कि अली रज़ा मुसलमान है, अपने फ़िरक़े का एक हिस्सा है। वह अपने फ़िरक़े से अलग जाएगा कहाँ ! यही बात आप पर लागू होती है, यही बात गंगाबाबू पर लागू होती है। आख़िर इस ख़िलाफ़त के मामले को ही लीजिए—इस आन्दोलन में अभी तक मुलसमान ही नज़र आते हैं, हिन्दू कहीं गिना-चुना एकाध नज़र आ जाए, तो आ जाए। यह नहीं, ज़रा सोचिए कि यह ख़िलाफ़त का मसला क्या है ! यह हिन्दुस्तान के मुसलमानों को तुर्की के ख़लीफ़ा से क्या मतलब-ग़रज़ ? फिर भी हिन्दुस्तान के मुसलमानों के लिए तुर्की का ख़लीफ़ा सब कुछ है।"

ज्ञानप्रकाश को अली रज़ा की बात कुछ विचित्र-सी लगी, "क्या कहा आपने ? क्या आपको तुर्की के ख़लीफ़ा के लिए कोई हमदर्दी नहीं है ?"

"अजी हमदर्दी हो मेरी बला को ! लेकिन यहाँ मैं अपनी ज़ाती राय ही ज़ाहिर कर रहा हूँ। बाहर तो मुझे फ़िरक़े में शामिल होकर इस तुर्की के ख़लीफ़ा के लिए ज़ार-ज़ार आँसू बहाने पड़ते हैं। और मेहरबान, फ़िरक़े से, या यूँ कहिए समाज से, अलग रहकर चलने की मुझमें ताब कहाँ !"

ज्ञानप्रकाश कुछ नए तरह के अनुभव प्राप्त कर रहा था। उसने अली रज़ा को ग़ौर से देखा, "अली रज़ा साहेब, हिन्दुस्तान की आज़ादी की बाबत आपकी क्या राय है ?"

"हिन्दुस्तान की आज़ादी !" अली रज़ा कुछ चौंके, "मेहरबान, हिन्दुस्तान की आज़ादी की बाबत सोचना-विचारना हमारा काम नहीं है। यहाँ तो रोटी और बोटी से मतलब है, जो खुदा की मेहरबानी से सरकार-बरतानिया हमें देती जा रही है। इस आज़ादी-वाज़ादी की बातें तो लीडराने-क़ौम की बातें हैं। भला हमें इनसे क्या मतलब !"

गंगाप्रसाद को अली रज़ा की बात सुनकर हँसी आ गई, "सुन रहे हो चचाजान ! ख़ैर, छोड़ो भी इन फिजूल की बातों को !" हमारे अली रज़ा साहेब कुछ सूफ़ी क़िस्म के आदमी हैं। इन्होंने सन्तरे की ख़ासतौर से खिंचवाई है। विलायती मात है इसके आगे।" यह कहकर उसने भीखू को आवाज़ दी, "भीखू, शीशे के गिलास यहाँ रखो आकर और आबकारी साहेब जो बोतलें लाए हैं उन्हें निकालो।"

शराब के दौर चलने लगे और एक-एक करके आमन्त्रित अतिथिगण आने लगे।

आठ बजते-बजते समस्त अतिथिगण एकत्रित हो गए। सिविल सर्जन गौरीराम, सब-जज विद्युतशेखर चटर्जी, डी.एस.पी. गुलाम अहमद, कोतवाल सम्पूरनसिंह, मुंसिफ़ दीनानाथ और डिप्टी अब्दुलहक़ के अलावा ख़ानबहादुर मुहम्मद मूसा और ठाकुर जयप्रतापसिंह दो प्रमुख ज़मींदार भी वहाँ थे। इनके अलावा जौनपुर के वकीलों में से बाबू गोपीकृष्ण और मुंशी अशफ़ाक़ हुसैन आमन्त्रित थे। सब लोगों से ज्ञानप्रकाश का परिचय कराया गया और स्वभावतः बातचीत राजनीति पर होने लगी।

अशफ़ाक़ हुसैन फ़ौजदारी के सबसे बड़े स्थानीय वकील थे और इलाहाबाद से ज्ञानप्रकाश का बुलाया जाना उन्हें अच्छा नहीं लगा था। उन्होंने पूछा, "मिस्टर

ज्ञानप्रकाश, कांग्रेस ने जिन लोगों की ज़मानतें आपसे करवाई हैं, क्या वह उन लोगों की पैरवी भी आपसे करवाएगी ?"

"ज़मानतें कांग्रेस ने कहाँ करवाई हैं; ज़मानतों के लिए तो मैं ज़ाती तौर से आया हूँ।"

इस पर गोपीकृष्ण ने कहा, "जी हाँ, जहाँ तक हम लोगों की जानकारी है, यहाँ से तार भेजा गया था इलाहाबाद कांग्रेस कमेटी को, और आपको वहाँ की कांग्रेस ने ही यहाँ भेजा है। जिनकी ज़मानतें आपने करवाई हैं, न वे आपको जानते हैं और न आप उन्हें जानते हैं।"

"आप ठीक कहते हैं," ज्ञानप्रकाश ने उत्तर दिया, "लेकिन कांग्रेस ने मेरी फ़ीस नहीं दी है। मैं कांग्रेस का ही एक हिस्सा हूँ, यानी मैं बिना फ़ीस लिए हुए कांग्रेस की तरफ़ से पैरवी कर रहा हूँ। जो लोग कांग्रेस से अपनी पैरवी कराना चाहते हैं उनकी सेवा में मैं हाज़िर हूँ। इसी मामले को लीजिए। कांग्रेस को यहाँ से तार भेजा गया, क्योंकि गंगाप्रसाद ने लोगों की ज़मानतें नामंजूर कर दी थीं, या यूँ कहिए कि ज़मानतें इनसे नामंजूर करवा दी गई थीं..." और ज्ञानप्रकाश ने गंगाप्रसाद की ओर मुस्कराते हुए देखा।

"नहीं, आप ग़लत कहते हैं, ये ज़मानतें मैंने नामंजूर की थीं। जो तक़रीरें हुई थीं वे क़ानून के ख़िलाफ थीं, उनमें बग़ावत की बू थी। लोगों को बग़ावत के लिए भड़कानेवालों को सख़्त-से-सख़्त सज़ा मिलनी चाहिए।" गंगाप्रसाद ने तैश में आकर कहा।

इस पर डिप्टी अब्दुलहक़ ने अजीब तरह से मुँह बनाते हुए कहा, "जी, तो जनाब के फ़रमाने के मुताबिक ये जितने कांग्रेसवाले हैं, इनको सख़्त सज़ाएँ मिलनी चाहिए। क्यों मिस्टर ज्ञानप्रकाश, कुछ ऐसा ही मतलब निकाला जा सकता है बाबू गंगाप्रसाद की इस बात का ?"

ज्ञानप्रकाश ने कुछ सोचकर उत्तर दिया, "कांग्रेस तो लोगों को बग़ावत के लिए नहीं भड़काती, कांग्रेस सिर्फ़ हिन्दुस्तान में सुधारों की माँग करती है। वह हिन्दुस्तान के लिए डोमीनियन स्टेट्स चाहती है, ताकि हिन्दुस्तानवाले अपनी हालत सुधार सकें। बाबू गंगाप्रसाद, क्या आप कांग्रेस को बाग़ियों की संस्था क़रार देते हैं ?"

शराब के दौर ज़ोरों के साथ चल रहे थे और लोगों के दिल खुले हुए थे। गंगाप्रसाद ने उत्तर दिया, "कांग्रेस सिर्फ़ मुल्क की हालत सुधारने के लिए आन्दोलन कर रही है अब्दुलहक़ साहेब ! गांधी ने बगावत कब की ! युद्ध में फ़ौज के लिए हिन्दुस्तानियों की भरती तक करवाई गांधी ने। इसे भला बग़ावत कौन कह सकता है ! डोमीनियन स्टेट्स पाने के लिए और सुधारों के लिए आन्दोलन बग़ावत नहीं है; और अगर कोई इसको बग़ावत कहने की हिमाक़त करता है तो मैं कहूँगा कि इस बग़ावत में ही हमारी ज़िन्दगी है, यह बग़ावत ज़िन्दाबाद !"

डिप्टी अब्दुलहक़ ने अब पूछा, "तो फिर जौनपुर की अटाला मस्जिद में कांग्रेस

ने जो शोक-दिवस मनाया था, उसमें तक़रीर करनेवालों को बाग़ी क्यों क़रार दिया था जनाब ने, मैं पूछ सकता हूँ ?"

"जी हाँ, बड़ी ख़ुशी से पूछिए। और मेरा जवाब यह है कि उस मीटिंग में हिन्दुस्तान के सुधारों की बात नहीं उठाई गई थी, उस मीटिंग में डोमीनियन स्टेट्स की माँग नहीं की गई थी, उस मीटिंग में जलियाँवाला बाग़ के शहीदों के लिए हमदर्दी नहीं ज़ाहिर की गई थी, उस सभा में तो तुर्की के ख़लीफ़ा के प्रति वफ़ादारी और हमदर्दी का ऐलान हुआ था। आख़िर उस ख़लीफ़ा से हम हिन्दुस्तानवालों का क्या रिश्ता ?"

"जी, हिन्दुस्तान के मुसलमानों का तो रिश्ता है ही बाबू गंगाप्रसाद साहेब ! सल्तनत-बरतानिया ने यह वादा किया था कि वह तुर्की के ख़िलाफ़ कोई कार्रवाई नहीं करेगी। तब कहीं जाकर हिन्दुस्तान के मुसलमानों ने जंग में हिस्सा लिया था। हिन्दुस्तान के सिपाहियों और ख़ासतौर से मुसलमान सिपाहियों—पंजाबी, बलूची, पठान—की मदद से बरतानिया ने जंग जीती है। और अब जंग में फ़तह पाने के बाद वह हमारे ख़लीफ़ा की ख़िलाफ़त के टुकड़े-टुकड़े कर रही है। तो इतना समझ लीजिए कि हिन्दुस्तान के मुसलमानों को यह किसी हालत में बरदाश्त नहीं होगा।"

ख़ानबहादुर मुहम्मद मूसा डिप्टी अब्दुलहक़ की बात से अत्यधिक प्रभावित हो उठे, "क्या बात कही डिप्टी साहेब, आपने ! यानी शीशे में उतारकर रख दी ! तो मेहरबान, यह मामला तो कुछ रंग लाएगा, इस तरह अपने क़ौल से मुकर जाना...मैं कहता हूँ यह ब्रिटिश सरकार एक क़दम नहीं चल पाएगी। जी में आता है, अपना ख़िताब वापस कर दूँ।"

ज्ञानप्रकाश के मुख पर एक मुस्कराहट आई, "ख़ानबहादुर साहेब, हिन्दुस्तान को डोमीनियन स्टेट्स मिलने के बारे में आपका क्या ख़याल है ?"

"पागलपन की बात है मेरे अज़ीज़, कतई पागलपन की बात है ! हिन्दुस्तान को सुधार मिलने चाहिए, लेकिन बहुत धीरे-धीरे ! मैं कहता हूँ कि अगर आज हिन्दुस्तान को स्वराज्य मिल जाए तो वह मार-काट मच जाएगी, वह ख़ून-ख़राबा बरपा होगा कि पनाह ख़ुदा की ! ब्रिटिश हुकूमत ही इस हवशी व जंगली मुल्क में अमन-अमान क़ायम करा सकी है। मैं तो फिर से इस आपसी मार-काट और जंगो-जहद की तरफ़ लौटने को तैयार नहीं हूँ।"

अब ठाकुर जयप्रतापसिंह बोले, "हम लोगों ने इतिहास से बहुत कुछ सीखा है और इसलिए ख़ानबहादुर साहेब, आपसी मार-काट और जंगो-जहद की बात नहीं उठती है। फिर हम लोग तो सिर्फ़ डोमीनियन स्टेट्स माँग रहे हैं।"

डिप्टी अब्दुलहक़ एकाएक बोल उठे, "डोमीनियन स्टेट्स, स्वराज, इनके माने हैं अंग्रेज़ों की सरपरस्ती में हिन्दू राज का क़ायम होना ठाकुर साहेब ! यह जो डेमोक्रेसी है, जहाँ वोट पड़ते हैं, वहाँ हिन्दुओं की बन आएगी, क्योंकि उनकी तादाद हम मुसलमानों की तादाद से बहुत ज़्यादा है। ऐसी हालत में हम मुसलमानों को अंग्रेज़ों की जगह हिन्दुओं की गुलामी करनी पड़ेगी। तो एक हल्की-फुल्की गुलामी से निकालकर

जनम-जनम तक अखरनेवाली गुलामी में हम बँधने को तैयार नहीं।"

ज्ञानप्रकाश ने आश्चर्य के साथ डिप्टी अब्दुलहक़ को देखा, "मैं समझा नहीं यह हिन्दू-मुसलमान का सवाल किस तरह उठ खड़ा होता है ! हम लोग इस देश के निवासी हैं; चाहे हिन्दू हों चाहे मुसलमान। और इस देश के निवासी होने के नाते हम हिन्दू-मुसलमान भाई-भाई होते हैं।"

डिप्टी अब्दुलहक़ हँस पड़े, "जी हाँ, हम लोग भाई-भाई होते हैं। लेकिन आपने यह कहावत भी सुनी होगी कि भाई के बराबर कोई दोस्त नहीं और भाई के बराबर कोई दुश्मन नहीं। भाइयों में मुक़दमेबाज़ी होती है, भाइयों में बँटवारे होते हैं, भाई भाई का खून कर डालता है। नहीं बाबू ज्ञानप्रकाश, मुसलमान इस भाई-भाई के धोखे में नहीं पड़ेंगे। एक हज़ार वर्ष तक हमने हिन्दुओं पर हुकूमत की है, अब स्वराज्य मिलने के माने हैं कि हिन्दू हम पर हुकूमत करेंगे, हमें सताएँगे। हम किसी भी हालत में इस स्वराज पर राज़ी नहीं होंगे।"

ज्ञानप्रकाश ने अब्दुलहक़ को समझाने का प्रयत्न किया, "अब्दुलहक़ साहेब, नेकनीयती और सद्भावना नाम की भी कोई चीज़ होती है। हम दोनों के रिश्ते अगर इस नेकनीयती और सद्भावना पर क़ायम हों, तो इसमें मैं कोई हर्ज़ नहीं देखता।"

"जी, यह नेकनीयती और सद्भावना, इनकी शक्लें मैं अच्छी तरह पहचानता हूँ। अब जब खुलकर बातें हो रही हैं तब मैं आपको एक मज़ेदार बात बतलाऊँगा, जिससे आपकी इस नेकनीयती और सद्भावना की शक्ल साफ़ हो जाएगी। यह हमारे मेज़बान बाबू गंगाप्रसाद साहेब हैं न ! यह तो हिन्दू हैं। मेरा भानजा समीउल्ला कचहरी में काम कर रहा था एवज़ी पर। यह हज़रत बंसीधर नाम के किसी हिन्दू को कलक्टर के पास ले गए, वह शायद इनका कोई रिश्तेदार है। समीउल्ला से कह दिया गया कि आज से वह बरखास्त। कल से उस जगह बंसीधर काम करेगा। बिरादरान, नेकनीयती और सद्भावना का यह नमूना मैंने आज ही देखा है।"

गंगाप्रसाद अब्दुलहक़ की इस बात से उत्तेजित हो उठा, "समीउल्ला से सारा दफ़्तर परेशान था अब्दुलहक़ साहेब ! आपने भी उसके ख़िलाफ़ शिकायतें सुनी हैं। कलक्टर साहेब उसे हटाना तय कर चुके थे। वह निहायत नाक़ाबिल व बदमिज़ाज है !"

"जी हाँ, निहायत नाक़ाबिल व बदमिज़ाज है, इसलिए न कि वह मुसलमान है ! देखूँगा कि नए साहेब कितने क़ाबिल व नेक आदमी हैं। इस ज़िले में हिन्दू अहलकारों की तादाद काफ़ी बड़ी है; हिन्दू अफ़सरान उसे बचाने की कोशिश करेंगे। समीउल्ला मुसलमान है, उसके ख़िलाफ़ एक जिहाद-सा खड़ा कर दिया गया था। देखूँगा आगे चलकर !" डिप्टी अब्दुलहक़ के स्वर में भी गरमी आ गई थी।

अली रज़ा ने इस गरमा-गरमी को देखा। मलका जान को कमरे में लाकर उन्होंने कहा, "अजी, अब छोड़िए भी इस बातचीत को...हाँ मलका, शुरू करो कोई ग़ज़ल, कुछ रंग तो बदले !"

सब लोग चुप हो गए। मलका ने एक ग़ज़ल शुरू की, "पीके हम तुम जो चले झूमते मैख़ाने से !..."

3

छिनकी की दाह-क्रिया करके जब भीखू त्रिवेणी से घर वापस लौटा, उस समय रात हो गई थी। छिनकी की चिता में आग जलते ही ज्वालाप्रसाद घर लौट आए थे, लेकिन भीखू को अपनी बिरादरीवालों के साथ अन्त तक वहाँ ठहरना पड़ा था। उस दिन सुबह से ही पानी घिरा था और बीच-बीच में बौछार पड़ जाया करती थी। ज्वालाप्रसाद अन्यमनस्क भाव से जमुना और बच्चों के साथ भीतरी बरामदे में बैठे थे। घर में शोक का वातावरण फैला हुआ था। भीखू ने आते ही ज्वालाप्रसाद से कहा, "भइया, अब सब कुछ खतम हुइगा। तुम लोग खाना-वाना बनाओ चलके, लड़कवन का कुछ खयाल करौ !"

"और तुम ?" ज्वालाप्रसाद ने पूछा।

"हम आज उपास करब। बाहर की कुठरिया मां सोय रहब जायके।"

"बाहर की कोठरी में कहाँ सोओगे भीखू, छिनकी चाची की कोठरी में तुम्हें सोना होगा, रात में वहाँ दीया भी तो जलाना है ! और छिनकी ने क्या-क्या छोड़ा है, उसे भी तुम सहेज लो ! तुम जब आए तब बेहोश थी। जब तक होश रहा, तब तक तुम्हारा नाम लेती रही। वह तुम्हें जमा-जथा देना चाहती थी।"

"कैसी जमा-जथा भइया, जो कुछ आय वह सब तुम्हरै तो आय, तुमहीं अपने पास राखौ ! हमरे न कोऊ आगे, न पीछे, अकेला गंगा आय। तौन गंगा तुम्हार लड़का आय।" भीखू ने उत्तर दिया।

"नहीं भीखू, जब तक तुम हो, यह जमा-जथा तुम्हारी है। मेरा ऐसा ख़याल है कि क़रीब हज़ार रुपए छिनकी चाची के पास नक़द रहा होगा और दो-चार सौ के गहने होंगे। हमेशा यही कहती रही कि भीखू का विवाह हो जाए तो बहू को सौंप दूँ। मरने से पहले तक कहती रही कि भीखू को समझाओ कि अब ब्याह कर ले।"

भीखू हँस पड़ा, "अब बियाह मौत के साथ होई भइया ! पचास के ऊपर उमिर हुइ गई, और अबै तक नाहीं बियाह कीन, तौन अब करब ? फिर हमें बिना बियाह कीन्हें ही घर मिलिगा, बेटवा मिलिगा। तौन हम गंगा के साथ अपने उमरि गुजार देव !" फिर उसने कुछ देर चुप रहकर ज्वालाप्रसाद से कहा, "भइया, अगर बुरा न मानौ तो हम एक

बात तुमसे कही !"

"हाँ-हाँ भीखू, बोलो ! बुरा मानने की क्या बात है ?"

"हम कहित है, तुम और भौजी गंगा के साथ काहे नाहीं रहत हौ चलिके ? गंगा की बहुरिया तो साल मां छै महीना तुम लोगन के पास इलाहाबाद मां रहित आय, तौन गंगा का अकेला छोड़ब ठीक नहीं। तुम साथ रहियो चलिके तो कुछ लाज-सरम तो मानी यह गंगा।"

गंगाप्रसाद के सम्बन्ध में ज्वालाप्रसाद को अच्छी ख़बरें सुनने को नहीं मिल रही थीं। उसकी चारित्रिक कमज़ोरी की चर्चा अब स्थानीय अफ़सरों के दायरे से निकलकर प्रान्तीय अफ़सरों के दायरे में होने लगी थी। ज्वालाप्रसाद ने गंगाप्रसाद को समझाने की कोशिश की थी, पर इस समझाने का भी कोई प्रभाव गंगाप्रसाद पर नहीं पड़ा था। जमुना ने ज्वालाप्रसाद से कहा, "ठीक तो कहता है भीखू ! यहाँ इलाहाबाद में ऐसा क्या धरा है कि हम लोग अपने लड़के से अलग रहें ? इस बँगले को किराये पर उठा देंगे। पचास-साठ रुपए महीने की आमदनी हो जाएगी। फिर दो गृहस्थियों के खर्चे तो कम हो जाएँगे। बहुरिया ने तो कई दफ़ा हमसे कहा कि हम लोग जौनपुर रहें चलकर—बड़ा बँगला है, अकेले वहाँ रहने का उसका मन नहीं करता। सो हम उसको बराबर टालत आए हैं। लेकिन अब समझ पड़ता है कि बहुरिया ठीक ही कहती है।"

ज्वालाप्रसाद ने उत्तर दिया, "अच्छा, सोचूँगा इस पर।"

"ई मां सोच-विचारै की बात नहीं आय भइया, तुम्हें जौनपुर चलिके रहन का पड़ी। इहै मां गंगा केर कल्यान आय और हमरे ई ख़ानदान का कल्याण आय। बेतहासा रुपैया उड़ाय रहा है ई गंगा। हमें सुनै मां आवा है कि ऊ पर दुई-तीन हज़ार रुपया केर कर्जो हुइगा है !"

ज्वालाप्रसाद चौंके, "क्या कहा, उस पर क़र्ज हो गया है ? यह क़र्ज़ कैसे हो गया ?"

"गंगा से न कहेब कि हम ई सब तुमका बतावा है, नाहीं तौ ऊ हमें कहूँ का न राखी ! का बताई भइया, हमें तो गंगा से डर लागत है। तौन गंगा एक रंडी बैठाय लीहिन्स है। अब ऊकेर पूरा खर्चा और फिर रोज सराब पियत है, तोन सराब केर खर्चा ! तो समझ लेब, ई मां कर्ज तो हुई जाई !"

ज्वालाप्रसाद सन्नाटे में आ गए, "बात यहाँ तक पहुँच गई है ?" फिर उन्होंने जमुना की ओर देखा, "बहुरिया ने तुम्हें कभी कुछ नहीं बतलाया इस सबकी बाबत ?"

जमुना की आँखों में आँसू आ गए, "बहू के मुँह की हँसी तो ग़ायब हो ही गई है, लेकिन ज़बान से कुछ नहीं बोलती। अब हमारी समझ में आया कि क्यों उसका मन जौनपुर में नहीं लगता है !"

ज्वालाप्रसाद ने एक झटके के साथ कहा, "नहीं-नहीं, हम लोगों को चलकर रहना होगा। जौनपुर में रहकर ही मैं सब कुछ ठीक कर सकूँगा। कल ज्ञानप्रकाश से भी सलाह-मशविरा करूँगा।"

इधर तीन-चार दिन से ज्ञानप्रकाश काफ़ी व्यस्त था। कलकत्ता-कांग्रेस के लिए ज़ोरदार तैयारियाँ हो रही थीं। देश की चेतना पहली बार एक बड़े सक्रिय आन्दोलन के लिए उतावली हो रही थी। ज्ञानप्रकाश उस चेतना का एक भाग था। गांधी के अनुयायियों में ज्ञानप्रकाश का प्रमुख स्थान हो गया था, इस थोड़े-से समय में ही। जिस समय ज्वालाप्रसाद ज्ञानप्रकाश के यहाँ पहुँचे, ज्ञानप्रकाश नगर के कुछ प्रमुख कांग्रेस मैनों के साथ बैठा हुआ परामर्श में व्यस्त था। ज्ञानप्रकाश कह रहा था, "ब्रिटिश साम्राज्य हम शिक्षित और मध्य-वर्ग के लोगों पर क़ायम है। जहाँ तक ज़मींदारों का प्रश्न है, वे लोग हमेशा से राजाओं की गुलामी में रहकर तथा राजाओं की निरंकुशता में सहायक होकर अपढ़ और निरीह जनता पर शासन करते आए हैं, अत्याचार करते रहे हैं। ये ज़मींदार तो ब्रिटिश शासन का साथ देंगे, यह स्पष्ट है।"

राजबिहारी को ज्ञानप्रकाश की बात अच्छी नहीं लगी; वह स्वयं एक अच्छाख़ासा ज़मींदार था। उसने तड़पकर कहा, "आप क्या बातें कर रहे हैं ! सन् 1857 का विद्रोह उन देशी नरेशों और ज़मींदारों का विद्रोह था। इतिहास को आप ग़लत साबित करने का प्रयत्न कर रहे हैं।"

ज्ञानप्रकाश ने शान्त भाव से उत्तर दिया, "राजबिहारीजी, इतिहास तो सत्य है, केवल ऐतिहासिक घटनाओं का विश्लेषण सही या ग़लत हो सकता है। सन् 1857 की बगावत, विद्रोह, क्रान्ति—उसे आप जो चाहें कहें—उसकी क्या दशा हुई, यह तो आप जानते ही हैं। जनता ने उसमें कोई दिलचस्पी नहीं ली। वह असफल रहा था। फिर 1857 से आज की तुलना नहीं करनी चाहिए। जो लोग समझते हैं कि हमें इतिहास के पृष्ठों से सबक मिलता है, वे लोग बहुत बड़े भ्रम में हैं। इतिहास मर चुका। प्रत्येक क्षण परिस्थितियाँ बदलती रहती हैं, मान्यताएँ बदलती रहती हैं, व्यक्ति बदलते रहते हैं और इन सबके अलावा सबसे बड़ी बात यह है कि मानव-चेतना का विकास होता रहता है।"

ज्ञानप्रकाश के इस दर्शन से जयनाथ पांडे ऊब-से रहे थे। उन्होंने कहा, "ख़ैर, इस सब सिद्धान्त-विद्धान्त के पचड़े को छोड़िए और असली बात पर आइए ! वकालत छोड़ना, स्कूल-कॉलेज छोड़ना, कौंसिल का बहिष्कार करना, ख़िताबों को छोड़ देना, क्या आप ईमानदारी के साथ यह समझते हैं कि इस सबसे स्वराज्य मिल जाएगा ?"

ज्ञानप्रकाश ने उत्तर दिया, "मिल सकता है, अगर हम ठीक ढंग से यह सब कर सकें। आप ही सोचिए, तैंतीस करोड़ हिन्दुस्तानियों पर क़रीब दो लाख अंग्रेज़ शासन कर रहे हैं। इसमें सवा या डेढ़ लाख अंग्रेज़ फ़ौज समझिए, बाक़ी पचास हज़ार अंग्रेज़ हिन्दुस्तान का राजकाज सँभाल रहे हैं। यह सब कैसे सम्भव है, हम लोगों के सामने महत्त्वपूर्ण प्रश्न यह है। यह इस तरह सम्भव है कि क़रीब दस-बीस लाख हिन्दुस्तानी, जिन्होंने अंग्रेज़ी शिक्षा पाई है, अंग्रेज़ी सरकार की नौकरी कर रहे हैं और समस्त देश को अंग्रेज़ों का गुलाम बनाए रखने में अंग्रेजों की सहायता कर रहे हैं। अगर ये लोग अंग्रेजों को अपना सहयोग देना बन्द कर दें, तो इन अंग्रेज़ों के लिए हिन्दुस्तान का शासन चलाना असम्भव हो जाएगा, यही नहीं, इनका हिन्दुस्तान में रहना ही असम्भव

हो जाएगा।"

राजबिहारी ने झुँझलाकर कहा, "जी, तो मतलब यह है कि जितने हिन्दुस्तानी सरकारी मुलाज़िम हैं। वे सब अगर सरकारी नौकरियाँ छोड़ दें तो यह स्वराज्य मिल सकता है। न नौ मन तेल होगा न राधा नाचेगी ! सरकारी नौकर मौज करते हैं, लम्बी तनख्वाहें पाते हैं। वे कभी इस स्वराज्य के आन्दोलन में योग न देंगे; अब रह जाते हैं वकील, शिक्षक और विद्यार्थी ! तो वकील वकालत छोड़ दें, विद्यार्थी पढ़ना छोड़ दें और अशिक्षित बन जाएँ। अच्छा ज्ञानप्रकाशजी, आप अपनी वकालत छोड़ने के लिए तैयार हो जाएँगे ?"

लाला शीतलप्रसाद हँस पड़े, "इन्होंने वकालत शुरू ही कहाँ की है जो छोड़ने की नौबत आए ! लेकिन इतना सब होते हुए भी मैं समझता हूँ कि हमें गांधीजी का साथ देना चाहिए। यह असहयोग एक बार आरम्भ तो हो। मुझे पूरा भरोसा है कि ब्रिटिश सरकार समझौता कर लेगी। ज्ञानप्रकाशजी का यह कहना मुझे ठीक जँचता है कि अगर पूर्ण रूप से हमारा असहयोग सफल हो जाए तो दो लाख अंग्रेज़ दूसरे ही दिन जहाज़ों पर लदकर रवाना हो जाएँगे।"

थोड़ी देर तक सब लोग चुप रहे। इसके बाद ज्ञानप्रकाश ने कहा, "असहयोग एक तरह से आरम्भ हो गया है। इस असहयोग को ख़िलाफ़त-आन्दोलन से बहुत बड़ा बल प्राप्त हुआ है ! देश के मुसलमानों में इस समय अंग्रेज़ों के विरुद्ध प्रबल भावना जाग उठी है। मद्रास में जो ख़िलाफ़त-परिषद् हुई थी; उसमें देश के मुसलमानों ने असहयोग-आन्दोलन के सिद्धान्तों को स्वीकार कर लिया है। ये मुसलमान मूलतः भारतवर्ष के निवासी हैं, यह भी मुसलमानों ने अनुभव कर लिया है। अभी हाल में ही ख़बर आई है कि उन हज़ारों मुसलमानों को, जो ब्रिटिश हुकूमत के विरोध में हिन्दुस्तान छोड़कर अफ़ग़ानिस्तान में बसने जा रहे थे, अफ़ग़ानिस्तान की सरकार ने अपने देश की सीमा में घुसने तक नहीं दिया। अब आप लोग समझ सकते हैं कि असहयोग के लिए इससे बढ़कर मौक़ा और क्या मिलेगा ! बड़ी मुश्किल से अब जाकर कहीं हिन्दू-मुसलमानों में एका हो पाया है। हमें इस मौक़े का फ़ायदा उठाना चाहिए और हिन्दू-मुस्लिम एकता की जड़ों को मज़बूत कर लेना चाहिए।"

"जी हाँ ! आजकल एका है, यह तो साफ़ है; लेकिन यह एका सिर्फ़ अंग्रेज़ों का विरोध करने के लिए है। इसके आगे तो मैं और किसी तरह का एका नहीं देख पाता !" राजबिहारी ने कहा, "मुसलमान आपके साथ इसलिए हैं कि तुर्की के मामले में अंग्रेज़ों ने वादा-ख़िलाफ़ी की है। इन मुसलमानों को अपने देश से कोई लगाव नहीं है। किसी भी मुसलमान की बात लीजिए, वह हिन्दुस्तान छोड़कर अफ़गानिस्तान में बसना पसन्द करेगा ?"

ज्ञानप्रकाश राजबिहारी के इस व्यंग्य पर मुस्करा पड़ा, "राजबिहारीजी, कारणों पर ध्यान मत दीजिए, कारण विगत की चीज़ है। वह कारण हमारे कार्य के समय मर चुका होता है। उन कारणों से उत्पन्न आज की स्थिति पर ध्यान दीजिए, जो स्वयं में कल

के कामों का कारण बन जाएगी। इन समय सचाई यह है कि अंग्रेज़ों के विरोध में हिन्दू-मुसलमान एकमत हैं, हो सकता है कि इन दोनों के विरोध के कारण अलग-अलग हों। लेकिन इस विरोध और असन्तोष से जनित विद्रोह और क्रान्ति हिन्दुओं और मुसलमानों के भेदभाव को एकबारगी ही मिटा देगी। हमें एक स्वर में गांधीजी का साथ देना चाहिए।"

राजबिहारी हँस पड़ा, "हम लोग तो आँख बन्द करके गांधीजी के साथ हैं। आप विश्वास रखिए, कलकत्ता-कांग्रेस में मेरा मत गांधीजी के प्रस्ताव के पक्ष में होगा; और मैं समझता हूँ यहाँ जितने भी लोग हैं सब गांधीजी का ही अनुसरण करेंगे।"

सब लोगों ने एक स्वर में गांधीजी के प्रति अपनी भक्ति प्रदर्शित की।

सब लोगों के चले जाने के बाद ज्ञानप्रकाश ने ज्वालाप्रसाद से पूछा, "कहिए, भैया, आप बड़े चिन्तित दिख रहे हैं !"

एक ठंडी साँस लेकर ज्वालाप्रसाद ने कहा, "ज्ञानू, गंगा हाथ से निकला जा रहा है। उसे किस तरह बचाया जाए, यह सोचने तुम्हारे पास आया हूँ।" और यह कहकर ज्वालाप्रसाद ने सारी स्थिति ज्ञानप्रकाश को बतला दी।

ज्वालाप्रसाद की पूरी बात सुनकर ज्ञानप्रकाश के मुख पर भी चिन्ता की धुँधली-सी रेखा आई, "इसका भय तो मुझे भी था भैया ! शक्ति और सम्पन्नता के साथ एक बहुत बड़ा अभिशाप लगा रहता है, वह यह कि आदमी इनके मद में अपना विवेक और संयम खो देता है और चरित्रहीन बन जाता है। फिर आपने सोचा कुछ इस सम्बन्ध में ?"

"मेरी समझ में तो कुछ नहीं आता ज्ञानू ! भीखू का कहना है कि हम लोग जौनपुर रहें चलकर उसके साथ। तुम्हारी भौजी को भीखू की सलाह पसन्द आई। लेकिन, न जाने क्यों, मुझे जौनपुर जाना अच्छा नहीं लग रहा है। गंगा ने कभी शिष्टाचार में भी तो मुझसे जौनपुर आकर रहने की बात नहीं कही। अब मैं समझ रहा हूँ कि वह हम लोगों से दूर क्यों रहना चाहता है।"

ज्ञानप्रकाश ने कुछ सोचकर कहा, "भैया, घर के मालिक आप हैं। आप गंगाप्रसाद के पिता हैं। आपको खुद क़दम उठाना चाहिए। यह मेरी समझ में नहीं आता कि आप गंगाप्रसाद के कहने की प्रतीक्षा क्यों कर रहे हैं !"

"इसलिए कि उसमें अभी जो मेरे प्रति भावना है, जो मेरा लिहाज़ है, वह क़ायम रहे। वहाँ जाकर अगर उससे संघर्ष पैदा हो गया तो उस भावना और लिहाज को, जो उसमें मेरे प्रति है, मैं खो दूँगा। और उन्हें खोज देने के अर्थ होंगे अपने लड़के को अपने हाथ से खो देना !" बहुत उदास भाव से ज्वालाप्रसाद ने कहा।

"लेकिन इस तरह क्या आप गंगा को बचा सकेंगे भैया, उसे निराश्रय और अवलम्बहीन छोड़कर ? आपके सामने गंगाप्रसाद को बचाने का सवाल है; एक तरह से जीवन-मरण का प्रश्न है। आपके जाने से मामला सँभलेगा ही; उसे जितना बिगड़ना था, वह तो बिगड़ ही चुका है। मैं तो दो-तीन दिन में कलकत्ता जा रहा हूँ। आज उनतीस अगस्त है, चार सितम्बर से कलकत्ता में कांग्रेस का एक महत्त्वपूर्ण अधिवेशन हो रहा

है। उसी के सम्बन्ध में हम लोग अभी परामर्श कर रहे थे। दस या ग्यारह सितम्बर तक मैं कलकत्ता से सीधा जौनपुर आ जाऊँगा। आप एक हफ़्ते के अन्दर-अन्दर ही जौनपुर चले जाइए, सारे परिवार को साथ लेकर।"

"और यहाँ यह इलाहाबादवाला बँगला...इसका क्या होगा ?"

"इस बँगले में किसी किराएदार को रख दीजिए। मेरे दोस्त मनमोहन बनर्जी को एक बँगले की तलाश है, सत्तर-अस्सी रुपए महीने का बँगला चाहते हैं। अगर आप कहें तो बात करूँ ?"

मुरझाये हुए स्वर में ज्वालाप्रसाद ने कहा, "नहीं, किराए पर उठाने के लिए मैंने यह मकान नहीं बनवाया था। तुम क्यों नहीं उस बँगले में चले आते ? अभी तुम्हें अपना मकान बनवाने में साल-भर तो लग ही जाएगा; तब तक तुम मेरे बँगले में आकर रहो। अपना यह बँगला मनमोहन बनर्जी को दे देना।"

ज्वालाप्रसाद जिस समय घर लौटे, उन्हें ऐसा लग रहा था कि वह अपने पैरों को ज़बरदस्ती घसीट रहे हैं। यह सब क्या हो रहा है, यह सब क्यों हो रहा है, यह सब कैसे हो रहा है, कुछ भी समझ में नहीं आ रहा था उन्हें। घर-भर में एक अजीब उदासी का वातावरण छाया हुआ था। उन्होंने आते ही गंगाप्रसाद को एक पत्र लिखा, जिसमें परिवार-सहित जौनपुर में जाकर रहने की इच्छा प्रकट की।

यह पत्र डालने के चौथे ही दिन उन्हें गंगाप्रसाद का उत्तर मिल गया। गंगाप्रसाद ने अपने पिता के प्रस्ताव का स्वागत किया था, यद्यपि उसने यह भी संकेत किया था कि बहुत सम्भव है कि निकट-भविष्य में उसका तबादला कहीं और हो जाए। गंगाप्रसाद के शब्दों में ज्वालाप्रसाद को आग्रह नहीं दिखा। फिर भी एक सप्ताह बाद ही वह जमुना, रुक्मिणी और गंगाप्रसाद के दोनों बच्चों को साथ लेकर जौनपुर के लिए रवाना हो गए। भीखू तीन दिन पहले ही जौनपुर चला गया था।

ज्वालाप्रसाद और समस्त परिवार के जाने के बाद गंगाप्रसाद का जीवन सुव्यवस्थित हो गया। अब उसका अधिकांश समय घर में ही बीतता था। जहाँ तक शराब की बात थी, वह कभी-कभी अपने दोस्तों के आ जाने पर उनके साथ ही पीता था। ज्वालाप्रसाद ने गंगाप्रसाद की गतिविधि को देखा, और उन्हें एक प्रकार का सन्तोष हुआ। उन्हें यह भी अनुभव हुआ कि उन्होंने जौनपुर आकर अच्छा ही किया है। रुक्मिणी के चेहरे पर भी प्रसन्नता आ गई थी; घर में हँसी-खुशी का वातावरण छा गया।

लेकिन गंगाप्रसाद के मुख पर एक अजीब तरह का खिंचाव आ गया था, जैसे उसके मस्तक और उसके मन पर कहीं बहुत बड़ा बोझा है। ज्वालाप्रसाद को भी गंगाप्रसाद की गम्भींर मुद्रा पर आश्चर्य होता था, लेकिन इस सन्बन्ध में उन्होंने गंगाप्रसाद से कोई बात करना उचित नहीं समझा। वह यह जानते थे कि यह खिंचाव अस्थाई है, और धीरे-धीरे दूर हो जाएगा।

उस दिन रविवार था। गंगाप्रसाद शनिवार की शाम को ही किसी मित्र से मिलने के लिए बनारस चला गया। ज्वालाप्रसाद अपने पौत्र नवल को बरामदे में बैठे पढ़ा रहे

थे। नवल की अवस्था प्रायः तेरह वर्ष की थी और वह आठवीं कक्षा में पढ़ रहा था। पास में नवल की छोटी बहन विद्या बैठी हुई स्लेट पर हिसाब लगा रही थी। रुक्मिणी का नवाँ महीना था और सुबह से ही उसके पेट में दर्द होने लगा था। जमुना कमरे में रुक्मिणी के पास थी और भीखू दाई को बुलाने के लिए चला गया था।

दोपहर हो गई और ज्वालाप्रसाद ने बच्चों को पढ़ाना बन्द कर दिया। अक्तूबर का दूसरा सप्ताह चल रहा था, लेकिन गरमी अभी तक टिकी हुई थी। ज्वालाप्रसाद कुएँ की ओर स्नान करने के लिए बढ़े ही थे कि उन्हें बँगले में एक ताँगा आता हुआ दिखाई दिया। ताँगे पर ज्ञानप्रकाश बैठा था। ज्वालाप्रसाद का पैर रुक गया और ज्ञानप्रकाश की ओर बढ़ते हुए उन्होंने कहा, "अरे तुम, ज्ञानू !"

ज्वालाप्रसाद ने ज्ञानप्रकाश का असबाब उतरवाया। फिर वे ज्ञानप्रकाश के साथ आकर बरामदे में बैठ गए, "तुमने तो कहा था कि तुम दस या ग्यारह सितम्बर तक आ जाओगे, और लौटे तो दशहरा बिताकर !"

"जी हाँ, कलकत्ता की दुर्गा-पूजा बड़ी प्रसिद्ध होती है। कांग्रेस के बाद वहाँ ठहर गया। फिर बंगालवालों में इस समय बड़ी राजनीतिक उथल-पुथल है। बंगाल के कांग्रेसमैन अपनी पराजय के बाद कांग्रेस के अन्दर दूसरे मोरचे की तैयारी कर रहे हैं न ! सो वहाँ रहकर मैं यह सब देखने लगा। अब इस समय मैं कलकत्ता से सीधा आ रहा हूँ, या यों कहिए कि बनारस में एक रात रुककर वहाँ से आज सुबह जौनपुर के लिए चला हूँ। कल रात बनारस में युक्तप्रान्त के कार्यकर्ताओं की एक बैठक थी, उसी के लिए वहाँ उतरना पड़ा था।"

"गंगा भी कल शाम अपने किसी दोस्त से मिलने बनारस गया है; कल सुबह वापस लौटेगा।"

"गंगा बनारस गया है ! तो फिर मेरी आँखों को धोखा नहीं हुआ।" ज्ञानप्रकाश ने धीमे स्वर में मानो अपने-आपसे ही कहा।

ज्वालाप्रसाद ने पूछा, "क्या गंगा को तुमने देखा था ?"

"जी हाँ, देखा था, लेकिन दूर से। धोती-कुरता पहने था, इसलिए ठीक-ठीक पहचान नहीं सका। फिर रात का समय था, रोशनी भी कम थी, इसलिए, मैंने समझा कि मेरी आँखों को कुछ धोखा हो गया है। ख़ैर छोड़िए भी। हाँ, यह बतलाइए कि यहाँ क्या हाल-चाल हैं ?"

"मुझे तो कोई ख़ास बात दिखाई नहीं देती। ठीक वक़्त पर घर से जाता है, ठीक वक़्त पर घर वापस लौटता है, बड़े अदब और क़ायदे से रहता है। यही नहीं, घर में हरेक का ख़याल रखता है वह !" और यह कहते-कहते ज्वालाप्रसाद के मुख पर सन्तोष की छाया स्पष्ट हो गई।

ज्ञानप्रकाश मुस्कराया, "मैंने क्या कहा था आपसे ? आपके यहाँ आने से फ़ायदा ही हुआ। मुझे बड़ी खुशी हुई, लेकिन आप बड़े चिन्तित नज़र आ रहे हैं, क्या बात है ?"

"बहू के पेट में आज सुबह से दर्द हो रहा है और गंगा यहाँ है नहीं। दिन पूरे

हो गए हैं। भीखू को दाई बुलाने भेजा है, जिस वक़्त भी बच्चा पैदा हो जाए ! बस, इतनी-सी बात है।"

"दाई को बुलाने भेजा है ! लेडी डॉक्टर और मिडवाइफ़ को क्यों नहीं बुलवाया आपने ? अब भी वही पुराना हिसाब चलाए जा रहे हैं आप लोग ! आप ठहरिए, मैं अभी सिविल अस्पताल से लेडी डॉक्टर या नर्स को बुलाए लाता हूँ।" और ज्ञानप्रकाश उठ खड़ा हुआ।

लेकिन ज्वालाप्रसाद ने ज्ञानप्रकाश का हाथ पकड़ लिया, "क्या बच्चों की-सी बातें करते हो ज्ञानू ! हिन्दुस्तान के छोटे नगरों में लेडी डॉक्टर और नर्सें बच्चा जनवाने के लिए नहीं होतीं। तुम विलायत या बम्बई, कलकत्ता-जैसे बड़े नगरों की बात सोच रहे हो; लेकिन यह हिन्दुस्तान है और हिन्दुस्तान की परम्परा चलेगी यहाँ।"

इस समय भीखू सामने से दाई के साथ आता हुआ दिखाई दिया। ज्ञानप्रकाश झल्लाया-सा बैठ गया, "ठीक है, बच्चा जनाने की प्राचीन परम्परा ही चलेगी यहाँ... लापरवाही और गन्दगी के कारण सौर में स्त्रियों की मौतें भी होती रहेंगी...जन्म के साथ ही बच्चे भी नष्ट होते रहेंगे। मैं कहता हूँ भैया, अब भी समय है, मैं लेडी डॉक्टर को बुलाए लाता हूँ।"

"अच्छी बात है, लेकिन थोड़ी देर ठहरो; देखो, यह दाई आ गई है, क्या कहती है ? मैं तब तक स्नान कर लूँ और तुम भी कपड़े-वपड़े बदल डालो और नहा-धो लो।"

ज्वालाप्रसाद स्नान करके ज्ञानप्रकाश के पास आ गए। उसी समय भीखू ने अन्दर से आकर कहा, "भैया, बहुरिया के लड़का भा है। बड़े मौका से हम दाई का लिवाय लाएन !"

ज्वालाप्रसाद का मुँह खिल गया और वह उठ खड़े हुए। उन्होंने दो रुपए निकालकर भीखू को दिए, "दो रुपए के पैसे और अधेले भुना लाओ जाकर ! लड़के पर और उसकी माँ पर निछावर करके बँटवा दो। और देखो, रोशन चौकीवाले को बुला लाओ जाकर; साथ में पंडितजी को भी लेते आना !"

भीखू मुस्कराया, "अबहिने लेव ! सुनिया का भेज दीन है। गौनहरिन का बुलावैं के बरे, तौन रास्ता मां पंडितौजी का बुलाय लाई। हम रोशनचौकीवालेन का बुलाए लाइत हैं, तौन पैसो हम बजार से लेत अइबे !"

गंगाप्रसाद आधी रात के समय बनारस से लौटा। घर में चहल-पहल उस समय भी थी। ज्वालाप्रसाद और ज्ञानप्रकाश सोने की तैयारी कर रहे थे। ज्ञानप्रकाश को देखते ही गंगाप्रसाद ने कहा, "वाह चचा, हम लोग न जाने कब से तुम्हारा इन्तज़ार कर रहे थे ! बहुत दिन लगा दिए कलकत्ता में...कब आए ?"

"मैं तो आज दोपहर को ही यहाँ पहुँच गया था। कल बनारस में रुक जाना पड़ा था। तुम्हें मैंने बनारस में देखा था, लेकिन ठीक तरह से पहचान नहीं पाया। और तुम भी शायद जल्दी में थे, इसलिए तुम्हें बुलाया नहीं। फिर सोचा कि शायद मेरी आँखों को धोखा हो गया। लेकिन..." ज्ञानप्रकाश ने एक अर्थ-भरी मुस्कान के साथ गंगाप्रसाद

को देखा, "मेरी आँखों को धोखा कम ही होता है; तुम ही थे।"

गंगाप्रसाद घबरा रहा था कि कहीं ज्ञानप्रकाश बेमौक़े जिरह-बहस पर न उतर आए। तभी ज्वालाप्रसाद ने उठते हुए कहा, "एक बजनेवाला है, अब सोऊँ चलकर। दिन-भर लोगों का आना-जाना हुआ है...बुरी तरह थक गया हूँ।"

"हाँ-हाँ, आप सोइए जाकर भैया !" यह कहकर ज्ञानप्रकाश ने गंगाप्रसाद से कहा, "लड़का मुबारक हो बरखुरदार ! बड़ी अच्छी साइत से हुआ है। अब घर के अन्दर जाओ; अभी थोड़ी देर पहले ही गौनाई ख़त्म हुई है। इसके बाद कपड़े-वपड़े बदलकर सोओ जाकर। बनारस में जो कुछ देखा वह अच्छा तो नहीं लगा, उस पर कल बातचीत करूँगा।"

"मेरे ख़्याल है चचा, कि इसी वक़्त बात कर ली जाए; हम दोनों अकेले हैं। मेरे साथ मलिका थी। जब से बप्पा और घर के लोग यहाँ आ गए हैं, मैंने उसे जौनपुर से बनारस भेज दिया है। यहाँ सिर-दर्द और झंझट कौन मोल ले ! आप बतलाइए, बेजा तो नहीं किया ?"

"ठीक ही किया, लेकिन इसमें तुम्हारा ख़र्च बढ़ गया है—बनारस में मलिका का ख़र्च, तुम्हारे बनारस आने-जाने का ख़र्च ! मेरा ऐसा ख़याल है कि वैसे भी तुम्हारी माली हालत अच्छी नहीं है।"

"जी, माली हालत वाक़ई में अच्छी नहीं है, लेकिन इधर इलाहाबाद की गृहस्थी का ख़र्च कम हो गया है। फिर चचाजान, यहाँ ज़ौनपुर में भी लोग कानाफूसी करने लगे थे; उसे भी बन्द करना था न !"

ज्ञानप्रकाश थोड़ी देर तक चुपचाप सोचता रहा। फिर उसने आग्रह-भरे स्वर में कहा, "गंगा, क्या तुम इस रास्ते से हट नहीं सकते ? मैं तुमसे कहता हूँ कि यह रास्ता बरबादी का है।"

गंगाप्रसाद ने गम्भीर होकर कहा, "हाँ चचा, मैं जानता हूँ कि यह रास्ता बरबादी का है। मन-ही-मन कभी-कभी ऐसा लगने लगता है, लेकिन फिर उसी वक़्त मुझे यह भी लगता है कि यह ज़िन्दगी का रास्ता ही बरबादी का है। आख़िर में हम सबको हासिल होती है मौत। ऐसी हालत में आगे क्या होगा, यह सोचना-विचारना ही बेकार है। आज जो कुछ है वही सच है; कल क्या होगा, न इसे कोई जानता है, और न इस पर सोचने-विचारने से कोई फ़ायदा है।"

कुछ थकावट के स्वर में ज्ञानप्रकाश ने उत्तर दिया, "एक दृष्टिकोण है यह जो ऊपर से ग़लत नहीं दिखता बरखुरदार, लेकिन बदक़िस्मती या खुशक़िस्मती से हम लोगों को सोचने-विचारने की प्रवृत्ति और शक्ति मिली है। अपनी इस बुद्धि को कहाँ से नष्ट कर सकोगे गंगाप्रसाद ? तुम्हारा परिवार बढ़ता जा रहा है, इसका ख़याल करना पड़ेगा तुम्हें। मैं जानता हूँ कि तुम्हारे ख़र्च बहुत बढ़े-चढ़े हैं; मैं यह भी जानता हूँ कि तुम बेईमानी नहीं कर सकते, रिश्वत नहीं ले सकते। मुझे ताज्जुब नहीं होगा अगर तुम कर्ज़दार निकलो ! सो तुम्हें अपने ख़र्च कम करने पड़ेंगे। मेरा ख़्याल है, तुम्हारा शराब का ख़र्च

ही क़रीब सौ रुपया महीना होगा।"

"अली रज़ा जब से यहाँ आए हैं तब से कम हो गया है, नहीं तो इतना हो ही जाया करता था।"

"लेकिन अली रज़ा कब तक यहाँ रहेंगे, या तुम और अली रज़ा कब तक साथ रहोगे ! नहीं गंगा, भोग-विलास और नशे में अपने को डुबा देने के अर्थ होते हैं, अपने को नष्ट कर देना। इस सबसे काम नहीं चलेगा। तुम्हें अपनी आदतें बदलनी पड़ेंगी; तुम्हें यह सब छोड़ना पड़ेगा। तुम्हारे बीवी है, तुम्हारे बच्चे हैं, तुम सम्भ्रान्त कुल और समाज के हो, तुम्हारे पास मान-मर्यादा है।"

गंगाप्रसाद कुछ देर तक मौन रहा। फिर एक ठंडी साँस लेकर उसने कहा, "बीवी-बच्चे, कुल-समाज, मान-मर्यादा, इन सँकरे दायरों में ज़िन्दगी को बाँधकर हमने उसे कितना कुरूप और रसहीन बना दिया है ! चचा, इन बन्धनों को तोड़े बिना मनुष्य कुछ नहीं कर सकता। तुम्हें यह मालूम होना चाहिए, क्योंकि तुम राजनीति में हो। जेल जाना, छूत-अछूत का भेदभाव मिटा देना, बीवी-बच्चों के मोह में पड़कर कायर न बन जाना, इस सबको स्वीकार करके ही आज की सक्रिय राजनीति में आया जा सकता है। तुम इस मान-मर्यादा, कुल और समाज की दुहाई देते हो ! तुम तो कलकत्ता में ख़िलाफ़त के प्रस्ताव पास करके आए हो। जब मैं तुम्हारे मुँह से यह बात सुनता हूँ तब मुझे अजीब-सा लगता है।"

ज्ञानप्रकाश गंगाप्रसाद के इस तर्क पर मुस्कराया, "बहुत समझदार हो गए हो बरखुरदार ! बात ग़लत नहीं कही है, लेकिन तुमने केवल अर्द्ध सत्य का सहारा लिया है। अगर तुम यह कहो कि वास्तविक जीवन और उसकी प्रगति प्रचलित मान्यताओं के विद्रोह में है, तो मैं इस बात को मान लेता हूँ। लेकिन इस विद्रोह की दो शक्लें हैं—एक विश्वास की और दूसरी अविश्वास की। तुम्हारा रास्ता अविश्वास का है, मेरा रास्ता विश्वास का !"

"यह विश्वास और अविश्वास की अजीब गुत्थी डाल दी है तुमने ! ज़रा मेहरबानी करके इसे सुलझा दो।"

"जी हाँ बरखुरदार, ज़रा ग़ौर से सुनिएगा। ये जो परिवार, प्रतिष्ठा, मान आदि चीज़ें हैं इनके ऊपर भी कोई चीज़ है—त्याग, बलिदान आदि। जो ऐसा समझते हैं उनका मार्ग विश्वास का है। उन्हें इस जीवन की प्रचलित मान्यताओं पर इतना अधिक विश्वास नहीं है, जितना उन्हें त्याग, बलिदान और सत्य पर विश्वास है। लेकिन कुछ लोग ऐसे हैं जिन्हें ऊपरवाली चीज़ों पर विश्वास तो दूर रहा, जीवन में इस मान और प्रतिष्ठावाले मार्ग पर भी विश्वास नहीं है। और मैं कहूँगा कि उसका पथ अविश्वास का है। तो बरखुरदार, जो रास्ता तुम अपना रहे हो, वह अविश्वास का है, जबकि हम लोगों का रास्ता विश्वास का है। अच्छा, वक़्त बहुत हो गया है, थके हुए आए हो, तुम्हें घर के अन्दर जाना है, फिर कपड़े-वपड़े बदलकर सोना है। अब मैं चलूँ सोने, तुम ज़रा मेरी बात पर ग़ौर से सोचना ! कल फिर बातचीत होगी।" और ज्ञानप्रकाश अपने में उलझे हुए चिन्तित और

हतप्रभ गंगाप्रसाद को बैठा छोड़कर सोने चला गया।

दूसरे दिन गंगाप्रसाद देर से सोकर उठा। ज्वालाप्रसाद और ज्ञानप्रकाश शहर चले गए थे। जल्दी-जल्दी तैयार होकर वह कचहरी चला गया, और कचहरी जाते ही काम-काज में व्यस्त हो गया। प्रायः तीन बजे दोपहर उसकी चेतना को एक गहरा धक्का लगा। उस समय वह एक मुक़दमे की बहस सुन रहा था। उसके पेशकार ने धीरे से एक पुरज़ा उसके सामने बढ़ाया। उसमें लिखा हुआ था, 'अभी-अभी बंसीधर को जालसाज़ी और रिश्वत के मामले में कचहरी में ही गिरफ़्तार कर लिया गया है।'

गंगाप्रसाद के माथे पर बल पड़ गए। पुरज़ा उसने टुकड़े-टुकड़े करके फेंक दिया। फिर मुख़्तार बद्रीप्रसाद से उसने कहा, "मैं समझता हूँ आपने अपनी बहस ख़त्म कर दी है। फ़ैसला मैं एक हफ़्ते बाद सुनाऊँगा।"

बाक़ी मुकदमे उसने उसी समय मुल्तवी कर दिए। फिर वह आकर अपने चैम्बर में बैठ गया। अपने चपरासी द्वारा उसने पंडित भोलानाथ वक़ील को बुलवाया। भोलानाथ को सारा मामला समझाकर गंगाप्रसाद ने कहा, "बंसीधर की ज़मानत करवानी होगी, अभी, इसी समय। मैं यह नहीं समझता था कि मामला इतनी दूर तक पहुँचेगा।"

पंडित भोलानाथ हँस पड़े, "अरे बाबू गंगाप्रसाद साहेब, यह फ़रहतुल्ला और उसका खानदान...ये लोग जौनपुर के सरकश आदमियों में हैं। फिर इस पर इनको डिप्टी अब्दुलहक़ की शै है। ख़ैर, अब जो सिर पर आ पड़ी है, निपटा जाएगा। हाँ, ज़मानतें तो मैं अभी कराए देता हूँ, जाकर, लेकिन ज़ामिन कौन होगा ?"

"मेरे वालिद ज़मानत देंगे; रिटायर्ड डिप्टी-कलक्टर हैं और यहीं मौजूद हैं। आप जब तक ज़मानत की दरख़ास्त देंगे, तब तक मैं उन्हें यहाँ बुलाए लेता हूँ।"

कचहरी बन्द होने से पहले ही बंसीधर की ज़मानत हो गई। उस दिन गंगाप्रसाद क्लब नहीं गया। उस पर वार किया गया था, और उस वार से वह तिलमिला गया था। बंसीधर तो निमित्त-मात्र था।

बंसीधर ने रिश्वत ली थी और रिश्वत कचहरी का हरेक आदमी लेता था लेकिन उसने जालसाज़ी नहीं की थी, जालसाजी करने की न बंसीधर में बुद्धि थी, न हिम्मत। बंसीधर के ख़िलाफ़ शिकायत फ़रहतुल्ला ने की थी और यह मामला पकड़ा था नाज़िर क़यूमखाँ ने। फ़रतुल्ला जौनपुर में ख़िलाफ़त के ही नहीं, कांग्रेस के बहुत बड़े नेता बन गए थे। वह कलकत्ता-कांग्रेस में भी सम्मिलित हुए थे। गंगाप्रसाद ने ज्ञानप्रकाश से कहा, "विश्वास-मार्गवाले इस फ़रहतुल्ला की हरामज़दगी देखी आपने चचा ! ख़िलाफ़त-आन्दोलन पर कांग्रेस में सार्वजनिक और देशव्यापी आन्दोलन का प्रस्ताव पास करनेवाले लोगों को ज़रा यह तो देख लेना चाहिए कि यह हिन्दू-मुसलमान के भेदभाव की खाई कितनी गहरी है ! इस भेदभाव की खाई को नहीं पाटा जा सकता। बंसीधर को महज़ इसलिए गिरफ़्तार करवाया गया कि वह हिन्दू है और उसके कारण एक मुसलमान को, यानी समीउल्ला को, हटना पड़ा। लेकिन चचा, तुम यह तो जानते ही हो कि मैंने जब बंसीधर को रखवाया था, उस समय मैंने हिन्दू-मुसलमान की नज़र से नहीं सोचा था। कलक्टर

समीउल्ला से असन्तुष्ट था, क्योंकि समीउल्ला अयोग्य ही नहीं पक्का बदमाश था। और बंसीधर पढ़ा-लिखा था, इसलिए वह रख लिया गया। लेकिन मुसलमानों में इस सीधी-सी बात को हिन्दू-मुसलमान का प्रश्न बना दिया गया।"

इस घटना से ज्ञानप्रकाश को भी बड़ा दुख हुआ था। उसे जौनपुरवाली पिछली दावत में जो बातचीत हुई थी, डिप्टी अब्दुलहक़ ने जो भावना व्यक्त की थी, वह सब अनायास ही याद आ गया : "हाँ बरखुरदार, इनसान अपनी हैवानियत को बड़ी मुश्किल से छोड़ सकेगा। मनुष्य के पास उसकी सीमाएँ हैं, उसकी दुर्बलताएँ हैं; लेकिन अगर दूसरा हैवान बने, तो हम क्यों उसके जवाब में हैवान बन जाएँ ? मैं आज, अभी फ़रहतुल्ला के यहाँ जाकर उससे बातचीत करता हूँ। ये छोटी-छोटी बातें बहुत बड़ा तूल पकड़ सकती हैं। फ़रहतुल्ला समझदार आदमी है, वह अपनी ग़लती मान जाएगा।"

गंगाप्रसाद हँस पड़ा, "जाओ, तुम मनाओ उसे, मैं तुम्हें मना नहीं करूँगा, लेकिन चचाजान, मैं कहता हूँ कि तुम्हारे मनाने से वह मानेगा नहीं। मैं यह भी कहता हूँ कि बावजूद अपनी तमाम हरामज़दगियों के ये लोग बंसीधर को फँसा नहीं पाएँगे। तीर उस फ़रहतुल्ला ने छोड़ दिया है; अपने छोड़े हुए तीर पर उसका बस नहीं है, गोकि मैं जानता हूँ कि उसका तीर घूम-फिरकर उसके ही लगेगा।"

ज्ञानप्रकाश मुस्कराया, "बरखुरदार, तीर लौट भी सकता है, लेकिन तीर को लौटाने के लिए मन्त्र-बल चाहिए। महात्मा गांधी से हमें यह मन्त्र-बल प्राप्त हो गया है—अहिंसा और सद्भावना का; मैं फ़रहतुल्ला के यहाँ जा रहा हूँ।"

फ़रहतुल्ला खाना खाकर कहीं जाने की तैयारी कर रहे थे। ज्ञानप्रकाश को देखते ही उन्होंने कहा, "आइए मेहरबान, बड़े मौक़े से आए आप ! वरना अगर दो-चार मिनट की देर हो जाती तो मैं घर से ही निकल गया था। क्या बताऊँ, एक मीटिंग है। खुदा जाने, कितना वक़्त लग जाए वहाँ पर ! कैसे रास्ता भूल पड़े ? तशरीफ़ रखिए !"

"यह रात की मीटिंग कैसी ?" ज्ञानप्रकाश ने पूछा।

"अजी, कुछ न पूछिए ! क्या दिन और क्या रात, यह सियासी ज़िन्दगी भी कुछ अजीब होती है ! हाँ, फ़रमाया नहीं, कैसे तकलीफ़ की ?"

ज्ञानप्रकाश ने बैठते हुए कहा, "फ़रहतुल्ला भाई, मैं आपका ज़्यादा वक़्त नहीं लूँगा। बात यह है कि कल सुबह कलकत्ता से यहाँ सीधा आया। गंगाप्रसाद के यहाँ ठहरा हूँ, वह मेरा भतीजा होता है।"

फ़रहतुल्ला ने कुछ सोचते हुए कहा, "याद आ गया, उनकी-आपकी रिश्तेदारी है। तो शायद बंसीधर के मामले को लेकर तशरीफ़ लाए हैं। वाक़या यह है कि मुझे भी इस मामले से बड़ा अफ़सोस है। कहिए, क्या ख़िदमत कर सकता हूँ ?"

"मैं अपनी ख़िदमत कराने नहीं आया हूँ फ़रहतुल्ला भाई। मुझे आपसे यह अर्ज़ करना है कि इस मामले को हिन्दू-मुसलमान के भेद-भाव का मामला न बनाया जाए। इससे हम लोगों में बड़ी कमज़ोरी पैदा होगी।"

"लेकिन मैं आपको यक़ीन दिलाता हूँ मेहरबान, कि यह हिन्दू-मुसलमान का मामला

क़तई नहीं है। इस बंसीधर ने रिश्वत ली...रिश्वत में तो वह रँगे हाथों पकड़ा गया। अब रह जाती है जालसाज़ी की बात, उसके मेरे पास सबूत हैं।"

"यह सब मैंने सुन लिया है, फ़रहतुल्ला साहेब ! जहाँ तक रिश्वत का मामला है, वह कचहरी का हर अमला लेता है और हम-आप इसे उसका हक़ समझने लगे हैं। रही जालसाज़ी की बात, बंसीधर-जैसे आदमी में न जालसाज़ी करने की हिम्मत है और न उसमें दिमाग़ है। आप जानते हैं और मैं जानता हूँ कि इस मामले की असली शक्ल क्या है। तो फ़रहतुल्ला साहेब, मैं आपके अन्दरवाली नेकी और इन्सानियत को अपील करता हूँ कि इस मामले को आप ख़त्म करवा दीजिए ! इस मुक़दमे से बहुत बड़ी बदमज़गी पैदा होगी, बड़े-बड़े लोगों को शामिल होना पड़ेगा; हर तरफ़ से कीचड़ उछाला जाएगा। और इस सबसे, कांग्रेस जो अहम क़दम उठाना चाहती है, उसमें दिक़्क़त पड़ेगी।"

फ़रहतुल्ला ने अपने माथे पर हाथ रखते हुए कहा, "देखिए-देखिए, आप मुझे ग़लत समझ रहे हैं।"

ज्ञानप्रकाश ने अब ज़रा रूखे स्वर में कहा, "फ़रहतुल्ला साहेब, बंसीधर को आप आसानी से जेल न भिजवा सकेंगे, और न आप उसकी जगह समीउल्ला को वापस ला सकेंगे। लेकिन इस बीच में हिन्दुओं और मुसलमानों में जो एका हो रहा है, ख़िलाफ़त के लिए लाखों हिन्दू कुरबान होने के लिए जो सोच रहे हैं, इस सबमें बाधा पैदा हो सकती है। इसलिए मुझे आपसे यह कहना है कि अगर आप इस मुक़दमे को यहीं दबवा सकें, तो आप मुल्क और क़ौम के हक़ में बहुत बड़ी भलाई करेंगे और जौनपुर के हिन्दुओं में आपके प्रति बड़ा आदर हो जाएगा।"

"जी, बात तो आप ठीक कहते हैं। मेहरबान, लेकिन मुसीबत यह है कि मामला मेरे हाथ से बाहर है। देखिए, सोचूँगा कि इस मामले को किस तरह सुलझाया जाए। लेकिन आप यक़ीन मानिए कि इस मामले में मैंने बदनीयती से काम नहीं लिया।"

ज्ञानप्रकाश उठ खड़ा हुआ, "मैं आपकी नीयत पर वार नहीं कर रहा फ़रहतुल्ला साहेब ! आपने जो कुछ किया, वह स्वाभाविक ही था और इसलिए आपको मैं ज़रा भी क़सूरवार नहीं ठहराता। इस हालत में हरेक इनसान वही करता जो आपने किया है। लेकिन आपको यह न भूल जाना चाहिए कि आपमें और अवाम में फ़र्क है; आप हिन्दुस्तान को रास्ता दिखलाने के लिए आगे बढ़ रहे हैं, आप क़ौम के लीडर हैं।"

फ़रहतुल्ला के अन्दर-ही-अन्दर एक द्वन्द्व चल रहा था। उन्होंने ज्ञानप्रकाश से कहा, "क्यों मुझे शरमिन्दा कर रहे हैं आप ! खुदा के वास्ते अब बस कीजिए ! मैं आपसे वादा करता हूँ कि मैं इस पर सोचूँगा, गोकि यह भी सच है कि मामला अब मेरे हाथ से बाहर हो गया है, क्योंकि गिरफ़्तारी और ज़मानत हो चुकी है। मेरी समझ में इस वक़्त कुछ नहीं आ रहा।"

जिस समय ज्ञानप्रकाश घर लौटे, गंगाप्रसाद वहाँ नहीं था। ज्वालाप्रसाद ने बताया कि वह कलक्टर से मिलने चला गया है।

दूसरे दिन सुबह नौ बजे के क़रीब अली रज़ा गंगाप्रसाद से मिलने आए। अली रज़ा के मुख पर एक मुस्कान थी। आते ही उन्होंने कहा, "मुबारकबाद बाबू गंगाप्रसाद ! मुझे यह नहीं मालूम था कि कलक्टर साहेब आपको इतना ज़्यादा मानते हैं।"

गंगाप्रसाद ने भरपूर नज़र से अली रज़ा को देखा, "पहेलियाँ मत बुझाइए अली रज़ा साहेब ! ठीक-ठीक बात सीधे-सादे ढंग से बतलाइए !" यह कहकर उसने ज्ञानप्रकाश को, जो ज्वालाप्रसाद के पास बैठा था, बुलाया, "ज़रा यहाँ आओ चचा, अली रज़ा साहेब कुछ ख़बर लाए हैं।"

ज्ञानप्रकाश के आ जाने पर अली रज़ा ने कहा, "अभी-अभी मैं डी.एस.पी. गुलाम अहमद के यहाँ से आ रहा हूँ। कप्तान साहेब के यहाँ से सुबह-सुबह उनका बुलावा आया था; कप्तान साहेब ने उनसे कहा कि बंसीधर के मामले को दबा दिया जाए। कलक्टर साहेब की यही मंशा है।"

गंगाप्रसाद ने ज्ञानप्रकाश पर एक भेद-भरी दृष्टि डाली, "सुन रहे हो चचाजान ! सूरत यह है कि तुम्हारे यह फ़रहतुल्ला साहेब नेकी व बदी की कशमकश में झूल रहे होंगे, और यहाँ काम पूरा हो गया।" फिर उसने अली रज़ा से पूछा, "तो फिर गुलाम अहमद साहेब का इस बारे में क्या रुख है ?"

"वही बतला रहा हूँ। उसी वक़्त गुलाम अहमद साहेब डिप्टी अब्दुलहक़ के बँगले की तरफ़ रवाना हो गए और मैं आपको यह खुशख़बरी सुनाने चला आया। मेरा ख़याल है कि इस वक़्त डिप्टी अब्दुलहक़ के यहाँ कान्फ्रेन्स हो रही होगी। लेकिन यह तय है कि कलक्टर और कप्तान पुलिस की ही बात चलेगी; आज शाम तक इस मामले को ख़त्म समझिए।"

ज्ञानप्रकाश ने अली रज़ा की बात का समर्थन किया, "इस मामले को ख़त्म समझो बरखुरदार, लेकिन अगर मेरी बात मानो तो इस मामले का कभी उन लोगों से ज़िक्र न करना। जो कुछ हो रहा है, उसमें नेकनीयती नहीं है, उसमें दबाव है। ज़ख़्म भरा नहीं है, उस पर पपड़ी पड़ गई है, भीतर-ही-भीतर मवाद फैलने का अन्देशा है। यह ज़ख़्म सिर्फ़ एक ही हालत में भर सकता है कि तुम फ़रहतुल्ला और अब्दुलहक़ के साथ अच्छी तरह पेश आओ। उन पर यह किसी तरह मत ज़ाहिर करना की तुम फ़तहयाब हुए और वे हारे।"

गंगाप्रसाद ने झल्लाकर कहा, "वे लोग वार कर चुके और उनका वार ख़ाली गया। अब मेरी बारी है। मैं उन्हें वह सबक़ सिखाऊँगा कि ज़िन्दगी-भर याद रहे !"

अली रज़ा ने गंगाप्रसाद को बढ़ावा दिया, "क्या बात कही मेहरबान, तबीयत खुश हो गई! यह फ़रहतुल्ला नम्बरी हरामज़ादा है। उसे तो सबक़ मिलना ही चाहिए। लेकिन आप इस बात का ख़याल रखिएगा कि आपकी कोई भी हरकत फ़िरक़ेदाराना न दिखे; खूबी इसी में है।"

ज्ञानप्रकाश ने कहा, "अली रज़ा साहेब, यह सबसे बड़ी बदक़िस्मती है कि फ़रहतुल्ला और अब्दुलहक़ मुसलमान हैं, गंगाप्रसाद हिन्दू है। इन दोनों के झगड़ों को

साम्प्रदायिक रूप दिया जाएगा, यह तय है। गंगाप्रसाद, मैं तुमसे विनती करता हूँ कि इस मामले को और आगे मत बढ़ाओ। मुझे वचन दो कि तुम मेरी बात मानोगे !"

गंगाप्रसाद ने लड़खड़ाते स्वर में कहा, "चचाजान, बड़ी मुश्किल में डाल रहे हो मुझे ! लेकिन यह तो तुम जानते ही हो कि तुम्हारी बात मैं टाल नहीं सकता। मैं इस मामले को आगे नहीं बढ़ाऊँगा।"

अली रज़ा ने फिर गंगाप्रसाद की प्रशंसा की, "मेरी मुँहमाँगी मुराद पूरी हो गई बाबू गंगाप्रसाद ! मैं भी बिलकुल यही कहना चाहता था, लेकिन कहने का तरीक़ा नहीं आता मुझे ! खुदा खुद-ब-खुद तुम्हारे दुश्मनों को ग़ारत करेगा !"

अली रज़ा के जाने के बाद ज्ञानप्रकाश ने गंगाप्रसाद से कहा, "तुम्हारे इस अली रज़ा को मैं नहीं पहचान पाया हूँ बरखुरदार ! तुम्हारा तो बड़ा जिगरी दोस्त मालूम होता है !"

"बिलकुल दोस्त आदमी है चचाजान ! यह कहना ठीक होगा कि जौनपुर में मेरा एक यही दोस्त है—दीन-दुनिया से कोसों दूर, मज़हबी तास्सुब इसे छू तक नहीं गया; खाना, पीना, मौज उड़ाना !" फिर उसने आँख मारते हुए कहा, "डिप्टी अब्दुलहक़ का जानी दुश्मन है, बस यह समझिए ! अब्दुलहक़ बड़े कट्टर मुसलमान हैं। वे इसके दूर के रिश्तेदार भी होते हैं, लेकिन दोनों में बोलचाल बन्द है।"

"समझ गया बरखुरदार, लेकिन...लेकिन..."

"लेकिन क्या ? बतलाइए न !" गंगाप्रसाद ने पूछा।

"लेकिन यही कि इस शख़्स से दूर ही रहना अच्छा होगा तुम्हारे हक़ में। बस, इतना ही कहना चाहता हूँ।"

4

अली रज़ा का दम फूल रहा था और उनकी ज़बान लड़खड़ा रही थी। आते ही वह कुरसी पर बैठ गए और ज़ोर-ज़ोर से साँस लेने लगे। वह मानो अपने ही आप बुदबुदा रहे थे, "या खुदा ! मालूम होता है क़हर बरपा होनेवाला है। जौनपुर में इतना बड़ा जुलूस निकल सकता है, यह नहीं सोचा था। लाखों की तादाद में हिन्दू-मुसलमान उस जुलूस में शामिल ! आख़िर दुनिया जा किधर रही है !"

"यों कहिए कि जहन्नुम की तरफ़ जा रही है, लेकिन आप तो सही-सलामत हैं। आख़िर आप इतने घबराए हुए क्यों है ? कुछ मैं भी तो सुनूँ !" गंगाप्रसाद ने मुस्कराते हुए कहा।

"अजी, घबराया हुआ तो क्या हूँ, लेकिन अपनी आँखों को यक़ीन नहीं होता। अटाला-मस्जिद से जो जुलूस निकला, उसमें तो सिर्फ़ पचास-साठ आदमी ही शामिल थे मेरहबान ! खुदा जाने, कहाँ से इतनी भीड़ इकट्ठी हो गई !"

गंगाप्रसाद हँस पड़ा, "पचास-साठ की भीड़ तो नहीं थी, दस-बारह हज़ार आदमी थे। मुझे ख़बर मिल चुकी है। गोमती नहाने आए हैं लोग देहातों से। माघी पूरनमासी का स्नान था आज। उस जुलूस में यह मेला भी शामिल हो गया। इसमें तो मुझे ताज्जुब की बात नहीं दिखती !"

"अजी मेहरबान, आगे तो सुनिए, दंग रह जाएँगे यह दास्तान सुनकर ! फ़रहतुल्ला ने ऐलान कर दिया कि महात्मा गांधी और कांग्रेस के हुक्म से उसने आज से वकालत छोड़ दी। यही नहीं, थानेदार विक्रमसिंह ने अपनी नौकरी से इस्तीफ़ा दे दिया। जुलूस ख़त्म होने के बाद बड़ी शानदार मीटिंग हो रही है; उसी में अभी-अभी ये ऐलान हुए हैं। मैं तो उलटे-पाँव भागा वहाँ से, क्योंकि एक दफ़ा मेरे जी में भी आया कि मैं इस्तीफ़ा दे दूँ। क्या जोश था वहाँ, क्या सरगर्मी थी ?"

"फ़रहतुल्ला ने वकालत छोड़ दी ! क्या कह रहे हैं आप ? उनकी वकालत तो अच्छी-ख़ासी चलने लगी थी। विक्रमसिंह थानेदार की बात तो मेरी समझ में आती है; निहायत अक्खड़ और मुँहज़ोर आदमी है, सरकारी नौकरी उससे हो ही नहीं सकती थी। लेकिन यह फ़रहतुल्ला, इन्हें क्या सूझी अपनी वकालत छोड़ने की ! मेरा ऐसा ख़याल है कि उनकी माली हालत भी कुछ ख़ास अच्छी नहीं है।"

"अजी अच्छी क्या, उसकी माली हालत ख़राब ही है, ऐसा समझिए ! इसका बाप जुलाहा था, लेकिन था बड़ा ख़र्चीला ! जितना भी उसने पैदा किया, वह सब इसकी पढ़ाई पर लगा दिया ! मेरा ऐसा ख़याल है कि वह क़र्ज़ छोड़कर मरा था। और यह फ़रहतुल्ला...इसकी वकालत चलती तो अच्छी है, लेकिन यह ज़्यादातर मुफ़्त के मुक़दमे लड़ देता है, जिसने जो दिया वह ले लेता है, रुपया माँगना तो इसे आता ही नहीं। फिर लीडरी की धुन में इसके ख़र्चे भी काफ़ी बढ़े-चढ़े हैं। समीउल्ला की जब से नौकरी छूटी, तब से वह आवारागर्दी कर रहा है, और इसका सबसे छोटा भाई इलाहाबाद के म्योर सेंट्रल कॉलेज में तालीम पा रहा है। इसके भी तीन औलादें हैं, और दो निकाह हुए हैं हज़रत के। अब वह वकालत छोड़कर फ़ाकेमस्ती पर उतर आए हैं। हिमाक़त की हद होती है !"

"तो उस मीटिंग में और क्या हुआ ?" गंगाप्रसाद ने पूछा।

"अजी मीटिंग क्या, पूरा हंगामा कहिए ! क़िस्सा यह कि मैं पुत्तूलाल के शराब के ठेके का मुआइना करके घर की तरफ़ रवाना हुआ। थोड़ी दूर चलकर ताँगा रुक गया। सामने से एक बहुत बड़ा जुलूस चला आ रहा था। क़रीब आध घंटे रुकना पड़ा सड़क पर, तब कहीं जाकर वह जुलूस ख़त्म हुआ। वहाँ से घर गया। कुछ आराम किया, कपड़े-वपड़े बदले। इसके बाद आपकी तरफ़ रवाना हुआ। अब देखिए कि जब अटाला मस्जिद के पास पहुँचा तो वहाँ देखता हूँ कि एक मीटिंग हो रही है। सोचा, देखता चलूँ

कि क्या-क्या हो रहा है। तो ताँगे से उतरकर मैं भी भीड़ में शामिल हो गया। अब हालत यह कि फ़रहतुल्ला मीटिंग की सदारत कर रहा है। उसकी अगल-बगल खद्दर पहने हुए दस-बारह आदमी और भी थे, जिनमें कुछ जमैयत उल्मा के लोग थे, कुछ कांग्रेसवाले थे। तो यह फ़रहतुल्ला भी खद्दर की पोशाक पहने हुए था और तक़रीर कर रहा था। कलकत्ता-कांग्रेस में क्या-क्या हुआ, यह बतलाते हुए उसने कहा कि गांधीजी ने वादा किया है कि एक साल के अन्दर वह मुल्क के लिए स्वराज हासिल कर देंगे। उसने यह भी बतलाया कि ख़िलाफ़त लीग कांग्रेस में शामिल हो गई, मौलाना मुहम्मदअली व मौलाना शौकतअली कांग्रेस के नेता बन गए हैं। फिर कहने लगा कि महात्मा गांधी के हुक्म से वह अवाम की ख़िदमत के लिए वकालत छोड़ रहा है। लोगों ने बड़ी तारीफ़ की उसकी, बड़ी तालियाँ बजीं, उसे फूलों की मालाएँ पहनाई गईं। इसके बाद वह विक्रमसिंह आया, वह भी खादी की पोशाक में था। उसने असहयोग पर एक लम्बी तक़रीर देते हुए कहा कि उसने सरकारी नौकरी से इस्तीफ़ा दे दिया है। अब मेहरबान, मैं घबराया...दिल में जज़्बातों का तूफ़ान उठ रहा था; मुझे डर लगने लगा कि कहीं मैं भी कोई तक़रीर न दे डालूँ ! मैं वहाँ से रवाना हो गया।"

गंगाप्रसाद हँस पड़ा, "बड़ी समझदारी का काम किया अली रज़ा साहेब, जो आप मैदान छोड़कर भाग खड़े हुए !"

गंगाप्रसाद उस दिन घर में अकेला था। ज्वालाप्रसाद समस्त पविार को साथ लेकर माघ मेले का स्नान करने के लिए पन्द्रह दिन के लिए इलाहाबाद चले गए थे। अली रज़ा ने इधर-उधर देखकर कहा, "एक खुशख़बरी आपको सुना दूँ। पुत्तूलाल के यहाँ से एक बोतल अंग्रेज़ी व्हिस्की की हाथ लग गई है; मैं अपने साथ ही लेता आया हूँ। कहिए तो निकालूँ ?"

गंगाप्रसाद ने कुछ हिचकते हुए कहा, "आज माघी पूरनमासी है। हमारे धरम में आज गोश्त खाना मना है। जब से वालिद बुज़ुर्गवार साथ आकर रहने लगे हैं तबसे धरम-करम का पालन करने लगा हूँ।"

"बिलकुल ठीक ! बड़ा सही रास्ता अपनाया है आपने ! ज़िन्दगी में तो न जाने कितनी खुराफ़ातें करते हैं हम लोग, इसलिए आक़बत को सँभालना निहायत ज़रूरी है। सोच रहा हूँ, मैं भी कम-से-कम नमाज़ पढ़ना शुरू कर दूँ !"

लेकिन गंगाप्रसाद का मन व्हिस्की से जाकर अटक गया था। उसने कुछ सोचकर कहा, "अली रज़ा साहेब, यह शराब तो शायद फलों और मेवों से बनती है।"

"अजी, सोलह आने फलों और मेवों से बनती है। अंगूर, अनार, सेब—यानी बढ़िया विलायती फल। यहाँ तक कि अनाज भी नहीं पड़ता इस व्हिस्की में। पूरी फरहरी समझिए इसे ! तो मेहरबान, मेरा ऐसा ख़याल है कि आज के दिन आपको गोश्त नहीं खाना चाहिए, हाँ, शराब के मामले में किसी तरह की कोई पाबन्दी नहीं होगी।"

"हाँ, शराब के मामले में किसी तरह की पाबन्दी नहीं है; न किसी से सुना है, और न कहीं पढ़ा है। फिर ले आइए व्हिस्की की बोतल, आपकी सन्तरे और मेवों की शराब

से तो मुँह बदज़ायका हो गया है।"

शराब के दौर चलने आरम्भ हो गए। अली रज़ा दो पेग पीने के बाद ही भावुकता के प्रवाह में बहने लगे, "क्या बतलाऊँ मेहरबान, क्या ज़माना आ गया है ! वह जो आपकी मलका है, जिसे आपने बनारस भेज दिया है, उसके यहाँ पर दो क़िता मकान हैं, जिसमें किराएदार बसे हुए हैं। अब उन मकानों के दावेदार खड़े हो रहे हैं। मैंने उन्हें रोका भी तो मुझसे बिगड़ खड़े हुए।"

"ख़बर मैंने भी उड़ती-उड़ती सुनी है कि लोग उन मकानों पर कब्ज़ा करना चाहते हैं। उन मकानों के किराएदारों को बरग़लाया जा रहा है। जहाँ तक मुझे इल्म है, मुक़दमा अभी तक किसी ने भी दायर नहीं किया है। आप तो उस मुहल्ले में रहते हैं और उन लोगों को जानते है; आपको कुछ पता होगा !"

"जी, आपके ख़ौफ़ से मुक़दमे तो अभी तक दायर नहीं हुए हैं, लेकिन दायर ज़रूर किए जाएँगे, दो-चार महीने के अन्दर ही।"

कुछ चुप रहकर गंगाप्रसाद ने कहा, "अली रज़ा साहेब, मैं इस मामले में सामने नहीं आना चाहता। लिहाजा मैं आपसे कहता हूँ कि क़ब्ल इसके कि इन मकानों पर कुछ झमेला खड़ा हो, उन दोनों मकानों के कहीं-न-कहीं बैनामे हो जाने चाहिए। आप कोशिश कर दीजिए।"

अली रज़ा ने बड़ी गम्भीरतापूर्वक अपना सिर हिलाते हुए कहा, "आपसे पार पाना मुश्किल है गंगाबाबू, मैं मान गया ! जो आपसे टक्कर लेगा, वह मुँह की खाएगा। मुझे आपकी दोस्ती पर फ़ख्र है। बड़े भाग से आप-जैसे दोस्त मिलते हैं ज़िन्दगी में ! मैं उन मकानों को बिकवा दूँगा, आप यक़ीन रखिए ! लेकिन इससे मतलब यह लगाया जाना चाहिए कि मलका का अब जौनपुर आकर रहने का कोई इरादा नहीं है।"

"जी हाँ, अभी फ़िलहाल तो वापस लौटने का कोई इरादा नहीं है। जब तक मैं यहाँ हूँ और मेरा ख़ानदान मेरे साथ है तब तक तो वह यहाँ वापस लौटने से रही। बनारस में ही रहेगी, और बनारस उसे पसन्द भी आ रहा है धीरे-धीरे।" गंगाप्रसाद ने एक फीकी मुस्कान के साथ कहा, "मैं तो परेशान हूँ अली रज़ा साहेब ! उसे इतना समझाया कि हम लोगों का साथ रहना ग़ैर-मुमकिन है, मेरे बीवी है, बच्चे हैं, ख़ानदान है; मैं उससे शादी नहीं कर सकता। लेकिन वह है कि प्रेम-जोगन बनी बैठी है ! मुझ पर जान दे रही है।"

अली रज़ा बोले, "आप बड़े खुशक़िस्मत हैं बाबू गंगाप्रसाद, वरना रंडी की मुहब्बत किसे मिलती है ! बड़ी पाक व नेक औरत है यह मलका ! सुना है किसी ताल्लुक़ेदार के नुत्फ़े से पैदा हुई है यह। लम्बी रक़म है इसके पास। इसकी माँ क़रीब पचास हज़ार के गहने व जवाहरात छोड़कर मरी थी। फिर उसके पास नक़द भी दस-बीस हज़ार रुपए से कम न होगा। तो मेहरबान, मेरी अर्ज़ यह है कि उसे अपने घर में डाल लीजिए ! आप नुक़सान में नहीं रहेंगे। और जहाँ तक मेरा ख़याल है, कोठे पर तो अब वह बैठेगी नहीं !"

गंगाप्रसाद ने गम्भीर होकर कहा, "अली रज़ा साहेब, आपको मैं यह बतला दूँ कि उसके रुपयों से मुझे कोई मोह नहीं है। मैं तो उसकी मुहब्बत का क़ायल हूँ। मैं जानता हूँ कि अब वह कोठे पर नहीं बैठेगी, लेकिन आप ही समझिए कि मेरा ख़ानदान है, मेरी इज़्ज़त है !"

अली रज़ा ने मुँह बनाते हुए कहा, "गंगाबाबू, इज़्ज़त वहाँ है जहाँ रियासत है, पैसा है ! मैं फिर कहूँगा कि आप इस मलका को अपने घर पर ही रख लीजिए। ये बड़े-बड़े रईस और ताल्लुक़ेदार, इन सबके पास रखैल हैं।"

उदास भाव से गंगाप्रसाद ने उत्तर दिया, "दोस्त अली रज़ा, क्या कहूँ तुमसे, वही खुद मेरे साथ मेरे घर में आकर नहीं रहना चाहती। और सच पूछो तो ठीक भी है। वह मेरे वालिद को मुझसे नहीं छुड़वाना चाहती; उसे मेरे रुतबे का ख़याल है, मेरे ख़ानदान का ख़याल है। वह यह क़तई नहीं चाहती कि उसकी वजह से मेरी ज़रा भी बदनामी हो, या मेरे घर में निफ़ाक़ हो।"

"समझा मेहरबान, मेरी समझ में अब मामला अच्छी तरह आ गया। तो फिर क्यों कहिए कि वह खुद यहाँ से बनारस चली गई, आपकी ख़ातिर ! लेकिन साहेब, उसके जाने से आपके घर की ही नहीं, जौनपुर शहर की रौनक जाती रही। कितना अच्छा गाती है, कितना सुरीला और प्यारा गला पाया है उसने जैसे कोयल कूकती हो ! तो बाबू गंगाप्रसाद, आजकल तो आपके वालिद व आपकी बेग़म यहाँ नहीं हैं। दो-चार दिन के लिए आप मलका को बनारस से यहाँ बुलवा लीजिए। यह शबे-तनहाई तो आपको ज़रूर अखरती होगी।"

"वह यहाँ आना ही नहीं चाहती अली रज़ा साहेब ! कहती है जौनपुर उसे काटने को दौड़ता है। उसका कहना है कि मैं खुद बनारस चला आया करूँ। सो वही करता हूँ।"

अली रज़ा थोड़ी देर मौन रहे। फिर उनकी भावना एक बार ही उबल पड़ी, "क्या बात है मेहरबान, यह मलका औरत नहीं है, देवी है ! और देवी परस्तिश चाहती है। आप जो कुछ करते हैं, बिलकुल ठीक करते हैं। कहाँ तक तारीफ़ करूँ आपकी ! आपके इन्हीं गुणों की वजह से तो मैं आपका गुलाम बन गया हूँ। लेकिन एक सलाह देता हूँ आपको गंगाबाबू ! पता नहीं, बनारस में मलका कहाँ रहती है, लेकिन आप किसी अच्छे मुहल्ले में उसे मकान ले दीजिए। वह वहाँ बाज़ार में न बैठे।"

गंगाप्रसाद ने उपेक्षा के भाव से कहा, "अली रज़ा साहेब, आपको यह सब कहने की जरूरत नहीं है। मलका ने खुद-ब-खुद एक अच्छे-से मुहल्ले में एक छोटा-सा बँगला किराए पर ले लिया है—मेरे नाम से। वह बँगला बिकाऊ है; उसे ख़रीदने के लिए ही वह जौनपुरवाले ये दोनों मकान बेचना चाहती है।"

"आहा-हा ! क्या ख़्याल है मेहरबान ! मैं कहता हूँ कि लाखों नहीं करोड़ों औरतों में यह मलका एक है। बड़े खुशक़िस्मत हो गंगाबाबू ! तुम्हारी जगह मैं होता तो उससे निकाह पढ़ा लेता।"

अली रज़ा की भावुकता का असर गंगाप्रसाद पर भी पड़ा। एक ठंडी साँस लेकर वह बोला, "अली रज़ा, सच कहता हूँ, एक दफ़ा नहीं, उसने सैकड़ों दफ़ा मुझसे कहा कि मैं उससे शादी कर लूँ ! वह आर्यसमाज में जाकर हिन्दू बनने को तैयार है। असल में वह अपनी ज़िन्दगी का रवैया ही बदलना चाहती है; वह इज़्ज़त-आबरूवाली बनना चाहती है। लेकिन तुम्हीं बताओ अली रज़ा, मैं उसे इज़्ज़त-आबरूदार किस तरह बना सकता हूँ ! उसे उठाने की कोशिश में खुद मेरे गिर जाने का ख़तरा है।" यह कहते-कहते गंगाप्रसाद की आँखें भर आईं। उसने अपनी आँखें बन्द कर लीं, मानो वह कुछ सोचने लगा हो।

गंगाप्रसाद काफ़ी अधिक पी चुका था, लेकिन अली रज़ा ने थोड़ी-सी शराब और उसके गिलास में उँड़ेल दी। अब गंगाप्रसद की भावुकता का बाँध टूट गया, "अली रज़ा, मेरे प्यारे अली रज़ा, तुम मेरे सबसे बड़े दोस्त हो—हो न ? इनकार नहीं कर सकते। मलका का कहना यह है कि अगर उसके हमल रह गया तो क्या होगा ? वह मेरी औलाद तो कहलाएगी नहीं; वह रंडी की औलाद कहलाएगी। अली रज़ा, तुम समझ रहे हो न ! मैं अपनी औलाद को भी नहीं बचा सकूँगा। और इसलिए वह मुझसे शादी करने पर ज़ोर देती है। काश, मैं मलका से शादी कर सकता, उसके नाम से 'रंडी' शब्द का कलंक हटा सकता ! लेकिन यह मुमकिन नहीं। मैं हिन्दू हूँ, मैं अपने समाज और धर्म के बन्धनों में जकड़ा हुआ हूँ। इसलिए जब तुम मुझे खुशक़िस्मत कहते हो तब मुझे ऐसा लगता है कि तुम मेरा मज़ाक उड़ा रहे हो। मेरे-जैसा बदक़िस्मत आदमी तुम्हें नहीं मिलेगा।"

अली रज़ा ने उठकर गंगाप्रसाद का हाथ पकड़ लिया, "गंगाबाबू, मैं तुम्हारा जिगरी दोस्त हूँ। यों कहो कि एक जान, दो क़ालिब ! और यह दोस्ती मैं पूरे तौर से निबाहने को तैयार हूँ। अगर तुम कहो तो तुम्हारी तरफ़ से मैं उसके साथ अपना निकाह पढ़ा लूँ !"

गंगाप्रसाद इस बात से तड़प उठा, "हरामज़ादे, कमीने, दोज़ख़ के कुत्ते ! कैसे आई तेरी ज़बान पर मेरी मलका से निकाह पढ़ाने की बात ? मैं तेरी ज़बान खींच लूँगा। तू पढ़ाएगा मेरी मलका से निकाह ?"

अली रज़ा के होश उड़ गए, लेकिन उसी समय उसने अपने को सँभाला। वह गंगाप्रसाद के सामने घुटनों के बल बैठ गया, "सर क़लम कर दो मेरा, मेरी जान ले लो, अगर मेरी बात में बदनीयती हो मेरे अज़ीज़ ! मैंने तो जो कुछ करने को कहा था, वह दोस्ती के नाम पर एक बहुत बड़ी क़ुरबानी है। तुम्हें यह समझ लेना चाहिए कि मुझसे निकाह पढ़ाने के बाद मलका रंडी न रहेगी, वह बेग़म अली रज़ा बन जाएगी। और मैं क़सम खाता हूँ कि मलका के साथ मेरा कोई ताल्लुक़ न रहेगा। वह मेरे मकान में भी न रहेगी। वह सोलह आने तुम्हारी बन जाएगी। मैं यह भी जानता हूँ कि इसमें मेरी बहुत बदनामी होगी, लेकिन मैं यह सब बरदाश्त करने को तैयार हूँ। इससे मलका को इज़्ज़त-आबरू मिल जाएगी। यह सब मैं दोस्ती की ख़ातिर ही कह रहा हूँ।"

गंगाप्रसाद की समझ में अब बात आ गई उसने उठकर अली रज़ा को गले लगा

लिया, "सच भाई अली रज़ा, तुम मेरी ख़ातिर इतना करने को तैयार हो ! मैं बड़ा पापी आदमी हूँ, मुझे अपने ऊपर बड़ा गुस्सा आ रहा है। अली रज़ा, तुम आदमी नहीं फ़रिश्ते हो, और मैंने तुम्हें शैतान समझा। तुम्हारी बात मुझे हर तरह से मंजूर है। मैं कल ही बनारस जाकर उसे इस बात के लिए राज़ी करूँगा।"

अली रज़ा ने घड़ी देखते हुए कहा, "कोई बात नहीं, ग़लतियाँ इनसान से ही होती हैं। लेकिन मेहरबान, अब जब बात उठ ही पड़ी है तो उसे कल के लिए क्यों टाला जाए ? अभी कुल जमा दस बजे हैं। ग्यारह बजे यहाँ से बनारस के लिए एक्सप्रेस गाड़ी रवाना होती है। क़रीब बारह-साढ़े बारह बजे हम लोग वहाँ पहुँच जाएँगे। कल भी छुट्टी है, तो ये सब बातें कल ही तय हो जाएँ।"

गंगाप्रसाद ने फिर से अली रज़ा को गले लगाया, "वाह, क्या बात कही है ! अली रज़ा तुम मेरे सगे भाई से भी बढ़कर हो। चलो, अभी चलें हम लोग ! खाना तैयार है, बँधवाए लेते हैं, गाड़ी पर खाएँगे। कितना आसान हल निकल आया है !"

और गंगाप्रसाद अली रज़ा के साथ रातवाली एक्सप्रेस से ही बनारस के लिए रवाना हो गया।

दूसरे दिन सुबह एकान्त पाकर मलका ने गंगाप्रसाद से पूछा, "इन्हें आप क्यों अपने साथ यहाँ लाए हैं ?"

गंगाप्रसाद कुछ सकपकाया, "यों ही। बात यह है कि मैं आ रहा था तो यह भी मेरे साथ चले आए। तुम्हीं बताओ भला, मैं कैसे इनकार कर देता ! इतना बड़ा दोस्त है मेरा, लाजवाब आदमी है !"

"हाँ, लाजवाब आदमी है—मक्कारी में, शैतानियत में, कमीनेपन में !" मलका ने झल्लाकर कहा। फिर एकाएक मलका की आँखें भर आईं, "मुझे ऐसा लगता है कि आप मुझसे दूर होते जा रहे हैं। जिस नरक से मैं निकल आई हूँ, आप मुझे फिर से उसी नरक में धकेलना चाहते हैं। मैंने अपना नाम बदल लिया, बिलकुल हिन्दुआनी की तरह रहती हूँ। मुहल्ले-पड़ोस में मेरा आना-जाना है। लेकिन आप इन्हें अपने साथ लिवा लाए हैं, अब यह मेरा पता दूसरों को बतला देंगे; सारा राज़ खुल जाएगा। जब मुहल्ले-पड़ोस के लोग जान लेंगे कि मैं कौन हूँ क्या हूँ, तब लोग मुझे अपने घर में भी न घुसने देंगे। वे लोग मुझे इस मुहल्ले में भी न रहने देंगे।"

गंगाप्रसाद बोला, "मलका, तुम समझती हो कि तुम अपना राज़ छिपाए रख सकती हो ? आख़िर झूठ झूठ है, उसे सच कैसे बनाया जा सकता है ? यह झूठ कब तक छिपेगा ? असलियत तो किसी-न-किसी दिन ज़ाहिर होकर ही रहेगी !"

एक दयनीय, असहाय और करुण मुद्रा में मलका ने गंगाप्रसाद की ओर देखा, "तो बनारस में नहीं, और कहीं दूर मुझे ले चलिए जहाँ लोग मुझे न पहचानें; और अगर पहचानें भी तो मुझसे नफ़रत न करें। वहाँ आप मुझे मकान ले दीजिए। इन दिनों यहाँ मैं कितनी खुश रही हूँ ! कोई मुझे हिक़ारत की नज़र से नहीं देखता। अपनी जेब में रुपए भरे हुए कोई मुझे ख़रीदने नहीं आता। अब मैं अपनी पिछली ज़िन्दगी की तरफ़

नहीं जाना चाहती।" और मलका सिसकने लगी।

गंगाप्रसाद ने मलका को धीरज बँधाते हुए कहा, "मेरी मलका, मेरे कहने के मुताबिक़ तुम्हें एक काम करना पड़ेगा, इनकार न करना ! उसी काम के लिए मैं अली रज़ा को अपने साथ लाया हूँ।"

"कहिए ! मैं तो आपकी लौंडी हूँ, ज़िन्दगी भर के लिए आपकी गुलाम हूँ। आप अगर ज़हर का घूँट भी पिलाएँगे तो मैं हँसते-हँसते पी लूँगी।"

"ज़हर का घूँट नहीं, अमृत का घूँट पिला रहा हूँ। तुम्हें इज़्ज़त-आबरू चाहिए, तो वह इज़्ज़त-आबरू तुम्हें दे रहा हूँ। मैंने अली रज़ा को राज़ी कर लिया है कि तुम उसके साथ निकाह पढ़ाकर बेग़म अली रज़ा बन जाओ !"

मलका चौंककर उठ खड़ी हुई, "या अल्लाह ! क्या सुन रही हूँ मैं !" और एकाएक उसकी हिचकियाँ बँध गईं, "तो आप मुझे छोड़कर इस मरदूद के गले मढ़ना चाहते हैं ! यह नहीं होगा, यह किसी भी हालत में नहीं होगा ! मैं खुदकुशी कर लूँगी, लेकिन इस बेशरम कमीने के साथ किसी भी हालत में निकाह नहीं पढ़वाऊँगी। अभी निकालती हूँ इसे मकान से ! इसकी इतनी हिम्मत !"

गंगाप्रसाद ने मलका का हाथ पकड़कर बिठाया, "मलका, मेरी पूरी बात सुन और समझ लो ! अली रज़ा से निकाह पढ़ाकर तुम्हें बेग़म अली रज़ा का नाम-भर पा लेना है। इसके अलावा अली रज़ा के साथ तुम्हारा और कोई ताल्लुक़ नहीं रहेगा। तुम हमेशा के लिए मेरी रहोगी, सिर्फ़ मेरी, समझीं ! मैं अली रज़ा को यहीं बुलाता हूँ, सब बातें साफ़-साफ़ हो जाएँगी।"

मलका चीख़ उठी, "ऐसी बात कहते हुए आपको शरम नहीं आती ! और उस मरदूद को क्या कहूँ, जो आपको यह सब सिखा-पढ़ाकर यहाँ ले आया है ! नहीं, मैं जिस हालत में हूँ वहीं अच्छी हूँ, मुझे यह सब नहीं करना।"

गंगाप्रसाद ने मलका को समझाया, "मलका, ज़रा इस बात पर अच्छी तरह ग़ौर कर लो। बेग़म अली रज़ा बनकर तुम जौनपुर में ही रह सकती हो। यहाँ बनारस में झूठ की ओट में इस तरह पड़ी रहने से क्या फ़ायदा ! फिर हम दोनों एक-दूसरे से कितनी दूर हैं।"

मलका के अन्दर क्रोध और दुख के स्थान पर धीरे-धीरे वितृष्णा, ग्लानि और घृणा का आविर्भाव हो रहा था। उसने गंगाप्रसाद की ओर देखा। उसकी आँखों के आँसू जाते रहे थे। उसे ऐसा लगा कि एक नितान्त अजनबी आदमी उसके सामने बैठा हुआ है, जो चरित्रहीन है, आचारहीन है, जिसके लिए उसका स्वार्थ और उसका अस्तित्व ही उसका एकमात्र सत्य है, और इन्हीं में उसकी एकमात्र आस्था है। दूसरे ही क्षण उसने अनुभव किया कि वह स्वयं कितनी विवश है, कितनी असहाय है ! दुनिया में उसका कोई नहीं है। उसे लगा कि एक अजीब तरह की थकावट उसके प्राणों में भरती जा रही है। उसने शिथिल स्वर से कहा, "मेरी समझ में कुछ नहीं आता !"

गंगाप्रसाद ने अनुभव किया कि मलका टूट रही है और उसने मौक़े का फ़ायदा

उठाया, "अभी सब बातें समझ में आ जाएँगी, मैं अली रज़ा को बुलाकर सब बातें तय किए लेता हूँ।"

"बुलाइए उन्हें," एक ठंडी साँस लेकर मलका ने कहा, "ज़िन्दगी का एक नया तजुर्बा देखना है शायद !"

सब बातचीत हो जाने के बाद मलका ने कहा, "मेरी एक शर्त है। मैं जौनपुर में नहीं रहूँगी, इसलिए निकाह से पहले आप लोग मेरे जौनपुरवाले दोनों मकान बिकवा दें। उन रुपयों में कुछ और रुपया डालकर मैं बनारस या इलाहाबाद में कोई बँगला ख़रीद लूँगी। इसी शर्त पर मुझे अली रज़ा साहेब से निकाह पढ़ना मंजूर होगा।"

उसी दिन शाम को वे दोनों जौनपुर के लिए रवाना हो गए।

एक हफ़्ते के अन्दर ही मलका के जौनपुरवाले दोनों मकान बिक गए और उसकी क़ीमतें भी अच्छी मिल गईं। यह भी तय हो गया कि मलका बनारसवाला बँगला भी ख़रीद लेगी। इसी बीच अली रज़ा का बनारस आना-जाना बहुत बढ़ गया था। फ़रवरी के दूसरे सप्ताह में निकाह की तारीख़ तय हुई और यह भी तय हुआ कि निकाह जौनपुर में ही पढ़ाया जाएगा। निकाह से दो दिन पहले गंगाप्रसाद और अली रज़ा मलका को जौनपुर लाने के लिए बनारस पहुँचे तो उन्होंने देखा कि मकान ख़ाली पड़ा है। मुहल्लेवालों ने बतलाया कि वह एक दिन पहले ही मकान छोड़कर कहीं बाहर चली गई, वह बनारस के किसी दूसरे मुहल्ले में गई या बनारस छोड़कर कहीं बाहर गई, इसका पता मुहल्ले-पड़ोसवाले तो नहीं दे सके, लेकिन इतना ज़रूर पता चला कि घर का कुछ सामान बेच दिया गया था और कुछ घर में ही पड़ा था। इससे स्पष्ट हो गया कि मलका बनारस के किसी दूसरे मुहलले में नहीं गई, बल्कि बनारस से कहीं बाहर चली गई।

गंगाप्रसाद यह देखकर अवाक् रह गया। वह पागल-सा मकान के चारों तरफ़ घूमा; उसकी समझ में नहीं आ रहा था कि यह सब क्या हो गया है। "आख़िर वह गई कहाँ अली रज़ा ? जौनपुर गई नहीं, और जौनपुर के अलावा वह और कहीं किसी को जानती नहीं। औरत कितनी फ़ितरती हो सकती है ! उसे निकाह नहीं पढ़ाना था तो न पढ़ाती, लेकिन इस तरह ग़ायब हो जाना, इस तरह मुझे छोड़ जाना ! लेकिन जाएगी कहाँ ? किस कोने जाकर छिपेगी ?"

अली रज़ा का मुँह उतर गया था, "मैं तो अपने दोस्तों में मुँह दिखाने क़ाबिल भी नहीं रह गया मेहरबान ! क्या कहूँगा लोगों से ? वे क्या समझेंगे ?"

गंगाप्रसाद ने झुंझलाकर कहा, "वे क्या सोचेंगे और क्या समझेंगे, वह आप जानें और आपका काम जाने ! मुझे तो फ़िक्र इस बात की है कि मलका गई कहाँ ? उसकी सारी मुहब्बत झूठी थी। मैं अभी तक एक छल और फ़रेब की दुनिया में रह रहा था।"

"अजी रंडी किसकी हुई मेहरबान ! मुझे तो अफ़सोस इस बात का है कि मैंने उसके दोनों मकान बिकवा दिए। जाते-जाते पाँच हज़ार रुपया नक़द मार ले गई। अब चलिए जौनपुर मेहरबान, आपकी मुहब्बत की मजबूरियों का क़िस्सा ख़त्म।" और अली रज़ा एक खिसियाहट की हँसी हँस पड़ा। उसकी इस हँसी में गंगाप्रसाद ने भी योग दिया।

गंगाप्रसाद जौनपुर लौट आया और उसने अपने को सरकारी काम-काज में डुबा दिया। लेकिन उसे अनुभव हो रहा था कि कहीं से वह टूट गया है। अपनी उस कटुता में और उस कटुताजनित हिंसा में वह धीरे-धीरे बहने लगा। चारों तरफ़ उसके सख्त होने की बदनामी हो रही है। लोग उससे मिलने में, उससे बात करने में भी घबराते थे। इतना आतंक छा गया था उसका। अब उसने घर से निकलना भी बहुत कम कर दिया था।

आन्दोलन चल रहा था। बड़ी तेज़ी के साथ—एक अजीब ढंग से। हड़तालें हो रही थीं, चरखा चलाया जा रहा था, खादी और स्वदेशी का प्रचार हो रहा था, विदेशी माल का बहिष्कार किया जा रहा था। जुलूस निकलते थे और खुल्लमखुल्ला सरकार की निन्दा की जाती थी; अंग्रेज़ों को गालियाँ दी जाती थीं। जौनपुर में इस आन्दोलन को दबाने की ज़िम्मेदारी कलक्टर ने गंगाप्रसाद को दे दी थी और वह तत्परता के साथ निर्दयतापूर्वक अपनी ज़िम्मेदारी निबाह रहा था। जौनपुर की जेल भर गई थी; लोगों पर लम्बे-लम्बे जुरमाने किए गए थे। जौनपुर के अधिकांश कार्यकर्ता जेलों में पड़े थे।

8 जुलाई, सन् 1921 को कराची में ख़िलाफ़त-परिषद् की जो कान्फ्रेंस हुई थी उससे सारे देश में एक ज़बरदस्त हलचल मच गई। फ़रहतुल्ला जब कराची से वापस लौटे तो उन्होंने देखा कि जौनपुर के आन्दोलन में कार्यकर्ताओं के जेल जाने से कुछ शिथिलता आ गई है। उन्होंने ज़िले की स्थिति का अध्ययन किया और फिर कांग्रेस की एक ज़िला कान्फ्रेंस अगस्त के अन्त में बुलाई।

उस दिन सुबह से ही जौनपुर के वायु-मंडल में कुछ अजीब सरगर्मी आ गई थी। बरसात ख़त्म हो रही थी, और वातावरण में एक घुटन से भरी उमस थी। गंगाप्रसाद रात में देर तक बैठा हुआ पुलिस अधिकारियों से सलाह-मशविरा करता रहा। कान्फ्रेंस को रोकने के लिए गंगाप्रसाद तथा अन्य पुलिस-अधिकारियों ने कलक्टर से दफ़ा एक सौ चवालीस लगाने को कहा था, लेकिन कलक्टर ने इनकार कर दिया था। ऐसी न हालत में गंगाप्रसाद तथा दूसरे पुलिस-अधिकारियों पर काफ़ी बड़ी जिम्मेदारी आ पड़ी थी, क्योंकि अब अहिंसा पर विश्वास रखनेवाले नेताओं के जेलों में होने के कारण नेतृत्व कुछ ऐसे लोगों के हाथ में आ गया था, जो हिंसा पर विश्वास करते थे। ऐसी हालत में भीड़ के हिंसात्मक हो जाने का ख़तरा था। मुख़बिरों से जो ख़बरें मिली थीं, उनसे भी इस सम्भावना की पुष्टि होती थी।

सब लोग चले गए, लेकिन गंगाप्रसाद कमरे में अकेला बैठा रहा। उसे नींद नहीं आ रही थी; वह बहुत अधिक चिन्तित था। यह तो स्पष्ट था कि उस सभा के बाद उपद्रव करने की योजनाएँ बनाई गई हैं, और पुलिसवालों ने गोली चलाकर उस उपद्रव को दबाने के लिए पूरी तैयार भी कर ली है। स्थिति इस तरह से उसके हाथ से बाहर हो जाए कि पुलिस को भीड़ पर गोली चलानी पड़े, इसमें गंगाप्रसाद की बदनामी होती और उसके सरकारी रिकार्ड पर धब्बा लगता। इस स्थिति को बचाने के लिए वह बेचैन था। उसे कोई हल नहीं दिख रहा था। एकाएक उसे एक उपाय सूझा। उसने उसी समय

एक पत्र लिखा और भीखू को बुलाकर कहा, "सुबह की गाड़ी से तुम इलाहाबाद चले जाओ। ज्ञानू चाचा को यह पत्र देना और उनसे कहना कि मैं उनकी राह देख रहा हूँ।"

दूसरे दिन शाम को प्रायः पाँच बजे ज्ञानप्रकाश आ गया। गंगाप्रसाद चार बजे ही कचहरी से घर चला आया था। ज्ञानप्रकाश का स्वागत करते हुए उसने कहा, "आ गए ज्ञानू चाचा, मैं जानता था कि तुम आओगे। सुबह से ही तुम्हारा इन्तज़ार कर रहा हूँ !"

ज्ञानप्रकाश मुस्कराया, "लेकिन इतना घबराने की क्या बात है ? तुम और घबराहट, अजीब-सी बात लगती है !"

दोनों कमरे में जाकर बैठ गए। गंगाप्रसाद ने धीमे स्वर में कहा, "चाचा, मुझे पक्की ख़बर मिली है कि कल की मीटिंग के बाद यहाँ जौनपुर में लूटमार और आगज़नी की वारदातें होनेवाली हैं। इस सबको कैसे रोका जाए ?"

"पुलिस जो है। फिर कांग्रेस की मीटिंगें तो अहिंसा के सिद्धान्त को अपनाकर ही होती हैं।"

"अहिंसा की बात छोड़ो चचा ! यह तो जानते ही हो कि जौनपुर शहर और ज़िला, दोनों ही जगह मुसलमानों की संख्या काफ़ी अधिक है। ज़िले से बड़ी तादाद में मुसलमान आ रहे हैं। और...और जहाँ तक मेरा ख़याल है, पुलिस खुद लूट-मार करना चाहती है; पुलिसवालों में सत्तर फ़ीसदी से ज़्यादा मुसलमान हैं।"

ज्ञानप्रकाश चौंक उठा, "ग़ैरमुमकिन ! यह आन्दोलन मुसलमानों और हिन्दुओं दोनों का ही है !"

"जी हाँ, लेकिन यह कहना अधिक उचित होगा कि यह आन्दोलन प्रमुखतः मुसलमानों का है। मुसलमान ग़रीब हैं, अभावग्रस्त हैं, जबकि हिन्दुओं के पास पैसा है। ऐसी हालत में लूट-मार हो जाना स्वाभाविक बात होगी।"

थोड़ी देर तक दोनों चुपचाप बैठे सोचते रहे। फिर गंगाप्रसाद ने कहा, "मलाबार में मोपला मुसलमानों ने जो उत्पात किया है वह तो अभी चल ही रहा है। कितने हिन्दू जान से मारे गए, कितने हिन्दू ज़बरदस्ती मुसलमान बनाए गए ! तो चचा, जहाँ तक लूट-मार और धार्मिक कट्टरता का सवाल है, वहाँ यह हिन्दू-मुस्लिम एकता का नारा निहायत खोखला नारा है। अब तुम बताओ कि इस मामले में क्या किया जाए ?"

ज्ञानप्रकाश ने कुछ सोचकर पूछा, "फ़रहतुल्ला अभी बाहर हैं या जेल में ?"

"फ़रहतुल्ला ने ही तो कराची से लौटने के बाद यह कान्फ्रेंस बुलाई है। नहीं चचाजान, फ़रहतुल्ला से मुझे इसमें कोई मदद न मिलेगी।"

ज्ञानप्रकाश ने दृढ़तापूर्वक गंगाप्रसाद की बात काटी, "नहीं बरखुरदार, इस मामले में फ़रहतुल्ला से ही तुम्हें मदद मिलेगी। मैं यह बात इसलिए निश्चयपूर्वक कह रहा हूँ क्योंकि मैं फ़रहतुल्ला को जानता हूँ।"

"तो फिर फ़रहतुल्ला को मैं बुलवाए लेता हूँ, तुम उससे बात कर लो।"

"मेरा उनसे बात करना ठीक न होगा और न उन्हें यहाँ बुलाना ही मुनासिब होगा। हम दोनों उनके यहाँ चलते हैं।"

गंगाप्रसाद कुछ हिचकिचाया। फिर वह उठ खड़ा हुआ, "चलो, उसी के यहाँ चला जाए। लेकिन मैं समझता हूँ कि उसके यहाँ काफ़ी भीड़ जमा होगी। वह कांग्रेस और ख़िलाफ़त दोनों का ही नेता है।"

जब दोनों फ़रहतुल्ला के मकान पर पहुँचे, उस समय रात हो गई थी। उन्हें यह देखकर आश्चर्य हुआ कि फ़रहतुल्ला खुले सहन में अकेले बैठे चरखा चला रहे हैं। उन्होंने उठकर उन दोनों का स्वागत किया। फिर उन्होंने कमरे के अन्दर से दो कुरसियाँ निकालकर रख दीं, "तशरीफ़ रखिए ! मेरी बड़ी क़िस्मत है कि आप लोग मुझे दरशन देने चले आए ! कहिए, मैं क्या खिदमत कर सकता हूँ आप लोगों की ?"

ज्ञानप्रकाश ने हँसकर कहा, "बड़ा महीन सूत कातने लगे हैं आप फ़रहतुल्ला साहेब ! सबसे बड़ी बात यह है कि आप अकेले हैं इस वक़्त; ख़िलाफ़त या कांग्रेस का कोई कार्यकर्त्ता नहीं है यहाँ। मैं तो समझता था कि एक भीड़ मिलेगी मुझे आपके यहाँ !"

"जी, ज़रा देर कर दी आप लोगों ने; शहर से बाहर मकान होने का यही फ़ायदा है कि लोग चिराग़ जलते ही यहाँ से रवाना हो जाया करते हैं। फिर इस सियासत के मामलात के लिए मैंने कांग्रेस का दफ़्तर ही रख लिया है। यह घर में तो चरखा चलाता हूँ, खुदा की इबादत करता हूँ, और बीवी-बच्चों का पेट भरने की फ़िक्र करता हूँ। लोग-बाग यहाँ इकट्ठा हों तो उनकी ख़ातिर-तवाज़ा करनी पड़े।" फ़रहतुल्ला मुस्कराए, "मेरे यहाँ का पान खाने से अगर कोई गुरेज़ न हो तो हाज़िर है !" यह कहकर उन्होंने गिलौरीदान उन दोनों की तरफ़ बढ़ाया।

पान लेते हुए गंगाप्रसाद ने कहा, "फ़रहतुल्ला साहेब, मुझे मातबर लोगों से ख़बरें मिली हैं कि यहाँ कुछ गुंडे कल की मीटिंग के बाद लूट-मार की तैयारी कर रहे हैं। इसलिए मुझे आपके यहाँ आना पड़ा।"

एक हल्के व्यंग्य के साथ फ़रहतुल्ला ने उत्तर दिया, "तो फिर दफ़ा एक सौ चवालीस लगा दीजिए, क़िस्सा पाक !"

गंगाप्रसाद ने कुछ तैश में आकर कहा, "अगर मेरे बस में होता तो मैं ज़रूर दफ़ा एक सौ चवालीस लगा देता। लेकिन बदक़िस्मती यह है कि कलक्टर साहेब दफ़ा एक सौ चवालीस लगाने को राज़ी नहीं होते। उनका कहना है कि जब तक कोई हंगामा न हो, तब तक यह दफ़ा लगाना ग़लत होगा।"

"कलक्टर साहेब ने ठीक ही कहा है मेहरबान ! मुझे भी आपसे यही अर्ज़ करना है कि आपके पास पुलिस है और पुलिस के पास बन्दूक़ें हैं। ऐसी हालत में लूट-मार कैसे हो सकती है, यह मेरी समझ में नहीं आता। और फिर जहाँ तक हम लोगों का सवाल है, हम लोग तो गांधीजी की अहिंसा के क़ायल हैं।"

"जी हाँ, इसीलिए मैं आपके पास आया हूँ। वैसे मैंने इस लूट-मार को रोकने का पूरा इन्तज़ाम कर लिया है, लेकिन इस तरह की कोई सूरत ही क्यों पैदा हो फ़रहतुल्ला साहेब ! लोग-बाग जिस तरह की भड़कानेवाली तक़रीरें देते घूम रहे हैं, नफ़रत और हिंसा का माहौल बनाया जा रहा है, उससे मैं आपको आगाह करना चाहता था।"

फ़रहतुल्ला ने भरपूर नज़र से गंगाप्रसाद से पूछा, "माफ़ कीजिएगा, अगर आपसे एक सवाल मैं पूछूँ ?"

"हाँ-हाँ बड़ी खुशी से !"

"लोगों का कुछ ऐसा ख़याल है कि सरकार कुछ लोगों को दंगा कराने के लिए उकसा रही है। उनका यह क़यास कहाँ तक ठीक है ?"

"देखिए फ़रहतुल्ला साहेब, मुझे इस बात का कोई इल्म नहीं है। लेकिन सरकारी काम-काज भी कुछ अजीब क़िस्म का होता है। वहाँ एक हाथ क्या करता है, दूसरे हाथ को इसका पता नहीं रहता। बहरहाल जहाँ तक मेरा सवाल है, मुझे इस बात का कोई इल्म नहीं है। अगर ऐसा कुछ हो रहा होगा तो पुलिस-विभाग द्वारा हो रहा होगा। और चूँकि पुलिस में ज़्यादातर मुसलमान हैं, इसलिए..."

फ़रहतुल्ला ने बात काटी, "आप हमेशा हिन्दू-मुसलमान का सवाल उठा देते हैं बाबू गंगाप्रसाद साहेब ! यह ग़लत नज़रिया है। हमें इस हिन्दू-मुलसमान के सवाल को भूल जाना चाहिए।"

"कैसे भूल जाऊँ इस सवाल को फ़रहतुल्ला साहेब ! मलाबार में मोपलों ने जो कुछ किया है या कर रहे हैं, वह किसी से छिपा तो नहीं है।"

"मुझे उस पर अफ़सोस है," फ़रहतुल्ला ने करुण मुद्रा में कहा, "मैं कहता हूँ कि वह फ़िसाद ब्रिटिश हुकूमत ने कराया है।"

"तो अंग्रेज़ों का क़त्ल भी मलाबार में ब्रिटिश हुकूमत ने ही कराया है ! नहीं फ़रहतुल्ला साहेब, इन सब थोथी दलीलों से काम नहीं चलता। मैं जो आपके पास आया हूँ वह इसलिए कि मुझे आपकी नेकी व ईमानदारी पर पूरा-पूरा भरोसा है—मुसलमान की हैसियत से नहीं, बल्कि इनसान की हैसियत से ! इस मीटिंग की ज़िम्मेदारी मैं आप पर ही छोड़ता हूँ। मीटिंग से मैं पुलिस को दूर ही रखूँगा। आपको यह ज़िम्मेदारी उठानी पड़ेगी !"

"बहुत अच्छा मेहरबान, सारी ज़िम्मेदारी मुझ पर है। अब तो आप खुश हैं !"

दूसरे दिन सुबह से ही दूर-दूर देहातों के लोगों का जौनपुर आना आरम्भ हो गया। शहर-भर में बड़ी सरगर्मी फैल गई। लोगों में एक अजीब उत्साह था, उमंग थी। कलक्टर के पास तरह-तरह की ख़बरें पहुँचने लगीं। घोड़े पर सवार होकर कलक्टर खुद शहर का चक्कर लगाने निकल पड़ा। कुछ लोगों ने उसे देखकर आवाज़ें भी कसीं। घर पर लौटकर कलक्टर ने गंगाप्रसाद को बुलवाया। गंगाप्रसाद जिस समय कलक्टर के यहाँ पहुँचा, वह दोपहर का भोजन करके कमरे में बैठा गंगाप्रसाद की प्रतीक्षा कर रहा था। उसने गंगाप्रसाद को देखते ही कहा, "मिस्टर गंगाप्रसाद, तुम ठीक कहते थे। आज शहर में जितनी भीड़ और जितनी उत्तेजना है, उसे देखकर तो मैं इसी नतीजे पर पहुँचा हूँ कि शहर में दफ़ा एक सौ चवालीस लगा दी जाए।"

गंगप्रसाद चक्कर में पड़ गया, "सर, इस वक़्त तीन बज रहे हैं। पाँच बजे से मीटिंग है। इस मीटिंग में कोई गड़बड़ी नहीं होने पाएगी। मैंने पूरा इन्तज़ाम कर लिया है।"

कलक्टर ने सिर हिलाकर कहा, "नहीं मिस्टर गंगाप्रसाद, हम कोई ख़तरा नहीं मोल ले सकते। मैं ऑर्डर लिखे देता हूँ, तुम इसकी डोंडी पिटवा दो ! मैंने कप्तान साहेब से कह दिया है, शहर-भर में सशस्त्र पुलिस की गश्त शुरू हो जाएगी।"

गंगाप्रसाद को क्षोभ और अपमान का घूँट पी जाना पड़ा। हुक्म उसके पास था और हुक्म उसको मानना ही था। कलक्टर के बँगले से निकलकर उसने सरकारी कार्रवाई की, और फिर वह सीधा कांग्रेस के दफ़्तर में पहुँचा। फ़रहतुल्ला सिर झुकाए बैठे थे और क़रीब सात-आठ आदमी उन्हें भला-बुरा कह रहे थे। गंगाप्रसाद को आते हुए देखकर सब लोग चुप हो गए। फ़रहतुल्ला ने उठकर कहा, "डुग्गी पर सरकार का ऐलान मैंने सुन लिया है डिप्टी साहेब ! मैंने तो आपसे वादा कर ही लिया कि दंगा-फ़िसाद नहीं होने पाएगा। इसके बावजूद यह दफ़ा एक सौ चवालीस लगा दी गई।"

इससे पहले कि गंगाप्रसाद कुछ कहता, एक आदमी ने कहा, "सभा तो होगी ही; हमें सरकार के हुक्म की परवाह नहीं है।"

फ़रहतुल्ला ने उस आदमी की हामी भरी, "हाँ, मीटिंग तो होगी ही। यह क्यों कहने को रह जाए कि जौनपुर में लाठियाँ नहीं चलीं, लोगों पर ज़्यादतियाँ नहीं हुईं !"

अब गंगाप्रसाद को बोलना पड़ा, "फ़रहतुल्ला साहेब, आज की मीटिंग में दंगे-फ़िसाद का ख़तरा है, कलक्टर साहेब ऐसा समझते हैं।"

"तब नहीं तो अब दंगा-फ़िसाद होगा। इस साले कलक्टर की क्या मज़ाल !" दूसरे आदमी ने कहा। लेकिन फ़रहतुल्ला ने उसे टोका, "नहीं शिवचरणसिंह, गांधीजी का रास्ता अहिंसा और असहयोग का है। इस तरह की बात नहीं करनी चाहिए।"

शिवचरणसिंह उबल पड़ा, "क्यों नहीं करनी चाहिए ? तुम बुज़दिल हो तो क्या, हम ईंट-से-ईंट बजाकर रख देंगे इस ब्रिटिश हुकूमत की ! समझ क्या रखा है इन्होंने ! सभा तो होकर ही रहेगी डिप्टी साहेब !"

गंगाप्रसाद ने उन लोगों से आगे कोई बात नहीं की और वह तेज़ी से चला आया।

मीटिंग के समय क़रीब पचास पुलिसवालों को लेकर गंगाप्रसाद अटाला मस्जिद पहुँचा। वहाँ कोई चार-पाँच सौ आदमियों की भीड़ थी और फ़रहतुल्ला पाँच-छह आदमियों के साथ मंच पर बैठे थे। गंगाप्रसाद के वहाँ पहुँचते ही फ़रहतुल्ला ने व्याख्यान देना शुरू किया। गंगाप्रसाद ने उसी समय फ़रहतुल्ला और उसके छह साथियों को गिरफ़्तार कर लिया।

इधर गिरफ़्तारियाँ हो रही थीं और उधर मस्जिद से 'अल्लाहो अकबर !' 'खिलाफ़त ज़िन्दाबाद' के नारों के साथ ईंटों की बौछार शुरू हुई। पुलिस का दस्ता सब-इन्स्पेक्टर सिकन्दर ख़ाँ की मातहती में था। गंगाप्रसाद ने सिकन्दर ख़ाँ से कहा, "मस्जिद के अन्दर घुसकर ईंटें फेंकनेवालों को गिरफ़्तार करो !"

सिकन्दर खाँ ने मस्जिद के अन्दर घुसने से इनकार कर दिया। अन्य मुसलमान पुलिसवालों ने भी सिकन्दर खाँ की बात को ही दुहराया। गंगाप्रसाद को क्रोध आ गया और उसने हवलादार शिवलाल से कहा, "तुम हिन्दू-कान्स्टेबलों को लेकर इन लोगों को

गिरफ़्तार करो, मेरा हुक्म है !"

इसी समय फ़रहतुल्ला ने कहा, "डिप्टी साहेब, इस मामले को आप हिन्दू-मुसलमान का मामला न बनने दें, नहीं तो गज़ब हो जाएगा। मैं अभी मस्जिद के अन्दर जो लोग हैं उन्हें बाहर बुलाकर लाता हूँ। यहीं गिरफ़्तार कर लीजिएगा उन्हें।" यह कहकर फ़रहतुल्ला मस्जिद के अन्दर चले गए। क़रीब दस मिनट बाद वह बाहर निकले। उसके साथ पाँच आदमी थे, "लीजिए, इन्हें गिरफ़्तार कर लीजिए। बहुत-बहुत शुक्रिया जो आपने मेरी बात मान ली !"

इस कांड के बाद जब गंगाप्रसाद घर लौटा, तो उसके अन्दर पराजय की एक अस्पष्ट भावना थी।

5

नवल गा रहा था, "कह रहे हैं कराची के क़ैदी, हम तो जाते हैं दो-दो बरस को ?" और उस पर विद्या ने तुतलाते हुए कहा, "बोलीं अम्मा मुहम्मद अली की," इससे आगेवाला मिसरा वह भूल गई थी। लेकिन नवल ने उसे पूरा किया, "जान बेटा ख़िलाफ़त पै दे दो !"

ज्ञानप्रकाश कांग्रेस-कमेटी के दफ़्तर जाने के लिए कपड़े पहनकर निकल रहा था। उसने हँसते हुए नवल को एक हल्की-सी चपत लगाई, "बाप ज्वाइंट मजिस्ट्रेट हो गए हैं और बेटा बग़ावत के गीत गा रहा है !" तभी विद्या दौड़ती हुई आई और ज्ञानप्रकाश के पैरों से लिपट गई, "बाबा, वह गुड़िया लाना न भूलिएगा ! परसों पड़ोस की मालती की गुड़िया का ब्याह है, मैं भी अपनी गुड़िया का ब्याह करूँगी।"

इसी समय ज्वालाप्रसाद पूजा समाप्त करके उठे। ज्ञानप्रकाश को जाने के लिए तैयार देखकर ज्वालाप्रसाद ने कहा, "अरे, आज इतनी जल्दी चल दिए, अभी तो दस ही बजे हैं। क्या बात है ?"

"बात क्या बताऊँ भैया, सुना है सरकार कांग्रेस स्वयंसेवक दल को ग़ैर-क़ानूनी करार देनेवाली है। इस पर विचार करना है हम लोगों को। इसके अलावा इस कांग्रेस के मूवमेंट को किस तरह आगे बढ़ाया जाए, इस पर भी सोचना है।"

ज्वालाप्रसाद ने बैठते हुए पूछा, "कब तक चलेगा यह आन्दोलन तुम्हारा?"

"अभी तो आरम्भ ही हुआ है। आप यह समझिए भैया कि यह इस आन्दोलन का पहला दौर है। और आज सरकार की जेलें भरी हुई हैं। सरकार जितना इस आन्दोलन

को दबाने का प्रयत्न कर रही है, उतना ही यह आन्दोलन बढ़ता जा रहा है।"

ज्वालाप्रसाद ने यह स्वीकार किया, "हाँ, आन्दोलन चल तो रहा है तुम्हारा, लेकिन तुम्हारे इस आन्दोलन को मुसलमानों से बहुत बड़ा बल मिला है। मैं मान गया महात्मा गांधी की सूझ को ! अली-भाइयों की गिरफ़्तारी से तो जैसे देश में आग ही लग गई है।"

"जी हाँ, जनता बड़ी तेज़ी के साथ जाग रही है।" ज्ञानप्रकाश ने उत्तर दिया।

इसी बीच गंगाप्रसाद आकर चुपचाप एक ओर बैठ गया था। उससे न रहा गया, "चचा, जनता न जाग रही है, और न सो रही है। कुछ थोड़े-से आदमी, जो असन्तुष्ट हैं, वही इस आन्दोलन में हैं। मुझे तो ऐसा दिखता है कि अब इस आन्दोलन के ख़त्म होने का वक़्त आ रहा है। कांग्रेस स्वयंसेवक दल समाप्त होनेवाला है; जेल जानेवाले वालंटियरों की भरती ख़त्म समझिए। और जो यह आग लगी आपको दिखाई दे रही है, यह तो ब्रिटिश सरकार के हक़ में है। इस आग से जनता हिंसा पर उतर आएगी। और जहाँ जनता हिंसा पर उतरी, यह आन्दोलन पूरी तरह कुचलकर रख दिया जाएगा।"

गंगाप्रसाद घूमकर बाहर से लौटा था। उसका तबादला जौनपुर से कानपुर हो गया था—स्थानापन्न ज्वाइंट मजिस्ट्रेट की हैसियत से। किसी हिन्दुस्तानी का कानपुर का ज्वाइंट मजिस्ट्रेट बना दिया जाना—स्थानापन्न ही सही—बहुत बड़ी बात थी। इसका बहुत बड़ा कारण यह था कि जौनपुर में गंगाप्रसाद ने इस आन्दोलन को दबाने में बहुत बड़ी सफलता प्राप्त की थी। कानपुर से कांग्रेस को रुपयों की बहुत काफ़ी सहायता मिल रही थी, इसलिए गंगाप्रसाद को ही ऐसा समझा गया था जो कानपुर में इस आन्दोलन की जड़ खोद सकेगा। गंगाप्रसाद कानपुर जा रहा था चार्ज लेने के लिए। कानपुर में जब तक ठीक तरह से व्यवस्था न हो जाए, तब तक के लिए गंगाप्रसाद का परिवार इलाहाबाद चला आया था।

ज्ञानप्रकाश ने गंगाप्रसाद से पूछा, "तो तुम मिल आए कमिश्नर से ? क्या बातचीत हुई ?"

गंगाप्रसाद ने मुस्कराते हुए उत्तर दिया, "कमिश्नर से बातचीत ! दमन-दमन-दमन ! ब्रिटिश सरकार को यहाँ हर हालत में क़ायम रहना है और इसलिए इस आन्दोलन को कुचलना है। आज शाम की गाड़ी से मुझे चला जाना है; कल कानपुर में चार्ज लूँगा। यह जो लाखों रुपया कानपुर से आन्दोलन को मिल रहा है, उसे रोकने के उपायों में भी मुझे मदद देनी है।"

ज्ञानप्रकाश ने चिन्तित स्वर में कहा, "गंगा, मेरी एक बात मानोगे ?"

"चचा, जहाँ तक राजनीति का मामला है, वह मेरा सरकारी पक्ष है; वहाँ मुझसे किसी भी बात को मनवाने की कोशिश न करना।"

ज्ञानप्रकाश ने फिर दूसरा शब्द नहीं कहा। वह बैठकर चुपचाप सोचने लगा। लेकिन यह स्पष्ट था कि गंगाप्रसाद से उसे इस प्रकार के उत्तर की आशा न थी। उसकी आँखों में गहरी उदासी भर गई थी।

गंगाप्रसाद मकान के अन्दर चला गया; उसे उसी दिन जाने की तैयारी करनी थी। ज्वालाप्रसाद भी अपने पुत्र के पीछे-पीछे चले गए। नवल, जो एक कोने में चुपचाप खड़ा यह सब देख रहा था, ज्ञानप्रकाश के पास आया, "बाबा, बड़े होकर हम भी जेल जाएँगे, आप उदास न हों, भारतमाता की जय !"

ज्ञानप्रकाश मुस्कराया, "नहीं बेटा, मैं उदास नहीं हूँ। भगवान ने चाहा तो तुम्हें जेल जाने की ज़रूरत ही नहीं पड़ेगी। तुम लोग ही भारत की स्वतंत्रता का सुख भोगेगे ! अच्छा, अब तुम्हारे स्कूल जाने का समय हो रहा है।"

नवल और विद्या लड़ते-झगड़ते मकान के अन्दर चले गए और ज्ञानप्रकाश चुपचाप बैठा हुआ कुछ सोचता रहा—जैसे वह किसी की प्रतीक्षा कर रहा हो। इसी समय पोर्टिको के नीचे एक ताँगा रुका। पंडित जयनाथ पांडे के साथ एक युवक उस ताँगे से उतरा। ज्ञानप्रकाश ने बरामदे में निकलकर इन दोनों का स्वागत किया, "आइए पांडेजी, बड़ी देर लगा दी आपने !"

"जी हाँ, इन्हें ढूँढ़ने में काफ़ी देर लग गई। यही हैं श्री गेंदालालजी, जिनकी बाबत मैंने आपसे कहा था। इस साल इन्होंने एफ.ए. पास किया है। ये चमड़े का कारखाना खोलना चाहते हैं।"

गेंदालाल ने झुककर ज्ञानप्रकाश को सलाम किया। सलाम का उत्तर देते हुए ज्ञानप्रकाश ने कहा, "आइए आप लोग कमरे में।"

गेंदालाल धोती, कमीज़ और खुले गले का कोट पहने था। मँझोले क़द और गठे बदन का युवक, चेहरा गोल, मुँहासों से भरा हुआ, और रंग साँवला ! वह सिर पर पगड़ी बाँधे हुए था। उसकी अवस्था लगभग पच्चीस-छब्बीस साल की रही होगी। उसने कुछ हिचकिचाते हुए ड्राइंग-रूम में प्रवेश किया। जयनाथ और ज्ञानप्रकाश बैठ गए, लेकिन गेंदालाल खड़ा ही रहा, जैसे उसे बैठने की हिम्मत नहीं हो रही थी। ज्ञानप्रकाश ने कहा, "बैठिए गेंदालालजी, आप खड़े क्यों हैं ?"

"जी, ठीक है। खड़े रहने में मुझे तकलीफ़ नहीं हो रही है। पंडितजी मुझे ताँगे पर बिठाकर ले आए, वैसे मैं पैदल ही चला करता हूँ।"

ज्ञानप्रकाश ने उठकर गेंदालाल का हाथ पकड़ा, "अरे बैठिए भी ! किसी बात का ख़याल न कीजिए ! हम लोग यह छुआछूत का भेद-भाव मिटा चुके हैं। महात्मा गांधी ने इस बात का बीड़ा उठा लिया है।"

जयनाथ पांडे ने कहा, "स्वामी दयानन्द ने यह शुरू किया था, क्यों ज्ञानप्रकाश, लेकिन अब जाकर कहीं उनका काम ठीक तौर से आगे बढ़ रहा है। तो बैठो भी गेंदालाल, हम सब बराबर हैं !"

गेंदालाल सिकुड़ा-सा एक कुरसी पर बैठ गया। फिर कुछ सोचकर बोला, "कहिए, क्या कहना है आपको ?"

ज्ञानप्रकाश ने पूछा, "मैंने सुना है आप चमड़े का कारखाना खोल रहे हैं विलायती ढंग से !"

"जी, खोल तो क्या रहा हूँ, खोलने की कोशिश ज़रूर कर रहा हूँ। लेकिन पैसे की कमी है। सरकार को लिखे हुए भी साल-भर हो गया है। इधर-उधर से क़र्ज़ माँगा तो लम्बा सूद माँग रहे हैं; और उस पर मुनाफ़े में आधा साझा !"

जयनाथ पांडे ने कहा, "और शर्तें ऐसी कि जहाँ कारखाना चलने लगे वहीं रुपया लगानेवाला मालिक बन जाए और गेंदालालजी बाहर कर दिए जाएँ कारखाने से; या फिर वहाँ नौकरी करें। क्यों गेंदालाल, मैं ठीक कह रहा हूँ न ! तो मैंने इनसे कहा कि अभी कारखाने का ख़याल छोड़ दें !"

"हाँ पंडितजी, ख़याल तो छोड़ रहा हूँ। कभी-कभी दिल में कसक उठ पड़ती है। विलायती चमड़े से अच्छा चमड़ा हम तैयार कर सकते हैं, लेकिन मौक़ा तो दिया जाए हमें। हर जगह अन्धेरखाता चल रहा है।"

अब ज्ञानप्रकाश बोला, "गेंदालालजी, इस आन्दोलन के बारे में आपका क्या ख़्याल है ?"

"जी, यह आन्दोलन ! इसके बारे में भला मेरा क्या ख़याल हो सकता है ? ये सब तो आप लोगों की चीज़ें हैं। हम अछूतों को भला इस सबसे क्या करना ? हमें तो जनम-जनम तक आप लोगों की गुलामी ही करनी है।"

ज्ञानप्रकाश ने स्पष्ट रूप से यह अनुभव किया कि गेंदालाल के स्वर में एक प्रकार की कटुता है। उसने कहा, "नहीं गेंदालालजी, आप अपने को अछूत न कहिए। हम सवर्णों ने मनुष्य का जो गला घोंटा है, आप लोगों पर जो अत्याचार किया है, उसका दुष्परिणाम हमने हज़ार वर्ष की गुलामी में भोगा...और आज तो हमारे देश का बच्चा-बच्चा अपमानित और अछूत है।"

गेंदालाल मानो ज्ञानप्रकाश की बात नहीं समझा, और वह समझना भी नहीं चाहता था। उसने कहा, "जी, जी, आपने मुझे क्यों बुलाया है ?"

"गेंदालालजी, देश में इतना बड़ा आन्दोलन चल रहा है, यह तो आप जानते ही हैं। इस आन्दोलन में आप योग क्यों नहीं देते ?"

"कैसा आन्दोलन और कैसा योग ?" गेंदालाल ने पूछा, "कुछ हो रहा है ऐसा तो हम लोगों को दिखता है। लेकिन यह कुछ क्या है, न कभी हमें यह समझाया गया है और न हमने कभी समझा है...और शायद हमारी समझ में यह आएगा भी नहीं और भला हमारी समझ में आए भी कैसे ? पढ़े-लिखे हम लोग हैं नहीं। और मुझे तो ऐसा लगता है कि हमारे पढ़ने-लिखने से भी क्या होता है ! मैं ही पढ़-लिख गया हूँ, लेकिन कहीं नौकरी नहीं मिलती। जब लोग मुझे छूने को तैयार नहीं हैं तब भला वे मुझे दफ़्तर में अपने साथ क्यों बैठने देंगे ? वह तो कहिए मिशन स्कूल था, इसलिए किसी की चली नहीं; नहीं तो लोग मुझे पढ़ने भी न देते।"

इसी समय गंगाप्रसाद कमरे में आ गया। वह कोट-पैंट पहने था, टाई बँधी हुई थी। गेंदालाल सकपकाकर उठ खड़ा हुआ तथा उसने झुककर गंगाप्रसाद को सलाम किया। गंगाप्रसाद ने सिर हिलाकर अभिवादन का उत्तर देते हुए कहा, "बैठो ! खड़े होने

की क्या ज़रूरत है !"

गेंदालाल फिर चुपचाप सिकुड़कर बैठ गया। अब ज्ञानप्रकाश ने गंगाप्रसाद से कहा, "यह हैं श्री गेंदालाल, एफ.ए. पास हैं। चमड़े का कारखाना खोलना चाहते हैं, क्योंकि जाति के चर्मकार हैं !"

एकाएक गंगाप्रसाद भड़क उठा, "चमार ! तुम यहाँ इस कमरे में कैसे घुस आए ? निकलो यहाँ से, निकलो।"

ज्ञानप्रकाश ने ये कल्पना भी न की थी कि गंगाप्रसाद पर इस प्रकार की प्रतिक्रिया होगी। उसने गंगाप्रसाद का हाथ पकड़कर कहा, "यह क्या बक रहे हो गंगा ? मैंने इनको बुलाया है, इनसे बात करने के लिए। इस आन्दोलन में हमारे देश के अछूतों का कोई योग नहीं है और देश में अछूतों की कुल संख्या करीब छह करोड़ है। इन लोगों का सहयोग हमें चाहिए ही !"

ज्ञानप्रकाश की बात गेंदालाल ने काटी, जो उठकर खड़ा हो गया था, "जी, अभी सहयोग लीजिए, और फिर हम लोगों को ख़त्म करके रख दीजिए ! जहाँ बैठने का अधिकार भी लोग हमें न दें, वहाँ बातचीत ही क्या होगी ? आन्दोलन कीजिए, स्वराज्य लीजिए, लेकिन हम लोगों को ज़िन्दा रहने दीजिए ! हम लोग तो आप लोगों की गुलामी करने के लिए ही पैदा हुए हैं !" और गेंदालाल बिना किसी उत्तर की प्रतीक्षा किए कमरे से बाहर निकल गया।

गेंदालाल के जाने के बाद ज्ञानप्रकाश ने गंगाप्रसाद से कहा, "मैंने समझा था बरखुरदार कि तुम नए युग के आदमी हो—पढ़े-लिखे, उदार-वृत्ति के, और तुम तो यह सब न करोगे, लेकिन देख रहा हूँ कि मैंने ग़लती की। लेकिन इन छह करोड़ अछूतों को हम नहीं खो सकते !"

गेंदालाल के जाते ही गंगाप्रसाद ने अनुभव किया कि उससे अनुचित काम हो गया है। लेकिन अपने औचित्य को स्थापित करना जैसे उसका परम कर्तव्य बन गया हो, यह सोचकर उसने कहा, "जी, यह पाँच-छह करोड़ अछूत और क़रीब सात-आठ करोड़ मुसलमान ! तो कुल होते हैं तेरह-चौदह करोड़ आदमी। तो चचा, जब आप लोग इन तेरह-चौदह करोड़ आदमियों की समस्या सुलझा लें तभी स्वराज्य की बात सोचिएगा। मुझे न तो स्वराज्य लेना है और न इन लोगों की समस्याएँ सुलझानी हैं; मैं तो आज शाम की गाड़ी से कानपुर जा रहा हूँ।"

जयनाथ पांडे भी उठ खड़े हुए। उन्होंने ज्ञानप्रकाश से कहा, "आप गेंदालाल की चिन्ता न कीजिए, वह अपना आदमी है।" फिर उसने गंगाप्रसाद से कहा, "बाबू गंगाप्रसाद, मुसलमानों की समस्या तो हम लोगों ने हल कर ली है, और अछूतों की समस्या अभी हमारे सामने जिस रूप में भी है उसे हल करने का बीड़ा महात्मा गांधी ने उठा लिया है। अभी-अभी गेंदालाल यहाँ से चला गया है तो आप समझते हैं कि अछूत हमसे अलग हैं; लेकिन वह जाने नहीं पाएगा; वह हमारा आदमी है, हमारा साथ देगा।"

गंगाप्रसाद पर जयनाथ की बात का कोई असर हुआ या नहीं, यह कहना कठिन

है। जयनाथ के जाने के बाद गंगाप्रसाद ने ज्ञानप्रकाश से कहा, "चचा, आपका यह आन्दोलन सफल नहीं होगा, इतना मैं आपसे कह सकता हूँ। स्वतन्त्रता प्राप्त करने योग्य बनने में भी हमारे देश को सैकड़ों वर्ष लगेंगे। और फिर आप यह न मानेंगे कि स्वतन्त्रता और समता की नवीन चेतना अंग्रेज़ों से और अंग्रेज़ी शिक्षा से ही प्राप्त हो रही है। तो पहले हमें यह शिक्षा पूरी तौर से हासिल करनी पड़ेगी, तब कहीं हम स्वतन्त्रता पर सोच सकेंगे। जहाँ तक इस आन्दोलन का ढंग है, वह बिना किसी ठोस योजना के और बिना किसी तैयारी के चला दिया गया है, इसलिए इसकी नाकामयाबी तय है।"

ज्ञानप्रकाश ने गंगाप्रसाद की इस बात का कोई उत्तर नहीं दिया। सम्भवतः वह किसी विवाद के मूड में नहीं था। उसने कहा, "तो आज शाम को तुम्हारा जाना तय हो गया है। लेकिन गंगा, इस बात की कोशिश करना कि तुम्हारे दिल में इस आन्दोलन के लिए कुछ हमदर्दी जगे।"

गंगाप्रसाद ने कानपुर पहुँचने के दूसरे दिन ही चार्ज ले लिया।

सरदी तेज़ पड़ने लगी थी। गंगाप्रसाद ने अनुभव किया कि उसे एक नए ऊनी सूट की आवश्यकता है। कानपुर आने के बाद उसका सामाजिक सम्पर्क भी बढ़ गया था। कानपुर में अनेक मिलें होने के कारण वहाँ काफ़ी अधिक संख्या में अंग्रेज़ रहते थे, जिनसे उसे मिलना-जुलना पड़ता था। उसका बँगला सिविल लाइन्स में था और नवल को उसने कानवेंट में दाख़िल करा दिया था। उस दिन कचहरी का काम समाप्त करके वहाँ से सीधा शहर की तरफ़ कपड़ा लेने के लिए चल पड़ा।

उसका ताँगा मेस्टन रोड पर कुछ थोड़ी दूर तक ही गया होगा कि उसे रुक जाना पड़ा, क्योंकि सड़क पर उसके आगे-आगे एक बहुत बड़ा कांग्रेस का जुलूस चल रहा था और सड़क पर भीड़ ठसाठस भरी हुई थी। गंगाप्रसाद ताँगे से उतर पड़ा। उसने अपने कोचवान से कहा, "रास्ता साफ़ हो जाने पर तुम ताँगा बादशाही नाके पर लाकर खड़ा कर देना ! मैं पैदल ही इस जुलूस के पीछे-पीछे चल रहा हूँ। बजाजा नज़दीक ही तो है।"

मूलगंज के चौराहे पर यह जुलूस रुका। बीच चौराहे पर विदेशी कपड़ों का ढेर लगाया गया। कपड़ों के साथ लकड़ी का कुछ सामान लोग इधर-उधर से बटोर लाए थे ताकि आग अच्छी तरह जल सके। फिर लोगों ने जोश से भरे हुए व्याख्यान दिए। व्याख्यानों के बाद इस विदेशी कपड़ों के ढेर में आग लगा दी गई। आग लगते ही एक ऊँची-सी लपट निकली, क्योंकि कुछ कपड़ों को मिट्टी के तेल में डुबो दिया गया था। उस लपट के निकलते ही लोगों ने 'महात्मा गांधी की जय' और 'भारतमाता की जय' के नारे लगाए।

लोग लौटने लगे। इतने में एक कांग्रेस स्वयंसेवक की नज़र गंगाप्रसाद पर पड़ी, "अरे, यह तो सिर से पैर तक विलायती कपड़े पहने हुए हैं। तो महाशयजी, एक कपड़ा,

चाहे रूमाल हो, चाहे टाई हो, बस एक ही कपड़ा आप भी दे दीजिए ! इस पुण्य काम में हाथ बँटाना भारत-माता के हर सुपुत्र का धर्म है !"

गंगाप्रसाद ने उस आदमी को अंग्रेज़ी में भद्दी-सी गाली दी और वहाँ से तेज़ी से लुहाई की ओर चल दिया। वह सड़क भरी हुई थी, और लोग टोलियों में खड़े हुए बातें कर रहे थे। बादशाही नाके पर पहुँचकर उसने बजाजे में प्रवेश किया। कानपुर का बजाजा उस समय प्रायः उजड़ा-सा पड़ा था। दुकानदार हाथ-पर-हाथ धरे बैठे थे। गंगाप्रसाद एक ऊनी कपड़े की दुकान पर पहुँचा, "कोई अच्छी-सी सर्ज दिखाइए !"

दुकानदार ने लाल इमली की सर्ज के कुछ थान गंगाप्रसाद के सामने रख दिए। गंगाप्रसाद ने उन कपड़ों को देखते हुए कहा, "नहीं, विलायती सर्ज के थान निकालो; इन कपड़ों से काम नहीं चलेगा !"

दुकानदार मुस्कराया। वह गंगाप्रसाद को नहीं पहचानता था। उसने कहा, "बाबू साहेब, स्वदेशी का नारा सुन रहे हैं आप ! विलायती माल है तो मेरे पास; ठंडी सड़क की अंग्रेज़ी दुकानों पर भी इतना अच्छा माल नहीं मिलेगा। लेकिन दिखाता इसलिए नहीं हूँ कि लोग-बाग विलायती कपड़ों की होली करने पर उतर आए हैं। भला इस बाज़ार में विलायती सर्ज को कौन पूछेगा !"

गंगाप्रसाद को एक नई बात का पता चला। तो फिर असहयोग-आन्दोलन इतना प्रभावहीन नहीं है जितना उसने समझ रखा था। उसने पूछा, "विलायती कपड़ों की दुकानों पर अभी धरना तो नहीं दिया जा रहा है ?"

मुँह बनाते हुए उस दुकानदार ने कहा, "जी अभी तो नहीं, लेकिन जल्दी ही यह काम भी शुरू होनेवाला है। इसीलिए विलायती माल यहाँ से धीरे-धीरे हटवा रहे हैं हम लोग। ये दस-पाँच थान हैं मेरे पास यहाँ दुकान में; बाक़ी घर पर हैं। क्या करूँ, मजबूरी है। देखिए न, देसी मिलों में काफ़ी कपड़ा नहीं बनता है। इसके अलावा विलायती कपड़ों का क्या मुक़ाबला करेगा यह देसी मिलों का मोटा कपड़ा ? चलिए, इस स्वदेशी-आन्दोलन से इन देसी मिलों के भाग्य तो चमकते दिखाई देते हैं !"

गंगाप्रसाद कपड़ा ख़रीदकर जिस समय घर की ओर चला, बाज़ार से भीड़ छँट गई थी। घर पर पहुँचते ही उसे कलक्टर का सन्देशा मिला कि वह सुबह सात बजे कलक्टर से उनके बँगले पर मिले—कुछ आवश्यक परामर्श करना था उन्हें।

जिस समय गंगाप्रसाद कलक्टर के यहाँ पहुँचा, कलक्टर बरामदे में बैठा चाय पी रहा था। गंगाप्रसाद के लिए चाय का प्याला बनाते हुए उसने कहा, "मिस्टर गंगाप्रसाद, बहुत गम्भीर ख़बर है। कल बम्बई में युवराज के आने पर पुलिस को भीड़ पर गोली चलानी पड़ गई।"

गंगाप्रसाद चौंक पड़ा, "भीड़ पर गोली चलानी पड़ गई ! यह तो बहुत बुरा हुआ। युवराज ने क्या सोचा होगा ?"

कलक्टर ने कहा, "युवराज ने क्या सोचा होगा, इससे अधिक महत्त्वपूर्ण तो यह है कि आन्दोलन इतना अधिक कैसे बढ़ गया। युवराज के आगमन का बायकाट होगा,

यह तो हम लोग जानते थे; लेकिन यह बायकाट इतना उग्र और हिंसात्मक रूप धारण कर लेगा, इसकी कल्पना हम लोगों ने नहीं की थी। यहाँ शहर के क्या हाल-चाल हैं, कुछ पता है आपको ?"

"हालत तो कानपुर शहर की भी बहुत अच्छी नहीं है। कल शाम कुछ कपड़ा ख़रीदने के लिए मैं शहर की तरफ़ चला गया था। मूलगंज के चौराहे पर विदेशी कपड़ों की होली जलाई गई, बड़े उत्तेजनापूर्ण भाषण दिए गए। बाज़ार में एक तरह की घबराहट-सी है; लोग अपनी-अपनी दुकानों से विलायती कपड़ा हटा रहे हैं। कौन जाने, कब क्या हो जाए ! विलायती कपड़ा बाज़ार में दिखता नहीं। यह स्वदेशी का आन्दोजन ज़ोर पकड़ रहा है। मुझे ऐसा लगता है कि बहुत जल्दी विलायती कपड़ों की दुकानों पर धरना दिया जाएगा।"

"ऐसी बात है !" कलक्टर कुछ चिन्तित स्वर में बोला, "मिस्टर गंगाप्रसाद, सरकार की ओर से हमें आदेश मिला है कि हम लोग सतर्क रहें। युवराज मद्रास होकर कलकत्ता जा रहे हैं और पच्चीस दिसम्बर को कलकत्ता पहुँचकर बड़ा दिन मनाएँगे। गवर्नर जनरल भी उन दिनों वहीं होंगे। जनवरी में युवराज का दौरा भारत में होगा। यहाँ बम्बई की-सी घटनाएँ न होने पाएँ, इसके लिए हमें अभी से सावधान होना पड़ेगा और पूरी तैयारी करनी पड़ेगी।"

"जी हाँ, यह तो ठीक ही है, लेकिन इस तैयारी का रूप क्या होगा ?" गंगाप्रसाद ने पूछा।

"मेरा ऐसा ख़याल है कि कांग्रेस के नेताओं और प्रमुख कार्यकर्ताओं की एक सूची हमें तैयार कर लेनी चाहिए। दिसम्बर के अन्तिम सप्ताह में इन सब लोगों को गिरफ्तार कर लेना होगा। और जो यह कांग्रेस-स्वयंसेवक दल चल रहा है, इसे पैसा कहाँ से मिल रहा है, इसका पता भी हम लोगों को चलना चाहिए।" कलक्टर ने रुककर पूछा, "मिस्टर गंगाप्रसाद, क्या तुम अनुमान लगा सकते हो कि कांग्रेस को यह पैसा कहाँ से मिल रहा है ? यहाँ कानपुर में तो बड़े ज़मींदार और ताल्लुकेदार हैं नहीं ?"

गंगाप्रसाद के मस्तिष्क में मूलगंज बजाजे के दुकानदार के शब्द गूँज रहे थे, 'इस स्वदेशी आन्दोलन से देसी मिलों के भाग्य चमकते दिखाई देते हैं !' और उसने कुछ हिचकते हुए कहा, "जहाँ तक मेरा ख़याल है, पैसा उन लोगों से मिलता है, जिनको इस आन्दोलन से सीधा फ़ायदा होता है, यानी मिल-मालिक और व्यापारी !"

कलक्टर ने गंगाप्रसाद को ग़ौर से देखा, "मिस्टर गंगाप्रसाद, तुम वास्तव में बुद्धिमान आदमी हो ! मुझे ताज्जुब हो रहा है कि इतनी सीधी-सादी बात मेरी समझ में पहले क्यों नहीं आई ! मेरे सामने यह बात अब स्पष्ट हो गई कि यह आन्दोलन बम्बई और कलकत्ता में क्यों लगातार ज़ोर पकड़ता जा रहा है, जबकि अन्य स्थानों पर दब-सा गया है। कानपुर भी व्यापारिक नगर है, लेकिन यहाँ के मिल-मालिक ज़्यादातर अंग्रेज़ और राज-भक्त हैं। मिस्टर गंगाप्रसाद, ज़रा सावधानी से पता लगाइए कि किन-किन मिल-मालिकों और व्यापारियों का कांग्रेस से गहरा सम्पर्क है !"

उस दिन शाम के समय गंगाप्रसाद लक्ष्मीचन्द के मकान पर पहुँचा। लक्ष्मीचन्द ने शहर के मकान में अपना दफ़्तर खोल लिया था और रहने के लिए सिविल लाइंस में एक बँगला बनवा लिया था। लक्ष्मीचन्द का बँगला गंगाप्रसाद के बँगले से प्रायः एक मील की दूरी पर था। गंगाप्रसाद जिस समय लक्ष्मीचन्द के बँगले पर पहुँचा तो रात हो गई थी। लक्ष्मीचन्द बाहरवाले कमरे में बैठा अपने दफ़्तर के कागज़-पत्रों को देख रहा था और दो क्लर्क उसकी सहायता कर रहे थे। गंगाप्रसाद का कार्ड पाते ही उसने कागज़-पत्र बन्द कर दिए और क्लर्कों से कहा, "सुबह आना, यह सब सँभालकर रखो !" यह कहकर वह बरामदे में निकल आया, "अरे तुम गंगाप्रसाद, कार्ड भेजने की क्या ज़रूरत थी ! भला घर में कहीं इस तरह का व्यवहार होता है ! आओ !"

लक्ष्मीचन्द गंगाप्रसाद को लेकर ड्राइंग-रूम में बैठ गया, "कहाँ हो आजकल ? यहाँ कानपुर कब और कैसे आए ?"

गंगाप्रसाद मन-ही-मन उस लक्ष्मीचन्द से, जिसने अपनी माता जैदेई को उसकी मृत्यु-शैया पर गाली दी थी, जिसने गंगाप्रसाद का और उसके पिता ज्वालाप्रसाद का अपमान किया था, इस लक्ष्मीचन्द की तुलना कर रहा था जो उसके साथ आत्मीयता के साथ बात कर रहा था, जो हँस रहा था। और फिर उसने अपने अन्दर भी एक अजीब तरह का परिवर्तन होते हुए अनुभव किया। उसके अन्दरवाला तनाव लुप्त हो गया और उसके मुख पर मुस्कराहट आ गई, उसकी वाणी कोमल हो गई, "सात दिन हुए, यहाँ कानपुर में ज्वाइंट मजिस्ट्रेट होकर आ गया हूँ। आते ही काम-काज में बुरी तरफ फँस गया। नया शहर, नया उत्तरदायियत्व और नई समस्याएँ। आज सोचा कि अपने लक्ष्मी भाई साहेब से तो मिल ही लूँ। बड़ी मुश्किल से समय निकालकर यहाँ आया हूँ।"

"स्वागत ! स्वागत ! मेरा छोटा भाई गंगा कानपुर का ज्वाइंट मजिस्ट्रेट हो गया ! अभी तक कोई हिन्दुस्तानी इस कुरसी पर नहीं बैठा था ! कितना गर्व है मुझे !" लक्ष्मीचन्द ने बड़े तपाक के साथ कहा, "तुम्हारी भौजी को भी खबर दे ही दूँ। न जाने कितनी बार उन्होंने मुझसे तुम्हारी बाबत पूछा है। लेकिन मुझे तुम्हारा कुछ पता नहीं था और तुमने भी कभी कोई चिट्ठी नहीं लिखी मुझे !" यह कहकर लक्ष्मीचन्द घर के अन्दर चला गया। पाँच मिनट में ही वह राधा को साथ लेकर वापस लौटा।

राधा काफ़ी मोटी हो गई थी और भद्दी-सी दिखने लगी थी। गहनों से लदी हुई एक अधेड़-सी औरत को अपने सामने देखकर गंगाप्रसाद उसे पहचान ही नहीं सका। फिर उसने ठहरकर कहा, "राम-राम भौजी !"

"खुश रहो गंगा लाला ! बड़ी शिकायत है तुमसे ! अरे, आने से पहले लिख दिया होता तो स्टेशन पर सवारी भिजवा दी जाती। कहाँ ठहरे हो ? आराम से तो हो ?"

लक्ष्मीचन्द ने हँसते हुए कहा, "कानपुर के जंट साहेब होकर आए हैं यह। अब इन्हें आराम की क्या कमी ! शानदार बँगला, ढेरों नौकर-चाकर। हम लोगों को देखने चले आए हैं, यही क्या कम है ! हाँ गंगा, बहू को साथ लाए हो कि नहीं ? और चाचाजी और चाचीजी, वे लोग अच्छी तरह हैं न ? सुना है कि इलाहाबाद में उन्होंने एक बँगला

बनवा लिया है; पेंशन लेने के बाद वहीं बस गए हैं।"

"हाँ लक्ष्मी भैया, बप्पा ने इलाहाबाद में बँगला बनवा लिया है, जार्ज-टाउन में। लेकिन वहाँ बप्पा और अम्माँ अकेले क्या रहते ! बहुत कह-सुनकर उन्हें मैं अपने ही साथ यहाँ ले आया हूँ। मेरा परिवार भी यहीं है। बप्पा तो आपके यहाँ आनेवाले थे, लेकिन अभी मकान सजवाने और ठीक करवाने में लगे रहे तो फ़ुरसत नहीं मिली। फिर मेरे पास एक ताँगा है, वह मेरी सवारी में रहता है। इतवार के दिन आएँगे यहाँ, मुझसे कह रहे थे।"

लक्ष्मीचन्द ने कहा, "अरे, अभी ताँगे से ही काम चला रहे हो ! तुम्हें तो अब तक कार ले लेनी चाहिए थी। ताँगा-वाँगा तो साधारण डिप्टी-कलक्टरों के लिए है; तुम तो ज्वाइंट मजिस्ट्रेट हो।" और फिर उसने कुछ सोचकर कहा, "मैं कल शाम तुम्हारे यहाँ खुद आऊँगा चाचाजी से मिलने। उन्हें और तुम्हारे घरवालों को अपने साथ ही लाऊँगा यहाँ बहू और बच्चों का खाना यहीं रहेगा, और अगर तुम्हें फ़ुरसत हो तो तुम भी यहीं खाना खाना।" और लक्ष्मीचन्द मुस्कराया, "लेकिन यहाँ तो घर का वैष्णवी हिसाब-किताब है।"

गंगाप्रसाद भी मुस्कराया, "नहीं, कल तो एस.पी. के यहाँ डिनर है मेरा, मैं फिर कभी आऊँगा।"

गंगाप्रसाद ने घर लौटकर ज्वालाप्रसाद से लक्ष्मीचन्द के यहाँ जाने का क़िस्सा बतलाते हुए कहा, "कल शाम को वह आपको और सब लोगों को अपने यहाँ ले जाने के लिए आएगा। बड़ी आत्मीयता के साथ मिला था।"

ज्वालाप्रसाद का मुँह गम्भीर हो गया, "गंगा, तुम्हें उसके यहाँ नहीं जाना चाहिए था।"

"मैं क्या करता बप्पा ! कानपुर का सबसे बड़ा हिन्दुस्तानी मिल-मालिक और नागरिक है, सर की उपाधि पाए हुए है, सरकार में उसका ऊँचा मान है। मुझे उससे दोस्ती रखनी ही पड़ेगी। आप निसाखातिर रहिए, सब काम ठीक ही होगा। पुरानी बातों को भूल ही जाना चाहिए बप्पा ! आखिर चाचीजी का ही लड़का है न ! हम लोगों में किसी समय सगेपन का सम्बन्ध रहा है।"

गंगाप्रसाद में भावना और मुरव्वत नाम की चीज़ों की कमी को ज्वालाप्रसाद ने हमेशा अनुभव किया था और इसलिए उस समय अपने पुत्र के मुख से यह बात सुनकर उन्होंने अपने पुत्र में एक नया परिवर्तन देखा, जिससे उसको प्रसन्नता हुई, "हाँ गंगा, यह तो ठीक है। लेकिन लक्ष्मीचन्द...न जाने क्यों वह आदमी मुझे कभी भी अच्छा नहीं लगा। ख़ैर, कोई बात नहीं, उसे आने दो, चले जाएँगे हम लोग।"

दूसरे दिन लगभग छह बजे शाम को लक्ष्मीचन्द एक नई ओवरलैंड कार पर सवार होकर गंगाप्रसाद के बँगले पर पहुँचा। गंगाप्रसाद मानो लक्ष्मीचन्द की प्रतीक्षा कर रहा था। लक्ष्मीचन्द ने ड्राइंग-रूम में आते ही कहा, "गंगा, ज़रा मेरे साथ एक मिनट के लिए बाहर चलो ! एक नई कार ख़रीदी है मैंने आज ही, देखो कैसी है !"

"आपके पास तो दो मोटरें हैं, कल मैंने देखी थीं लेकिन यह बड़ी अच्छी गाड़ी है। सोच रहा हूँ, दो-चार महीने में एक मैं भी ख़रीद लूँगा !" कार देखकर दोनों कमरे में आ गए और गंगाप्रसाद ने अपने पिता को लक्ष्मीचन्द के आने की ख़बर कर दी।

ज्वालाप्रसाद बाहर निकले। लक्ष्मीचन्द ने उठकर कहा, "प्रणाम चाचाजी, मैंने कल गंगा से सुना कि आप सब लोग यहाँ आ गए हैं। एक समय था जब हम लोग कितने सगे थे ! उस समय की याद आ गई। गंगा को देखते ही जी भर आया—मेरा छोटा भाई है न ! और अच्छी तरह तो रहे ? आपकी तन्दुरुस्ती तो ठीक है न ?"

जिस आत्मीयता के साथ लक्ष्मीचन्द ज्वालाप्रसाद से मिला, उससे ज्वालाप्रसाद अत्यधिक प्रभावित हुए। उन्होंने लक्ष्मीचन्द की कुशल-क्षेम पूछी और फिर उन्होंने यमुना, रुक्मिणी और बच्चों को चलने के लिए तैयार होने का आदेश दिया।

ज्वालाप्रसाद जब घर के अन्दर से सबको तैयार कराके लौटे, गंगाप्रसाद और लक्ष्मीचन्द में बात हो रही थी। राजनीति पर। बम्बई में जो कुछ हुआ था, उसकी ख़बर अख़बारों में छप चुकी थी और सारे नगर में सनसनी फैली हुई थी। गंगाप्रसाद कह रहा था, यह "स्वदेशी आन्दोलन, भला इससे स्वराज्य क्या मिलेगा ? और फिर स्वदेशी के बल पर हम रह सकते हैं ! हमारे यहाँ उद्योग-धन्धे हैं कहाँ, जो स्वदेशी का आन्दोलन सफल हो सके ! मजबूरन हमें विदेशी चीज़ें ख़रीदनी पड़ेंगी लक्ष्मी भाई साहेब !"

लक्ष्मीचन्द बोला, "हाँ गंगा, कहते तो तुम ठीक हो कि इस आन्दोलन से स्वराजय नहीं मिलेगा। लेकिन अपने देश के उद्योग-धन्धे को तो बढ़ाना ही चाहिए। अगर स्वदेशी की भावना लोगों में नहीं जागती, तो देश के उद्योग-धन्धों का पनपना असम्भव हो जाएगा। हमारे देश में तो उद्योग-धन्धों की शुरुआत है, शुरुआत में हम विदेशों का मुक़ाबला नहीं कर सकते। अगर देश का भावनात्मक सहयोग हम लोगों को प्राप्त हो जाए तो हम उद्योगपति देश को धीरे-धीरे आत्म-निर्भर बना सकते हैं। लोग मोटे कपड़े पहनें, लेकिन स्वदेशी ही खरीदें, तो धीरे-धीरे और अधिक मिलें खुलने लगेंगी देश में, और हम अच्छे-से-अच्छे महीन कपड़े भी बनाने लगेंगे। तो गंगा, असहयोग का यह स्वदेशी-आन्दोलन तो हमारे हक़ में पड़ता है। बाक़ी स्वराज्य और ख़िलाफ़त, यह सब ढकोसला है।" यह कहते-कहते लक्ष्मीचन्द हँस पड़ा।

ज्वालाप्रसाद के कपड़े पहनकर आ जाने के कारण लक्ष्मीचन्द को यह राजनीतिक बहस समाप्त कर देनी पड़ी, "अब तो तुम यहाँ आ गए हो गंगा, तुमसे बातें होंगी विस्तार के साथ। जब कभी कोई ज़रूरत हो, मुझसे कहना। हर तरह की सहायता के लिए मैं तैयार हूँ। और देखो, तुम मेरे छोटे भाई की तरह हो गंगा ! मेरे छोटे भाई को, जो यहाँ का सबसे बड़ा हिन्दुस्तानी अफ़सर है, एक मोटर-कार चाहिए। मैंने आज जो यह कार ख़रीदी है, यह तुम्हारे वास्ते है। मैं उसी पर तुम्हारे घर आया हूँ और तुम्हारे परिवार को अपने यहाँ लिए जा रहा हूँ। कम्पनीवालों से एक महीने के लिए एक ड्राइवर भी ले लिया है। उसकी तनख्वाह इस कार की क़ीमत में शामिल है। अपने यह कागज़-पत्र सँभालो ! यह ड्राइवर तुम्हें ड्राइविंग सिखा देगा और अगर तुम चाहोगे तो

एक ड्राइवर भी ढूँढ़ देगा। मैं घर पहुँचकर यह कार भिजवा दूँगा। इसी पर तुम डिनर पर जाना !"

गंगाप्रसाद कई महीनों से एक कार ख़रीदने की सोच रहा था, लेकिन पैसे के अभाव से वह नहीं ख़रीद सका था। उसने कहा, "लक्ष्मी भैया, इसकी क्या ज़रूरत थी, मैं ख़ुद ही ख़रीदनेवाला था।"

"जैसे तुम ख़रीदते वैसे मैंने तुम्हारे लिए कार ख़रीद दी, इसमें कौन-सा ऐसा भेद पड़ जाता है !" फिर उसने ज्वालाप्रसाद से कहा, "चलिए, चाचाजी, सवारी न होने के कारण आप अभी तक मेरे यहाँ नहीं आ सके, गंगा ने मुझे बतलाया; तो मैंने सोचा कि यह सवारी का बहाना ही क्यों रहे ! एक मोटर और एक ताँगा—एक गंगा के लिए और एक आपके तथा घरवालों के लिए। दो सवारियों से कम में तो काम चलता ही नहीं है आजकल।"

और गंगाप्रसाद तथा लक्ष्मीचन्द के परिवारों में फिर घनिष्ठता स्थापित हो गई।

दिसम्बर के तीसरे सप्ताह में बंगाल तथा समस्त उत्तर भारत में क्रिमिनल लॉ एमेंडमेंट ऐक्ट लागू कर दिया गया। बंगाल तथा युक्तप्रान्त के समस्त प्रमुख कांग्रेस-नेता गिरफ़्तार कर लिए गए। 25 दिसम्बर को युवराज कलकत्ता पहुँचे, लेकिन वहाँ जितनी बड़ी हड़ताल हुई तथा समस्त उत्तर भारत में जो हड़तालें हुईं और जो प्रदर्शन हुए, उनसे हालत और भी चिन्ताजनक हो गई। 25 दिसम्बर की कलकत्तावाली हड़ताल की ख़बर पाकर कलक्टर ने गंगाप्रसाद को बुलाकर परामर्श किया। ज़िले के दूसरे अधिकारी भी इस मीटिंग में मौजूद थे, लेकिन आन्दोलन किस तरह समाप्त किया जाए, इसका हल किसी के पास न था। केवल एक ही उपाय था इन लोगों के पास—दमन।

अहमदाबाद-कांग्रेस में आन्दोलन को और भी अधिक बढ़ाने का निर्णय हुआ। उस कांग्रेस में ज्ञानप्रकाश गया था। वहाँ से लौटते समय वह सीधा इलाहाबाद नहीं गया। दिल्ली होते हुए वह कानपुर गया। उस दिन नए वर्ष सन् 1922 की पहली तारीख़ थी और गंगाप्रसाद के यहाँ नए वर्ष की मुबारकवादियाँ देनेवालों का ताँता बँध था। उसी दिन शाम के समय लक्ष्मीचन्द के यहाँ नए वर्ष का डिनर था।

जिस समय ज्ञानप्रकाश गंगाप्रसाद के बँगले पर पहुँचा, शाम हो गई थी। गंगाप्रसाद के परिवार के लोग लक्ष्मीचन्द के यहाँ दोपहर को ही चले गए थे। गंगाप्रसाद अपने ड्राइंग-रूम में बैठा हुआ लोगों से मिल रहा था। उस समय तक व्हिस्की की एक बोतल समाप्त हो चुकी, और दूसरी आधी ख़ाली हो गई थी। ज्ञानप्रकाश के आने की सूचना पाते ही वह कमरे से बाहर निकल आया और उसने ज्ञानप्रकाश का हाथ पकड़कर कहा, "आओ चचायार, मालूम होता है दिल्ली होते हुए आ रहे हो !" यह कहकर उसने अर्दली से एक गिलास और मँगवाया, "नया साल मुबारक हो चचा, थके हुए आए हो !" और उसने व्हिस्की का एक बड़ा पेग गिलास में भरकर ज्ञानप्रकाश की ओर बढ़ाया।

जो लोग बैठे थे, वे उठकर चले गए। ज्ञानप्रकाश ने एक घूँट में ही चौथाई गिलास खाली कर दिया। वाकई वह बहुत थका हुआ था। और साथ ही बहुत प्यासा भी था।

उसने पूछा, "भैया कहाँ हैं ? मकान बड़ा सूना-सूना-सा दिख रहा है, बच्चे भी नज़र नहीं आते !"

"सब लोग तो लक्ष्मीचन्द के यहाँ चले गए। आज उनके यहाँ नए वर्ष के उपलक्ष्य में बहुत बड़ा डिनर है; सभी अफ़सर आमन्त्रित हैं। मुझे भी वहाँ आठ बजे रात को पहुँचना है। तो चचा, मुँह-हाथ धोकर कपड़े-वपड़े बदल लो ! डिनर-सूट तो होगा तुम्हारा साथ में ?" यह कहकर उसने घंटी बजाई। उसी घंटी की आवाज़ पर भीखू कमरे में आया। भीखू ने उससे कहा, "ज्ञान चचा के लिए गरम पानी रखो गुसलखाने में।"

वह फिर ज्ञानप्रकाश की ओर घूमा, "तो चचा, समझौते की बात तो टूट गई। अब क्या तय किया है अहमदाबाद-कांग्रेस में आप लोगों ने ?"

"आन्दोलन को तेज़ करना और सत्याग्रह आरम्भ करना, समस्त देश में," ज्ञानप्रकाश ने मुस्कराते हुए कहा, "अब तो लड़ाई में जोश आया है। युवराज के स्वागतों की जो दुर्गति हो रही है, वह तो देख ही रहे हो !"

गंगाप्रसाद के मुख पर एक धुँधली छाया आई, "बड़ी मुसीबत में डाल रहे हो चचायार ! जान आफ़त में है इस असहयोग और धरने की वजह से ! उस पर यह सत्याग्रह और लगानबन्दी !" फिर कुछ सोचकर उसने कहा, "लेकिन यह तुम्हारा सत्याग्रह एक तरह से अच्छा ही रहेगा। इससे हम लोग यह आन्दोलन जल्दी-से-जल्दी ख़त्म कर सकेंगे।"

अब ज्ञानप्रकाश के चौंकने की बारी थी, "सत्याग्रह से आन्दोलन ख़त्म हो जाएगा ! यह क्या कहते हो ?"

"जी, यह इसलिए कहता हूँ कि इस भीड़ में जनसाधारण के हाथ में पड़कर सत्याग्रह दुराग्रह बन जाएगा। नेता होंगे जेलों में, समझाने-बुझानेवाला कोई रहेगा नहीं। यह जनता हिंसा पर उतर आएगी। और उसके बाद जलियाँवाला बाग़ की पुनरावृत्ति होगी। बस, इतनी-सी बात और आन्दोलन ग़ायब !"

ज्ञानप्रकाश लम्बी यात्रा से थका हुआ था और वह बहस करने के मूड में नहीं था। उसने व्हिस्की ख़त्म करते हुए कहा, "इस पर फिर बात करूँगा, लेकिन बरखुरदार, तुम जो मुझे लक्ष्मीचन्द के यहाँ ज़बरदस्ती खींचे लिए चले रहे हो, क्या यह ठीक होगा ?"

"चचा, इसमें ग़लत क्या है ! मेरे सारे ख़ानदान को उसने बुलाया है तो तुम्हें कहाँ छोड़ दूँ ? फिर लक्ष्मीचन्द को तो तुम अच्छी तरह जानते हो ! 'सर' की उपाधि मिली है। शैम्पेन चलेगी, ठाट का डिनर होगा, ढेरों अंग्रेज़ वहाँ दिखेंगे, तुम्हें विलायत याद आ जाएगा।"

ज्ञानप्रकाश मन-ही-मन मुस्कराया, "अच्छी बात है, चलो, इस दावत में ही उससे मिला जाए।"

हाथ-मुँह धोकर और विलायत का सिला ड्रेस-सूट पहनकर जब ज्ञानप्रकाश बाहर निकला, तो उसने बँगले के सामने गंगाप्रसाद की कार देखी। "क्या लक्ष्मीचन्द ने तुम्हें लेने के लिए कार भेजी है ?" उसने पूछा।

गंगाप्रसाद हँस पड़ा, "नहीं चचा, यह मेरी कार है। यहाँ ज्वाइंट मजिस्ट्रेट होने के नाते मेरे पास कार होनी ही चाहिए। लेकिन तुम्हारी बात ग़लत नहीं है; यह कार मुझे लक्ष्मीचन्द ने भेंट की है। बड़ा भाई जो है मेरा ! भला मेरे पास इतना रुपया कहाँ, जो कार ख़रीदता ! अभी तो जौनपुरवाला क़र्ज़ ही अदा कर रहा हूँ।"

ज्ञानप्रकाश को देखकर लक्ष्मीचन्द चौंका। उसने इलाहाबाद में ज्ञानप्रकाश को कई बार देखा था, उससे बातें भी की थीं, पर इस बार उसे देखकर और उसका नाम सुनकर उसका चौंकना गंगाप्रसाद को कुछ विचित्र-सा भले ही लगा हो, ज्ञानप्रकाश को उस पर आश्चर्य नहीं हुआ। उसने धीमे-से स्वर में ज्ञानप्रकाश से पूछा, "क्या आप अहमदाबाद-कांग्रेस से आ रहे हैं ?"

ज्ञानप्रकाश ने उत्तर दिया, "जी हाँ, और ख़ासतौर से आपसे मिलने के लिए कानपुर होता हुआ इलाहाबाद जाऊँगा।"

"कल दोपहर को मेरे ऑफिस में मिलिएगा।" लक्ष्मीचन्द ने कहा और फिर वह अपने अन्य मेहमानों के स्वागत और आतिथ्य-सत्कार में व्यस्त हो गया। ज्ञानप्रकाश ज्वालाप्रसाद से बातें करने लगा।

ज्ञानप्रकाश और लक्ष्मीचन्द की यह बातचीत गंगाप्रसाद को बड़ी रहस्यमय लगी। घर लौटकर गंगाप्रसाद ने ज्ञानप्रकाश से पूछा, "चचा, लक्ष्मीचन्द को यह कैसे पता चला कि तुम अहमदाबाद-कांग्रेस से लौटे हो और तुम कांग्रेसमैन हो, जब कि पोशाक से तुम यूरोपियनों के कान काट रहे थे।"

"क्या करोगे यह सब जानकर ?" ज्ञानप्रकाश ने मुस्कराते हुए टालने का प्रयत्न किया।

"नहीं, चचा, यह तो बतलाना ही पड़ेगा, नहीं तो मेरे पेट का पानी नहीं पचेगा।" गंगाप्रसाद ज़िद पकड़ गया।

"तो सुनो बरखुरदार ! लेकिन इतना याद रखना कि मैं यह बात कानपुर के ज्वाइंट मजिस्ट्रेट से नहीं कह रहा हूँ, मैं यह बात अपने भतीजे व दोस्त गंगाप्रसाद से कह रहा हूँ। यह सर लक्ष्मीचन्द पूँजीपति है, है न ? तो हिन्दुस्तान का पूँजीपति ही हमारे इस आन्दोलन की रीढ़ है। हमारे आन्दोलन को चलाने के लिए रुपया चाहिए और यह रुपया हमें देश के पूँजीपति से ही मिल सकता है, क्योंकि अंग्रेज़ों की हुकूमत ब्रिटिश पूँजीवाद की हुकूमत है। हिन्दुस्तान से तिजारत करके तथा हिन्दुस्तान में अपना माल बेचकर ही ब्रिटेन हिन्दुस्तान का शोषण करता है। तो इस ब्रिटिश पूँजीवाद का सबसे बड़ा और सक्रिय शत्रु अगर कोई हो सकता है तो वह हिन्दुस्तानी पूँजीपति ही है।"

गंगाप्रसाद को फिर से बजाजे के दुकानदार की बात याद आ गई—'इस स्वदेशी-आन्दोलन से देसी मिलों के भाग्य चमकते दिखाई देते हैं !' उसने कहा, "समझ गया चचा, तो आप आन्दोलन के लिए लक्ष्मीचन्द से पैसा लेने आए हैं। आश्चर्य की बात है कि यह लक्ष्मीचन्द सरकार को रुपया देता है, और कांग्रेस को भी रुपया देता है।"

"और तुम्हें रुपया देता है—कार के रूप में," ज्ञानप्रकाश ने कहा, "लेकिन, गंगा, इसमें आश्चर्य की कोई बात नहीं। यह पूँजीपति ज़बरदस्त मुनाफ़ा उठाता है। उस मुनाफ़े का छोटा-सा हिस्सा सरकार को देता है, ताकि सरकार से उसे हर तरह की सुविधाएँ मिलें। इस मुनाफ़े का छोटा-सा हिस्सा वह देता है कांग्रेस को, ताकि स्वदेशी का आन्दोलन ज़ोर पकड़े और उसका माल ज़ोरों के साथ बिके। इस मुनाफ़े का छोटा-सा हिस्सा देता है गंगाप्रसाद ज्वाइंट मजिस्ट्रेट को, ताकि लक्ष्मीचन्द जो लूट-खसोट, बेईमानी करता है, उसके बारे में सरकारी कर्मचारी आँखें बन्द कर लें। रुपया इस युग की सबसे बड़ी मजबूरी है !" यह कहते-कहते ज्ञानप्रकाश ज़ोर से हँस पड़ा।

6

गंगाप्रसाद ने नज़र उठाकर सामने कठघरे में खड़े अभियुक्त की ओर देखा। एकाएक वह चौंक उठा, जैसे अपनी आँखों पर विश्वास न हुआ हो। मलका खादी की मोटी-सी सफ़ेद साड़ी पहने हुए उन पाँच अभियुक्तों में से एक थी, जिनका मुक़दमा उसे करना था और जिनको उसे सज़ा देनी थी। अनायास ही उसके मुँह से निकल पड़ा, 'अरे !' और उसी क्षण उसने ज़बदस्ती अपने को रोका।

ये पाँचों अभियुक्त उस दिन सुबह ग्यारह बजे बजाजे में विदेशी कपड़े की दुकानों पर धरना देने के जुर्म में गिरफ्तार हुए थे और वहाँ से वे सीधे अदालत में भेज दिए गए थे। कांग्रेस का आन्दोलन अब अपनी चरम सीमा पर पहुँच गया था; रोज़ गिरफ़्तारियाँ हो रही थीं।

पुलिस की चार्ज-शीट गंगाप्रसाद के सामने थी। उसने अभियुक्तों के नाम पढ़े, "जगमोहन अवस्थी, गुरुदयाल गुप्त, रामनारायण वर्मा, गंगादेवी और माया शर्मा।" उसने कोर्ट-इन्स्पेक्टर माधवराम से पूछा, "क्यों माधवराम, सबूत के गवाह हाज़िर हैं ?"

"हाँ हुज़ूर, सबसे पहले मैं थानेदार जयनारायण को पेश कर रहा हूँ, जिन्होंने इन्हें गिरफ़्तार किया है।"

थानेदार जयनारायण ने अपना बयान दिया—ठीक वैसा बयान, जैसा वह इस प्रकार के मुक़दमों में प्रायः नित्य दिया करता था। इसके बाद पुलिस के दो सिपाहियों के बयान हुए। वे भी एक प्रकार से रटे हुए थे। और उसके बाद बाज़ार के एक आदमी के बयान हुए, जो ख़ासतौर से इस प्रकार के मुक़दमों के लिए नियुक्त किया गया था, और जिसे इन मुक़दमों में शहादत देने के कारण अतिरिक्त आय हो जाया करती थी। इसके बाद

गंगाप्रसाद अभियुक्तों की ओर घूमा, "आप लोगों का कोई वकील है, या कोई वकील करना चाहते हैं ?"

सबने एक स्वर में उत्तर दिया कि न उनका कोई वकील है और न वे कोई वकील करना चाहते हैं।

गंगाप्रसाद ने फिर कहा, "जगमोहन अवस्थी, तुमने सबूत के बयान सुने। तुम्हें कुछ अपनी सफ़ाई देनी है क्या ? और सफ़ाई देने से पहले क्या तुम सबूत के गवाहों से जिरह करना चाहोगे ?"

जगमोहन अवस्थी चौबीस-पच्चीस वर्ष का दुबला-सा युवक था। उसने गला साफ़ करके कहना आरम्भ किया, "मैं इस विदेशी शासन की अदालत को नहीं मानता। यह ब्रिटिश सरकार ज़ुल्म-पर-ज़ुल्म करती जाती है। जलियाँवाला बाग़ का हत्याकांड इसने किया है; इसने बम्बई की निहत्थी जनता की भीड़ पर गोलियाँ चलाईं।"

गंगाप्रसाद ने टोका, "यह अदालत है, यहाँ व्याख्यान नहीं दे सकते। सफ़ाई में कुछ कहना हो, कहो !"

जगमोहन अवस्थी ने नारा लगाया, "ब्रिटिश हुकूमत मुर्दाबाद ! भारतमाता की जय ! महात्मा गांधी की जय !"

गंगाप्रसाद ने लिखते हुए कहा, "जगमोहन अवस्थी को छह महीने की सख्त क़ैद की सज़ा दी जाती है।" इसके बाद उसने मिसिल पढ़ते हुए कहा, "गुरुदयाल गुप्त, तुम्हें कुछ कहना है ?"

गुरुदयाल ठिगना-सा गोल-मटोल आदमी था—क़रीब तीस-पैंतीस साल का। उसकी शक्ल से लगता था कि वह किसी तरह इन लोगों के बीच में आ फँसा। एक अजीब तरह की दयनीय करुणा उसके मुख पर अंकित थी। लेकिन उसने कड़े स्वर में कहा, "यह ज़ालिम सरकार नहीं चलेगी ! ब्रिटिश सरकार का नाश हो ! महात्मा गांधी की जय !"

गंगाप्रसाद ने फिर लिखते हुए कहा, "गुरुदयाल गुप्त को छह महीने की सख्त क़ैद !" और उसने पढ़ा, "रामनारायण वर्मा, तुम्हें कुछ अपनी सफ़ाई देनी है या इसी तरह जेल जाना है ?"

रामनारायण वर्मा मँझोले क़द और गठे बदन का हृष्ट-पुष्ट नवयुवक था, उम्र कोई बाईस-तेईस साल की। उसने कड़ककर कहा, "तुम टोड़ी बच्चे, अंग्रेज़ों के गुलाम हो, ग़द्दारों और देश-द्रोहियों के इजलास में सफ़ाई देना पाप है। महात्मा गांधी की जय !"

गंगाप्रसाद ने फिर लिखते हुए कहा, "रामनारायण को छह महीने की सख्त क़ैद धरना देने पर और छह महीने की सख्त कैद अदालत का अपमान करने पर; दोनों सज़ाएँ अलग-अलग चलेंगी—इस तरह एक साल की क़ैद।" फिर उसने उन दोनों स्त्रियों की ओर देखा, "तुम दोनों महिलाएँ हो, तुम्हारा स्थान घरों में है। तुम्हें इस तरह बाहर नहीं आना चाहिए। मैं तुम लोगों को कड़ी चेतावनी के साथ छोड़ता हूँ कि अगर भविष्य में तुमने धरना दिया या किसी तरह की राजद्रोहात्मक कार्रवाई की तो तुम्हें कड़ी सज़ा दी जाएगी।"

"हम लोगों को जेल भेजिए, हम सरकार की दया नहीं चाहतीं।" उन दोनों औरतों में, जो अधेड़ थी, उसने कहा।

गंगाप्रसाद मुस्कराया, "अब तो मैंने हुक्म दे दिया है। अगली दफ़ा जब गिरफ़्तार होगी, तब तुम्हें जेल भेजा जाएगा।" और वह लिखने लगा, "तुम्हारा नाम ?"

"गंगादेवी। मैं कांग्रेस की स्वयंसेविका हूँ और मैंने विलायती कपड़ों की दुकानों पर धरना दिया है। हम स्वराज्य चाहती हैं, और ब्रिटिश हुकूमत को जड़ से उखाड़ देना हमारा धर्म है।"

गंगाप्रसाद ने मिसिल पढ़ी, "गंगादेवी जौज़े माखनलाल, साकिन मूसाटोली !" फिर उसने कोर्ट-इन्स्पेक्टर से पूछा, "यह माखनलाल कौन है और क्या करता है जो अपनी औरत को सँभालकर घर में नहीं रख सकता ?"

कोर्ट-इन्स्पेक्टर ने थानेदार जयनारायण की ओर देखा। जयनारायण ने आगे बढ़कर कहा, "हुज़ूर, माखनलाल कपड़े का दलाल है। जहाँ तक मुझे पता चल सका है, यह माखनलाल अपनी बीवी से बेतरह डरता है और बीवी अपने शौहर पर हावी रहती है।"

गंगादेवी लम्बी-तगड़ी स्त्री थी। उसकी उम्र प्रायः पैंतीस वर्ष की थी। वह किसी समय सुन्दर भी रही होगी, यह स्पष्ट था। गंगाप्रसाद ने कहा, "वह तो देख रहा हूँ; मुझे माखनलाल से दिली हमदर्दी है।" फिर उसने मिसिल पढ़ी, "माया शर्मा जौज़े सत्यव्रत शर्मा, साकिन सिरकी मुहाल !" और उसने कहा, "थानेदार जयनारायण, यह सत्यव्रत शर्मा कौन है जो अपनी खूबसूरत और कमसिन औरत को जेल भेज रहा है ? क्या उस पर भी उसकी बीवी हावी है ?"

जयनारायण ने उत्तर दिया, "इस शख़्स की बाबत हम लोगों के पास कोई जानकारी नहीं है, सिवाय इसके कि क़रीब सात-आठ महीने पहले अपनी बीवी के साथ कहीं बाहर से आया है और कानपुर में बस गया है। यह सत्यव्रत अभी नौजवान और पढ़ा-लिखा आदमी है, चौक में इसकी किताबों की एक दुकान है। कांग्रेस का पुराना आदमी मालूम होता है, क्योंकि आते ही इसकी कांग्रेस में ऊँची जगह बन गई थी। क़रीब दो महीने हुए, एक राजद्रोहात्मक भाषण देने पर उसे तीन महीने की सज़ा हुई थी। अभी वह जेल में ही है।"

माया शर्मा सिर झुकाए खड़ी थी। इतनी देर में उसने एक बार भी सिर उठाकर किसी ओर नहीं देखा। गंगाप्रसाद कुछ देर तक एकटक माया शर्मा को देखता रहा। फिर उसने कोर्ट-इन्स्पेक्टर से कहा, "इन तीन अभियुक्तों को जेल भिजवा दीजिए माधवराम साहेब, और इन दोनों मुसम्मातों को बरी कर दीजिए।" फिर उसने अपने पेशकार से कहा, "आज और कितने मुक़दमे हैं ?"

पेशकार ने फ़ाइलों को उलट-पुलटकर देखा, "हुज़ूर, आज दो मुक़दमे बच गए हैं, लेकिन दोनों बड़े लम्बे मुक़दमे हैं। दस-बारह गवाह हैं," और यह कहकर उसने घड़ी की ओर इशारा किया, "साढ़े चार बज गए हैं। कहिए तो इन्हें मुल्तवी कर दूँ !" गंगाप्रसाद ने एक ठंडी साँस लेकर कहा, "हाँ पेशकार साहेब, मुल्तवी ही करना होगा।

आज थक भी बहुत गया हूँ, जो दस्तख़त कराने हों वे करा लीजिए, जल्दी-जल्दी।"

काग़ज़ों पर दस्तख़त करके जब वह उठा, उस समय उसका इजलास ख़ाली हो गया था। अपनी मोटर बाहर खड़ी थी। कार पर बैठकर वह अपने बँगले की ओर रवाना हो गया। उस दिन ड्राइवर छुट्टी पर था, इसलिए वह अपनी कार खुद ही ड्राइव कर रहा था। उसकी कार की रफ़्तार काफ़ी धीमी थी। कचहरी से वह लगभग दो फ़र्लांग ही गया होगा कि उसने देखा, सड़क के किनारे एक स्त्री खड़ी हुई उसकी मोटर को रुकने का संकेत कर रही है। जैसे ही उसने अपनी कार रोकी, वह स्त्री तेज़ी से मोटर की ओर बढ़ी। गंगाप्रसाद ने अपनी बग़ल के दूसरी ओरवाला दरवाज़ा खोल दिया। वह स्त्री उसकी बगल में बैठ गई। "अब चलिए।" उसने कहा।

घर पहुँचकर गंगाप्रसाद ने उस स्त्री को अपने दफ़्तरवाले कमरे में बिठाया। उसके सामने वह बैठ गया। फिर उसने कहा, "तो आख़िर तुम यहाँ मिलीं, मलका ! दुनिया बड़ी छोटी है। हम एक-दूसरे से भागकर कहीं छिप नहीं सकते।"

उदास स्वर में मलका ने उत्तर दिया, "नहीं छिप सकती हुज़ूर, आख़िर ज़ाहिर हो ही गई हूँ। लेकिन आप मुझे अब मलका न कहिए, छिप नहीं सकती, न सही; छोड़ तो सकती हूँ। मैं हिन्दू बन गई हूँ और मेरा नाम हो गया है माया।"

"वह तो देख रहा हूँ माया शर्मा, तो तुम बनारस छोड़कर कानपुर चली आईं !"

"चली नहीं आई, भाग आई ! सिवा भागने के और कोई चारा ही नहीं था। एक नरक से निकलकर मैं दूसरे नरक में नहीं गिरना चाहती थी; लेकिन आप मुझे उसमें धकेल रहे थे, और आपसे मैं इनकार नहीं कर सकती थी। उधर मुझे नरक से निकालनेवाला भी मिल गया।"

गंगाप्रसाद ने एक बार भरपूर नज़र से मलका को देखा—वास्तव में वह बहुत अधिक बदल गई थी। उसके माथे पर लाल बिन्दी लगी थी; उसकी माँग में सिन्दूर था। मलका के मुख पर एक तरह की आभा थी, सन्तोष की छाप थी। उसके शरीर पर क़ीमती और जड़ाऊ आभूषण नहीं थे, काँच की चार-चार चूड़ियाँ थीं, उसके हाथों में। गले में एक हल्की-सी सोने की चेन, और कान में वज़नी झुमकों और बालियों के स्थान पर हल्के-हल्के बुन्दे थे। माया शर्मा के रूप में मलका बहुत अधिक सुन्दर दीख रही थी। गंगाप्रसाद मन-ही-मन आश्चर्य कर रहा था। वह सोच रहा था—क्या यह मलका ही है; कितनी बदल गई है यह !

गंगाप्रसाद ने अपने विचारों से निकलकर पूछा, "तो तुम सुखी हो ?"

माया मुस्कराई, "बेहद ! इतनी ज़्यादा कि आप क़यास नहीं कर सकते। वह कितने अच्छे हैं, कितने सीधे हैं, कितने नेक व भले हैं—अच्छे ख़ानदान के बरहमन। हिन्दू यूनिवर्सिटी में पढ़ते थे एम.ए. में लेकिन असहयोग में उन्होंने पढ़ना छोड़ दिया। विलायती कपड़े बटारेते घूम रहे थे मकान-मकान में। एक दिन बनारसवाले मेरे मकान पर भी आए। मैं उस दिन बेहद उदास थी। आपका वह दोस्त अली रज़ा रात जौनपुर से आया था—पिये हुए, नशे में धुत ! ज़ोर-ज़ोर से अनाप-शनाप बक रहा था। मैंने

उससे कितनी मिन्नत की शरीफ़ों का पड़ोस है, कोई सुनेगा तो क्या कहेगा, लेकिन वह मुहल्ले-पड़ोसवालों को गालियाँ देने लगा। वह पूरा हैवान दीख रहा था। उस वक़्त मुझे उससे नफ़रत हो रही थी, अपने से नफ़रत हो रही थी। जी में आता था कि ज़हर खा लूँ, खुदकुशी कर लूँ, गले में फाँसी लगा लूँ। आप यक़ीन कीजिए, मुझे उस रात नींद नहीं आई, रात-भर मैं रोती रही। सुबह के वक़्त अली रज़ा तो चला गया, लेकिन मेरे दिल पर एक ऐसा ज़ख़्म छोड़ गया जिसका कोई मरहम न था। मैं मछली की तरह तड़प रही थी और सुबह जब मैं बेहद परेशान थी, यह आए—एक फकीर की शक्ल में। चेहरे पर नूर था, बातचीत में अमरित था। इनके आते ही मैंने महसूस किया कि दिल की जलन जाती रही। यह मुझसे सिर्फ़ एक विलायती कपड़ा माँग रहे थे—फटा-पुराना। उस कपड़े को यह जलाना चाहते थे। लेकिन न जाने कैसे, मैं इन्हें अपने कमरे में ले गई और इनके सामने अपने ट्रंक खोल दिए। मैं कह उठी, "जो चाहें वह कपड़ा आप निकाल लीजिए ! अगर चाहें तो आप ये सब कपड़े ले लीजिए।" और मेरी आवाज़ काँप रही थी।

"इन्होंने मेरी तरफ़ अचरज से देखा, 'आप मुसलमान हैं क्या ?' कितना भोलापन था उनके इस सवाल में !

"और मैं फूट पड़ी, 'नहीं, मैं रंडी हूँ। मेरी न कोई ज़ात है, न कोई धरम है। ले लो, मेरे पास जो कुछ है वह सब ले लो ! मैं नजात पाना चाहती हूँ, मैं मरना चाहती हूँ।' मैं बुरी तरह बिलख रही थी। यह चुपचाप उलटे पैर घर के अन्दर से लौट गए, एक कपड़ा भी नहीं लिया इन्होंने। आह, मैं इन्हें रोकना चाहती थी, लेकिन मेरी हिम्मत नहीं हुई। दिल मसोसकर रह गई। उस दिन मैंने खाना नहीं खाया, चुपचाप घर में पड़ी रही। मसीहा मेरे दरवाज़े आया और चला गया। उस वक़्त मुझे लग रहा था कि दुनिया में कहीं भी मेरे लिए जगह नहीं है। जी में आता कि कहीं भाग चलूँ जहाँ कोई मेरा मुँह न देख सके। जैसे-तैसे शाम हुई। मैं बिस्तर से उठी, मुँह-हाथ धोकर मैंने कपड़े बदले। दिन-भर रोने के बाद जी कुछ हल्का हो गया था। उसी समय दरवाज़े पर फिर इनकी आवाज सुनाई पड़ी। दौड़कर मैंने घर के किवाड़ खोले, यह दरवाज़े पर खड़े थे। मुझे ऐसा लगा कि यह बेहद थके हुए हैं, इनका मुँह उतरा हुआ है। मैं हाथ पकड़कर इन्हें बैठक में ले आई। इन्हें बिठलाते हुए मैंने कहा, 'आप मुझे रोता छोड़कर एकाएक चले क्यों गए ? क्या मैं इतनी गिरी हुई और नापाक हूँ कि मेरा विलायती कपड़ा भी आप न लें ?'

"और इनके लबों पर एक मीठी मुस्कान आई. मैं निहाल हो गई। यह बोले, 'मैं तुमसे केवल एक विलायती कपड़ा न लूँगा, मैं तुम्हारे सब विलायती कपड़े लूँगा। यही सोचकर मैं उस वक़्त चला गया था।' ओह, उनकी यह बात सुनकर मेरा दिल बाग़-बाग़ हो गया। मैं खुशी से चिल्ला पड़ी, "ले लीजिए, ये सब विलायती कपड़े ले लीजिए—अभी ! लेकिन...लेकिन आप बड़े थके हुए दिख रहे हैं...शायद आपने दिन-भर खाना नहीं खाया है।"

"यह हँस पड़े, 'अरे, आपने अच्छी याद दिलाई ! मैं थकावट महसूस कर रहा था, लेकिन सबब क्या है, यह मेरी समझ में नहीं आ रहा था। दिन-भर के काम-काज में

मैं भूल ही गया था कि मैंने आज खाना नहीं खाया है।' और वह उठ खड़े हुए।

"ठहरिए, मैं अभी आपके लिए बाज़ार से पूड़ी और मिठाई मँगाए देती हूँ। आप थके हुए भी तो हैं; कुछ आराम कर लीजिए, तभी जाइएगा !"

'नहीं, पूड़ी और मिठाई नहीं खाऊँगा। अगर आपके यहाँ कुछ खाने को हो तो ले आइए, वही खाकर मैं पानी पी लूँगा, लेकिन मैं गोश्त नहीं खाता।'

"मैं इनकी बात सुनकर ताज्जुब में आ गई। 'मेरे घर का खाना आप खाएँगे ?' आप जानते हैं कि मैं मुसलामन हूँ।" मैंने कहा।

"'अरे !' यह हँस पड़े, 'हाँ, आप मुसलमान घर में पैदा हुई हैं, यह मैं जानता हूँ। लेकिन आप मुसलमान होने के पहले इनसान हैं। हम पैदा इनसान होते हैं, लेकिन अपनी इन्सानियत भूलकर हम हिन्दू और मुसलमान बन जाते हैं, है न अजीब-सी बात ?'

"हाय ! क्या बात कही इन्होंने ! मुझे अब ऐसा लगा कि मेरे आगे इनसान नहीं, फ़रिश्ता बैठा हुआ है। मैं उठी, 'आप बैठिए, मैं अभी खुद अपने हाथों से खाना तैयार करती हूँ।' और उस रात मैंने इन्हें अपने यहाँ रोक लिया।

"मैंने इन्हें अपनी सारी कहानी सुनाई, इनसे अपनी मुसीबतों का बयान किया, अपनी ख्वाहिश ज़ाहिर की कि मैं नेक और इज़्ज़त-आबरू की ज़िन्दगी बसर करना चाहती हूँ। वह बोले, अगर तुम चाहो तो मैं तुमसे शादी कर सकता हूँ, तुम्हें इस ज़िन्दगी से ऊपर उठा सकता हूँ।

"ताज्जुब के साथ मैंने उन्हें देखा, 'सच ! आप ब्राह्मन हैं, आप मुझसे शादी करेंगे ? आप सच कह रहे हैं ?'

"और वह बोले, 'जहाँ तक हो सकता है, मैं झूठ नहीं बोलता। यहाँ पर आर्यसमाज मन्दिर है। कल ही तुम मेरे साथ वहाँ चलो। वहाँ तुम शुद्ध होकर हिन्दू बन जाओ, और वहीं हमारा-तुम्हारा विवाह हो जाएगा। इसके बाद हम दोनों बनारस छोड़ देंगे। मैं कानपुर जाना चाहता हूँ। वह बड़ा शहर है। वहाँ मेरे दोस्त लोग हैं, और वहाँ तुम्हें जानने-पहचाननेवाला कोई नहीं होगा; और अगर कोई हुआ भी तो वहाँ हम लोग अपने दोस्तों के पास होंगे जहाँ से हमें हर तरह की मदद मिल सकती है।' और दूसरे ही दिन मैं आर्यसमाज में जाकर हिन्दू बन गई और उनसे मेरी शादी हो गई।"

गंगाप्रसाद ने एक ठंडी साँस भरी, "सुन लिया ! लेकिन...लेकिन...नहीं, जो कुछ तुमने किया, वह ठीक ही किया।"

माया बोली, "मैं आपको बतलाना चाहती थी यह सब, लेकिन मेरी हिम्मत नहीं पड़ती थी। सोचती थी कि आप न जाने क्या सोचेंगे। और फिर जब से यहाँ आई हूँ, तब से यहाँ की राजनीतिक ज़िन्दगी में बुरी तरह घुल-मिल गई हूँ। अपने तौर-तरीक़े बदलने में काफ़ी मेहनत भी करनी पड़ी। और इन सबमें फ़ुरसत ही नहीं मिलती कि मैं अपनी पिछली ज़िन्दगी पर कुछ सोचूँ या ग़ौर करूँ। यहाँ मेरा कितना आदर है, मान है ! यह शहर की कांग्रेस-कमेटी के छोटे सेक्रेटरी हैं, चौक में इन्होंने किताबों की एक दुकान खोल ली है। वैसे इनके पिता झाँसी ज़िले के एक अच्छे-ख़ासे ज़मींदार हैं। पचास रुपया

महीना वहाँ से जेब-ख़र्च के लिए आया करता है। लेकिन इनके पिता इस शादी की ख़बर से इन पर बुरी तरह नाराज़ हैं, यह अपने घर में घुस नहीं सकते। लेकिन इसकी फ़िक्र नहीं हम लोगों को ! यहाँ कानपुर की ज़िन्दगी में मान है, आदर है, हलचल है !"

"तो फिर तुम अपने घर में आजकल अकेली हो ? मकान कैसा है ?" गंगाप्रसाद ने पूछा।

"मकान अच्छा मिल गया है। मुहल्ला-पड़ोस शरीफ़ों का है। आसपास की औरतें मुझे बहुत मानती हैं। सभी बड़ा मान-आदर देती हैं मुझे ! इतना सुख मुझे मिल गया ! मुझे खुद अपनी किस्मत पर अचरज होता है। कभी-कभी डर लगने लगता है कि कहीं यह सब धोखा और ज़ाल-फरेब न निकले !" माया के मुख पर एक बच्चों की-सी भोली मुस्कान थी।

गंगाप्रसाद अब अपने को न रोक सका। उसने उठकर माया को आलिंगन-पाश में कस लिया। वह उस समय माया शर्मा नहीं थी, गंगाप्रसाद की नज़र में वह मलका थी, केवल मलका। लेकिन माया ने ज़बरदस्ती अपने को गंगाप्रसाद के आलिंगन-पाश से छुड़ाया। उसकी आँखों में आँसू थे, "हाथ जोड़ती हूँ, पैर छूती हूँ, अब मुझे मत घसीटो इस नरक की तरफ़, फिर से। मैंने तुमसे मुहब्बत चाही, मैंने तुम पर भरोसा किया, मैंने तुमसे सहारे की भीख माँगी, लेकिन वह सब मुझे नहीं मिल सका। तुम्हारी मजबूरियाँ थीं। लेकिन भगवान बड़ा रहमदिल है। उसने इनको मेरी ज़िन्दगी में भेजकर मुहब्बत दी, भरोसा दिया, सहारा दिया। अब इन्हें मुझसे मत छीनो !" और माया हठात् गंगाप्रसाद के पैरों पर गिर पड़ी।

गंगाप्रसाद हतप्रभ और निस्तेज हो गया। उसके अन्दरवाला पशु एक क्षण में ही लुप्त हो गया; मानव जाग उठा। उसने माया को अपने पैरों से उठाकर कुरसी पर बिठा दिया, फिर एक अपराधी की भाँति वह अपनी कुरसी पर बैठ गया। उसने धीमे-से स्वर में कहा, "माया, मुझे माफ़ करना, मुझसे ग़लती हो गई !"

अब माया की हिचकियाँ बँध गईं, "मैं आपका सहारा लेने आई हूँ, आपका आश्रय लेने आई हूँ। आपकी हर तरह से रही, हमेशा आपकी रहूँगी। और अकेली मैं ही आपका सहारा नहीं चाहती हूँ, मैं इन्हें भी आपके सहारे में ला रही हूँ। जो-जो मुसीबतें हम पर पड़ेंगी, उन्हें मैं जानती हूँ। यह दुनिया बड़ी ज़ालिम है। किसी की हमदर्दी नहीं है किसी दूसरे के साथ, और ख़ासतौर से मेरे साथ। किसी पर हम लोग भरोसा नहीं कर सकते। यहाँ दोस्त दुश्मन बन जाते हैं। बोलिए, आप हमें अपना समझेंगे ? आप हमें अपना सहारा देंगे ? बोलिए !"

गंगाप्रसाद माया की भावना में बहने लगा था। उसने अनुभव किया कि युग-युग से उसके अन्दरवाली सात्विकता, दया, ममता ये सब एक बार में ही जाग पड़ीं। और एक प्रकार के सुख का उसने अनुभव किया। उसने इस सुख प्रवाह में बहते हुए कहा, "माया, भगवान तुम्हारा भला करें ! मैं तुम्हें वचन देता हूँ। आज से तुम अपने को बेसहारा मत समझना ! जिस तरह भी होगा, मैं तुम दोनों की मदद करूँगा !"

माया उठकर गंगाप्रसाद के चरणों में बैठ गई, "आपको पहचानने में मैंने ग़लती नहीं की थी। आपसे मैंने जो मुहब्बत की थी, वह मैंने ठीक ही की थी। यह मेरी बदक़िस्मती थी कि आपकी मुहब्बत मुझे नहीं मिल सकती थी, लेकिन भगवान का लाख-लाख शुक्रिया कि उसने मेरी ज़िन्दगी के सूनेपन को दूर कर दिया। उसने मेरी दिल की साध पूरी की। अब मैं कितनी खुश हूँ ! तो उठिए, मुझे मेरे घर पहुँचा दीजिए ! कितने बड़े सुख का दिन है आज मेरा ! मेरा घर भी देख लीजिएगा !"

गंगाप्रसाद उठकर खड़ा हो गया, "चलो, लेकिन...लेकिन सोच रहा हूँ कि तुम्हारे मुहल्ले-पड़ोसवाले क्या सोचेंगे ? अकेली नौजवान औरत के मकान में किसी आदमी को देखकर उन लोगों में कानाफूसी होना स्वाभाविक ही होगा।"

माया ने अनुभव किया कि गंगाप्रसाद ठीक कह रहा है। उसने कहा, "हाँ, यह तो मैं भूल ही गई थी। अच्छी बात है, मैं अकेली ही चली जाऊँगी। शहर के जंट, जिसके इजलास से मैं छूटी हूँ...उसे तो लोग पहचानते ही हैं। और शहरवाले मुझे भी जानते हैं। ख़ैर, मेरी बात छोड़िए, इसमें आपकी बदनामी भी हो सकती है, क्योंकि आज पहली दफ़ा आपने अपने इजलास में दो राजनीतिक अपराधियों को सज़ा नहीं दी है। आपका मेरे यहाँ आना ठीक नहीं होगा। मैं ही आपके यहाँ चली आया करूँगी।" यह कहकर माया चलने लगी।

पर गंगाप्रसाद ने माया को रोका, "ठहरो माया, अन्दर चलो, मैं तुम्हें अपने घरवालों से मिला दूँ। माया शर्मा—कानपुर की प्रसिद्ध स्वयंसेविका !" और गंगाप्रसाद के मुख पर मुस्कराहट आ गई, "तुम्हारा सामाजिक स्थान है, है न !" और गंगाप्रसाद माया शर्मा को अपने परिवारवालों से मिलाने के लिए घर के अन्दर ले गया।

सन् 1922 की जनवरी का महीना एक भयानक अस्थिरता और आशंका को लेकर आरम्भ हुआ था। कांग्रेस और ब्रिटिश सरकार में अब एक विकराल संघर्ष छिड़ गया था, और अधिकारीगण शंकित तथा चिन्तित थे। जनवरी के दूसरे सप्ताह में युक्तप्रान्त के विशिष्ट और ज़िम्मेदार अधिकारियों को परामर्श और विचार-विमर्श के लिए युक्तप्रान्त की राजधानी लखनऊ में बुलाया गया था। इस आन्दोलन के ख़िलाफ़ कुछ ख़ास क़दम उठाने पड़ेंगे, यह स्पष्ट हो गया था। गंगाप्रसाद को भी लखनऊ जाना पड़ा। जिस समय गंगाप्रसाद चीफ़ सेक्रेटरी से बात करके बाहर निकला, शाम हो गई थी। कानपुर से ही वह अपनी कार पर लखनऊ आया था। कानपुर जाने से पहले वह हज़रतगंज, चौक और अमीनाबाद का एक चक्कर लगा लेना चाहता था। जैसे ही वह अपनी कार की ओर बढ़ा, उसे अली रज़ा की आवाज़ सुनाई दी, "बाबू गंगापरसाद साहेब को ख़ादिम का आदाब अर्ज़ है !"

"अरे तुम अली रज़ा !" गंगाप्रसाद ने बढ़कर अली रज़ा से हाथ मिलाया, "यहाँ लखनऊ में कैसे ? कब आए और कैसे आए ?"

"बड़े लोगों के साथ नत्थी होकर चला आया हूँ, मेहरबान, वरना मेरी क्या बिसात जो राजधानी की तरफ़ अपना सिर उठाऊँ ! एक्साइज़ कमिश्नर साहेब ने इलाहाबाद

में याद फ़रमाया था। वहाँ पहुँचा तो देखा हज़रत लखनऊ की तैयारी में हैं, लाट साहेब का परवाना पहुँचा था। बोले, साथ चलो, रास्ते में बातें होंगी। यो क्या करता, उनके साथ चिपके हुए यहाँ चला आना पड़ा। अब आप अपनी बतलाइए ! कानपुर में तो बड़े ठाठ होंगे आपके ! क्या बतलाऊँ बाबू गंगापरसाद, आपके जौनपुर से तबादले के बाद बस यों समझिए कि कम-से-कम मेरे लिए तो वह शहर ही उजड़ गया। तबीयत ही नहीं लगती वहाँ। तो मैंने एक्साइज़ कमिश्नर साहेब से बातचीत के सिलसिले में अर्ज़ की कि वह मेरा भी जौनपुर से कहीं और तबादला कर दें; वह शहर तो जैसे काटने को दौड़ता है।" और फिर उसने हँसते हुए कहा, "लेकिन आपको भला हम लोगों की क्या याद आती होगी—बड़ा शहर, चहल-पहल ! बड़े ठाठ हैं मेहरबान ! यह शानदार मोटरकार भी ले ली है ! चलिए, इतने दिनों बाद मिले हैं तो कहीं प्यास बुझाई जाए चलकर ! मुझे तो आज रात की गाड़ी से जौनपुर चले जाना है। आप कब तक ठहरिएगा यहाँ लखनऊ में ? हैं तो कानपुर में ही आप ?"

"जी, अभी-अभी तो आया हूँ। उस डिक्सन ने विलायत से एक साल की छुट्टी और बढ़वा ली है, तो एक साल अभी और हूँ वहाँ पर। ज़रा शहर का एक चक्कर लगाकर कानपुर के लिए रवाना हो जाना है, क्योंकि कलक्टर साहेब अभी यहाँ पर तीन-चार दिन और रुकेंगे, उनकी ग़ैरहाज़िरी में ज़िले का चार्ज मुझ पर है। तो चलिए, इतने दिनों बाद आपसे मुलाक़ात हुई है। कहाँ चला जाए ? आइए, कार पर बैठ जाइए। हम दोनों को एक ही सफ़र करना है !"

कार अवध जिमखाना की तरफ़ रवाना हो गई। दोनों कार से उतरकर क्लब के अन्दर एक कोने में बैठ गए। ऐसा दिखता था कि अली रज़ा के काफ़ी मिलने-जुलनेवाले उस क्लब में थे। दोनों के सामने व्हिस्की के गिलास भर दिए गए और दोनों में बातचीत शुरू हो गई। घूमते-फिरते बात मलका पर आई। अली रज़ा ने पूछा, "आपको छोड़कर न जाने कहाँ ग़ायब हो गई ! आपको उसका कुछ पता चला मेहरबान ? बड़ी बेवफ़ा निकली यह औरत !"

गंगाप्रसाद को झूठ बोलना पड़ा, "मैं तो जौनपुर से कानपुर चला आया अली रज़ा साहेब ! और आप जानते ही हैं कि इस आन्दोलन की वजह से काम-काज इतना बढ़ गया है कि दम लेने तक की फ़ुरसत नहीं मिलती। यह आन्दोलन तो जान मुसीबत में डाले हुए हैं !"

उसी समय अब्दुलहक़ की आवाज़ इन लोगों को सुनाई पड़ी, "अरे अली रज़ा, तुम वहाँ उस कोने में बैठे हो ! ओफ़्-फ़ो, मिस्टर गंगापरसाद हैं। ज़हे-क़िस्मत कि मुलाक़ात हो गई।" और डिप्टी अब्दुलहक़ इन लोगों की मेज़ पर बैठ गए, "ग़ालिबन आपको भी चीफ़ सेक्रेटरी साहब ने याद फ़रमाया है। मुझसे तो कल मुलाक़ात करेंगे। आपकी मुलाक़ात तो शायद आज ही हो गई होगी। कहिए, कानपुर में मूवमेंट की क्या हालत है ?"

"जैसी हरेक जगह है—चल रहा है, काफ़ी जोरों के साथ। यह मूवमेंट इतना बढ़ेगा और ज़ोर पकड़ेगा, यह नहीं सोचा था।"

अब्दुलहक़ ने अपने लिए रम का गिलास मँगाते हुए कहा, "जितना था वह बढ़ चुका था। अब आप इसे ख़त्म समझिए ! दो-तीन महीने में कुचलकर रख दिया जाएगा।" और अब्दुलहक़ हँस पड़े।

"लेकिन ख़िलाफ़त का मामला तो हल नहीं हुआ।" गंगाप्रसाद ने अनजाने ही वार किया।

वार ठिकाने बैठा। अब्दुलहक़ तिलमिला उठे, लेकिन अपनी कटुता को उन्होंने बदल दिया, "अजी ख़िलाफ़त का मसला तो शामिल करके हम मुसलमानों को बेवकूफ़ बनाया गया था। बाबू गंगापरसाद, यह सारा मूवमेंट सुराजियों का है, यह साफ़ है। विलायती कपड़ा मत पहनो, विलायती माल मत ख़रीदो, शराब की दुकानों पर धरना दो, और गुड़ का बाप कोल्हू, यानी अब नारा लगनेवाला है कि टैक्स मत दो ! जनाब, इस हिन्दू गांधी का यह मक्र और फ़रेब कब तक चलेगा ?"

अली रज़ा ने देखा कि बातचीत में बिना मतलब, बिना किसी वजह के गरमी आने लगी है। उसने बात बदली, "डिप्टी साहेब, मैं बाबू गंगापरसाद से मलका की बाबत पूछ रहा था। जौनपुर की तो रौनक ही जाती रही है मलका के जाने से। बाबू गंगापरसाद को भी मलका का कोई पता नहीं है।"

"ताज्जुब की बात है मिस्टर गंगापरसाद को मलका का पता नहीं है। यही तो उसे बनारस ले गए थे," डिप्टी अब्दुलहक़ ने कहा, "और हम लोगों को पता है कि बनारस के आरिया-समाज में मलका हिन्दू बनाई गई। वहाँ इस बात की लिखा-पढ़ी मौजूद है। तो किसने उसे हिन्दू बनवाया और हिन्दू बनकर वह कहाँ गई, इसका पता नहीं चला अभी तक। लेकिन इसका पता भी चल जाएगा।"

अली रज़ा ने गंगाप्रसाद का पक्ष लिया, "डिप्टी साहेब, उसके हिन्दू बनाए जाने में बाबू गंगापरसाद का कोई हाथ नहीं है, यह तो मैं हलफ़ उठाकर कह सकता हूँ। मैंने तो सारा क़िस्सा आपके सामने बयान किया था। किस तरह वह बाबू गंगापरसाद के साथ बेवफ़ाई कर गई, किस तरह उसने हम दोनों को धोखा दिया।" लेकिन गंगाप्रसाद ने स्पष्ट रूप से अली रज़ा के मुख पर एक कुटिल और कुरूप मुस्कराहट देखी।

गंगाप्रसाद को कुछ ऐसा लगा कि उसका अपमान करने को ही उसे वहाँ लाया गया है। उसने अब्दुलहक़ पर तेज़ नज़र डाली, "अब्दुलहक़ साहेब, मुझे पता है कि मलका हिन्दू हो गई है। यही नहीं, मुझे यह भी पता है कि मलका की शादी भी एक हिन्दू के साथ हो गई है। अब तो आप खुश हैं ! लेकिन मेरी समझ में यह नहीं आता कि आपको इस मामले में इतनी दिलचस्पी क्यों है !"

अब्दुलहक़ ने भी तमककर उत्तर दिया, "मुझे दिलचस्पी इसलिए है कि मलका मुसलमान है और किसी मर्द या औरत के इस्लाम को छोड़ने पर हर मुसलमान को बुरा लगना चाहिए। मैं कहता हूँ कि हिन्दू इस तरह मुसलमानों का वजूद नहीं मिटा सकते। मलका मुसलमान थी, वह मुसलमान रहेगी !"

गंगाप्रसाद ने भी तैश में आकर कहा, "मिस्टर अब्दुलहक़ मलका का वालिद हिन्दू

था; मलका हिन्दू की औलाद है। मैं आपको सलाह देता हूँ कि मलका के मामले को आप फिरक़ादाराना रंगत न दें, इसी में आपकी भलाई है। हिन्दुओं में मज़हबी कट्टरता नहीं है, यह आप जानते हैं। और आप अपनी मज़हबी कट्टरता से हिन्दुओं में भी मज़हबी कट्टरता जगा रहे हैं तो इसका नतीजा मुसलमानों के हक़ में ही बुरा होगा !"

अब्दुलहक़ इसका शायद और भी कड़ा उत्तर देते, लेकिन अली रज़ा ने उसका हाथ दबाया, "क्या रंग बदमज़ा कर दिया है आप लोगों ने, ख़ामख़ाह इस मामले को इतना तूल देकर ! मलका गई भाड़ में, न हमें उससे कोई मतलब है और न बाबू गंगापरसाद को उससे कोई मतलब है। सच तो यह है कि गंगाबाबू उसे अपने घर बिठा सकते थे वह यह चाहती भी थी, लेकिन इनको यह मंजूर न था।" और उसने यह कहकर एक-एक पेग और मँगवाया।

थोड़ी देर में कटुता ग़ायब हो गई। फिर गंगाप्रसाद ने पूछा, "फ़रहतुल्ला के क्या हाल हैं ?"

"आप भी किस ख़ब्ती की बात कर रहे हैं ! लीडरी के फेर में अच्छी-ख़ासी वकालत छोड़ बैठा है। उसके घरवाले दाने-दाने को मोहताज हैं और वह खुद जेल में चक्की पीस रहा है। वह तो यों कहिए कि उसके छोटे भाई वलीउल्ला को नौकरी मिल गई, नहीं तो उसके ख़ानदानवालों को भूखों मरने की नौबत आ जाती।"

गंगाप्रसाद ने कहा, "लेकिन आदमी नेक व शरीफ़ है अब्दुलहक़ साहेब, मुझे उसके साथ पूरी हमदर्दी है।"

"जी हाँ, क्योंकि वह गांधी का दिमाग़ी गुलाम है ! लानत है !" अब्दुलहक़ ने कहा।

गंगाप्रसाद उठ खड़ा हुआ। घड़ी देखते हुए उसने कहा, "आठ बज गए, काफ़ी देर हो गई। दस-साढ़े दस बजे तक कानुपर पहुँच सकूँगा। आपसे मिलकर बड़ी खुशी हुई अब्दुलहक़ साहेब ! लेकिन एक सलाह आपको मैं दूँगा। आप अपना तास्सुब दूर कीजिए। हम हिन्दू-मुसलमानों को साथ-साथ रहना है और इसलिए यह भूल जाना बेहतर होगा कि हम हिन्दू-मुसलमान हैं। हम इनसान हैं, इतना ही हमें अपनी बाबत सोचना चाहिए !"

अब्दुलहक़ एक कर्कश हँसी हँस पड़े, "आप अपनी इन्सानियत का फ़रेब अपने ही पास रखिए, हमें अपनी हैवानियत मुबारक हो। हमारी हैवानियत में कम-से-कम मक्र और फ़रेब तो नहीं है।"

पता नहीं कि गंगाप्रसाद ने अब्दुलहक़ की बात सुनी या नहीं, वह उसी समय अपनी कार पर कानपुर के लिए रवाना हो गया। उस समय वह काफ़ी अधिक उत्तेजित था। वैसे उसे असहयोग-आन्दोलन से कोई दिलचस्पी नहीं थी; एक तरह से वह इसलिए बदनाम था कि वह बड़ी निर्दयता के साथ उस आन्दोलन को दबा रहा था, लेकिन उस समय उसे आन्दोलन के स्वराज्यवाले भाग के प्रति सहानुभूति होने लगी थी।

कानपुर लौटकर गंगाप्रसाद फिर अपने काम-काज में लग गया। उसने अब स्पष्ट रूप से यह अनुभव किया कि धीरे-धीरे यह आन्दोलन हिन्दुओं का आन्दोलन बनता

जा रहा है। गिरफ़्तार होनेवालों में मुसलमानों की संख्या अब नहीं के बराबर होती थी। ऐसा लगता था कि मुसलमानों ने उस आन्दोलन से हाथ खींच लिया था।

उस दिन गंगाप्रसाद ने आन्दोलन के अभियुक्तों को बहुत हल्की सज़ाएँ दी थीं, और वह अपने अन्दर एक प्रकार का सन्तोष अनुभव कर रहा था। शाम के समय जब वह घर लौटा, तो प्रसन्न था। उस दिन सरदी तेज़ थी, और वह अपने परिवारवालों के साथ गोल कमरे में एक सद्गृहस्थ की भाँति बैठा हुआ आग ताप रहा था। उसी समय उसके चपरासी ने उसे कागज़ का एक पुरज़ा दिया, "माया शर्मा और सत्यव्रत शर्मा।" कागज़ का पुरज़ा देखकर उसने कहा, "उन लोगों को मेरे दफ़्तरवाले कमरे में बिठाओ, मैं आता हूँ !"

गंगाप्रसाद ने सत्यव्रत शर्मा को पहली बार देखा। वह चौबीस-पच्चीस वर्ष का लम्बा-सा हृष्ट-पुष्ट नवयवुक था। खिलता हुआ गेहुआँ रंग, चौड़ा ललाट और बड़ी-बड़ी आँखें, चेहरे पर एक प्रकार की शालीनता ! गंगाप्रसाद के कमरे में प्रवेश करते ही दोनों उठ खड़े हुए और दोनों ने गंगाप्रसाद का अभिवादन किया। फिर माया ने कहा, "यह मेरे पति हैं। आज सुबह जेल से छूटकर आए तो मैं इन्हें अपने साथ आपके पास लाई हूँ। मुझे ही नहीं, इन्हें भी आपकी सरपरस्ती चाहिए।"

सत्यव्रत मुस्कराया, "जंट साहेब, जेल से लौटकर मैंने आपकी बाबत काफ़ी सुना है। कांग्रेसमैनों के दायरे में आपकी बहुत चर्चा है। माया ने मुझे आपकी बाबत सब कुछ बतला दिया था, शादी से पहले ही। तो सोचा कि आपके दर्शन कर लूँ और आपका परिचय प्राप्त कर लूँ ! लेकिन, मैं जंट साहेब से मिलने नहीं आया हूँ, मैं एक मानव से मिलने आया हूँ। मैं यह देखने आया हूँ कि जो कुछ मेरी पत्नी कहती है, वह ठीक है या जो बाहरवाले कहते हैं वह ठीक है !"

जिस निर्भीकता के साथ और जितनी स्पष्टता के साथ सत्यव्रत ने यह बात कही थी उससे साधारण परिस्थिति में गंगाप्रसाद को क्रोध आ जाता, लेकिन उस समय उसके मन में इस प्रकार की कोई प्रतिक्रिया नहीं हुई। वह एकटक सत्यव्रत को देख रहा था, आश्चर्य के साथ। उसने धीमे-से स्वर में कहा, "शहरवाले ग़लत नहीं कहते मिस्टर सत्यव्रत ! मैं कठोर शासक हूँ और इस आन्दोलन को कुचलने के लिए कानपुर बुलाया गया हूँ।"

"तो क्या आप कानपुर में इस आन्दोलन को कुचल सकिएगा ?" सत्यव्रत ने पूछा।

गंगाप्रसाद ने गम्भीरतापूर्वक उत्तर दिया, "तीन दिन पहले तक मैं भी अपने से यह प्रश्न अकसर किया करता था, लेकिन अब मैंने अपने से यह प्रश्न करना बन्द कर दिया है। शायद आपको यह पता होगा कि पिछले दो-तीन दिन से मैंने लोगों को कड़ी सज़ाएँ देना बन्द कर दिया है।"

"जी हाँ, आज शाम को कुछ लोगों ने मुझसे यह कहा। और उन्हें आश्चर्य हो रहा था कि आपमें यह परिवर्तन कैसा ! क्या सरकार अपनी नीति बदल रही है ?"

"नहीं, सरकार इस आन्दोलन को कुचलने को हर तरह से तैयार है। लेकिन मैं

अपनी नीति बदल रहा हूँ। इसकी वजह यह है कि आन्दोलन खुद-ब-खुद ठंडा पड़ रहा है। मुझे ऐसा दीखता है कि कुछ दिनों में यह स्वयं ख़त्म हो जाएगा। इस आन्दोलन में दम नहीं है।"

सत्यव्रत नवयुवक था। वह एकाएक भड़क उठा, "आप बिलकुल ग़लत सोच रहे हैं।"

सत्यव्रत की इस बात से गंगाप्रसाद हँस पड़ा, "इतना बिगड़ने से तो काम नहीं चलेगा सत्यव्रत ! पहले तुम अपने आन्दोलन की शक्ल देख लो ! यह आन्दोलन शहरवालों का है, गाँवों में इसकी जड़ें हैं ही नहीं। केवल कुछ थोड़े से मध्यवर्ग के लोग हैं इस आन्दोलन में, क्योंकि मध्यवर्ग के लोगों की ही समझ में यह अहिंसा आ सकती है। और वे सब लोग जेलों में हैं।"

"हमारा आन्दोलन अब देहातों की ओर बढ़ रहा है।" सत्यव्रत ने तैश में आकर कहा।

गंगाप्रसाद ने शान्त भाव से उत्तर दिया, "हाँ, और यही इस आन्दोलन का दुर्भाग्य है। देहातों में पहुँचते ही यह अहिंसा हिंसा बन जाएगी। नहीं सत्यव्रत, चीज़ों की ठीक-ठीक शक्ल देखो ! यह तुम्हारा हिन्दू-मुस्लिम एकता का झूठा नारा है। यह मध्यवर्ग का नारा है। मेरा ऐसा ख़याल है कि इस नारे का खोखलापन जल्दी ही हमारे सामने ज़ाहिर हो जाएगा। इस नारे से ऊपर उठकर जब तुम मनुष्यता का नारा उठा सकोगे, तभी तुम्हें सफलता मिलेगी। लेकिन इन सबमें अभी सैकड़ों वर्ष लग जाएँगे।"

माया इस वाद-विवाद से ऊब गई थी। उसने सत्यव्रत से कहा, "मैं आपको जंट साहेब से बहस करने के लिए नहीं लाई हूँ। यह बहस बन्द कीजिए।"

गंगाप्रसाद ने मानो माया की बात की पुष्टि की, "हाँ, इस बहस को बन्द ही किया जाए।" फिर एकाएक उसके माथे पर बल पड़ गए। उसने दबे हुए किन्तु दृढ़ता से भरे हुए स्वर में कहा, "सत्यव्रत, तुमने बहुत हिम्मत से भरा क़दम उठाया है, मलका को माया बनाकर और उससे शादी करके ! इसके लिए मैं तुम्हें बधाई देता हूँ। कह नहीं सकता ठीक-ठीक, लेकिन बहुत मुमकिन है कि सबसे पहले तुमको ही हिन्दू-मुस्लिम भेदभाव की विडम्बना का सामना करना पड़े। उस वक़्त तुम हिम्मत न हारना ! बिना किसी हिचक के तुम मेरे पास आना, मुझसे तुम्हें हर तरह की सहायता मिलेगी।"

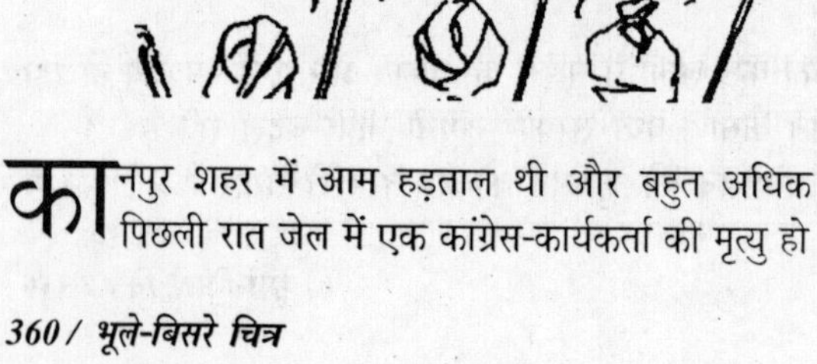

7

कानपुर शहर में आम हड़ताल थी और बहुत अधिक उत्तेजना फैली हुई थी। पिछली रात जेल में एक कांग्रेस-कार्यकर्ता की मृत्यु हो गई थी। लोगों का कहना

था कि उसकी मृत्यु जेल-अधिकारियों के अत्याचार का कारण हुई और अधिकारियों का कहना था कि उसकी मृत्यु स्वाभाविक कारणों से हुई, क्योंकि वह बीमार था। उस कांग्रेस-स्वयंसेवक की शव-यात्रा का जुलूस निकाला जानेवाला था। जब यह जुलूस चला तो मेस्टन रोड पहुँचते-पहुँचते उसमें पच्चीस-तीस हज़ार आदमियों की भीड़ हो गई थी। जनता में एक प्रकार का क्रोध था, एक प्रकार की हिंसा थी।

पुलिस-अधिकारी इस जुलूस की मनोवृत्ति देखकर चिन्तित हो उठे और उन्होंने इसकी सूचना गंगाप्रसाद को दी। अधिकारियों के आपसी परामर्श के फलस्वरूप यह तय हुआ कि जुलूस को सिविल लाइंस में प्रवेश न करने दिया जाए, क्योंकि वहाँ अंग्रेज़ों और उच्च अधिकारियों के बँगले थे और भीड़ में इतनी अधिक उत्तेजना थी कि वह किसी समय भी हिंसात्मक हो सकती थी। उसी समय सशस्त्र पुलिस के दस्तों को बुला लिया गया, इस जुलूस का सामना करने के लिए।

प्रायः दो सौ सशस्त्र और साधारण पुलिस के सिपाहियों के साथ गंगाप्रसाद मेस्टन रोड से सिविल लाइंस जानेवाली सड़क के चौराहे पर खड़ा हो गया, इस जुलूस को रोकने के लिए। उस कांग्रेस-कार्यकर्ता का शव जेल से सीधा भैरव घाट के श्मशान को भिजवा दिया गया था, स्वयंसेवक के संगे-सम्बन्धियों के साथ। जैसे ही जुलूस उस चौराहे पर पहुँचा, वहाँ रोक दिया गया।

उस जुलूस में आगे कांग्रेस की झंडियाँ लिए हुए स्वयंसेविकाएँ थीं, जिनमें अन्य स्त्रियाँ भी सम्मिलित हो गई थीं। उसके पीछे कांग्रेस के स्वयंसेवक तथा अन्य कार्यकर्ता थे। उसके पीछे कानपुर नगर की जनता की अपार भीड़ थी। गंगाप्रसाद ने आगे बढ़कर आज्ञा दी कि जलूस वहाँ से लौट जाए, सिविल लाइन्स में जुलूस के प्रवेश करने पर रोक लगा दी गई है। इस पर नगर कांग्रेस-कमेटी के पाँच नेता आगे आए। उन्होंने कहा कि जुलूस वापस नहीं लौटेगा, वह सिविल लाइन्स होते हुए श्मशान-घाट जाकर अपने अमर शहीद को श्रद्धांजलि अर्पित करेगा। सरकारी आज्ञा मानने को लोग तैयार नहीं हैं। पर उन्होंने गंगाप्रसाद को यह आश्वासन दिया कि जुलूस हिंसात्मक नहीं होगा।

जुलूस में शोर मच रहा था, भद्दी-भद्दी गालियाँ सरकारी अधिकारियों को दी जा रही थीं, कांग्रेस के, महात्मा गांधी के, स्वतन्त्रता के और भारतमाता की जय-जयकार के नारे लगाए जा रहे थे। गंगाप्रसाद की बग़ल में ही कानपुर का अंग्रेज असिस्टेंट सुपरिन्टेण्डेण्ट पुलिस खड़ा था, और अगल-बगल यूरोपियन और एंग्लो-इंडियन सार्जेंट कमर में पिस्तौलें लटकाए खड़े थे। गंगाप्रसाद ने अब कानपुर नगर में दफ़ा एक सौ चवालीस का ऐलान कर दिया और जुलूस को पन्द्रह मिनट के अन्दर तितर-बितर हो जाने की आज्ञा दी।

इसी समय जुलूस के पीछे से किसी ने एक ढेला फेंका, जो असिस्टेंट सुपरिन्टेण्डेण्ट पुलिस के बाएँ हाथ में लगा, और तत्काल उसने अपना पिस्तौल निकालकर भीड़ की ओर ताना। गंगाप्रसाद ने उसका हाथ नीचे मोड़ दिया, लेकिन भीड़ से उसी समय ढेलों की बौछार हुई, और एक ढेला गंगाप्रसाद के सिर पर लगा। गंगाप्रसाद ने अब पुलिस को

लाठी चार्ज करने का हुक्म दिया और घुड़सवारों को आज्ञा दी कि वे भीड़ को तितर-बितर कर दें। गंगाप्रसाद के आज्ञा देते ही पुलिस और घुड़सवार जुलूस पर टूट पड़े।

जुलसू में भगदड़ मच गई। लेकिन कांग्रेस के स्वयंसेवक, स्वयंसेविकाएँ और कांग्रेस के कार्यकर्ता मैदान में डटे रहे, और लाठियों का प्रहार सहते रहे। पाँच मिनट के अन्दर ही भीड़ ग़ायब हो गई, केवल घायल व्यक्ति ही रह गए। उस लाठी-चार्ज में घायलों की संख्या दो सौ से ऊपर थी, जिनमें क़रीब पच्चीस स्त्रियाँ थीं। इन घायलों में प्रायः पचास व्यक्तियों को ज़्यादा चोटें आई थीं। उन्हें तुरन्त ही अस्पताल भिजवा दिया गया। बाकी लोगों को गिरफ़्तार करके हवालात भिजवा दिया गया।

गंगाप्रसाद जब घर वापस लौटा तो वह बहुत उदास और थका हुआ था। उसके अन्दर से जैसे कोई बार-बार कह रहा था कि उसने जो कुछ किया, वह सब यद्यपि कानून के अनुसार उचित था लेकिन नैतिक दृष्टि से ठीक नहीं था। अगर जुलूस सिविल लाइन्स होते हुए भैरव-घाट चला जाने दिया जाता तो उसमें किसी का कुछ न बिगड़ता। भीड़ में विद्रोह था, उत्तेजना थी, लेकिन भीड़ में शारीरिक हिंसा नहीं थी। घायलों की शक्लें बार-बार उसकी आँखों के आगे आ जाती थीं। लाठियाँ उन पर पड़ी थीं जो निर्दोष थे, जो निःशस्त्र थे, लेकिन जो नेक थे, शान्त थे, और बहादुर थे। जिन्होंने ढेले फेंके, वे शरारती थे और कायर थे। वे सब तो लाठीचार्ज शुरू होते ही भाग खड़े हुए थे। एक ग्लानि-सी हो रही थी उसे अपने से।

घर आते ही वह अपने दफ़्तरवाले कमरे में बैठ गया चुपचाप। ज्वालाप्रसाद समस्त परिवार को लेकर माघ मेला नहाने के लिए इलाहाबाद चले गए थे, पन्द्रह दिन के लिए। अपने घर में गंगाप्रसाद नितान्त अकेला था। उसके नौकर-चाकर सब थे, लेकिन उसमें कोई भी उसका कुछ न था। भीखू भी परिवार के साथ चला गया था। जब वह घर में आकर बैठा, तब उसे ऐसा लगा कि कहीं माथे में दर्द हो रहा है। उसने माथे पर हाथ लगाया। जहाँ ढेला लगा था वहाँ फूल आया था और हल्का-हल्का दर्द हो रहा था वहाँ। गंगाप्रसाद ने स्वयं व्हिस्की की बोतल निकाली और फिर कुरसी पर बैठकर उसने व्हिस्की में अपने अन्दरवाली ग्लानि को डुबा देने का प्रयत्न किया। इसमें उसे सफलता भी मिली। वे जो घायल हुए, जिन पर लाठियाँ पड़ीं, वही तो क़ानून तोड़ रहे थे। वे लोग कितने बड़े अपराधी हैं ! अहिंसा के नाम पर ये लोग जनता की हिंसा का नेतृत्व करने को निकल पड़े हैं। अपराधी कांग्रेस के बड़े-बड़े नेता हैं—बाकी सब भेड़-बकरियाँ हैं, नहीं पशु हैं, जिनमें अहिंसक और हिंसक दोनों प्रकार के पशु शामिल हैं। इन पशुओं को सज़ा देने से क्या लाभ ! सज़ा तो उन नेताओं को मिलनी चाहिए जो सोचते हैं, समझते हैं, नेतृत्व करते हैं और उसने काग़ज उठाकर हुक्म लिखा—'कांग्रेस के पाँचों नेताओं को हवालात में रखा जाए, बाकी लोगों को जो शाम के समय गिरफ़्तार किए गए थे, छोड़ दिया जाए।' चपरासी को बुलाकर उसने अपना हुक्म जेलर के पास भिजवा दिया।

अब उसका मन धीरे-धीरे हल्का होने लगा था। उसे याद हो आया कि किस प्रकार

उसने असिस्टेंट-सुपरिन्टेण्डेण्ट पुलिस को गोली चलाने से रोका था, नहीं तो पूरा गोली-कांड हो गया होता, जिसमें दस-बीस आदमियों की जानें जातीं। कितनी कुशलता और बुद्धिमानी के साथ उसने स्थिति का मुक़ाबला किया था ! इन सब विचारों में वह अपने माथे की चोट को भूल गया।

दीवार पर लगी घड़ी ने आठ बजाए। गंगाप्रसाद ने घड़ी की ओर देखा। अभी कुल आठ बजे थे; समय जैसे काटे नहीं कट रहा था। खाना खाने में अभी कम-से-कम आधे घंटे की देर है। सरदी तेज़ थी और रात लम्बी थी। गंगाप्रसाद ने व्हिस्की का तीसरा पेग लिया।

भविष्य में क्या होनेवाला है ? गंगाप्रसाद इस भविष्य की कल्पना नहीं कर पा रहा था। आन्दोलन दिनोदिन उग्रता धारण करता जा रहा था। इतने लोग जेल गए, लेकिन फिर भी आन्दोलन बन्द नहीं हुआ; नए-नए रूपों में यह आन्दोलन नई-नई समस्याएँ खड़ी करता जा रहा है। सामूहिक सत्याग्रह का श्रीगणेश होनेवाला है, और यह सामूहिक सत्याग्रह होगा क्या ? जेलें भरी हुई हैं, और लोग अब जेल जाने से ऊब गए हैं। वह स्वयं लोगों को जेल भेजने से ऊब गया था। तो यह सामूहिक सत्याग्रह ! क्या इसके साथ हत्याकांडों का नया दौर आरम्भ होगा ? और गंगाप्रसाद सिर से पैर तक सिहर उठा। अपने देशवासियों की हत्या उससे ही कराई जाएगी—उससे, उसके हुक्म से, उसके सामने। आज उसने लाठी चलवाई, कल उसे गोली चलवानी पड़ेगी। लोग मरेंगे, स्त्रियाँ विधवा होंगी, बच्चे अनाथ होंगे। गंगाप्रसाद काँप उठा। उसे एक तरह का भय लगने लगा। लेकिन यह भय किससे ? गंगाप्रसाद की समझ में नहीं आ रहा था। और मन-ही-मन अपने पिता पर, अपने परिवार पर क्रोधित हो उठा जो उसे अकेले छोड़कर इलाहाबाद चले गए थे।

अब वह बेतरह घबरा गया था। उसने अपने पिता को एक पत्र लिखा, जिसमें उनसे पत्र पाते ही सब लोगों के साथ कानपुर वापस लौट आने का अनुरोध किया। उसे उस समय ऐसा लग रहा था कि उसके इर्द-गिर्द घायल लोग पड़े कराह रहे हैं और उन कराहों की आवाज़ों से उसके कानों के परदे फटे जा रहे हैं। वे लोग चीख़ रहे हैं, चिल्ला रहे हैं। और गंगाप्रसाद ने चौंककर अपने सिर को एक झटका दिया। उसी समय उसकी आँखों के आगे से काला धुँधलापन लुप्त हो गया। उसने देखा कि वह अपने दफ़्तरवाले कमरे में अकेला बैठा है। और दूर, कहीं दूर से आवाज़ें आ रही हैं। उसने घंटी बजाई, एक बार, दो बार, लेकिन उसकी घंटी पर कोई अर्दली नहीं आया। तीसरी घंटी पर पहरेवाले सिपाही ने कमरे में प्रवेश किया। सलाम करते हुए उसने कहा, "क्या हुक्म है सरकार ?"

"अहमद कहाँ गया ?" गंगाप्रसाद ने झुँझलाकर पूछा, "वे आवाज़ें कैसी है और कहाँ से आ रही हैं ?"

"सरकार ने ही तो क़रीब आधा घंटा पहले उसे एक चिट्ठी देकर जेल की तरफ़ भेजा है। मुझसे कह गया है कि जल्दी ही वापस आएगा। साइकिल पर गया है। इस

बीच मैं आपकी ख़िदमत में हूँ।"

गंगाप्रसाद को याद आ गया कि उसने अपने अर्दली अहमद को जेल भेजा है। उसने सिपाही से कहा, "ये आवाज़ें कहाँ से आ रही हैं ?"

"कहीं दूर से आ रही हैं। कुछ लोग शोर मचाते हुए कहीं जा रहे हैं, ऐसा मालूम होता है। रात के गहरे सन्नाटे में ये नज़दीक से आती लगती हैं, लेकिन हैं बहुत दूर, सरकार !" फिर उसने दफ़्तर के कमरे पर निगाह डाली, "यहाँ तो सरदी बहुत है हुज़ूर ! गोल कमरे में बैठिए चलकर ! रसोइए को बुला देता हूँ, वह वहाँ चलकर आग-वाग जला दे !"

लेकिन गंगाप्रसाद को सरदी का कोई आभास नहीं था। उसका शरीर जल रहा था, उसके प्राण जल रहे थे। गंगाप्रसाद ने अपने गिलास में चौथा पेग भरते हुए कहा, "नहीं, सरदी बिलकुल नहीं है। जाओ, बाहर पहरा दो ! और देखो, यह ताँगा किसका है ? कौन आया है इस वक़्त ? कह दो कि मैं सो गया हूँ। इस वक़्त किसी से नहीं मिलूँगा।"

सिपाही बाहर जाकर उल्टे पैर वापस लौटा, "दो आदमी हैं और उनके साथ असबाब है। आपके कोई रिश्तेदार हैं। भीखू भी उनके साथ आया है। असबाब उतरवा रहा है।"

और उसी समय ज्ञानप्रकाश और सत्यव्रत ने कमरे में प्रवेश किया। उनके आते ही सिपाही बाहर चला गया।

ज्ञानप्रकाश के आते ही गंगाप्रसाद को ऐसा लगा जैसे नई स्फूर्ति मिली, नया बल और साहस मिला। उसने बैठे-ही-बैठे कहा, "उठ नहीं पाऊँगा चचाजान, ज़रा ज़्यादा पी गया हूँ। देख रहे हो कितनी सरदी है ! फिर अकेलेपन को भी दूर करना था। तो चचा, तुम भी थोड़ी-सी लो, लेकिन अपने ही हाथों लेनी पड़गी। और तुम, अरे हाँ सत्यव्रत, तुम तो पीते न होगे, तुमसे क्या पूछूँ !"

ज्ञानप्रकाश एक बड़ा पेग अपने गिलास में भरकर बैठ गया। फिर उसने मुस्कराते हुए कहा, "सुना है बरखुरदार कि आज तुमने स्थिति बहुत ज़्यादा सँभाली, नहीं तो गोलीकांड हो गया होता।"

गंगाप्रसाद हँस पड़ा, "लेकिन चचा, अगर यह गोलीकांड हो गया होता तो शायद ज़्यादा अच्छा होता। कम-से-कम इतने लोग घायल तो न हुए होते, जितने आज हुए हैं। पचास आदमी, जी हाँ, उनमें दस स्त्रियाँ...ये पचास आदमी तो अस्पताल में पड़े हैं। किसी का हाथ टूटा है, किसी का पैर टूटा है, किसी का सिर टूटा है, किसी की पसलियाँ टूटी हैं। और डेढ़ सौ आदमी मैंने हवालात भिजवा दिए हैं, वे भी ज़ख्मी हैं, लेकिन सादी चोटें हैं। तो गोलीबारी से दो-चार मरते, आठ-दस ज़ख्मी होते...बस, इतने से काम चल गया होता।" और फिर गंगाप्रसाद की उस रूखी हँसी के स्थान पर एक दयनीय करुणा आ गई उसके मुख पर, "चचा, उन घायलों को देखते तो तुम्हारी समझ में आता। वे जिन्होंने ढेले फेंके थे, वे जो पाजी और बदमाश थे, वे तो भाग खड़े हुए। मार उन पर पड़ी, घायल वे हुए जो निरपराध थे, बेक़सूर थे, जो हिम्मतवाले थे। कितनी

शान्ति के साथ, बिना उफ़ किए हुए वे डेढ़ सौ आदमी जेल चले गए ! यह जाड़े की ठिठुरती हुई रात ! भगवान जाने, उन पर कैसी बीत रही होगी, और उनके घरवालों का क्या हाल हुआ होगा ?"

इस बार सत्यव्रत ने कहा, "वे लोग तो हवालात से छूटकर नारे लगाते हुए शहर की तरफ़ चले गए। हम लोग जब स्टेशन से ताँगे पर आ रहे थे, तब उन लोगों से मुलाक़ात हुई थी। उन्हीं लोगों ने तो हमसे आज के लाठी-चार्ज की बात बतलाई। माया उसी समय ताँगे से उतरकर अस्पताल चली गई, घायलों की देखभाल करने।"

गंगाप्रसाद एकाएक भड़क उठा, "वे लोग हवालात से छूटकर घर चले गए ? किसने छोड़ा उन्हें ? किसके हुक्म से छोड़े गए वे लोग ?" और उसने फिर घंटी बजाते हुए आवाज़ दी, "अहमद !"

इस घंटी और गंगाप्रसाद की आवाज़ के साथ ही अहमद ने कमरे में प्रवेश किया, "सरकार, आपका हुक्म मैंने जेलर साहेब को दे दिया था। उसी वक़्त वह उठे। बस, दस मिनट के अन्दर ही उन्होंने सब लोगों को छोड़ दिया; पाँच आदमियों को उन्होंने रोक लिया !"

ज्ञानप्रकाश ज़ोर से हँस पड़ा, "शाबाश बरखुरदार ! यह भी खूब रही ! खुद ही हुक्म देकर उनको छोड़ा, और खुद उनके छूटने पर दूसरों पर नाराज़ हो रहे हो। मान गया तुम्हें। कितनी पी है !"

गंगाप्रसाद ने विवशता के भाव से ज्ञानप्रकाश को देखा, "कुछ याद नहीं चचा, आज ही यह बोतल खोली है, तो समझो जितनी खाली है वह सब मेरे अन्दर है। अब साफ़-साफ़ दिखता भी तो नहीं है—चौथाई से ज़्यादा तो ख़ाली हो चुकी है—क़रीब-क़रीब आधी। ख़ैर, छोड़ो भी चचा, इस सबको। लेकिन यह बताओ कि अब आगे चलकर तुम लोग क्या करना चाहते हो ? अरे हाँ, तुम्हारी राज़ी-खुशी तो पूछना भूल ही गया। कानपुर कैसे आए ? बप्पा वग़ैरह तो सब अच्छी तरह हैं ? और यह सत्यव्रत तुम्हारे साथ कैसे है ?"

"ये दोनों मियाँ-बीवी इलाहाबाद गए थे, तो हम लोग साथ आए हैं। और सब लोग अच्छी तरह हैं। तीन-चार दिन बाद सब लोग आनेवाले हैं।"

"कानपुर में कितने दिन ठहरोगे चचा, यानी कितने दिन के लिए आए हो ? गंगाप्रसाद ने पूछा।"

"कम-से-कम एक हफ़्ता लग जाएगा यहाँ बरखुरदार ! तो अब उठकर खाना-वाना खाएँ हम लोग चलकर ! कल सुबह बातचीत होगी, जब बातचीत के क़ाबिल हो जाओगे !" अब वह सत्यव्रत की ओर घूमा, "अच्छी बात है सत्यव्रत, अब तुम भी घर जाओ, कल तुमसे कांग्रेस के दफ़्तर में क़रीब ग्यारह बजे मुलाक़ात होगी तुम सारी स्थिति का अध्ययन करके रखना। कल ही काम शुरू कर देना है।"

दूसरे दिन जब गंगाप्रसाद कचहरी से वापस लौटा, ज्ञानप्रकाश और सत्यव्रत उसके कमरे में बैठे थे। क़रीब तीस आदमी अस्पताल से सुबह ही घर भेज दिए गए थे; बाक़ी

बीस का इलाज होने लगा था। लेकिन हरेक की हालत सँभल रही थी। जिन पाँच नेताओं को पिछली शाम को गिरफ्तार किया गया था, उन्हें गंगाप्रसाद ने एक-एक महीने की सज़ा दे दी थी। इस सबसे उसका मन हल्का हो गया था। कपड़े बदलकर वह इन दोनों के पास आकर बैठ गया। भीखू इन तीनों के लिए नाश्ता और चाय दे गया। गंगाप्रसाद ने अब इतमीनान के साथ ज्ञानप्रकाश को देखा, "हाँ, अब बतलाओ कि क्या इरादा है तुम लोगों का ?"

"इरादा ! तो यों समझो कि तुम्हारी चिन्ता दूर कर रहा हूँ बरखुरदार ! कम-से-कम तुम्हें तो शान्ति मिलेगी ही। आन्दोलन को अब शहर से हटाकर गाँवों में शुरू करना है। हम लोगों ने देहातों में करबन्दी को सामूहिक सत्याग्रह का कार्यक्रम बनाया है। और देहातों से शहर के ज्वाइंट मजिस्ट्रेट का कोई मतलब नहीं। तो हम लोग समझते हैं कि तीन-चार महीने में ही सरकार घुटने टेक देगी और फ़ैसला हो जाएगा।"

"तो क्या आप लोग वास्तव में गाँवों में सामूहिक सत्याग्रह करनेवाले हैं चचा ? यह सामूहिक सत्याग्रह तो बड़ा भयानक अस्त्र है। ज़रा इस पर सोचिए। अभी तक जो कुछ भी सफलता आप लोगों ने पाई है वह सब इससे नष्ट हो जाएगी।"

कुछ सोचकर ज्ञानप्रकाश ने उत्तर दिया, "मैं जानता हूँ गंगा, लेकिन यह सफलता तो हमारी निष्क्रियता से भी नष्ट हो जाएगी। यह सामूहिक सत्याग्रह ही एकमात्र ऐसा अस्त्र है जिसके आगे ब्रिटिश सरकार झुक सकती है। और अब हमें लाखों-करोड़ों किसानों तक इस आन्दोलन को पहुँचाना है। इस हफ़्ते बाद ही इलाहाबाद में सारे युक्तप्रान्त के सक्रिय कार्यकर्ताओं की एक बैठक होगी, जिसमें ग्रामों में इस आन्दोलन को पहुँचाने की रूपरेखा तैयार की जाएगी।"

उसी समय कलक्टर का चपरासी आया। उसने कलक्टर की एक चिट्ठी दी। उस चिट्ठी को पढ़कर गंगाप्रसाद चौंक उठा। चपरासी से उसने कहा, "मैं अभी एक घंटे में आता हूँ।" और चपरासी के जाते ही उसने वह कलक्टर का टाइप किया हुआ नोट ज्ञानप्रकाश की ओर बढ़ाया, "ज़रा इसे भी पढ़ लो चचा, तुम्हें बड़ी गरम ख़बर दे रहा हूँ।"

"ऐं यह क्या ?" ज्ञानप्रकाश कलक्टर का नोट पढ़कर मानो चिल्ला उठा, "यह चौरीचौरा की ख़बर झूठ है, अतिशयोक्ति है। इक्कीस पुलिस के सिपाही और एक सब-इन्स्पेक्टर ज़िन्दा जला दिए गए और थाना फूँक दिया गया ! मैं इस बात पर यक़ीन नहीं कर सकता। क्यों गंगा, क्या यह वाक़ई सही ख़बर है ?"

गंगाप्रसाद ने उत्तर दिया, "चचा, सरकारी मामलों में ग़लत ख़बर नहीं दी जाती, आप चाहे उस पर यक़ीन करें या न करें। मैंने आपसे पहले ही कहा था कि देहातों में यह सामूहिक सत्याग्रह, यह ध्वंसात्मक आन्दोलन ग़लत क़दम होगा। अगर इस तरह की और दो-चार घटनाएँ हो जाएँ तो सारे प्रान्त में सैनिक शासन लादा जा सकता है, जो शायद पंजाब के मार्शल-लॉ से अधिक भयानक हो, और इस सैनिक शासन का औचित्य भी सिद्ध किया जा सकता है।"

ज्ञानप्रकाश ने इस बात का कोई उत्तर नहीं दिया, लेकिन सत्यव्रत दृढ़ता से भरे स्वर में बोला, "जंट साहेब, मुझे इस बात से प्रसन्नता होगी कि युक्तप्रान्त ही नहीं, सारे हिन्दुस्तान में मार्शल-लॉ जारी कर दिया जाए। अंग्रेज़ों ने देश-भर में नौकरशाही का जो ताना-बाना बुन दिया है, वह तो समाप्त हो जाए और हरेक हिन्दुस्तानी यह अनुभव करने लगे कि वह गुलाम है। यह सरकार उन हिन्दुस्तानियों के बल पर क़ायम है जो अपने को सिविलियन्स कहकर सरकारी नौकरियाँ करते हैं।"

गंगाप्रसाद को सत्यव्रत की बात अप्रिय लगी, विशेष रूप से इसलिए कि उसमें उस पर भी छींटा कसा गया था। लेकिन सत्यव्रत ने जो कुछ कहा था, उससे वह इनकार नहीं कर सकता था। उसने सत्यव्रत की ओर देखा—अनुभवहीन नवयुवक, किस तरह वह इतना बड़ा सत्य कह गया ! पर जो कुछ सत्यव्रत ने कहा, उसका दूसरा पहलू भी तो है। उसने सत्यव्रत से पूछा, "लेकिन यह हिन्दुतानी सेना सत्यव्रत ? यह सेना, जिसकी सहायता से सन् 1857 का विद्रोह दबा दिया गया था, उसका क्या करोगे ? इसी सेना के बल पर कुछ थोड़े-से अंग्रेज़ों ने इतने बड़े देश को गुलाम बना लिया। तो सत्यव्रत, मार्शल-लॉ बड़ी ख़तरनाक चीज़ है, इस मार्शल-लॉ की कामना मत करो !"

सत्यव्रत उठ खड़ा हुआ, "जंट साहेब, मैं यह जानता हूँ कि गुलामी से विद्रोह करना, गुलामी से लड़ना हम लोगों का धर्म है। इस विद्रोह का और इस युद्ध का नतीजा क्या होगा, इस पर सोचना और वाद-विवाद करना कायरता है; और इसी कायरता के कारण हम हिन्दुस्तानियों का अस्तित्व भेड़-बकरियों का-सा हो गया है। अच्छा, आपको कलक्टर साहेब के यहाँ जाना है तो मैं कांग्रेस-ऑफ़िस चलूँ; मुमकिन है वहाँ भी कुछ ख़बर आई हो। इस गम्भीर स्थिति पर हम लोगों को भी कुछ विचार करना होगा। चलिए ज्ञानप्रकाशजी, आप यहाँ बैठकर क्या कीजिएगा !"

गंगाप्रसाद ने ज्ञानप्रकाश से कहा, "हाँ चचा, तुम भी हो आओ ! लेकिन यह चौरीचौरा की ख़बर अभी दूसरों को न दी जाए, नहीं तो मुझ पर सरकारी ख़बर को खोल देने का आरोप लगाया जा सकता है। सरकार जनता पर इस ख़बर का, बहुत सम्भव है, कोई दूसरा रूप ज़ाहिर करे। लेकिन चचा, जेल के बाहर बचे हुए कांग्रेस के ज़िम्मेदार नेताओं में तुम दोनों को तो मैं यह सलाह दूँगा कि इस आन्दोलन को अब यहीं रुक जाना चाहिए, नहीं तो बड़ा गज़ब हो जाएगा। हिन्दुस्तानी हिन्दुस्तानियों की हत्या करें, उन्हें जला दें, इस तरह तो हमारे देश में गृहयुद्ध छिड़ जाएगा। हर जगह लूट-मार और अराजकता की हालत फैल जाएगी।"

दूसरे दिन चौरीचौरा की हत्याकांड की ख़बर सारे देश में फैल गई। जो कुछ हुआ था वह बहुत भयानक था। जनता उत्तेजित होकर कितना भयानक रूप धारण कर सकती है ! सरकारी अधिकारियों और कार्यकर्ताओं में एक प्रकार का भय भर गया था, और उस भय की प्रतिक्रिया के फलस्वरूप उनमें कांग्रेसवालों के विरुद्ध एक प्रकार की हिंसा जाग उठी थी। युद्ध का श्रीगणेश हो गया था; और देश-भर के कांग्रेस-संगठन में एक प्रकार की सरगरमी आ गई थी।

उसी दिन हल्की बूँदाबाँदी हो गई और पिछली रात से ही सरदी हो गई थी। गंगाप्रसाद कचहरी जाने के लिए तैयार था कि उसी समय ज्ञानप्रकाश ने कमरे में प्रवेश करते हुए कहा, "गंगा, मैं इसी गाड़ी से इलाहाबाद जा रहा हूँ। कल रात कांग्रेस कमेटी में मेरे नाम तार आया था कि वहाँ मेरी सख्त ज़रूरत है। प्रान्तीय कांग्रेस कमेटी के मन्त्री का पत्र भी अभी-अभी इसी डाक से मुझे मिला है; अजीब-सी स्थिति पैदा हो गई है।"

गंगाप्रसाद ने कौतूहल की दृष्टि से ज्ञानप्रकाश को देखा, "क्यों चचा, कैसी स्थिति आ गई, हर्ज़ न हो तो मुझे बता दो !"

"अख़बार में तो पढ़ा होगा तुमने कि महात्मा गांधी इस सामूहिक सत्याग्रह को वापस लेना चाहते हैं। बारदोली में 12 फरवरी को कांग्रेस-कार्यसमिति की बैठक हो रही है, यह भी पढ़ा होगा। ऐसा समझा जाता है कि उसमें गांधीजी का प्रस्ताव पास हो जाएगा।"

गंगाप्रसाद ने सन्तोष की गहरी साँस ली, "मैंने क्या कहा था चचा, महात्मा गांधी वास्तव में देश की स्थिति को अच्छी तरह समझते हैं। तो वह जो कुछ कर रहे हैं ठीक ही कर रहे हैं। इसमें तुम लोगों के चिन्तित होने की क्या बात है ?"

"क़दम आगे उठाकर पीछे हटाना, इसमें हमारी पराजय है ! जब विजय हमारे सामने है, तब हम पीछे हट रहे हैं।"

गंगाप्रसाद मुस्कराया, "ख़ैर, विजय सामने है या विनाश सामने है, यह तुमसे कहीं अधिक महात्मा गांधी देखते और समझते हैं। लेकिन तुम इलाहाबाद जाकर क्या कर लोगे ? देखो चचा, बप्पा अभी तक वापस नहीं लौटे, आज ग्यारह तारीख हो गई। तुम हो तो मन लग जाता है। मेरी बात मानो तो अभी एक-आध हफ़्ता और यहाँ रहो। तुम्हारे बिना तो कांग्रेस का कोई काम अटक नहीं रहा है ?"

ज्ञानप्रकाश कुछ झुँझलाया हुआ था। उसने तनिक कड़वे स्वर में कहा, "काम अटक भी रहा है, नहीं भी अटक रहा है। इस आन्दोलन को चलाने के लिए व्यवस्था करने का भार मुझ पर था, तो अब वह रुपया भी मिलता नहीं दिखाई देता। कानपुर के व्यापारियों और मिल-मालिकों ने बहाने बनाने शुरू कर दिए हैं। कल तो साफ़-साफ़ इनकार की नौबत आ गई। लक्ष्मीचन्द ने पचास हज़ार रुपए का वादा किया था, लेकिन कल साफ़ मुकर गया।"

गंगाप्रसाद हँस पड़ा, "शाबाश सर लक्ष्मीचन्द ! समझदार आदमी है ! आन्दोलन तक तो वह साथ दे सकता है, लेकिन जब युद्ध और अराजकता का सवाल आ जाए तब भला लक्ष्मीचन्द आप लोगों का साथ देगा ! अच्छी बात है आप चले जाइए, कांग्रेसवालों की रुपए-पैसे की झूठी आशा को भी समाप्त कर दीजिए। लेकिन जाते ही बप्पा को और घरवालों को भेज दीजिएगा—कल तक आ जाएँ !"

ज्ञानप्रकाश को साधारणतः क्रोध नहीं आता था, लेकिन इस समय उसका मुँह तमतमा उठा, "भेज दूँगा सब लोगों को। न आएँगे तो ज़बरदस्ती उन्हें गाड़ी पर चढ़ा

दूँगा। लेकिन गंगा, यह लक्ष्मीचन्द बड़ा कमीना आदमी है। इस स्वदेशी-आन्दोलन से उसे क़रीब पाँच-छह लाख का फ़ायदा हुआ है। इतने थोड़े-से समय में एक और नई कपड़े की मिल खोलनेवाला है। और जब मौक़ा आया, तब साफ़ मुकर गया। इलाहाबाद में प्रान्तीय कांग्रेस कमेटीवालों को मैं क्या मुँह दिखालाऊँगा ? हम लोगों ने जो इलाहाबाद में कांग्रेस-स्वयंसेवकों और सक्रिय कार्यकर्ताओं की रैली बुलाई है, उसी में करीब दो-तीन हज़ार रुपए का खर्चा है। वहाँ हमारे कोष से सब रुपया नदारद है। मैंने लक्ष्मीचन्द से आज सुबह पाँच हज़ार ही माँगा, लेकिन वह कहता है कि उसके पास एक पैसा भी नहीं। सौ-सौ के पाँच नोट निकालकर वह बोला कि उसके पास नकद इतना ही है, कल ही उसने तीन लाख की हुंडी का भुगतान किया है।"

गंगाप्रसाद ने पूछा, "तो फिर कोरा लौटाया आपको उसने चचाजान ! इलाहाबाद जाने को किराया-विराया तो पास में है, या वह भी मैं तुम्हें दूँ ?"

ज्ञानप्रकाश ने बिगड़कर कहा, "तो बरखुरदार, अब तुमसे जादराह मानूँगा, मैं कोई इतना कच्चा थोड़े ही हूँ ! लक्ष्मीचन्द ना-ना कहता ही रहा, लेकिन मैं लक्ष्मीचन्द के पाँच सौ रुपए तो छीन ही लाया। भागते भूत की लँगोटी ही सही ! और पाँच सौ रुपए इधर-उधर से बटोरे। अब हालत यह है कि एक हज़ार की रक़म तो मेरे पास है इस वक़्त, बाक़ी एक हज़ार रुपया और चाहिए। समझ में नहीं आता कि क्या करूँ !"

गंगाप्रसाद का मूड उस समय बड़ा सुलझा हुआ था। उसने कहा, "चचा, दस-पाँच मिनट के लिए अगर तुम अमन-सभा के आदमी बन जाओ, तो एक हज़ार रुपया मैं तुम्हें आज ही दिलवा दूँ !"

ज्ञानप्रकाश चौंक पड़ा, "अमन-सभा ! होश में तो हो बरखुरदार, मुझसे अमन-सभा में आने को कहते हो !"

गंगाप्रसाद मुस्कराया, "तुम नहीं चचा, तो तुम्हारे बड़े भाई रायसाहेब सत्यप्रकाश अमन-सभा के प्रेसीडेंट हैं ! ख़ैर, इतनी ज़रा-सी बात पर बुरा मानने की कोई ज़रूरत नहीं। मेरा तो नेक इरादा था कि तुम जिस मुसीबत में हो, उस मुसीबत से तुम्हें निकालूँ, यानी एक हज़ार रुपया तुम्हें नकद दिलवा दूँ। वरना जहाँ तक मेरा ख़याल है, ये रुपए तुम्हें अपने पास से भरने पड़ेंगे। ग़लत तो नहीं कह रहा हूँ चचा ?"

"हाँ, ये रुपए तो मुझे अपने पास से ही भरने पड़ेंगे," ज्ञानप्रकाश ने विवशतापूर्ण स्वर में कहा, "लेकिन अमन-सभा का आदमी बन जाऊँ, यह मुझसे कैसे हो सकता है ! और इससे रुपए कैसे मिल जाएँगे ?"

"यह इस तरह हो सकता है कि यहाँ नूर अहमद मंजूर अहमद नाम की एक फ़र्म है, जिसकी दो टैनरियाँ हैं। ख़ानबहादुर नूर अहमद सरकार के बड़े भक्त हैं। मैंने उनसे कल अमन-सभा के लिए चन्दे की बात की थी, तो एक हज़ार रुपए का उन्होंने वादा कर लिया है। मैं उन्हें चिट्ठी लिख देता हूँ। एक हज़ार रुपए ले लेना उनसे। लेकिन सूट पहनकर जाना होगा वहाँ !"

"और इस चन्दे की रसीद ?" ज्ञानप्रकाश ने पूछा।

"रसीद मैं भिजवा दूँगा उन्हें। बात यह है कि लक्ष्मीचन्द ने अमन-सभा के दो हज़ार रुपए दिए हैं, लेकिन अभी रसीद नहीं भेजी है उसे मैंने। जितने रुपए आते जाते हैं, उन्हें मैं जमा कर देता हूँ बैंक में, अमन-सभा के खाते में, लेकिन रसीदें बाद में काटता हूँ। तो लक्ष्मीचन्द को सिर्फ़ एक हज़ार रुपए की रसीद दे दी जाएगी। मेरे पास रुपया होता, तो मैं तुम्हें इस पाजी ख़ानबहादुर के यहाँ भेजता भी नहीं।"

ज्ञानप्रकाश के मुख पर एक फीकी मुस्कान आई, "तो जाल-बट्टे में भी बड़े माहिर हो गए हो बरखुरदार !"

"यह सब तुम्हारे लिए ही कर रहा हूँ चचाजान, वरना कांग्रेस का तो मैं जानी दुश्मन हूँ !"

ज्ञानप्रकाश ने दिन की गाड़ी छोड़ दी, रुपया लेकर वह शाम की गाड़ी से इलाहाबाद चला गया।

जैसा अनुमान किया जाता था, बारदोली में कांग्रेस की कार्य-समिति ने सामूहिक सत्याग्रह को स्थगित करने का महात्मा गांधीवाला प्रस्ताव पास कर दिया। सारे देश में एक प्रकार की निराशा और कुंठा की लहर फैल गई। फिर भी सक्रिय कार्यकर्ताओं का एक दल आन्दोलन को आगे बढ़ाने की तैयारी कर रहा था। चौबीस फ़रवरी को दिल्ली में अखिल भारतीय कांग्रेस की महासमिति का अधिवेशन होनेवाला था। ज्ञानप्रकाश और सत्यव्रत, दोनों ही उस महासमिति के सदस्य थे। सत्याग्रह का स्थगित किया जाना अधिकांश सदस्यों को अच्छा नहीं लग रहा था, लेकिन जो प्रभावशाली सदस्य थे, वे जेलों में थे और जो उस अधिवेशन में सम्मिलित हुए, उनमें भावना तो थी, कर्म की रूपरेखा का उन्हें ज्ञान नहीं था। सत्याग्रह का भाव महात्मा गांधी का था, सत्याग्रह का संचालन भी वही कर सकते थे। फिर भी बहुमत की माँग थी—और महात्मा गांधी स्वयं इससे सहमत थे—कि व्यक्तिगत सत्याग्रह तो चलता ही रहे, यद्यपि इस व्यक्तिगत सत्याग्रह के मामले में भी सतर्कता बरतने का आदेश था; और इस बीच रचनात्मक कार्यक्रम से जनता को सत्याग्रह के लिए तैयार किया जाए। इस रचनात्मक कार्यक्रम की रूप-रेखा महात्मा गांधी के पास थी।

दिल्ली से सत्यव्रत कानपुर लौटा, लेकिन ज्ञानप्रकाश सीधा इलाहाबाद चला गया। कांग्रेस का नए ढंग से संगठन करना था, और इलाहाबाद में कांग्रेस कार्यकर्ताओं का एक बड़ा कैम्प लगनेवाला था। आन्दोलन के लिए आर्थिक व्यवस्था पक्की करने के लिए कोष एकत्रित करने पर भी ज़ोर दिया गया। इलाहाबाद के इस कैम्प में कानपुर के कांग्रेस-कार्यकर्ताओं का भी एक बड़ा जत्था जा रहा था।

गंगाप्रसाद उस दिन दफ़्तर से देर में लौटा। कलक्टर के यहाँ नगर के सरकारी अफ़सरों की एक मीटिंग थी, जिसमें कांग्रेस के भावी कार्यक्रम का मुक़ाबला करने के लिए क्या-क्या क़दम उठाए जाएँ, इस पर विचार करना और निर्णय लेना था। उस मीटिंग में कलक्टर ने कुछ ऐसे सुझाव दिए, जो गंगाप्रसाद को पसन्द नहीं थे। स्वयं कलक्टर को उन सुझावों पर शक था, लेकिन वे सुझाव ऊपर से आए थे। वह उस दिन

बेहद थका हुआ था, तन से और मन से। इस आन्दोलन के प्रति, बिना उसके जाने हुए, एक सहानुभूति-सी उसके अन्दर जाग उठी थी। आन्दोलन पर विचार करने के साथ-साथ उस मीटिंग में होली के अवसर पर मुसलमानों पर रंग छिड़कने के फलस्वरूप जो अशान्ति हो सकती है उसकी सम्भावनाओं पर कलक्टर ने संकेत किया था। यह संकेत गंगाप्रसाद को कुछ अजीब-सा लगा था। लेकिन उसे आश्चर्य इस बात पर हुआ कि मुसलमान अधिकारियों ने कलक्टर की बात की पुष्टि करते हुए मुसलमानों के अन्दर क्रोध और कट्टरता की भावना का प्रदर्शन किया था। गंगाप्रसाद सोच रहा था कि सैकड़ों वर्षों से यह होली का त्योहार मनाया जा रहा है, लेकिन कभी दंगे नहीं हुए। हिन्दू-मुसलमान सब मिलकर होली खेलते थे। इस बार होली के अवसर पर साम्प्रदायिक अशान्ति पर विचार करने की क्या आवश्यकता थी ?

जिस समय गंगाप्रसाद घर पहुँचा, माया घर के अन्दर उसकी पत्नी और माता से बातें कर रही थी। गंगाप्रसाद बाहर के बरामदे में बैठ गया। उस समय रात हो रही थी और उसकी तबीयत कुछ गिरी-गिरी-सी थी। भीखू को बुलाकर उसने व्हिस्की की बोतल मँगवाई और गिलास में एक बड़ा पेग भरकर वह चुपचाप टाँग फैलाकर बैठ गया। धीरे-धीरे उसकी थकावट दूर होती मालूम हुई। उसी समय माया घर के अन्दर से निकली। गंगाप्रसाद को अभिवादन करके वह कुरसी पर बैठ गई। "बहुत ज़्यादा थके हुए दिख रहे हैं आज आप !" मुस्कराते हुए उसने कहा।

गंगाप्रसाद भी मुस्कराया, "हाँ, तन से इतना नहीं थका हूँ जितना मन से थका हूँ।"

"मन से थके हैं आप ?" माया ने आश्चर्य से पूछा, "मन से थकने की ऐसी कौन-सी बात है, सुन सकती हूँ ?"

"मैं खुद नहीं जानता कि मन में थकावट क्यों है ! लेकिन मुझे कुछ ऐसा लगता है कि चीज़ों की शक्लें तेज़ी के साथ बदल रही हैं और जीवन में एक तरह की कुरूपता भरती जा रही है। यही नहीं, मुझे ऐसा भी लगता है कि कहीं कोई बहुत बड़ी विपत्ति आनेवाली है।"

माया थोड़ी देर चुप रही। फिर उसने कहा, "विपत्तियाँ झेलने के लिए तो हम लोग पैदा हुए हैं। फिर इसकी फ़िक्र क्यों की जाए ! हाँ, मैं आपसे कहने आई थी कि कल सुबह इनके साथ मैं इलाहाबाद जा रही हूँ। वह जो कांग्रेस का कैम्प हो रहा है न ! तो होली के दिनों मैं वहीं रहूँगी; पन्द्रह दिन का कैम्प है।"

"क्या तुम्हारा वहाँ जाना बहुत ज़रूरी है, माया ? मैं तो ऐसा समझता हूँ कि औरतों को इस सबसे अलग ही रहना चाहिए।"

माया सिर हिलाती हुई बोली, "आपकी बात मैं मानती हूँ। जाने को मेरा जी भी नहीं करता, लेकिन एक रास्ता अपना चुकी हूँ, और वह रास्ता ग़लत नहीं है, इतना जानती हूँ। उस रास्ते पर मैं काफ़ी आगे बढ़ भी चुकी हूँ। ऐसा लगता है कि पीछे लौटना ग़ैर-मुमकिन है।"

गंगाप्रसाद ने एक ठंडी साँस भरी, "हाँ, पीछे लौटना ग़ैर-मुमकिन है। नहीं, मैं तुम्हें

नहीं रोकूँगा। इलाहाबाद में तुम ठहरोगी कहाँ ?"

"वह तो यह जानें। इन्होंने कहीं इन्तज़ाम किया होगा। वैसे आपका घर तो वहाँ पर है ही !"

एकाएक गंगाप्रसाद के मुँह से निकल पड़ा, "माया, इलाहाबाद में ज़रा सावधान रहना ! ऐसा कोई क़दम न उठा लेना जिसमें ख़तरा हो। मुझे कुछ ऐसा लगता है कि यह राजनीतिक लड़ाई बहुत जल्दी फिर बढ़ेगी, और कुछ दूसरी शक्ल अख़्तियार करेगी।"

माया को गंगाप्रसाद की बात से यह आभास तो मिला कि उसके लिए कुछ ख़तरा है, यद्यपि इस ख़तरे का रूप क्या होगा, यह वह ठीक-ठीक नहीं समझ पाई।

माया चली गई और गंगाप्रसाद बरामदे में बैठा खराब पीता रहा, पीता रहा। कानपुर आकर वह अकेला-सा हो गया था। उसका कोई साथी नहीं था, कोई समाज नहीं था। ज्वाइंट मजिस्ट्रेट होने के कारण उसके सिर पर बहुत काम आ पड़ा। क्लब जाने का उसे समय न मिलता था। फिर इन दिनों उसे यूरोपियन लोगों से कुछ चिढ़-सी हो गई थी, और हिन्दुस्तानी अफ़सर सब-के-सब उसके साथ खुलकर मिलते नहीं थे। उनकी ज़िन्दगी कितनी बदल गई थी, उसे इस पर आश्चर्य हो रहा था। उसके अन्दरवाली थकावट तो मिट गई, लेकिन उस थकावट के स्थान पर एक प्रकार का विद्रोह-सा जाग रहा था उसके अन्दर। जीवन में वह सफल था, सम्पन्न था; लोग उसे सुखी समझते थे। लेकिन, लेकिन...वह अपने अन्दर एक प्रकार का सूनापन अनुभव कर रहा था। उसे लग रहा था कि वह एक मशीन का पुर्जा-भर बनकर रह गया था। अलग से उसका अपना कोई निजी अस्तित्व नहीं है। कचहरी, सरकारी कर्मचारी, परिवार—बस, इन्हीं सबमें उसका जीवन सीमित हो गया है।

और जब उसके अन्दरवाला विद्रोह चरम सीमा पर पहुँच रहा था, तब उसके पुत्र नवल ने आकर कहा, "बाबूजी, दादी आपको खाना खाने के लिए बुला रही हैं। बाबा को बड़ी ज़ोर की भूख लगी है। चलिए, उठिए !"

गंगाप्रसाद ने झुँझलाकर कहा, "बाबा क्यों नहीं खाना खा लेते ? मेरा इन्तज़ार क्यों कर रहे हैं ?"

नवल गंगाप्रसाद के पैरों से लिपट गया, "बाबूजी, हमें भी भूख लगी है। चलिए !"

गंगाप्रसाद की झुँझलाहट, उसके अन्दरवाली कुंठा, ये सब एक क्षण में लुप्त हो गईं। उसने नवल के सिर पर हाथ रखकर कहा, "चलो बेटा, इस माया-मोह से नहीं निकलना होगा !"

आन्दोलन में निश्चित् रूप में शिथिलता आ गई थी और गंगाप्रसाद का काम हल्का हो गया था। कांग्रेस-कार्यकर्ता जेलों से छूटकर बाहर आ रहे थे—थके-से, टूटे-से। उनमें आन्दोलन को फिर से चलाने का कोई उत्साह नहीं था। होली का त्योहार आया और बीत गया। हँसी-खुशी, गाना-बजाना, नाच-रंग, सभी कुछ हुआ, लेकिन जैसे कहीं कोई भावना नहीं थी, कहीं कोई उमंग नहीं थी। ज्ञानप्रकाश होली के

अवसर पर अपने घर राजापुर गया था। वहाँ से लौटते समय वह कानपुर उतर पड़ा, ज्वालाप्रसाद ने उसे बुलाया था। ज्वालाप्रसाद ने कुछ दिनों के लिए ज्ञानप्रकाश को कानपुर में ही रोक लिया।

तेरह मार्च की रात को ज्वालाप्रसाद , ज्ञानप्रकाश और गंगाप्रसाद जब खाना खाने बैठे, गंगाप्रसाद ने कहा, "चचा, मैं तुम्हें एक महत्त्वपूर्ण ख़बर सुनाता हूँ। गांधीजी आज गिरफ़्तार कर लिए गए।"

ज्ञानप्रकाश चौंक उठा, "गांधीजी गिरफ्तार कर लिए गए ! सरकार की हिम्मत इतनी बढ़ गई।"

ज्वालाप्रसाद ने कहा, "यह तो ठीक नहीं हुआ गंगा ! गांधीजी की वजह से कहीं भी दंगे-फ़िसाद नहीं बढ़ने पाए। उनकी गिरफ़्तारी के बाद तो दंगे-फ़िसाद बढ़ेंगे, सरकार ने यह नहीं सोचा। अगर गांधी को गिरफ़्तार ही करना था तो इस आन्दोलन के शुरू में ही कर लेना चाहिए था।"

गंगाप्रसाद ने उत्तर दिया, "बप्पा, अब गांधीजी की गिरफ्तारी पर कोई दंगे-फ़िसाद नहीं होंगे। आपको पता नहीं, लोगों पर से उनका प्रभाव ख़त्म हो चुका है। दंगे-फ़िसाद का डर पहले था, जब सारा देश उनके जादू में था। चौरी-चौरा कांड के बाद जो गांधीजी ने सामूहिक सत्याग्रह को वापस लिया और दिल्ली के कांग्रेस-महासमिति के अधिवेशन में उनके प्रति विरोध और अविश्वास की भावना का हल्का-सा प्रदर्शन हुआ, उससे ही सरकार समझ गई कि उनकी लोकप्रियता कम हो गई है। यही समय था जब वह गिरफ़्तार किए जा सकते थे। वैसे ब्रिटिश सरकार ने उनको गिरफ़्तार करने का निर्णय तो दिल्लीवाले अधिवेशन के बाद ही कर लिया था, लेकिन वह देश की भावना का थोड़ा-बहुत अध्ययन कर लेना चाहती थी।"

ज्ञानप्रकाश ने एक ठंडी साँस भरी, "तुम ठीक कहते हो गंगा। यह आन्दोलन समाप्त हो गया; और इसमें हम पराजित हुए, ऐसा दिखता है। लेकिन जितनी भी चेतना हमें प्राप्त हुई है, उसे संचित करके हम लोगों को भविष्य का कार्यक्रम बनाने का मौक़ा मिलेगा। यह संघर्ष लम्बा चलेगा; बहुत सम्भव है एक सदी लग जाए इसमें, और हमारा स्थान हमारे बच्चे लें, और उनका स्थान उनके बच्चे लें। लेकिन देश स्वतन्त्र होगा, यह निश्चित है।"

गंगाप्रसाद मुस्कराया, "चचा, अगर गुलामी का कभी प्रारम्भ हुआ है तो उस गुलामी का कभी-न-कभी अन्त भी होगा, इतना तो हरेक बुद्धिमान आदमी कह सकता है। लेकिन यहाँ तो इस आन्दोलन का प्रश्न है। और मैं समझता हूँ कि लम्बे अरसे के लिए यह आन्दोलन समाप्त हुआ है। इस अरसे में ब्रिटिश सरकार निष्क्रिय नहीं रहेगी, इतना मैं कह सकता हूँ; वह देश को अधिक-से-अधिक निर्बल बनाने का प्रयत्न करेगी।"

दूसरे दिन गांधीजी की गिरफ़्तारी की ख़बर हर जगह फैल गई। सारे कानपुर नगर में एक ज़बरदस्त हड़ताल हुई, एक भी दुकान नहीं खुली उस दिन। शहर-भर में सशस्त्र पुलिस का ज़बरदस्त पहरा था कि कहीं दंगे-फ़िसाद न हों लेकिन लोगों में क्रोध नहीं

था, उत्तेजना नहीं थी, एक घुटन से भरी करुणा और पीड़ा-भर थी।

दूसरे दिन दोपहर के समय ज्ञानप्रकाश इलाहाबाद के लिए रवाना हो गया।

8

मिस्टर हैरिसन के यहाँ वाले डिनर में कुल बारह आदमी थे, जिनमें छह हिन्दुस्तानी थे। इन हिन्दुस्तानियों में चार हिन्दू थे, और दो मुसलमान—सर लक्ष्मीचन्द, राजा शिवकुमार, रायबहादुर गोपीनाथ और गंगाप्रसाद, खानबहादुर नूरअहमद और नवाब अशफ़ाक हुसेन। जिस समय सब लोग एकत्रित हुए और शराब के दौर चलने लगे तथा बातचीत होने लगी, गंगाप्रसाद को कुछ ऐसा लगा कि वह एक राजनीतिक डिनर है। अंग्रेज़ों में कानपुर के कलक्टर और सुपरिन्टेंडेंट पुलिस के अलावा चारों मिल-मालिक थे।

मिस्टर हैरिसन तो कुछ आवश्यकता से अधिक पी गए थे या वह कुछ अत्यधिक जोश में थे। उन्होंने कहा, "कुल छह साल की सज़ा इस गांधी को ! सारे हिन्दुस्तान में बग़ावत फैलानेवाले इस महान विद्रोही को गोली मार देनी चाहिए थी। क्यों सर लक्ष्मीचन्द, क्या ख़याल है तुम्हारा ?"

लक्ष्मीचन्द ने उसकी बात का कोई उत्तर नहीं दिया। उत्तर दिया रायबहादुर गोपीनाथ ने, "चलिए बला टली ! मेरा तो व्यापार ही ख़त्म कर दिया इस बदमाश ने ! मैनचेस्टर से मेरे पास पाँच लाख का कपड़ा आ रहा है, मैं तो बड़ा चिन्तित था।"

ख़ानबहादुर नूरअहमद बोल पड़े, "क्या बात कही गोपीनाथ साहब ! आदमी फितना है, कैसी आग लगा रखी है इसने !"

मिस्टर हैरिसन का जोश और भी बढ़ा, "वह आग बुझ गई। आज मैं आप लोगों को यह बतलाना चाहता हूँ कि मैंने यह पार्टी उस वहशी ग़द्दार के जेल जाने की खुशी में दी है।"

गंगाप्रसाद ने अपने साथी हिन्दुस्तानियों की ओर देखा। किसी के माथे पर शिकन नहीं थी, इस आदमी की बदतमीज़ी के कारण। अब उससे न रहा गया, "मिस्टर हैरिसन, अगर आपने पहले से अपने इन डिनर की नीच और नापाक भावना का ज़िक्र कर दिया होता तो कम-से-कम मैं तो इस डिनर में सम्मिलित न होता, और शायद यहाँ आनेवालों में चार-छह आदमी और भी न आते।"

डिनर में आमन्त्रित सभी अतिथि गंगाप्रसाद की इस बात से चौंक उठे। मिस्टर

हैरिसन कानपुर के बहुत बड़े पूँजीपति और मिल-मालिक थे, और उनका कहना था कि वे इंग्लैंड के किसी ऊँचे लॉर्ड-ख़ानदान के हैं। फिर मिस्टर हैरिसन अपने उग्र स्वभाव के लिए प्रसिद्ध भी थे। उनका मुख तमतमा उठा, गंगाप्रसाद की बात से, "तो क्या आप उस बदमाश, लुच्चे, झूठे और फ़रेबी गांधी को महात्मा समझते हैं ?"

अकारण ही हैरिसन की इस गाली-गलौज़ से गंगाप्रसाद और अधिक भड़का, "मिस्टर हैरिसन, यह तुम्हारा कमीनापन और लुच्चापन है जो तुम उस महापुरुष को गालियाँ दे रहे हो। हम लोग उसकी राजनीति से भले ही सहमत न हों, लेकिन उसकी महत्ता, ईमानदारी और शराफ़त से कोई इनकार नहीं कर सकता।"

हैरिसन उठ खड़ा हुआ, "तुम मुझे लुच्चा और कमीना कहते हो, तुम काले आदमी ! हम लोगों ने जो तुम्हें मुँह लगाया, उसका यह नतीजा ! फिर से कहना, मैं तुम्हारा मुँह तोड़ दूँगा !"

गंगाप्रसाद भी अपनी आस्तीन चढ़ाता हुआ उठ खड़ा हुआ, "तुम लुच्चे हो, तुम कमीने हो, तुम हरामज़ादे हो !"

एक हंगामा-सा मच गया वहाँ। अतिथियों ने इन दोनों को रोका। स्पष्ट रूप से ग़लती हैरिसन की थी, और सब लोगों के, ख़ासतौर से अंग्रेज़ मिल-मालिकों के, ज़ोर देने पर मिस्टर हैरिसन ने महात्मा गांधी के प्रति अपने शब्दों को वापस ले लिया। इसके बाद गंगाप्रसाद ने भी अपने शब्दों को वापस ले लिया। वातावरण फिर शान्त हो गया, और अतिथिगण खाने-पीने लगे।

जिस समय गंगाप्रसाद हैरिसन के डिनर से वापस लौटा, उसका मिज़ाज़ बेतरह बिगड़ा हुआ था। उस समय रात के दस बज चुके थे। गंगाप्रसाद ने देखा कि कोई व्यक्ति बरामदे में बैठा उसकी प्रतीक्षा कर रहा है। जब वह बरामदे में पहुँचा, वह कह उठा, "अरे तुम सत्यव्रत ! इस वक़्त !"

सत्यव्रत के बाल बिखरे हुए थे, दाढ़ी बढ़ी हुई थी और आँखें लाल थीं। ऐसा मालूम होता था कि तीन-चार रात वह सोया नहीं था। उसने कहा, "बहुत बड़ी विपत्ति आ पड़ी है मुझ पर जंट साहेब ! हर तरफ़ से निराश होकर मैं आपके पास आया हूँ।"

"तो क्या रात-भर इन्तज़ार नहीं कर सकते थे ? यह क्या हालत बना रखी है तुमने ?"

"कुछ न पूछिए, इन्तज़ार का एक-एक पल एक-एक युग-सा लग रहा है; माया का पता नहीं है।"

"माया का पता नहीं है ? यह क्या कहते हो ? वह तो तुम्हारे साथ इलाहाबाद गई थी।"

"जी हाँ, वहीं से वह ग़ायब हुई है। तीन दिन हुए, वह कांग्रेस-कार्यालय से घर की तरफ़ रवाना हुई, क़रीब पाँच बजे शाम को। लेकिन वहाँ से वह घर नहीं पहुँची। उस रात मैं और ज्ञानप्रकाशजी, दोनों बड़े परेशान रहे। दूसरे दिन हम लोगों ने शहर-भर में छान डाला, लेकिन कहीं भी उसका पता नहीं चला। आज शाम के समय मैं कानपुर

आया कि कहीं वह यहाँ न लौट आई हो, लेकिन यहाँ जैसा हम लोग ताला बन्द करके गए थे, वैसा ही ताला बन्द है।"

"इलाहाबाद की पुलिस को रिपोर्ट तो लिखा दी है ?" गंगाप्रसाद ने पूछा।

"जी हाँ, लेकिन यह तो आप जानते ही हैं कि पुलिसवालों का कैसा रुख रहता है, और ख़ासतौर से हम कांग्रेसवालों की ओर !"

"क्या माया इधर कुछ चिन्तित या अनमनी-सी दिखाई देती थी ?", गंगाप्रसाद ने प्रश्न किया।

"बिलकुल नहीं, जिस दिन वह ग़ायब हुई उसी दिन सुबह उसने मुझसे कहीं पिकनिक पर चलने को कहा था। उसके चेहरे पर या उसकी बात में कोई चिन्ता या घबराहट नज़र नहीं आई। वह इस तरह बिना बतलाए मुझे छोड़कर क्यों चली गई ? मैं उसे अपने साथ रहने को मजबूर न करता !"

गंगाप्रसाद ने फिर पूछा, "उसका सब सामान तो यहाँ है तुम्हारे पास ? इलाहाबाद क्या-क्या सामान लेकर गई थी ?"

"वहाँ तो सिर्फ़ कुछ कपड़े लेकर गई थी। बदन पर दो-चार हल्के गहने थे। बाक़ी सब सामान यहीं है। नक़द हम लोग क़रीब दो सौ रुपए लेकर गए थे। ये रुपए मेरे पास थे। उस वक़्त उसके पास मुश्किल से दो-तीन रुपए रहे होंगे।"

गंगाप्रसाद ने कुछ गम्भीर होकर कहा, "सत्यव्रत, माया अपने-आप नहीं गई है, उस पर कोई आपत्ति आ पड़ी है।" और यह कहकर वह घर के अन्दर चलने लगा, "अब इस वक़्त तो रात बहुत हो गई, कल मिलना !"

सत्यव्रत ने करुण स्वर में कहा, "आपने माया से और मुझसे कहा था कि जब भी कभी हम लोगों पर मुसीबत पड़े, तब हम लोग आपके पास सहायता के लिए आएँ। वह समय आ गया है। माया का पता आप ही लगा सकते हैं।"

"मैं किसी का पता नहीं लगा सकता, मैं कुछ नहीं कर सकता। जब माया मुझे छोड़कर तुम्हारे पास आई तभी मैं कब उसका पता लगा सका था !" गंगाप्रसाद ने झुँझलाहट के स्वर में कहा, "जाओ सत्यव्रत, मैं इस सबमें नहीं पड़ना चाहता।"

सत्यव्रत ने गंगाप्रसाद से इस रुखाई की आशा नहीं की थी। उसने कहा, "क्षमा कीजिएगा, हम लोग उस समय आपकी बात का ग़लत अर्थ लगा गए थे। आपसे हम लोगों को किसी प्रकार की आशा नहीं करनी चाहिए थी। मैं ही माया को ढूँढूँगा।"

"और तुम सिर पटक दोगे, लेकिन उसे नहीं ढूँढ़ पाओगे," गंगाप्रसाद ने मुँह बिचकाते हुए कहा, "अच्छा, इस वक़्त मुझे सोने दो, कल शाम को कचहरी के वक़्त के बाद तुम मुझसे यहीं मिलना !" और गंगाप्रसाद घर के अन्दर चला गया।

दूसरे दिन जब गंगाप्रसाद कचहरी पहुँचा, कलक्टर के चपरासी ने आकर उससे कहा, "हुज़ूर, साहेब ने आपको सलाम भेजा है।"

गंगाप्रसाद सीधे कलक्टर के पास पहुँचा। कलक्टर ने कहा, "मिस्टर गंगाप्रसाद, यह हैरिसन नम्बरी पाजी और बदमिजाज है।"

"श्रीमान्, वह पिये हुए था और मैंने भी काफ़ी पी ली थी।" गंगाप्रसाद ने सकपकाते हुए कहा।

"नहीं, उसमें तुम्हारा कोई क़सूर नहीं था। लेकिन यह हैरिसन तुम्हारे पीछे पड़ गया है। उसने सरकारी तौर से कमिश्नर के पास तुम्हारी शिकायत भेजी है, मेरी मार्फ़त। यह उसका पत्र है।" यह कहकर कलक्टर ने हैरिसन का पत्र गंगाप्रसाद के हाथ में दे दिया।

गंगाप्रसाद ने वह पत्र पढ़ा और सन्नाटे में आ गया। हैरिसन ने उस पर कांग्रेसी होने का लांछन लगाया था। पिछली रात की घटना को उसने बड़ी अतिरंजना के साथ चित्रित किया था। पत्र पढ़कर गंगाप्रसाद ने कलक्टर से कहा, "श्रीमान् तो जानते हैं कि यह सब झूठ है।"

"हाँ, और बुग्ज़ से भरा झूठ है। मैं इस पर अपना नोट तो लिख रहा हूँ, लेकिन अच्छा यह होगा कि तुम भी कमिश्नर से मिल लो। इस हैरिसन की बात को बहुत सम्भव है, कमिश्नर महत्त्व दें और कमिश्नर के मन में अगर तुम्हारे ख़िलाफ़ गाँठ पड़ जाए तो यह तुम्हारे भविष्य के लिए अच्छा न होगा। इससे पहले कि मैं यह शिकायत कमिश्नर के पास भेजूँ, तुम कमिश्नर को अपने ढंग से यह क़िस्सा बतला दो ! मेरा नोट तुम्हारे पक्ष में होगा।"

कलक्टर के यहाँ से लौटकर गंगाप्रसाद ने चार दिन की छुट्टी की दरख़्वास्त दे दी, जिसे कलक्टर ने उसी समय स्वीकृत कर दिया। शाम के समय जब गंगाप्रसाद घर लौटा, सत्यव्रत उसकी प्रतीक्षा कर रहा था। गंगाप्रसाद ने सत्यव्रत को देखते ही कहा, "अच्छी बात है सत्यव्रत, मैं कल सुबह इलाहाबाद चल रहा हूँ। मैंने आज चार दिन की छुट्टी ले ली है। तुम सुबह की एक्सप्रेस पकड़ने के लिए स्टेशन पर पहुँच जाना !"

सत्यव्रत का मुरझाया हुआ चेहरा खिल गया, "जंट साहेब, इस उपकार के लिए मैं आपको किस तरह धन्यवाद दूँ !"

गंगाप्रसाद ने रुखाई के साथ कहा, "धन्यवाद की कोई ज़रूरत नहीं सत्यव्रत मैं किसी पर उपकार नहीं कर रहा। यह तो आन का मामला है !" फिर मानो उसने अपने-आपसे कहा, "देखता हूँ, कैसे कोई मुझे पराजित करता है !"

गंगाप्रसाद की यह बात सत्यव्रत की समझ में नहीं आई। शायद उसे समझाने के लिए गंगाप्रसाद ने यह बात कही भी नहीं थी।

इलाहाबाद पहुँचते ही गंगाप्रसाद कमिश्नर से मिला। गंगाप्रसाद की बात सुनकर वह बोला, "तो तुम गांधी को महात्मा समझते हो ? वह अर्द्धसभ्य बाग़ी महात्मा है, तुम्हारा ऐसा ख़याल है ?" कमिश्नर के स्वर में व्यंग्य था।

गंगाप्रसाद ने दृढ़ता से भरी विनय के साथ उत्तर दिया, "हुज़ूर, मैं उसके विचारों और उनकी राजनीति से सहमत न होते हुए भी उनके चरित्र और ईमानदारी की इज़्ज़त तो कर ही सकता हूँ। मेरा ऐसा ख़याल है कि ब्रिटिश जाति इतनी अनुदार नहीं है कि वह लोगों को दूसरे के गुणों की इज़्ज़त करने से रोके।"

कमिश्नर ने दाँतों से अपने होंठ काटते हुए कहा, "ब्रिटिश जाति इतनी अनुदार नहीं है, व्यक्ति अनुदार हो सकता है। अगर तुमने जो कुछ कहा है, वह ठीक है, तो हैरिसन की शिकायत का मुझ पर कोई असर नहीं होगा।"

गंगाप्रसाद सन्तुष्ट होकर बोला, "श्रीमान !" और वह चलने लगा। लेकिन कमिश्नर ने उसे रोका, "मिस्टर गंगाप्रसाद, जो हो गया वह हो गया, लेकिन एक बात भविष्य के लिए याद रखना–अंग्रेज़ अंग्रेज़ है, हिन्दुस्तानी हिन्दुस्तानी है ! एक शासक है, दूसरा शासित है। यह बात तुम्हें बुरी भले ही लगे, लेकिन यह सत्य है। और इसलिए आगे से ऐसे मामलों में तुम्हारे लिए ख़ामोशी ज़्यादा फ़ायदेमन्द रहेगी।"

कमिश्नर की इस सलाह पर उसने तत्काल अमल किया, "बहुत अच्छा श्रीमान !"

गंगाप्रसाद प्रायः चार बजे शाम को घर लौटा। वहाँ सत्यव्रत प्रतीक्षा कर रहा था। इतमीनान के साथ बैठकर उसने सत्यव्रत से कहा, "हाँ, सत्यव्रत, अब अपनी बात बताओ। तुम कोतवाली हो आए ?"

"जी हाँ, लेकिन उन लोगों को अभी तक माया का कोई पता नहीं चला।"

कुछ सोचकर गंगाप्रसाद बोला, "सत्यव्रत, कल सुबह की गाड़ी से हम लोगों को जौनपुर चलना होगा। जहाँ तक मेरा ख़याल है, माया वहाँ होगी। लेकिन एक बात है, जौनपुर में किसी को ख़बर न होने पाए कि हम लोग वहाँ आए हैं।"

"यह कैसे हो सकता है ? वहाँ आपको सब लोग जानते हैं। स्टेशन पर उतरते ही वहाँ आपके होने की ख़बर फैल जाएगी।"

"हाँ सत्यव्रत, ठीक कहते हो। अच्छी बात है, हम लोग मोटर-कार से चलेंगे। ज्ञानप्रकाश की मोटर मैं माँग लूँगा, और सुबह चलने की बआय हम लोग दोपहर को दो-तीन बजे चलेंगे ताकि शाम को सात-आठ बजे वहाँ पहुँच जाएँ।"

जिस समय गंगाप्रसाद और सत्यव्रत जौनपुर के लिए रवाना होने लगे, ज्ञानप्रकाश ने मोटर के पास आकर कहा, "गंगा, मैं भी तुम्हारे साथ चल रहा हूँ। एक समझदार आदमी तो साथ में होना ही चाहिए। मुमकिन है, मुमकिन नहीं यक़ीनन; तुम ख़तरे की जगह जा रहे हो।"

गंगाप्रसाद के कोट के नीचे उसका रिवाल्वर लटक रहा था। उसने कहा, "हाँ चचा, ख़तरे की जगह तो जा रहा हूँ, लेकिन वहाँ भीड़ नहीं होनी चाहिए। तुमसे कार ड्राइव करने में मदद मिलेगी, इसलिए चलो, लेकिन अपना रिवाल्वर ले लो ! न जाने, कैसी ज़रूरत पड़ जाए !"

ज्ञानप्रकाश के माथे पर बल पड़ गए, "क्या इस सबकी ज़रूरत पड़ सकती है ?"

"अगर मेरा अनुमान सही है और माया को अब्दुलहक़ और अली रज़ा ने ग़ायब किया है तो यक़ीनन इसकी ज़रूरत पड़ सकती है। बहरहाल हम लोगों को सावधान तो रहना ही चाहिए।"

क़रीब आठ बजे रात को उसकी कार जौनपुर पहुँची, और गंगाप्रसाद सीधा बंसीधर के मकान पर पहुँचा। बंसीधर का मकान गली में था। गंगाप्रसाद ने कार सड़क पर खड़ी

कर दी और उसने ज्ञानप्रकाश और सत्यव्रत को कार पर छोड़ दिया। बंसीधर उस समय घर पर ही था। गंगाप्रसाद को देखते ही वह कह उठा, "अरे, आप भाईसाहेब ! आदाब अर्ज़ !"

गंगाप्रसाद होठ पर उँगली रखकर उसे चुप रहने का संकेत करते हुए धीमे स्वर में बोला, "मेरे साथ आओ...और किसी को न मालूम होने पाए कि मैं यहाँ आया हूँ !"

बंसीधर गंगाप्रसाद के साथ हो लिया। सड़क पर पहुँचकर गंगाप्रसाद ने बंसीधर को कार पर बिठाया, "बंसीधर, अली रज़ा यहीं है या आजकल कहीं गया हुआ है ?"

"जहाँ तक मेरा ख़याल है, यहीं है। क्या बात है ?"

"बात पीछे बताऊँगा, अभी तो तुम यह पता लगाओ कि अली रज़ा अपने घर पर है या नहीं। लेकिन यह पता मुहल्ले-पड़ोस में लगाना, अली रज़ा को इसकी ख़बर न होने पाए। मैं उसके मकान से हटकर क़रीब एक फर्लांग की दूरी पर मोटर रोकता हूँ; पता लगाकर मुझे बतलाओ आकर !"

गंगाप्रसाद ने एक अँधेरे स्थान पर मोटर रोक दी और बंसीधर चला गया। क़रीब दस मिनट बाद बंसीधर लौटा। उसने बताया कि अली रज़ा रात के वक़्त एक दूसरे मकान में रहता है, वहाँ से क़रीब सौ क़दम पर। और इस वक़्त वह उस दूसरे मकान पर ही है।"

गंगाप्रसाद मुस्कराया, "तो फिर मेरा ख़याल ग़लत नहीं था। सत्यव्रत, माया यहाँ जौनपुर में है और जहाँ तक मैं समझता हूँ वह उस दूसरे मकान में क़ैद हैं ख़ैर, कोई बात नहीं, माया को अब निकालना है चलकर !"

ज्ञानप्रकाश बोला, "गंगा, क्या तुम माया को यहाँ से निकाल सकोगे ? वह मुहल्ला मुसलमानों का है, इतना याद रखना !"

"इसीलिए मैं अपना रिवाल्वर लेता आया हूँ चचा ! तुम यहीं रुको। सत्यव्रत और मैं दोनों जाते हैं वहाँ। जिस तरह से ज़बरदस्ती माया को यहाँ लाए हैं उसी तरह हम ज़बरदस्ती माया को यहाँ से निकालेंगे भी।" और गंगाप्रसाद सत्यव्रत के साथ मोटर से उतर पड़ा। बंसीधर साथ हो लिया।

इन दोनों ने एक अँधेरी गली में प्रवेश किया जो उजाड़-सी थी। दो-एक आदमी इधर-उधर दिख रहे थे। गंगाप्रसाद ने सत्यव्रत को भावी कार्यक्रम बतला दिया। सत्यव्रत ने बाहर से आवाज़ दी, "अली रज़ा साहेब। जनाब अली रज़ा साहेब !"

"कौन है इस वक़्त ?" अली रज़ा की आवाज़ सुनाई पड़ी।

"जनाब एक्साइज़ कमिश्नर साहेब ने आपको याद फ़रमाया है। उनकी चिट्ठी है।"

अली रज़ा ने मकान का दरवाज़ा खोला, और उसी समय एक झटके के साथ अली रज़ा को भीतर धकेलता हुआ गंगाप्रसाद मकान के अन्दर घुस गया। उसने रिवाल्वर की नली अली रज़ा की छाती पर रखते हुए सत्यव्रत से कहा, "किबाड़ अन्दर से बन्द कर लो।" बंसीधर भागकर सड़क के नुक्कड़ पर खड़ा हो गया जाकर।

गंगाप्रसाद ने सत्यव्रत से कहा, "माया को यहाँ ले आओ।" फिर वह अली रज़ा

से बोला, "जिस तरह तुम लोग ज़बरदस्ती मलका को उड़ाकर लाए हो अली रज़ा, उसी तरह मैं मलका को यहाँ से लिए जा रहा हूँ।"

दाँत किटकिटाते हुए अली रज़ा बोले, "दोजख़ का कुत्ता कहीं का ! तेरी इतनी हिम्मत कि तू मलका को यहाँ से निकालकर ले जा सके। तेरी मौत खींच लाई है तुझे।" और वह चिल्ला उठे, "बशीर, डाकू घुस आए।"

बशीर अली रज़ा का विश्वासपात्र नौकर था और मलका पर निगरानी के लिए नियुक्त था। बशीर चिल्ला उठा, "डाकू ! डाकू !" लेकिन उसी समय सत्यव्रत ने उसे ज़मीन पर पटक दिया। उस समय माया भी दौड़ती हुई कमरे से बाहर निकली। सत्यव्रत और गंगाप्रसाद को देखते ही वह चिल्ला उठी, "आप लोग आ गए ? बचाइए मुझे इस शैतान से, बचाइए मुझे ! यहाँ से निकाल ले चलिए !"

बशीर उठ रहा था। सत्यव्रत ने फिर ज़ोर की एक लात मारी उसे। उसी समय माया ने उसके सिर पर एक लकड़ी का गहरा वार किया और बशीर एक आह के साथ बेहोश हो गया।

इधर यह हो रहा था और उधर सारा मुहल्ला मकान के सामने एकत्रित हो रहा था। चारों तरफ़ से लोग लाठियाँ, बल्लम, भाले और छुरे लेकर आ रहे थे। गंगाप्रसाद ने देखा कि वह फँस गया है।

बंसीधर ने दूर से यह देखा और उसने ज्ञानप्रकाश को ख़बर दी। ज्ञानप्रकाश यह ख़बर सुनकर घबरा गया। उसने बंसीधर से कहा, "तुम यहीं ठहरो, मैं अभी दस मिनट में आता हूँ।" यह कहकर उसने तेज़ी से कार चला दी। वह सीधा फ़रहतुल्ला के मकान पर पहुँचा। फ़रहतुल्ला खाना खाकर बाहर के लॉन पर लेटे हुए थे। ज्ञानप्रकाश को इतना घबराया हुआ देखकर उन्होंने कहा, "अरे आप ! बड़े घबराए हुए हैं ! क्या बात है ?"

"एकदम मेरे साथ चलिए, नहीं तो गज़ब हो जाएगा। कपड़े-वपड़े पहनने की कोई ज़रूरत नहीं है, बस, आप सीधे मेरे साथ चले चलिए !"

फ़रहतुल्ला को गाड़ी में बिठाकर वह वापस लौटा। इस सतय तक गली खचाखच भर गई थी और लोग कुल्हाड़ी से दरवाज़ा तोड़ने का प्रयत्न कर रहे थे। ज्ञानप्रकाश ने रास्ते मे ही फ़रहतुल्ला को सारी परिस्थिति समझा दी थी। फ़रहतुल्ला ने गली में प्रवेश किया और उन्होंने चिल्लाकर कहा, "ठहरिए आप लोग, मैं दरवाज़ा खुलवाए देता हूँ। इस मकान में डाकू वग़ैरा कोई नहीं है।" फिर उन्होंने चिल्लाकर कहा, "मिस्टर गंगाप्रसाद, दरवाज़ा खोलिए !"

फ़रहतुल्ला की आवाज़ सुनकर गंगाप्रसाद की जान-में-जान आई। उसने दरवाज़ा खोल दिया और दरवाज़ा खुलते ही अली रज़ा तेज़ी से बाहर निकले। उन्होंने भीड़ में कहा, "दीनदारो ! यह काफ़िर मेरी बेग़म को ज़बरदस्ती भगाए लिए जा रहा है। इसकी इतनी हिम्मत कि वह दीनदारों के घर पर डाका डाले ! ज़िन्दा न जाने पाए !"

कुछ लोग गंगाप्रसाद पर प्रहार करने को आगे बढ़े, लेकिन गंगाप्रसाद ने कड़े स्वर

में कहा, "ख़बरदार, अगर कोई आगे बढ़ा तो गोली मार दूँगा !" यह कहकर उसने रिवाल्वर से एक हवाई फ़ायर किया।

भीड़ पीछे हट गई। गंगाप्रसाद घर से बाहर निकला। उसके पीछे सत्यव्रत के साथ माया थी।

अली रज़ा पागल-से हो गए थे, "देख क्या रहे हो बुज़दिलो ! मेरी बेग़म को लेकर यह ज़िन्दा निकला जाता है !"

लेकिन फ़रहतुल्ला ने उसी समय कहा, "आप लोग मुझ पर यक़ीन करते हैं ! देखिए यह जौनपुर की मशहूर तवायफ़ मलका है या बेग़म अली रज़ा है ? और यह कानपुर के जंट बाबू गंगाप्रसाद हैं, जो यहाँ डिप्टी-कलक्टर थे। अब आप रास्ता छोड़ दीजिए, मैं जो कुछ करूँगा वह ठीक करूँगा। आप लोग क्यों मुफ़्त में जान दे रहे हैं और जान ले रहे हैं !"

भीड़ में कुछ लोग मलका को पहचानते थे। वे बोल उठे, "अरे, यह तो वाक़ई मलका है !"

अली रज़ा ने फिर एक प्रयत्न किया, "वह इस मलका को हिन्दू बनाने जा रहा है। यह फ़रहतुल्ला काफ़िरों का गुलाम है !"

फ़रहतुल्ला ने कहा, "अली रज़ा, तुम क्यों खून-खराबा करवाना चाहते हो ! तुम ज़बरदस्ती मलका को क़ैद किए हो !" और फिर उन्होंने भीड़ से कहा, "भाइयो, मेरी लाश पर पैर रखकर ही तुम इन लोगों पर हमला कर पाओगे !"

यह जानकर कि मलका को अली रज़ा ने क़ैद कर रखा था, भीड़ हटने लगी थी। फ़रहतुल्ला गंगाप्रसाद के पीछे हो गया, "चलिए, आप लोग मेरे यहाँ। अली रज़ा साहेब, ये लोग मेरे यहाँ हैं, वहाँ आकर आप फ़ैसला कर लीजिए !"

गंगाप्रसाद, सत्यव्रत और माया को लेकर फ़रहतुल्ला सड़क पर आया। सब लोग कार में बैठ गए और कार फ़रहतुल्ला के घर की तरफ़ रवाना हो गई।

अली रज़ा वहाँ से सीधा डिप्टी अब्दुलहक़ के यहाँ पहुँचा। अब्दुलहक़ खाना खाकर सोने के लिए लेट गए थे। अली रज़ा ने जब अब्दुलहक़ को पूरा क़िस्सा बतलाया तो अब्दुलहक़ ने बिगड़कर कहा, "अब कुछ नहीं हो सकता अली रज़ा ! इस काम में कितनी मुसीबतें पड़ेंगी वह मैंने तुमको पहले ही बतला दिया था। तुम मलका को इतने दिन तक नहीं फुसला सके, यह तुम्हारा क़सूर है।"

"मैं सब कुछ ठीक कर लेता लेकिन यह फ़रहतुल्ला न जाने कहाँ से आ गया।" अली रज़ा ने कहा।

"जी हाँ, ग़लत वक़्त पर आया, ग़लत ढंग से आया। लेकिन अब आपको मेरी सलाह है कि अपने घर जाइए ! हम दोनों ही सरकारी मुलाज़िम हैं,; इससे ज़्यादा बढ़ना हम लोगों के हक़ में अच्छा न होगा !"

फ़रहतुल्ला के यहाँ दो घंटे तक अली रज़ा का इन्तज़ार करने के बाद सब लोग इलाहाबाद की तरफ़ रवाना हो गए। गंगाप्रसाद ने वहाँ से चलते समय कहा, "फ़रहतुल्ला

साहेब, मैंने आपको समझने में ग़लती की थी, मैं आपसे माफ़ी माँगता हूँ। आप आदमी नहीं, फ़रिश्ता हैं। आपने हम लोगों की जान बचाई, नहीं तो न जाने क्या हो गया होता !"

फ़रहतुल्ला ने बड़े उदास भाव से कहा, "मैंने अपना फ़र्ज़ अदा किया मेहरबान, एक इनसान और कांग्रेसमैन के नाते। लेकिन...लेकिन..." और फ़रहतुल्ला आगे कुछ न कह सके।

"लेकिन क्या ?" गंगाप्रसाद ने पूछा।

"इस लेकिन को आप न समझ सकेंगे, मैं खुद ही नहीं समझ पा रहा हूँ जब इसे ! ख़ैर, कोई बात नहीं, खुदा हाफ़िज !"

इलाहाबाद पहुँचकर माया ने अपनी कहानी सुनाई। कांग्रेस के दफ़्तर से जब वह घर की तरफ़, रवाना हुई, चिराग़ जल गए थे। सड़क सुनसान थी। उसी समय एक मोटर आकर उसकी बग़ल में रुकी और दो आदमी उससे उतरे। दोनों ने ज़बरदस्ती उसे मोटर में बिठा लिया। उसने चिल्लाने का प्रयत्न किया, लेकिन उन लोगों ने उसके मुँह में कपड़ा ठूँस दिया था। उस मोटर की खिड़कियों में काले रंग के भारी परदे पड़े थे। उन्होंने उसका मुँह कसकर बाँध दिया था। बाहर कुछ दिखाई न देता था। रात में वह जौनपुर पहुँची और इस मकान में क़ैद कर दी गई। अली रज़ा उससे निकाह पढ़ाने पर ज़ोर देते रहे थे। दो दफ़ा डिप्टी अब्दुलहक़ भी उसके यहाँ आए थे। उन्होंने फिर से मुसलमान बनने पर ज़ोर दिया, उसे समझाया-बुझाया, उसे धमकियाँ दीं। उस पर पहरा देने के लिए बशीर को रख लिया गया था। यह बशीर माया की मौसी का लड़का था।

ज्ञानप्रकाश ने कहा, "इस अली रज़ा और अब्दुलहक़ पर मुकदमा चलाना चाहिए।"

लेकिन गंगाप्रसाद ने इस प्रस्ताव का विरोध किया, "नहीं चचाजान, यह ग़लत होगा। बात अगर अदालत के सामने आएगी तो हम सब लोगों के कच्चे चिट्ठे खुलेंगे, और इसमें सबसे ज़्यादा बदनामी माया की होगी, मेरी होगी। जो कुछ हो गया, वह ठीक है। लेकिन सत्यव्रत, तुम दोनों को आगे के लिए सावधान रहना होगा, गोकि अब इन लोगों की तरफ़ से हमला होगा, इसकी कोई सम्भावना नहीं है।"

और गंगाप्रसाद छुट्टी लेने के तीसरे ही दिन शाम को कानपुर लौट आया—सफल और विजयी !

आन्दोलन अब समाप्त-सा हो गया था और देश-भर में एक निराशा की लहर फैल गई थी। कांग्रेस की नीति पर फिर से विचार करने की एक भावना उठ पड़ी थी, जिससे यह स्पष्ट हो गया था कि लोग इस आन्दोलन से थक गए हैं। असहयोग के स्थान पर धीरे-धीरे सहयोग के साथ विरोध की नीति पर खुल्लमखुल्ला लोग बातें करने लगे थे।

लेकिन गंगाप्रसाद अपने में एक विचित्र प्रकार का परिवर्तन अनुभव कर रहा था। असहयोग-आन्दोलन की इस शिथिलता से उसके अन्दर प्रसन्नता नहीं आई, एक प्रकार की अशान्ति उसके अन्दर भर गई। इस अशान्ति का क्या कारण है, उसकी समझ में नहीं आ रहा था। एकाएक जुलाई के अन्तिम सप्ताह में उसे अन्दरवाली अशान्ति और

घुटन का कारण मालूम हो गया। बिना किसी कारण उसका तबादला एटा के डिप्टी-कलक्टर की हैसियत से हो गया। सरकारी आर्डर जिस समय उसे मिला, वह सुबह का नाश्ता कर रहा था ! नाश्ता अधूरा छोड़कर वह उठ खड़ा हुआ। तो उसे यह पुरस्कार मिला था !

असहयोग-आन्दोलन को दबाने में उसने जो काम किया था, उसकी ऊँचे अधिकारियों में चर्चा थी और वह समझता था कि बहुत जल्दी ही उसकी तरक्की होगी और ज्वाइंट मजिस्ट्रेट के पद पर उसकी स्थाई नियुक्ति हो जाएगी। वैसे कानपुर के ज्वाइंट मजिस्ट्रेट ने अपनी छुट्टी जून सन् 1923 तक बढ़वा ली थी और गंगाप्रसाद समझता था कि तब तक उसका तबादला नहीं होगा। कपड़े पहनकर वह उसी समय कलक्टर के पास पहुँचा। कलक्टर ने उसे देखते ही कहा, "मिस्टर गंगाप्रसाद, मुझे अफ़सोस है कि तुम्हारा तबादला हो गया, लेकिन मैं समझता हूँ कि यह मजबूरी है। कानपुर का ज्वाइंट मजिस्ट्रेट आई.सी.एस. ही होता है। सम्भवतः आई.सी.एस. के कुछ नए आदमी आ गए हैं, उनको कहीं-न-कहीं नियुक्त करना है।"

"तो फिर किसी आई.सी.एस. को ही स्थानापन्न ज्वाइंट मजिस्ट्रेट बनाकर बुला लेना चाहिए था श्रीमान्। मुझे इस स्थान पर जो आई.सी.एस. वालों के लिए सुरक्षित है, क्यों बुलवाया गया था ?"

"मैं समझता हूँ कि उस समय चूँकि असहयोग-आन्दोलन तेज़ी के साथ चल रहा था और उस आन्दोलन का मुक़ाबला करने के लिए एक योग्य और अनुभवी आदमी की आवश्यकता थी, इसलिए तुम्हें यहाँ बुलाया गया था।"

कटुता-भरे स्वर में गंगाप्रसाद ने उत्तर दिया, "और अब आन्दोलन समाप्त हो गया। यही बात है न ! इस आन्दोलन की समाप्ति पर हिन्दुस्तानी होने के नाते मुझे दूध की मक्खी की तरह निकालकर फेंका जा रहा है।"

कलकटर ने गंगाप्रसाद को ग़ौर से देखा। फिर उसने किंचित् गम्भीर होकर कहा, "मिस्टर गंगाप्रसाद, यह जो आई.सी.एस. नाम की संस्था है और जिसमें क़ाबिल अंग्रेज़ नवयुवक लिए जाते हैं, हिन्दुस्तान में ब्रिटिश राज्य की नींव इसी आई.सी.एस. पर है। ज़िम्मेदारीवाली जितनी सरकारी नौकरियाँ हैं उनमें आई.सी.एस. ही रखे जाते हैं। कानपुर के ज्वाइंट मजिस्ट्रेट का पद भी ज़िम्मेदारी का पद समझा जाता है।

गांगप्रसाद को अनायास ही कमिश्नर की वह बात याद आई, जो कुछ महीने पहले उसने गंगाप्रसाद से कही थी। उसने कमिश्नर की वह बात दुहारते हुए कहा, "जी हाँ, मुझे यह मालूम है कि अंग्रेज़ अंग्रेज़ है, हिन्दुस्तानी हिन्दुस्तानी है। एक शासक है, दूसरा शासित है। यह आई.सी.एस. शासक वर्ग की संस्था है।" और गंगाप्रसाद के मुख पर एक कटुता से भरी मुस्कान आ गई, "धन्यवाद श्रीमान, अब मुझे इसके आगे कुछ नहीं कहना; मेरा समाधान हो गया।"

गंगाप्रसाद की बात से कलक्टर को बुरा लग सकता था, लेकिन उसकी बात में कितनी विवशता से भरी घुटन है, कलक्टर यह जानता था। उसे गंगाप्रसाद से कुछ

सहानुभूति हो गई थी, "मिस्टर गंगाप्रसाद, मैं समझता हूँ कि ब्रिटिश सरकार को जल्दी ही अपना यह दृष्टिकोण बदलना पड़ेगा। तुम्हारे साथ अन्याय किया जा रहा है, मैं इस बात को स्वीकार करता हूँ। मैं तुम्हें सलाह दूँगा कि एक दफ़ा तुम चीफ़ सेक्रेटरी से मिल लो ! तुम्हारा रिकार्ड बहुत अच्छा है। मेरी समझ में नहीं आ रहा कि तुम्हें एटा क्यों भेजा जा रहा है !"

चीफ़ सेक्रेटरी के सामने जब गंगाप्रसाद पहुँचा तो उसने कहा, "मिस्टर गंगाप्रसाद, मुझे इस बात का दुख है कि मैं इस समय तुम्हें एटा के प्रबन्ध के लिए ही भेज सकता हूँ। वैसे मैं तुम्हें कानपुर में ही रखता, लेकिन, लेकिन, ख़ैर इस बात को छोड़ो ! हरेक की अपनी-अपनी मज़बूरियाँ होती हैं। हाँ, मैं तुम्हें सलाह दूँगा कि तुम दिसम्बर तक की छुट्टी ले लो; जनवरी में मैं तुम्हें किसी अच्छी जगह भेज दूँगा। तब तक कुछ ठीक हो जाएगा।"

गंगाप्रसाद को इस बात पर आश्चर्य हुआ कि चीफ़ सेक्रेटरी ने उससे यह आई. सी.एस. वाली आपत्ति नहीं उठाई। चीफ़ सेक्रेटरी के सामने क्या विवशता थी, यह भी उसकी समझ में नहीं आया। उसने उसी समय छुट्टी की दरख़ास्त लिख दी, और उसकी दरखास्त उसी समय चीफ़ सेक्रेटरी ने मंजूर कर ली।

गंगाप्रसाद की विदाई के अवसर पर लक्ष्मीचन्द ने एक पार्टी दी, जिसमें नगर के प्रमुख व्यापारी, मिल-मालिक, ज़मींदार और सरकारी अफ़सर आमन्त्रित थे। उस पार्टी में सबने गंगाप्रसाद के जाने पर दुख प्रकट किया। पार्टी के बाद जब सब लोग चलने लगे, हैरिसन गंगाप्रसाद के पास आया। एक शैतानियत से भरा उल्लास था उसके चेहरे पर ! उसने धीरे से गंगाप्रसाद के कान में कहा, "मिस्टर गंगाप्रसाद, अब आगे से किसी अंग्रेज़ से उलझने की धृष्टता न करना !" और वह हँसता हुआ तेज़ी से चला गया।

हैरिसन की यह बात सुनते ही गंगाप्रसाद के मस्तिष्क में एक बिजली-सी कौंध गई; चीफ़ सेक्रेटरी की विवशता का कारण उसकी समझ में आ गया।

बरसात अब ख़त्म हो गई थी और वातावरण में बरसात के अन्तवाली भयानक उमस भर गई थी। गंगाप्रसाद ने यह तय कर लिया था कि अगस्त का महीना इलाहाबाद में बिताकर वह ज्ञानप्रकाश के साथ दक्षिण-भ्रमण के लिए निकल पड़ेगा। पर गंगाप्रसाद के दिल में जो जलन भर गई थी, वह लगातार बढ़ती जा रही थी। रह-रहकर उसे यह अनुभव हो रहा था कि वह एक असभ्य और उद्दंड अंग्रेज़ों से बुरी तरह पराजित हुआ, केवल इसलिए कि वह हिन्दुस्तानी है। उसकी इस पराजय का मूल कारण था ब्रिटिश सरकार की रंग-भेद की भावना। बिना जाने हुए वह भावनात्मक रूप से ज्ञानप्रकाश के निकट आता जा रहा था। सत्य, न्याय, मानवता, गुलाम के लिए इनका कोई अस्तित्व नहीं है। एक गुलाम की हैसियत से उसका अस्तित्व एक पालतू जानवर की भाँति था, जिसे अपने मालिक के इशारों पर चलना होता है; जिसमें न कोई चेतना होती है और न कोई भावना ही। वह अपने अन्दरवाले विद्रोह को जितना अधिक दबाने का प्रयत्न करता था, उतना ही अधिक वह विद्रोह बढ़ता जाता था।

उस दिन जब शहर में घूमकर वह वापस लौटा, उसने देखा कि बरामदे में ज्ञानप्रकाश और फ़रहतुल्ला बैठे बातें कर रहे हैं। गंगाप्रसाद फ़रहतुल्ला की ओर बढ़ा, "आदाब अर्ज़ है, फ़रहतुल्ला साहेब, कहिए, कब तशरीफ़ आई ?"

फ़रहतुल्ल्ला ने उठते हुए जवाब दिया, "तसलीमात मेहरबान !" फिर उसने गंगाप्रसाद से हाथ मिलाते हुए कहा, "आजकल तो मैं इलाहाबाद में रहने लगा हूँ आकर। तो इस वक़्त मैं बाबू ज्ञानप्रकाश साहेब का नयाज़ हासिल करने चला आया था।"

दोनों बैठे गए। गंगाप्रसाद ने पूछा, "तो क्या जौनपुर छोड़ आए आप ? वह क्यों ?"

फ़रहतुल्ला मुस्कराया, "छोड़ क्या आया हूँ, लोगों ने छोड़ने को मजबूर कर दिया। मैंने सोचा, दो-चार महीने इलाहाबाद में रहकर ही कांग्रेस का काम-काज सँभालूँ। अब्दुलहक़ साहेब ने मेरे ख़िलाफ़ उतना ज़हर उगला, वहाँ के मुसलामनों को इतना भड़काया कि मैं परेशान हो गया। साथ में अली रज़ा भी शामिल था और वह तो गुंडागर्दी पर उतर आया था, ख़ैर, छोड़िए भी। अभी-अभी बाबू ज्ञानप्रकाश ने बतलाया कि आपने लम्बी छुट्टी ले ली है।"

गंगाप्रसाद के दिल को दूसरी ठेस लगी। उसने गम्भीर होकर कहा, "नहीं फ़रहतुल्ला साहेब, यह बात यों ही आसानी से छोड़ने की नहीं है।"

फ़रहतुल्ला बोला, "बाबू गंगाप्रसाद, मुझे उन लोगों से किसी क़िस्म की कोई शिकायत नहीं है। उसमें शायद ग़लती मेरी भी थी। आख़िर मलका मुसलमान थी, उसके हिन्दू बनने में मेरी तरफ़ से आप लोगों को मदद मिली।"

गंगाप्रसाद तिलमिला उठा, "फ़रहतुल्ला साहेब, यह हिन्दू-मुसलमान का मसला! क्या आप भी इस मसले को तसलीम करते हैं ?"

"जी, यह हिन्दू-मुसलमान का मसला...इसको नज़रअन्दाज़ कैसे किया जा सकता है ! यह मसला आज का नहीं है, सदियों से यह मौजूद है, और यह मसला इतनी आसानी से हल भी नहीं हो सकता।"

अब ज्ञानप्रकाश बोला, "फ़रहतुल्ला साहेब, अगर हम मज़हब को व्यक्तिगत चीज़ मान लें और समाज से उसे अलग कर लें, तो यह मसला आसानी से हल हो सकता है। यहाँ हिन्दुस्तान में न जाने कितने मज़हब समय-समय पर आए, और वे सब व्यक्तिगत रह गए। यहाँ वैष्णव हैं, शैव हैं, शाक्त है; यहाँ बौद्ध हैं, जैन हैं; यहाँ लोग साँपों को पूजते हैं; यहाँ नास्तिक हैं, आस्तिक हैं।"

फ़रहतुल्ला मुस्कराया, "जी हाँ, और मुलसमान अलग बना रहा; उसकी हस्ती वैसी-की-वैसी क़ायम रही, उसका समाज अलग रहा। और आज हिन्दुस्तान की एक-चौथाई आबादी मुसलमानों की है और मुसलमानों की तादाद दिनोदिन बढ़ती जा रही है। मैं ग़लत तो नहीं कहता ?"

गंगाप्रसाद ने स्वीकार किया, "हाँ, आप ठीक कहते हैं। इसकी क्या वजह है, यह भी बतलाइए !"

फ़रहतुल्ला बोले, "जी, वही बतला रहा हूँ। उसकी वजह यह है कि मुसलमान ने उस समाज को नहीं मंजूर किया, जो हिन्दू का है। हम दोनों का समाज अलग है, हम लोगों का कल्चर अलग-अलग है। हिन्दू-समाज एक्सप्लाइटेशन (शोषण) की नींब पर क़ायम है। यह बरहमन, छत्री, वैश, शूद्र कितनी ऊँच-नीच है। एक मौज करे, दूसरा पिसे, जबकि मुसलमानों के समाज की नींव यूनिवर्सल ब्रदरहुड (सार्वभौमिक भ्रातृत्व) पर क़ायम है। अब आप ही बतलाइए कि हम दोनों किस तरह आपस में मिल सकते हैं !"

गंगाप्रसाद बोल उठा, "फ़रहतुल्ला साहेब, मुसलमानों में भी तो ऊँच-नीच का भेद है, उनमें भी तो जातियाँ बन गई हैं।"

"मानता हूँ मेहरबान ! साथियों और पड़ोसियों का असर पड़ा करता है। हम मुसलमानों की कट्टरता यहाँ ग़ायब हो गई; हम अपने दीन और पैग़म्बर के ख़िलाफ़ सुनने और अमल करने लग गए हैं। हमारे यहाँ सूदख़ोरी नाजायज़ है, लेकिन बनियों की देखा-देखी ये पठान सूद-दर-सूद चलाकर लोगों का खून चूसने लगे हैं। हमारे यहाँ शराब हराम है, लेकिन ज़मींदार और सरकारी अफ़सर ठाकुरों की देखा-देखी खुल्लमखुल्ला शराब पीने लगे हैं। बुराई हम बड़ी आसानी से अपना लेते हैं। और इसीलिए हम लोग हिन्दुओं से सामाजिक मेल-जोल बढ़ाने में डरते हैं, क्योंकि हिन्दू महज़ बुराइयों में ही सामाजिक मेल-जोल बढ़ा सकता है, वैसे हम लोग म्लेच्छ हैं, अछूत हैं।"

ज्ञानप्रकाश ने उत्तर दिया, "फ़रहतुल्ला साहेब, सामाजिक कुरीतियों को धर्म से ऊपर उठाकर दूर किया जाना चाहिए। महात्मा गांधी ने सामाजिक कुरीतियों से लड़ने का बीड़ा उठा लिया है। कांग्रेस का प्रोग्राम राजनीतिक होने के साथ-साथ सामाजिक है, यह तो आप अच्छी तरह जानते हैं।"

"जी हाँ, और इसलिए मैं कांग्रेस में शामिल हो गया हूँ और गांधी की लीडरी मंजूर कर ली है। लेकिन मेहरबान, मैं मुसलमान पहले हूँ और मेरा मज़हब सचाई और बराबरी की नींव पर क़ायम है, यह कैसे भूल जाऊँ ! कभी-कभी मेरे अन्दर एक अजीब तरह की कशमकश उठ खड़ी होती है। सोचने लगता हूँ कि यह रास्ता, जो मैंने अपनाया है, क्या यह सही है ? क्या इस्लाम की रू के ख़िलाफ़ भी सुधार हो सकते हैं ? और फिर सोचने लगता हूँ कि इसकी फ़िक्र ही क्यों की जाए ! अपनी नेकी व ईमानदारी पर क़ायम रहकर खुदा के बन्दों की ख़िदमत करना हमारा फ़र्ज़ है। और मेहरबान, खुदा के बन्दों की ख़िदमत भी मैं अपने मज़हबी ख़याल से करता हूँ; मेरी हस्ती का सिर्फ़ एक आईना है—मजहब ! और यह कहते-कहते फ़रहतुल्ला हँस पड़े, "छोड़िए भी इस बात को मेहरबान! मैंने जो कुछ किया वह ठीक था या अब्दुलहक़ और अली रज़ा जो कुछ कर रहे हैं वह ठीक है, इसका फ़ैसला तो खुदा करेगा। मैं इन्साफ़ और नेकी को नहीं छोड़ सकता; क्योंकि इन्साफ़ और नेकी महात्मा गांधी के साथ है। और महात्मा गांधी के पास एक और ताक़त है—अहिंसा। मैं तो अहिंसा का मुरीद हूँ, और इसलिए मुझे किसी से शिकायत नहीं है, किसी से बुग्ज़ नहीं है !"

फ़रहतुल्ला के जाने के बाद गंगाप्रसाद ने ज्ञानप्रकाश से कहा, "चचाजान, एक

सलाह तुमसे लेनी है। तुम्हें तो मालूम है कि कानपुर से मेरा तबादला होने की वजह से मैंने लम्बी छुट्टी ले ली है। लेकिन तुम्हें यह नहीं मालूम कि मेरा तबादला क्यों हुआ।"

"यह तो तुमने मुझे कभी बतलाया नहीं बरखुरदार, और मैंने तुमसे पूछना उचित नहीं समझा।"

"तो आज मैं तुम्हें बतला रहा हूँ। मैंने एक बदतमीज़ अंग्रेज़ को महात्मा गांधी के सम्बन्ध में अपमानजनक बातें कहने पर गालियाँ दे दी थीं, इसलिए !" और गंगाप्रसाद ने हैरिसनवाला क़िस्सा विस्तार से ज्ञानप्रकाश को बता दिया।

"बिलकुल ठीक किया बरखुरदार, अब तुम समझ गए होगे कि मैंने क्यों कांग्रेस ज्वॉइन कर ली !"

"जानता हूँ चचा, और अब मैं समझता हूँ कि मैंने तुमसे कांग्रेस में आने से मना करने में ग़लती की थी। अब मैं सोच रहा हूँ...नहीं, यह कहना ठीक होगा कि मैं सरकारी नौकरी से इस्तीफ़ा दे दूँ और कांग्रेस ज्वाइन कर लूँ।"

ज्ञानप्रकाश चौंक उठा, "यह क्या पागलपन की बात कर रहे हो ! इस्तीफ़ा देने के बाद तुम करोगे क्या ? तुम्हारे बीवी-बच्चे हैं, उनकी फिक्र तुम्हें करनी है। दो साल में नवल कॉलिज में दाख़िल होगा, लड़की की शादी करनी पड़ेगी। जहाँ तक मैं समझता हूँ, तुमने इस नौकरी में कुछ बचाया भी नहीं है।"

"हाँ, कुल जमा दो-ढाई हज़ार रुपए होंगे बैंक में, और बप्पा के पास भी क़रीब तीन-चार हज़ार रुपए निकल आएँगे। मैं सोच रहा हूँ कि पाँच-छह हजार लगाकर यहाँ इलाहाबाद में कोई तिजारत शुरू कर दूँ।"

ज्ञानप्रकाश हँस पड़ा, "कायस्थ का लौंडा तिजारत करेगा, जंटी कर लेने के बाद ! जो जमा-पूँजी है वह सब गँवा दोगे बरखुरदार !"

"न सही कारोबार, तो पास में जो जेवरात हैं, उन्हें बेचने से क़रीब सात हज़ार रुपया मिल जाएगा। यह मेरी हीरे की अँगूठी भी छह-सात हज़ार में बिक जाएगी...तो दस-बारह हज़ार में एक बँगला बनवा लूँ। क़रीब सौ रुपए महीने किराए पर आने लगेगा। रहने को यह बँगला तो है ही। बप्पा की पेंशन और बँगले का किराया, इन दोनों को मिलाकर गुज़र-बसर तो अच्छी तरह ही हो जाएगी।"

"हाँ, अगर शराब पीना क़तई बन्द कर दो और हम लोगों की तरह सीधे-सादे ढंग में रहो," ज्ञानप्रकाश ने कहा, "फिर दो-चार या छह-सात साल की तकलीफ़ है, स्वराज्य मिल जाने पर तो मौज करोगे।"

गंगाप्रसाद के इस निर्णय से ज्वालाप्रसाद को आन्तरिक पीड़ा हुई। उन्होंने गंगाप्रसाद को समझाने का बहुत प्रयत्न किया। गंगाप्रसाद का पक्ष ज्ञानप्रकाश ले रहा था, यद्यपि दबी ज़बान से। दो दिन तक घर में यह तनाव से भरा संघर्ष चलता रहा और तीसरे दिन ज्वालाप्रसाद को आत्मसमर्पण कर देना पड़ा।

शाम को बैठकर गंगाप्रसाद और ज्ञानप्रकाश ने कड़े किन्तु शिष्ट शब्दों में इस्तीफ़ा

लिखा। इस्तीफ़े में ज्वालाप्रसाद की सलाह से इधर-उधर कुछ परिवर्तन भी कर दिए गए। इसके बाद ज्ञानप्रकाश ने उस इस्तीफ़े को टाइप किया। दृढ़ता के साथ गंगाप्रसाद ने उस इस्तीफ़े पर दस्तख़त किए, ज्वालाप्रसाद अपने को न रोक सके। वह कमरे से बाहर चले गए; उनकी आँखों में आँसू थे।

जैसे ही ज्वालाप्रसाद कमरे से बाहर निकले, वैसे ही फ़रहतुल्ला ने बरामदे में प्रवेश करते हुए उनसे पूछा, "क्या ज्ञानसाहेब घर पर हैं ?"

फ़रहतुल्ला के मुख पर घबराहट थी और उनके हाथ में 'पायोनियर' का एक पन्ने का विशेष संस्करण था। पर ज्वालाप्रसाद ने इस पर ध्यान नहीं दिया। अन्यमनस्क भाव से उन्होंने कहा, "कमरे में बैठे हैं, आइए !" और ज्वालाप्रसाद फ़रहतुल्ला के साथ कमरे में लौट आए।

फ़रहतुल्ला ने दरवाज़े से ही चिल्लाकर कहा, "ग़ज़ब हो गया ज्ञानप्रकाश साहेब, मुलतान में कल हिन्दू-मुस्लिम दंगा हो गया !"

"ऐं, हिन्दू-मुस्लिलम दंगा, मुलतान में, क्या कह रहे हैं आप ?"

"जी हाँ, यह 'पायोनियर' का स्पेशल एडीसन निकला है। क्या होनेवाला है, ए मेरे खुदा !"

बारी-बारी से सब लोगों ने वह ख़बर पढ़ी। उस समय उस कमरे का वातावरण निराशा से भर गया था। थोड़ी देर तक सब मौन रहे।

फ़रहतुल्ला ने कहा, "मुसलमानों में यह आग किसने भड़का दी ? मुझसे आज रात की गाड़ी से मुलतान जाने को कहा गया है। हिन्दू-मुस्लिम एकता पर यह करारा धक्का है।"

ज्ञानप्रकाश बोल उठा, "तो फिर सरकार ने हिन्दू-मुस्लिम एकता को नष्ट करने का अपना घातक क़दम उठा लिया !"

गंगाप्रसाद का पुराना सोया और खोया हुआ व्यक्तित्व जैसे एक बार ही जाग उठा, "चचा, तुम भूल रहे हो ! यह एकता कभी थी ही नहीं। बनावटी उपायों से यह क़ायम की गई थी, बनावटी उपायों से यह नष्ट भी की जाएगी।"

फ़रहतुल्ला ने आश्चर्य से गंगाप्रसाद को देखा, "यह क्या कह रहे हैं मेहरबान !"

गंगाप्रसाद पर जैसे भूत सवार हो गया था, "ठीक कह रहा हूँ फ़रहतुल्ला साहेब, हमें इस गुलामी से अभी नजात मिलती नहीं दिखलाई देती। मुझे ऐसा लगता है कि ये दंगे अभी बढ़ेंगे, बेतहाशा बढ़ेंगे। यह तो शुरुआत-भर है। आपने उस दिन यह तसलीम किया था कि यह हिन्दू-मुसलमानों का भेद-भाव बुनियादी है, और मैं अब इस बात को मान गया। इस बुनियादी भेद-भाव को मिटाने में सैकड़ों साल लग जाएँगे। इस सैकड़ों सालों का इन्तज़ार कौन कर सकता है ! तो चचाजान, मैं आज बाल-बाल बच गया। जब गुलामी ही भोगनी है तो आराम के साथ हँस-खेलकर क्यों न भोगी जाए !" और यह कहते-कहते गंगाप्रसाद ने अपने हाथवाला इस्तीफ़ा फाड़कर टुकड़े-टुकड़े कर दिया।

खंड 5

नवल ने आँखें खोलीं और उसकी नज़र सामनेवाली मेज़ पर रखी अलार्म टाइमपीस पर पड़ी। साढ़े तीन बज रहे थे और कमरे के अन्दर खिड़की से आनेवाला प्रकाश फैल रहा था। वह उठ बैठा, यद्यपि उठने की तबीयत नहीं हो रही थी उसकी। एकाएक उसे याद आया कि आज सुबह उसने बी.ए. का आख़िरी परचा कर लिया है; अब उसे परीक्षा के लिए मन लगाकर पढ़ना नहीं है, रात-रात-भर जागना नहीं है, होस्टल के कमरे में बन्द नहीं रहना है। उसने अपने में एक उमंग, एक उत्साह अनुभव किया। उसने कमरे का दरवाज़ा खोल दिया और आलस्य के भाव से कुरसी पर बैठ गया।

सामने मार्च के महीने की हल्के ताप से भरी सुनहरी धूप थी और हरी दूबवाले मखमली लॉन के किनारे पर रंग-बिरंगे फूल खिल रहे थे। नवल की नज़र उन फूलों में उलझ गई और वह सोचने लगा। एकबारगी भी तरह-तरह के रंगों के हज़ारों-लाखों फूल खिल उठे थे। लेकिन यह सब फूल आए कहाँ से ! रंगों का यह वैविध्य, इसका स्रोत कहाँ है—उन छोटे-छोटे बीजों में है, उस मिट्टी में है, उस पानी में है जिससे ये पौधे सींचे गए हैं, या इस ऋतु में है जिसमें ये फूल खिलते हैं ?

ये फूल खिलते हैं, ये फूल मुरझा जाते हैं। यह खिलना और यह मुरझाना यह सब क्यों ?

और यह शंका, यह प्रश्न, यह सब फूलों के सम्बन्ध में ही क्यों ? यह प्रश्न समस्त सृष्टि पर लागू होता है। मनुष्य पैदा होता है, मनुष्य मरता है। बनना और मिटना, यही प्रकृति का नियम है। एकाएक नवल की दृष्टि इतिहास की उस पुस्तक पर पड़ी, जिसे वह परीक्षा देने जाते समय मेज़ पर खुली छोड़ गया था। उस पुस्तक को देखकर नवल के मुख पर एक मुस्कराहट आई।

सुबहवाले परचे में एक प्रश्न आया था, "मुग़ल साम्राज्य के मिटने के कारण बताओ !"

नवल ने उस प्रश्न का उत्तर देते समय कुछ सोचा था। एक बार उसके मन में आया कि वह यह उत्तर लिख दे—"मुग़ल साम्राज्य के विनाश का कारण था ब्रिटिश साम्राज्य का निर्माण।" लेकिन उसने यह उत्तर न लिखकर वे कारण लिखे थे जो उसने किताबों में पढ़े थे। जो कारण पुस्तकों में लिखे थे, वे ग़लत हैं, नवल का कुछ ऐसा

मत था। बनना और मिटना—पुराना मिटता है, नया बनता है, लेकिन यह उत्तर दर्शन का होता, इतिहास का तो नहीं।"

इन फूलों का तो इतिहास नहीं लिखा जाता। हर साल वसन्त ऋतु में अनगिनत फूल खिल उठते हैं और ग्रीष्म आते ही वे सब-के-सब मुरझा जाते हैं। लेकिन यह अकारण असीम सौन्दर्य का सृजन, और यह अकारण उस सौन्दर्य का विनाश, यह नवल की समझ में नहीं आ रहा था।

नवल ने जम्हाई ली और उठ खड़ा हुआ। उसने कोने में रखा स्टोव जलाया, और चाय का पानी उबलने के लिए रख दिया। इसके बाद वह फिर कुरसी पर बैठकर बाहरवाले लॉन को देखने लगा। अचानक ही उसे कहीं दूर से आनेवाली कोयल की 'कुहू-कुहू' की कूक सुनाई दी। कितनी मीठी थी कोयल की यह कूक—मानो वसन्त ऋतु की मादकता का समस्त संगीत कोयल की उस कूक में उमड़ आया हो ! अनायास ही कोयल की वह कूक उषा के सुमधुर संगीतमय स्वर में बदल गई।

उषा ! असीम सुन्दरता का वरदान लेकर वह आई है ! कितना मधुर कंठ है उसका ! उषा के सामने वह खोया-सा, बेसुध-सा रह जाता है। और उषा नवल से अनायास ही पूछ बैठती है—"क्यों, क्या सोच रहे हैं आप ?" नवल अपने को बटोरता है। वह कह उठता है, "उषा, मैं सोच रहा हूँ कि क्या भगवान ने तुम्हारे समान सुन्दर किसी और को भी बनाया होगा !" नवल के इस उत्तर से उषा खिलखिलाकर हँस पड़ती है, मानो असंख्य फूल एक साथ झर पड़े हों, "जाइए, आप मुझे बना रहे हैं !" और वह उसके पास से भाग जाती है। वह भागती है, लेकिन दूर नहीं; कुछ दूर जाकर वह रुकती है और फिर वहाँ से लौटकर वह बड़ी गम्भीर मुद्रा में उससे कुछ दूर हटकर बैठ जाती है और कभी इतिहास पर, कभी साहित्य पर कुछ प्रश्न पूछकर उसे अपने में उलझा लेती है।

उषा ने इस वर्ष इंटरमीडिएट की परीक्षा दी है। एक सप्ताह हुआ, उसकी परीक्षा समाप्त हो गई है। प्रायः एक महीने से वह उषा से नहीं मिला है; उसे अपनी परीक्षा भी तो देनी थी ! और आज उसकी परीक्षा समाप्त हो गई है।

उषा रायबहादुर कामतानाथ की लड़की है। रायबहादुर कामतानाथ की गंगाप्रसाद से अच्छी-खासी मित्रता है, और नवलकिशोर को रायबहादुर कामतानाथ के घर में घर का बच्चा ही समझा जाता है। नवल जानता है कि रायबहादुर कामतानाथ उषा का विवाह नवल के साथ करना चाहते हैं; उषा भी यह जानती है। नवल के मुख पर हल्की-सी मुस्कराहट आ जाती है। उसी समय उसकी नज़र सामनेवाले स्टोव पर पड़ती है—पानी उबलने लगा है।

नवल ने उठकर चाय बनाई, और फिर अपनी आदत के अनुसार उसने वहीं से आवाज़ लगाई, "प्रेमशंकर, अरे भाई प्रेमशंकर ! चाय तैयार हो गई !"

बग़ल के कमरे का दरवाज़ा खुलने और बन्द होने की आवाज़ उसे सुनाई दी और उसी समय प्रेमशंकर ने उसके कमरे में प्रवेश किया।

"कहो नवल, कैसा परचा रहा आज का तुम्हारा ?" प्रेमशंकर ने आते ही पूछा।

"अच्छा ही रहा, हाई सेकंड क्लास मिल जाएगा," नवल ने कहा, "फ़र्स्ट क्लास तो आने से रहा !"

"यही मुसीबत है तुम्हारी ! फ़र्स्ट क्लास तुम पा सकते थे, अगर तुमने मेहनत की होती ! ख़ैर, कोई बात नहीं !" और प्रेमशंकर कुरसी पर बैठ गया।

प्रेमशंकर ने चाय पीते हुए कहा, "नवल, तुम मेहनत कर सकते हो, लेकिन तुम प्रयत्न नहीं कर सकते। सब कुछ मिलता गया है तुम्हें बिना प्रयत्न के, सब कुछ मिलता जा रहा है तुम्हें बिना प्रयत्न के !" फिर कुछ रुककर उसने पूछा, "अब क्या कार्यक्रम है तुम्हारा ?"

"कार्यक्रम ! अभी कुछ नहीं कह सकता। लेकिन सम्भवतः सितम्बर में इंग्लैंड जा रहा हूँ मैं; वहाँ से आई.सी.एस. में बैठूँगा। पासपोर्ट बनवा लिया है; वहाँ ठहरने की लिखा-पढ़ी बाबूजी कर रहे हैं।"

प्रेमशंकर मुस्कराया, "और तुम आई.सी.एस. हो जाओगे, मैं इतना कह सकता हूँ। लेकिन मैं अभी के कार्यक्रम की पूछ रहा था। तुम्हारी बदौलत यह शाम की चाय नसीब हो जाती थी, अब यह भी समाप्त समझो !"

प्रेमशंकर एल-एल. बी. फाइनल में पढ़ रहा था और वह उम्र में नवल से काफ़ी बड़ा था, लेकिन देखने में वह नवल का समवयस्क लगता था। गोरा-सा, सुन्दर-सा, मँझोले क़द का नवयुवक, आँखें बड़ी-बड़ी और गहरी काली, बाल बीच में खिंचे हुए ! प्रेमशंकर के समस्त व्यक्तित्व में एक प्रकार की कोमलता थी। उसकी वाणी में एक प्रकार की मिठास थी, और आँखें कुछ खोई-खोई-सी थीं। प्रेमशंकर ने एम.ए. फ़र्स्ट डिवीज़न में पास किया था; उसके बाद वह वकालत पढ़ने लगा।

नवल ने कहा, "अभी एक हफ्ता तो मैं यहाँ हूँ। बाबा ने लिखा है कि फ़तहपुर में मेरे एक दूर के चाचा हैं, उनके लड़के का विवाह है; तो वह चाहते हैं कि उनके साथ मैं भी फ़तहपुर चलूँ। इसके बाद मैं चाय के बरतन यहीं छोड़ जाऊँगा। तुम सुखई से चाय बनवा लिया करना; मैं उससे कहे देता हूँ। जब जाने लगना, यह सब सामान सुखई को दे देना, वह मेरे बँगले में पहुँचा देगा।"

प्रेमशंकर मुस्कराया, "वह सब मुझसे न होगा। चाय की आदत तुमने डलवाई थी, तुम्हारे जाने के बाद में यह आदत छोड़ भी दूँगा।"

एकाएक नवल को कुछ याद आ गया, "कल शाम तुम सिविल लाइन्स में एक अंग्रेज़ के साथ टहल रहे थे—जीवन ने मुझे आज दोपहर को बतलाया। कौन था वह ? हम लोगों को भी मिलवाओ अपने उस मित्र से।"

प्रेमशंकर ने कहा, "एक टूरिस्ट था, सिविल लाइन्स में मिल गया। ऐसी ही सादी-सी मुलाक़ात हो गई।" और फिर वह मुस्कराया, "कोई भी बात लोगों की नज़र से छिपती नहीं, और उन चीज़ों को काफ़ी बढ़ा-चढ़ाकर कहा भी जाता है।"

नवल को यह स्पष्ट हो गया कि प्रेमशंकर ने बात टाली है; आगे पूछना उसने उचित

नहीं समझा ! प्रेमशंकर ने भी चाय ख़त्म कर दी थी। नवल ने कहा, "ऐसे ही पूछ लिया था। लेकिन तुम्हारा क्या कार्यक्रम है, परीक्षा देने के बाद ?"

अपनी जेब से निकालकर प्रेमशंकर ने एक सिगरेट सुलगाई, "क्या कार्यक्रम है मेरा, मैं स्वयं नहीं जानता। मेरा कोई घर-बार नहीं, कोई ठिकाना नहीं। जिस दिन परीक्षा दे लूँगा, उस दिन सोचूँगा, कहाँ जाया जाए, क्या किया जाए !" प्रेमशंकर यह कहते-कहते उठ खड़ा हुआ, "तुम शायद आज घूमने-घामने के लिए जाना चाहो, देर हो रही होगी। मैं तो जाकर फिर किताबों से उलझ जाऊँगा।"

प्रेमशंकर एक तंजेब का कुरता पहने था जो प्राय: तीन दिन से नहीं बदला गया था और काफ़ी मैला हो गया था; उसका ग़रारेदार पैजामा भी वैसा ही मैला था। नवल ने कहा, "वह तो ठीक है, लेकिन अपने कपड़े तो बदल डालो !"

"ओह ! कपड़े बदलना तो मैं भूल ही गया था।" और प्रेमशंकर हँस पड़ा, "यह आजकल का जीवन भी कितना उलझा हुआ है ! साफ़ कपड़े चाहिए, और किसी काम में मन जमाने के लिए सिगरेट चाहिए। और न जाने क्या-क्या चाहिए ! इस सब 'चाहिए' के पीछे पैसा है। वही पैसा आज की समस्या है। ख़ैर, छोड़ो भी, तुम्हें देर हो रही होगी, अब मैं चलूँ।" और प्रेमशंकर चला गया। नवल ने जिस समय स्नान करके कपड़े बदले, पाँच बज गए थे। उसने खूँटी पर टँगा अपना टेनिस का रैकेट उतारा। एक महीने से उसने वह रैकेट नहीं छुआ था। रैकेट लेकर उसने अपनी साइकिल उठाई और एल्फ्रेड पार्क की ओर चल पड़ा।

टेनिस के दो सेट खेलकर वह थक गया, एक महीने से उसका अभ्यास छूटा हुआ था न ! लेकिन उसके खेल में कोई अन्तर नहीं आया। थोड़ी देर आराम करके वह रायबहादुर कामतानाथ के यहाँ के लिए रवाना हो गया।

रायबहादुर कामतानाथ की कोठी मुट्ठीगंज में थी। बाहर से रायबहादुर कामतानाथ की कोठी बड़ी साधारण-सी लगती थी—एक लम्बी-सी दीवार और उस दीवार से मिली हुई अनगिनत झोंपड़ीनुमा दुकानें। उस दीवार से बीचोबीच एक बड़ा फाटक था और उस फाटक में घुसकर एक बगीचा। भीतर रायबहादुर की कोठी थी दुमंज़िली, जिसका अगला हिस्सा पत्थरों से बना थ। इस मुख्य कोठी में भी एक फाटक था, और फाटक के दाएँ-बाएँ बड़े-बड़े दालान थे। फाटक के अन्दर फिर एक बग़ीचा था और बग़ीचा समाप्त होते ही ज़नानी ड्योढ़ी शुरू होती थी। बाहरवाले हिस्से को मरदानी ड्योढ़ी कहा जाता था।

जिस समय नवल मरदानी ड्योढ़ी में पहुँचा, रायबहादुर कामतानाथ का सारा परिवार वहाँ एकत्रित था। नवल को देखते ही उषा ने ताली बजाते हुए कहा, "पापा, लीजिए नवल बाबू आ गए ! इनसे आप सलाह लीजिए, ये आपको सही सलाह देंगे।"

लॉन पर एक बड़ा-सा तख्त पड़ा था और उस पर एक मोटा-सा गद्दा बिछा था। रायबहादुर कामतानाथ उस तख्त पर आधे बैठे और आधे लेटे हुक्का पी रहे थे। उस तख्त के बगल में पाँच-छह कुरसियाँ पड़ी थीं। एक पर रायबहादुर कामतानाथ की पत्नी

बैठी थीं, दूसरी पर उषा थी। उस तख़्त से कुछ दूर हटकर दो कुरसियाँ और पड़ी थीं, जिन पर कामतानाथ की दोनों बहुएँ थीं।

रायबहादुर कामतानाथ ने नवल की ओर देखते हुए कहा, "बड़े मौक़े से आए नवल ! बैठो, मैं एक अजीब उलझन में पड़ गया हूँ।"

नवल ने मुस्कराते हुए उत्तर दिया, "पापा, आपकी तो ज़िन्दगी ही इन उलझनों को सुलझाने में बीती है। भला आप इन उलझनों से घबरानेवाले हैं ! हल तो आपने निकाल ही लिया होगा।"

अपने परिवारवालों की ओर गर्व की एक निगाह डालते हुए रायबहादुर कामतानाथ ने कहा, "सुना, नवल की भी मेरी बाबत यही राय है !" फिर उसने नवल से कहा, "क्या बतलाऊँ, ये लोग उलझनें खड़ी कर दिया करते हैं ! दुनिया मेरी अक़्ल की क़ायल है, लेकिन ये सब-के-सब मुझे बेवकूफ़ समझते हैं। अब तुम्हीं बतलाओ नवल कि इतनी शिद्दत की गरमियाँ, भला ये कहीं इलाहाबाद में बिताई जा सकती हैं !"

"किसी भी हालत में नहीं पापा; आप किसी भी गरमी में इलाहाबाद में नहीं रहते, तो भला इस साल कैसे रहेंगे !" नवल ने कहा।

"तो जनाब, मैंने इस साल कश्मीर का प्रोग्राम बनाया था। सब कुछ ठीक कर लिया। अब देखिए कि आज सुबह यह बोलीं कि कश्मीर नहीं जाएँगी; यही नहीं, कोई बहू नहीं जाएगी। गौरी के लड़का होनेवाला है, तो सारा प्रोग्राम फिस्स कर दिया इन्होंने।"

कामतानाथ की पत्नी ने तड़पकर कहा, "तुम्हें कौन रोकता है ! मैं नहीं जाऊँगी। ज़िन्दगी यहीं बिताई है। फिर गौरी के लड़का होनेवाला है, बहू को सँभालना भी तो है !"

कामतानाथ ने अपनी पत्नी की ओर देखा, "चलिए, जान बची लाखों पाए। आप लोग इलाहाबाद की लू का मज़ा उठाइए, लेकिन मुझे बख़्शिए ! तो नवल, जब ये लोग कश्मीर नहीं जा रहे, यानी अकेला मैं रह गया, तो मैंने सोचा कि कुछ थोड़ा-सा ख़र्च और पड़ेगा, लेकिन चूँकि इस साल मेरे साथ कोई झमेला नहीं है तो ये गरमियाँ स्विट्ज़रलैंड में बिताई जाएँ चलकर।"

नवल हँस पड़ा, "वाह पापा, जब सोची तो ऊँची ही सोची ? तो फिर इसमें मुसीबत क्या है !"

"मुसीबत यह उषा बन गई है। कहती है कि मेरे साथ यह भी स्विट्ज़रलैंड जाएगी।"

कामतानाथ की पत्नी ने उसी समय ऊँचे स्वर में कहा, "यह किसी भी हालत में नहीं जाएगी। जाए तो तुम्हारे साथ, मैं इसे झोंटा पकड़कर खींच लाऊँगी। अन्धेर हो गया...लड़कियाँ विलायत जाने लगीं !"

रायबहादुर कामतानाथ की इच्छा उषा को अपने साथ ले जाने की तनिक भी न थी। लेकिन उनकी पत्नी कोई भी बात कहे, तो उस बात का विरोध करना रायबहादुर

साहेब का फ़र्ज़ हो जाता था। उन्होंने कहा, "लड़कियों के विलायत जाने में क्या हर्ज़ है ? दुनिया ही बदल गई है। फिर यह मेरे साथ जा रही है, किसी दूसरे के साथ थोड़े ही जा रही है ! वहाँ यह मेरी देखभाल ही करेगी।"

कामतानाथ की पत्नी अब एकाएक उबल पड़ीं, "बहुत मुँह चढ़ा रखा है इस कुलच्छिनी को ! देखूँ, कैसे तुम लिए जाते हो इस चुड़ैल को अपने साथ ! अभी मैं ज़िन्दा हूँ, जब मर जाऊँ तक इसे मेम बनाकर नचाना !"

उषा अभी तक चुपचाप बैठी ये बातें सुन रही थी, लेकिन उसकी माता के अन्तिम शब्दों ने उसका संयम तोड़ दिया। वह फूट पड़ी, "मैं नहीं जाऊँगी पापा, मैं नहीं जाऊँगी। मैं जमुना में डूबकर मर जाऊँगी, अगर अम्मा को इसमें सन्तोष है। तुम लोग मेरा काला मुँह नहीं देखोगे !" और बड़े-बड़े आँसू बहाती हुई उषा वहाँ से उठकर तेज़ी के साथ घर के अन्दर चली गई।"

रायबहादुर कामतानाथ ने अपनी पत्नी को डाँटा, "तुम उस लड़की की जान ले लोगी। भला इस तरह की बात कही जाती है ! पढ़ी-लिखी लड़की से। क्यों जी नवल, क्या उषा का विलायत जाना बेजा होगा ? बोलो न, यह तो निरी जाहिल है।"

नवलकिशोर ने कुछ हिचकिचाते हुए कहा, "पापा अम्माँ पुराने विचारों की हैं, इसीलिए इन्होंने यह बात कही है।" इस बार वह कामतानाथ की पत्नी की ओर घूमा, "अम्माँ, आज की दुनिया बहुत बदल गई है। उषा को हो आने दीजिए पापा के साथ, दुनिया देख लेगी। उसे पढ़ने-लिखने के साथ अनुभव भी हो जाएगा।"

कामतानाथ की पत्नी ने आँखों में आँसू भरकर कहा, "मेरी जीभ में आग लगे। मैं तो उषा के भले के लिए ही कहती थी। ज़िन्दा हूँ तो नहीं रहा जाता, मर जाऊँगी तो उसे कहाँ रोकती घूमूँगी ! अब अगर तुम भी ठीक समझते हो उसका जाना, तो वह जैसा जी चाहे करे, मैं एक बात न कहूँगी, कसम खाती हूँ।"

रायबहादुर कामतानाथ ने नवल की ओर देखा, "नवल, जाओ, उषा को समझा-बुझाकर इधर ले आओ कि उसकी अम्माँ मान गई हैं।" और फिर उन्होंने अपनी पत्नी से कहा, "बड़ी कोमल लड़की है यह मेरी। भला इसका दिल दुखाने में तुम्हें क्या फ़ायदा मिलता है ! नवल बेटा, उसे लिवा लाओ जाकर, फिर हम लोग बैठकर अपना प्रोग्राम बनाएँ।"

नवल उषा को लिवाने के लिए अन्दर गया। रायबहादुर कामतानाथ के घर का कोना-कोना उसका देखा हुआ था। वह सीधे उषा के कमरे में पहुँचा। उषा अपने पलँग पर मुँह के बल लेटी सिसकियाँ भर रही थी। नवल ने दरवाज़े के बाहर से पुकारा, "उषा !"

उषा ने नवल का स्वर सुनकर भी मानो नहीं सुना। उसकी सिसिकियों ने और अधिक ज़ोर पकड़ लिया।

जब नवल की दो-तीन आवाज़ों पर भी उषा ने ध्यान नहीं दिया, तो उसे कमरे के अन्दर प्रवेश करना पड़ा। उसने उषा के पास जाकर कहा, "उषा, उठो ! अम्माँ तुम्हें

भेजने को मान गई हैं, और पापा ने तुम्हें बुलाया है।"

"मैं नहीं जाऊँगी; मैं अपना काला मुँह किसी को नहीं दिखलाऊँगी।" उषा ने रोते हुए कहा।

नवल ने उषा का हाथ पकड़कर उसे उठाया, और उषा नवल के कन्धे पर सिर रखकर रोने लगी। उस समय उषा कितनी सुन्दर दिख रही थी, उसकी आँखों के आँसू मोतियों के समान दिख रहे थे नवल को। नवल ने कहा, "उषा, चलो, पापा ने कहा है कि मैं तुम्हें मनाकर ले आऊँ। तुम्हें मेरे साथ चलना ही होगा।" और अचानक ही नवल ने उषा के कपोलों को चूम लिया।

उषा छिटककर नवल से अलग हो गई। उसने नवल से कहा, "आप जाइए, मैं मुँह-हाथ धोकर आती हूँ।" और वह तेज़ी के साथ बाथरूम के अन्दर चली गई। नवल वापस लौट आया। उसने कामतानाथ से कहा, "अभी मुँह धोकर आती है।"

कामतानाथ ने नवल को बिठाया, "कहो नवल, बहुत दिनों बाद दिख रहे हो, कैसे परचे हुए हैं ?"

"अच्छे हुए हैं, हाई सेकंड क्लास मिल जाएगा।"

"तो फिर विलायत कब जा रहे हो ?" और जैसे कामतानाथ को कुछ बात सूझ गई हो, "अरे हाँ, तुम भी हम लोगों के साथ स्विट्ज़रलैंड चले चलो ! तुम्हें विलायत तो जाना ही है, तो मेरे साथ अभी चलो !"

नवल रायबहादुर कामतानाथ का यह प्रस्ताव सुनकर चौंक उठा, "आज तो आख़िरी परचा किया है मैंने पापा ! पहले रिज़ल्ट तो आ जाए, फिर मेरे विलायत जाने की बात उठेगी।"

रायबहादुर कामतानाथ को अपनी बात जँच गई थी, "अरे, पास तो तुम हो ही जाओगे; रिज़ल्ट केबिलग्राम से स्विट्ज़रलैंड में मँगवा लेना। हम लोग भी अप्रैल के अन्त में चलेंगे। अभी एक महीने से ऊपर बाक़ी है।"

इसी समय उषा मुँह-हाथ धोकर आ गई और एक कुरसी पर चुपचाप बैठ गई। रायबहादुर कामतानाथ ने उषा से कहा, "इस समय मुझे बहुत दूर की सूझी है। नवल आई.सी.एस. के लिए विलायत जाने ही वाला है। मैंने इससे कहा कि हम लोगों के साथ स्विट्ज़रलैंड चला चले। अक्टूबर में हम लोग हिन्दुस्तान लौट आएँगे और यह इंग्लैंड चला जाएगा।"

उषा की सारी उदासी जैसे जाती रही, "अहा-हा पापा ! क्या बात सोची है आपने ! नवल बाबू, आपको हमारे साथ चलना ही होगा। अब आप इनकार न कर पाएँगे।"

उसी समय कामतानाथ की पत्नी ने कहा, "नवल बेटा, तुम्हारे जाने से मैं निश्चिन्त हो जाऊँगी। इन्हें तुम जानते ही हो, और उषा अभी निरी बच्ची है। तुमसे बड़ा सहारा मिलेगा।"

अब नवल के चक्कर में पड़ने की बारी थी। उसके सामने अनायास ही यह प्रस्ताव आ गया था, और इस प्रस्ताव के लिए वह तैयार न था। उसने दबी ज़बान में कहा,

"पापा, मुझे बाबूजी से पूछना पड़ेगा इस सम्बन्ध में, अगर बाबूजी इजाज़त देंगे तो चला चलूँगा।"

कामतानाथ की पत्नी ने कामतानाथ से कहा, "सुनो जी, तुम कलक्टर साहेब को कल ही चिट्ठी लिख दो। तुम्हारी बात पर वह इनकार नहीं करेंगे। नवल ठीक ही तो कहता है, विलायत जाने का मामला है, उसे अपने बाबूजी से तो पूछ ही लेना चाहिए।"

"अजी, चिट्ठी-विट्टी क्या, मैं खुद कल या परसों मिर्ज़ापुर चला जाऊँगा। रास्ता ही कितना है यहाँ से ! फिर बाबू गंगाप्रसाद को कोई पैसों का इन्तज़ाम थोड़े ही करना है, मेरे साथ जाएगा यह नवल। मैं तीन आदमियों का पैसेज बुक कराए लेता हूँ।"

नवल को रायबहादुर कामतानाथ का आभार लेना अच्छा नहीं लग रहा था। उसने फिर एक बार कहा, "पहले बाबूजी की मैं इजाज़त ले लूँ, तब आप मेरे लिए पैसेज बुक कराइएगा। आप चाहें तो बाबूजी को चिट्ठी लिख दें या उनसे स्वयं मिल लें।"

"गंगाप्रसाद की इज़ाजत तुम्हें मिली ही समझो," कामतानाथ ने आत्मविश्वास के साथ कहा, "और तुम कल ही उषा को लेकर सिविल लाइन्स में डेविडसन के यहाँ चले जाना। अपने सूट बनवा लो और उषा के लिए भी कपड़े का ऑर्डर दे देना।"

"अच्छी बात है।" नवल ने उत्तर दिया। फिर वह उषा की ओर घूमा "इस बातचीत में मैं तुमसे यह पूछना ही भूल गया कि तुम्हारे परचे कैसे हुए। क्या बतलाऊँ, अपनी परीक्षा के कारण मैं तो आ ही नहीं सका।"

उषा ने तनिक मान करते हुए कहा, "आप नहीं आ सके तो क्या, आपने मुझे पढ़ा तो दिया था। इस दफा सेकंड डिवीज़न मिल जाएगा। लेकिन बी.ए. में मुझे कौन पढ़ाएगा ?" और फिर वह खिलखिलाकर हँस पड़ी, "अपनी किताबें स्विट्ज़रलैंड ले चलूँगी, वहीं आप मुझे पढ़ाया कीजिएगा।"

नवल मुस्कराया, "वहाँ भला हम लोगों को घूमने-घामने से फ़ुरसत मिलेगी ! अच्छी बात है, कल शाम को तैयार रहना उषा, इस वक़्त अब मैं चलूँ; काफ़ी देर हो गई है।" यह कहकर नवल उठ खड़ा हुआ।

"वाह, बिना खाये कैसे चले जाइएगा आप !" उषा ने नवल का हाथ पकड़कर बिठाते हुए कहा।

रायबहादुर कामतानाथ के यहाँ से खाना खाकर नवल जब म्योर होस्टल वापस लौटा, तो ग्यारह बज रहे थे। आज का दिन उसकी प्रसन्नता का दिन था। जैसे ही वह अपने कमरे के पास पहुँचा, उसने देखा कि प्रेमशंकर के कमरे का दरवाज़ा खुला है और वह बैठा हुआ कुछ पढ़ रहा है। नवल को देखते ही प्रेमशंकर उठ खड़ा हुआ, "कहो, आज की शाम तो मज़े में कटी मालूम होती है !"

प्रेमशंकर की शक्ल से मालूम होता था कि वह भी शाम के समय कहीं बाहर गया था। नवल ने कहा, "हाँ, लेकिन अपनी बतलाओ तुम भी तो बाहर गए थे, है न ऐसा ?"

प्रेमशंकर गम्भीर हो गया, "नवल, शाम को मैं तुमसे झूठ बोला था, या यह कहना अधिक ठीक होगा कि तुमसे सच नहीं बोला था। मैं आज उन्हीं अंग्रेज़ों से मिलने गया

था जिनकी बाबत तुमने मुझसे शाम के समय पूछा था। कुछ अजीब तरह के हैं वे लोग ! ऐसी बातें करते हैं जो समझ में नहीं आतीं, लेकिन ग़लत भी नहीं लगतीं। अंग्रेज़ होते हुए भी ब्रिटिश सरकार के और ब्रिटिश साम्राज्यवाद के घोर शत्रु हैं।"

नवल का कौतूहल जागा, "मैं भी मिलना चाहूँगा उन लोगों से प्रेमशंकर, मुझे मिला दो !"

प्रेमशंकर ने सिर हिलाते हुए कहा, "नहीं, तुम्हें ख़तरे में नहीं डालना चाहता और इसलिए शाम के समय मैं तुमसे झूठ बोल गया था। वे लोग तो कम्युनिस्ट हैं, या ब्रिटिश स्पाई। दोनों ही की दोस्ती ख़तरनाक साबित हो सकती है, कम-से-कम तुम्हारे वास्ते।"

नवल ने प्रेमशंकर को ग़ौर से देखा, "लेकिन तुम यह ख़तरा क्यों उठा रहे हो, प्रेमशंकर ?"

"इसलिए कि मेरा समस्त जीवन संघर्षों का जीवन रहा है। पिता की मृत्यु कब हुई, मुझे याद नहीं। मेरी माता ने मुझे पढ़ाया। मुझे पढ़ाने के लिए मेरी माता को कितना अपमानित और लांछित होना पड़ा, तुम इसकी कल्पना न कर सकोगे। मेरे चाचा ने कितना सताया, और मेरी माता मुझे लेकर घर छोड़कर चली आईं। वह पढ़ी-लिखी थीं। अध्यापिका बनकर उन्होंने मुझे पढ़ाया। और जब मैं इंटरमीडिएट में था, मेरी माता की मृत्यु हो गई। उन्होंने मुझे दो हज़ार नक़द दिए, डेढ़ हज़ार के उनके गहने थे। तब से मैं होस्टल में रहकर पढ़ता रहा। अब मुझे लगता है कि दुनिया में मेरा कोई भी अपना नहीं है। साढ़े तीन हज़ार रुपयों में से अब कुल छह सौ रुपए मेरे पास हैं। वे भी कभी-न-कभी ख़त्म हो जाएँगे।"

नवल बोला, "लेकिन तुम्हारी इस कहानी से तो मेरे प्रश्न का कोई सम्बन्ध नहीं है।"

"है भी और नहीं भी है। तुम जानते हो, मैंने एम.ए. फ़र्स्ट डिवीज़न में पास किया। न जाने कितनी जगह दरख़ास्तें भेजीं, लेकिन कहीं नौकरी नहीं मिली। दो-एक प्राइवेट स्कूलों में नौकरी मिल भी रही थी, लेकिन शर्त यह थी कि दस्तख़त मुझे नब्बे रुपयों की तनख़्वाह के करने पड़ेंगे और मिलेंगे मुझे पचास। ऊबकर मैंने एल-एल.बी. ज्वाइन किया। और मैं जानता हूँ कि इस वकालत में भी मुझे भयानक संघर्ष ही करना पड़ेगा। इस तरह धीरे-धीरे ख़तरों से खेलने में मुझे मज़ा आने लगा है।"

नवल थोड़ी देर चुप रहा। फिर उसने एक ठंडी साँस खींची, "मैं समझ रहा हूँ प्रेमशंकर, लेकिन मैं फिर कहता हूँ कि तुम्हें जीवन में सफलता मिलेगी। निराश होकर ख़तरों में कूद पड़ना, यह ठीक नहीं है। इन लोगों से तुम मिलना-जुलना बन्द कर दो !"

प्रेमशंकर हँस पड़ा, "सलाह के लिए धन्यवाद, लेकिन अब तो क़दम उठा ही लिया है मैंने ! और, अरे हाँ, मैं तो भूल ही गया था, तुम्हारे दादाजी तुम्हें ढूँढ़ रहे हैं। दो दफा आए थे—एक तो साढ़े नौ बजे, फिर साढ़े दस बजे। कह गए हैं कि जैसे ही तुम आओ, तुम्हें अपने बँगले पर भेज दूँ, कोई बहुत ज़रूरी काम है।"

नवल ने घड़ी देखते हुए कहा, "अब तो बहुत देर हो गई, कल सुबह मिल लूँगा।"

"नहीं, इसी वक़्त तुम जाओ वहाँ। उन्होंने ज़ोर देकर कहा था कि आते ही तुम्हें वहाँ भेज दूँ।"

नवल चिन्तित हो उठा, "क्या बात है ? क्या बहुत घबराए हुए थे ? कुछ बताया नहीं उन्होंने ?"

"कुछ कहा तो नहीं उन्होंने, लेकिन वे चिन्तित बहुत अधिक थे। देखो जाकर, क्या बात है !"

नवल ने अपना कमरा नहीं खोला। वह म्योर होस्टल से अपने बँगले की ओर चल पड़ा। उसका दिल धड़क रहा था। अचानक ही एक भय उसके अन्दर भर गया।

जिस समय वह अपने बँगले में पहुँचा, ज्वालाप्रसाद बरामदे में उदास बैठे कुछ सोच रहे थे। नवल को देखते ही वह उठ खड़े हुए, "बड़ी देर से तुम्हारा इन्तज़ार कर रहा हूँ, नवल ! बहुत बड़ी विपत्ति आ पड़ी है हम लोगों पर !"

"ख़ैरियत तो है ?" नवल ने पूछा।

"वही तो नहीं है। गंगा बहुत बीमार है। चार दिन हुए, उसे एकाएक खून की क़ै हुई, और एक सौ तीन डिग्री बुख़ार चढ़ आया। सिविल सर्जन को बुलाया, उसने देखकर बतलाया कि दोनों फेफड़े ख़राब हैं। एक्सरे लेना होगा। मिर्ज़ापुर में इलाज नहीं हो सकता।"

नवल घबरा गया, "बाबा, आपने मुझे पहले ख़बर क्यों नहीं दी ? अब क्या होगा ?"

"तुम्हारा इम्तिहान हो रहा था न ! तो आज तुम्हारा इम्तिहान ख़त्म हुआ है। यहाँ डॉक्टर शेरउड को लेने आया हूँ। सिविल सर्जन के बस का रोग नहीं है।" फिर ज्वालाप्रसाद ने कहा, "मैं आज डॉक्टर शेरउड से मिला था, कल वह दोपहर को बारह बजे चलेंगे। तुम अपनी तैयारी कर लो !"

नवलकिशोर स्तब्ध-सा बैठ गया। ज्वालाप्रसाद ने कहा, "बहुत बड़े संकट का समय है हम लोगों का नवल ! भगवान की क्या इच्छा है, नहीं मालूम; क्या-से-क्या हो गया !"

ज्वालाप्रसाद के मुख पर झुर्रियाँ लटक आई थीं; उनकी आँखों की चमक जाती रही थी। नवल ने देखा कि ज्वालाप्रसाद एकबारगी बहुत बूढ़े दिख रहे हैं। उसने कहा, "धीरज रखिए बाबा, कल डॉक्टर शेरउड के चलने पर ही मर्ज का पता चलेगा।"

ज्वालाप्रसाद कराह उठे, "कोई चारा नहीं है नवल, सिवा छाती को पत्थर कर लेने के। जाओ, सुबह अपना सब सामान ठीक करके आ जाना। शायद तुम्हें ही डॉक्टर शेरउड के यहाँ जाना पड़े ! मुझमें तो इतनी ताक़त नहीं है।"

डॉक्टर शेरउड को साथ लेकर नवल और ज्वालाप्रसाद जब मिर्ज़ापुर पहुँचे, तो दो बज गए थे। विद्या गंगाप्रसाद के कमरे में बैठी थी। उसने निकलकर इन लोगों को कमरे में पहुँचाया। गंगाप्रसाद चुपचाप आँखें बन्द किए हुए लेटे थे, लेकिन उनके मुख पर जैसे असह्य यातना अंकित थी। डॉक्टर शेरउड ने गंगाप्रसाद की अच्छी तरह परीक्षा की। इस बीच में मिर्ज़ापुर के सिविल सर्जन को भी नवलकिशोर बुला लाया था।

दोनों डॉक्टरों ने आपस में परामर्श करके ज्वालाप्रसाद से कहा, "इन्हें इलाहाबाद ले जाना होगा। मिर्ज़ापुर में तो एक्सरे का भी कोई प्रबन्ध नहीं है। इलाहाबाद में ही इलाज जो सकेगा।"

ज्वालाप्रसाद बोले, "लेकिन कलक्टर बिना गवर्नमेंट के ऑर्डर के हेड क्वार्टर नहीं छोड़ सकता।"

सिविल सर्जन ने उत्तर दिया, "आप डॉक्टर शेरउड के साथ इलाहाबाद चले जाइए ! मैं मेडिकल सर्टीफ़िकेट लिखे देता हूँ। कमिश्नर के यहाँ आप इनकी छुट्टी की दरख़ास्त दे दीजिए ! इनका मिर्ज़ापुर से इलाहाबाद जाना ज़रूरी है।"

घंटे-भर बाद ही ज्वालाप्रसाद डॉक्टर के साथ इलाहाबाद के लिए रवाना हो गए।

डॉक्टर के साथ अपने बाबा को रवाना करके नवलकिशोर अपने पिता के कमरे में आया। गंगाप्रसाद का बुख़ार काफ़ी बढ़ गया था। उसने नवलकिशोर को देखते ही अपने पास बैठने का संकेत किया। थोड़ी देर तक गंगाप्रसाद एकटक नवल को देखता रहा। फिर उसने क्षीण स्वर में पूछा, "डॉक्टर शेरउड ने क्या कहा ?"

नवल को ऐसा लगा कि गंगाप्रसाद के स्वर में एक प्रकार का कम्प था, उसकी आँखों में एक प्रकार का भय था। नवल ने उत्तर दिया, "वह कहते हैं कि इलाहाबाद में ही इलाज हो सकेगा, और वहाँ आप अच्छे हो जाएँगे।"

"इलाहाबाद में अच्छा हो जाऊँगा, सच कह रहे हो ? मुझे तो ऐसा लगता है कि एक अच्छी न होनेवाली बीमारी ने मुझे धर दबाया है। तो डॉक्टर शेरउड का कहना है कि मैं अच्छा हो जाऊँगा। क्या मर्ज़ बतलाया है उन्होंने ?" गंगाप्रसाद मानो आशा की एक किरण को अपने चारों ओर फैले निराशा के अन्धकार से खोज निकालने का प्रयत्न कर रहा हो। नवल ने देखा कि गंगाप्रसाद का चेहरा पीला पड़ गया है, उसका सारा व्यक्तित्व जैसे एकबारगी ही टूट गया। नवल को झूठ बोलना पड़ा, "बीमारी का नाम तो उन्होंने नहीं बतलाया, लेकिन यह कह गए हैं कि इलाहाबाद चलकर एक महीने में आप उनकी दवा से अच्छे हो जाएँगे। बाबा आपकी छुट्टी की दरख़ास्त देने गए हैं।"

गंगाप्रसाद ने एक ठंडी साँस भरी, "मेरी छुट्टी की दरख़ास्त देने गए हैं ! ठीक है, छुट्टी तो मुझे लेनी ही पड़ेगी, शायद हमेशा के लिए लेनी पड़ जाए !"

विद्या एक कोने में चुपचाप खड़ी हुई यह बातचीन सुन रही थी। उसने आगे बढ़कर कहा, "बाबूजी जब से बीमार पड़े हैं तब से ऐसी ही बातें कर रहे हैं दादा ! आप इन्हें समझाइए, इस तरह निराश होना तो ठीक नहीं है।"

गंगाप्रसाद के मुख पर एक करुण मुस्कराहट आई, "सुना नवल, यह विद्या मुझे समझा रही है; सोलह-सत्रह साल की बच्ची !" फिर उसने विद्या से कहा, "जाओ, अपनी माँ को भेज दो यहाँ। यह दिन-रात की सेवा, यह थकान !" फिर उसने नवल की ओर देखा, "मुझे नींद आ रही है...तुम लोग थोड़ी देर आराम कर लो ! सेवा तो तुम लोगों को कुछ दिन तक करनी ही पड़ेगी।" और गंगाप्रसाद ने अपनी आँखें बन्द कर लीं।

नवलकिशोर विद्या के साथ कमरे से बाहर निकल आया। विद्या नवल से कुल दो

साल छोटी थी। लम्बे क़द की हृष्ट-पुष्ट बालिका, बड़ी-बड़ी आँखें और उन आँखों में एक प्रकार की दृढ़ता से युक्त कठोरता ! खुलता हुआ गेहुँआ रंग ! विद्या ने इस वर्ष बी.ए. फ़र्स्ट ईयर की परीक्षा दी थी काशी विश्वविद्यालय से, और परीक्षा देकर वह मिर्ज़ापुर चली आई थी। विद्या ने नवल से कहा, "दादा, बहुत बड़ी विपत्ति आ पड़ी है हम लोगों पर।"

"देख रहा हूँ विद्या, लेकिन इस विपत्ति का सामना तो करना ही है।"

विद्या चुपचाप खड़ी सोचती रही। फिर उसने अपने बड़े भाई की तरफ़ देखा। छरहरे बदन का लम्बा युवक, मुख पर आत्म-विश्वास की चमक ! नवल देखने में सुन्दर कहा जा सकता था। गठीला और स्वस्थ शरीर ! विद्या बोली, "दादा, बाबूजी के बाद तुम्हीं मेरे सब कुछ हो, जैसा कहोगे वैसा करूँगी ! इस विपत्ति से तो लड़ना ही है।" और विद्या की आँखों में आँसू आ गए, "जाती हूँ, अम्माँ को भेज दूँ बाबूजी के पास !" और विद्या अपने आँसू पोंछती हुई चली गई।

भीतर आँगन में नवलकिशोर की दादी मुरझाई हुई बैठी थी। नवल अपनी दादी के पास जाकर बैठ गया। जमुना निश्चेष्ट-सी चुप बैठी थी, जैसे उसे काठ मार गया हो। उसने नवल को मानो देखते हुए भी नहीं देखा। नवल ने कहा, "दादी !"

जमुना की तन्द्रा भंग हुई, "नवल, तुम आ गए ! डॉक्टर ने क्या कहा ?"

"उसने बाबूजी को इलाहाबाद ले चलने को कहा है; वहीं वह उनका इलाज करेगा।"

"इस वक़्त कौन है गंगा के पास ?" जमुना ने पूछा।

"अम्माँ हैं, बाबूजी को नींद आ रही थी तो उन्होंने हम लोगों को बाहर भेज दिया।"

"जाती हूँ मैं भी उसके पास।" और जमुना बिना नवल से और अधिक बात किए गंगाप्रसाद के कमरे में चली गई। लेकिन जैसे जमुना के शरीर में प्राण नहीं थे, उसके पैर लड़खड़ा रहे थे।

नवल वहाँ से उदास लौट आया और बाहर बरामदे में बैठ गया। रात घिर रही थी और बँगले के बरामदे में लालटेन टिमटिमा रही थी। चारों ओर घना अन्धकार छाया हुआ था। वह चुपचाप बैठा सोच रहा था कि अतीत, वर्तमान, भविष्य, इन सबका क्या सम्बन्ध है ? जो कुछ हो रहा है, उसमें कौन-सा विधान है ? उसे पता ही नहीं चला कि कब विद्या आकर उसके पास पड़ी कुरसी पर बैठ गई।

विद्या से रहा न गया। उसने नवल को पुकारा, "दादा !"

नवल जैसे चौंक पड़ा, "तुम विद्या, बाबूजी की तबीयत कैसी है ? सो रहे हैं या जाग गए ?"

"नींद उन्हें आती ही कहाँ है !" विद्या बोली, "तेज़ बुखार की बेहोशी, यही उनकी पलकों में भर जाती है।"

"कौन है इस वक़्त बाबूजी के कमरे में ?"

"दादी हैं; अम्माँ खाने का इन्तज़ाम करने चली गई हैं।"

"तो फिर चलूँ वहाँ, देखूँ, क्या हाल है ?"

"बैठो भी दादा, हालत वैसी ही है। हाँ, तो परीक्षा पूरी दे ली ?"

नवल के मुख पर एक व्यंग्यात्मक मुस्कराहट आई, "परीक्षा तो अब शुरू हो रही है विद्या; वह बी.ए. की परीक्षा तो खिलवाड़ थी। हाँ, तुमने नहीं बताया अपने सम्बंध में ?"

"बताने को क्या है दादा, बी.ए. फ़र्स्ट ईयर से बी.ए. सेकंड ईयर में पहुँच गई हूँ।"

इसी समय रुक्मिणी ने आकर नवल से कहा, "नवल बेटा, यह बुला रहे हैं तुम्हें !"

"जा रहा हूँ अम्माँ।" नवल ने उठते हुए कहा, और वह गंगाप्रसाद के कमरे में चला गया। गंगाप्रसाद ने नवल से कहा, "बैठो नवल, अच्छी तरह तो रहे ? कैसे परचे किए हैं तुमने ?"

"परचे अच्छे हुए हैं, बहुत मुमकिन है, फ़र्स्ट क्लास मिल जाए इस बार।" नवल बोला।

गंगाप्रसाद कुछ देर तक एकदम अपने लड़के को देखता रहा। फिर उसने धीरे स्वर में कहा, "लन्दन में तुम्हारे ठहरने का प्रबन्ध ठीक हो गया है। सितम्बर के पहले सप्ताह में तुम्हें जाना है वहाँ पर !"

नवल बोला, "अभी इसकी जल्दी क्या है ? पहले आप ठीक हो लें, फिर चला जाऊँगा।"

"मेरी बीमारी ! नवल, अपनी बीमारी जानता हूँ, यह राज-रोग है जिससे कोई अच्छा नहीं होता...मेरी बीमारी और इसके इलाज के लिए रुकना बेकार है...मैं टूट रहा हूँ, अपने टूटने के पहले मैं चाहता था कि तुम बन जाओ !"

गंगाप्रसाद की बातचीत में एक विवशता से भरी घुटन थी। वह स्वामित्व की भावना, वह अधिकार का अहं, वे सब एकबारगी ही गंगाप्रसाद को छोड़ गए थे। नवल ने गंगाप्रसाद की बात का कोई उत्तर नहीं दिया। गंगाप्रसाद ने कुछ सुस्ताकर फिर कहा, "नवल, मैं जीवन में भयानक रूप से असफल रहा हूँ। यह पद, उन्नति, मान, यह सब केवल ऊपरी दिखावा-भर है; इसमें कुछ है नहीं। लेकिन कहाँ पर कुछ है, यह भी तो मैं आज तक नहीं जान सका।"

गंगाप्रसाद को बात करने में कष्ट हो रहा है, नवल पर यह स्पष्ट हो गया था। उसने कहा, "बाबूजी, अब आप सोने की कोशिश कीजिए; इस बातचीत से, इस प्रकार की निराशा से तो कष्ट बढ़ेगा ही। मैं आपको इतना विश्वास दिलाता हूँ कि मेरी तरफ़ से आपको कोई असन्तोष नहीं होगा। लीजिए, दवा पी लीजिए, समय हो गया है।"

"लाओ, दवा पीना तो मेरा धर्म है, गोकि मैं जानता हूँ कि दवा से कोई फ़ायदा नहीं हो रहा है। और फिर दवा पीने के बाद सोने की कोशिश करना भी मेरा धर्म है, गोकि मैं जानता हूँ कि मुझे नींद नहीं आएगी। अगर आ भी गई तो वह टूटी हुई-सी और दुःस्वप्नों से भरी होगी।"

गंगाप्रसाद को दवा पिला और खाना खिलाकर नवल जब कमरे से बाहर निकला,

रात काफ़ी बीत चुकी थी। गरमी काफ़ी अधिक थी और विद्या बरामदे में बैठी हुई अपने भाई की प्रतीक्षा कर रही थी। नवल के आते ही विद्या ने कहा, "दादा, चलो खाना खा लो चलकर !"

"चलता हूँ," कहकर नवल बैठ गया। चारों तरफ़ एक गहरा सन्नाटा छाया हुआ था। पंचमी का चाँद धीरे-धीरे आकाश से नीचे गिर रहा था। इस समय दूर एक बरगद के ऊपर वह ठहरा हुआ था। नवल ने विद्या की ओर देखा, "विद्या, देख रही हो वह चाँद—कितना निस्तेज, कितना निष्प्रभ और कितना विवश ! धीरे-धीरे आसमान से नीचे उतर रहा है। उसका प्रकाश कितना क्षीण है !"

"देख रही हूँ दादा," विद्या ने कहा, "इस चाँद को डूबना ही है, लेकिन इससे क्या ? कल फिर यह चाँद निकलेगा और इसका प्रकाश इससे अधिक उज्ज्वल होगा, उसमें अधिक प्रभा होगी।"

नवल ने एक ठंडी साँस ली, "हाँ, लेकिन वह सब कल होगा। मेरे सामने तो सवाल आज का है, इस समय का है।"

"दादा, कल के सहारे तो हमारी सारी ज़िन्दगी है। यदि हम 'कल' की कल्पना न कर सकते तो हमारा 'आज' कितना भयानक और कुरूप होता !"

"शायद तुम ठीक कहती हो विद्या !" और नवल ने फिर आकाश की ओर देखा। चाँद अब उस बरगद के पेड़ की ऊपर की टहनी पर आ गया था। और नवल देख रहा था उस चाँद का गिरना। धीरे-धीरे पूरा चाँद उस बरगद के पेड़ के नीचे चला गया। कुछ देर तक उस बरगद से छन-छनकर उसका प्रकाश आता रहा, और फिर वह प्रकाश भी लुप्त हो गया। उसके सामने एक घोर निर्भेद्य अन्धकार था। नवल उठ खड़ा हुआ, "चलो विद्या !"

2

गंगाप्रसाद ने पूछा, "नवल, ज्ञान चचा का कुछ पता है ? कब लौटेंगे वह विलायत से !"

"मई के अन्तिम सप्ताह में आने की बात है। क्यों, कुछ काम है उनसे क्या ?"

"नहीं, ऐसे ही पूछ लिया। आज दो साल से नहीं मिला हूँ उनसे। रह-रहकर उनकी याद आती है।"

इसी समय ज्वालाप्रसाद ने डॉक्टर शेरउड के साथ कमरे में प्रवेश किया। डॉक्टर

शेरउड ने गंगाप्रसाद की डॉक्टरी परीक्षा की, फिर गम्भीर भाव से उन्होंने कहा, "सुधार में कोई विशेष प्रगति नहीं है; गरमी भी तो बहुत अधिक है। इन्हें पहाड़ पर ले जाना होगा !"

गंगाप्रसाद बोला, "ठीक बात है डॉक्टर साहेब, गरमी मुझसे बरदाश्त नहीं हो रही है।"

डॉक्टर शेरउड ने ज्वालाप्रसाद की ओर देखा, "भुवाली सैनेटोरियम में मैं लिखे देता हूँ; वहाँ एक कॉटेज की व्यवस्था हो जाएगी। सितम्बर तक वहाँ रहने पर पूरी तरह से स्वस्थ हो जाएँगे।"

ज्वालाप्रसाद ने दबी ज़बान से कहा, "भुवाली सैनेटोरियम ! तो वहाँ ले जाना पड़ेगा इन्हें ? और किसी जगह व्यवस्था नहीं हो सकती है गंगा की ?"

"हो तो सभी पहाड़ों में सकती है, लेकिन और जगहों में इलाज नहीं हो सकता।"

गंगाप्रसाद चुपचाप ज्वालाप्रसाद और डॉक्टर शेरउड की बातचीत सुनता रहा, जैसे उस बातचीत में उसे कोई दिलचस्पी नहीं है। इन लोगों के जाने के बाद गंगाप्रसाद ने नवल से कहा, "नवल, अपने बाबा से कह देना कि भुवाली ही ठीक रहेगी। वहाँ इलाज की ठीक-ठीक व्यवस्था है; फिर वहाँ किसी को मेरे साथ जाने की आवश्यकता भी नहीं होगी।"

"आप अकेले कैसे रहिएगा बाबूजी, वहाँ पर ? डॉक्टर शेरउड ने एक कॉटेज का प्रबन्ध कर देने को भी तो कहा है। मैं आपके साथ चलूँगा बाबूजी !"

"तुम मेरे साथ चलोगे ? नहीं नवल, तुम्हें इंग्लैंड जाना है। तुम्हारे बाबा मेरे साथ चले जाएँगे !"

"मैं तब तक इंग्लैंड नहीं जा रहा बाबूजी, जब तक आप पूरे तौर से स्वस्थ नहीं हो जाते।" नवल ने दृढ़तापूर्वक कहा।

गंगाप्रसाद ने बात आगे नहीं बढ़ाई। उसने अपनी आँखें बन्द कर लीं। नवल कमरे से बाहर चला आया। उसका मन बहुत उदास था। उसके पिता ने ठीक ही कहा था कि उन्हें राज-रोग लग गया है। मिर्जापुर से इलाहाबाद, इलाहाबाद से भुवाली !

गंगाप्रसाद को इलाहाबाद में आए हुए प्रायः एक महीना हो गया था, लेकिन इस एक महीने में हालत लगातार गिरती ही गई थी। उसका शरीर सूखकर हड्डियों का ढाँचा रह गया था। अब उसे उठकर चलने-फिरने में भी तक़लीफ़ होती थी। नवल गंगाप्रसाद की यह हालत देखता था और उसका हृदय रो पड़ता था। लेकिन उसके बस में भी तो नहीं था कुछ। वह कमरे से बाहर निकला, धूप बहुत तेज़ हो रही थी। बरामदे से उसने ज्वालाप्रसाद को आते हुए देखा, और वह रुक गया। ज्वालाप्रसाद डॉक्टर शेरउड को पहुँचाकर लौट रहे थे।

"कहिए बाबा, क्या बात है ?" ज्वालाप्रसाद के मुख पर चिन्ता की गहरी रेखाओं को देखते हुए नवल ने पूछा।

भर्रायी हुई आवाज़ में ज्वालाप्रसाद ने कहा, "बेटा, भगवान से प्रार्थना करो !

भुवाली जाना ही पड़ेगा गंगा को; और वहाँ से अच्छे होकर कम ही लोग लौटते हैं। डॉक्टर भी बहुत अधिक आशा नहीं देता।"

"भुवाली कब जाना है, बाबा ?" नवल ने पूछा।

"अगले सप्ताह तक हम लोगों को चल देना चाहिए। कल या परसों तक कॉटेज ठीक हो जाएगी। गंगा सो रहा है क्या ?"

"नहीं लेटे हैं। चलिए !"

इन दोनों के आते ही गंगाप्रसाद ने आँखें खोल दीं। ज्वालाप्रसाद ने कहा, "डॉक्टर का कहना है कि अगले हफ़्ते तुम्हें भुवाली चले जाना चाहिए। उसने कॉटेज के लिए लिख दिया और एक तार भी दे दिया है।"

"ठीक है," गंगाप्रसाद ने कहा, "लेकिन मेरे साथ किसी के जाने की ज़रूरत नहीं है। भीखू चला जाएगा मेरे साथ।"

"यह कैसे हो सकता है बेटा," ज्वालाप्रसाद ने कहा, "तुम्हारे खाने-वाने का इन्तज़ाम कौन करेगा वहाँ ? तुम्हारी अम्माँ और मैं, हम चलते हैं; बहू बच्चों की देख-भाल करने को यहाँ रहेगी।"

नवल बोल उठा, "नहीं बाबा, दादी के साथ मैं जाऊँगा, आपको यहीं रहना है; घर को आप सँभालेंगे।"

गंगाप्रसाद ने नवल को देखा—उसका समर्थ और आत्म-विश्वास से भरा हुआ पुत्र, भविष्य का प्रतीक ! उसने मुस्कराने का प्रयत्न करते हुए ज्वालाप्रसाद से कहा, "जी, नवल ठीक कहता है। मेरे साथ इसी का जाना ठीक रहेगा। जुलाई में आप चले आइएगा; नवल वहाँ से लौटकर अपनी पढ़ाई-लिखाई की व्यवस्था कर लेगा।"

ज्वालाप्रसाद निरुत्तर हो गए। वह नहीं चाहते थे कि उस संक्रामक रोग के सैनेटोरियम में नवल जाकर रहे, लेकिन यह कहने की उन्हें हिम्मत नहीं हो रही थी। उनका पुत्र ही तो उस भयानक संक्रामक रोग का शिकार था; कहते तो वह क्या कहते और किससे कहते ! चुपचाप उदास-से वह उस कमरे से चले गए। उनके जाने के बाद गंगाप्रसाद ने नवल से कहा, "नवल, भुवाली चलने का इन्तज़ाम कर लो ! यहाँ की गरमी अब मुझसे बरदाश्त नहीं होती। अगर मरना ही है, तो सुख से क्यों न मरूँ !"

"ऐसी बात न कीजिए बाबूजी, आप वहाँ चलकर अच्छे हो जाएँगे। इतना निराश क्यों हो रहे हैं आप ?"

गंगाप्रसाद ने कहा, "नहीं, निराशा की कोई बात नहीं; आशा पर तो दुनिया क़ायम है। ऐसे ही कह दिया था।"

तीसरे दिन गंगाप्रसाद के भुवाली में ठहरने और इलाज की व्यवस्था हो गई। उस दिन सुबह से लू चलने लगी थी और गंगाप्रसाद की बेचैनी बढ़ गई थी। गंगाप्रसाद ने नवल से कहा, "सोमवार के दिन के लिए एक सेकंड क्लास कम्पार्टमेंट बरेली के लिए रिज़र्व करा लो। बरेली से काठगोदाम तक रिज़र्वेशन का भी तार दिलवा देना। शाम को पाँच-छह बजे स्टेशन जाकर यह काम करा लेना; अब यहाँ ज़्यादा दिन ठहरना बेकार है।"

शाम के समय नवल स्टेशन की ओर चल दिया। स्टेशन से जब वह रिज़र्वेशन कराके निकला, उसका मन किसी हद तक हल्का हो गया था। अनायास ही उसने अपनी साइकिल रायबहादुर कामतानाथ के घर की ओर मोड़ दी।

रायबहादुर कामतानाथ अन्दरवाले बग़ीचे में अकेले बैठे कुछ पढ़ रहे थे। नवल को देखते ही उन्होंने कहा, "अरे नवल, तुम ! बहुत दिनों बाद दिखे। कैसी तबीयत है तुम्हारे बाबूजी की ?"

"डॉक्टरों ने उन्हें भुवाली जाने की सलाह दी है, यहाँ कोई ख़ास सुधार नहीं हो पाया उनकी हालत में !"

"सुधार होता ख़ाक ! देखते हो, कितनी ज़बरदस्त गरमी पड़ रही है। छह मई को जहाज़ में जगह मिली है। तो हम लोग तीन मई को यहाँ से बम्बई के लिए रवाना हो जाएँगे। आज बाईस अप्रैल है। तुम भी तीन मई को यहाँ से चलने का इन्तज़ाम कर लो ! तीन बर्थें बुक हैं, मेरे लिए, उषा के लिए और तुम्हारे लिए।"

"मैं तो न जा सकूँगा आप लोगों के साथ; सोमवार को मैं बाबूजी के साथ भुवाली जा रहा हूँ।"

"तुम भुवाली जा रहे हो ? गंगा तुम्हें अपने साथ भुवाली कैसे लिए जा रहा है ?" रायबहादुर कामतानाथ ने आश्चर्य के साथ कहा, "बिलकुल ग़लत बात ! तुम मेरे साथ स्विट्जरलैंड चल रहे हो। बाबू ज्वालाप्रसाद को गंगा के साथ जाना चाहिए।"

इसी समय उषा अन्दर से निकली। नवल को देखते ही बोल उठी, "आप आ गए नवल बाबू ! कल ही पापा को बम्बई से चिट्ठी मिली कि हम लोगों को छह मई के जहाज़ से चलना है। तीन मई को हम लोगों को यहाँ से बम्बई के लिए रवाना हो जाना है।"

नवल ने उदास भाव से कहा, "लेकिन मैं तो तुम लोगों के साथ न जा सकूँगा उषा, बाबूजी की बीमारी से सारी परिस्थिति बदल गई है। डॉक्टरों ने उन्हें भुवाली जाने की सलाह दी है, मैं उनके साथ भुवाली जा रहा हूँ।"

कामताप्रसाद बोले, "तुम किसी भी हालत में तपेदिक के कीटाणुओं से भरे हुए भुवाली सैनेटोरियम में नहीं जा सकते। मुझे ताज्जुब हो रहा है कि गंगा तुम्हें अपने साथ ले जाने को कैसे कह रहा है ! फिर तुम्हें इंग्लैंड में आई.सी.एस. की पढ़ाई करनी है, परीक्षा देनी है।"

"उसके लिए अभी बहुत समय है," नवलकिशोर ने कहा, "मई और जून में बाबूजी के साथ रहूँगा; इसके बाद बाबा वहाँ चले जाएँगे।"

अब उषा ने नवल को समझाने की कोशिश की, "मैं तो इतनी आशा लगाए बैठी थी कि आप चलिएगा। विपत्ति तो हरेक पर आती ही रहती है, लेकिन इन विपत्तियों में अपने को खो देना, यह मेरी समझ में नहीं आता। आपके यहाँ रहने या विलायत जाने से तो आपके बाबूजी की बीमारी पर कोई असर पड़ेगा नहीं, अगर आप हम लोगों के साथ नहीं चलते, तो मुमकिन है आपका जाना रुक भी जाए।"

नवल ने उषा को देखा। उसके मुख पर किसी प्रकार की भावना नहीं थी। नवल

पर जो विपत्ति आ पड़ी थी, उसके लिए किसी प्रकार की सहानुभूति नहीं थी। नवल तिलमिला उठा। उसने कहा, "हाँ, उषा रानी, बहुत मुमकिन है मेरा जाना ही रुक जाए, मैं जानता हूँ। लेकिन अपने पिता को इस बीमारी की हालत में छोड़कर मैं कैसे जा सकता हूँ ! इस समय अगर मैं उनके पास न रहूँगा तो उन्हें कितना कष्ट होगा, इसकी तुम ज़रा कल्पना करो। भावना से ऊपर हम कैसे उठ सकते हैं।"

रायबहादुर कामतानाथ ने उत्तर दिया, "यही भावना तुम्हें नष्ट कर देगी नवल, मैं तुमसे कहता हूँ। मैं जानता हूँ कि बाबू ज्वालाप्रसाद या गंगाप्रसाद ने तुमसे भुवाली जाने को कभी नहीं कहा होगा; उन्होंने मना ही किया होगा ! मैं ग़लत तो नहीं कह रहा ?"

"बाबा नहीं चाहते हैं कि मैं जाऊँ, लेकिन बाबूजी ने मुझे मना नहीं किया।"

कटुता से भरे स्वर में रायबहादुर कामतानाथ ने कहा, "तुम्हारे बाबूजी की बुद्धि भ्रष्ट हो गई है। उनकी बीमारी ने उनका विवेक हर लिया है। मैं उनसे बातें करूँगा। तुम मेरे साथ स्विट्ज़रलैंड चलो या न चलो, लेकिन तुम्हारा भुवाली जाना ठीक नहीं। कम-से-कम इसे रोकने की तो मैं कोशिश करूँगा ही। यह छूत की बीमारी है; तुम्हें अपने पिता से अलग रहना चाहिए।"

रायबहादुर कामतानाथ की इस बात से नवल मर्माहत हो गया। अपने पिता से उसे अलग रहना चाहिए, क्योंकि उसके पिता की बीमारी छूत की है। उसके पिता का साथ कौन देगा, यदि उस पिता का पुत्र ही उसका साथ देने से इनकार कर दे ! क्या यही दुनियावी बुद्धि है, क्या यही दुनिया का विधान है ? उसने टूटे हुए स्वर में कहा, "पापा, मैं अपने पिता से अलग रहूँ, आप यह कहते हैं। यह जघन्य पाप करने की सलाह आप मुझे दे रहे हैं ? फिर दुनिया में कोई भी अपना-पराया न रह जाएगा; फिर तो यह दुनिया दुनिया न रहकर नरक बन जाएगी। नहीं, यह सब नहीं होगा, आख़िर तब मैं बाबूजी का साथ दूँगा। सोमवार को मैं उनके साथ जा रहा हूँ, यह बताने के लिए ही मैं चला आया था। अब मैं घर चलूँ, बाबूजी मेरी राह देखते होंगे।"

उषा ने नवल को रोका, "थोड़ी देर बैठिए, कितने दिन बाद आए हैं आप ! विद्या भी तो आई होगी। जब से बनारस गई पढ़ने के लिए, तब से मिलना ही नहीं हुआ। उसे देखने को बड़ा जी चाहता है।"

"बाबूजी की बीमारी में वह भी लगी हुई है, चौबीस घंटे उनकी देखभाल करती है। मैं कह दूँगा उससे। उस बीमारी के घर में तुम्हारा वहाँ जाना तो पापा ठीक समझेंगे नहीं। वैसे सोमवार को हम लोगों के चले जाने के बाद विद्या को फ़ुरसत हो जाएगी।"

नवल की इस बात में निहित व्यंग्य को उषा नहीं समझ पाई। लेकिन रायबहादुर कामतानाथ ने तो उसे समझ ही लिया, "मैं कल या परसों उषा को साथ लेकर आऊँगा; विद्या से कह देना कि उषा उसकी बड़ी याद करती थी।" फिर उन्होंने उषा से कहा, "देखो, खाना बन गया है। नवल को खाना खिला दो, तब जाने देना !"

नवल का रायबहादुर कामतानाथ के मकान में जैसे दम घुट रहा था। उसने उठते हुए कहा, "क्षमा कीजिएगा पापा, बाबूजी मेरी राह देख रहे होंगे, इसलिए खाना मैं इस समय यहाँ न खा सकूँगा।" और नवल चल दिया।

नवल जिस समय घर लौटा, उसका मुँह बुरी तरह उतरा हुआ था। जो अनुभव उसे कामतानाथ के यहाँ हुआ था, वह भयानक रूप से कटु था, और उसने उसे विक्षुब्ध कर दिया था। विद्या ने उसका उतरा हुआ चेहरा देखकर पूछा, "क्या बात है दादा, बड़े उदास हो ? कहाँ गए थे ?"

"उषा के यहाँ चला गया था विद्या ! तुम्हें याद कर रही थी। कहती थी, बहुत दिनों से तुम्हें देखा नहीं।"

"क्या बतलाऊँ, जब से आई हूँ दादा, तुम तो देख ही रहे हो, यहाँ के झंझटों में फँसी रही हूँ। तुम लोगों के भुवाली जाने के बाद समय मिलेगा, तब उससे मिल आऊँगी। लेकिन इसमें तुम्हें उदास होने की क्या बात है?"

नहीं, मैं इससे उदास नहीं हूँ विद्या।" फिर कुछ रुककर नवल ने कहा, "जानती हो विद्या, बाबू कामतानाथ कह रहे हैं कि मैं बाबूजी को छोड़कर उनके साथ विलायत चलूँ। उन्होंने स्विट्ज़रलैंड के लिए मेरा टिकट भी ख़रीद लिया है।"

विद्या चौंक पड़ी, "दादा, क्या तुम जा रहे हो उनके साथ ?"

"पगली कहीं की," नवल मुस्कराया, "मैं बाबूजी को बीमार छोड़कर विलायत जाऊँगा ? मैं इनकार कर आया हूँ। लेकिन मेरी समझ में नहीं आता कि वह अपनी बात पर ज़ोर कैसे दे सकते हैं !"

विद्या की आँखें भर आईं, "तुम इनकार कर आए न दादा, तुमसे इसी बात की आशा थी ! पिता हम दोनों के बीमार हैं, विपत्ति हम लोगों पर आई है। वे लोग हमारी भावना को क्या समझेंगे ! मालूम होता है तुमने उनके यहाँ खाना नहीं खाया, चेहरा उतर गया है। चलो दादा, खाना खा लो चलकर !"

खाना खाकर निवलकिशोर बाहर लॉन में कुरसी डालकर बैठ गया। इतने समय में उसका मन हल्का हो गया था और उसके अन्दरवाली ग्लानि जाती रही थी। इसी समय एक साइकिल ने उसके कम्पाउंड में प्रवेश किया। नवल यह देखने को खड़ा हो गया कि कौन आया है। तब तक उसको प्रेमशंकर की आवाज़ सुनाई दी, "नवल, मैं प्रेमशंकर हूँ।"

"अरे प्रेमशंकर तुम, ठहरो !" और नवल बरामदे से दूसरी कुरसी निकाल लाया।

प्रेमशंकर ने बात आरम्भ की, "शाम के समय आया था तो मालूम हुआ कि तुम कहीं निकल गए हो। तुम्हारे बाबूजी की बीमारी की बाबत सुना था, लेकिन आने का समय नहीं मिला। आज आख़िरी परचा हुआ है तो चला आया यहाँ का हाल जानने के लिए। कैसी तबीयत है अब तुम्हारे पिताजी की ?"

"लगातार बिगड़ती जा रही है। डॉक्टरों ने भुवाली जाने को कहा है। सोमवार को उन्हें भुवाली लिए जा रहे हैं हम लोग।"

"कौन-कौन जा रहा है भुवाली उनके साथ ?"

"मैं जा रहा हूँ और दादी जा रही हैं। साथ में भीखू भी रहेगा। वैसे बाबूजी अकेले भीखू को ले जाना चाहते थे, लेकिन उनके साथ कोई ज़िम्मेदार आदमी तो चाहिए, जो उनकी दवा का प्रबन्ध कर सके।"

"लेकिन इस काम के लिए तुम्हारे बाबा ठीक रहते, तुम उतने अनुभवी तो नहीं हो।" प्रेमशंकर ने कहा।

नवल एकाएक भड़क उठा, "तो तुम्हारी भी यह सलाह होगी कि मैं भुवाली न जाऊँ, इस संक्रामक रोग से मैं दूर रहूँ, कीटाणुओं से भागूँ, अपने पिता को मैं छोड़ दूँ ! नहीं प्रेमशंकर, दिन-भर इस तरह की सलाहें सुनता रहा हूँ; दिन-भर यह अनुभव करता रहा हूँ कि स्वार्थ भावना का गला घोंट रहा है; दिन-भर यह उपदेश सुनता रहा हूँ कि आत्मरक्षा ही मनुष्य का एकमात्र धर्म है, कर्तव्य है। धीरे-धीरे मुझे इस तरह की सलाह देनेवालों से नफ़रत होती जा रही है। मुझे सब सलाह देना प्रेमशंकर, लेकिन अपने पिता का साथ छोड़ने का उपदेश मत देना !"

नवल की बातें सुनकर प्रेमशंकर सकपका गया। प्रेमशंकर का यह अनुभव था कि नवल बड़ा शान्त और संयत युवक है। प्रेमशंकर का ऐसा अनुमान था कि नवल में भावना का कुछ अभाव-सा है। नवल का यह रूप देखकर प्रेमशंकर को आश्चर्य हुआ, "नहीं नवल, मैं यह सब कहने नहीं आया था। मुझे तो यह भी पता नहीं था कि तुम भुवाली जा रहे हो। लेकिन मुझे आश्चर्य इस बात पर हो रहा है कि तुम इतने भावनामय कैसे बन गए !"

"प्रेमशंकर, मैं तुमसे यह पूछूँगा कि मैं भावना हीन था कब ?"

नवल के इस प्रश्न से प्रेमशंकर चौंक उठा। उसे ऐसा लगा कि इस प्रश्न का कोई उत्तर उसके पास नहीं है। कुछ देर तक वह चुप रहा। फिर उसने कहा, "नहीं नवल, ग़लती मेरी थी। तुम भावनाहीन कभी नहीं रहे, लेकिन तुमने अपनी भावना का प्रदर्शन कभी नहीं किया। तुम्हारे इस सुस्थिर और दृढ़ रुख से यह भ्रम हो जाता है कि तुममें भावना का अभाव है। मैं अपने शब्द वापस लेता हूँ।"

नवल के अन्दरवाला तनाव दूर हो गया, "कहो प्रेमशंकर, तुम्हारी नई शिक्षा-दीक्षा कैसी चल रही है ?"

"बड़ा गहरा रंग चढ़ता जा रहा है मुझ पर। मैं उनके दल में क़रीब-क़रीब सम्मिलित हो गया हूँ। लेकिन अभी कम्युनिज़्म अवैध और ग़ैर-कानूनी है, इसलिए हम लोगों के कार्यक्रम की निश्चित और सुस्पष्ट रूप-रेखा नहीं बन पाई है।"

"तो अब क्या करने का इरादा है तुम्हारा ? वकालत करोगे या राजनीतिक कार्यक्रम हाथ में उठाओगे ?"

प्रेमशंकर हँस पड़ा, "राजनीति ! बिना पैसे की राजनीति, कहीं यह सम्भव है ? जीवित रहने के लिए सबसे पहले पैसा चाहिए नवल ! जब पैसा पास में हो तब राजीनिति में क़दम रखो !"

"तो फिर इसके माने हैं कि तुम वकालत शुरू करोगे।" नवल ने कुछ सोचते हुए कहा।

"हाँ, और वकालत में मुझे सफलता भी मिलेगी, मैं यह जानता हूँ। ख़ैर, छोड़ो इस बात को ! तुम अपनी बतलाओ, तुम्हें तो जुलाई या अगस्त में यूरोप जाना है।"

"जाना तो मुझे मई के पहले हफ्ते में था, लेकिन देख ही रहे हो, इंग्लैंड जाने के स्थान पर बाबूजी को लेकर भुवाली जाना पड़ रहा है।"

"इस सम्बन्ध में तुम किसी की बात तो सुनोगे नहीं; फिर अब क्या सोचा है तुमने ?"

"मनुष्य का सोचा कहीं होता है !" नवल ने एक ठंडी साँस के साथ उत्तर दिया, "किसने सोचा था कि बाबूजी को इतनी कठिन बीमारी हो जाएगी ! मुझे तो ऐसा लगता है कि मेरा जीवन भी भयानक संघर्ष का होगा। यह तो उस संघर्ष का अभ्यास-भर है।"

प्रेमशंकर उठ खड़ा हुआ, "नवल, इस समय तुम सलाह लेने के मूड में नहीं हो और इसलिए मेरी बात तुम्हें कटु लग सकती है। लेकिन तुम जिस वातावरण में पले हो, जिस कुल में पैदा हुए हो, उसके अनुसार तुम्हें संघर्षों से दूर ही रहना चाहिए। न सही अभी, लेकिन जुलाई या अगस्त में तुम्हें इंग्लैंड हो ही आना चाहिए। तुम आई. सी.एस. हो सकते हो और इस क्षेत्र में तुम उन्नति करोगे। तुम्हारे बाबा नायब तहसीलदार से बढ़कर डिप्टी-कलक्टर हुए, तुम्हारे पिता डिप्टी-कलक्टर से बढ़कर कलक्टर हुए और तुम ज्वाइंट मजिस्ट्रेट से बढ़कर कमिश्नर या गवर्नर तक बन सकोगे। देश को सुधार मिलेंगे और उन सुधारों का तुम फ़ायदा उठा सकोगे।"

नवल ने भी उठते हुए कहा, "प्रेमशंकर, तुम्हारी इस शुभकामना के लिए अनेक-अनेक धन्यवाद ! पर मुझे ऐसा लगता है कि जीवन इतना सरल और आसान नहीं है जैसा वह लोगों को दिखता है। मैं इंग्लैंड जा सकूँगा, आई.सी.एस. बनने के लिए, इस पर भी मुझे शक है।"

शनिवार के दिन नवल भुवाली की यात्रा का आवश्यक सामान ख़रीदने के लिए सुबह-सुबह बाज़ार की ओर चल पड़ा। अधिक सामान नहीं लेना था उसे और प्रायः दस बजते-बजते लौट आया। जिस समय वह घर लौटा, उसे ड्राइंग-रूम में रायबहादुर कामतानाथ की आवाज़ सुनाई दी, जो ज्वालाप्रसाद से कह रहे थे, "आपके ऐसा बुजुर्ग आदमी इतनी नादानी कैसे कर सकता है ! नवल को गंगा के साथ आप भुवाली भेज रहे हैं, आपने कभी इसके नतीजे पर ग़ौर किया ?"

ज्वालाप्रसाद ने कमज़ोर आवाज़ में उत्तर दिया, "मैंने तो उसे इतना मना किया रायबहादुर साहेब, लेकिन वह मानता ही नहीं। गंगा को भी न जाने क्यों उससे इतना मोह हो गया है ! गंगा से मैं यह सब कहना नहीं चाहता।"

"जी, आप यह सब नहीं कहना चाहते, तो इस बुज़दिली से आप अपने ख़ानदान की तबाही चाहते हैं ! मैं कहता हूँ कि नवल को किसी हालत में भुवाली नहीं जाना चाहिए। एक मुसीबत तो सिर पर आ ही पड़ी है, लेकिन दूसरी टाली जा सकती है।"

"मेरी समझ में नहीं आता कि किस तरह यह मुसीबत टाली जा सकती है ?" विवशता के भाव से ज्वालाप्रसाद ने पूछा।

"यही बतला रहा हूँ। हम लोग स्विट्ज़रलैंड जा रहे हैं। नवल को हम अपने साथ लिए जा रहे हैं, वहीं से वह इंग्लैंड चला जाएगा।"

ज्वालाप्रसाद ने कुछ हिचकते हुए कहा, "रायबहादुर साहेब, गंगा की हालत तो आप जानते हैं। आख़िर इंग्लैंड जाने में और वहाँ रहने में जो ख़र्च होगा, उस सबके लिए गंगा से इस वक़्त कहना मुनासिब न होगा।"

रायबहादुर कामतानाथ ज़ोर से हँस पड़े, "डिप्टी साहेब, नवल जैसा गंगा का लड़का, वैसा मेरा लड़का ! आप समझते हैं कि मैं इसे आपके ख़र्च पर ले जाऊँगा ! इंग्लैंड जाने, वहाँ रहकर पढ़ने और वहाँ से लौटने का ख़र्च—सब मेरी तरफ़ से।"

ज्वालाप्रसाद की जान-में-जान आई, "तो फिर आप गंगा से बात कर लीजिए। मेरी बात तो नवल सुनेगा नहीं; अगर गंगा ज़ोर दे तो वह इनकार न करेगा। मैं गंगा को आपके आने की ख़बर किए देता हूँ।"

रायबहादुर कामतानाथ ज्वालाप्रसाद के साथ गंगाप्रसाद के कमरे में पहुँचे। गंगाप्रसाद ने क्षीण मुस्कराहट के साथ रायबहादुर कामतानाथ का स्वागत किया, "आइए रायबहादुर साहेब ! बड़ी कृपा की आपने !"

रायबहादुर गंगाप्रसाद के पलँग से कुछ हटकर कुरसी पर बैठ गए। फिर गला साफ़ करके उन्होंने कहा, "मैंने सुना है, आप परसों भुवाली जा रहे हैं। मेरा तो ख़याल है, आपको पहले ही चले जाना चाहिए था। इस गरमी में भला कहीं दवा असर कर सकती है !"

"डॉक्टर भी यही कहते हैं," गंगाप्रसाद ने उत्तर दिया, "उन्होंने सितम्बर तक वहाँ रहने को कहा है !"

"जी हाँ, कम-से-कम सितम्बर तक," कामतानाथ ने कहा, "और अच्छे हो जाने के बाद भी आपको कुछ साल गरमियाँ पहाड़ पर ही बितानी पड़ेंगी। बड़ा कठिन मर्ज़ होता है यह; और इसका इलाज है पहाड़ की ताज़ी हवा और आराम !"

कुछ रुककर कामतानाथ ने फिर कहा, "कलक्टर साहेब, मैं नवल की बाबत सोच रहा था। मैं स्विट्ज़रलैंड जा रहा हूँ। चाहता हूँ कि नवल को अपने साथ लेता जाऊँ। उसे आई.सी.एस. के लिए इंग्लैंड जाना ही है, वहीं से वह इंग्लैंड चला जाएगा। जहाँ तक उसकी पढ़ाई-लिखाई व ख़र्च का सम्बन्ध है, आप इसकी क़तई चिन्ता न करें। वह जैसा आपका लड़का, वैसा मेरा लड़का; सारा ख़र्च मैं बरदाश्त करूँगा।"

बीमार पड़ने के बाद पहली बार प्रसन्नता की चमक आई गंगाप्रसाद के चेहरे पर, कामतानाथ की यह बात सुनकर। गंगाप्रसाद को अपनी बीमारी से अपने परिवारवालों की बहुत चिन्ता हो गई थी। उन्हें जो कुछ मिला, उसे मुक्तहस्त होकर ख़र्च किया। और जब मृत्यु की छाया उनके सिर पर मँडराने लगी तब उन्हें अपनी असली स्थिति का ज्ञान हुआ।

रायबहादुर कामतानाथ से उन्होंने टूटे हुए स्वर में कहा, "जी हाँ, आप नवल को साथ ले जाइए, बप्पा तो मेरे पास हैं ही; नवल आपका उसी दिन हो चुका जिस दिन आपने उसके साथ उषा की शादी की बात तय की थी।" फिर गंगाप्रसाद ने अपने पिता की ओर देखा, "ज़रा नवल को बुलवाइए यहाँ; उससे कह दूँ !"

ज्वालाप्रसाद नवल को बुला लाए। नवल चुपचाप सिर झुकाकर अपने पिता के सामने खड़ा हो गया, "कहिए।"

गंगाप्रसाद ने कहा, "नवल, रायबहादुर कामतानाथ उषा के साथ स्विट्ज़रलैंड जा रहे हैं। तुम्हारा पैसेज भी इन्होंने बुक करा लिया है।"

"जी हाँ, मुझे पता है।" नवल ने कहा।

"तुम इनके साथ चले जाओ। वहीं से तुम इंग्लैंड चले जाना !"

"जी हाँ, मैंने यह बात भी सुनी है। यही नहीं, रायबहादुर साहेब विलायत में जो मेरा ख़र्च होगा वह भी बरदाश्त करना चाहते हैं। लेकिन मुझे तो आपके साथ भुवाली जाना है। आप जब अच्छे हो जाएँगे तब मैं सोचूँगा कि क्या करूँ।"

नवल की यह बात गंगाप्रसाद को बुरी नहीं लगी। उन्होंने कामतानाथ की ओर देखा, "सुन रहे हैं आप इसकी बात, आप ही इसे समझाइए !"

कामतानाथ ने नवल की ओर देखा, "नवल, इस तरह की ज़िद नहीं की जाती; यह तुम्हारे कैरियर का सवाल है।"

नवल ने शान्त भाव से उत्तर दिया, "पापा, कैरियर आदमी के जीवन में ममता और भावना से बढ़कर नहीं होता। बाबूजी को इस हालत में छोड़कर मैं कहीं जाने की कल्पना नहीं कर सकता। आप बेकार मुझे कर्तव्य से डिगाने की कोशिश कर रहे हैं। मैंने कह दिया कि मैं नहीं जाऊँगा—और इसके मायने यह होते हैं कि मैं नहीं जाऊँगा।"

कामतानाथ को नवल की ज़िद पर क्रोध आ गया, "नवल, शास्त्रों में ठीक ही लिखा है कि विनाश-काल में बुद्धि भ्रष्ट हो जाती है। मुझे जो कुछ कहना था कह चुका !" यह कहकर वह उठ खड़े हुए।

नवल कामतानाथ की इस बात का कड़ा उत्तर दे सकता था। एक बार उसके मन में यह बात आई भी, लेकिन उसने संयम से काम लिया, "आप ठीक कहते हैं लेकिन इस विपत्ति के काल में मेरी बुद्धि मुझे ही मुबारक हो ! जिस पिता ने मुझे जन्म दिया है उससे अलग करने का आपका प्रयत्न प्रशंसनीय नहीं है। जहाँ तक भविष्य का प्रश्न है, मैं बिना आई.सी.एस. बने भी ज़िन्दा रह सकता हूँ।" नवल यह कहकर तेज़ी के साथ घर के अन्दर चला गया।

गंगाप्रसाद ने कामतानाथ को शान्त करने का प्रयत्न किया, "उसकी बात का बुरा न मानिएगा रायबहादुर साहेब, वह मुझे बेहद प्यार करता है। मैं उसे जुलाई या अगस्त में ज़रूर-ज़रूर इंग्लैंड भेज दूँगा, आप यक़ीन मानिए।"

नवल दिन-भर भुवाली जाने की तैयारी करता रहा। शाम के समय जब वह

गंगाप्रसाद के कमरे में गया, गंगाप्रसाद ने उससे कहा, "बैठो नवल, आज मेरी तबीयत बड़ी हल्की मालूम हाती है।"

नवल गंगाप्रसाद के पास कुरसी डालकर बैठ गया।

कुछ रुककर गंगाप्रसाद ने कहा, "नवल, तुम्हें आश्चर्य होगा यह जानकर, लेकिन आज बाबू कामतानाथ के सामने मैंने तुम्हारा जो रूप देखा, उस पर मैं चकित रह गया।"

"अगर मुझसे कुछ गुस्ताख़ी हो गई तो मैं क्षमा माँगता हूँ बाबूजी !"

गंगाप्रसाद हँस पड़े—करुण या विपन्न हँसी नहीं, बल्कि अपनी पुरानी उन्मुक्त और स्वाभाविक हँसी, "नहीं नवल, माफ़ी माँगने की ज़रूरत नहीं। तुम्हारा वह रूप देखकर मुझे गर्व हुआ; मेरे अन्दर जो एक भयानक भय भर गया था, वह एकबारगी को जाता रहा।"

"मैं आपकी बात नहीं समझा बाबूजी।" नवल ने कुछ उलझन के साथ कहा।

"मेरी बात नहीं समझे। तो सुनो नवल ! तुम जानते ही होगे कि मुझे 'गैलपिंग थाइसिस' है, जिसका कोई इलाज नहीं है। जिस दिन मुझे खून की पहली क़ै हुई थी, उसी दिन मुझे मालूम हो गया था। उसी समय एक भयानक भय समा गया मेरे अन्दर। मैं सोच रहा था कि तुम्हारा क्या होगा, विद्या का क्या होगा, सुधा का क्या होगा, केवल का क्या होगा ! तुम पढ़ रहे हो, विद्या का विवाह करना है, सुधा और केवल अभी बच्चे हैं। तुम अनुमान नहीं कर सकते उस भय का। बप्पा बूढ़े हो गए, उनका क्या ठिकाना ! इसीलिए मैं मरना नहीं चाहता था। जीवन में मैंने कुछ बचाया नहीं; तुम लोगों की मैं कुछ व्यवस्था नहीं कर सका। मैं सोच नहीं पा रहा था कि मेरे बच्चों का क्या होगा; मेरे प्राण उस भय से छटपटा रहे थे..."

नवल चुपचाप गंगाप्रसाद की बातें सुन रहा था। गंगाप्रसाद ने साँस लेकर कहा, "ज़रा मुझे एक गिलास पानी तो दो, इतना भी दम नहीं रह गया कि मैं बात कर सकूँ।"

नवल ने उठकर गंगाप्रसाद को पानी पिलाया।

पानी पीकर गंगाप्रसाद ने फिर कहा, "और आज जब मैंने तुम्हारा वह रूप देखा, तो न जाने, मेरा भय कहाँ गया ! आज मैंने देखा कि तुम स्वाभिमानी हो और समर्थ हो, तुम सुविधाओं को ठुकरा सकते हो, तुम मुसीबतों का पहाड़ सिर पर उठा सकते हो।"

नवल को अपनी यह प्रशंसा बहुत अच्छी नहीं लग रही थी। उसने कहा, "अब बस कीजिए बाबूजी, आप बहुत थक गए हैं।"

गंगाप्रसाद ने नवल को डाँटा, "मेरी पूरी बात सुनो, और मेरी बात काटो मत ! तुम नहीं जानते, मेरी प्राणों की थकावट उतर गई; अब मुझे कोई चिन्ता नहीं, कोई क्लेश नहीं। मैं शान्तिपूर्वक मर सकूँगा। तुम सब कुछ सँभाल लोगे, मुझे मालूम हो गया। मुझसे कहीं ज़्यादा अच्छी तरह सँभाल सकोगे।" कुछ रुककर गंगाप्रसाद ने फिर कहा, "नवल, जानते हो मैं क्यों टूटा और कैसे टूटा ? तुम ताज्जुब करोगे यह जानकर कि अपने को तोड़नेवाला स्वयं मैं हूँ...मेरे अन्दरवाली कायरता और उस कायरता की घुटन ने मुझे तोड़ दिया।"

नवल का कौतूहल अब जाग पड़ा था। उसने पूछा, "यह कैसे बाबूजी ?"

"वह कह रहा हूँ। एक दिन मैंने अपनी नौकरी, गुलामी और विवशता से विद्रोह किया था। मेरे अन्दरवाला वह विद्रोह वास्तविक था। ज्ञान चाचा जानते हैं इस बात को। मैंने यह तय कर लिया था कि मैं इस्तीफ़ा दे दूँगा। लेकिन अनायास ही मेरे अन्दरवाली कायरता को एक छोटा-सा सहारा मिल गया, और मेरी कायरता मुझ पर चढ़ बैठी। मैंने अपना वह इस्तीफ़ा फाड़ डाला था और अपमान का ज़हर पी लिया था मैंने। लेकिन वह अपमान का ज़हर कितना कड़वा था, और वह ज़हर कितना धीमा और घातक था ! मैं उसी समय टूट गया था जब मैंने अपना इस्तीफ़ा फाड़ डाला था। पिछले आठ-दस साल मैं केवल घिसटता रहा हूँ। अब उसका भी अन्त आनेवाला है, और आज मैं खुश हूँ।"

नवल ने ज्ञानप्रकाश से उस घटना को विवरण के साथ सुना था। तो उस घटना का इतना अधिक असर हुआ उसके पिता पर ! गंगाप्रसाद ने फिर कहा, "नवल, मेरी एक बात मानना, तुम भगवान को छोड़कर किसी से दबना मत, तुम अपनी आत्मा की पुकार के विरुद्ध कोई काम मत करना...और तुम अपने को भूलने के लिए शराब मत पीना !"

भावना के आवेश में नवल ने कहा, "मैं आपको वचन देता हूँ बाबूजी, मैं ये तीनों चीज़ें न करूँगा। अब आप सो जाइए !"

"हाँ, आज मेरी तबीयत हल्की है और कुछ भूख भी लगी है। खाना खाकर सो जाऊँगा, आज मुझे नींद भी अच्छी आएगी।"

दूसरे दिन सुबह गंगाप्रसाद काफ़ी प्रसन्न था। उसका बुखार एक डिग्री कम हो गया था। नवल से उसने कहा, "नवल, मुझे ऐसा दिखता है कि मेरी तबीयत यहीं अच्छी हो जाएगी; क्या भुवाली चलने की कोई आवश्यकता है ?"

"सब इन्तज़ाम तो कर लिया है मैंने। वहाँ आपको ज़ल्दी फ़ायदा होगा।" नवल ने उत्तर दिया।

"हाँ, चलना तो है ही वहाँ...फिर यहाँ गरमी भी बहुत ज़्यादा पड़ रही है। मैं समझता हूँ कि भुवाली से मैं पूर्ण रूप से स्वस्थ होकर लौटूँगा।" और गंगाप्रसाद के मुख पर मुस्कराहट आ गई।

नवल ने देखा कि गंगाप्रसाद के मुख पर एक प्रकार की कान्ति आ गई है। प्रसन्न-मन वह ड्राइंग-रूम में आकर बैठ गया। उसने सब सामान बँधवा लिया था। दूसरे दिन सुबह उसे भुवाली के लिए गंगाप्रसाद के साथ रवाना हो जाना था। इसी समय सत्यव्रत के साथ माया ने ड्राइंग-रूम में प्रवेश किया।

माया ने आते ही कहा, "हाय रे, क्या हुआ नवल, कैसी गाज गिर पड़ी ? कहाँ हैं वह ? हमें तो कानपुर में ख़बर मिली इनकी बीमारी की, काफ़ी देर से। वहाँ से हम लोग सीधा मिर्ज़ापुर गए। वहाँ जाकर पता चला कि इलाहाबाद चले आए हैं। बोलो नवल, कैसी तबीयत है उनकी ?"

नवल ने दोनों को बिठाया, “डॉक्टरों ने भुवाली जाने को कहा है, कल सुबह वह भुवाली जा रहे हैं।”

“हाय भगवान ! यह हालत हो गई उनकी कि उन्हें भुवाली जाना पड़ रहा है ?” माया चीख उठी, “नवल, हमें ले चलो उनके पास, अपने भगवान के दरसन तो कर लूँ ?”

नवल ने कहा, “देखता हूँ, सो तो नहीं गए। वैसे कल शाम से तबीयत कुछ सँभल रही है। आप बैठिए, मैं अभी आता हूँ।”

नवल ने लौटकर कहा, “चलिए, आप लोगों को बुलाया है।” और नवल माया और सत्यव्रत को गंगाप्रसाद के कमरे में पहुँचा आया।

गंगाप्रसाद को देखते ही माया चीख पड़ी, “हाय राम ! यह क्या हो गया है आपको, मुझे यह दिन भी देखना बदा था !” वह दौड़कर गंगाप्रसाद के पैरों से लिपट गई और ज़ोर-ज़ोर से रोने लगी।

गंगाप्रसाद ने बड़ी मुश्किल से माया को छुड़ाया। फिर उसने माया से कहा, “बैठो मायादेवी, कैसी रहीं ? बच्चे तो अच्छी तरह हैं ? कब आईं यहाँ ?”

लेकिन माया रो रही थी, और पागल की भाँति कह रही थी, “यह क्या हुआ आपको ? कैसे हुआ, बतलाइए न ? हम लोगों को आपने अपनी बीमारी की कोई खबर ही नहीं दी ! हम मिर्ज़ापुर गए। कानपुर में उड़ती हुई ख़बर सुनी थी कि आप बीमार हैं। मिर्ज़ापुर से अभी सीधे यहाँ आ रहे हैं। हाय राम, यह क्या देख रही हूँ !”

सत्यव्रत चुपचाप गंगाप्रसाद की ओर एकटक देख रहा था। वह जैसे गंगाप्रसाद को पहचान नहीं पा रहा था। हाड़ और चमड़े का एक ढाँचा उसके सामने पड़ा था—दुर्बल, शिथिल और असमर्थ। क्या यह वही आदमी था जिसके रोब के आगे लोग काँपते थे, जो बड़े-बड़े अंग्रेज़ों से लड़ सकता था, जिसने हज़ारों आदमियों के बीच माया को छुड़ाया था ? वह उमंग, उत्साह, शक्ति और कर्म का समूह, जिसके आगे वह श्रीहत और निष्प्रभ हो जाता था, वह कहाँ गया ? उसके स्थान पर एक रुग्ण और अपाहिज आदमी लेटा था उसके सामने। इस आदमी को पहचानने में उसे दिक़्क़त हो रही थी। उसी समय सत्यव्रत को गंगाप्रसाद का पुराना परिचित-सा स्वर सुनाई पड़ा, “कहो सत्यव्रत, क्या सोच रहे हो ? तुम लोगों ने साइमन-कमीशन का तो बड़ा शानदार बहिष्कार किया; अब आगे तुम लोगों का क्या कार्यक्रम है ?”

सत्यव्रत ने अनुभव किया कि अभी चेतना है उस आदमी में—वर्तमान को पकड़े हुए है वह। उसने कहा, “अभी तो कोई विशेष कार्यक्रम नहीं है हम लोगों के सामने। हिन्दू-मुस्लिम दंगों ने हर तरह से हमारे राजनीतिक जीवन को तोड़ दिया है। लेकिन देश की ग़रीबी बहुत अधिक बढ़ गई है और इस ग़रीबी के साथ असन्तोष भी बढ़ गया।”

गंगाप्रसाद मुस्कराया, “और इन सबसे बड़ी है देश की चेतना, सत्यव्रत ! तुम समझते हो कि निकट-भविष्य में क्या कोई आन्दोलन शुरू हो सकेगा ?”

कुछ निराशा के भाव से सत्यव्रत ने कहा, "मेरी समझ में कुछ नहीं आता। इतनी ग़रीबी और इतनी बेकारी के होते भी मुझे लोगों के अन्दर कहीं विद्रोह की भावना नहीं दिखती। मेरे मन में तो एक प्रकार की निराशा-सी भर गई है। एक अजीब तरह की घुटन और सड़ाँध अपने चारों ओर दिखाई दे रही है मुझे।"

"इसी घुटन और सड़ाँध में विद्रोह के बीज हैं सत्यव्रत ! जीवन का नियम है कर्म; और जहाँ क्रिया है वहीं प्रतिक्रिया भी है। इस प्रतिक्रिया का अन्त होना ही है।" और अब गंगाप्रसाद माया की ओर घूमा, "मायादेवी, तुम कांग्रेस की नेता नहीं बन पाईं, क्या बात है ? इधर अख़बारों में कहीं तुम्हारा नाम नहीं छपा। मालूम होता है, सत्यव्रत को तुमसे जलन होती है।"

"आग लगे इस नेतागीरी में ! मुझे अपने बच्चों से ही कहाँ फ़ुरसत मिलती है ! घर-गृहस्थी से जो थोड़ा-बहुत वक़्त मिलता है, उसमें कुछ चरखे-वरखे का भी काम कर लेती हूँ; लेकिन मुझे दिखता है कि यह सब बेकार है। छोड़िए इस बात को, आप अपनी बतलाइए।"

"अपनी बात बतलाऊँ, देख तो रहे हो मुझे तुम लोग ! कल से तबीयत सुधर रही है। मैं समझता हूँ कि सितम्बर तक मैं बिलकुल ठीक हो जाऊँगा। कल सुबह की ट्रेन से भुवाली जा रहा हूँ; यहाँ तो इतनी भयानक गरमी है कि अच्छा नहीं हो पाता हूँ।"

"हम लोग कल सुबह स्टेशन आएँगे," सत्यव्रत ने उठते हुए कहा, "अब आप आराम कीजिए, बात करते-करते थक गए होंगे आप !"

सत्यव्रत ने ठीक ही कहा था, गंगाप्रसाद वास्तव में थक गया था। करवट बदलते हुए उसने कहा, "हाँ, थकावट तो आ ही गई है। बहुत कमजोर हो गया हूँ। अच्छी बात है, कल सुबह स्टेशन पर मिलना।" और उसने अपनी आँखें बन्द कर लीं।

दिन-भर गंगाप्रसाद से मिलनेवालों का ताँता बँधा रहा। क़रीब आठ बजे रात को गंगाप्रसाद ने नवल को बुलाया, "नवल, क्या कल सुबह हम लोगों का भुवाली जाना बहुत ज़रूरी है ?"

नवल ने आश्चर्य के साथ पूछा, "क्यों, क्या बात है बाबूजी, सब सामान बँध चुका है, कल सुबह सिर्फ़ बिस्तर बाँधना है।"

"सोच रहा था कि कल और आज में मेरी तबीयत इतनी सँभल गई है। शायद मैं यहीं अच्छा हो जाऊँ।" फिर कुछ सोचकर वह बोला, "नहीं, वहीं चलना चहिए। असल में विद्या के विवाह की मुझे चिन्ता थी। नवम्बर में उसकी शादी करनी है; मेरे भुवाली में रहने से उसकी शादी का इन्तज़ाम कौन करेगा ? मिर्ज़ापुर के बाबू बिन्देश्वरीप्रसाद की चिट्ठी आई थी, वह नवरात में तिलक माँग रहे हैं।"

"आप इसकी चिन्ता न करें। मैं यहाँ आ जाऊँगा, तब सब इन्तज़ाम कर लूँगा। फिर शादी की तारीख़ें बढ़ाई भी जा सकती हैं। आख़िर आपकी तबीयत ठीक नहीं, इसका पता तो उन्हें लग ही जाएगा !"

गंगाप्रसाद ने सोचकर कहा, "मैंने उन्हें अभी तक कोई जवाब नहीं भेजा ! भुवाली

चलकर उन्हें चिट्ठी लिख दूँगा।" और एकाएक गंगाप्रसाद के मुख पर कुछ ऐंठन आई, "ज़रा चिलमची तो उठाना !"

नवल ने जल्दी से चिलमची उठाई, लेकिन उसके चिलमची उठाने से पहले ही गंगाप्रसाद को बड़ी ज़ोर की ख़ासी आई। उस खाँसी के साथ ही खून की क़ै हुई। सारा बिस्तर उस खून की क़ै से भीग गया।

नवल घबरा गया। उसने वहीं से पुकारा, "बाबा, ज़रा इधर आइए !"

उसी समय गंगाप्रसाद ने दूसरी क़ै की, मांस के लोथड़े और खून ! गंगाप्रसाद का मुँह काला पड़ गया था, उसकी आँखें उलट गई थीं। जब तक ज्वालाप्रसाद आए, गंगाप्रसाद को तीसरी क़ै हुई—वैसे ही काले, सड़े, दुर्गन्धपूर्ण माँस के लोथड़े। और गंगाप्रसाद बेहोश हो गया।

सारा घर कमरे में इकट्ठा हो गया। ज्वालाप्रसाद डॉक्टर शेरउड को बुलाने दौड़े।

डॉक्टर शेरउड ने आकर गंगाप्रसाद को देखा। वह बेहोश पड़ा था। पूरी परीक्षा करके उसने कहा, "कुछ नहीं हो सकता, किसी भी समय इनकी मृत्यु हो सकती है। ज़्यादा-से-ज़्यादा सुबह तक यह जीवित रहेंगे।"

ज्वालाप्रसाद कराह उठे, "किसी तरह बचाइए इसे डॉक्टर साहेब, कोई दवा दीजिए।"

"दवा के नाम पर आप इन्हें गंगाजल दीजिए ! और जिसे भगवान गैपलिंग टी. बी. दे दे, उसे भला कोई आदमी बचा सकता है ! सब समाप्त हो चुका है !" यह कहकर डॉक्टर शेरउड चले गए।

घर-भर में कुहराम मच गया। ज्वालाप्रसाद और नवल ने मिलकर गंगाप्रसाद को पलँग से उतारकर ज़मीन पर लिटाया। ब्राह्मण को बुलाकर गोदान कराया गया। बाहर पंडित महामृत्युंजय जाप के पाठ पर बैठ गया। उस घर में मृत्यु का आधिपत्य हो गया है, ऐसा नवल को लग रहा था। जमुना बेहोश पड़ी थी कमरे के बाहरवाले बरामदे में। रुक्मिणी अपना सिर पटक रही थी। ज्वालाप्रसाद और नवल कमरे में इस प्रकार बैठे थे, मानो वे मृत्यु के प्रहार से गंगाप्रसाद को बचाना चाहते हों। विद्या केवल और सुधा को लेकर बाहरवाले आँगन में चली गई थी, और भीखू दौड़-धूप कर रहा था।

सुबह तीन बजे के क़रीब गंगाप्रसाद ने आँखें खोलीं। आँख खोलते ही उसकी नज़र नवल पर पड़ी, "तुम...तुम हो !" फिर उसने अपने पिता को देखा, "बप्पा, नवल पर आप भरोसा कीजिएगा ! यह विद्या का विवाह करेगा।" और फिर उसने चारों ओर देखा। इशारे से उसने जमुना को बुलाया, "अपना पैर मेरे हाथ को छुआ दो !" फिर उसने रुक्मिणी को देखा, "बहुत तकलीफ़ दी है तुम्हें, क्षमा कर देना !" तब उसने अपने बच्चों को देखा, लेकिन शायद उसके बोलने की शक्ति जाती रही थी। नवल की ओर देखकर उसने उन बच्चों की ओर संकेत किया, मानो वह कहना चाहता हो कि उन सबका भार वह नवल पर छोड़ रहा है। फिर एकाएक उसकी दृष्टि विद्या पर अटक गई

जाकर। उसी समय उसे हिचकी आई और सिर लटक गया।

घर-भर में चीत्कार मच गया !

3

पानी तीन दिन लगातार बरसता रहा था, झड़ी बाँधकर। उस दिन बादल फटने लगे थे। शाम के समय नवल जब चाय पीकर बरामदे में आया, आसमान साफ़ हो गया था और डूबते सूर्य की लाल और मुरझाई हुई धूप बरामदे में पड़ रही थी। जुलाई का अन्तिम सप्ताह था। चारों ओर हरियाली फैली हुई थी। नवल यूनिवर्सिटी से कुछ देर पहले ही लौटा था, थका-सा। अपने कुछ मित्रों के साथ वह क्लास समाप्त होने के बाद वहीं रुक गया। इसका कारण यह था कि पानी रुक-रुककर उस समय भी बरस रहा था। और जब वह वापस चला तो यूनिवर्सिटी के गेट तक आते-आते उसकी साइकिल में पंक्चर हो गया। वहाँ से वह कर्नलगंज गया, साइकिल का पंक्चर ठीक कराने के लिए।

नवल की वह थकान मानसिक थी। एक सप्ताह पहले वह विद्या को बनारस पहुँचा आया था, बोर्डिंग-हाउस में। विद्या का बी.ए. फाइनल था, और वह बी.ए. कर लेना चाहती थी। ज्वालाप्रसाद विद्या को आगे पढ़ाने के पक्ष में नहीं थे, लेकिन वह ज़िद पकड़ गई थी कि वह बी.ए. पास करेगी ही, और नवल ने उसकी बात का समर्थन किया था। इन दोनों के आग्रह के बाद ज्वालाप्रसाद को झुकना ही पड़ा था। विद्या के जाने के बाद नवल ने कुछ अकेलापन अनुभव किया। विद्या नवल से अवस्था में कुल दो साल छोटी थी, लेकिन नवल को उससे बड़ा सहारा मिलता था। नवल चुपचाप बरामदे में आकर बैठ गया। वह सोच रहा था—क्या सोच रहा था, वह स्वयं नहीं जानता था; लेकिन वह सोच रहा था। एक के बाद एक विचार बिना किसी शृंखला के उसके मस्तिष्क में आते थे और निकल जाते थे। इधर पिछले तीन महीनों में उसकी दुनिया बदल गई थी, उसकी मान्यताएँ बदल गई थीं, उसका दृष्टिकोण बदल गया था। यही नहीं, वह अनुभव कर रहा था कि वह खुद बदल गया है।

इसी समय नवल को ज्ञानप्रकाश की आवाज़ सुनाई पड़ी, “कहो जी नवल, क्या सोच रहे हो ?”

नवल एकाएक चौंक पड़ा। ज्ञानप्रकाश खड़े मुस्करा रहे थे। ज्ञानप्रकाश का मुख वैसा ही सौम्य था, वही सात्विकता थी, वही दृढ़ता थी जो नवल हमेशा से देखता आया

था। "कुछ नहीं ज्ञान बाबा, मन कुछ उदास था, इसीलिए यहाँ आकर बैठ गया। आज कितने दिन बाद धूप निकली है ! सोच रहा था, न जाने कितने समय से घर से नहीं निकला हूँ, तो थोड़ा-सा टहल ही आया जाए। आज आप जल्दी चले आए कांग्रेस-ऑफ़िस से !"

"हाँ, आज दिन-भर बेतहाशा काम करना पड़ा था; बड़ा थक गया था तो चला आया हूँ। तुम तो चाय-वाय पी चुके होगे !"

"जी हाँ, अभी-अभी पीकर आया हूँ; लेकिन आप बैठिए, मैं यहीं चाय लाता हूँ।" यह कहकर नवल ने अन्दर जाकर भीखू से कहा, "भीखू बाबा, ज्ञान बाबा आ गए हैं, तो उनके लिए बरामदे में चाय ले आओ !"

"अबहीं लाएन ! भइया भी सोय के उठि गए हैं, तौन उनका बुलाय लीन्हेव।"

ज्वालाप्रसाद अपने कमरे में बैठे गीता पढ़ रहे थे। नवल ने कहा, "बाबा, चाय बन रही है, ज्ञान बाबा भी आ गए हैं। आप दस-पन्द्रह मिनट में बरामदे में आ जाइए, हम लोग आपका इन्तज़ार करेंगे।"

"चलो, मैं यह अध्याय ख़त्म करके आता हूँ।" ज्वालाप्रसाद ने कहा।

नवल जाकर ज्ञानप्रकाश के पास बैठ गया।

ज्ञानप्रकाश ने पूछा, "तो तुमने एल-एल.बी. ज्वाइन कर लिया है, क्या विलायत जाने का इरादा नहीं है ?"

"बिलकुल नहीं है ज्ञान बाबा ! घर की हालत तो आप जानते ही हैं, फिर इस साल विद्या की शादी करनी है। उस शादी में ख़र्च करना होगा, पता नहीं, बाबा किस तरह यह शादी निपटाएँगे।"

"नवल, एक बात कहूँ, बुरा न मानना ! तुम रुपए-पैसे की चिन्ता मत करो। मेरी तरफ़ से तुम विलायत चले जाओ। यह तुम्हारे कैरियर का प्रश्न है। क्या बतलाऊँ, गंगा की बीमारी के समय मैं विलायत में था, और तुम लोगों ने मुझे ख़बर तक नहीं दी।"

"हम कैसे ख़बर देते आपको बाबा, आप एपेंडिक्स का ऑपरेशन करवाकर वहाँ अस्पताल में पड़े थे न !"

"ख़ैर, जो हो गया सो हो गया। तुम्हारा पासपोर्ट तुम्हारे पास है ही। वैसे भी तुम्हें सितम्बर में जाना था। अभी कुछ बिगड़ा नहीं है। मैं कहता हूँ, तुम विलायत चले जाओ, तुम किसी बात की चिन्ता न करो।"

नवल ने कुछ चुप रहकर कहा, "नहीं ज्ञान बाबा, मुझे तो यहाँ रहकर अपने परिवार को देखना है। बाबूजी विद्या की शादी तय कर गए हैं, उसकी शादी इसी नवम्बर में करनी है...और मुझे आई.सी.एस. बनने का अब शौक भी नहीं रह गया।"

इसी समय ज्वालाप्रसाद बरामदे में आ गए। ज्वालाप्रसाद काफ़ी अधिक चिन्तित थे। भीखू इस समय तक चाय बरामदे में रखकर चला गया था। ज्वालाप्रसाद ने आते ही कहा, "सुना ज्ञानू, आज बाबू बिन्देश्वरीप्रसाद की चिट्ठी आई है। उनका कहना है कि शादी इस साल नहीं टाली जा सकती; नवरात में तिलक आ ही जाना चाहिए।"

ज्ञानप्रकाश ने उत्तर दिया, “जब शादी करनी ही है तब उसे और अधिक टालने की क्या आवश्यकता ? मैं भी समझता हूँ कि नवरात में तिलक भेज दीजिए और नवम्बर में शादी कर दीजिए !”

ज्वालाप्रसाद ने शिथिल स्वर में कहा, “वह तो ठीक है, लेकिन आठ हज़ार का तिलक भेजना है, तो आठ हज़ार रुपए का भी इन्तज़ाम करना है। तिलक भेजना कोई हँसी-खेल नहीं है !”

ज्ञानप्रकाश जैसे कुरसी से उछल पड़े, “आठ हज़ार का तिलक ! पागल हो गए हैं आप भैया ! घर की यह हालत और आठ हज़ार का तिलक ?”

“क्या बतलाऊँ, गंगा ने यह क़रार किया था। सिद्धेश्वरी पी.सी.एस. में आ गया हैं। मई में बाबू बिन्देश्वरी की मातमपुरसी की चिट्‌ठी आई थी, उसमें उस शादी का हवाला देते हुए उन्होंने लिखा था कि सिद्धेश्वरी की शादी का पैग़ाम राजा जसवन्तराज के यहाँ से आया है और वह पच्चीस हज़ार का दहेज़ दे रहे हैं। लेकिन चूँकि उन्होंने गंगा से बरिच्छा मंजूर कर ली है, इसलिए अभी उन्होंने इस पैग़ाम को मंजूर नहीं किया है। नवल को मैंने वह चिट्‌ठी दिखा दी थी।”

“जी, जो आठ हज़ार के तिलक के माने होते हैं पन्द्रह हज़ार रुपए का क़रार ! क्यों नवल, बाबू बिन्देश्वरीबाबू के यहाँ पन्द्रह हज़ार का क़रार देकर तुम सिद्धेश्वरी से विद्या की शादी करोगे ?”

नवल ने उत्तर दिया, “ज्ञान बाबा, बाबूजी ने यह शादी तय की है तो यह शादी होगी ही, जिस तरह भी हो।”

ज्वालाप्रसाद ने चाय पीते हुए कहा, “ज्ञानू, तुम बाबू बिन्देश्वरीप्रसाद को अच्छी तरह जानते हो। उनसे कह दो कि क़रार में कुछ कमी कर दें। पन्द्रह हज़ार रुपए क़रार के, और क़रीब दो-तीन हज़ार रुपए ऊपर का ख़र्च ! तो अठारह हज़ार रुपयों की रक़म बहुत बड़ी रक़म होती है। और शादी की तारीखें वह बढ़ाने को तैयार नहीं हैं।”

ज्ञानप्रकाश ने रूखे स्वर में कहा, “भैया, यह बिन्देश्वरीप्रसाद आदमी नहीं है, अर्थ-पिशाच है। फैज़ाबाद का डिस्ट्रिक्ट एंड सेशंस जज, लम्बी तनख्वाह; लड़का डिप्टी-कलक्टर हो गया है, लेकिन यह एक-एक पैसे पर जान देता है। मैं तो समझता हूँ, आप यह रिश्ता तोड़ दीजिए, इससे भी अच्छे लड़के मिल जाएँगे।”

ज्वालाप्रसाद बोले, “ज्ञानू, यह रिश्ता तोड़ना अब मुमकिन नहीं। मैं चाहे एक दफ़ा इसे तोड़ने पर राज़ी भी हो जाऊँ, लेकिन यह नवल नहीं राज़ी होगा। गंगा जो भी तय कर गया है, वह इसके लिए पत्थर की लीक है।”

ज्ञानप्रकाश ने नवल की ओर देखा। नवल सिर झुकाए चुपचाप बैठा था। कुछ सोचकर ज्ञानप्रकाश ने पूछा, “आपके पास कुल कितना रुपया है ?”

“मेरे पास तो बैंक में कुल दो हज़ार रुपए हैं। गंगा का क़र्ज़ वग़ैरह अदा करके उसके पास से क़रीब बारह सौ रुपए मिले थे। गंगा के हाथ में जो हीरे की अँगूठी थी, कलकत्ता में उसे बेचने पर साढ़े पाँच हजार मिले थे, तो इस तरह कुल पौने नौ हज़ार होते हैं।”

“नौ समझिए,” ज्ञानप्रकाश ने कहा, “तो अभी छह हज़ार की कमी है दहेज़ में। मान लीजिए कि तिलक आपने भेज भी दिया, तो शादी के लिए आठ-नौ हज़ार का इन्तज़ाम और करना पड़ेगा आपको ! इसकी बाबत क्या सोचा है आपने ?”

“सोचा तो अभी तक कुछ नहीं है...सोचना पड़ेगा। गंगा की मोटर के एक हज़ार रुपए मिल रहे हैं। बाकी छह-सात हज़ार रुपए कर्ज़ लेने पड़ेंगे।” फिर कुछ सोचकर उन्होंने ज्ञानप्रकाश से कहा, “ज्ञानू, सत्यप्रकाश को लिखकर दो हज़ार रुपए का तुम इन्तज़ाम कर दो ! मेरा ख़याल है क़रीब पाँच हज़ार रुपए लक्ष्मीचन्द से मिल सकते हैं मुझे। किसी तरह शादी तो करनी ही है।”

ज्ञानप्रकाश ने ज्वालाप्रसाद की बात का कोई उत्तर नहीं दिया। चाय पीकर वह चुपचाप अपने कमरे में चले गए।

ज्ञानप्रकाश के चले जाने के बाद ज्वालाप्रसाद ने नवल से पूछा, “नवल बोलो, क्या किया जाए ?”

“तिलक तो भेजना ही है बाबा ! हम लोग अब अपनी ज़बान दे चुके हैं। जिस तरह भी हो, विद्या की शादी वहीं करनी होगी।”

“अच्छी बात है,” ज्वालाप्रसाद ने कहा, “मैं उन्हें लिखे देता हूँ कि नवरात में तिलक आएगा, आठ हज़ार का, जैसा वे चाहते हैं।”

धूप अब बिलकुल ढल गई थी। नवल ने अपने घर में जाकर कपड़े पहने, बाहर जाने के लिए। वह बरामदे में आया ही था कि उसे ज्ञानप्रकाश की आवाज़ सुनाई दी, “नवल, ज़रा यहाँ आना !”

नवल ने जाकर देखा, ज्ञानप्रकाश बड़ी तेज़ी के साथ कमरे में टहल रहे हैं। नवल के पहुँचते ही उन्होंने कहा, “नवल, मेरे पास अभी तीन हज़ार रुपए हैं, दो हज़ार तुम ले लो ! लेकिन अपने बाबा को ये रुपए मत देना, अपनी माँ के पास रख देना ! वैसे मैं सत्यप्रकाश भाई साहेब को लिखूँगा, लेकिन उनसे ज़रा भी भरोसा नहीं कि वह वक़्त पर रुपया भेज देंगे।”

“अभी जल्दी क्या है ज्ञान बाबा ?” नवल ने कहा।

ज्ञानप्रकाश ने झुँझलाहट के स्वर में कहा, “जैसा मैं कहता हूँ वैसा करो ! मेरा भी क्या ठिकाना, कब और मैं मेरे पास से रुपया ख़र्च हो जाए ! पहले यह रुपया अपनी माँ के पास रखवा देना, तब जाना ! अब जाओ यहाँ से !” और ज्ञानप्रकाश फिर उसी प्रकार कमरे में टहलने लगे।

रुपए अपनी माँ को देकर नवल पैदल ही घूमने निकल पड़ा। जार्ज टाउन से निकलकर आनन्द-भवन होते हुए कर्नलगंज पहुँचा। तीन दिन बाद पानी खुलने से विद्यार्थियों की भीड़ घूमने निकल पड़ी थी। सारे वातावरण में एक प्रकार का उल्लास था, जीवन था, उमंग में भरी हुई नए पौध हँसती हुई, खेलती हुई बढ़ रही थी। नवल के मन का भारीपन जाता रहा; घर के शुष्क तथा नीरस वातावरण से निकलकर वह इस हँसी-खुशी के कोलाहल में आ गया था।

कर्नलगंज से वह यूनिवर्सिटी रोड के चौराहे पर पहुँचा। वहाँ भीड़ और भी अधिक थी। मालूम होता था कि वहाँ कोई मेला लगा है। उसे वहाँ से म्योर होस्टल की इमारत दिखाई पड़ी। नवल के पैर बिना जाने ही उस ओर उठ गए, और वह अपने पुराने कमरे के सामने जा पहुँचा। कमरे के बाहर एक विद्यार्थी खड़ा हुआ उस कमरे में ताला बन्द कर रहा था। उसी समय नवल को याद आ गया कि वह बोर्डिंग-हाउस में नहीं रहता। तब तक उस विद्यार्थी ने घूमकर नवल की ओर देखा, "अरे मिस्टर नवलकिशोर, आप ! मैं आ गया हूँ अब इस कमरे में !"

नवल उस विद्यार्थी को पहचानता था। पहले वह ऊपर के कमरे में रहता था। अन्यमनस्क भाव से नवल ने कहा, "ऐसे ही घूमता हुआ चला आया था।" उसी समय उसकी नज़र बग़लवाले कमरे पर पड़ी, जो भीतर से बन्द था और जिसके अन्दर प्रकाश हो रहा था। नवल ने उस लड़के से पूछा, "इस कमरे में कौन है ?"

वह लड़का मुस्कराया, "इसमें मिस्टर प्रेमशंकर हैं। इस साल उन्होंने फिर यूनिवर्सिटी ज्वाइन कर ली है।"

"अच्छा ! तो मिस्टर प्रेमशंकर अभी यहीं मौजूद हैं।" और यह कहकर नवल ने प्रेमशंकर का दरवाज़ा खटखटाते हुए आवाज़ लगाई, "प्रेमशंकर, ओ प्रेमशंकर !"

कमरे का दरवाज़ा खुला। नवल को देखते ही प्रेमशंकर ने कहा, "अरे तुम नवल, आओ बैठो !" और नवल को कमरे के अन्दर करके प्रेमशंकर ने फिर अन्दर से कमरे का किवाड़ बन्द कर लिया।

नवल को प्रेमशंकर का यह व्यवहार अजीब-सा लगा, "क्यों, इस तरह किवाड़ बन्द करके अन्दर बैठने की क्या ज़रूरत है ?"

प्रेमशंकर ने अपनी मेज़ की ओर इशारा किया। नवल ने देखा कि उस मेज़ पर कुछ किताबें और पुस्तिकाएँ बिखरी हुई हैं। यह सब कम्युनिज़्म का साहित्य था। "देख रहे हो इस साहित्य को, अब यह अगर किसी दूसरे को दिख जाए तो सी.आई.डी. वाले मेरे पीछे लग जाएँगे। इधर कोई काम-काज तो था नहीं, फिर सोचा कि इस साहित्य का ज़रा गहरा अध्ययन कर लिया जाए।"

नवल ने पूछा, "लेकिन तुम यहाँ होस्टल में कैसे ? मैं तो समझता था कि तुमने कहीं वकालत शुरू कर दी होगी !"

प्रेमशंकर हँस पड़ा, "हाँ, वकालत तो मैंने शुरू कर दी है, लेकिन छह महीने एप्रेंटिसी है न ! तो मिस्टर भुवनेश्वरनाथ का एप्रेंटिस हो गया हूँ। मकान मुझे अभी तक कोई अच्छा मिला नहीं, तो सोचा कि जब तक मकान न मिल जाए, तब तक रिसर्च ज्वाइन करके इसी होस्टल में रहूँ। तो यह स्थिति है मेरी; दिन-भर भुवनेश्वर के साथ अदालतों के चक्कर लगाता हूँ और सुबह-शाम कमरे में बैठकर पढ़ता हूँ।"

नवल मुस्कराया, "मान गया मैं तुम्हारी बुद्धि को ! अब अपना पढ़ना-वढ़ना बन्द करो। आज तीन दिन बाद पानी खुला है, चलो, अब थोड़ा-सा घूम-फिर लिया जाए। क्या मनहूसों की तरह शाम के वक़्त कमरे में बन्द बैठे हो !"

बनियान पर कुरता डालते हुए प्रेमशंकर ने कहा, "चलो, गोकि इस घूमने-फिरने में मुझे काई दिलचस्पी नहीं। लेकिन अब तुम आ गए हो, तो तुम्हारी बात कैसे टाली जाए !" और नवल के साथ कमरे से निकलकर उसने कमरे में ताला बन्द किया।

दोनों अब यूनिवर्सिटी रोड पर आ गए; लड़कों की भीड़ बढ़ती जा रही थी। नवल ने कहा, "प्रेमशंकर, कितना उत्साह है इन लोगों में ! अपना-अपना घर छोड़कर, प्रान्त के विभिन्न नगरों से किस उत्साह और किस उमंग को लेकर आए हैं, ये लोग ! कितने प्रसन्न हैं !"

प्रेमशंकर मुस्कराया, "लेकिन इस उत्साह और उमंग की तह में है क्या ? परीक्षा पास करना, अच्छा डिवीज़न पाना, और फिर नौकरी की तलाश में दर-दर घूमना। मुझे तो यह सब देखकर कुछ अजीब-सा लगता है; कितनी विडम्बना है इस सबमें !"

प्रेमशंकर की इस बात का नवल ने कोई उत्तर नहीं दिया, शायद यह ठीक कहता था। प्रेमशंकर कहता जा रहा था, "इसी उत्साह और उमंग को लेकर मैं आया था; इसी उत्साह और उमंग को लेकर तुम आए थे। अरे, हाँ, मैं तो भूल ही गया। मैंने सुना है कि तुमने एल-एल.बी. ज्वाइन कर लिया है, क्या यह ठीक है ? मुझे यक़ीन तो नहीं होता !"

"हाँ, यह ठीक है," नवल ने उत्तर दिया, "मैंने इंग्लैंड जाने का इरादा छोड़ दिया है।"

प्रेमशंकर बोला, "नवल, यहाँ तुम ग़लती कर रहे हो। तुम्हें इंग्लैंड चले जाना चाहिए; वकालत में कुछ भी नहीं रखा है।"

"मैं जानता हूँ प्रेमशंकर, लेकिन बाबूजी की मृत्यु के बाद मैं जुआ खेलने की स्थिति में नहीं हूँ। पाँच-छह हज़ार रुपए खर्च करके मैं इंग्लैंड जाऊँ; और यह तय नहीं है कि मैं आई.सी.एस. हो ही जाऊँगा। मैं कभी फ़र्स्ट क्लास स्टूडेंट नहीं रहा, और अब यह मेरे बस का नहीं है कि मैं पढ़ने में मेहनत कर सकूँ। घर का सारा भार मुझ पर आ पड़ा है।"

प्रेमशंकर ने कुछ सोचकर कहा, "तुम शायद ठीक कहते हो; अच्छी बात है, लॉ ज्वाइन कर लिया है तो यह भी बुरा नहीं है। उच्च-मध्यवर्ग के आदमी होने के कारण तुम्हें अधिक असुविधा नहीं होगी, और तुम्हें सफलता मिल जाएगी। मुसीबत तो मेरे-जैसे आदमियों की है, जिनके न घर है न द्वार, जिनका कोई सगा-सम्बन्धी नहीं है। अच्छा, नवल, एक सलाह मुझे दो, मेरी समझ में नहीं आ रहा है कि 'हाँ' कहूँ या 'ना' कहूँ !"

"बोलो !"

तुम शायद सिद्धेश्वरीप्रसाद श्रीवास्तव को जानते होगे; एम.एम. में मेरा क्लास-फ़ेलो था। पारसाल वह पी.सी.एस. में आ गया था। क़रीब महीना-भर पहले वह मुझसे मिला था। उसके पिता बाबू बिन्देश्वरीप्रसाद फ़ैजाबाद में डिस्ट्रिक्ट एंड सेशंस जज हैं। सिद्धेश्वरी का कहना है कि मैं फ़ैज़ाबाद चलकर वकालत शुरू करूँ; बाबू बिन्देश्वरीप्रसाद की सहायता से वहाँ जाते ही मेरी वकालत चमक उठेगी।"

"प्रस्ताव तो बड़ा अच्छा है, इसमें हाँ या ना की क्या बात है ?"

"बात यह है कि सिद्धेश्वरी की एक बहिन है; वह उस बहिन के साथ मेरी शादी

करना चाहता है।" कुछ सोचकर प्रेमशंकर ने फिर कहा, "मैंने यह ख़बर उड़ती-उड़ती सुनी है कि सिद्धेश्वरी की शादी तुम्हारी बहिन के साथ तय हो गई है।"

"हाँ, नवम्बर में शादी होगी।" नवल ने उत्तर दिया।

"सिद्धेश्वरी ने मुझसे यह बात नहीं बतलाई। ख़ैर, छोड़ो भी। बात यह है कि सिद्धेश्वरी की बहिन में कुछ नुक्स है।"

नवल ने कहा, "हाँ, मैंने भी सुना है कि वह कुछ लँगड़ाकर चलती है। वैसे देखने में वह सुन्दर और सुशील है। मैं तो समझता हूँ कि तुम्हें यह प्रस्ताव स्वीकार कर लेना चाहिए।"

"मैं भी कुछ ऐसा ही सोचता हूँ। फिर सिद्धेश्वरी कहता है कि मैं उसकी बहिन को देख लूँ, तब शादी का वचन दूँ। जनवरी से फ़ैजाबाद में वकालत शुरू करने की बात कहता है। विवाह में एक बँगला मिलेगा—फ़ैजाबाद में।"

नवल हँस पड़ा, "क्या कहना है, पाँचों उँगली घी में है। बड़े ऊँचे ख़ानदान के आदमी हैं वे लोग ! इस प्रस्ताव को एकदम मंजूर कर लो।"

प्रेमशंकर ने बड़ी गम्भीरतापूर्वक कहा, "नवल, न जाने क्यों, मुझे यह प्रस्ताव कुछ अजीब-सा लगता है। बड़ी असाधारण बात है यह ! वैसे जहाँ तब बुद्धि और तर्क का सवाल है, वहाँ यह प्रस्ताव मुझे तनिक भी बुरा नहीं लगता, लेकिन...लेकिन..."

नवल ने प्रेमशंकर की बात काटी, "इस लेकिन-वेकिन को छोड़ो प्रेमशंकर, जो सामने आए उसे स्वीकार लो।"

नवल जब घर लौटा तो रात के दस बज चुके थे। अपने पिता की मृत्यु के बाद पहली बार उसने अपने को इतना सन्तुष्ट अनुभव किया था।

सितम्बर के अन्तिम सप्ताह में विद्या का तिलक जाना था। दशहरे की छुट्टियों में विद्या बनारस से इलाहाबाद आ गई थी, लेकिन वह प्रसन्न नहीं थी। तिलक जाने से एक दिन पहले शाम के समय विद्या ने नवल से कहा, "दादा, चलिए, थोड़ा-सा एल्फ्रेड पार्क तक टहल आया जाए। घर में बन्द रहते-रहते तो मेरा दम घुटने लगा है।"

विद्या के इस प्रस्ताव पर नवल को आश्चर्य हुआ, लेकिन वह विद्या के साथ एल्फ्रेड पार्क की तरफ़ चल पड़ा। बरसात समाप्त हुए काफ़ी समय हो चुका था, लेकिन उमस वैसी-की-वैसी बनी थी। रामलीला की सवारी देखने लोग शहर की तरफ़ चले गए थे। वहाँ पहुँचकर विद्या ने कहा, "दादा, एक बात पूछना चाहती हूँ, मेरे विवाह में कितना दहेज़ दिया जा रहा है ?"

"इससे तुमको क्या मतलब ?" नवल ने पूछा, "जो कुछ भी बाबूजी ने तय किया था, वह दिया जाएगा।"

"मुझे मतलब इसलिए है कि यह दहेज़ मेरे विवाह में दिया जा रहा है। नहीं दादा, मुझे बतलाना होगा।"

"तिलक आठ हज़ार रुपए का जा रहा है, चार हज़ार नक़द और बाक़ी का सामान !"

"चार हज़ार रुपए नक़द और चार हज़ार का सामान," विद्या ने दुहराया, "तो इसके माने हैं कि पन्द्रह हज़ार का दहेज़ तय हुआ है।"

"हाँ, बाबूजी ने तय किया था यह दहेज़।" नवल ने कहा।

"अब मैं समझी कि तुम विलायत क्यों नहीं जा रहे। तो दादा, बाबूजी तो कुछ छोड़कर गए नहीं, यह रुपया आया कहाँ से ?"

नवल ने झुंझलाकर कहा, "वकालत मैं पढ़ रहा हूँ और जिरह तुम कर रही हो ! छोड़ो भी इस बात को ! बाबा ने इन्तज़ाम किया है इस रुपए का, और आगे कुछ और करेंगे। क्या यही सब पूछने लिवा लाई हो मुझे यहाँ ?"

"हाँ दादा, यही सब पूछने। तो मेरे विवाह में यह घर तबाह हो रहा है। सुना है बाबू बिन्देश्वरीप्रसाद को बाबा ने लिखा था कि दहेज़ कम कर दें, लेकिन उन्होंने रुखाई के साथ इनकार का दिया। क्या यह बात ठीक है दादा ?"

नवल मुस्कराया, "अपने ससुर का नाम लेते शरम नहीं आती ! हाँ, यह ठीक है।"

कुछ चुप रहकर विद्या ने कहा, "दादा, मेरा विवाह तुम वहाँ मत करो...और मैं विवाह करना भी नहीं चाहती।" यह कहकर विद्या फूट पड़ी।

नवल ने विद्या का हाथ अपने हाथ में ले लिया, "विद्या, हम लोग अब बहुत आगे बढ़ आए हैं। बाबूजी ने जो वचन दिया था उसे निबाहना ही होगा। और जहाँ तक तबाही का सवाल है, तो बनानेवाला और बिगाड़नेवाला तो भगवान है। इस विवाह से न परिवार तबाह होगा और न मैं तबाह हूँगा, इतना विश्वास रखो।"

"लेकिन मैं तबाह हो जाऊँगी दादा ! हाथ जोड़ती हूँ, मुझे उन अर्थ-पिशाचों के घर में मत धकेलो, अभी समय है।"

त्याग, उत्कर्ष और कर्तव्य-निष्ठा के नशे में खोया हुआ नवल विद्या की आन्तरिक भावना को नहीं समझ सका। उसने विद्या को डाँटा, "अब इस तरह की बात मत कहना विद्या ! बाबूजी का वचन है, और बाबूजी तुम्हारी ज़िम्मेदारी मुझ पर छोड़ गए हैं। मैं सच कहता हूँ कि स्वयं विलायत नहीं जाना चाहता, नहीं तो ज्ञान बाबा मुझे अपने ख़र्च से भेजना चाहते हैं। चलो घर, देर हो रही है; और अब आगे इस सम्बन्ध में एक भी शब्द अपनी ज़बान से मत निकालना।"

विद्या ने अपने आँसू पोंछते हुए कहा, "तुम मेरी बात नहीं समझ पा रहे हो दादा, समझ भी नहीं पाओगे।" और उसने एक ठंडी आह भरी, "जैसा कहोगे, वैसा करूँगी। लेकिन दादा, यह मेरा बी.ए. का फ़ाइनल है। इस शादी से मेरी पढ़ाई न छूटने पाए। मुझे इस बात का वचन दो कि मुझे बी.ए. पास करवा दोगे। बोलो दादा, "मुझे बी.ए. तो पास करवा दोगे ?"

नवल विद्या की मुद्रा से द्रवित हो गया, "विद्या, मैं तुम्हें वचन देता हूँ कि तुम्हें बी.ए. पास करवा दूँगा।"

नवमी के दिन सुबह तिलक लेकर नवल फ़ैज़ावाद पहुँचा। बाबू बिन्देश्वरीप्रसाद

स्वयं स्टेशन आए थे, नवल को लेने। कितने सौम्य थे वह ! नवल ने बिन्देश्वरीप्रसाद को पहली बार देखा था। बिन्देश्वरीप्रसाद ने पूछा, "अच्छी तरह तो आए ? रेल के सफ़र में कुछ तकलीफ़-वकलीफ़ तो नहीं हुई ?"

नवल बिन्देश्वरीप्रसाद का यह व्यवहार देखकर प्रसन्न हो उठा। शाम के समय तिलक चढ़ने के पहले बिन्देश्वरीप्रसाद ने नवल से कहा, "ज़रा तिलक में जो सामान आया है वह देख लूँ।"

नवल ने ट्रंक खोलकर सामान निकाला। परातों में सामान सजाया गया। सामान को देखते ही बिन्देश्वरीप्रसाद का मुँह बन गया। उन्होंने कहा, "नक़द चार हज़ार तो ठीक हैं, लेकिन बाक़ी सामान चार हज़ार का नहीं है। यह तो बड़ी बेजा बात है।"

नवल ने सामान का चिट्ठा बाबू बिन्देश्वरीप्रसाद के हाथ में देते हुए कहा, "जी, बाबा ने यह चिट्ठा भेजा है।"

"उस चिट्ठे को लेकर चाटूँ ?" व्यंग्य के साथ बिन्देश्वरीप्रसाद ने कहा, "हर चीज़ की कीमत पच्चीस फ़ीसदी बढ़ाकर लिखी गई होगी, मुझे इसका पता है।" और नवल ने बिन्देश्वरीप्रसाद का दूसरा रूप देखा, "जब इतनी औक़ात नहीं थी तब मेरे यहाँ शादी तय करने की क्या ज़रूरत थी ?"

नवल जानता था कि हर चीज़ की क़ीमत पच्चीस प्रतिशत बढ़ाकर चिट्ठे में लिखी गई है, लेकिन यह औक़ात की बात सुनकर उसे बुरा लगा। उसने कहा, "जी, औक़ात लड़कीवाले की होती ही क्या है ? फिर जिसकी औक़ात थी वह रहा भी नहीं। हम लोगों ने तो पहले ही यह लिख दिया था। उस भगवान को क्या कहा जाए, जिसने यह सब किया !"

बिन्देश्वरीप्रसाद पर नवल की इस विनय का कोई असर नहीं हुआ, "हम लोगों की नाक कटवा दी तुमने ! लोग तिलक देखकर क्या कहेंगे ? बड़े-बड़े अफ़सरों, ताल्लुकेदारों और रईसों को बुलाया है मैंने। अपने बाबा से कह देना कि मेरे साथ यह धोखाधड़ी नहीं चलेगी। शादी में मुझे नक़द चाहिए चार हज़ार। इस सामान-वामान की ज़रूरत नहीं है। मेरे यहाँ भरा पड़ा है।"

नवल जैसे खून का घूँट पीकर रह गया। तिलक चढ़ाकर दूसरे दिन सुबह के समय ही वह इलाहाबाद चला गया। उसने ज्वालाप्रसाद से तिलक का सब हाल बताते हुए कहा, "बाबा, किन अर्थ-पिशाचों के यहाँ हम फँस गए ! ज्ञान बाबा ने ठीक ही कहा था। उस ख़ानदान से विद्या की शादी करके हमने बड़ी ग़लती की।"

ज्वालाप्रसाद यह सुनकर सन्न रह गए। ज्वालाप्रसाद के पास अब केवल तीन हज़ार रुपए थे और शादी के कुल दो ही महीने और रह गए थे। उन्होंने चिन्तित स्वर में कहा, "जो हो गया वह हो गया नवल ! अभी क़रीब नौ हज़ार का ख़र्च है हमारे ऊपर; और मेरे पास कुल तीन हज़ार रुपए हैं। छह हज़ार का इन्तज़ाम और करना है।"

नवल ने गिरे स्वर में कहा, "हाँ बाबा, छह हज़ार का इन्तज़ाम तो और करना ही पड़ेगा...बिना इसके कोई चारा नहीं।"

ज्वालाप्रसाद ने विवशता के स्वर में कहा, "क्या बताऊँ, ज्ञानप्रकाश से कहा था कि वह सत्यप्रकाश से दो हज़ार रुपए मँगा दे, मैंने भी सत्यप्रकाश को दो चिट्ठियाँ लिखीं; लेकिन न तो सत्यप्रकाश का कोई जवाब आया, और न ज्ञानप्रकाश ने मुझसे फिर उस सम्बन्ध में बात की।"

नवल ज्ञानप्रकाश के रुपयों के सम्बन्ध में भूल ही गया था। उसने कहा, "बाबा, ज्ञान बाबा ने मुझे दो हज़ार रुपए दो महीने पहले ही दे दिए थे। अम्माँ के पास मैंने वह रख दिए हैं। अब सिर्फ़ चार हज़ार रुपयों का इन्तज़ाम करना है।"

ज्वालाप्रसाद का मुँह खिल उठा, "भगवान ने चाहा तो यह भी हो जाएगा। मैं आज ही लक्ष्मीचन्द को पत्र लिख रहा हूँ। पाँच हज़ार रुपए शायद उनसे मिल जाएँगे।"

उसी समय ज्ञानप्रकाश की आवाज़ ज्वालाप्रसाद को सुनाई पड़ी, "आप लक्ष्मीचन्द से उम्मीद न रखिए भैया, और कोई दरवाज़ा देखिए ! सत्यप्रकाश भाई साहेब ने मुझे सूखा जवाब भेज दिया है।"

"ज्ञानू, तुम दो हज़ार रुपए दे ही चुके हो। बहुत बड़ी सहायता की है तुमने ! मुझे पूरी उम्मीद है कि लक्ष्मीचन्द इस मौक़े पर मेरी मदद करेगा। मैं सोचता हूँ कि मैं खुद कानपुर जाकर उससे मिलूँ।"

"हाँ, अगर आप खुद मिलेंगे तो मुमकिन है मुरव्वत में आकर हज़ार-पाँच सौ दे दें।"

उस दिन शाम के समय विद्या ने नवल से कहा, "दादा, अब मैं तुमसे कुछ न कहूँगी। जो कुछ हुआ है वह तो तुम देख ही चुके हो। जो कुछ आगे होगा वह मैं भुगत लूँगी। तुम मुझे कल बनारस पहुँचा आओ !"

नवल के प्राण जैसे रो पड़े, "विद्या, मुझे क्षमा करना, ग़लती हो गई है हम लोगों से !"

"ग़लती हो तो चुकी है दादा, अब वह ग़लती नहीं सँभाली जा सकती। लेकिन मैं तुम्हारे वचन की याद दिलाती हूँ। तुमने वादा किया है कि तुम मुझे बी.ए. पास करवा दोगे !"

"हाँ, विद्या, और मैं अपने वचन का पालन करूँगा," नवल ने कहा, "मैं तुम्हें कल बनारस पहुँचा दूँगा। तुम निश्चिन्त होकर पढ़ो। पढ़ाई में किसी प्रकार की बाधा नहीं आने पाएगी, यह मेरी ज़िम्मेदारी है।"

दिन तेज़ी के साथ बीत रहे थे, और ज्वालाप्रसाद रुपयों का प्रबन्ध नहीं कर पा रहे थे। जैसा ज्ञानप्रकाश ने कहा था लक्ष्मीचन्द ने क़र्ज़ देने में अपनी विवशता प्रकट करते हुए ज्वालाप्रसाद से कहा, "चाचा, मेरी हालत अच्छी नहीं है। लड़की के विवाह के लिए कन्या-दान के रूप में आपको एक हज़ार दे रहा हूँ, शादी में शायद मैं न आ सकूँगा।" और यह कहकर लक्ष्मीचन्द ने एक हज़ार रुपए ज्वालाप्रसाद को दे दिए। तीन हज़ार रुपयों की कमी अब भी थी। ब्योहार में क़रीब एक हजार रुपया मिल जाएगा, ज्वालाप्रसाद जानते थे; लेकिन वह तो मिलने की बात थी, जो अनिश्चित-सी थी।

नवम्बर का तीसरा सप्ताह समाप्त हो गया था। ज्वालाप्रसाद के नाते-रिश्तेदार आने

लगे थे। घर में चहल-पहल थी। नवल विद्या को लेने बनारस गया था। विद्या को लेकर वह तेईस नवम्बर को वासप लौटा, और विद्या को तेल चढ़ा।

जनवासे का प्रबन्ध नवल के ऊपर था। नवल आते ही काम-काज में जुट गया। नवल ने सब प्रबन्ध कर लिया, सन्तोषप्रद। ज्ञानप्रकाश घर का प्रबन्ध देख रहे थे, लेकिन नाम-मात्र के लिए; वह प्रबन्ध भी वस्तुतः भीखू के हाथ में था। बाहर से सामान लाने में नवल भीखू की सहायता कर देता था। उस दिन जिन्स के ठेले लदवाकर नवल जब वापस लौटा तो भीखू ने नवल से कहा, "बचवा, गोल कमरा मां भइया ज्ञानू भइया के साथ बात कर रहे हैं; हमें तो ऐसा लगा कि दोनन मां कुछ झगड़ा हुइ रहा है; जरा देखौ तो जायके।"

नवल ड्राइंग-रूम में पहुँचा। ज्ञानप्रकाश कह रहे थे, "मैं आपको क़र्ज़ किसी हालत में नहीं लेने दूँगा। कटोरे में दो हज़ार की रक़म मत दीजिए; कह दीजिएगा कि यह रक़म फिर भेज दी जाएगी।"

"बड़ा अनर्थ हो जाएगा ज्ञानू, तुम समझते नहीं," ज्वालाप्रसाद ने कहा, "इन दो हज़ार रुपयों का इन्तज़ाम तो मुझे करना ही होगा।"

"परसों शादी है, और आज इन्तज़ाम करने चले हैं आप," ज्ञानप्रकाश ने कहा, "रुपया जैसे बाज़ार में लुट रहा है कि गए और बटोर लाए। जो कुछ पास में है उसी में निपटाइए यह सब काम-काज ! लड़की की शादी कर रहे हैं, कोई इज़्ज़त नहीं बेच रहे हैं !"

ज्वालाप्रसाद एक कटु हँसी हँस पड़े, "लड़की की शादी करना और अपनी इज़्ज़त बेचना एक ही बात है ज्ञानू ! यह बँगला रेहन रखकर दो हज़ार रुपए तो मिल ही सकते हैं। ज्ञानू, किसी से तय कर दो !"

"बँगला रेहन रखना—कागज़ात तैयार करना, महाजन ढूँढ़ना—भैया, अक्ल घास चरने चली गई है क्या ? अनाप-सनाप सूद देना होगा। नहीं, इस सबसे काम नहीं चलेगा...हम लोगों के पास समय भी नहीं है।"

ज्वालाप्रसाद कुछ देर तक सोचते रहे। फिर उन्होंने नवल से कहा, "ज़रा अपनी दादी को तो बुला लाओ !"

नवल जमुना को बुला लाया। जमुना ने कहा, "बोलो, आँगन में सब लोग इकट्ठे हैं, देवी की पूजा हो रही है, मुझे जल्दी है।"

ज्वालाप्रसाद ने कहा, "बात यह है कि दो हज़ार रुपए कम पड़ रहे हैं। कहीं इन्तज़ाम नहीं हो रहा है।"

"तो मैं क्या करूँ, यह तो तुम मर्दों का काम है। तुम हो, ज्ञानू लाला हैं..."

ज्वालाप्रसाद ने झुँझलाहट के साथ कहा, "अगर हम लोग कर सकते तो तुम्हें क्यों बुलाते ?"

जमुना ने शंकित होकर पूछा, "तो क्यों बुलाया है, बतलाओ न ?"

"वही कहना है। अपने और बहू के कुछ गहने दे दो; उन्हें गिरवी रखकर रुपया

इकट्ठा करना है।"

जमुना कराह उठी, "हाय राम, अब इसकी नौबत आ गई ?"

ज्वालाप्रसाद ने कहा, "और कोई चारा नहीं है। जो कुछ पास में था वह ख़त्म हो चुका है। इतना वक़्त नहीं है कि मकान गिरवी रखूँ। यही एक रास्ता नज़र आता है। कल सुबह गहने मुझे दे देना, परसों बारात आ रही है !"

जमुना की आँखों में आँसू आ गए, "कौन-सा मुँह लेकर बहुरिया से कहूँ ! मैं गहने न पहनूँगी तो न सही, लेकिन बहुरिया की लड़की का विवाह, और उसके तन पर एक गहना न दीखे ! हे भगवान, बड़ी बदनामी होगी !"

"बदनामी और नेकनामी का कोई प्रश्न नहीं उठता। यह काम तो करना ही होगा। कल सुबह तक गहने ला देना !"

आँखों में आँसू भरे हुए जमुना चली गई। आँगन में गौनाई हो रही थी, औरतें हँस-बोल रही थीं, और जमुना चुपचाप गुमसुम इन सबमें सम्मिलित हो गई। रुक्मिणी ने जमुना की यह हालत देखी, तो पास आकर पूछा, "अम्माँजी, क्या बात है ? तबीयत तो ठीक है ?" जमुना ने रुक्मिणी को अलग ले जाकर सब स्थिति बतला दी।

उसी समय से घर में एक प्रकार की उदासी भर गई। घर में रीति-रस्म सब हो रही थीं, लेकिन हरेक को यह अनुभव होने लगा कि उत्साह-उमंग एकबारगी ही लुप्त हो गया। यह सब क्यों हुआ, कैसे हुआ, किसी भी अतिथि को इसका कारण नहीं मालूम हो पाया, लेकिन हरेक व्यक्ति अजीब तरह की घबराहट अनुभव कर रहा था।

शाम के समय तक घर का वातावरण काफ़ी बदल गया था। वातावरण में इस परिवर्तन को सबसे अधिक अनुभव किया भीखू ने। उसकी समझ में नहीं आ रहा था कि यह सब क्यों हो गया है ! उससे न रहा गया। जमुना को भंडारघर में लाकर उसने पूछा, "भौजी, यू सब का हुइ रहा है, अचानकै ई हँसी-खुशी गायब हुइ गई ?"

जमुना की आँखों में आँसू आ गए, "भगवान की माया है भीखू, भगवान हमें मिटाने पर तुल गया है। लड़का छीन लिया, हमारे तन के गहने भी छीन रहा है !" और जमुना ने सारी स्थिति भीखू को बतलाई।

"बस, इतनी-सी बात आय !" भीखू के मुख पर एक मुस्कराहट आई, "तौन तुम्हार गहना न जाई; प्रसन्न-मन से बिटिया के नेग करौ जायके। भइया घरै मां तो हैं ?"

"हाँ, ज्ञान लाला और नवल के साथ बैठे बातें कर रहे हैं।" जमुना चली गई।

नवल और ज्ञानप्रकाश बैठे हुए द्वाराचार में दी जानेवाली पार्टी के सम्बन्ध में बात कर रहे थे। बारात तो केवल सौ आदमियों की आ रही थी, लेकिन नगर की बिरादरी और दोस्तों की संख्या क़रीब चार सौ हो जाती थी। ज्वालाप्रसाद कुछ दूर पर बैठे चुपचाप इन दोनों की बातचीत सुन रहे थे। उनके मन में किसी प्रकार का उत्साह नहीं था। इसी समय भीखू हाथ में एक टीन का बक्स लिए हुए ड्राइंग-रूम में आया। आते ही उसने टीन का बक्स ज्वालाप्रसाद के सामने रख दिया, "भइया, विद्या बिटिया के लिए हमारा यू कन्यादान आय !"

ज्वालाप्रसाद चौंक उठे, "तुम्हारा कन्यादान ! क्या कह रहे हो ? इसमें क्या है ?"

"हमें गिनब तो आवत नाहीं। मुला ई मां काफी रुपैया हुइहैं। तौन भौजी का और बहुरिया का गहना गिरौ राखौं की कौनो ज़रूरत नाहीं। आखिर विद्या बिटिया पर हमारौ तो कौनो हक आय ! हम पाला है ऊ का, अपनी गोदी मां खिलावा है !"

ज्ञानप्रकाश और नवल उठकर भीखू के पास आ गए। ज्ञानप्रकाश ने पूछा, "इसमें कितना रुपया होगा ?"

"कहि तो दीन कि हमका गिनती नाहीं आवत। मुला हमार सारी जमा जथा ई मां आय। ज़िन्दगी इहै घर मां तो कटी है, तौन जो कुछ हमका मिला, हम ई मां राखत हन। अम्मा जो कुछ हमें दै गई रहैं, तौन तुम सब कुछ देखि लेव।"

ज्वालाप्रसाद ने कहा, "भीखू, यह तुम्हारी जन्म-भर की कमाई है; इसे हम नहीं ले सकते।"

भीखू बोला, "हमें अपने से अलग काहे समझत हौ भइया ? हमारे कौन खानदान-कुनबा आय ? जो कुछ हैं तौन ई लड़का-बच्चा आँय, जिन्हें हम अपनी छाती पर चढ़ायके पाला, बड़ा कीन !" और भीखू फूट पड़ा, "भइया, गंगा हमें तुमसे बढ़के मानत रहै। हमें ऊ पर कितना गरब रहै ! तौन निरदई भगवान ऊ का छीन लीन्हिस हमसे।" और भीखू की हिचकियाँ बँध गईं, "गंगा की बिटिया का हाथ पीला हुइ जाय, यहै साध रहै। तौन भगवान वहौ दिन दिखाइस। हम विद्या बिटिया के नाम संकल्प करके तो आए हन, ई बकस तौन सम्हाल लेव—हमार कन्यादान !"

ज्वालाप्रसाद की आँखों में आँसू आ गए। उन्होंने भीखू की ओर देखा। असीम करुणा और ममता थी उस बूढ़े और कुरूप मुख पर। लड़खड़ाते हुए स्वर में उन्होंने नवल से कहा, "नवल, मैं तो इस बक्स को छूने का अधिकारी भी नहीं हूँ, तुम खोलो इस बक्स को !"

नवल ने बक्स खोला। उसमें चाँदी के कुछ गहने थे जो छिनकी ने भीखू को दिए थे, पचास गिन्नियाँ थीं और करीब पन्द्रह सौ रुपए नक़द थे।

ज्ञानप्रकाश ने बारह सौ रुपए और पचास गिन्नियाँ अलग कर लीं। फिर उन्होंने भीखू से कहा, "इस कन्यादान में इतने ही की कमी थी। बाक़ी तुम रखो ! कुछ नवल की बहू को भी तो देना होगा। फिर अभी सुधा का भी कन्यादान करना होगा तुम्हें !"

भीखू के मुख पर सन्तोष की मुस्कराहट आ गई, "काहे नहीं, जियत रहबै तो उहो सब करिबै।" और भीखू अपना बक्स लेकर जल्दी-जल्दी चला गया।

सारे वातावरण में फिर हास और उल्लास भर गया, जैसे जादू हो गया हो।

तीस तारीख़ को बारात आई और कुशलतापूर्वक विवाह सम्पन्न हो गया। बिन्देश्वरीप्रसाद को कहीं किसी प्रकार की शिकायत नहीं हुई। विदाई के दिन सुबह के समय नवल बिन्देश्वरीप्रसाद के पास जनवासे में पहुँचा। उसने हाथ जोड़कर बिन्देश्वरीप्रसाद से कहा, "अगर अतिथि-सत्कार में कुछ कमी रह गई हो तो क्षमा माँगने आया हूँ।"

बारात की खातिरदारी से बिन्देश्वरीप्रसाद बड़े प्रसन्न थे। उन्होंने कहा, "हम लोग

बहुत खुश हैं तुमसे नवल, तुम योग्य पिता के योग्य पुत्र हो; दिलवाले और हौसलेवाले हो !"

"मुझे आपसे एक विनय करनी है—बड़ी छोटी-सी है। वह यह कि विद्या इस साल बी.ए. फाइनल में है। वह बी.ए. परीक्षा दे ले !"

बिन्देश्वरीप्रसाद ने हँसते हुए कहा, "अरे, उसे कौन नौकरी करनी है जो वह बी.ए. पास करे !"

"जी, आपकी बहू भला नौकरी क्यों करेगी ? लेकिन सिद्धेश्वरी बाबू डिप्टी-कलक्टर है, कलक्टर बनेंगे आगे चलकर। तो इनकी पत्नी अगर ग्रेचुएट हो तो इनका सामाजिक मान और बढ़ेगा।"

बात नवल ने ठीक कही थी। बिन्देश्वरी ने सिद्धेश्वरीप्रसाद की ओर देखा, "सुन रहे हो नवल की बात ? क्या ख़याल है तुम्हारा ?"

"जैसा आप ठीक समझें लालाजी ! वैसे अगर वह बी.ए. पास कर ले तो अच्छा ही होगा, चार-पाँच महीने का तो मामला ही है।"

बिन्देश्वरीप्रसाद हँस पड़े, "नया ज़माना है न ! सब लोग एक ही तरह से सोचते हैं। अच्छी बात है, एक हफ़्ते के बाद मैं रुखसत कर दूँगा। लेकिन लड़की तो बनारस में पढ़ती है, बोर्डिंग-हाउस में रहकर !"

"जी हाँ।" नवल ने उत्तर दिया।

"तो फिर बोर्डिंग-हाउस का ख़र्चा तुम लोगों को बरदाश्त करना पड़ेगा। क्यों सिद्धेश्वरी, मैं ग़लत तो नहीं कहता ?"

सिद्धेश्वरीप्रसाद ने उत्तर दिया, "वह भी कोई कहने की बात है लालाजी, जहाँ इतने दिन तक इन्होंने अपनी बहिन को पढ़ाया, वहाँ पाँच-छह महीने वह और पढ़ा सकते हैं।" और सिद्धेश्वरी ज़ोर से हँस पड़ा।

कितनी कुरूप थी सिद्धेश्वरीप्रसाद की वह हँसी, और कितनी कृत्रिम और स्वार्थ से भरी बातचीत थी बिन्देश्वरीप्रसाद की ! लेकिन नवल ने अपनी बहिन को जो वचन दिया था उसका वह पालन कर सकेगा, इस पर उसे सन्तोष था।

4

"जी, वे स्वराज देने आएँ, और ये उन लोगों से बात न करें, कितनी बड़ी हिमाक़त है !" रायबहादुर कामतानाथ ने अपनी ऊँची आवाज़ में कहा,

"हिन्दुस्तान को स्वराज क्या, कद्दू मिलेगा !"

ज्ञानप्रकाश मुस्कराए, "रायबहादुर साहेब, मिलने के नाम से तो कद्दू ही हाथ लगेगा; इसीलिए हम लोगों ने साइमन-कमीशन का बहिष्कार किया। उन लोगों से मिलने में कोई फ़ायदा होता तो हम लोग ज़रूर मिलते !"

"अजी, हम लोग अपनी पुरानी तहज़ीब ही खो बैठे हैं। भाई साहेब, सात समुन्दर पार करके कमीशनवाले हमारे देश में आए। अब हमारा फ़र्ज़ था कि उनको दावतें खिलाते, उन्हें सैर कराते, उनसे निहायत नफ़ीस क़िस्म की बातें करते ! मामला चटपट हल हो जाता। आप माँगते थे एक, वह देता सवा ! यह तो दूर रहा, उलटे ये कांग्रेसवाले गालियाँ बकने लगे। साल-भर रहे वे लोग यहाँ इस इन्तज़ार में कि इन लोगों को कुछ अक्ल आए, उनसे अपनी बात कहें, उनकी बात सुनें, लेकिन जो यह न हुआ तो न हुआ। बेचारे अपना-सा मुँह लेकर चले गए। वे भी सोचते होंगे कि किन जंगलियों और गँवारों से वास्ता पड़ा !"

ज्ञानप्रकाश को रायबहादुर की बातों में मज़ा आ रहा था। उन्होंने कहा, "रायबहादुर साहेब, मुझे आश्चर्य हो रहा है कि आपको इस कमीशन के सामने नहीं बुलाया गया। इतना बड़ा ख़िताब है आपके पास, ज़ायदाद है, इज़्ज़त है, तहज़ीब है, लेकिन आपको पूछा ही नहीं उन लोगों ने !"

"क्या बतलाऊँ, ये हरामज़ादे अंग्रेज़ अफ़सर हज़ारों रुपया चन्दा ले जाते हैं, और कमीशन से मिलाने के लिए कांग्रेसियों की खुशामदें करते हैं। मैं जाता तो कमीशनवालों को स्वराज्य देने के लिए राज़ी न कर लेता ! मैंने लेफ्टिनेंट गवर्नर को लिखा था, लेकिन मेरी चिट्ठी का जवाब तक नहीं दिया उन लोगों ने ! अब आगे से आएँ चन्दा माँगने, एक पैसा भी न दूँगा किसी मरदूद को !"

"लेकिन आपने यूरोप से वापस लौटने में बड़ी देर लगा दी। आप तो अक्तूबर में वापस आनेवाले थे, और लौटे दिसम्बर में। मालूम होता है, सारा यूरोप छान डाला आपने।" ज्वालाप्रसाद ने कहा।

रायबहादुर कामतानाथ मुस्कराए, "क्या बताऊँ, उषा ज़िद पकड़ गई। वह तो यूरोप से लौटना ही नहीं चाहती थी, लेकिन साहेब, यूरोप की सरदियाँ मेरी बरदाश्त से बाहर थीं। और यहाँ लौटने के बाद फ़ुरसत ही नहीं मिली कि आप लोगों से मुलाक़ात करता। उषा का भी एक साल बरबाद हो गया। यह समझिए, अब अगले साल यूनिवर्सिटी ज्वाइन करेगी।"

इतने में नवल ने कमरे में प्रवेश किया। उसके साथ भीखू चार गिलास शरबत ट्रे में रखे हुए था।

ज्ञानप्रकाश ने कहा, "इस दफ़ा गरमियों में कहाँ जाने का इरादा है ?"

"मसूरी में एक कोठी ख़रीद ली है मैंने। सोचा, हर साल गरमियों में कहीं-न-कहीं जाना होता है, तो हमेशा के लिए एक कोठी ही क्यों न ख़रीद ली जाए ! बड़ी सस्ती मिल गई, कुल बारह हज़ार में।" फिर उन्होंने ज्वालाप्रसाद से कहा, "मेरी तरफ़ से

आपको दावत है। मई शुरू हो गई है, तीन-चार दिन में मैं जानेवाला हूँ, अकेला, तो आप भी मेरे साथ चलिए !"

ज्वालाप्रसाद ने मुस्कराते हुए कहा, "मैं क्या जाऊँगा मसूरी ! मुझे यहाँ इलाहाबाद में ज़रा भी तकलीफ़ नहीं होगी।"

कामतानाथ ने शरबत पीते हुए कहा, "तो नवल, इधर तो तुमने मेरे यहाँ आना-जाना ही बन्द कर दिया है। क्या बात है ? और तुम विलायत कब जा रहे हो ? यह साल तो तुम्हारा बरबाद गया ही।"

"जी, अभी तो विलायत जाने का कोई इरादा नहीं है। एल-एल.बी. प्रीवियस का इम्तिहान मैंने दिया है, परचे अच्छे हुए हैं।"

"तो क्या वकालत करने का इरादा है तुम्हारा ?" कामतानाथ ने चिन्तित होकर पूछा।

उत्तर ज्ञानप्रकाश ने दिया, "जी, वकालत करने में कोई हर्ज़ है क्या ? आपका लड़का गौरीनाथ भी तो वकालत कर रहा है।"

"अजी, वकालत क्या कर रहा है, झख मार रहा है," कामतानाथ ने कहा, "पचास-साठ रुपए महीने में मिल जाते हैं। नहीं, वकालत बेकार है नवल ! मैं कहता हूँ कि तुम विलायत चले जाओ।" फिर उन्होंने ज्वालाप्रसाद की ओर देखा, "मैं चाहता था कि मेरे ख़ानदान में कोई बड़ा अफ़सर हो जाता। गौरीनाथ तो गधा निकल गया। बड़ी मुश्किल से रो-पीटकर वकालत पास की उसने। तीन साल बाद अब कहीं सौ-पचास रुपए मिलने लगे हैं। सीतानाथ बिज़नेस देखता है; या यों कहिए कि घर को वह सँभाले है। इस साल सवा लाख का मुनाफ़ा हुआ है। तो मैं सोच रहा था कि लड़का न सही, दामाद ही कलक्टर हो जाए; मेरे दिल की एक अभिलाषा तो पूरी हो ! ख़र्च की कोई परवाह नहीं।"

नवल कामतानाथ की इस बातचीत से ऊब गया था। उसने कहा, "एल-एल.बी. फाइनल तो पास करना ही है मुझे। इसके अलावा मैं अपने ख़ानदान में सरकारी नौकरी की परम्परा को भी तोड़ना चाहता हूँ। मैं समझता हूँ कि मैं वकालत में सफलता प्राप्त करूँगा।"

कामतानाथ उठ खड़े हुए, "जो मेरा फ़र्ज़ था वह मैं करने को तैयार हूँ। फिर ठंडे दिमाग़ से ग़ौर करना मेरी बात पर; और आप लोग भी समझाइएगा कि वकालत में कुछ नहीं रखा है। मैं दो महीने के लिए मसूरी जा रहा हूँ। और हाँ नवल, उषा तुम्हारी कितनी याद करती है, कभी-कभी मेरे यहाँ हो आया करना, उसका जी बहल जाएगा। अच्छा, ज़रा उषा को अन्दर से बुला दो, काफ़ी देर हो गई !"

उषा विद्या के साथ घर के अन्दर बैठी बातें कर रही थी। विद्या तीन दिन पहले बी.ए. की परीक्षा देकर बनारस से लौटी थी। उषा को मोटर पर सवार कराके नवल जब विद्या के साथ लौटा तो विद्या ने कहा, "दादा, तुम विलायत क्यों नहीं चले जाते ? उषा कह रही थी कि मैं तुम पर ज़ोर डालूँ।"

नवल ने झुँझलाहट के स्वर में कहा, "मैं नहीं जाऊँगा, नहीं जाऊँगा, नहीं जाऊँगा।

मुझे कामतानाथ की लड़की से शादी करनी है, लेकिन मुझे कामतानाथ की गुलामी नहीं करनी है।"

"तो तुम कामतानाथ की लड़की से भी शादी नहीं कर सकोगे दादा ! उषा के अपने सपने हैं, अपनी महत्त्वाकांक्षाएँ हैं।" और विद्या ने एक ठंडी साँस ली, "दादा, यह असमान विचारों और मान्यताओंवालों में विवाह, यह असमान परिवारों में विवाह, बड़ा भयानक है। मुझे ही लो, जैसे-जैसे मेरे गौने के दिन आते जाते हैं, वैसे-वैसे मेरी घबराहट भी बढ़ती जा रही है।"

नवल विद्या की यह बात सुनकर चिन्तित हो गया, "विद्या, तुमने अपनी ससुराल की बाबत मुझे कभी कोई बात नहीं बतलाई, क्या तुम्हें वहाँ कोई कष्ट हुआ, सच-सच बतलाना ?"

विद्या हँस पड़ी, "कुल एक हफ़्ता ही तो मैं वहाँ रही हूँ दादा, बतलाऊँ तो क्या बतलाऊँ ! लेकिन एक बात तो अवश्य है; मैं अपने ससुरालवालों से घृणा करने लगी हूँ। जिन लोगों ने मेरे घर को तबाह करके रख दिया, उनके प्रति मुझमें प्रेम कैसे हो सकता है ! उस ख़ानदान का हरेक आदमी मुझे पिशाच के रूप में दिखता है। लाख प्रयत्न करती हूँ कि अपने अन्दर से यह भावना निकाल डालूँ, लेकिन मैं सफल नहीं हो पाती। एक भयानक घृणा भर रही है उस ख़ानदान के प्रति मेरे अन्दर !"

विद्या की यह बात सुनकर नवल सहम उठा, "विद्या, जीवन समझौता है। इस तरह की भावना अपने मन से निकाल दो ! मुझे वचन दो कि तुम आवेश में आकर कोई अनुचित बात न कर डालोगी।"

"दादा, तुम्हें मुझसे कभी कोई शिकायत न होगी। मैं तुम्हें वचन देती हूँ। मैं समझती हूँ कि ज़िन्दगी समझौता है। लेकिन हर समझौते में दो पक्ष होते हैं। जहाँ तक मेरा पक्ष है, मैं मान और मर्यादा पर क़ायम रहूँगी।" यह कहकर विद्या घर के अन्दर चली गई।

नवल का मन इस समय तक बहुत अधिक उदास हो गया था। कपड़े पहनकर वह त्रिवेणी की ओर घूमने निकल गया। क़रीब नौ बजे रात को वह घर वापस लौटा। उस समय तक उसका मन हल्का हो गया था। चारों तरफ़ गहरा सन्नाटा छाया हुआ था, और हवा में कुछ ताजग़ी आ गई थी। उसके बँगलेवाली सड़क निर्जन पड़ी थी, और उस दिन उस सड़क पर प्रकाश भी नहीं था। शुक्लपक्ष की चतुर्थी का चाँद वृक्षों के ऊपर चढ़ गया था और सड़क पर कहीं-कहीं से चन्द्रमा के प्रकाश की रेखा आ जाती थी। अपने बँगले के सामने खड़ा होकर नवल प्रकृति की यह शोभा निरखने लगा।

उसकी नज़र दूर से आते हुए एक ताँगे पर पड़ी जो उधर ही आ रहा था। किस बँगले में यह ताँगा आ रहा होगा इस समय, नवल मन-ही-मन यह अनुमान लगाने लगा। ताँगा अब उसके बँगले के फाटक की ओर मुड़ा, नवल ने पूछा, "कौन है ?"

"अरे तुम नवल, मैंने तुम्हें देखा ही नहीं।" प्रेमशंकर की आवाज़ उसे सुनाई पड़ी। प्रेमशंकर ने ताँगा रुकवाया, "सोच रहा था कि कहीं तुम सो तो नहीं गए होगे, लेकिन

फिर सोचा कि गरमी की रात में भला इतनी जल्दी क्या सोए होंगे !"

नवल ने बढ़कर देखा, ताँगा असबाब से लदा हुआ है। एक बड़ा ट्रंक, एक छोटा ट्रंक और होल्डॉल, जो काफ़ी मोटा था। नवल ने असबाब देखकर कहा, "क्या पहाड़ जा रहे हो ? लेकिन फ़ैजाबाद से इलाहाबाद होते हुए तो पहाड़ का रास्ता नहीं है !"

"चलो, अभी सब बतलाता हूँ। रात-भर तुम्हारे यहाँ रुकूँगा। गाड़ी से उतरा तो सामने सवाल था कि कहाँ चलूँ, और एकाएक मुझे तुम्हारी याद आ गई। मेरे ठहरने से कोई असुविधा तो नहीं होगी तुम्हें ?"

"तुम्हारे ठहरने से मुझे असुविधा। कैसी बात कर रहे हो ?" यह कहकर नवल ने प्रेमशंकर का असबाब उतरवाकर अपने कमरे में रखवाया। ताँगे को विदा करके नवल ने कहा, "जल्दी से नहा-धो लो। अभी तक मैंने खाना नहीं खाया है; हम दोनों साथ ही खाएँगे। इस बीच तुम्हारा बिस्तर भी लग जाएगा, तब बातें होंगी।"

खाना खाकर दोनों लॉन में लगे हुए बिस्तरों पर बैठ गए। प्रेमशंकर ने कहा, "अब सुनो, मैं फ़ैजाबाद छोड़ आया हूँ।"

"फ़ैजाबाद छोड़ आए हो ! ताज्जुब की बात है ! क्या उन लोगों से तुम्हारा कुछ झगड़ा हो गया है, या फिर वहाँ वकालत नहीं चली ?"

"झगड़ा कोई नहीं हुआ और वकालत तो ऐसी चली कि कुछ पूछो मत ! मैंने तो कल्पना ही नहीं की थी। चार महीने में चार हज़ार से ऊपर तो अकेले मैंने पैदा किए। कर सकोगे विश्वास ?"

"चार हज़ार अकेले तुमने पैदा किए, तो और कोई भी साझीदार तुम्हारा था ?" नवल ने आश्चर्य से पूछा।

"एक नहीं, दो साझीदार थे," प्रेमशंकर हँस पड़ा, "और उन साझीदारों से घबराकर मैं आज भाग खड़ा हुआ।"

नवल बोला, "पहेली मत बुझाओ प्रेमशंकर, साफ़-साफ़ बतलाओ कि क्या हुआ फ़ैजाबाद में। मैंने तो सुना था कि तुम फ़ैजाबाद जाते ही वहाँ के प्रमुख वकीलों में हो गए। मेरी समझ में नहीं आता कि इतनी शानदार वकालत को छोड़कर तुम यहाँ क्यों चले आए !"

"तो फिर शुरू से सुनो ! मैं जब फ़ैजाबाद पहुँचा तो बाबू बिन्देश्वरीप्रसाद ने मेरे रहने का प्रबन्ध एक छोटे-से बँगले में कर दिया, जो उनके बँगले से क़रीब दो फ़र्लांग की दूरी पर था। यह बँगला वह मुझे शादी में दहेज़ में देनेवाले थे। बँगला पूरे तौर से सज़ा था, हर सामान उसमें मौजूद था। उस बँगले के साथ एक नौकर भी उन्होंने मेरे लिए रख दिया था, जो खाना बनाता था और ऊपरी काम करता था।"

"इसके माने यह हुआ कि सिद्धेश्वरी ने पूरे तौर से अपना वचन निबाहा।" नवल ने कहा।

"हाँ, इसमें क्या शक है ! लेकिन पूरी बात तो सुनो। इस सबके साथ बाबू बिन्देश्वरीप्रसाद से एक मुहर्रिर भी मेरे साथ लगा दिया—मुंशी हरसहाय साहेब ! यह

मुंशी हरसहाय बाबू बिन्देश्वरीप्रसाद के दूर के रिश्तेदार भी होते हैं। उम्र क़रीब पचास साल की रही होगी। मुझे यह भी ताक़ीद कर दी गई कि जैसा मुंशी हरसहाय मुझसे कहें वैसा मैं करता जाऊँ। यह मुंशी हरसहाय साहेब बड़े अनुभवी, बड़े चलते-पुरज़े आदमी हैं।"

"वकालत चलने में अनुभवी और चतुर मुंशी की आवश्यकता तो होती ही है।" नवल ने कहा।

"पहले पूरी बात सुन लो, तब अपनी राय देना," प्रेमशंकर ने कहा, "तो तीसरे दिन से ही मुवक्किलों का ताँता लग गया मेरे यहाँ। लिखा-पढ़ी सब मुंशी हरसहाय कर देते थे; मुझे तो कागज़ों पर दस्तख़त-भर करने होते थे। इसमें अधिकांश में ज़मानतों की दरख़ास्तें होती थीं, और ये ज़मानतों की दरख़ास्तें बाबू बिन्देश्वरीप्रसाद की अदालत में होती थीं। यही नहीं, कुछ सेशंस के मुक़दमों में बड़े वकीलों के साथ मेरा वकालतनामा भी दाख़िल हो जाया करता था। वैसे तुम जानते हो कि मैं अच्छा बोल सकता हूँ, यूनिवर्सिटी-यूनियन का एक साल प्रेसीडेंट भी रहा हूँ। मुक़दमों की पैरवी भी कुछ-कुछ कर लेता था, लेकिन एकबारगी बिना जान-पहचान के मेरे पास अधिक मुक़दमे कैसे आने लगे, यह मेरे लिए एक पहेली थी।"

"एक बात और। मुझे कितना मेहनताना मिलता है, मुझे इस बात का भी पता न था। मेहनताने का रजिस्टर मुंशी हरसहाय के पास रहता था और मेहनताने की रक़म भी उनके पास जमा हो जाती थी। रोज़ रात के समय मेहनताने का रजिस्टर और मेहनताने की रक़म मुंशी हरसहाय बाबू बिन्देश्वरीप्रसाद के यहाँ जमा कर देते थे। इकत्तीस जनवरी को बाबू बिन्देश्वरीप्रसाद ने मुझे बुलाकर मेरे मेहनताने की रक़म मुझे दे दी। वह रक़म थी नौ सौ पचास रुपए। मैं उस दिन कितना प्रसन्न था !"

"दूसरे महीने मुझे ग्यारह सौ मिले, तीसरे महीने एक हजार और अप्रैल के अन्त में बारह सौ।"

"ये सब मुक़दमे बाबू बिन्देश्वरीप्रसाद की अदालत के होते थे क्या ?" नवल ने पूछा।

"नहीं, धीरे-धीरे दूसरी अदालतों के मुक़दमे भी मिलने लगे थे मुझे। मैंने कहा कि मैं मेहनत कर सकता हूँ, बोल सकता हूँ। फिर बाबू बिन्देश्वरीप्रसाद ने फ़ैज़ाबाद के सब अफ़सरों से मेरा परिचय भी करा दिया था।"

"तब फिर फ़ैज़ाबाद छोड़कर आने की ऐसी क्या बात आ पड़ी ?" नवल ने पूछा।

"वही बतलाता हूँ। मुझे आश्चर्य होता है कि कुछ बड़े महत्त्वपूर्ण मुक़दमों में बहुत बड़े वकीलों के साथ मेरा वकालतनामा भी दाख़िल हो जाया करता था, गोकि मुझे उन मुक़दमों में सिवा अदालत में खड़े हो जाने के और कुछ नहीं करना पड़ता था। परसों एकाएक मुझे अपने मेहनताने का रजिस्टर हाथ लग गया; मुंशीजी अपना बक्स खुला छोड़कर किसी अदालत का काग़ज़ात दाख़िल करने चले गए थे। उस रजिस्टर को देखते ही मैं चौंक उठा। नवल, जानते हो इन चार महीनों में मेरी आमदनी क़रीब तेरह-चौदह

हज़ार हुई थी !"

नवल चौंक उठा, "चार महीनों में चौदह हज़ार ! इसके माने हैं साढ़े तीन हज़ार रुपया महीना। और तुम्हारे हाथ लगे कुल चार हज़ार !"

"जी हाँ, कुल चार हज़ार। और मुंशीजी को मिले तीन हज़ार; यानी एक बेऔक़ात मुंशी, उसकी आमदनी भी सात-आठ सौ रुपए महीने की थी।"

"और बाक़ी रुपया ?" नवल ने पूछा।

"बाकी रुपया बाबू बिन्देश्वरीप्रसाद को मिला। अब भी नहीं समझे ? मेरे ज़रिए से बाबू बिन्देश्वरीप्रसाद रिश्वत लेते थे—ऐसी रिश्वत, जो पकड़ में न आ सके। उस रिश्वत के दलाल थे मुंशी हरसहाय, और मैं बेवकूफ़ एक साधन। अब मैं समझा कि मैं कहाँ हूँ, यह मुंशी क्यों मेरा सरपरस्त बन गया ! और मुझे लगा कि मैं शैतानों के फ़न्दे में आ पड़ा। परसों दोपहर से ही एक अजीब तरह की ग्लानि भर गई मेरे अन्दर। और मैंने यह तय किया कि मुझे इन लोगों का साथ छोड़ देना चाहिए। आज शनिवार है, लखनऊ जाने का बहाना करके मैं आज निकल पड़ा फ़ैजाबाद से, फिर न वापस लौटने के लिए।"

"तो इसीलिए तुम अपना सब सामान ले आए हो ?" नवल ने पूछा।

"जो अपना था वह वापस ले आया हूँ, बाक़ी सामान वहीं छोड़ आया हूँ। नौकर को मैंने कल ही दो महीने की तनख्वाह पेशगी दे दी। बाबू बिन्देश्वरीप्रसाद के नाम रेल से ही एक चिट्ठी लिख दी है कि यह पाप और बेईमानी की कमाई मुझे नहीं चाहिए।"

नवल चुप रहा। यह सब सुनकर उसके दिल को धक्का लगा। प्रेमशंकर ने कुछ रुककर कहा, "नवल, मैं जानता हूँ कि बाबू बिन्देश्वरीप्रसाद तुम्हारे नज़दीकी रिश्तेदार हैं, मुझे तुम्हारे यहाँ नहीं आना चाहिए था; लेकिन फिर सोचा कि मैं तुम्हारा दोस्त हूँ। सिर्फ़ आज रात ठहरना है मुझे तुम्हारे यहाँ, कल कोई मकान किराए पर लेकर चला जाऊँगा वहाँ। बाबू बिन्देश्वरीप्रसाद को यह पता ही न लगने पाएगा कि मैं फ़ैजाबाद से आकर तुम्हारे यहाँ ठहरा था। लेकिन नवल, मैंने वैसा नीच और स्वार्थी आदमी कहीं नहीं देखा।"

"छोड़ो भी इस बात को प्रेमशंकर ! यह सब मुझसे कहकर तुमने एक भयानक पीड़ा भर दी मेरे अन्दर। लेकिन इसमें तुम्हारा कोई दोष नहीं है। दुनिया में यह सब हो सकता है; यह सब होता भी है, मैंने यह सोचा तक न था।"

"नवल, दुनिया में यही सब होता है; यह दूसरी बात है कि तुम यह न कर सको या मैं न कर सकूँ।"

सुबह नाश्ता करके ही प्रेमशंकर निकल पड़ा। उस दिन ज्ञानप्रकाश बम्बई जा रहे थे। नवल ज्ञानप्रकाश का असबाब बँधवाने लगा। प्रेमशंकर कह गया था कि वह शाम को लौटेगा। नवल ज्ञानप्रकाश को भेजने छिउकी गया, जहाँ से इलाहाबाद के यात्रियों को बम्बई जानेवाला मेल पकड़ना होता था। छिउकी में पहुँचकर नवल से न रहा गया। उसने ज्ञानप्रकाश से प्रेमशंकर का सारा क़िस्सा कह दिया।

ज्ञानप्रकाश ने गम्भीर होकर कहा, “प्रेमशंकर ने ठीक ही कहा होगा। बाबू बिन्देश्वरीप्रसाद को मैं अच्छी तरह जानता हूँ। वह सब कुछ कर सकते हैं। लेकिन यह प्रेमशंकर का तुम्हारे यहाँ आकर ठहरना अच्छा नहीं हुआ। इसमें बिन्देश्वरीप्रसाद का हम लोगों से मन-मुटाव हो सकता है। उसे आज ही तुम्हारे यहाँ से चला जाना चाहिए।”

शाम के समय प्रेमशंकर नवल के बँगले पर वापस लौटा। आते ही उसने नवल से कहा, “नवल, सिविल लाइन्स में एक बँगले का दो कमरों का हिस्सा मुझे बीस रुपए महीने पर मिल गया है। मैं वहाँ जा रहा हूँ। जगह बुरी नहीं है।”

“चाय पी लो, तब जाना,” नवल ने कहा, “और रात में खाना मेरे यहाँ ही खा लेना ! तुम्हें तो अभी गृहस्थी जमाने में कुछ समय लगेगा।”

“नहीं नवल, रात में मैं खाना खाने न आ सकूँगा। अपना सामान बंगले में रखकर मुझे शहर जाना है, बरतन वग़ैरह लेने। खाना मैं शहर में ही खा लूँगा। मकान-मालिक के नौकर ने एक नौकर आज ही मेरे लिए ठीक कर दिया है, कल सुबह वह आ जाएगा। नवल, मैं तुम्हारा बड़ा आभारी हूँ।” प्रेमशंकर ने भावना के आवेग में कहा, और चाय पीकर ताँगे पर अपना असबाब लदवाया।

विद्या का गौना जून के तीसरे सप्ताह में तय हुआ था। सिद्धेश्वरी की नियुक्ति उन्नाव ज़िले में हो गई थी, और उसे इससे पहले छुट्टी नहीं मिल सकती थी। यह तय हुआ कि सिद्धेश्वरी गौना कराके विद्या को इलाहाबाद से सीधा उन्नाव ले जाएगा। नवल को इस बात की प्रसन्नता थी कि विद्या को फ़ैज़ाबाद नहीं जाना पड़ेगा। उसे बाबू बिन्देश्वरीप्रसाद से घृणा हो गई थी।

अठारह जून को चार लड़कों के साथ सिद्धेश्वरीप्रसाद गौना कराने आए। इन लोगों को घर में ठहराया गया। सिद्धेश्वरी कुछ अस्वाभाविक रूप से गम्भीर था। शाम के समय चाय पीकर सिद्धेश्वरी ने नवल से पूछा, नवल बाबू, तुम प्रेमशंकर को जानते हो ? वह तुम्हारे साथ म्योर होस्टल में रहता था; वैसे वह उम्र में तुमसे बड़ा था, एम.ए. पास करके वकालत पढ़ रहा था।”

“हाँ, प्रेमशंकर को मैं अच्छी तरह जानता हूँ, मेरे कमरे के बग़लवाले कमरे में ही रहता था।”

नवल झूठ नहीं बोल सका, “सिविल लाइन्स में रहता है; यहाँ वकालत शुरू कर दी है उसने।”

“तो यहाँ वकालत शुरू की है आकर,” सिद्धेश्वरी ने कहा, “चलो, शाम को कुछ घूम ही आया जाए, सिविल लाइन्स की तरफ़। मुझे ज़रा प्रेमशंकर से मिलना है।” क़रीब साढ़े छह बजे दोनों सिविल लाइन्स की तरफ़ चल दिए। नवल मन-ही-मन मना रहा था कि प्रेमशंकर अपने बँगले पर न मिले। लेकिन प्रेमशंकर अपने बँगले में ही था। बरामदे में बैठा हुआ वह पढ़ रहा था। टेबल-फैन उसके सामने लगा था। सिद्धेश्वरीप्रसाद

और नवल को देखते ही वह उठ खड़ा हुआ। किताब बन्द करते हुए उसने कहा, "आइए सिद्धेश्वरी बाबू ! बहुत दिनों के बाद दिख रहे हो नवल !" और वह कमरे से दो कुरसियाँ निकाल लाया, "बैठिए, खड़े क्यों हैं आप लोग ?"

सिद्धेश्वरी बिना एक शब्द बोले कुरसी पर बैठ गया। नवल भी बैठ गया। प्रेमशंकर ने नवल से कहा, "मालूम होता है, सिद्धेश्वरी बाबू का गौना है। तुमने मुझे बतलाया ही नहीं नवल !"

अब सिद्धेश्वरी बोला, "तुम्हारे-जैसे कमीने आदमी को कौन भला आदमी अपने घर में बुलाएगा !"

प्रेमशंकर जैसे ये गाली सुनने को तैयार नहीं था, "जी हाँ, कमीनों की क़दर तो कमीनों के घर में ही हुआ करती है।" और यह कहकर उसने अपने नौकर को आवाज़ दी, "खिलावन, तीन गिलास शरबत बना लाओ !"

"शरबत की ज़रूरत नहीं है; मुझे प्यास नहीं है।" सिद्धेश्वरी ने रूखे स्वर में कहा।

प्रेमशंकर मुस्कराया, "आपको प्यास नहीं है तो इसके माने यह नहीं होते कि मुझे भी प्यास नहीं है या नवल को भी प्यास नहीं है। गरमी के दिन हैं। फिर खिलावन को बरफ़ लेने जाना है। दस-पाँच मिनट बाद शरबत आएगा। इस बीच में मुमकिन है कि आपको प्यास लग आए। आख़िर इस नाराज़गी की क्या वजह है, ज़रा मैं भी तो सुनूँ ?"

सिद्धेश्वरी ने कर्कश स्वर में कहा, "प्रेमशंकर, हज़ार रुपए महीने की आमदनी तुम्हें काटती थी जो तुम फ़ैज़ाबाद छोड़कर भाग आए ?"

"हज़ार रुपए तो मुझे नहीं काटते थे, लेकिन बेईमानी और गुलामी, ये दोनों मुझे बुरी तरह काट रहे थे।"

सिद्धेश्वरी ने व्यंग्य किया, "ओह, तुम इतने बड़े देवता हो, मुझे इसका पता नहीं था ! लेकिन यह वकालत का पेशा ही बेईमानी का है। तो यहाँ आकर तुमने वकालत छोड़ दी है क्या ?"

"नहीं सिद्धेश्वरी बाबू, यहाँ पर भी मैं वकालत ही कर रहा हूँ और काम भी मेरे पास आ रहा है। लेकिन यहाँ मैं रिश्वत लेने में किसी की मदद नहीं करता; यहाँ मेरा मुंशी मुझ पर शासन नहीं करता, यहाँ मेरा मेहनताना दूसरों के यहाँ जमा नहीं हो जाया करता।"

प्रेमशंकर की इस बात को सिद्धेश्वरी सहन नहीं कर सका। वह भड़क उठा, "तुम मेरे लालाजी को बेईमान और रिश्वतख़ोर कहते हो ! हरामख़ोर कहीं के, मैं तुम्हारा मुँह तोड़ दूँगा !"

प्रेमशंकर ने शान्त भाव से उत्तर दिया, "हरामख़ोरी की है चार महीने तक, इससे मैं इनकार नहीं कर सकता, लेकिन अब मैं हरामख़ोरी नहीं करता। और सिद्धेश्वरी बाबू, मैं तुम्हारे लालाजी को कुछ नहीं कहता; मैं उन परिस्थितियों में नहीं रह सकता हूँ और न काम कर सकता हूँ, सत्य यह है। इसीलिए मैं चुपचाप फ़ैज़ाबाद से चला आया। इस

तरह पैसा पैदा करने को मैं बेईमानी समझता हूँ और मुझे यह बेईमानी की कमाई नहीं चाहिए।"

कुछ रुककर सिद्धेश्वरी ने पूछा, "तुम फ़ैज़ाबाद से कितना रुपया लाए हो साथ ?"

"क़रीब चार हज़ार रुपया। अच्छी-ख़ासी रकम है; इलाहाबाद में इस रक़म के बल पर मेरी वकालत जम जाएगी।"

"लेकिन यह रुपया भी तो बेईमानी का है; इसे तुम वापस कर दो !"

प्रेमशंकर मुस्कराया, "एक दफ़ा मेरे मन में भी यही बात आई थी। लेकिन फिर मैंने सोचा कि फ़ैज़ाबाद में मेरा जितना अपमान हुआ है, जितना मानसिक क्लेश मुझे हुआ है, उसका कुछ मुआवज़ा तो मुझे मिलना ही चाहिए। और इस रुपए को मैंने मुआवज़े के रूप में स्वीकार कर लिया। लेकिन सिद्धेश्वरी बाबू, इसमें तुम्हारे बिगड़ने की क्या बात है ? मैं लम्बी-चौड़ी आमदनी नहीं चाहता, मैं गुलामी में रहने को तैयार नहीं हूँ तो मुझे छोड़ो ! सैकड़ों नहीं, हज़ारों आदमी मिल जाएँगे लालाजी को !"

सिद्धेश्वरी ने कहा, "प्रेमशंकर, इससे मेरी स्थिति बिगड़ गई। मैंने तुम्हारा नाम सुझाया था लालाजी को, रानी की शादी के वास्ते, और लालाजी ने मुझ पर भरोसा करके तुम्हें फ़ैजाबाद बुलवा लिया था। हम लोग रानी की तरफ़ से निश्चिन्त हो गए थे। मुझे यह पता न था कि तुम इतने कमीने निकलोगे ! रानी की चिन्ता फिर से सिर पर आ पड़ी है। लालाजी बड़े परेशान हैं।"

प्रेमशंकर ने कुछ सोचकर कहा, "सिद्धेश्वरी बाबू, जहाँ तक रानी से विवाह करने का प्रश्न है, मैं इस समय भी तैयार हूँ विवाह करने के लिए। मुझे तुम्हारा यह बँगला नहीं चाहिए, मुझे किसी भी तरह का दहेज़ नहीं चाहिए। अगर तुम लोग चाहो तो मैं इसी जून में शादी कर सकता हूँ।"

सिद्धेश्वरी ने ऐंठ के साथ कहा, "तुम्हारे-जैसे बिना औक़ातवाले कंगाल के साथ लालाजी रानी का विवाह करेंगे, होश में तो हो ?"

प्रेमशंकर का स्वर अब एकाएक कड़ा हो गया, "मैं रिश्वतख़ोर, बेईमान और बदनीयत तो नहीं हूँ, तुम लोगों की तरह ! मैंने जो वचन दिया था, एक स्वाभिमानी मनुष्य की भाँति मैं उसे निबाहने को तैयार हूँ। वैसे तुम्हारे-जैसे घृणित और पापी लोगों से सम्बन्ध जोड़ने में मुझे कोई प्रसन्नता न होगी।"

सिद्धेश्वरी पागल की भाँति उठ खड़ा हुआ, "हरामज़ादे, कमीने कहीं के, मैं तेरा मुँह तोड़ दूँगा !"

प्रेमशंकर ने भी उठते हुए कहा, "तुम मेरे घर पर आए हो सिद्धेश्वरी, नहीं तो मैं अभी तुम्हारी अक्ल दुरुस्त कर देता। ज़रा आगे बढ़ो, देखूँ, कितना जीवट है तुममें !"

नवल अब इन दोनों के बीच में आ गया। उसने सिद्धेश्वरी से कहा, "चलिए भी, आपको यहाँ आना ही नहीं चाहिए था। जो हो गया सो हो गया; उसे भूल जाइए ! इस तरह लड़ना-झगड़ना आपको शोभा नहीं देता है भला !" और सिद्धेश्वरी का हाथ पकड़कर वह फाटक की ओर बढ़ा। प्रेमशंकर ने फिर कहा, "सिद्धेश्वरी बाबू, मैं फिर

कहता हूँ कि रानी से विवाह करने के लिए मैं तैयार हूँ, अपने लालाजी को बतला दीजिए, लेकिन मैं आकर नहीं रहूँगा।"

किटकिटाकर सिद्धेश्वरी ने कहा, "तुम्हें तो नरक में रहना है, वहीं रहोगे तुम !"

विद्या उन्नाव चली गई और नवल ने अब अपना मन देश की राजनीतिक चहल-पहल में लगाया। अब उसका अधिकांश समय ज्ञानप्रकाश से देश की राजनीति पर बातें करने में बीतता था। देश-भर में दमन-चक्र चल रहा था; देश के कोने-कोने से गिरफ़्तारियों की ख़बरें आ रही थीं। नवल ने पहले कभी राजनीति पर ध्यान नहीं दिया था, अब उसे राजनीति में दिलचस्पी आने लगी।

जुलाई का महीना आ गया था, और पानी ज़ोरों के साथ बरसने लगा था। नवल को एल-एल.बी. प्रीवियस में फ़र्स्ट डिवीज़न मिला था; विद्या को भी बी.ए. में फ़र्स्ट डिवीज़न मिला था; विद्या का पत्र पिछले दिन आया था। उस पत्र में असीम यातना और पीड़ा थी। उन्नाव में सिद्धेश्वरी की एक विधवा बुआ घर का प्रबन्ध कर रही थी। घर पर उसी का शासन था। विद्या को यह अनुभव ही न हो पा रहा था कि वह घर उसका है। फिर भी विद्या धैर्य से काम ले रही थी। विद्या एक तरह से घर में बन्द रहती थी; एक डिप्टी-कलक्टर की पत्नी होते हुए भी उसे साधारण परिवार की स्त्रियों की भाँति परदे में रहना पड़ता था।

उस दिन जब वह सोकर उठा, उसका मन बड़ा उदास था। ज्ञानप्रकाश बरामदे में बैठे हुए चाय पी रहे थे और उस दिन का अख़बार पढ़ रहे थे। नवल ज्ञानप्रकाश के पास जाकर बैठ गया। उसने 'लीडर' हाथ में ले लिया था। कोई ख़ास ख़बर नहीं थी—क्रान्तिकारियों पर मुक़दमे चल रहे थे, असेम्बली में सरकारी और ग़ैर-सरकारी पक्षों में झड़पें हो रही थीं।

नवल ने पत्र रखकर ज्ञानप्रकाश की ओर देखा, "ज्ञान बाबा, क्या आप समझते हैं कि इस सबसे हिन्दुस्तान को कुछ फ़ायदा होगा ? दमन का चक्र इतने जोरों से चल रहा है; लोग बिना किसी आन्दोलन के बात-बात में जेलों में बन्द किए जा रहे हैं; और जनता चुप है !"

ज्ञानप्रकाश मुस्कराए, "हाँ नवल, लेकिन इस सबसे एक बात तो स्पष्ट हो ही जाती है कि देश की चेतना जाग उठी है। यह जो मध्यवर्ग में बेकारी बुरी तरह बढ़ रही है, यह अपना रंग दिखलाएगी ही !"

"मध्यवर्ग की बेकारी से देश की स्वतन्त्रता का क्या सम्बन्ध है बाबा, मैं समझा नहीं ?"

"बड़ी सीधी बात है नवल, तुम जानते ही हो कि देश की बानवे प्रतिशत आबादी अशिक्षित है। वह न सोच सकती है, न समझ सकती है। वह नेतृत्व चाहती है, और नेतृत्व हमेशा शिक्षित आदमियों के हाथ में रहता है। शिक्षा जिन लोगों के पास है, वे

सम्पन्न हैं; वे बड़े-बड़े ज़मींदार हैं व ऊँचे-ऊँचे पदों पर हैं। उनके हित तथा साधारण किसानों के हित एक नहीं हैं। आया समझ में ?"

"जी हाँ, यह तो स्पष्ट है।" नवलकिशोर ने कहा।

"लेकिन अब देश में हज़ारों-लाखों ऐसे युवक हैं जो शिक्षित हैं, लेकिन असम्पन्न हैं, बेकार हैं। यह क्रान्तिकारी आन्दोलन...आख़िर यह इसी बेकारी का अभिशाप है न ! बहुत दिनों तक अंग्रेज़ों ने शिक्षित लोगों की बेकारी से असन्तोष को हिन्दू-मुस्लिम प्रश्न खड़ा करके तथा हिन्दू-मुसलमानों को आपस में लड़वाकर दबाए रखा। लेकिन झूठे उपचारों से तो सत्य समस्याएँ हल नहीं हो सकतीं; आज हिन्दू-मुस्लिम भेद-भाव का प्रश्न दब-सा गया है। बेकारी और असन्तोष हिन्दू और मुसलमानों में समान भाव से हैं। और यह प्रकट होता है कि आज के घटनाक्रम से। मैं समझता हूँ कि देश की राजनीतिक स्थिति में यह सड़न अधिक दिन तक क़ायम नहीं रह सकेगी।"

"तो क्या आप समझते हैं कि अंग्रेज़ हिन्दुस्तान को और अधिक सुधार देंगे ?"

ज्ञानप्रकाश ने कुछ सोचकर कहा, "नवल, सच तो यह है कि बिना दबाव के ब्रिटिश सरकार हिन्दुस्तान को कुछ नहीं देने की। देश को एक बड़ा आन्दोलन उठाना पड़ेगा निकट-भविष्य में।"

"मुझे तो ऐसा नहीं दिखता कि देश किसी आन्दोलन के लिए तैयार है," नवल ने कहा, "हर तरफ़ एक विवशता और एक घुटन दिख रही है बाबा ! महात्मा गांधी ने पहले आन्दोलन को वापस लेकर बड़ी ग़लती की थी।"

"कौन जाने नवल ! मेरा तो ऐसा ख़याल है कि उन्होंने ठीक किया था। उस समय चेतना हमारे ग्रामों में नहीं पहुँची थी; कांग्रेस का प्रभाव केवल नगरों में था। लेकिन इन पिछले सात-आठ वर्षों में कांग्रेस ने अपनी जड़ें गाँवों में जमा ली हैं। मुट्ठी-भर शिक्षित लोगों का आन्दोलन कभी सफल नहीं हो सकता; आन्दोलन तब सफल हो सकता है जब देश की करोड़ों जनता ब्रिटिश साम्राज्य का मुक़ाबला करने को निकल पड़े।"

नवल चुप रहा। ज्ञानप्रकाश ने फिर कहा, "लेकिन नवल, इन करोड़ों आदमियों का नेतृत्व चाहिए—ईमानदार और सच्चरित्र आदमियों का सहयोग। और हमारे देश में चरित्र और ईमानदारी का बड़ा अभाव है।"

नवल ने एक ठंडी साँस ली, "आप ठीक कहते हैं बाबा !" और यह कहकर वह भी चाय पीने लगा।

एकाएक नवल चौंक उठा। उसने देखा कि प्रेमशंकर फाटक में चला आ रहा था। उसके हाथ में एक झोला था, और उसकी चाल काफ़ी तेज़ थी। वह बड़ा घबराया हुआ दिख रहा था। नवल ने उठते हुए कहा, "यह प्रेमशंकर इस वक़्त कैसे ? क्या बात है, बड़ा घबराया दिख रहा है !"

ज्ञानप्रकाश ने फाटक की ओर देखा, "तो यही हैं वह तुम्हारे दोस्त प्रेमशंकर ! यहीं बुला लो उन्हें।"

नवल ने प्रेमशंकर को आवाज़ दी, "यहाँ बरामदे में आओ प्रेमशंकर, क्या बात है ?"

प्रेमशंकर हाँफ रहा था। उसने आते ही कहा, "बड़ी मुसीबत में पड़ गया हूँ नवल ! घर से सीधा तुम्हारे यहाँ आ रहा हूँ।"

"बैठो और पहले एक प्याला चाय पियो," नवल ने प्रेमशंकर के लिए चाय का प्याला बनाते हुए कहा, "फिर बतलाओ कौन-सी मुसीबत पड़ी !"

प्रेमशंकर ने चाय का प्याला मुँह से लगाते हुए कहा, "इस चाय की बहुत सख्त ज़रूरत थी। लेकिन मेरे पास समय बहुत कम है नवल ! बात यह है कि पुलिस मेरे मकान पर किसी भी वक़्त छापा मार सकती है, मेरी गिरफ़्तारी के वारंट के साथ। बहुत सम्भव है कि उन्होंने मेरा मकान घेर भी लिया हो।"

ज्ञानप्रकाश ने आश्चर्य से पूछा, "पुलिस तुम्हारे मकान पर छापा मारेगी ? तुम्हें कैसे पता चला ?"

"बात यह है कि मेरे मामा सी.आई.डी. ऑफ़िस में क्लर्क हैं। अभी आधा घंटा पहले उन्होंने मुझे ख़बर दी है कि आज मैं गिरफ़्तार कर लिया जाऊँगा, मुझ पर कम्युनिस्ट होने का आरोप है। मेरे घर की तलाशी का भी वारंट निकला है। मैं उसी समय इस झोले में कम्युनिज़्म की किताबें लेकर घर से निकल पड़ा। नवल, इन किताबों को चाहे जला दो, या जो तुम्हारा जी चाहे करो; लेकिन जला देना ही ठीक होगा।"

ज्ञानप्रकाश ने कहा, "ओ, तो मेरठ कांस्पिरेसी केस में तुम्हारा नाम भी शामिल है ! लेकिन गिरफ़्तारियाँ तो मार्च में हुई थीं, तुम बचे कैसे रहे ! ताज्जुब की बात है !"

"मार्च के महीने में मैं फ़ैज़ाबाद में था। मैं भी ताज्जुब कर रहा था कि मेरा नाम उस वक़्त क्यों नहीं आया। वैसे कोई सक्रिय काम नहीं करता था; मैं उनकी पार्टी में शामिल भी नहीं हुआ था, लेकिन उन लोगों से मिलता-जुलता तो था ही। शायद सी. आई.डी. वालों ने मेरी कुछ खोज-खबर की हो, लेकिन उन्हें मेरा पता नहीं लग सका हो। और मैंने समझा कि बला टल गई !

नवल ने कहा, "जब तुम्हारे ख़िलाफ़ कोई सबूत नहीं है तब वे तुम्हें गिरफ़्तार कैसे कर सकते हैं !"

प्रेमशंकर बोला, "वे सब कुछ कर सकते हैं। जबकि बाबू बिन्देश्वरीप्रसाद के साले सी.आई.डी. विभाग के बहुत बड़े अफ़सर हों। सिद्धेश्वरी ने अपना बदला ले लिया नवल, लेकिन मुझे अफ़सोस नहीं है।"

ज्ञानप्रकाश चौंक उठे, "अरे हाँ, मैं तो भूल ही गया था यह बात। अब समझ में आ गया सब कुछ ! नवल, इन किताबों को अभी जलवा दो जाकर !" फिर उन्होंने प्रेमशंकर से पूछा, "तुम्हारे घर में कौन-कौन हैं ?"

"इसकी चिन्ता आप न कीजिए; मैं घर में अकेला हूँ, दुनिया में अकेला हूँ। मेरा नौकर है तो उसकी तनख्वाह देकर जाऊँगा। हाँ नवल, एक बात और है; इन किताबों

से अधिक महत्त्वपूर्ण।"

"बोलो, बिना संकोच के।" नवल ने कहा।

"मेरे पास ये साढ़े तीन हज़ार रुपए हैं—फ़ैज़ाबाद की कमाई। बैंक में मैं इन्हें जमा नहीं कर पाया, और अच्छा ही हुआ कि बैंक में जमा नहीं किए। गिरफ़्तारी के समय यह रक़म पुलिस के हाथ पड़ जाएगी। इसलिए यह रुपया अपने साथ लेता आया हूँ। तुम अपने पास रख लो, जब छूटूँगा तब तुमसे ले लूँगा। और मेरी पैरवी में भी शायद रुपयों की आवश्यकता पड़े।"

ज्ञानप्रकाश ने कहा, "प्रेमशंकर, अपनी पैरवी की तुम चिन्ता मत करो ! कांग्रेस मेरठ कांस्पिरेसी केसवालों की पैरवी करेगी। तुम्हारा यह रुपया हम लोगों के पास रहेगा, या जहाँ तुम कहो वहाँ पहुँचा दिया जाएगा।"

एक करुण मुस्कान के साथ प्रेमशंकर ने कहा, "मैं तो आपसे पहले कह चुका हूँ कि इस दुनिया में मेरा कोई नहीं है। फिर ज़िन्दगी में मुझे कोई ऐसा मिला भी नहीं, जिसे मैं अपना समझ सकता—एक नवल को छोड़कर। जिस दिन फ़ैज़ाबाद से भागा था उस दिन पहले-पहल यहीं आया था मैं, और, आज भी जेल जाने से पहले मुझे नवल का ही ध्यान आया। अच्छी बात है नवल, अब चलूँ ! जो कुछ होना है उसका मुक़ाबला करूँ चलकर !" और यह कहकर प्रेमशंकर ने सौ-सौ रुपए के पैंतीस नोट नवल के हाथ में रख दिए।

ज्ञानप्रकाश ने कहा, "प्रेमशंकर, मैं पहले कभी तुमसे मिला नहीं, मैंने तुम्हारे सम्बन्ध में नवल से केवल सुना-भर था। मैं तुम्हारी ईमानदारी, तुम्हारे साहस और तुम्हारे विश्वास पर तुम्हें बधाई देता हूँ। ठहरो, मैं भी तुम्हारे साथ चलता हूँ। अगर तुम्हारी जमानत हो सके तो उसका प्रबन्ध करूँगा।"

"नहीं ज्ञान बाबा, नवल को मैं भाई मानता हूँ, इसलिए आपको ज्ञान बाबा ही कहता हूँ। आपका मेरे साथ चलाना ठीक न होगा। एक तो मुझे ज़मानत पर छोड़ेंगे नहीं वे लोग; मेरठ कांस्पिरेसी केस का कोई भी अभियुक्त ज़मानत पर नहीं छूटा है। फिर इस मामले में अगर बाबू बिन्देश्वरी का हाथ है तो मेरे प्रति आप लोगों की सहानुभूति की ख़बर निश्चित रूप में उन्हें पहुँच जाएगी। मेरे कारण आप लोगों के पारिवारिक सम्बन्ध ख़राब हों, इससे मुझे दुख होगा।"

ज्ञानप्रकाश के मुख से अनायास ही निकल पड़ा, "प्रेमशंकर, तुम महान हो। अभी कुछ देर पहले मैंने तुम्हें केवल बधाई दी थी, अब मैं तुम्हारा अभिनन्दन करता हूँ। चलो, हम लोग तुम्हें फाटक तक तो पहुँचा ही दें। कुछ सवारी है साथ में ?"

"जी नहीं, इक्का मैंने चौराहे पर ही छोड़ दिया था, और चौराहे पर जाकर इक्का ले लूँगा।"

फाटक पर प्रेमशंकर को पहुँचाकर ज्ञानप्रकाश और नवल आकर बरामदे में बैठ गए। थोड़ी देर तक दोनों चुपचाप बैठे रहे। फिर एक ठंडी साँस लेकर नवल ने कहा, "बाबा, सिद्धेश्वरी प्रेमशंकर को धमकी दे गए थे, जब वह विद्या का गौना कराने आए

थे। कुल पन्द्रह दिन हुए और इतनी जल्दी यह सब हो गया !"

"इसमें ताज्जुब की क्या बात है ? लेकिन सिद्धेश्वरी भी इतनी नीचता पर उतर आएगा, यह मैंने नहीं सोचा था।"

थोड़ी देर बाद ज्ञानप्रकाश उठ खड़े हुए। उनके मुख पर एक मुस्कान थी; उनकी आँखों में चमक थी, "नवल, हमारा देश स्वतन्त्र हो जाएगा, आज मुझे विश्वास हो गया; हमें अपने संघर्ष में सफलता मिलेगी।"

"यह कैसे कह रहे हैं आप ?" नवल ने पूछा।

"यह बिलकुल स्पष्ट है। जिस देश में तुम्हारे और प्रेमशंकर जैसे निष्ठावान, चरित्रवान और साहसी नवयुवक पैदा होने लगें, उस देश को कोई भी शक्ति गुलामी में बाँधकर नहीं रख सकती।" और ज्ञानप्रकाश का स्वर तेज़ हो गया, जैसे वह पागलपन में भरकर कोई बात कह रहे हों, "नवल, हमें स्वतन्त्रता पाने से कोई नहीं रोक सकता, कोई नहीं रोक सकता !"

5

नवल आईने के सामने खड़ा था और अपनी शक्ल देखकर प्रसन्न हो रहा था। उसने शाम के समय दुबारा शेव किया था; शेव के बाद उसने शावर-बाथ लिया था। उसने पापलीन की कमीज़ निकाली और उसमें सोने के वे बटन लगाए, जो उसके पिता लगाया करते थे। सबसे नए फ़ैशनवाली टाई उसने बाँधी और फिर चाइना सिल्कवाला अपना सबसे अच्छा सूट पहना। उसे उषा के जन्म-दिन की पार्टी में जाना था।

इधर उषा के यहाँ उसका आना-जाना बढ़ गया था, क्योंकि उसके न जाने पर उषा शिकायत करने लगती थी, मान करने लगती थी। इसके अलावा उषा का सौन्दर्य अब काफ़ी निखर आया था; प्रायः छह महीने यूरोप में रहने के बाद उषा में वह कुछ आ गया था जो नवल को बहुत प्यारा था।

वैसे उषा के जन्म-दिवस पर कोई विशेष उत्सव नहीं मनाया जाता था; घरवाले मिल-जुलकर खाना-पीना कर लेते थे, और अकसर नवल उन उत्सवों पर पहुँच जाता था। लेकिन इस बार उषा के जन्म-दिन के उत्सव में सम्मिलित होने का निमन्त्रण-पत्र उसे मिला था। साढ़े छह बजे का समय दिया गया था, चाय के लिए साढ़े छह बजे रायबहादुर कामतानाथ के अतिथि एकत्रित होंगे।

उषा अठारह साल पूरे करके उन्नीसवें वर्ष में प्रवेश कर रही है। नवल भी बीस

वर्ष का हो चुका है। फ़र्क़ इतना है कि जहाँ नवल चौबीस-पच्चीस वर्ष का हृष्ट-पुष्ट युवक दिखता है, वहाँ उषा पन्द्रह-सोलह साल की छरहरे बदनवाली बालिका लगती है।

नवल ने घड़ी देखी, पाँच बज चुके थे। नवल को समय से कुछ पहले पहुँचना चाहिए, उषा नवल से यह आशा करती होगी और नवल ने अपनी साइकिल उठाई।

बरसात समाप्त हो चुकी थी। वातावरण स्वच्छ और निर्मल था। लेकिन धूप में तपन थी। जिस समय नवल रायबहादुर कामतानाथ के यहाँ पहुँचा, उसने यह अनुभव किया कि समय से प्रायः पौन घंटा पहले पहुँचकर उसने ग़लती की। लेकिन ग़लती तो हो चुकी थी। उषा अपनी सहेलियों के साथ दीवानख़ाने में बैठी थी; गाना-बजाना हो रहा था। रायबहादुर कामतानाथ दीवानख़ाने के दूसरे कोने में दो-एक आदमियों के साथ बातें कर रहे थे।

नवल ने उषा से उसके जन्म-दिवस की शुभकामनाएँ प्रकट कीं और उषा की सहेलियाँ एक स्वर में नवल से मज़ाक करने लगीं। उषा की सहेलियों में अधिकांश उसकी सहपाठिनें थीं, और उनमें कुछ काफ़ी तेज़ क़िस्म की भी थीं। नवल वहाँ से भागा; उसे ऐसा लगा कि उषा भी उस मज़ाक में पूरा योग दे रही है। वह आकर कामतानाथ के छोटे लड़के सीतानाथ के पास बैठ गया। सीतानाथ नवल से क़रीब चार-पाँच साल बड़ा था, लेकिन वह अपने पिता का सब काम-काज सँभाल रहा था। सीतानाथ का मन पढ़ने में कभी लगा ही नहीं और इसलिए इंटरमीडिएट पास करके वह अपने पिता के साथ काम-काज में लग गया था। अपने पुश्तैनी पेशे फ़ौज में ठेकेदारी के अलावा सीतानाथ ने इलाहाबाद में दो आरे लगवा दिए और मध्य प्रदेश की सागौन का थोक व्यापार शुरू कर दिया। सीतानाथ अपने पिता की ही भाँति लम्बा-चौड़ा आदमी था—उतनी ही ऊँची आवाज़, बात करने का वैसा ही लहज़ा। सीतानाथ अपने पिता से कुछ हटकर अकेला बैठा सिगरेट पी रहा था। नवल के आते ही उसने कहा, “कहो नवल, बहुत दिन के बाद दिखाई दिए, सिगरेट तो तुम पीते नहीं। सुना है, तुम यूनियन के प्रेसीडेंट हो गए हो ! बधाई !”

नवल मुस्कराया, “अरे सीतानाथ भाई साहेब, इसमें बधाई की क्या बात ! दोस्तों ने ज़ोर दिया तो चुनाव में खड़ा हो गया। सोचा, एल-एल.बी. पास करना तो आसान है, ज़्यादा पढ़ना-लिखना है नहीं, तो यूनिवर्सिटी की राजनीति का ही मज़ा क्यों न लिया जाए ?”

“हाँ, फिर जब फ़र्राटे के साथ बोल सकते हो, शक्ल-सूरत अच्छी पाई है, पढ़ने-लिखने में तेज़ हो। लेकिन यह वकालत पढ़ना क्या शुरू कर दिया ! गौरी भाई साहेब को देखते हो न, मुश्किल से सत्तर-अस्सी रुपए महीना कमाते हैं ! मैं कहता हूँ कि यह नौकरी और वकालत दोनों बेकार हैं। यह ज़माना जो तिजारत का है। लाखों का वारा-न्यारा होता है इसमें। मुझको ही लो, इस साल मैंने डेढ़ लाख रुपए पैदा किए हैं।”

“क्या कहने हैं आपके सीतानाथ भाई साहेब ! लेकिन गौरी भाई साहेब कहते थे

कि आप अफ़सरों की बड़ी गहरी खुशामद करते हैं; क्या यह ठीक है ?"

सीतानाथ हँस पड़ा, "अरे नवल, मौक़ा पड़ने पर गधे को भी बाप बनाया जाता है, यह कहावत सुनी है तुमने ? यह ठेकेदारी, यह तिजारत...बिना खुशामद और रिश्वत के कहीं चलते हैं ये सब ? कौन अफ़सर है जो रिश्वत नहीं लेता, चाहे अंग्रेज़ हो चाहे हिन्दुस्तानी ! लेकिन रिश्वत देना और खुशामद करना, यह एक हुनर है। बड़े-बड़े कर्नल और बिग्रेडियरों को मैं रिश्वत देता हूँ, और मज़ा यह है कि वे लोग इसे रिश्वत समझते ही नहीं, क्योंकि वहाँ मेरी खुशामद काम करती है।"

नवल को सीताराम की बातचीत कुछ मज़ेदार लगी—अजीब-सी। उसने पूछा, "अच्छा सीतानाथ भाई साहेब, क्या आप समझते हैं कि हरेक आदमी को रिश्वत दी जा सकती है ?"

"जी हाँ, हरेक आदमी को रिश्वत दी जा सकती है, लेकिन इसके साथ इतनी खुशामद हो कि वह तुम्हें अपना सगा समझे और उस रिश्वत को रिश्वत न समझकर भेंट समझे। तो नवल, हरेक आदमी यह नहीं कर सकता, यह सीखना पड़ता है।"

इस समय धीरे-धीरे अतिथि आने आरम्भ हो गए थे। गौरीनाथ अतिथियों का स्वागत कर रहा था। कामतानाथ अब लोगों से घिर गए थे। अतिथियों में हाईकोर्ट वकील, कुछ बड़े-बड़े अफ़सर, कुछ यूनिवर्सिटी के प्रोफ़ेसर तथा इन लोगों के परिवारवाले थे। उषा की कुछ सहपाठिनें भी आई थीं।

कामतानाथ ने आवाज़ लगाई, "क्यों जी नवल, ज्ञानप्रकाशजी नहीं आएँगे क्या ?"

नवल इस समय तक सीतानाथ की बातचीत से ऊब गया था। वह उठकर कामतानाथ के पास पहुँचा, "जी, वह आज रात को लखनऊ जा रहे हैं, वहाँ ए.आई. सी.सी. की मीटिंग हो रही है न ! चार-पाँच दिन पहले उन्हें जाना पड़ रहा है। उन्होंने बड़ी-बड़ी माफ़ी माँगी है।"

लक्ष्मीकान्त मुस्कराए, "सुना रायबहादुर साहेब, इस साल लाहौर-कांग्रेस का प्रेसिडेंट महात्मा गांधी जवाहरलाल नेहरू को बनाना चाहते हैं। भला बतलाइए, अरे साहब खुद नहीं बनना चाहते तो न बनें, लेकिन लौंडे को, महज़ इसलिए कि वह मोतीलाल नेहरू का बेटा है, प्रेसिडेंट बना रहे हैं। हिमाक़त की भी हद होती है!"

लक्ष्मीकान्त वर्मा, बार-एट-लॉ, क़रीब चालीस साल के आदमी थे और इलाहाबाद हाईकोर्ट के अच्छे वकीलों में उनकी गणना होती थी। जवाहरलाल के प्रति लक्ष्मीकान्त के ये उद्गार प्रोफ़ेसर शंकर को अच्छे नहीं लगे, उन्होंने कहा, "मिस्टर, लक्ष्मीकान्त, आप जवाहरलाल की महत्ता को, देश में जवाहरलाल के स्थान को समझते नहीं। जवाहरलाल को लाहौर-कांग्रेस का सभापति महात्मा गांधी इसलिए बनाना चाहते हैं कि वह उठते हुए नवीन भारत का प्रतीक है। इस चरित्रहीन और पतित देश में जो त्याग और बलिदान की भावना जाग रही है, जवाहरलाल उसका अधिनायक है। देश को नवयुवकों का नेतृत्व चाहिए; जवाहरलाल देश के नवयुवकों का नेता है।"

प्रोफ़ेसर शिवशंकर प्रयाग विश्वविद्यालय में राजनीति के प्रधान थे। उनकी

अन्तर्राष्ट्रीय ख्याति थी। लक्ष्मीकान्त को प्रोफ़ेसर शंकर की यह बात अखर गई। तैश में आकर वह बोले, "नवयुवकों का नेता ! न जाने कितने नवयुवक नेता मारे-मारे घूम रहे हैं ! उन्हें कोई कौड़ी के मोल भी नहीं पूछता। गांधी ने पीठ पर हाथ रख दिया तो जवाहरलाल बन गया। देखना है, कितने तीसमारखाँ हैं !"

प्रोफ़ेसर शंकर हँस पड़े, "मैं यह मानता हूँ कि गांधी ने जवाहरलाल को बनाया है, लेकिन मैं यह भी जानता हूँ जवाहरलाल ने गांधी को बनाया है। बात आप लोगों को कुछ अजीब-सी लगेगी, लेकिन यह सत्य है। गांधी, अपने समस्त अनुभवों और अपने दर्शन के साथ एक स्थापित और प्रभावशाली व्यक्तित्व है, जबकि जवाहरलाल अनुभवहीन है, अविकसित है। लेकिन जवाहरलाल देश की नवीन चेतना का नेता है। जो त्याग और बलिदान गांधी का दर्शन चाहता है वह त्याग और बलिदान जवाहर में अपनी चरम सीमा में है। यही नहीं, जवाहरलाल में कार्यशीलता है, उदारता है और सन्तुलन है, शायद गांधी से अधिक। गांधी सफल इसलिए हैं कि जवाहर उसके साथ हैं।"

लक्ष्मीकान्त इस बात का कुछ कठोर और अप्रिय उत्तर देना चाहते हैं, कामतानाथ ने यह ताड़ लिया। उन्होंने हँसते हुए कहा, "अजी, कहाँ जवाहरलाल और कहाँ गांधी, यानी कहने का मतलब यह कि जवाहरलाल जवाहरलाल है, गांधी गाधी है; लेकिन साहेब, अगर गांधी ने सभापति बनने से इनकार कर दिया तो दूसरा नाम वल्लभभाई पटेल का है। उन्हें पाँच वोट मिले हैं; जवाहरलाल को तो कुल दो मिले हैं। फिर जवाहरलाल कैसे हो सकते हैं; होना चाहिए वल्लभभाई पटेल को !"

नवल अब बोला, "ज्ञान बाबा कहते हैं कि गांधीजी जैसा चाहेंगे और जो चाहेंगे वह होगा; सरदार वल्लभभाई पटेल गांधी की मरज़ी के ख़िलाफ़ किसी हालत में नहीं जाएँगे। फिर जवाहरलाल के पक्ष में हिन्दू-मुसलमान दोनों हैं।"

प्रोफ़ेसर शंकर ने कहा, "नवल, ज्ञानप्रकाश ने जो कहा वह उनका मत है। जहाँ तक मैं समझता हूँ, गांधी निकट-भविष्य में कोई बहुत बड़ा आन्दोलन उठाना चाहते हैं। उस आन्दोलन में देश के नवयुंवकों की आवश्यकता होगी और इसलिए वह जवाहरलाल के हाथ में कांग्रेस का नेतृत्व सौंप रहे हैं। गांधी तो कांग्रेस के एकमात्र नेता हैं ही।"

बातचीत में काफ़ी गरमी आ गई थी, और लोग अब एक दल में मिलकर बैठ गए थे। इसी समय गौरीनाथ ने एक युवक के साथ कमरे में प्रवेश किया। इनके आने के साथ ही सब लोगों की आँखें उधर उठ गईं। रायबहादुर कामतानाथ ने उठते हुए गौरीनाथ के साथवाले युवक का स्वागत किया, "आइए मिस्टर राजेन्द्रकिशोर, क़रीब एक साल बाद आपसे मुलाक़ात हुई !" यह कहकर राजेन्द्रकिशोर का परिचय वहाँ उपस्थित सब लोगों को दिया, "मिस्टर राजेन्द्रकिशोर श्रीवास्तव, आई.सी.एस., पारसाल जब मैं इंग्लैंड गया था तो वहाँ इनसे मुलाक़ात हुई; वहाँ आई.सी.एस. की ट्रेनिंग पा रहे थे।" और फिर उन्होंने वहाँ बैठे हरेक व्यक्ति का परिचय राजेन्द्रकिशोर को दिया।

राजेन्द्रकिशोर मँझोले क़द और इकहरे बदन का साँवला-सा युवक था, लेकिन

उसके चेहरे पर बुद्धिमानी और प्रतिभा स्पष्ट रूप से झलक रहे थे। वह लिनन का सूट पहने था और उसकी चाल में एक प्रकार का आत्म-विश्वास था। राजेन्द्रकिशोर स्वल्पभाषी था। इन सब लोगों से उसने कुछ थोड़ी-सी नपी-तुली बात की। फिर उसने नवल से कहा, "आपकी बाबत मैंने उषा से काफ़ी सुना था। चलिए उसे शुभकामनाएँ तो दे दूँ उसकी वर्षगाँठ पर !"

"हाँ-हाँ, उषा आपका इन्तज़ार कर रही है। मैंने सुबह बतला दिया था उसे कि आप आए हैं।" गौरीनाथ ने कहा और राजेन्द्रकिशोर के साथ वह उषा की ओर बढ़ा। नवल का हाथ राजेन्द्रकिशोर के हाथ में था, इसलिए नवल को भी उधर बढ़ना पड़ा।

उषा टकटकी लगाए उन लोगों की ओर देख रही थी। राजेन्द्रकिशोर को देखते ही वह उठ खड़ी हुई। मुस्कराते हुए उसने कहा, "तो आप विलायत से लौट आए आख़िर !"

राजेन्द्रकिशोर भी मुस्कराया, "हाँ, एक महीना हुआ है मुझे आए हुए। कानपुर में मेरी पोस्टिंग हुई है। आते ही काम-काज में फँस गया। यह मेरा भाग्य था कि आपके जन्म-दिवस के अवसर पर ही मुझे इलाहाबाद आना पड़ा।" फिर उसने कहा, "आपके जन्म-दिवस पर मेरी अनेक-अनेक शुभकामनाएँ ! आप बड़ी सुन्दर दिख रही हैं !"

उषा शरमाकर लाल हो गई और उसने अपना मुँह छिपा लिया। राजेन्द्रकिशोर इन लोगों के साथ पुरुषों के दल में लौट आया।

उस कमरे में लोग दलों में विभक्त बैठे थे, स्त्रियों का एक दल था और पुरुषों का दूसरा दल था। इन दलों के भी उपविभाजन हो गए थे। युवतियों का एक दल था, माताओं का दूसरा दल था। इसी प्रकार युवकों का एक दल था और वयस्कों का दूसरा दल था। कुछ युवतियाँ माताओं और वृद्धाओं के दल में सम्मिलित थीं। इसी प्रकार कुछ माताएँ भी अपने को युवतियाँ समझती हुई और युवतियों में हँसी-मज़ाक कर रही थीं। राजेन्द्रकिशोर ने नवल से पूछा, "उषा ने बतलाया था कि आप आई.सी.एस. होने का प्रयत्न करने के लिए लन्दन जानेवाले थे, लेकिन अपने पिता की मृत्यु के कारण रुक गए। तो इस वर्ष भी आप नहीं गए ?"

नवल ने उत्तर दिया, "जी, मैंने इरादा छोड़ दिया है। यहाँ एल-एल.बी. का फ़ाइनल कर रहा हूँ। सोचता हूँ कि स्वतन्त्र रहकर राजनीति में भाग लूँ।"

नवल ने देखा कि राजेन्द्रकिशोर से बात करने को वहाँ सभी लोग उत्सुक हैं। गौरीनाथ ने पूछा, "क्यों मिस्टर राजेन्द्रकिशोर, इस समय देश की जो स्थिति है उस पर आपकी क्या राय है ?" और इसके पहले कि राजेन्द्रकिशोर कोई उत्तर दे, लक्ष्मीकान्त बार-एट-लॉ उसके पास आकर बोले, "कानपुर में मेरे भाई रमाकान्त सब-जज हैं, उनसे तो आप मिले ही होंगे !"

नवल उठ खड़ा हुआ—चुपचाप। कुछ दूर हटकर वह दीवार पर लगे चित्रों को देखने लगा। लेकिन उसका ध्यान राजेन्द्रकिशोर की ओर था। उसने देखा कि वहाँ पर उपस्थित हरएक व्यक्ति राजेन्द्रकिशोर से बात करना चाहता है। साढ़े छह बज रहे थे। कामतानाथ

ने उठकर कहा, "चाय तैयार है। आप सब लोग पहले चाय पी लीजिए !"

अठारह मोमबत्तियाँ जिस पर लगी थीं, ऐसा एक बहुत बड़ा केक मेज़ पर रखा हुआ था। उषा ने वह केक काटा, और फिर उसने उस केक का एक-एक टुकड़ा हरएक अतिथि को दिया। उषा ने नवल को भी एक टुकड़ा दिया और नवल ने चुपचाप वह टुकड़ा ले लिया। वह उषा को धन्यवाद का शिष्टाचार भी भूल गया था; बुरी तरह उलझ गया था अपने में वह ! उस समाज में वह अपने को एक बाहरी आदमी की भाँति अनुभव कर रहा था—उस समाज में, जो कुछ दिन पहले तक उसका निजी समाज था, जिसका हरेक व्यक्ति उसका जाना-पहचाना था। लेकिन उस समय उसे लग रहा था कि वह उन लोगों से दूर, बहुत दूर, हट आया है और फिर से उसका उस ओर लौटना असम्भव है। उस समाज में कितना बनावटीपन था, कितना आडम्बर था, कितना दिखावा था !

पार्टी समाप्त होते ही नवल बिना किसी से कुछ कहे-सुने वहाँ से चला आया। किसी ने उसे रोका नहीं, किसी ने उससे कुछ कहा नहीं।

इस पार्टी के बाद नवल का रायबहादुर कामतानाथ के यहाँ आना-जाना बहुत कम हो गया। नवल को यूनिवर्सिटी-यूनियन के कामों से ही फ़ुरसत नहीं मिलती थी; उस तरफ़ उषा का आग्रह भी कुछ ठंडा पड़ गया था। यूनिवर्सिटी-कन्वोकेशन के दिन निकट आ रहे थे, और नवल यूनिवर्सिटी के काम-काज में बुरी तरह व्यस्त था।

लार्ड इरविन ने विलायत से लौटकर 31 अक्टूबर, 1929 को जो घोषणा की उसकी चारों ओर चर्चा हो रही थी। यूनिवर्सिटी-यूनियन में कन्वोकेशन-सप्ताह में जो वाद-विवाद होनेवाला था, उसका विषय रखा गया था, "क्या औपनिवेशिक स्वराज्य से देश की समस्याएँ हल हो सकती हैं ?" नवल इस विषय पर अपना भाषण तैयार कर रहा था। विषय कठिन था। नवल ने इस विषय पर ज्ञानप्रकाश से परामर्श करना अत्यावश्यक समझा।

ज्ञानप्रकाश को उसने सुबह-सुबह पकड़ा, जब वह नाश्ता करके कांग्रेस-कमेटी के दफ़्तर के लिए निकल रहे थे। ज्ञानप्रकाश बैठ गए। उन्होंने नवल को अपने विचार बता दिए। एकाएक ज्ञानप्रकाश को कुछ बात याद आ गई। उन्होंने नवल से कहा, "अरे हाँ नवल, तुम्हें मालूम है कि यहाँ इलाहाबाद में 16 नवम्बर को सर्वदल-सम्मेलन हो रहा है ? कांग्रेस वर्किंग कमेटी की बैठक उन दिनों यहाँ हो रही है। उसमें इस विषय पर बहुत महत्त्वपूर्ण बातें होंगी।"

"जी हाँ ज्ञान बाबा, लेकिन उसमें आने का मौक़ा मुझे कैसे मिलेगा ?" नवल ने पूछा।

"वही कहना चाहता था मैं। सर्वदल-सम्मेलन में देश के कोने-काने से लोग आ रहे हैं। हमें शिक्षित और सुसंस्कृत वालंटियरों की आवश्यकता है। क्या तुम यूनिवर्सिटी के

क़रीब पन्द्रह-बीस विद्यार्थियों को वालंटियर बना सकते हो ?"

नवल ने उत्साह के साथ कहा, "वाह ज्ञान बाबा, बड़े मज़े में ! आपने मुझसे पहले क्यों नहीं कहा ? कल शाम तक मैं आपको इन वालंटियरों की सूची दे दूँगा। लेकिन क्या इन वालंटियरों की कोई वर्दी भी होगी ?"

ज्ञानप्रकाश ने कुछ सोचकर उत्तर दिया, "वर्दी तो कोई ख़ास नहीं सोची है, लेकिन खद्दर का कुरता, खद्दर की धोती या पैजामा, और गांधी-टोपी, यह होना चाहिए। हाँ, सरदी कुछ पड़ रही है, तो पट्टू की सदरी भी हो जाए तो अच्छा हो। ऐसे स्टूडेंट्स हों जो यह ख़र्चा बरदाश्त कर लें; पाँच-छह रुपए में यह पोशाक हो जाएगी।"

सर्वदल-सम्मेलन हुआ, लेकिन बड़े निराशाजनक वातावरण में। वायसराय की घोषणा पर ब्रिटिश पार्लमेंट में जो-जो बातें की गईं तथा मंत्रियों द्वारा जिस प्रकार उस घोषणा का स्पष्टीकरण किया गया, उससे देश का नवयुवक ब्रिटिश शासकों की छल-कपट भरी नीति का शिकार बनने की तैयार नहीं था। उसमें उमंग थी, उत्साह था, संघर्ष के प्रति मोह था, प्राणों की बाज़ी लगाने का शौक था। इस नवयुवक-समुदाय का नेतृत्व जवाहरलाल नेहरू और सुभाषचन्द्र बोस के हाथ में था।

नवल ने यह सब देखा; उसके अन्दरवाली चेतना ने करवट ली। उसने अनुभव किया कि संघर्ष अनिवार्य है और उसे भी आगे चलकर उस संघर्ष में भाग लेना पड़ेगा। धीरे-धीरे नवल की विचारधारा सक्रियता की ओर बदलती जा रही थी, बिना उसके जाने।

नवम्बर का अन्तिम सप्ताह आ गया था और सरदी बढ़ गई थी। ज्वालाप्रसाद ने परिवार के लिए ऊनी कपड़ों, लिहाफों और गद्दों की व्यवस्था की। उन्होंने नवल को बुलाकर कहा, "नवल बेटा, पारसाल तो विद्या के विवाह के कारण तुम्हारे कपड़े मैं नहीं बनवा सका। देख रहा हूँ कि तुम्हारे कपड़े पुराने हो गए हैं और फटने लगे हैं। इस साल तुम एक सर्ज का सूट सिला लो, और कुछ कमीज़ें तथा पैजामे भी बनवा लो।" यह कहकर ज्वालाप्रसाद ने नवल के हाथ में रुपए रख दिए।

नवल ने कहा, "बाबा, कपड़े मैं अपने मन के बनवाऊँगा। आपको इसमें कोई आपत्ति तो नहीं होगी ?"

ज्वालाप्रसाद ने उत्तर दिया, "नवल, आज की दुनिया ही अपने मन से चल रही है; आपत्ति करने से होता ही क्या है ! तो मैं सब कुछ तुम पर छोड़ देता हूँ, कपड़े तुम्हें पहनने हैं, मुझे नहीं।"

नवल रुपए लेकर बाज़ार की ओर चल दिया। वह सोच रहा था तेज़ी के साथ। अनायास ही उसने देखा कि वह खद्दर-भंडार में खड़ा है। उसे अपने ऊपर आश्चर्य हुआ। एक बार उसकी इच्छा हुई कि वह वहाँ से चल दे, लेकिन उसके पैर नहीं उठे। उसने पट्टू निकलवाया ! एक थान में एक कोट और एक सदरी बनेगी, दुकानदार ने उसे बतलाया; इतनी ही उसे आवश्यकता भी थी। और खादी के दो थान उसने लिए—छह कुरते, दो पैजामे। उसने चार धोतियाँ भी लीं। फिर उसने देखा कि उसके

पास अभी बीस रुपए बाक़ी हैं। दुकानदार ने पूछा, "क्या कपड़े सिलवाएगा भी ? दरज़ी दुकान में है। सिलाई में कुल दस रुपए लगेंगे।" नवल ने कपड़े सिलने को दे दिए।

नवल खद्दर-भंडार से कांग्रेस-कमेटी में ज्ञानप्रकाश के यहाँ गया। कांग्रेस की विज्ञप्तियाँ निकलवाकर ज्ञानप्रकाश चाय पी रहे थे। नवल को देखते ही उन्होंने पूछा, "आज कांग्रेस-कमेटी की तरफ़ कैसे घूम पड़े नवल ! बैठो चाय पी लो ! कुछ काम है मुझसे ?"

नवल ने बैठकर अपने लिए चाय बनाई, "ज्ञान बाबा, एक बहुत बड़ा क़दम उठा लिया है मैंने।"

"वह तो तुम्हारी गम्भीर मुद्रा को देखते ही पता चल रहा है। बोलो, क्या कर डाला ?"

"मैंने आज से खद्दर पहनना आरम्भ कर दिया है। बाबा ने सर्ज के सूट के लिए पचास रुपए दिए थे, तो मैं उनसे खद्दर के कपड़े बनने दे आया हूँ। चालीस रुपयों में छह कुरते, दो पैजामे, चार धोतियाँ, एक पट्टू का कोट और एक पट्टू की सदरी, छह गांधी-टोपियाँ ! इसमें सिलाई भी शामिल है—बड़ा सस्ता है यह सब !"

ज्ञानप्रकाश ने गम्भीर होकर कहा, "यह तो ठीक है, लेकिन पहले तुम्हें एल-एल.बी. पास कर लेना चाहिए। याद रखना, जब तक तुम वकालत नहीं पास कर लेते, तब तक मैं तुम्हें सक्रिय राजनीति में नहीं आने दूँगा। नहीं तो भैया मुझे ही दोष देंगे।"

"आप विश्वास रखिए, सक्रिय राजनीति में अभी आने की मेरी तनिक भी इच्छा नहीं है, लेकिन मैं खद्दर पहनना तो शुरू कर सकता हूँ।"

"हाँ, लेकिन सी.आई.डी. की आँखों में चढ़ जाओगे; यह ख़तरा मौजूद है। ख़ैर, जब तक तुम कोई सक्रिय काम नहीं करते, तब तक पुलिस तुम्हारा कुछ बिगाड़ नहीं सकती, और तुम्हें सरकारी नौकरी करनी नहीं है।"

दिसम्बर के आरम्भ होते ही सरदी ने ज़ोर पकड़ लिया। शनिवार की शाम को रायबहादुर कामतानाथ ज्वालाप्रसाद से मिलने आए। उस दिन रायबहादुर कामतानाथ काफ़ी गम्भीर थे। ज्वालाप्रसाद ने कामतानाथ को ड्राइंग-रूम में बिठाते हुए कहा, "क्या बात है रायबहादुर साहेब, आज आप बड़े गम्भीर हैं ?"

"कुछ नहीं, यों ही काम-काज की परेशानी समझिए। सीतानाथ ने काम बेतहाशा फैला लिया है। मुझे भी दौड़-धूप करनी पड़ती है। आज दिन-भर काम करता रहा। तो सोचा कि आज आपसे ही मिल जाऊँ, बहुत दिनों से आपसे मुलाक़ात नहीं हुई थी।"

ज्वालाप्रसाद ने भीखू से चाय लाने को कहा; फिर कामतानाथ से बोले, "हाँ, रायबहादुर साहेब, कारोबार में मेहनत तो करनी ही पड़ती है, लेकिन ऐसा भी कारोबार क्या, जो सिर पर मुसीबत बनकर खड़ा हो जाए !"

"डिप्टी साहेब, यह ज़िन्दगी ही मुसीबत है। सोचा था कि काफ़ी पैदा कर चुके हैं हम लोग, आठ मौज़े ख़रीद लिए हैं, शहर में पाँच बँगले हैं। लेकिन यह सीतानाथ, इससे बैठा ही नहीं जाता। ज़मीन-जायदाद गौरी की देखभाल में करके और कारोबार सीतानाथ

को सौंपकर मैं निश्चिन्त हो गया था; लेकिन यह सीतानाथ कारोबार इतना फैला लेगा, यह मैंने नहीं सोचा था। अभी एक महीना हुआ, उसने एक फ्लोर मिल ख़रीद ली है !"

कामतानाथ को अपना वैभव बखान करने का शौक है, ज्वालाप्रसाद यह अच्छी तरह जानते थे। कभी-कभी ज्वालाप्रसाद को यह प्रवृत्ति अखर भी जाती थी। उन्होंने कहा, "छोड़िए भी इस चिन्ता को ! यह ज़माना ही तिजारत का है। रियासत और ज़मींदारी में कुछ रखा नहीं है; सब ज़मींदार और ताल्लुकेदार तबाह हो रहे हैं।"

कामतानाथ ने चाय पीते हुए पूछा, "तो डिप्टी साहेब, आपने नवल की बाबत क्या सोचा ?"

ज्वालाप्रसाद ने उत्तर दिया, "मैंने तो सोचना-विचारना ही छोड़ दिया है, क्योंकि आदमी का सोचा होता नहीं है। इसके अलावा नवल सयाना हो गया है। वह मेरी बात सुनता ही नहीं है। कहना यह ठीक होगा कि वह कभी मुझसे कुछ पूछता भी नहीं; जो उसके मन में आता है वही करता है।"

"यह तो बड़ी बेजा बात है," कामतानाथ ने कहा, "मैंने सुना था कि वह कांग्रेस का वालंटियर बना था और खद्दर के कपड़े पहनने लगा है !"

"हाँ, ऑल पार्टीज़ कान्फ्रेंस हुई थी न, तो उसमें वह वालंटियर बना था। उसमें मैंने नहीं रोका उसे; कोई बेजा हरकत तो कर नहीं रहा था। फिर यह नया ज़माना, इस नए ज़माने की तहज़ीब भी कुछ नई हो गई है। अगर मैं रोकूँ और वह मेरी बात न माने तो मुझे बड़ा क्लेश होगा। खुशी मुझे इस बात की है कि उसका रुझान नेकी की तरफ़ है। वह चरित्रवान व ईमानदार है, और मुझे तो कुछ ऐसा अनुभव है कि सच्चरित्रता और ईमानदारी दुनिया की सबसे बड़ी दौलत है।"

"जी हाँ, बिलकुल ठीक कहा आपने, लेकिन यह सब चलता कहाँ है ! दुनिया में रहने के लिए जैसी दुनिया है, वैसा ही बनना पड़ता है। वरना ईमानदारी व नेकी पर क़ायम रहकर रुपया पैदा नहीं किया जा सकता। आपको शायद नहीं मालूम, सी.आई. डी. के काग़जात में नवल का नाम लिखा गया था। वह तो मैंने बड़ी मुश्किल से उसका नाम कटवाया; दो सौ रुपए देने पड़े थे मुझको।"

ज्वालाप्रसाद चिन्तित हो उठे, "तो क्या सी.आई.डी. वालों की नज़र में नवल चढ़ गया है ? उसने कभी सरकार के ख़िलाफ़ कोई काम तो किया नहीं।"

"अजी, भूल भी जाइए इस बात को। मैंने कह दिया न कि मैंने उसका नाम कटवा दिया है। मैं तो नवल को समझाने आया था कि ज़रा सोच-समझकर वह कोई काम करे। ब्रिटिश सरकार बड़ी सख़्ती से काम ले रही है ! फ़ौज़ों को हिदायत हो गई है कि वे तैयार रहें। जी, वह कर्नल डिगबी, भगवान भला करें उनका, अभी परसों दो लाख का ठेका दिया है मुझे, तो कर्नल डिगबी कह रहे थे कि इंग्लैंड से दो लाख फ़ौज़ और आ रही है; तोपें, मशीनगनें...इनका तो अम्बार लग गया है कलकत्ता, बम्बई और कराची में।"

ज्वालाप्रसाद कुछ और घबराए, "रायबहादुर साहेब, आपने यह तो बुरी ख़बर

सुनाई। लेकिन अगर इतनी बड़ी तैयारी कर रखी है अंग्रेज़ों ने, तो फिर ये औपनिवेशिक स्वराज्य की बात क्यों चलाते हैं ?"

"जी, यह सब-का-सब धोखा है, छल है, फ़रेब है। असलियत यह है कि न कुछ मिलेगा और न कुछ मिलना चाहिए हिन्दुस्तान को, कम-से-कम पचास साल तक। और डिप्टी साहेब, पचास साल बाद क्या होगा, कौन जाने !"

ज्वालाप्रसाद ने कामतानाथ की इस बात का कोई उत्तर नहीं दिया।

कामतानाथ ने फिर कहा, "मैं नवल की शादी की बाबत बात करने आया था। उषा भी अठारह साल की हो गई, उन्नीसवाँ चल रहा है। मैं समझता हूँ कि इस साल गरमियों में उसकी शादी कर दी जाए। आपको तो कोई दिक़्क़त नहीं पड़ेगी ?"

"दिक़्क़त आप अपनी ही देखें, आप लड़कीवाले हैं। मेरा क्या, बारात लेकर खड़ा हो जाऊँगा, मैं तो आपके यहाँ।"

"क्या बतलाऊँ, जो उम्मीद की थी वह तो पूरी होती दिखलाई नहीं देती। चाहता था, नवल आई.सी.एस. हो जाता, लेकिन वह तो जैसे ज़िद पकड़ बैठा है। गौरी को नवल की यह ज़िद कतई पसन्द नहीं। विलायत आने-जाने का ख़र्च, वहाँ रहने का ख़र्च, वहाँ पढ़ने का ख़र्च, सब कुछ बरदाश्त करने को तैयार हूँ, लेकिन नवल मानता ही नहीं।"

"जी, यह सब भगवान की इच्छा है।" ज्वालाप्रसाद ने कहा।

"जी हाँ, डिप्टी साहेब, किसी ने ठीक ही कहा है कि 'हानि-लाभ, जीवन-मरन, यश-अपयश, विधि-हाथ'।"

इसी समय ज्वालाप्रसाद की नज़र बरामदे में गई और उन्होंने देखा कि नवल कपड़ों का एक बड़ा-सा पैकेट लिए हुए आ रहा है। ज्वालाप्रसाद ने आवाज़ दी, "नवल, ज़रा इधर आना। कपड़े सिलवा लाए हो क्या ?"

नवल ने कामतानाथ को नहीं देखा, नहीं तो शायद वह कमरे के अन्दर पैकेट लेकर न आता। ज्वालाप्रसाद ने पैकेट नवल के हाथ से ले लिया, "देखूँ तुम्हारे कपड़े। बहुत-से बनवा डाले !" और ज्वालाप्रसाद ने पैकेट खोल दिया।

कपड़े देखकर ज्वालाप्रसाद चौंक उठे, लेकिन ज्वालाप्रसाद से अधिक चौंके कामतानाथ। उन्होंने कहा, "अच्छा, तो खद्दर के इतने कपड़े बनवा डाले तुमने ! मालूम होता है कांग्रेस में शामिल हो गए हो तुम !"

नवल को उस कमरे में कामतानाथ की उपस्थिति का पता चला, "नहीं पापा, कांग्रेस में तो शामिल नहीं हुआ हूँ, लेकिन खद्दर के कपड़े पहनना शुरू कर रहा हूँ।"

मुँह बनाते हुए कामतानाथ ने कहा, "यह मोटा खद्दर बदन में गड़ता नहीं है ! भला खद्दर पहनने की क्या सूझी तुम्हें ?"

"ऐसे ही, सोचा, मोतीलाल और जवाहरलाल जब खद्दर पहन सकते हैं तब भला मैं क्यों न पहनूँ ! अच्छा, ज़रा कपड़े रखकर आता हूँ।" और नवल कपड़े लेकर घर के अन्दर चला गया।

कामतानाथ थोड़ी देर तक मर्माहत-से चुप बैठे रहे। फिर उन्होंने कहा, "लड़का हाथ से निकल गया डिप्टी साहेब !"

ज्वालाप्रसाद ने एक ठंडी साँस ली, "लगता तो कुछ ऐसा ही है। भगवान की जैसी इच्छा ! भला, आदमी का क्या बस है !"

कामतानाथ भड़क उठे, "भगवान को झोंकिए भाड़ में ! मैं ठीक करूँगा इसे ! शादी अप्रैल में हो ही जानी चाहिए, जनवरी में तो कोई साइत निकलती नहीं। और मैं उषा के साथ इसे रवाना कर दूँगा विलायत। उषा के नाम मैंने बैंक में नक़द पचास हज़ार रुपए जमा कर दिए हैं। एक बार जब यह हज़रत निन्यानवे के फेर में पड़े तो सब देश-भक्ति धरी रह जाएगी।"

ज्वालाप्रसाद को कामतानाथ की यह बात अच्छी नहीं लगी। कामतानाथ के पिता रामसजीवन कमसेरिएट के स्टोर-कीपर थे। बेईमानी और जालसाज़ी में वह बेजोड़ थे। बर्मा-वार और अफ़गान-वार में उन्होंने बेतहाशा रुपया कमाया था। उन्होंने अपने लड़के कामतानाथ को मिलिटरी कंट्रैक्टर के तौर पर लगवा दिया था। 1914-18 के महायुद्ध में कामतानाथ ने क़रीब पाँच लाख रुपए पैदा किए थे और रायबहादुर का ख़िताब भी प्राप्त कर लिया था। मुंशी रामसजीवन हमेशा ज्वालाप्रसाद के सामने हाथ बाँधकर आते थे। आज कामतानाथ ज्वालाप्रसाद के पौत्र को रुपए से ख़रीद रहे थे। ज्वालाप्रसाद को मर्मान्तक पीड़ा हुई कामतानाथ की बात सुनकर ! लेकिन ज्वालाप्रसाद ने कामतानाथ की बात का कोई उत्तर नहीं दिया।

कामतानाथ उठ खड़े हुए, "अब मैं चलूँगा। गौरीनाथ से बात करके मैं शादी की तारीख़ तय करूँगा आप तैयार रहिएगा।"

कामतानाथ से उनकी क्या बात हुई, ज्वालाप्रसाद ने इसका जिक्र नवल से नहीं किया। उन्होंने केवल इतना कहा, "नवल, रायबहादुर कामतानाथ कहते थे कि अप्रैल में वे उषा का विवाह करना चाहते हैं। तारीख़ तय करके वह बतलाएँगे।"

"अभी इतनी जल्दी क्या है बाबा ! मैं एल-एल.बी. तो पास कर लूँ !"

नवल सिर से पैर तक खादी के कपड़े पहनकर घर से निकला था। ज्वालाप्रसाद ने नवल को कुछ देर तक देखा। उनके मुख पर एक मुस्कान आई, "अच्छे दीख रहे हो इन कपड़ों में, भगवान तुम्हारी रक्षा करें !"

दूसरे दिन सुबह के समय ज्ञानप्रकाश ने नवल से कहा, "नवल, लाहौर-कांग्रेस में देश के नवयुवकों को जाकर जवाहरलाल की शक्ति बढ़ानी चाहिए। तुम इलाहाबाद-यूनिवर्सिटी के दस युवकों को चलने के लिए राज़ी कर सकते हो ?"

"एक तो आप मेरा नाम लिख लीजिए; एक हफ़्ते के अन्दर मैं दस के नाम आपको दे दूँगा।" नवल ने उत्साह के साथ कहा।

"काम इतना आसान नहीं है जितना तुम समझे हुए हो नवल ! लाहौर चलने में हरेक को क़रीब चालीस-पचास रुपए ख़र्च करने पड़ेंगे। जो ख़र्च कर सकते हैं वे जाएँगे नहीं; और जो जाने के लिए तैयार होंगे उनके पास पैसा नहीं होगा। मेरे पास एक निजी

फंड है, जिससे मैं उनका आधा ख़र्च बरदाश्त कर लूँगा।"

"तब तो काम आसान हो जाएगा।" नवल ने कहा।

"नहीं नवल, फिर भी तुम्हें मुसीबत पड़ेगी, इसलिए आज से ही लोगों से बातचीत शुरू कर दो ! लाहौर-अधिवेशन महत्त्वपूर्ण होगा। तेईस दिसम्बर को दिल्ली में लार्ड इरविन से महात्मा गांधी और पंडित मोतीलाल नेहरू की बातचीत होनेवाली है। देखें, उस बातचीत में क्या निकलता है ! हर हालत में लाहौर-कांग्रेस महत्त्वपूर्ण होगी।"

नवल ज्ञानप्रकाश के काम पर निकल पड़ा। काम वास्तव में कठिन था। उस दिन वह बड़ी मुश्किल से दो विद्यार्थियों को लाहौर चलने के लिए राज़ी कर सका। इस दौड़-धूप में वह बहुत थक गया था। क़रीब नौ बजे वह घर वापस लौटा।

घर लौटकर उसने वहाँ एक अजीब वातावरण पाया। ड्राइंग-रूम में सारा परिवार एकत्रित था। ज्वालाप्रसाद के हाथ में एक तार था, और जमुना रोकर कह रही थी, "किन कसाइयों के यहाँ तुम लोगों ने विद्या को भेज दिया ! घर तो तबाह करके रख दिया, और अब यह सब ! नवल को न भेजकर तुम चले जाओ, देखो जाकर, क्या बात है !"

नवल के आते ही ज्वालाप्रसाद ने तार नवल को पकड़ा दिया। वह तार सिद्धेश्वरी का था और उन्नाव से भेजा गया था। तार नवल के नाम था और उसमें लिखा था, "फ़ौरन आओ और अपनी बहिन को ले जाओ !"

नवल ने वह तार दो-तीन बार पढ़ा। फिर बोला, "कुछ समझ में नहीं आता।"

रुक्मिणी बोली, "इसमें समझने की क्या बात है ! वे लोग विद्या को निकाल रहे हैं अपने घर से। विद्या की कल चिट्ठी आई थी—सारा ख़ानदान उन्नाव पहुँच गया है न ! सब-के-सब जमराज बनकर मेरी लड़की को पेर रहे हैं !"

ज्वालाप्रसाद ने नवल से कहा, "कल सुबह की गाड़ी से चले जाओ ! देखो, विद्या को समझा-बुझा देना ! लड़की तेज़ मिज़ाज की है, लेकिन ससुराल में तो दबकर रहना ही होगा।"

रुक्मिणी ने कहा, "नवल बेटा, विद्या को अपने साथ लेते आना। विद्या का कोई दोष नहीं है; वही सब-के-सब चांडाल हैं। वे उसकी जान लेने पर तुले हैं। हाय राम !" और रुक्मिणी फूट-फूटकर रोने लगी।

इसी समय ज्ञानप्रकाश ने कमरे में प्रवेश किया। रुक्मिणी ने अपना मुँह ढक लिया और एक ओर खिसक गई। ज्ञानप्रकाश ने पूछा, "क्या बात है भैया, यह रोना-धोना कैसा हो रहा है ?"

नवल ने तार ज्ञानप्रकाश को दे दिया। तार पढ़कर ज्ञानप्रकाश ने कहा, "हूँ तो बात यहाँ तक पहुँच गई ! नवल को भेजना ठीक नहीं है भैया, आपको जाना चाहिए।"

ज्वालाप्रसाद ने कमज़ोर स्वर में कहा, "मुझे मत भेजो ज्ञानू, नवल का ही जाना ठीक होगा। कल सुबह की गाड़ी से मैं नवल को भेजे दे रहा हूँ।"

"कल सुबह की गाड़ी से नहीं, नवल इसी रात की गाड़ी से जाएगा। अभी तो नौ

ही बजे हैं। ग्यारह बजे रात को कानपुर के लिए एक पैसेंजर जाती है। इस मामले में देर नहीं करनी है। नवल, जाओ और तैयार हो जाओ !" यह कहकर ज्ञानप्रकाश कमरे से बाहर चले गए। नवल जिस समय तैयार होकर निकला, उसने देखा कि ज्ञानप्रकाश भी बिस्तर बाँधकर तैयार हैं, "नवल, तुम अकेले मामले को न सँभाल पाओगे; मैं तुम्हारे साथ चलता हूँ। तुम बच्चे हो, उन लोगों से तुम पार न पा सकोगे।"

जिस समय ज्ञानप्रकाश और नवल उन्नाव स्टेशन पर उतरे, धूप निकल रही थी। असबाब वेटिंग-रूम में रखकर दोनों एक इक्के पर सवार हुए। सिद्धेश्वरीप्रसाद के बँगले पर पहुँचकर ज्ञानप्रकाश ने चौकीदार से कहा, "सिद्धेश्वरी बाबू से कहो कि इलाहाबादवाले आए हैं।"

"छोटे सरकार तो सो रहे हैं, बड़े सरकार को ख़बर किए देते हैं।" और चौकीदार घर के अन्दर चला गया।

दोनों बरामदे में बैठ गए। दो मिनट बाद ही बिन्देश्वरीप्रसाद घर से बाहर निकले, "तो आप लोग आ गए ! बड़ी जल्दी आए, भगवान को धन्यवाद है।" और चौकीदार से उन्होंने कहा, "गोल कमरा खोलो।" फिर उन्होंने इन दोनों की ओर देखा, "आप लोगों का असबाब ?"

"स्टेशन पर छोड़ आए हैं।" नवल ने उत्तर दिया।

"अच्छा किया। यहाँ असबाब लाना और ले जाना ही होता। तो अपनी इस डाइन बहिन को ले जाइए; हम लोगों की जान बख़्शिए !"

"आख़िर बात क्या है ?" ज्ञानप्रकाश ने पूछा।

"बात उसी से सुन लीजिएगा। कल से अपना कमरा बन्द करके पड़ी है; मरने-मारने पर तुल गई है।" और यह कहकर उन्होंने आवाज़ लगाई, "सिद्धेश्वरी, ये लोग इलाहाबाद से आए हैं।"

इसी समय विद्या दौड़ती हुई कमरे में घुस आई, "दादा, मुझे बचाइए इन पिशाचों से ! आप आ गए बाबा, मेरी जान बची !"

ज्ञानप्रकाश ने देखा कि विद्या की देह जगह-जगह से फूट गई है। बिन्देश्वरीप्रसाद ने कड़ककर कहा, "नवल, इस हरामज़ादी को अन्दर ले जाकर इसका असबाब बँधवाओ। तब तक मैं ज्ञानप्रकाश से बातें करता हूँ।"

नवल विद्या का हाथ पकड़कर उसे उसके कमरे में ले गया। इतने में सिद्धेश्वरीप्रसाद ने कमरे में प्रवेश किया। ज्ञानप्रकाश ने सिद्धेश्वरी से पूछा, "क्या बात हुई सिद्धेश्वरी बाबू, ज़रा मैं भी तो सुनूँ ?"

सिद्धेश्वरी काफ़ी उत्तेजित था, "मेरी माँ और बहिन को गालियाँ देती रही तब तक तो मैं चुप रहा; लेकिन जब लालाजी ने उसे डाँटा और यह लालाजी को गालियाँ देने लगी तो मुझे इस पर क्रोध आ गया और मेरा हाथ छूट पड़ा।"

"अजी, सिर्फ़ एक तमाचा मारा था इसने !" बिन्देश्वरीप्रसाद ने कहा।

"जी हाँ, इसी एक तमाचे से उसका सारा शरीर फूट गया है। आगे कहिए।"

ज्ञानप्रकाश ने कहा।

"उस पर खुद अपने हाथ-पैर पीटने लगी, आसमान उठा लिया इसने सिर पर। इस पर सिद्धेश्वरी ने फिर एक तमाचा मारा; और समझ लीजिए कि प्रलय हो गई। उसने तड़पकर सिद्धेश्वरी के तमाचा मारा। औरत अपने मर्द पर हाथ चलाए, ज़िन्दगी में पहली मर्तबा ही मैंने यह देखा। ऐसी औरत को गोली मार देनी चाहिए।"

"क्या बतलाऊँ, दौड़कर अपने कमरे में घुस गई और अन्दर से दरवाज़ा बन्द कर लिया उसने, नहीं तो मैं इस हरामज़ादी की जान ले लेता। आप लोग इसे अपने साथ ले जाइए, नहीं तो बड़ा अनर्थ हो जाएगा।"

ज्ञानप्रकाश ने बड़े शान्त भाव से कहा, "जी हाँ, इसीलिए हम लोग आए हैं। अकेले इसकी ही जान न जाती, आप लोगों को भी फाँसी पर चढ़ना पड़ता। गंगाप्रसाद की लड़की है।"

"गंगाप्रसाद जहन्नुम में गए और इस हरामज़ादी को भी हम जहन्नुम में भेज देते।" बिन्देश्वरीप्रसाद बोले।

ज्ञानप्रकाश तनकर खड़ा हो गया, "बिन्देश्वरीप्रसाद, ज़रा ठीक तरह से बात करो; गंगाप्रसाद नहीं है तो इसके माने यह नहीं है कि यह लड़की अनाथ है।"

सिद्धेश्वरी ने अपने पिता को रोका, "लालाजी, इन लोगों से बात करना बेकार है।"

इस समय तक नवल विद्या के दो ट्रंक लेकर ड्राइंग-रूम में आ गया था। नवल ने कहा, "बस, इतना ही सामान विद्या ले जाना चाहती है। हम लोगों को अब यहाँ से चल देना चाहिए।"

ज्ञानप्रकाश ने सिद्धेश्वरी की ओर देखा, "कोई सवारी है तुम्हारी या मँगवा सकते हो ?"

बिन्देश्वरीप्रसाद अब शान्त हो गए थे। उन्होंने नौकर को आवाज़ दी, "भवानी, ड्राइवर से कहो, मोटर ले आए !" फिर उन्होंने विद्या की ओर देखा, "अब इस घर में पैर न रखने पाओगी, इतना समझ लो। और अपने गहने यहाँ निकाल के रख दो !..."

विद्या ने तड़पकर कहा, "तुम लोगों का घर नरक है। अब अगर इस घर में पैर रखूँ तो अपने बाप की बेटी नहीं हूँ। और अपने गहने निकाल लो !" यह कहकर विद्या ने ट्रंक की चाबी सिद्धेश्वरी के सामने फेंक दी। लेकिन इससे पहले कि सिद्धेश्वरी चाबी उठाता, ज्ञानप्रकाश ने चाबी उठा ली, "गहने इस लड़की के हैं, उन पर आप लोगों का कोई अधिकार नहीं है।"

बिन्देश्वरीप्रसाद गरज उठे, "तुम कौन होते हो हम लोगों के बीच में बोलनेवाले; चाबी मुझे दो !"

ज्ञानप्रकाश ने कहा, "मैं इस लड़की का पिता हूँ, संरक्षक हूँ।" यह कहकर ज्ञानप्रकाश ने चाबी अपनी जेब में रख ली।

बिन्देश्वरीप्रसाद ने सिद्धेश्वरी से कहा, "देख क्या रहे हो, गहनेवाला ट्रंक उठा लो !"

ज्ञानप्रकाश ने कड़ककर कहा, "ख़बरदार, जो ट्रंक को हाथ लगाया ! पन्द्रह हज़ार का दहेज़ लिया है तुमने बिन्देश्वरीप्रसाद, और अब लड़की को अपने घर से निकाल रहे हो। अगर किसी ने ट्रंक को हाथ लगाया तो ठीक न होगा !" और ज्ञानप्रकाश ने अपनी जेब से पिस्तौल निकालकर हाथ में ले लिया, "तुम पुलिस को बुला सकते हो बिन्देश्वरीप्रसाद ! तुम डिस्ट्रिक्ट जज़ हो, तुम जानते हो, क़ानून क्या है ! नवल, ट्रंक उठाकर मोटर में ले चलो ! क्यों बिन्देश्वरीप्रसाद, पुलिस बुलाना चाहते हो तो मैं रुका रहूँ। ठाकुर कुशलसिंह यहाँ पर सुपरिन्टेण्डेण्ट पुलिस हैं; गंगाप्रसाद के वह बहुत बड़े मित्र रहे हैं; यह याद रखना !"

बिन्देश्वरीप्रसाद ने दाँत किटकिटाते हुए कहा, "मैं तुम्हें समझ लूँगा, मैं तुमको तबाह करके रख दूँगा।"

"मैं तुम्हें मौक़ा दे रहा हूँ कि मुझे समझ लो ! मैंने फिर कहा, तुम पुलिस बुलवाओ और मुझे डाका डालने के जुर्म में गिरफ़्तार करवाओ, अगर हिम्मत है ! पापी कहीं का !"

सिद्धेश्वरी ने कहा, "चलिए लालाजी अन्दर, किन कमीनों के मुँह आप लग रहे हैं !" और सिद्धेश्वरी बिन्देश्वरीप्रसाद का हाथ पकड़कर भीतर ले गया।

ज्ञानप्रकाश और नवल विद्या को साथ लेकर दूसरी गाड़ी से उन्नाव से इलाहाबाद के लिए रवाना हो गए।

6

"कुल कितने हुए ?" ज्ञानप्रकाश ने पूछा।

"मुझको मिलाकर सात," नवल बोला, "ज्ञान बाबा, आप ठीक कहते थे। काम इतना आसान नहीं है जितना मैंने समझा था। लेकिन चलना कब है हम लोगों को ? पच्चीस दिसम्बर से कांग्रेस शुरू हो रही है। इस बीच में तीन और को राज़ी कर लूँगा।"

ज्ञानप्रकाश ने मुस्कराते हुए कहा, "नहीं, काफ़ी हो चुके। मुझे तो दो दिन पहले पहुँचना है; इसलिए मैं बाईस दिसम्बर को यहाँ से रवाना हो जाऊँगा। तुम लोग यहाँ से चौबीस तारीख़ को चलना। तुम लोगों के ठहरने के लिए मैं इन्तज़ाम कर रखूँगा।"

विद्या पास में बैठी हुई उस दिन का समाचार-पत्र पढ़ रही थी। उसने अख़बार बन्द करके उसे रखते हुए कहा, "दादा, मैं भी चलूँगी तुम लोगों के साथ। तो ज्ञान बाबा, अब सात की जगह आठ हो गए !"

विद्या जब से उन्नाव से लौटी थी, गुमसुम रहा करती थी। वह बहुत कम बोलती थी, अपने कमरे से बहुत कम बाहर निकलती थी। कमरे के अन्दर चुपचाप पड़ी वह सोचा करती थी। नवल को विद्या की बात सुनकर आश्चर्य हुआ। वह विद्या की ओर घूमा, "तुम कांग्रेस में चलोगी ? क्या कह रही हो ?"

"हाँ दादा, मैं भी चलूँगी। इस निष्क्रिय और घुटन की ज़िन्दगी से ऊब गई हूँ। क्यों ज्ञान बाबा, लाहौर-कांग्रेस में मेरे चलने से कोई हर्ज़ तो नहीं है ? बोलिए, चुप क्यों हैं ?"

ज्ञानप्रकाश ने विद्या की ओर देखा और थोड़ी देर तक वह विद्या को एकटक देखते रहे। मुख पर दृढ़ता और कठोरता, आँखों में संकल्प की अथाह गहराई। कितनी शान्त थी वह, कितनी सुन्दर थी ! ज्ञानप्रकाश को मैडोना के चित्र की याद हो आई। एक ठंडी साँस लेकर उन्होंने कहा, "नहीं बेटी, तुम्हारे चलने में किसी तरह का कोई हर्ज़ नहीं है। लेकिन इस समय शायद तुम्हारा लाहौर जाना ठीक नहीं होगा...लोग क्या कहेंगे ?"

विद्या थोड़ी देर तक चुप रही। फिर उसने करुण स्वर में कहा, "बाबा, लोग क्या कहेंगे, इससे न तो कुछ बनता है, और न बिगड़ता है। लेकिन आप पर ज़ोर न दूँगी। अगर आप चाहते हैं कि मैं तिल-तिल घुटूँ तो वही करूँगी। स्त्री का जीवन गुलामी का ही है। क्यों दादा, ठीक कह रही हूँ मैं ?"

विद्या के स्वर में विवशता का जो तीखा व्यंग्य था, वह ज्ञानप्रकाश के हृदय में चुभ गया। अपनी ही कायरता से हतप्रभ हो उठे वे और उनकी आँखें झुक गईं। बड़ी कठिनता से उन्होंने अपने को बटोरा, "नहीं बेटा, न तुम्हें गुलामी करनी होगी, न तुम्हें घुटना होगा। तुम चलोगी; जल्दी से अपनी तैयारी कर लो ! मेरे साथ चलना है तुम्हें। ये लोग थर्ड क्लास में जाएँगे, तुम्हें इनके साथ तकलीफ़ होगी।"

विद्या मुस्कराई, "ज्ञान बाबा, तुम कितने अच्छे हो ! तुम और नवल दादा....मुझे कितना सहारा मिला है ! लेकिन बाबा, मैं नवल दादा के साथ ही जाऊँगी थर्ड क्लास में ! जब जीवन में संघर्ष को ही अपना लिया है, तब इन छोटी-छोटी सुविधाओं का मोह बेकार है। नवल दादा, मुझे अपने साथ ले चलोगे न ! मैं तुम लोगों के खाने-पीने की पूरी व्यवस्था रखूँगी।"

इस ख़बर से कि विद्या लाहौर जाना चाहती है, घर-भर में एक तहलक़ा मच गया। जमुना ने रुक्मिणी से कहा, "बहू, विद्या को रोको लाहौर जाने से ! उन्नाववाले क्या कहेंगे ? उनसे फिर से बनने की जो थोड़ी-बहुत आशा है, वह भी टूट जाएगी। भले घर की लड़की बेपरदा होकर देस-परदेस घूमे, मर्दों से मिले-जुले, बातचीत करे, यह तो बड़ा ख़राब है, दुनिया थूकेगी !"

"हाँ अम्माँजी, अच्छा तो मुझे भी नहीं लग रहा है विद्या का लाहौर जाना, लेकिन अगर विद्या की यही हालत रही तो ज़्यादा दिन ज़िन्दा न रहेगी। देख तो रही हो उसकी हालत, सूखकर आधी रह गई है।" रुक्मिणी ने आँखों में आँसू भरकर कहा।

"सो तो जानती हूँ, लेकिन कुल की मर्यादा भी तो देखनी पड़ती है। पैदा होते ही

मर गई होती यह अभागिन तो अच्छा होता। अब तो ऐसा लगता है कि कुल की नाक कटाएगी !" जमुना का स्वर कुछ तेज़ हो गया।

"अम्माँजी, हाथ जोड़ती हूँ, यह सब न कहो ! अगर विद्या ने यह सब सुना तो कहीं कुछ और न कर बैठे। मैं जानती हूँ कि विद्या कभी कोई अनुचित काम न करेगी।"

"अनुचित काम न करेगी ! अपने आदमी पर हाथ उठाया, यह क्या उचित काम था ?"

रुक्मिणी बोली, "तो जान दे देती वह अपनी वहाँ पर ! देखा तो था, सारा बदन फूट गया था उसका। ख़ानदान-भर ने मिलकर मारा था। कसाइयों के यहाँ लड़की भेज दी गई थी; ज़िन्दा निकल आई, यही क्या कम है !"

जमुना ने बिगड़कर कहा, "सिर पर बिठा लो उसे ! उसकी ज़िन्दगी तुम्हीं निबाहोगी जैसे ! मुझसे तो यह सब न देखा जाएगा। उनसे कहती हूँ जाकर, वही रोक सकेंगे उसे।" और जमुना ज्वालाप्रसाद के पास चल दी।

ज्वालाप्रसाद पूजा करके ड्राइंग-रूम में बैठ गए थे आकर। विद्या के लाहौर जाने की ख़बर उन्हें भी अच्छी नहीं लगी थी और वह ज्ञानप्रकाश से कह रहे थे, "विद्या का लाहौर जाना किसी भी हालत में मुनासिब न होगा। हमें उसके घरवालों से पूछ लेना चाहिए।"

ज्ञानप्रकाश ने कहा, "लेकिन भैया, आप मुझे यह बताइए कि उसके घरवाले हैं कौन ? जिन लोगों ने उसे अपने घर से निकाल दिया है, क्या वे लोग उसके घरवाले हैं ?"

ज्वालाप्रसाद चक्कर में पड़ गए, "अगर वे नहीं हैं तो क्या हम लोग हैं ?"

"जी, आप कभी थे, लेकिन अब नहीं हैं; क्योंकि आप उसका हाथ उन पिशाचों के हाथ में सौंप चुके हैं। उसका कोई नहीं है दुनिया में भैया, किसी पर उसका अधिकार नहीं, किसी का उसको सहारा नहीं। अब तो उसे एक भिखारिन की भाँति लोगों की दया पर ज़िन्दा रहना है। उसके सामने या तो, गुलामी है या मौत !"

इसी समय जमुना कमरे में आई, "ज्ञान लाला, विद्या को लाहौर जाने की सलाह तुमने दी है ?"

"नहीं भौजी, मेरा ख़याल है कि यह सलाह उसे उसकी ज़िन्दगी ने दी है जो इधर पिछले दस-बारह दिन मौत के साथ लगातार लड़ती रही है। तुमने देखा नहीं, जब से वह उन्नाव से लौटी है, तब से वह मौत की उदासी लिए हुए चुपचाप मुँह-ढके अपने कमरे में पड़ी रही है ! उसके मुँह पर किसी1 ने मुस्कान नहीं देखी, उसकी आँखों की तरलता एक क्षण के लिए दूर नहीं हुई। और आज पहली बार उसकी ज़िन्दगी ने मौत के साथ मोरचा लिया, आज पहली बार उसकी ज़िन्दगी कसमसाई। उसकी ज़िन्दगी ने नवल का सहारा चाहा, मेरा सहारा चाहा। भला बताओ भौजी, हम लोग क्या करते ? उसने लाहौर चलने को कहा, हमने मान लिया। और फिर इतने दिन बाद उसके मुँह पर हँसी आई, उसकी आँखों में चमक आई। भौजी, क्या तुम चाहती हो कि लड़की

मर जाए ?"

जमुना अब फूट पड़ी, "हाय मेरी बच्ची, कितने हौसले से पाला-पोसा था, और किन चांडालों के हाथ में पड़ गई ! ज्ञान लाला, मैं नहीं रोकूँगी उसे, जैसा जी चाहे करे।" यह कहते-कहते जमुना चली गई।

इसके बाद ज्वालाप्रसाद ने अपनी बात आगे नहीं बढ़ाई।

तेईस दिसम्बर की शाम को इलाहाबाद में सनसनी फैली गई। 'लीडर' और 'पायोनियर' दोनों ही दैनिक पत्रों ने अपने विशेषांक निकालकर यह ख़बर दी कि सुबह के समय जब वाइसराय दिल्ली वापस आ रहे थे, पुराने क़िले के पास उनकी स्पेशल ट्रेन के नीचे एक बम फटा। वाइसराय बाल-बाल बच गए, लेकिन स्पेशल ट्रेन के खानेवाले हिस्से को नुक़सान हुआ और एक नौकर घायल हो गया।

ज्वालाप्रसाद इस ख़बर को पढ़कर काफ़ी चिन्तित हो गए। रात के समय उन्होंने नवल और विद्या को बुलाया। नवल से उन्होंने पूछा, "आजवाली ख़बर तो तुमने पढ़ ली होगी; क्या ख़याल है तुम्हारा ?"

नवल ने उत्तर दिया, "ख़बर तो बुरी है बाबा, और शायद इसका नतीज़ा भी अच्छा न होगा। मेरा ऐसा ख़याल है कि लार्ड इरविन और महात्मा गांधी में जो समझौते की बातचीत होनेवाली थी, वह सफल नहीं होगी।"

"मैं यह नहीं पूछ रहा," ज्वालाप्रसाद ने कहा, "मैं पूछता हूँ कि क्या तुम्हारा और विद्या का अब भी लाहौर जाना मुनासिब होगा !"

"जी, सरकार ने कांग्रेस पर तो अभी तक कोई रोक लगाई नहीं, वरना उसकी ख़बर भी आ गई होती; और जहाँ तक मैं समझता हूँ वह कांग्रेस पर कोई रोक लगाएगी भी नहीं। यह काम तो निश्चय ही क्रान्तिकारियों का है जो हिंसा में विश्वास करते हैं। महात्मा गांधी और कांग्रेस का मार्ग अहिंसा का है।"

"तो दिखता है कि तुम लोगों ने लाहौर जाना तय ही कर लिया है।" ज्वालाप्रसाद ने कहा।

"इस घटना के बाद तो लाहौर-कांग्रेस देखने की चीज़ होगी बाबा ! मज़ा आ जाएगा !"

"जैसा मज़ा आएगा सो मैं जानता हूँ, लेकिन तुम लोगों से कहे कौन ! ख़ैर, कपड़े अपने साथ काफ़ी लेते जाना, अबकी बार बड़ा ज़बरदस्त जाड़ा पड़ रहा है, और लाहौर वैसे ही सरदी के लिए प्रसिद्ध है। वह गंगा का ओवरकोट ले लेना ! और विद्या, फ़िक्र तो मुझे तुम्हारी हो रही है।"

विद्या ने मुस्कराते हुए कहा, "मेरे लिए बाबूजी ने एक फ़र का कोट बनवा दिया था, तो मेरी भी फ़िक्र न कीजिए।"

चौबीस दिसम्बर को सुबह के समय जब नवल विद्या के साथ रेलवे-स्टेशन पहुँचा, सरदी भयानक रूप से बढ़ गई थी। रात-भर पानी बरसता रहा था। अब पानी तो रुक गया था, लेकिन उत्तरी हवा तेज़ी के साथ चल रही थी। स्टेशन पर नवल ने देखा कि

उसके समुदाय में आठ की जगह पाँच ही व्यक्ति रह गए हैं।

गाड़ी काफ़ी ख़ाली थी। उस सरदी में सफ़र करने की हिम्मत कम ही लोगों में थी। थर्ड क्लास में बड़े आराम से ये पाँचों व्यक्ति बैठ गए–एक तरह का उल्लास हृदय में लिए हुए।

ज्ञानप्रकाश ने जैसा वचन दिया था, वह लाहौर-स्टेशन पर आ गए थे। नवल से उन्होंने कहा, "बड़ी ज़ोर की सरदी पड़ रही है यहाँ; अगर मुझे पहले पता होता तो मैं तुम लोगों को यहाँ आने को न कहता।"

नवल मुस्कराया, "अब तो हम लोग आ ही गए हैं बाबा ! ज़रा यहाँ की सरदी का भी मज़ा चखा जाए।"

नवल और उसके साथी एक खेमे में ठहराए गए। विद्या को उन्होंने अपने खेमे में ठहराया।

शाम को जब अधिवशेन समाप्त हुआ, ठिठुरन की सरदी पड़ रही थी। लेकिन विद्या को उस सरदी का भास नहीं हो रहा था। उसने उस दिन एक नई दुनिया देखी थी, जिसमें कर्म था, संघर्ष था; और यह कर्म और संघर्ष तो उसके जीवन का भाग बन गया था। उसने देखा, हज़ारों स्त्री-पुरुष सब कुछ छोड़कर त्याग और बलिदान का जीवन अपनाने के लिए कटिबद्ध हैं; और उसे अपने जीवन का दुख बहुत छोटा-सा लगा। कांग्रेस-अधिवेशन से लौटकर विद्या ने नवल से कहा, "दादा, अभी रात बहुत नहीं हुई है। मुझे लाहौर शहर दिखला लाओ चलकर; बड़ी तारीफ़ सुनी है इस शहर की !"

नवल की उस बरफ़ीली रात में निकलने की हिम्मत नहीं हो रही थी, लेकिन विद्या के मुख पर जो उल्लास की चमक थी, उससे उसे 'ना' कहने का साहस नहीं हुआ। फिर भी उसने टालने का हल्का-सा प्रयत्न तो किया ही, "देख रही हो विद्या, कितनी सरदी पड़ रही है !"

"हाँ दादा, लेकिन इस सरदी में घुटन तो नहीं है। अपना ओवरकोट पहन लो। कितनी प्यारी रात है ! मुझको ज़िन्दगी के प्रति एक मोह-सा पैदा हो गया है। चलो न दादा, एक घंटे में लौट आएँगे हम लोग।"

नवल विद्या के आग्रह को न टाल सका। वह विद्या के साथ चल पड़ा। यह सत्य है कि वह मौसम घूमने का नहीं था, सड़कें सुनसान पड़ी थीं, इधर-उधर इक्के-दुक्के लोग सड़कों पर चलते-फिरते दिख जाते थे। सिनेमाघरों के सामने कुछ चहल-पहल अवश्य दिखती थी और होटलों में बैठे हुए कुछ लोग खाना खा रहे थे। नवल और विद्या ने माल रोड के पास ताँगा छोड़ दिया और वे पैदल चलने लगे।

विद्या नवल से बहुत कुछ पूछना चाहती थी, बहुत कुछ जाना चाहती थी; लेकिन अब उसे ऐसा लगा कि उसे इस पूछने और जानने की आवश्यकता नहीं है। ज़िन्दगी का रूप वह देख रही है–उस बरफ़ीली रात की भाँति चुभती हुई, काटती हुई। लेकिन उसे सरदी नहीं लग रही थी, उसकी धमनियों में गरम रक्त प्रवाहित हो रहा था। उस चुभती हुई सर्द हवा से उसके अन्दर एक पुलकन-सी हो रही थी। विद्या ने अनुभव किया

कि इस चुभनेवाले और काटनेवाले हिमसदृश जीवन का मुक़ाबला कर सकती है हृदय की उष्णता और धमनियों में निरन्तर गति से संचालित होनेवाला गरम रक्त।

उस दिन उसने कांग्रेस में देश के नवयुवक नेता जवाहरलाल का सभापति के मंच पर दिया हुआ भाषण सुना था। उस भाषण का काफ़ी अधिक भाग वह नहीं समझ पाई थी; उसमें राजनीति की गहराइयाँ थीं, गुत्थियाँ थीं। लेकिन बहुत कुछ वह समझ गई थी। मनुष्य स्वतन्त्र है, अन्याय का सक्रिय विरोध करना मनुष्य का कर्तव्य है; जीवन संघर्ष है, कर्म है। और यह भाषण सुनकर वह मुग्ध हो गई थी।

विद्या ने अपनी बग़ल में चलते हुए अपने बड़े भाई की ओर देखा। उसके बड़े भाई के मुख पर भी दृढ़ता थी, आत्म-विश्वास था। क्या उसका बड़ा भाई भी जवाहरलाल बन सकेगा ?

विद्या का मुख मुरझा गया। जवाहरलाल के पिता हैं जिनका बल उन्हें मिल रहा है, और नवल पितृहीन है। इतनी थोड़ी-सी उम्र में एक बड़े परिवार का बोझ उसके कन्धों पर आ पड़ा है। उन बच्चों का बोझ ही नहीं, वह स्वयं भी तो एक बोझ बनकर अपने भाई के कन्धों पर आ पड़ी है। एकाएक उसने नवल का हाथ पकड़ लिया, "दादा, तुमने कभी यह भी सोचा है कि ज़िन्दगी-भर के लिए मैं अपनी ससुराल छोड़ आई हूँ ? मैं एक ज़बरदस्त बोझ बनकर आ पड़ी हूँ तुम्हारे ऊपर !"

नवल मुस्कराया, "क्या पागलपन की बात कर रही हो तुम ! विद्या, तुम भला किसी पर बोझ बन सकती हो ! तुममें साहस है, तुममें शक्ति है। तुम्हीं दूसरों को सहारा दोगी। तुम अपने विषाद के आवेग में अपने को पहचान नहीं पा रही हो, लेकिन मैं तो तुम्हें पहचानता हूँ।"

विद्या का सारा क्षोभ और विषाद जैसे गल गया। अभी-अभी एक क्षण के लिए उसने जीवन के बरफ़ीलेपन की चुभन को अनुभव किया था, लेकिन-दूसरे क्षण उसके अन्दर की ऊष्मा ने उस चुभन को पुलकन में बदल दिया, "सच दादा, तुम समझते हो कि मैं अपना बोझ खुद सँभाल लूँगी ? मैं इस घृणा और गुलामी के वातावरण को चूर-चूर करके अपना मार्ग स्वयं निकाल सकूँगी ? इसमें तुम मेरी सहायता करोगे दादा; बोलो न ! इसमें तुम्हें मेरी मदद करनी होगी।"

"मैं तुम्हें वचन देता हूँ विद्या ! अच्छा, अब वापस चलो, बड़ी सख़्त सरदी पड़ रही है।"

"चलो दादा, सचमुच बड़ी सरदी है। मैं अभी चाय बनाती हूँ चलकर। ज्ञान बाबा भी आ गए होंगे।"

लाहौर-कांग्रेस का समस्त वातावरण उद्विग्नता से भरा था। महात्मा गांधी और लार्ड इरविन में समझौते की बात टूट चुकी थी; देश में निराशा और क्रोध का वातावरण भर गया था। लड़ना है, संघर्ष करना है...माँगे से कुछ नहीं मिलने का...जो कुछ लेना है उसे ज़बरदस्ती लेना पड़ेगा...पर इस सबके लिए नेतृत्व कहाँ है !

गांधी चुप है, शान्त है, दृढ़ है और अडिग है। गांधी ही नेतृत्व कर सकता है, लेकिन गांधी की शर्तें हैं। बड़ी कठिन शर्तें हैं इस गांधी की। क्या इन शर्तों का पालन किया

जा सकेगा ? प्रेम, अहिंसा और त्याग। घृणा मत करो, लेकिन भयानक विरोध करो; हिंसा मत करो, लेकिन जीवन-मरणवाला युद्ध करो; सब कुछ छोड़ दो, लेकिन अपने अधिकारों को ज़बरदस्ती ले लो। क्या इन शर्तों का पालन किया जा सकेगा ? यही नहीं, प्रश्न है कि क्या इन शर्तों का पालन किया जा सकता है ? जेल जाओ, लाठियाँ खाओ, गोलियाँ खाओ, लेकिन उफ़ मत करो। क्या यह सम्भव है ? क्या यह हो सकेगा ?

हज़ारों आदमी थे—स्त्री-पुरुष, बूढ़े-नौजवान। हरेक चेहरे पर दृढ़ता थी, विश्वास था, संकल्प था। क्या ये लोग गांधी के बतलाए हुए प्रेम-अहिंसा के मार्ग पर चल सकेंगे ? गांधी पूछ रहा था—क्या यह सब हो सकेगा ?

गांधी के इस प्रश्न का उत्तर जवाहरलाल में है, जो कांग्रेस का सभापति है। जवाहरलाल कहता है कि यह सब होना है, इसे होना पड़ेगा। हिंसा से काम नहीं चलेगा। जहाँ हिंसात्मक संघर्ष है वहाँ अधिक सबल और अधिक समर्थ हिंसा ही विजय पा सकती है। गांधी की यह बात नैतिकता की है; यह बात नीति की भी है। बिखरे हुए चरित्रहीन राष्ट्र में हिंसा का संगठन असम्भव है। हम लोगों के बीच इस कांग्रेस-पंडाल में न जाने कितने भेदिए, जासूस, गुप्तचर मौजूद हैं। हम इन्हें पहचान नहीं सकते; ये हमारे सगे-सम्बन्धी, भाई-बन्धु हैं।

जवाहरलाल कहता है, हमें अहिंसा अपनानी पड़ेगी—विश्वास के रूप में नहीं, नीति के रूप में। जवाहरलाल वास्तविकता को पहचानता है। जवाहरलाल देश की आत्मा और चेतना का प्रतिनिधि है। वह गांधी की भाँति देवता नहीं है। वह अतीत की फिर से स्थापना कर विश्वास नहीं करता। वह ऋषि-मुनियों की परम्परा को नहीं मानता। जो मिट गया वह निश्चय ही असत् रहा होगा, नहीं तो वह मिटता नहीं। जवाहरलाल आज के भौतिक युग का प्राणी है। उसने साम्यवाद का अध्ययन किया है। भविष्य का निर्माण इसी साम्यवाद के आधार पर होगा। लेकिन जवाहरलाल की आत्मा तो भारतीय संस्कृति और परम्परावाली है। उसे हिंसा से वितृष्णा है, अहिंसा उसके लिए केवल नीति नहीं है, अहिंसा उसका विश्वास है। जवाहरलाल गांधी की पूर्ति है। जोश से भरे हुए सक्रिय और गरम खूनवाले नवयुवकों का जवाहरलाल प्रतिनिधि है। भारतीय स्वतन्त्रता का यह अहिंसात्मक युद्ध नवयुवक ही लड़ेंगे, क्योंकि उनके पास भविष्य के सपने हैं और उन सपनों को साकार बनाने की प्रवृत्ति है, क्षमता है।

आशाएँ टूट चुकी हैं। एक भयानक क्षोभ है। आगे क्या होगा, कोई कुछ नहीं जानता। लेकिन आगे कुछ होगा अवश्य, होना ही पड़ेगा। लाहौर-कांग्रेस का अधिवेशन भावनात्मक प्रदर्शन है। कोई बौद्धिक उपचार नहीं है नेताओं के सामने, संघर्ष अनिवार्य दिखाई देता है। लेकिन इस संघर्ष का क्या होगा ? कोई योजना नहीं है इस संघर्ष की।

लाहौर-कांग्रेस में प्रस्ताव आते हैं, बहसें होती हैं, भाषण होते हैं और देश के पत्रों में यह सब छपता है। लेकिन प्रस्ताव, भाषण और प्रचार, यह तो कांग्रेस की परिपाटी है। कोई स्पष्ट कार्यक्रम लाहौर-कांग्रेस के पास नहीं है। देश की आँखें लाहौर की तरफ़

लगी हैं, लेकिन लाहौर में जो कुछ हो रहा है, उससे देश को केवल निराशा ही मिलती है।

लेकिन लाहौर के उस वातावरण में निराशा का कोई स्थान नहीं है, वहाँ तो भावना की दृढ़ता है, वहाँ बनने और मिटने का एक संकल्प है। ठिठुरन की सरदी पड़ रही है, जैसे जम जाएँगे सब लोग। लेकिन हरएक के दिल में गरम रक्त है, हरएक की साँस में गति का संचार है।

नवल ने यह सब देखा; विद्या ने यह सब देखा—नई दुनिया, नया वातावरण और नया दृष्टिकोण !

नवल और विद्या दिल्ली होते हुए इलाहाबाद लौटे। ज्ञानप्रकाश को कुछ दिन के लिए दिल्ली जाना पड़ा। घर पहुँचकर इन लोगों ने देखा कि जमुना बीमार है। जमुना को पहले खाँसी-जुकाम हुआ, फिर निमोनिया हो गया। जमुना की बीमारी की ख़बर सुनकर नवल और विद्या जमुना के कमरे में पहुँचे। बुख़ार काफ़ी तेज़ था और जमुना बेचैनी में आँखें बन्द किए हुए कराह रही थी। रुक्मिणी जमुना के पास बैठी थी और ज्वालाप्रसाद डॉक्टर के यहाँ गए थे। रुक्मिणी ने जमुना से कहा, “अम्माँजी, नवल और विद्या लाहौर से लौट आए। देखो, ये खड़े हैं।”

रुक्मिणी की आवाज़ सुनते ही जमुना ने आँखें खोल दीं। ऐसा मालूम होता था कि उसे एक प्रकार की शन्ति मिली। कमज़ोर स्वर में उसने इन दोनों को देखते हुए कहा, “लौट आए तुम दोनों, कब से राह देख रही हूँ तुम दोनों की ! सोच रही थी कि कहीं बिना तुम लोगों को देखे ही न चल देना पड़े मुझे !”

विद्या कह उठी, “नहीं दादी, तुम्हें अभी नहीं जाना है; तुम अच्छी हो जाओगी !”

जमुना ने एक फीकी मुसकान के साथ कहा, “कौन जाने बिटिया ! यहाँ आकर मेरे सिरहाने बैठो; मेरे सिर पर हाथ रखो। आह, बड़ा आराम मिल रहा है !” और जमुना ने अपनी आँखें बन्द कर लीं।

रुक्मिणी नवल का हाथ पकड़कर कमरे से बाहर आई, “सुना तुमने नवल, बिन्देश्वरीप्रसाद सिद्धेश्वरी का दूसरा विवाह कर रहे हैं। अट्ठाईस जनवरी को शादी है। अम्माँजी ने जिस दिन यह ख़बर सुनी उसी दिन से बीमार पड़ गई हैं।” कुछ रुककर रुक्मिणी ने कहा, “नवल बेटा, यह सब क्या हो रहा है ? किसी तरह उन लोगों से समझौता नहीं हो सकता ?”

नवल यह ख़बर सुनकर उदास हो गया। कुछ सोचकर उसने कहा, “कैसा समझौता अम्माँ ! यह सब तो होना ही था। और एक तरह से जो कुछ हो रहा है अच्छा ही हो रहा है !”

“हाय राम, यह क्या कह रहे हो ! पूरी ज़िन्दगी पड़ी है इस लौंडिया की ! कौन सँभालेगा इसे ?”

“कोई नहीं अम्माँ ! इसे भवगान सँभालेगा ! भगवान इसे इतनी ताक़त देगा कि खुद अपने को सँभाल सके ! बाबा कहाँ हैं ?”

“डॉक्टर को लेने गए हैं। बड़ी कठोर छाती है उनकी ! मुसीबतों का पहाड़ आ पड़ा

है उनके ऊपर, लेकिन चुपचाप बिना उफ़ किए अपना कर्तव्य करते जाते हैं। अम्माँजी की तबीयत में रत्ती-भर सुधार नहीं हो रहा है; चार-पाँच दिन से सोई तक नहीं हैं। अच्छा जाओ, भीखू से पानी गरम करवा लो। नहा-धो लो जाकर, थके हुए आए हो !"

रुक्मिणी जमुना के पास लौटी। विद्या अपनी दादी के माथे पर हाथ रखे हुए चुपचाप बैठी थी और जमुना आँख बन्द किए हुए लेटी थी, मानो उसे नींद आ गई हो। रुक्मिणी ने विद्या से कहा, "नहा-धो लो जाकर, मैं बैठी हूँ।"

जमुना ने आँखें खोल दीं, "नहीं बहू, मेरी बच्ची को थोड़ी देर और मेरे पस बैठी रहने दो !" रुक्मिणी ने देखा कि जमुना की आँखों में आँसू भरे हैं। "मेरी बच्ची, बड़ा अन्याय किया है हम लोगों ने तुझ पर ! मुझे छमा कर दे बिटिया, नहीं तो मैं सुख से न मर सकूँगी; बड़ा अपराध हो गया है मुझसे। यह कह दे कि मुझे छमा कर दिया।"

विद्या ने आश्चर्य से अपनी माता को देखा, "क्या बात है अम्माँ, दादी यह सब क्या कह रही हैं ?"

रुक्मिणी ने सिर झुकाकर कहा, "सिद्धेश्वरी दूसरा विवाह कर रहा है। अट्ठाईस जनवरी को उसका विवाह है।"

विद्या के मुख पर एक मुस्कराहट आई, "सच कह रही हो अम्माँ ? तो फिर मेरे बन्धन कट गए और मुझे मुक्ति मिल गई।" यह कहकर विद्या ने जमुना का हाथ अपने हाथ में ले लिया, "दादी, यह तो बड़ी अच्छी ख़बर है। मुझे मुक्ति मिली और मेरे बन्धन कट गए। भगवान को अनेक-अनेक धन्यवाद ! इसमें दुख करने की क्या बात है दादी ?"

जमुना ने करुण भाव से कहा, "तू नहीं समझेगी बेटी, कम-से-कम अभी नहीं समझेगी ! हाय, यह सब क्या हो गया !"

"दादी, कोई नई बात नहीं हुई। यह सब तो रोज़ होता ही रहता है। इसमें किसी का कोई दोष नहीं है; यह भगवान की लीला है ! मुझे आज कितनी प्रसन्नता हुई यह सुनकर !"

जमुना कराह उठी, "बेटी, अपनी ज़बान से कह दे कि तूने मुझे छमा कर दिया।"

रुक्मिणी ने विद्या से कहा, "कह क्यों नहीं देती विद्या ? अम्माँ को शान्ति मिलेगी।"

विद्या ने जमुना का हाथ दबाकर पकड़ लिया, "दादी, भगवान इस बात का साक्षी है कि तुम सब लोगों ने जो कुछ किया, वह मेरे भले के लिए किया। यहाँ तक कि मेरे लिए तुम लोगों ने अपने को तबाह कर लिया। अगर तुम्हारे अनजाने मेरा कुछ अहित हो गया ड़ो तो मैंने तुम्हें क्षमा कर दिया। तुम अच्छी हो जाओ दादी, भगवान से यही प्रार्थना है।"

जमुना की भावावेश में हिचकियाँ बँध गईं और वह बेहोश हो गई। फिर उसकी बेहोशी नहीं टूटी।

ज्ञानप्रकाश दिल्ली से बम्बई चले गए थे। जब वह बम्बई से इलाहाबाद पहुँचे, रात काफ़ी

हो गई थी। नवल अपने कमरे में बैठा हुआ पढ़ रहा था। ज्ञानप्रकाश के ताँगे की आवाज़ सुनकर वह बाहर निकला। उसने ताँगेवाले से सब असबाब बरामदे में रखवाया। ताँगेवाले को विदा करके ज्ञानप्रकाश ने नवल से पूछा, "यह घर में सन्नाटा कैसा है नवल ? तुम इतने उदास क्यों हो ?"

नवल ने धीमे स्वर में कहा, "ज्ञान बाबा, दादी चली गईं, आज आठ दिन हुए !"

"क्या कहा ? भौजी नहीं रहीं ? क्या हुआ था उन्हें ?"

"हम लोगों के जाने के बाद उन्हें निमोनिया हो गया। वह जैसे हम लोगों के लौटने की राह देख रही थीं। जिस दिन हम लोग आए, उसी रात को उनकी मृत्यु हो गई।"

ज्ञानप्रकाश ने अपना असबाब अपने कमरे में रखवाया। फिर वह नवल के साथ ज्वालाप्रसाद के कमरे में गए। ज्वालाप्रसाद ज़मीन पर कम्बल बिछाए लेटे थे और कम्बल ओढ़े हुए थे। अभी दसवाँ नहीं हुआ था। ज्वालाप्रसाद को नींद आ गई थी, लेकिन उनकी नींद गहरी नहीं थी। ज्ञानप्रकाश और नवल के पैरों की आहट से ही उनकी नींद टूट गई। ज्ञानप्रकाश को देखते ही ज्वालाप्रसाद ने कहा, "ज्ञानू, बड़ी देर कर दी तुमने आने में ! तुम्हारी भौजी तो चली गईं। नहीं बरदाश्त कर सकीं वह यह सब। मैंने कितना समझाया, धीरज दिया, लेकिन आख़िर में हिम्मत हार बैठीं !"

ज्ञानप्रकाश ज़मीन पर कुछ हटकर बैठ गए—मौन ! उनके पास शब्द ही नहीं थे।

ज्वालाप्रसाद बोले, "सिद्धेश्वरी की दूसरी शादी हो रही है, यह ख़बर आई थी। इस ख़बर ने जैसे उसे तोड़ दिया। उस दिन से जो पड़ी तो फिर नहीं उठी।" और ज्वालाप्रसाद का गला रुँध गया।

थोड़ी देर चुप रहकर ज्ञानप्रकाश ने कहा, "भैया, धीरज रखिए ! आपके धीरज खोने से तो काम नहीं चलेगा !"

ज्वालाप्रसाद ने जैसे ज़बरदस्ती अपने अन्दरवाले रुदन को दबाया, "जानता हूँ। ज्ञानू, सब कुछ जानता हूँ। धीरज तो रखना ही पड़ेगा। लेकिन यह ज़िन्दगी-भर का साथ छूट गया। भगवान उसे शान्ति दें !"

नवल ने ज्वालाप्रसाद की ओर देखा। कितनी गहरी वेदना थी उनके इन शब्दों में ! सड़सठ बरस का बूढ़ा आदमी, चेहरा झुर्रियों से भरा हुआ...न जाने कितने उतार-चढ़ाव देखे थे उस व्यक्ति ने ! और ज्वालाप्रसाद कहे जा रहे थे, "ज्ञानू, उसने बिगड़ना देखा, और वह टूट गई। इस बिगड़ने के बाद भी तो बनना है, वह यह न समझ पाई !" और ज्वालाप्रसाद को जैसे सहसा होश आ गया हो, "मालूम होता है, तुम स्टेशन से सीधे चले आ रहे हो। जाओ, मुँह-हाथ धो लो और कपड़े-वपड़े बदल लो ! नवल, ज्ञानू के लिए कुछ खाना-वाना है ? न हो, अपनी माँ को जगाकर बनवा दो !"

"विद्या पूड़ियाँ बना रही है बाबा, आप सोइए," नवल ने उठते हुए कहा, "चलिए ज्ञान बाबा, पानी गरम हो गया होगा, जी चाहे तो नहा भी डालिए। तब तक खाना तैयार हुआ जाता है।"

सुबह जब ज्ञानप्रकाश सोकर उठे, ज्वालाप्रसाद घरवालों को लेकर गंगास्नान के

लिए जा रहे थे। उस दिन शुद्धि थी। ज्ञानप्रकाश भी इन लोगों के साथ गंगा-स्नान करने चले गए। सब लोग दोपहर को त्रिवेणी से वापस आए।

शाम के समय ज्वालाप्रसाद टहलने के लिए निकल पड़े। नवल और ज्ञानप्रकाश चाय पीने बैठे। विद्या भी वहाँ थी। चाय पीते हुए ज्ञानप्रकाश ने विद्या की ओर देखा, वह गुम-सुम चुपचाप बैठी थी। ज्ञानप्रकाश मुस्कराए, "विद्या, अब क्या कार्यक्रम है तुम्हारा ? तुम्हें मुक्ति तो मिल गई ?"

विद्या के मुख पर चमक आ गई। उसने ज्ञानप्रकाश से कहा, "सच बाबा, आप भी यह समझते हैं कि मुझे मुक्ति मिल गई ?"

"हाँ विद्या, तुम्हें मुक्ति मिल गई, कम-से-कम उन पिशाचों से। इस मुक्ति से तुम्हें प्रसन्न होना चाहिए था, लेकिन तुम उदास हो। यह तो ठीक नहीं।"

"क्या करूँ ज्ञान बाबा, मेरे कारण दादी गई हैं।" विद्या ने रुआँसी होकर कहा।

ज्ञानप्रकाश मुस्कराए, "कोई किसी के कारण नहीं जाता विद्या, वह जाता है इसलिए कि उसे जाना है। तुम्हारे बाबा भी चले जाएँगे, मैं भी चला जाऊँगा, और एक दिन तुम भी चली जाओगी। जो हो गया, उसे रोका नहीं जा सकता था; जो होनेवाला है, उसे रोका नहीं जा सकेगा। अब तुम मुझे बतलाओ कि तुम क्या करना चाहती हो ? कांग्रेस का काम करोगी ? मैं बम्बई से लौटते समय यही सोच रहा था। लाहौर में तुमने देखा ही कि कितनी स्त्रियाँ आन्दोलन में आगे आ गई हैं।"

विद्या ने कुछ सोचा। सिर हिलाते हुए उसने कहा, "नहीं बाबा, यह सब मुझसे न होगा।"

"यह सब तुमसे न होगा ! फिर होगा क्या ? यह भय छोड़ना पड़ेगा तुम्हें !"

विद्या ने कुछ संकोच के साथ उत्तर दिया, "बाबा, बात यह है कि मैं पुरुषों के बीच बैठकर काम कर न सकूँगी। ऐसी बात नहीं कि मुझे पुरुषों से शरम लगती है या उनसे भय लगता है। असली बात यह है कि मुझे अपने से डर लगता है। बड़ी कठोर ज़िन्दगी अपना ली है मैंने !" विद्या के स्वर में असीम करुणा थी।

ज्ञानप्रकाश के हृदय में एक टीम-सी उठी। उन्होंने फिर विद्या को देखा, शान्त, सौम्य और सात्विकता का असीम सौन्दर्य ! कैसी विडम्बना थी विधि की, ज़बरदस्ती उसे वैधव्य अपनाना पड़ रहा है। ज्ञानप्रकाश ने कहा, "ठीक कहती हो बेटा, यहाँ शहर में 'नारी-शिक्षा-सदन' नाम का एक लड़कियों का स्कूल है। उसकी मैनेजिंग कमेटी का मैं मेम्बर हूँ। एक अध्यापिका ने इस्तीफ़ा दे दिया है; पहली मार्च से वह जगह ख़ाली हो जाएगी। एक दरख़ास्त लिख देना। वह काम तो कर सकोगी ?"

"हाँ बाबा, वह काम मैं कर लूँगी। वहाँ आप मुझे लगवा दीजिए, जल्दी-से-जल्दी। बाबा, समय मुझे कभी-कभी बुरी तरह काटने लगता है। उस काम में मैं अपना मन तो उलझा सकूँगी।"

छब्बीस जनवरी को देश-भर में 'स्वतन्त्रता-दिवस' मनाया जानेवाला है। अभी तक कांग्रेस की माँग औपनिवेशिक स्वराज्य की थी, लेकिन अब परिस्थिति बदल गई थी।

जब स्वराज्य के लिए लड़ा ही है तो पूर्ण स्वतन्त्रता के लिए क्यों न लड़ा जाए ! कलकत्ता-कांग्रेस में पहली बार स्वतन्त्रता का प्रस्ताव पास हुआ था; लाहौर-कांग्रेस ने इस प्रस्ताव को कार्यान्वित करने का बीड़ा उठाया। स्वतन्त्रता का घोषणा-पत्र तैयार कर लिया गया; और छब्बीस जनवरी को देश के कोने-कोने में हर एक व्यक्ति को स्वतन्त्रता का व्रत धारण करना था। ज्ञानप्रकाश स्वतन्त्रता-संगठन के काम में व्यस्त हो गए। नवल को भी इस काम में ज्ञानप्रकाश की सहायता करने में मज़ा आता था।

जमुना की तेरहवीं करके ज्वालाप्रसाद ने गीता का अध्ययन आरम्भ कर दिया। इस अध्ययन में विद्या उनका साथ देती थी। नवल का पूरा दिन घर के बाहर बीतता था। दिन में वह विश्वविद्यालय जाता था, बाकी समय उसका कांग्रेस-कमेटी के दफ्तर में बीतता था। बच्चे स्कूल चले जाते थे और रुक्मिणी घर का काम-काज सँभालती थी।

उस दिन शाम के समय ज्वालाप्रसाद ड्राइंग-रूम में बैठे हुए विद्या से गीता सुन रहे थे कि एक ताँगा पोर्टिको के नीचे आकर रुका। "देखो बेटी, कौन आया है !"

विद्या ने बरामदे में निकलकर देखा बिन्देश्वरप्रसाद ताँगे से उतरकर बरामदे में चढ़ रहे थे। विद्या ने शान्त भाव से कहा, "बाबा गोल कमरे में हैं, आइए !"

बिन्देश्वरीप्रसाद ने विद्या की बात का कोई उत्तर न दिया। एक कठोर मुद्रा के साथ ड्राइंग-रूम में प्रवेश किया।

ज्वालाप्रसाद ने उठकर बिन्देश्वरीप्रसाद का स्वागत किया, "आइए बैठिए !"

बिन्देश्वरीप्रसाद चुपचाप कुरसी पर बैठ गए। ज्वालाप्रसाद ने विद्या से कहा, "बेटी, भीखू से कह दो, चाय बना लाये !"

अब बिन्देश्वरीप्रसाद का मुँह खुला, "नहीं, चाय-नाश्ता करके चला हूँ। मुझको आपसे कुछ ख़ास बातें करनी थीं, इसलिए आपके पास आया हूँ। इसको यहाँ से भेज दीजिए।"

ज्वालाप्रसाद ने विद्या की ओर देखा, "सुन रही हो बेटी, थोड़ी देर के लिए भीतर चली आओ !"

विद्या उठ खड़ी हुई। फिर कुछ सोचकर वह रुक गई। उसने कहा, "बातें मेरे सम्बन्ध में करनी होंगी इन्हें, इसलिए मेरा यहाँ रहना बहुत जरूरी है। ज़रा मैं भी तो सुनूँ, ये क्या कहने आए हैं !"

बिन्देश्वरीप्रसाद का स्वर तीखा हो गया, "तुमसे हम लोगों को कोई मतलब नहीं। मुझे बाबू ज्वालाप्रसाद से बातें करनी हैं। मैं तुम्हारा मुँह नहीं देखना चाहता।"

विद्या तड़प उठी, "लेकिन मेरे सम्बन्ध में जो विष उगलना है, वह मेरे सामने उगलिए। मैं उस विष को धारण कर लूँगी। अपने इस विष से दूसरों को मत मारिए। दादी को तो आप लोगों का ज़हर मार ही चुका है।"

अब ज्वालाप्रसाद ने बिन्देश्वरीप्रसाद से कहा, "मैं भी समझता हूँ कि इस लड़की का यहाँ रहना ज़रूरी है, क्योंकि यह इसके भाग्य का, इसकी ज़िन्दगी का मामला है। फिर यह बालिग हो चुकी है; अपना भला-बुरा इसको देखना और समझना है। मेरा क्या,

कब मुझे भगवान इस दुनिया से हटा लें ! कोई अमरौती खाकर तो मैं आया नहीं हूँ !"

"अच्छी बात है, जैसी आपकी मरजी," व्यंग्यात्मक स्वर में बिन्देश्वरीप्रसाद ने कहा, "तो यह भी सुन ले। आपको मैंने एक ख़त लिखा था कि सिद्धेश्वरी की शादी अगले हफ़्ते होगी।"

"जी हाँ, इस सम्बन्ध में आपकी चिट्ठी मुझे मिली थी। हिन्दू लॉ के अनुसार सिद्धेश्वरी को पूरा अधिकार है कि वह जितनी चाहे शादियाँ कर ले। अब इसके आगे क्या कहना है ?"

"मुझे यह पूछना है कि क्या यह इस शादी में शरीक होगी और इस शादी के बाद सिद्धेश्वरी के साथ रहने को तैयार होगी ?"

ज्वालाप्रसाद कुछ कहते, इससे पहले ही विद्या बोल उठी, "क्या शादी से पहले और क्या शादी के बाद, तुम लोगों के साथ रहना नरक में रहने से भी भयानक है।"

"सुन रहे हैं आप इस बदज़ात औरत की बात !" बिन्देश्वरीप्रसाद बोल उठे, "अब आप लोग यह समझ लीजिए यह हम लोगों से किसी भी तरह के गुज़ारे की हक़दार न होगी। मैं आप लोगों को इस बात के लिए आगाह करने आया हूँ, ख़ासतौर से ज्ञानप्रकाश साहेब को, जो बड़े क़ानूनदाँ बनते हैं।"

"तुम लोगों की पाप की कमाई का मैं एक पैसा भी नहीं चाहती," विद्या ने उत्तर दिया, "इसमें बाबा या ज्ञान बाबा से बात करने की कोई ज़रूरत नहीं है। मैं लिखकर दे सकती हूँ तुम लोगों को !"

बिन्देश्वरीप्रसाद ने ज्वालाप्रसाद की ओर देखा, "सुना आपने ! अब मुझे दोष न दीजिएगा ! हम लोग इसका भरण-पोषण करने को तैयार हैं; इसे घर में लेने को तैयार हैं। लेकिन यह खुद ही नहीं जाना चाहती।"

ज्वालाप्रसाद ने कहा, "कह तो चुकी है आपसे कि वह किसी तरह का गुज़ारा नहीं चाहती।"

बिन्देश्वरीप्रसाद के हाथ में जो फ़ाइल थी, उससे एक काग़ज निकालते हुए उन्होंने कहा, "हम लोग भी ऐसा ही समझे हुए थे, इसलिए मैं अपने साथ यह काग़ज तैयार करके लाया हूँ। इस पर दस्तख़त करके दे दे हम लोगों का। मैं यह नहीं चाहता कि आगे चलकर यह मामला अदालत में जाए, इसमें दोनों ही ख़ानदानों की बदनामी होगी।" यह कहकर उन्होंने काग़ज़ ज्वालाप्रसाद के हाथ में दे दिया।

ज्वालाप्रसाद ने वह काग़ज़ पढ़ा, फिर उन्होंने उसे विद्या के हाथ में देते हुए कहा, "मज़मून तो ठीक है। इसे पढ़ लो बेटी !"

विद्या ने पढ़कर कहा, "इसे थोड़ा-सा बदलना होगा बाबा ! इसमें जो यह लिखा है कि इन लोगों का साथ मैं अपने मन से छोड़ रही हूँ, उसके स्थान पर मैं लिखूँगी कि इन लोगों के अमानुषिक व्यवहार से खिन्न होकर इनका घर मैं छोड़ रही हूँ।"

"यह नहीं लिखा जाएगा। हम लोगों ने तुम्हारी कलह और बदतमीज़ी के कारण तुम्हें घर से निकाला है।"

विद्या ने कड़े स्वर में कहा, "लिखनेवाली मैं हूँ। जो ठीक समझूँगी वह लिखूँगी। तुम्हें अगर लिखना हो तो जैसा मैं कहती हूँ वैसा लिखा लो, नहीं तो जाओ यहाँ से !"

ज्वालाप्रसाद ने कहा, "यह काग़ज़ तो आपके पास रहेगा, जब तक आप इसे खुद किसी को न दिखाएँ या अदालत में इसे पेश न करना चाहें। ऐसी हालत में जो कुछ यह लिखती है, उसे आप लिख लीजिए।"

बिन्देश्वरीप्रसाद ने कुछ सोचा। मामला इतनी आसानी से हल हो जाएगा, उन्होंने यह न समझा था। अपने स्वर को कुछ मुलायम करके उन्होंने कहा, "यह सब मैं दोनों ख़ानदानों की इज़्ज़त बचाने के लिए कह रहा हूँ। जैसा चाहे यह मज़मून को बदल दे।"

विद्या ने इस मज़मून में अपनी बात जोड़कर काग़ज ज्वालाप्रसाद के हाथ में दे दिया। ज्वालाप्रसाद ने उसे पढ़ा, "ठीक है ! लीजिए बाबू बिन्देश्वरीप्रसाद आपका काम इतनी आसानी से बिना किसी झमेले के हो गया। अब तो एक प्याला चाय पी लीजिए।"

बिन्देश्वरीप्रसाद ने वह काग़ज़ अपनी फ़ाइल में रख लिया, "नहीं, मुझे अब इस घर से कोई मतलब नहीं।" फिर विद्या की ओर घूमकर उन्होंने कहा, "इतना याद रखना कि हिन्दू लॉ में तलाक़ नहीं होगा। तू ज़िन्दगी-भर सिद्धेश्वरी की बीबी ही रहेगी। अगर कभी तेरी बदनामी या बदचलनी की ख़बर हम लोगों को मिली, तो तुझे सीधा जेल भिजवा देंगे।"

विद्या बिन्देश्वरीप्रसाद की यह बात सहन न कर सकी। पैर से चप्पल उतारकर वह बिन्देश्वरी की ओर झपटी, "शैतान कहीं का !"

बिन्देश्वरीप्रसाद कमरे से बाहर की तरफ़ लपके। ज्वालाप्रसाद ने विद्या का हाथ पकड़कर उसे रोका। विद्या ने झटका देकर अपना हाथ ज्वालाप्रसाद से छुड़ाया और हाथ में चप्पल लिए हुए उसने बिन्देश्वरीप्रसाद का पीछा किया। ज्वालाप्रसाद विद्या के पीछे-पीछे दौड़े। इसी बीच में बिन्देश्वरीप्रसाद ताँगे पर बैठ चुके थे। उन्होंने ताँगेवाले से कहा, "हाँको, ताँगा जल्दी से !"

ताँगा चल पड़ा और विद्या रुक गई, "कायर कहीं का !" और वह फूट पड़ी।

7

विद्या ने नवल से पूछा, "दादा, तुम उषा से कब से नहीं मिले ?"

"क्यों, क्या बात है ? इधर दस-बारह दिन से नहीं गया हूँ उधर। कोई ख़ास बात है ?"

"समझ में नहीं आता। आज वह मुझे अजीब तरह से बदली हुई दिखी। दोपहर को घर में जी नहीं लगा तो मैं उषा के घर चली गई। लेकिन शायद उस समय मेरा वहाँ पहुँचना उन लोगों को बहुत अच्छा न लगा। क्यों दादा, कोई राजेन्द्रकिशोर हैं जो विलायत से आई.सी.एस. होकर लोटे हैं ?"

नवल थोड़ा-सा चौंका, "राजेन्द्रकिशोर ! अरे हाँ, एक बार उनसे मिला हूँ। तो क्या राजेन्द्रकिशोर वहाँ थे ?"

"हाँ, उन्हें खाने पर बुलाया गया था। रायबहादुर साहेब और गौरीनाथ उनकी ख़ातिरदारी में लगे हुए थे, और उषा भी उन्हीं के पास बैठी घुल-घुलकर बातें कर रही थी। मेरे पास बैठने या मुझसे बातें करने का समय ही नहीं था उसे। उषा की माँ और भाभी अन्दर व्यस्त थीं। वहाँ कुछ देर रुककर मैं चली आई।

नवल ने कुछ सोचते हुए कहा, "रायबहादुर और उषा से राजेन्द्रकिशोर का परिचय पारसाल यूरोप में हुआ था। उषा के जन्म-दिन की पार्टी में मैंने राजेन्द्रकिशोर को पहली बार देखा था। आदमी तो अच्छे दिखते हैं। रायबहादुर के यहाँ उनका आना-जाना बढ़ गया होगा।"

विद्या ने चिन्ता-भरी उदासी के स्वर में पूछा, "दादा, सच-सच बतलाना, क्या तुम उषा से प्रेम करते हो ?"

"क्यों, यह पागलपन से भरा सवाल करने की क्या ज़रूरत पड़ गई ?" नवल ने मुस्कराते हुए पूछा।

"इसलिए कि मुझे ऐसा लगता है जैसे तुम उषा से प्रेम नहीं करते।"

"मैं उषा से प्रेम नहीं करता, यह प्रश्न कैसे उठा ?"

"इसलिए कि तुम उषा को पाना नहीं चाहते। दादा, इधर मुझे कुछ ऐसा लगने लगा कि उषा अपने जीवन में कुछ अभाव-सा अनुभव कर रही है, और उस अभाव को दूर करने के लिए बुरी तरह छटपटा रही है।"

नवल ने कहा, "विद्या, तुम मुझे ग़लत समझ रही हो। मैं उषा से प्रेम करता हूँ—बहुत अधिक, लेकिन वह नहीं बन सकता जो उषा चाहती है। अपने अन्दरवाली पुकार के प्रति मैं कैसे बहरा बन जाऊँ ? वैभव, सम्पन्नता, पद, मैं इन्हें जीवन में महत्त्व नहीं देता, लेकिन उषा इन्हीं चीज़ों को महत्त्व देती है। अब तुम्हीं बताओ, मैं क्या करूँ !"

"तुम उषा से साफ़-साफ़ क्यों नहीं बात कर लेते दादा ? वह तुम्हारे दिल की बात जानती नहीं, समझती नहीं, क्योंकि तुमने कभी उससे अपने दिल की बात कही नहीं। और इसीलिए वह समझती है कि उसके प्रति तुम्हारी उपेक्षा है। और इस उपेक्षा से उसके मन में एक प्रकार की कटुता पैदा हो जाना स्वाभाविक है।"

नवल ने कुछ सोचा, "शायद तुम ठीक कहती हो विद्या ! मैं कल ही उषा के यहाँ जाऊँगा और उससे बात करूँगा।"

दूसरे दिन शाम के समय नवल उषा के यहाँ गया। उस समय उषा बैठक में

बैठी एक उपन्यास पढ़ रही थी। वह कहीं बाहर जाने को तैयार मालूम देती थी; पूरी तौर से सजी-धजी हुई थी। उसने उठकर नवल का स्वागत किया। उपन्यास बन्द करके मेज़ पर रखते हुए उसने कहा, "आज बहुत दिनों बाद आए आप नवलबाबू, बैठिए !"

नवल ने बैठते ही उत्तर दिया, "हाँ, फ़रवरी का महीना है न ! इम्तिहान के अब कुल ढाई-तीन महीने बाक़ी हैं।"

उषा ने मुस्कराते हुए कहा, "एल-एल.बी. का ही तो इम्तिहान है; इसमें तो लोग बिना पढ़े-लिखे पास हो जाते हैं।" फिर कुछ गम्भीर होकर उसने कहा, "सुना है, आजकल आप कांग्रेस का काफ़ी काम-काज करने लगे हैं; गौरी भाई साहेब कहते थे। उससे फ़ुरसत नहीं मिलती होगी।"

उषा ने जो कुछ कहा था, वह सत्य था। नवल को एक तरह की झुँझलाहट हुई यह सत्य सुनकर, "हाँ, कभी-कभी कांग्रेस के दफ़्तर भी चला जाया करता हूँ। ज्ञान बाबा हैं न वहाँ !" नवल बोला। फिर उसने कहा, "क्या कहीं जा रही हो ? अगर नहीं, तो चलो कहीं घूम आएँ चलकर। आज तुमसे बहुत-सी बातें करनी हैं।"

"यहीं बातें करें न हम लोग ! घर में इस समय कोई नहीं है," उषा ने कहा, "ठहरिए, आपके लिए चाय मँगवा लूँ !"

"नहीं, चाय नहीं पियूँगा, घर से पीकर चला था। मैं तो केवल तुमसे बातें करने आया था।"

"लेकिन मैंने नहीं पी है चाय, तो मेरा साथ तो आप दे ही सकते हैं !" यह कहकर उषा ने नौकर को चाय बनाने के लिए आवाज़ दी। फिर उसने कहा, "हाँ, कहिए अब अपनी बात !"

नवल ने गला साफ़ करते हुए कहा, "सबसे पहली बात तो यह है उषा, कि शायद हम दोनों, बिना जाने हुए, एक-दूसरे से दूर हटते जा रहे हैं। क्या तुम भी ऐसा अनुभव करती हो ?"

उषा ने नवल को कोई उत्तर नहीं दिया।

थोड़ी देर तक उषा के उत्तर की प्रतीक्षा करके नवल ने कहा, "इसमें शायद दोष मेरा है। मेरे जीवन की गति बदल गई, मेरी मान्यताएँ बदल गई हैं—अनायास ही। एक भयानक झटका लगा मुझे, और उस झटके ने मेरे जीवन की धारा मोड़ दी।"

उषा अब भी मौन रही, वह नवल को एकटक देख रही थी।

नवल कहता जा रहा था, "बाबूजी की मृत्यु ने हम सब लोगों को बुरी तरह झकझोर दिया। मेरे सपने टूट गए, मैं इंग्लैंड नहीं जा सका।"

उषा अब बोली, "नहीं नवलबाबू, यहाँ आप ग़लत कह रहे हैं। पापा ने आपको इंग्लैंड भेजने की न जाने कितनी कोशिश की, हर तरह उन्होंने आपको समझाया-बुझाया। लेकिन आपने पापा को अपना नहीं समझा, मुझे अपना नहीं समझा और आपने साफ़ इनकार कर दिया। इससे पापा को बुरा भी लगा।"

उषा की बात में सत्य था, नवल यह जानता था। उसने कहा, "उषा, पापा मुझे ठीक तरह से नहीं समझ पाए; तुम भी मुझे ठीक तौर से नहीं समझ पा रही हो। असल बात यह है कि वैभव और सम्पन्नता के प्रति मुझमें एक तरह की वितृष्णा भर गई है, क्योंकि इस वैभव और सम्पन्नता में एक तरह की निष्क्रियता है, और निष्क्रियता मनुष्य को नीचे गिराने का सबसे बड़ा साधन है।"

उषा का स्वर कुछ कड़ा हो गया, "नवलबाबू, तो क्या आप समझते हैं कि जिनके पास वैभव और सम्पन्नता है, वे पतित हैं ?"

उषा के इस प्रश्न से नवल सकपका गया, "नहीं, मेरा मतलब यह नहीं था। मैं केवल इतना कहना चाहता था..."

उषा ने नवल की बात काटी, "आप क्या कहना चाहते हैं, वह मैं समझ गई। गौरी भाई साहेब ठीक ही कहते थे।"

गौरीनाथ नवल को पसन्द नहीं करता था, नवल यह जानता था। वह भी तो गौरीनाथ को पसन्द नहीं करता था। एक अकर्मण्य आदमी, जिसे अपने वैभव पर बेहद गर्व था, जो अपनी सम्पन्नता का हरदम प्रदर्शन करता था, जो दूसरों की मेहनत और कमाई पर मौज उड़ाता था। सीतानाथ पढ़ा-लिखा अधिक नहीं था, लेकिन वह मेहनत तो करता था। वह स्पष्टभाषी था—असभ्य कहलाने की हद तक, लेकिन उसमें प्रदर्शन नहीं था।

इसी समय गौरीनाथ ने राजेन्द्रकिशोर के साथ कमरे में प्रवेश किया। नवल की उपेक्षा करते हुए उसने उषा से कहा, "छह बज रहे हैं; अब हम लोगों को चलना चाहिए।" फिर वह नवल की ओर घूमा, "मिस्टर राजेन्द्रकिशोर से तो मिल ही चुके हो नवल ! इनके साथ आज पिक्चर का प्रोग्राम बन गया है। फिर मुलाकात होगी। चलो उषा !"

उषा ने अन्यमनस्क भाव से कहा, "गौरी भाई साहेब, सिर में कुछ दर्द है, मन में भारीपन है। मेरा चलना क्या बहुत ज़रूरी है ?"

"अरे, पिक्चर देखकर मन हल्का हो जाएगा और सिर का दर्द ग़ायब हो जाएगा। मिस्टर राजेन्द्रकिशोर अपना एक जरूरी काम छोड़कर आए हैं; तीन सीटें भी बुक करा ली हैं।"

उषा ने विवशता की एक नज़र नवल पर डाली। नवल उठ खड़ा हुआ, "हो आओ उषा, मैं फिर कभी आऊँगा। इस समय मुझे भी कांग्रेस-कमेटी के दफ़्तर में जाना है।"

गौरीनाथ ने व्यंग्य किया, "सुना है, नेता बनने की फ़िक्र में हो नवल ! एल-एल. बी. तो पास कर लेते !"

नवल ने गौरीनाथ के इस व्यंग्य पर कोई ध्यान नहीं दिया, "वह तो पास करूँगा ही गौरी भाई साहेब ! फिर नेता बनने की मुझमें न तो क्षमता है, न अभिलाषा ही। हाँ, फुरसत के समय कांग्रेस का थोड़ा-बहुत काम कर देता हूँ।"

राजेन्द्रकिशोर मुस्कराया, "कहाँ आई.सी.एस. बनने के सपने और कहाँ कांग्रेस में

स्वयंसेवक का काम ! अजीब विडम्बना है !"

राजेन्द्रकिशोर के इस व्यंग्य से उषा तड़प उठी। उसने नवल से कहा, "नवलबाबू, सुन रहे हैं आप ! अब भी समय है। अगर आप अपने को अब भी बदल सकते हों तो बदलिए।" और बिना नवल के उत्तर की प्रतीक्षा किए हुए वह राजेन्द्रकिशार और गौरीनाथ के साथ कमरे से निकल गई।

नवल चुपचाप मर्माहत-सा वहाँ से लौटा। उसका मन इस समय बहुत भारी हो गया था। वहाँ से वह कांग्रेस-कमेटी के दफ्तर में पहुँचा।

कांग्रेस-कमेटी के दफ़्तर में उस समय बहुत चहल-पहल थी। साबरमती में कांग्रेस की वर्किंग कमेटी की बैठक हो रही थी और यह समझा जा रहा था कि कार्यसमिति की उस बैठक में आन्दोलन की रूपरेखा निर्धारित की जाएगी। देश-भर में आन्दोलन के लिए तैयारियाँ शुरू हो गई थीं। इस बार आन्दोलन सत्याग्रह के साथ आरम्भ होगा, और महात्मा गांधी के लेखों से यह प्रकट हो गया था कि यह सत्याग्रह नमक-कर के ख़िलाफ़ किया जाएगा।

नवल वहाँ की बातचीत में डूब गया। उषा के घर पर जो कुछ हुआ था, उसे वह भूल ही गया था। प्रायः नौ बजे ज्ञानप्रकाश उठे, "चलो नवल, बड़ी देर हो गई, घर चला जाए। अब भूख भी लगी है।"

घर जाकर नवल ने विद्या से उषा के यहाँ की बातचीत का कोई ज़िक्र नहीं किया। उस बातचीत से वह कोई निष्कर्ष निकाल भी तो नहीं पाया था। क्या उसे उषा से फिर बातचीत करनी चाहिए ? लेकिन किस विषय पर बातचीत !

नवल को उस रात नींद नहीं आई। उसे ऐसा लग रहा था कि उसके जीवन में जो परिवर्तन आया है, अभी वह पूरा नहीं हुआ है। उसे लग रहा था कि यह परिवर्तन आधारभूत है; जो कुछ भी प्राचीन है वह सब-का-सब नष्ट हो जाएगा, कुछ भी नहीं बचेगा उस प्राचीन का। एक नवीन का निर्माण करना होगा उसे, या फिर यों कहें कि एक नवीन का निर्माण हो रहा है स्वतः। उस नवीन की रूपरेखा क्या होगी, यह वह नहीं जानता था। इस नवीन का रूप देखने को वह छटपटा रहा था।

उषा उससे दूर हट रही है। शायद वह हट भी गई है। उषा के प्रति उसमें असीम ममता थी। उषा को वह अपनी समझता रहा था। वही उषा अब उसके जीवन से निकली जा रही थी, और वह उषा को रोक सकने में असमर्थ था। उषा को रोक सकना उसके वश में नहीं था; वह उषा उस अतीत का ही तो भाग थी, जो नष्ट हो रहा था। उषा को रोकने के लिए उसे अतीत को पकड़ना पड़ेगा, अतीत को अपनाना पड़ेगा—उस अतीत को जो कुरूप था, जो त्याज्य था।

भयानक विडम्बना है ! उषा सुन्दर है, ग्राह्य है; और यही उषा उस अतीत का अंग है, जो कुरूप है, त्याज्य है। अतीत के एक भाग को रोक लेना और दूसरे भाग को छोड़ देना, यह सम्भव है, ऐसा होता रहता है, नवल यह जानता है। लेकिन...लेकिन उसका मामला भी भिन्न है। उषा में उस अतीत के कुरूप और त्याज्य भाग के प्रति असीम

मोह है, वह उसे छोड़ने के लिए तैयार नहीं।

2 मार्च, सन् 1930 को महात्मा गांधी ने लार्ड इरविन के नाम एक पत्र प्रकाशित किया, और उस पत्र से देश-भर में हलचल मच गई। वह पत्र सत्याग्रह-आन्दोलन का घोषणा-पत्र था। हर तरह के प्रयत्न व्यर्थ सिद्ध हो चुके थे। ब्रिटिश सरकार स्वराज्य देने को ज़रा भी तैयार नहीं थी। महात्मा गांधी के पास सिवा सत्याग्रह के और कोई चारा न था। उस पत्र में सद्भावना थी, ईमानदारी थी, और इस सबके साथ एक अडिग संकल्प था।

नवल की पढ़ाई ज़ोरों पर चल रही थी, लेकिन उस दिन यूनिवर्सिटी में उसका मन नहीं लगा। वह वहाँ से कांग्रेस-कमेटी के दफ़्तर की ओर चल पड़ा। ज्ञानप्रकाश इलाहाबाद में सत्याग्रह की योजना बना रहे थे। नवल को देखते ही उन्होंने कहा, "नवल, समय आ गया है। युद्ध का श्रीगणेश हो गया।"

"हाँ ज्ञान बाबा, देख रहा हूँ। आप कब तक ख़ाली हो जाएँगे ?"

"मुझे तो आज यहाँ पूरा दिन लग जाएगा, सामने काम-ही-काम है। जहाँ तक मेरा ख़याल है, छह-सात बजे तक उठ सकूँगा। शाम को चाय घर पर ही पियूँगा आकर। और हाँ, आज सुबह 'नारी-शिक्षा-सदन' की मीटिंग हुई थी तो विद्या की नियुक्ति वहाँ हो गई 15 मार्च से। शाम को आकर बताऊँगा।"

"अच्छी बात है बाबा, यूनिवर्सिटी में आज मन नहीं लगा, मैं घर ही जा रहा हूँ।"

नवल वहाँ से चल दिया। उस समय वह प्रसन्न था। विद्या को काम मिल गया था; अब वह स्वयं अपने पैरों पर खड़ी हो जाएगी। विद्या के लिए रास्ता निकल आया, एक बहुत बड़ी समस्या हल हो गई। विद्या को यह खुशख़बरी सुनाने के लिए वह जल्दी-जल्दी घर पहुँचा। विद्या ज्वालाप्रसाद के साथ ड्राइंग-रूम में बैठी हुई उन्हें रामायण सुना रही थी। नवल ने आते ही विद्या से कह, "विद्या, तुम्हारे लिए एक बड़ी खुशख़बरी है, मिठाई खिलाओ। ज्ञान बाबा ने कहा कि 15 मार्च से 'नारी-शिक्षा-सदन' में तुम्हारी नियुक्ति हो गई।"

विद्या कह उठी, "सच दादा !" और फिर विद्या अपने उतावलेपन से मानो स्वयं लज्जित हो गई। उसने ज्वालाप्रसाद से कहा, "बाबा, इस दोहे के बाद इस समय रामायण बन्द कर दूँ !"

ज्वालाप्रसाद मुस्कराए, "हाँ, बेटी, अब इधर ध्यान नहीं लगेगा। भगवान की कृपा से तुम्हें काम मिल गया है तो मन लगाकर ही उसका गुण गाना चाहिए।"

विद्या ने रामायण का पाठ समाप्त करके नवल की ओर देखा, "हाँ दादा, भगवान रामचन्द्र की कृपा हुई मुझ पर। तो पन्द्रह तारीख़ से जाना पड़ेगा मुझे वहाँ ?"

इससे पहले कि नवल विद्या से कुछ कहे, ज्वालाप्रसाद ने एक ठंडी साँस लेकर मानो अपने से कहा, "यह दिन भी देखना बदा था ! घर की लड़की घर से निकलकर नौकरी करे, दूसरों की गुलाम बने !"

नवल इस पर चुप ही रहा, लेकिन विद्या चुप न रह सकी, "बाबा, गुलामी से आदमी

का छुटकारा कब है ? घर में घुट-घुटकर रहना, अपने को ज़बरदस्ती दबाना, यह क्या कम गुलामी है ?"

ज्वालाप्रसाद ने आँखें झुकाए हुए कहा, "हाँ बेटी, कहती तो ठीक हो शायद, लेकिन घर में ममता तो है !"

विद्या का स्वर कठोर हो गया, "ममता ! कैसी ममता और किसके प्रति ममता ? घोर घृणा में रहना पड़ा है मुझे घुट-घुटकर ! उन अर्थ-पिशाचों के प्रति भला मुझमें ममता हो सकती थी, जिन्होंने मेरे माता-पिता के परिवार का खून चूस लिया है।"

ज्वालाप्रसाद बोले, "तुम नहीं समझोगी बेटी ! दुनिया में अकेलापन बड़ा भयानक होता है, और परिवार की रचना इस अकेलेपन को दूर करने के लिए ही होती है।"

विद्या हँस पड़ी, "बाबा, आप हैं, मेरे भाई हैं, माँ हैं और इसके बाद सारी दुनिया है। इतने बड़े परिवार में रहते मैं चिन्ता किस बात की करूँ ! क्यों नवल दादा, तुम मुझे अपने साथ ही रखोगे न ! भौजी को मैं उतना ही अधिक प्यार करूँगी जितना तुम्हें करती हूँ। तुम्हारे बच्चे मेरे सिर-आँखों पर रहेंगे।"

नवल ने अपने आँसुओं को दबाते हुए कहा, "विद्या, यह सब क्या बक रही हो ? तुम मेरी छोटी बहिन भले ही हो, लेकिन बुद्धि में, साहस में तुम मेरी पूज्य हो।"

नवल ने घड़ी देखी, अभी केवल तीन बजे थे। घर में उसका मन नहीं लग रहा था; एक अजीब तरह की हलचल वह अपने अन्दर अनुभव कर रहा था। न तो वह उस हलचल का कारण जानता था और न वह उस हलचल का रूप पहचान पा रहा था। विद्या ने नवल से कहा, "आज बड़े खोये हुए दिख रहे हो दादा ! क्या बात है ?"

नवल मुस्कराया, "मेरी समझ में नहीं आ रहा। कहीं मन ही नहीं लग रहा है मेरा।"

विद्या उठ खड़ी हुई, "बहुत दिनों से उषा से नहीं मिली हूँ; उधर तीन-चार दिन से सोच रही थी कि उषा से मिल आती। चलो मेरे साथ, वहाँ कुछ मन भी बहल जाएगा।"

उषा का नाम सुनते ही नवल मानो चौंक पड़ा। इधर पिछले कई दिन से उसने उषा को याद तक नहीं किया था। विद्या का यह प्रस्ताव सुनकर नवल का मन एकाएक उषा की ओर खिंच गया। लेकिन इस आकर्षण के साथ एक प्रकार की आशंका भी थी, एक प्रकार का भय भी था। शायद इस आशंका और भय से त्राण पाने के लिए ही उसके मन ने उषा के प्रति उदासीनता ग्रहण कर ली थी। इस समय आकर्षण के जागने के साथ भय और शंका भी जाग उठे।

भय और शंका...इनको दूर करना होगा, इनसे लड़ना होगा। इनसे भागने से तो काम नहीं चलेगा। नवल ने कहा, "अच्छी बात है विद्या, चलता हूँ तुम्हारे साथ, लेकिन जल्दी करो, दस मिनट के अन्दर ही तैयार हो जाओ। छह-सात बजे तक वहाँ से लौट आना है। ज्ञान बाबा ने कहा है कि वह लौटकर चाय यहीं पिएँगे। फिर उनसे बात भी करनी है।"

विद्या को साथ लेकर नवल जिस समय रायबहादुर कामतानाथ के मकान पर पहुँचा,

चार बज गए थे।

उषा कॉलेज से लौट आई थी और चाय पीने की तैयारी में थी। नवल और विद्या के साथ वह बाहर की बैठक में बैठ गई और चाय वहीं मँगवा ली। विद्या ने पूछा, "कहो उषा रानी, पढ़ाई कैसी चल रही है ?"

उषा मुस्कराई, "अच्छी ही चल रही है। क्या बतलाऊँ, एक साल यूरोप की यात्रा के कारण ख़राब हो गया। साथ की सब लड़कियाँ बी.ए. फ़ाइनल में पहुँच गईं; शरम आती है।"

"इसमें शरम आने की क्या बात है ?" नवल ने कहा, "तुम कोई फ़ेल तो नहीं हुईं। अगले साल बी.ए. कर लेना !"

"हाँ, अगले साल तो पास करूँगी ही। लेकिन न जाने क्यों, मन में एक तरह का उतावलापन भर गया है, किसी भी चीज़ के लिए इन्तज़ार करने को जी नहीं होता। फिर कभी-कभी तो सोचने लगती हूँ कि यह पढ़ने-लिखने का झंझट बेकार ही ले लिया है। आख़िर मुझे बी.ए. पास करने की जरूरत ही क्या है ! कौन नौकरी करनी है मुझे !"

नवल बोल उठा, "यह ठीक है कि नौकरी नहीं करनी, लेकिन बी.ए. तो पास कर ही डालो ! केवल नौकरी के लिए ही तो पढ़ना-लिखना नहीं होता। फिर दुनिया की मान्यताएँ बड़ी तेज़ी के साथ बदल रही हैं। हमारे भविष्य का रूप क्या होगा, यह नहीं कहा जा सकता।

उषा ने ठंडी साँस लेकर कहा, "हाँ नवलबाबू, भविष्य का क्या होगा, यह नहीं जाना जा सकता; किसी भी हालत में नहीं जाना जा सकता।" और विद्या की ओर घूमी, इस बात को समाप्त करने के लिए शायद, "कहो विद्या रानी, कैसे दिन कट रहे हैं तुम्हारे ?"

"बड़े मज़े से कट रहे हैं। खाती-पीती हूँ, पढ़ती-लिखती हूँ और चैन से सोती हूँ, विद्या ने हँसते हुए कहा, "लेकिन देखती हूँ कि वह मौज की ज़िन्दगी अब अधिक दिन नहीं चलेगी; इससे जी ऊबने लगता है। जिन्दगी में कुछ काम भी तो करना चाहिए।"

"कोई काम करना चाहो तो काम की कमी नहीं है।" उषा बोली।

"मेरा मतलब इस घरेलू काम से नहीं उषा रानी, मेरा मतलब आजीविका के लिए काम से है। तो 'नारी-शिक्षा सदन' में मुझे अध्यापिका की जगह मिल गई है; 15 मार्च से वहाँ काम करने लगूँगी।"

उषा चौंक पड़ी, "तो क्या नौकरी करोगी ? लोग क्या कहेंगे...और तुम्हें भी कैसा लगेगा ?"

"मुझे तो बहुत अच्छा लगेगा, मैंने इसके लिए कोशिश की है। अपने पैरों पर मैं खुद खड़ी हो रही हूँ, इस पर मुझे गर्व है। न किसी पर निर्भर हूँ, न किसी की आश्रित हूँ। रही यह बात कि दूसरे क्या कहेंगे, तो इसकी चिन्ता ही बेकार है। दूसरे मेरे जीवन में आते कहाँ से हैं ! न दूसरे कुछ दे देंगे और न मेरा छीन लेंगे।"

नवल ने विद्या की बात का समर्थन किया, "और दूसरों के पास इतना अवकाश कहाँ है उषा रानी, जो इस पर टीका-टिप्पणी करते घूमें ! जो लोग विद्या पर उँगलियाँ

उठायेंगे, वे पुरानी दुनिया के लोग होंगे—उस पुरानी दुनिया के जो मिट रही है। जहाँ तक नई दुनियावालों का सवाल है, वे इसे ठीक समझेंगे, वे लोग विद्या का आदर करेंगे। स्त्री का भी अपना एक अस्तित्व है।"

नवल की इस बात से उषा तिलमिला उठी, "आप ठीक कहते है नवलबाबू, स्त्री का अपना एक निजी अस्तित्व है, आपकी इस नई दुनिया में। वह घर के बाहर निकलकर गुलामी करे, वह पुरुषों के कन्धे-से-कन्धा मिलाकर काम करे, परिवार और घर की मर्यादा को तोड़ दे—आपकी यह नई दुनिया आप ही को मुबारक हो ! लेकिन मैं कहती हूँ कि यह नयी दुनिया ग़लत ढंग की है, जो टिक नहीं सकती। स्त्री-पुरुष, निर्बल-सबल, गरीब-अमीर के भेदभाव अनादि काल से रहे हैं और अन्नत काल तक रहेंगे। जिन मान्यताओं की आप दुहाई दे रहे हैं वे झूठी हैं। ये सब पागलपन से भरे सपने हैं। मैं इन पर विश्वास नहीं करती।"

नवल ने आश्चर्य के साथ उषा को देखा। क्या यह वही उषा है जिससे वह प्रेम करता है? क्या यह वही उषा है जिसे वह अपनी जीवन-संगिनी बनाकर अपने को धन्य समझनेवाला है ? उषा यह सब क्या कह रही है? क्या उसकी समस्त शिक्षा बेकार गई, यह उषा यूरोप हो आई, स्वतन्त्र देशों में इसने भ्रमण किया है। तो वहाँ जाकर इसका दृष्टिकोण और भी संकुचित हो गया है ! नवल ने एक बार फिर प्रयन्त किया कि उषा उसके दृष्टिकोण को समझे, "उषा, तुम तो यूरोप हो आई हो। तुमने देखा होगा वहाँ स्त्रियों को कितनी स्वतन्त्रता है। फिर तुम यह क्या कह रही हो ?"

उषा हँस पड़ी, लेकिन उसकी हँसी में व्यंग्य था, "हाँ, मैं यूरोप हो आई हूँ और वहाँ की स्त्रियों को मैंने देखा है। कुछ स्त्रियाँ नौकरी करती हैं क्योंकि वे नौकरी करने को विवश हैं, ठीक उसी तरह जैसे हमारे यहाँ नीच जाति की स्त्रियाँ नौकरी करती हैं। लेकिन जो नौकरी करने को विवश नहीं हैं, वे मौज से रहती हैं, खुलकर ख़र्च करती है; उनके नौकर-चाकर हैं, उनके पास शानदार मोटरें हैं, उनके पास आलीशान कोठियाँ हैं। थियेटर, सिनेमा, कार्निवाल, वे सब जगह जाती हैं। हीरा-मोती से वे लदी हुई हैं, उनके शरीर पर क़ीमती कपड़े हैं। वहाँ लोग स्वतन्त्रता और परतन्त्रता की दुहाई नहीं देते। यह सब तो अमीरी और ग़रीबी का भेद है।" फिर उषा विद्या की ओर घूमी, "क्यों विद्या रानी, अगर तुमने अपना घर न छोड़ा होता तो तुम नौकरी करतीं ? कोई दूसरा सहारा न होने के कारण ही तो तुम्हें करनी पड़ रही है।"

विद्या के सम्बन्ध में उषा ने जो कुछ कहा था वह ठीक था। विद्या को उषा की यह बात अच्छी नहीं लगी, लेकिन वह उस बात का प्रतिवाद नहीं कर सकती थी, इसलिए चुप रही।

थोड़ी देर विद्या के उत्तर की प्रतीक्षा करने के बाद उषा ने फिर कहा, "स्त्री की स्वतन्त्रता के यह अर्थ नहीं होते कि उसे गुलामी करने के लिए दुनिया में भटकना पड़े। स्त्री की स्वतन्त्रता के यह अर्थ होते हैं कि वह घर की चहारदीवारी के बाहर निकल सके, उसे घर के बन्धनों से मुक्ति मिले, वह बाहर घूम-फिर सके, परदे से निकलकर

वह सभा-सोसाइटियों में मिल-जुल सके। और यह स्वतन्त्रा प्राप्त करने के लिए सम्पन्नता चाहिए नवलबाबू !"

इसी समय सीतानाथ घर से बाहर निकला। नवल को देखते ही उसने कहा, "अरे नवल, तुम ! बहुत दिन बाद दिख रहे हो। अच्छा ! तुम तो सिर से पैर तक खद्दर पहनने लगे हो, पूरे कांग्रेसी बन गए हो !"

नवल ने उत्तर दिया, "जहाँ तक पोशाक का सवाल है वहाँ तो कांग्रेसी बन ही गया हूँ, लेकिन अभी सक्रिय राजनीति में नहीं आया हूँ, और आने का कोई इरादा भी नहीं है।"

"वह भी किसी दिन हो जाएगा, और मैं कहता हूँ कि ऐसा बुरा भी न होगा।" फिर उसने उषा से कहा, "गौरी भाई साहेब से कह देना कि मुझे कर्नल ग्राहम से ज़रूरी काम से मिलने जाना था तो मैं मोटर ले आया हूँ। अगर मुझे लौटने में कुछ देर हो जाए तो वे ताँगा मँगवा लें।"

उषा ने कहा, "छोटे भैया, आप ही क्यों नहीं ताँगे पर चले जाते ?"

"मुझे कई जगह जाना है; ताँगे से बड़ी देर हो जाएगी। अच्छी बात है, मैं कर्नल ग्राहम से मिलकर कार भिजवा दूँगा—साढ़े छह बजे तक; वहाँ से मैं ताँगा ले लूँगा।" फिर उसने नवल से कहा, "चलते हो नवल, मुझे चैथम लाइन्स जाना है। रास्ते में मैं तुम दोनों को उतार दूँगा !"

विद्या कुछ देर और बैठना चाहती थी, लेकिन नवल उठ खड़ा हुआ, "चलते हैं सीतानाथ भाई साहेब ! विद्या, चलो अब घर चलें, ज्ञान बाबा के आने का समय हो रहा है।"

नवल के बँगले पर सीतानाथ ने विद्या को उतार दिया। नवल से उसने कहा, "चलो नवल, थोड़ा-सा घूम आओ चलकर मेरे साथ। तुमसे कुछ बातें भी करनी हैं।"

"चलिए, लेकिन मुझे जल्दी ही घर लौटना है।" नवल ने उत्तर दिया।

चैथम लाइन्स में सीतानाथ को कुल दस मिनट का काम था। वहाँ से दोनों सिविल लाइन्स पहुँचे। एक रेस्तराँ के सामने उसने कार रुकवाई। नवल के साथ कार से उतरकर उसने ड्राइवर से कहा, "कार घर पर ले जाओ !"

रेस्तराँ में सीतानाथ ने चाय मँगवाई। इसके बाद उसने नवल से पूछा, "क्यों नवल, राजेन्द्रकिशोर से तो तुम मिले हो। उसके सम्बन्ध में क्या ख़याल है तुम्हारा ?"

नवल ने कुछ सोचकर कहा, "उन्हें मैं अच्छी तरह जानता नहीं, सिर्फ़ दो बार मिला हूँ उनसे; वह भी आप ही के यहाँ। वैसे वह आदमी सुलझे हुए दिखते हैं। क्यों, क्या बात है ?"

"तुम्हें यह मालूम है कि राजेन्द्रकिशोर की शादी हो चुकी है ?"

"इसमें ताज्जुब की क्या बात है ? उनकी उम्र भी तो काफ़ी है।" नवल मुस्कराया।

"नहीं, ताज्जुब की तो कोई बात नहीं है। उसकी शादी उसके विलायत जाने से पहले ही हो चुकी थी। बात यह है गौरी भाई साहब चाहते हैं कि उषा से उसकी

शादी कर दी जाए; और मेरा ख़याल है कि उसने ही गौरी भाई साहेब से यह कहा होगा ?"

नवल जैसे आसमान से गिरा, "राजेन्द्रकिशोर दूसरी शादी करना चाहते हैं ? यह क्यों ?"

"यह इसलिए की उसकी बीवी कुरूप है, अपढ़ है, परदे में रहती है और देहात में रहनेवाले एक ग़रीब परिवार की लड़की है। एक आई.सी.एस. अफ़सर को सुन्दर और सुसंस्कृत पत्नी चाहिए।"

दोनों चुपचाप चाय पीने लगे। थोड़ी देर चुप रहकर नवल ने कहा, "इस प्रस्ताव से गौरी भाई साहेब को तो प्रसन्नता होगी ही; उन्हें पद और मान-मर्यादा से बेतरह मोह है।" नवल के सामने अब उषा के अन्दरवाले परिवर्तन का रूप खुलने लगा था, "सीतानाथ भाई, मुझे इस बात पर ज़रा भी आपत्ति नहीं होगी कि उषा का विवाह आप लोग राजेन्द्रकिशोर से कर दें। मैं जहाँ हूँ वहाँ से मुझे उषा से विवाह करने की बात नहीं सोचनी चाहिए।"

"लेकिन मुझे इस बात पर आपत्ति है कि उषा का विवाह राजेन्द्रकिशोर के साथ हो," सीतानाथ बोला, "घर में सिर्फ़ पापा गौरी भाई साहेब के पक्ष में हैं।"

"और उषा का इस सम्बन्ध में क्या कहना है ?"

"यही मुसीबत है, उषा इस सम्बन्ध में मौन है; और इस मौन का अर्थ स्वीकृति के रूप में लगाया जा सकता है। मैंने अभी कार भेजी है, वह इसलिए कि शाम को गाड़ी से राजेन्द्रकिशोर आ रहा है। गौरी भाई उसे लेने स्टेशन जानेवाले हैं। बहुत मुमकिन है, उषा भी उनके साथ जाए।"

नवल की आँखों के आगे अँधेरा-सा छाने लगा था। वह उठ खड़ा हुआ, "सीता भाई साहेब, मेरी स्थिति का बोध करा दिया आपने मुझे, धन्यवाद !"

सीतानाथ ने नवल का हाथ पकड़ लिया, "नवल, तुम मुझे ग़लत समझ रहे हो। तुम्हारा उषा के ऊपर अधिकार है, और यह अधिकार तुम्हें नहीं छोड़ना चाहिए। मुझे तो राजेन्द्रकिशोर पसन्द नहीं है। एक पत्नी के रहते हुए जो आदमी दूसरा विवाह करना चाहे, वह कितना भी बड़ा पद-मर्यादावाला हो, मैं उसे पतित आदमी ही समझ सकता हूँ।"

नवल ने उदासी के स्वर में उत्तर दिया, "किसी पर किसी का कोई अधिकार नहीं सीतानाथ भाई; न मेरा उषा पर कोई अधिकार है, और न उषा का मुझ पर कोई अधिकार है। अधिकार मनुष्य का अपने ही ऊपर हो सकता है।"

सीतानाथ के मुख पर निराशा की एक छाया-सी आ गई, "नहीं हो सकेगा। ऐसा दिखता है सब कुछ हाथ से बाहर है। मैं जानता हूँ, यह सब गौरीनाथ भाई साहेब की करामात है। उन्हें पद, मर्यादा, भोग-विलास से मोह है। दूसरे मेहनत करें, संघर्ष करें और वह उस पर मौज करें, यह उनका दृष्टिकोण है। मैंने सोचा था कि मुझे तुमसे मदद मिलेगी, लेकिन तुम आदर्शवादी हो, यथार्थवाद की कुरूपता से तुम दूर भागोगे। मुझे

पापा से इस सम्बन्ध में बात करनी ही होगी।"

नवल सिविल लाइन्स से घर चला आया। ज्ञानप्रकाश कांग्रेस-कमेटी से लौट आए थे और ड्राइंग-रूम में सोफ़े पर लेटे थे। ज्वालाप्रसाद और विद्या कुरसियों पर बैठे थे। रुक्मिणी दरवाज़े पर खड़ी थी। ज्वालाप्रसाद कह रहे थे, "जैसा तुम लोग ठीक समझो ! मैं समझता हूँ कि अस्सी रुपए कम नहीं होते। हाँ, एक ताँगा रखना होगा, विद्या के आने-जाने में तकलीफ़ होगी।"

"ताँगे की क्या जरूरत है बाबा ! नवल दादा दस रुपए महीने पर किसी ताँगेवाले को तय कर देंगे; सुबह स्कूल पहुँचा देगा, शाम को मुझे वहाँ से ले आया करेगा। क्यों ज्ञान बाबा !"

"हाँ, यही ठीक रहेगा। वैसे मैं कुछ दिन से एक नई कार ख़रीदने की सोच रहा हूँ। पुरानी मोटर बिक भी गई है। लेकिन मेरा क्या ठिकाना, आन्दोलन शुरू हो रहा है और जेल जानेवालों में मेरा नाम पहला होगा !"

इसी समय नवल ने कमरे में प्रवेश किया। उसका चेहरा सफ़ेद पड़ गया था। विद्या ने उसे देखते ही कहा, ,"अरे दादा, क्या बात है ? तबीयत तो ठीक है ?"

नवल ने कुरसी पर बैठकर आँखें बन्द कर लीं, "हाँ तबीयत ठीक है। एक गिलास पानी पिला दो विद्या !"

पानी पीकर नवल स्वस्थ हुआ। ज्ञानप्रकाश ने पूछा, "क्यों, क्या बात है ?"

एक रूखी मुस्कान के साथ नवल बोला, "कुछ नहीं ज्ञान बाबा ! अभी थोड़ी देर पहले एक दुःस्वप्न देखा था; उससे मन को एक झटका-सा लगा। लेकिन वह सपना आया और चला गया; अब मैं बिलकुल ठीक हूँ।"

"यह दिन के समय जागते हुए कैसा सपना ?" ज्वालाप्रसाद ने पूछा।

"ऐसे ही हँसी कर रहा था।" नवल ने बात टाली। फिर वह ज्ञानप्रकाश की ओर घूमा, "तो ज्ञान बाबा, महात्मा गांधी के उस पत्र के बाद स्थिति क्या है ?"

"स्थिति बहुत साफ़ तो नहीं है, लेकिन दिखता ऐसा है कि महात्मा गांधी के इस पत्र का कोई असर नहीं होगा। सत्याग्रह करना पड़ेगा। साबरमती में चुने हुए सत्याग्रही एकत्रित हो रहे हैं। बारह मार्च को वे सब महात्मा गांधी के साथ दांडी में नमक-क़ानून भंग करने के लिए निकल पड़ेंगे। साबरमती से दो सौ मील की दूरी पर दांडी है। सब सत्याग्रही पैदल ही जा रहे हैं वहाँ।"

नवल के अन्दरवाला सारा विषाद उस समय तक लुप्त हो गया था, "आप भी तो महात्मा गांधी के साथ सत्याग्रह करने जानेवाले थे ?"

"हाँ, मैंने उन्हें पत्र लिखा था, लेकिन उन्होंने मुझे मना कर दिया। ऐसा अनुमान है कि पाँच अप्रैल को वह नमक-क़ानून भंग करेंगे और उसी दिन पूरे हिन्दुस्तान में सब जगह नमक-क़ानून तोड़ा जाएगा। हम लोगों को आदेश है कि हम सब अपने-अपने यहाँ सत्याग्रह करें।"

थोड़ी देर तक सब चुप रहे। फिर ज्वालाप्रसाद ने पूछा, "तो क्या तुम भी सत्याग्रह

करोगे ज्ञानू ?"

"हाँ भैया, और पहले ही दिन इलाहाबाद में नमक-क़ानून तोड़नेवालों में मेरा नाम है। यह तो युद्ध का श्रीगणेश है !"

"फिर उसके बाद ?" ज्वालाप्रसाद ने पूछा।

ज्ञानप्रकाश हँस पड़े, "फिर इसके बाद जन-समुदाय क़ानून तोड़ने को उठ खड़ा होगा। जो ग़लत है उसका विरोध करना हमारा धर्म है। लेकिन वह विरोध अहिंसात्मक होगा। नए क़िस्म की लड़ाई लड़ रहे हैं हम लोग।"

खाना खाने के बाद विद्या ने नवल से पूछा, "दादा, सच-सच बतलाना, तुम्हारी सीतानाथ से क्या बातचीत हुई जो तुम इतने उद्विग्न लौटे ?"

नवल ने करुण स्वर में कहा, "एक और निराशा सामने आई, एक और धक्का लगा। उषा मुझसे दूर हट गई।"

"दादा, ग़लत कह रहे हो ! सत्य यह है कि तुम उषा से दूर हट गए हो। इसमें तुम्हारी पराजय नहीं, विजय है।"

नवल पागल की भाँति हँस पड़ा, "विजय ! पराजय ! कौन जानता है ! इनके क्या अर्थ हैं विद्या ! मैं तो इतना जानता हूँ कि मैं बराबर खोता जा रहा हूँ, टूटता जा रहा हूँ।"

विद्या ने कड़ी दृष्टि से नवल को देखा, "दादा, तुम टूटकर फिर से बन रहे हो, खोकर अपने को पा रहे हो। फिर यह अविश्वास और कायरता क्यों ? साहस करो, अपने को बटोरो !"

नवल ने अपनी छोटी बहिन को आश्चर्य के साथ देखा और फिर विद्या का हाथ पकड़कर वह एकाएक फूट पड़ा, "ठीक कहती हो विद्या, जो टूट गया वह असत् था ! लेकिन सत्य क्या है, उसे ढूँढ़ना पड़ेगा।"

8

"दुनिया कहाँ पहुँच गई है, और इसके आगे कहाँ जाएगी ?" ज्वालाप्रसाद ने अपने से ही पूछा। उसकी आँखें थोड़ी-सी तरल हो गई थीं; उनका स्वर काँप रहा था। सामने सिर झुकाए रुक्मिणी खड़ी थी। ज्वालाप्रसाद ने रुक्मिणी से कहा, "नहीं सुनता मेरी बात ! मुझे अबोध और अज्ञानी समझता है वह। मैं नहीं समझ पा रहा हूँ उसे, पता नहीं, मेरी समझ नष्ट हो गई या उसकी कुछ ज़्यादा बढ़ गई !"

"इम्तिहान तो दे लेता नवल," रुक्मिणी बोली, "आप उसे डाँटिए, ऊँच-नीच दिखलाइए !"

ज्वालाप्रसाद ने हतप्रभ होकर कहा, "किसको डाटूँ, और किसे ऊँच-नीच दिखलाऊँ बहू? डाँटा जाता है बुरे काम करनेवाले को, और बुरा काम वह कर नहीं रहा है। और आज ऊँच क्या है और नीच क्या है, इसे समझ सकना भी ग़ैर-मुमकिन है। तुम्हीं सोचो, पहले लोग जेल के नाम से घबराते थे और आज जेल को कृष्ण-मन्दिर कहकर बड़े-बड़े लोग जेल जा रहे हैं। नहीं बहू, हार गया हूँ उसे ऊँच-नीच समझाकर !"

रुक्मिणी ने अपने आँसुओं को पोंछते हुए कहा, "बप्पा, यह सब क्या हो रहा है ? कोई उपाय निकालिए !"

ज्वालाप्रसाद ने रुक्मिणी को कोई उत्तर नहीं दिया। वह उत्तर देने की अवस्था में थे भी नहीं। यह सब क्या हो रहा है ?—नया प्रश्न नहीं था; जीवन-भर यही प्रश्न उनके सामने रहा है; और इस प्रश्न का उन्हें कभी कोई उत्तर नहीं मिला। किसी भी चीज़ पर किसी का कोई अधिकार नहीं है; कोई कुछ नहीं करता, कर भी नहीं सकता। सब कुछ होता जा रहा है अपने-आप !

रुक्मिणी चुपचाप खड़ी थी। वह ज्वालाप्रसाद के उत्तर की प्रतीक्षा कर रही थी—निरीह, विवश, निर्बल नारी, जो सब कुछ लुटता हुआ देख रही थी, कहीं से कोई सहायता चाहती थी। उसने फिर कराह के स्वर में कहा, "बप्पा, किसी तरह रोकिए, उसे। वह जेल में कैसे रहेगा ? वहाँ चक्की चलानी पड़ती है, बान बटने पड़ते हैं।"

ज्वालाप्रसाद ने एक ठंडी साँस ली, "बहू, चक्की और बान, मुझे इनकी फ़िक्र नहीं है, लेकिन...लेकिन यह...जेल जाना...कुछ अजीब-सा लग रहा है। इस सबकी ज़िम्मेदारी ज्ञानू पर है।" ज्वालाप्रसाद के स्वर मे कुछ तीखापन आ गया, "खुद तो ग़लत राह पर बहककर उसने अपनी ज़िन्दगी बरबाद कर ही ली, अब इस लड़के की बुद्धि भ्रष्ट कर रहा है !"

"ऐसा न कहिए बप्पा ! आदमी का इसमें कोई दोष नहीं है, यह सब तो भगवान का कोप है। जैसे हम लोगों को मिटाने पर तुल गया है।" और रुक्मिणी आँसू पोंछती हुई वहाँ से चली गई।

नवल ज्ञानप्रकाश के साथ ड्राइंग-रूम में बैठा बात कर रहा था, विद्या भी वहीं बैठी थी। ज्ञानप्रकाश कह रहे थे, "मैंने पहले जत्थे में अपना नाम रखा था नवल, दूसरे जत्थे में तुम रहोगे।"

नवल मुस्कराया, "नहीं बाबा, पहले जत्थे में मैं जाऊँगा। आपको तो अभी कम-से-कम एक सप्ताह जेल से बाहर रहना चाहिए। इस आन्दोलन को संगठित भी तो करना है। क्यों विद्या ?"

विद्या ने नवल का समर्थन किया, "हाँ, ज्ञान बाबा, पहले जत्थे में दादा का जाना ही ठीक होगा।"

ज्ञानप्रकाश मुस्कराए, "और तुम विद्या, तुम नमक नहीं बनाओगी ?"

"ना बाबा, मुझे दूर ही रखिए इस सबसे ! यह जेल जाना, लड़ना-झगड़ना पुरुषों को ही शोभा देता है !" फिर कुछ रुककर उसने कहा, "कौन जाने, अगर ज़रूरत पड़ गई तो मुझे भी बाहर निकलना पड़े।"

"नहीं विद्या, तुम्हें बाहर नहीं निकलना है। मैं तो ऐसे ही हँसी कर रहा था।"

इसी समय ज्वालाप्रसाद ने ड्राइंग-रूम में प्रवेश किया। ज्वालाप्रसाद अत्यधिक गम्भीर थे। उनके आते ही यह बातचीत बन्द हो गई। थोड़ी देर तक ज्वालाप्रसाद इन तीनों को एकटक देखते रहे। फिर उन्होंने नवल से कहा, "नवल, मैंने सुना है, परसों नमक-सत्याग्रह करनेवालों में तुम्हारा भी नाम है। तो तुमने पढ़ना-लिखना छोड़कर जेल जाना तय कर लिया है ?"

"हाँ बाबा, मैं बहुत दिनों से सोच रहा था कि मेरी ज़िन्दगी का रास्ता क्या होगा। इस वकालत में मुझे सफलता नहीं मिलेगी, मुझे ऐसा लगने लगा है। झूठ, खुशामद, मक्कारी, वकालत के लिए ये आवश्यक गुण हैं, जो मुझमें मौजूद नहीं। मेरे लिए वकालत से दूर रहना ही अच्छा होगा। और जब वकालत ही नहीं करनी, तब उसकी परीक्षा देना बेकार है।"

"तो तुम्हारे ये दो साल बेकार गए ?" ज्वालाप्रसाद ने कहा।

"नहीं बाबा, इन दो वर्षों में मैंने बहुत कुछ देखा, बहुत कुछ सीखा और बहुत कुछ समझा है। आप देख ही रहे हैं, न जाने कितने युवक पढ़-लिखकर बेकार घूम रहे हैं। उनके अन्दर कटुता भर गई है। हज़ारों युवक वकील बन गए हैं, और उन्हें खाने तक को नहीं मिलता। हज़ारों नवयुवक बी.ए. और एम.ए. पास करके दफ़्तरों में चक्कर लगा रहे हैं, और उनके लिए कोई काम नहीं है। मैं कम-से-कम इस विवशता, कटुता और निराशा से तो बच गया हूँ। क्यों ज्ञान बाबा, मैं ग़लत तो नहीं कह रहा ?"

ज्वालाप्रसाद ने हल्की झुँझलाहट के साथ कहा, "ज्ञानू तो तुम्हारी हाँ-में-हाँ मिलाएँगे ही। इन्हीं ज्ञानू की शागिर्दी तो कर रहे हो तुम, जिन्होंने न शादी की है, न ज़िन्दगी-भर कोई काम किया है।"

ज्ञानप्रकाश ने उलटकर उत्तर दिया, "और भैया, शादी-ब्याह करके ही किसी ने क्या पा लिया है ? यह चिन्ता, भय, शंका इन सबसे तो मैं मुक्त हूँ। और जहाँ तक शागिर्दी का सवाल है, वहाँ कोई किसी का शागिर्द नहीं बना करता; सब लोग अपनी आन्तरिक प्रेरणा से प्रेरित होकर ही काम करते हैं।"

"हाँ बाबा, ज्ञान बाबा ठीक ही तो कहते हैं, गीता में भी लिखा है।" विद्या बोली।

ज्वालाप्रसाद ने देखा जैसे सारी दुनिया ने उनके विरुद्ध षड्यन्त्र कर लिया है; कोई उनकी बात सुनने और समझने को तैयार नहीं है। वह कमरे से बाहरवाले बरामदे में निकल आए। वहाँ वह थके और हारे-से चुपचाप बैठ गए। धूप अभी कुछ-कुछ बाकी थी और हवा की गरमी कम नहीं हुई थी। इतने में भीखू चाय की ट्रे लेकर ड्राइंग-रूम में आया। वहीं से उसने कहा, "भइया, पहले चाय पी लेव तब घूमने जाएव ! हम अबहीं चाय बनायके लाएन, कमरा मां आवैं की कौनो जरूरत नाहीं।"

ज्वालाप्रसाद ने भीखू को कोई उत्तर नहीं दिया, चुपचाप दोनों हाथों पर सिर रखे हुए वह सोच रहे थे, यह सब क्या होनेवाला है ? उनकी समझ में कुछ भी नहीं आ रहा था। अपने चारों ओरवाला वातावरण उन्हें नितान्त अनजाना लग रहा था। उनके अतीत के चित्र एक के बाद एक उनकी आँखों के आगे आने लगे—धुँधले-से और अस्पष्ट-से। शिवलाल, गंगाप्रसाद, जमुना, ये सब-के-सब गए, जैसे इन लोगों का कभी कोई अस्तित्व नहीं था। और एक दिन वह भी चले जाएँगे, इसी प्रकार अस्तित्वहीन बनकर। तो फिर यह अस्तित्व...क्या यह एक छलना है, भ्रम है ?

ज्वालाप्रसाद की विचारधारा टूटी। भीखू ने उनके सामने चाय का प्याला रखते हुए कहा, "लेव भइया, चाय पी लेव ! का सोच रहे हौ ?" और भीखू ज्वालाप्रसाद के हाथ में चाय का प्याला देकर वहीं फर्श पर बैठ गया।

ज्वालाप्रसाद ने भीखू को देखा। भीखू फूल के गिलास में चाय ढालकर खुद पी रहा था और चुपचाप लॉन की ओर देखता हुआ कुछ सोच रहा था। ज्वालाप्रसाद को लगा कि उस समय उनका सबसे निकटस्थ आत्मीय भीखू है। उन्होंने भीखू से कहा, "भीखू, सुना तुमने, परसों नवल नमक बनाने को जा रहा है !"

"हाँ, भइया, सुना। मुला हमारी समझ मां यू नाहीं आवा कि इतना पढ़ि-लिखिके हमार बिटवा नमक काहे बनाय रहा है ! अरे ई नगर तो लुनिया बनावत रहैं। तौन जब से विलायती नमक आवैं लगा तब से ई धन्धौ नष्ट हुइगा; सब-के-सब भूखन मरत ऑय। तौन नवल अफसरी छोड़के नमक बनावैं जाय रहा है, तौन रोकत काहे नाहीं ?"

"तुम समझे नहीं भीखू ! वह नमक बनाने का पेशा नहीं अपना रहा है, वह तो नमक बनाकर क़ानून तोड़ रहा है—जेल जाने के लिए।" ज्वालाप्रसाद ने कहा।

भीखू ने आश्चर्य के साथ पूछा, "तौन नवल बिटवा जेल जाई ! बाप रे ! ई जेल जॉय केर पागलपन कैसे आय गा ? और तुम लोग ऊका रोकत नाहीं हौ !"

"क्या बतलाऊँ भीखू, वह मेरी बात ही नहीं सुनता। ज्ञानू भी तो जेल जाने की तैयारी किए हुए है।"

भीखू ने एक ठंडी साँस ली, "तौन उनहूँ की अक्किल बौराय गई है ! अब का होई ? भगवान हमार बचवा का उठाय लीन्हिस, नाहीं तो भला ऊ नवल का जेल जॉय देत ?" और भीखू की आँखों में आँसू भर आए।

जब कभी भीखू गंगाप्रसाद के सम्बन्ध में बात करता था तब उसकी आँखों में आँसू आ जाते थे। ज्वालाप्रसाद ने कहा, "कोई कुछ नहीं करता भीखू, दुनिया में कोई किसी को नहीं रोक सकता।" और ज्वालाप्रसाद मानो अपने अन्दरवाले संघर्ष से ऊबकर उठ खड़े हुए।

भीखू भी उठ पड़ा। एक ठंडी साँस लेकर वह बोला, "हाँ भइया, ठीकै कहत हौ। जब हमारा बचवा खुद अपनी मौत का नाहीं रोक पाव, तब भला दूसर को कैसे रोक पावत ?" और भारी मन के साथ भीखू घर के अन्दर चला गया।

ज्वालाप्रसाद उदास मन से घूमने निकल पड़े। उनका मन उद्विग्न था; उनके पैरों

में उनकी मन की थकान आ गई थी। आज वे त्रिवेणी-तट की ओर न जाकर कटरा की ओर चल दिए। आनन्द-भवन के सामने हज़ारों आदमियों की भीड़ खड़ी थी और 'भारतमाता की जय', 'महात्मा गांधी की जय', 'मोतीलाल नेहरू की जय', 'जवाहरलाल की जय' के नारे लगा रही थी। उस दिन के अखबारों में यह ख़बर छप चुकी थी कि महात्मा गांधी अपने सत्याग्रही साथियों के साथ दांडी के नज़दीक पहुँच चुके हैं। वे लोग परसों नमक बनाकर सत्याग्रह करेंगे, और परसों ही देश-भर में इस नमक-सत्याग्रह का श्रीगणेश हो जाएगा।

पर सत्याग्रह इलाहाबाद में भी आरम्भ होगा, परसों ही, और नवल पहले दिनवाले सत्याग्रह में भाग लेगा। पहले दिन जो लोग सत्याग्रह करेंगे वे गिरफ़्तार कर लिए जाएँगे, और फिर दूसरे दिन गिरफ़्तारियाँ होंगी, तीसरे दिन गिरफ़्तारियाँ होंगी। एक लम्बे अरसे तक यह आन्दोलन चलेगा। क्या यह आन्दोलन सन् 1920-21 के आन्दोलन की तरह का होगा ? कितनी आसानी के साथ वह आन्दोलन दबा दिया गया था ! उतनी ही आसानी से यह आन्दोलन भी दबा दिया जाएगा। ब्रिटिश सरकार आश्वस्त है; अधिकारियों में किसी तरह का आवेग नहीं है, उत्तेजना नहीं है।

ज्वालाप्रसाद की नज़र उन हज़ारों ग्रामवासियों पर पड़ी, जो सत्याग्रह देखने के लिए दूर-दूर के ग्रामों से आए थे। वही ग्रामवासी ये जय-जयकार के नारे लगा रहे थे। उन ग्रामवासियों में कुतूहल ही नहीं था, उसके आगे भी कुछ और था। वे उत्साह और उमंग की भावना से उतरकर कर्म में भी आ सकते हैं।

एकाएक ज्वालाप्रसाद की विचारधारा बदली। उन्हें लगा कि स्वतन्त्रता की पुकार भारत के लाखों गाँवों में पहुँच चुकी है। लाखों-करोड़ों ग्रामवासी सम्भवतः इस आन्दोलन में योग देंगे; भले ही उनका यह योगदान भावनात्मक हो। तब तो इस आन्दोलन को दबाना इतना आसान काम न होगा। इस आन्दोलन को दबाने में बहुत सम्भव है सेना की सहायता लेनी पड़े। और सैनिक, बन्दूकें, मशीनगनें, इनके ख़िलाफ़ यह आन्दोलन किस तरह टिक सकेगा ?

ज्वालाप्रसाद आगे नहीं बढ़ सके, वह घर की ओर लौट पड़े। घर लौटकर उन्होंने देखा कि ज्ञानप्रकाश अपने कमरे में बैठे कुछ लिख रहे हैं, लेकिन नवल का घर में कोई पता नहीं है। उन्होंने विद्या से पूछा, "नवल कहाँ गया है ?"

"अभी-अभी शहर की तरफ़ गए हैं, शायद रायबहादुर के यहाँ गए हों; कुछ ऐसा कहते थे।"

आशा की एक किरण ज्वालाप्रसाद के अन्दरवाले अन्धकार में आई। अगर नवल को यह क़दम उठाने से कोई रोक सकता था तो वह था उसके अन्दरवाला मोह, यह उषा के प्रति नवल का मोह ! क्या यह नवल को रोक सकेगा ?

नवल परसों सुबह तक मुक्त है, उसके बाद वह संघर्ष में कूद पड़ेगा। इस संघर्ष के भावी रूप को वह कुछ तो देख रहा था, लेकिन बहुत कुछ वह नहीं देखता था। इस संघर्ष में रत हो जाने से पहले वह उषा को देख लेना चाहता था, उससे मिल लेना

चाहता था। यह जानता हुआ भी कि उषा उससे दूर हट गई है, वह उषा के यहाँ पहुँच गया।

उषा के घर में एक तरह का तनाव चल रहा था, गौरीनाथ और सीतानाथ के बीच। इस तनाव में रायबहादुर कामतानाथ की स्थिति विचित्र थी। कभी वह गौरीनाथ का साथ देते थे और कभी सीतानाथ का, लेकिन उषा अपने बड़े भाई के प्रभाव में थी, और इसलिए रायबहादुर कामतानाथ गौरीनाथ के पक्ष में अधिक थे।

जिस समय नवल रायबहादुर के घर पहुँचा, रायबहादुर कामतानाथ अपनी बैठक में चुपचाप चिन्तित बैठे थे। उसी दिन दोपहर के समय उनके दोनों लड़कों में कड़ी कहा-सुनी हो गई थी। नवल को देखते ही रायबहादरु बोले, "आओ नवल, बहुत दिनों बाद दिखाई दिए। कहो, पढ़ाई-लिखाई कैसी चल रही है ?"

"अच्छी चल रही है।"

"एल-एल.बी. का इम्तिहान देकर मुंसिफ़ी का इम्तिहान दे डालो," रायबहादुर बोले, "हाईकोर्ट के चीफ़ जस्टिस पर मेरा बहुत ज़ोर है, तुम ले लिए जाओगे।"

"जी हाँ, आप तो सब कुछ करवा सकते हैं, लेकिन मेरा मुंसिफ़ी का इम्तिहान देने का कोई इरादा नहीं है।"

रायबहादुर कामतानाथ झल्ला उठे, "तुम निहायत ज़िद्दी क़िस्म के आदमी हो, गौरी ठीक ही कहता है। तो फिर वकालत ही करोगे क्या ? बड़ी बुरी हालत है इस वकालत के पेशे की, गौरी खुद परेशान है !"

नवल मुस्कराया, "पापा, मैं क्या करूँगा, यह मैं खुद नहीं जानता। आदमी कुछ करता नहीं, वह तो आप-ही-आप हो जाया करता है। कौन जाने, मैं इन सबसे अच्छा कोई काम करूँ !"

"तो तुम फिलासफर बन गए हो।" कामतानाथ ज़ोर से हँस पड़े, फिर उन्होंने ऊँचे स्वर में आवाज़ दी, "उषा, देखो तो नवलबाबू आए हैं।"

उषा शायद बैठक की ही तरफ़ आ रही थी। उसने कमरे में प्रवेश करते हुए कहा, "अरे आप, नवलबाबू ! आज बहुत दिन बाद आए हैं। चलिए, बाहर बरामदे में बैठा जाए। आज बड़ी गरमी है, क्यों पापा !"

"हाँ-हाँ, वहीं बैठो जाकर ! मैं तो यहीं बैठा हूँ। कुछ लोग मुझसे मिलने आनेवाले हैं।" कामतानाथ ने कहा।

उषा नवल को साथ लेकर बरामदे में चली गई, "बैठिए ! आजकल तो पढ़ाई जोरों के साथ चल रही होगी !"

"चल भी रही है, नहीं भी चल रही है," नवल ने बैठते हुए कहा, "आज पढ़ने में तबीयत नहीं लगी तो सोचा कि तुम्हारे यहाँ ही चलूँ। कैसी हो ? तुम्हारा पढ़ना-लिखना कैसा हो रहा है ?"

"बहुत ठीक तो नहीं हो रहा। वैसे सच बात तो यह है कि पढ़ने-लिखने में मेरा मन नहीं लगता।" फिर कुछ चुप रहकर वह बोली, "सुना है कि आजकल अधिकतर

कांग्रेस-ऑफ़िस में ही रहते हैं आप !"

नवल को आश्चर्य हुआ उषा की यह बात सुनकर ! तो उषा को नवल की गतिविधि का पूरा-पूरा पता है। इसके माने यह कि रायबहादुर कामतानाथ के घर में नवल के सम्बन्ध में अभी तक दिलचस्पी है। उसने कहा, "हाँ, जो कुछ तुमने सुना है, वह ठीक ही है। किसने बतलाया तुमसे ?"

"गौरी भाई साहब कहते थे," उषा ने उत्तर दिया, "उनका ख़याल है कि आप कांग्रेस के नेता बन रहे हैं।"

"कांग्रेस का नेता बनने में कोई हर्ज़ है क्या ?" नवल ने कौतूहल के साथ पूछा।

"यह मैं क्या जानूँ ! लेकिन कांग्रेस का नेता बनकर लोगों को जेल जाना पड़ता है, मैंने यह सुना है।"

नवल ने उषा की आँखों से आँखें मिलाते हुए कहा, "उषा, जानती हो मैं इस समय क्यों आया हूँ यहाँ ?"

"हाँ, मुझसे मिलने आए हैं आप। शायद कुछ बात भी करना चाहते हों। है न ऐसा ?"

"बात भी करनी थी, मिलना भी था। उषा, मैं तुम्हें मुक्त करने आया हूँ।"

उषा तिलमिला उठी नवल की इस बात से, "मुक्त तो मुझे आप बहुत पहले ही कर चुके हैं, बिना कुछ कहे-सुने। इस समय उस बात को उठाने की कोई आवश्यकता नहीं थी। और सच पूछिए तो मैं स्वयं मुक्त हो चुकी हूँ।"

उषा ने जो कुछ कहा वह सच था, लेकिन इस सत्य को उषा के मुँह से सुनकर नवल को अच्छा नहीं लगा, "जानता हूँ उषा, कि तुम मुक्त हो चुकी हो, और मैं यह भी जानता हूँ कि इस मुक्ति के बाद तुम्हें और कहीं बँधना भी है, लेकिन वह बन्धन होगा विकराल और बीभत्स !"

उषा ने कड़े स्वर में कहा, "इस सब पर आपकी राय कौन माँग रहा है ! और आप राय देनेवाले कौन होते हैं !"

नवल मुस्कराया, "हाँ, मेरी राय नहीं माँगी गई, यह सत्य है; लेकिन मैं समझता हूँ कि राय देने का अधिकार मुझे है और हमेशा रहेगा, क्योंकि मैंने तुमसे अपनापन माना है। जब कोई अपना व्यक्ति ग़लत रास्ते पर जाए, तब दिल में कुछ दर्द तो होता ही है। तुम्हें मालूम है कि राजेन्द्रकिशोर का विवाह हो चुका है।"

उषा क़रीब-क़रीब चिल्ला उठी, "इस सम्बन्ध में मैं बात नहीं करना चाहती; वह मेरा व्यक्तिगत मामला है।"

नवल उठ खड़ा हुआ, "मुझे दुख है कि मैंने यह सब तुमसे कहा। हम लोग सदा के लिए एक-दूसरे से अलग हो चुके हैं। मैं तुमसे न जाने क्या कहने आया था और क्या कह गया !"

"आप मुझे मुक्त करने आए थे," व्यंग्य के तीखे स्वर में उषा बोली, "वह तो आप कह चुके हैं। इसके आगे भी क्या आपको कुछ कहना है ?"

"हाँ, वह यह कि परसों मैं नमक-सत्याग्रह कर रहा हूँ। परसों दोपहर तक मैं शायद जेल चला जाऊँगा। जेल जाने से पहले तुम्हें एक बार देखने, तुम्हें अपनी समस्त शुभकामनाएँ प्रदान करने आया था मैं ! लेकिन यहाँ आकर मैं अपने अन्दरवाली कटुता में उलझ गया। इसके लिए मुझे क्षमा करना !" और नवल चलने के लिए घूम पड़ा।

उषा ने दौड़कर नवल का हाथ पकड़ लिया, "क्या कहा ! परसों जेल जा रहे हैं आप ?" नवल को खींचकर उसने कुर्सी पर बिठा दिया, "नहीं, यह मत कीजिए, जेल मत जाइए। मेरी इतनी विनती मानिए !"

"नहीं उषा रानी, क़दम आगे बढ़ चुका है, अब पीछे लौटना असम्भव है। सब तैयारी कर ली है मैंने।"

"आपने मुझे समझने में ग़लती की है। मुझे राजेन्द्रकिशोर से कोई मोह नहीं है, मैं उससे प्रेम नहीं करती ! आप जेल मत जाइए, एल-एल. बी. पास कर लीजिए ! मैं आज अभी पापा से कहे देती हूँ कि मुझे उससे विवाह नहीं करना है, बोलिए, आप चुप क्यों हैं ?"

"बेकार है उषा यह सब !" मैं निराश होकर जेल नहीं जा रहा हूँ। जो रास्ता मैंने अपनाया है उसकी यह परिणति है। संघर्ष—संघर्ष—संघर्ष ! जीवन-भर संघर्ष है ! यह संघर्ष मेरे अन्दर की पुकार है उषा, और मैं जानता हूँ कि इस संघर्ष में तुम मेरा साथ नहीं दे सकोगी। इसलिए मैंने आते ही तुम्हें मुक्ति दे दी थी।"

नवल की बात सुनकर उषा को एक धक्का-सा लगा, "तो आप मेरे कारण जेल नहीं जा रहे हैं ?"

"बिलकुल नहीं," नवल बोला, "मैं केवल अपने कारण, अपने से प्रेरित होकर जेल जा रहा हूँ।"

उषा अपने ऊपर बुरी तरह झुँझला उठी। अपनी विजय, अपनी गुरुता की जो भावना उसके अन्दर आई थी, वह चूर-चूर हो गई, "समझी ! तो आप मेरा मज़ाक उड़ाने आए थे; अपनी महत्ता मुझ पर प्रदर्शित करके मुझे अपमानित करने आए थे।"

नवल फिर से उठ खड़ा हुआ, "नहीं उषा, मैं तुमसे हमेशा के लिए विदा लेने, और तुम्हें अपनी शुभकामनाएँ अर्पित करने आया था। अब शायद हम लोग फिर न मिलेंगे।"

उषा तड़प उठी, "अपनी शुभकामनाएँ अपने पास रखिए, मुझे उनकी ज़रूरत नहीं है। जेल जाइए और भुगतिए ! मेरे सम्बन्ध में आपको कोई चिन्ता नहीं करनी चाहिए। मुझे सब कुछ मिला है, सब कुछ मिलता जाएगा। आप जो कुछ कह रहे हैं अगर उसे ठीक समझते हैं तो जो कुछ मैं कह रही हूँ, उसे मैं भी ठीक समझती हूँ। जाइए-जाइए, मैं आपसे घृणा करती हूँ, जाइए !" और उषा रोती हुई अन्दर चली गई।

नवल थोड़ी देर चुपचाप खड़ा रहा। भावना का एक तूफ़ान उठ पड़ा था उसके अन्दर। धीरे-धीरे उसकी चेतना लौटी और उसने देखा कि रायबहादुर कामतानाथ उससे

पूछ रहे थे, "क्यों नवल, क्या हुआ ? क्या तुम परसों जेल जा रहे हो ?"

"जी हाँ, परसों मैं जेल जा रहा हूँ।" यह कहकर नवल वहाँ से चल दिया।

नवल वहाँ से अपने घर की ओर पैदल ही चल पड़ा। रात सुहावनी थी, स्निग्ध चाँदनी छिटकी हुई थी और सारा वातावरण कवित्वमय एवं सुखद था। उसके अन्दर की समस्त उत्तेजना जाती रही थी। एक असीम शान्ति से भरी शिथिलता वह अपने अन्दर अनुभव कर रहा था। घर में विद्या उसकी प्रतीक्षा कर रही थी। विद्या ने पूछा, "हो आए वहाँ दादा ?"

"हाँ, हो आया और सब कुछ तोड़ आया विद्या ! जिस नवीन का निर्माण करने मैं निकल रहा हूँ वह काफ़ी महँगा पड़ रहा है। जो कुछ भी प्राचीन है, उसे बड़ी बेरहमी के साथ तोड़ना पड़ रहा है।"

विद्या मुस्कराई, "नहीं दादा, वह प्राचीन तो खुद-ब-खुद टूटता जा रहा है; उसे बचाने में तुम्हें अपने को तोड़ देना पड़ेगा, इसलिए उसके बारे में दुखी होना बेकार है। अच्छा, अब खाना खा लो चलकर !"

वह रात नवल के सपनों की रात थी। अच्छे-बुरे, सभी तरह के सपने थे उसमें। दूसरे दिन नवल देर से सोकर उठा। नौ बजे कांग्रेस की एक सार्वजनिक सभा थी, जिसमें सत्याग्रह का उद्देश्य और सत्याग्रह का रूप समझाया जानेवाला था। ज्ञानप्रकाश उस सभा में जाने की तैयारी कर चुके थे। नवल ने जल्दी-जल्दी तैयारी की और फिर ज्ञानप्रकाश के साथ उस सभा के लिए चल पड़ा।

जिस समय वे दोनों सभा-स्थल पर पहुँचे, वहाँ एकत्रित भीड़ ने जय-जयकार के साथ उनका स्वागत किया। मंच पर सत्याग्रह करनेवाली टोली के लोग बैठे थे, नवल भी वहाँ जाकर बैठ गया। हज़ारों आँखें देश पर बलिदान होनेवाले उन लोगों को देख रही थीं।

नवल ने अपने अन्दर एक नई उमंग को धीरे-धीरे जन्म लेते हुए अनुभव किया। जिस समय वह मंच पर पहुँचा, उसके अन्दर एक तरह की घबराहट थी। वह घबराहट दूर हो गई; अब एक नई दृढ़ता उसके अन्दर आ गई और कुछ थोड़ी देर बाद नवल को लगा कि वह एकाएक बदल गया; एक असीम उल्लास, एक अडिग संकल्प !

उस समय उसकी दुनिया ही बदल गई थी। वह भूल गया था ज्वालाप्रसाद को, रुक्मिणी को, अपने छोटे भाई को, बहिन को ! वह भूल गया था कामतानाथ को, उषा को ! यही नहीं, वह उस समय ज्ञानप्रकाश को भी भूल गया था। उसके सामने था एक विशाल जन-समूह, जिसका समर्थन उसे प्राप्त था, जिसकी सद्भावना उसके साथ थी, जिसका विश्वास वह वहन कर रहा था।

ज्ञानप्रकाश और नवल मीटिंग से सीधे घर वापस लौटे। घर में नवल ने एक प्रकार की उदासी का अनुभव किया। घर के हरेक आदमी के मुख पर उदासी का भाव था, हरेक व्यक्ति दुखी था। ज्वालाप्रसाद खाना खाने के लिए इन दोनों की प्रतीक्षा कर रहे थे। इन लोगों के आने के बाद सब लोग खाना खाने बैठे। लेकिन ज्वालाप्रसाद मौन

थे, उनसे खाना भी नहीं खाया जा रहा था। नवल ने ज्वालाप्रसाद से कहा, "बाबा, आप इतने उदास क्यों हैं ?"

ज्वालाप्रसाद ने उत्तर दिया, "नवल, कुछ अच्छा नहीं लग रहा है। यह क्या हो गया है दुनिया को ! कल तुम जेल जाने की तैयारी कर चुके हो...दो-चार दिन बान ज्ञानू जा रहे हैं...मैं अकेला रह जाऊँगा।"

विद्या खाना परोस रही थी। वह मुस्कराई, "अकेले कैसे रह जाएँगे आप बाबा ? मैं तो हूँ आपके पास ! नवल दादा भला घर में रहते ही कब थे ! मैं तो आपको 'श्रीमद्भागवत' सुना रही हूँ।"

विद्या की बात से ज्ञानप्रकाश हँस पड़े, "शाबास बेटी, बिलकुल ठीक कहा। भैया, इस मोह को छोड़िए, और हँसी-खुशी हम लोगों को अपना कर्तव्य निबाहने के लिए जाने दीजिए ! आप यह समझ लीजिए कि हमारे साथ धर्म है और भगवान हैं !"

"हाँ ज्ञानू, तुम्हारे साथ धर्म है और भगवान हैं, मैं यह अच्छी तरह जानता हूँ। इसीलिए मैं रोक नहीं रहा हूँ तुम लोगों को, लेकिन अपने मन को क्या करूँ ?"

"मन को कड़ा कीजिए बाबा, ज़्यादा-से-ज़्यादा छह महीने की सज़ा होगी हम लोगों को। हम लोग अहिंसा की लड़ाई लड़ने जा रहे हैं; विशेष अनिष्ट की सम्भावना नहीं है।"

ज्वालाप्रसाद ने एक ठंडी साँस ली, "सम्भावना तो नहीं है, लेकिन...लेकिन..."

"लेकिन क्या ?" ज्ञानप्रकाश ने कहा।

"लेकिन कुछ नहीं। जाओ नवल, जाओ ज्ञान, मनुष्य के हाथ में कुछ नहीं है, बिलकुल कुछ नहीं है; फिर चिन्ता किस बात की की जाए ? जो होना है, वह हो चुका है, उसे नहीं रोका जा सकता।" और जिस समय ज्वालाप्रसाद खाना खाकर उठे, उनका मन हल्का था। घर-भर की उदासी लुप्त हो गई थी।

पाँच अप्रैल की सुबह नवल की आँख प्रायः साढ़े चार बजे खुल गई। चारों ओर अँधेरा छाया हुआ था। लेकिन पूर्व दिशा में हल्का-सा प्रकाश झलक रहा था। नवल उठ बैठा, और उसके साथ-साथ घर के सब लोग उठ बैठे। पाँच अप्रैल की सुबह दांडी में महात्मा गांधी नमक-क़ानून तोड़ रहे थे। उसी दिन देशभर में स्थान-स्थान पर नमक-क़ानून तोड़ा जाना था। यह निश्चित हुआ था कि नौ बजे एक जुलूस कांग्रेस-ऑफ़िस से निकलेगा और वह हर सत्याग्रही के घर जाकर उसका स्वागत करेगा। इसके बाद वह जुलूस सारे शहर का चक्कर लगाएगा; और उसके बाद ये सत्याग्रही नमक-क़ानून तोड़ेंगे।

नवल के बँगले पर प्रायः साढ़े-दस बजे यह जुलूस पहुँचा। उस समय तक जुलूस में प्रायः बीस हज़ार आदमियों की भीड़ हो गई थी। नवल के बँगले के बाहर सड़क पर वह जुलूस रुका। तरह-तरह के नारे लग रहे थे।

विद्या ने सुबह से ही बड़े प्रयत्न के साथ आरती का थाल सजाकर रखा था। जुलूस के आते ही विद्या ने नवल की आरती उतारकर उसे माला पहनाई। रुक्मिणी वहीं पास

में खड़ी थी। विद्या रुक्मिणी का हाथ पकड़कर नवल के पास खींच लाई, "अम्माँ, दादा को तिलक लगाओ ! वह कृष्ण-मन्दिर जा रहे हैं, उन्हें विदाई दो !"

रुक्मिणी का सारा शरीर काँप रहा था। उसकी आँखों में आँसू भरे थे। विद्या ने ज़बरदस्ती अपनी माता के मुख का घूँघट उलट किया, "यह संकोच और निर्बलता का समय नहीं है अम्माँ !"

सारी भीड़ एक स्वर में चिल्ला उठी, "नवलकिशोर ज़िन्दाबाद ! नवलकिशोर की जय !"

अपने लड़के की जय-जयकार रुक्मिणी ने सुनी, और उसने देखा कि अपार जन-समुदाय उसके लड़के को विदा देने के लिए उमड़ पड़ा है। और रुक्मिणी ने अपने अन्दर एक पुलकन अनुभव की—उसका सारा विषाद छँट गया। उसने अपने आँचल से अपने आँसुओं को पोंछा; एक बार उसने अपने अंक से अपने लड़के को लगाया फिर उसने काँपते हाथों से नवल का तिलक किया और उसकी आरती उतारी। ज्वालाप्रसाद बरामदे में बैठे चुपचाप यह देख रहे थे। भीखू उनके पास खड़ा था। नवल ने ज्वालाप्रसाद के पास जाकर उनके चरण छुए, और ज्वालाप्रसाद के मुँह से केवल इतना ही निकला, "भगवान तुम्हारी रक्षा करें !"

फिर नवल भीखू की ओर घूमा, "भीखू बाबा, राम-राम ! बाबा की देखभाल करना !"

"जाओ बेटा, अच्छी तरह रह्यो ! जल्दी ही लौटेव !"

नवल अब जुलूस की तरफ़ बढ़ा। विद्या नवल के साथ चली, "चलो दादा, मैं तुम्हारे साथ कुछ दूर तक चलती हूँ। वहाँ से मैं स्कूल चली जाऊँगी।" और विद्या भी जुलूस में शामिल हो गई।

जुलूस आगे बढ़ा। घर के सब लोग खड़े हुए जुलूस को देख रहे थे। क़रीब आधा घंटा लगा जुलूस को बढ़ने में। इसके बाद रुक्मिणी अपने को न रोक सकी। वह ज़ोर से रो पड़ी और अपने दोनों बच्चों का हाथ पकड़कर अन्दर चली गई।

ज्वालाप्रसाद भीखू के साथ फाटक तक आए। आगे बढ़ते हुए जुलूस की ओर वह एकटक देख रहे थे। जुलूस अब आँखों से ओझल हो गया था और चारों ओर एक भयानक सन्नाटा छा गया था। ज्वालाप्रसाद ने भीखू की ओर देखा, "भीखू, यह सब क्या हो रहा है ?"

"कुछ समझ मां नाहीं आवत भइया ! ई नवल बिटवा अपनी खुशी से जेल जाय रहा है...ई विद्या बिटिया नौकरी करैं लागी है ! समझ मां नाहीं आवत है भइया, ई सब का हुइ रहा है !"

ज्वालाप्रसाद ने ठंडी साँस ली, "हाँ भीखू, कुछ समझ में नहीं आ रहा। आज पचास साल में क्या-से-क्या हो गया ! सब कुछ बदल गया, एकदम बदल गया। तुम बदल गए भीखू, मैं बदल गया। न जाने कितने नए लोग आए, न जाने कितने पुराने लोग चले गए !" ज्वालाप्रसाद का स्वर काँप रहा था।

भीखू ने ज्वालाप्रसाद का हाथ पकड़ लिया, "चलो भइया, आराम करौ चलके। ई सब भगवान की लीला आय ! ई पर हमार बस नाहीं। मुला समझ मां नाहीं आवत है।"

"नहीं समझ में आ रहा है भीखू, यह सब क्या हो रहा है और क्यों हो रहा है ! ये तरह-तरह के चित्र आप-ही-आप बनते हैं और मिट जाते हैं; यह क्यों ?"

दो बूढ़े, जिन्होंने युग देखा था, ज़िन्दगी के अनेक उतार-चढ़ाव देखे थे जिन्होंने, जिनके पास अनुभवों का भंडार था, विवश थे, निरुत्तर थे। और दूर हज़ारों, लाखों, करोड़ों आदमी जीवन और गति से प्रेरित, नवीन उमंग और उल्लास लिये हुए एक नवीन दुनिया की रचना करने के लिए चले जा रहे थे।

●●●